निर्बन्ध

महासमर-8

निर्बन्ध

महासमर–8

नरेन्द्र कोहली

वाणी प्रकाशन

प्रकाशन के उत्कृष्टतम 62 वर्ष

पेपरबैक पहला संस्करण : 2015
पेपरबैक दूसरा संस्करण : 2021
पेपरबैक तीसरा संस्करण : 2025

vaniprakashan.com

*आचार्य विष्णुकांत शास्त्री के चरणों में
एक श्रद्धावनत मन का विनीत प्रणाम*

वाणी प्रकाशन

4695, 21-ए, दरियागंज, नयी दिल्ली-110 002
फ़ोन : + 91 11 23273167, 23275710

शाखाएँ

अशोक राजपथ, पटना-800 004, बिहार
कॉफ़ी हाउस कैम्पस, महात्मा गांधी मार्ग, प्रयागराज-211 001, उत्तर प्रदेश
महात्मा गांधी अन्तरराष्ट्रीय हिन्दी विश्वविद्यालय, वर्धा-442 001, महाराष्ट्र

sales@vaniprakashan.in
vaniprakashan@gmail.com

Nirbandh : Mahasamar-8
by Narendra Kohli
ISBN : 978-93-5072-898-7
Novel/A Story of Mahabharat

मुद्रक : ब्लूएज प्रिंटेक प्रा.लि., फेस-1, फरीदाबाद
वाणी प्रकाशन का लोगो मक़बूल फ़िदा हुसैन की कूची से

आने वाली पीढ़ी के नाम...

हमारे समय के कालजयी लेखक

नरेन्द्र कोहली हिन्दी के ही नहीं अपितु तमाम भारतीय भाषाओं के उन विरले लेखकों में से एक हैं जिन्हें 'सम्पूर्ण साहित्यकार' की संज्ञा दी जा सकती है। साहित्य की लगभग सभी गद्य विधाओं—उपन्यास, कहानी, व्यंग्य, नाटक, निबन्ध, आत्मकथा तथा आलोचना इत्यादि में विपुल सृजन करने वाले नरेन्द्र कोहली अकेले ऐसे रचनाकार हैं जिनके प्रशंसकों तथा पाठकों की संख्या का सही-सही अन्दाज तथा अनुमान लगाना कठिन है।

'अभ्युदय', 'महासमर', 'सैरन्ध्री', 'हिडिम्बा', 'कुन्ती' तथा 'न भूतो न भविष्यति' जैसे आधुनिक क्लासिक या कहें कि कालजयी कृति की रचना करने वाले इस विलक्षण रचनाकार की संवेदना-परिधि में सम्पूर्ण भारतीय समाज, तमाम विविधताओं तथा जटिलताओं के साथ गम्भीर साँस लेता प्रतीत होता है। भारतीय संस्कृति के प्रत्येक पक्ष को सही परिप्रेक्ष्य में उजागर करने वाले इस साहित्यकार ने रामायण तथा महाभारत कथा को युग सापेक्ष तथा शाश्वत मानवीय अस्मिता के साथ विश्लेषित किया है। उनकी दृष्टि सम्पन्नता तथा बौद्धिक प्रखरता के आलोक में जीवन और जगत् के सभी रहस्य पाठकों के सामने एक नये संसार की तरह से प्रस्तुत हुए हैं।

कालजयी रचनाकार की सबसे बड़ी विशेषता यही होती है कि वह अपने साहित्य में एक समानान्तर संसार की रचना करते हुए जातीय स्मृतियों का एक अनमोल खजाना आनेवाली पीढ़ियों तथा अपने समकालीन समाज के लिए गढ़ता है।

यह भी कह दें कि दुनिया की महान् से महान् कृति भी समाज को सन्तुष्ट नहीं कर सकती परन्तु श्री कोहली का लेखन सभी वाद-विवादों से

परे अपने पाठक वर्ग में उतना ही पूजनीय है जितने महाकवि तुलसीदास का रामचरितमानस तथा महर्षि वेद व्यास का महाभारत।

प्राचीन के लौह तत्त्वों को भी अपनी जादुई कलम के स्पर्श से कंचन में परिवर्तित करनेवाले इस महान् रचनाकार का साहित्य आपको भूत, वर्तमान तथा भविष्य के सभी रहस्य समझने तथा परखने की दृष्टि प्रदान करता है। नरेन्द्र कोहली के साहित्य को नयी साज-सज्जा के साथ पाठकों को सौंपते हुए वाणी प्रकाशन प्रतिष्ठान स्वयं को गौरवान्वित अनुभव करता है।

–अरुण माहेश्वरी

प्रकाशक

निर्बन्ध

महासमर–8

1

"पिताजी!"

द्रोण ने अपनी पलकें उठाकर अश्वत्थामा की ओर देखा तो लगा कि उन्हे उस प्रकार पलकें उठाना भी जैसे भारी पड़ रहा है। कदाचित् अश्वत्थामा ने इस प्रकार सहसा आकर उनकी एकाग्रता भंग कर दी थी।

"क्या बात है पिताजी!" अश्वत्थामा ने पूछा, "आप सहज प्रसन्न नहीं दीखते?"

द्रोण की दृष्टि में अश्वत्थामा के लिए भर्त्सना थी। क्या वह इतनी-सी भी बात नहीं समझता? पर अपनी उस दृष्टि का अश्वत्थामा पर कोई प्रभाव न देखकर बोले, "भीष्म धराशायी हो चुके हैं।"

"तो चिन्ता किस बात की?" अश्वत्थामा के स्वर मैं उल्लास था, "सेनापति वीरगति प्राप्त करता है तो उसका सहयोगी उपसेनापति, प्रधान सेनापति बन जाता है। सेनापति कभी नहीं मरता।"

इस बार द्रोण ने कुछ मुस्कराकर उसकी ओर देखा, "तो मुझे प्रसन्न होना चाहिए कि भीष्म के धराशायी होने से मेंरी उन्नति का द्वार खुल गया है?"

"मैं तो यही समझता हूँ; और यह भी मानता हूँ कि भीष्म के पश्चात् आपका ही प्रधान सेनापति चुना जाना स्वाभाविक, न्यायोचित तथा निश्चित है।"

"शिक्षा के समय जो कुछ तुमने अपने उपाध्याय से सुना, उसे सुग्गे के समान रट रहे हो।" द्रोण का स्वर कठोर हो गया, "अपनी स्थिति पर भी कुछ विचार किया है तुमने?"

"अपनी स्थिति पर?" अश्वत्थामा उनका अभिप्राय नहीं समझ पाया।

"किसी समय मैंने द्रुपद को अपना मित्र माना था। उससे मन खट्टा हुआ तो उसके सबसे समर्थ विरोधी का अवलंब ग्रहण करने मैं हस्तिनापुर आया था।..." द्रोण ने उसकी ओर देखा, "पर तुमने कभी इस पर विचार किया है कि मैं हस्तिनापुर क्या करने आया था?"

अश्वत्थामा अपने पिता की ओर प्रश्नवाचक दृष्टि से देखता रहा।

"तुमने कभी सोचा कि यदि मुझे युद्ध ही करना था तो मैंने स्वयं द्रुपद से युद्ध क्यों नहीं किया?" द्रोण बोले, "कौरव राजकुमारों का गुरु बनने के लिए क्यों चला आया? द्रुपद से तत्काल प्रतिशोध न लेकर उसे कौरव राजकुमारों की शिक्षा समाप्त होने तक टाल क्यों दिया?"

अश्वत्थामा अपने पिता का एक सर्वथा नवीन रूप देख रहा था।...हाँ! यह प्रश्न उसके मन में तो कभी नहीं उठा। पिता तब भी धनुर्वेदाचार्य थे। व्यूहों का ज्ञान तो उनको तब भी था। तो उन्होंने युद्ध की बात क्यों नही सोची?

"तुम कह सकते हो कि तब मेरे पास सेना नहीं थी। किन्तु जिस समय मैं कौरव राजकुमारों को साथ लेकर द्रुपद से युद्ध करने गया था, तब सेना भी थी मेरे पास। फिर भी युद्ध मैंने नहीं किया। कौरवों ने भी नहीं किया। दुर्योधन और कर्ण तो पराजित होकर भाग ही आए थे। युद्ध पाण्डवों ने किया था।" द्रोण ने अपने पुत्र को देखा, "यदि पाण्डव भी द्रुपद को जय न कर सकते तो क्या मैं युद्ध करता?"

"आप युद्ध नहीं करते?" अश्वत्थामा चकित था।

"मैं द्रुपद की पराजय चाहता था, उसका अपमान चाहता था, उससे प्रतिशोध चाहता था, पर मैं उससे स्वयं युद्ध करना नहीं चाहता था। मैं उससे युद्ध करने नहीं गया था, उसे अपमानित करने गया था।"

"यदि अर्जुन और भीम पांचालों को पराजित नहीं कर पाते तो आप चुपचाप हस्तिनापुर लौट आते? युद्ध नहीं करते?"

"नहीं!" द्रोण जैसे अपने आपसे कह रहे थे, "कौरव राजकुमार पराजित होकर लौटते तो उनके अपमान और पराजय का प्रतिकार करने के लिए, भीष्म स्वयं युद्ध करने जाते। मैं तो द्रुपद और भीष्म को युद्धक्षेत्र में आमने-सामने कर देना भर चाहता था।"

"आप अर्जुन की क्षमता पर विश्वास कर नहीं गए थे?"

"मुझे अर्जुन से अपेक्षाएँ तो बहुत थीं; किन्तु इतना विश्वास नहीं था कि वह द्रुपद को पराजित कर इस प्रकार बाँध लाएगा।"

"तो आपने अर्जुन को उस युद्ध के लिए तैयार नहीं किया था?"

"युद्ध के लिए तो तैयार किया था, किन्तु यह विश्वास नहीं था कि वह विजयी होगा।" द्रोण बोले, "निश्चित विश्वास नहीं था।"

"तो आप उसे संसार का सर्वश्रेष्ठ धनुर्धारी नहीं मानते थे?"

"नहीं! मैं उसे एक श्रेष्ठ धनुर्धारी ही मानता था। उसके सर्वश्रेष्ठ होने का विश्वास तो मुझे विराटनगर के गोहरण वाले युद्ध में हुआ है।" द्रोण बोले।

"तो आपने एकलव्य का अँगूठा क्यों लिया? अर्जुन को संसार का सर्वश्रेष्ठ धनुर्धारी बनाए रखने के लिए नहीं?"

द्रोण की आँखों में खीझ जन्मी, "तुम अर्जुन के संसार में सर्वश्रेष्ठ धनुर्धारी होने की बात बार-बार क्यों कहते हो? उससे अधिक तो मैंने तुमको सिखाया है। उसे पानी भरने के लिए भेज कर भी तुम्हें शिक्षा देता रहा। उसके वारणावत चले जाने के पश्चात् भी तुम्हें सिखाता रहा। तुम मेरे प्रिय पुत्र हो। एकमात्र पुत्र हो। तो फिर मैं तुमसे अधिक और किसे सिखा सकता था।"

"तो फिर एकलव्य का अँगूठा...?" अश्वत्थामा कुछ झपटकर बोला, "यदि आपको उसके अर्जुन पर भारी पड़ने का भय नहीं था, तो उसको इस प्रकार अपंग करने का प्रयोजन?"

अश्वत्थामा ने अपने पिता की ओर देखा तो चकित रह गया। उनकी आँखों में जैसे क्रोधाग्नि धधक रही थी।

"क्या बात है पिताजी?" अश्वत्थामा कुछ शान्त होकर बोला, "मैंने ऐसा तो कुछ नहीं कहा।" और फिर जैसे वह सँभल गया, "यदि मेरी किसी बात ने आपका मन दुखाया हो तो मैं क्षमाप्रार्थी हूँ।"

"मैंने एकलव्य का अँगूठा लिया था, क्योंकि वह मेरा अपमान कर रहा था।" द्रोण की शिराओं मैं जैसे घृणा का विष धधक रहा था।

अपमान?...अश्वत्थामा सोचता रह गया... जिस एकलव्य ने गुरुदक्षिणा में अपने अँगूठे के रूप में उन्हें अपना सारा धनुर्ज्ञान दे दिया, अपना सारा सामर्थ्य उनकी झोली में डाल कर स्वयं पूर्णतः अकिंचन हो गया, उसके विषय में उसके पिता कह रहे हैं कि वह उनका अपमान कर रहा था?...

पिता की मनःस्थिति इस समय विवाद करने की नहीं थी। वे तो उसकी जिज्ञासा से ही क्षुब्ध हो रहे थे, उसके विरोध को कैसे सहन करते।...

"अपमान?" न चाहते हुए भी अश्वत्थामा के मुख से अनायास ही निकल गया।

"हाँ अपमान।" द्रोण के अधर जैसे क्रोध से फड़ाफड़ा रहे थे, "वह यह सिद्ध कर रहा था कि द्रोण के सिखाए बिना भी कोई संसार का श्रेष्ठ धनुर्धारी हो सकता है। जिसका मैंने तिरस्कार किया, जिसे मैंने शिक्षा नहीं दी, वह मेरे शिष्य से अच्छा धनुर्धर प्रमाणित हो जाए तो फिर मेरे चयन और मेरे प्रशिक्षण का अर्थ ही क्या रह गया?"

अश्वत्थामा स्तब्ध रह गया। उसने आज तक एकलव्य की ओर से ही सोचा था। अपने पिता के मन को भी जानना चाहा तो उनके उदात्तरूप के विषय में ही सोचा। उनके इस रूप को तो उसने जाना ही नहीं था। किसी

अबोध की श्रद्धा और निष्ठा से भी किसी ज्ञानी का अहंकार आहत होता है, यह उसके लिए नया ही अनुभव था। तभी तो अर्जुन की प्रत्येक उपलब्धि के साथ कर्ण का रक्त खौलने लगता है।...तो यह अहंकार उसके पिता में भी है। हाँ! अहंकार तो है ही, अन्यथा वे द्रुपद से इतने रुष्ट क्यों होते। उसके एक वाक्य से पिता अपना सन्तुलन क्यों खो देते? वह उनका स्वाभिमान मात्र होता तो वे द्रुपद के आतिथ्य का तिरस्कार कर कांपिल्य छोड़ देते...किन्तु यह प्रतिशोध...और फिर प्रतिशोध की भी कितनी लम्बी योजना। कौरव राजकुमार द्रुपद को अपमानित न कर सकें तो भीष्म जाएँ द्रुपद का अपमान करने।...यह मात्र अहंकार ही था अथवा...? क्या-क्या छिपा है मनुष्य के मन में...

"तो फिर आप हस्तिनापुर ही क्यों आए?" अश्वत्थामा ने पिता की उत्तेजना देखते हुए विषय बदल दिया।

"मैं भीष्म के बल के भरोसे हस्तिनापुर आया था, भीष्म के धर्म पर विश्वास कर।"

"अपने बल के भरोसे क्यों नहीं?"

"मैं युद्धाचार्य था, योद्धा नहीं।" द्रोण बोले, "शस्त्रों के विषय मैं जानना और समरभूमि में अपने शरीर पर आघात झेलना, अपने शरीर को चिरवाना और दूसरे जीवित शरीर को चीरना दो भिन्न बातें हैं। सैद्धान्तिक पक्ष का मैं ज्ञाता था; किन्तु युद्ध न कभी किया था, न देखा था। मनुष्य का रक्त बहाने के साधनों का मुझे ज्ञान था; किन्तु किसी का रक्त मैंने बहाया नहीं था। अपने शरीर से रक्त बहाने की तो मैंने कल्पना भी नहीं की थी।...और पुत्र! जो केवल सिद्धान्त की बात करता है, आवश्यक नहीं कि वह वीर भी हो, वह प्रायः भीरू होता है। वह किसी का संरक्षण पाकर सुरक्षित ढंग से अपना कार्य करना चाहता है। मैं भी भीष्म की छाया मैं सुरक्षित रहकर द्रुपद से प्रतिशोध लेना चाहता था।...मैं उसे अपमानित और वंचित करना चाहता था; किन्तु अपना कुछ भी दाँव पर लगाना नहीं चाहता था।..."

"पर पिछले दस दिनों से हो रहे इस युद्ध में आप कहीं दुर्बल नहीं पड़े।"

"हस्तिनापुर में रहते हुए, युद्धों का पूर्वाभ्यास भी हुआ है और कुछ-कुछ अभ्यास भी।" द्रोण बोले, "विराटनगर में पहली बार मैंने वास्तविक युद्ध का अभ्यास किया, किन्तु वह युद्ध अकेले योद्धा अर्जुन के विरुद्ध था और यह मैं तब भी जानता था कि अर्जुन मेरा वध करने नहीं आया है, वह केवल विराट का गोधन लौटा ले जाने आया है। इसलिए वस्तुतः वह भी प्राणान्तक युद्ध नहीं था।"

"पर यह युद्ध?"

"यह युद्ध भी तो मैंने, तुमने, हमने भीष्म की छाया में ही लड़ा है।..." द्रोण अपने स्थान से उठ खड़े हुए। उनका चेहरा अवसाद में डूबा हुआ था। इस बार बोले तो उनके स्वर में भी विषाद था, "अब भीष्म ही नहीं रहे।..."

"तो?"

"तो हम अब असुरक्षित हैं। अब हमें किसी दृढ़ कवच की सुरक्षा से वंचित होकर अपने बल पर युद्ध करना होगा।"

"तो भय का क्या कारण है पिताजी! हम समर्थ हैं।"

द्रोण कुछ नहीं बोले। वे सिर झुकाए चुपचाप बैठे कुछ सोचते रहे।

"आप भयभीत हैं पिताजी?"

"मैं आरम्भ से ही भीरु रहा हूँ।" द्रोण बोले, "मैं अपने ज्ञान के सामर्थ्य से तो अवगत था किन्तु अपने योद्धा रूप को नहीं जानता था। पिछले दस दिनों में मैंने अपना योद्धा रूप भी देखा है। मन-ही-मन कहीं यह भी जानता हूँ कि अर्जुन मुझसे प्रेम करता है, मेरा सम्मान करता है। मेरे सम्मुख वह अपना परम शौर्य प्रकट नहीं करेगा। वह मेरा वध नहीं करेगा, जैसे वह भीष्म का वध करना नहीं चाहता था। किन्तु अर्जुन न राजा है न प्रधान सेनापति। फिर उधर कृष्ण भी हैं। इसका अर्थ है कि..."

"पिताजी! भय का कोई कारण नहीं है।" अश्वत्थामा कुछ व्यग्र स्वर में बोला, "हम क्षत्रिय नहीं हैं; किन्तु योद्धा तो हैं। आपके प्राणों का कोई भय नहीं है। महाराज दुर्योधन आपकी सुरक्षा का पूर्ण प्रबन्ध करेंगे। अब भीष्म के पश्चात दूसरा योद्धा ही कौन है।"

"तुम्हें अपनी क्षमता का ज्ञान है, अपने शत्रुओं की क्षमता का नहीं। हमें बहुत सतर्क रहने की आवश्यकता है। पलक झपकने भर का समय धृष्टद्युम्न को दे दो और देखो, वह मेरा मस्तक काट कर ले जाएगा।" द्रोण रुके, और फिर तमककर बोले, "वैसे मुझे भय अपने प्राणों का नहीं है। पिता बन जाने के पश्चात् सारी चिंता पुत्र की होती है। मैं अपनी भूख से पीड़ित होकर द्रुपद के पास नहीं गया था। तुम्हें ही दूध के स्थान पर आटे का घोल पी कर प्रसन्न होते देख मेरा मन रक्त वमन करने लगा था और मैंने द्रुपद के पास जाने की योजना बनाई थी ...."

"तो अब भी आपको मेरे ही प्राणों का भय है?..."

"पुत्र पिता को आत्मा होता है। वह उसका आत्मज है। वह उसका भविष्य है, उसका विकास और विस्तार है। मैं तुम्हारे लिए चिंतित नहीं हूँगा तो और किसके लिए हूँगा..."

"मैं तो आज तक यही समझता रहा कि आप मुझसे भी कहीं अधिक अर्जुन से प्रेम करते हैं।..." अश्वत्थामा ने हँसने का प्रयत्न किया।

"अर्जुन का भी मोह है मुझको। वह मेरा मानसपुत्र है।...किन्तु देह के संबंधों का मोह बड़ा होता है। किसी गुरु को अपना शिष्य अपने औरस पुत्र से अधिक प्रिय नहीं होता।...और मेरे तो तुम एकमात्र पुत्र हो। तुम्हें कुछ हो गया तो मेरे जीवन का कोई अर्थ ही नहीं रह जाएगा।..."

"पिताजी!"

अश्वत्थामा को रोमांच हो आया। उसने अपने पिता का यह रूप पहले कभी नहीं देखा था।...और इस प्रकार ...इतने मुखर रूप में उन्होंने अपने प्रेम को अभिव्यक्ति पहले कभी नहीं दी थी।

"वह तो ठीक है पिताजी! किन्तु अपने शस्त्रों और अपने युद्ध-कौशल के साथ हम इतने असुरक्षित भी नहीं हैं।"...अश्वत्थामा धीरे से बोला, "और युद्ध करने पर क्षत तो लगते ही हैं। हम यह अपेक्षा कैसे कर सकते हैं कि हम तो शत्रु पर प्रहार करेंगे; किन्तु वह हम पर प्रहार नहीं करेगा।..."

"ठीक कहते हो पुत्र!" द्रोण बोले, "इस बात को मैं भी समझता हूँ। सिद्ध ांत रूप में कहीं चर्चा करनी हो अथवा किसी को समझाना हो तो ये सारी बातें मैं भी कह सकता हूँ...किन्तु अपनी प्रकृति को मैं जानता हूँ। यह देखते हुए भी कि यहाँ असंख्य योद्धाओं ने स्वेच्छा से अपने साथ अपने पुत्रों को भी रणसज्जित किया है, मैं अपना मोह दूर नहीं कर पा रहा। मैंने देखा है कि विराट के चक्षुओं के सम्मुख उनके तीन-तीन पुत्रों का वध हुआ है। अर्जुन के सारे सामर्थ्य और पाण्डव सेना की सारी शक्ति के होते हुए भी इरावान मारा गया...और फिर भी वे पिता योद्धाओं के रूप में सहज भाव से युद्ध कर रहे हैं। मैं सोचता हूँ कि अपने पुत्र के हताहत होने का समाचार पाकर कोई पिता जीवित कैसे रह सकता है।..."

"राजा दुर्योधन ने भी तो अपने पुत्रों को रणभूमि में उतारा है पिताजी!"

"जानता हूँ।" द्रोण ने धीरे से कहा, "उसने तो राज्य के मोह में बहुत कुछ किया है, पर प्रश्न यह है कि मैं इस रणभूमि में क्या कर रहा हूँ? अपने पुत्र और मानस पुत्रों की मृत्यु देखने के लिए क्यों खड़ा हूँ यहाँ? मुझे क्या लेना है इस रण से?"

"आप भूलते हैं कि हमने इसी राजा से बहुत धन-धान्य पाया है। उसी के कारण हमारे पास अहिक्षत्र का राज्य सुरक्षित है। उसी के कारण ...."

"भ्रांति है तुम्हारी।" द्रोण एक विचित्र प्रकार की उत्तेजना में बोले, "हमने जो कुछ पाया, भीष्म से पाया। मैंने तुमसे कहा था कि मैं भीष्म के संरक्षण में

आया था। उनके शौर्य पर भी विश्वास था मुझको और उनके धर्म पर भी। ...दुर्योधन के न तो शौर्य में मेरी आस्था है और न उसके धर्म मैं। अधर्मी है वह। अपने स्वार्थ के कारण वह घुटनों के बल गिर भी सकता है और किसी के तलुवे भी चाट सकता है।...किन्तु धर्म का लेश भी नहीं है उसमें।"

"हम भी धर्म की रक्षा के लिए युद्ध नहीं कर रहे।" अश्वत्थामा के स्वर में हल्की-सी उत्तेजना उभरी, "हम हस्तिनापुर के साम्राज्य और उसके राजा की रक्षा के लिए रणस्थली में आए हैं।"

"इसी का तो संताप है मुझे।" द्रोण जैसे अपने आपसे ही कह रहे थे, "मैंने धर्म की रक्षा के लिए धनुष क्यों नहीं उठाया, स्वार्थ की रक्षा के लिए शस्त्रग्रहण क्यों किया।"

अश्वत्थामा हतप्रभ-सा अपने पिता को देखता रहा और फिर कुछ उत्तेजना में बोला, "आज युद्ध का पहला दिन नहीं है पिताजी! ग्यारहवाँ दिन है। यह सब सोचना था तो आपको युद्ध प्रारंभ होने से पहले सोचना चाहिए था। मन में द्वंद्व ही उठने थे तो युद्ध के पहले दिन उठने चाहिए थे। बीच युद्ध में आज ग्यारहवें दिन यह सब सोचने का तर्क क्या है।..."

"एक ही कारण है पुत्र! और वही इसका तर्क भी है। भीष्म अब नहीं हैं। वे असमर्थ होकर शर-शैया पर पड़े हैं और उनके प्राण अपने प्रयाण के लिए जाने किस अनुकूल क्षण की प्रतीक्षा में हैं।" द्रोण ने प्रयत्नपूर्वक अश्वत्थामा की ओर देखा, "और इधर दुर्योधन स्वयं को हमारा स्वामी माने बैठा है। मेरा स्वाभिमानी मन अपने मित्र द्रुपद का एक वाक्य नहीं सह सका तो इस अधर्मी का स्वामित्व कैसे सह पाएगा।"

अश्वत्थामा अपने पिता के प्रेम से भीग रहा था। अकस्मात ही पिता की इस हठ से कुछ खीज उठा।...स्वाभिमान और धर्म की बात कर रहे हैं ये...। अपने अहंकार को नहीं देखते। अपने स्वार्थ को नहीं देखते।

"तो मैं दुर्योधन से कह दूँ कि आप उसके प्रधान सेनापति नहीं बनना चाहते?"

"तनिक भी विचार क्षमता नहीं है तुममें?" द्रोण सहसा ही फुफकार उठे, "मैं प्रधान सेनापति बनना अस्वीकार कर दूँगा तो दुर्योधन को उस अहंकारी कर्ण को सेनापति बनाने का एक बहाना मिल जाएगा।"

"तो क्या चाहते हैं आप? सेनापति बनना भी चाहते हैं और नहीं भी बनना चाहते?"

"मूर्ख हो तुम।" द्रोण बोले, "मैं भीष्म की छत्रछाया के न रहने का शोक कर रहा हूँ। इसका यह अर्थ कदापि नहीं है कि मैं कर्ण की छत्रछाया अंगीकार कर लूँ।"

उन्होंने रुककर अश्वत्थामा को देखा, "सत्य तो यह है कि मैं युद्ध करना नहीं चाहता; किन्तु अब चाहूँ भी तो इससे बच नहीं सकता।"

"क्यों?" अश्वत्थामा ने कुछ चकित होकर पूछा, "आप लड़ना न चाहें तो कौन आपको बाध्य कर सकता है?"

"मेरे कर्म।" द्रोण कहीं शून्य में देख रहे थे, "यदि मैं दुर्योधन को त्यागना चाहूँ तो वह इस बात से डर जाएगा कि मैं पाण्डवों के पक्ष मैं चला जाऊँगा। वह इसे सहन नहीं कर पाएगा। स्वच्छन्द और मुक्त द्रोण को वह जीवित नहीं रहने देगा।"

"क्यों? हम असमर्थ हैं क्या?" अश्वत्थामा फुफकार कर बोला, "दुर्योधन युद्ध में हमें पराजित कर सकता है क्या?"

द्रोण हँसे, "युद्ध क्यों करेगा वह? वह भोजन में विष देगा, वह विषधर भेजेगा, जो छिपकर विष बुझा बाण मारेंगे। वह आग लगाएगा और हमें सोते हुए ही परलोक पहुँचाएगा। नहीं पुत्र! मैं इतना जोखिम नहीं उठा सकता। मेरे साथ जो हो वह तो हो, किन्तु मैं तुम्हारे प्राणों को भी संकट में नहीं डालना चाहता।"

अश्वत्थामा को आज अपने पिता की कोई बात समझ में नहीं आ रही थी। यह अकस्मात ही उनको क्या हो गया था। वे अतिवृद्ध हो गए थे क्या? अपनी छाया से भी डरने लगे थे। दुर्योधन को अपना शत्रु मान बैठे थे और अपने तथा अपने पुत्र वीर अश्वत्थामा के प्राणों के लिए चिन्तित थे।

"यद्यपि मेरी कोई इच्छा नहीं है, किन्तु तर्क के लिए कहता हूँ, हम दुर्योधन के शत्रुओं से मैत्री कर सकते हैं।" उसने अपने पिता को सान्तवना देने का प्रयत्न किया, "हम अहिछत्र लौटा देंगे।"

"हम अहिछत्र लौटा सकते हैं। हम फिर से उनका सम्मान करना भी आरम्भ कर सकते हैं, किन्तु हमने उनका जो अपमान किया है, उसे नहीं लौटा सकते।" द्रोण जैसे अपने आपसे बात करने लगे थे, "द्रुपद तो कदाचित मुझे क्षमा कर भी दे, किन्तु धृष्टद्युम्न, शिखण्डी और द्रौपदी मुझे क्षमा नहीं करेंगे। मित्र तो मेरा एक ही था द्रुपद! किन्तु शत्रु तो उसका सारा परिवार है।" उन्होंने अश्वत्थामा की ओर देखा, "हम जब कर्म करते हैं तो यह कल्पना भी नहीं करते कि उसके परिणाम रूपी रज्जू भविष्य में हमें किन जटिलताओं में उलझा देगी। हम चाहेंगे भी तो मुक्त नहीं हो सकेंगे। कर्म तो भाग्य का ऐसा आलेख है, जो किसी भी प्रकार मिटाया नहीं जा सकता।"

"तो?" अश्वत्थामा ने पूछा।

"हमें युद्ध करना ही होगा। और यदि लड़ना ही है तो सैनिक के रूप में लड़ने से तो सेनापति के रूप में लड़ना ही अधिक सम्मानजनक है। कम क्षमता और कम बुद्धि के व्यक्ति की आज्ञा के अधीन लड़ने में भी तो कोई सुख नहीं है।" द्रोण निश्चयात्मक स्वर में बोले, "सेनापति सेना का तो सर्वोच्च अधिकारी होता है, किन्तु वह राजा नहीं हो सकता। मैं सेनापतित्व स्वीकार कर लूँ तो कर्ण, जयद्रथ अथवा शल्य की आज्ञाओं का पालन करने से तो बच जाऊँगा; किन्तु इस पापी दुर्योधन की आज्ञाओं से मुक्ति नहीं है।"

द्रोण को इतना हताश देखकर भी अश्वत्थामा कुछ नहीं बोला। उसके चेहरे से स्पष्ट था कि उसका मौन उसकी सहमति का द्योतक नहीं था। बस वह अपने पिता का विरोध नहीं कर रहा था, क्योकि वह उन्हें और दुखी नहीं करना चाहता था।

2

अपने मण्डप में कर्ण को सहसा अपने सम्मुख देखकर दुर्योधन को थोड़ा आश्चर्य हुआ।

...ठीक है कि उसने सदा ही कहा था कि कर्ण को उसके मण्डप में प्रवेश करने के लिए किसी अनुमति की आवश्यकता नहीं है। वह अधिकारपूर्वक भीतर आ सकता है।...पर कर्ण प्रायः पहले संदेश भिजवाता था और फिर अनुमति मिलने पर ही भीतर आया करता था। आज उसका व्यवहार कुछ बदला हुआ था। न तो उसने सूचना भिजवाई थी और न ही अनुमति की प्रतीक्षा की थी। वह आकर जिस प्रकार विश्वविजयी मुद्रा में उसके सम्मुख खड़ा हो गया था, उससे यह नहीं लगता था कि वह भूमि पर खड़ा था। वह भूमि से कुछ ऊपर खड़ा था और संसार जैसे उसके चरणों में रेंग रहा था।...

"मैं भीष्म पितामह से मिलकर आ रहा हूँ युवराज!" उसने कहा।

दुर्योधन को कुछ आश्चर्य हुआ। आज वह भीष्म को 'पितामह' कह रहा था। उसने उनके लिए किसी अपशब्द का प्रयोग नहीं किया था।

"क्या चर्चा हुई?" दुर्योधन की उत्सुकता कुछ-कुछ जाग उठी थी।

"उन्होंने स्वीकार किया कि वीर और योद्धा के रूप में मैं किसी से कम नहीं हूँ। वे नहीं चाहते थे कि यह युद्ध हो, इसलिए वे मुझे हतोत्साहित करने के लिए जानबूझकर मेरा तिरस्कार करते रहते थे। वे जानते थे कि यह युद्ध आप मेरे ही भरोसे कर रहे हैं। मैं हतोत्साहित हो गया तो आप यह युद्ध नहीं करेंगे।" कर्ण ने कहा, "उन्हें खेद है कि उनका व्यवहार मेरे प्रति सौहार्दपूर्ण नहीं रहा।"

दुर्योधन का मन कहीं और भटक गया था। वह कल्पना कर रहा था कि पितामह ने कर्ण से यह सब कैसे कहा होगा और क्यों कहा होगा?...उनके मन में कर्ण के प्रति जो घृणा थी, वह केवल इस कारण तो मिट नहीं सकती कि अब वे युद्ध के योग्य नहीं रहे थे।...

"क्या उन्होंने तुम्हें युद्ध में सम्मिलित होने के लिए प्रेरित किया?" दुर्योधन ने पूछा।

"आरम्भ में तो यही कहा कि अब भी समय है, पाण्डवों से सन्धि कर लो, किन्तु जब मैंने स्पष्ट कह दिया कि यह सम्भव नही है, तो हँसकर बोले, ठीक है। यदि यह सम्भव नहीं है तो अपने शस्त्र उठाओ और अर्जुन से युद्ध करो। जाओ दुर्योधन को विजय दिलाने के लिए प्रयत्न करो। उसका तुम जैसा हितैषी कोई और नहीं है।..."

दुर्योधन दो भागों में बँट गया। उसका बाहरी आवरण कर्ण से सम्बोधित था; किन्तु उसका अन्तर्मन कहीं दूर अपनी शरशैया पर लेटे भीष्म पितामह के मन में सेंध लगाने का प्रयत्न कर रहा था। क्या सचमुच पितामह चाहते हैं कि कर्ण शस्त्र लेकर अर्जुन से लड़े और दुर्योधन को विजय दिलाए?...क्या वे यह मानते हैं कि कर्ण अर्जुन को पराजित कर सकता है? उन्होंने आज तक तो यही कहा था कि अर्जुन को देवता भी नहीं जीत सकते।...

सहसा उसे लगा कि उसने पितामह के मन में सेंध लगा ली है...वह कल्पना कर रहा था कि किस प्रकार पहले पितामह ने कर्ण को सन्धि कर लेने के लिए समझाया होगा और जब कर्ण ने सहमति प्रकट नहीं की तो उन्होंने उसे निश्चित मृत्यु के हवाले करने के उद्देश्य से अर्जुन से युद्ध करने का परामर्श दिया होगा।...वे मानते हैं कि कर्ण अर्जुन को पराजित नहीं कर सकता। वे यह भी मानते होंगे कि अर्जुन कर्ण का काल है। तो वे कर्ण को उसके काल को समर्पित कर रहे होंगे और कर्ण प्रसन्न था कि पितामह ने जैसे उसे विजय का वरदान दे दिया है...

पर कर्ण इतना नासमझ तो नहीं हो सकता।.. पता नहीं पितामह ही बदल गए थे या दुर्योधन ही उन्हें समझने में भूल कर रहा था।...

उसने सिर को झटका। वह इस प्रकार विभाजित नहीं होना चाहता था। उसे एक ही ओर रहना था। द्वन्द्वों के मध्य टँगे रहने के लिए युधिष्ठिर ही पर्याप्त था।

"अंगराज!" दुर्योधन बोला, "यह तो निश्चित ही है कि पितामह के युद्ध क्षेत्र से हट जाने के कारण तुम्हारे लिए समरभूमि में लौटने के मार्ग में कोई बाधा नहीं रही। यह भी सत्य ही है कि पितामह के धराशायी हो जाने से

हमारी सेना में जो एक भयंकर शून्य उत्पन्न हो गया है, वह तुम्हारे लौट आने से भर जाएगा। तुम्हारे लौट आने के समाचार से मेरे सैनिकों में जैसा और जितना उत्साह जागेगा, उसकी कल्पना करके ही मैं जैसे तृप्त हो जाता हूँ। तुम्हारे आगमन से हमारी सेना पर सूर्योदय का-सा प्रभाव होगा। उनके मन पर पड़ा हुआ निराशा का कुहासा छँट जाएगा।...किन्तु मित्र! इस समय मेरे सम्मुख एक बड़ी समस्या है।"

कर्ण को पहली बार लगा कि दुर्योधन के मन में उसके युद्ध में लौट आने के अतिरिक्त कुछ और भी है।

"क्या बात है राजन्!" कर्ण ने गम्भीर स्वर में पूछा।

"पितामह अब युद्ध के योग्य नहीं हैं।"

"जानता हूँ।"

"हमें एक प्रधान सेनापति चाहिए।"

कर्ण ने दुर्योधन की ओर देखा : क्या है राजकुमार के मन में? क्या वह चाहता है कि कर्ण अपने मुख से कहे कि वह प्रधान सेनापति का पद स्वीकार कर रहा है?...

नहीं, ऐसा होता तो दुर्योधन स्वयं ही कह देता कि वह प्रधान सेनापति के रूप में उसका अभिषेक कर रहा है।....तो क्या है राजकुमार के मन में? क्या वह चाहता है कि कर्ण अपने मुख से किसी और योद्धा का नाम प्रधान सेनापति के रूप में प्रस्तावित करे? किसे चाहता है दुर्योधन?...

"आपके पास योद्धाओं की तो कोई कमी नहीं है राजन्! दुःशासन, शल्य, शकुनि, जयद्रथ, भगदत्त, कृतवर्मा, द्रोण, अश्वत्थामा, कृपाचार्य...।" कर्ण बोला। उसने सायास अपना नाम इस सूची से पृथक् रखा था।

"यह प्रसन्नता का विषय है।" दुर्योधन बोला, "किन्तु सेनापति के चयन में यही तथ्य बाधक भी तो हो सकता है।"

"राजकुमार ठीक कह रहे हैं।" कर्ण उसके मन की बात समझ गया, "उन नरेशों में परस्पर स्पर्धा है। उनमें से किसी एक का नाम प्रधान सेनापति के रूप में सामने आएगा तो अन्य लोग ईर्ष्या से जल मरेंगे। विद्रोह भड़क सकता है। संभव है शस्त्रों से एक-दूसरे को काट डालें। यह भी संभव है कि उनका शरीर तो इस पक्ष में लड़े और मन उस ओर हो जाए...। वे लोग आपके हित की भावना से युद्ध नहीं करेंगे।"

"तो?"

कर्ण समझ गया कि दुर्योधन अपने मुख से कोई नाम उच्चरित नहीं करेगा।

"तो एक ही मार्ग है कि आचार्य द्रोण को प्रधान सेनापति बना दिया जाए।" कर्ण बोला, "वे वयोवृद्ध हैं, आचार्य हैं, शस्त्रधारियों में श्रेष्ठ हैं। और उनके सेनापति बनने से कृपाचार्य और अश्वत्थामा भी प्रसन्न होंगे।"

"मेरी इच्छा तो तुम्हें प्रधान सेनापति पद देने की थी, किन्तु मेरे मन में अनेक संशय थे।" अंततः दुर्योधन ने अपना भाव प्रकट किया, "तुम्हारे प्रधान सेनापति बनते ही द्रोण बिदककर परे हो जाते और उनके पीछे नथुने फुलाते हुए कृपाचार्य चले जाते। उनके साथ होता अश्वत्थामा अपनी दुम हिलाता हुआ। इन लोगों ने अपने बाप का राज समझ रखा है और युद्ध के इस संकटपूर्ण काल में मैं उनका विरोध कर नहीं सकता। सब अपना-अपना मूल्य माँग रहे हैं। तनिक-सी बात पर तुनककर पाण्डवों की ओर चल देंगे। युद्ध का समय न होता तो मैं इन तीनों को उनका उचित स्थान दिखा देता। इस समय तो जिसको देखो, वही अपना भाव बढ़ा रहा है।..."

"तुम चिन्ता मत करो मित्र!" कर्ण बोला, "तुम उनको सेनापति बना दो। मुझे तनिक भी बुरा नहीं लगेगा। मैं मानता हूँ कि वे वृद्ध हैं। उनके पास समय कम है। आज हैं, कल नहीं भी हो सकते। उनको मुझसे पहले सेनापति बनना चाहिए। मेरे लिए अपना सेनापति बनना महत्त्वपूर्ण नहीं है। मेरे लिए महत्त्वपूर्ण है तुम्हारी विजय।"

"तुम मेरे वास्तविक मित्र हो, इसलिए मेरे मन की बात समझते हो।" दुर्योधन के स्वर में असाधारण माधुर्य था, "द्रोण के सेनापति होने के और भी लाभ हैं। अर्जुन किसी भी स्थिति में अपने गुरु का वध नहीं करेगा। द्रोण सम्मुख होंगे तो अर्जुन का परम शौर्य प्रकट नहीं होगा। हमारे लिए बहुत आवश्यक है कि अर्जुन का शौर्य किसी न किसी प्रकार दबा रहे।" दुर्योधन ने कर्ण के कन्धे पर हाथ रख अत्यन्त आत्मीयता से कहा, "मेरे मन में दो-एक लक्ष्य हैं, जो आचार्य के माध्यम से पूरे हो सकते हैं। एक बार वे पूरे हो लें तो मैं द्रोण और कृपाचार्य को उठाकर बाहर फेंक दूँगा। यदि अश्वत्थामा भी उनके साथ जाना चाहे तो जाए। मैं भूला नहीं हूँ कि विराटनगर के युद्ध में अपने पिता के सम्मान की रक्षा के नाम पर वह किस प्रकार मुझसे लड़ पड़ा था। कितने अपमानजनक ढंग से..."

"नहीं! नहीं! इसकी क्या आवश्यकता है।" कर्ण बोला, "मैं जानता हूँ तुम्हारे मन में मेरे लिए कितना प्रेम है। वैसे तो मैं स्वयं अकेला ही पाँचों पाण्डवों और धृष्टद्युम्न के लिए पर्याप्त हूँ, किन्तु इतने बड़े युद्ध में अनेक प्रकार के योद्धाओं की आवश्यकता होती है। और फिर पिछले तेरह वर्षों से आपने इतने राजाओं के साथ जो मैत्री की है, उसका निर्वाह किया है, वह इसलिए तो

नहीं कि युद्ध के अवसर पर मेरे मोह में आप योद्धाओं को अपने से दूर कर दें। हमें उन सबकी आवश्यकता है।"

"इसीलिए तो वक्ष पर पत्थर रख कर सब कुछ सहन कर रहा हूँ, अन्यथा रंगभूमि में तुम्हारा अपमान करने वाले कृपाचार्य को मैं अपने निकट भी फटकने देता?" दुर्योधन ने कर्ण की ओर देखा, "तुम्हें स्मरण है, जब तुमने अर्जुन को द्वन्द्व के लिए ललकारा था तो इसी कृप ने तुमसे पूछा था कि तुम कौन हो? तुम्हारी जाति क्या है? तुम्हारा परिचय क्या है? मेरे मन से तो वह उसी दिन उतर गया था। यह तो युद्ध की ही बाध्यता है कि मैं ऐसे लोगों को भी अपने हृदय से लगाए हुए हूँ, अन्यथा...।"

"कोई बात नहीं राजन्!" कर्ण ने उसकी बात बीच में ही काट दी, "पहले हमे पाण्डवों से निपट लें, फिर इन लोगों का भी प्रबन्ध कर लिया जाएगा।"

"एक कठिनाई यह भी तो है कि द्रोण स्वयं को मेरा गुरु ही मानते रहेंगे, सेनापति नहीं।"

"तो मानते रहे।" कर्ण बोला, "भीष्म भी सदा स्वयं को तुम्हारे पितामह ही मानते रहे। यदि इससे उन लोगों को कोई प्रसन्नता मिलती है तो उन्हें प्रसन्न हो लेने दो।"

कर्ण चला आया।

अपने मण्डप के एकान्त में आकर वह लेट गया। उसे लगा कि उसके वक्ष के भीतर उनचासों पवन चल रहे हैं और उसके ऊपर असंख्य बवण्डर मचल रहे हैं। दुर्योधन उससे कितना प्रेम करता है। उसको उसके सम्मान की कितनी चिन्ता है...किन्तु जिस दिन उसे ज्ञात होगा कि वह कुन्ती का पुत्र है और उसने अपनी माँ को यह वचन दे रखा है कि वह चार पाण्डवों का वध नहीं करेगा, उस दिन क्या सोचेगा दुर्योधन उसके विषय में?

क्या वह दुर्योधन को अपना रहस्य बता दे? नहीं। तब दुर्योधन इस सहजता से युद्ध नहीं कर पाएगा और कर्ण अपना प्रतिशोध कैसे लेगा उस विश्वविजेता अर्जुन से? कर्ण के जीवन की एकमात्र महत्त्वाकांक्षा कैसे पूर्ण होगी? नहीं! जैसे दुर्योधन समय की प्रतीक्षा में है और बहुत कुछ सहन करता चल रहा है, वैसे ही कर्ण को भी मौन रहना होगा। सहना होगा।...

दुर्योधन का मन लौट-लौटकर अपनी जीवन-कथा के पृष्ठ उलट रहा था। ...कहाँ से आरम्भ किया और कहाँ तक चला आया। किन-किन मार्गों और मोड़ों से चल कर आई उसके जीवन की यात्रा यहाँ तक।...आज मन बहुत सारे प्रश्नों से जूझना चाहता था, बहुत सारी स्वीकृतियों को प्रकाशित करना चाहता था...

वह बहुत छोटा था जब उसे ज्ञात हो गया था कि हस्तिनापुर का राज्य पाण्डु काका का था। वे कुछ कारणों से साधना के लिए वन चले गए थे। इस समय धृतराष्ट हस्तिनापुर के सिंहासन पर आसीन थे। जब कभी महाराज पाण्डु हस्तिनापुर लौट आएंगे सिंहासन उनको लौटा दिया जाएगा।...दुर्योधन को इस प्रकार की सूचनाएँ अच्छी नहीं लगती थीं। यह राज्य उनका नहीं था, यह सारा धन, वैभव, सत्ता, शक्ति...उनकी नहीं थी। अपने पिता से उत्तराधिकार में उसे यह सब मिलने वाला नहीं था। कभी न कभी तो पाण्डु लौट ही आएँगे और राज्य उनको लौटा दिया जाएगा। हाँ! यदि वे कभी न लौटें तो सम्भव है कि महाराज धृतराष्ट्र के पश्चात राज्य उसको मिल जाए।...और तब उसका मन अपने लिए कोई मार्ग खोजने लगता था। क्या ऐसा नहीं हो सकता कि महाराज पाण्डु कभी हस्तिनापुर न लौटें और यह राज्य सदा के लिए उसके पिता का और उनके पश्चात उसका हो जाए?...यह कैसे सम्भव था। पाण्डु को कभी तो लौट कर आना ही था। पर क्यों लौट कर आना था उनको? क्या सम्भव नहीं कि पाण्डु वहीं मर जाएँ, उनकी नैसर्गिक मृत्यु हो जाए, उनको कोई हिंस्र पशु खा जाए अथवा हस्तिनापुर से जाकर कोई उनकी हत्या कर आए? क्या यहाँ से कोई विषधर नहीं भेजा जा सकता था, जो विष में बुझा एक बाण उनके वक्ष में उतार आए?...

पर तब दुर्योधन बहुत छोटा था। नैसर्गिक मृत्यु तथा हिंस्र पशुओं पर तो कभी उसका वश नहीं रहा, किन्तु उन दिनों तो वह किसी भृतक हत्यारे को भेजने की व्यवस्था भी नहीं कर सकता था।...अपनी असहायता उसे बहुत कचोटती थी। और तब उसके मन में अनेक योजनाएँ जन्म लेने लगती थीं। ...यदि उसके बड़े होने तक पाण्डु वन से हस्तिनापुर नहीं लौटे तो वह किसी न किसी हत्यारे को अवश्य ही उनके पीछे भेज देगा या फिर सैनिकों को ही भेज देगा, पूरी एक वाहिनी अथवा सारी सेना कि वे वहाँ जा कर पाण्डु की हत्या कर आएँ।...

पर यदि पाण्डु उसके बड़े होने से पहले ही हस्तिनापुर लौट आए तो?... इस आशंका से वह पागल हो उठता था और तब उसके मन में विभिन्न प्रकार के तर्कों का झंझावात चलने लगता था।...पाण्डु और धृतराष्ट्र—दोनों भाइयों में उसके पिता बड़े हैं, राज्य उनको ही मिलना चाहिए था। यह राज्य पाण्डु को क्यों दे दिया गया? इसलिए कि उसके पिता अन्धे थे? नेत्रहीन थे? पर उसके पिता अन्धे ही क्यों थे?...जब प्रत्येक मनुष्य के दो नेत्र होते हैं तो उसके पिता ही नेत्रहीन क्यों थे? उसका मन विधाता से लड़ने को हो आता। उसी के साथ ऐसा अन्याय क्यों? विधाता स्वयं क्यों नेत्रहीन नहीं हुए? उसके पिता

ही क्यों हुए?....वैसे उसे अपने पिता के नेत्रहीन होने में कोई आपत्ति नहीं थी। आपत्ति इस बात में थी कि उन्हें राज्य क्यों नहीं मिला? संसार में अपंग तो अनेक लोग होते हैं, पर उनसे उनके पिता का उत्तराधिकार तो नहीं छीन लिया जाता। उसे समझाया गया कि नियम यही है कि राजा को अपंग नहीं होना चहिए? पर वह नियम को तो तभी तक स्वीकार कर सकता था, जब तक वह उसके अनूकुल हो। प्रतिकुल नियमों से उसको कोई सहानुभूति नहीं थी।...ऐसा नियम क्यों नहीं बनाया गया कि राज्य बड़े पुत्र को ही मिलेगा, वह चाहे अपंग और अपाहिज ही क्यों न हो।...दुर्योधन बनाता तो ऐसा ही नियम बनाता। पर वह नियम बना नहीं सकता था।...

उसके जन्म से पूर्व ही राज्य उसके पिता के हाथों से छीनकर पाण्डु को दिया जा चुका था...पाण्डु वन भी जा चुके थे।...अपने जन्म से पूर्व वह राज्य सम्बन्धी नियम कैसे बनाता।...नियम तो वह आज भी नहीं बना सकता। शास्त्रों की रचना वन में बैठे ऋषि करते हैं, जिनके पास न अपना राज्य है, न किसी का राज्य उन्हें छीनना है। उन्हें क्या पता कि भाइयों में सबसे बड़े होने पर भी राज्य का न मिलना कितना कष्टप्रद है।...तो फिर उन ऋषियों को राज्य सम्बन्धी नियम बनाने का अधिकार किसने दे दिया, जिनके पास न राज्य है, न जिन्हें राज्य मिलने की कोई सम्भावना है। ...राज्य तो दुर्योधन को मिलना है। वंचना की सम्भावना भी उसको ही होती है, जिसके पास कुछ हो। ऋषियों का क्या है।... तो क्यों न नियम बनाने की अनुमति भी केवल उसे ही हो, जिसका राज्य से कोई सम्बन्ध है।...पर राज्य होते हुए भी दुर्योधन नियम बना नहीं सकता।...दुर्योधन के शरीर का सारा रक्त जैसे उसके मस्तिष्क की ओर दौड़ने लगता था।...उसे बनाने नहीं दिया जाएगा तो वह तोड़ देगा। अपनी इच्छानुरूप निर्माण नहीं हो सकता तो अपनी इच्छा के अनुसार ध्वंस तो हो सकता है?...हाँ! वह नियम बना नहीं सकता, पर नियम तोड़ अवश्य सकता था। उसकी इन नियमों में कोई आस्था नहीं थी जिनसे उसके पिता के हाथों से राज्य निकल गया था। उसके मन में उन लोगों के प्रति भी कोई श्रद्धा नहीं थी, जिन्होंने उन नियमों को मान कर उसके पिता को राज्य से वंचित किया।...इसीलिए भीष्म और विदुर उसे कभी अच्छे नहीं लगे। सत्यवती और व्यास के प्रति कोई श्रद्धा नहीं थी उसके मन में। अच्छे लगे मातुल शकुनि, जिन्होंने सदा से उसे प्रकृति का एक ही नियम सिखाया था कि अधिकार से अधिक महत्त्वपूर्ण है, आधिपत्य। जो कुछ तुम्हें चाहिए, उस पर आधिपत्य जमाओ, अधिकार की चिन्ता मत करो। जिसके पास अधिकार है, उसे आधिपत्य मत जमाने दो, वह टापता रह जाएगा। और

आधिपत्य के लिए आवश्यक है, बल। यदि तुम्हारे पास बल है तो फिर किसी नियम और नैतिकता की ओर ताकने की कोई आवश्यकता नहीं है। नियमों को व्यवहार में लाने के लिए, उनका कार्यान्वयन करने के लिए भी उनके पीछे राज्य अथवा समाज का बल होता है। नियम के पीछे बल न हो तो नियम का कोई अर्थ नहीं है। तो तुम बल एकत्रित करो। मात्र नियम बनाने से कुछ नहीं होगा। जिस समय धृतराष्ट्र को शारीरिक रूप से अपूर्ण मान कर राज्य नहीं दिया गया, उस समय यदि वे भीष्म, विदुर और सत्यवती से अधिक बलवान होते तो राज्य कदापि पाण्डु को नहीं मिलता।...

दुर्योधन ने उसी दिन से बल की प्रतिष्ठा और नियमों की अवहेलना का सिद्धान्त सीख लिया था।...पर वह अभी बालक ही था कि वन में पाण्डु का देहान्त हो गया। कुन्ती अपने पुत्रों को लेकर हस्तिनापुर आ गई।...दुर्योधन ने उन लोगों को देखा : उसे बताया गया कि वे उसके भाई थे। उसे यह भी बताया गया कि वे पाण्डु के पुत्र थे, अतः अपने पिता का राज्य उनको ही मिलना था। उनका बड़ा भाई हस्तिनापुर का युवराज होने वाला था।...दुर्योधन को दोनों ही बातें स्वीकार नहीं थीं। न वह उनको अपने भाई मानने को प्रस्तुत था और न ही वह राज्य युधिष्ठिर को दे देने को तैयार था। आज तक वह हस्तिनापुर का अघोषित युवराज था। आज कुछ लोग वन से आ गए थे तो वे युवराज हो जाएँगे? उनको देखकर कौन उन्हें राजकुमार मानेगा। वनवासियों जैसे वस्त्र थे, वैसे ही केश। स्वभाव भी राजकुमारों जैसा नहीं था। सबको झुक-झुककर प्रणाम करते रहते थे। दिन भर अध्ययन-अध्यापन की चर्चा करते थे। कभी जप कभी तप। कभी पूजा-उपवास। राजकुमार क्या ऐसे होते हैं? न कोई व्यसन, न विलास...

पर भयभीत तो वह था ही।...धृतराष्ट्र से उसका राज्य भीष्म और सत्यवती ने छीन लिया था, कहीं उससे उसका राज्य भी ये कुलवृद्ध न छीन लें। भीष्म अब भी जीवित थे और शक्तिशाली थे। यह दूसरी बात थी कि वे राज-काज में बहुत हस्तक्षेप नहीं करते थे।...राज्य के महामन्त्री विदुर थे, जो भीष्म के बहुत आज्ञाकारी थे। हाँ! अब सत्यवती हस्तिनापुर में नहीं थीं।...

पर दुर्योधन आश्वस्त था, उसके साथ उसके मातुल थे। क्रमशः उसने कर्ण और अश्वत्थामा से मित्रता कर ली थी। दुःशासन भी ठीक उसी के समान सोचता था और सदा उसका साथ देने को तत्पर रहता था।...वैसे भी कुछ ही दिनों में उसने परख लिया था कि पाण्डवों में से कोई भी उससे संघर्ष के लिए उत्सुक नहीं था। वे न तो उसके पिता धृतराष्ट्र से राज्य लौटा लेने की स्थिति में थे और न ही बड़े हो जाने पर वे उससे राज्य छीन पाएंगे। हस्तिनापुर का

प्रत्येक व्यक्ति जानता था कि दुर्योधन हस्तिनापुर और कौरवों का भावी सम्राट था। उस पर कोई नियम लागू नहीं होता था। उस पर कोई शासन नहीं कर सकता था। उसने जब क्रुद्ध होकर एक सारथि को मार डाला था तो भी किसी ने कुछ नहीं कहा था। सम्भव है कि महाराज को किसी ने उसकी सूचना भी न दी हो। सारथि के परिवार को साहस ही नहीं हुआ होगा कि वे युवराज पर ऐसा अभियोग लगाएँ।...

पर भीम का शरीर शक्तिशाली होता जा रहा था। वह न तो युधिष्ठिर और अर्जुन के समान अनमना था, न वह दुर्योधन की धौंस सहता था। वह किसी भी बात पर उसका विरोध करने और भिड़ने के लिए भी तैयार रहता था।...दुर्योधन समझ रहा था कि यह भीम उसके मातुल शकुनि का आधिपत्य वाला सिद्धान्त चलने नहीं देगा। वह उससे उसका राज्य भी छीन लेगा।...पर दुर्योधन उसे छीनने देगा, तब तो। वह उसे उस दिन के लिए जीवित ही नहीं रहने देगा। और तब दुर्योधन ने उसे विषाक्त मोदक खिलाकर अचेत कर दिया था। चेतनाहीन भीम को रस्सियों से भली-भाँति बाँधकर गंगा की धारा में फेंक दिया था। विष से नहीं मरेगा तो गंगा में डूबकर मर जाएगा। डूबकर नहीं मरता तो विषधरों के दंश से मर जाएगा। उसके शव को ठिकाने लगाने की भी आवश्यकता नहीं थी। वह तो गंगा में बह ही गया था।...

जिस किसी ने उसे समझाने का प्रयत्न किया, दुर्योधन ने यही माना कि वह उसका शत्रु था। वह नहीं चाहता कि दुर्योधन के मार्ग के काँटे हटें। वे उसे हत्या कहते थे, किन्तु दुर्योधन उसे राजनीति कहता था। युद्ध में भी तो इतने लोग मारे जाते हैं। किसलिए? राज्य के लिए, सत्ता के लिए, धन के लिए, भोग के लिए।...तो वह भीम की हत्या नहीं कर सकता? माँ ने उसे समझाया था कि युद्ध की बात और होती है। वहाँ हम शत्रुओं को चुनौती देते हैं, शस्त्र देते हैं और क्षत्रियों के समान आमने-सामने लड़ते हैं। नियम ही ऐसा था।...किन्तु दुर्योधन को नियम की चिन्ता नहीं थी। उसे अपना लक्ष्य प्राप्त करना था, जैसे भी हो।...कभी तनिक-सा चिन्तित भी हुआ तो मातुल ने समझा दिया कि नियम कायरों के लिए होते हैं। वीर लोग अपने नियमों का निर्माण स्वयं करते हैं।...

भीम मृत्यु के मुख से बच कर हस्तिनापुर लौट आया था। आचार्य द्रोण की शिक्षा से अर्जुन धनुर्धारी हो गया था। रंगशाला में आचार्य द्रोण ने अपने शिष्यों के कौशल का प्रदर्शन किया तो अर्जुन ने बहुत प्रशंसा पाई थी और पाण्डव बहुत शक्तिशाली होते प्रतीत हुए थे दुर्योधन को। उसने उनके सम्मुख कर्ण को खड़ा कर दिया था। कर्ण से अर्जुन का द्वन्द्व युद्ध हो जाता तो कर्ण

कदाचित् दुर्योधन के उस शत्रु को सदा के लिए समाप्त कर देता, पर कृपाचार्य ने उसकी इच्छा पूरी नहीं होने दी। उन्होंने द्वन्द्व युद्ध ही नहीं होने दिया। द्वन्द्व युद्ध तो नहीं हुआ, किन्तु कृपाचार्य और भीम की उक्तियों ने कर्ण को सदा के लिए दुर्योधन की झोली में अवश्य डाल दिया। दुर्योधन ने कर्ण का आवृत व्रण देख लिया था। वह उसकी महत्त्वाकांक्षा को भी समझ गया था।...न कर्ण किसी की श्रेष्ठता स्वीकार कर सकता था और न दुर्योधन। वे अच्छे मित्र थे और आगे भी रह सकते थे। दुर्योधन को सत्ता चाहिए थी और कर्ण को सत्ता की कृपा, सान्निध्य और सम्मान। दुर्योधन उसकी प्रशंसा करता रहेगा और कर्ण आजीवन उसके लिए लड़ता रहेगा।...

कृष्ण ने कंस को मार मथुरा पर आधिपत्य जमा लिया था। यादव लोग शक्तिशाली हो गए थे और एक दिन पाण्डवों के मातुल के रूप में अक्रूर हस्तिनापुर आया। परिणाम यह हुआ कि युधिष्ठिर को हस्तिनापुर का युवराज बना दिया गया। धृतराष्ट्र ने उसे और उसके भाइयों को द्रुपद के साथ होने वाले युद्ध में झोंक दिया था। पर पाण्डव उसमें विजयी हो आए थे। अब युधिष्ठिर को युवराज पद से नहीं हटाया जा सकता था। वह दुर्योधन का राज्य छीन कर ही रहेगा।...दुर्योधन के लिए वह असह्य था। वह इसको स्वीकार नहीं कर सकता था। न वह धर्म को मानना चाहता था, न शास्त्र को। न परम्परा को न कुलवृद्धों के आदेश को। वह तो यह जानता था कि वह अपना राज्य किसी को नहीं दे सकता था। कुछ हो जाए। यदि उसे सीधे-सीधे राज्य नहीं दिया जाएगा तो वह उसे कुटिल मार्ग से प्राप्त करेगा।...वे कहते थे कि हस्तिनापुर का राज्य उसका नहीं था। पर क्यों नहीं था? जिस राज्य को वह अपना मानता था, वह उसका था। किसी के कहने से वह उसे कैसे त्याग सकता था।..

वारणावत में उसने पाँचों पाण्डवों को उनकी माता के साथ जला कर मार डालने की योजना बनाई थी।...कितना सुखी था वह, जब तक ये पाण्डव और उनकी यह माता हस्तिनापुर में नहीं आए थे। उनके आते ही उसके प्रतिद्वंद्वी उत्पन्न हो गए थे। सामने शत्रु दिखाई पड़ने लगे थे। यदि उनकी उपस्थिति से दुर्योधन की इच्छाओं में बाधा पड़ती थी तो उनको जीवित रहने का कोई अधिकार नहीं था। उनको मारना होगा। पिता को मना लिया था उसने। पिता मानते थे कि यह अनुचित है। उनके मन में कहीं यह धारणा भी हो सकती है कि यह पाप है; किन्तु पाण्डवों को अपने और अपने पुत्र के मार्ग से तो वे हटा ही देना चाहते थे। हाँ! उस पाप का भार अपने कन्धों पर उठाना नहीं चाहते थे। दुर्योधन को उसमें न कुछ अनुचित लगता था और न कुछ पापपूर्ण। यह तो राजनीति थी, जिसमें शत्रु का विनाश कर देना ही एकमात्र

उपाय था। शत्रु का नाश पाप नहीं था। वह तो विजय थी। पिता यह काम घोषित रूप से नहीं करना चाहते थे अतः गोपनीय ढंग से किया गया।

इस कृत्य का बहुत विरोध हुआ। सबने उसको धिक्कारा। पर वह आज भी जानता है कि यदि वारणावत में पाण्डव मर गए होते तो यह साम्राज्य उसका होता और इस राजनीतिक विजय के लिए उसके पिता भी उसके कृतज्ञ होते। उसे बार-बार कहा गया कि पाण्डव तो धर्म पर चलते हैं। वह क्यों अधर्म का मार्ग नहीं छोड़ता। उसका उत्तर उसके मन में था। मूर्ख थे पाण्डव, जो राजनीति में रहकर धर्म की बात करते थे। उन्हें धर्म इतना ही प्यारा था तो वे वनों में रहकर आरण्यक जीवन व्यतीत करने को स्वतन्त्र थे। कृष्ण आजीवन कभी सिंहासन पर नहीं बैठ पाया, क्योंकि सदा धर्म की बात करता रहा। नहीं तो कंस के वध के पश्चात् उसे तत्काल मथुरा का सिंहासन अधिकृत कर लेना चाहिए था। वस्तुतः वह राज्य का न महत्त्व जानता था और न उसका सुख। द्वारका जाकर तो उसे राजा बन ही जाना चाहिए था...पर वह तब भी धर्म का राग अलापता रहा और स्वयं अपने-आपको तथा अपने बन्धुओं को वंचित करता रहा।...दुर्योधन उस मिट्टी का बना हुआ नहीं है। वह एक पूर्ण राजनीतिज्ञ है। वह रजोगुणी है। उसका धर्म क्षात्र धर्म है; और क्षत्रिय के लिए आवश्यक है कि वह अपने शत्रुओं का ही नहीं, सम्भावित शत्रुओं का भी वध कर दे। किसी के पास इतना धन न छोड़े कि वह धन भविष्य में उसके लिए किसी प्रकार का संकट उत्पन्न कर सके। किसी को इतना शक्तिशाली न बनने दे कि वह उसके लिए कोई चुनौती खड़ी कर सके। राजनीति में कोई आदर्श नहीं होता, कोई सिद्धान्त और कोई धर्म नहीं होता। यदि होता भी है तो दुर्योधन उसको नहीं मानता। वह सब युधिष्ठिर के लिए है कि जाए और उन वनवासी तपस्वियों से चर्चा करे कि राजा का कर्तव्य क्या होता है। दुर्योधन का अपना चिन्तन है। राजा का एक ही कर्तव्य है कि वह स्वयं को शक्तिशाली, धनी और समर्थ बनाए। जिसका हित करने में उसका लाभ हो, उसका हित करे और जिससे प्रतिकूलता की सम्भावना हो, उसे किसी भी प्रकार नष्ट कर दे। राजनीति में कोई स्थायी मित्र और शत्रु नहीं होता। अपना स्वार्थ ही एकमात्र मित्र है। उसे सैनिक सहायता चाहिए थी तो वह कृष्ण के पास भी चला गया। अपनी पुत्री के माध्यम से कृष्ण को, उसके पुत्रों और भाइयों से पृथक् कर दिया। जिस कृष्ण से उसे नारायणी सेना मिली थी, उसको हस्तिनापुर आने पर बंदी करने का प्रयत्न किया, क्योंकि अब उसे कृष्ण से कोई लाभ होने वाला नहीं था। राजनीति में कृतज्ञता का पालन करता तो वह अपने सहायकों का दास हो जाता, उनका राजा कैसे रह सकता था।...कृष्ण और युधिष्ठिर राजधर्म की बात

करते हैं। करते रहें। दुर्योधन राजनीतिज्ञ है और वही रहना चाहता है।...राजसूय यज्ञ में उसे युधिष्ठिर ने महत्त्व दिया तो क्या वह उसको शक्तिशाली बनाए जाने में सहायक होता ताकि युधिष्ठिर अधिक से अधिक महान् सम्राट् बनता जाए? उसने यह भी देख लिया था कि पाण्डव बहुत शक्तिशाली हो चुके थे। वह उनसे लड़ नहीं सकता था। तो क्या वह उनका धन और राज्य छीनने का प्रयत्न ही न करता। वे शक्तिशाली थे, इसलिए वे उसके लिए और भी भयंकर थे। उनका नाश तो उसे करना ही था। लड़ नहीं सकता था, इसलिए उन्हें द्यूत के लिए बुलाया।...उनका राज्य छीनना था, इसलिए छीन लिया। उस समय धर्म और अधर्म के वितण्डावाद में पड़ने का क्या अर्थ? मनुष्य का एकमात्र धर्म है अपना सुख, अपना स्वार्थ। यदि धन से सुख मिलता है तो धन प्राप्त करे। स्त्री से सुख मिलता है तो स्त्री को हस्तगत करे। सत्ता से सुख मिलता है तो सत्ता छीन ले। अहंकार से सुखी होता है तो अहंकार को स्फीत करे। शत्रु को पीड़ित कर सुख मिलता है तो शत्रु को तड़पाए। इसलिए जब कर्ण ने द्रौपदी को निर्वस्त्र कर देने के लिए कहा तो उन्माद हो गया था दुर्योधन को। उसने तो इस सुख की कल्पना ही नहीं की थी। वह तो केवल इतना भर ही सोच पाया था कि वह द्रौपदी को अपनी दासी के रूप में अपमानित करे और पाण्डवों का तड़पना देखे। कैसा आह्लाद का क्षण था। कर्ण ने द्रौपदी को निर्वस्त्र करने का प्रस्ताव किया था। जिस द्रौपदी को पाने की आकांक्षा उसके मन में मर कर भी नहीं मरी थी, उसका इस प्रकार सार्वजनिक निर्वस्त्र दर्शन... संसार की कोई भी सुरा इतना मद नहीं दे सकती थी। उसमें काम की उत्तेजना भी थी, अहंकार का उद्याम मद भी, अपने शत्रुओं को पीड़ित और अपमानित देखने का सुख भी। धर्म-धर्म चिल्लाने वाले कुलवृद्धों को नतमस्तक देखने में कैसा अलौकिक सुख था।...द्रौपदी चीत्कार करती थी कि बताओ धर्म क्या है तो उस चीत्कार की असहायता को देखकर दुर्योधन को एक पूरे भांड का मद चढ़ जाता था। वैसी क्षीवता का उसने अपने जीवन में फिर कभी अनुभव नहीं किया। वह तो दुःशासन ही न जाने क्यों कृष्ण के नाम से भयभीत होकर गिर पड़ा, अन्यथा...।

पिता धृतराष्ट्र ने भयभीत होकर पाण्डवों को दासता से मुक्त कर दिया, नहीं तो दुर्योधन की योजना तो कुछ और ही थी। धृतराष्ट्र पाण्डवों को अपना पुत्र समझते थे अथवा कहते मात्र थे। मन से मानते नहीं थे, पर कहते तो थे। यह कैसे सम्भव था कि पुत्र पिता के दास रहते?...पर उससे क्या? दुर्योधन तो उनको अपना भाई नहीं मानता था।...उसने किसी समय कहा भी था कि पाण्डव कुरुओं की सन्तान थे ही नहीं। उनको कुरुवंश से निष्कासित किया

जा सकता, तो वह क्यों न करता। वह तो उनकी हत्या करना चाहता था, चरित्रहनन तो बात ही क्या थी। यदि उनको कुरुवंश से निष्कासित करने से उसे हस्तिनापुर और इन्द्रप्रस्थ का साम्राज्य मिल जाता तो वह उनका तो क्या कुन्ती का भी चरित्रहनन कर सकता था।...पर वह डर गया था इस तर्क से कि उस स्थिति में वह भी कुरुवंशी नहीं था। शान्तनु की औरस सन्तान के रूप में तो भीष्म, चित्रांगद और विचित्रवीर्य ही जीवित बचे थे। भीष्म और चित्रांगद का तो विवाह ही नहीं हुआ और विचित्रवीर्य की सन्तान नहीं हुई। धृतराष्ट्र और पाण्डु भी तो नियोग से ही उत्पन्न हुए थे।...दुर्योधन का वह तर्क भी नहीं चल पाया था। चल जाता तो उसे पाण्डवों से कोई संकट नहीं रहता। तब कदाचित् उसे उनके जीवित रहने में भी कोई आपत्ति न होती। उसे राज्य चाहिए था। जो कोई उसकी सत्ता के मार्ग में आ रहा था, उसे उसका रक्त भी चाहिए था।...

पाण्डवों को बारह वर्षों का वनवास दिया था, क्योंकि उससे बड़ी अवधि के लिए उन्हें वन भेजना सम्भव नहीं था। उसने मान लिया था कि उन बारह वर्षों में वे कहीं मर-खप जाएँगे। पर साथ ही एक वर्ष का समाज के मध्य अज्ञातवास भी था। इसीलिए था वह कि वे अज्ञातवास में पहचान लिए जाएँ और फिर से बारह वर्ष के लिए वन चले जाएँ।...दुर्योधन तब भी जानता था कि उसे पाण्डवों का राज्य नहीं लौटाना है और अपने निर्णय पर वह अडिग रहा।...यह पाण्डवों का ही भाग्य था कि सफलतापूर्वक वनवास कर आए और उनका अज्ञातवास भी पूरा हो गया।...दुर्योधन को आश्चर्य इस बात का नहीं था। उसे तो आश्चर्य इस बात का था कि पाण्डव यह विश्वास कैसे कर रहे थे कि उनका राज्य लौटा दिया जाएगा। वे वचन की बात कर रहे थे। नियम की चर्चा कर रहे थे।...राजनीति नहीं समझते थे मूर्ख। नहीं जानते थे कि राजनीति में वचन और आश्वासन देते समय भी यह सबको ज्ञात होता है कि उनका पालन नहीं किया जाएगा। उन्होंने दुर्योधन अथवा धृतराष्ट्र के वचन का विश्वास किया तो यह उनका धर्म नहीं राजनीति की अनभिज्ञता अथवा मूर्खता थी।...वे राजनीति में धर्म की बात ही क्यों करते हैं—यह दुर्योधन आज तक नहीं समझ सका था।...कोई राजा इसलिए इतना बड़ा साम्राज्य किसी को सौंप देगा, क्योंकि वे कुछ शर्तें पूरी कर आए थे? नियमतः राज्य उनको मिलना चाहिए था। वे शास्त्र की बात कर रहे थे, विधान और संविधान की बातें कर रहे थे। व्यावहारिक राजनीति का उनको ध्यान ही नहीं था।...दुर्योधन ने तो आरम्भ से ही सोच रखा था कि वह यही कहेगा कि वे अज्ञातवास में ही पहचान लिए गए थे। गणना में हेरफेर करने में क्या लगता है, जबकि सत्ता

उसके हाथ में थी। गणक उसके थे।...पर कुरुवृद्ध भीष्म ने उसकी योजना नष्ट कर दी थी। दुर्योधन जानता था कि भीष्म और विदुर जैसे लोगों को अपनी राजसभा में रखना उसकी राजनीतिक भूल थी। पर वह क्या कर सकता था। यह उसकी राजनीतिक बाध्यता भी थी।...अब तो यही सम्भव था कि वह सिवाय अपनी इच्छा के शेष किसी भी विधान को मानना अस्वीकार कर देता। ...धृतराष्ट्र ने कहा कि राज्य पाण्डवों का है, किन्तु उसने स्वीकार नहीं किया। भीष्म ने समझाया, पिता ने समझाया, विदुर ने समझाया, द्रोणाचार्य कहते रहे, माता गान्धारी को बुला लिया गया। कृष्ण कहते रहे...पर क्या किसी के कहने से दुर्योधन अपना राज्य पाण्डवों को दे देता। मातुल ने ठीक कहा था, राज्य उसका नहीं था, जिस पर किसी विधान से उसका अधिकार बनता था; राज्य उसका था, जिसका उस पर आधिपत्य था। इस समय दुर्योधन कुरु साम्राज्य का अधिपति था। यदि उसके पिता सचमुच ही स्वयं को राजा मानते तो वे स्वयं ही पाण्डवों को राज्य दे देते, तो फिर वे क्यों दुर्योधन को समझाते रहे कि पाण्डवों से संधि कर ले।...इसका अर्थ एक ही था कि या तो वे मानते थे कि राज्य पर दुर्योधन का आधिपत्य था, अथवा वे भी पाण्डवों को राज्य देना नहीं चाहते थे, किन्तु वे खुलकर कह नहीं सकते थे कि वे राज्य नहीं देंगे। दुर्योधन कह सकता था कि वह राज्य किसी को भी नहीं देगा। राज्य उसको चाहिए। राज्य पर अपना आधिपत्य जमाए रखने के लिए वह कोई भी तर्क देगा, कोई भी उपाय करेगा, कोई भी हथकण्डा अपनाएगा।...उसने राज्य पाने के लिए पाण्डवों की हत्या के अनेक प्रयास किए थे। अब पाण्डवों को राज्य चाहिए तो वे उसका वध करें...

वध के लिए बल चाहिए। दुर्योधन पहले दिन से जानता था कि पाण्डवों के पास इतना बल नहीं है कि वे हस्तिनापुर की सेना और योद्धाओं का वध कर सकें। यदि बल, कौशल और सामर्थ्य था भी तो उनके पास संकल्पशक्ति नहीं थी कि वे कुरुवंशियों का वध कर सकते। मूर्ख, इतना भी नहीं जानते कि जो वध नहीं कर सकता, वह राजनीति भी नहीं कर सकता।...

वे दुर्योधन को अन्यायी और अधर्मी घोषित करते रहे, पर वे लोग इस बात से भी अवगत नहीं थे कि राजनीति का सारा न्याय और धर्म केवल बल में है। जिसके पास बल है, वह किसी नियम को नहीं मानता, किसी संधि को नहीं मानता। वह मानता है कि नियम हों अथवा संधियाँ—सब उसके अपने स्वार्थ की रक्षा के लिए ही हैं।

3

दूत चला गया और एक सर्वव्यापी मौन छा गया।

अन्ततः द्रौपदी ने ही कहा, "हम सब जानती हैं कि पितामह के भूमिपात से किसी को भी प्रसन्नता नहीं होगी। वे जैसे भी थे, पाण्डवों को प्रिय थे। किन्तु हम यह भी जानती हैं कि हमारी विजय के लिए पितामह का पतन आवश्यक था।...युद्ध की दृष्टि से यह समाचार हमारे लिए सुखद है।"

"आप ठीक कह रही हैं।" देविका ने सबसे पहले उसका समर्थन किया, "पितामह के पतन के बिना पाण्डवों की जय हो ही नहीं सकती थी।"

"यह तो ठीक है, किन्तु इस सारी सूचना में मुझे पाण्डवों का गौरव कहीं दिखाई नहीं देता।" बलंधरा ने द्रौपदी की ओर देखा, "एक वृद्ध को उसके प्रेमपाश में बाँधकर स्वयं उससे यह रहस्य प्राप्त करना कि उसका वध कैसे किया जा सकता है; और फिर आर्य शिखण्डी को सम्मुख खड़ा कर, पितामह को निहत्था कर, उन्हें बाणों से बाँध देना। यह तो कोई वीरता नहीं है जीजी!"

द्रौपदी ने ही नहीं, देविका और करेणुमती ने भी बलंधरा की ओर इस प्रकार देखा, जैसे कह रही हों कि उन्हें पहले से ही आशंका थी कि वह ऐसी ही कोई बात कहेगी।

"बलंधरा! अब तुम इस पूर्वश्रुत कथा को इस प्रकार सुनो।" द्रौपदी ने कहा, "पाण्डव पहले दिन से जानते थे कि पितामह ने दो प्रतिज्ञाओं के साथ दुर्योधन का सेनापतित्व स्वीकार किया था। पहली यह कि पाण्डव उनके लिए अवध्य होंगे और दूसरी यह कि किसी स्त्री पर, अथवा उस पुरुष पर जो पहले कभी स्त्री रह चुका है, वे शस्त्र नहीं उठाएँगे।"

"तो?" बलंधरा के स्वर में न केवल असहमति थी, वरन् स्पष्ट चुनौती भी थी।

"पाण्डवों ने यह जानते हुए भी कि पितामह को इस विधि से थोड़े ही समय में धराशायी किया जा सकता है, उसका उपयोग नहीं किया। क्यों? क्यों पहले ही दिन उस विधि से पितामह का वध नहीं किया और विराट के दोनों पुत्रों को बचा लिया? क्योंकि पाण्डव वीर हैं और पितामह से प्रेम करते हैं। शिखण्डी ने जब कभी भीष्म पितामह पर आक्रमण किया, कौरवों के कितने-कितने महारथी और अतिरथी उन पर टूट पड़े और धनंजय ने शिखण्डी को वह सुरक्षा प्रदान नहीं की, जो वे कर सकते थे। शिखण्डी हर बार असफल होकर लौट आए और पितामह पाण्डवों की सेना को काटते रहे।" द्रौपदी ने कहा, "तुमने कभी ध्यान नहीं दिया बलंधरा! कि धर्मराज ने श्रीकृष्ण को कई

बार उपालम्भ दिया कि अपनी सेना को कटती देखकर भी धनंजय पितामह का वध नहीं करते।"

"हाँ! उपालम्भ दिया तो था।" बलंधरा ने कहा, "पर उससे क्या सिद्ध होता है?"

"श्रीकृष्ण भी दो बार रथ से कूदकर पितामह को मारने के लिए कुरुक्षेत्र में उनकी ओर दौड़े थे?"

"हाँ!"

"क्यों?" द्रौपदी ने पूछा, "क्या इसलिए कि धनंजय पितामह का वध कर नहीं सकते थे अथवा वे करना नहीं चाहते थे?"

बलंधरा ने कुछ नहीं कहा।

"यदि धनंजय असमर्थ होते तो श्रीकृष्ण स्वयं रथ से कूदकर उन्हें उत्तेजित क्यों करते? धर्मराज रुष्ट क्यों होते?" देविका ने उसकी ओर देखा।

बलंधरा इस बार भी कुछ नहीं बोली।

"स्पष्ट है कि सव्यसाची पितामह का वध करने में समर्थ होते हुए भी उनका वध नहीं करना चाहते थे।" सुभद्रा ने कहा, "वे उनसे प्रेम करते थे। उन्हें अपनी सेना का कटना स्वीकार्य था, किन्तु वे पितामह का वध करना नहीं चाहते थे।"

"तो फिर वध किया क्यों?" बलंधरा बोली।

सुभद्रा का वर्ण कुछ तप्त हुआ। लगा कि वह बलंधरा को कोई कठोर बात ही न कह दे।

"वध तो होना ही था बलंधरा! समरभूमि में शत्रुपक्ष से लड़ने वाले योद्धा का वध नहीं किया जाएगा तो पराजय स्वीकार करनी पड़ेगी।" देविका ने बात सँभाल ली, "तुम इसे इस प्रकार देखो। पाण्डव पहले ही दिन आर्य शिखण्डी को सम्मुख खड़ा कर पितामह का वध कर सकते थे, किन्तु उन्होंने ऐसा नहीं किया। दूसरी ओर पितामह लड़ भी रहे थे और दुर्योधन को संधि कर लेने के लिए समझा भी रहे थे। शायद पाण्डव भी ऐसी ही किसी संधि की प्रतीक्षा कर रहे हों। पर अपनी सेना को कटते देख धर्मराज को भी तीव्र इच्छा होने लगी थी कि पितामह का वध हो जाना चाहिए। श्रीकृष्ण ने पहले दिन से ही स्पष्ट कर दिया था कि वे पितामह का वध शीघ्रातिशीघ्र चाहते हैं। उधर दुर्योधन भी पितामह से रुष्ट हो रहा था कि उनके सेनापतित्व में पाण्डवों का वध नहीं हो रहा है। अतः वह भी पितामह की मृत्यु की कामना कर रहा था ताकि वह कर्ण को सेनापति के रूप में समरभूमि में ला सके। तीसरी ओर पितामह देख रहे थे कि संधि की कोई सम्भावना नहीं थी और सेना प्रतिदिन कट रही थी।

जिन कौरवों की वे रक्षा करना चाहते थे, उनके दोनों पक्ष उनकी मृत्यु की कामना कर रहे थे। हार कर उन्होंने पाण्डवों से कह ही दिया कि वे शिखण्डी के हाथों मरना नहीं चाहते। उन्हें अर्जुन के हाथों मरने का यश मिले। यह तो एक हताश व्यक्ति की गौरवपूर्ण आत्महत्या है।"

"तो पाण्डव उनके शिविर में क्या पूछने गए थे?" बलंधरा अपनी बात से टलने को तैयार नहीं थी।

"अनुमति लेने गए थे कि अब वे पितामह का वध कर ही दें।" सुभद्रा ने कहा।

बलंधरा जोर से हँस पड़ी, "अपने वध्य से भी कोई वध की अनुमति लेता है?"

"पाण्डव लेते हैं।" द्रौपदी ने जैसे दृढ़तापूर्वक किसी सिद्धान्त का प्रतिपादन किया, "युद्धारंभ के समय भी धर्मराज अपना कवच उतारकर, अपने विरुद्ध लड़ने वाले अपने गुरुओं और कुलवृद्धों से अनुमति लेने गए थे।"

"विचित्र हैं ये पाण्डव भी।" बलंधरा ने जैसे अपने आपसे कहा।

"तभी तो वे असाधारण हैं।" देविका बोली।

"एक बात मेरे मन में भी है जीजी!" करेणुमती बोली, "पूछूँ?"

"किससे पूछना है?" सुभद्रा की आँखों में असाधारण चंचलता थी, और वह बलंधरा की ओर देख रही थी।

द्रौपदी को जाने क्यों सुभद्रा की उस चंचल मुस्कान में से कृष्ण झाँकते दिखाई दिए : है तो यह उनकी बहन ही।

"नहीं! मैं बलंधरा जीजी से नहीं पूछ रही।" करेणुमती बोली, "मैं तो आप सब के सम्मुख अपनी एक जिज्ञासा रखना चाहती हूँ—उत्तर जिस किसी के भी पास हो।"

"जिज्ञासा क्या है?" देविका ने पूछा।

"आप किसी भी प्रकार काल-गणना कर लें, पितामह की अवस्था इतनी कम नहीं हो सकती कि वे इस प्रकार का युद्ध कर सकें। और वे युद्ध ही नहीं कर रहे थे, प्रलय मचा रहे थे। तरुणों की तरुणाई भी उनकी सक्रियता और स्फूर्ति के सम्मुख लज्जित हो रही थी।"

"तुम कितनी अवस्था आँकती हो उनकी?" देविका ने पूछा।

"किसी भी गणित से उनकी अवस्था कम से कम सवा सौ से डेढ़ सौ वर्षों के बीच होनी चाहिए।" करेणुमती बोली।

"हाँ! इतनी तो होनी ही चाहिए।" देविका ने कहा और सुभद्रा की ओर देखा।

सुभद्रा ने भी सहमति में सिर हिला दिया।

"तो फिर जहाँ हम मनुष्य मात्र की अधिकतम आयु सौ वर्ष मानते हैं, वहाँ एक व्यक्ति न केवल डेढ़ सौ वर्ष तक जीवित हो, वरन् युवाओं के समान युद्ध कर रहा हो, इसे कोई कैसे स्वीकार कर सकता है?"

"पर यह सत्य है। हमारे सामने है।" बलंधरा बोली, "इसे झुठलाया नहीं जा सकता।"

"सत्य है, इसीलिए तो मेरे मन में यह जिज्ञासा है। कैसे सम्भव है यह? पितामह ने इसे कैसे सम्भव किया? क्या यह मात्र ब्रह्मचर्य के कारण है, अथवा उनके पास कोई सिद्धि है?" करेणुमती ने बारी-बारी उन सबकी ओर देखा।

"वैसे तो आचार्य द्रोण की अवस्था भी कम नहीं है।" सुभद्रा ने कहा, "और कृपाचार्य ही कौन से छोटे हैं।"

"मानने को मान लो की आचार्य भी कम तपस्वी नहीं हैं।" देविका ने कहा, "किन्तु पितामह के विषय में तो यह भी कहा जाता है कि उन्हें अपने पिता से इच्छामृत्यु का वरदान मिला है।...क्या यह सब इसके कारण है?"

"नहीं! मैं इससे सहमत नहीं हूँ।" द्रौपदी ने कुछ आवेश मैं कहा, "में तो वैसे ही शाप और वरदान पर बहुत विश्वास नहीं करती, पर महाराज शान्तनु के विषय में तो यह एकदम सत्य नहीं हो सकता। उन्होंने कौन-सी तपस्या की थी कि उन्हें कोई सिद्धि प्राप्त होती, जिससे वे किसी को वरदान दे सकते। वे तो साधारण भोगी पुरुष थे। पहले गंगा के प्रेम में डूबे रहे और फिर सत्यवती के मोह में निमज्जित हो गए। यदि वैसे पुरुष को भी वरदान देने की शक्ति मिल सकती है तो फिर हम-तुम क्यों किसी को वर नहीं दे सकतीं?"

"वरदान न सही। मुझे तो शाप की शक्ति मिल जाए तो मैं अभी इसी क्षण दुर्योधन को भस्म कर दूँ।" बलंधरा बोली।

"बस! बस!! बात तो पितामह की अवस्था और उनकी क्षमता की थी।" देविका ने कहा, "और फिर उनकी इच्छामृत्यु की। क्या है इन सबका कारण?"

सबकी दृष्टि द्रौपदी पर आ टिकी थी।

"तुम लोग मुझसे इसका उत्तर माँग रही हो?" उसने कुछ विस्मित स्वर में पूछा।

"हाँ!" करेणुमती बोली, "तो और कौन उत्तर देगा?"

"इसका उत्तर तो तुम लोगों को श्रीकृष्ण से ही माँगना चाहिए। वे ही जानते हैं जन्म-मृत्यु के रहस्यों को।"

"अब श्रीकृष्ण यहाँ उपस्थिति नहीं हैं तो उनकी सखी ही उत्तर दे।" सुभद्रा ने हँसकर कहा।

"क्यों? उनकी बहन क्यों न दे?" द्रौपदी भी हँसी।

"क्योंकि उनकी बहन न उनकी सखी के समान विदुषी है, न उतनी बुद्धिमती, न ही उसे जीवन का इतना अनुभव है।" सुभद्रा गम्भीर हो गई थी।

"मैं तुम्हारी अपेक्षाओं पर पूरी उतरूँगी कि नहीं, कह नहीं सकती, किन्तु प्रयत्न करती हूँ।" द्रौपदी की मुद्रा भी चिन्तनशील हो गई, "मेरे मन में एक ही बात आती है। उपनिषद् कहते हैं :

पृथ्वी अप् तेजः अनिल खे समुत्थिते, पंचात्मके योग गुणे प्रवृत्ते।
न तस्य रोगः न जरा न मृत्युः, प्राप्तस्य योगाग्निमयं शरीरम्।।

यदि पितामह ने भी पृथ्वी, जल, तेज, वायु और आकाश—इस पाँचों महाभूतों का सम्यक् प्रकार से उत्थान होने पर तथा इनसे सम्बन्ध रखने वाले पाँच प्रकार के योग सम्बन्धी गुणों की सिद्धि हो जाने पर, योगाग्निमय शरीर को प्राप्त कर लिया है, तो उनको न तो रोग सताएगा, न बुढ़ापा आएगा और न ही उनकी मृत्यु होगी, अर्थात् उनकी मृत्यु उनकी अपनी इच्छा के अधीन होगी।"

"क्या यह सब सम्भव है जीजी!" करेणुमती के स्वर में अविश्वास था।

"मैं कह नहीं सकती करेणु!" द्रौपदी ने कहा, "मुझे स्वयं इसका कोई अनुभव नहीं है; किन्तु शास्त्र कह रहा है और हमारे सामने पितामह का उदाहरण है। मानना न मानना तो अब श्रद्धा-अश्रद्धा का प्रश्न है।"

"यदि यह सम्भव है तो कुछ और योगी भी तो होने चाहिए। एक अकेले पितामह ही क्यों?" बलंधरा बोली, "पर हमें तो और कोई दिखाई नहीं पड़ता।"

"होने को तो कृष्ण द्वैपायन व्यास भी हैं।...और देख सको तो देखो, श्रीकृष्ण और धनंजय की अवस्था पर भी क्या काल का कोई प्रभाव दिखाई पड़ता है? क्या वे भी चिरयुवा नहीं लगते?" द्रौपदी ने हँसकर कहा, "और यदि इस प्रकार के योगी होते हैं तो उन सबका हमारे आसपास होना भी आवश्यक नहीं है। फिर भी मैं आग्रह नहीं कर सकती कि तुम लोग इस स्पष्टीकरण को स्वीकार कर ही लो।"

"विचित्र बात है।" बलंधरा जैसे अपने आपसे बोली, "मानो तो समस्या, न मानो तो समस्या। यह गोरखधंधा तो मेरी समझ से एकदम ही बाहर है।"

"मुझे तो उससे भी विचित्र वे सूचनाएँ लगती हैं, जो पितामह के धराशायी हो जाने के बाद की हैं।" सुभद्रा ने कहा।

"पार्थ द्वारा उन्हें बाण का तकिया देने की? बाण द्वारा धरती से जल प्रकट करने की?" द्रौपदी ने पूछा।

"हाँ! और यह भी कि पितामह के शरीर में बाण आर-पार धँसे हैं और वे उन पर ही सोए हैं।"

कुछ क्षणों तक द्रौपदी ने कुछ नहीं कहा। फिर अकस्मात् ही बोली, "द्वन्द्व मेरे मन में भी है। या तो उपनिषद् की उक्ति के प्रकाश में पितामह के योगाग्निमय शरीर को स्वीकार कर लें। उससे यह माना जा सकता है कि पितामह को बाणों के इस प्रकार आर-पार हो जाने पर भी कोई कष्ट नहीं हो रहा है। या फिर कष्ट तो हो रहा है; किन्तु उनकी मृत्यु नहीं हो सकती, क्योंकि वह उनकी इच्छा के अधीन है।"

"सम्भव तो यह भी है, किन्तु यह भी तो हो सकता है कि पितामह के शरीर में कुछ ऐसे बाण धँस गए हों, जिन्हें निकालना न तो विशल्यकारी औषधियों के लिए सम्भव है और न ही शल्यचिकित्सकों के लिए।" देविका ने कहा।

"क्यों? शल्यचिकित्सकों के लिए क्यों सम्भव नहीं है?" सुभद्रा ने पूछा।

"बाणों को निकालने की शल्यक्रिया उनके प्राण भी ले सकती है।" देविका ने उत्तर दिया, "ऐसे में वे अपने पर्यंक पर लेटे हों, तो भी बाण-शैया पर सोए ही माने जाएँगे। वे उन बाणों की चुभन, उनकी पीड़ा से तो मुक्त नहीं हो सकते।"

"वैसे योगशास्त्र का यह भी कहना है कि साधक यदि अपना स्वरूप पहचान कर स्वयं को आत्मा के रूप में देखता है और इस शरीर से पृथक् अनुभव करने लगता है, तो उसे इस शरीर का कोई कष्ट पीड़ित नहीं करता।" द्रौपदी ने कहा, "वह बिना किसी पीड़ा का अनुभव किए, अपने हाथों से अपने शरीर के अंगों को काट सकता है।"

"हमारी कठिनाई यह है कि हमारा सत्य केवल वह है, जिसको स्वयं हमने अनुभव किया है।" सहदेव की पत्नी विजया ने पहली बार मुँह खोला, "जो हमारे अनुभव क्षेत्र से बाहर है, उसका विश्वास हम कैसे कर लें।...किन्तु पितामह का उदाहरण हमें बहुत कुछ सोचने को बाध्य करेगा।"

"और वह बाण का तकिया और बाण का धरती में से जल निकाल कर पिलाना?" बलंधरा ने जैसे उन्हें स्मरण कराया।

"यह तो मुझे किसी कवि की अतिशयोक्तिपूर्ण कल्पना ही लगती है।" देविका ने कहा, "बाकी तुम लोगों की इच्छा।"

"क्यों? क्या धनंजय एक ऐसा बाण नहीं मार सकते थे, जो पितामह के सिर को नीचे से सहारा तो दे किन्तु उनको आहत न करे?" सुभद्रा ने कहा, "एकलव्य ने भी तो कुत्ते का मुँह बाणों से भर दिया था, किन्तु उसे आहत नहीं किया था?"

"बात तो ठीक है।" द्रौपदी ने समर्थन किया।

"बात तो ठीक ही है।" देविका बोली, "किन्तु मैं सोचती हूँ कि धनंजय और शिखण्डी ने युद्ध में पितामह को इतने बाण मारे थे कि उनके शरीर का कोई भाग बाणशून्य नहीं था। शरीर पर कवच भी रहा होगा। उस कवच को भी भेदा गया। तो क्या उनके कंठ और माथे पर कोई बाण नहीं मारा गया होगा? शिरस्त्राण के बाद भी कंधों से ऊपर बहुत सारा भाग अनावृत होता है। मारा ही होगा। ऐसे में तकिया देने के लिए और बाण क्या मारना।" देविका ने रुककर सुभद्रा को देखा, "वैसे तुम्हारी इच्छा भई। नहीं तो धनंजय के लौटने पर उनसे पूछ लेना।"

"मानना न मानना तो अपने अनुभव, अपनी बुद्धि और अपनी श्रद्धा पर निर्भर करता है," द्रौपदी ने कहा, "पर इतना तो कहना ही होगा कि जो भी हुआ, बहुत अद्‌भुत हुआ।"

सुभद्रा हँसी, "जीजी ने तो चर्चा के समापन की ही घोषणा कर दी।"

4

दुर्योधन ने अपने हाथों, शास्त्रीय विधि से आचार्य द्रोण का प्रधान सेनापति के रूप में अभिषेक किया। बहुत आडंबर और समारोह के साथ अपनी प्रसन्न्ता जताई। वाद्यों के घोष और शंखों की ध्वनि से आकाश फटने लगा। पुण्याहवाचन हुआ, स्वस्तिवाचन हुआ। सूत, मागध तथा वंदीजनों ने स्तोत्र तथा गीत गाए। दुर्योधन और आचार्य द्रोण, दोनों के वंशों की विरुदावलियाँ गाई गईं। श्रेष्ठ ब्राह्मणों ने जयजयकार किया। भीष्म के सेनापति के रूप में अभिषेक के अवसर पर जो नहीं हुआ था, वह भी हुआ। नर्तकियों ने अत्यन्त मादक नृत्य किया। ...उस समय वह युद्ध का शिविर नहीं किसी अत्यन्त विलासी राजा की समृद्ध सभा का उत्सव लग रहा था।

द्रोण बहुत ध्यान से दुर्योधन की ओर देख रहे थे। वह जैसे भूमि पर नहीं आकाश पर चल रहा था। उसके चेहरे का दर्प देखकर कोई कल्पना भी नहीं कर सकता था कि इसने कल ही भीष्म जैसा अपना सेनापति खोया है। जिस पितामह के प्रति वह अपना इतना प्रेम जताता था, वे युद्ध से हटे भर हैं। अभी तो मृत्यु भी नहीं हुई थी। वे वैद्यों और शल्य चिकित्सकों में घिरे हुए स्वास्थ्य और मृत्यु के दोराहे पर खड़े थे, जाने वे किस मार्ग पर अग्रसर होंगे। उनके क्षत भर भी सकते हैं और वैद्य असफल भी हो सकते हैं।...किन्तु शायद दुर्योधन ने उनके जीवन की आशा एकदम छोड़ दी थी। वह निश्चिंत

था कि वे लौटकर नहीं आएँगे।...आ भी सकते होंगे तो दुर्योधन के व्यवहार को देखकर आ नहीं सकेंगे।...

द्रोण को जैसे कोई मद चढ़ने लगा था।...दुर्योधन को भीष्म से भी अधिक उन पर भरोसा था। भीष्म को तो कदाचित् उसने अपनी बाध्यता में ही प्रधान सेनापति स्वीकार किया था। वे उसके पितामह थे। उनकी उपेक्षा वह कर नहीं सकता था। पर द्रोण को तो उसने स्वयं चुना था, नहीं तो उसकी सेना में महीपों का कोई अभाव नहीं था। आज इन शूरवीर क्षत्रियों की पोल खुल गई थी। कितने पानी में थे वे। शस्त्र पकड़ना तो सबको आता है, किन्तु उस पर नियंत्रण भी तो होना चाहिए।...द्रोण को आज द्रुपद याद आ रहे थे। द्रुपद ने कहा था कि मित्रता तो समानता के आधार पर होती है।...आज देखे द्रुपद कि उन दोनों में क्या समानता है। द्रोण कदाचित् संसार के सबसे समृद्ध राजा के प्रधान सेनापति हैं और द्रुपद युधिष्ठिर की सेना में एक साधारण महारथी है। उसके वर्तमान रहते, पाण्डवों ने उसके पुत्र को प्रधान सेनापति रखा है। और पाण्डवों की स्थिति क्या है? उनके पास अपने राज्य के नाम पर एक ग्राम भी नहीं है। बेचारे विराट की भूमि पर अपना डेरा डालकर युद्ध करने आए हैं।

आज द्रोण को अनुभव हो रहा था कि राजकीय पद का क्या अर्थ होता है। पहले वे राजकुमारों के गुरु थे। सेना के मार्गदर्शक थे। सुविधाएँ तो उनको तब भी थीं। एक प्रकार से अधिकार भी थे, किन्तु यह तो युद्ध की स्थिति में प्रधान सेनापति बनकर ही समझ में आता है कि अधिकार क्या होता है। यह सारी सेना उनकी थी। अपनी-अपनी सेनाओं के साथ आए महीप गण भी उनकी सेना के मात्र महारथी थे। उन सबको द्रोण की आज्ञाएँ माननी होंगी। उनके किरीट अब द्रोण की आज्ञाओं के सम्मुख नतमस्तक थे। द्रोण जिसे चाहेंगे, बचा लेंगे, और जिसे चाहेंगे, मृत्यु के मुख में धकेल देंगे।...

"राजन्!" सहसा द्रोण ने कहा, "तुमने मुझे आज प्रधान सेनापति बनाया है। समारोह भी बहुत है। तुमने मुझे बहुत कुछ दिया है। मेरी इच्छा है कि आज मैं भी तुम्हें कुछ दूँ। इस असवर पर आज तुम मुझसे एक वर माँग लो।"

दुर्योधन ने आचार्य की ओर देखा। 'चढ़ गई बुड्ढ़े को। वर दे रहा है।'

वह जानता था कि आचार्य द्रोण को प्रधान सेनापति बनाकर जब वह राजकीय महत्त्व देगा तो यह कंगाल ब्राह्मण उस सुख को झेल नहीं पाएगा। वह उसकी उच्चतम भौतिक अपेक्षाओं से भी कुछ ऊपर ही होगा। उसके पग भूमि से ऊपर उठ ही जाएँगे। हवा में लटकने लगेगा बुड्ढ़ा! तब दुर्योधन उसे जिस ओर चाहेगा, घुमाता रहेगा।...दुर्योधन ने द्रोण को भी देखा था और अश्वत्थामा को भी। उनका अतीत अभावों भरा अवश्य था, किन्तु वर्तमान में ऐसा कोई

कष्ट उन्हें नहीं था। पर अतीत के उस भूत ने उनका पीछा कभी नहीं छोड़ा था। द्रोण सदा भविष्य के प्रति आशंकित रहे थे कि कहीं उनका अतीत पुनः लौट कर न आ जाए...और अश्वत्थामा का लोभ कभी तृप्ति की सीमा को छू नहीं सका। वह निरंतर बढ़ता ही गया था।...

"आपकी कृपा है आचार्य! सोचता हूँ कि एक वर माँग ही लूँ। आप आज युधिष्ठिर को बंदी कर मुझे ला दीजिए जीवित।"

द्रोण जैसे आकाश से गिरे। उनके पगों को यथार्थ के कंकड़ चुभने लगे। वे दुर्योधन की सेना के प्रधान सेनापति थे। दुर्योधन की सेना में उनका महत्त्व सर्वोपरि था,...किन्तु पाण्डवों की सेना पर तो उनका कोई नियन्त्रण नहीं था। पाण्डव योद्धा तो उनकी आज्ञा के अधीन नहीं थे।...वहाँ अर्जुन था। वह क्या अपने भाई और राजा को जीवित बंदी करने देगा?...अपने राजा की रक्षा के लिए पाण्डव सेना अपना सारा बल लगा देगी।...

द्रोण ने दुर्योधन की ओर देखा : वह जानता भी है कि वह क्या माँग रहा है? उसे नहीं मालूम कि वह असम्भव माँग रहा है। वर लेते हुए, वर देने वाले की क्षमता का भी ध्यान रखना चाहिए। यह एक शिष्य अपने गुरु से वर माँग रहा था अथवा एक मदांध राजा बिना सोचे-समझे, अपने अधीनस्थ कर्मचारी को आदेश दे रहा था?...

और सहसा द्रोण के भीतर का सेनापति जागा...ऐसे युद्ध कैसे हो सकता है। यदि राजा सेनापति के कार्यों में, उसके व्यूहों में, उसकी रणनीति में, इस प्रकार बिना सोचे-समझे हस्तक्षेप करता रहेगा, तो युद्ध के परिणाम का दायित्व सेनापति पर कैसे हो सकता है?...पर दुर्योधन इस समय न तो क्षीव था, न मदोन्मत्त, न मदोद्धत। वह युद्ध की विधि से इतना अनभिज्ञ भी नहीं था कि इतनी-सी बात न समझता हो कि किसी का वध करने और उसे जीवित पकड़ने में कितना अंतर है। युधिष्ठिर का वध करने में क्या कठिनाई है। किसी भी उपयुक्त अवसर पर एक बाण से युधिष्ठिर धराशायी हो जाएगा। न तो वह अर्जुन के समान धर्नुधारी है कि वह शत्रुओं की बाण वर्षा का निराकरण कर लेगा; और न ही उसके पास दिव्यास्त्र और देवास्त्र ही हैं, जिनसे वह अपनी रक्षा कर लेगा।...किन्तु उसको जीवित पकड़ने के लिए उसके निकट जाना होगा। युधिष्ठिर की रक्षा के लिए पाण्डवों का सारा बल लगा होगा। उस प्रयत्न मैं कितने कौरव सैनिक मारे जाएँगे क्या दुर्योधन यह समझता नहीं?

इन क्षत्रिय राजाओं के साथ यही तो कठिनाई है : सामर्थ्य है नहीं और इच्छाएँ आकाश को छू रही हैं। यह दुर्योधन अपने शैशव से ही अपने शत्रुओं के विरुद्ध एक भी युद्ध जीत नहीं पाया; और आदेश इस प्रकार देता है, जैसे

ब्रह्मंड इसी के आदेश से परिचालित होता है। इधर इसकी इच्छा हुई और उधर सृष्टि ने अपना क्रम बदला। अपने उसी अंहकार में इस मूर्ख ने पाण्डवों को, अपने रक्षकों को अपना शत्रु बना डाला।...

पर इस समय तो यह उसका अहंकार नहीं गुरु के वरदान का मद था।

"क्या यह इतना कठिन है आचार्य?" दुर्योधन पूछ रहा था, "आप इतनी गहरी चिन्ता में डूब गए। क्या वर नहीं देंगे?" उसने कहा नहीं, किन्तु मन-ही-मन सोचा, 'बुड्ढ़ा वर दे कर फँस गया है। मुँह से शब्द ही नहीं फूट रहा।'

"नहीं! नहीं!! कठिनाई की बात नहीं है राजन्!" द्रोण बोले, "मैं सोच रहा था कि तुम्हारे वर के पीछे धर्म है अथवा राजनीति?"

"धर्म की ओर मेरी प्रवृत्ति नहीं है आचार्य!" दुर्योधन बोला, "मैं सांसारिक मनुष्य हूँ। मैं धर्म के नाम पर वंचित नहीं किया जा सकता।"

आचार्य की इच्छा हुई कि हँस पड़ें। ऐसे कह रहा है कि वह सांसारिक मनुष्य है, इसलिए धर्म की ओर उसकी प्रवृत्ति नहीं है जैसे संसार में केवल अधर्म ही हो। नहीं जानता कि धर्म ही संसार को भी धारण करता है।...कैसे कुछ लोगों ने अपने स्वार्थ, लोभ और लिप्सा को उचित ठहराने के लिए जीवन को अधर्म का पर्याय बना दिया है।...द्रोण का मन कुछ सँभला...बहुत असत्य भी नहीं कह रहा है दुर्योधन। संसार में तात्कालिक लाभ तो अधर्म से ही होता है। धर्म को जितना त्यागते जाओ, उतनी ही सांसारिक सफलता पाते जाओ। पर सफलता के मद में यह समझ में नहीं आता कि यह सफलता ही क्षय का द्वार भी है।...

द्रोण का मन जाने कैसे फिर बदल गया। सम्भव है कि दुर्योधन के मन में कोई और भाव हो।...

"पाण्डवों ने गन्धर्व चित्रसेन से तुम्हारे प्राणों और सम्मान की रक्षा की थी। क्या तुम उसका प्रतिदान करना चाहते हो?" द्रोण बोले, "अथवा बंदी युधिष्ठिर को मुक्त कर उससे भ्रातृत्व स्थापित करना चाहते हो?"

"नहीं आचार्य!" दुर्योधन बोला, "युधिष्ठिर के वध के निषेध के मूल में न कृतज्ञता है, न दया, न धर्म। यह मेरी राजनीति है।"

आचार्य की मुखाकृति के भाव कुछ बदले, "राजन्! युद्ध राजनीति के पीछे चलेगा, या राजनीति युद्ध के पीछे। तुम्हारी राजनीतिक चालों के कारण हम युद्ध में विजयी ही न हो सके तो तुम्हारी राजनीति क्या करेगी? हमें पहले युद्ध जीत लेने दो, फिर तुम अपनी राजनीति खेल लेना।"

दुर्योधन हँसा, "आचार्य मुझसे अधिक ही समझते हैं; किन्तु फिर भी शायद यह बात आपके ध्यान में नहीं आई कि यदि आप युधिष्ठिर का वध कर भी

देंगे, तो युद्ध में हमारी विजय नहीं होगी और न पाण्डवों का राज्य मैं निष्कंटक भोग पाऊँगा। भीम, अर्जुन, नकुल, सहदेव तब भी जीवित रहेंगे।" दुर्योधन कुछ रुका, "आचार्य मुझे क्षमा करें, जैसा कि मैं देख रहा हूँ, हमारी सेनाओं और सेनापतियों के लिए उनसे निबटना भी सरल नहीं है। पितामह भीष्म जैसे सेनापति के होते हुए भी पिछले दस दिनों में एक भी पाण्डव या उनकी सेना का कोई प्रबल योद्धा नहीं मारा जा सका।"

द्रोण का मन कैसा तो कसैला हो गया। उन्हें पता ही नहीं चला कि कैसे उसी अनुपात में उनका स्वर भी कटु हो गया।

"राजन् को मेरी क्षमता में संदेह है या इच्छा में?"

"दोनों में से किसी में भी नहीं।" दुर्योधन बोला, "मैं तो केवल यह कह रहा था कि पाँचों पाण्डवों का वध कर दिया जाए, तो भी कृष्ण, सात्यकि, अभिमन्यु, द्रौपदी के पुत्र, धृष्टद्युम्न और शिखण्डी इत्यादि बच रहते हैं। इनमें से कोई न कोई मेरा वध कर ही देगा। मेरा वध न भी हुआ तो भी पाण्डवों का राज्य मैं निष्कंटक रूप से नहीं भोग पाऊँगा। यदि पाण्डवों से युद्ध में जीतने का विश्वास मुझे होता तो मैं उनके राजसूय यज्ञ से पहले उन पर आक्रमण न भी कर पाता तो राजसूय से लौटकर उन पर आक्रमण अवश्य करता।"

द्रोण ने उसकी ओर देखा, जैसे पूछ रहे हों—क्यों नहीं किया आक्रमण? पर कुछ बोले नहीं।

"उसी युद्ध को टालने के लिए मामा शकुनि ने युधिष्ठिर के साथ द्यूत खेला था।"

"युधिष्ठिर को फिर से द्यूत क्रीड़ा के लिए जीवित बचा लेना चाहते हो?"

"हाँ आचार्य! एक बार युधिष्ठिर जीवित मेरे हाथों में आ जाए, फिर देखिए।" वह मुस्कराया, "उसे फिर से पिताजी की ओर से द्यूत खेलने के लिए बुलाया जाएगा। वह पीछे नहीं हटेगा। पिता के आदेश का वह तिरस्कार नहीं कर सकता। वह फिर से अपना राज्य हार कर अपने भाइयों समेत वन में चला जाएगा। अर्जुन, कृष्ण, भीम...सब खड़े टापते रह जाएँगे, पर न वे अपने भाई का साथ छोड़ेंगे और न उसकी आज्ञा का उल्लंघन करेंगे।" दुर्योधन का अट्टहास सारे मण्डप को गुँजा गया।

द्रोण स्तब्ध रह गए : यह दुर्योधन की राजनीति थी। वह युधिष्ठिर को उसी के धर्म में बाँधकर बंदी बना रहा था। युद्ध जीतने का कितना सरल मार्ग था। और द्रोण के मन में अपना ही प्रश्न गूँजा : युद्ध राजनीति के पीछे चले या राजनीति युद्ध के पीछे?

द्रोण की राजनीति में तो युद्ध प्रमुख था। युद्ध की जय-पराजय ही तो बाद की राजनीति को जन्म देती है। उन्होंने द्रुपद से युद्ध जीता तो अहिच्छत्र का राज्य उन्हें मिला। वे युद्ध में पराजित हो जाते तो पांचालों की राजनीति कुछ और होती।...पर दुर्योधन शायद उनसे कहीं कुशल राजनीतिज्ञ है। उसका अपना कोई धर्म, नियम, आदर्श और सिद्धान्त नहीं है। वह केवल अपना स्वार्थ समझता है—किसी भी मूल्य पर, किसी भी माध्यम से। शक्ति, धन, सत्ता, राज्य, भोग—सब कुछ चाहिए उसे, केवल अपने लिए। उसके पास सब कुछ हो और किसी अन्य के पास कुछ न हो।...इसलिए वह युद्धों को जन्म देता है। युद्धों की स्थितियाँ पैदा करता है। जहाँ विजयी हो सकने की सम्भावना हो, वहाँ युद्ध करता ही है और जहाँ विजय की निश्चिंत सम्भावना न हो, वहाँ उसे टालता है और धूर्तता का आश्रय लेता है।...दुर्योधन क्षत्रिय तो है, पर वीर नहीं है। अपने समर्थ प्रतिद्वन्द्वी से सम्मुख युद्ध करने का साहस वह कभी नहीं करता। उसमें धर्म और विवेक का अंश भी नहीं है कि उसकी राजनीति प्रजा के हित में कोई उदात्त कार्य करती।...क्यों रह गए द्रोण तुम इस हस्तिनापुर में, इस दुर्योधन के अन्न से पलने को? क्यों अहिच्छत्र चले नहीं गए? अपना स्वतन्त्र राज्य लेकर क्यों तुमने प्रजा का पालन नहीं किया? प्रजा का पालन?...द्रोण ने जैसे अपने आपसे पूछा, वे ब्राह्मण हैं, मूलतः आचार्य हैं, ज्ञान का दान करने वाले। तो क्यों उन्होंने एक ब्राह्मण के समान, आचार्य के समान, कहीं आश्रम बनाकर अपने शिष्यों को ज्ञान का दान करने में जीवन व्यतीत नहीं किया?...

प्रतिहिंसा!...ओह मेरी प्रतिहिंसा...किसी ने उनकी निर्धनता का उपहास किया तो उनमें प्रतिहिंसा जागी...वे धनी बनेंगे। धनी बनने के लिए उन्होंने वैश्य बनने की बात नहीं सोची। ब्राह्मण के रूप में ही धनी बनना चाहा।...अहिछत्र के राजा बने रहने के लिए उन्होंने हस्तिनापुर का सामंत भी बने रहना चाहा।...और फिर सामंत से सेनापति, चाहे वे प्रधान सेनापति ही क्यों न हों, पर इस कलुषित राजनीति वाले इस राजा दुर्योधन का आदेशवाहक कर्मचारी बनना पड़ा।...तो अब उसकी राजनीति से मतभेद कैसे हो सकता है? उन्हें उसकी इच्छा का अनुसरण करना होगा, उसकी कलुषित राजनीति की सहायता करनी पड़ेगी। युद्ध-धर्म को छोड़ना पड़ेगा।...और इस समय तो जाने किस मद में वे उसे वर ही दे बैठे हैं।...

"आचार्य ने कुछ बताया नहीं।" दुर्योधन ने उनका ध्यान अपनी ओर खींचा।

"जब तक अर्जुन, युधिष्ठिर की रक्षा के लिए युद्धभूमि में उपस्थित है, तब तक युधिष्ठिर को जीवित बंदी करना असम्भव है राजन!" द्रोण ने बहुत अनिच्छा

से कहा, "अर्जुन को युधिष्ठिर से अलग कर, युद्धक्षेत्र में कहीं दूर अटका लो, मैं युधिष्ठिर को कल ही बंदी बनाकर तुम्हारे चरणों में डाल दूँगा।"

द्रोण के मन में सोया हुआ ब्राह्मण बहुत दिनों के बाद जागा था : एकलव्य का अँगूठा कटवा लिया था, तब भी वह ब्राह्मण बहुत रोया था। पर द्रोण की प्रतिहिंसा उनके बिना सिखाए ही एक एकलव्य को कैसे जन्म लेने देती? अपने पुत्र अश्वत्थामा और शिष्य अर्जुन से उत्कृष्ट धनुर्धर को इस पृथ्वी पर कैसे सहन कर लेती।...और आज फिर युधिष्ठिर को बंदी करने का षड्यन्त्र रचते हुए, उनका वह ब्राह्मण, उसी प्रकार आत्मयातना से पीड़ित होकर कराह रहा था...आज भी द्रोण को ब्राह्मण के क्रंदन की ओर से बहरा हो जाना होगा।...

दुर्योधन ने कुछ आश्चर्य से द्रोण को देखा : यह वाग्मी ब्राह्मण क्या आज अपनी असमर्थता स्वीकार कर रहा है, "क्या आचार्य कह रहे हैं कि वे अर्जुन के सामने असमर्थ हैं?"

द्रोण ने दुर्योधन की ओर देखा। उनकी आँखें दुर्योधन के द्वारा किए गए अपमान का स्पष्ट प्रतिरोध कर रही थीं; पर उनकी जिह्वा बहुत संयत ढंग से बोली, "आचार्य ने कुछ नहीं कहा। एक सेनापति अपने राजा को बता रहा है कि इस प्रकार के सम्मुख युद्ध में, जहाँ सेना के ऐसे व्यूह रचे जाते हैं और दिव्यास्त्रों और देवास्त्रों से संपन्न अर्जुन जैसा योद्धा होता है, विरोधी पक्ष के राजा को जीवित बंदी करना, असम्भव होता है। यदि ऐसा सम्भव हुआ होता तो पाण्डव कब के तुम्हें बंदी कर ले जा चुके होते।"

'बुड्ढा भड़का नहीं।' दुर्योधन ने सोचा, 'उलटे मुझे फँसाने का प्रयत्न कर रहा है।'

"अर्जुन आपका ही शिष्य है आचार्य! उसने जो कुछ भी सीखा है, आपसे ही सीखा है। उसे शिक्षा देते हुए, कुछ तो आपने अपने लिए भी बचा कर रखा ही होगा। क्या आप उसको पराजित नहीं कर सकते? और वह भी तब, जब हम जानते हैं कि वह आपका वध कभी नहीं करेगा?"

द्रोण को इस जिज्ञासा में अपना अपमान दिखाई दे रहा था, किन्तु उन्होंने अपने अहंकार को आड़े आने नहीं दिया। जानते थे कि दुर्योधन क्या चाहता है। जितना वे तनते जाएँगे, उतना ही दुर्योधन के जाल में फँसते जाएँगे।

"शिक्षा तो मैंने ही दी है अर्जुन को, किन्तु अर्जुन मेरी अपेक्षा अभी पर्याप्त तरुण है। गुरुकुल से बाहर जाकर भी उसने जीवन के भोग नहीं भोगे। बहुत तपस्या की है उसने। बहुत पुण्य अर्जित किया है। उसकी आत्मा और शरीर उन पुण्यों से मण्डित हैं। वह इन्द्र और रुद्र से अनेक प्रकार के दिव्यास्त्रों और देवास्त्रों का शिक्षण प्राप्त कर चुका है।" द्रोण ने रुककर दुर्योधन को देखा,

"और इस समय तुम्हारे प्रति उसका अमर्ष बहुत चढ़ा हुआ है। फिर मुझमें अर्जुन से लड़ने का उत्साह भी नहीं है।"

दुर्योधन स्तब्ध रह गया। क्यों उत्साह नहीं है अर्जुन से युद्ध करने में? अभी तो वर दे रहे थे और अब कोई उत्साह ही नहीं रह गया।...जबकि अर्जुन से युद्ध करने में किसी प्रकार का कोई संकट ही नहीं है। सारी सेना जानती है कि अर्जुन के लिए द्रोण अवध्य हैं।

"क्या सेनापति कोई ऐसा व्यूह नहीं रच सकते, जिसके कारण अर्जुन कहीं और फँस जाए?" दुर्योधन के स्वर में आवृत चुनौती थी। इस बार उसने उन्हें आचार्य कह कर सम्बोधित नहीं किया था। उन्हें स्मरण करा दिया था कि वे सेनापति हैं और वह उनका राजा है।

"सेनापति का काम युद्ध के आदेश देना है राजन्! षड्यन्त्र रचना नहीं।"

दुर्योधन ने मुस्कराकर द्रोण को देखा : 'बुड्ढा भीतर से खौल रहा है।'

"यह षड्यन्त्र नहीं है आचार्य! मैं इसे रणनीति कहता हूँ।" दुर्योधन ने आचार्य को गम्भीर दृष्टि से देखा, "शत्रु की क्षमता को विभाजित कर उसके अलग-अलग खण्डों पर आक्रमण कर उन्हें पराजित करना, क्या युद्ध कौशल नहीं है?"

"शत्रु की शक्ति को विभाजित कर, उसे पराजित करना निश्चित रूप से युद्ध कौशल है दुर्योधन! युद्ध शास्त्र में हम इसे भी व्यूह रचना ही कहते हैं। पर, शत्रु को द्यूत क्रीड़ा के लिए बाध्य करने के लिए, बंदी करना रणनीति नहीं राजनीति है। इसीलिए मैंने उसे षड्यन्त्र कहा। षड्यन्त्रों का क्षेत्र राजा का होता है, सेनापति का नहीं।"

'बहुत बोल रहा है आज'...दुर्योधन मन-ही-मन बोला...'भूल गया कि द्रुपद के विरुद्ध षड्यन्त्र रचने ही आया था हस्तिनापुर। जिस क्षण हस्तिनापुर की ओर इसका पहला पग उठा होगा, उससे पहले ही इसके मन में षड्यन्त्र रचा जा चुका था—कौरव राजकुमारों को ज्ञानदान करना या आजीविका कमाना लक्ष्य नहीं था द्रोण का। वह तो भीष्म जैसे शक्तिशाली और प्रभावशाली क्षत्रिय के पौत्रों को अपना माध्यम बनाकर द्रुपद को वंचित करना था। इसके मन में कहीं कुरुओं और पांचालों की पारंपरिक शत्रुता भी रही होगी। इसने उस वैमनस्य का भी लाभ उठाया। तभी तो भीष्म ने द्रुपद पर आक्रमण का विरोध नहीं किया...और अपने इस षड्यन्त्रकारी अभियान को कैसा पवित्र नाम दिया था आचार्य ने—गुरुदक्षिणा। आज सबके बीच खड़ा होकर कह रहा है षड्यन्त्र राजा का क्षेत्र है'...

"यदि अर्जुन वहाँ न हुआ तो आप युधिष्ठिर को जीवित पकड़ लाएँगे?" दुर्योधन ने पूछा।

"हाँ पकड़ लाऊँगा।" द्रोण का मन प्रसन्न नहीं था।

"प्रतिज्ञा करते हैं?"

द्रोण ने तत्काल कुछ नहीं कहा। वे प्रतिज्ञा कैसे कर सकते हैं? वे तो उसे वर दे रहे हैं, वह भी सशंक होकर। पर अब वे उसे अस्वीकार कैसे करें।

"हाँ! प्रतिज्ञा करता हूँ।" द्रोण ने कहा।

"ठीक है। आप आज के युद्ध की तैयारी करें।" दुर्योधन के स्वर में अनावृत उल्लास था।

द्रोण चले गए। पर जाते हुए न तो उनका मन उल्लसित था, न उनका सिर गर्व से उठा हुआ था। उनके चेहरे पर चिन्ता की रेखाएँ थीं।

द्रोण के पीछे-पीछे अन्य लोग भी चले गए, किन्तु दुःशासन, कर्ण और शकुनि अब भी उसके निकट ही थे।

"दुःशासन!" दुर्योधन बोला, "सारी सेना में सूचना प्रसारित करवा दो कि कौरवों के प्रधान सेनापति आचार्य द्रोण ने अपने राजा के सम्मुख प्रतिज्ञा की है कि वे युधिष्ठिर को जीवित बंदी कर आज अपने राजा को सौंपेंगे।"

"पर राजन्" कर्ण तत्काल बोला, "यह सूचना तो गोपनीय है। पाण्डवों तक यह सूचना पहुँच गई तो वे युधिष्ठिर की सुरक्षा का प्रबंध कर लेंगे।"

"और मैंने यह प्रतिज्ञा गुप्त रखी तो आचार्य द्रोण उसको भूल ही जाएँगे अथवा किसी न किसी व्याज से उसको टाल जाएँगे, जो मैं नहीं चाहता।"

"अर्थात् आचार्य को बाध्य करने के लिए इस प्रतिज्ञा का प्रचार आवश्यक है।" शकुनि ने कहा।

"एकदम।" दुर्योधन ने उत्तर दिया, "देखा नहीं, कैसे मरे हुए मन से उन्होंने प्रतिज्ञा की है। यह भी कह दिया है कि उनके मन में अर्जुन से लड़ने का उत्साह नहीं है।"

"आपको अपने आचार्य और प्रधान सेनापति पर विश्वास नहीं है?" कर्ण ने पूछा।

"नहीं!" दुर्योधन के मन में कहीं कोई संकोच नहीं था, "पाण्डवों के सन्दर्भ में मैं उन पर विश्वास नहीं कर सकता। वैसे भी यह युद्ध न द्रोण का है, न पितामह का था। वे दोनों ही पाण्डवों के प्रति कोमल भाव रखते हैं। मैं उन पर तनिक भी विश्वास नहीं करता।"

"जिस पर विश्वास नहीं है, उसे प्रधान सेनापति बना दिया?" दुःशासन चकित था।

"बाध्यता है," दुर्योधन ने उत्तर दिया, "इसीलिए तो उन पर दृष्टि रखनी पड़ेगी। उनको घेरे रखना होगा ताकि वे युद्ध करते रहें और अपने मन की न कर पाएँ। हमें केवल उनका युद्ध कौशल चाहिए।...उनकी क्षमता हमारी दासी होनी चाहिए, और कुछ नहीं।"

कर्ण अपने मण्डप की ओर चला तो उसका मन भी भारी था।

5

द्रोण स्वयं को अत्यधिक थका हुआ ही नहीं, स्वयं अपने-आपसे रुष्ट भी अनुभव कर रहे थे। जैसे हर क्षण वे अपने-आपसे ही लड़ रहे हों। लगता था शरीर में प्राण ही नहीं थे। न मन में उत्साह था, न आत्मा में किसी प्रकार का आनन्द।

आज दिन भर उन्होंने बहुत परिश्रम किया था। वह श्रम उनके मन को किसी प्रकार की विशदता प्रदान करने के स्थान पर, उनके पोर-पोर को पीड़ित कर रहा था। इच्छा होती थी कि स्वीकार कर लें कि अब वे वृद्ध हो गए हैं। वे युद्ध जैसे कठोर कर्म योग्य नहीं रहे। अब उनको समरभूमि में नहीं उतरना चाहिए।...किन्तु वे भीष्म से तो अधिक वृद्ध नहीं थे। क्या भीष्म ने भी कभी इस प्रकार की क्लांति का अनुभव किया था?...किया ही होगा, नहीं तो वे आज इस प्रकार शरशैया पर क्यों सोए होते।

नहीं, बात केवल युद्ध की नहीं थी।...वे सोच रहे थे...श्रम की क्लांति में जो एक प्रकार का सुख होता है, वे उसका अनुभव भी तो नहीं कर रहे थे। युद्ध में प्राप्त कोई विजय भी तो उनकी आत्मा को आनन्दित नहीं कर पाती थी, तो फिर युद्ध की पराजय उन्हें कैसे आनन्दित कर सकती थी।... उन्हें चाहिए था अपना गुरुकुल, जिसमें वे साधना करते। नए-नए शस्त्रों का अध्ययन करते, उनका आविष्कार करते। अपने शिष्यों के बीच रहते, उनका विकास करते। ज्ञान का सुख पाते। युद्धक्षेत्र में इस प्रकार रक्त बहाना उन्हें कैसे आनन्दित कर सकता था। शत्रुता अपने आप में ही सुखदायी नहीं होती। और फिर पाण्डव तो उनके शत्रु भी नहीं थे। पर युद्ध तो उन्हें करना ही था।...युद्ध? किसके लिए? आज तक वे मानते आए, वे अपनी इच्छा से अपना युद्ध लड़ रहे हैं; किन्तु अब सन्ध्या समय दुर्योधन के सम्मुख जाते हुए वे किसी प्रकार स्वयं को विश्वास नहीं दिला पा रहे थे कि यह उनका अपना युद्ध था और वे अपनी सेना के अधिपति थे।...उनका मन स्पष्ट देख रहा था कि वे अपने शिष्य के आज्ञापालक एक सेनानायक मात्र थे।...वे अपनी इच्छा

के विरुद्ध युद्ध कर रहे थे। जिनसे प्रेम करते थे, उनके विरुद्ध लड़ रहे थे। वे जिसे आदेश देने के अधिकारी थे, उसकी आज्ञाओं का पालन कर रहे थे...पता नहीं कि मनुष्य कैसे इतना मोहग्रस्त हो जाता है कि यह निर्णय भी नहीं कर पाता कि कौन-सा पक्ष उसका अपना है और कौन-सा कर्म उसका कर्तव्य है।...

वे दुर्योधन के शिविर में आए।

दुर्योधन ने उनको राजा के समान नहीं, शिष्यवत् ही प्रणाम किया और बोला, "युद्ध का ग्यारहवाँ दिन भी बीत गया आचार्य! किन्तु हम वहीं खड़े हैं, जहाँ से चले थे।"

"राजन्!" द्रोण बोले, "योद्धा का काम तो युद्ध करना ही है, जय-पराजय तो विधाता के हाथ में है।"

दुर्योधन के मन में आया, वह चिल्लाकर कहे, 'तो हम युद्ध कर ही क्यों रहे हैं, हम विधाता को ही युद्ध क्यों नहीं करने देते।' पर बोला, "तो न सेनापति के हाथ में कुछ है, न राजा के हाथ में?"

द्रोण जानते थे कि दुर्योधन उनको दोषी ठहराएगा। पिछले दस दिनों में पाण्डवों की किसी भी सफलता के लिए जो अपने पितामह को दोषी ठहराता रहा, वह द्रोण को मुक्त कैसे छोड़ देगा।

"राजन्! तुमसे कुछ छिपा तो है नहीं। युद्ध में सबसे आगे तो तुम स्वयं ही थे। हमने उत्तम व्यूह रचा था। सब पक्षों तथा प्रपक्षों का ध्यान रखा था। दक्षिण पक्ष में जयद्रथ, कलिंगराज और विकर्ण थे। उनका प्रपक्ष शकुनि था। वाम पक्ष में कृपाचार्य, कृतवर्मा, चित्रसेन, विविंशति तथा दुःशासन थे। उनकी सहायता के लिए कंबोज, शक तथा यवन थे। उनके पीछे कर्ण था। कर्ण की रक्षा के लिए मद्र, त्रिगर्त, अंबुष्ट, प्रतीच्य, उदीच्य, मालव, शिवि, शूरसेन, मलद के श्रेष्ठ योद्धा थे।"

"तो फिर हमें अपने लक्ष्य में सफलता क्यों नहीं मिली?"

"उसके लिए न मैं अपने व्यूह को दोषी ठहराता हूँ, न अपने प्रयत्न को।" द्रोण बोले, "क्या तुमने नहीं देखा कि हमारे योद्धा समरभूमि में पहुँचकर किस प्रकार व्यूह और सम्पूर्ण युद्ध के लक्ष्य तथा परिप्रेक्ष्य को भूलकर अपना व्यक्तिगत युद्ध लड़ने लगते हैं?"

"क्या कहना चाहते हैं आप?"

"सात्यकि को सामने देखकर कृतवर्मा स्वयं अपने ही वश में नहीं रहता। शकुनि, सहदेव से लड़ने लगता है, भूरिश्रवा शिखण्डी से, शल्य नकुल से जूझने लगते हैं, भगदत्त द्रुपद से, अलंबुश घटोत्कच से..."

"उन्हें शत्रुओं से युद्ध नहीं करना चाहिए?"

"युद्ध करने के लिए ही तो समरभूमि में आए हैं, किन्तु युद्ध-विज्ञान को भूल कर अपने व्यक्तिगत शत्रु से जूझ पड़ने पर सम्पूर्ण सेना का व्यूह तो व्यर्थ हो ही जाता है।"

दुर्योधन की इच्छा हुई कि चिल्लाकर कहे कि वह जानता है यह सब, पर उससे क्या? वे युद्ध तो नहीं जीत पाए। वह तो मानता था कि भीष्म के हटते ही द्रोण पांचालों को खा जाएँगे और कर्ण पाण्डवों को, किन्तु यहाँ तो कुछ भी नहीं हुआ।...

"मैं समझ नहीं पाता कि आप लोगों से वह छोटा-सा छोकरा अभिमन्यु भी क्यों सँभाला नहीं जाता। आज उसने पौरवराज की जो दुर्दशा की है, देखा था आपने उसे। धनुष कट गया था, रथ बेकार हो गया था। सिन्धुराज जयद्रथ जैसा समर्थ योद्धा उसके सामने था, तो भी उसने पौरव के रथ पर चढ़कर उसे शिखा से पकड़ लात मार कर रथ से नीचे गिरा दिया। कोई कुछ नहीं कर पाया। ऐसा क्या है उस सोलह वर्ष के छोकरे में कि उसके हाथों हमारे श्रेष्ठ योद्धाओं का सम्मान सुरक्षित नहीं है। उसका कोई उपचार आपको करना पड़ेगा।"

"उसका उपचार तो हो जाता।" द्रोण धीरे से बोले, "पर तुमने मुझसे युधिष्ठिर को जीवित बंदी करने की जो प्रतिज्ञा करवा ली थी, मैं उसमें व्यस्त था। वैसे अभिमन्यु को छोकरा मात्र समझना भूल होगी। मैंने उसे युद्ध करते देखा है। पहली बात तो यह है कि उसके मन में भय जैसा कोई भाव ही नहीं है। वह बड़े से बड़े योद्धा से तनिक भी भयभीत नहीं होता। किसी से भी समान भाव से जूझ पड़ता है। फिर उसके पास अर्जुन और श्रीकृष्ण—दोनों की ही युद्ध विद्या की सम्पदा है। उसने बलराम और प्रद्युम्न से भी कुछ सीखा है। उसे तो तुम दूसरा अर्जुन ही समझो।"

दुर्योधन के मन में क्षोभ का ज्वार उठा : 'बुड्ढा उस छोकरे की प्रशंसा कर रहा है। इसे ध्यान नहीं है कि अभी मैं इसकी ऐसी प्रशंसा करूँगा कि कभी भूल नहीं पाएगा।'

"वह सब ठीक है। पर आपने युधिष्ठिर को ही कहाँ बंदी किया?" दुर्योधन के मुख पर उसके मन की कुटिलता प्रकट नहीं हुई, "आपको कदाचित् ध्यान नहीं है कि आपने मुझे वर दिया था।"

द्रोण तत्काल कुछ नहीं बोले, किन्तु क्षण भर में ही सँभल गए, "मैंने वर दिया था और मैं युधिष्ठिर को बंदी नहीं कर सका हूँ ये दोनों ही बातें सत्य हैं; किन्तु मेरी प्रतिज्ञा भंग नहीं हुई है।"

"जानता हूँ।" दुर्योधन ने द्रोण को आगे बोलने नहीं दिया, "आप युधिष्ठिर को प्रायः बंदी कर ही चुके थे कि अर्जुन आ गया और उसने हमारी सेना को

छिन्न-भिन्न कर दिया।...अन्तिम विजय उनकी ही हुई और हमारी सेना को वापस अपने शिविरों में जाना पड़ा।"

"राजन् का कहना सर्वथा सत्य है। यदि मुझे थोड़ा-सा भी समय और मिल जाता तो युधिष्ठिर बंदी हो ही गया था।" द्रोण ने रुककर एक गहरी दृष्टि दुर्योधन पर डाली, "यदि युधिष्ठिर को बंदी करना है तो कुछ ऐसा करना होगा कि अर्जुन उससे इतनी दूर चला जाए कि उसे या तो युधिष्ठिर के बंदी होने की सूचना ही न मिले, अथवा सूचना मिलने पर भी वह पर्याप्त समय तक युधिष्ठिर के निकट पहुँच न पाए।"

"सेनापति आप हैं।" दुर्योधन बोला, "कोई ऐसा व्यूह रचिए कि वे दोनों एक-दूसरे से योजनों दूर हो जाएँ।"

"हम व्यूह रच सकते हैं। उसके लिए हमें अपनी सेना को भी उतना ही फैलाना होगा, जितनी दूर हम उन्हें करना चाहते हैं। उससे तो हमारी अपनी पराजय का मार्ग भी प्रशस्त हो सकता है।"

"तो कोई षड्यन्त्र कीजिए।"

द्रोण जैसे तड़प उठे। उन्हें पता ही नहीं चला कि उनका स्वर कब इस सीमा तक कटु हो गया, "वह सेना का नहीं राजनीतिज्ञों का काम है।"

पर दुर्योधन पर उनकी कटुता का कोई विशेष प्रभाव नहीं पड़ा। उसने आत्मीयता भरी आँखों से आचार्य को देखा और मधुवेष्टित स्वर में बोला, "ठीक है। आचार्य की इच्छा पूरी होगी। षड्यन्त्रों की रचना राजनीति ही करेगी। सेनापति को अनुकूल परिस्थितियाँ मिलेंगी। कल के युद्ध में युधिष्ठिर और अर्जुन अलग-अलग स्थानों पर लड़ेंगे। कल अर्जुन को रोकने के दायित्व से महासेनापति मुक्त होंगे। तब युधिष्ठिर को जीवित बंदी कर लाएँगे अहिच्छत्राधिपति?"

द्रोण चौंके, दुर्योधन उन्हें आचार्य न कहकर अहिच्छत्राधिपति कह रहा था, "दुर्योधन! पाण्डवों की रणनीति तुम तय नहीं करते। तुम कैसे कह सकते हो कि कल युधिष्ठिर और अर्जुन एक स्थान पर नहीं होंगे।"

"यह दायित्व आचार्य मुझ पर छोड़ दें।" दुर्योधन की मुस्कान कुटिल हो उठी, "यदि युद्धक्षेत्र में युधिष्ठिर अकेला हुआ तो सेनापति उसे जीवित बंदी कर लाएँगे?"

"कर लाऊँगा।" द्रोण के स्वर में उनका उल्लास सम्मिलित नहीं था।

"सेनापति वचन देते हैं?"

"वचन देता हूँ।"

"ठीक है। कल रणभूमि में युधिष्ठिर अकेला ही होगा।" दुर्योधन का स्वर पूर्णतः आश्वस्त था, "अब आचार्य अपने शिविर में विश्राम करें।"

द्रोण अपने शिविर की ओर चले तो उनका मन बार-बार उनसे पूछ रहा था : दुर्योधन का षड्यन्त्र युधिष्ठिर के विरुद्ध था अथवा स्वयं द्रोण के विरुद्ध? संसार में कोई ऐसा भी राजा होगा, जो अपने प्रधान सेनापति के विरुद्ध षड्यन्त्रों की रचना करे? कल यदि द्रोण युधिष्ठिर को जीवित बंदी न कर सके, तो सेनापति के रूप में अपने राजा को दिए गए उनके वचन का क्या होगा?...उन्हें लग रहा था कि वे वचन देकर ही नहीं आए, वे वचन हारकर आए हैं।

दुर्योधन अपने शिविर में अकेला रह गया तो उसे लगा कि परामर्श के लिए अभी जितने लोग उसके पास आए थे, वे स्वयं तो चले गए हैं, किन्तु अपनी चिन्ताएँ वहीं छोड़ गए हैं। अपने शिविर में वह ढेर सारी चिन्ताओं के साथ अकेला है। वे चिन्ताएँ उसके साथ सहयोग नहीं कर रहीं। वे जैसे उसकी शत्रु हैं। उसे वे नोच-नोच कर खा रही हैं। और फिर द्रोण को वचन में बाँधते-बाँधते, वह स्वयं नहीं बँध गया क्या? उस ब्राह्मण ने ठीक ही कहा था कि पाण्डवों की रणनीति दुर्योधन तय नहीं करता। तो फिर उसने कैसे आचार्य से कह दिया कि कल युधिष्ठिर और अर्जुन युद्धक्षेत्र में अलग-अलग स्थानों पर लड़ेंगे...

सहसा उसके चेहरे पर मुस्कान उभर आई : कहीं ऐसा हो जाए तो? यदि बुड्ढे ने अपना वचन पूरा कर दिया तो कल सन्ध्या समय तक युधिष्ठिर के हाथ-पैर बँधे होंगे और वह उसके चरणों में पड़ा होगा...और यदि द्रोण से ऐसा न हो सका...यदि वह अपना वचन पूरा न कर सका...तो क्या उसे सेनापति पद से हटाकर कर्ण को सेनापति बनाया जा सकता है? यदि ऐसा हुआ तो फिर दुर्योधन दोनों ही प्रकार से विजयी होगा—द्रोण की विजय में भी और उसकी पराजय में भी।

पर अब दुर्योधन की सफलता का सारा भार दुर्योधन के ही कंधों पर था। उसे कुछ ऐसा करना था कि कल अर्जुन और युधिष्ठिर एक स्थान पर न हों। अर्जुन किसी और स्थान पर लड़े, युधिष्ठिर से कहीं बहुत दूर, जहाँ उसे युधिष्ठिर की आपद, विपद की सूचना ही न हो सके। मुख्य रणक्षेत्र की घटनाओं का उसे आभास तक न हो।...पर कौन बाँधेगा, ऐसा विचित्र व्यूह? कौरवों के मुख्य योद्धाओं से पृथक् द्रोण, कर्ण, अश्वत्थामा, शल्य...के बिना? कौन अर्जुन को अपने अनुचर सरीखा दूर-दूर घुमाता रहेगा? किसमें है इतना साहस और इतना कौशल?

दुर्योधन ने ताली बजाई।

द्वारपाल ने भीतर आकर प्रणाम किया।

"किसी को भेज कर, मातुल को हमारा प्रणाम कहो। उन्हें सूचना दो कि

हम उनसे कुछ परामर्श करना चाहते हैं। उनसे निवेदन करो कि यदि वे अन्यत्र व्यस्त न हों तो शीघ्र दर्शन दें।"

द्वारपाल चला गया और दुर्योधन फिर से अपनी चिन्ता में डूब गया : शकुनि को प्रकृति से विचित्र सूझबूझ मिली है। घात लगाने की वैसी बुद्धि और किसी में नहीं है। उन्हें और कुछ सूझे या न सूझे, सम्मुख युद्ध से बचकर पीछे से वार करना खूब आता है...पर यदि मामा भी कुछ न सुझा सके...

शकुनि के न आने तक दुर्योधन उद्विग्न-सा अपने शिविर में चक्कर लगता रहा।

"मातुल!" शकुनि के प्रवेश करते ही दुर्योधन स्वागत के लिए आगे बढ़ा।

"भागिनेय!" शकुनि सदा के समान शान्त था।

दुर्योधन को अपने मातुल से सदा ईर्ष्या होती थी : वह इतना शान्त कैसे रह लेता है। मामा ने ऋषियों के समान कोई सिद्धि पा ली थी क्या, या यह केवल अधिक मदिरा का ही परिणाम है? कितनी ही बड़ी विपत्ति हो या उपलब्धि, मामा की एकाग्रता भंग नहीं होती। उनका सन्तुलन तनिक भी नहीं डगमगाता। जितनी बड़ी विपत्ति हो मामा उतने ही शान्त दिखाई देते हैं।... और एक वे हैं हमारे पिता!...दुर्योधन का चिन्तन कुछ वक्र हुआ, हमारे पिता राजा धृतराष्ट्र! चिड़िया भी चुहुक जाए तो उनका आसन डोल जाता है। यह तो अच्छा है कि भगवान ने उन्हें दृष्टि नहीं दी, नहीं तो दिन भर कुछ न कुछ देखते रहते और घबराते रहते।...चिड़िया का सा हृदय कहें या छिपकली की सी प्रवृत्ति! सामने से कुछ आया नहीं कि अपने बचाव के लिए उन्होंने हाथ-पैर चलाए नहीं। शायद उनकी इस प्रवृत्ति को जान कर ही माँ ने मातुल को कभी गंधार लौटने नहीं दिया।...

"कहो भागिनेय!" शकुनि बोला, "कुछ चिन्तित लगते हो।"

"चिन्तित नहीं, उद्वेलित हूँ मातुल!"

"पिता की प्रवृत्ति पाई है तुमने दुर्योधन! जो आँखें न होने पर भी सृष्टि की प्रत्येक क्रिया के लिए उत्कंठित रहते हैं। अपनी माँ को देखो, जिसने आँखें रहते हुए भी, कुछ भी देखना अस्वीकार कर दिया। धैर्य की सीमा है तुम्हारी माँ। तुममें धैर्य तनिक भी नहीं।"

"चरित्र विश्लेषण बाद में कीजिएगा आर्य मातुल!"

"आर्य मातुल!" दुर्योधन के शब्दों को दोहराकर शकुनि ऐसे मुस्कराया जैसे दुर्योधन को गाली दे रहा हो, "क्या बात है राजन्! आज आर्य मातुल कह रहे हो, मातुल पर्याप्त नहीं है क्या?"

"परिहास का समय नहीं है मातुल!" दुर्योधन कुछ सहज होकर बोला, "युद्ध की घड़ी है; और खड्ग सिर पर लटक रहा है। प्रातः से पहले..."

"द्रोण को दिए अपने वचन की चिन्ता है पुत्र?"

"हाँ मातुल!"

"मैं सोच ही रहा था कि तुमने यह वचन बिना सोच-समझे दे दिया है।" शकुनि की मुद्रा गम्भीर हो उठी।

"अब समस्या यह है मातुल! कि वह कौन है जो अर्जुन को युद्धक्षेत्र से दूर ले जाए और उसे वहीं रोक रखे?"

शकुनि ने अपनी आँखें बंद कर लीं, जैसे किसी असीम ज्ञान को पाने के लिए समाधि में चला गया हो, "पाण्डवों के परम मित्र कौन-कौन हैं दुर्योधन?"

"कृष्ण!" दुर्योधन बोला।

"और?"

"पांचाल।"

"और?"

"और मत्स्य!"

"हाँ।" शकुनि कुछ क्षण मौन रहा और फिर बोला जैसे सारी समस्या का समाधान पा गया हो, "और पाण्डवों के इन परम मित्रों के परम शत्रु कौन-कौन हैं भागिनेय?"

"मैं, मातुल मैं। मैं इन तीनों का परम शत्रु हूँ।"

"मैं तुम्हें नहीं ढूँढ रहा हूँ दुर्योधन!" शकुनि ने आँखें खोलीं तो उनमें दुर्योधन के लिए एक हल्का-सा तिरस्कार था, "मैं तुम्हारे मित्रों को खोज रहा हूँ।"

"ओह!" दुर्योधन की आँखों में समझ की चमक आई।

"कोई नई बात नहीं कह रहा, केवल तुम्हें स्मरण करा रहा हूँ," शकुनि बोला, "पाण्डवों के परम मित्रों के परम शत्रु ही तुम्हारे मित्र हैं।"

"कृष्ण का परम शत्रु जरासंध और शिशुपाल थे।"

"वे दोनों अपनी जीवन यात्रा पूरी कर चुके।"

"बलराम को कृष्ण के विरोध में खड़ा किया जा सकता है।" दुर्योधन के स्वर में उल्लास का उत्स फूट पड़ा।

"बलराम, कृष्ण का प्रतिद्वन्द्वी हो सकता है, शत्रु नहीं। उसे कृष्ण के विपक्ष में खड़ा कर सकते हो, कृष्ण से लड़वा नहीं सकते। फिर बलराम और कृष्ण का करार युद्धारंभ से पहले ही हो चुका है। अब बलराम को तुम युद्ध में नहीं घसीट सकते।"

"तो?"

"कोई और परमशत्रु?"

"मेरे और आपके सिवाय और कोई नहीं मातुल!"

"कर्ण भी नहीं?"

"नहीं।" दुर्योधन बोला, "कर्ण अर्जुन का शत्रु है, कृष्ण का नहीं। मैं जानता हूँ, उसके मन में कृष्ण के प्रति सम्मान है। क्यों है, यह कहना कठिन है।"

"तो कृष्ण को रहने दो।" शकुनि बोला, "पांचालों का परम शत्रु?"

"कौरव।"

"कौरवों के अतिरिक्त?"

"द्रोण।"

"हाँ द्रोण ठीक है; किन्तु द्रोण को यदि अर्जुन से अलग से भिड़ाएँ तो तुम्हारा मुख्य युद्धक्षेत्र कौन सँभालेगा; और फिर युधिष्ठिर को बंदी करने का कार्य भी द्रोण के कंधों पर है। वैसे भी द्रोण की ललकार पर अर्जुन के स्थान पर धृष्टद्युम्न आगे आएगा। अर्जुन को युद्धक्षेत्र से हटाने के लक्ष्य से यदि हमने द्रोण को भी मुख्य व्यूह से हटा दिया तो हमें लेने के देने पड़ जाएँगे।"

"तो पीछे कर्ण तो है।" दुर्योधन कुछ आवेश से बोला।

शकुनि ने शब्दविहीन दृष्टि से दुर्योधन को देखा। कितनी शान्त थीं वे आँखें–सर्वथा आवेगशून्य। और कितनी कठोर डाँट थी उनमें। उन आँखों के सम्मुख दुर्योधन सदा ही स्तम्भित रह जाता था।

"तुम भूलते हो कि कर्ण ने पाण्डवों तथा उनके मित्रों के विरुद्ध एक भी युद्ध नहीं जीता। दिग्विजय के नाम पर उसने कुछ छोटे राजाओं को अवश्य हराया है...वह भी पता नहीं कि वे हारे या उन्होंने हस्तिनापुर की शक्ति के आतंक के सामने अपने हथियार डाल दिए। कर्ण ने अधिकांश युद्धों में पलायन ही किया है।" शकुनि ने रुककर दुर्योधन को देखा, "द्रोणाचार्य ने युद्धों से भागने के लिए प्रसिद्धि नहीं पाई है। उसने जगत्‌विजेता शिष्य उत्पन्न करने में नाम कमाया है।"

"आप भी पितामह के समान कर्ण के साथ अन्याय कर रहे हैं।" दुर्योधन बोला, "मत्स्यों के साथ युद्ध में द्रोण भी अर्जुन से हारे हैं।"

"ठीक है।" शकुनि का सन्तुलन खण्डित नहीं हुआ, "द्रोण अर्जुन का गुरु है। उन दोनों का युद्ध कभी बहुत गंभीर नहीं हो सकता। कोई नहीं कह सकता कि कब गुरु का शिष्य-प्रेम जाग उठे और कब शिष्य के मन में गुरुभक्ति मूर्तिमान हो जाए। मेरा दृढ़ मत है कि युद्ध में न कभी द्रोण अर्जुन का वध करेगा, और न ही अर्जुन द्रोण के प्राण हरेगा।"

"जानता हूँ। प्रश्न है, ऐसी स्थिति में करना क्या है?"

"मत्स्यों का परम शत्रु?"

"त्रिगर्त!"

शकुनि कुछ देर तक आँखें बंद करके सोचता रहा। उसने आँखें खोलीं और बोला, "वे वीर हैं?"

"मेरा विचार है कि वे वीर हैं।"

"पर्याप्त बल है उनके पास?"

"उनका संख्या बल तो पर्याप्त है।"

"युद्धक्षेत्र में अर्जुन उनका अनवरत वध करता जाए, तो भी वे उसे सन्ध्या तक रोके रख सकेंगे।"

"मेरा अनुमान है कि वे उसे रोक रख सकेंगे।"

"धर्म में विश्वास है उनका?"

"धर्म के पक्के हैं।"

"तो उन्हें उनके धर्म में बाँधो।" शकुनि बोला, "उनसे प्रतिज्ञा करवाओ। संशप्तक सैनिकों के रूप में भेजो, उन्हें युद्धक्षेत्र में।"

"दुर्योधन के निर्जीव शरीर में जैसे जान पड़ गई। विह्वलता की उस स्थिति में उसकी इच्छा हुई कि भाग कर या तो मातुल के चरणों पर गिर पड़े या मातुल के गले लग जाए।...किन्तु सहसा उसे स्मरण हो आया कि वह हस्तिनापुर का युवराज है—राजा दुर्योधन; और यह राजप्रासाद नहीं युद्ध शिविर है।

"उचित समझो तो उनका संख्याबल बढ़ाने के लिए आधी नारायणी सेना को भी उनके साथ लगा दो। या तो वे कृष्ण को मारें या फिर कृष्ण ही उनको मारें।" शकुनि बहुत प्रखर ढंग से बोला, "और देखो। इस सारे प्रसंग की भनक तक कृष्ण के कानों में न पड़े।"

"वह आचार्य की प्रतिज्ञा के विषय में जानता है।" दुर्योधन बोला, "समझ ही जाएगा।"

"तुम्हें द्रोण की प्रतिज्ञा को प्रचारित नहीं करना चाहिए था।"

दुर्योधन कुछ उत्तर देता, उससे पहले ही शकुनि अपना उत्तरीय सँभालता हुआ, उसके शिविर से बाहर जा चुका था।

दुर्योधन को लगा, शकुनि के जाने के बाद, उसके सारे व्यक्तित्व में जैसे सन्नाटा छा गया। सहसा उस सन्नाटे में एक तीखी ध्वनि गूँजी, जैसे किसी निर्जन मरुभूमि में विरही मयूर चीखा हो, 'देखो! इस सारे प्रसंग की भनक तक कृष्ण के कानों में न पड़े।'

दुर्योधन जानता था कि राजनीति में वैसे ही कोई किसी पर विश्वास नहीं करता और यह तो युद्धकाल था। चारों ओर गुप्तचरों और गूढ़पुरुषों का जाल

फैला हुआ था। कोई नहीं जानता था कि उसके आसपास किस रूप में शत्रुओं के चर टिके हुए हैं। इसलिए प्रायः सारी गतिविधि गोपनीय रखने का ही प्रयत्न किया जाता था। और इस प्रसंग में तो स्वयं मातुल कह गए हैं कि कृष्ण के कानों में भनक तक न पड़े।...दुर्योधन का ध्यान पहले इस ओर नहीं गया था, पर जाना चाहिए था। यदि कहीं कृष्ण को पता लग गया तो...वह सागरतट की लहरों को देख सागर के गर्भ का भेद जानने वाला व्यक्ति था। जाने कैसे वह व्यक्ति शत्रुओं के मन की तह तक डुबकी लगा आता था। वह पहले से जानता था कि विरोधी पक्ष कौन-सी चाल चलने जा रहा है। यदि उसे कहीं भनक मिल गई कि सुशर्मा के संशप्तकों की चुनौती के पीछे दुर्योधन है तो वह तत्काल समझ जाएगा कि आघात कहाँ होगा और उसका परिणाम क्या होगा...ऐसे में निश्चय ही अर्जुन सावधान हो जाएगा और दुर्योधन की इच्छा बंदरिया के मृत बच्चे के समान उसके वक्ष से चिपकी रह जाएगी।

6

त्रिगर्तराज सुशर्मा ने अपने मण्डप में अकस्मात आ गए दुर्योधन की आरती उतारी और मधुपर्क देकर उसको बहुत सम्मान से बैठाया।

"इस समय महाराज कैसे पधारे?" वह साकार प्रश्न बना खड़ा था।

दुर्योधन ने मुस्कराकर पहले उसे देखा और फिर मण्डप में चारों ओर दृष्टि घुमायी, "मित्रवर! क्या हमें कुछ देर के लिए पूर्ण एकान्त मिल सकता है?"

सुशर्मा कुछ चकित हुआ। उसने आज तक नहीं सोचा था कि दुर्योधन उसे अपना इतना आत्मीय समझता है। युद्ध के इन ग्यारह दिनों में यह पहला ही अवसर था कि दुर्योधन उसके शिविर में आया था।

उसने अपने भाइयों की ओर देखा। उन्हें उसकी इच्छा समझने में क्षण भर भी नहीं लगा। वे उसके मण्डप से बाहर चले गए।

सुशर्मा स्वयं द्वार पर आया। द्वारपाल को उसने आदेश दिया, "तुम लोग मण्डप से सौ पगों की दूरी पर चले जाओ। ध्यान रहे, जब तक अगला आदेश न मिले, शिविर में पूर्ण एकान्त और गोपनीयता का आदेश है। आज्ञा के उल्लंघन का दण्ड मृत्यु है। तुम्हारी चेतावनी की कोई अवज्ञा करे तो निःसंकोच उसको घातक बाण मार दो चाहे वह व्यक्ति राजपरिवार का सदस्य ही क्यों न हो।"

दुर्योधन को उसकी तत्परता देख प्रसन्नता हुई। यह व्यक्ति अवश्य ही उसकी इच्छा की पूर्ति करेगा।

"महाराज! आदेश दें।" सुशर्मा हाथ जोड़े दुर्योधन के सम्मुख उपस्थित हुआ।

"ऐसे नहीं मित्र!" दुर्योधन ने खड़े होकर सुशर्मा के जुड़े हाथ खोल दिए, "हम मित्र हैं। मित्रों के समान ही बातें करेंगे। वस्तुतः मैं तुम्हारे पास एक अत्यंत आवश्यक और गोपनीय कार्य से आया हूँ।"

सुशर्मा कृतकृत्य हो गया, "आप एक बार कहें तो।"

"मैं कल की रणनीति तय करने के लिए तुम्हारे पास आया हूँ।"

"रणनीति सेनापतियों के अधिवेशन में तय हो नहीं गई?"

"रणनीति तो किसी भी क्षण बदल सकती है मित्र!" दुर्योधन मुस्कराया, "वस्तुतः गोपनीयता की दृष्टि से उसे निरंतर बदलते ही रहना चाहिए।"

"ओह!" सुशर्मा के चेहरे पर आश्चर्य के भाव प्रकट हुए।

दुर्योधन ने उसे अधिक सोचने का अवसर नहीं दिया, "मित्र! युद्ध के इतने दिन व्यतीत हो गए हैं। दोनों ओर की सेना का नाश भी पर्याप्त संख्या में हुआ है, पर हम कोई भी असाधारण विजय प्राप्त नहीं कर पाए हैं। शत्रुओं का कोई प्रमुख योद्धा धराशायी नहीं हुआ है।"

सुशर्मा ने सहमति से सिर हिलाया।

"मैं चाहता हूँ कि अब हम और समय तथा सैनिक न खोएँ। हम महत्त्वपूर्ण योद्धाओं को ध्यान में रखकर निर्णायक युद्ध करें। महासेनापति आचार्य द्रोण भी मुझसे सहमत हैं।" वह रुककर सुशर्मा की ओर देखने लगा।

सुशर्मा ने कुछ कहा नहीं, किन्तु वह सहमत ही प्रतीत हो रहा था।

"मैं चाहता हूँ कि तुम मुख्य सेना और व्यूह को भूल जाओ। तुम पाण्डव पक्ष में से अपना परम शत्रु चुन लो और अपनी सेना को साथ ले उसके साथ निर्णायक युद्ध करो।"

लगा, अकस्मात् ही सुशर्मा को दुर्योधन की बात समझ में आ गई।

"उचित निर्णय है।" वह बोला, "हम व्यर्थ ही इधर-उधर अपना समय, अपनी क्षमता और सैनिक नष्ट क्यों कर रहे हैं। हमें लक्ष्यबद्ध युद्ध करना चाहिए।"

"तुम तो मेरे मन में बसे हो मित्र! एकदम मेरे मन की बात कह दी।" दुर्योधन बोला, "हम और समय खोना नहीं चाहते। कल से ही ऐसा युद्ध हो।"

"मैं सहमत हूँ।" सुशर्मा ने मुट्ठी बँधी अपनी भुजा उठाई।

"तुम अपना परम शत्रु चुन लो—कोई एक योद्धा।"

सुशर्मा के जबड़े भिंच गए, मुट्ठियाँ कस गईं, उसके शरीर की प्रत्येक मांसपेशी तन गई, उसकी आँखें आवेश से छलछला उठीं।

"निःसंदेह भीम। वह मोटा वृकोदर भीम। उसने विराटनगर में मेरी बहुत दुर्दशा की थी। बहुत अपमानित किया था उसने मुझे।" सुशर्मा जैसे अपने सम्मुख भीम को साक्षात् देख रहा था।

दुर्योधन को लगा, उसका बाण लक्ष्य तक नहीं पहुँचा। बोला, "भीम मोटा तो है, पर कोई विशेष योद्धा नहीं है। वह मल्ल है, सैनिक नहीं। उसके मरने-जीने से युद्ध में कोई बहुत अंतर नहीं पड़ेगा। तुम उसे मार भी दोगे, और अर्जुन जीवित रहेगा, तो भी हम सुरक्षित नहीं रहेंगे। पाण्डवों का बल वस्तुतः अर्जुन है, भीम नहीं। वस्तुतः उसके गाण्डीव से सब डरते हैं।" दुर्योधन ने जैसे रुकते-रुकते कहा, "वैसे भी मैं भीम को अपने गदायुद्ध के लिए सुरक्षित रखना चाहता हूँ। उसे तो मै मारूँगा, पटक कर।"

इस बार सुशर्मा, दुर्योधन का मंतव्य समझ गया।

"अर्जुन! हाँ गाग्डीवधारी अर्जुन। भीम का रक्षक तो वही है। भीम तो पास आकर मारता है। अर्जुन दूर से ही सर्वनाश कर देता है। गाण्डीवधारी अर्जुन ने सदा हमारा अपमान किया है। यद्यपि हम सदा निरपराध रहे हैं, तो भी उसके द्वारा हमारा अपमान किया गया है। सारी प्रताड़ना तो उसी की है ...ओह एक बार अर्जुन से सम्मुख युद्ध का अवसर मिल जाए तो मेरा जीवन पूर्णकाम हो उठे।"

"तो मित्र! कल तुम अर्जुन से जी भर कर युद्ध करो। जी भर कर। ऐसा युद्ध जिसमें तुम रहो और तुम्हारा अपराधी। न कोई तीसरा बीच में पड़े, न तुम दोनों में कोई युद्ध-विमुख हो, युद्ध भूमि छोड़े—मृत्युपर्यंत युद्ध। एक का वध करके ही दूसरा युद्धभूमि छोड़े।"

"ऐसा ही होगा कुरुराज! ऐसा ही होगा।"

"संकल्प करते हो?"

सुशर्मा में जैसे आवेश का ज्वालामुखी फूट पड़ा, "मैं शपथ ग्रहण करूँगा। मैं संशप्तक युद्ध करूँगा।"

दुर्योधन ने सायास अपनी प्रसन्नता को छिपाए रखा, "आपके भाई और सेनापति सहमत होंगे?"

दुर्योधन के प्रश्न से सुशर्मा की उत्तेजना और भी बढ़ गई, जैसे वह प्रश्न न हो, आक्षेप हो।

"यदि आपको आपत्ति न हो तो सब कुछ आपके सामने ही निश्चित हो जाए।"

"मुझे प्रसन्नता होगी।"

सुशर्मा अपने स्थान से उठकर द्वार तक आया। संकेत से उसने द्वारपाल को

बुलाया। द्वारपाल के निकट आने पर वह बोला, "राजकुमारों और सेनापतियों को संदेश दो, युद्ध-मंत्रणा के लिए मैंने उन्हें तत्काल बुलाया है।"

द्वारपाल चला गया।

दुर्योधन ने बहुत मीठे ढंग से कहा, "एक बात का ध्यान रहे मित्र : यह सारी योजना अत्यन्त गोपनीय है। शत्रु हमारी रणनीति से अवगत हो गया तो बहुत सम्भव है कि वह इससे बच निकलने का उपाय करे। सारा कुछ इस सहजता और आकस्मिकता से हो कि शत्रुओं को हमारी रणनीति पर विचार कर अपना व्यूह रचने का अवकाश ही न मिले।"

"अर्जुन कायर नहीं है। वह चुनौती की उपेक्षा नहीं करेगा।"

"उसका सारथि कृष्ण अत्यन्त धूर्त है। वह क्षत्रिय धर्म की कोई और व्याख्या कर अर्जुन को बहकाकर ले जाएगा।"

"आप ठीक कह रहे हैं।" सुशर्मा तत्काल सहमत हो गया।

सुशर्मा के भाई सत्यरथ, सत्यवर्मा, सत्यव्रत, सन्तोष और सत्यकर्मा आ जुटे। सेनापति भी उपस्थित हो गए।

सुशर्मा ने कहा, "कुरु सम्राट् हमें अपनी इच्छा से अपने परम शत्रु से कल प्रातः संशप्तक युद्ध करने का अवसर देने के लिए पधारे हैं। वे हमारी रणनीति, हमारे व्यूह, सैन्य संचालन–किसी में भी बाधा नहीं डालेंगे। इस युद्ध के लिए हम प्रधान सेनापति द्रोणाचार्य के आदेश के भी अधीन नहीं होंगे। यह हमारा स्वतन्त्र युद्ध होगा, अपने परम शत्रु अर्जुन के साथ। आप सहमत हैं?"

उनमें से किसी को भी आपत्ति नहीं थी। उन्हें जैसे अभ्युदय का अवसर मिला था। उनके मुख पर प्रसन्नता और आवेश आ विराजे।

सुशर्मा ने निमिष मात्र भी समय नहीं खोया। तत्काल पुरोहित को बुलाया। अपने भाइयों और सेनापतियों के साथ स्नान किया। शुद्ध होकर, कुश ले, वस्त्र पहने, अग्निदेव का पूजन किया। नई मंजुमेखला धारण की। ब्राह्मणों को दक्षिणा दी और केसरिया वस्त्र धारण कर रणव्रत का संकल्प लिया, "यदि हम अर्जुन को मारे बिना लौटे, अथवा अर्जुन द्वारा प्रताड़ित होकर युद्धभूमि से भागे तो हमें अपने किसी पुण्य का फल न मिले। हम रौरव नरक में पड़ें। हमारा युद्ध तब तक चलेगा, जब तक या तो अर्जुन का वध न हो, या हम ही वीरगति को प्राप्त न हों। अपना वचन भंग करने पर हम स्वेच्छा से स्वयं को अग्निसात् करेंगे।"

दुर्योधन को लगा, उसने पाण्डवों को पूर्णतः पराजित कर दिया है।

युधिष्ठिर के मण्डप में पाण्डव पक्ष के सारे योद्धा एकत्रित थे। सेना के प्रयाण और व्यूह सम्बन्धी चर्चा चल रही थी। द्वारपाल ने प्रवेश किया, "महाराज! त्रिगर्त नरेश सुशर्मा का दूत महाराज के दर्शनों की प्रतीक्षा में बाहर खड़ा है।"

"त्रिगर्त नरेश सुशर्मा का दूत?" कृष्ण ने कुछ विस्मय प्रकट किया, "अब दुर्योधन के पक्ष के राजा पाण्डवों के पास अपने-अपने स्वतन्त्र दूत भेजने लगे हैं क्या?"

"मेरी भी समझ में नहीं आ रहा।" युधिष्ठिर बोले।

"उसका संदेश सुन लीजिए, समझ में आ जाएगा।" धृष्टद्युम्न बोला, "सम्भव है, वह दुर्योधन का पक्ष छोड़कर हमारे साथ आना चाहता हो।"

"उसकी सम्भावना बहुत कम है, पर चलिए संदेश सुनने में क्या हानि है।" भीम ने कहा।

"बुलाओ।" युधिष्ठिर ने द्वारपाल से कहा।

दूत ने प्रवेश कर प्रणाम किया।

"कहो दूत! क्या संदेश लाए हो।"

"महाराज," दूत बोला, "त्रिगर्तराज सुशर्मा वीरवर अर्जुन से मृत्युपर्यंत संशप्तक युद्ध करना चाहते हैं। उन्होंने कल रात्रि अपने भाइयों के साथ केसरिया वस्त्र तथा नई मंजुमेखला धारण की है। वे नहीं चाहते कि उनके और गाण्डीवधारी अर्जुन के युद्ध में किसी प्रकार का कोई विघ्न आए। इसलिए वे मुख्य युद्ध से कहीं दूर किरीटधारी अर्जुन से सम्मुख युद्ध चाहते हैं। यदि वे, उनके भाई अथवा उनके सेनानायक जीवित युद्धक्षेत्र छोड़ देंगे तो वे स्वेच्छा से स्वयं को अग्निसात् करेंगे। उन्होंने धनंजय को चुनौती भेजी है। यदि धनंजय सच्चे क्षत्रिय हैं तो उनकी चुनौती स्वीकार करें।"

अर्जुन का रक्त उफना और युधिष्ठिर के माथे पर चिन्ता की रेखाएँ खिंच आईं।

"तुम बाहर प्रतीक्षा करो दूत! हम तुम्हें पुनः बुलाकर उत्तर देंगे।" युधिष्ठिर बोले, "द्वारपाल! दूत का असत्कार न हो।"

दूत बाहर चला गया तो सबकी दृष्टि अर्जुन पर जा ठहरी।

"मैं जाऊँगा। नीच सुशर्मा जहाँ लड़ना चाहेगा, वहीं लडूँगा।" अर्जुन ने युधिष्ठिर की ओर देखा।

"तो फिर आज का व्यूह परिवर्तित करना होगा। यह व्यूह तो धनंजय की उपस्थिति के बिना सम्भव नहीं है।" धृष्टद्युम्न ने कहा।

कृष्ण सहज भाव से मौन थे और उनका ध्यान अर्जुन और युधिष्ठिर से अधिक भीम पर केन्द्रित था।

"आज ये त्रिगर्त संशप्तक युद्ध के लिए इतने अधीर क्यों हैं। युद्ध के पिछले ग्यारह दिनों में तो इन्होंने कोई असाधारण वीरता नहीं दिखाई।" सहसा कृष्ण बोले।

"और फिर ये अर्जुन से ही क्यों लड़ना चाहते हैं?" भीम हँसा, "कभी मुझे भी तो कोई चुनौती दे।"

"आप लड़ना चाहेंगे मध्यम?" कृष्ण ने भीम से पूछा, किन्तु उनका ध्यान कहीं और था।

"क्यों नहीं।" भीम का स्वर उत्साह से भरा हुआ था, किन्तु यह संशप्तक युद्ध है, इसमें तीसरे व्यक्ति को बीच में पड़ने की अनुमति नहीं है।"

"दो व्यक्तियों के बीच तीसरे को नहीं लड़ना है," कृष्ण बोले, "पर एक तीसरा व्यक्ति आकर दो में से एक को बुला ले जाए तो एक व्यक्ति अकेला रह जाता है।"

"कृष्ण! तुम कोई उलटबांसी रच रहे हो क्या?" अर्जुन मुस्कराया, "या यह दो और तीन संख्याओं को लेकर गणित की कोई समस्या है?"

"श्रीकृष्ण उलटबांसी नहीं रच रहे, वे दुर्योधन के व्यूह का वर्णन कर रहे हैं।" युधिष्ठिर बोले, "युद्धशास्त्र के विद्वान् होकर भी तुम देख नहीं रहे कि तुम त्रिगर्तों के साथ लड़ने के लिए मुख्य युद्धभूमि से दूर हटाए जा रहे हो और मेरे गुप्तचर यह सूचना दे रहे हैं कि आचार्य द्रोण ने आज मुझे जीवित बंदी कर दुर्योधन को सौंप देने का वचन दिया है।"

"धर्मराज की सूचना ठीक है। वैसे वह सूचना बहुत गोपनीय भी नहीं है। दुर्योधन ने उसे स्वयं ही प्रचारित भी करवाया है।" कृष्ण और भी गम्भीर हो गए थे, "इस संशप्तक युद्ध और धर्मराज के बंदी बनाए जाने की योजना में कोई न कोई सम्बन्ध अवश्य है।"

"धर्मराज को बंदी बनाना इतना सरल है क्या?" भीम ने प्रतिवाद किया, "एक अर्जुन नहीं होगा। हम सब मिलकर भी उसके स्थानापन्न नहीं हो सकते?"

युधिष्ठिर की इच्छा हुई कह दें, 'हाँ! अर्जुन के अभाव को शेष चारों पाण्डव ही नहीं, सारे पांचाल और मत्स्य मिलकर भी पूरा नहीं कर सकते।' पर इस समय ऐसा कहना उचित नहीं था। वीरों का अहं पीड़ित होगा। उनका आत्मबल आहत होगा। भीम रुष्ट भी हो सकता था।

"इस स्थिति को इस प्रकार देखिए।" कृष्ण बोले, "गजसेना के आक्रमण को रोकने और रथों, गजों तथा पैदल सेना के त्वरित विनाश का जो काम आप कर सकते हैं मध्यम! वह और कोई नहीं कर सकता। उसी प्रकार शत्रुओं के

कूट व्यूहों और षड्यन्त्रों से सेना की रक्षा करने का जो काम अर्जुन कर सकता है, वह आप नहीं कर सकते। आचार्य द्रोण का तोड़ आपके पास नहीं है।"

"आचार्य द्रोण की तो आप चिन्ता ही न करें।" धृष्टद्युम्न ने कहा, "मेरे जीवित रहते द्रोण कुछ नहीं कर सकते; और आप विश्वास करें, युद्धक्षेत्र में द्रोण मेरा वध नहीं कर सकते।"

"तुम्हारी वीरता में मुझे कोई संदेह नहीं है महासेनापति!" कृष्ण मुस्कराए, "किन्तु प्रधान सेनापति महाराज युधिष्ठिर की व्यक्तिगत सुरक्षा में लग जाएँगे तो शेष सेना को कौन देखेगा?"

"मुझे अपने बंदी होने या मरने का भय नहीं है।" युधिष्ठिर बोले, "किन्तु मुझे बंदी कर वे तुम लोगों से कोई अपमानजनक संधि करना चाहेंगे तो तुम लोगों को भारी मूल्य चुकाना होगा।" धर्मराज का स्वर धीमा हो गया, "पहले भी एक बार तुम लोग मेरे कारण अपना राज्य वैभव खो चुके हो।"

"आप उसकी चिन्ता न करें भैया," अर्जुन इस बार निर्णायक स्वर में बोला, "आपके कारण हमने क्या खोया और क्या पाया, इस विवाद में न पड़ें। महाराज युधिष्ठिर राजसूय यज्ञ पराक्रम सम्राट हैं और पाण्डव पक्ष के प्रधान हैं। उनकी रक्षा होनी ही चाहिए। प्रधान के बंदी होने का अर्थ उस पक्ष की हार ही होती है। हम सबको अपने सम्मान की रक्षा के लिए आपकी रक्षा करनी ही है।"

"पर तुम्हारा इस चुनौती को स्वीकार करना क्यों आवश्यक है?" कृष्ण बोले, "सुशर्मा तुमसे एकाकी लड़ना चाहता, तो भी कोई बात थी। उसके साथ उसके भाई होंगे, उसके सेनापति होंगे। उसके सैनिक होंगे। यह न तो कोई चुनौती है और न न्याय। उन्होंने युद्ध की शपथ ले ली, इसलिए तुम अपने भाइयों, अपनी सेना, अपनी योजना सब कुछ छोड़ दोगे, यह बुद्धिमत्ता तो नहीं।"

"यह क्षत्रिय धर्म है।" अर्जुन बोला।

"और मैं उसका पालन नहीं करता।" कृष्ण मुस्कराए, "भविष्य में दुर्योधन का कोई माण्डलिक यह शपथ ग्रहण करे कि वह अर्जुन से शूल युद्ध करेगा, तो तुम अपना गाण्डीव त्याग कर उससे लड़ने पहुँच जाओगे? अथवा जयद्रथ यह शपथ ग्रहण कर ले कि वह तुमसे सिन्धु के तट पर लड़ेगा तो तुम सिन्धु के तट पर चले जाओगे? तुम देख नहीं रहे हो कि यह तुम्हें युद्धक्षेत्र से हटाने का षड्यन्त्र मात्र है? तुम इसे क्षत्रिय धर्म कहते हो, किन्तु मैं इसे अन्याय मानता हूँ। दुर्योधन की सेना पहले दिन से ही धर्म को तिलांजलि देकर युद्ध कर रही है, तुम इसको पहचान नहीं रहे?"

"किन्तु कोई क्षत्रिय इस प्रकार दी गई युद्ध की चुनौती को अस्वीकार नहीं कर सकता।" अर्जुन बोला, "यदि मैं इस चुनौती को स्वीकार नहीं करता तो

उसका यह अर्थ होगा कि मैं अकेला एक वाहिनी से भी लड़ने का साहस नहीं कर सकता और यदि मेरे भाई मुझे जाने नहीं देंगे तो उसका अर्थ होगा कि वे सब मिलकर भी अकेले अर्जुन के समान नहीं हैं। इस प्रकार का अपमानजनक प्रस्ताव हम कैसे कर सकते हैं, जबकि महावीर भीम और अतिरथी धृष्टद्युम्न यहाँ बैठे हैं। मुझे अपने लिए नहीं तो अपने भाइयों के लिए इस चुनौती को स्वीकार करना पड़ेगा।..."

कृष्ण मुस्कराए, "तुम क्रोध में हो। क्रोध से मोह उत्पन्न होता है और मोह से स्मृति विभ्रम हो जाता है। स्मृति के अभाव से बुद्धि का नाश होता है और बुद्धि नष्ट होने पर सर्वनाश हो जाता है।"

"मेरा विचार है कृष्ण! तुम अर्जुन की उपस्थिति को कुछ अतिरिक्त महत्त्व दे रहे हो।" भीम ने कहा, "क्या हम सब इतने गए-बीते हैं कि अर्जुन की अनुपस्थिति में एक दिन का युद्ध भी नहीं लड़ सकते और अपने राजा की रक्षा एक दिन के लिए भी नहीं कर सकते?"

कृष्ण ने भीम के स्वर में निहित क्षोभ को पहचाना। उनके प्रस्ताव से भीम स्वयं को आहत अनुभव कर रहा था। संशप्तकों की चुनौती तो केवल अर्जुन के लिए थी, किन्तु अर्जुन को जाने देना अथवा न जाने देना सारे योद्धाओं के लिए चुनौती बन गया था।

"मैं अर्जुन के जाने के पक्ष में नहीं हूँ।" युधिष्ठिर ने कुछ दृढ़ स्वर में कहा, "आप लोग चाहे मुझे कायर कह लें; किन्तु मैं धनंजय की अनुपस्थिति में स्वयं को सुरक्षित नहीं समझता। कल सन्धया समय भी इसी योजना के अंतर्गत आचार्य मुझे बंदी करने का प्रयत्न कर चुके हैं। यदि ठीक अवसर पर धनंजय ने आकर उनकी सेना को ध्वस्त न कर दिया होता तो वे मुझे बंदी कर चुके होते। हम देख चुके हैं कि उन्हें न तो हमारा कोई व्यूह रोक पाया, न कोई योद्धा।"

धृष्टद्युम्न के मुख का स्वाद जैसे कसैला हो गया, "आप धनंजय को संशप्तक युद्ध के लिए भेजना चाहें, न भेजना चाहें, वह एक पृथक् बात है; किन्तु मैं यह मानने को प्रस्तुत नहीं हूँ कि हम सब मिलकर भी युद्ध में द्रोण की गति रोकने में समर्थ नहीं हैं।" और वह सात्यकि की ओर मुड़ा, "क्या विचार है सात्यकि?"

सात्यकि के लिए कदाचित् यह प्रश्न अनपेक्षित था। प्रयत्नपूर्वक बोला, "मैं समझता हूँ कि यदि धनंजय चुनौती को स्वीकार करने के इच्छुक हैं तो हमें उनकी सहायता करनी चाहिए। मुझे पूर्ण विश्वास है कि ये उस सुशर्मा के काल सिद्ध होंगे।...जहाँ तक धर्मराज की सुरक्षा का प्रश्न है, यदि आप लोगों को आपत्ति न हो तो मैं इस दायित्व को लेने के लिए प्रस्तुत हूँ।"

कृष्ण देख रहे थे कि इस विषय में उनके आग्रह के कारण अधिक से अधिक योद्धाओं का स्वाभिमान आहत हो रहा था। उन सबके अहंकार ने कैसा मोह जाल फैला दिया था कि सत्य कहीं दिखाई ही नहीं पड़ रहा था।

"आप जिसे चाहें, उसे सम्राट् की रक्षा के लिए नियुक्त कर जाएँ।" धृष्टद्युम्न अर्जुन से बोला, "वैसे भी हम सैन्य संचालन इस प्रकार करें कि सम्राट् सुरक्षित रहें।"

"मुझे तुम पर पूरा भरोसा है धृष्टद्युम्न! इस समय संयोग ही कुछ ऐसा है कि हमें मुख्य युद्धभूमि से हटकर यह नया व्यूह रचना पड़ रहा है। मैं न त्रिगर्तों की ललकार को अनसुना कर सकता हूँ, न उनके इस संशप्तक युद्ध की चुनौती को अस्वीकार कर सकता हूँ।" अर्जुन ने उत्तर दिया।

कृष्ण मुस्कराए, "मैं एक बात कहूँ?"

"अवश्य। आप मौन रहेंगे तो अनिष्ट ही हो जाएगा।" युधिष्ठिर ने कहा।

"अर्जुन! आज तुम द्रोणाचार्य का वध कर दो। संशप्तक युद्ध के लिए कल चले जाना।" कृष्ण बोले, "द्रोणाचार्य नहीं होंगे तो तुम धर्मराज को अकेला छोड़ सकोगे।"

अर्जुन के चेहरे पर बहुत कठोर भाव उभरे, "न मैं आचार्य का वध कर सकता हूँ और न धर्मराज का त्याग कर सकता हूँ।"

"नहीं! आप जाएँ।" धृष्टद्युम्न बोला, "आपकी कीर्ति को निष्कलंक रखने का प्रयत्न करना प्रत्येक वीर का धर्म है।"

"भैया की सुरक्षा के लिए महावीर सत्यजित को नियुक्त कर दो। और तुम लोग निश्चिंत होकर अपना युद्ध करो।" अर्जुन युधिष्ठिर की ओर मुड़ा, "भैया! जब तक वीर सत्यजित जीवित हैं, आप निश्चिंत होकर युद्ध करें; आचार्य द्रोण कभी अपने मन की नहीं कर पाएँगे। और हाँ!..." वह रुका और फिर प्रत्येक शब्द चबा-चबाकर बोला, "यदि सत्यजित वीरगति पा जाएँ, तो चाहे हमारे पक्ष के सारे योद्धा आपको घेरकर खड़े हों, आप युद्धक्षेत्र से हट जाएँ।"

"पर सत्यजित ही क्यों?" सात्यकि चकित था, "उनका कोई अद्भुत कृत्य तो मैंने सुना ही नहीं।"

"पाण्डवों में से कोई आचार्य के प्रति उतना कठोर नहीं हो सकता, जितना पांचाल हो सकते हैं।" अर्जुन बोला, "उनमें महाराज द्रुपद अपने वार्द्धक्य के कारण आचार्य का तेज सँभाल नहीं पाएँगे। धृष्टद्युम्न प्रधान सेनापति हैं। उनके पास सेना के अनेक दायित्व हैं। शिखण्डी परसों पितामह से बहुत जूझे हैं। उनके घाव उनको किसी भयंकर युद्ध की अनुमति नहीं देंगे। एक आर्य

सत्यजित ही यह दायित्व सँभाल पाएँगे। मैंने उन्हें कांपिल्य में युद्ध करते देखा है। मैं उनके शौर्य और कौशल से परिचित हूँ। मैं समझता हूँ कि वे इस दायित्व को सँभाल पाएँगे। आचार्य उन्हें देखेंगे तो धर्मराज के निकट भी नहीं आएँगे।" वह धर्मराज की ओर मुड़ा, "आप सन्तुष्ट हैं भैया?"

धर्मराज मुस्कराए तो उनकी आँखों में अश्रु आ गए, "मैं जानता हूँ कि बड़े भाई अथवा राजा के रूप में यदि मैं तुम्हें न जाने का आदेश दूँ तो तुम नहीं जाओगे; किन्तु मैं तुम्हारी तेजस्विता को नष्ट करना नहीं चाहता। जाओ, प्रभु तुम्हारा कल्याण करें अर्जुन!"

7

अर्जुन को लगा कि त्रिगर्तों ने चुनौती तो दे दी है किन्तु अब वे किसी स्थान पर रुक कर युद्ध करने के स्थान पर, युद्धक्षेत्र से दूर से दूर भागते जा रहे थे। संशप्तक युद्ध की स्थिति में उन्हें अधिकार था कि वे अपने युद्ध के लिए, मुख्य समरभूमि से पृथक् कोई स्थान चुन लें, जहाँ मुख्य युद्ध का कोई हस्तक्षेप न हो।...पर जिस प्रकार वे भागते जा रहे थे, उससे अर्जुन को संदेह होने लगा था कि उनका लक्ष्य युद्ध था भी अथवा यह अर्जुन को रणभूमि से दूर ले जाने मात्र का कोई अभियान था?

समरभूमि पीछे छूट गई थी। वे लोग कुछ सरोवरों और सरिता तट के अनेक ढूहों को पार कर आगे आ गए थे। मार्ग में कुछ उपवन और वन खण्ड भी दिखाई दिए थे। पर न तो सुशर्मा ही कहीं रुकता दिखाई दे रहा था और न कृष्ण ही कहीं ठहरना चाहते थे।

सहसा, त्रिगर्तों पर झपटते हुए रथ के वेग से अपनी दृष्टि हटाकर कृष्ण बोले, "पार्थ! युद्ध में दो पक्ष होते हैं न!"

"हाँ! क्यों?"

"और दोनों एक-दूसरे के विरोधी होते हैं।"

"हाँ!"

"तो दक्ष सेनापति वह है जो अपनी इच्छा, सुविधा और क्षमता के अनुसार अपनी अनुकूल स्थितियों में लड़े; अथवा वह चतुर योद्धा है जो शत्रुओं के व्यूह में धँसता फिरे, उनकी इच्छा के अनुसार उनकी शर्तों पर लड़े और इस प्रकार अपनी पराजय में अपने शत्रुओं का सहायक हो?"

"पर कोई क्षत्रिय संशप्तक युद्ध से मुँह नहीं चुरा सकता।" अर्जुन ने कृष्ण का अभिप्राय समझकर कहा।

"मैंने इन रूढ़ियों को कभी अपना धर्म नहीं माना। कल यदि कर्ण अपनी सेना के साथ आकर धर्मराज को इसी प्रकार के संशप्तक युद्ध के लिए ललकारे तो धर्मराज को भी उसकी चुनौती स्वीकार कर उसके साथ युद्ध करने के लिए अकेले चले जाना चाहिए?" कृष्ण ने पूछा।

अर्जुन ने कोई उत्तर नहीं दिया, किन्तु स्पष्ट था कि वह धर्मराज द्वारा इस प्रकार की चुनौती स्वीकार करने का समर्थक नहीं था; किन्तु अपने मुख से वह यह भी स्वीकार नहीं करना चाहता था कि वह युद्ध में स्वयं को धर्मराज से कहीं अधिक समर्थ मानता था। उसकी तुलना धर्मराज से नहीं की जानी चाहिए थी।

कृष्ण ही पुनः बोले, "जीवन के प्रत्येक क्षेत्र में मौलिक चिन्तन होता है। युद्ध के क्षेत्र में भी हो सकता है। मैंने कालयवन की चुनौती स्वीकार नहीं की थी। मैं कभी जरासंध की इच्छा के अनुसार नहीं लड़ा था। मैं तुम्हें हतोत्साहित कर दुर्बल करना नहीं चाहता, किन्तु न तो मैं जीवन को दूसरों के आदर्शों के अनुसार जीने का समर्थक हूँ और न ही युद्ध में दूसरों के रचे व्यूह में फँस कर लड़ने का। तुम्हें अपना व्यूह रचना है। संसार में लोग तुम्हें विभिन्न प्रकार की चुनौतियाँ देते रहेंगे, अलग-अलग व्यूहों से पुकारेंगे, तो तुम उनकी योजनाओं के अनुसार भागते रहोगे, तो अपना व्यूह कब रचोगे? अपना युद्ध कब लड़ोगे? जीवन को सफलतापूर्वक वही जी सकता है, जो अपनी निश्चयात्मक बुद्धि से जिए। विक्षेपों से तो ऊर्जा बिखरती ही है। वे सब लोग तुम्हारी ऊर्जा को बिखेरने में लगे हुए हैं। तुम्हें स्वयं को एकाग्र करना है।" कृष्ण रुके, "मैं जानता हूँ कि तुम सुशर्मा, उसके भाइयों और उसकी सेना से लड़ने में समर्थ हो; किन्तु अपने सामर्थ्य का अहंकार भी तुम्हारा शत्रु हो सकता है। एक बार धर्मराज ने शत्रु की शर्तों पर द्यूत खेला था और आज तुम त्रिगर्तों की इच्छा से द्यूत खेलने जा रहे हो। मेरा मन आश्वस्त नहीं है मित्र!"

अर्जुन ने कृष्ण को देखा : वे चिन्तित लग रहे थे। किन्तु इस क्षण तो न चिन्ता का समय था, न चिन्तन का—सामने त्रिगर्त संशप्तक अर्द्धचन्द्राकार व्यूह रच कर युद्ध के लिए प्रस्तुत थे। उन्होंने अर्जुन को कुछ भी समझने का अवसर नहीं दिया। उनका आक्रमण आकस्मिक और बड़ा भयंकर था। युद्ध आरम्भ होते ही सुबाहु ने अर्जुन के किरीट पर प्रहार कर दिया था।

अर्जुन को स्मरण हो आया, एक सुबाहु उसका मित्र भी है और एक यह सुबाहु है, जो शपथपूर्वक उससे युद्ध करने आया है। वस्तुतः इन त्रिगर्तों को अपने सैनिकों की संख्या का अभिमान है। वे समझ रहे हैं कि अर्जुन ने इस प्रकार अकेले युद्ध की चुनौती को स्वीकार कर मूर्खता की है। इसलिए वे इतने

आश्वस्त होकर आक्रमण कर रहे हैं। इसका कहीं यह अर्थ भी है कि उन्हें अर्जुन की क्षमता और युद्धपद्धति का ज्ञान नहीं है। उन्हें बताना होगा कि अर्जुन कैसे युद्ध करता है।...

अर्जुन ने एक भल्ल मारा और सुबाहु के दस्ताने कट गए।

अर्जुन के इस आक्रमण ने संशप्तकों को और भी उत्तेजित कर दिया। सुशर्मा, सुरथ, सुधन्वा और सुबाहु एक साथ ही अर्जुन पर चढ़ दौड़े। यह आक्रमण अर्जुन की अपेक्षा से अधिक घातक था, इसके लिए न तो वह तैयार था और न ही उसने कोई सावधानी बरती थी।...

उसने देखा, त्रिगर्तों का यह आक्रमण उसके शरीर पर कई क्षत छोड़ गया था। उनके इस दुस्साहस पर उसका मन क्रोध से फुफकार उठा।...अगले ही क्षण उसने सुधन्वा का धनुष काट दिया, उसके अश्व मार दिए और फिर शिरस्त्राण सहित उसका मस्तक काट दिया।

सुशर्मा ने देखा : अर्जुन के एक ही आघात ने उसके सैनिकों को भयभीत कर दिया था। वे सब शरण खोजते हुए, मुख्य समरभूमि में नियुक्त दुर्योधन की सेना की सुरक्षा में जाने का प्रयास कर रहे थे। ये सब वे लोग थे, जिन्होंने प्रण किया था कि यदि वे समरभूमि छोड़कर भागेंगे तो स्वयं को जीवित जला कर अपने प्राण दे देंगे।

सारी सेना भाग कर कहीं छिप गई थी और सुशर्मा को अपने पीछे अपने पृष्ठरक्षक भी दिखाई नहीं दे रहे थे। इस समय युद्ध करना अपने प्राण देने के समान था और वह अर्जुन के प्राण लेने आया था, प्राण देने नहीं।

अर्जुन ने उस सारे क्षेत्र का एक चक्कर लगाया। संशप्तक सेना कहीं आसपास ही होनी चाहिए। पर उनमें से कोई भी दिखाई नहीं दे रहा था। वे समरभूमि छोड़कर भागे नहीं थे, बस छिप गए थे। ऐसे में यहाँ रूके रहकर प्रतीक्षा करने से तो उत्तम था कि वे लोग लौटकर द्रोण द्वारा पीड़ित पाण्डव सेना की रक्षा करते।

"कृष्ण! लौट चलें क्या?"

"जो लोग संशप्तक युद्ध करने आए थे वे तो दिखाई पड़ नहीं रहे।" कृष्ण बोले, "किन्तु वे नष्ट नहीं हुए हैं। यहीं कहीं छिपे होंगे। जो भाग कर दुर्योधन तक जा पहुँचे होंगे, वे उसकी ताड़ना के बाद फिर लौटेंगे।...पर समय नष्ट करने का क्या लाभ?"

कृष्ण ने रथ मोड़ा ही था कि लगा संशप्तक फिर से प्रकट होने लगे हैं। स्पष्टतः उनकी अधिक रुचि अर्जुन को यहाँ रोके रखने में थी, युद्ध करने में नहीं।

"इस बार उनके साथ नारायणी सेना भी है।" कृष्ण बोले।

अर्जुन चकित रह गया।...नारायणी सेना को कहीं और न लड़वाकर दुर्योधन ने उसे कृष्ण और अर्जुन से ही लड़ने भेज दिया है।

"पर क्यों?"

"मुझे लगता है कि दुर्योधन मुझसे सेना ले तो गया, किन्तु उसे कभी नारायणी सेना पर विश्वास नहीं हुआ।"

"तो फिर उस सेना पर इतना व्यय करने का क्या लाभ?"

"नारायणी सेना उसकी ओर से लड़े न लड़े, पाण्डवों के पक्ष से तो नहीं लड़ेगी।" कृष्ण बोले, "इस समय हमसे युद्ध करने के लिए भेजने का तो अर्थ है कि वह इस सेना की अपने प्रति निष्ठा परखना चाहता है। उसे इस सेना को मरवाने में भी कोई कष्ट नहीं होगा। नारायणी सेना मरे या उसके हाथों अर्जुन तथा कृष्ण नष्ट हो जाएँ, उसे दोनों में ही प्रसन्नता होगी।"

"पर यदि नारायणी सेना की निष्ठा संदिग्ध है तो हमसे भी तो मिल सकती है। और ऐसे में सुशर्मा तथा त्रिगर्तों की यह सेना जीवित नहीं बचेगी।"

"मुझे लगता है कि दुर्योधन को सुशर्मा की भी आवश्यकता नहीं है।" कृष्ण बोले, "यदि त्रिगर्तों को मरवाकर भी वह धर्मराज को पराभूत कर पाया तो वह इसे अपनी विजय ही मानेगा।"

इस बार प्रहार नारायणी सेना की ओर से हुआ। वह कृष्ण और बलराम द्वारा प्रशिक्षित सेना थी। उनका प्रहार प्रशिक्षण के अनुकूल अत्यन्त भयानक था। अर्जुन जानता था कि देवास्त्रों के अभाव में वह अकेला इस प्रकार कदाचित् टिक नहीं पाएगा। अब तक युद्ध का स्वरूप बदल गया था। उसे शीघ्र ही सक्रिय होना था। पर नारायणी सेना तो कृष्ण की सेना थी। उसका संहार?... जब कृष्ण को ही उनका मोह नहीं था तो उनके लिए अर्जुन ही क्यों चिन्तित है।...और क्षण भर को अर्जुन के सम्मुख कृष्ण का वह विश्वरूप प्रकट हो गया। क्या देखा था अर्जुन ने—कृष्ण महाकाल का भयंकर रूप धारण किए खड़े थे और सेनाएँ की सेनाएँ उनकी दाढ़ों तले कुचली जा रही थीं।...उन्होंने कहा था, 'अर्जुन! ये सब लोग पहले ही मेरे द्वारा मारे जा चुके हैं। तू तो निमित्त मात्र है।'... ठीक ही तो कहा था कृष्ण ने। जीवन और मृत्यु तो महाकाल के दो चरण मात्र थे। जिसने जन्म लिया है, उसकी मृत्यु निश्चित है और जिसकी मृत्यु हुई है, उसका जन्म अवश्यंभावी है।...तो फिर क्या सोच रहा है अर्जुन! कैसा मोह इस नारायणी सेना का।

अर्जुन ने गाण्डीव पर त्वराष्ट्र अस्त्र चढ़ा लिया। अस्त्र चला और नारायणी सेना के गोपों के साथ-साथ ललित्थ, मालव, मावेल्लक, त्रिगर्त सैनिक मृत्यु के

मुख में समाते चले गए। चारों ओर पीड़ा और चीत्कार का स्वर था। और तब जाने कैसे त्रिगर्तों की सारी सेना जैसे किसी एक धनुर्धारी में परिणत हो गई। वे सब एक ही समय में सक्रिय हुए और कृष्ण तथा अर्जुन उनके चलाए हुए सहस्रों बाणों से ढँक गए।

त्रिगर्तों में हर्ष की लहर दौड़ गई। सुशर्मा ने कुछ क्षणों तक अर्जुन के रथ की ओर देखा और चिल्लाया, "मारे गए। वे दोनों ही मारे गए। जाओ, कोई महाराज दुर्योधन को समाचार दो कि हमने उनके शत्रुओं को नष्ट कर दिया है।"

कृष्ण का शरीर स्वेद से नहा गया। इस अनपेक्षित बाण-वर्षा से वे खिन्न हो गए थे। लगता था कि यह वर्षा अर्जुन को पराभूत कर गई थी।

उन्होंने पीछे मुड़कर देखा। किसी प्रकार की सक्रियता दिखाई नहीं पड़ी तो बोले, "तुम कहाँ हो अर्जुन? जीवित तो हो?"

"हाँ केशव! जीवित हूँ और सकुशल हूँ।" अर्जुन बोला, "कुछ घाव लगे हैं। और आप?"

"मुझे भी कुछ छोटे-मोटे घाव ही लगे हैं।" कृष्ण बोले, "अब तुम विलम्ब मत करो। धर्मराज हमारे लौटने की प्रतीक्षा कर रहे होंगे।"

अर्जुन ने वायवास्त्र चला दिया। त्रिगर्तों की बाण वर्षा बंद हो गई। लगा कि वायु सारे मेघों को जैसे उड़ा कर ही ले गई। ऐसे मैं वर्षा कहाँ से होती।

द्रोण निश्चिन्त थे कि अर्जुन संशप्तकों से युद्ध करने के लिए बहुत दूर निकल गया था। उसके पास न तो सरलता से युद्ध का कोई समाचार भेजा जा सकता था और न ही संशप्तक उसे सुविधा से लौटने देंगे। वे उसके मार्ग में बिछ जाएँगे किन्तु उसे लौटने नहीं देंगे।...वह एक प्रहर भी वहाँ उलझा रहे तो द्रोण अपनी योजना में सफल हो जाएँगे।...

द्रोण ने गरुड़ व्यूह रचा और अपनी सेना को प्रयाण का आदेश दे दिया।

पाण्डव सेना ने मण्डलार्द्ध व्यूह बनाया था। धृष्टद्युम्न पूर्णतः संतुष्ट था कि द्रोण अपनी इच्छानुसार कोई बड़ी सफलता प्राप्त नहीं कर पाएँगे। अपने मन के किसी कोने में वह एक आवृत-सी प्रसन्नता का भी अनुभव कर रहा था। आज अर्जुन और कृष्ण यहाँ उपस्थिति नहीं थे, इसलिए धृष्टद्युम्न को भी खुलकर अपनी वीरता दिखाने का अवसर मिलेगा।...वह अपनी इच्छानुसार द्रोण के प्रति कठोर हो सकेगा। अर्जुन की उपस्थिति में उसके पूज्य गुरु के वध को योजना नहीं बनाई जा सकती थी। किसी न किसी बहाने से अर्जुन कुछ ऐसा कर ही देता था कि धृष्टद्युम्न के हाथ बँध जाते थे और उसके मन की मन में ही रह जाती थी। आज वैसा कुछ नहीं होने जा रहा।...

"धृष्टद्युम्न!" युधिष्ठिर ने कहा, "सेना का प्रबंध ऐसा हो कि द्रोण मेरे निकट न आ सकें।"

"आप निश्चिंत रहें महाराज!" धृष्टद्युम्न बोला और तत्काल ही उसका मन सोचने लगा : क्या कोई ऐसी व्यवस्था नहीं हो सकती कि युधिष्ठिर, द्रोण को धृष्टद्युम्न के जाल में फँसाने का चारा बन जाएँ? द्रोण यह समझते रहें कि वे युधिष्ठिर के निकट पहुँचने में सफल हो रहे हैं, जिसका अर्थ है कि वे अपने लक्ष्य के निकट जा रहे हैं और अन्ततः वे पाएँ कि धृष्टद्युम्न का जाल उनके चारों ओर ऐसा बुना जा चुका है कि वे उससे किसी भी अवस्था में निकल नहीं सकते? यह तो केवल आज ही हो सकता है और इसी समय हो सकता है। अर्जुन और कृष्ण लौट आए तो वे अपने राजा को इस प्रकार चारा नहीं बनने देंगे, चाहे उसके माध्यम से धृष्टद्युम्न कितनी ही बड़ी मछली फाँसने का प्रयत्न क्यों न कर रहा हो।...

धृष्टद्युम्न ने युधिष्ठिर की ओर बढ़ते हुए द्रोण को रोका।...द्रोण का मन धृष्टद्युम्न को देखते ही सहम-सा गया। वे जानते थे कि वे धृष्टद्युम्न के निकट सुरक्षित नहीं थे। वह उनके वध का कोई अवसर नहीं चूकेगा। पर अब युद्ध में तो किसी से भी लड़ना पड़ सकता है। यह द्रोण की पाठशाला नहीं है कि जिसे वे चाहें शिक्षा दें और जिसे चाहें, मना कर दें। युद्ध में चुनाव की स्वतन्त्रता नहीं हो सकती। पर तभी दुर्मुख आगे बढ़ आया और उसने धृष्टद्युम्न को रोका।

द्रोण के लिए यह स्वर्णिम अवसर था। जब तक धृष्टद्युम्न दुर्मुख से निबटे, उन्हें आगे बढ़कर अपने लक्ष्य के निकट पहुँच जाना चाहिए था।

वे झपाटे से युधिष्ठिर की ओर बढ़े और उन पर प्रहार किया। युधिष्ठिर ने उनको देखा। वे द्रोण का अभिप्राय भी समझते थे। उन्होंने धनुष उठा लिया। जब गुरु ने स्वयं ही युद्ध आरम्भ कर दिया था तो उन्हें भी स्वतन्त्रता थी कि वे अपना युद्ध कौशल दिखाएँ।

तभी सत्यजित बढ़े वेग से वहाँ प्रकट हो गया। उसने क्षण भर का भी विलम्ब नहीं किया और द्रोण पर भयंकर आक्रमण किया। उसके आक्रमण का परिणाम स्पष्ट था। द्रोण घायल हो गए। उनका ध्वज कट गया, अश्व बिंध गए और सारथि मूर्च्छित हो गया। सत्यजित ने द्रोण के दोनों पृष्ठरक्षकों को भी दस-दस बाप मार कर अपनी क्षमता का परिचय दे दिया था।

अर्जुन ने ठीक ही चुनाव किया था सत्यजित का...युधिष्ठिर सोच रहे थे...उन्होंने तो न कभी सत्यजित का यह वेग देखा था और न यह प्रखरता। कांपिल्य के जिस युद्ध में अर्जुन ने सत्यजित को लड़ते देखा था, युधिष्ठिर ने तो उसमें भाग ही नहीं लिया था। अर्जुन और भीम उन्हें नगर

से बाहर ही खड़ा कर गए थे। ऐसा वेग और त्वरा तो कदाचित् धृष्टद्युम्न में भी नहीं थी।

पर सत्यजित के आक्रमण से द्रोण हतप्रभ नहीं हुए। वे क्रुद्ध हो उठे। उन्होंने अपने उस कीलित रथ से ही सत्यजित का धनुष काट डाला और उसे आहत कर दिया। सत्यजित ने अपने घावों की चिन्ता न करते हुए, तत्काल दूसरा धनुष उठा लिया।

धृष्टद्युम्न ने सत्यजित का तेज भी देखा और उसकी असहायता भी, किन्तु दुर्मुख उसके ऐसे आड़े आया था कि उसे हिलने ही नहीं दे रहा था। तब तक वृक सत्यजित की सहायता को आ गया था। वे दोनों मिल गए थे और द्रोण को पीड़ित कर रहे थे। किंतु द्रोण उनके वश के नहीं थे। द्रोण के धनुष से बाणों की जैसे एक झड़ी चली और सत्यजित तथा वृक के धनुष कट गए। अगले ही बाण से द्रोण ने वृक का वक्ष छेद डाला। वृक का वध सत्यजित के लिए चुनौती था। उसने तड़पकर द्रोण पर बाणों की वर्षा की। सत्यजित को इस प्रकार प्रचण्ड होते देखकर द्रोण ने अपने धनुष पर अर्द्धचंद्राकार बाण रखा और अगले ही क्षण सत्यजित का मस्तक कटकर भूमि पर गिर गया।

युधिष्ठिर को लगा कि द्रोण, उनके बहुत निकट आ चुके हैं। सम्भव है कि उनका अगला प्रयत्न युधिष्ठिर को बंदी करने का ही हो। वे नहीं जानते थे कि द्रोण उन्हें किस प्रकार बंदी करना चाहते थे। उधर सत्यजित का वध देखकर कौरव सेना के अनेक महारथी इसी ओर बढ़ रहे थे। धृष्टद्युम्न उनके निकट नहीं आ पा रहा था। कौरव महारथियों ने उसे पहले ही घेर लिया था। निश्चित रूप से यह उनकी योजना का ही अंग रहा होगा। आचार्य की रक्षा के लिए उन्हें धृष्टद्युम्न को रोकना ही होगा।...अब युधिष्ठिर का यहाँ रुकना उचित नहीं था। अर्जुन ने कहा था कि सत्यजित न रहे तो उन्हें किसी भी स्थिति में युद्धक्षेत्र से हट जाना चाहिए था।...वे नहीं हटेंगे और बंदी हो जाएँगे तो वह एक प्रकार से सारे पाण्डवों का बंदी होना होगा। उन सबकी पराजय होगी।...नहीं! युधिष्ठिर ऐसा संकट आमन्त्रित नहीं कर सकते।...

उन्होंने सारथि को संकेत किया, "अपने मण्डप की ओर चलो।"

द्रोण खड़े देख रहे थे कि युधिष्ठिर उनसे दूर होते जा रहे थे। उनका रथ ऐसा अड़ा था कि वे आगे बढ़ नहीं सकते थे। दूसरी ओर धृष्टद्युम्न अपनी सेना के साथ उन पर टूट पड़ा था। सत्यजित का वध उसके लिए असहनीय था। पांचालों के साथ केकय, मत्स्य, चेदि, कारूष, कोसल के योद्धा द्रोण के चारों ओर घिर

आए थे। द्रोण वहाँ से हिल नहीं सकते थे और किसी प्रकार की सहायता कहीं से आ नहीं रही थी। उनके सम्मुख कोई विकल्प नहीं था।

विराट का छोटा भाई शतानीक द्रोण पर चढ़ आया था। एक क्षण का विलम्ब भी घातक हो सकता था। द्रोण ने शतानीक को युद्ध का अवसर ही नहीं दिया। इससे पहले कि वह उन पर बाण चलाता, उन्होंने शतानीक का सिर काट दिया।

वृक, सत्यजित और अब शतानीक को इस प्रकार मृत्यु के मुख में जाते देख पांचाल सैनिकों का साहस टिक नहीं पाया। उनके पाँव उखड़ गए। धृष्टद्युम्न की योजना तनिक भी सफल नहीं हो पाई थी।

युधिष्ठिर अपने मण्डप की ओर चले तो गए थे, किन्तु वे न तो युद्ध की ओर से असावधान रह सकते थे और न अपनी सेना की ओर से उदासीन। पांचाल सेना के पलायन का समाचार पाकर वे अपने मण्डप में बैठे नहीं रह सकते थे। उन्हें युद्ध करना ही होगा, परिणाम चाहे जो भी हो।

उन्होंने धृष्टद्युम्न को संदेश भिजवा दिया कि वे द्रोण पर आक्रमण करने जा रहे हैं। द्रोण को अपनी मनमानी करने के लिए मुक्त नहीं छोड़ा जा सकता।

युधिष्ठिर को द्रोण की ओर बढ़ते देखकर शिखण्डी, उसका पुत्र क्षत्रवर्मा, वसुदान, उत्तमौजा, सत्यकि, युधामन्यु, चेकितान, धृष्टद्युम्न सब ने ही द्रोण को घेरने का प्रयत्न किया। धृष्टद्युम्न चाहता था कि वे लोग द्रोण और युधिष्ठिर के बीच इस प्रकार प्राचीर बन जाएँ कि द्रोण न आगे बढ़ सकें और न युधिष्ठिर को सम्मुख खड़े देखकर वहाँ से हट सकें। उन्हें इस प्रकार कीलित कर, धृष्टद्युम्न उन्हें बंदी भी कर सकता था और उनका वध भी सम्भव था।

पर तब तक कौरव सेना ने अपने सेनापति के लिए नया रथ प्रस्तुत कर दिया था। द्रोण फिर से आत्मबल से भर उठे थे। उनके सम्मुख उनके शत्रु पांचाल खड़े थे। द्रोण का भयंकर रूप प्रकट हुआ। उनकी बाण-वर्षा अजस्र थी। वे सबको दबाकर फिर से युधिष्ठिर की ओर बढ़ रहे थे।...

युधिष्ठिर को सूचना मिली कि भौमासुर के पुत्र प्राग्ज्योतिषपुर के अधिपति भगदत्त की गजसेना ने भीम को घेर लिया था। उसके गजों के सम्मुख असमर्थ होकर अथवा द्रोण को घेरने में अपने महारथियों की सहायता के लिए पांचाल सेना भीम को अकेला छोड़ गई थी। भीम अकेला ही उन युद्धक गजों से लड़ने का प्रयत्न कर रहा था। भगदत्त के हाथी ने भीम के रथ को चूर-चूर कर दिया था और भीम उस हाथी के नीचे छुप कर अंजलिकावेध से हाथी को प्रसन्न करने का प्रयत्न कर रहा था। वह इस प्रतीक्षा में था कि पाण्डव सेना का कोई हाथी वहाँ आकर भगदत्त के गज से उसकी रक्षा करे।

दूसरे दूत ने युधिष्ठिर को बताया कि उसने देखा था कि मध्यम पाण्डव हाथी के नीचे से निकल आए थे। वे उसके सम्मुख खड़े हो गए थे। हाथी ने उन्हें पैरों से कुचलने का प्रयत्न किया था। उसके पश्चात् दूत समझ नहीं सका था कि किस युक्ति से भीम उससे बच गए थे किन्तु उस गज ने उन्हें अपनी सूंड में जकड़ लिया था।

तीसरे दूत ने सूचना दी कि भीम को हाथी ने अपनी सूंड में लपेट तो लिया था किन्तु वह उनकी हत्या नहीं कर पाया था। दूत ने स्वयं देखा था कि भीम उसकी सूंड से छूटकर अपनी रक्षा के लिए इधर-उधर दौड़ रहे थे, पर उनको अभी कोई सुरक्षित स्थान मिला नहीं था।...

एक ओर युधिष्ठिर की अपनी सुरक्षा का प्रश्न था और दूसरी ओर भीमसेन जैसे भाई और योद्धा की सुरक्षा की उपेक्षा नहीं की जा सकती थी। द्रोण बहुत समर्थ थे तो भगदत्त भी दुर्बल नहीं था। केवल भगदत्त और भीम की बात होती तो शायद वे भीम को स्वयं ही निबट लेने देते, किन्तु भगदत्त के पास पूरी सेना और अनेक युद्धक गज थे। भगदत्त स्वयं न लड़कर अपने हाथी को भीम से लड़वा रहा था। भीम एकदम अकेला पड़ गया था। सूचना भी बहुत स्पष्ट नहीं थी। सम्भव है कि अब तक भीम युद्ध में खेत ही रहा हो और संदेशवाहक ने सूचना की कठोरता कम करने के लिए उन्हें स्पष्ट न बताया हो।...

युधिष्ठिर अब और नहीं रुक सकते थे। यदि भीम अभी जीवित है तो उसकी रक्षा करनी होगी और यदि वह वीरगति को प्राप्त हो गया है तो उसका प्रतिशोध लेना होगा।

पांचाल सेना को साथ लेकर युधिष्ठिर ने भगदत्त को घेर लिया। युयुत्सु उनके साथ था। पर युयुत्सु की वीरता और साहस के होते हुए भी वह भगदत्त का तोड़ नहीं था। भगदत्त ने पहले ही झपाटे में युयुत्सु के अश्वों और सारथि को मार डाला। युयुत्सु के उस संकट में अभिमन्यु निकट आ गया। युयुत्सु तत्काल अभिमन्यु के रथ पर चला गया।

भगदत्त का ध्यान भीम की ओर से हटकर युधिष्ठिर पर केन्द्रित हो गया था। भीम भी उसके पंजे से निकलकर अभिमन्यु और युधिष्ठिर के निकट आ गया था; किन्तु यह स्पष्ट था कि भगदत्त को रोकना उनके लिए सरल नहीं होगा।

एक दूत अर्जुन के पास भी आया। दूत को देखते ही अर्जुन का मन सशंक हो उठा। कहीं धर्मराज के साथ तो कोई अघटनीय नहीं घट गया।...पर नहीं। दूत भगदत्त के माध्यम से भीम पर आए संकट की सूचना लाया था।

यह वैसा संकट नहीं था किन्तु अर्जुन भगदत्त की भी उपेक्षा नहीं कर सकता था। उसका मन चंचल हो उठा।

"संशप्तक तो भाग गए हैं केशव! हम भगदत्त के पास ही चलें।"

"चलो।" कृष्ण ने रथ मोड़ा।

किन्तु अर्जुन को लौटते देखकर जाने कहाँ से संशप्तक प्रकट हो गए। वे शायद किसी गुप्त आक्रमण की योजना बना रहे थे। यह सम्भव नहीं हुआ तो उन्होंने प्रत्यक्ष आक्रमण कर दिया। इस बार का आक्रमण पिछले आक्रमण से भी अधिक भयंकर था। उसका प्रभाव कृष्ण पर भी हुआ था। उनका शरीर जैसे शिथिल हो गया था और उन पर मोह सा छा गया था। अर्जुन का धैर्य चुक गया। उसने गाण्डीव पर लघु ब्रह्मास्त्र रखा और संशप्तकों पर छोड़ दिया। सामान्यतः वह इस अस्त्र का प्रयोग नहीं ही करता, किन्तु वह अकेला था और संशप्तक सहस्रों की संख्या में। उस पर वे केशव को पीड़ित कर रहे थे। अर्जुन इसकी अनुमति नहीं दे सकता था। लघु ब्रह्मास्त्र का वेग संशप्तक सेना नहीं झेल पाई। उनमें से कुछ गिरते और शेष भागते दिखाई दिए। कृष्ण पर छाया मोह भी छँट गया। उन्होंने प्रशंसापूर्ण भाव से अर्जुन की ओर देखा, "धनंजय! आज तो तुम्हारा कौशल इन्द्र से भी बढ़ गया लगता है।"

"अब भगदत्त के पास चलिए।" अर्जुन ने कहा, "ऐसा न हो कि हमें विलम्ब हो जाए।"

रथ पुनः मुड़ा और सुशर्मा प्रकट हो गया। उसके साथ उसका भाई सत्यरथ भी था। उसने पीछे से बाण छोड़ा और बोला, "कायर के समान कहाँ भागा जा रहा है अर्जुन! पहले मुझसे युद्ध कर।"

अर्जुन के मन में खीज जन्मी...इस कायर को देखो। एक ओर तो संशप्तक युद्ध करने आया है और दूसरी ओर निमिष भर में युद्धक्षेत्र छोड़कर भाग जाता है।...उस पर अर्जुन को कायर कह रहा है।...उधर युधिष्ठिर और भीम पुकार रहे थे और इधर यह दुष्ट उसे रोक रहा था। धर्मराज का विचार ठीक ही था, सुशर्मा उससे युद्ध करने नहीं आया था, वह तो केवल उसे मुख्य युद्धक्षेत्र से दूर रखना चाहता था, ताकि वहाँ द्रोण अपनी मनमानी कर सकें।...

कृष्ण ने रथ लौटाया। सुशर्मा के बाण बहुत प्रभावी नहीं थे। उसके बाणों के उत्तर में अर्जुन ने बाणों की एक झड़ी छोड़ी। सुशर्मा घायल हुआ, उसका ध्वज और धनुष दोनों ही कट गए थे। उसके भाई पर अर्जुन ने सात बाण छोड़े। उसके सारथि और अश्वों को मार डाला और अन्तिम बाण से बिंधकर सत्यरथ भी अपने रथ से नीचे आ गिरा।

सुशर्मा ने यह सब देखा और सर्प के आकार की एक शक्ति अर्जुन पर दे मारी। उसने कृष्ण पर तोमर से प्रहार किया। अर्जुन ने अपने बाणों से शक्ति और तोमर को रास्ते में ही काट दिया और अन्तिम बाण सुशर्मा को मारा।

सुशर्मा का रथ फिर पीछे की ओर चला गया। सम्भवतः वह पीछे के वन में कहीं लुप्त हो गया था।

"चलिए केशव! इस बार यह प्रकट होकर पुकारे भी तो नहीं रुकाना है।" अर्जुन बोला, "यह योद्धा नहीं छलावा है। मुझे क्षत्रियों का धर्म सिखाता है और स्वयं केवल कपट युद्ध करता है।"

कृष्ण रथ को ऐसे चला रहे थे कि वह रथ न हो गरुड़ हो। कौरव सेना को रौंदते हुए वे दोनों भगदत्त के निकट आए। युद्ध अभी चल रहा था। युधिष्ठिर, भीम, अभिमन्यु तथा युयुत्सु सभी सुरक्षित थे और युद्ध कर रहे थे। अर्जुन ने जैसे पलक झपकते ही अपने बाणों की झड़ी से भगदत्त की सेना छिन्न-भिन्न कर दी थी। भगदत्त की सेना कदाचित् धनुष बाण के युद्ध में दक्ष नहीं थी। सेना भाग गई थी और भगदत्त अपने हाथी पर अकेला खड़ा था। फिर भी उसने अपने बाणों से अर्जुन और कृष्ण को आहत कर दिया था।

अर्जुन को अपने गाण्डीव पर बाण चढ़ाते देख भददत्त मुस्कराया और उसने अपना हाथी आगे बढ़ाया। उसका साथी सुप्रतीक उनके बहुत निकट आ गया था। कदाचित् वह बाणों का युद्ध नहीं चाहता था। तो? और सहसा कृष्ण का ध्यान इस ओर गया कि वह अपने हाथी से उनका रथ कुचलवा देना चाहता था। हाथी इस कला में दक्ष प्रतीत होता था। उसने अपना पैर उठाया ही था कि कृष्ण ने रथ को दाहिने कर उससे दूर हटा लिया।

"अर्जुन! यदि उसके हाथी का पैर हमारे रथ पर पड़ गया तो अश्वों सहित रथ बैठ जाएगा।" कृष्ण बोले, "अब तुम भगदत्त की क्रीड़ा समाप्त करो।"

अर्जुन ने भगदत्त की ओर देखा। उसने अपने लम्बे केश एक सुनहरी पट्टी से बाँध रखे थे। अर्जुन ने एक बाण से उसकी वह सुनहरी पट्टी काट दी। भगदत्त के केश उसके मुख पर आ गिरे। उसकी आँखें बंद हो गई थीं। अर्जुन का अगला बाण उसके वक्ष को चीर गया और भगदत्त हाथी से नीचे आ गिरा।

पाण्डव सेना ने हर्ष का चीत्कार किया और युधिष्ठिर तथा भीम आतुरता से अर्जुन की ओर लपके। बड़ी देर के पश्चात् युधिष्ठिर के चेहरे पर निश्चिंतता की मुस्कान आई थी।

8

दुर्योधन भीतर ही भीतर क्रोध से उफन रहा था।

"आप स्पष्ट ही क्यों नहीं कह देते आचार्य! कि आप हमारी गणना अपने शत्रुओं में करते हैं।" वह बोला, "आपका व्यवहार मेरे लिए अबूझ होता जा

रहा है। आप मुझे वर तो देते हैं किन्तु उसको पूरा नहीं करते। वर लौटा लेने का क्या अर्थ? मैंने आपको वर देने को बाध्य तो नहीं किया था।..."

"मैंने वर लौटाया नहीं है।" द्रोण बोले, किन्तु उनके स्वर में लज्जा का भाव स्पष्ट ही था, "तुमने स्वयं देखा होगा; और चाहो तो अपने मित्रों से भी पूछ सकते हो कि मैं अपने पूरे सामर्थ्य से प्रयत्न कर रहा हूँ।"

"आप प्रयत्न कर रहे होते तो इतनी बड़ी कौरव सेना और इतने महारथियों के होते हुए एक युधिष्ठिर को न पकड़ पाते? वह कोई ऐसा असाधारण योद्धा तो है नहीं। कौन विश्वास करेगा आपके इस प्रयत्न का?"

"मुझे असमर्थ मान लो, किन्तु मेरे प्रयत्न पर संदेह मत करो।" द्रोण बोले, "मैंने कल भी यही कहा था कि अर्जुन को युद्ध से दूर रखो, आज भी वही कह रहा हूँ। तुमने वचन दिया था कि ऐसा ही होगा। तो फिर अर्जुन ठीक समय पर समरभूमि में उपस्थित कैसे हो जाता है?"

दुर्योधन को लगा कि द्रोण का संकोच और उनकी वह लज्जा कहीं तिरोहित हो गई है। अपनी असफलता से अधिक वे सुशर्मा की दायित्वहीनता से क्रुद्ध थे।

दुर्योधन के मन में सुशर्मा के लिए अनेक अपशब्द थे।...बहुत वीर बनता था और संशप्तक युद्ध करने चला था। अच्छा संशप्तक है कि न स्वयं खेत रहा, न बंदी हुआ; और अर्जुन को मुक्त छोड़ दिया। अर्जुन युद्ध में लौट आया। उसने भगदत्त का वध कर दिया और भीम तथा युधिष्ठिर को सकुशल निकाल ले गया।...इस युद्ध में किसका विश्वास करे दुर्योधन!

आज के कर्ण के युद्ध से भी वह प्रसन्न नहीं था।...कर्ण का युद्ध में आना अन्धकार में सूर्य के अवतरित होने के समान होना चाहिए था। पर वह तो इधर-उधर कुछ बाण फेंकता रहा। कुछ छोटे-मोटे सेनानायकों को मारता रहा। अपने पक्ष के कुछ छोटे-मोटे योद्धाओं की रक्षा करता रहा। न उसने अर्जुन का ढंग से सामना किया, न किसी और योद्धा का। अर्जुन के सामने पड़ा तो कोई बवण्डर नहीं उठा और तब तक धृष्टद्युम्न, सात्यकि और भीम भी आ गए थे। कर्ण ने उनके धनुष तो काट दिए, पर उससे अधिक कुछ नहीं...उन तीनों ने शक्ति से उस पर प्रहार किया। कर्ण ने उनकी शक्तियों का निवारण कर अर्जुन को बाण मारे तो अर्जुन ने उसके देखते-देखते उसके छोटे भाई का वध कर, उन बाणों का उत्तर दे दिया। उसका प्रतिशोध लेने के लिए कर्ण के दो भाई शत्रुजय और विपाट आए तो उनका भी वध कर दिया।...क्या हो गया है इस कर्ण को? उसकी आँखों के सम्मुख अर्जुन ने उसके तीन-तीन भाइयों का वध कर दिया और वह अपना धनुष पकड़े खड़ा रहा और इधर-उधर बाण फेंकता

रहा। यदि द्रोण और जयद्रथ के साथ स्वयं दुर्योधन वहाँ न पहुँचा होता तो अर्जुन की सहायता से धृष्टद्युम्न, सात्यकि, और भीम ने कर्ण को मार ही डाला होता।...इस कर्ण से तो वह वृद्ध भीष्म ही अधिक प्रभावशाली था।...

"अर्जुन संशप्तकों को छोड़कर युद्ध में कैसे आ गया, उसको भी देखूँगा मैं।" दुर्योधन बोला, "किन्तु हमारी सारी योजनाएँ शत्रुओं की गतिविधि पर ही निर्भर नहीं होनी चाहिए, कुछ अपने बल पर भी होनी चाहिए। यदि शत्रु हमारी अपनी इच्छा के अनुसार काम नहीं करता तो क्या हम अपना कोई लक्ष्य प्राप्त ही नहीं कर पाएँगे?"

द्रोण सिर झुकाए बैठे रहे और कुछ सोचते रहे।

यह बुड्ढा अब यहाँ सिर झुकाकर ऐसे बैठा रहेगा, जैसे कोई महान् चिन्तन कर रहा है...नहीं! शोक की मुद्रा में है। युद्ध में वीरगति प्राप्त मृतकों का शोक कर रहा है। नहीं! उससे तो चिन्तन वाली बात ही अधिक रोचक है।...दुर्योधन की इच्छा हुई कि पुकारकर सबको बुला ले और कहे,...देखो अभी यहाँ नए वेद का सृजन होने वाला है। आचार्य चिन्तन कर रहे हैं।...

सहसा द्रोण ने सिर उठाया, "दुर्योधन!"

"हाँ गुरुदेव!" दुर्योधन ने हाथ जोड़ दिए, किन्तु कोई भी समझ सकता था कि वह द्रोण का उपहास कर रहा था।

"यदि तुम्हारे संशप्तक अपने प्राण देकर भी कल अर्जुन को युद्धभूमि से दूर रख सकें तो कल कुछ न कुछ तुम्हारी इच्छानुकूल अवश्य होगा।"

"क्या होगा?"

"कल मैं चक्रव्यूह की रचना करूँगा।" द्रोण बोला।

"तो उससे क्या हो जाएगा?" दुर्योधन का स्वर अब भी बहुत कड़वा था।

द्रोण का मन विक्षिप्त-सा हो उठा : द्रुपद के व्यवहार से पीड़ित होकर वे इसलिए तो हस्तिनापुर नहीं आए थे कि यहाँ उनको अपने शिष्य के हाथों वही व्यवहार मिले। पर युद्ध की स्थिति थी और वे अपने उन्माद में दुर्योधन को वर देकर स्वयं ही इस जाल में फँस गए थे। अब धैर्य तो रखना ही पड़ेगा।

"मेरी सूचना के अनुसार पाण्डव सेना में चक्रव्यूह का वेधन केवल अर्जुन और कृष्ण कर सकते हैं। यदि वे दोनों अनुपस्थित हों तो उनकी सेना में चक्रव्यूह का वेधन करने वाला कोई नहीं है।" द्रोण बोले।

"पहले तो केवल अर्जुन के अनुपस्थित होने की बात थी, अब कृष्ण भी?"

"वे दोनों जहाँ भी होंगे, साथ ही होंगे।" द्रोण बोले।

"नहीं भी हो सकते।" दुर्योधन खीझ कर बोला, "कल अर्जुन किसी और सारथि को अपने साथ ले ले अथवा कृष्ण ही उसका रथ न हाँके तो हम क्या कर लेंगे? क्या हम कृष्ण को बाध्य कर सकते हैं कि वह अर्जुन का रथ हाँके ही?"

"नहीं! ऐसा कुछ नहीं है।" द्रोण बोले, "पर सामान्यतः वे दोनों जहाँ भी होंगे, एक साथ ही होंगे।"

"ठीक है।" दुर्योधन बोला, "वे दोनों नहीं होंगे तो कोई चक्रव्यूह का वेधन नहीं कर पाएगा। तो उससे क्या? चक्रव्यूह बना खड़ा रहेगा। वह भंग नहीं होगा, उसका वेधन नहीं होगा। पर उससे हमें क्या मिलेगा?"

"तुम तनिक धैर्य से सुनो राजन्!" द्रोण का तेज जागा...यह दुर्योधन तो सारी मर्यादाओं का अतिक्रमण कर रहा है। सत्ता के मद में उन्मत्त बैठा है। भूल गया है कि युद्धकाल में सारी सेना सेनापति की आज्ञा के अधीन होती है।

"चक्रव्यूह एक यंत्र के समान आगे बढ़ेगा। अपने ही स्थान पर खड़ा नहीं रहेगा। यदि कोई उसका वेधन नहीं करेगा तो चक्रव्यूह उनका वेधन कर जाएगा। पाण्डव सेना समरभूमि छोड़कर भाग जाए तो बात और है, अन्यथा उन्हें अपने सैनिकों की रक्षा के लिए चक्रव्यूह से जूझना ही पड़ेगा। नहीं जूझेंगे तो वह चक्र के समान उन्हें कुचलता जाएगा। ऐसे में युधिष्ठिर न आए, भीम आएगा, नकुल आएगा, सहदेव आएगा, धृष्टद्युम्न आएगा, शिखण्डी आएगा। कोई तो आएगा ही। तुम्हें अपने शत्रुओं में से किसी महत्त्वपूर्ण योद्धा के धराशायी होने का समाचार अवश्य मिलेगा।"

"आप वचन देते हैं?" दुर्योधन का मन कुछ-न-कुछ स्वस्थ होने लगा था।

"प्रत्येक बात पर वचन माँगते हो, प्रतिज्ञा करवाते हो।" द्रोण भी कुछ वक्र होकर बोले, "पर भूल जाते हो अपना वचन तुम पूरा नहीं कर रहे हो।"

"नहीं! आज मैं सुशर्मा को भी उसका कर्तव्य अच्छी तरह स्मरण करा दूँगा।" दुर्योधन बोला, "आप अपना वचन पूरा करें।"

"जब खुल कर इतनी बात हो ही रही है तो मैं यह भी कह दूं कि तुम्हारे योद्धाओं से अर्जुन तो क्या भीम भी नहीं सँभलता। और तो और वह बालक अभिमन्यु भी जहाँ आ जाता है, तुम्हारे शूरवीर वहाँ से भी पलायन आरम्भ कर देते हैं।" द्रोण के स्वर में भी कड़वाहट उतर आई थी, "कर्ण ने दिन भर में क्या किया? विकर्ण ने क्या किया? कृतवर्मा कहाँ था? शल्य और जयद्रथ क्या करते रहे? भगदत्त अपने हाथियों को लड़वाता रहा। स्वयं लड़ने का अवसर आया तो आँखों पर पट्टी बाँध कर सो गया।" द्रोण ने एक भरपूर

दृष्टि दुर्योधन पर डाली, "सारा कुछ सेनापति के किए ही नहीं होता; और लोगों को भी युद्ध करना पड़ता है। मुझे लगता है कि कर्ण अब इस प्रतीक्षा में है कि मैं भी वीरगति पा लूँ तो वह प्रधान सेनापति बने और युद्ध करे। सैनिकों और सेनापतियों की मैं कुछ नहीं कहता, किन्तु राजा तो तभी जीतता है, जब अपने-अपने स्थान पर प्रत्येक सैनिक लड़ता है। सैनिकों को तो जाने दो, सारथि और अश्व भी अपना कर्तव्य न करें तो राजा को पराजय का मुँह देखना पड़ता है।" द्रोण निणार्यक स्वर में बोले, "मैंने अपनी असफलता के लिए तुम्हारा क्रोध बहुत झेला है, किन्तु तुम्हें ज्ञात होना चाहिए कि केवल द्रोण, अश्वत्थामा और कृपाचार्य के युद्ध से ही तुम्हें विजय नहीं मिलेगी। कल यदि अर्जुन फिर युद्धभूमि में उपस्थिति हो गया तो मुझे अपनी नीति बदलनी पड़ेगी...। अपमान सहने की भी एक सीमा होती है।"

द्रोण उठकर जाने लगे, पर सहसा रुककर बोले, "चाहो तो यह सूचना भी पाण्डवों तक पहुँचा दो कि मैं कल चक्रव्यूह की रचना करने वाला हूँ, ताकि वे लोग अर्जुन को संशप्तक युद्ध के लिए जाने से रोक लें और वह चक्रव्यूह का वेधन करने क लिए उपस्थिति रहे।"

वे मण्डप से बाहर चले गए।

दुर्योधन द्रोण को जाते हुए चुपचाप देखता रहा। जाने क्यों इस समय उसे द्रोण का क्रोध बुरा नहीं लगा था।...बुड्ढ़ा बुरा मान गया है।...वह सोच रहा था...पर कुछ न कहो तो ये लोग आवेश में ही नहीं आते। पितामह को भी जब वह कुछ कहता था तो पितामह रुष्ट होकर और भी भयंकर युद्ध करते थे। वही बात आचार्य के साथ भी है। इनकी बूढ़ी हड्डियों को सेंकते रहना पड़ता है। कुछ न कहता तो ये चक्रव्यूह भी न रचते। अब कह दिया तो रुष्ट होकर उन्हें स्मरण हो आया कि चक्रव्यूह भी रचा जा सकता है।...पर यह सुशर्मा...

"द्वारपाल!" दुर्योधन ने पुकारा।

"महाराज!" द्वारपाल प्रकट हुआ।

"किसी को भेजो, जाकर त्रिगर्तराज सुशर्मा को बुला लाए।"

द्वारपाल चला गया। सुशर्मा ने आने में अधिक विलम्ब नहीं किया।

दुर्योधन ने उसे देखा : वह अब भी संशप्तक योद्धा के ही वेश में था।

"क्यों तुम्हारी शपथ पूरी हो गई?"

"नहीं महाराज!" सुशर्मा बोला, "अर्जुन युद्ध छोड़कर भाग आया।"

"और तुमने उसे रोकना उचित नहीं समझा?" दुर्योधन की वाणी वक्र हो गई, "सोचा होगा, एक कायर युद्ध छोड़कर भाग रहा है, उसे रोकने से तुम्हारी वीरता कलंकित होगी।"

"नहीं मित्र! ऐसी बात तो नहीं है।"

"तो क्या बात है?"

"उसने लघु ब्रह्मास्त्र चला दिया। उसके सम्मुख हमारे योद्धा नही ठहर पाए। कुछ मारे गए और कुछ भाग गए।" सुशर्मा बोला, "मुझे भी पीछे हट जाना पड़ा।"

"यह नहीं कहते कि तुम अर्जुन से भयभीत होकर युद्ध से पलायन कर वन में कहीं छिप गए। जब अन्धकार हो गया और तुम्हें विश्वास हो गया कि अर्जुन लौट गया होगा, आज का युद्ध समाप्त हो गया होगा, तो तुम चुपके से अपने शिविर में आकर बैठ गए। ऐसे ही होते हैं वीर संशप्तक योद्धा और यही है तुम्हारी शपथ?" दुर्योधन का स्वर कठोर हो गया था, "जो-जो सुविधाएँ तुमने मुझसे माँगी मैंने तुम्हें दीं। नारायणी सेना के इतने सैनिक भी तुम्हें दिए।...और तुम हो कि न तुम अर्जुन को मार सके और न अपने प्राण ही दे सके?"

सुशर्मा हतप्रभ खड़ा रह गया। वह दुर्योधन से इस प्रकार के संवाद की अपेक्षा नहीं कर रहा था। वह अपनी स्तब्धावस्था से उबरा तो उसका क्षोभ भी भड़क उठा. "हमने दो बार तो उन दोनों को लगभग मूर्च्छित ही कर दिया था; पर अर्जुन के पास देवास्त्र हैं। हम उसके सामने क्या कर सकते थे।"

"उसके पास देवास्त्र न होते तो वह अकेला तुम्हारे सहस्रों योद्धाओं से युद्ध करने क्यों चल देता? वह विक्षिप्त है या उन्मत्त है? तुम चाहते हो कि वह साधारण धनुष बाण लेकर तुमसे लड़ने के लिए अकेला आए और तुम चौदह सहस्र सैनिक लेकर उसे मार डालो? क्यों? तब उसके भाई नहीं आएँगे? उसके साथ सेना नहीं होगी? वे सब आएँगे तो तुम रोक लोगे उनको?"

"पर यह तो कोई युद्ध न हुआ।" सुशर्मा का स्वर रुदन के निकट पहुँच चुका था।

"तो और युद्ध क्या होता है, अकेले निहत्थे व्यक्ति का चौदह सहस्र योद्धाओं से युद्ध?" दुर्योधन ने उसे घूरकर देखा, "इतनी ही समझ है तुम्हें युद्ध की और युद्ध की शपथ की? यदि अकेले ही लड़ना है, बिना अस्त्रों के लड़ना है तो जाओ, उस मोटे भीम को पुकार लो। वह बिना किसी अस्त्र-शस्त्र के आएगा और तुम्हारी ग्रीवा मरोड़कर तुम्हारी हथेली पर धरकर चला जाएगा।"

"तो आप चाहते हैं कि हम व्यर्थ में ही अपने प्राण दे दें?"

"जो योद्धा कभी कीचक से भी न जीत पाया हो, वह जब अर्जुन को चुनौती दे तो उसे कुछ सोच-विचार भी लेना चाहिए। यह तुम्हें सोचना था कि तुम्हें प्राण देने हैं या नहीं। देने हैं तो व्यर्थ में देने हैं या उसका मूल्य वसूलना

है।" दुर्योधन ने उसे देखा, "तुम क्या समझ रहे थे कि तुम राजा विराट से युद्ध करने जा रहे थे कि गए और उसे घसीट लाए।"

सुशर्मा के सम्मुख दुर्योधन का यह रूप पहले कभी नहीं आया था। वह अवाक् खड़ा उसे देखता रहा। फिर बोला, "हाँ! मुझे यह पहले ही सोचना चाहिए था कि मैं अपना युद्ध नहीं लड़ रहा। मैं हस्तिनापुर के राजा दुर्योधन का युद्ध लड़ रहा हूँ। मुझे ज्ञात होना चाहिए था कि मेरे स्वामी की मुझसे क्या अपेक्षा है।"

"इन सब उपालम्भों का मुझ पर कोई प्रभाव नहीं पड़ता।" दुर्योधन बोला, "यह तो समरभूमि है। यहाँ केवल वीरता का मोल है। शपथ लेकर भी युद्ध करने गई सेना इस प्रकार भाग जाए और शत्रु को सुरक्षित लौट आने दे, यह लज्जाजनक प्रसंग है। उसके लिए किसी का सम्मान नहीं होता।"

"तो अब क्या चाहते हैं आप?"

"एक तो अपने ये तेवर छोड़ो।" दुर्योधन ने उसी प्रकार कटु स्वर में कहा, "इतने वीर सिद्ध नहीं हुए तुम कि कोई राजा तुम्हारा बहुत अधिक मोल आँके।"

सुशर्मा ने कुछ नहीं कहा। वह चुपचाप सिर झुकाए बैठा रहा।

"अब कल के लिए अपना कर्तव्य सुनो।" दुर्योधन ने कहा, "सैनिक चाहे और अधिक ले जाना। जो मर गए सो मर गए। अर्जुन तुम्हारे सैनिक गिनने नहीं आएगा कि कौन मर गया था और कौन जीवित था। अर्जुन को जितनी दूर ले जा सको, ले जाओ। चाहो तो सरस्वती के भी पार ले जाओ। उस पर इतना बड़ा आक्रमण मत करो कि उसे देवास्त्रों का प्रयोग करना पड़े। छोटे-छोटे आक्रमण करो। स्पष्ट है कि तुम उसका वध नहीं कर सकते, इसलिए उसे उलझाए रहो। मन में स्पष्ट कर लो कि तुम उसकी हत्या करने नहीं, उसे मुख्य रणक्षेत्र से दूर रोके रखने के लिए लगाए गए हो। छोटे आक्रमण करो, किन्तु दिन भर आक्रमण करो। निरंतर आक्रमण करो। कोई न कोई टोली हर समय उसके सम्मुख होनी चाहिए। सौ-दो सौ सैनिकों के लिए वह देवास्त्रों का प्रयोग नहीं करेगा। वह सन्ध्या तक वहाँ से हिल नहीं पाए।"

"ऐसा ही होगा।"

"एक बात और।" दुर्योधन पुनः बोला, "उसे इतनी दूर ले जाओ कि पाण्डवों का कोई संदेहवाहक वहाँ तक न पहुँचे और इस बात के लिए सावधान रहो कि यदि कोई संदेशवाहक वहाँ पहुँचता है तो उसका वध होना चाहिए।" दुर्योधन ने उसे घूरकर देखा, "यह मत कहना कि यह युद्ध के नियमों के विरुद्ध है। युद्ध जीतना हो तो उसके लिए अपने अनुकूल नियम बनाए जाते हैं। पाण्डवों का

कोई संदेशवाहक अर्जुन तक नहीं पहुँचना चाहिए। उसे मुख्य युद्धक्षेत्र में घटित किसी घटना का समाचार नहीं मिलना चाहिए। यदि कल सूर्यास्त से पूर्व अर्जुन समरभूमि में लौट आया तो फिर तुम्हारे लिए मुझसे बुरा कोई नहीं होगा।"

सुशर्मा ने दुर्योधन की ओर देखा भर। कहा कुछ भी नहीं। उसके मन में एक चित्र उभर रहा था।...

वन में एक मेमना अकेला, स्वच्छंद घूम रहा था। एक व्याध ने उसे देखा और कहा, "तुम वन में इस प्रकार स्वच्छंद घूम रहे हो। अभी कोई वृक अथवा व्याघ्र आ जाएगा तो तुम्हें चीर-फाड़कर खा जाएगा। तुम अपनी सुरक्षा के लिए चिन्तित नहीं हो?"

"मैं क्या कर सकता हूँ। मैं व्याघ्रों और वृकों से लड़ तो नहीं सकता। उनको देखकर भाग ही तो सकता हूँ। वही करता हूँ और वही करूँगा।"

"तुम मेरे साथ आ जाओ।" व्याध ने कहा, "देखो, मेरे पास एक सुरक्षित भवन है। व्याघ्र और वृक उसमें प्रवेश नहीं कर सकते। मेरे पास धनुष-बाण है। मैं एक बाण में व्याघ्र के प्राण ले सकता हूँ। तुम मेरे साथ आ जाओ। मैं तुम्हारा पालन-पोषण करूँगा।"

मेमना उसके साथ चला आया। व्याध ने उसके गले में रस्सी बाँध दी।

"यह क्या कर रहे हो?" मेमने ने पूछा, "इससे तो मेरी स्वच्छंदता ही समाप्त हो जाएगी। मैं अपनी रक्षा के लिए भाग भी नहीं सकूँगा।"

"उसकी कोई आवश्यकता नहीं है।" व्याध ने कहा, "तुम्हारे गले में बँधी रस्सी को देखकर व्याघ्र स्वयं समझ जाएगा कि तुम मेरे हो। मेरे पालतू हो। मेरी रक्षा में हो।"

मेमना मान गया। उसके मन में यह बात आई ही नहीं कि यदि वह नहीं भी मानेगा तो अब व्याध उसके गले से रस्सी खोल कर उसे स्वतन्त्र करने से तो रहा।

व्याध ने व्याघ्र के आखेट की तैयारी की। वह स्वयं अपने धनुष-बाण के साथ ऊपर मचान पर चढ़ गया और मेमने को नीचे वृक्ष के तने के साथ बाँध दिया।

"मुझे भी अपने साथ ऊपर मचान पर बैठा लो।" मेमने ने कहा, "मैं भी व्याघ्र को मरते हुए देखना चाहता हूँ।"

"तुम नीचे बँधे हुए दिखाई नहीं दोगे तो व्याघ्र मेरे निकट आएगा ही क्यों? और व्याघ्र आएगा नहीं तो मैं मारूँगा किसे?" व्याध ने हँसकर कहा।

...मेमने ने देखा, व्याध का चेहरा व्याघ्र से भी अधिक भयानक लग रहा था। न जाने क्यों सुशर्मा को उस मेमने के चेहरे में अपना ही प्रतिरूप दिखाई पड़ रहा था।...

प्रातः अभी युद्ध के लिए सेनाएँ सज्जित ही हो रही थीं कि द्वारपाल ने अर्जुन को सूचना दी कि त्रिगर्तराज सुशर्मा बाहर खड़े उनकी प्रतीक्षा कर रहे हैं।

अर्जुन को आश्चर्य हुआ : सुशर्मा? इस समय? पाण्डवों के शिविर में, उसके मण्डप के बाहर, क्या वह कोई छद्‌म आघात करना चाहता है? क्या वह कोई षड्‌यन्त्र रच रहा है? यह भी कोई शकुनि है क्या?...पर नहीं। वैसा कुछ होता तो वह इस प्रकार सूचना क्यों भेजता? खुले रूप में इस प्रकार पाण्डवों के शिविर में क्यों आता?...तो क्या वह दुर्योधन से रूठकर उनके पक्ष में आ गया है?...पर नहीं! ऐसा कुछ होता तो वह भी युयुत्सु के ही समान युद्ध से पहले उनकी ओर आ जाता। किन्तु सुशर्मा, युयुत्सु नहीं है। बहुत अन्तर है दोनों में...

अर्जुन के मन में द्वन्द्व था—सुशर्मा को अपने द्वार पर आया अतिथि मानकर, बाहर निकल अर्जुन को उसका स्वागत करना चाहिए? अथवा उसे अपने मण्डप में प्रवेश की अनुमति भर देनी चाहिए और प्रतीक्षा करनी चाहिए?

"राजकुमार!" द्वारपाल ने कहा, "त्रिगर्तराज ने कहा है कि वे शत्रु के शिविर में तो आ गए हैं; किन्तु उसके मण्डप में प्रवेश नहीं करेंगे। वे तो केवल आपको युद्ध के लिए ललकारने आए हैं।"

अर्जुन के मन में बहुत सारी बातें स्पष्ट हो गईं। वह बाहर निकल आया।

"क्यों? कल युद्ध से भाग क्यों आए?" सुशर्मा ने कहा, "मुझे मरा हुआ समझ लिया था? मैं बताने आया हूँ कि मैं अभी जीवित हूँ और अपनी शपथ पर स्थिर हूँ। तुममें साहस हो तो हमारे साथ युद्ध करने के लिए आओ।"

अर्जुन की इच्छा हुई कि सुशर्मा के इस नाटक पर उच्च स्वर में हँसे।

"भाग मैं आया था या तुम कहीं विलुप्त हो गए थे? मुझे तो लगता है कि तुम किसी अन्य मार्ग से भाग कर अपने शिविर में जा छिपे थे।" अर्जुन बोला, "वीर तो तुम नहीं ही हो; आज तुम्हें बता दूँ कि तुम निर्लज्ज और मिथ्याभाषी भी हो।"

"तुम्हारे शिविर में खड़ा हूँ, इसलिए जो कहना है कह लो।" सुशर्मा बोला, "पर तुम्हें यह भी जानना चाहिए कि मैं विलुप्त नहीं हो गया था। न ही अपने शिविर में जा छिपा था।" सुशर्मा बोला, "मैं शिथिल होकर वहीं वन में पड़ा था। तुम्हें ढूँढ़ना चाहिए था कि मैं कहाँ हूँ। चाहे उसके बाद मेरा वध ही कर देते। पर युद्धक्षेत्र से इस प्रकार भाग जाने का क्या अर्थ?"

"तुम पाण्डवों के शिविर में मेरे मण्डप के सामने खड़े हो, इसलिए यह

सब कह कर भी अभी जीवित हो। हम घर आए व्यक्ति का वध नहीं करते।" अर्जुन बोला, "किन्तु आज भी यदि तुम समरभूमि से विलुप्त नहीं हो गए तो तुम्हें जीवित नहीं छोड़ूँगा। तुम शिथिल ही नहीं, मूर्च्छित होकर गिर भी गए तो तुम्हें ढूँढ़ कर तुम्हारा मस्तक काटूँगा, ताकि तुम्हारी यह जिह्वा फिर किसी को इस प्रकार अपमानित न कर सके।"

"तुम पहले युद्धक्षेत्र में तो आओ।" सुशर्मा बोला, "फिर देखते हैं कि कौन किसका मस्तक काटता है।"

उसने अपना अश्व मोड़ा और बोला, "हम समरभूमि के दक्षिण भाग में होंगे। आओगे तो संग्राम के लिए स्थान का निणर्य कर लेंगे। यह मत कहना कि कुरुक्षेत्र छोड़कर अन्यत्र नहीं जाऊँगा, क्योंकि मेरे भाई यहाँ हैं। अपनी कायरता को छिपाने के कई बहाने बनाए जा सकते हैं।"

सुशर्मा जाने के लिए मुड़ ही रहा था कि कृष्ण आ गए।

"यह क्या करने आया था?"

"संशप्तक युद्ध के लिए बुलाने आया था।" अर्जुन ने बताया।

"आज फिर?"

"हाँ! आज फिर।" अर्जुन ने कहा, "पर आज अन्तिम दिन है। यदि आज यह भाग गया तो फिर इसकी चुनौती का कोई अर्थ नहीं होगा।"

"पर आज भी क्यों?" कृष्ण बोले, "तुमने देखा कि कल भी इसने चतुराई की थी। यह केवल तुम्हें धर्मराज से दूर रखने का एक बहाना मात्र है। सम्भव है, वे आज भी धर्मराज को बंदी करने का प्रयत्न करें। तुम्हें सावधान रहना चाहिए धनंजय!"

"तुम जानते हो केशव! कि मैं युद्ध के लिए बुलाए जाने पर पीछे नहीं हट सकता। ऐसा संकल्प है मेरा।"

"संकल्प तो ठीक है, किन्तु हमारा कोई आदर्श हमारी वंचना का कारण नहीं बनना चाहिए।" कृष्ण बोले, "तुम भूलते हो कि इन छोटे-मोटे बहानों से वे तुम्हें इधर-उधर भटकाते रहेंगे और तुम पाण्डव सेना के किसी काम के नहीं रहोगे।...और यह स्मरण कराने की आवश्यकता तो नहीं है न कि धर्मराज ने तुम्हारे भरोसे पर ही यह युद्ध स्वीकार किया था।"

"जानता हूँ। अपने दायित्व को भूला नहीं हूँ।" अर्जुन ने कहा, "मुझे पूर्ण विश्वास है कि मैं इन बचे-खुचे संशप्तकों को आज थोड़े ही समय में निबटा दूँगा और मुख्य युद्ध में लौट आऊँगा।"

"पर उन्हें निबटाना ही क्यों आवश्यक है?" कृष्ण कुछ खीझ कर बोले, "द्रोण, कृपाचार्य, अश्वत्थामा, दुर्योधन, भूरिश्रवा, जयद्रथ, कृतवर्मा इत्यादि

की चुनौती छोड़कर इस सुशर्मा की चुनौती को पहले निबटाना ही क्यों आवश्यक है?"

"तुमने सुना होता कि वह मुझे क्या-क्या कह गया है तो तुम मुझसे कभी नहीं पूछते कि मैं आज उसे निबटाना क्यों चाहता हूँ।"

कृष्ण मुस्कराए, "मैंने सुना तो नहीं है किन्तु इतना समझ सकता हूँ कि वह सब कुछ उसने बहुत सोच-समझकर कहा है। वह चाहता था कि तुम उसकी बातों से इतने पीड़ित हो जाओ कि अपना हित-अहित न देख सको, युद्ध के विषय में अपना स्वतन्त्र निणर्य न ले सको। यह उसकी इच्छा है, जो तुम्हारी उत्तेजना के रूप में तुम्हारे चिन्तन को दूषित ही नहीं बाधित भी कर रही है। यह एक प्रकार का अहंकार है जो तुम्हारी बुद्धि को सम्मोहित किए हुए है और तुम अपना स्वतन्त्र निणर्य न कर उसकी इच्छा के दास हो गए हो। हमारा कर्म अपने मान-अपमान की भाावना से प्रेरित नहीं होना चाहिए। वह धर्म नहीं है। यह उत्तेजना है। क्रोध है, अहंकार है। इससे किसी का कोई कल्याण नहीं होता।"

"कृष्ण! मैं जानता हूँ कि योगी को अपने मान और अपमान से विचलित नहीं होना चाहिए।" अर्जुन ने स्वयं को कुछ संयत करते हुए कहा, "किन्तु तुमने यह भी कहा था कि न जीवात्मा कुछ करता है, न परमात्मा। जो कुछ करती है, प्रकृति ही करती है। उसी के गुण परस्पर व्यवहार करते हैं।"

"कहा था।"

"तुमने यह भी कहा था कि मैं न भी चाहूँ, तो भी मेरी प्रकृति, मेरा स्वधर्म, मुझसे युद्ध करवाएगा।"

"कहा था।"

"तो समझ लो कि मेरी वही प्रकृति मुझको सुशर्मा के वाग्बाण चुपचाप पी जाने की अनुमति नहीं दे रही।" अर्जुन ने कहा, "मेरा स्वधर्म मुझे ललकार रहा है। मुझे जाना ही होगा।"

कृष्ण मुस्कराए, "तुम्हें वे सारी बातें स्मरण हैं, जो इस समय तुम्हारी इच्छा की पूर्ति कर सकती हैं। पर यह स्मरण नहीं रखा कि योगी अपने मन पर नियन्त्रण रखता है, योगी में आसक्ति नहीं होती, योगी इस नाम, रूप और आकार को 'मैं' नहीं मानता। वह अपने रूप को नहीं स्वरूप को सत्य मानता है।..."

"सब स्मरण है मुझे, किन्तु सुशर्मा की ललकार को मैं सुन नहीं सकता।"

कृष्ण कुछ नहीं बोले। बस मुस्कराकर रह गए।

9

उपप्लव्य में समरभूमि से दूत आया था।

दूत के आने का समाचार कुछ ही क्षणों में प्रासाद के कोने-कोने तक पहुँच गया। पाण्डवों की रानियाँ भागती-दौड़ती दूत से समाचार सुनने के लिए एकत्रित हो गईं। दूत तो युद्ध के पहले दिन से ही आ रहे थे। वे आते थे और सारी रानियाँ अपनी विजय का समाचार जानने, अपने पतियों, पुत्रों, भाइयों और पिताओं के शौर्य की गाथा सुनने के लिए भागती-दौड़ती कोलाहल और क्रीड़ा करती-सी एकत्रित हो जाती थीं। पर आज जिसने भी दूत का मुख देखा, वह जैसे स्तब्ध ही रह गई। पर किसी ने किसी से कुछ कहा नहीं। जाने दूत क्या समाचार लाया है।

"महारानी!" द्रौपदी के आ जाने के पश्चात् दूत ने कहा, "दुर्योधन ने जब देखा कि धनंजय और श्रीकृष्ण संशप्तकों से युद्ध करने के लिए चले गए हैं तो उसकी आँखें आचार्य पर टिक गईं। आचार्य ने अपने राजा की आँखों का अभिप्राय समझा और स्वीकृति में सिर हिला दिया।

"अगले ही क्षण उन्होंने आदेश देने आरम्भ कर दिए। वे चक्रव्यूह की रचना कर रहे थे।..."

"चक्रव्यूह!" सुभद्रा ने दूत की ओर देखा।

"हाँ देवि!" दूत ने कहा। वह समझ गया था कि सुभद्रा चक्रव्यूह का महत्त्व जानती है। चक्रव्यूह का नाम सुनते ही वह जिस प्रकार चौंकी थी, उससे स्पष्ट था कि इस व्यूह को लेकर उसके मन में कुछ आशंकाएँ भी रही हो सकती हैं।

"वह क्या होता है?" देविका ने पूछा।

"वह व्यूह रथ के चक्र के समान था। उसके अरों के स्थान पर एक-एक योद्धा राजकुमार खड़ा किया गया था। सेना ऐसे बढ़ती थी, जैसे रथचक्र चल रहा हो। उसे देखकर राजा दुर्योधन ने भी पूछा था, 'यह क्या है आचार्य?'"

"आचार्य ने बताया, 'राजन्! यह रथ चक्र है। तुम इसकी धुरी के स्थान पर रहोगे। सब ओर से सुरक्षित। उसके अरों के स्थानों पर वीर योद्धा होंगे। सम्मुख गजसेना होगी। मेरा विश्वास करो कि यदि तुम्हारा कोई योद्धा अपने स्थान से नहीं हटेगा तो सामने आने वाला प्रत्येक व्यक्ति इसके नीचे वैसे ही पिस जाएगा, जैसे कोई कुक्कुट रथचक्र के नीचे पिस जाता है। बाहर से कोई इसका कुछ नही बिगाड़ सकता और इसको भेद कर भीतर प्रवेश करने की विधि केवल अर्जुन और श्रीकृष्ण जानते हैं। वे लोग यहाँ नहीं हैं।' द्रोण मुस्करा रहे थे।"

"'ठीक है। सेना को आगे बढ़ाइए।'" दुर्योधन बहुत प्रसन्न दीख रहा था।

"एक बात बताना दूत!" करेणुमती ने उसे टोक दिया, "तुम्हें कैसे ज्ञात हुआ कि शत्रुओं की सेना में कौन किससे क्या कह रहा है?"

"आपने बहुत ठीक प्रश्न किया है देवि!" दूत बोला, "जो कुछ उच्च स्वर में कहा जाता है, वह तो बहुत सारे लोग सुन ही लेते हैं; किन्तु कुछ बातें आसपास खड़े सैनिकों से ज्ञात होती हैं। युद्ध की स्थिति में दोनों ओर से अनेक गुप्तचर यह पता लगाने का प्रयत्न कर रहे होते हैं कि शत्रुओं में से किसके मुख में क्या है और किसके मन में क्या है। ऐसे में अनेक गोपनीय बातें भी गोपनीय नहीं रह पातीं। और फिर थोड़ा-बहुत अनुमान और कल्पना का भी सहारा होता है देवि। आवश्यक नहीं कि जो कुछ मैं कहूँ, ठीक वे ही शब्द उन्होंने भी कहे हों; किन्तु तात्पर्य तो हम समझ ही सकते हैं।"

"ठीक है। आगे बोलो।" द्रौपदी ने कहा।

"कौरवों की सेना आगे बढ़ रही थी।" दूत बोला, "पाण्डवों के पास यह विकल्प नहीं था कि वे आगे बढ़ें अथवा न बढ़ें। न ही उनके पास यह विकल्प था कि वे किस ओर से आगे बढ़ें। स्थिति तो यह थी कि या तो कौरव सेना से टकराओ अथवा उसके द्वारा लील लिए जाओ। वह तो जैसे विराट ग्राह के समान लहरों पर तैरती हुई आगे बढ़ रही थी। मुँह खोले हुए। सर्वग्रासी। जो कुछ सामने आएगा उसके उदर में समा जाएगा। न तो उसके सम्मुख स्थिर रहा जा सकता था और न उसके उदर में समाया जा सकता था। उन दोनों का ही अर्थ था : मृत्यु! एक-एक कर पाण्डव योद्धा गजसेना की मार न सह सकने के कारण लौट आए।...सात्यकि, चेकितान, धृष्टद्युम्न, कुन्तिभोज, द्रुपद, क्षत्रधर्मा, बृहत्क्षेत्र, युधामन्यु, शिखण्डी, उत्तमौजा, विराट, धृष्टकेतु और पाँचों द्रौपदेय गए और जैसे व्यूह से टकराकर लौट आए। मध्यम पाण्डव भीमसेन ने प्रबल आक्रमण किया किन्तु कौरवों के व्यूह में एक खरोंच भी नहीं पड़ी।...

"महाराज युधिष्ठिर बहुत चिन्तित थे कि क्या करें? अभी उनके पक्ष के अनेक योद्धा और थे, किन्तु वे जानते थे कि वे भी इसी प्रकार असफल ही लौटेंगे। न तो वे युद्ध का क्षेत्र छोड़ सकते थे और न ही उस बढ़ते हुए लौह यन्त्र से टकरा सकते थे। धनंजय किसी अज्ञात स्थान पर संशप्तकों से युद्ध करने चले गए थे। उन तक सूचना भी नहीं पहुँचाई जा सकती थी। और यदि सूचना पहुँच भी जाए तो वे संशप्तक युद्ध छोड़कर नहीं लौटेंगे।...और आचार्य थे कि निरन्तर अपनी सेना को युधिष्ठिर की ओर बढ़ा रहे थे। आज वे धर्मराज को बंदी कर दुर्योधन को सौंप ही देंगे..."

"जब धनंजय जानते थे कि कल आर्य सत्यजित अपने प्राण देकर भी धर्मराज की रक्षा नहीं कर पाए; सारी सेना मिलकर भी आचार्य का सामना नहीं कर पाई; तो फिर आज धर्मराज और सेना की रक्षा की समुचित व्यवस्था किए बिना वे संशप्तकों से युद्ध करने कैसे चले गए? उन्हें किसी ने रोका नहीं?" सुभद्रा ने तड़पकर पूछा।

"सेना की नीतियों और अतिरथियों की इच्छाओं के विषय में यह दूत कुछ नहीं कह सकता महारानी!"

"दूत ठीक कह रहा है सुभद्रा!" द्रौपदी ने धीरे से कहा, "दूत तो धनंजय से नहीं पूछ सकता न कि वे क्या कर रहे हैं और क्यों कर रहे हैं।"

"दूत तो ठीक कह रहा है दीदी! पर मैं भी ठीक कह रही हूँ कि उन्हें अपना यश बहुत प्यारा है। अन्य किसी के प्राणों का भी कोई मूल्य नहीं है उनके लिए।" सुभद्रा का स्वर अब भी आक्रोश से भरा हुआ था, "सेना और युद्धों के विषय में जानने वाला कोई व्यक्ति ऐसा कर ही कैसे सकता है? यह भी कैसी वीरता है, जिसका कोई तर्क नहीं।"

"वीरों का तर्क तो हम नहीं समझ सकतीं।" द्रौपदी ने सुभद्रा को शान्त करने के लिए कहा, "जब मध्यम पाण्डव अपना रथ त्याग कर अकेले ही कौरवों की सेना में उतर गए थे, और धृष्टद्युम्न ने उन्हें मृत ही मान लिया था तो उसके पीछे भी कोई तर्क नहीं था। जो व्यक्ति अपने सामर्थ्य को जानता है, वह कभी-कभी ऐसे निणर्य कर लेता है, जो दूसरों की समझ में नहीं आते। यही मान कर मन को थोड़ा शान्त रखो।"

सुभद्रा का स्वर कुछ धीमा तो हुआ किन्तु वह मौन नहीं रही। बोली, "उनके साथ तो भैया भी हैं। जाने वे उन्हें क्यों नहीं समझाते।"

"हाँ! फिर क्या हुआ दूत?" द्रौपदी ने हँसकर वातावरण में कुछ उल्लास बिखेरने का प्रयत्न किया।

"पाण्डव सेना में हताशा की लहर दौड़ गई। किसी को कोई समाधान नहीं सूझ रहा था। उस चिन्ता के क्षण में राजकुमार अभिमन्यु ने धर्मराज को सांत्वना दी, 'आप इस व्यूह से चिन्तित हैं महाराज! मैं इसमें प्रवेश कर सकता हूँ।'"

सुभद्रा चौंक उठी। अनायास ही उसके मुख से निकल गया, "पर अभिमन्यु तो चक्रव्यूह में केवल प्रवेश कर सकता है। उससे निकलने की विधि का तो उसे ज्ञान ही नहीं है।"

"यही कहा राजकुमार ने।" दूत बोला, "उन्होंने बताया कि वे चक्रव्यूह का भेदन कर उसमें प्रवेश तो कर सकते हैं; किन्तु वे उससे बाहर निकलने की

विधि नहीं जानते। किन्हीं कारणों से पिताजी को उन्हें वह सिखाने का समय ही नहीं मिला था।"

"तो क्या महाराज ने अभिमन्यु को चक्रव्यूह वेधन के लिए भेज दिया?" सुभद्रा का स्वर चिन्तित था।

"राजकुमार ने कहा कि चक्रव्यूह में प्रवेश कर सकते हैं। भीतर जाकर वे अकेले ही सारे कौरव योद्धाओं का वध कर देंगे तो उन्हें निकलने से रोकेगा कौन। पर यदि किसी कारण से उन्हें लौटना ही पड़ा तो बाहर निकलने के लिए उन्हें सहायता की आवश्यकता होगी।"

"फिर?" देविका के प्राण जैसे उसके कण्ठ में आ गए थे।

"धर्मराज निणर्य नहीं कर पा रहे थे किन्तु मध्यम पाण्डव, राजकुमार की इस बात से बहुत उत्साहित हो चुके थे। उन्होंने प्रसन्न होकर राजकुमार के कंधे पर हाथ मारकर कहा कि वे उन लोगों को भी प्रवेश की विधि सिखा दें। पाण्डव एक बार व्यूह में प्रविष्ट हो गए तो जैसा कि राजकुमार ने कहा है, कौरवों का वध करने से उन्हें कौन रोक लेगा।"

"तो क्या अभिमन्यु ने उन्हें वह सिखाया?" सुभद्रा ने पूछा।

"नहीं महारानी!" दूत बोला, "राजकुमार ने बताया कि उसका सिखाना इस प्रकार सम्भव नहीं है। उसके लिए समय भी लगेगा और अभ्यास भी करना होगा। इस प्रकार सीखना सम्भव होता तो उन्होंने अब तक उसमें से निकलने की विधि भी सीख ली होती।"

"तो क्या किया पाण्डवों ने?" द्रौपदी ने पूछा।

"धर्मराज ने कहा कि यदि राजकुमार चक्रव्यूह में उन लोगों के लिए द्वार बना देंगे तो वे लोग उनके रथ के अंग के समान ही उस द्वार में प्रवेश कर जाएँगे।" दूत बोला, "मध्यम पाण्डव ने कहा कि राजकुमार संकेत भर कर दें तो वे उनके साथ-साथ भीतर चले जाएँगे। छाया के समान उनके साथ लगे रहेंगे। जिस मार्ग से राजकुमार भीतर जाएँगे, उसी से मध्यम पाण्डव भी सेना लेकर उनके पीछे चलेंगे। वे एक बार भीतर घुस जाएँ तो सीधे दुर्योधन के पास पहुँचेंगे। फिर देखेंगे कि कौन-सा व्यूह उन्हें राजा दुर्योधन की जंघा तोड़ने से रोकता है।"

"तो राजकुमार ने चक्रव्यूह में प्रवेश किया?" बलंधरा ने पहली बार प्रश्न किया।

"हाँ देवि!"

बलंधरा ताली बजाकर हँसी, "मैं जानती थी कि अन्ततः हम लोग सफल होंगे।"

पर सुभद्रा देख रही थी कि दूत के मुख पर प्रसन्नता का कोई चिह्न नहीं था। उसका मन अपनी आशंकाओं से निरन्तर जूझ रहा था।

"राजकुमार अभिमन्यु ने व्यूह में प्रवेश किया और कौरव सेना में विकट विनाश मचाया। उन्होंने गजारोही, अश्वारोही तथा पैदल सेना को मार भगाया। कौरव सेना में भगदड़ मच गई। द्रोण भी चिन्तित हो उठे। उन्होंने तत्काल अपने महारथियों को आदेश दिया कि वे कौरव नरेश की रक्षा करें। वे सब राजकुमार अभिमन्यु की ओर बढ़े; किन्तु राजकुमार ने उन सबको अपने बाणों की नोक पर रोक दिया..."

"यह कथा-कहानी बाद में सुनाना।" सुभद्रा ने तीखे स्वर में दूत को टोका, "पहले बताओ कि अभिमन्यु के पीछे कोई और योद्धा व्यूह के भीतर घुसने में सफल हुआ या नहीं?"

दूत ने सुभद्रा की ओर देखा। वह इसी क्षण के लिए भयभीत था। अब कहे या न कहे? अन्ततः तो सब कुछ बताना ही था। वह आया ही इसी प्रयोजन से था।...

"नहीं महारानी! पाण्डवों का अनुमान भ्रमित प्रमाणित हुआ।" दूत ने कहा, "राजकुमार ने चक्रव्यूह पर आक्रमण किया और अपने लिए एक द्वार बनाकर उसमें से प्रवेश कर गए। किन्तु जिस समय मध्यम पाण्डव उसमें से प्रवेश करने का प्रयत्न कर रहे थे, उसी समय वह द्वार द्वाररक्षक सिन्धुपति जयद्रथ द्वारा बंद कर दिया गया। मध्यम पाण्डव ही नहीं, महाराज युधिष्ठिर, चतुर्थ और पंचम पाण्डव राजकुमार नकुल एवं सहदेव भी कुछ नहीं कर सके। वे व्यूह में प्रवेश करने का प्रयत्न करते रहे और राजकुमार अभिमन्यु उस व्यूह मैं गहरे से गहर उतरते गए। वे उसमें धँसते ही चले गए।..."

सुभद्रा ने अपना सिर पकड़ लिया। उसका मन हो रहा था कि वह पूछे कि क्या अभिमन्यु चक्रव्यूह से जीवित बच कर निकल आया? क्या दूत के कुरुक्षुत्र से चलने तक अभिमन्यु युद्ध कर रहा था?...पर उसका अपना मन ही इन प्रश्नों से इतना भयभीत था कि उसका साहस ही नहीं हो रहा था कि वह दूत को टोके।

"राजा दुर्योधन की रक्षा के लिए कौरव योद्धाओं ने राजकुमार अभिमन्यु को घेर लिया। उनमें द्रोण, कृपाचार्य, अश्वत्थामा, दुःसह, दुःशासन, विविंशति, कृतवर्मा, शल्य, शकुनि, बृहद्बल, भूरिश्रवा तथा स्वयं राजा दुर्योधन थे।" दूत बोला, "उसी समय अश्मकपुत्र ने अपने रथ पर आकर राजकुमार पर बाण वर्षा आरम्भ की। राजकुमार देख रहे थे कि उनके पीछे उनका कोई सहायक चक्रव्यूह में प्रवेश नहीं कर पाया है, इसलिए युद्ध उन्हें स्वयं ही करना है।

उन्होंने अश्मकपुत्र को तनिक भी समय नहीं दिया और अपने बाण से उसका मस्तक काट दिया। अश्मकपुत्र को इस प्रकार मरते देख कर्ण से सहन नहीं हुआ और उसने राजकुमार पर आक्रमण कर दिया। राजकुमार ने उसका उचित उत्तर दिया और कर्ण को घायल कर पीछे धकेल दिया। दीर्घलोचन, कुण्डलभेदी और सुषेण को भी घायल कर दिया। अश्वत्थामा और कृतवर्मा को गहरी चोट पहुँचाई। राजकुमार को भी अनेक बाण लगे थे किन्तु वे तनिक भी शिथिल नहीं हुए और उन्होंने मद्रराज शल्य पर इतने बाण बरसाए कि वे मूर्च्छित होकर रथ की बैठक में गिर पड़े। शल्य के छोटे भाई मद्रराज की सहायता के लिए आए तो राजकुमार ने अपने बाणों से पहले उनके हाथ-पैर काट डाले और फिर उनका मस्तक धड़ से पृथक् कर दिया। अकेले राजकुमार के विरुद्ध लड़ने वाली कौरव सेना की रक्षा के लिए स्वयं प्रधान सेनापति आचार्य द्रोण को आना पड़ा। राजकुमार ने न केवल आचार्य द्रोण को आहत किया वरन् उन्होंने कृपाचार्य, अश्वत्थामा, कृतवर्मा, बृहद्बल, कर्ण इत्यादि को भी क्षत-विक्षत कर दिया। द्रोण यह देखकर चकित रह गए और उन्होंने राजकुमार की प्रशंसा करते हुए कहा कि यह चाहे बालक ही हो; किन्तु इसमें अपने पिता और मातुल दोनों का सम्मिलित बल और कौशल प्रकट हो रहा है।..."

"आचार्य द्रोण ने मेरे पुत्र की प्रशंसा की?" द्रौपदी ने गद्गद कण्ठ से पूछा।

"हाँ महारानी! उन्होंने ऐसी प्रशंसा की कि राजा दुर्योधन उसे सहन नहीं कर पाए। वे युद्ध में ही बिफर गए और बोले, 'हमारे प्रधान सेनापति अपने प्रिय शिष्य के पुत्र को मारना नहीं चाहते, नहीं तो चक्रव्यूह में अकेला घुस आया यह छोकरा अभी तक इस प्रकार खुला घूमकर हमारे योद्धाओं को पीड़ित नहीं कर रहा होता है। ये अर्जुनपुत्र की रक्षा कर रहे हैं और वह इनसे रक्षित होकर हमारा काल बना हुआ है।'"

"यही होना था।" द्रौपदी ने कहा, "दुर्योधन में इतनी उदारता होती कि वह अपने शत्रुओं के गणों को भी स्वीकृति दे सकता तो इस युद्ध का अवसर ही न आता।" पुत्र की प्रशंसा सुनकर भी सुभद्रा के चेहरे पर मुसकान की एक रेखा तक नहीं आई थी। वह जैसे दोनों हाथों से अपने हृदय को थाम कर बैठी थी।

"फिर क्या हुआ दूत?" उसने पूछा।

"दुर्योधन की बात सुनकर दुःशासन आगे बढ़ आया महारानी! उसने कहा कि वह अभी राजकुमार अभिमन्यु का वध कर देगा। उनकी मृत्यु के शोक से तृतीय पाण्डव स्वयं ही मर जाएँगे अथवा आत्मघात कर लेंगे। उनके प्राण

अपने प्रिय पुत्र में ही बसते हैं। जब तृतीय पाण्डव की ही मृत्यु हो जाएगी तो सारे पाण्डव स्वयं ही आत्मदाह कर लेंगे। वे वीरवर सव्यसाची के बिना जीवित नहीं रह सकेंगे।...दुःशासन की बात सुनकर दुर्योधन बहुत प्रसन्न हुआ; किन्तु उससे राजकुमार अभिमन्यु और भी क्रुद्ध हो उठे। उन्होंने दुःशासन को छब्बीस बाण मारे। उन दोनों का द्वैरथ आरम्भ हो गया। दोनों योद्धा अपने रथों द्वारा दाएँ-बाएँ विचित्र मण्डलाकार गति से विचरते हुए युद्ध करने लगे। योद्धाओं का उत्साह बढ़ाने के लिए वहाँ ढोल, मृदंग, दुंदुभि, भेरी, झांझ इत्यादि का भयंकर संगीतमय शब्द हो रहा था। उसी में दोनों ओर के योद्धाओं के सिंहनाद और शंखनाद भी सम्मिलित हो जाते थे।

"तभी राजकुमार अभिमन्यु ने कहा, 'अरे मूर्ख! द्यूत क्रीड़ा में विजय पाने के उन्माद में अपने शब्दों से तूने धर्मराज को कुपित किया और वीरवर भीमसेन के प्रति अनर्गल और अपमानजनक बातें कहीं। मेरे उग्र धनुर्धर पितरों के राज्य का अपहरण किया। इन सभी बुराइयों के फलस्वरूप उन महात्मा पाण्डवों के क्रोध से आज तेरा यह दुर्दिन आया है। कुरुकुल कलंक! आज मैं अपनी रोषमयी माता कृष्णा और पिता भीमसेन का अभीष्ट पूर्ण कर इस युद्ध के ऋण से उऋण हो जाऊँगा।' राजकुमार की बात सुनकर अपने अहंकार में उन्मत्त दुःशासन ने अपने रथ के दण्डों की ओट से निकल राजकुमार को चुनौती दी। उस क्षण राजकुमार ने उसे पच्चीस बाण मारे। उनकी पीड़ा से व्यथित होकर दुःशासन रथ की बैठक मैं बैठ गया। उसे मूर्च्छा आ गई थी। सारथि ने देखा कि द्वैरथ युद्ध क्या, दुःशासन तो युद्ध करने की ही स्थिति में नहीं था, वह उसे तत्काल युद्धक्षेत्र से दूर ले गया।"

"और किसी ने कुछ नहीं किया?" द्रौपदी ने प्रसन्नता से कहा, "पर आज मेरे वीर पुत्र ने मेरे अपमान का प्रतिशोध ले लिया। आज भी मैं दुष्ट दुःशासन के रक्त से अपने केश नहीं धो पाई हूँ। पर वह भी होगा। मैं निश्चिंत हूँ। तभी कहते हैं कि पुत्र समर्थ हो जाए तो माता की शक्ति सौगुना बढ़ जाती है।"

सुभद्रा ने भी क्षण भर को मुस्कराकर गर्व से दमकते हुए द्रौपदी के चेहरे को देखा और फिर गम्भीर होकर पूछा, "तब भी पाण्डवों ने कुछ नहीं किया?"

"महारानी! चारों पाण्डवों तथा पाँचों द्रोपदेयों ने हर्षनाद किया और पांचालों तथा कैकेयों की सहायता से द्रोण के व्यूह का भेदन करने के लिए उस पर टूट पड़े। व्यूहद्वार पर तो जयद्रथ था और वह पाण्डवों को किसी भी प्रकार आगे बढ़ने नहीं दे रहा था; किन्तु उस पर भी दुर्योधन उच्च स्वर में कर्ण को फटकारता हुआ बोला, 'दुःशासन सूर्य के समान शत्रुओं को संतप्त करता हुआ,

युद्ध में उनका भयंकर विनाश कर रहा था, उसी अवस्था में वह अभिमन्यु के चंगुल में फँस गया।...उधर पाण्डव अभिमन्यु की सहायता के लिए प्रचण्ड बलशाली सिंहों के समान हमारे व्यूह को तोड़ने के लिए धावा कर चुके हैं। वे किसी भी समय व्यूह तोड़कर भीतर आ सकते हैं। और तुम क्या कर रहे हो? व्यर्थ समय नष्ट कर रहे हो। तुम अभिमन्यु को रोक नहीं सकते?'"

"यह दुर्योधन अपने ही मित्रों से कैसे बात करता है।" देविका ने कहा, "न द्रोण का सम्मान करता है, न कर्ण का।"

"उसे भय नहीं है कि यदि उनका इस प्रकार अपमान होगा तो वे उसे छोड़कर जा भी सकते हैं।" बलंधरा बोली।

"वह जानता है कि वे लोग उसे छोड़कर जा नहीं सकते। उन्होंने अपने जीवन में कोई वैकल्पिक द्वार खुला नहीं रखा है।" सुभद्रा ने कहा।

"नहीं, बात यह नहीं है।" करेणुमती बोली, "मुझे लगता है कि वे लोग इस बात से भी डरते होंगे कि वे लोग उसका पक्ष छोड़ेंगे तो वह उनका वध कर देगा।"

"दुर्योधन वध कर देगा द्रोण का?" बलंधरा हँसी, "द्रोण उसकी सारी सेना का वध कर सकते हैं।"

"नहीं! मेरा विचार है कि करेणु ठीक कहती है।" द्रौपदी ने कहा, "अपना पक्ष त्याग कर जाने वाले को दुर्योधन ऐसे ही तो छोड़ नहीं देगा। वह द्रोण को सम्मुख युद्ध में पराजित नहीं कर सकता तो क्या। जब वे सोए होंगे तो उनके मण्डप को आग तो लगा सकता है। उन्हें भोजन में विष तो दे सकता है।"

"हाँ तो दूत! फिर क्या हुआ?" सुभद्रा ने पूछा।

"महारानी! दुर्योधन की फटकार कर्ण को वैसी ही लगी जैसे अश्व को कशा लगता है या फिर गज को अंकुश लगता है। वह तड़पकर आगे बढ़ा और उसने राजकुमार पर अनेक बाण बरसाए। राजकुमार तब तक आचार्य द्रोण पर आक्रमण करने का मन बना चुके थे। वे आचार्य के सम्मुख पहुँचने को बहुत उतावले हो चुके थे। उन्होंने सामने से आकर बाण चलाते हुए कर्ण को घायल किया और आगे बढ़ गए। उनका मार्ग कोई रोक नहीं सका। पर कर्ण ने भी उनका पीछा नहीं छोड़ा। उसने पहले से अनेक बाण खाए हुए राजकुमार अभिमन्यु को अपने बाणों से बींध डाला। अपनी ओर से उसने कोई कसर नहीं छोड़ी। जितनी पीड़ा वह दे सकता था, उसने दी। राजकुमार उसकी और उपेक्षा न कर सके। उन्होंने अपने भल्लों द्वारा शत्रुओं के धनुष काट दिए। कर्ण का मुख मोड़ दिया। उसके अश्व घायल हो गए थे। उसका सारथि भी क्षतविक्षत हो गया था। और स्वयं कर्ण के शरीर पर भी अनेक घाव

लगे थे। कर्ण की दशा इतनी दीन हो गई कि उसका छोटा भाई उसे बचाने के लिए दौड़ा आया।..."

"यह कर्ण का छोटा भाई क्या होता है दूत?" द्रौपदी ने कहा, "तुम उसका नाम नहीं बता सकते? क्या वह शोण था? ऐसे तो बहुत भ्रम हो सकता है, कर्ण के अनेक छोटे भाई हैं।"

"आप ठीक कहती हैं महारानी!" दूत बोला, "सम्भव है कि वह शोण ही रहा हो। युद्धकाल में सबका ठीक-ठीक परिचय नहीं भी मिलता। एक नया योद्धा आता है और युद्ध आरम्भ करते ही दिवंगत हो जाता है। ऐसे में किसी से पूछ भी लिया जाए कि वह कौन था तो अधिकांशतः उत्तर मिलता है कि कोई नया व्यक्ति था। कभी-कभी कोई बता देता है कि वह कर्ण का भाई था अथवा शल्य का भाई था या...। सम्भव है बाद में उनका ठीक पता मिल भी जाए, किन्तु इस समय तो मैं इतना ही बता सकता हूँ देवि! कि कर्ण की रक्षा के लिए आने वाला योद्धा कर्ण का भाई था।"

"फिर?" देविका ने पूछा।

"पाण्डव सेनाओं को लग रहा था कि राजकुमार अभिमन्यु कौरवों में घिर गए हैं। यद्यपि वे उन पर भारी पड़ रहे हैं और उनके सारे महारथियों के लिए आतंक बने हुए हैं, फिर भी उनका शरीर बहुत आहत हो चुका था। उनकी रक्षा के लिए सहायता पहुँचनी ही चाहिए।..."

"वही तो।" सुभद्रा ने कहा।

दूत ने सुभद्रा की ओर देखा और अपनी कथा आगे बढ़ा ले गया, "व्यूह के बाहर पाण्डवों का भयंकर कोलाहल था किन्तु वे लोग अब तक व्यूह का भेदन नहीं कर पाए थे कि राजकुमार की कोई सहायता कर पाते। इधर राजकुमार अभिमन्यु ने कर्ण की सहायता को आए उनके भाई का मस्तक काट कर भूमि पर लुढ़का दिया। कर्ण पीड़ा से चीत्कार कर उठा। पर राजकुमार वहीं तक रुकने वाले नहीं थे। उन्होंने कर्ण पर न केवल अपना दबाव बढ़ा दिया, उसे ही अपना मुख्य लक्ष्य बना लिया। परिणाम यह हुआ कि अपने शरीर से बहते रक्त को देखता हुआ कर्ण युद्धभूमि से बाहर हो गया। तब राजकुमार ने अन्य योद्धाओं की ओर ध्यान दिया।

"महाराज युधिष्ठिर, मध्यम पाण्डव भीमसेन, महावीर सात्यकि, प्रधान सेनापति धृष्टद्युम्न, अप्रतिहत शिखण्डी, महाराज द्रुपद और विराट, पाँचों द्रौपदेय और कैकेय राजकुमार मिल कर चक्रव्यूह में अपने प्रवेश के लिए द्वार बनाने का विकट प्रयत्न कर रहे थे; किन्तु भयंकर और महान् धनुष धारण करने वाले सिन्धुराज जयद्रथ ने अपने दिव्यास्त्रों का प्रयोग कर उन सबकी प्रगति रोक दी

थी। यह अविश्वसनीय था किन्तु सत्य था। धृष्टद्युम्न ने जयद्रथ का धनुष काट दिया, पर जयद्रथ ने तत्काल दूसरा धनुष उठा लिया। भीमसेन ने तीन-तीन बाण मार कर जयद्रथ का धनुष, ध्वज और छत्र काट दिए, किन्तु जयद्रथ ने तीसरा धनुष उठा ही नहीं लिया, वह सात्यकि के रथ में चले गए। सिन्धुराज का यह पराक्रम अनपेक्षित और अविश्वसनीय था। राजकुमार अभिमन्यु ने द्वाररक्षक गजों को मार कर, पाण्डवों के व्यूह में प्रवेश के लिए जो मार्ग बनाया था, जयद्रथ ने उसे भी बंद कर लिया था। मत्स्य, पांचाल, कैकेय और पाण्डव बार-बार प्रयत्न कर रहे थे; किन्तु जयद्रथ ने उन्हें हर बार पीछे धकेल दिया।"

"जीजी के अपहरणकर्ता को मुक्त कर देने का यह दण्ड मिला पाण्डवों को।" सुभद्रा जैसे अपने आपसे बोली, "उन्हें उसे वन में मार देना चाहिए था। अधिक उदारता भी कल्याणकारी नहीं होती।"

"कौरवों ने अपने रथसमूह से राजकुमार को सब ओर से घेर लिया था। जाने उनमें वृषसेन कैसे सबसे आगे हो गया था।..."

"वृषसेन कौन?" देविका ने पूछा।

"कर्णपुत्र वृषसेन महारानी!" दूत ने कहा, "वह आगे था। राजकुमार ने उसके सारथि को घायल किया और उसका धनुष काट दिया। वृषसेन ने दूसरा धनुष उठा लिया और राजकुमार के अश्वों को बींधने लगा। तब तक वसातीय आगे बढ़ आया और ललकार कर बोला, 'तू इस युद्ध से जीवित नहीं बच पाएगा।' उसने राजकुमार को साठ बाण मारे। किन्तु राजकुमार उससे तनिक भी चिन्तित नहीं हुए। उन्होंने लौह कवच धारण करने वाले उस वसातीय को, दूर तक के लक्ष्य को मार गिराने वाले बाण द्वारा वक्ष में चोट पहुँचाई। कवच ने बाण की नोक को तो उसके वक्ष तक नहीं पहुँचने दिया किन्तु उस बाण के आघात से कवच से दबकर उसका वक्ष चिपक गया और वह मरकर रथ से नीचे गिर पड़ा।"

"यह वसातीय कौन था?" बलंधरा ने पूछा, "मैंने इसका नाम कभी नहीं सुना।"

"वह एक कौरव योद्धा था। इससे अधिक उसके विषय में कोई सूचना नहीं मिलती।" दूत बोला, "इसी प्रकार का एक और योद्धा सत्यश्रवा भी है। राजकुमार ने उसका भी वध कर दिया। कौरवों में घिरे होने पर भी राजकुमार उनके लिए काल बने हुए थे। अपनी सेना को विचलित देखकर शल्यपुत्र रुक्मरथ आवेश में आगे आया। उसने अपने सैनिकों को सान्त्वना दी, 'तुम्हारे भयभीत होने का कोई कारण नहीं है। मेरे जीवित रहते यह छोकरा अभिमन्यु तुम्हारा कुछ नहीं बिगाड़ सकता। मैं अभी इसे जीवित पकड़ लेता हूँ।' उसने अपना

रथ राजकुमार की ओर दौड़ा दिया। उसने राजकुमार के वक्ष में तीन बाण मारे और सिंहनाद किया। उसके पश्चात् उसने राजकुमार की भुजाओं पर बाण मारे। तब तक राजकुमार ने उसका धनुष काट दिया। उसके पश्चात् भल्ल बाणों से उसकी दोनों भुजाएँ काट दीं। वे उसे जीवित भी छोड़ सकते थे। वह युद्ध के सर्वथा अयोग्य हो चुका था। बिना भुजाओं के उसका जीवन भी उसके लिए बोझ हो जाता। राजकुमार ने उसे जीवन की पीड़ा से मुक्त करने के लिए, सुन्दर नेत्रों और भौहों से सुशोभित उसका मस्तक भी काट डाला।"

"चारों ओर त्राहि-त्राहि मच गई। रुक्मरथ के मित्र राजकुमारों ने आकर वीर अभिमन्यु को घेर लिया। दुर्योधन प्रसन्न हो उठा।..."

"दुर्योधन के प्रसन्न होने का तो कोई कारण नहीं दीखता मुझे।" करेणुमती बोली।

"उसके प्रसन्न होने का प्रकट कारण तो यह था महारानी! कि उन राजकुमारों के आक्रमण के पश्चात् सारथि, अश्वों और ध्वजा के सहित राजकुमार अभिमन्यु बाणों में छिप गए थे। वे कहीं भी दिखाई नहीं दे रहे थे। दुर्योधन ने मान लिया होगा कि राजकुमार उस बाण जाल में सदा कि लिए बँध गए हैं और उससे बाहर नहीं निकल पाएँगे।" दूत बोला, "किन्तु एक अनुमान यह भी है कि यद्यपि शल्य उसकी ओर से युद्ध कर रहे थे किन्तु दुर्योधन उनकी ओर से पूर्णतः आश्वस्त नहीं था। वे पाण्डवों के मातुल हैं और उन्हीं की सहायता के लिए वे अपने घर से चले भी थे। यह तो बीच मार्ग में से दुर्योधन उनका अपहरण कर लाया था। किसी भी क्षण शल्य के मन में पुनः अपने भागिनियों का प्रेम जाग सकता था और वे दुर्योधन का त्याग कर सकते थे। अब जब उनके पुत्र का वध राजकुमार अभिमन्यु के हाथों हो गया था, वे पाण्डवों के पक्षधर नहीं हो सकते थे। वे अपने पुत्र का वध करने वाली सेना का अंग कैसे हो सकते थे।..."

"हाँ! यह कारण एक बड़ा कारण हो सकता है।" देविका ने कहा।

"पर यह भी तो हो सकता है कि शल्य के मन में आए कि यदि वे पाण्डव पक्ष से लड़ रहे होते तो उनके पुत्र की मृत्यु ही न होती?" बलंधरा बोली, "इस दृष्टि से उनके पुत्र का हत्यारा दुर्योधन ही ठहरता है।"

"हो तो यह भी सकता है।" द्रौपदी ने कहा।

दूत रानियों के वैचारिक ऊहापोह में नहीं फँसा। उसने अपनी बात आगे बढ़ाई, "पर दुर्योधन की प्रसन्नता बहुत देर तक टिकी नहीं महारानी! राजकुमार ने अपनी रथमाया प्रकट की और गान्धर्वास्त्र का प्रयोग कर उस सारे बाण जाल को काटकर परे फेंक दिया। वे अस्त्र-संचालन का कौशल दिखाते हुए

अलातचक्र की भाँति घूम रहे थे। वस्तुतः वे एक नहीं सहस्रों रूपों में दिखाई पड़ रहे थे। अभी यहाँ थे, अगले क्षण कहीं और थे। ऐसा लगता था कि वे युद्धक्षेत्र में सब स्थानों पर हैं। ऐसा कोई स्थान नहीं था, जहाँ वे नहीं थे।... उन्होंने अपने घेरने वाले रुक्मरथ के मित्र राजकुमारों के शरीरों के टुकड़े-टुकड़े कर दिए थे।"

"अब दुर्योधन के भयभीत होने की बारी थी। वह जो समझ रहा था कि आचार्य द्रोण ने एक ऐसे व्यूह की रचना कर दी है, जिसमें राजकुमार अभिमन्यु घिर गए हैं और पाण्डव सेना से उन्हें कोई सहायता नहीं मिल सकती—वह सब उसका भ्रम था। ऐसा लगता है कि राजकुमार अभिमन्यु के सन्दर्भ में दुर्योधन को अब किसी पर भी विश्वास नहीं रह गया था। उसे सब ओर अपने विरुद्ध षड्यन्त्र दिखाई दिए होंगे। आचार्य द्रोण और कर्ण से तो वह पहले ही झगड़ चुका था। अब और किससे कहता। परिणामस्वरूप वह स्वयं ही अपनी सेना के साथ राजकुमार पर चढ़ दौड़ा। पर विचित्र बात यह हुई कि राजकुमार से उसका युद्ध जैसा युद्ध हुआ ही नहीं। एक आधी-अधूरी क्षणिक-सी झड़प हुई और दुर्योधन अनेक बाणों से घायल होकर युद्ध छोड़कर भाग गया।

"अपने राजा को भागते देख कौरव सेना में भी भगदड़ मच गई। इस अपमानजनक पराजय से बचने के लिए द्रोण, अश्वत्थामा, बृहद्बल, कृपाचार्य, कर्ण, कृतवर्मा, शकुनि—सब मिलकर राजकुमार अभिमन्यु पर टूट पड़े; पर राजकुमार का तेज उस समय ऐसा था कि ये सारे महारथी और अतिरथी मिलकर भी उनके सम्मुख टिक नहीं पा रहे थे। ऐसे में चाहे अपने अभियान के कारण अथवा अपने अज्ञान के कारण दुर्योधन-पुत्र लक्ष्मण, राजकुमार के सम्मुख डट गया। अपने पुत्र को इस प्रकार संकटपूर्ण कार्य करते देखकर, उसकी रक्षा के विचार से दुर्योधन लौट आया। अपने राजा की रक्षा के लिए अन्य महारथी भी लौटे। राजकुमार अभिमन्यु उनसे भयभीत नहीं थे और न ही वे इस अवसर को छोड़ना चाहते थे। उन्होंने लक्ष्मण पर आक्रमण कर दिया। एक ही भल्ल से उन्होंने लक्ष्मण का सुन्दर, सुघड़ नासिका, मनोहर भौंह, सुन्दर केशान्त और रुचिर कुण्डल से युक्त मस्तक धड़ से पृथक् कर दिया।..."

"दुर्योधन के पुत्र को मार दिया!" बलंधरा का मुख जैसे आश्चर्य में खुल गया था।

"चारों ओर हाहाकार मच गया।" दूत बोला, "जिसे बचाने के लिए अपने प्राणों को पुनः संकट में डाल कर दुर्योधन लौट आया था, वह लक्ष्मण उसकी आँखों के सम्मुख मारा गया था। वह पूरी शक्ति से चीत्कार कर उठा, 'इस अभिमन्यु को मार डालो।' और तत्काल राजकुमार को घेर लिया गया। इस

बार उनको घेरने वालों में आचार्य द्रोण भी थे। उनके साथ कृपाचार्य, कर्ण, अश्वत्थामा, बृहद्बल और कृतवर्मा थे। राजकुमार उनसे जूझते रहे। सहसा वे पलटे और उन्होंने चक्रव्यूह के मुख्य प्रवेश-द्वार की रक्षा करने वाली सिन्धुराज की गजसेना पर आक्रमण कर दिया।..."

"क्या वे छह कम थे कि वह सातवें को आमन्त्रित करने चल दिया।" सुभद्रा को अभिमन्यु का यह कृत्य अच्छा नहीं लगा था। यही तो बचपना होता है।

"इसका वास्तविक कारण तो राजकुमार स्वयं ही जानते हैं," दूत बोला, "किन्तु हमारी सेना में यह माना जा रहा है कि या तो वे व्यूह के बाहर खड़े और भीतर आने का प्रयत्न करते पाण्डव योद्धाओं की, प्रवेश के लिए मार्ग बनाने में सहायता करना चाहते थे, या फिर उन्हें लगा होगा कि वे और अधिक देर तक व्यूह में कौरवों से घिरे न रहें। बाहर से सहायता न आ सके तो वे बाहर निकल जाएँ। यह भी संभव है कि उन्होंने सोचा हो कि पाण्डव सेना बाहर से प्रयत्न करे और वे भीतर से उनकी सहायता करें तो संभव है कि चक्रव्यूह ध्वस्त हो जाए और कौरव सेना को दबोचा जा सके।"

"फिर क्या हुआ दूत?" सुभद्रा ने पूछा।

"प्रवेश-द्वार की रक्षा के लिए जयद्रथ के सहायक कलिंग सैनिक, निषादगण और क्राथपुत्र थे।" दूत ने रुककर द्रौपदी की ओर देखा, "क्राथ कौरवपथ के प्रसिद्ध राजा हैं। उनका पुत्र अपने नाम से नहीं क्राथपुत्र के नाम से ही प्रसिद्ध है। उसने स्वयं और उसकी गजसेना ने लौह कवच धारण कर रखे थे। उस गजसेना ने ही राजकुमार का मार्ग रोक लिया। उसी समय जब राजकुमार अभी अपनी नीति निश्चित कर रहे होंगे, क्राथ ने स्वयं भी उन पर आक्रमण कर दिया। राजकुमार अभिमन्यु को संकट में देखकर द्रोण भी लौट आए थे। वे और उनके महारथी पुनः राजकुमार को घेर लेना चाहते थे। पर इसी बीच राजकुमार ने क्राथपुत्र को उसके गज से मार गिराया। राजकुमार जयद्रथ की ओर बढ़ ही रहे थे कि कौरव सेना ने अपने छह महारथियों के नेतृत्व में राजकुमार को घेर लिया। वे लोग नहीं चाहते थे कि राजकुमार सिन्धुपति तक पहुँचें। कहीं वे जयद्रथ को भी विचलित कर दें अथवा उसका वध कर दें तो फिर पाण्डवों को भीतर घुसने से कोई नहीं रोक सकता था।

"राजकुमार उनकी नीति समझ गए थे। उन्होंने जयद्रथ की ओर बढ़ने से पहले वृन्दारक को मार गिराया।"

"धृतराष्ट्र पुत्र वृन्दारक?" द्रौपदी ने पूछा।

"नहीं महारानी! धृतराष्ट्रपुत्र वृन्दारक अभी जीवित है। यह एक अन्य कौरव योद्धा था, जिसे राजकुमार अभिमन्यु ने मार गिराया।" दूत बोला, "उन्होंने

अश्वत्थामा को भी घायल कर दिया। अपने पुत्र पर संकट देखकर द्रोण जैसे पगला गए। उन्होंने राजकुमार पर एक सौ बाण चला दिए। अश्वत्थामा को लगा कि उनकी रक्षा करते हुए, द्रोण स्वयं संकट में फँसते जा रहे हैं। अश्वत्थामा ने अपने पिता की रक्षा के लिए राजकुमार पर साठ बाण झोंक दिए। उसी समय बृहद्‌बल को भी अपनी वीरता प्रमाणित करने की सूझी। राजकुमार ने उसका मस्तक ही काट गिराया। उन्होंने कर्ण के कान में एक बाण मारा। कर्ण किसी प्रकार के असमंजस में उनके सम्मुख खड़ा हो गया। राजकुमार ने उसके छह मंत्रियों को उनके अश्वों और सारथियों सहित मार डाला। उसी समय उनके हाथों मगधराज का पुत्र तरुण अश्वकेतु भी मारा गया। मार्तिकावतक नरेश भोज भी अपने प्राणों से हाथ धो बैठा। तभी अपने दाँत पीसता हुआ दुःशासनपुत्र अपना रथ वहाँ ले आया। आते ही उसने चार बाण मार कर सारथि और अश्वों सहित राजकुमार को घायल कर दिया। राजकुमार अभिमन्यु ने हँसकर कहा, 'तेरा पिता तो कायर के समान भाग गया। प्रसन्नता की बात है कि तू युद्ध करना जानता है।' राजकुमार ने पलटकर उसे कई बाण मारे किन्तु अश्वत्थामा ने वे बीच में ही काट दिए। राजकुमार ने अश्वत्थामा की ध्वजा काट दी और उसकी सहायता के लिए आने वाले शल्य को नौ बाण मारे। उसकी ध्वजा काटकर उसके दोनों पार्श्वरक्षकों को मार डाला। शल्य भाग कर दूसरे रथ पर चले गए। अब राजकुमार ने अपना धनुष शकुनि की ओर मोड़ दिया। घायल शकुनि ने दुर्योधन से कहा, 'राजन्! वह हममें से एक-एक कर युद्ध कर हम सबको मार डाले, उससे पहले ही हम सबको मिलकर अभिमन्यु को मार डालना चाहिए।' कर्ण ने भी आचार्य द्रोण से कहा, 'आचार्य! इससे पहले कि यह हमें मार डाले, हमें इसे मारने की विधि बताइए। इसका वध कैसे होगा?' आचार्य कौरव सेना पर आए संकट को समझ रहे थे और वे कर्ण की पीड़ा को भी देख रहे थे किन्तु वे राजकुमार अभिमन्यु की वीरता पर मुग्ध थे। बोले, 'पिता और पुत्र में कोई अन्तर नहीं है। इसका युद्धकौशल और इसकी वीरता किसी भी योद्धा का मन प्रसन्न कर देगी।' कर्ण क्रुद्ध होकर बोला, 'आप उस पर मुग्ध ही होते रहेंगे या कुछ करेंगे भी। मैं उसके बाणों से आहत और पीड़ित होकर केवल इसलिए समरभूमि में खड़ा हूँ क्योंकि समरभूमि से पलायन क्षत्रियकर्म नहीं है।' आचार्य मुस्कराए, 'अन्यथा तुम भाग जाते?'"

"और वह करता ही क्या है।" द्रौपदी ने कहा, "प्रत्येक युद्ध में सबसे पहले भागने वाला योद्धा कर्ण ही तो होता है।"

"हाँ महारानी! यही कहा आचार्य ने भी।" दूत ने कहा, "पर उससे कर्ण लज्जित नहीं हुआ। और भी क्रुद्ध होकर बोला, 'आपका क्या बिगड़ा है इस युद्ध

में। मेरे भाई मारे गए हैं। मेरे पुत्रों ने वीरगति पाई है। मेरा भी अपना कोई न मरता तो मैं अभिमन्यु की वीरता पर मुग्ध होता रहता।' आचार्य ने इस झगड़े को आगे नहीं बढ़ाया। बोले, 'अभिमन्यु का कवच अभेद्य है। उसको कोई भेद नहीं सकता। हाँ! मनोयोगपूर्वक चलाए गए बाणों से इसके धनुष और प्रत्यंचा को काटा जा सकता है। इसे परास्त करना चाहते हो तो सारे महारथी एकत्रित हो जाओ। पहले उसके रथ को नष्ट करो ताकि वह एक ही स्थान पर कीलित हो जाए और फिर उसका धनुष काट दो, ताकि वह दूर से युद्ध न कर पाए। जब वह हम सब के बीच अकेला घिर जाएगा और निकट से सम्मुख युद्ध करने को बाध्य होगा तो उसके पास केवल एक शस्त्र होगा और हम सब विविध शस्त्रों से युक्त होंगे। उस समय हम उसका वध कर सकते हैं।'"

"दुष्ट कहीं के।" सुभद्रा ने कहा, "अकेले बालक को घेरकर, उसे बाध्य कर, उसके हाथ-पैर बाँधकर उससे युद्ध करने को क्षत्रिय कर्म कहते हैं।"

दूत कुछ सावधान हो गया। उसे ज्ञात था कि अब सबसे कठिन क्षण आ रहा है। बोला, "ठीक कहती हैं महारानी! उन्होंने युद्ध नहीं किया, आखेट किया। पाण्डवों को व्यूह से बाहर रखा और स्वयं सब के सब राजकुमार के निकट घिर आए। सबसे पहले कर्ण ने राजकुमार का धनुष काट दिया। कृतवर्मा ने उनके रथ के अश्व मार डाले। कृपाचार्य ने उनके पार्श्वरक्षक मार डाले। निःशस्त्र राजकुमार अकेले उस अचल रथ में खड़े थे और छह-छह महारथी अपनी पूर्ण दक्षता से उन पर बाणों की बौछार कर रहे थे। उनका शरीर पहले ही बहुत बिंध चुका था। सारे अंगों से रक्त प्रवाहित हो रहा था। समझ गए कि यदि वे खड़े रहे तो वहीं ढेर हो जाएँगे। राजकुमार ने ढाल और खड्ग उठा लिए और उछलकर जैसे आकाश मार्ग से अपने शत्रुओं पर इन्द्र के वज्र के समान गिरे। आचार्य द्रोण ने क्षुरप्र से उनके खड्ग को उसकी मूठ से काट डाला और कर्ण ने उनकी ढाल को टुकड़े-टुकड़े कर दिया। राजकुमार ने चक्र उठा लिया। उस रूप में उनको देखकर बहुत लोगों को चक्रधारी श्रीकृष्ण का स्मरण हो आया। दुर्योधन के तो जैसे प्राण ही निकल गए। जाने यह लड़का चक्र से क्या कर डालेगा। छह के छह महारथी जैसे भयपरिचालित होकर अपना धैर्य खो बैठे। उन सबने मिलकर चक्र के टुकड़े-टुकड़े कर दिए। और तब राजकुमार ने गदा उठा ली। सबसे निकट अश्वत्थामा था। उन्होंने उस पर ही प्रहार किया। वह अपने रथ की बैठक से तीन पग पीछे हट गया। पर राजकुमार ने उसके अश्वों और उसके पार्श्वरक्षकों के प्राण ले ही लिए। राजकुमार के शरीर में इतने बाण धँसे थे कि वे साही के समान प्रतीत हो रहे थे या फिर जैसे पितामह भीष्म ही शरशैया पर लेटने के स्थान पर सीधे खड़े हो गए थे। वे आगे बढ़े और शकुनि

के भाई कालिकेय को मार डाला। उसके साथ के सत्तर गान्धार मार दिए। अपना मार्ग रोकने वाले दस वसातीय रथियों को मार डाला। दुःशासनपुत्र के अश्वों और रथ को चूर-चूर कर डाला। दुःशासनपुत्र अपनी गदा लेकर राजकुमार की ओर दौड़ा। दोनों में गदायुद्ध होने लगा। सारे महारथी उन दोनों के चारों ओर वृत्त बनाकर शस्त्रों सहित सन्नद्ध खड़े थे। उसकी स्फूर्ति स्पष्ट थी। फिर उस पर और कोई आघात भी नहीं कर रहा था। सहसा ही दोनों योद्धाओं ने अपनी-अपनी गदा के अग्रभाग से विरोधी पर प्रहार किया। दोनों को ही गहरी चोट लगी और वे दोनों ही भूमि पर गिर पड़े।..."

"अभिमन्यु को उठने ही नहीं दिया होगा उन्होंने।" सुभद्रा के स्वर में क्रोध भी था और पीढ़ा भी।

"हाँ महारानी!" दूत बोला, "दुःशासनपुत्र पहले उठ खड़ा हुआ और उसने उठते हुए लड़खड़ाते राजकुमार अभिमन्यु के मस्तक पर गदा दे मारी। राजकुमार अचेत होकर पृथ्वी पर गिर गए।...कौरव सेना ने हर्ष का चीत्कार किया।..." दूत की वाणी जैसे उसके मुख में ही जम गई।

सुभद्रा अचेत होकर द्रौपदी की गोद में ही गिर गई थी।

10

सूर्यास्त हुआ और आज का युद्ध समाप्त हो गया।

अर्जुन का रथ शिविर की ओर लौट रहा था। कृष्ण सदा के समान प्रसन्न थे और उनका ध्यान अर्जुन से भी अधिक अपने अश्वों की ओर लगा हुआ था।

अर्जुन स्वयं को बहुत थका हुआ अनुभव कर रहा था। उसका शरीर उतना क्लांत नहीं था, जितना कि मन अवसाद में डूबा हुआ था। आज का दिन तो व्यर्थ ही गया। संशप्तक सेना प्रायः नष्ट हो गई थी; किन्तु सुशर्मा आज भी न तो मारा गया और न बंदी ही हुआ। आज वह अर्जुन के सम्मुख प्रायः नहीं आया था। थोड़ी देर के लिए सामने आता भी था तो फिर कहीं विलुप्त हो जाता था। छोटी-छोटी टुकड़ियों के साथ लौकिक शस्त्रों से साधारण युद्ध करते ही सारा दिन बीत गया। दिन भर उसे अपने भाइयों और सेना का कोई समाचार नहीं मिला। आज ऐसा क्या हो गया कि पूरे दिन में एक भी संदेशवाहक उसके पास नहीं पहुँचा।...कृष्ण ने ठीक ही कहा था कि यह मात्र षड्यन्त्र था, युद्ध नहीं। पर उस समय अर्जुन जाने क्यों उसे स्वीकार नहीं कर पाया था।

मार्ग में कहीं कोई लौटती हुई वाहिनी नहीं मिली। कहीं कोई कोलाहल नहीं था। लगता था कि आज युद्ध कुछ जल्दी ही सिमट गया था। किसी प्रकार की कोई गतिविधि अब शेष नहीं थी। पाण्डवों के शिविर के मुख्य द्वार पर सैनिकों ने अर्जुन का अभिवादन तो किया; किन्तु अन्य दिनों के समान प्रसन्न मुद्रा में आज के युद्ध का कोई समाचार नहीं दिया।...वहाँ प्रतिदिन के समान निश्चिंतता की चहल-पहल भी नहीं थी।

अपने मण्डप के निकट उसे कुछ अधिक ही निर्जनता लगी।

"क्या तुम्हें भी लग रहा है कृष्ण! कि आज हमारे शिविर में रणवाद्य नहीं बज रहे?"

"हाँ! कुछ ऐसा ही है।" कृष्ण बोले, "कहीं कोई दुर्घटना तो नहीं घट गई।"

"आज अभिमन्यु ने भी मण्डप से निकलकर हमारा स्वागत नहीं किया।"

कृष्ण ने कोई उत्तर नहीं दिया।

रथ के रुकते ही मण्डप से युधिष्ठिर बाहर निकल आए। वे बिना कुछ बोले, अर्जुन के सम्मुख खड़े हो गए। उनके हाथ जुड़े हुए थे और उनकी आँखों में अश्रु थे। चेहरे पर लज्जा का भाव था और कण्ठ जैसे अवरुद्ध हो रहा था। उनकी इतनी कातर अवस्था अर्जुन ने तब भी नहीं देखी थी, जब वे द्यूत में हारे थे और भरी सभा में कौरवों ने पांचाली का अपमान किया था।

"मैं तुम्हारा अपराधी हूँ धनंजय!"

अर्जुन कुछ नहीं बोला, वह धर्मराज की अश्रूपूरित आँखों को देखता रहा।

"तुम छोटे भाई होकर भी मेरी रक्षा करते हो, और मैं बड़ा होकर, परिवार का मुखिया होकर भी अभिमन्यु की रक्षा नहीं कर पाया। मैं तुम्हारा अपराधी हूँ।"

"क्या हुआ अभिमन्यु को?" अर्जुन का आशंकित मन निमिष भर में सहस्रों दुष्कल्पनाएँ कर गया।

"तुम्हें सूचना नहीं मिली?"

"नहीं तो।"

"धावक तुम तक नहीं पहुँचा?"

"नहीं!"

धर्मराज ने संक्षेप में सारी घटना सुना दी।

इसी दिन से डरता था अर्जुन। उसने युद्ध के आरम्भ में ही कहा था कृष्ण से कि जिनके लिए उन्हें राज्य, सुख और सम्पत्ति चाहिए, वे ही इस युद्ध में

मारे जाएँगे तो क्या करेंगे वे राज्य का, धन का, सम्पत्ति का? कृष्ण ने उसे उसका मोह कहा था। क्लैव्य कहा था।...कहाँ सीमा की रेखा खींचे वह पुत्र के प्रति अपने प्रेम और इस पापी मोह में? पुत्र की मृत्यु का समाचार पाकर क्या उसे शोक नहीं होना चाहिए? क्या प्रतिशोध के लिए उसका रक्त नहीं उफनना चाहिए?...पर कृष्ण क्षत्रिय कर्म का तो निषेध नहीं करते।...अधर्मी शत्रु का वध करने से तो वे उसे नहीं रोकते।...वे तो कह रहे थे कि अधर्मियों को दण्डित करना उसका कर्तव्य है। वही था, जो युद्ध से भाग रहा था। उसे ही धार्तराष्ट्र अपने लग रहे थे। गुरु के प्रति बहुत भक्ति थी उसके मन में...

"युद्ध में क्षत्रिय योद्धा वीरगति पाएँगे ही। जो बचेंगे वे अपने पक्ष की रक्षा और शत्रु के नाश के लिए लड़ेंगे। कोई किसी के लिए अपराधी कैसे है?" अर्जुन की आँखों में अश्रुओं का वेग बढ़ा और उसका गला रुँध गया; किन्तु वह तत्काल सँभला, "मैं संशप्तकों की चुनौती को सहन नहीं कर सका और उनके साथ लड़ने चला गया–आप की रक्षा का भार दूसरों पर छोड़ कर। नहीं समझ पाया कि यह सब षड्यन्त्र मात्र था, आपको बंदी करने के लिए, हमारी सेना की अप्रतिहत क्षति के लिए। यदि मेरे पीछे आपको कुछ हो जाता, तो मैं किसका अपराधी होता। आप यह ही समझिए कि अभिमन्यु ने मेरा दायित्व निभाया। उसने मेरे स्थान पर आपकी रक्षा की...।"

"तुम कहते हो उसने तुम्हारे स्थान पर मेरी रक्षा की," धर्मराज का शोक किसी भी प्रकार कम नहीं हो रहा था, "और मैं कह रहा हूँ कि उसने मेरे स्थान पर अपने प्राण दिए।...मैं कैसा पुत्रभक्षी पिता हूँ। अपने बच्चे के लिए प्राण दे नहीं सकता था, तो अपनी रक्षा के लिए उसके प्राण लेने का मुझे क्या अधिकार था।"

"भगवान न करे कि इस परिवार में कभी कोई दुर्योधन पैदा हो, जो अपने पितामह से कहे कि हमारी रक्षा के लिए युद्ध कीजिए और अपने प्राण दीजिए। अभिमन्यु वीर क्षत्रिय था, इसलिए उसने अपने पिता और अपने राजा के लिए अपने प्राण दिए।" अर्जुन समझ नहीं पा रहा था कि वह किसे सांत्वना दे रहा था–धर्मराज को, अथवा स्वयं अपने आपको?

"मेरी समझ में कुछ नहीं आ रहा..." युधिष्ठिर उसी प्रकार विह्वल थे, "मैं पांचाली को, सुभद्रा को, उत्तरा को...क्या मुँह दिखाऊँगा।"

"उन्हें सूचना भिजवा दी गई क्या?" अर्जुन ने पूछा।

"सूचना तो तुम्हें भी भेजी थी किन्तु वह धावक ही जाने कहाँ खो गया। सम्भव है कि किसी योद्धा का बाण उसे भी आ लगा हो।" युधिष्ठिर ने कहा, "सुभद्रा और उत्तरा तो उपलव्य से यहाँ आ भी गई हैं।"

कृष्ण ने आगे बढ़ युधिष्ठिर की बाँह थाम ली, "अभिमन्यु आपका भी पुत्र था धर्मराज! वह सुभद्रा और उत्तरा की हो तो थाती नहीं था। उसने वीरगति पाई है, असाधारण वीरता दिखाई है। उस वीर क्षत्रिय ने अपने मातृ और पितृकुल—दोनों का ही मुख उज्ज्वल किया है। उससे सुभद्रा और उत्तरा के चेहरे गर्व से गौरवान्वित होंगे...आप उनका साक्षात्कार करने में संकोच न करें। उन्हें धैर्य बँधाएँ। छत्र बनकर बड़ों के समान उनका रक्षण और पालन करें, उनकी दया या घृणा की बात न सोंचे।"

"और अभिमन्यु की क्षतिपूर्ति..."

"क्षतिपूर्ति तो नहीं हो सकती भैया!" अर्जुन के स्वर में ओज लौट आया था, "पर कौरवों को इसका मूल्य चुकाना होगा। उन्हें मैं बताऊँगा कि किसी निःशस्त्र वीर बालक को घेरकर, छह-छह महारथियों द्वारा उसका वध, कितना महँगा पड़ता है।" उसने रुककर भीम की ओर देखा, "पर एक बात मेरी समझ मैं नहीं आ रही।"

"क्या?" भीम ने पूछा।

"आप लोग चक्रव्यूह का वेधन नहीं कर सकते थे, किन्तु अभिमन्यु के प्रवेश के पश्चात् उसके पीछे तो जा ही सकते थे। उसका प्रयत्न क्यों नही किया गया? उसे शत्रुओं के सैन्य सिन्धु में अकेला और असहाय क्यों छोड़ा गया?"

"हमारी तो रणनीति यही थी कि वह व्यूह वेधन करेगा। हमारे लिए एक द्वार बना देगा और हम उसके पीछे-पीछे उसी मार्ग पर चलते जाएँगे। यह किसने सोचा था कि वह व्यूह वेध कर उनकी सेना में प्रवेश कर जाएगा और हम उसके पीछे जा ही नहीं पाएँगे।"

"पर क्यों?" अर्जुन बोला, "क्यों नहीं किया प्रवेश आपने?"

"हम प्रवेश कर नहीं पाए।" युधिष्ठिर बोले, "अभिमन्यु ने व्यूह में द्वार बनाया; किन्तु हममें से जिसने भी उसमें प्रवेश का प्रयत्न किया वह रोक दिया गया।"

"कौन था द्वार पर, जो अपने बल से भीमकर्मा वृकोदर को आगे बढ़ने से रोक सकता है?" अर्जुन ने पूछा।

"द्वार पर जयद्रथ था।" भीम का सिर जैसे लज्जा से झुक गया, "जिस जयद्रथ को मैं किसी भी समय अपनी गदा के एक वार से धराशायी कर सकता था, कल उसके सामने मैं एकदम असहाय हो गया। मैं बार-बार जैसे किसी प्राचीर से टकराकर लौट आता था। उसने धर्मराज को अभिमन्यु के पीछे नहीं जाने दिया। वीर धृष्टद्युम्न और शिखण्डी उसे अपने मार्ग से नहीं हटा पाए। युयुधान सात्यकि उससे पराभूत होकर रह गया।"

"जयद्रथ ने किया यह सब? जयद्रथ ऐसा योद्धा तो नहीं है।" अर्जुन जैसे विश्वास ही नहीं कर पा रहा था, "इसका अर्थ तो यह हुआ कि अकेला जयद्रथ हमारी सारी सेना पर भारी पड़ा। ऐसा तो पितामह और आचार्य भी कभी नहीं कर पाए।"

"जयद्रथ की इस सफलता से दुर्योधन के योद्धा भी चकित हैं।" सहदेव ने कहा, "उनकी सेना में एक कथा सुनाई जा रही है कि वन में पांचाली के अपहरण के प्रयत्न के पश्चात् आप दोनों से अपमानित होकर जयद्रथ ने महादेव शिव से वरदान प्राप्त करने के लिए घोर तपस्या की थी। महादेव ने प्रसन्न होकर उसे एक वरदान माँगने को कहा था। उसने कहा कि महादेव उसे ऐसा सामर्थ्य दें कि वह पाँचों पाण्डवों को युद्ध में पराजित कर सके। इस पर महादेव ने कहा कि यह सम्भव नहीं है; किन्तु उसकी तपस्या निष्फल भी नहीं जाएगी। अर्जुन को तो वह कभी पराजित नहीं कर पाएगा, किन्तु उस वर के प्रभाव से केवल एक दिन के लिए वह शेष चार पाण्डवों की गति रोक पाने में समर्थ होगा। उसी वर के प्रभाव से आज उसने अभिमन्यु के पीछे जाने वाले प्रत्येक योद्धा को रोकने में सफलता पाई थी।"

अर्जुन ने कुछ नहीं कहा। वह मन-ही-मन कुछ सोचता रहा।

"यह कथा मैंने भी सुनी है किन्तु मेरा मन इस पर विश्वास नहीं करता।" नकुल बोला, "न तो जयद्रथ तपस्या कर सकता है और न महादेव उसे ऐसा वर दे सकते हैं। फिर उसने वर केवल चार पाण्डवों के विरुद्ध पाया और आज उसने धृष्टद्युम्न, शिखण्डी और सात्यकि को भी आगे बढ़ने से रोक दिया।"

"तो फिर यह चमत्कार कैसे हो गया?" भीम जैसे अपने आपसे पूछ रहा था।

"वैसे तो कुछ साधक तापसी तपस्या से तामसी वर भी प्राप्त कर लेते हैं किन्तु जयद्रथ के विषय में यह सत्य प्रतीत नहीं होता?" कृष्ण धीरे से बोले।

"तो फिर यह सब क्या है?" अर्जुन के स्वर में जैसे चीत्कार था।

कृष्ण उसकी विह्वलता को चिन्तित दृष्टि से देखते रहे और फिर धीरे से बोले, "यदि किसी द्वार पर कोई दृढ़ सबल ताला लगा हो और तुम्हारे पास उसकी कुंजिका न हो, तो तुम उसे खोलने के लिए क्या करोगे?"

"जब कुंजिका न हो तो उसको तोड़ा ही जा सकता है।" अर्जुन ने कहा।

"तोड़ने और खोलने के यन्त्र तुम्हारे पास नहीं हैं। तो?" कृष्ण ने पूछा।

"तो वह ताला नहीं खुलेगा।" अर्जुन ने कहा।

"तो ऐसे में यदि उस कपाट के पीछे कोई बालक भी बैठा होगा तो वह तुम्हें उसमें प्रवेश करने नहीं देगा।" कृष्ण ने नकुल की ओर देखा, "मेरी बात

समझ रहे हो न? रोक तो तुम्हें ताला रहा है, वह बालक नहीं, किन्तु रोकने का श्रेय उस बालक को दिया जा सकता है।"

"मैं समझ गया।" अर्जुन ने कहा, "चक्रव्यूह के वेधन की युक्ति केवल अभिमन्यु को ज्ञात थी, इसका अर्थ है कि उसके पास कुंजिका थी। अतः वह ताला खोलकर भीतर प्रवेश कर गया और शेष जो भी योद्धा वहाँ गया, उसे चक्रव्यूह में प्रवेश करने की विधि ज्ञात नहीं थी। यह बात अद्भुत थी और जयद्रथ की क्षमता से बाहर थी, इसलिए उसके साथ ही कथा जुड़ गई।"

"ठीक बात है।" कृष्ण बोले, "होता केवल यह है कि जब किसी असमर्थ व्यक्ति को तनिक-सा भी सामर्थ्य मिल जाता है, तो उसका अहंकार आकाश को छूने लगता है। जयद्रथ को चारों पाण्डवों को रोकने का यश मिल गया तो उसका अहंकार तो स्फीत होना ही था। उसी अहंकार में उसने पाण्डवों के साथ दुर्व्यवहार किया। स्वयं को असाधारण वीर माना और अभिमन्यु के वध का श्रेय स्वयं लिया।"

"जो भी हो।" अर्जुन ने कहा, "उसने अभिमन्यु के वध का यश लिया है तो उसका दण्ड भी वही पाएगा। मैं उसे इस यश का किरीट पहनने नहीं दूँगा।"

"इसका श्रेय कर्ण भी लेना चाहता था किन्तु जयद्रथ ने उससे कहा कि यदि वह पाण्डवों को द्वार पर ही न रोक लेता तो कर्ण अभिमन्यु को कभी न घेर पाता।" सहदेव ने कहा।

"जयद्रथ तो कल सन्ध्या तक ही धरती पर पड़ा होगा; और कर्ण भी अपने पुत्रशोक से वैसे ही रोएगा, जैसे आज मैं रो रहा हूँ।" अर्जुन की आँखों से अश्रु फूट बहे।

कृष्ण ने अर्जुन के कंधे पर हाथ रखा, "पार्थ!"

"सब लोग सुनें।" अर्जुन जैसे आपे से बाहर हो गया था, "मैं अपने गाण्डीव की सौगन्ध खाकर प्रतिज्ञा कर रहा हूँ कि कल सूर्यास्त तक यदि मैंने जयद्रथ का वध न किया तो चितारोहण कर अपने प्राण दे दूँगा।"

अर्जुन असाध्य आवेश में था। उसने गाण्डीव को अपने दाएँ और बाएँ दोनों हाथों से टंकारा। देवदत्त को हाथ में लेकर जोर से फूँका, जैसे वह अपनी प्रतिज्ञा की घोषणा सारे युद्धक्षेत्र में कर रहा हो।

कृष्ण की आँखों में चिन्ता का धुँधलका उतरा, "यह तुमने क्या किया सव्यसाची! किसी से परामर्श तो कर लिया होता।"

"क्यों? क्या मैंने अपने सामर्थ्य से अधिक की प्रतिज्ञा कर ली है?" अर्जुन ने कृष्ण की ओर देखा।

"नहीं! ऐसा तो मैं नही कहूँगा, किन्तु यह जयद्रथ से तुम्हारा द्वन्द्व-युद्ध नहीं है।"

"यह वही जयद्रथ है कृष्ण! जिसे मैंने वनवास काल में सेना सहित योजनों आगे दौड़ते हुए भी अपने बाणों से बींध दिया था।"

"ठीक कहते हो, किन्तु न तो उस समय तुम्हारे सम्मुख समय की सीमा थी और न दुर्योधन वहाँ उपस्थित था।" कृष्ण की चिन्ता कम नहीं हुई थी, "आज की तुम्हारी प्रतिज्ञा का समाचार शीघ्रातिशीघ्र दुर्योधन तक पहुँच जाएगा। वे लोग जयद्रथ को कल प्रातः से सूर्यास्त तक कहीं छुपा लेंगे अथवा सारी सेना और सारे महारथी मिलकर उसकी रक्षा करेंगे। केवल एक दिन की ही तो बात है। अकेला सुशर्मा, केवल अपने दम पर दो दिनों से तुमसे बचता फिर रहा है, तो दुर्योधन अपने सारे सामर्थ्य के होते हुए, दिन भर के लिए जयद्रथ को छिपा नहीं सकता? यदि वे उसमें सफल हो जाते हैं तो तुम्हें अपनी प्रतिज्ञा में बँधकर सन्ध्या समय चितारोहण करना पड़ेगा। दुर्योधन के लिए, तुमसे छुटकारा पाने का इसने सरल मार्ग प्रशस्त कर दिया है।"

"मुझे इसका भय नहीं है।" अर्जुन बोला, "छिपा लें उसे, कहाँ छिपाएँगे—आकाश में, पाताल में, अंतरिक्ष में। मैं उसे कहीं से भी खोज लाऊँगा। अभिमन्यु का वध कर वह इस प्रकार जीवित नहीं रह सकता। और यदि मैं उसे दण्डित नहीं कर सकता तो फिर मेरे इस जीवन का लाभ ही क्या है। ऐसे मैं मुझे मर ही जाना चाहिए।"

कृष्ण कुछ नहीं बोले। वे प्रसन्न थे कि अभिमन्यु की मृत्यु पर अर्जुन का रजोगुण जागा था, तमोगुण नहीं। यदि कहीं उसकी मानसिकता युद्धारम्भ काल के समान होती तो इस समय वह इस प्रकार की प्रतिज्ञा नहीं करता।...पर यह प्रतिज्ञा पूरी कैसे होगी?

कृष्ण ने अर्जुन के मण्डप में प्रवेश किया। भीतर सूचना भिजवा दी कि वे आए हैं।

भीतरी भाग से सुभद्रा निकलकर आई। कृष्ण ने उसकी ओर देखा : वह बहुत उदास थी। उदास तो उसको होना ही था। उसकी आँखों से झर-झर अश्रु बह रहे थे, किन्तु वह सँभल-सँभलकर अपने पगों पर चल रही थी। यदि कहीं शोक के कारण उसके पाँव डगमगा रहे होते और उसे चलने के लिए भी दासियों के सहारे की आवश्यकता पड़ती—तो भी कृष्ण को आश्चर्य नहीं होता।

कृष्ण ने अपने हाथ आगे बढ़ाए। सुभद्रा उनके कंधे से आ लगी, "यह क्या हो गया भैया। मुझे तो जीवन के आरम्भ में ही मृत्यु आ मिली।"

कृष्ण उसकी पीठ थपथपाते रहे। सुभद्रा को लगा कि उसके अश्रु तो नहीं रुक रहे हैं किन्तु उसके मन की जलन जैसे कुछ शान्त हो रही है। शरीर

की तपन कुछ कम हो गई थी। मन का झंझावात जैसे कुछ सन्तुलित हो रहा था।...यह भाई का स्नेह था अथवा कृष्ण का वह तान्त्रिक रूप, जिसकी प्रायः लोग चर्चा करते हैं...या फिर यह कृष्ण का देवत्व था? उसकी समझ में कुछ नहीं आया किन्तु इतना तो निश्चित था कि उसकी शारीरिक और मानसिक पीड़ा जैसे वाष्प बनकर विलुप्त हो गई थी।

कृष्ण अलग हुए। उन्होंने सुभद्रा को उसके कंधों से पकड़कर पृथक् किया और उसकी ओर देखा।

"यह क्या हुआ भैया?" सुभद्रा ने पुनः कहा, "आप और धनंजय मिलकर भी उसकी रक्षा नहीं कर सके।"

"हाँ! हम दोनों भी उसकी रक्षा नहीं कर सके।" कृष्ण ने सुभद्रा को एक आसन पर बैठाया, "हम दोनों ही यहाँ नहीं थे। उसका लाभ उठाया इन कौरवों ने। अकेले निहत्थे बालक को चक्रव्यूह में बंदी कर छह-छह महारथियों ने घेर कर उसका वध कर दिया। पर तुम चिन्ता मत करो बहन! धनंजय ने कल सन्ध्या तक उसका प्रतिशोध लेने की प्रतिज्ञा की है। उसकी प्रतिज्ञा पूर्ण होगी। कल सूर्यास्त तक जयद्रथ का प्राणान्त हो जाएगा। जिन्होंने अभिमन्यु का इस प्रकार वध किया है, वे सब इसका फल पाएँगे। उन्हें भी अपने अथवा अपनों के रक्त से इस अन्याय का मूल्य चुकाना होगा।"

सुभद्रा की आँखें उनकी ओर उठीं, "जयद्रथ तो मारा जाएगा, किन्तु अभिमन्यु... वह तो लौटकर नहीं आएगा।"

"मैं समझता हूँ तुम्हारी पीड़ा को।" कृष्ण बोले, "जानता हूँ कि अभिमन्यु बहुत जल्दी चला गया। पर सोचो, वह इतनी कम अवस्था में ही वह सब कुछ कर गया, जो कोई वीर क्षत्रिय अपने दीर्घ जीवन में करने की इच्छा रखता है। वीरता और पराक्रम का यशोस्तम्भ स्थापित कर गया अभिमन्यु।"

"वह तो ठीक है भैया! मेरा दुःख यह नहीं है कि उसको जो करना चाहिए था, वह कर नहीं गया, या कर नहीं सका।" सुभद्रा बोली, "किन्तु उसने जीवन का कौन-सा सुख देखा? क्या सुख भोगा? अभी उसने जीवन में देखा ही क्या था?"

कृष्ण के चेहरे से चिन्ता और पीड़ा के भाव तिरोहित हो गए। वे सहज आनन्द की स्थिति में बोले, "सुभद्रे! पुण्यात्मा संसार में सुख भोगने के लिए नहीं, कर्म करने आता है। जिसने कर्तव्य किया, वह मुक्त हुआ और जिसने सुख भोगा, वह कर्म बन्धन का बंदी हुआ। जीवन और मृत्यु के चक्र का बंदी। बंदी तो बार-बार इस मर्त्यलोक में आएगा। स्मरण है तुम्हें उपनिषद् का वह श्लोक, हमने साथ-साथ पढ़ा था।"

"कौन-सा श्लोक भैया?"

"सदा साथ रहने वाले दो सखा सुपर्ण एक ही वृक्ष पर आश्रय किए हुए हैं। उनमें से एक उसके स्वादिष्ट फलों को आसक्तिपूर्वक भोगता है और दूसरा उस भोग से उदासीन, तटस्थ भाव से देखता रहता है।" कृष्ण बोले, "सुख तो शरीर का भोग ही है न! तुम समझती हो कि अभिमन्यु अपने दिव्य लोकों और दिव्य शरीर को छोड़कर इस पृथ्वी पर इस मर्त्य शरीर के भोग भोगने आया था? जो कर्म करने आते हैं, वे कम समय में ही अपना कर्म कर अपने लोक को लौट जाते हैं। उसने अपने दिव्य कर्मों से इस पृथ्वी पर यश का दिव्य शरीर पाया है, और दिव्य लोकों में अपने लिए अक्षय स्थान बनाया है। अभिमन्यु की मृत्यु पर शोक करना उचित नहीं है।"

"परन्तु मेरा तो एक ही पुत्र था न भैया!"

"पगली है तू!" कृष्ण हल्के से मुस्कराए, "तेरा और मेरा क्या होता है? कौन किसका है? तेरा होता तो तू रोक न लेती उसे। जिसे वह पीछे छोड़ गया, वह उसका नहीं था। उसका होता तो साथ न ले जाता। अपनों को ही खोज रही है तो पाण्डवों के अन्य पुत्र तेरे नहीं हैं क्या? द्वारका में तूने बस अभिमन्यु को ही पाला था तेरह वर्ष? द्रौपदी के पुत्र तेरे पास नहीं थे? वे तेरे नहीं हैं? इस काया के सम्बन्ध को ही सम्बन्ध मानती है तू? जिसे तूने जन्म दिया, वही तेरा है? पर यह काया ही तेरी नहीं है सुभद्रा! हम यह काया नहीं हैं।"

"जानती हूँ भैया!"

"पर मानती नहीं है?"

"मानती भी हूँ, पर आपके समान योगी नहीं हो पाती।" उसने कृष्ण की ओर देखा, "कहाँ से लाऊँ इतना संयम? कहाँ से लाऊँ इतना धैर्य।"

"यह संयम और धैर्य तो तू अपने आपसे ही पाएगी। हम स्वयं ही अपना उद्धार करते हैं बावली! और स्वयं ही अपना पतन।" कृष्ण बोले, "हम स्वयं ही अपने मित्र हैं और स्वयं ही अपने शत्रु। स्वयं को सँभाल, क्योंकि तुझे उत्तरा को भी सँभालना है। उत्तरा की भावी सन्तान भी तेरी ही सन्तान है। तेरे पास सांसारिक दायित्व के नाम पर अब केवल उत्तरा है। उसकी देखभाल कर। उसका दुख कम नहीं है तुझसे और उसकी अवस्था और अनुभव तुझसे बहुत कम हैं। तेरे पास संसार को देखने की जो दृष्टि है, सम्भव है उसके पास वह भी न हो।"

"नहीं! वह पाण्डवों के अज्ञातवास की अवधि में धनंजय की शिक्षा में रही है। बहुत अज्ञानी भी नहीं है।"

“अच्छा है कि रानी सुदेष्णा के पग-चिह्नों पर नहीं चल रही।” कृष्ण बोले, “जाओ उसे सँभालो।”

सुभद्रा अपने स्थान पर बैठी रही।

“क्या बात है?” कृष्ण की वाणी स्नेह से ओतप्रोत थी, “कुछ और पूछना है?”

“हाँ भैया!”

“पूछ।”

“धनंजय तो देख नहीं पाए कि संशप्तकों के युद्ध के पीछे क्या है, पर क्या आपका विवेक भी नहीं समझ पाया कि उन्हें इस युद्ध की स्थिति में अपने परिवार और अपनी सेना को शत्रुओं की कृपा पर छोड़कर नहीं जाना चाहिए था?” सुभद्रा ने सीधे कृष्ण की ओर देखा, “क्या आप भी उन्हें समझाने में समर्थ नहीं थे कि उनका इस प्रकार जाना विनाशकारी हो सकता है?”

कृष्ण तत्काल कुछ नहीं बोले। वे सुभद्रा की ओर देखते रहे।

“क्यों भैया?” सुभद्रा ने पुनः पूछा।

“मनुष्य का अहंकार बहुत बलवान होता है। उसके उदय से बुद्धि कार्य नहीं करती। विवेक नष्ट हो जाता है।”

“जानती हूँ।”

“सुशर्मा की चुनौती से अर्जुन का अहंकार जाग उठा था। उसके अहंकार से लड़ना मेरे लिए भी कठिन था।” कृष्ण बोले, “फिर भी जब मैंने उसे समझाने का प्रयत्न किया तो पाया कि अहंकार तो सब में था और पर्याप्त जाग्रत अवस्था में था। मैंने कहा कि अर्जुन वहाँ नहीं होगा तो धर्मराज की रक्षा नहीं हो पाएगी। यह बात न भीम को अच्छी लगी, न धृष्टद्युम्न को। मैं इस बात पर अधिक बल देता तो इससे भी बड़ा अनर्थ हो सकता था, जितना अर्जुन की अनुपस्थिति के कारण हुआ है।”

“अन्य लोग भी चाहते थे कि वे मुख्य युद्धक्षेत्र से अनुपस्थिति हो जाएँ?”

“नहीं! ऐसा तो नहीं है।” कृष्ण बोले, “किन्तु यह कोई नहीं सुनना चाहता था कि अर्जुन की अनुपस्थिति में वे लोग आचार्य द्रोण को रोकने में असमर्थ रहेंगे।”

“ओह!” सुभद्रा मौन हो गई किन्तु उठकर गई नहीं।

कृष्ण उसे देखते रहे : शायद वह कुछ कहे। पर सुभद्रा थी कि न कुछ कह रही थी और न ही सिर उठाकर उनकी ओर देख रही थी।

“क्या बात है सुभद्रा? किसी संशय से पीड़ित हो?”

इस बार सुभद्रा ने सिर उठाकर सीधे श्रीकृष्ण की आँखों में देखा, "आप कहते हैं भैया! कि हमें अपने कर्मों का फल मिलता है।"

"हाँ! मिलता है।" कृष्ण मुस्कराए, "कर्म फल के विषय में फिर कोई शंका जागी है तुम्हारे मन में?"

"पुण्य कर्मों से सुख मिलता है और दुष्कर्मों से व्यक्ति दुख पाता है।" सुभद्रा बोली, "इसका कहीं यह अर्थ भी है कि जो व्यक्ति सुखी दिखाई पड़ता है, वह अपने सत्कर्मों का सुख भोग रहा है और जो मनुष्य दुखी है, वह अपने पापों का दण्ड पा रहा है।"

"यह तो बहुत स्थूल व्याख्या है कर्म सिद्धान्त की।"

"क्यों? इसमें स्थूल क्या है और सूक्ष्म क्या है?" सुभद्रा के स्वर में कुछ आवेश झलका, "बात को सरल ढंग से कहा गया है।"

"कहा तो सरल ढंग से ही गया है सुभद्रे! किन्तु कई बार सरलीकरण के अतिरेक से अर्थ का अनर्थ हो जाता है।" कृष्ण कुछ मुस्कराए, "पर तुम पहले कह लो, क्या कहना चाहती हो।"

"मेरे मन में बार-बार आ रहा है कि मेरे किन पापों के कारण मेरा किशोर पुत्र अकाल मृत्यु को प्राप्त हुआ? उसे पूर्णायु क्यों नहीं मिली?" सुभद्रा बोली, "अभिमन्यु पूर्वजन्मों के अपने किन पापों के कारण इस अल्पायु में संसार छोड़कर चला गया?"

"तुम कहना चाहती हो कि अभिमन्यु की इस वीरगति का अर्थ है कि यह उसे, तुम्हें तथा धनंजय—तीनों को ही तुम लोगों के पापों का दण्ड मिला है।"

"हाँ भैया!"

"कौन है ऐसा व्यक्ति, जो पुत्र की इस प्रकार की मृत्यु के क्षण में माँ को सांत्वना देने के लिए कह सकता है कि वह, उसका पुत्र और उसका पति—तीनों ही पापी हैं; और अपने पापों का दण्ड पा रहे हैं?" कृष्ण कुछ असहज हो आए, "यह उचित नहीं है।"

"पर भैया सांत्वना देने के नाम पर असत्य भी तो नहीं बोलना चाहिए।"

"नहीं! असत्य बोलने की आवश्यकता नहीं है।" कृष्ण बोले, "दुखों का अन्त तो सत्य को जानकर, उसे स्वीकार कर ही होता है।"

"तो फिर..." सुभद्रा ने उनकी ओर देखा, "मैं इसे अपने कर्मों का फल क्यों न मानूँ?"

कृष्ण अपने स्थान से उठकर उसके निकट आए। उन्होंने अपना हाथ उसके सिर पर रखा और स्नेह से थपथपाया, "तेरा मन इस समय स्थिर नहीं

है। हिल्लोलित स्थिति है तेरे मन की। फिर भी इस बात को समझ मेरी बहना! तेरा तो एक पुत्र गया है और वह भी युद्ध में वीर क्षत्रियों के समान लड़ते हुए। हमारे माता-पिता के छह पुत्रों को उनके जन्म के तत्काल पश्चात् ही मार दिया गया था। सातवें हैं बलराम भैया, और आठवाँ हूँ मैं।"

"जानती हूँ।"

"तो क्या हमारे म ता-पिता इतने पापी हैं कि उनको छह-छह नवजात पुत्रों की मृत्यु का कष्ट सहना पड़ा? उन्होंने जो कष्ट पाया, वह कंस के अत्याचार के कारण नहीं, अपने पाप के कारण था?" कृष्ण ने उसकी ओर देखा।

सुभद्रा तत्काल कुछ नहीं बोली। मौन बैठी सोचती रही। अन्त में सिर उठाकर बोली, "यह मानने की इच्छा नहीं होती, क्योंकि उनकी वृत्तियाँ अत्यन्त सात्विक हैं। फिर उन्होंने आप जैसे पुत्र को जन्म दिया है। आपकी माँ पापात्मा नहीं हो सकती।...पर फिर कर्म के फलों की व्याख्या कैसे होगी?"

कृष्ण कुछ क्षणों तक सोचते रहे। फिर धीरे से बोले, "हम अपनी बात आदि से ही आरम्भ करें सुभद्रे! ब्रह्म अपनी त्रिगुणात्मक प्रकृति के माध्यम से यह सृष्टि रचता है और आगे का सारा प्रपंच उस प्रकृति के तीनों गुणों का ही है। इस दृष्टि से कर्ता या तो ब्रह्म है अथवा उसकी प्रकृति। विद्या माया भी उसी की है और अविद्या माया भी। परा शक्ति भी उसकी है और अपरा शक्ति भी। वस्तुतः प्रकृति के गुण ही सारे जीवों से सब कुछ करवा रहे हैं। किन्तु उस अविद्या माया के वशीभूत होकर आत्मा देह के साथ अपना तादात्म्य कर लेती है और अपने अहंकारवश स्वयं को कर्ता मान लेती है। जो मनुष्य स्वयं को कर्मों का कर्ता मान लेता है, वह कर्म बन्धनों में बँधता है। जो उसे निष्काम रूप से करता है और यही जानता है कि कर्ता वह नहीं कर्तार है, वह उन कर्म बन्धनों में नही बँधता। ठीक है?"

"ठीक है भैया!"

"तो अपने कर्मों का फल तो उसी को मिलेगा, जो अपने अज्ञान और अपनी आसक्ति के कारण स्वयं को कर्ता मानेगा।" कृष्ण बोले, "जो जीव अपना सारा कर्तव्य ईश्वर को समर्पित कर देता है और स्वयं को कर्ता नहीं मानता, उस पर कर्म का नियम–ससार का कार्य-कारण का नियम–लागू नहीं होता। वह ईश्वर का उपकरण मात्र है।...जो कर्ता का अहंकार पालता है, वह प्रकृति के नियमों के अनुसार अपने कर्मों का फल अवश्य पाता है। समझ रही हो न?"

"समझ रही हूँ भैया!"

"अब कर्म फल को केवल दो भागों–सुख और दुख या दण्ड और पुरस्कार– में मत बाँटो।" कृष्ण बोले, "कर्म का फल तो क्रिया की प्रतिक्रिया है।

उसका रूप कुछ भी हो सकता है। यहाँ, एक और बात पर भी ध्यान दो बहना!"

"क्या भैया?"

"यह माया की सृष्टि है। यहाँ जो सत्य है, वह दिखाई नहीं देता; और जो सत्य नहीं है, वह दिखाई पड़ता है।"

"इसका क्या अर्थ हुआ?" सुभद्रा चौंक उठी।

"इसका अर्थ है कि जिसको मनुष्य सुख मान बैठता है, आवश्यक नहीं कि वह सुख ही हो।" कृष्ण बोले, "जिसे हम दुख मानते हैं, वह अनिवार्यतः दुख नहीं होता।"

"ऐसा कैसे सम्भव है?"

"पाण्डवों का जन्म हस्तिनापुर के दूर पर्वतों पर स्थित ऋषिकुल में हुआ। दुर्योधन तथा उसके भाई हस्तिनापुर में कुरुओं के राजप्रासाद में जन्मे। कोई भी यह मानेगा कि दुर्योधन का शैशव सुखमय था और पाण्डवों का दुखों और कठिनाइयों से भरा।" कृष्ण ने सुभद्रा की ओर देखा, "सहमत हो?"

"ठीक है भैया!"

"किन्तु पाण्डवों का यह दुख उनके लिए हितकर था। उसी के कारण उन्हें धर्म की शिक्षा मिली और वे धर्मात्मा हुए। क्या तुम चाहोगी कि पाण्डवों का जन्म हस्तिनापुर में होता, चाहे वे दुर्योधन के समान पापी ही बनते?"

"नहीं! मैं यह नहीं चाहती।" सुभद्रा बोली, "किन्तु क्या दुखों को सौभाग्य माना जाए? आप मुझसे कहेंगे कि अभिमन्यु का वध मेरे लिए सौभाग्य का प्रतीक है?"

"नहीं! ऐसा नहीं कहूँगा।" कृष्ण बोले, "केवल इतना ही कहूँगा कि संसार में जिसे सुख और दुख कहा जाता है, उन दोनों में ही सम रहने का प्रयत्न करो। यदि दुख में यह कहकर सान्त्वना दी जाती है कि इसे ईश्वर की इच्छा मान कर स्वीकार करो और इतने विह्वल मत होओ, तो यह भी कहा जाना चाहिए कि सुख को भी ईश्वर की इच्छा मानकर सहज रूप से स्वीकार करो। उससे इतना उत्फुल्ल होना भी श्रेयस्कर नहीं है।"

कृष्ण उसकी प्रतिक्रिया की प्रतीक्षा करते रहे किन्तु वह कुछ नहीं बोली। अन्ततः कृष्ण ही बोले, "दूसरी बात यह है सुभद्रे! कि जिसे हम अपना मान बैठते हैं, वह हमारा होता नहीं है। हमारा होता तो हमें छोड़कर न जाता। उपनिषद् की उक्ति स्मरण रखो—'इदम न मम'। जब वह मेरा है ही नहीं, तो मुझसे छिना क्या?"

"जब वह मेरा था ही नहीं तो उसके चले जाने पर मेरा मन दुखी क्यों है?" सुभद्रा बोली, "जहाँ दुख है, वहाँ कुछ दोष भी है ही।"

"ठीक कह रही हो। जहाँ दुख है, वहाँ दोष भी है।" कृष्ण बोले, "पर वह दोष तुम्हारे पूर्व जन्मों के पाप नहीं हैं, अपने पुत्र में तुम्हारी आसक्ति है। यह आसक्ति ही कष्ट देती है। यही दुख का कारण है।"

"आप प्रेम को आसक्ति कहते हैं?"

"नहीं! प्रेम को आसक्ति नहीं कहता। मैं आसक्ति को ही आसक्ति कहता हूँ।" कृष्ण सहज स्वर में बोले, "प्रेम, मोह और आसक्ति में अन्तर करना सीखो सुभद्रे!"

"क्या अन्तर है भैया उनमें?"

"द्वारका में अभिमन्यु और द्रौपदेयों के पालन-पोषण के लिए जो कष्ट तुमने सहा, और उस कष्ट में जो सुख पाया, वह तुम्हारा प्रेम है।" कृष्ण बोले, "उन पर तुम जितना अधिकार जताओगी, उन्हें अपने साथ बाँधकर रखने का जितना प्रयत्न करोगी; और उनके विकास के मार्ग में जितनी बाधा तुम बनोगी, वह तुम्हारा मोह होगा।"

"और आसक्ति?"

"अपना जीना स्थगित कर, उनके माध्यम से जीने का प्रयत्न और इस प्रक्रिया में स्वयं पाया गया कष्ट तथा उनको दिया गया क्लेश तुम्हारी आसक्ति होगी।" कृष्ण बोले, "मोह और आसक्ति के कारण दुख होता है, प्रेम के कारण नहीं। प्रेम सब को मुक्त करता है। वह न स्वयं बँधता है, न औरों को बाँधता है। अधिक से अधिक संख्या में जीवों से प्रेम करो सुभद्रे! किन्तु किसी के प्रति मोह मत पालो और आसक्ति तो ईश्वर के सिवाय और किसी में होनी ही नहीं चाहिए।"

सुभद्रा ने उनकी ओर देखा और जैसे उसके मन का क्षोभ एक बार ही फूट पड़ा, "यह ईश्वर का कैसा न्याय है कि धर्मराज युधिष्ठिर जैसे सात्विक और पवित्र जीवन जीने वालों को कष्ट दिया जाए और धृतराष्ट्र तथा दुर्योधन जैसे पापियों को राजपाट का सुख? ऐसे में किसे उसके न्याय में विश्वास रह जाएगा?"

"कहा न कि यह माया की सृष्टि है। ईश्वर जिनसे रुष्ट होता है, उन्हें इतना सुख देता है कि वे उसे भूल जाएँ और भूले ही रहें, और जिनसे प्यार करता है, उन्हें तिल-तिल जलाकर उनका मल निकाल देता है।" कृष्ण मुस्कराए, "तुम्हें नहीं लगता कि पाण्डवों ने जो कष्ट सहा, वह उनकी तपस्या थी, उनकी परीक्षा थी? उस तपस्या ने उन्हें जो बना दिया है, वह तुम अभी नहीं जानती हो। उनका स्थान देवताओं से भी ऊँचा है। उनकी उपलब्धियाँ मानव इतिहास में अद्वितीय होंगी। सहस्राब्दियों तक उनकी पूजा होगी।" वे रुके

और पुनः बोले, "धृतराष्ट्र की सारी उपलब्धियाँ शरीर के सुख तक सीमित हैं। शरीर असमर्थ होता जाएगा और उन सुखों का भी अन्त हो जाएगा। विषय तो रहेंगे, किन्तु उसकी इन्द्रियाँ उनका भोग नहीं कर पाएँगी। इसमें अन्याय कहाँ है सुभद्रे!"

सुभद्रा को कोई तर्क नहीं सूझ रहा था। कृष्ण कह तो ठीक ही रहे थे किन्तु उसका मन अभी भी विद्रोह किए हुए था, "एक ओर हम अपने किए हुए कर्मों का फल पाते हैं; और दूसरी ओर ईश्वर रुष्ट होकर मनुष्य को सुख देता है, तथा प्रसन्न होकर कष्ट देता है। दोनों बातें कैसे सम्भव हैं?"

"सम्भव तो हैं किन्तु हम उन्हें ठीक-ठीक समझ नहीं पाते, क्योंकि माया ने हमें मोहित कर रखा है।" कृष्ण बोले, "जिसे हम सुख मानते हैं, वह सुख नहीं है; जिसे हम दुख मानते हैं, वह दुख नहीं है। यह तो बुद्धि का फेर है। पलंग पर बैठ गरिष्ठ भोजन करता हुआ व्यक्ति स्वयं को परम सुखी मान रहा है; जबकि वह सीधे-सीधे रोग के राज्य में प्रवेश कर रहा है। अखाड़े, खेल के मैदान अथवा खेत-खलिहान में श्रम कर पसीना बहाते व्यक्ति को, यह कष्ट सहन करता हुआ दुखी व्यक्ति मान रहा है, जबकि वह निःरुग्णता और पुष्टता की ओर अग्रसर हो रहा है। अपने संचित कर्मों के परिणामस्वरूप, व्यक्ति ईश्वर द्वारा उन कर्मों की ओर प्रेरित होता है, जो उसके वास्तविक सुख-दुख के दाता हैं। यह दूसरी बात है कि मनुष्य की सीमित दृष्टि उस सुख-दुख को न देख सके। कर्म सिद्धान्त और ईश्वर की माया में कहीं कोई विरोध नहीं है सुभद्रे!"

"पर अच्छे लोगों को इस प्रकार दुखी करना क्यों आवश्यक है?"

"पुरस्कार परीक्षा के बाद ही मिलता है बहना! और परीक्षा उसी की होती है, जो परीक्षा देने को प्रस्तुत हो।" कृष्ण बोले, "जो परीक्षा देना नहीं चाहता, वह न तो स्वयं को तपस्या की भट्ठी में तपाता है और न ही पुरस्कार पाता है। किसी भी बड़ी उपलब्धि के लिए परीक्षा तो देनी ही होगी। ईश्वर को पाने के लिए सात्विकता तो अर्जित करनी ही होगी; और स्वयं को तपाए बिना कोई निर्मल कैसे हो सकता है।"

सुभद्रा उठ खड़ी हुई, "मैं नहीं जानती कि वह मायावी इस संसार को कैसे चलाता है, किन्तु इतना समझ पाई हूँ कि उससे रुष्ट होने के स्थान पर उसे समझने का प्रयत्न करना ही श्रेयस्कर है।"

सुभद्रा उठकर खड़ी तो हो गई थी, उसने जाने का संकल्प भी कर लिया था; किन्तु उसके पग उठ नहीं रहे थे।

"अभी तुम्हारा पूरा समाधान नहीं हुआ सुभद्रे!" कृष्ण के स्वर में वेणु का सा माधुर्य था।

"हाँ भैया!" वह बोली, "मन में बार-बार प्रश्न उठता है कि अभिमन्यु कहाँ होगा, किस रूप में होगा, किस स्थिति में होगा?"

"सुभद्रे!" कृष्ण का स्वर अत्यन्त गम्भीर था, "आत्मा एक ऐसा वृत्त है, जिसका केन्द्र इस शरीर में अवस्थित है; किन्तु उसकी परिधि कहीं नहीं है। जब वह केन्द्र एक शरीर से दूसरे शरीर में स्थानांतरित हो जाता है, तो पहले शरीर की तथाकथित मृत्यु हो जाती है। मृत्यु का अर्थ है उस केन्द्र का एक शरीर से दूसरे शरीर में स्थानांतरित भर हो जाना। आत्मा जड़ की उपाधियों से बद्ध नहीं है। वह स्वरूपतः नित्य, शुद्ध, बुद्ध तथा मुक्त स्वभाव है।"

"तो फिर वह चैतन्य आत्मा स्वयं को जड़ से बँधी हुई क्यों पाती है? वह स्वयं को जड़ क्यों सनझती है? यह विशुद्ध, पूर्ण तथा विमुक्त आत्मा इस जड़ का दासत्व क्यों करती है? स्वतःपूर्ण होते हुए भी इस आत्मा को अपूर्णता का भ्रम क्यों हो जाता है?" सुभद्रा के स्वर में जिज्ञासा कम और आरोप का भाव अधिक था।

श्वेताश्वतर उपानेषद् में ऋषि ने कहा है :

"वेदाहमेतं पुरुषं महान्तं आदित्यवरणं तमसः परस्तात्।
तमेव विदित्वाति मृत्युमेति नान्यः पन्था विद्यतेअयनाय।।"

"इसका मेरे प्रश्न से क्या सम्बन्ध?"

"सम्बन्ध है।" कृष्ण बोले, "ऋषि का कहना है कि मैंने उस अनादि पुरातन पुरुष को प्राप्त कर लिया है। सूर्य के समान कांतिमान, अन्धकार और अज्ञान से परे उस महान् पुरुष को मैं जानता हूँ। केवल उस पुरुष को जानकर ही मनुष्य मृत्यु को लाँघकर जाता है, मृत्यु से परे जा सकता है, मृत्यु के चक्र से छूट सकता है।" कृष्ण ने रुक कर सुभद्रा को देखा, "क्या अर्थ है इसका? इसका अर्थ है कि इस बन्धन में बँधने का, मृत्यु के चक्र में पड़ने का, अन्धकार और अज्ञान में डूबने का एक ही कारण है कि हम उस पुरातन पुरुष को भूल गए हैं। भूलने से पहले हम उसे जानते भी रहे हो सकते हैं। उसे भूल कर ही आत्मा जड़ को सत्य मानने और उसकी दासता करने लगी है।"

"ऋषि ठीक ही कह रहे हैं।" सुभद्रा ने जैसे अपने आपसे कहा, "मैं ही क्यों यह भूल गई।"

11

द्रोण अपने शिविर की ओर लौटे तो वे स्वयं ही नहीं समझ पा रहे थे कि वे प्रसन्न हैं अथवा अप्रसन्न! वे सफल हैं अथवा असफल! उन्होंने युधिष्ठिर को

बंदी कर दुर्योधन को सौंपने का वचन दिया था। वह तो हो नहीं सका। द्रोण का वचन झूठा हो गया।...तो क्या हुआ? क्या इस असफलता के लिए दुर्योधन उन्हें सेनापतित्व से वंचित कर देगा? क्या वह उन्हें दण्डित करेगा? क्या उनकी किसी प्रकार की क्षति होगी? उन्हें किसी प्रकार की हानि होगी?...शायद नहीं! इनमें से कुछ नहीं होगा। उन्हें कोई भौतिक हानि भी नहीं होगी। यह तो बस उनके आशंकित मन की लीला है। पर भौतिक हानि ही तो सब कुछ नहीं है। द्रोण अपना वचन हार गए, क्या यह चोट कम है। उनके वचन का अब क्या मूल्य रह जाएगा क्षत्रियों के इस समाज में? द्रोण का नाम लबाड़ियों की सूची में नहीं लिख दिया जाएगा?...केवल एक छोटे से उस लड़के अभिमन्यु के कारण? क्या समझें द्रोण...उनका चक्रव्यूह भी असफल रह गया। छह-छह महारथियों ने मर्यादा भंग कर उस अकेले निहत्थे बालक को मारा।

क्या द्रोण दुर्योधन को कह सकते हैं कि उन्होंने युधिष्ठिर को तो बंदी नहीं किया, किन्तु अर्जुन के प्राण हर लिए हैं। अभिमन्यु का वध क्या अर्जुन को तोड़ नहीं देगा? क्या अर्जुन अब भी पहले की सी आस्था से लड़ सकेगा?... स्वयं द्रोण के पुत्र को कुछ हो जाए तो उनके लिए संसार में क्या रह जाएगा?

पर अगले ही क्षण द्रोण के मन में एक दूसरा ही स्वर गूँजा।...यदि वे समझते हैं कि अभिमन्यु के वध से अर्जुन टूट जाएगा—तो उन्होंने अर्जुन को नहीं जाना। अभिमन्यु के वध का समाचार पाकर अर्जुन के हृदय का उग्रदेव जागेगा।...यह पहले से भी अधिक प्रचण्ड होकर लड़ेगा। द्रोण ने पाण्डव पक्ष को एक अधिरथी से वंचित किया है, किन्तु उन्होंने उनके युद्ध के आवेश में जो वृद्धि की है, वह क्या कम घातक है?...अब तक वे लोग कौरव सभा में हुए द्रौपदी के अपमान और अपने वनवास के कष्टों को ही नहीं भूले; ऊपर से उन्हें यह घाव और दे दिया गया। पर कौन जाने, आज के युद्ध का विश्लेषण दुर्योधन किस रूप में करता है। वह तो युद्ध-गणितज्ञ है, जाने किसके मरने और किसके जीने को कहाँ जोड़ता है और कहाँ घटाता है...

दुर्योधन अपने शिविर में बंदी सिंह के समान चक्कर लगा रहा था। सन्ध्या समय जब वह दिन भर के युद्ध के लाभ-हानि का गणित मिलाने बैठा, तो वह समझ नहीं पा रहा था कि उसने क्या पाया और खोया था। दिन भर के युद्ध में सहस्रों सैनिक खोकर वे लोग केवल अभिमन्यु का वध कर पाए थे। इस युद्ध से पहले दुर्योधन ने अभिमन्यु को कभी कुछ नहीं गिना था; किन्तु आज के युद्ध में उसने जो प्रखर वीरता दिखाई थी, उससे उसने अपने पिता और मातुल—दोनों के गुण प्रकट कर दिए थे। वह और जीवित रहता तो कौरवों के लिए और बढ़ा संकट प्रमाणित होता। उसका मारा जाना तो ठीक

रहा। यदि कहीं पितामह ही युद्ध क्षेत्र में महासेनापति के रूप में खड़े रहते तो साधारण सैनिकों का चाहे कितना संहार करते, पर वे अभिमन्यु का वध नहीं होने देते। वे कौरवों और पाण्डवों को एक ही परिवार मानते हैं—वे अपने वंश की अगली पीढ़ी का वध कैसे होने देते।...यह तो द्रोण का ही सेनापतित्व था कि उन्होंने चक्रव्यूह की रचना कर अभिमन्यु को फाँस लिया और सारे नियमों और मर्यादाओं को एक किनारे रख, अभिमन्यु का वध करवा दिया...द्रोण को पाण्डवों से सचमुच कोई मोह नहीं रह गया है क्या?...पर त्रिगर्तों ने युधिष्ठिर को जीवित बंदी बनाने का जो दो दिनों का अवसर दिया था, उसे तो खो दिया द्रोण ने! क्या सचमुच अभिमन्यु ने ऐसा ही युद्ध किया था कि द्रोण असहाय हो गए थे। या फिर उनके मन में पाण्डवों की ममता जाग उठी थी...

दुर्योधन का मन हुआ, अपनी इस असहायता में तो वह अपना सिर किसी शिला पर दे मारे या जाकर कहीं जल में कूदकर प्राण दे दे।...जिन लोगों पर उसका रत्ती भर भी विश्वास नहीं है, उन्हें अपना प्रधान सेनापति नियुक्त करने को बाध्य है वह... क्या भीष्म, क्या द्रोण...क्या करे दुर्योधन? न तो वह उन्हें अपना पाता है और न दुत्कार ही सकता है। आज वह द्रोण को अप्रसन्न कर दे, तो आज ही वह बुड्ढा युधिष्ठिर को आशीर्वाद देने पहुँच जाएगा। और ये पाण्डव भी इतने जडमति हैं कि उन्हें कभी यह स्मरण ही नहीं रहता कि द्रोण उनके शत्रुओं का सहयोगी है। पता नहीं किस मिट्टी के बने हैं पाण्डव—उन्हें पिछला विरोध कभी याद ही नहीं रहता। हर समय किसी को भी गले से लगाने को तैयार बैठे हैं। भीष्म, द्रोण, अश्वत्थामा तो एक ओर, यदि स्वयं दुर्योधन, दुःशासन और कर्ण भी चले जाएँगे तो युधिष्ठिर उनका भी स्वागत करेगा।...उनके द्वार हर समय खुले हैं, इसलिए दुर्योधन अपना द्वार किसी के लिए बंद नहीं कर सकता...द्रोण को कुछ कहने की देर है कि कौरवों की ओर का एक योद्धा कम हुआ और पाण्डवों की ओर जुड़ गया। और यदि दुर्योधन से रुष्ट होकर पाण्डवों की ओर गया तो वह बहुत भयंकर युद्ध करेगा। यह बूढ़ा ब्राह्मण अत्यन्त द्वेषी है। उसकी नस-नस में विष भरा है। द्रुपद की एक जरा-सी न्यायसंगत बात को वह आज तक नहीं भुला पाया और उसके सारे वंश का शत्रु हो गया। क्षमा तो उसमें क्या होगी, उसमें तनिक-सी विस्मृति भी नहीं है।...वह क्यों नहीं समझ सका कि दूसरा व्यक्ति भी न्यायसंगत बात कह सकता है। अश्वत्थामा और कर्ण को दुर्योधन अपनी जिह्वा से सहस्र बार मित्र कहकर सम्बोधित करे, किन्तु वे जानते हैं कि दुर्योधन उनका आश्रयदाता है। उनका धर्म है कि वे दुर्योधन को प्रसन्न रखें, उसके काम आएँ।...और यह द्रोण विचित्र व्यक्ति है...दम्भी, द्वेषी और अहंकारी...

द्वारपाल ने आकर सूचना दी, "प्रधान सेनापति आचार्य द्रोण पधारे हैं।"

'आ गया बुड्ढा अपना स्पष्टीकरण देने,' उसके मन ने कहा, पर जिह्वा से उच्चरित हुआ, "आने दो।"

द्रोण ने आकर आशीर्वाद दिया और कहा, "राजन्! कल की रणनीति के विषय में कुछ चर्चा करना चाहता हूँ।"

"आज की सफलता से आह्लादित होकर कल भी चक्रव्यूह रचना चाहते हैं क्या?"

द्रोण ने जिज्ञासु दृष्टि से दुर्योधन की ओर देखा : उनका यह शिष्य राजा उन्हें प्रोत्साहित कर रहा है या उनका अपमान कर रहा है?...

"क्या आज हम सफल रहे हैं?" उत्तर देने से बचने के लिए द्रोण ने प्रश्न किया।

"क्यों? आप छह महारथियों ने एक बच्चे को मारा नहीं?"

द्रोण ने अनुमान लगाया कि अभिमन्यु के वध से दुर्योधन प्रसन्न अवश्य है; किन्तु खुलकर उसका श्रेय द्रोण को नहीं देना चाहता...वैसे दुर्योधन के मन और जिह्वा में कोई सम्बन्ध नहीं है, इसे द्रोण बहुत पहले ही समझ गए थे...दुर्योधन की वाणी और मुखाकृति उसके चिन्तन और भावनाओं के कवच नहीं हैं, वे उससे असंबद्ध हैं...

"राजन्! तुम क्या युद्ध सम्बन्धी धर्म और मर्यादा की चर्चा करना नहीं चाहते हो? यदि ऐसा है तो मेरी उसमें कोई रुचि नहीं है। मैं उसकी चर्चा करने नहीं आया।"

"उसमें मेरी भी कोई रुचि नहीं है।" दुर्योधन बोला, "मेरी रुचि तो युधिष्ठिर को बंदी करने में है। आज आपके चक्रव्यूह में छोटी मछली फँसी थी, वह भी जीवित नहीं रही। युधिष्ठिर भी बच गया। अभिमन्यु या किसी और के मरने-जीने का महत्त्व भी तभी तक है, जब तक आप युधिष्ठिर को बाँध कर मेरे सामने नहीं डाल देते। एक बार युधिष्ठिर बंदी हो गया तो फिर मेरी रुचि किसी के वध में नहीं है।" दुर्योधन ने सहज भाव से टहलते हुए द्रोण की ओर पीठ कर ली और फिर उसका चेहरा जब द्रोण की ओर पलटा तो पहले से अधिक भयानक हो चुका था, "मर कर व्यक्ति पीड़ा मुक्त हो जाता है; और मैं पाण्डवों को यातना में तड़पते हुए देखना चाहता हूँ।"

"तो राजन् क्या चाहते हैं?"

"कल फिर जाल बँधे।"

"चक्रव्यूह?"

"हाँ!"

"पर कल अर्जुन युद्धक्षेत्र में विद्यमान होगा। वह अभिमन्यु नहीं है। उसे रोकना किसी के लिए भी सम्भव नहीं होगा। बड़ी मछली के साथ-साथ छोटी मछलियाँ भीतर घुस आएँगी। न केवल जाल छिन्न-भिन्न हो जाएगा, वरन् मछुवारों के प्राण भी संकट में पड़ जाएँगे।"

"तो आपकी प्रतिज्ञा का क्या होगा?" दुर्योधन का चेहरा एकदम अभद्र हो उठा, "लोग कहेंगे आचार्य द्रोण की प्रतिज्ञा, बालक को बहलाने वाले झूठी माँ के आश्वासन मात्र हैं।"

"मैंने अपनी ओर से पूरा प्रयत्न किया है।"

"प्रतिज्ञा प्रयत्न की नहीं, फल प्राप्ति की होती है आचार्य! जो कुछ आप कर नहीं सकते, उसकी प्रतिज्ञा क्यों करते हैं?"

द्रोण की समझ में नहीं आया कि क्या कहें...सच कहते तो यही कहते कि एक दम्भी और अहंकारी राजा की दुराशाओं को साकार करने का बोझ उनके कंधों पर है, जो कदाचित् उनकी क्षमता से बाहर है।...पर ऐसा सच बोलने का लाभ?...

धीरे से बोले, "अभिमन्यु की क्षमताओं का, हममें से किसी को भी ठीक ज्ञान नहीं था...और सत्यजित! हममें से किसी ने सत्यजित के युद्ध कौशल और दृढ़ प्रतिज्ञा को याद नहीं रखा...।" द्रोण रुके। फिर बोले तो उनका स्वर बहुत धीमा हो चुका था, "और शायद मैं यह भूल गया था कि मैं वृद्ध हो गया हूँ। ...तुम चाहो तो दुर्योधन! मैं अपने पद का त्याग कर सकता हूँ।"

'फिर वही...' दुर्योधन के मन की पवन चक्की चलने लगी...'मैं जानता हूँ कि तुम मुझे छोड़कर भाग जाने को बहुत व्याकुल हो। कोई बहाना खोज रहे हो। पर मैं तुम्हें ऐसा कोई अवसर नहीं दूँगा।...बहुत चतुर समझते हो स्वयं को। जब सब ओर सुख शान्ति थी, विश्राम और विलास था, प्रासाद और दासियाँ थीं, तब तक तो आचार्य द्रोण हस्तिनापुर की राजसभा की सेवा में थे और अब जब चारों ओर बाण बरस रहे हैं, लहू की नदियाँ बह रही हैं और कंधों पर से मस्तक कट-कट कर गिर रहे हैं...तब आचार्य द्रोण कह रहे हैं कि यदि तुम चाहो तो मैं सेनापति का पद त्याग सकता हूँ...सैनिकों को शान्ति काल में इसलिए नहीं पाला जाता कि युद्ध काल में वे पद त्याग करें या संधि और समझौतों की बात करें...'

"मैंने यह नहीं चाहा है आचार्य!" दुर्योधन बोला, "मैंने तो युधिष्ठिर को बंदी के रूप में देखना चाहा है।"

"कल अर्जुन रणभूमि में वर्तमान होगा।" द्रोण बोले, "त्रिगर्त संशप्तक समाप्त हो चुके हैं और मुझे और कोई वाहिनी संशप्तक युद्ध के लिए तैयार दिखाई नहीं देती; और मैं तो समझता हूँ...।"

"क्या समझते हैं आप?"

"कि अभिमन्यु के वध के बाद, अब यदि कोई संशप्तक सेना अर्जुन को ललकारेगी भी तो कदाचित् अर्जुन मुख्य क्षेत्र छोड़कर नहीं जाएगा।"

"यह आपका अनुमान है या आपको कहीं से सूचना मिली है?"

"मेरा अनुमान है।"

"वह क्षत्रिय धर्म की मर्यादा तोड़ देगा?"

"आज हमने अभिमन्यु के वध में जितनी मर्यादाएँ तोड़ी हैं, उसके बाद न कोई क्षत्रिय धर्म रह जाता है, न युद्ध मर्यादा...। मेरी अपेक्षा है कि कल वह उग्रदेव के समान युद्ध क्षेत्र में अवतरित होगा।"

द्वारपाल ने पुनः प्रवेश किया, "महाराज! सिन्धुराज जयद्रथ उपस्थित होना चाहते हैं।"

"हम प्रधान सेनापति से बात कर रहे हैं।"

"उन्हें बताया गया है; किन्तु उनका धैर्य चुक गया है। वे बलात् भीतर घुसना चाहते हैं।"

दुर्योधन की भृकुटि चढ़ी और क्षण भर में ही वह पुनः सहज हो गया, "उन्हें आने दो।"

जयद्रथ आँधी के समान शिविर में घुसा। पर उसे देखकर लगा कि उस पर से कई आँधियाँ पहले से ही बीत चुकी हैं। दुर्योधन ने उसे इतना अस्तव्यस्त और घबराया हुआ पहले कभी नहीं देखा था।

"क्या बात है सिन्धुराज!"

जयद्रथ ने एक उचटती हुई दृष्टि द्रोण पर डाली और फिर कटे हुए पेड़ के समान टूटकर दुर्योधन के चरणों में गिरा, "महाराज! मुझे बचा लीजिए।"

"क्या हुआ सिन्धुराज?"

"महाराज! मेरी रक्षा कीजिए।" लगा जैसे जयद्रथ किसी की बात सुनने या समझने की स्थिति में नहीं है। विक्षिप्तावस्था में वह केवल अपनी बात कह ही सकता था, "या फिर मुझे अनुमति दीजिए कि मैं अपनी सेना लेकर अपने राज्य में लौट जाऊँ।"

"हुआ क्या है वीर जयद्रथ?" दुर्योधन ने उसे दोनों भुजाओं से पकड़कर खड़ा किया और फिर बलात् धकेल कर एक आसन पर बैठाया। परिचारिका को जल लाने के लिए कहकर वह मुड़ा, "आज के युद्ध के महावीर! इतने उद्विग्न क्यों हो?"

"मुझे अपने राज्य में लौट जाने की अनुमति दें महाराज!"

"क्या सिन्धुराज बताएँगे कि हमसे क्या अपराध हुआ है?"

"आपसे कोई अपराध नहीं हुआ महाराज!" जयद्रथ फिर से उठ खड़ा हुआ। लगा वह फिर से दुर्योधन के चरणों में जा गिरेगा।

दुर्योधन ने आगे बढ़कर उसे वहीं रोका।

"अर्जुन ने कल सन्ध्या तक मेरा वध करने की प्रतिज्ञा की है।"

दुर्योधन और द्रोण—दोनों ही स्तब्ध रह गए। दोनों के मुख से एक शब्द भी नहीं निकला।

जयद्रथ अपने असन के हत्थों को दृढ़तापूर्वक पकड़े हुए हाँफ रहा था। उसके होंठ सूख रहे थे। वह बार-बार अपनी जीभ से उन्हें गीला कर रहा था। उसे देखकर लगता था कि या तो वह एक लम्बी दौड़ के बाद यहाँ आकर गिर गया है या वह ऐसा पक्षी शावक है, जिसे सामने भीड़ में अपने माता-पिता दिख रहे हैं और वह एक उड़ान में वहाँ पहुँच सकता है, किन्तु उसके पंख जैसे जम गए हैं और वह हताश-सा इधर-उधर देख रहा है कि वह अपने स्थान से हिल क्यों नहीं सकता।

"तुम्हें कैसे ज्ञात हुआ?" दुर्योधन ने पूछा।

"मेरे गुप्तचरों ने मुझे सूचना दी है।"

"किसके सामने प्रतिज्ञा की है?"

"अपने भाइयों, कृष्ण, पांचाली तथा मत्स्यों की उपस्थिति में!"

"अग्नि और पुरोहित के सम्मुख तो नहीं की न!"

"उससे क्या होता है," लगा जयद्रथ अभी रो पड़ेगा, "वह अर्जुन की प्रतिज्ञा है। शब्द मुख से निकले हैं तो वे कर्म में परिणत होंगे ही।"

"पर तुम्हें ही मारने की प्रतिज्ञा क्यों की है?" दुर्योधन बोला, "अभिमन्यु का वध करने वाले तो तुम नहीं थे।"

"मैंने व्यूह के द्वार पर उन सबको रोक दिया था।" जयद्रथ बोला, "मैंने उसको मारने का श्रेय लेने की बात कही थी।"

उसने द्रोण ने कुछ नहीं कहा, पर द्रोण मन-ही-मन संकुचित हो उठे थे।

सहसा जैसे जयद्रथ को दौरा पड़ा, "दुर्योधन! मुझे अपने देश चले जाने दो। मैं अपनी सेना के साथ यहाँ से सुरक्षित निकल जाना चाहता हूँ।"

दुर्योधन का चेहरा कुछ सजीव हुआ, "तुम अपने देश जाकर सुरक्षित हो जाओगे?"

"क्यों नहीं। अर्जुन वहाँ तक मेरा पीछा नहीं करेगा।"

"क्यों? क्या अर्जुन ने कोई ऐसी प्रतिज्ञा की है कि वह कुरुक्षेत्र में ही तुम्हारा वध करेगा?"

"नहीं! पर वह युद्धक्षेत्र नहीं छोड़ सकता। और फिर वहाँ मेरा देश होगा, मेरा राज्य होगा, मेरी सेना होगी।"

दुर्योधन की कल्पना में एक बहुत मनोरम दृश्य उभरा : जयद्रथ अपनी सेना के साथ पड़ाव डालता हुआ सिन्धु सौवीर की ओर भागता जा रहा है और उसके पीछे अर्जुन का रथ दौड़ रहा है। जैसे-जैसे अर्जुन के रथ की गति बढ़ती जाती है, वैसे-वैसे ही वह कुरुक्षेत्र से दूर होता जा रहा है, युधिष्ठिर से दूर होता जा रहा है...और पीछे युधिष्ठिर खड़ा है अकेला और असहाय।...क्रमशः उसे कौरव महारथी घेरते जा रहे हैं और वह असहाय-सा चीखता-चिल्लाता अभिमन्यु के समान ही धराशायी हो जाता है...कौरव योद्धा उसे बाँध कर लाते हैं और दुर्योधन के चरणों में डाल देते हैं।...जब तक जयद्रथ को मार कर अर्जुन लौटता है, तब तक युधिष्ठिर जुए में सब कुछ शकुनि से हार चुका है और वे पाँचों भाई द्रौपदी को लिये हुए, फिर से वनवास के लिए जा रहे हैं।...

"महाराज! मैं यहाँ रहा तो कल सन्ध्या तक अर्जुन अवश्य ही मेरा वध कर देगा। मुझे अपने देश लौट जाने दें।" जयद्रथ ने जैसे गुहार की।

दुर्योधन की कल्पना में एक दूसरा चित्र उभरा : जयद्रथ अपनी सेना के साथ भागता जा रहा है। सात्यकि, भीम, धृष्टद्युम्न, और पाण्डव पुत्रों को युद्धक्षेत्र सौंप कर अर्जुन और कृष्ण जयद्रथ का पीछा कर रहे हैं। जयद्रथ को अकेला पाकर उसका सिर धड़ से अलग करने में अर्जुन को तनिक भी श्रम नहीं करना पड़ता। वह आधे प्रहर में ही जयद्रथ का वध कर उसकी सेना को तहस-नहस करके वापस कुरुक्षेत्र लौट आता है और फिर अपने भाइयों के साथ मिलकर कौरव सेनाओं का संहार करता है। द्रोणाचार्य असहाय से खड़े कहते हैं, "अब इसे कौन रोके। आज तो सिन्धुराज जयद्रथ भी नहीं है..."

"तो युधिष्ठिर को बंदी करो।" दुर्योधन आदेश देता है।

"कैसे बंदी करें? अर्जुन उसकी रक्षा कर रहा है।"

"अर्जुन को कहीं और ले जाओ।"

"कौन ले जाए? त्रिगर्त संशप्तक मारे जा चुके हैं।..."

क्षण भर में ही यह चित्र उसकी दृष्टि से ओझल हो गया। जयद्रथ उसे लगभग झंझोड़ रहा था, "दुर्योधन तुम कुछ कहते क्यों नहीं?"

"सिन्धुराज!" दुर्योधन बोला तो उसका स्वर पर्याप्त आश्वस्त था, "इतना घबराओ मत। हम तुम्हारी रक्षा करेंगे।"

"कौन रक्षा करेगा मेरी? मुझे किसी पर भी विश्वास नहीं है। मैं एक बार अर्जुन और भीम का क्रोध झेल चुका हूँ। अब और अपमानित नहीं होना चाहता।" जयद्रथ और भी घबरा गया, "मुझे अपने देश लौट जाने दो।"

"वीरवर जयद्रथ!" दुर्योधन कुछ और विश्वास के साथ बोला, "देश भाग जाने से न तुम्हारी कीर्ति की रक्षा हो पाएगी और न तुम्हारे प्राणों की।" उसकी आँखें जैसे जयद्रथ को भेद रही थीं, "उस दिन भी तुम्हारी सेना और तुम्हारे मित्र तुम्हारे साथ थे, जब तुमने द्रौपदी के अपहरण का प्रयत्न किया था। पाण्डवों ने तुम्हें न केवल पराजित किया था, तुम्हें बंदी भी किया था। तुम्हारे वक्ष पर अपना चरण रख कर भीम ने तुमसे कहलवाया था कि तुम युधिष्ठिर के दास हो।" दुर्योधन रुका, "तुमने द्रौपदी का अपमान किया था, उन्होंने तुम्हें अपमानित भर करके छोड़ दिया। अब उनके अनुसार तुमने अभिमन्यु के प्राण लिए हैं। वे तुम्हारा वध करने के लिए आएँगे तो तुम्हारी सेना तुम्हारी रक्षा कर लेगी?"

जयद्रथ आँखें फाड़े अवाक् खड़ा था। लगता था कि दुर्योधन के एक ही तर्क ने उससे वह सारी सुरक्षा की भावना भी छीन ली थी, जिसका अब तक उसे विश्वास था।

"वह तुम्हारी सेना है।" दुर्योधन बोला, "यहाँ तुम्हारे मित्र राजाओं की सेनाएँ हैं। आचार्य द्रोण हैं, कर्ण है, अश्वत्थामा है, कृतवर्मा है, कृतचार्य हैं, मैं हूँ, दुःशासन है...क्या अब भी तुम्हें लगता है कि तुम अपने देश में अधिक सुरक्षित रहोगे?"

जयद्रथ को जैसे कोई उत्तर ही नहीं सूझा। कुछ देर तक किंकर्तव्यविमूढ़-सा खड़ा रहा और जब स्वयं को सँभाल नहीं सका तो फूट पड़ा, "मेरी रक्षा करो दुर्योधन! मेरी रक्षा करो।"

द्रोण को लगा, दुर्योधन प्रश्न नहीं कर रहा, उनका अपमान कर रहा है : क्या द्रोण इतनी सारी सेना और इतने महारथियों की सहायता से एक दिन के लिए एक व्यक्ति की रक्षा नहीं कर सकते...और साथ ही साथ, वह यह भी भूलने नहीं देता कि आज के युद्ध में अर्जुन से दूर लड़ते हुए अकेले युधिष्ठिर को बंदी नहीं बना पाए।

"कल किसी भी मूल्य पर जयद्रथ की रक्षा होनी ही चाहिए आचार्य!" दुर्योधन जैसे याचना कर रहा था, "आप कल किसी पाण्डव का वध न करें, किसी को बंदी न बनाएँ; किन्तु जयद्रथ को कल तक के लिए जीवित बचा लें।"

"ठीक है। कल प्रत्येक मूल्य पर जयद्रथ की रक्षा की जाएगी।" आचार्य बोले।

"आप प्रतिज्ञा करते हैं आचार्य?"

द्रोण की आँखों में क्रोध झलका : यह भी कोई बच्चों का खेल है कि छोटी-छोटी-सी बात पर प्रतिज्ञा! अपने पुत्र के वध के कारण प्रतिशोध की

ज्वाला में जल कर अर्जुन ने जयद्रथ के वध की प्रतिज्ञा की है तो द्रोण जयद्रथ की रक्षा की प्रतिज्ञा करें।

दुर्योधन का स्वर कुछ कोमल हुआ, "आप प्रतिज्ञा नहीं करना चाहते तो न करें; किन्तु आश्वासन तो दें।"

द्रोण कुछ सहज हुए, "अर्जुन मेरा शिष्य है। उसे युद्ध में एक दिन के लिए रोके रखना कोई ऐसा असाधारण कार्य नहीं है, जो मेरी क्षमता से बाहर हो।"

"आपने वचन दिया है आचार्य! अपने वचन की लाज रखिएगा।" दुर्योधन तत्काल बोला।

'बिच्छु डंक मारना नहीं छोड़ेगा...' द्रोण ने सोचा, 'यह दुर्योधन ऐसा ही रहेगा।'

द्रोण उठे, "अच्छा राजन्! चलता हूँ।"

द्रोण शिविर से बाहर निकल गए। जयद्रथ भी उनके पीछे-पीछे चला गया।

उन्हें विदा कर दुर्योधन अपने आसन पर बैठा तो उसके चेहरे पर मुस्कान थी : देखें मछली चारा निगलती है, या जाल में फँसती है।

द्रोण अपने मण्डप में लौटे तो उनकी मनःस्थिति विचित्र हो रही थी। जाने कहाँ से उनके मन में बालक अर्जुन आकर बैठ गया था।

"तुम कहाँ से आ गए?" द्रोण ने पूछा।

"आना कहाँ से था। मैं तो सदा से आपके मन में ही था।" वह बोला।

"वह तो ठीक है, किन्तु अब तुम युवा हो चुके हो। मुझे प्रतिदिन समरभूमि में मिलते हो।" द्रोण बोले, "और आज तुम वैसे होकर आ गए हो, जैसे तुम मेरे गुरुकुल में आए थे।"

"आपके लिए तो मैं वही रहूँगा, जैसा पहले दिन आपके पास आया था। मेरा शरीर बढ़ गया है, पर आपका और मेरा सम्बन्ध तो वही है, जो पहले दिन निश्चित हुआ था। गुरु और शिष्य का। बालक का और वयस्क का। असमर्थ और समर्थ का।"

"तो आज क्या करने आए हो?" द्रोण का मन स्थिर नहीं था। अर्जुन का यह रूप देखकर उन्हें विचित्र प्रकार की व्याकुलता का अनुभव हो रहा था।

"रोने आया हूँ आपके सम्मुख। महावीर अर्जुन तो रोता हुआ अच्छा नहीं लगेगा, पर आपका शिष्य बालक अर्जुन तो रो सकता है न!" वह बोला।

"पर तुम रोना क्यों चाहते हो?" द्रोण और भी अटपटा गए थे।

"आप नहीं जानते? जान कर अनजान बनते हैं।" अर्जुन बोला, "आपने घेर कर मेरे नन्हें से पुत्र को मार दिया। कोई न्याय है यह? आपको मुझसे

प्रेम नहीं तो कोई बात नहीं, किन्तु न्याय और धर्म की मर्यादा से तो प्रेम होना चाहिए।"

"वह दुर्योधन की इच्छा थी, मेरी नहीं।" द्रोण अपनी आँखें नहीं उठा सके।

"दुर्योधन की इच्छा तो संसार को आग लगा देने की है। उसमें तो आप उसके सहायक से ही रहे हैं। अब धर्म को आग लगा देने के लिए तो उसके सहायक मत होइए।" अर्जुन बोला, "वैसे यह सब कहने नहीं आया था मैं। मैं तो केवल इतना कहने आया था कि पुत्र की मृत्यु से बहुत पीड़ित हूँ मैं। अपने पौत्र को मार कर आपको कैसा लग रहा है?"

द्रोण तड़पकर उठ खड़े हुए। पर तब तक वह बालक अर्जुन अपना संवाद बंद कर चुका था। वह उनके हृदय के एक कोने में बैठ गया था और बिना कुछ कहे, निरन्तर रोता जा रहा था।...द्रोण ने उसे पुकारा तो उसने अपना मस्तक ही नहीं उठाया। उसे झंझोड़ा तो उसने अपनी आँखें उठाईं; किन्तु उन अश्रुपूरित आँखों में झाँकना द्रोण के वश का नहीं था...

12

"पर जयद्रथ ही क्यों?" देविका ने कुछ झल्लाकर कहा, "उससे कहीं बड़े-बड़े पापी वहाँ हैं। द्रोण की अगले दिन सन्ध्या तक वध करने की प्रतिज्ञा क्यों नहीं की धनंजय ने, जिन्होंने चक्रव्यूह रचा? दुर्योधन को मारने की प्रतिज्ञा क्यों नहीं की, जो इस सारे युद्ध का सूत्रधार है?"

"ओह देविका!" द्रौपदी ने शान्त स्वर में कहा, "इसमें इतना उत्तेजित होने की क्या बात है। विश्वास रखो, वे सब मारे जाएँगे, बारी-बारी। धनंजय नहीं भी मारेंगे तो धृष्टद्युम्न है वहाँ, महाराज द्रुपद हैं। कोई नहीं बचेगा उन कौरवों में से। अन्तर इतना ही है कि कोई पहले जाएगा और कोई बाद में।"

"मरना तो सबको ही है जीजी! हमें भी।" बलंधरा बोली, "पर वह जीवन का एक भिन्न पक्ष है। देविका जीजी की आपत्ति यह नहीं है। वे कह रही हैं..."

"वह जो कुछ कह रही है, वह मैं समझ रही हूँ।" द्रौपदी का स्वर कुछ दृढ़ हुआ, "वही कह रही हूँ मैं। उनमें से कोई नहीं बचेगा, पाण्डव और पांचाल उन सबको मारेंगे। उन सबकी पत्नियाँ उससे भी भयंकर चीत्कार करेंगी, जैसा मैंने द्यूत सभा में किया था या सुभद्रा ने अभिमन्यु के वध का समाचार सुनकर किया।...अन्तर तो कुछ दिनों का ही है। कितने दिन चलेगा यह युद्ध? दस दिन? बीस दिन? तीस दिन? इससे अधिक नहीं। तो इन दस, बीस, तीस, दिनों में इन सबको मर जाना है।"

"ठीक है।" पुनः देविका ही बोली, "मेरा प्रश्न तो इतना ही था कि अभिमन्यु के वध का समाचार सुनकर धनंजय को सबसे अधिक क्रोध जयद्रथ पर ही क्यों आया? उन्होंने उसे ही क्यों अभिमन्यु के वध का प्रमुख अपराधी माना?"

"उसने तो अभिमन्यु का वध किया भी नहीं है।" करेणुमती भी उनकी चर्चा में सम्मिलित हो गई, "उस बेचारे ने तो अभिमन्यु को मार्ग दे दिया था।"

"बड़े दोषी वे हैं, जिन्होंने युद्ध की मर्यादा भंग की और छह-छह लोगों ने मिलकर अकेले बालक को पहले रथ और शस्त्रों से वंचित किया और फिर घेर कर किसी पशु के समान आखेट किया।" देविका ने कहा, "अथवा वह बड़ा दोषी है, जिस अकेले ने छह-छह योद्धाओं से युद्ध कर उन्हें व्यूह में प्रविष्ट नहीं होने दिया?"

"तुम्हें जयद्रथ से बहुत सहानुभूति है क्या?" द्रौपदी ने कटाक्ष किया, "उसका इतना पक्ष ले रही हो।"

"नहीं! सहानुभूति नहीं है।" देविका ने उसी प्रकार उत्तेजित स्वर में कहा, "किन्तु मन में यह प्रश्न उठा है। मैं जानने का प्रयत्न कर रही हूँ कि वहाँ युद्धक्षेत्र में उपस्थिति लोगों का मस्तिष्क कैसे काम करता है। उनका तर्क क्या है?"

"और मैं सोच रही हूँ कि इस बार धर्मराज ने धनंजय से यह क्यों नहीं कहा कि जयद्रथ, तुम्हारी बहन दुःशला का पति है। तुम उसका वध नहीं करोगे।" बलंधरा बोली।

"नहीं! इस बार धर्मराज यह नहीं कह सकते।" द्रौपदी ने कहा, "अपने पुत्र का वध करने वाले को कोई इसलिए क्षमा नहीं कर सकता कि वह उनकी बहन का पति है।"

"जो अपनी पत्नी का अपहरण करने वाले को इस कारण से क्षमा कर सकता है, वह अपने पुत्र के हत्यारे को भी क्षमा कर दे तो आश्चर्य की क्या बात है।" विजया पहली बार बोली।

"तब से अब तक में परिस्थितियाँ बहुत बदल गई हैं। बात केवल पुत्र के वध की होती तो क्या पता है कि धर्मराज कह देते कि जयद्रथ के वध से अभिमन्यु वापस तो नहीं आ जाएगा। प्रतिशोध से क्षमा अधिक महान् कर्म है, इसलिए जयद्रथ को क्षमा कर दिया जाए।" करेणुमती बोली, "किन्तु यह युद्ध काल है। जिस हत्यारे को क्षमा किया जाएगा वह और हत्याएँ करेगा। आज एक पुत्र का वध हुआ है, कल दूसरे का भी हो सकता है। मैं तो समझती हूँ कि धर्मराज को अपने प्राणों की भी चिन्ता होगी। न होती तो वीर सत्यजित के मारे जाने पर वे युद्धक्षेत्र से दूर क्यों चले जाते।"

"करेणु! तुम धर्मराज का अपमान कर रही हो।" द्रौपदी बोली, "क्षमा से बड़ी वीरता और क्या हो सकती है? और इस युद्ध ने तो उनके युद्धवीर रूप को भी अनेक बार प्रमाणित किया है।"

"तो फिर और क्या कह रही हो तुम?"

"उन्हें युद्ध में मरने वाले अपने पक्ष के प्रत्येक सैनिक की चिन्ता होगी। युद्ध आरम्भ होने के पश्चात् तो मैंने ऐसी कोई चर्चा नहीं सुनी कि धर्मराज ने कौरव पक्ष के किसी भी व्यक्ति को मारने का निषेध किया हो। वह तो धनंजय ही हैं, कि जिन्हें कभी पितामह को मारने में संकोच होने लगता है, कभी उनकी गुरुभक्ति जाग उठती है और वे अपने पुत्र का वध करवा लेते हैं।"

"तुम्हें एक धनंजय ही मूर्ख दिखाई देते हैं क्या?" द्रौपदी की आँखों में कुछ ताप दिखाई दिया।

"नहीं! मेरा अभिप्राय वह नहीं था।" इस बार करेणुमती कुछ सहम गई, "ऐसी बात मैं सोच भी कैसे सकती हूँ, पर मुझे लगता है कि एक बार युद्ध आरम्भ हो जाने पर धर्मराज ने क्षत्रिय राजा का मन बना लिया है। जब युद्धक्षेत्र में आमने-सामने खड़े हो ही गए हैं तो शत्रु से प्रेम का क्या अर्थ। वे धनंजय की पितामह के प्रति मृदुलता का निरन्तर विरोध करते रहे हैं। उनकी हार्दिक इच्छा थी कि पितामह का यथाशीघ्र वध हो, ताकि हमारी सेना की क्षति कम हो।" उसने रुककर द्रौपदी को देखा, "किन्तु युद्धक्षेत्र में अपने सम्मुख भीष्म पितामह और आचार्य द्रोण को देखकर धनंजय ने यह नहीं माना कि वे शत्रु पक्ष में हैं तो उनका वध होना चाहिए। उन्होंने माना कि वे लोग विरोधी पक्ष से हैं तो वह पक्ष विरोधी ही नहीं है। वे उनके विरुद्ध होने के स्थान पर युद्ध के ही विरोधी हो गए। श्रीकृष्ण ने उन्हें इतना समझाया, पर अपने पितामह और गुरु के प्रति उनका मोह तो समाप्त नहीं ही हुआ। आप सोचिए, वह मोह कितना दृढ़बद्ध है कि तेरह दिनों का युद्ध हो जाने पर, इतने लोगों के वीरगति प्राप्त करने पर भी धनंजय ने अभी एक बार भी आचार्य द्रोण के वध का मन नहीं बनाया है।"

"क्या प्रमाण है तुम्हारे पास?" द्रौपदी ने पूछा।

"इससे बड़ा प्रमाण और क्या चाहिए कि अभिमन्यु के वध के पश्चात् भी उन्होंने द्रोण को नहीं, जयद्रथ को मारने की प्रतिज्ञा की है।" करेणुमती बोली, "जयद्रथ मर भी गया तो क्या होगा? द्रोण जीवित रहेंगे, कृपाचार्य जीवित रहेंगे, कर्ण, कृतवर्मा और वह दुःशासनपुत्र, जिसने अचेत अभिमन्यु के सिर पर गदा का प्रहार किया—वे सब जीवित होंगे; और हमारे भाइयों, पिताओं, पतियों और पुत्रों का वध करने का निरन्तर प्रयत्न करेंगे। यदि कहीं धनंजय,

आचार्य द्रोण के वध की प्रतिज्ञा करते तो कौरवों के आधे प्राण आज संध्या तक निकल जाते।"

"इसी से तो कह रही थी मैं कि हमें यह समझने का प्रयत्न करना चाहिए कि धनंजय की दृष्टि में प्रमुख अपराधी जयद्रथ ही क्यों है।" देविका बोली, "जयद्रथ ने कल कोई भयंकर अपराध किया है अथवा धनंजय के मन में पहले से भी जयद्रथ के लिए मृत्यु दण्ड वर्तमान था, जो किन्हीं कारणों में विस्मृति के गर्त में खो गया था और अब यह अवसर पाकर वह उबल पड़ा है?"

"बहुत सम्भव है कि वन में मेरे अपहरण के समय से ही धनंजय के मन ने जयद्रथ के लिए मृत्युदण्ड घोषित कर रखा हो।" द्रौपदी ने कहा, "मध्यम पाण्डव को अपना आक्रोश प्रकट करने का पर्याप्त अवसर मिल गया था, किन्तु धनंजय कुछ नहीं कर पाए थे। सम्भव है कि धर्मराज के प्रभाव में उन्हें लगा हो कि हमें नृशंस नहीं होना चाहिए। पांचाली का अपहरण हुआ था और पांचाली छुड़ा ली गई, तो अब जयद्रथ का मरना आवश्यक नहीं है; किन्तु पुत्र का वध उस खुरण्ड लगे घाव को छील गया। जमा हुआ रक्त फिर से बहने लगा और धनंजय को लगा हो कि किसी अपराधी को दूसरी बार क्षमा नहीं किया जा सकता। परीक्षित की पुनः परीक्षा बुद्धिमत्ता नहीं है। यह तो वह अपराधी है जो क्षमा का दान पा पश्चात्ताप नहीं करता, पहले से भी अधिक भयंकर हो उठता है।"

"यह भी तो हो सकता है जीजी!" देविका बोली, "कि धनंजय का सारा आक्रोश इस बात के लिए हो कि जयद्रथ ने स्वयं को अभिमन्यु का हत्यारा कह कर स्वयं को गौरवान्वित किया है। जिन लोगों ने मिलकर अभिमन्यु को मारा है, वे मन में कितने भी प्रसन्न हों, किन्तु उनमें से किसी ने भी स्वयं को अभिमन्यु का हत्यारा कहने का साहस नहीं किया है।"

"मैं भी एक बात कहूँ?" विजया ने पूछा।

"क्यों न कहो।" बलंधरा हँसी, "तुम हमारे सबसे बुद्धिमान देवर सहदेव की सहधर्मिणी हो।"

विजया ने बलंधरा के परिहास पर ध्यान नहीं दिया, "मुझे ऐसा लगता है कि जिन छह महारथियों ने घेर कर अभिमन्यु का वध किया, उनमें से कोई भी इस पर गर्व नहीं कर सकता। उनमें से किसी के लिए भी यह वीरता का कृत्य नहीं है। उस दुःशासनपुत्र के लिए भी नहीं, जिसने छह महारथियों में घिरे क्षत-विक्षत और अचेत अभिमन्यु के सिर पर गदा का प्रहार किया। उन्होंने कोई असाधारण शौर्य का कार्य नहीं किया। सत्य कहा जाए तो उन्होंने एक प्रकार से कायरता का काम किया।" विजया ने रुककर उन सबको देखा, "एक जयद्रथ

का ही काम ऐसा था, जो असाधारण था। इतना असाधारण कि उसे महादेव के किसी वर से प्रमाणित करने का प्रयत्न करना पड़ा। ऐसे में वीरता का दम्भ करने वाले, स्वयं को अभिमन्यु का हत्यारा घोषित करने वाले, जयद्रथ को ही पहले दण्डित करना आवश्यक है जो अपने श्मश्रु उमेंठ रहा होगा। शेष लोग तो सिर लटकाए अपने कृत्य पर ग्लानि का अनुभव कर रहे होंगे।"

"बात तो एकदम ठीक कह रही है विजया!" द्रौपदी के स्वर में प्रशंसा का भाव था, "इसने सचमुच स्वयं को सहदेव की योग्य पत्नी सिद्ध कर दिया है।"

13

कृष्ण अपने मण्डप में आ तो गए; किन्तु उनका मन वहीं अर्जुन के मण्डप में उसके आसपास ही मँडरा रहा था।...

आज अभिमन्यु की मृत्यु हो गई; पर कल क्या होगा?...अर्जुन ने बहुत संकटपूर्ण प्रतिज्ञा कर ली थी। उसके प्रति उसके मन में कोई पश्चात्ताप भी नहीं था। अपनी भूल उसके ध्यान में ही नहीं आ रही थी। इस समय अपने आवेश के कारण वह आत्मविश्वास से परिपूर्ण था और जयद्रथ के वध के लिए कृतसंकल्प था। पर क्या उसका ध्यान अपने मार्ग की कठिनाइयों पर नहीं गया?...पता नहीं ऐसी प्रतिज्ञाएँ करने से पूर्व ये लोग कुछ सोचते क्यों नहीं हैं। अर्जुन के मन में ऐसा संकल्प जागा ही था तो उसे वह मन में ही रखता और कल सन्ध्या तक जयद्रथ के वध का पूरा प्रयत्न करता। इस सार्वजनिक घोषणा की क्या आवश्यकता थी। मन का आवेग उससे रोका नहीं गया...घोषणा ही करनी थी तो कहता कि वह सन्ध्या समय तक जयद्रथ का वध कर देगा।... चितारोहण से इस शपथ को जोड़ने का क्या औचित्य था?...अर्जुन का नियन्त्रण नहीं है स्वयं पर। पुत्र की मृत्यु ने उसके संयम के सारे बन्धन तोड़ दिए हैं। भूल गया वह कि शरीर के नष्ट हो जाने पर भी आत्मा नष्ट नहीं होती। भूल गया वह कि ये दैहिक सम्बन्ध भ्रम मात्र हैं। कैसे स्मरण रहता उसे यह सब। अभी उसका अहंकार पूर्णतः विगलित नहीं हो पाया है। ओह! क्षत्रियों का यह अहंकार! कोई भी किसी भी दिन विचलित हो जाता है।...

कृष्ण के मन में तनिक भी संशय नहीं था कि अर्जुन सरलता से जयद्रथ का वध कर सकता था। जयद्रथ उसके सम्मुख पड़े, तब न। या फिर उन दोनों का द्वैरथ युद्ध हो। जयद्रथ का मस्तक काटने में अर्जुन को विशेष श्रम नहीं करना पड़ेगा। किन्तु जयद्रथ उसके सम्मुख आएगा ही क्यों? सारी कौरव सेना और सारे कौरव महारथी उसे घेर कर बैठ जाएँगे।...उनके लिए अर्जुन

को यमलोक भेजने के लिए इससे अधिक अनुकूल अवसर और क्या हो सकता है।...अर्जुन ने जयद्रथ के वध की प्रतिज्ञा की है, किन्तु अपने ही प्राणों को संकट में डाल लिया है।...

अर्जुन की रक्षा कैसे हो? कैसे बचाया जा सकता है अर्जुन को? अर्जुन की रक्षा के लिए जयद्रथ का मरना अनिवार्य है। कौन मारेगा जयद्रथ को—कल सन्ध्या से पूर्व? कौन पहुँचेगा जयद्रथ तक सारी कौरव सेना को रौंद कर? आचार्य द्रोण व्यूह-द्वार की रक्षा करेंगे। वे अर्जुन को कभी उसमें प्रवेश नहीं करने देंगे और अर्जुन उनका वध नहीं करेगा।...तो फिर?

कृष्ण को नींद नहीं आ रही थी। वे उठ बैठे और मण्डप से बाहर निकल आए।

द्वारपाल भागता हुआ आया, "क्या बात है गोविन्द? आपको कुछ चाहिए?"

"दारुक को बुलाओ।"

कृष्ण मण्डप के भीतर आ गए। दारुक ने आने में देर नहीं की।

"गोविन्द!"

"दारुक! कल प्रातः शास्त्र की विधि से मेरे रथ को सावधानी से सुसज्जित करके मेरे साथ रणभूमि में चलना है।"

दारुक ने आश्चर्य से देखा : क्या कह रहे हैं गोविन्द? अपना रथ क्यों?

"कौमोदकी गदा, दिव्य शक्ति, सुदर्शन चक्र, धनुष-बाण, अन्य आवश्यक सामग्री सब रथ में रख लेना। गरुड़ध्वज भी लहरा देना। रथ में बलाहक, मेघपुष्प, शैव्य और सुग्रीव को ही जोतना और उन पर दृढ़ अयस के जाल डाल देना। शत्रुओं के बाण उन तक नहीं पहुँचने चाहिए।" कृष्ण ने उसकी ओर देखा, "तुम सन्नद्ध रहना और जैसे ही पांचजन्य का घोष सुनो, मेरे पास आ जाना।"

"आपकी आज्ञा का पालन होगा गोविन्द! किन्तु आप रथ का क्या करेंगे?" दारुक मौन नहीं रह सका।

"मैं कल वह उद्योग करूँगा, जिससे कुन्तिपुत्र अर्जुन, सूर्यास्त्र से पहले जयद्रथ को मार डाले।"

"पर आपने तो युद्ध में शस्त्र न ग्रहण करने की प्रतिज्ञा की थी।" दारुक बोला।

"जयद्रथ का वध तो अर्जुन ही करेगा।" कृष्ण बोले, "पर तुमने ठीक ही पूछा। मैं सन्ध्या समय से ही सोच रहा हूँ कि मेरी प्रतिज्ञा महत्तर है अथवा धर्म? मेरी आँखों के सम्मुख धर्म की हत्या होती रहे तो क्या मैं इसलिए शस्त्र

ग्रहण नहीं करूँगा क्योंकि उससे मेरी प्रतिज्ञा भंग होती है? मैं अपनी प्रतिज्ञा की रक्षा करता रहूँ, और धर्न की हत्या होते देखता रहूँ? क्यों की थी मैंने प्रतिज्ञा? इसीलिए तो कि उससे धर्म की रक्षा होती थी। अब मेरी प्रतिज्ञा से धर्म की रक्षा नहीं होगी। कल सन्ध्या तक अर्जुन, जयद्रथ का वध न कर पाया तो वह चितारोहण कर अपने प्राण दे देगा। अर्जुन जीवित न रहा तो धर्म कैसे जीवित रहेगा। मुझे अर्जुन से अधिक प्रिय और कोई नहीं है। वह धर्म का रक्षक है। जो अर्जुन से द्वेष करता है, वह मुझसे द्वेष करता है। जो अर्जुन का अनुगामी है, वह मेरा अनुगामी है। अर्जुन तो मेरा आधा शरीर ही है।"

"वह तो ठीक है गोविन्द! किन्तु आपकी प्रतिज्ञा?"

कृष्ण क्षण भर मौन रहे और फिर बोले, "कई बार सोचता हूँ कि वह प्रतिज्ञा भी एक प्रकार का अहंकार तो नहीं है?"

दारुक ने चकित दृष्टि से उनकी ओर देखा, क्या कह रहे हैं कृष्ण?

"प्रतिज्ञा तो साधना होती है," अन्ततः दारुक बोला, "आप उसे अहंकार कैसे कह रहे हैं?"

"व्यक्ति के सन्दर्भ में वह साधना हो सकती है; किन्तु विश्व के सन्दर्भ में वह धर्म की रक्षा करती है क्या?" कृष्ण बोले, "यदि साधक स्वयं को प्रतिज्ञा के बन्धन में बाँध लेता है और वह धर्म की रक्षा के लिए मुक्त नहीं रहता तो मैं उसे धर्म कैसे मान सकता हूँ?"

"पर केशव...।"

"यह सुनना अच्छा नहीं लगा?"

"नहीं!" दारुक ने कहा।

"मेरे पिता ने कंस को यह वचन दिया था कि वे जन्म लेते ही अपनी प्रत्येक सन्तान उसे सौंप देंगे। वचन दिया था या नहीं?"

"दिया था।"

"वह भी तो प्रतिज्ञा ही थी?"

"हाँ गोविन्द! वह प्रतिज्ञा ही थी।"

"तो उन्होंने मुझे और बलराम भैया को कंस को क्यों नहीं सौंपा?"

दारुक चुप रह गया।

"उन्होंने न केवल हमें उसे सौंपा नहीं, उसे हमारे जन्म के विषय में ठीक सूचना ही नहीं दी।" कृष्ण ने उसकी ओर देखा, "क्या यह अनुचित था? क्या यह प्रतिज्ञाभंग था? क्या यह झूठ था? क्या उन्हें हमारी रक्षा नहीं करनी चाहिए थी?"

"यह कोई कैसे कह सकता है।" दारुक ने धीरे से कहा।

"धर्म को समझना बड़ा कठिन है दारुक!" कृष्ण बोले, "अनेक बार हम जिसे धर्म समझ रहे होते हैं, वह धर्म नहीं होता। धर्म तो वह है, जो सत्य को धारण करता है। एक व्यक्ति क्रोध न करने की साधना करे और अपना मान-अपमान न माने, यह तो ठीक है, किन्तु वह अपनी आँखों के सम्मुख असहाय बालक की हत्या और अबला स्त्री के साथ अत्याचार देखता रहे क्योंकि उसे क्रोध नहीं करना है तो यह धर्म कैसे हो सकता है।"

"पर धर्मराज ने तो द्यूतसभा में यही किया था।" दारुक जैसे सहमकर बोला।

"यही तो अन्तर है मुझमें और धर्मराज में। उनके धर्म में और मेरे धर्म में।" कृष्ण बोले, "हमारा स्वधर्म पृथक् है। हमारी प्रकृति पृथक् है। मेरे रक्षणीय का युद्ध में शत्रु के हाथों अधर्मपूर्वक वध होता रहे और मैं शत्रु के बताए हुए युद्ध के नियमों की व्याख्या समझता रहूँ, यह मेरा धर्म नहीं है।"

दारुक मौन खड़ा रहा।

कृष्ण मुस्कराए, "तुम इस समय धर्म की मीमांसा में मत पड़ो। जो कहा है, वही करो। मैं धर्म की रक्षा में तत्पर हूँ, धर्म मेरी रक्षा कर लेगा। भीष्म का प्रतिकार करने के लिए भी मैं दो बार तत्पर हुआ था, किन्तु उसकी आवश्यकता नहीं पड़ी थी। मैं प्रयत्न में हूँ कि इस बार भी अर्जुन को कहीं और से सहायता मिल जाए। मुझे स्वयं शस्त्र लेकर उसकी रक्षा न करनी पड़े। कौन जाने इस बार क्या हो, किन्तु हमें प्रत्येक स्थिति के लिए तैयार रहना चाहिए।"

"आपकी इच्छा पूरी हो गोविन्द।"

अर्जुन न भयभीत था न आशंकित; किन्तु चिन्तित तो वह भी था। कृष्ण की प्रतिक्रिया और अपने भाइयों की मुद्राएँ देखकर वह समझ गया था कि उसने एक कठिन प्रतिज्ञा कर ली थी। यद्यपि वह अपने मन में आश्वस्त था; किन्तु कृष्ण की चिन्ता अकारण तो नहीं थी। क्यों चिन्तित थे कृष्ण? क्या उन्हें भी लगता था कि वह कल सन्ध्या तक जयद्रथ का वध नहीं कर पाएगा? वे उसकी क्षमता को कम आँक रहे थे अथवा कौरवों की शक्ति को कुछ अधिक ही समझ बैठे थे?...

बहुत देर तक अर्जुन को नींद नहीं आई। यह अनिद्रा की स्थिति उचित नहीं थी। यह तो चिन्ता का लक्षण था। यद्यपि उसे गुडाकेश कहा जाता था और एक रात्रि की अनिद्रा उसके लिए तनिक भी हानिकारक नहीं थी; फिर भी सत्य यही था कि रात भर की अच्छी नींद, योद्धा को अगले दिन युद्ध में

स्फूर्ति प्रदान करती थी।...पर क्या करे वह? वह संकल्पपूर्वक रात भर जाग तो सकता था, पर सोना उसके अपने नियन्त्रण में नहीं था।...

वनवास काल में महर्षि व्यास ने उसे महादेव सम्बन्धी एक मंत्र दिया था।...सहसा अर्जुन का ध्यान उस ओर चला गया। क्या था वह? कोई अज्ञात प्रेरणा? किसी अज्ञेय शक्ति का कोई रहस्यमय संकेत? अथवा स्वयं व्यास जी की इच्छा? वह नहीं जानता...पर यदि सहस्रों मंत्रों में से उसे इसी एक मंत्र का ध्यान आया था तो उसे उसका मनन करना चाहिए।

अर्जुन ने शैया पर लेटकर अपने शरीर को ढीला छोड़ा तो मन स्वतः ही मंत्र पर एकाग्र होने लगा। एक विचित्र प्रकार की तन्मयता का अनुभव हुआ। लगा, मंत्र के शब्द बोलने लगे हैं। वे अपना अर्थ स्पष्ट कर रहे हैं। शब्द क्या थे, वे तो सृष्टि का रहस्य थे। शान्ति का सागर थे। मंत्र का जाप जैसे उन्मुक्त आकाश के नीचे खुले समुद्र के ऊपर अनायास परिश्रमशून्य स्थिति में लहरों पर आरूढ़ होने का आनन्द था...

और सहसा कहीं से कृष्ण आ गए। अर्जुन ने उनकी ओर देखा। पर कहाँ थे वे लोग? यह युद्ध शिविर तो नहीं था। न उसका अपना मण्डप था न कृष्ण का। वे द्वारका अथवा उपप्लव्य में भी नहीं थे। जाने कौन-सा स्थान था। पर उससे क्या। वे कहीं भी हो सकते थे। अंतरिक्ष में भी।...

"तुम चिन्ता मत करो अर्जुन!" कृष्ण बोले।

"मुझे कोई चिन्ता नहीं है।" अर्जुन ने कहा, "क्या तुम्हें लगता है कि मैं चिन्तित हूँ?"

"चिन्तित तो हो।" कृष्ण हँसे, "तुम्हारी समग्र चेतना एकाग्र होकर कल के युद्ध के सम्भावित परिणाम के विषय में सोच रही है। यह चिन्ता का ही लक्षण है।"

"युद्ध करना है तो क्या उसके विषय में सोचूँ भी नहीं।"

कृष्ण हँसे, "चिन्तन करो, चिन्ता नहीं। जो कार्य करना हो, उसे प्रयत्नपूर्वक करो धनंजय! उद्योगहीन मनुष्य की चिन्ता उसके शोक का दूसरा नाम है। शोक उसका सबसे बड़ा शत्रु है। शोक मित्रों को दुर्बल करता है और शत्रुओं को बल देता है।"

"मैं शोक नहीं कर रहा और न ही मैं जयद्रथ से भयभीत हूँ।" अर्जुन ने कहा, "पर चिन्तित तो मैं हूँ। कौरवों के सारे महारथी और उनके सारे जीवित सैनिक जयद्रथ को घेर लेंगे तो मैं उसे देख भी नहीं पाऊँगा? आजकल सूर्यदेव भी शीघ्र ही अस्त हो जाते हैं।...सोचता हूँ कि यह प्रतिज्ञा न ही की होती।"

कृष्ण ने उसकी बात का कोई उत्तर नहीं दिया। वे आचमन कर पूर्वाभिमुख होकर बैठ गए और बोले, "पाशुपत नाम का एक सनातन और उत्तम अस्त्र है। महादेव ने उससे ही सारे दैत्यों का वध किया था। यदि तुम्हें उसका ज्ञान हो तो कल तुम अवश्य ही जयद्रथ का वध कर सकोगे। और यदि तुम्हें उसका ज्ञान न हो तो मन-ही-मन भगवान महादेव की शरण ग्रहण करो। उनका ध्यान करो। उनसे याचना करो। उनकी दया के प्रसाद से तुम उस महान अस्त्र को प्राप्त करोगे।"

अर्जुन ने और कुछ नहीं पूछा। आचमन किया और धरती पर बैठ कर एकाग्र मन से भगवान शिव का चिन्तन करने लगा।

अर्जुन धरती पर बैठा था, पर उसे लगा कि वह कृष्ण के साथ आकाश पर उड़ता हुआ कहीं दूर जा रहा है। वह जानता था कि ऐसे उड़ना मनुष्य के लिए सम्भव नहीं है, किन्तु इस समय उसे अपने उड़ने पर तनिक भी आश्चर्य नहीं हो रहा था। इस समय वे लोग बहुत ऊँचाई पर थे। हिमालय से भी ऊपर। कृष्ण ने उसकी भुजा थाम रखी थी। वे सहज गति से चलने के समान उड़ते जा रहे थे। नीचे कुबेर के उद्यान में कमलों से सुशोभित सरोवर थे। परम पावनी गंगा थी। अनेक आश्रम थे। वे लोग ब्रह्मतुंग पर्वत पर आए। शतश्रृंग पर आए और फिर शर्यातिवन आ गया। वे महामंद्राचल को भी पार कर गए। वे और भी ऊपर उठे और विष्णुपद आकाश में उड़ने लगे।

सहसा अर्जुन ने अपने तेज में प्रज्वलित एक पर्वत देखा। विचित्र पर्वत था। चारों ओर केवल हिम का प्रसार था और पर्वत इस प्रकार प्रज्वलित था, जैसे सूर्य अपने सम्पूर्ण तेज में दिप रहा हो। अर्जुन पूछना ही चाहता था कि कृष्ण उसे कहाँ ले आए हैं कि उसने देखा कि उस पर्वत के एक शिखर पर स्वयं भगवान महादेव, जगदंबा पार्वती के साथ विद्यमान थे। उस स्थिति में भी उन्होंने अपने एक हाथ में धनुष धारण कर रखा था।

वे दोनों स्वतः ही महादेव के सम्मुख पहुँच गए। उसके लिए कोई आयास नहीं करना पड़ा। उन्होंने भगवान महादेव के सम्मुख भूमि पर माथा टेक कर प्रणाम किया और उनकी स्तुति करने लगे। अर्जुन समझ नहीं पा रहा था कि वे लोग कौन-से मंत्र पढ़ रहे हैं। कौन-सी स्तुति थी वह। पर उसके मन में जैसे शरणगति का भाव था। वह तो यही जानता था कि वह भगवान महादेव की शरण में आया था और कह रहा था कि वे उस पर कृपा करें।...

सहसा शिव मुस्कराए, "जानता हूँ कि तुम मेरी शरण में आए हो। मैं प्रसन्न हूँ तुमसे। वैसे भी जिस पर श्रीकृष्ण की कृपा है, मैं उसके प्रतिकूल कैसे हो सकता हूँ। जो माँगना है, माँग लो। आज तुम्हारा मनोरथ मैं पूर्ण कर दूँगा।"

अर्जुन ने कुछ नहीं कहा। कृष्ण कहेंगे?...पर कृष्ण थे कि कुछ कह ही नहीं रहे थे। अर्जुन की जिह्वा थी कि तालू से चिपक गई थी और मन रटता जा रहा था, "प्रभो! मैं आपसे दिव्य अस्त्र प्राप्त करना चाहता हूँ।..."

महादेव के अधरों पर ऐसी स्मिति आई, जैसे सम्पूर्ण सृष्टि पर सहस्रों इन्द्रधनुष उग आए हो। वे बोले, "तुम्हारा काम्य तुम्हें दे रहा हूँ। जाओ कृष्ण! मेरा धनुष बाण ले आओ।"

महादेव के पार्षदों ने उनको घेर लिया और एक विशिष्ट मार्ग पर ले चले। वे लोग एक दिव्य सरोवर के तट पर आए, जिसमें अपनी ही आभा से ज्योतित सहस्रों नाग क्रीड़ा कर रहे थे। उनमें से एक जो सबसे बड़ा था वह सूर्यमण्डल के समान प्रकाशित हो रहा था और दूसरा नाग मुख से अग्नि उगल रहा था।

आचमन कर और महादेव शिव को मन-ही-मन स्मरण कर वे दोनों उन नागों के समीप चले गए और शतरुद्री मंत्रों का पाठ करने लगे।

सहसा ही पहला नाग एक विराट धनुष में और दूसरा एक बाण में परिणत हो गया। कृष्ण और अर्जुन ने उन्हें उठा लिया और वे लोग महादेव के पास लौट आए।

महादेव मुस्कराए तो उनके पार्श्व भाग से एक तेजस्वी ब्रह्मचारी प्रकट हो गया। उसके नेत्र पिंगल वर्ण के थे। उसका शरीर बलवान और नील लोहित वर्ण का था। उसने धनुष लेकर उस पर बाण चढ़ाया और उसकी प्रत्यंचा को विधिपूर्वक खींचा। अर्जुन ने उसका खड़ा होना, उसका अपनी मुट्ठी में धनुष पकड़ना, प्रत्यंचा को खींचना, सब कुछ पूरे ध्यान से देखा। भगवान महादेव द्वारा उच्चरित मंत्र को भी ध्यान से सुना और हृदयंगम किया।...

ब्रह्मचारी ने वे धनुष बाण भगवान महादेव की ओर बढ़ा दिए। ब्रह्मचारी विलुप्त हो गया और वहाँ सरोवर प्रकट हो गया। महादेव ने वे धनुष और बाण पुनः सरोवर में डाल दिए। अर्जुन को लगा, उन्होंने वे धनुष बाण सरोवर में नहीं डाले, उसके हृदय-सरोवर में तैरा दिए हैं।

उसने हाथ जोड़ दिए और उसकी आँखें मुँद गईं।

अर्जुन की आँखें खुलीं तो उषा के लक्षण प्रकट हो चुके थे। वह अपने मण्डप में अपनी शैया पर लेटा था। न वहाँ कृष्ण थे, न महादेव, न यह पर्वत अथवा वह सरोवर।...तो क्या था वह? उसने स्वप्न देखा था शायद। पर वह तो इतना जीवंत अनुभव था कि जीवन भी उतना सजीव नहीं होता।...तो क्या वह सत्य ही कृष्ण के साथ महादेव के पास गया था? उनके स्थान पर? क्या सत्य ही महादेव से उसे पुनः पाशुपतास्त्र की प्राप्ति हुई थी?

अर्जुन हँसा।...वह सचमुच ही बहुत चिन्तित है, जयद्रथ के वध को लेकर। उसे पाशुपतास्त्र का ज्ञान तो पहले भी था। जो उसके पास पहले से था, उसे पुनः प्राप्त कर क्या होगा? उसकी चिन्ता कैसे-कैसे रूप बदलकर उसकी निद्रा में आई थी।...पर वह एक साधारण-सा स्वप्न ही तो नहीं था। स्वप्न...स्वप्न का यह प्रभाव नहीं होता। स्वप्न तो समय के साथ अपने आप में ही धूमिल होता जाता है।...तो उसे क्यों लग रहा है कि उसका स्वप्न नहीं, चिन्ता कहीं तिरोहित हो गई है। उसे क्यों लग रहा है कि उसमें एक नई ऊर्जा और नए साहस का उदय हुआ है। उसे क्यों लग रहा है कि वह किसी परम पवित्र अनुभव की छाया में श्वास ले रहा है।...नहीं! वह उसे एक स्वप्न मात्र ही नहीं मान सकता।...तो क्या यह कोई आध्यात्मिक अनुभव था? कोई दिव्य दर्शन? कोई रहस्यपूर्ण संकेत? क्या उसके सूक्ष्म शरीर को कृष्ण भगवान महादेव के पास ले गए थे?...

अर्जुन रहस्य के उस अनबूझ संसार में प्रवेश करना नहीं चाहता था। वह नहीं चाहता था कि रात भर की इस निद्रा से प्राप्त स्फूर्ति को वह उस उलझन को सुलझाने की प्रक्रिया में खो दे। वह जो कुछ भी था, उसके लिए अत्यधिक उपयोगी सिद्ध हुआ था। उसकी चिन्ता दूर हो गई थी और उसका आत्मबल पहले से कहीं अधिक बढ़ गया था।...

14

बाहुक प्रतीक्षा करता रहा; किन्तु न तो श्रीकृष्ण का कोई संदेश आया और न उनके पांचजन्य का घोष ही सुनाई दिया। तो क्या उन्हें रथ और शस्त्रास्त्रों की आवश्यकता नहीं थी? उन्होंने कहा था कि वे प्रयत्न करेंगे कि अर्जुन को कहीं और से सहायता मिल जाए।...तो क्या धनंजय को कोई और सहायता मिल गई थी?...सम्भव है कि मिल गई हो।...सहायक तो संसार में असंख्य हैं, किन्तु श्रीकृष्ण जैसा कहाँ!

उसने अपना सिर झटक दिया। उसे क्या लेना-देना था इस बात से कि धनंजय को कहाँ से सहायता मिलनी थी और कहाँ से मिली। वह यहाँ सैन्य संचालक और प्रबन्धक का दायित्व नहीं सँभाल रहा था। उसे दूसरों के काम में टाँग अड़ाने की क्या आवश्यकता थी। अपना कर्तव्य कर देना चाहिए और वह उसने कर दिया था।...यह तो अपने स्वामी की कुशलता की चिन्ता ही थी, जिसके कारण वह इतना सोच भी लेता था; अन्यथा उसे अपने रथ और अश्वों की ही चिन्ता करनी चाहिए थी।...

कृष्ण अपने मण्डप से बाहर आए।

"तुमने रथ तैयार कर दिया बाहुक।"

"हाँ गोविन्द।" बाहुक बोला, "रथ प्रस्तुत है। अश्व जोतूँ?"

"नहीं! अब उसकी आवश्यकता नहीं है।" वे मुस्कराए, "काम के कारण रात भर सो नहीं पाए होगे।"

"हाँ! सोने का पर्याप्त समय नहीं मिला।" बाहुक हँसा, "घर में एक बालक अस्वस्थ हो जाए तो सारी रात उसके सिरहाने कट जाती है। यह तो युद्ध काल का युद्धि शिविर है। यहाँ पूरी नींद कौन सो सकता है।"

"वह तो ठीक है बाहुक!" कृष्ण बोले, "पर व्यक्ति अपने काम की सार्थकता देखना चाहता है। तुमने सारी रात जाग कर रथ में शस्त्र सजाए होंगे और अब मैं वह रथ ले ही नहीं जा रहा। तुम्हें अच्छा तो नहीं लगेगा।"

बाहुक हँस पड़ा, "नहीं स्वामी! ऐसी बात नहीं है। आप रथ ले जाते और युद्ध करते तो आपकी प्रतिज्ञा भंग होती। मैं कहाँ चाहता हूँ कि आप अपनी प्रतिज्ञा की रक्षा न कर पाएँ।"

"तुम्हें मेरी प्रतिज्ञा की ही चिन्ता है, धर्म की नहीं?"

"मेरे लिए तो आपकी प्रतिज्ञा ही धर्म है। उसकी रक्षा हो रही है तो धर्म की ही रक्षा हो रही है।"

"दार्शनिकों की सी बातें कर रहे हो बाहुक!" कृष्ण हँस पड़े, "तुम्हें यह चिन्ता नहीं है कि मैंने शस्त्र धारण नहीं किया तो अर्जुन की प्रतिज्ञा की रक्षा नहीं हो पाएगी। प्रतिज्ञा पूरी न हुई तो अर्जुन अपने प्राण दे देगा। यदि ऐसा हुआ तो उसके बिना मैं कैसे जीवित रहूँगा।"

"धर्मराज! आचार्य द्रोण ने जयद्रथ से कहा है कि भूरिश्रवा, कर्ण, अश्वत्थामा, शल्य, वृषसेन, तथा कृपाचार्य के साथ, एक लाख अश्वारोही, साठ सहस्र रथ, चौदह सहस्र गज और इक्कीस सहस्र कवचधारी पदातिक सैनिकों को लेकर उनसे छह कोस की दूरी पर जाकर व्यूहबद्ध होकर सावधान रहे। वहाँ वह पूर्णतः सुरक्षित रहेगा।" सहदेव आज के युद्ध के लिए कौरव सेना की तैयारी की सूचनाएँ लाया था।

"और द्रोण स्वयं कहाँ रहेंगे?" धृष्टद्युम्न ने पूछा।

"कल जयद्रथ व्यूह के द्वार पर था और आचार्य व्यूह के भीतर। आज वे द्वार पर रहेंगे और जयद्रथ व्यूह के गर्भ में छुप कर बैठेगा।" सहदेव बोला, "वे व्यूह के मुख पर रहेंगे। किसी को भीतर प्रवेश नहीं करने देंगे। धनंजय को भी नहीं। वे सन्ध्या तक जयद्रथ को वैसे ही धनंजय की दृष्टि

से ओझल रखेंगे, जैसे कुक्कुटी अपने शावक को अपने पंखों के नीचे छुपा कर रखती है।"

"जयद्रथ कहाँ है?" अर्जुन ने पूछा।

"वह आश्वस्त होकर गान्धार महारथियों से घिरा हुआ युद्ध के लिए उसी स्थान पर चला गया है, जहाँ जाने का निर्देश आचार्य ने किया है।"

"व्यूह के मुख पर और कौन-से प्रमुख योद्धा हैं?" कृष्ण ने पूछा।

"डेढ़ सहस्र कवचधारी मतवाले गजों को लेकर दुर्मर्षण सेनाओं के आगे आकर खड़ा हो गया है। दुःशासन और विकर्ण भी अपनी सेनाओं के साथ व्यूह के अग्र भाग में खड़े हैं।"

"और आचार्य ने व्यूह कौन-सा रचा है?" चेकितान ने पूछा।

"आचार्य ने चौबीस कोस लम्बा और दस कोस चौड़ा चक्रगर्भ शकट व्यूह रचा है। उसके पिछले भाग में पद्म नामक एक गर्भ व्यूह बनाया गया है। पद्म व्यूह के मध्य भाग में सूची नामक एक और गूढ़ व्यूह बनाया गया है। सूचीमुख व्यूह के प्रमुख भाग में कृतवर्मा खड़ा किया गया है। कृतवर्मा के पीछे कांबोजराज सुदक्षिण और जलसंध खड़े हैं। उनके पीछे दुर्योधन और कर्ण एक लाख योद्धाओं के साथ शकट व्यूह के प्रमुख भाग की रक्षा के लिए खड़े हैं। उनके पीछे विशाल सेना के साथ स्वयं जयद्रथ, सूची व्यूह के पार्श्व में खड़ा है।"

अर्जुन ने सब कुछ चुपचाप सुना। थोड़ी देर मौन रहकर उसने कृष्ण की ओर देखा, "चलें?"

कृष्ण मुस्कराए, "रथ और अश्व तो तैयार हैं। शस्त्रास्त्र रात को ही रखवा दिए थे। औषधियाँ और थोड़ा-सा अन्न और जल भी है। कुछ और चाहिए तो बोलो।"

अर्जुन हँसा, "इतनी तैयारी के साथ तो मैं कभी युद्ध करने नहीं गया।"

"ठीक कहते हो।" कृष्ण बोले, "पर आज का युद्ध सबसे भिन्न है। हमें चौबीस कोस लम्बे व्यूह के अन्तिम छोर तक सन्ध्या से पहले पहुँचना है। एक-एक अंगुल भूमि पर युद्ध होगा। अश्व दौड़ेंगे अथवा रेंगेंगे, हम कह नहीं सकते। जयद्रथ तक पहुँचने के लिए प्रत्येक कौरव योद्धा से लोहा लेना होगा। लक्ष्य तक पहुँचने में कितना समय लगेगा, कौन जानता है!" कृष्ण ने उसकी ओर देखा, "एक बार हम उस व्यूह में प्रवेश कर गए तो नहीं जानते कि हमारे साथ कितने सहायक होंगे। कोई होगा भी या नहीं। कहीं से किसी प्रकार की सहायता आ भी पाएगी अथवा नहीं। ऐसे में अपने लिए, अपने अश्वों के लिए आत्मनिर्भर होना अच्छा होता है।"

धर्मराज सब कुछ देख और सुन रहे थे। उनकी चिन्ता बढ़ती जा रही थी।...कल तो एक ही व्यूह था और पाण्डव सेनाएँ उसमें प्रवेश नहीं कर पाई थीं। परिणामतः उन्होंने अभिमन्यु खोया था। कहीं आज भी वे कल का ही इतिहास दुहराने तो नहीं जा रहे? वे जानते थे कि जयद्रथ व्यूहों के गर्भ में बने व्यूह में छिपा बैठा था और अर्जुन को उस तक पहुँचना ही था। उस कार्य का संकट देखते हुए भी वे उसे रोक नहीं सकते थे। कैसे रोकते? रोकने का अर्थ था, अर्जुन को चिता पर धकेलना। तो फिर क्या करें वे?...वे भी अपनी सारी सेना शकट व्यूह को ध्वस्त करने में लगा दें? वहाँ द्वार पर द्रोण खड़े हैं और वे युधिष्ठिर को बंदी करना चाहते हैं।...किन्तु भयभीत रहकर तो युधिष्ठिर अर्जुन की सहायता नहीं कर पाएँगे।...

अर्जुन अपने रथ पर बैठ गया।

धर्मराज देख रहे थे। अर्जुन ने व्यहू की कोई चर्चा नहीं की थी। रणनीति पर विचार-विमर्श नहीं किया था।

"तुम कहाँ जा रहे हो अर्जुन?"

"मैं तो वहीं जाऊँगा महाराज! जहाँ जयद्रथ है।"

"वह तो ठीक है। पर क्या तुम्हारा एक अकेला रथ सम्पूर्ण कौरव सेना के विरुद्ध लड़ेगा।" युधिष्ठिर ने कहा, "हम भी योजना बनाकर तुम्हारे साथ चलते हैं।"

"नहीं।" अर्जुन बोला, "आप लोग प्रतिदिन के समान युद्ध करें। मुझे अकेले ही जयद्रथ तक जाने की अनुमति दें। मैं शकट व्यूह में प्रवेश करूँगा। आप सारा दिन उसके मुख पर इतना दबाव बनाए रखें कि आचार्य द्रोण क्षण भर भी अपना स्थान न छोड़ सकें। वे अपने स्थान से हिल भी न पाएँ। उन्हें मेरा पीछा करने का अवकाश नहीं मिलना चाहिए। इतना हो जाए तो मैं जयद्रथ का वध कर सन्ध्या समय आपके चरण स्पर्श करूँगा।"

युधिष्ठिर ने प्रश्नवाचरक दृष्टि से धृष्टद्युम्न की ओर देखा : उसकी आँखों में पूर्ण आश्वस्ति थी। भीम ने भी मुस्कराकर अपनी सहमति दे दी थी।

"तो फिर सात्यकि अर्जुन के साथ जाएँ।" युधिष्ठिर बोले, "चेकितान और युधामन्यु उसके पृष्ठरक्षक होकर जाएँ।"

"ऐसा ही हो महाराज!" धृष्टद्युम्न ने आज्ञा दे दी।

कृष्ण रथ पर बैठे तो सात्यकि भी रथ में आ चढ़ा। अर्जुन ने उसकी ओर देखा भर, कहा कुछ भी नहीं।

कृष्ण ने रथ हाँक दिया।

अर्जुन ने सात्यकि की ओर देखा, "युयुधान! मैं वहीं जाऊँगा, जहाँ जयद्रथ मरने के लिए मेरी प्रतीक्षा कर रहा है। मेरे लिए आज जयद्रथ का वध कर्तव्य है। किन्तु धर्मराज की रक्षा का महत्त्व उससे कम नहीं है। मेरे लिए उचित था कि मैं धर्मराज के निकट रहकर उनकी रक्षा करता। पर तुम जानते हो कि आज वह सम्भव नहीं है। इसलिए युयुधान! आज तुम मेरे साथ जाने के स्थान पर सब ओर से धर्मराज की रक्षा करो। मैं मानता हूँ कि मेरे द्वारा उनकी जितनी रक्षा हो सकती है, उतने ही सुरक्षित वे तुम्हारे साथ भी हैं। संग्रामभूमि में तुम साक्षात् श्रीकृष्ण के समान हो। महाराज की रक्षा के लिए मैं, एक तुम पर और दूसरे, प्रद्युम्न पर विश्वास कर सकता हूँ। जयद्रथ का वध मैं अकेला ही कर सकता हूँ, किन्तु धर्मराज की रक्षा के लिए मैं तुम्हारा आश्रित हूँ।"

"ठीक है।" सात्यकि बोला, "किन्तु आप जहाँ जा रहे हैं, वहाँ भी तो कम संकट नहीं है। धर्मराज ने भी कुछ सोच-समझ कर ही तो मुझे आपके साथ भेजा है।"

"वह धर्मराज का मेरे प्रति स्नेह है।" अर्जुन बोला, "एक प्रकार का मोह है। वे अपनी रक्षा से अधिक मेरी रक्षा के लिए चिन्तित हैं।" अर्जुन रुका, "मैं तो एक योद्धा मात्र हूँ। महाराज के प्राण मुझसे अधिक मूल्यवान हैं। राजा की रक्षा सबसे पहले होनी चाहिए।"

"किन्तु...।"

"देखो, जहाँ श्रीकृष्ण हैं और मैं हूँ, वहाँ कोई हमारा कुछ नहीं बिगाड़ सकता, किन्तु पीछे बहुत बड़ी हानि हो सकती है।" अर्जुन ने कहा, "तुम लौट जाओ। मैं धर्मराज को तुम्हारे ही भरोसे छोड़कर जा रहा हूँ। तुम पीछे यहाँ रहकर भी मेरा ही युद्ध लड़ रहे हो।"

सात्यकि ने कृष्ण की ओर देखा। कृष्ण ने बिना कुछ कहे, रथ रोक दिया। सात्यकि उनका आदेश समझ गया। वह रथ से उतर आया। कृष्ण रथ को आगे बढ़ा ले गए।

समाचारवाहक ने आकर युधिष्ठिर को प्रणाम किया।

"क्या समाचार लाए हो?" युधिष्ठिर ने धीरे से कहा, "सब कुशल है न?"

"सब कुशल है महाराज!" समाचारवाहक बोला, "राजकुमार धनंजय की पहली भिड़ंत धृतराष्ट्रपुत्र दुर्मर्षण से हुई। उसके साथ एक सहस्र रथी, सौ हाथी, तीन सहस्र अश्वारोही और दस सहस्र पैदल सैनिक थे। वह व्यूह से बाहर निकलकर राजकुमार अर्जुन से डेढ़ हजार धनुष की दूरी पर खड़ा हो गया था।

पता नहीं उसे द्रोण की सुरक्षा नहीं चाहिए थी अथवा वह स्वयं आचार्य की रक्षा करने का प्रयत्न कर रहा था। राजकुमार अर्जुन ने श्रीकृष्ण से दुर्मर्षण की ओर बढ़ने के लिए कहा। वे उसकी गज सेना को भेद कर कौरवों की सेना में प्रवेश करना चाहते थे।"

"पर अर्जुन से युद्ध करने के लिए दुर्मर्षण को भेजने का क्या अर्थ?" युधिष्ठिर चकित थे, "वे लोग अर्जुन की वीरता को नहीं जानते अथवा दुर्मर्षण के विषय में उनको कोई भ्रम है। वे उसे अर्जुन के समकक्ष योद्धा मानते हैं?"

"मैं कह नहीं सकता महाराज!" समाचारवाहक बोला, "उनको कोई भ्रम रहा होगा तो अब दूर हो गया होगा। वह तो राजकुमार के बाणों का पहला रेला ही नहीं झेल पाया। वह मारा गया और उसकी सेना भाग गई। दुःशासन ने अपने भाई को इस प्रकार भूमि पर गिरते और कौरव सेना को भागते देखा तो वह राजकुमार अर्जुन को रोकने के लिए सामने आया। उसने अपने गजों से राजकुमार अर्जुन को घेर लिया। किन्तु राजकुमार अर्जुन ने उनके हाथी ऐसे मार गिराए जैसे वे मिट्टी के खिलौने रहे हों।"

"दुःशासन गज ले तो आया किन्तु उसे उनका संचालन नहीं आता होगा।" युधिष्ठिर बोले।

"वह तो मैं नहीं जानता महाराज!" समाचारवाहक बोला, "परिणाम यह हुआ कि दुःशासन की सेना अपने नायक सहित भाग चली। अपनी रक्षा के लिए आचार्य द्रोण का संरक्षण पाने के लिए, वे शकट व्यूह के भीतर घुस गए।"

"तो अर्जुन को रोकने के लिए स्वयं आचार्य आए होंगे?"

"हाँ महाराज! राजकुमार अर्जुन ने आचार्य द्रोण के व्यूह पर आक्रमण किया। आचार्य को सम्मुख पाकर वे बोले, 'ब्राह्मण! आप मेरा कल्याण चिन्तन कीजिए। मुझे स्वस्ति कहकर आशीर्वाद दीजिए। मैं आपकी कृपा से ही इस दुर्भेद्य सेना के भीतर प्रवेश करना चाहता हूँ। आप मेरे लिए पिता पाण्डु, धर्मराज तथा श्रीकृष्ण के ही समान श्रद्धेय हैं। जैसे अश्वत्थामा आपके लिए रक्षणीय है, उसी प्रकार मैं भी आपसे सरंक्षण पाने का अधिकारी हूँ। मैं आपके प्रसाद से इस युद्ध में जयद्रथ को मारना चाहता हूँ। आप मेरी इस प्रतिज्ञा की रक्षा कीजिए।' किन्तु आचार्य ने किसी प्रकार की कोई कोमलता नहीं दिखाई। बोले, 'अर्जुन! मुझे पराजित किए बिना जयद्रथ को जीतना असम्भव है।' उसके पश्चात् आचार्य ने राजकुमार को तनिक भी समय नहीं दिया। उन्होंने राजकुमार पर भयंकर आक्रमण किया। राजकुमार अर्जुन ने युद्धारम्भ के रूप में अपने नौ बाणों से उनके चरणों में आघात किया। आचार्य ने राजकुमार के बाण काटे और राजकुमार तथा श्रीकृष्ण—दोनों को ही आहत कर दिया। राजकुमार अभी

सम्भवतः युद्ध सम्बन्धी किसी निर्णय के विषय में सोच ही रहे थे कि आचार्य ने उनके धनुष की प्रत्यंचा काट डाली और राजकुमार के घोड़ों, ध्वज और भगवान श्रीकृष्ण को भी बींध डाला।"

"आचार्य ने गाण्डीव की प्रत्यंचा काट डाली? वह साधारण प्रत्यंचा नहीं है।" युधिष्ठिर चकित थे, "पहली बार सुन रहा हूँ कि गाण्डीव की प्रत्यंचा किसी ने काट दी। पहले तो कभी किसी ने नहीं किया था।"

"सम्भव है कि ऐसा ही हो महाराज!" समाचारवाहक बोला, "पर उससे राजकुमार का उत्साह तनिक भी भंग नहीं हुआ। उन्होंने नई प्रत्यंचा चढ़ा ली और आचार्य से अधिक पराक्रम दिखाया। आचार्य ने अपने नाराचों से राजकुमार के वक्ष में गहरा घाव किया।..."

"मैं इसीलिए अर्जुन के आचार्य से लड़ने का विरोध करता हूँ।" युधिष्ठिर जैसे तड़पकर बोले, "वह अपने गुरु के प्रति कठोर हो नहीं सकता और वे अपनी क्रूरता नहीं छोड़ते। वह उनके चरणों को छूता है और आचार्य अपने नाराचों से उसके वक्ष पर घाव करते हैं। यह कोई युद्ध है।"

"आप चिन्ता न करें महाराज! राजकुमार उससे तनिक भी शिथिल नहीं हुए।" समाचारवाहक बोला, "राजकुमार उस घाव से विह्वल अवश्य हो गए किन्तु तत्काल ही उन्होंने आचार्य को भी घायल कर दिया।...इधर युद्ध हो रहा था और लगता है कि उधर श्रीकृष्ण मन-ही-मन अपने कर्तव्य का निश्चय कर रहे थे। उन्होंने राजकुमार से कहा, 'धनंजय! आज समय बहुत मूल्यवान है। हमारी दौड़ सूर्यदेव के साथ है। हमारा अधिक समय यहाँ नहीं बीतना चाहिए। इन्हें छोड़ दो। इस समय महत्त्वपूर्ण यह है कि हम सबसे बचते हुए जयद्रथ के पास पहुँचें।' राजकुमार ने मुस्कराकर सहमति दे दी। श्रीकृष्ण ने रथ हाँका। उनके रथ ने आचार्य द्रोण की परिक्रमा की और वे बाणों की वर्षा कर आगे निकल गए। द्रोण चिल्लाते ही रह गए, 'अरे कहाँ जा रहे हो। तुम तो शत्रु को पराजित किए बिना नहीं लौटते थे।' धनंजय भी हँसे और बोले, 'सत्य है कि मैं शत्रु को पराजित किए बिना नहीं लौटता, किन्तु आप मेरे गुरु हैं, शत्रु नहीं हैं। मैं आपका पुत्र सरीखा प्रिय शिष्य हूँ। इस जगत् में ऐसा कोई नहीं है जो आपको पराजित कर सके। और मुझे जयद्रथ तक पहुँचना ही है। मेरे पास कोई विकल्प नहीं है, आचार्य!'"

"अर्जुन के चक्ररक्षक उत्तमौजा और युधामन्यु भी साथ थे क्या?" युधिष्ठिर ने पूछा।

"हाँ महाराज! तब तक तो साथ ही थे। आचार्य ने उनकी ओर अधिक ध्यान नहीं दिया था।" समाचारवाहक बोला, "जब राजकुमार आचार्य को पीछे

छोड़ गए तो अपने स्थानों से आगे बढ़कर कृतवर्मा, कांबोजनरेश सुदक्षिण तथा श्रुतायु ने आगे आकर राजकुमार को रोका। आचार्य ने उनका पीछा करने का प्रयत्न किया। पर राजकुमार ने अपनी बाण वृष्टि से कृतवर्मा की सेना का त्वरित संहार किया। वे आचार्य को वहीं छोड़कर कृतवर्मा और सुदक्षिण के बीच में से होकर आगे निकल गए। कृतवर्मा ने उन्हें युद्ध में उलझाना चाहा तो श्रीकृष्ण ने तत्काल राजकुमार से कहा, 'हमारा अधिक समय यहीं व्यतीत न हो जाए। तुम कृतवर्मा पर दया मत करो अर्जुन! वह मेरी पुत्री चारुमती का श्वसुर भी है और हमारा पुराना साथी भी। मथुरा में संघर्ष के दिनों में वह हमारे साथ था; किन्तु अब वह अधर्म के पक्ष में खड़ा है। विलम्ब मत करो। इस समय सम्बन्धी होने का विचार छोड़कर उसे मथ डालो।' राजकुमार ने कृतवर्मा का वध तो नहीं किया किन्तु उन्हें मूर्च्छित अवश्य कर दिया। कृतवर्मा अधिक समय तक अचेत नहीं रहे। राजकुमार ने जब तक कांबोजों की सेना पर आक्रमण किया, तब तक कृतवर्मा की चेतना लौट आई थी। उसने राजकुमार के पृष्ठरक्षक युधामन्यु और उत्तमौजा को रोक दिया।.."

"अर्जुन ने कृतवर्मा को जीवित छोड़ दिया?"

"हाँ महाराज!" समाचारवाहक बोला, "लगता है कि श्रीकृष्ण के समधी को मार कर वे चारुमती के लिए कठिनाई उत्पन्न करना नहीं चाहते थे।"

"यह अर्जुन ने अच्छा नहीं किया।" युधिष्ठिर ने कहा।

दुर्योधन को लगा, उसकी सारी आशाओं पर पानी फिर गया है। कहाँ वह सोचता था कि अर्जुन आचार्य द्रोण को ही पार नहीं कर पाएगा और कहाँ वह दुर्मर्षण, दुःशासन और कृतवर्मा को पछाड़ता और अनेक राजाओं का वध करता हुआ, व्यूह के भीतर दूर तक धँस गया था। द्रोण अभी व्यूह के प्रवेश-द्वार पर ही डटे खड़े थे। क्यों? ताकि वे अन्य पाण्डवों का प्रवेश भी सुविधा से करवा सकें? न तो वे अर्जुन के पीछे आए थे और न ही उन्होंने किसी और के माध्यम से अर्जुन को रोकने का कोई प्रयत्न किया था। ये तो वैसे ही द्वारपाल थे जो प्रत्येक व्यक्ति को द्वार में प्रवेश करने देता है और स्वयं द्वार पर खड़ा-खड़ा ही समझता है कि अपने कर्तव्य का पालन कर रहा है। वे व्यूह के द्वार पर खड़े रहेंगे और भीतर अर्जुन जयद्रथ का वध कर अपनी प्रतिज्ञा पूरी कर लेगा।...दुर्योधन को जयद्रथ की उतनी चिन्ता नहीं थी, जितनी अर्जुन की प्रतिज्ञा पूरी होने की। जयद्रथ को मरना है तो मरे। किसी के हाथों मर जाए, आत्महत्या कर ले, किन्तु उसका वध अर्जुन के हाथों नहीं होना चाहिए। अर्जुन की प्रतिज्ञा किसी भी दशा में पूरी नहीं होनी चाहिए। उसे आज रात तक

चितारोहण करना ही होगा, चाहे कुछ हो जाए। दुर्योधन ऐसा स्वर्ण अवसर नहीं खो सकता। यदि अर्जुन अपनी प्रतिज्ञा के हाथों नहीं मरा तो फिर उसको मारना कठिन होगा...यह बुड्ढा द्रोण जाने क्या करता रहता है।...इससे पीछा कब छूटेगा...

दुर्योधन अपनी व्यग्रता में बिना सहायकों और रक्षकों के अपना एकमात्र रथ दौड़ाता हुआ व्यहू के द्वार की ओर बढ़ा। उसने यह भी चिन्ता नहीं की कि उसकी इस दौड़ के कारण स्थान-स्थान पर विभिन्न वाहिनियों को व्यूह के नियमों के विरुद्ध इधर-उधर हट कर उसे मार्ग देना पड़ रहा है। उसका आचार्य के पास पहुँचना किसी भी व्यूह से अधिक महत्त्वपूर्ण था।

आचार्य पूरी निष्ठा से पाण्डवों की सेना को रोके हुए खड़े थे।...दुर्योधन जैसे आपे में नहीं था। उसकी इच्छा हो रही थी कि अपने खड्ग से इस बुड्ढे ब्राह्मण का मस्तक काट ले अथवा अपनी गदा से इसकी छाती और पीठ को ठोक कर एक कर दे। पर द्रोण व्यूह का द्वार रोके खड़े थे। उनको मारना किसी भी प्रकार दुर्योधन की समस्याओं को कम नहीं करता। अभी उसके सारे शत्रु जीवित और सक्रिय थे। अभी इस बुड्ढे की बहुत आवश्यकता थी उसको। इसको किसी भी प्रकार पीड़ित किया तो कृपाचार्य और अश्वत्थामा भी दुर्योधन के शत्रु हो जाएँगे।...

"गुरुदेव!" उसने स्वयं को बाँधकर, भक्ति दर्शाते हुए, अपना मस्तक द्रोण के सम्मुख झुका दिया, "अर्जुन हमारी इस विशाल सेना को मथ कर व्यूह के भीतर चला गया है। इसका अर्थ जानते हैं आप?"

आचार्य द्रोण ने उसे देखा भर। कहा कुछ भी नहीं। उनके मन में पहले से ही यह आशंका थी कि अर्जुन के व्यूह में प्रवेश कर जाने के पश्चात् उसे रोकने अथवा उससे युद्ध करने के स्थान पर यह दुर्योधन तत्काल उनसे स्पष्टीकरण माँगने आ जाएगा।

"जयद्रथ मारा जाएगा उसके हाथों।" दुर्योधन चिल्लाकर व्यग्र स्वर में बोला, "अब अपनी बुद्धि से विचार कीजिए और बताइए कि अर्जुन के विनाश के लिए क्या करना चाहिए।"

द्रोण को दुर्योधन की यह भावभंगिमा और उसका इस प्रकार चिल्लाना अच्छा नहीं लगा। एक वह अर्जुन है कि विरोधी पक्ष में होते हुए भी क्षण भर को नहीं भूलता कि वे उसके गुरु हैं, और यह दुर्योधन है।...पर यह कोई नई बात तो है नहीं। यह मूर्ख राजा युद्ध की सर्वाधिक संकटपूर्ण घड़ी में भी अपने सेनापति को उसके दोष बताने अथवा उसे धिक्कारने से नहीं चूकता। अपने सेनापति के गुण तो उसे दिखाई ही नहीं देते। कल अभिमन्यु का वध

किया है, उसका श्रेय तो कोई देगा नहीं। आ गया यह बताने कि अर्जुन व्यूह में प्रवेश कर गया है।

"तुम्हें जयद्रथ को बचाना है या अर्जुन को मारना है?"

दुर्योधन समझ गया कि द्रोण को उसका व्यवहार चुभ गया है। अपने स्वर को कुछ कोमल बनाता हुआ बोला, "इस भयंकर नरसंहार से जयद्रथ न मारा जाए, वैसा कोई उपाय कीजिए। आपका कल्याण हो। हमारा सबसे बड़ा सहारा आप ही हैं। जब से अर्जुन आप की सेना का व्यूह भेद कर आपको भी लाँघ कर आगे चला गया है, तब से जयद्रथ की रक्षा करने वाले योद्धा महान् संशय में पड़ गए हैं। अपनी यह इतनी विराट और संगठित सेना मुझे व्याकुल और विनष्ट हुई सी प्रतीत हो रही है। यदि शत्रु इसी प्रकार हमारे व्यूहों को भेदकर सेना में घुसते रहे और उन्हें सब ओर सफलता मिलती रही तो मेरी इस सेना का अस्तित्व ही नहीं रहेगा।"

द्रोण ने दुर्योधन की ओर देखा। उन्हें लगा वह विक्षिप्त हो गया है। अर्जुन के इस प्रकार व्यूह भंग कर सेना में प्रवेश कर आने से जितना जयद्रथ भयभीत हुआ होगा, यह तो उससे भी अधिक आतंकित लग रहा है। जयद्रथ को केवल अपने प्राणों की चिन्ता है, यह तो सारी सेना को ही मृत मान चुका है।

और सहसा जैसे दुर्योधन के संयम का बाँध टूट गया, "ज्ञात है मुझे कि आप सदा पाण्डवों का हित साधने में तत्पर रहते हैं। बहुत प्यारे हैं वे आपको। जिसका सेनापति ही उसके शत्रुओं से प्रेम करे, वह राजा अपने लक्ष्य को कैसे पा सकता है। इसलिए अपने कार्य की गुरुता का विचार कर मैं व्याकुल हो रहा हूँ।..." उसने रुककर द्रोण को देखा और बहुत समय से मन में संचित विष अपनी वाणी में उँडेल दिया, "मैं यथाशक्ति आपके लिए सर्वोत्तम जीविका की व्यवस्था करता रहता हूँ। क्या नहीं दिया मैंने आपको। राजाओं के समान प्रासादों में रहते हैं आप। मणि-माणिक्य में खेलते हैं। सेवकों और दासियों का सुख भोगते हैं। शक्ति भर आपको प्रसन्न रखने की चेष्टा करता रहता हूँ, परन्तु आपको कुछ स्मरण ही नहीं रहता।" उसका आवेश कुछ और प्रबल हो उठा, "हम आपके चरणों में सदा भक्ति रखते हैं किन्तु तब भी आपके मन की मरुभूमि में हमारे लिए प्रेम का एक अंकुर भी नहीं फूटता। उसके विपरीत जो सदा हम लोगों का अप्रिय करने में तत्पर रहते हैं, हमारे शत्रु हैं, उन पाण्डवों को आप निरन्तर प्रसन्न रखते हैं। जिस थाली में खाते हैं, उसी में छेद करते हैं। हमारा ही खाते हैं और हमारा ही अप्रिय करने में लगे रहते हैं। मैं नहीं जानता था कि आप मधुवेष्टित छुरे के समान हैं। आप पर विश्वास नहीं किया जाना चाहिए था।..."

"तुम्हारी चेतना कुछ दूषित हो रही है राजन्! या प्रातः ही अधिक सुरापान कर लिया है कि मर्यादा लाँघ रहे हो।" द्रोण ने उसे घूर कर देखा, "ऐसा क्या किया है मैंने कि तुम्हारी जिह्वा विष उगलने लगी है?"

द्रोण का निष्कंप स्वर दुर्योधन को बाण के समान लगा। उसका रहा-सहा नियन्त्रण भी उसका साथ छोड़ गया, "यदि आप मुझे अर्जुन को रोके रखने का वर न देते तो मैं अपने राज्य में लौटने को आतुर सिन्धुराज जयद्रथ को कभी यहाँ न रोकता। मैंने मूर्खता की। आपका संरक्षण पाने का भरोसा करके जयद्रथ को आग्रहपूर्वक यहीं रोक लिया और इस प्रकार मोहवश उसे मृत्यु के हाथों में सौंप दिया। यह विश्वासघात..."

सहसा दुर्योधन अपने आपे में आया। उसे स्मरण हो आया कि वह युद्ध क्षेत्र में खड़ा है। वह एक कठिन घड़ी में द्रोण की सहायता माँगने आया था। यह सब कुछ उसके मन में था, किन्तु यह सब कहना तो नहीं था। यह सब तो उसे तब कहना है, जब पाण्डव मारे जाएँगे। वह संसार विजेता होगा और इस बुड्ढे की उसे कोई आवश्यकता नहीं रहेगी। जिस दिन वह इसे हिमालय के लिए विदा करेगा, उस दिन कहने की बातें हैं, ये सब। आज कैसे कह गया। इससे तो यह अभी उठकर जाएगा और अर्जुन के पक्ष से लड़ने लगेगा। यही तो चाहता है यह। इसे पलटने में क्या समय लगेगा। क्षण भर में कह सकता है कि इसे धर्म का भान हो गया है। यह अपनी भूल सुधारने लगेगा और दुर्योधन मारा जाएगा।

"आप समझ रहे हैं न आचार्य!" सहसा उसका स्वर बदल गया, "मैं अपने संकट को देखकर विक्षिप्त हो गया हूँ। बुद्धि ऐसी भ्रष्ट हुई है कि मेरी समझ में ही नहीं आता कि मैं क्या कह रहा हूँ। क्या कर रहा हूँ। आपको मुझ पर तनिक भी दया नहीं आती क्या? कोई तो ऐसा प्रयत्न कीजिए, जिससे जयद्रथ की मृत्यु से रक्षा हो सके।" वह आचार्य के और भी निकट आ गया और हाथ जोड़कर बोला, "आप ही मेरी मानसिक स्थिति को समझ सकते हैं आचार्य! आर्त होकर व्यक्ति क्या कह जाएगा, क्या कर जाएगा, उसे स्वयं ही पता नहीं होता। मैंने अभी जो प्रलाप किया है, उसके लिए क्रोध मत कीजिएगा। आप जानते ही हैं कि मैं क्रोध में कुछ भी बक जाता हूँ। उस समय जैसे मेरी चेतना ही लुप्त हो जाती है। वह सब मेरे उन्मत्त मस्तिष्क की ही उपज होती है, मेरे मन में वैसा कुछ नहीं होता।...जैसे भी हो सिन्धुराज की रक्षा कीजिए।"

इस दुर्योधन की भी नीचता की कोई सीमा नहीं है।...द्रोण सोच रहे थे...एक ओर धमकाता है, दूसरी ओर लोभ दिखाता है, तीसरी ओर हाथ जोड़कर दया की भिक्षा माँगता है। उसने उन्हें मधुवेष्टित छुरा कहा है और

स्वयं अपने मन के कलुष को छिपाने के लिए अभी उनके पैरों पर गिर पड़ेगा और उनके पदत्राण चाटने लगेगा। जैसे ही स्वयं को समर्थ समझने लगेगा, उन्हें धिक्कार कर निष्कासित कर देगा। ये पिता-पुत्र स्वार्थ और अहंकार की साक्षात् मूर्ति हैं।

द्रोण बोले, "राजन्! तुमने मुझे स्मरण दिलाया है कि तुम मेरे अन्नदाता हो। अच्छा ही किया, स्मरण दिला दिया। वैसे यह उसे स्मरण कराना चाहिए जो कृतघ्न हो। जिस मनुष्य में कृतज्ञता का लेश मात्र भी हो, वह इसे भूलता ही नहीं। मैं भी तुम्हें स्मरण करा दूँ कि गुरु को जो भी दिया जाता है, वह उसकी आजीविका नहीं होती। वह केवल गुरु दक्षिणा होती है।"

'हो गया बुड्ढा शुरू।'...दुर्योधन ने मन-ही-मन कहा...'यहाँ युद्ध चल रहा है। प्रतिक्षण कोई न कोई मर रहा है और यह मुझे शास्त्र पढ़ाने बैठ गया। अभी यह भी पढ़ाएगा कि गुरु जिस समय शिक्षा देता है, तभी गुरु नहीं होता, वह आजीवन गुरु ही रहता है। माँ जब जन्म देती है, तभी माँ नहीं होती, वह आजीवन माँ ही रहती है। पढ़ा ले गुरु! पढ़ा ले। मैं भी पढ़ाऊँगा, जब मेरा समय आएगा।'

"जो बातें तुमने कही हैं उनके लिए मैंने बुरा नही माना।" द्रोण बोले, "इसलिए नहीं कि तुम राजा हो अथवा तुम मेरे अन्नदाता हो। इसलिए भी नहीं कि तुम मेरे शिष्य हो। केवल इसलिए कि तुम मेरे पुत्र अश्वत्थामा के मित्र हो। मेरे लिए उसी के समान हो। अपनी सन्तान की कटु से कटु बात सुन कर भी उसे क्षमा करना पड़ता है, क्योंकि उसे दण्डित कर मनुष्य उस दण्ड को स्वयं ही भोगता है। अपनी पीड़ा से भी अधिक कष्टदायक पुत्र की पीड़ा होती है।" द्रोण रुके, "अब तुम सुनो कि अर्जुन हमारा व्यूह भंग कर कैसे सेना में प्रवेश कर गया। बताऊँ?"

"बताइए।"

"अर्जुन के पास श्रीकृष्ण जैसा संसार का सर्वश्रेष्ठ और सर्वोत्कृष्ट सारथि है। उनके अश्व भी इस समरभूमि के सर्वोत्तम अश्व हैं। उतने तीव्रगामी और ऊर्जायुक्त अश्व और किसी के पास नहीं हैं। युद्ध में उनकी रक्षा के लिए जो जाल उन पर बिछाया जाता है, वह संसार के सर्वोत्तम अयस का बना हुआ है। किसी अयसकार को कम शुल्क देकर जैसे-तैसे बनवाया गया जाल नहीं। उनकी रक्षा और देखभाल भी सबसे अच्छी की जाती है। यह काम श्रीकृष्ण सेवकों पर न छोड़कर स्वयं करते हैं। उनके अश्व तीव्रगामी ही नहीं, असाधारण रूप से प्रशिक्षित भी हैं। थोड़ा-सा भी अवकाश बनाकर अर्जुन तत्काल सेना में घुस जाता है। क्या तुमने देखा नहीं कि मेरे चलाए हुए बाण समूह अर्जुन से

एक कोस पीछे पड़े हैं।" द्रोण हँसे, "अब स्वीकार कर ही लेना चाहिए कि मैं वृद्ध हो गया हूँ। अतः अब मैं उस त्वरित गति से रथ चलाने में असमर्थ हूँ, जिसकी आज के युद्ध में आवश्यकता है।"

"वह सब ठीक है।" दुर्योधन उनकी बातों से ऊब चुका था, "इस समय तो आप अर्जुन के पीछे जाइए और जाकर उसको किसी भी प्रकार रोकिए। जयद्रथ की रक्षा होनी ही चाहिए। मैंने उसे वचन दिया था कि हम उसकी रक्षा करेंगे।"

यद्यपि द्रोण कह चुके थे कि वे दुर्योधन की कटु से कटु बात सुनकर भी उसे क्षमा ही कर सकते हैं, किन्तु उनको दुर्योधन का व्यवहार किसी भी प्रकार सहन नहीं हो रहा था। वे जानते थे कि जयद्रथ की रक्षा होनी चाहिए, पर उसका मूल्य क्या होगा?...यदि द्रोण यहाँ से हट गए तो उनका व्यूह ध्वस्त हो जाएगा। अभी तो अर्जुन ही व्यूह में धँसा है, व्यूह ध्वस्त हो गया तो पाण्डव सेना का प्रत्येक महारथी उनके व्यूह के भीतर होगा और जयद्रथ के निकट पहुँचने की होड़ में लगा होगा।...तब क्या करेगा दुर्योधन? उस पराजय का दायित्व वह स्वीकार कर लेगा?...कभी नहीं।...वह फिर अपनी नीचता पर उतर आएगा। भूल जाएगा कि उसने अभी-अभी अपने व्यवहार के लिए आचार्य से क्षमा माँगी है।...वह फिर उन्हें आज की पराजय के लिए भी दोषी ठहराएगा। पाण्डवों के प्रति पक्षपात का आरोप लगाएगा। यह नीच! धन के लाभ में अपने भाइयों की हत्या करवा रहा है इसलिए समझता है कि संसार का प्रत्येक व्यक्ति धन के लिए विश्वासघात कर सकता है।...अपनी अयोग्यता के लिए दूसरों को धिक्कारता रहता है...

"राजन्! इस सयम मेरी सेना के सामने कुन्तीकुमारों की भारी सेना उपस्थिति है। इसे छोड़कर जाऊँगा तो यह व्यूह ध्वस्त हुआ ही समझो।" वे मुस्कराए, "और महाबाहो! मैंने सारे क्षत्रिय समाज के सम्मुख प्रतिज्ञा की है कि समस्त धनुर्धरों के देखते-देखते मैं युधिष्ठिर को बंदी बना लूँगा। इस समय अर्जुन यहाँ नहीं है। युधिष्ठिर अरक्षित है। वह मेरे सामने खड़ा है। ऐसी अवस्था में मैं व्यूह का द्वार छोड़कर अर्जुन से युद्ध करने नहीं जाऊँगा।"

"तो कौन रोकेगा उसे?" दुर्योधन झल्लाकर बोला।

द्रोण की इच्छा हुई कि उससे पूछें कि क्या उसने केवल उनके भरोसे ही अर्जुन से वैर साधा था। द्यूत सभा में पाण्डवों का अपमान किया था, उनकी पत्नी को अपमानित करने का प्रयत्न किया था...उनकी शक्ति के ही विश्वास पर?...तब तो ये सारे ही भाई बहुत वीर बने हुए थे और अब इससे अकेला अर्जुन नहीं सँभल रहा। जब भीमसेन अपनी गदा के साथ इस पर टूटेगा तो

क्या करेगा यह? तब 'माँ! माँ!' कहकर चिल्लाएगा अथवा तब भी आचार्य को बुलाएगा...

"इस समय अकेला है वह।" द्रोण का स्वर भी कुछ ऊँचा हो गया, "और सहायकों से असम्बद्ध है।" वे अपना स्वर सम पर ले आए, "तुम इस सम्पूर्ण जगत् के स्वामी हो। अतः डरो मत। जाकर अर्जुन से युद्ध करो। तुमने ही पाण्डवों के साथ वैर बाँधा है, अतः जहाँ अर्जुन गया है, वहाँ उससे युद्ध करने के लिए स्वयं ही शीघ्रतापूर्णक जाओ।"

दुर्योधन का मन हुआ कि आचार्य की इस बुद्धि पर वह रो पड़े। बोला, "जो अर्जुन आपको भो लाँघकर आगे बढ़ गया, वह मेरे द्वारा रोका जा सकता है। उस पर भी यदि आप इसे ही उचित मानते हैं तो मैं आपके एक दास के समान आपकी आज्ञा के अधीन हूँ। मर ही तो जाऊँगा। आप मेरी रक्षा नहीं करना चाहते तो फिर मुझे जीवित रहकर करना भी क्या है।"

द्रोण की इच्छा हुई कि हँस पड़ें इस दुर्योधन की मूर्खता पर। कभी तो यह राजा बन कर उनको स्मरण कराने लगता है कि वह उनका अन्नदाता है और कभी छोटे बच्चों के समान मचल-मचलकर भूमि पर एड़ियाँ रगड़ने लगता है। यह युद्धरत किसी राजा का व्यवहार है क्या?

"राजन्, रक्त बहाने से डरते हो?" वे हँसकर बोले, "अपना रक्त बहाने से डरते हो? वैसे अपना रक्त बहाए बिना तो दूसरों का रक्त नहीं बहाया जा सकता।"

दुर्योधन ने कुछ नहीं कहा। चुपचाप खड़ा उनकी ओर देखता रहा।

"तुम्हारा रक्त नहीं बहेगा, मैं उसका प्रबंध कर देता हूँ।" द्रोण धैर्यपूर्वक बोले, "मैं यह कवच तुम्हारे शरीर पर इस प्रकार बाँध देता हूँ जिससे युद्ध में अस्त्र तुम्हें चोट नहीं पहुँचा सकेंगे। इस कवच के रहते कृष्ण, अर्जुन अथवा कोई अन्य योद्धा तुम्हारा रक्त नहीं बहा सकेगा।" उन्होंने रुककर उसे देखा, "वैसे यह तो तुम जानते ही हो, शिक्षा की अवधि में तुम्हें अनेक बार बताया गया होगा कि युद्ध शस्त्रों से नहीं साहस और वीरता से लड़ा जाता है।"

द्रोण ने दुर्योधन के उत्तर की प्रतीक्षा नहीं की और न दुर्योधन ने कोई उत्तर देने का प्रयत्न ही किया। द्रोण ने आचमन किया और मंत्रोच्चार के मध्य दुर्योधन के शरीर पर वह अद्भुत कवच बाँध दिया।

दुर्योधन ने कवच बँधवा लिया। वह मौन था किन्तु उसका मन निरन्तर द्रोण से विद्रोह कर रहा था। उसे द्रोण का अर्जुन से युद्ध करने के लिए जाना अस्वीकार करना तनिक भी अच्छा नहीं लगा था। एक राजा अपने शत्रु से

भयभीत होकर काँपता हुआ सहायता के लिए अपने सेनापति के पास आए और सेनापति उसकी आज्ञा मानने से इंकार कर दे...क्या अर्थ है इसका? अब वह दुर्योधन को एक कवच बाँध कर बहलाना चाहता था। दुर्योधन की इच्छा हुई कि कहे, 'आचार्य! युद्ध यदि शस्त्रों से नहीं लड़े जाते तो मंत्रों और कवचों से भी नहीं लड़े जाते। मैंने अर्जुन को रोक लिया तो अपने बल और पराक्रम से ही रोकूँगा। तब आप इसका श्रेय लेने मत आ जाइएगा कि आपने मुझे कवच बाँध दिया और मैं अर्जुन को पराजित कर पाया।...' पर यह सब कहा नहीं उसने। ऐसा न हो कि बुड्ढ़ा इस व्यूह को भी छोड़कर चल दे। एक स्थान पर पितामह लेटे हुए हैं, दूसरे किसी स्थान पर यह लेट जाए।...इससे अधिक छेड़छाड़ उचित नहीं है।...

दुर्योधन अपना रथ लौटा ले गया।

द्रोण कुछ निश्चिंत हुए। अब अर्जुन की चिन्ता उन्हें नहीं करनी थी। अब जो करना हो दुर्योधन करे। एक प्रकार से अब उन्हें दुर्योधन की चिन्ता भी नहीं करनी थी। वे जहाँ थे, उन्हें वहीं बने रहना था। और उनके सम्मुख पांचालों, पाण्डवों तथा कैकयों की सम्मिलित सेना खड़ी थी। उनका आक्रमण बड़े वेग से हुआ था और इतना तो आचार्य समझ ही रहे थे कि आक्रमणकारियों में से उनसे युद्ध करने के लिए रुकने का इच्छुक कोई नहीं था। वे उनको लाँघकर अर्जुन के पीछे जाने के इच्छुक थे। आज के युद्ध का केन्द्र बस जयद्रथ था। सारा कुछ उसी के जीवन और मृत्यु पर निर्भर था। पाण्डवों का एकमात्र लक्ष्य जयद्रथ का वध था और कौरवों की एकमात्र उपलब्धि उसे बचाना था।... जयद्रथ के मारे जाने से दुर्योधन के योद्धा समाप्त नहीं हो जाते, न ही युद्ध का निर्णय हो सकता था, किन्तु उससे पाण्डवों का मनोबल बहुत बढ़ जाता और दुर्योधन तो टूट ही जाता।...

द्रोण ने आगे आकर उस आक्रमण को रोका। उनका ध्यान अधिकतर धृष्टद्युम्न पर ही था। एक वह ही था, जो कदाचित् उनको भी अपने युद्ध का लक्ष्य मान सकता था। प्रयत्न करके भी वे पाण्डवों के प्रति उतने कठोर नहीं हो सकते थे। और इस समय उन्हें यहाँ रोकने के लिए कोई दृढ़ आधार चाहिए था।...युधिष्ठिर को बंदी करने के लिए...युधिष्ठिर की रक्षा का दायित्व किसे दे गया है अर्जुन? भीमसेन? धृष्टद्युम्न? सात्यकि?...पहले धृष्टद्युम्न का कोई प्रबंध करना आवश्यक था।...

द्रोण ने पांचालों पर बाण-वर्षा आरम्भ की। अन्य कौरवपक्षी योद्धाओं के लिए भी पांचालों का विरोध ही अधिक सुविधाजनक था।...

द्रोण को सामने देखकर धृष्टद्युम्न की आँखों में रक्त उतर आया।...इस ब्राह्मण को मारे बिना उसके जीवन का कोई लक्ष्य पूरा नहीं हो सकता था।... धृष्टद्युम्न ने द्रोण पर प्रहार किया। लगा, द्रोण के चलाए हुए सारे बाण जैसे लौट रहे हों। कौरव सेना के लिए यह सर्वथा अप्रत्याशित था। द्रोण ने देखा, उनकी सेना के पैर जमने के स्थान पर उखड़ गए थे।...उनकी समझ में नहीं आ रहा था कि धृष्टद्युम्न के आक्रमण में ऐसा क्या था कि उनकी सेना में भददड़ मच गई थी। उनकी सेना जैसे तीन भागों में बँट गई थी। सैनिकों का पहला दल पाण्डव योद्धाओं की मार खाकर कृतवर्मा की शरण में चला गया था। दूसरा दल जलसंध की ओर भागता हुआ दिखाई पड़ा; और जो बच गए वे द्रोण का अनुसरण करते रहे। विकर्ण, विविंशति, चित्रसेन इत्यादि ने भीम को घेरा। बाह्लीक ने द्रौपदेयों को रोका। दुःशासन सात्यकि से भिड़ गया, शल्य ने युधिष्ठिर पर आक्रमण किया। संजय ने चेकितान को रोका, शकुनि ने नकुल को, विंद और अनुविंद ने विराट को।...और फिर जैसे युद्ध कुछ उलट गया। शिखण्डी ने बाह्लीक पर आक्रमण कर दिया। किसी अज्ञात दिशा से घटोत्कच प्रकट हो गया और वह अलायुध पर टूट पड़ा।...

दुःशासन स्वयं को बहुत अपमानित पा रहा था। अर्जुन को रोकने का उसका प्रयत्न सर्वथा असफल हो गया था। अर्जुन तो रोका नहीं जा सका, दुःशासन को सेना सहित भागना पड़ गया था। जब वह लौट कर आया तो अर्जुन वहाँ से बहुत दूर जा चुका था।...उसके पास जाने तक तो वैसे ही सन्ध्या हो जाएगी। पाण्डव सेना कौरवों का नाश करती रहेगी और वह अपना रथ दौड़ाता हुआ अर्जुन को खोजता रहेगा। उससे अच्छा तो है कि वह इस समय सात्यकि से ही निबट ले। वह भी तो स्वयं को अर्जुन और कृष्ण के समान योद्धा मानता है और उन दोनों का प्रिय भी है।...

दुःशासन ने सात्यके पर आक्रमण किया। बाण सीधा जाकर सात्यकि के वक्ष में लगा और उसने उसका कवच भी फाड़ दिया। घाव इतना गहरा था कि सात्यकि को हल्की-सी मूर्च्छा आ गई। किन्तु सात्यकि को सचेत होने में अधिक समय नहीं लगा। वह उठ खड़ा हुआ और उसने बाणों की झड़ी लगा दी। दुःशासन के सारे शरीर से रक्त बह रहा था और वह सात्यकि से अपनी रक्षा की विधि सोच रहा था। व्यर्थ ही छेड़ दिया उसने सात्यकि को। योद्धा तो और भी इतने थे। वह किसी और से भी तो भिड़ सकता था।

तभी भीम ने जलसंध पर आक्रमण किया। युधिष्ठिर ने कृतवर्मा पर बाण चलाए। धृष्टद्युम्न ने अपना रथ द्रोण के रथ से लगभग सटा ही दिया। इतनी दूरी भी नहीं थी कि बाण मारा जा सके। तब धृष्टद्युम्न ढाल और तलवार

ले रथ से कूदकर द्रोण के रथ पर जा चढ़ा। अपना एक पैर जूए के बीच में और दूसरा पैर घोड़े के पुट्ठे पर रखकर वह खड़ा हो गया। द्रोण के पास बचने अथवा सहायता पाने का कोई अवसर नहीं था। उन्होंने कभी सोचा भी नहीं था कि धृष्टद्युम्न कभी इस प्रकार का दुस्साहस भी करेगा। उसका रथ टूट गया होता, उसके अश्व मारे गए होते, उसका धनुष कट गया होता तो उसका खड्ग और ढाल लेकर शत्रु पर टूट पड़ना कुछ समझ भी आता था; किन्तु हाथ में धनुष बाण रहते और रथ के अक्षुण्ण बने रहने पर भी कोई खड्ग लेकर शत्रु के रथ पर इस प्रकार कूदता है। वह अपने सबसे बड़े शत्रु के दौड़ते हुए रथ पर खड़ा था। घोड़े और जूए पर पैर रख कर। हाथ भी खाली नहीं था। उन्हें ढाल और तलवार ने उलझा रखा था। ऐसे में वह एक झटके से नीचे गिर सकता था और किसी रथ के चक्र अथवा घोड़ों के खुरों के नीचे कुचला जा सकता था।...जाने वह किस प्रकार अपने स्थान पर खड़ा रहा था।...आक्रोश से उसका चेहरा कैसा विकृत-सा हो रहा था। साक्षात् मृत्यु जैसा...द्रोण की रीढ़ की हड्डी में एक सिहरन-सी दौड़ गई...क्या उनके लिए यमराज का निमन्त्रण आ गया है? पर कैसी क्रूर मृत्यु! धृष्टद्युम्न क्या उनका मस्तक खड्ग के एक झटके से काट देगा और फिर उसे अपने पैरों से ठुकराएगा?...

द्रोण ने निकट से मारे जाने वाले छोटे बाणों की अनवरत वर्षा आरम्भ कर दी। वे अपने बाणों से उसे बींधने में सफल हो गए थे। धृष्टद्युम्न के पास अपनी रक्षा का कोई मार्ग नहीं था। या तो वह सीधा द्रोण पर कूद ही जाता और उनका धनुष बाण छीन लेता...किन्तु वह सम्भव नहीं था। उसके और द्रोण के मध्य, रथ के वे सारे अवरोध थे, जो रथी की रक्षा के लिए लगाए जाते थे। उसे अपना संतुलन भी बनाए रखना था। द्रोण के बाणों से स्वयं को बचाना भी था और फिर द्रोण पर आक्रमण करना था।...

सात्यकि ने देखा, धृष्टद्युम्न का साहसिक कार्य उसको बहुत महँगा पड़ रहा था। वह हवा में तलवार भांज रहा था और द्रोण उसे अपन बाणों से गोद रहे थे।...सात्यकि ने द्रोण पर जैसे बाणों की वर्षा ही कर दी।...द्रोण का ध्यान उधर से हटा और धृष्टद्युम्न उनके रथ से नीचे कूद गया। सात्यकि ने बाण मार कर धृष्टद्युम्न को द्रोण के चंगुल से बचा लिया था।

द्रोण को यह तनिक भी अच्छा नहीं लगा। अपनी मृत्यु को उन्होंने बहुत निकट से देखा था तो धृष्टद्युम्न भी काल के गाल में समा ही चुका था। उनकी मुट्ठी में आकर धृष्टद्युम्न सुरक्षित निकल गया था। दुर्योधन के लिए चाहे अर्जुन का मरना ही महत्त्वपूर्ण था; किन्तु द्रोण तो धृष्टद्युम्न का वध करने को

भी उतने ही व्याकुल थे। यदि कहीं वे धृष्टद्युम्न को रथ से गिरा पाते तो यह उनकी बहुत बड़ी उपलब्धि होती।

अब द्रोण का लक्ष्य सात्यकि ही था। इसी ने धृष्टद्युम्न को बचा लिया था। इसे न मारा तो यह हर बार धृष्टद्युम्न और युधिष्ठिर को बचा ले जाएगा। उन्होंने सात्यकि पर वेग से प्रहार किया। सात्यकि ने पलटकर द्रोण को छब्बीस बाण मारे। उसने द्रोण के धनुष की प्रत्यंचा काट दी। द्रोण ने नया धनुष उठा लिया, पर सात्यकि ने उसकी भी प्रत्यंचा काट दी। द्रोण नया धनुष उठाते थे और सात्यकि उसे काट देता। द्रोण इतने क्षुब्ध हुए कि उन्होंने सात्यकि के वध के लिए दिव्यास्त्र प्रकट किया। सात्यकि हँसा...द्रोण समझते हैं कि दिव्यास्त्र उनके ही पास हैं। उसने वारुण नामक दिव्यास्त्र धनुष पर चढ़ा ही नहीं लिया, तत्काल उसे द्रोण पर छोड़ भी दिया।...

दोनों ओर से दिव्यास्त्र चलने के कारण हाहाकार मच गया। दोनों पक्षों से अपने-अपने योद्धाओं की रक्षा का प्रयत्न किया गया। युधिष्ठिर, नकुल, सहदेव और भीम तत्काल सात्यकि की रक्षा के लिए दौड़े। अब तक धृष्टद्युम्न भी स्वस्थ हो चुका था। उसने विराट और द्रुपद के साथ पुनः द्रोण पर आक्रमण किया।

द्रौण को संकट में देखकर, दुःशासन के नेतृत्व में कौरव पक्ष के असंख्य राजकुमार उनकी रक्षा के लिए आए और पाण्डव सेनाओं से भिड़ गए।

15

अर्जुन और कृष्ण आगे बढ़ते चले गए थे।

पीछे का कोई समाचार अर्जुन को नहीं मिल सकता था, किन्तु इतना तो स्पष्ट ही था कि कौरव हों या पाण्डव, आज दोनों ही पक्षों की रुचि व्यूह के द्वार पर होने वाले युद्ध में नहीं, जयद्रथ के आसपास होने वाले युद्ध में थी। अर्जुन को आश्चर्य हुआ, आचार्य ने आज उसका पीछा नहीं किया था। यह अर्जुन के प्रति उनके सौहार्द के कारण था अथवा वे जयद्रथ की रक्षा करना नहीं चाहते थे? क्या वे भी अर्जुन की पुत्र-पीड़ा को समझते थे और चाहते थे कि अन्याय से अभिमन्यु का वध करने वालों को उसका दण्ड मिले?...नहीं! ऐसा कुछ होता तो वे चक्रव्यूह का निर्माण ही क्यों करते। और आज भी उन्होंने कोई साधारण व्यूह नहीं रचा था।...तो वे क्यों रह गए पीछे? क्या धर्मराज को जीवित बंदी कर लेने के लोभ में?...वस्तुतः मूर्खता तो दुर्योधन की ही थी, जिसने आचार्य के लिए एक आकर्षण द्वार पर रख छोड़ा था और दूसरा उससे

चौबीस कोस दूर व्यूह के गर्भ में। उनके लिए अर्जुन की प्रतिज्ञा पूरी न होने देने से अधिक आकर्षक था अपनी प्रतिज्ञा पूरी करना। तो वे अर्जुन के पीछे क्यों आते? वे वहाँ धर्मराज को बंदी करने का प्रयत्न कर रहे होंगे?

तो अर्जुन का यह निणर्य ठीक था क्या? अब तक तो दुर्योधन ने षड्यन्त्र रचकर संशप्तकों के माध्यम से उसे धर्मराज से दूर रखा था, किन्तु आज तो अर्जुन अपनी इच्छा से धर्मराज को अकेला छोड़ आया था। कल अभिमन्यु के वध की सूचना पाने से पहले अर्जुन ने सोचा था कि अब संशप्तकों के द्वारा बुलाए जाने पर भी वह धर्मराज को अकेला छोड़कर नहीं जाएगा।...पर तब अभिमन्यु के वध का समाचार मिला और उसने यह प्रतिज्ञा कर ली...

आज का अनुभव भी कुछ विचित्र ही अनुभव था। यह किसी व्यूह में प्रवेश करने जैसा नहीं था। यह तो शत्रु के स्कन्धवार में प्रवेश करने जैसा था। जहाँ आपका एक अकेला रथ ही हो और चारों ओर शत्रु का शिविर। उसकी सेनाएँ। उसके महारथी। आपको कहीं यह सोचना ही नहीं है कि सामने किस की वाहिनी है। यहाँ तो सारी वाहिनियाँ शत्रु की वाहिनयाँ थीं। सामने आए प्रत्येक सैनिक से युद्ध करना ही था। और कोई तो अर्जुन के पीछे अथवा उसके साथ नहीं ही आ पाया था, उसके पृष्ठरक्षकों को भी कृतवर्मा ने रोक लिया था।...कौरवों के धावक सारे व्यूह में दौड़-दौड़कर समाचार पहुँचा रहे थे कि अर्जुन को रोकना है। ऐसे में अर्जुन यह अपेक्षा नहीं कर सकता था कि उसे कहीं अपने आप भी मार्ग मिल जाएगा। किसी को भी सामने देखकर बाणों से अपना मार्ग बनाना ही एकमात्र उपाय था। कृष्ण जानते थे कि उसी मार्ग में से उनको आगे बढ़ना था, वह चाहे कितना ही संकीर्ण क्यों न हो। वे रथ आगे बढ़ा लेते थे। उत्तम, मध्यम और अधम तीनों प्रकार के मण्डल प्रकट कर अपनी दक्षता प्रमाणित कर रहे थे।

कृष्ण और अर्जुन दोनों ही समझ रहे थे कि उनके अश्व थक रहे थे और जयद्रथ अभी बहुत दूर था। इस समय बीच युद्ध के न तो अश्व बदले जा सकते थे और न ही उनको कुछ विश्राम दिया जा सकता था। परिणामतः उनकी गति मंथर होती जा रही थी। उसी का लाभ उठाया विंद और अनुविंद ने। थोड़े से अन्तराल के पश्चात् उनके रथ अर्जुन को रोकने के लिए मार्ग के मध्य आ डटे।

"इन्हें बचाकर किसी कोने से निकल चलें कृष्ण?"

"नहीं! सम्भव नहीं होगा। इनसे तो निबट ही लो।"

अर्जुन समझ गया, कृष्ण उन्हें जीवित छोड़ना नहीं चाहते थे।

"मुझे दुर्योधन के प्रति इनकी निष्ठा कभी समझ में नही आई।"

अर्जुन ने कहा, "मैं कभी समझ ही नहीं पाया कि ये हमारे इतने विकट शत्रु क्यों हैं।"

"ये न तुम्हारे शत्रु है, न दुर्योधन के मित्र हैं।" कृष्ण धीरे से बोले, "वस्तुतः इनकी निष्ठा जरासंध के प्रति थी और है। मैं जरासंध का शत्रु बना, इसलिए ये मेरे भी शत्रु हो गए। मेरे शत्रु तुम्हारे मित्र कैसे हो सकते थे?"

"पर ये तुम्हारे शत्रु क्यों हैं?" अर्जुन बोला, "तुमने इनका क्या बिगाड़ा है? ये तुम्हारी बुआ के पुत्र हैं। तुम्हारी पत्नी के भाई हैं। फिर तुमसे स्नेह न कर तुम्हारे शत्रु क्यों हो गए हैं?"

कृष्ण हँसे, "वैसे तो दुर्योधन भी तुम्हारे ताऊ का पुत्र है, उसे तुमसे स्नेह होना चाहिए।"

"उससे हमारा राज्य का झगड़ा है।" अर्जुन ने कहा, "तुम्हारा विंद और अनुविंद से वैसा कोई झगड़ा नहीं है।"

"ठीक कहते हो।" कृष्ण बोले, "कहने को कहा जा सकता है कि वे जरासंध के पक्ष के थे और मैं जरासंध का विरोधी था। फिर वे अपनी बहन मित्रविंदा का विवाह दुर्योधन से करना चाहते थे, पर मित्रविंदा ने जयमाला मेरे कण्ठ में डाल दी; और मैं उसका हरण कर लाया।...विरोध तो प्रत्यक्ष ही है, पर मैं जानता हूँ कि मूलतः विरोध यह नहीं है।"

"विरोध यह नहीं है?"

"नहीं।" कृष्ण बोले, "यह कोई विरोध नहीं होता। विरोध का कारण जानने के लिए पूछना होगा कि वे मित्रविंदा का विवाह मुझसे होने देना क्यों नहीं चाहते थे?"

"हाँ!..."

"उसका कारण वही है, जो तुम लोगों के प्रति कर्ण के विरोध का कारण है।" कृष्ण बोले, "कर्ण ने आँखें खोलीं तो धृतराष्ट्र और दुर्योधन को राजा और राजकुमार के रूप में देखा। उसके मन में उनके लिए भक्ति जागी। तुम लोगों को उसने निर्धन वनवासी और धृतराष्ट्र के निर्धन आश्रित सम्बन्धियों के रूप में देखा। उसका मन तुम्हें आज भी वैसा ही दीनहीन और निर्धन देखना चाहता है। परिवर्तन अथवा विकास स्वीकार नहीं उसे। वह तुम्हारा वैभव का अधिकार मानने को तैयार नहीं है। वैसे ही विंद और अनुविंद के लिए मैं उनके निर्धन मातुल का पुत्र हूँ, जो निर्धन गोपों के घर पला। वे न मेरे पिता का महत्त्व मानने को तैयार हैं न मेरा। वे हमें अपने राजसमाज का अंग मान ही नहीं पाए। मनुष्य जब पहली बार किसी से मिलता है तो उसके उस रूप और स्थिति को स्वीकार कर लेता है। उसके पश्चात् उसके विकास और परिवर्तित

स्थिति को स्वीकार करना नहीं चाहता। जब ऐसे किसी व्यक्ति का महत्त्व स्वीकार करने का अवसर आता है तो उसे स्वीकार करने के स्थान पर वह उससे ईर्ष्या करने लगता है। यहाँ तक रहे तो भी ठीक। किन्तु जब वह इसी कारण से किसी का शत्रु हो जाए और उसके प्राणों का हरण करना चाहे तो वह अधर्म और अपराध की ओर झुक जाता है; और तब उसका प्रतिशोध करना पड़ता है। इसलिए तुम विंद और अनुविंद को मेरी बुआ के पुत्र अथवा मेरे श्यालक के रूप में मत देखो। वे शत्रु हैं, अधर्मी तथा अपराधी हैं।"

विंद और अनुविंद के बाण आकर उनके रथ से टकराए। कृष्ण और अर्जुन दोनों को ही घाव लगे। पर बाणों का मुख्य लक्ष्य कृष्ण ही लगते थे।

...ये अकारण शत्रु...अर्जुन सोच रहा था...अहंकार से उपजी अपनी इच्छा को दूसरों पर आरोपित नहीं कर पाए तो कृष्ण और अर्जुन के ही नहीं, धर्म के भी शत्रु हो गए। अब वे अर्जुन से भी पहले कृष्ण का वध करना चाहते हैं। ऐसे ही अभागों ने अपने मूर्ख व्यक्तिगत राग-द्वेष को इतने युद्धों का कारण बना दिया है और संसार के संहार के निमित्त बन गए हैं। इनको जीवित रहने का कोई अधिकार नहीं है...

अर्जुन ने बाणों की झड़ी लगा दी। दोनों के रथों के पृष्ठरक्षकों तथा चक्ररक्षकों को मारकर अश्वों के भी प्राण ले लिए। दोनों के सारथियों के वक्ष में बाण का प्रहार किया और अन्ततः अर्जुन ने विंद को एक क्षुरप्र से मार कर रथ से नीचे गिरा दिया।

अनुविंद ने देखा, उसका भाई मर कर भूमि पर जा गिरा था। उसके अपने अश्व मारे जा चुके थे और सारथि रथ हाँकने की स्थिति में नहीं था। वह अपना अश्वहीन रथ त्याग कर, हाथ में गदा ले अर्जुन के रथ की ओर दौड़ा। अर्जुन समझने का प्रयत्न कर रहा था कि वह अर्जुन पर किस दिशा से प्रहार करना चाहता है कि उसने कृष्ण के ललाट पर अपनी गदा से प्रहार किया। अर्जुन को लगा प्रहार उसके वक्ष पर हुआ है।...कृष्ण अपने स्थान से जैसे कुछ पीछे धसक गए। उनके मस्तक ने ईषादण्ड का सहारा लिया, किन्तु उन्होंने अश्वों की वल्गा नहीं छोड़ी।

अर्जुन के बाण ने पहले अनुविंद की वह भुजा काटी, जिसने कृष्ण पर प्रहार किया था। फिर वह भुजा काटी, जो मुष्टिका बाँध कर प्रहार की मुद्रा में थी। उसके तीसरे और चौथे बाणों ने उसके उरु काट डाले, जिनके बल पर वह उनके रथ की ओर दौड़ रहा था। और अन्त में उसका मस्तक काट कर उसके प्राणों को उसके शरीर से मुक्त कर दिया।

रथ दौड़ता रहा। उनके सामने कोई नई वाहिनी नहीं थी और पीछे कुछ दूरी पर विंद और अनुविंद के सैनिक उनका पीछा करने को औपचारिकता का निर्वाह कर रहे थे।

रथ एक सुन्दर से छोटे प्राकृतिक सरोवर के तट से लगता हुआ आगे बढ़ रहा था, जहाँ प्रकृति मनोहर थी। वृक्ष पानी के ऊपर झुके हुए थे। अनेक वृक्षों पर सुन्दर लताएँ झूल रही थीं। वृक्षों की हरीतिमा और उनके आसपास खिले हुए रंग-बिरंगे पुष्प आँखों और मन को अद्‌भुत उल्लास से भर देते थे।

"इतने दिन युद्ध करते हो गए, हम इधर तो कभी आए ही नहीं।" अर्जुन ने कहा, "आज लग ही नहीं रहा कि हम समरभूमि में खड़े हैं।"

"विंद और अनुविंद के सैनिकों का व्यवहार तुम्हें चकित नहीं कर रहा?" कृष्ण ने पूछा।

"क्यों?"

"विंद और अनुविंद के मारे जाने के पश्चात् थोड़ी देर तक उन्होंने हमारा उत्साहशून्य पीछा करने का नाटक किया था।"

"हाँ!"

"उसके पश्चात् उन्हें मार्ग में कहीं बिखर जाना चाहिए था किन्तु अब अकस्मात् ही वे कुछ और उग्र हो गए हैं; और वस्तुतः हमारा पीछा कर रहे हैं।" कृष्ण बोले।

"हाँ! कुछ परिवर्तन तो है।" अर्जुन ने कहा, "कुछ और कौरव वाहिनियाँ भी उनसे आ मिली हैं।...पर केशव! यह सरोवर कितना मनोरम है।"

"वह पिछला सरोवर तो छोटा था। यह दूसरा उससे भी बड़ा है।" कृष्ण बोले, "मन होता है, कुछ देर इसके तट पर बैठ जाएँ, पर हमें जयद्रथ तक पहुँचना है।"

"केशव! मेरे घोड़े बाणों से पीड़ित होकर थक गए हैं और जयद्रथ अभी दूर है।" अर्जुन ने कहा।

"सोच तो मैं भी रहा था, फिर जाने सन्ध्या तक अश्वों को विश्राम मिले न मिले।" कृष्ण बोले, "किन्तु इन कौरव वाहिनियों ने हमें घेर रखा है।"

"घेर ही तो रखा है। कोई गम्भीर युद्ध तो नहीं छेड़ रखा।" अर्जुन ने उत्तर दिया, "मुझे तो उनमें से कोई भी योद्धा बहुत आक्रामक और बहुत समर्थ प्रतीत नहीं होता। बस बाण चलाने का अभ्यास-सा कर रहे हैं या फिर अपने कर्तव्य की पूर्ति मात्र कर रहे हैं। तुम अश्वों को खोल लो केशव! मैं इन लोगों को रोक रखूँगा।"

"मेरा विचार है कि वे भी तुम्हें रोके ही रखना चाहते हैं।" कृष्ण मुस्कराए, "एक तो जितना समय व्यतीत होता जाएगा, वह उनके लिए प्रसन्नता का विषय होगा और दूसरे उन लोगों ने दुर्योधन को सूचना भेज रखी होगी। वे और सेना और योद्धाओं के आगमन की प्रतीक्षा में होंगे।"

"ठीक है। उन्हें आने दो।" अर्जुन भी मुस्कराया, "वे मुझे घेरे रहेंगे और मैं उन्हें रोके रहूँगा।"

अर्जुन ने अपने कंधों पर तूणीर बाँध लिए और रथ से उतर आया।

कौरव सैनिकों को समझ नहीं आया कि हुआ क्या है। अर्जुन के रथ के घोड़े जीवित और स्वस्थ थे। सारथि जीवित और समर्थ थे। फिर वह रथ से उतर क्यों आया? युद्ध में तो कोई रथ को इस प्रकार नहीं त्यागता।...और तब उन्होंने देखा कि कृष्ण ने अश्वों को रथ से खोल लिया था। सबसे पहले उन्होंने अश्वों के शरीर में चुभे हुए बाण निकाले, घावों पर औषधि का लेप किया; और अपनी स्नेहमयी हथेलियों से उनके सारे शरीर में ऊर्जा का संचार किया। उसके पश्चात् वे उन्हें नहलाने के लिए सरोवर में उतर गए।

कौरव सैनिकों को लगा कि यह स्वर्ण अवसर था। अकेला अर्जुन भूमि पर खड़ा था। न तो वह रथ पर था कि वहाँ से सुरक्षित स्थान की ओर बढ़ जाएगा और न ही यहाँ उसका कोई सहायक था। वह कृष्ण को यहाँ असहाय छोड़कर भागेगा भी नहीं। उसे घेर कर बंदी भी बनाया जा सकता था और उसका वध भी किया जा सकता था।...दूसरी ओर कृष्ण अकेले और निःशस्त्र थे। यदि उनके ही प्राण लिए जा सकें तो कौरवों की एक बड़ी उपलब्धि होगी।...

कौरव सेना आगे बढ़कर दोनों सरोवरों के मध्य में आ गई। एक सरोवर उनके आगे था और दूसरा उनके पीछे। उनकी ओर से बाणों की झड़ी लग गई।...

पर उनमें से आगे बढ़ने वाले सैनिकों को तत्काल पता लग गया कि जिस कृष्ण और अर्जुन को वे अपने सामने समझ रहे थे वे बाणों की एक प्राचीर के पीछे थे; और वह प्राचीर अलंघ्य थी। जिस किसी ने अपना पग उसके पार डालने का प्रयत्न किया, उसका रक्त सरोवर के जल में जा मिला।...कृष्ण अपने अश्वों को नहला रहे थे और कौरव सैनिक कुछ नहीं कर सकते थे। कृष्ण अश्वों को दाना खिला रहे थे और सैनिक कुछ नहीं कर सकते थे। न तो वे उनके निकट जा सकते थे और न उनके बाण ही उन तक पहुँच रहे थे।..

और तब कृष्ण अश्वों को लेकर अर्जुन के समीप आए।

"धनंजय! इस सरोवर का जल अब अश्वों के पीने योग्य नहीं रहा। उसमें सैनिकों का रक्त आ मिला है। इन्हें पीने के लिए स्वच्छ जल चाहिए।"

"अभी लो।" अर्जुन ने कहा और उसके बाणों की प्राचीर कौरव सैनिकों के और निकट पहुँचने लगी। सैनिकों के पास भागने के सिवाय दूसरा कोई उपाय नहीं था। वे अपने स्थान पर टिके रहते तो बाणों की प्राचीर में चिन दिए जाते।...उनके रथ और घोड़े पीछे हटते गए और अर्जुन तथा कृष्ण अपने अश्वों के साथ छोटे और स्वच्छ सरोवर के निकट आते गए। अश्वों ने अपनी इच्छा भर जल पिया और कृष्ण उन्हें टहलाते हुए रथ के पास ले गए। उन्होंने उन्हें रथ में जोता और रथ को लेकर अर्जुन के पास आ गए।...

अब अर्जुन और कृष्ण पुनः युद्ध के लिए तैयार थे। कौरव सैनिक खड़े देखते रह गए। न तो उनकी सहायता को कोई सेना आई थी और न ही कोई योद्धा। एक संदेशवाड़क यह सूचना लेकर अवश्य आया था कि स्वयं राजा दुर्योधन अपनी विशिष्ट वाहिनियों के साथ अर्जुन के पीछे आ रहे हैं।...

16

"विदुर! युद्ध के पहले दिन से मेरे मन में एक प्रश्न कुलबुला रहा है।" कुन्ती ने कहा।

"तो भाभी! फिर इतने दिनों से उसका भार क्यों ढो रही हैं आप।" विदुर हँस पड़े, "क्या आपको लगता है कि मेरे पास उसका कोई उत्तर नहीं होगा।"

"हाँ! और भाभी नहीं चाहतीं कि आपको अपने अज्ञान के लिए उनके सम्मुख लज्जित होना पड़े।" पारंसवी ने जोड़ दिया।

"यह अच्छी कही पारंसवी तुमने।" कुन्ती भी मुस्कराई, "मेरे मन में हो न हो तुम उसे सब पर आरोपित कर ही दोगी।"

"अच्छा यदि यह बात नहीं है तो फिर आपने इतने दिनों से पूछा क्यों नहीं?" पारंसवी बोली, "न पूछने का भी तो कोई कारण होना चाहिए।"

"कारण तो यही था कि मैं निश्चय नहीं कर पा रही थी कि वह प्रश्न पूछे जाने योग्य है भी या नहीं।" कुन्ती ने कहा।

"तो चलिए अब पूछ लीजिए।" विदुर हँसे, "रहस्यवाद काफी हो चुका।"

कुन्ती थोड़ी देर मौन रहीं, जैसे बात का छोर खोज रही हों। फिर बोलीं, "युद्ध की चर्चा होती है तो रथों, अश्वों और साथ ही योद्धाओं के ध्वजों की भी चर्चा होती है।"

विदुर और पारंसवी दोनों ही एकटक उनकी ओर देख रहे थे।

"अर्जुन को कपिध्वज कहा जाता है।"

"हाँ।"

"यह भी कहा जाता है कि उसके ध्वज पर कपि का जो चित्र बना हुआ है, वह अत्यन्त जीवंत है और वह वानर बहुत भयंकर है।"

"हाँ भाभी!"

"चित्र भयंकर है अथवा वानर भयंकर है?"

"वे दोनों पृथक्-पृथक् हैं क्या?" पारंसवी हँस पड़ी।

"कहा तो कुछ इसी प्रकार जाता है।" कुन्ती ने कहा, "कोई-कोई तो यहाँ तक कह देता है कि युद्ध की अवधि में उस वानर ने अनेक बार अपना क्रोध प्रकट भी किया है। उसके उस क्रोध को देखकर शत्रुओं में भय का संचार भी हुआ।"

पारंसवी ने उसकी पुष्टि के लिए विदुर की ओर देखा।

विदुर ने सहमति में सिर हिला दिया।

"तो ऐसे में यह कैसे कहा जा सकता है कि वह एक भयंकर वानर का चित्र मात्र है?" कुन्ती ने कहा, "कहा तो यह जाना चाहिए कि ध्वजा पर एक भयंकर वानर बैठा है।"

"पर कपड़े की फड़फड़ाती ध्वजा पर कोई वानर बैठ सकता है?" पारंसवी ने कहा, "अथवा कहें कि ध्वजा किसी वानर का बोझ कैसे उठा सकती है?"

विदुर मौन बैठे रहे।

"क्यों? कोई उत्तर नहीं है न भाभी के प्रश्न का?" पारंसवी ने छेड़ा।

"मैंने न कभी संसार के सारे प्रश्नों का उत्तर देने की योग्यता की घोषणा की है और न कभी इस प्रकार की चुनौती स्वीकार की है।" विदुर हँसे, "मैं तो यह सोच रहा था कि क्या भाभी ने कभी यह चर्चा नहीं सुनी कि वन में जब हनुमान भीमसेन को मिले थे तो उन्होंने पवनपुत्र होने के नाते अपने भाई को यह आश्वासन दिया था कि वे अर्जुन के ध्वज पर बैठे रहेंगे और अपनी गर्जना से उसके शत्रुओं को डराते रहेंगे।"

"सुनी है। यह चर्चा भी सुनी है।" कुन्ती ने कहा, "वस्तुतः यह सब कुछ उसी प्रश्न से जुड़ा हुआ है कि वहाँ सचमुच कोई वानर बैठा हुआ है क्या?"

"सांसारिक दृष्टि से स्थूल भौतिक रूप में कोई वानर वायु में फड़फड़ाती किसी ध्वजा पर नहीं बैठ सकता।" विदुर ने कहा, "पर मेरा प्रश्न है कि इस दृष्टि से क्या किसी भी व्यक्ति का—चाहे वह व्यक्ति स्वयं हनुमान ही क्यों न हों—अपने उसी शरीर के साथ श्रीराम के समय से आज तक जीवित रहना सम्भव है?"

"आपसे प्रश्न पूछने को नहीं, प्रश्न का उत्तर देने को कहा गया है।" पारंसवी ने कहा, "जब कोई उत्तर नहीं सूझा तो प्रश्न पूछकर हमें ही डराने लगे।"

"नहीं! यह बात नहीं है पारंसवी।" विदुर बोले, "इन प्रश्नों का उत्तर मेरे प्रश्न में ही निहित है।"

"वाह! क्या परिहास है कि उत्तर प्रश्न में निहित है।"

"ठहरो पारंसवी!" कुन्ती बोलीं, "तुम बहुत तंग करती हो मेरे देवर को।"

"लो, एक तो मैं उत्तर दिलवाऊँ, फिर मैं ही दोषी कहलाऊँ।" पारंसवी बोली, "यह तो अच्छा न्याय है भाभी आपका। मैं व्यर्थ ही देवर-भाभी के बीच पड़ी।"

कुन्ती ने पारंसवी के रूठने के नाटक की ओर ध्यान नहीं दिया और बोलीं, "यदि हम यह मान लें कि कोई मनुष्य श्रीराम के समय से आज तक अपना मानवीय शरीर धारण नहीं कर सकता तो हनुमान कैसे कर सकते हैं, तो हम कुछ बहुत मूल्यवान मान्यताओं के प्रति अश्रद्धावान नहीं हो रहे?"

"नहीं!" विदुर बोले, "आप जानती हैं कि मेरे अपने व्यक्तित्व का निर्माण श्रद्धा तत्त्व से ही हुआ। पर श्रद्धा को कुछ तर्क भी करना होगा। हम देखते हैं कि प्रत्येक प्राणी के जीवन की अवधि की एक मर्यादा है। उसे उसका अतिक्रमण नहीं करने दिया जाता। मनुष्य कितना भी दीर्घजीवी हो, उसे सहस्र वर्षों का जीवन नहीं मिलता।"

"पर हनुमान अमर हैं।" पारंसवी बोली, "उन्हें शाश्वत जीवन मिला है। अक्षर जीवन। अनश्वर जीवन।"

"हाँ! हाँ!! मिला तो है। मैं कब उसे अस्वीकार कर रहा हूँ। हम यह मानें कि हनुमान को अक्षर जीवन मिला है और वे हमारे ही समान शरीर धारण करते हैं। ठीक है?"

पारंसवी ने स्वीकृति में सिर हिला दिया।

"तो हमें यह भी मानना होगा कि वे किष्किंधा में किसी मुहल्ले के किसी भवन में अब भी रहते होंगे। वे कहीं से शाक क्रय करते होंगे। वे कुछ लोगों से मिलते होंगे। उनके शरीर की साधारण मनुष्यों के समान कुछ आवश्यकताएँ होंगी।...वे उनकी पूर्ति के लिए भी प्रयत्न करते होंगे। अपनी आजीविका के लिए भी उन्हें कुछ कर्मों और कुछ लोगों पर निर्भर रहना होता होगा।...पर है कोई ऐसा प्रमाण? किसी ने उन्हें किष्किंधा की किसी वीथि में देखा है? किसी हाट में किसी की उनसे भेंट हुई है?"

"नहीं! वे किष्किंधा में कहीं नहीं रहते। उनका वहाँ कोई भवन नहीं है। कोई रसोई नहीं है। वे किसी दुकान पर शाक और अन्न क्रय करने नहीं जाते।" पारंसवी ने कहा, "देवता इस प्रकार शरीर धारण नहीं करते।"

"ठीक यही बात मैं कह रहा हूँ।" विदुर मुस्कराए, "उनका जीवन हमारे समान स्थूल जीवन नहीं होगा। जो अमर होता है, वह ऐसे नश्वर शरीर में नहीं

रहता। उनको एक प्रकार का दिव्य और सूक्ष्म जीवन मिला होगा, तभी तो वह अक्षर हो सकता है। ऐसी स्थिति में जो हनुमान वन में भीम को मिले, यदि वह भीम का स्वप्न अथवा कोई दिव्य दर्शन नहीं था, तो वे सूक्ष्म शरीरधारी हनुमान ही होंगे। यदि हम उनकी कल्पना सूक्ष्म शरीर के रूप में करते हैं तो वे अपने इस शरीर से अर्जुन के रथ की ध्वजा पर भी बैठ सकते हैं। तब वह वानर का चित्र मात्र नहीं है। वे साक्षात् हनुमान हैं। वे अपना भाव भी प्रदर्शित करते होंगे। अपना हर्ष तथा क्रोध भी व्यक्त करते होंगे। यदि वे अपने स्थूल शरीर के साथ वहाँ होते तो अब तक समरभूमि में उतरकर दुर्योधन की सेना को नष्ट न कर चुके होते?"

"तो आप यह मानते हैं कि हनुमान अपने सूक्ष्म शरीर में अर्जुन की ध्वजा पर वर्तमान हैं?" पारंसवी ने पूछा।

"इसमें सन्देह का कोई कारण नहीं है।" विदुर बोले, "सृष्टि में केवल स्थूल तत्त्व का ही तो अस्तित्व नहीं है। हाँ! हमारे पास शरीर के रूप में जो यन्त्र है, वह सूक्ष्म को बहुत कम पहचानता है, इसलिए वायुमण्डल में कहूँ, अंतरिक्ष में कहूँ, सृष्टि में कहूँ, जो सूक्ष्म सत्य हैं, उनका साक्षात्कार बहुत कम लोग कर पाते हैं। हम अपने इस अपर्याप्त यन्त्र को ही सर्वज्ञ मानते हैं, इसलिए सूक्ष्मता से न्याय नहीं कर पाते।"

"अच्छा विदुर! मेरी दूसरी जिज्ञासा है कि यदि हनुमान अर्जुन के ध्वज पर वर्तमान हैं, अर्थात् वे अर्जुन के समर्थक हैं तो वे कौरवी सेना का नाश क्यों नहीं करते? वे अर्जुन को ही नहीं कृष्ण को भी शत्रुओं के बाणों से आहत होते देख, कैसे चुप बैठे रहते हैं?"

"संसार की गतिविधियों में हस्तक्षेप तो सूक्ष्म शक्तियाँ भी करती हैं भाभी! किन्तु उस प्रकार नहीं, जैसे स्थूल शक्तियाँ करती हैं।" विदुर बोले, "श्रीकृष्ण को देखो, वे तो मुझ और आप जैसा शरीर ही धारण करते हैं। फिर भी उनका हस्तक्षेप वैसा नहीं है, जैसा शेष योद्धाओं का है। अब कोई यह तो नहीं कह सकता कि इस युद्ध में उनका हस्तक्षेप नहीं है।"

"पर हनुमान को इस युद्ध में उपस्थित रहना ही था तो वे भीम के रथ के ध्वज पर क्यों विराजमान नहीं हुए, जो वायुपुत्र है।" पारंसवी ने कहा, "उनकी भेंट भी तो भीम से ही हुई थी।"

"मैं इसी बात को दूसरे कोण से पूछना चाहती हूँ।" कुन्ती ने कहा, "अर्जुन ने अपने ध्वज के लिए हनुमान को ही क्यों चुना? वह विष्णु का गरुड़, शिव का नान्दी अथवा कार्त्तिकेय का मयूर भी तो चुन सकता था।"

"अब इन प्रश्नों के उत्तर या तो हनुमान दे सकते हैं या अर्जुन। मैं इस विषय में क्या कह सकता हूँ।" विदुर बोले।

"मैं बताऊँ?" सहसा पारंसवी ने कहा।

"अच्छा तो प्रश्न भी तुम ही पूछोगी और उत्तर भी तुम ही दोगी।" विदुर हँसे।

"मैं समझती हूँ कि इसमें न तो अर्जुन की इच्छा काम कर रही है, न भीम और श्रीकृष्ण की।" उसने कहा।

"वह कैसे?" कुन्ती ने पूछा।

"भीम से अपनी भेंट में हनुमान ने कहा कि वे अर्जुन की ध्वजा पर वर्तमान रहेंगे।" पारंसवी बोली, "यदि स्वयं भीम कहता तो वह यही कहता कि वे उसकी ध्वजा पर वर्तमान रहें। ठीक है।"

"बात तो ठीक ही लगती है।" विदुर बोले।

"ठीक उसी प्रकार अर्जुन ने तो हनुमान से नहीं कहा कि आप मेरी ध्वजा पर बैठें। वह ध्वजा तो उस रथ के एक अंग के रूप में ही थी।" पारंसवी ने कहा, "यह तो स्वयं हनुमान की ही इच्छा हो सकती है।"

"मैं समझी नहीं।" कुन्ती ने कहा।

"राम-रावण युद्ध में हनुमान ने अपने प्राण लगा दिए थे; तो जब राम, कृष्ण के रूप में निःशस्त्र होकर इस युद्ध के लिए आए तो हनुमान स्वयं को उनसे दूर कैसे रख सकते थे?" पारंसवी ने कहा, "भक्त अपने भगवान को इस प्रकार संकट में जाते देखेगा तो क्या वह उनसे दूर रह सकेगा? भक्त का शरीर सूक्ष्म हो अथवा स्थूल, उसकी सार्थकता तो भगवान की सेवा में ही है न!"

"भीम बेचारा तो यह समझता होगा कि उसके भाई होने के नाते हनुमान ने उसके दूसरे भाई की सहायता की, किन्तु तुमने तो सारा चित्र ही बदलकर रख दिया।" कुन्ती ने कहा, "यहाँ तो सारा भक्तिशास्त्र ही आ गया।"

"हाँ! बात तो भक्त के हृदय की है।" पारंसवी बोली।

"हम तो आज तक यही मानते आए कि भगवान अपने भक्त की रक्षा करते हैं और यहाँ भक्त अपने भगवान की रक्षा करने आ गया है।" कुन्ती हँसीं।

"रक्षा तो भगवान ही करते हैं भाभी!" विदुर बोले, "भक्त तो सेवा कर सकता है। शायद हनुमान वही कर रहे हैं। उनका सा भक्त और कहीं कोई है क्या? वे जो कर रहे हैं, वह भक्ति का आदर्श ही होगा न!"

17

कौरव हताश हो चुके थे। तभी दुर्योधन अपना रथ दौड़ाता हुआ आया और अर्जुन को लाँघ कर उसके सामने जा खड़ा हुआ। वह तनिक भी हतोत्साहित अथवा निराश प्रतीत नहीं हो रहा था। उसका अदम्य आत्मविश्वास देखकर

एक बार तो कृष्ण भी चकित रह गए। आज कौरवों में से किसी का भी आत्मविश्वास उन्हें सशंक कर देता था।

"पार्थ! यदि तुम सचमुच पाण्डु के पुत्र हो तो आज मुझ पर अपने दिव्यास्त्रों का प्रयोग करके दिखाओ। तुममें और कृष्ण में जो बल और पराक्रम हो, उसे प्रकट करो।"

अर्जुन अपने मन में उपजे प्रश्न से जूझ ही रहा था कि दुर्योधन के इस असाधारण आत्मविश्वास का रहस्य क्या हो सकता है कि दुर्योधन ने बाण चलाकर कृष्ण का वक्ष छेद डाला और उनके हाथ के प्रतोद को काटकर भूमि पर गिरा दिया।

अब सोचने का समय नहीं था। अर्जुन के गाण्डीव से बाण छूटने लगे।... पर वे बाण दुर्योधन के शरीर को आहत करने के स्थान पर उससे टकराने के पश्चात् फिसलकर ऐसे भूमि पर गिर रहे थे, जैसे वे किसी शिला से टकराकर अपनी निष्फलता सिद्ध कर रहे हों।

कृष्ण ने चकित होकर अर्जुन की ओर देखा। अर्जुन ने न समझ पाने की मुद्रा में अपने कन्धे उचका दिए और पुनः चौदह बाण मारे। उन बाणों की गति भी वही हुई। दुर्योधन इस प्रकार अटल खड़ा था, जैसे दिखा देना चाहता हो कि अर्जुन उसका कुछ भी नहीं बिगाड़ सकता। अब वह बाण चलाने की जल्दी में भी नहीं लगता था। उसके अधरों पर विद्रूपमय मुस्कान थी, जैसे उसके सम्मुख अर्जुन न हो कोई मदान्ध मूषक हो।

"क्या हो गया है तुम्हें अर्जुन? तुम्हारे बाण काम नहीं कर रहे।" कृष्ण बोले, "वे तो जैसे प्रस्तर-खण्ड से टकरा-टकराकर गिर रहे हैं। तुम्हारा गाण्डीव, तुम्हारी मुट्ठी तथा तुम्हारा बाहुबल ठीक है न? या किसी कारणवश तुम समझते हो कि शत्रु से भेंट का अभी अन्तिम समय नहीं आया? तुम्हारे बाणों को इस प्रकार निष्फल होते तो मैंने कभी नहीं देखा।"

अर्जुन की चेतना लौटी, "लगता है कि आचार्य ने मंत्रों सहित इसे यह अभेद्य कवच बाँध दिया है। दुर्योधन भी जानता है कि कवच मेरे बाणों के लिए अभेद्य है। तभी तो आकर इस प्रकार सामने खड़ा हो, चुनौती दे रहा है।"

"तो?"

"आचार्य ने इसे कवच तो बाँध दिया है किन्तु इस कवच को धारण करने पर, जिस कर्तव्य के पालन का विधान किया गया है, उसे यह नहीं जानता। जैसे स्त्रियाँ कहीं से अलंकार बनवा कर धारण कर लेती हैं, वैसे ही यह किसी और की दी हुई कवच-धारणा को अंगीकार किए हुए है।" अर्जुन ने कहा।

अर्जुन के चेहरे का द्वन्द्व और अनिर्णय का भाव मिट चुका था। उसने मानवास्त्र से अपने बाणों को अभिमंत्रित कर, धनुष खींचा।

दुर्योधन उसी प्रकार निर्भय उसके सामने खड़ा रहा; किन्तु अश्वत्थामा पीछे से आगे आ गया। उसने असाधारण स्फूर्ति का परिचय देते हुए, अर्जुन के इस सर्वास्त्रघातक अस्त्र को काट डाला। इस स्थिति का लाभ उठाकर दुर्योधन ने अपने बाणों से कृष्ण और अर्जुन के शरीर को कितने ही छोटे-बड़े घाव दे दिए।

दुर्योधन और अश्वत्थामा दोनों ही एक प्रकार से आश्वस्त थे कि अर्जुन पुनः मानवास्त्र नहीं छोड़ सकता। साधारण बाणों से अर्जुन, दुर्योधन को कोई क्षति नहीं पहुँचा सकता था। उसका प्रायः सारा ही शरीर अभेद्य कवच से सुरक्षित था।...

कोई विकल्प न देख, अर्जुन ने दुर्योधन के अश्वों और उसके पृष्ठरक्षकों को मार डाला। धनुष और दस्ताने काट दिए। रथ के टुकड़े-टुकड़े कर दिए। दुर्योधन ने घबराकर अपने हाथ जैसे ऊपर उठाए और अर्जुन ने उसकी हथेलियों में पैने बाण धँसा दिए। वह अभी उन्हें देख भी नहीं पाया था कि अर्जुन ने उसके नखों के मांस में प्रहार किया।

दुर्योधन समझ गया कि केवल एक अभेद्य कवच ही युद्ध जीतने के लिए पर्याप्त नहीं है। उसने उस कवच से कुछ अधिक ही अपेक्षा की थी। दुर्योधन असह्य वेदना का अनुभव कर रहा था। उसे पितामह द्वारा दी गई विशल्यकारिणी बूटी स्मरण हो आई। कदाचित् वह ऐसे ही समय के लिए उपयुक्त औषध थी।

कौरव योद्धाओं ने अपने राजा को इस प्रकार व्याकुल देखा तो वे उसकी रक्षा को दौड़े आए।

"मुझे छोड़ो मूर्खो!" दुर्योधन चिल्लाया, "जाओ, सिन्धुराज जयद्रथ की रक्षा करो।"

दुर्योधन युद्धभूमि से हट गया। उसके तन और मन में असह्य वेदना हो रही थी।...वह कुछ भी कर ले; किन्तु अर्जुन के पास उसके प्रत्येक घात का प्रतिघात होता ही है। आचार्य उसको ऐसा अभेद्य कवच दे सकते थे तो उसकी हथेलियों और नखों का भी कोई न कोई प्रबंध कर ही सकते थे। पर क्यों नहीं किया उन्होंने।...वह बुड्ढा कोई न कोई कमी छोड़ ही देता है।...ठीक है कि दुर्योधन को धनुर्वेद का इतना ज्ञान नहीं है। बाण विद्या का इतना अभ्यास भी नहीं है।...पर आचार्य को तो है। वे ऐसा ही कवच अपने शरीर पर बाँध कर अर्जुन से नहीं लड़ सकते क्या? अर्जुन उनको लाँघ कैसे

आया? वहाँ वे अपना व्यूह बचाने में लगे हैं और यहाँ जयद्रथ मारा जाएगा। ...जो भी बात कही जाए, उसी का विरोध कर देते हैं। ऐसे-ऐसे स्वर्ण अवसर व्यर्थ ही हाथ से निकलते जा रहे हैं। उन्होंने कहा था अर्जुन को युधिष्ठिर से दूर ले जाओ तो वे युधिष्ठिर को जीवित बंदी कर उसे सौंप देंगे। आज तीसरा दिन है...अर्जुन और युधिष्ठिर को पृथक्-पृथक् स्थानों पर लड़ते हुए, किन्तु आज तक वे उस धर्मराज को बंदी नहीं कर पाए हैं। आज कहा था कि अर्जुन को जयद्रथ से दूर रखिए। बस! और कुछ नहीं। वे उतना भी नहीं कर पाए।...कर नहीं पाए अथवा करना चाहते ही नहीं?...और अर्जुन ऐसा लक्ष्य कैसे साध सकता है? इतनी दूरी से कोई किसी के नखों में बाण कैसे धँसा सकता है? यह उसके योगाभ्यास के कारण है क्या? ऐसी एकाग्रता तो योग से ही हो सकती है। अर्जुन तो वैसे अपने शैशव से ही केवल चिड़िया की आँख देखता रहा है।...

कृष्ण रथ को दौड़ाते जा रहे थे। युद्धभूमि में उड़ी धूल से उनकी पलकें तक धूल-धूसरित हो रही थीं और चेहरा स्वेद से भीगा जा रहा था।...रथ की गति फिर कुछ मंद होने लगी थी।

"वे आ रहे हैं।" अर्जुन ने कहा।

"हाँ!" कृष्ण बोले, "जिस प्रकार से उनके रथ चल रहे हैं, उनका प्रयोजन हमें घेर लेना ही हो सकता है। सम्भव है हमें घेर कर वे फिर से दुर्योधन अथवा कर्ण की प्रतीक्षा करना चाहते हों। आचार्य तो अपना व्यूह छोड़कर आते दिखाई नहीं देते।"

"आचार्य के मन के द्वन्द्व को मैं समझता हूँ।" अर्जुन ने कहा, "वे अपना कर्तव्यबोध कितना भी जगा लें; किन्तु वे मेरे शत्रु नहीं हो सकते।"

"ठीक है, पर वे तुम्हारे मित्र भी नहीं हो सकते।" कृष्ण बोले, "वे दुर्योधन के सेनापति हैं। उसको अभेद्य कवच दे सकते हैं; पर जो निष्ठा वह उनसे माँगता है, वह नहीं दे सकते। जो श्रद्धा वे दुर्योधन से माँगते हैं, वह दुर्योधन नहीं दे सकता। दुर्योधन और आचार्य—राजा और सेनापति—के पारस्परिक द्वन्द्वों को तुम अपने प्रति उनका प्रेम मत समझो। मत भूलो कि अभिमन्यु के आखेट के लिए चक्रव्यूह भी उन्होंने ही रचा था। हम उन पर विश्वास तो नहीं कर सकते।"

अर्जुन ने कोई उत्तर नहीं दिया।...कृष्ण कैसे इतने निर्मोही हो सकते हैं। अर्जुन के मन से अपने गुरु का मोह नहीं जाता। कृष्ण केवल धर्म से प्रेम करते हैं...और किसी से भी नहीं।...उनकी व्यावसायित्मिका वृत्ति, उनकी निश्चयात्मक बुद्धि इतनी एकाग्र है कि उनको उनके लक्ष्य से कोई रंच भर भी

डिगा नहीं सकता। वे जैसे सदा समाधि में ही रहते हैं। ऐसा योगी कोई और कैसे हो सकता है...

"जयद्रथ अभी भी हमसे एक कोस दूर तो होगा?" अर्जुन ने कहा।

"हाँ! इतना तो होगा।" कृष्ण बोले, "किन्तु कौरव रथियों की सेना तो आ पहुँची है। वे हमें घेर लेंगे तो एक कोस पहुँचने में भी बहुत समय लग जाएगा।"

अर्जुन ने अपना गाण्डीव ताना, "मैं अभी इनका घेरा तोड़ता हूँ।"

"अर्जुन!" कृष्ण धीरे से बोले, "तुम उनका घेरा तोड़ तो लोगे, किन्तु उसमें समय लगेगा और आज हमारे पास समय ही नहीं है।"

"तो?"

"तुम गाण्डीव की टंकार करो।" कृष्ण बोले, "और मैं पांचजन्य फूँकता हूँ।"

"उससे क्या होगा?"

"बिना तनिक-सा भी समय खोए हम इनका घेरा तोड़कर निकल जाएँगे।"

अर्जुन समझ नहीं पाया कि कृष्ण क्या कर रहे हैं। शस्त्रास्त्रों का प्रयोग न कर कृष्ण ध्वनि मात्र से शत्रुओं को पराजित करना चाहते हैं। ध्वनि की शक्ति को अर्जुन भी मानता था। वस्तुतः वह पवनदेव की ही तो शक्ति थी, जो नाद बनकर गूँजती थी। नाद के महत्त्व का तिरस्कार कौन कर सकता था। ओंकार भी तो नाद ही है। वह ब्रह्म है। पर युद्ध में नाद का प्रयोग? जाने कृष्ण के मन में क्या है।...पर कृष्ण की योजना समझे बिना भी उसके अनुसार कार्य करने में अर्जुन को कोई आपत्ति नहीं थी।

उसने गाण्डीव की प्रत्यंचा को अपने दाएँ कान तक खींचा और कृष्ण ने पांचजन्य को शक्ति भर फूँका...

अर्जुन ने देखा : उन्हें घेरने वाले रथियों में भी कँपकँपी मच गई थी। उनके रथ ऐसे अस्थिर हो रहे थे, जैसे कोई भूचाल आया हो।...और कृष्ण अपने अश्वों को उनके बीच में से निकालकर ले गए। अर्जुन के रथ के चारों ओर घेर बनते-बनते रह गया।...

वे बहुत दूर नहीं जा सके। भूरिश्रवा, शल, कर्ण, वृषसेन, कृपाचार्य, अश्वत्थामा, शल्य और दुर्योधन—आठ-आठ महारथी पुनः उनके सम्मुख खड़े थे। सबसे आश्चर्य की बात थी कि जयद्रथ भी उनके साथ था।...तो इसका अर्थ था कि वे जयद्रथ के इतने निकट पहुँच गए थे कि जयद्रथ को अब छुपे रहना सुरक्षित नहीं लगा। सम्भव है कि उसका अपने रक्षकों पर से विश्वास उठ गया हो। उसने स्वयं युद्ध करना ही उचित समझा हो।...

वे आठों युद्ध के लिए पूर्णतः सन्नद्ध थे। उनके रथों के अश्वों की एकरूपता पर अर्जुन का ध्यान अटका : अश्वों पर व्याघ्रचर्म का आच्छादन डाला गया था और उन्हें चन्द्र चिह्नों से विभूषित किया गया था। वे बहुत आक्रामक मुद्रा में थे, जैसे आर-पार का युद्ध करने आए हों। उन्होंने अर्जुन को घेर कर जैसे किसी पूर्वविचारित योजना के अन्तर्गत भल्लों से बींधना आरम्भ किया। ध्वज पर चोट की और अश्वों को घायल किया। शत्रु योद्धा से लड़े बिना उसके अश्वों और सारथि पर ऊर्जा का अपव्यय किसी योद्धा की व्याकुलता का ही लक्षण होता है।

कृष्ण को घायल देखकर अर्जुन कुपित हो उठा। जिसको देखो, वही योद्धा को छोड़ सारथि पर प्रहार कर रहा है। क्या चाहते हैं वे? वे चाहते हैं कि कृष्ण शस्त्र उठाएँ? वे चाहते हैं कि कृष्ण की प्रतिज्ञा भंग हो?...पर वे नहीं जानते कि यदि सचमुच ही कृष्ण ने शस्त्र उठा लिया तो इनकी कितनी दुर्गति होगी। कृष्ण पर प्रतिज्ञा भंग का आरोप ही तो लगेगा। पर उससे क्या बिगड़ जाएगा कृष्ण का। इन कौरवों ने सारी मर्यादाओं को भंग कर अभिमन्यु का वध कर दिया, तो किस क्षत्रिय ने दुर्योधन का मुख काला कर, उसके सम्मुख उसके पुत्र को मृत्युदण्ड देने का साहस किया? द्रोण ने प्रतिज्ञा की और धर्मराज को बंदी नहीं बना सके तो क्या बिगड़ गया उनका? प्रतिज्ञा तो व्यक्ति का अपने आपको दिया गया एक वचन है। यदि धर्म की रक्षा के लिए कृष्ण अपने आपको अथवा बलराम को दिया गया एक वचन स्थगित करने का निश्चय कर लेंगे तो ये आठ के आठ महारथी अभी धूल चाटते दिखाई देंगे।...पर अर्जुन यह नहीं होने देगा। उसके रहते वह स्थिति कभी नहीं आएगी कि कृष्ण को युद्ध में शस्त्र उठाना पड़ जाए।...

बाण दोनों ओर से चल रहे थे। घाव भी दोनों ओर लग रहे थे।...पर अर्जुन का ध्यान कर्ण और जयद्रथ पर अटका था। उसकी प्रतिज्ञा थी कि वह आज जयद्रथ का वध करेगा। वध तो उसे कर्ण का भी करना था। इस युद्ध में बहुत कोलाहल नहीं मचा रहा कर्ण। क्या द्रोण भी उसे पितामह के ही समान कोई महत्त्वपूर्ण दायित्व नहीं सौंप रहे अथवा वह स्वयं ही मंत्री के नाम पर अभी तक दुर्योधन का अंगरक्षक बना घूम रहा है। राजा के साथ-साथ लगे रहने के कई लाभ होते हैं। सबसे बड़ी बात तो यह है कि व्यक्ति सुरक्षित रहता है।...

मातुल शल्य भी बहुत उग्र हो रहे थे। किसके लिए लड़ रहे हैं ये? सम्बन्धों के लिए? न्याय के लिए? अधिकार के लिए? धर्म के लिए? लाभ के लिए? लोभ के लिए?...कुछ पता नहीं है इनको। युद्ध का उन्माद है उनको। बस युद्ध के लिए ही युद्ध कर रहे हैं शायद। उस युद्ध के लिए, जो लूट में धन और

सत्ता देता है। शेष तो कुछ पता ही नहीं है उनको।...और जयद्रथ लड़ने आया भी है तो आठ-आठ महारथियों को साथ लेकर।...

कृष्ण ने रथ को ले जाकर जैसे जयद्रथ के वक्ष पर खड़ा कर दिया था और अर्जुन का तूणीर बाणों की वर्षा करके भी रिक्त नहीं हो रहा था।...

जयद्रथ का चेहरा भय से पीला पड़ रहा था। उसकी कातर दृष्टि दुर्योधन पर पड़ी, "तुमने तो कहा था राजन्! तुम मेरी रक्षा करोगे।..."

दुर्योधन अपनी ही पीड़ा से व्याकुल था कि जयद्रथ के एक वाक्य ने उसे अपमान के क्षुरों से गोदना आरम्भ कर दिया।

"पीछे हटो।" उसने अपने सैनिकों को संकेत किया।

वे लोग व्यूह की सुरक्षा में लौट गए थे।

युधिष्ठि को लगातार युद्ध के समाचार प्राप्त हो रहे थे। पांचालों और कौरवों में द्रोण को दाँव पर रखकर एक प्रकार का द्यूत-सा हो रहा था। पांचाल किसी भी प्रकार आचार्य का वध कर देने पर तुले हुए थे और कौरवों की विजय इसी में थी कि आचार्य सुरक्षित रहें। कैकेय के बृहत्क्षत्र ने द्रोण पर प्रबल आक्रमण किया था और क्षेमधूर्ति बृहत्क्षत्र का सामना करने आ गया था। धृष्टकेतु के सामने वीरधन्वा डट गया था। विकर्ण और नकुल में द्वन्द्व हो रहा था। दूसरी ओर दुर्मुख से सहदेव भिड़ा हुआ था। व्याघ्रदत्त ने सात्यकि पर आक्रमण किया था। द्रौपदेयों ने सोमद्रव के पुत्र और भूरिश्रवा के भाई शल को घेर रखा था। अलंबुश अपने भाई बकासुर की हत्या का प्रतिशोध लेने के लिए अब भी भीम से उलझा हुआ था।

युधिष्ठिर को लगा कि यदि इस समय आचार्य को न रोका गया तो वे युद्ध का सारा सन्तुलन कौरवों की ओर झुका देंगे। धृष्टद्युम्न दूर था, नहीं तो वे उसी को भेजते। वे जानते थे कि उन्हें द्रोण से दूर रहना है। इस समय उनकी रक्षा के लिए नियुक्त सात्यकि भी उनके निकट नहीं था। किन्तु द्रोण को मुक्त नहीं छोड़ा जा सकता था।...

युधिष्ठिर ने अपनी वाहिनियों के साथ स्वयं द्रोण पर आक्रमण किया। पर द्रोण इस समय बहुत ही आक्रामक मुद्रा में थे। उन्होंने युधिष्ठिर पर बाणों की वर्षा कर दी. युधिष्ठिर का धनुष कट गया और वे बाणों से इस प्रकार ढँक गए कि अपनी वाहिनी से भी उनका सम्पर्क टूट गया। वे समझ रहे थे कि उनका इस प्रकार अपनी वाहिनी से असम्पर्क और अपनी सेना की दृष्टि से ओझल हो जाना, उनकी सेना के लिए शुभ नहीं था। कोई भी सेना ऐसे में उन्हें मृत मान लेगी और जिस सेना का राजा मारा जाता है, उसका आत्मबल क्षण भर भी नहीं टिकता।...

युधिष्ठिर ने अपने आत्मबल को संचित किया। अपने धर्म को स्मरण किया और उठकर खड़े हो गए। उन्होंने दूसरा धनुष लिया और आचार्य का धनुष काट डाला, ताकि न आचार्य की ओर से बाण चलें और न ही वे उन्हें ढँक पाएँ। पाण्डवों की सेना को ज्ञात होना चाहिए कि उनका राजा अभी जीवित है और युद्ध में समर्थ ही नहीं है, कौरवों के महासेनापति से भी लोहा ले सकने की स्थिति में है। राजा सदा अपनी सेना के सामने होना चाहिए।...जब एक के पश्चात् एक कर उन्होंने द्रोण के कई धनुष काट डाले तो किसी प्रभावी परिणाम के लिए हाथ में एक शक्ति उठा ली और उच्च स्वर में सिंहनाद किया।

आचार्य ने तनिक भी संकट झेलना उचित नहीं समझा। उन्होंने धर्मराज की शक्ति को काटने के लिए ब्रह्मास्त्र प्रकट किया। वह युधिष्ठिर की शक्ति को काटता हुआ उनकी ओर बढ़ रहा था। युधिष्ठिर के सम्मुख भी और कोई मार्ग नहीं था। उन्होंने भी आचार्य के ब्रह्मास्त्र के शमन के लिए अपना ब्रह्मास्त्र प्रकट किया। द्रोण को घायल किया और उनके विशाल धनुष को फिर काट डाला।

आचार्य ने इस बार अपना कटा हुआ धनुष फेंककर दूसरा धनुष नहीं उठाया, एक भारी गदा उठाई और युधिष्ठिर पर सीधा वार किया। धर्मराज ने भी गदा से ही उसका प्रतिकार किया। किन्तु तब तक आचार्य ने उनके अश्व मार दिए थे और उनके बाण सीधे युधिष्ठिर को पीड़ा पहुँचा रहे थे। युधिष्ठिर अपने रथ से कूदकर धरती पर आ गए। वे निःशस्त्र थे और धरती पर खड़े थे।...आचार्य के लिए उन्हें बंदी करने का स्वर्णिम अवसर था। वे युधिष्ठिर की ओर किसी श्येन के समान झपटे...

पाण्डव सेना में भयंकर कोलाहल हुआ...राजा मारे गए...राजा मारे गए...

पर तब तक सहदेव किसी ओर से प्रकट हो गया। उसने धर्मराज को तत्काल अपने रथ पर चढ़ा लिया और वहाँ रुकने के स्थान पर द्रोण के व्यूह से दूर अपनी सेना के मध्य ले गया।

अपनी सेना के मध्य सुरक्षित युधिष्ठिर स्वयं अपने आपको भी सँभालने का प्रयत्न कर रहे थे और अपनी सेना को भी। उन्हें समाचार मिल रहे थे।... संशप्तक युद्ध के बचे हुए त्रिगर्त एक-एक कर मारे जा रहे थे। पहले त्रिगर्त वीर वीरधन्वा की मृत्यु हुई। उसके पश्चात् सुशर्मा का पुत्र निरमित्र पाण्डव सेना में घिर कर मारा गया। नकुल ने विकर्ण को पराजित कर दिया था और विकर्ण उसके सम्मुख से हट गया था। व्याघ्रदत्त ने सात्यकि को पीड़ित किया था और सात्यकि ने उसका वध कर दिया था। द्रौपदेयों ने शल को मार गिराया था।

अलंबुश ने भीम को कुछ इस प्रकार घायल कर दिया था कि भीम को मूर्च्छा आ गई थी। भीम अपने रथ की बैठक में गिर गया था। पर शीघ्र ही सचेत होकर उसने अलंबुश को घेरना आरम्भ किया। अलंबुश ने अपनी राक्षसी विद्या प्रकट की किन्तु भीम के बाणों ने उसकी एक नहीं चलने दी। अन्ततः वह अपने प्राण बचाने के लिए भाग कर द्रोण की शरण में चला गया।

इस बार घटोत्कच ने अलंबुश पर आक्रमण किया। अलंबुश ने अपनी माया प्रकट की। पाण्डवों के लिए उसका एक ही अर्थ था कि वह राक्षस, युद्ध के नियमों का उल्लंघन कर रहा था। क्रुद्ध पाण्डव उस पर टूट पड़े। उन्होंने अलंबुश को घेर लिया।...और घटोत्कच सबके देखते हुए अपने रथ से कूदकर अलंबुश के रथ पर जा चढ़ा। जब तक स्वयं अलंबुश और उसका सारथि यह समझ सकते कि क्या हो रहा है, घटोत्कच ने उसे पकड़कर अपने सिर से भी ऊपर उठा लिया था। उसने उसे हवा में कई चक्कर दिए और पूरे वेग से धरती पर पटक दिया। अलंबुश का क्षतविक्षत शरीर धरती पर पड़ा था। उसकी त्वचा अनेक स्थानों से फट गई थी और उसकी हड्डियाँ टूट गई थीं।

अलंबुश को मारकर घटोत्कच स्वयं युधिष्ठिर के पास आया। उसने हाथ जोड़कर अपना मस्तक नवाया और फिर धर्मराज के चरणों का स्पर्श किया। उसकी वीरता से धर्मराज गद्‌गद् थे। भावुक स्वर में बोले, "मैं तुमसे बहुत प्रसन्न हूँ वत्स! तुम अपने पिता के उपयुक्त वीर पुत्र हो।"

धर्मराज को सूचना मिली कि सात्यकि द्वारा अपनी सेना को पीड़ित जान और उसका कोई प्रतिकार न देख, आचार्य द्रोण ने स्वयं ही सात्यकि पर आक्रमण किया। दोनों में भयंकर युद्ध चला। द्रोण स्वयं भी घायल हो गए थे और सात्यकि भी क्षतविक्षत हो गया था। सात्यकि की शिथिलता का समाचार पाते ही युधिष्ठिर सतर्क हो गए।

"जैसे राहु सूर्य को ग्रस लेता है, वैसे ही इस सयम सात्यकि को द्रोण ग्रस रहे हैं। तुम लोग दौड़ो और वहीं व्यूह बाँधो, जहाँ सात्यकि युद्ध कर रहा है।" युधिष्ठिर ने कहा और तब उनकी दृष्टि धृष्टद्युम्न पर पड़ी, "द्रुपदकुमार, तुम इस प्रकार निष्क्रिय क्यों खड़े हो। द्रोण पर आक्रमण करो। उनको रोको। नहीं तो हम सात्यकि को खो बैठेंगे। सात्यकि मेरे लिए उतना ही महत्त्वपूर्ण है, जितने कृष्ण और अर्जुन हैं। तुम देख नहीं रहे कि उस पर द्रोण का भय उपस्थिति हो गया है? भीम को भी अपने साथ लो और जाकर सात्यकि युयुधान की रक्षा करो। सारे महारथी इस समय सात्यकि के रथ के समीप जाएँ और उसे यमराज के पाश से छुडाएँ। द्रोण उसे आज नहीं छोड़ेगे।"

युधिष्ठिर का शरीर युद्ध कर रहा था, उनका आशंकित मन अपना ताना-बाना बुनता जा रहा था। इस समय उनको अपनी चिन्ता नहीं थी। उनके साथ जो होना होगा, वह हो; किन्तु उनके लिए युद्धरत उनके ये बन्धु कितनी कठिनाई में हैं। कभी-कभी तो उन्हें लगने लगता है कि द्रोण का क्रोध देखकर धृष्टद्युम्न का उत्साह भी जैसे समाप्त हो जाता है। ऐसे में आचार्य से वे कैसे पार पाएँगे...और आचार्य से पार पाए बिना कोई कौरव सेना में प्रवेश नहीं कर सकता। वहाँ अर्जुन है। कृष्ण हैं। उनका कोई भी समाचार नहीं मिला है। सामान्य युद्ध होता तो संदेशवाहकों के अश्व दौड़ते रहते और उनको समाचार मिलते रहते। आवश्यकता पड़ने पर युद्ध की नीति निर्धारित की जाती। सहायता भेजी जाती। किन्तु यहाँ तो कृष्ण और अर्जुन जाकर जैसे कौरव सेना में बंद हो गए हैं। न कोई भीतर जा सकता है, न समाचार ला सकता है।...

द्रोण पीछे हट गए थे। पाण्डव महारथियों ने सात्यकि को उनसे मुक्त करा लिया था। और सात्यकि अब स्वस्थ और प्रसन्न दिखाई दे रहा था।...

और तभी युधिष्ठिर ने कहीं दूर से आती शंख की क्षीण-सी ध्वनि सुनी। ...उनके कान धोखा नहीं खा सकते थे। यह निश्चय ही पांचजन्य का घोष था।...कृष्ण पांचजन्य का घोष क्यों कर रहे हैं?...उन्हें लगा कि वे कौरव सैनिकों का हर्षनाद भी सुन रहे हैं। कौरव किस बात से प्रसन्न हैं। क्या उन्होंने अर्जुन पर विजय प्राप्त की है? अर्जुन किसी कठिनाई में फँस गया है? उस पर कोई संकट आया है क्या?...कहीं ऐसा तो नहीं कि अर्जुन ने वीरगति प्राप्त की हो और कौरव सैनिक हर्ष से उन्मत्त हो रहे हों...तभी तो कृष्ण को अपनी प्रतिज्ञा के विरुद्ध युद्ध करना पड़ रहा है। नहीं तो वे पांचजन्य का घोष क्यों करते? ...पर वे अकेले क्या-क्या करेंगे? रथ को सँभालेंगे अथवा शत्रुओं को?

युधिष्ठिर का मन अनेक प्रकार की कल्पनाएँ कर रहा था। उनके मन में अर्जुन और कृष्ण के संकट के अनेक चित्र बन और बिगड़ रहे थे। वे जानते थे कि कृष्ण सब प्रकार से समर्थ थे। अर्जुन जैसा योद्धा भी कोई नहीं था कौरवों के पास।...किन्तु उससे क्या होता है। वे सब मिल जाएँगे। कृष्ण और अर्जुन को घेर लेंगे। युद्ध के नियमों की मर्यादा का भी उनको कोई ध्यान नहीं रहेगा। वे अपना लक्ष्य प्राप्त करने के लिए कुछ भी कर सकते हैं।...युधिष्ठिर को कुछ करना होगा।...वे जानते हैं कि कितनी भी इच्छा होने पर वे स्वयं द्रोण को लाँघकर कौरव सेना में प्रवेश नहीं कर सकते।...यदि वे ऐसा कोई प्रयत्न करेंगे तो सम्भव है कि द्रोण उनको मार्ग भी दे दें, और कौरव सेना में प्रविष्ट होने पर उनको घेरकर बंदी कर लें।...युधिष्ठिर बंदी हो गए तो अर्जुन

युद्ध को जीत कर भी क्या पाएगा। अपने भाई और राजा की मुक्ति के लिए उसे सब कुछ त्यागना पड़ेगा।...तो किसे भेजें, वे अर्जुन की सहायता के लिए? भीम वैसा दक्ष धनुर्धर नहीं है कि द्रोण, कर्ण और कृतवर्मा से लोहा ले सके और अर्जुन तथा कृष्ण की कोई सहायता कर सके।...

युधिष्ठिर, सात्यकि के निकट आए, "अब स्वस्थ हो?"

"महाराज! मुझ-सा स्वस्थ और कौन होगा। सामने शत्रु हों और मेरे हाथ में शस्त्र हो।" सात्यकि हँसा।

"अर्जुन तुम्हारा भाई है। वह तुम्हारा मित्र भी है और गुरु भी।" युधिष्ठिर बोले, "वह इस समय संकट मैं है। जाओ, उसकी सहायता का प्रयत्न करो।"

सात्यकि का मुख आश्चर्य से खुल गया, "क्या कह रहे हैं धर्मराज!"

"चिन्ता मत करो।" युधिष्ठिर बोले, "यदि आचार्य द्रोण तुम्हारा पीछा करेंगे तो भीम के साथ मिलकर हम उन्हें रोकेंगे। तुम उनको लाँघ जाओ तो फिर और कौन है उस सेना में जो तुम्हें रोक पाए।"

"पर महाराज!..."

"सात्यकि! मुझे लगता है कि वहाँ अर्जुन नखर और प्रासों से युद्ध करने वाले जयद्रथ के सैनिकों में घिर गया है।" युधिष्ठिर बोले, "उस सेना का निवारण किए बिना जयद्रथ को जीतना असम्भव है।"

"महाराज! आपको ऐसा क्यों लग रहा है? कोई कारण तो होगा। क्या ऐसा कोई समाचार आया है?"

"नहीं समाचार ही तो नहीं आया।" युधिष्ठिर बोले, "किन्तु मैंने कौरव सैनिकों का हर्षनाद और पांचजन्य का भयंकर घोष सुना है। इसका एक ही अर्थ है कि वे लोग संकट में हैं; और केशव को अपनी प्रतिज्ञा के विरुद्ध युद्ध करना पड़ रहा है। तुम जाओ सात्यकि! न विलम्ब, न भय।"

"महाराज! अर्जुन के हित के लिए मुझे किसी प्रकार भी अपने प्राणों की चिन्ता नहीं है। फिर आपका आदेश मिलने पर मैं इस महायुद्ध में क्या नहीं कर सकता। मैं दुर्योधन से भयभीत नहीं हूँ। मैं उससे युद्ध करूँगा। मैं धनंजय के निकट पहुँचूंगा। जयद्रथ के मारे जाने पर उनके साथ ही लौट कर आपके दर्शन करूँगा। पर अर्जुन मुझे आपकी रक्षा में नियुक्त करके गए हैं। ऐसे में मैं आपको छोड़कर कैसे जा सकता हूँ। द्रोण ने आपको बंदी कर लिया तो जयद्रथ का वध किसी भी प्रकार नहीं हो सकेगा।"

"आचार्य मुझे बंदी नहीं कर पाएँगे।" युधिष्ठिर बोले, "तुम सोचो, यदि वे इसमें समर्थ होते तो उनकी प्रतिज्ञा के तीसरे दिन भी मैं तुम लोगों के मध्य कैसे होता?"

"वह तो ठीक है। हम यही चाहते हैं कि वे इसमें कभी सफल न हो पाएँ।" सात्यकि ने कहा, "मैं तो प्रातः ही धनंजय के साथ जा रहा था, पर उन्होंने आपको मेरे पास धरोहर के रूप में रख छोड़ा है। मेरे चले जाने पर आपकी रक्षा कौन करेगा? जब तक मैं नहीं लौटता, तब तक द्रोण को कौन रोकेगा?"

युधिष्ठिर ने उसे स्थिर दृष्टि से देखा और बोले, "युद्धक्षेत्र में तुम्हें समझाने या मनाने में अधिक समय नहीं लगा सकता। मेरी आज्ञा से तुम वहीं जाओ। उनकी सहायता करो। मैं राजा होकर अपनी ही रक्षा करता रहूँगा या अपने सहयोगियों की देखभाल भी करूँगा। तुम स्वयं ही सोचो, ऐसे में तुम क्या करते।"

"यह आपकी उदारता है।" सात्यकि बोला, "किन्तु हमारा भी तो कुछ कर्तव्य है आपकी रक्षा..."

"मेरी रक्षा भीम करेगा। द्रौपदेय करेंगे। कैकेय राजकुमार हैं, घटोत्कच है, विराट हैं, द्रुपद हैं, शिखण्डी है, धृष्टकेतु है, पुरुजित है। मेरे भाई हैं।" युधिष्ठिर बोले, "इतने योद्धा होते हुए भी मेरी रक्षा नहीं होगी, तो क्या करना है इतने महारथियों का?..." युधिष्ठिर रुके, "मैं तुम्हारा महत्त्व कम नहीं आँक रहा हूँ युयुधान! तुम इन सबसे ऊपर हो। इसीलिए तुम्हें अकेले को कौरव सेना को लाँघकर अर्जुन की सहायता के लिए भेज रहा हूँ। आज तुम्हारी वीरता, बल और कौशल की परीक्षा है...मेरा आदेश है, तुम जाओ।"

सात्यकि ने अब कोई आपत्ति नहीं की। अपने आदेश द्वारा युधिष्ठिर ने उसको अर्जुन के वचन से मुक्त कर दिया था। उसका अपना मन भी तो भाग-भागकर कृष्ण और अर्जुन के आसपास मँडरा रहा था। वह यहाँ लड़ता रहे और वे वहाँ संकट में फँसकर अपने प्राण दे दें, उसका क्या लाभ है। वह उनसे पाई हुई शस्त्र विद्या का मूल्य कब चुकाएगा।...युधिष्ठिर ने उसको एक अद्भुत अवसर प्रदान किया था। अकेला सात्यकि सारी कौरव सेना का लंघन कर अर्जुन की सहायता को पहुँचेगा।...

सात्यकि अपने शिविर में लौटा। रथ को शस्त्रास्त्रों से पूरित करने का आदेश दिया। सेवकों ने रथ में नए अक्लांत अश्व जोते। उन्हें मादक द्रव्य पिलाया। सात्यकि ने भी कैलातक मधु का पान किया और रथारूढ़ हो गया।

भीम ने सात्यकि की कुछ नई-सी भंगिमा देखी तो साथ हो लिया, "कहाँ जा रहे हो?"

"धर्मराज ने मुझे धनंजय और केशव की सहायतार्थ जाने के लिए कहा है।"

भीम स्तब्ध-सा रह गया, "उन लोगों ने सहायता माँगी है क्या? क्या वे संकट में हैं?"

"महाराज का अनुनान है कि वे लोग किसी गम्भीर संकट में हैं।"

"चलो! मैं भी तुम्हारे साथ चलता हूँ।" भीम ने कहा।

"नहीं!" सात्यकि बोला, "महाराज ने कहा है कि मेरी अनुपस्थिति में आप उनकी रक्षा करेंगे।" वह रुका, "और मैं तो अपनी ओर से भी कहने वाला था कि मेरी प्रार्थना मान कर, आप महाराज की रक्षा के लिए उनके निकट ही रहें। यदि हम दोनों चले जाएँगे तो महाराज के लिए संकट हो सकता है।"

भीम रुक गया, "ठीक है, तुम चलो।"

18

सात्यकि ने देखा, उसके लिए मार्ग बनाने के लिए, स्वयं धर्मराज ने आचार्य द्रोण पर आक्रमण कर दिया था।...धर्मराज के हृदय की उदारता को पाना बहुत कठिन है। अपनी रक्षा की तनिक भी चिन्ता किए बिना, वे अपने भाई की रक्षा के लिए उसे भेज रहे हैं; और उसकी रक्षा के लिए स्वयं आचार्य पर आक्रमण कर रहे हैं।...जब वे अपनी अक्षमता जानते हुए भी अपने गुरु और कौरवों के सबसे दुर्द्धर्ष योद्धा पर आक्रमण कर सारे संकट अपनी ओर आकृष्ट कर रहे हैं तो फिर सात्यकि किसका भय करे? और इस समय तो वैसे भी द्रोण को धर्मराज ने उलझा रखा था।

सात्यकि ने सानने आने वाले सात धनुर्धरों को मार गिराया और वह कौरव सेना में प्रवेश कर गया। उसने देखा, द्रोण धर्मराज को छोड़कर उसकी ओर दौड़े। उन्होंने तत्काल उसके सम्मुख आकर उसे रोक ही नहीं लिया घायल भी कर दिया। पर उससे तो सात्यकि की उग्रता और भी भड़क उठी। उसने द्रोण को क्षतविक्षत कर दिया।

द्रोण हँस पड़े। बोले, "तुम्हारे आचार्य अर्जुन तो एक कायर के समान, समरभूमि छोड़कर चले गए। मैं युद्ध कर रहा था, तो भी मेरी परिक्रमा कर, आगे बढ़ गए। यदि तुम भी उसी के समान भाग नहीं गए तो आज मेरे हाथों से मारे जाओगे।"

सात्यकि के मन में जैसे चपला चमकी : उस सघन अन्धकार में प्रकाश की एक रेखा खिंच गई थी। यह आचार्य की चुनौती है अथवा उनका संकेत? क्या वे उसे बता रहे हैं कि वह भी अर्जुन के समान उनकी परिक्रमा कर चला जाएगा तो वे उसके मार्ग की बाधा नहीं बनेंगे?...पर इस ऊहापोह में क्या उलझता। यदि वे ऐसा कोई संकेत नहीं भी दे रहे, तो भी यही उत्तम मार्ग है। ...यदि वह उनको छोड़कर नहीं गया, उनके साथ युद्ध में उलझ गया तो सूर्यास्त

तक वह यहीं खड़ा दिखाई देगा। वह नहीं चाहता कि ऐसा हो। आचार्य भी नहीं चाहते कि ऐसा हो...यही एक मार्ग है...

"मैं धर्मराज की आज्ञा से अपने आचार्य धनंजय के मार्ग पर जा रहा हूँ।" वह बोला, "आप ऐसा करें कि जिससे मुझे विलम्ब न हो। शिष्य तो सदा ही अपने आचार्य के मार्ग का अनुसरण करता है। जिस मार्ग से मेरे गुरु गए हैं, मैं भी उसी से जा रहा हूँ।"

द्रोण उस पर बाण चलाते रहे; किन्तु सात्यकि ने उनसे उलझने का कोई प्रयत्न नहीं किया। तब तक धर्मराज और मध्यम पाण्डव भीम आ गए थे और उन्होंने आचार्य को उलझा लिया था।

"ऐसा करो सारथे!" सात्यकि बोला, "वह सामने अवंति की सेना है। उसके पश्चात् वह दाक्षिणात्यों की सेना है तब बाह्लीकों की सेना है। उसके साथ कर्ण की सेना लगी खड़ी है। ये सब एक-दूसरे से भिन्न हैं। अपने-अपने मार्ग पर डटी हुई हैं। ये अपने स्थान का त्याग नहीं करेंगी। जल्दी एक-दूसरे की सहायता को नहीं आएँगी। तुम इन के मध्य में से होकर चलो। इनको सोचने दो कि तुम किसके क्षेत्र में से जा रहे हो और तुमको रोकना किस सेना का दायित्व है। उस ओर बाह्लीकों के पैदल सैनिक हैं। वहीं चलो।"

सात्यकि का रथ वेगपूर्वक बाह्लीकों की ओर चला तो द्रोण उसके पीछे दौड़े।

सात्यकि ने अपना मार्ग बदल दिया। वह कर्ण की सेना में से होकर कौरवों की सेना में प्रवेश कर गया। कौरव सैनिक इस प्रकार के आकस्मिक और वेगवान आक्रमण के लिए तैयार नहीं थे। उनके पाँव उखड़ गए।

कृतवर्मा को सात्यकि की यह आकस्मिक सफलता एकदम नहीं रुचि।... और सात्यकि को तो वह किसी भी स्थिति में आगे बढ़ने नहीं देगा। यदि इस युद्ध में से सात्यकि जीवित और यशस्वी होकर निकल गया तो कृतवर्मा के जीवन का लक्ष्य ही क्या रह जाएगा।...

कृतवर्मा ने आकर सात्यकि को घेर लिया। सात्यकि के लिए अपने मन का क्षोभ दूर करने का यह स्वर्णिम अवसर था। उसने तत्काल भयंकर बाणों से कृतवर्मा को आहत कर दिया।

कहाँ तो कृतवर्मा सोच रहा था कि वह सात्यकि को लोहे के चने चबवाएगा और कहाँ वह स्वयं घायल हो गया था। वह आपे से बाहर हो गया। सबसे पहले उसने सात्यकि का धनुष काटा। सात्यकि अभी असमंजस में ही था कि कृतवर्मा ने अपने बाणों से सात्यकि का कवच फाड़कर, उसे उसके अपने ही रक्त से स्नान करा दिया।

सात्यकि ने धनुष छोड़ एक भयंकर शक्ति से कृतवर्मा की दाहिनी भुजा पर प्रहार किया। दूसरा धनुष लेकर उसके सारथि का मस्तक काट कर फेंक दिया।...कृतवर्मा के घोड़े अनियन्त्रित होकर इधर-उधर भागने लगे। किन्तु कृतवर्मा ने तनिक भी घबराहट नहीं दिखाई। उसने वल्गा अपने हाथ में ली और अश्वों को नियन्त्रित कर, धनुष उठा लिया।

इस बीच सात्यकि आगे जा चुका था। कृतवर्मा ने झल्लाकर सामने आए भीम पर आक्रमण किया। द्रोण ने भी बिखरी हुई सेना को सँभाला और उसका भार कृतवर्मा को सौंप कर स्वयं सात्यकि के पीछे भागे। युधिष्ठिर उन्हें यह नहीं करने दे सकते थे। वे नकुल और सहदेव के साथ आकर द्रोण के मार्ग में अड़ गए।

कृतवर्मा ने भीम को अपने बाणों से घायल कर दिया था। उसने भीम का धनुष भी काट दिया था। भीम पीड़ा से काँप रहा था। युधिष्ठिर ने अपना ध्यान अब कृतवर्मा पर केन्द्रित किया।...कृतवर्मा युधिष्ठिर की ओर उन्मुख हुआ और इधर भीम फिर से सचेत हो गया। उसने लोह की एक शक्ति हाथ में लेकर कृतवर्मा पर प्रहार किया। कृतवर्मा ने उस शक्ति के भी टुकड़े कर दिए। पर अब भीम पूर्णतः सजग और सचेत था। उसने दूसरा धनुष उठा लिया और कृतवर्मा पर प्रहार किया। दूसरी ओर से शिखण्डी आ गया था। कृतवर्मा ने अपने पहले ही बाण से उसका धनुष काट दिया। शिखण्डी ने खड्ग उठाकर अपने रथ से ही कृतवर्मा को दे मारा। स्वयं कृतवर्मा को तो चोट नहीं लगी, किन्तु उसका धनुष कट गया। कृतवर्मा उसके इस कौतुक से चकित ही रह गया। उसने दूसरा धनुष उठाया और बाणों की ऐसी वर्षा की कि शिखण्डी उसमें घिर कर रह गया। न वह दूसरा धनुष उठा सका, न किसी और के रथ पर जा सका। परिणामतः मूर्च्छित होकर रथ में गिर गया। और कोई मार्ग न देख, उसका सारथि रथ को तत्काल युद्धभूमि से हटा ले गया।

शिखण्डी के हटते ही पाण्डव सेना में भगदड़ मच गई। सात्यकि को लौटना पड़ा। उसने लौटकर कृतवर्मा पर आक्रमण किया; और एक ही झोंके में उसका धनुष काट कर, उसके घोड़ों को मार दिया। उसके पृष्ठरक्षकों और सारथि को क्षतविक्षत कर दिया। इस बार कृतवर्मा की भोजवंशी सेना सात्यकि के सामने नहीं ठहर सकी।

त्रिगर्तों की गजसेना ने सात्यकि को बढ़ते देखा तो उसके चारों ओर घेरा डाल दिया। पर सात्यकि अब किसी से भी रुकने वाला नहीं था। उसने गजसेना को एक प्रकार से ध्वस्त ही कर दिया।

मगधराज जलसंध अपने हाथी को सात्यकि पर चढ़ा लाया। हाथी को इस प्रकार बढ़ते देख सात्यकि के घोड़े कुछ बिदके और उतने में जलसंध ने सात्यकि का धनुष काट दिया। सात्यकि ने दूसरा धनुष लेकर जलसंध के कोदण्ड को ही काट दिया। जलसंध ने तोमर का प्रहार किया। तोमर सात्यकि की बाईं भुजा पर लगा। भुजा घायल हो गई। सात्यकि ने अपने घाव की चिन्ता न करते हुए, सीधा नाराच मार कर जलसंध का वध कर दिया।

अब तक द्रोण भागते-दौड़ते सात्यकि के सम्मुख आ गए थे। उनके साथ दुःसह, विकर्ण, चित्रसेन और दुर्योधन थे। सात्यकि ने द्रोण की आँख बचाई और दुर्योधन के रथ से अपना रथ भिड़ा कर जैसे एक श्रृंखला के रूप में अनके बाण चला दिए। दुर्योधन इतना क्षतविक्षत हुआ कि वह अपना रथ छोड़कर चित्रसेन के रथ पर जा चढ़ा।...

सात्यकि को आश्चर्य हुआ। कौरव और पाण्डव सेनाओं में उस अभेद्य कवच की बहुत चर्चा थी, जो द्रोण ने दुर्योधन के शरीर पर मंत्रोच्चार के साथ बाँधा था। उसका क्या हुआ? उसका प्रभाव समाप्त हो गया था अथवा दुर्योधन उसे उतार ही आया था? या वह कवच को पहनकर उसके अनुरूप आचरण नहीं कर सका? आचार्य का ध्यान इस ओर गया ही नहीं होगा कि ऐसे कवच के साथ आचरण की भी आवश्यकता होती है। आचार्य भी बस बंदर के कण्ठ में सच्चे मोतियों का हार डाल देते हैं।

कृतवर्मा फिर से लौट आया था। उसे देखकर सात्यकि के मन में क्रोध का जैसे ज्वार उठ आया। यह व्यक्ति श्रीकृष्ण का शुभचिन्तक भी बनता है और उनसे शत्रुता भी रखता है। स्मयंतक मणि की चोरी में सहयोगी भी होता है और बलराम का आश्रय भी चाहता है। कौरवों की सभा में से श्रीकृष्ण को बचा ले जाने के लिए अपने प्राण लगा देता है और अपनी सेना लेकर दुर्योधन की ओर से श्रीकृष्ण के विरुद्ध लड़ने भी आ जाता है।...क्या है यह—दोमुँहा साँप? सात्यकि तो उसका शत्रु है ही; वह स्वयं को सात्यकि का मित्र कहे भी तो सात्यकि उसको स्वीकार नहीं करेगा। इस व्यक्ति का कोई सिद्धान्त नहीं है। इसके जीवन का कोई आदर्श नहीं है। केवल घृणा और द्वेष के आधार पर जीने वाला यह व्यक्ति इस धरती का बोझ है। इससे तो यहीं, कुरुक्षेत्र में ही, अपना गणित बराबर कर लेना चाहिए। फिर जाने यह कहीं दिखाई पड़े न पड़े।...

सात्यकि के धनुष से बाणों की धारा फूट पड़ी। कृतवर्मा अभी विचार ही कर रहा था कि सात्यकि के बाणों ने उसके शरीर से रक्त बहाना आरम्भ कर दिया। कृतवर्मा के हाथ से धनुष बाण छूट गए और वह रथ के पिछले भाग में गिर गया।

दुःशासन को अपने रथ के सामने खड़ा देख, आचार्य के धैर्य का बाँध टूट गया : क्या करते हैं धृतराष्ट्र के ये पुत्र। जहाँ युद्ध कुछ कठोर हुआ कि युद्ध छोड़कर भागते हुए आचार्य के पास पहुँच जाते हैं, जैसे योद्धा न हों, छोटे-छोटे बालक हों।...

"ये सारे रथी कहाँ भागे जा रहे हैं?" द्रोण ने पूछा। और सहसा उनका मन आशंकित हो उठा, "राजा दुर्योधन सकुशल हैं? जयद्रथ अभी जीवित है ना?"

"आचार्य! वे लोग सकुशल हैं।" दुःशासन बोला।

"तो फिर तुम यहाँ क्या कर रहे हो? युद्ध क्यों नहीं करते?"

"आचार्य, सात्यकि किसी से भी सँभल नहीं रहा है।" दुःशासन बोला।

"गुरुकुल समझ रखा है इसे कि सात्यकि का दोष बताने चले आए।" द्रोण क्षुब्ध हो उठे, "युद्धक्षेत्र है। कोई नहीं सँभलता तो उसको सँभालने का प्रयत्न करना होता है। तुम राजा के पुत्र हो, राजा के भाई हो और स्वयं महारथी वीर हो। युवराज का पद पाकर भी ढंग से युद्ध करने के स्थान पर किसलिए इधर-उधर भागे-भागे फिरते हो। द्यूत में हारी हुई असहाय स्त्री को अभद्र और अश्लील बातें कहते हो; और वास्तविक युद्ध के सम्मुख पड़ते ही भाग जाते हो। वहीं लड़ सकते हो, जहाँ सामने कोई योद्धा न हो—एक असहाय स्त्री हो और शस्त्रविहीन, नतशिर योद्धा हताश बैठे हों। कोई लड़ न रहा हो। सारे पांचालों और पाण्डवों से वैर ठानकर अकेले सात्यकि का सामना नहीं होता तुमसे? कहाँ गया तुम्हारा वह दर्प और अभिमान? कहाँ गई तुम्हारी गर्जना? विषैले सर्पों के समान कुंतीकुमारों को कुपित कर, अब कहाँ भागे जा रहे हो? राजा के क्रूरकर्मा भाई! अपनी सेना की रक्षा करने के स्थान पर युद्ध में पीठ दिखाकर भागे जा रहे हो? सात्यकि से इतना डरते हो तो अर्जुन और भीम का सामना कैसे करोगे?" आचार्य को लगा कि उनका क्रोध अपनी सीमा का अतिक्रमण कर रहा है। वे कुछ इतना कठोर कहना चाहते हैं जो बाणों से भी भयंकर हो, "जाओ, जाकर गान्धारी के उदर में छुप जाओ। सारी पृथ्वी पर और कहीं भी तुम पाण्डवों से सुरक्षित नहीं हो। भागने का ही निर्णय कर लिया है तो युधिष्ठिर का राज्य शान्ति से उसे क्यों नहीं दे देते? व्यर्थ ही इतना रक्तपात क्यों करवा रहे हो?"

"राज्य नहीं देंगे हम।" दुःशासन बोला।

आचार्य ने जैसे उसकी बात सुनी ही नहीं। बोले, "इससे पहले कि वे तुम्हारे सारे भाइयों को मार डालें, उनसे संधि कर लो। तुम क्या भीम के पराक्रम को

नहीं जानते कि वैर ठाना और अब युद्ध से भागे जा रहे हो। जाओ, जाकर सात्यकि से युद्ध करो, ताकि सेना कुछ ठहर सके।"

दुःशासन पैर पटकता और दाँत पीसता हुआ चला गया : एक बार यह युद्ध समाप्त हो ले, फिर देखेंगे इस बुड्ढे को। युवराज को कह रहा है कि जाओ, गान्धारी के उदर में छिप जाओ।...इतना अपमान! यह भी नहीं कहा कि जाओ, माँ के उदर में छिप जाओ। कहता है गान्धारी के उदर में छिप जाओ, जैसे गान्धारी कोई सामान्य स्त्री हो।...इसकी भ्रष्ट बुद्धि का उपचार करना होगा। जानता है न कि युद्ध में हमें इसकी आवश्यकता है। इसीलिए हमारे वक्ष पर चढ़कर बैठ गया है।...

इतना सब कहकर भी द्रोण शान्त नहीं हुए। उनके भीतर जैसे अब भी लावा उबल रहा था। सामने पांचाल राजकुमार वीरकेतु पड़ गया तो उसका वध कर डाला। भाई का वध देखकर कुपित चित्रकेतु, सुधन्वा, चित्रवर्मा और चित्ररथ—आचार्य पर टूट पड़े। पर आचार्य तो इस समय महाकाल के अवतार हो रहे थे। उन्होंने उन सबका वध कर दिया।

धृष्टद्युम्न ने सब कुछ देखा। उसकी आँखों में अश्रु आ गए। वह द्रोण की ओर बढ़ा। वह इतना प्रचण्ड हो रहा था कि उसने द्रोण की गति सर्वथा अवरुद्ध कर दी। कौरव सेना में हाहाकार मच गया। द्रोण मूर्च्छित होकर रथ के पिछले भाग में बैठ गए। धृष्टद्युम्न हाथ में नग्न खड्ग लेकर द्रोण के रथ में कूद गया। वह अपने हाथों से आचार्य का मस्तक काट लेना चाहता था।...पर तभी जैसे द्रोण की चेतना लौटी। उनके पास अपने ही बनाए हुए वैतस्तिक बाण उपलब्ध थे, जो इतनी कम दूरी से भी वार कर सकते थे। कहाँ तो लगता था कि धृष्टद्युम्न एक हाथ से उनके केश पकड़ेगा और दूसरे से उनका मस्तक काट लेगा और कहाँ वह आचार्य के द्वारा इतना क्षतविक्षत कर दिया गया कि उसका द्रोण के रथ में रुकना असम्भव हो गया। उसका सारथि उसकी यह दुर्दशा देखकर अपना रथ उसके बराबर ले आया। धृष्टद्युम्न के लिए और कोई विकल्प नहीं रह गया था। वह तत्काल अपने रथ में कूद गया।

द्रोण अनुभव कर रहे थे कि धृष्टद्युम्न उनके लिए भयंकर आतंक का रूप धारण करता जा रहा था। यह दूसरा अवसर था कि वह अपने रथ से कूदकर उनके रथ पर आ गया था। वह उन योद्धाओं में से नहीं था, जो अपने रथ पर बैठे बाण चलाते रहते हैं। यह घटोत्कच और अलंबुश से कम था क्या कि कूद कर किसी के भी रथ पर जा चढ़ता था। इसको न रथ की आवश्यकता थी, न अश्वों की। किसी भी क्षण कूदकर वह वानर के समान किसी के ध्वज पर जा बैठेगा और वह योद्धा भी कपिध्वज हो जाएगा। द्रोण का मन धृष्टद्युम्न के विषय

में सोचकर त्रस्त होता जा रहा था। वह तो मायावी था। युद्धक्षेत्र में जैसे उड़ता फिरता था।...और कैसा हिंस्र। वह द्रोण के केशों को अपनी मुट्ठी में जकड़कर अपने खड्ग से उनका मस्तक काट लेना चाहता है। जैसे भीम, दुःशासन का रक्त पीना चाहता है, वैसे ही धृष्टद्युम्न उनका रक्त पीकर रहेगा।....

द्रोण की आँखें क्रोध से लाल हो गईं। पहले तो उन्हें लगा था कि वे धृष्टद्युम्न के चंगुल में फँस गए हैं और दूसरे ही क्षण धृष्टद्युम्न उनकी मुट्ठी में आकर सुरक्षित निकल गया था और अब वह अपने रथ के दण्ड और अपने कवच इत्यादि में इतना सुरक्षित था कि वे उसका कुछ बिगाड़ नहीं सकते थे। द्रोण का सारा क्रोध उसके सारथि की ओर मुड़ गया। वह इस प्रकार समय से रथ न ले आया होता तो धृष्टद्युम्न बच नहीं सकता था।...

द्रोण ने अपने बाणों में धृष्टद्युम्न के सारथि का मस्तक काट कर फेंक दिया। उनका मन धृष्टद्युम्न से जितना डर रहा था, उनका प्रतिमन उतना ही हिंस्र होता जा रहा था।...

धृष्टद्युम्न के रथ के अश्व अनियन्त्रित हो गए थे। सारथि के न रहने पर धृष्टद्युम्न उन्हें सँभाल नहीं पाया। वे रथ को ले भागे। पांचालों का मनोबल टूट गया। उनका वीर राजकुमार और पाण्डवों का प्रधान सेनापति युद्धक्षेत्र में से भाग गया था।

द्रोण इतने उग्र हो गए थे कि पांचाल उनके सामने टिक नहीं सके। वे पीछे हट गए।

सहसा द्रोण की चेतना कुछ लौटी। जाने उनकी चेतना कहाँ चली गई थी। उन्होंने बिना कुछ सोचे-समझे असंख्य बाण बरसाए थे, जैसे कोई डरा हुआ बालक बिना सोचे-समझे और बिना देखे-भाले हवा में अपने हाथ-पैर पटकता रहता है।...

द्रोण लौटकर अपने व्यूह में आ खड़े हुए।

द्रोण की ताड़ना से आहत होकर दुःशासन सात्यकि का मार्ग रोकने के लिए पहुँचा। उसकी इच्छा हो रही थी कि वह या तो सात्यकि का वध कर उसका मस्तक अपने शूल पर टाँगे हुए सारी सेना के सामने प्रदर्शित करे, अथवा अपने वक्ष में सात्यकि के बाण खाकर समरभूमि में शान्ति से सो जाए। द्रोण की ताड़ना सात्यकि के बाणों से किसी भी प्रकार कम पीड़ादायक नहीं थी।...यह बुड्ढा उनका ही अन्न खाकर, उन्हीं लोगों को वाणी के शूल चुभोता था।

सात्यकि ने दुःशासन को आते देखा तो उसका उत्साह जैसे दुगुना हो गया।...यह मूर्ख युद्ध तो कर नहीं सकता, असहायों को पीड़ित भर कर सकता है। इसी ने पांचाली के केश पकड़कर उसे घसीटा था।...सात्यकि को पता ही

नहीं चला, कब उसने दुःशासन का धनुष काट डाला, उसका खड्ग तोड़ दिया, उसके रथ के अश्वों और सारथि को मार डाला। दुःशासन की सेना उसे छोड़कर भाग चुकी थी; और वह असहाय-सा उसके सम्मुख खड़ा था। वह पूरी तरह से सात्यकि के वश में था।...

द्रोण ने देखा कि दुःशासन घिर गया है। उन्होंने त्रिगर्तों को भेजा, "जाओ, अपने लाडले युवराज के प्राण बचाओ।"

त्रिगर्त अर्जुन को नहीं पा सके थे। उनका अर्जुन के प्रति संचित द्वेष सात्यकि की ओर मुड़ गया। उन्होंने सात्यकि को जा घेरा। दुःशासन को साँस लेने का अवसर मिल गया। वह त्रिगर्तों के पीछे खड़े होकर कुछ विश्राम की मुद्रा में सात्यकि की अपमानजनक पराजय का दृश्य देखना चाहता था।...पर उसकी इच्छा पूरी नहीं हुई। सात्यकि इस समय अपने परम तेजस्वी रूप में था। उसके सामने त्रिगर्तों की एक नहीं चली। वे कट-कटकर गिरते रहे। कुछ मर गए और कुछ शेष समरभूमि छोड़कर भाग गए।

सात्यकि एक क्षण के लिए भी रुकना नहीं चाहता था। उसे अर्जुन के निकट पहुँचने की जल्दी थी। उसने रुककर यह भी नहीं देखा कि त्रिगर्त उसके सामने से हटकर कौन-सा नया व्यूह रच रहे हैं। दुःशासन से सात्यकि का इस प्रकार मुक्तभाव से आगे बढ़ जाना देखा नहीं गया। उसने एक के पश्चात् एक कर, सात्यकि को नौ बाण मारे। सात्यकि ने उसके बाण काटे और आगे बढ़ गया। वह दुःशासन को दण्डित करने के लिए भी नहीं रुका। दुःशासन पुनः उसका मार्ग छेंककर, उसके सम्मुख आ खड़ा हुआ। सात्यकि ने उसकी गति रुद्ध करने के लिए उसके अश्वों और सारथि को मार डाला। भल्ल से उसका धनुष और उसकी ध्वजा काट डाली। उसके पार्श्वरक्षकों को मार डाला। उसकी रथ शक्ति के टुकड़े-टुकड़े कर डाले।

सात्यकि की बाणवर्षा से बचे हुए त्रिगर्त अब फिर उसके पीछे आ रहे थे। त्रिगर्त सेनापति ने दुःशासन को अपने रथ पर चढ़ा लिया और उसे सुरक्षित स्थान पर पहुँचाने के लिए कौरवों की छावनी की ओर मुड़ गया।

सात्यकि ने यह देखा तो उसका क्रोध फिर से उमड़ पड़ा। यह निर्लज्ज दुःशासन जीवित बच गया है। अब यह अपने घावों का उपचार करवाकर फिर से समरभूमि में आएगा और पाण्डव सेना को ललकारेगा। इसका तो मर जाना ही उचित है।...सात्यकि ने अपना रथ मोड़ लिया और त्रिगर्त सेनापति का पीछा किया।...सहसा वह चेता : वह क्या कर रहा है। यह दुःशासन से निर्णायक युद्ध कर लेने का अवसर नहीं था। वह तो अर्जुन के पास जा रहा था। उसे शीघ्रातिशीघ्र वहाँ पहुँचना है। सम्भव है कि अर्जुन को उसकी सहायता की

आवश्यकता हो। सम्भव है कि धनंजय उसकी प्रतीक्षा ही कर रहे हों।...और फिर इस दुःशासन के वक्ष का रक्त पीने की प्रतिज्ञा कर रखी है भीम ने। यदि इसे यहाँ सात्यकि ने मार डाला तो फिर भीम की प्रतिज्ञा कैसे पूरी होगी?

द्रोण ने बृहत्क्षत्र, धृष्टकेतु, जरासंधपुत्र सहदेव और धृष्टद्युम्नपुत्र क्षत्रधर्मा का वध कर दिया था। वे अपना पराक्रम प्रकट कर अब भी गर्जना कर रहे थे। धृष्टद्युम्न का पता नहीं था कि वह इस समय कहाँ था। द्रुपद स्वयं को असहाय पा रहे थे; किन्तु वे युद्ध छोड़कर भाग नहीं सकते थे। उनके सम्मुख उनके पौत्र का वध हुआ था। वे युद्ध से मुँह कैसे फेर लेते। पर वे स्वयं द्रोण पर आक्रमण करने का साहस भी नहीं कर पा रहे थे। अन्ततः उन्होंने कुन्तिपुत्रों को सामने रख द्रोण पर आक्रमण किया।

युद्ध-क्षेत्र में युधिष्ठिर स्वयं द्रोण के सम्मुख खड़े थे; किन्तु उनका मन सहस्रों चिन्ताओं के दंशों का अनुभव कर रहा था। उन्हें अपनी चिन्ता थी, अर्जुन की चिन्ता थी, सात्यकि की चिन्ता थी। जाने वे लोग कहाँ थे और किस स्थिति में थे। उन्हें न तो कोई अपना रक्षक दिखाई पड़ रहा था और न ही द्रोण का कोई प्रतिद्वन्द्वी। किसे कहें वे? कौन करेगा, उनका काम? क्या भीम?

वे भीम के पास पहुँचे, "भीम! अर्जुन का कोई पता नहीं है।"

युधिष्ठिर के चिन्तित स्वर ने भीम को चौंका दिया। उसने युधिष्ठिर की ओर देखा तो लगा, जैसे युधिष्ठिर अपने आपे में नहीं हैं। वे चिन्ता से प्रायः अचेत से हो रहे थे।

"क्या हुआ?" भीम ने उनकी ओर देखा, "आपकी ऐसी व्याकुलता तो मैंने कभी नहीं देखी। आज्ञा करें, मैं क्या करूँ।"

"पांचजन्य की जैसी ध्वनि सुनाई पड़ रही है और कृष्ण का जैसा क्रोधमय स्वर सुनाई पड़ रहा है, उससे लगता है कि हम सबका प्यारा अर्जुन अब जीवित नहीं है। उसके दिवंगत होने पर कृष्ण स्वयं युद्ध कर रहे हैं। हमें अर्जुन के कौरवों की सेना में जाने का पता है, लौटने का नहीं। तुम अर्जुन और सात्यकि के पास जाओ।" युधिष्ठिर ने उसकी ओर देखा, "देखो, मुझे मना मत करना। यदि बड़े भाई की आज्ञा मानना तुम्हारा कर्त्तव्य है तो जैसा मैं कह रहा हूँ, वैसा ही करो। अर्जुन को खोजो, सात्यकि को खोजो। अर्जुन से भी अधिक सात्यकि को खोजो। वह मेरे ही आदेश पर अर्जुन को खोजने के लिए मृत्यु के समान इस कौरव सेना में धँस गया है।"

भीम ने युधिष्ठिर की बात चुपचाप सुन ली। वह उनके मन की स्थिति को समझ रहा था। युधिष्ठिर तो युद्ध करना ही नहीं चाहते थे। यह तो भीम ही था, जिसने उन्हें बाध्य किया था। अब प्रत्येक योद्धा की मृत्यु के लिए धर्मराज

व्यक्तिगत रूप में स्वयं को उत्तरदायी मान लेते हैं। वे यह नहीं मानते कि यह पाण्डवों और पांचालों का सामूहिक युद्ध है, जो सब लोग मिलकर लड़ रहे हैं। वे यह ही मानते हैं कि यह उनका युद्ध है, उनके लिए राज्य प्राप्ति का युद्ध है, जो उनके भाई और सम्बन्धी लड़ रहे हैं।...वे इस समय अपनी सुरक्षा की ओर अचेत हैं, किन्तु भीम उनको असुरक्षित नहीं छोड़ सकता। सात्यकि ने उनकी रक्षा के लिए विशेष रूप से उससे कहा था।..

भीम ने, समरभूमि में लौटते हुए, धृष्टद्युम्न को रोका।

"युद्ध की क्या स्थिति है?" धृष्टद्युम्न ने पूछा।

भीम की इच्छा हुई कि उसे उसके पुत्र क्षत्रधर्मा के द्रोण द्वारा मारे जाने का समाचार दे दे, किन्तु फिर वह रुक गया। वह समाचार तो उसे कुछ समय बाद मिल ही जाएगा। युद्धक्षेत्र में प्रवेश के समय ही उसे वह समाचार देकर हतोत्साहित करने का क्या लाभ?

"महाबाहो! आचार्य द्रोण धर्मराज को बंदी करने पर तुले हुए हैं। उधर महाराज चिन्तित हैं अर्जुन और सात्यकि के लिए। मैं जानता हूँ कि मेरे लिए अर्जुन और सात्यकि की सहायता करने से बड़ा कर्तव्य धर्मराज की रक्षा है, किन्तु धर्मराज ने मुझे आदेश दिया है कि मैं अर्जुन और सात्यकि की सहायता के लिए जाऊँ। मैं उनकी आज्ञा का उल्लंघन नहीं कर सकता।..."

धृष्टद्युम्न को भीम का संकेत समझने में तनिक भी कठिनाई नहीं हुई। वह उल्लसित भाव से बोला, "तुम कुछ भी सोच-विचार मत करो मध्यम पाण्डव! तुम प्रसन्न चित्त से धर्मराज की आज्ञा का पालन करने के लिए जाओ। धर्मराज की रक्षा मैं करूँगा। मुझे द्रोण से वैसे भी अपना ऋणशोधन करना है। वह तो कहो कि उसका भाग्य ही अच्छा है, नहीं तो अब तक मैं दो-दो बार उसका मस्तक काट कर अपने शिविर के प्रवेश-द्वार पर टाँग चुका होता।"

"तो मैं जाऊँ?" भीम ने पूछा।

"मुक्त मन से जाओ। निर्द्वंद्व होकर जाओ।" धृष्टद्युम्न ने कहा, "मेरा वध किए बिना, द्रोण धर्मराज को बंदी नहीं कर सकते। और इतना तो तुम भी जानते हो कि वे मेरा वध नहीं कर सकते। मैं ही उनका वध करने वाला हूँ।"

भीम ने अपना रथ घुमाया और अपने शिविर में आ गया। उसने पूजित और संतुष्टचित्त हुए ब्राह्मणों की परिक्रमा कर, आठ प्रकार की मांगलिक वस्तुओं—अग्नि, गौर, सुवर्ण, दूर्वा, गोरोचन, घी, अक्षत और दही—का स्पर्श किया। कैरातक मधु का पान किया। उसका उत्साह उस समय आकाश को छू रहा था और उसके नेत्र मद से लाल हो रहे थे।

19

भीम समरभूमि में लौट आया।

दुःशल, चित्रसेन, कुण्डभेदी, विविंशति, दुर्मुख, दुःसह, विकर्ण, शल, सुमुख, दीर्घबाहु, सुदर्शन, विन्दारक, सुहस्त, सुषेण, दीर्घलोचन, अभय, रौद्रकर्मा, सवर्मा और दुर्विमोचन—ने आकर उसका मार्ग इस प्रकार छेंक लिया, जैसे वे लोग उसको ही खोज रहे हों। पर भीम इस समय जिस मनःस्थिति में था, उसमें उसके लिए वे सब योद्धा नहीं थे। वे केवल धाराओं का एक रूप थे, जो उसका मार्ग रोककर उसे अर्जुन और सात्यकि के निकट पहुँचने देना नहीं चाहते थे। भीम मुस्कराया। कोई व्यक्ति दूर के किसी देश की यात्रा पर निकला हो और मार्ग में कोई पर्वत आ जाए तो यात्री, उस पर्वत को खोदने नहीं बैठ जाता। वह उसे लाँघ जाता है। भीम को भी उसको लाँघ ही जाना था। हाँ! कोई शिला ऐसे ही अड़ जाए कि उसका पार पाना असम्भव हो तो उस शिला को तोड़ना भी पड़ता है। दुर्योधन के ये भाई उसके लिए वैसी शिला नहीं थे। वह शिला तो इनके पार थी और वह थी आचार्य द्रोण की सेना।

भीम उन सबको अपने वेग में लाँघ गया और द्रोण की सेना पर टूट पड़ा।

द्रोण मुस्कराए। तो अब भीम आया है। निश्चित रूप से वह भी अर्जुन और सात्यकि के पीछे जा रहा होगा। वह दुर्मद योद्धा है, किन्तु धनुर्धारी नहीं है। फिर उनका शिष्य है। अर्जुन अपने गुरु की पूजा कर आगे बढ़ा था। देखें भीम कौन-सी विधि अपनाता है।

"महाबली भीमसेन!" द्रोण ने कहा, "तुम समरभूमि में मुझ शत्रु को पराजित किए बिना, इस शत्रु सेना में प्रवेश नहीं कर सकोगे। अर्जुन मेरी अनुमति लेकर ही इस सेना के भीतर घुसा है। यदि इच्छा हो तो तुम भी उसी प्रकार भीतर जा सकते हो। अन्यथा मेरी इस सेना में प्रवेश नहीं कर पाओगे।"

अपने गुरु रहे, इस शत्रु योद्धा और दुर्योधन के सेनापति की यह गर्वोक्ति भीम को सहन नहीं हुई। अपने पक्ष के अनेक योद्धाओं को उसने द्रोण के हाथों मरते देखा था। उसकी आँखें क्रोध से लाल हो गईं। बोला, "अर्जुन तुम्हारी अनुमति से इस समरांगण में प्रविष्ट नहीं हुए हैं।..."

द्रोण चौंके, भीम अपने छोटे भाई की चर्चा तो सम्मानपूर्वक कर रहा था और उनके लिए तुम का सम्बोधन कर रहा था।...तो भीम के मन में अपने गुरु के लिए पूज्य भाव नहीं था।...

"वे तो दुर्जय हैं। देवराज इन्द्र की सेना में भी प्रविष्ट हो सकते हैं।" भीम ने कहा, "उन्होंने तुम्हारी पूजा कर निश्चय ही तुम्हें सम्मान दिया है। परन्तु द्रोण, मैं दयालु अर्जुन नहीं हूँ।..."

आचार्य द्रोण को जैसे अपने कानों पर विश्वास नहीं हो रहा था।...भीम उन्हें नाम लेकर ऐसे सम्बोधित कर रहा था, जैसे वे उसके गुरु न हों, कोई साधारण योद्धा हों...

"मैं तो तुम्हारा शत्रु भीमसेन हूँ।" भीम ने कहा, "तुम हमारे पिता, गुरु और बन्धु हो। हम तुम्हारे पुत्र के तुल्य हैं। हम सब यही मानते हैं और सदा तुम्हारे सामने प्रणतभाव से खड़े रहे हैं। यदि तुम अपने आपको शत्रु मानते हो तो ऐसा ही सही। मैं भीमसेन तुम्हारे शत्रु के अनुरूप ही कर्म कर रहा हूँ।..."

द्रोण पहचान रहे थे। भीम के स्वर में उस शिष्य के मन की पीड़ा थी, जो अपने गुरु का उसकी योग्यता, क्षमता, शिक्षा के लिए सम्मान तो करना चाहता है; किन्तु उसके आचरण को देखकर उसका सम्मान कर नहीं सकता।...

भीम की जिह्वा शान्त हुई तो उसके हाथ सक्रिय हो उठे। भीम ने एक भयंकर गदा उठाई और घुमाकर द्रोण पर दे मारी।

द्रोण ने नहीं सोचा था कि भीम का पहला ही प्रहार इतना भयंकर होगा। अब अपने अस्त्रों में से कोई समर्थ अस्त्र चलाकर, उसकी गदा को रोकना सम्भव नहीं था। अपनी रक्षा के लिए वे अपने रथ से कूद पड़े। गदा रथ से टकराई और रथ चूर-चूर हो गया। कितने ही योद्धा उसमें दब कर मारे गए। यह तो द्रोण का भाग्य ही था कि वे उस गदा की भयंकरता को समय से जान गए और उनके प्राण बच गए।

भीम ने समरभूमि में अपने प्रवेश की घोषणा बड़े धमाके से की थी। कौरवों में उसकी प्रतिक्रिया भी उतनी ही वेगशाली हुई। द्रोण के लिए नया रथ आया। वे तत्काल अपने व्यूह में आ खड़े हुए। भीम की गदा का आतंक असाधारण था। द्रोण क्षण भर को भी कल्पना करते तो उनका वक्ष चिन्ता से फटने लगता था। गदा जिस समय रथ से टकराई थी, उस समय कहीं वे भी रथ में होते तो उनके शरीर के अनेक खण्डों को समरभूमि में दूर-दूर तक खोजना पड़ता...

दुःशासन के नेतृत्व में धार्तराष्ट्रों ने भीम को घेरा। दुःशासन आज बहुत क्रुद्ध था। वह न अर्जुन को रोक पाया था, न सात्यकि को; और ऊपर से द्रोण की ताड़ना अलग। उसके मन में अभी भी द्रोण के शब्द अंगारों से दहक रहे थे,...जाओ। जाकर गान्धारी के उदर में छिप जाओ...अभी इस भीम को वह एक शव में परिणत कर देगा तो सारी पराजयों की क्षतिपूर्ति हो जाएगी।...

पर भीम तो दुःशासन को अपने सम्मुख देखकर अत्यन्त प्रसन्न था, जैसे सिंह के सामने उसके भोजन के लिए कोई कोमल-सा मृग आ गया हो। प्रसन्नता से उसके दाँत दिखाई देने लगे। भीम के बाण आज कौरवों को अर्जुन के बाणों से भी कठोर लग रहे थे। दुःशासन का वक्ष छलनी हो रहा था।

भीम ने उच्च स्वर में कहा, "ठहर दुःशासन! तेरे वक्ष से बाणों द्वारा बहाया गया रक्त नहीं पीना है मुझे। मुझे तो तेरा वक्ष अपने इन हाथों से फाड़कर उसका तप्त लहू पीना है..।"

भीम हँस रहा था, किन्तु उसकी भंगिमा कुछ इतनी भयंकर थी कि दुःशासन अपने भाइयों को वहीं छोड़कर भाग गया। उसके भाई भी वहाँ खड़े नहीं रह सके। वे भीम के भय से, ऐसे आहत थे कि भीम के शस्त्रों की मार की प्रतीक्षा भी नहीं कर सके। भीम ने उनका दूर तक पीछा किया।...तभी उसे स्मरण हो आया कि वह अर्जुन और सात्यकि की खोज में जा रहा था। धातृराष्ट्रों के आखेट के लिए नहीं आया था वह। अर्जुन और सात्यकि की सुरक्षा अधिक आवश्यक है। वस्तुतः धर्मराज की सुरक्षा भी उन्हीं की सुरक्षा पर निर्भर थी।

द्रोण चाहे कितने भी डर गए हों, किन्तु वे भीम को इस प्रकार उन्मुक्त नहीं छोड़ सकते थे। उन्होंने कौरवों को एकत्रित किया और फिर से एक बार भीम को घेरा।

स्वयं को घिरा हुआ देखकर भीम को आन्तरिक प्रसन्नता हुई। उसने फिर से एक भयानक गदा उठाई और शत्रुपक्ष पर दे मारी। अनेक सैनिकों का कचूमर निकल गया। द्रोण प्रसन्न थे कि इस बार भीम का लक्ष्य वे नहीं थे। उसने तो सारी सेना को ही लक्ष्य बनाया था। गदा जहाँ भी गिरे। कोई भी मरे। कहीं भी मरे।

द्रोण आगे बढ़े और उन्होंने भीम का मार्ग अवरुद्ध कर दिया। पाण्डवों के हर्ष पर जैसे कुहासा छा गया। भीम का वेग रुक गया था। दोनों ओर से प्रहार हो रहे थे और समरभूमि में दोनों ही ओर से असंख्य योद्धा मारे जा रहे थे। द्रोण की अपेक्षा थी कि भीम फिर से गदा का प्रहार करेगा। इस बार वे उसके लिए प्रस्तुत थे। किन्तु भीम ने गदा नहीं उठाई। अकस्मात् ही वह अपने रथ से कूद पड़ा। उसने अपने दोनों नेत्र मूँद रखे थे। वह किसी को भी देख नहीं रहा था। न मित्र को न शत्रु को। उसने अपने सिर को जैसे कंधों पर सिकोड़ कर, दोनों हाथों को छाती पर सुस्थिर कर लिया था। और मन, वायु अथवा गरुड़ के से वेग से वह द्रोण के रथ की ओर दौड़ा।

कौरव चारों ओर से उस पर बाणों की वर्षा कर रहे थे। किसी का साहस नहीं हो रहा था कि वह उसके सम्मुख अपना रथ अड़ा दे अथवा अपने खड्ग

अथवा गदा से उसका वेग रोक ले।...पर भीम को आज बाणों की कोई चिन्ता नहीं थी। वह द्रोण के रथ के निकट पहुँच गया था। उसने उनके रथ का ईषादण्ड थाम लिया।

द्रोण डर गए। क्या करना चाहता है भीम। क्या वह भी धृष्टद्युम्न के समान रथ पर चढ़कर उनका मस्तक काटना चाहता है? या वह अपने मुष्टिक प्रहार से उनके प्राण लेना चाहता है।...

पर भीम ने वह सब कुछ भी नहीं किया। वह रथारूढ़ भी नहीं हुआ। उसने ईषादण्ड को पकड़ा और रथ को जैसे अपनी ओर घसीट ही तो लिया। वह रथ को घुमा रहा था और रथ उसकी भुजाओं के बल से घूम रहा था, जैसे कोई बालक खेल में किसी बड़े आकार के खिलौने को घुमाता है। रथ के पहिए भूमि से ऊपर उठ गए थे। और वह वायु में चक्कर खा रहा था।...

द्रोण अपने स्थान पर टिककर खड़े भी नहीं हो पा रहे थे कि वे किसी शस्त्र का प्रयोग कर भीम को रथ छोड़ने को बाध्य करते। रथ घूम रहा था और द्रोण किसी प्रकार उससे चिपके हुए थे कि कहीं वे नीचे भूमि पर गिरकर भीम के पैरों तले कुचले ही न जाएँ।...और फिर भीम ने द्रोण के उस घूमते हुए रथ को छोड़ दिया। रथ दूर जाकर गिरा। उसकी चपेट में कुछ और रथ भी आ गए, जैसे भीम ने एक रथ से दूसरे रथों को ध्वस्त किया हो। उसकी चपेट में आए कुछ सैनिकों का कचूमर ही निकल गया था।

द्रोण का सारा उत्साह भंग हो चुका था। ऐसे विकट कर्म करने वाले भीम से वे कैसे पार पा सकते थे।

भीम को अब किसी की चिन्ता नहीं थी। वह द्रोण की सेना को पीछे छोड़कर आगे बढ़ गया था। मार्ग में कृतवर्मा को भोजवंशी सेना आई, पर भीम ने अपने वेग से उसे मथ दिया और स्वयं आगे बढ़ गया। उसने दरदों को भी पार किया। म्लेच्छों को परास्त किया। उसको अपने सामने कुछ दूरी पर सात्यकि युद्ध करता दिखाई दे रहा था और उससे भी कुछ दूरी पर स्वयं अर्जुन युद्ध में व्यस्त था।

भीम ने पूरे उत्साह से सिंहनाद किया। कृष्ण और अर्जुन ने भीम का सिंहनाद सुना। उनके चेहरे खिल गए। अर्जुन ने तत्काल अपना देवदत्त शंख फूँका। सात्यकि ने अपने उत्साह में भयंकर गर्जन किया।

दुर्योधन और उसके मित्र जैसे अपने रथों में अपने पैरों के पंजों पर खड़े हो गए थे। अकेला अर्जुन ही उनसे सँभल नहीं रहा था; और अब अर्जुन, सात्यकि और भीम इकट्ठे हो गए थे। वे त्रिकोण बनाकर लड़ेंगे तो कौरव सेना उनको रोक नहीं पाएगी। जयद्रथ की रक्षा अब कैसे होगी?

दुर्योधन ने कर्ण की ओर देखा, "कुछ करो। और कुछ नहीं तो किसी प्रकार इस भीम को रोको।"

कर्ण का मन कैसा तो हो गया था।...एक-एक पाण्डव कौरव सेना के सारे वीरों के लिए यमराज हो जाता है। दो मिल जाएँगे तो जाने क्या होगा।... और प्रत्येक पाण्डव उसका भाई था। कुन्ती को वचन दिया था उसने कि वह अर्जुन को छोड़कर और किसी पाण्डव का वध नहीं करेगा। दुर्योधन यह सब नहीं जानता था। वह उस पर पूर्णतः निर्भर है। दुर्योधन को भीष्म और द्रोण पर भी उतना विश्वास नहीं है, जितना वह कर्ण पर करता है।...अर्जुन आज अपने तेज में ऐसा तप रहा है कि वह अकेला ही कौरव सेना को विदीर्ण कर इस सीमा तक उसके भीतर घुस आया है कि कौरवों के सारे व्यूह ध्वस्त होते गए हैं।...वह अर्जुन और भीम को रोके, न रोके, वह उन दोनों को मिलकर लड़ने नहीं देगा।...

कर्ण को अपने सम्मुख देखकर भीम को वास्तविक सुख मिला। इस व्यक्ति को वह कब से खोज रहा था। यह है, जो दुर्योधन के मन का विष अधिक से अधिक गाढ़ा करता रहता है। यह है, दुर्योधन का सबसे बड़ा सहारा। यह है जो पाण्डवों को पीड़ित कर सबसे अधिक सुख पाता है। यह है, जिसने द्यूतसभा में पांचाली को वेश्या कहा था और उसे निर्वस्त्र कर देने का प्रस्ताव किया था।...

भीम ने अपने पहले बाण से कर्ण का कोदण्ड काट दिया।...कर्ण कुछ सँभला। वह युद्ध में इस प्रकार शिथिल रहेगा तो भीम का वेग नहीं सँभाल पाएगा। भीम क्रोधी है, यह कर्ण भी जानता है। और भीम क्षमा करना भी नहीं जानता। इसी भीम ने दुर्योधन की जंघा तोड़ने और दुःशासन के वक्ष को फाड़कर उसका रक्त पीने की प्रतिज्ञा की है।...भीम नहीं जानता कि कर्ण उसका भाई है। जान जाएगा तो क्या वह कर्ण के अपराध क्षमा कर देगा? क्या भूल जाएगा कि कर्ण का अब तक उन लोगों के प्रति कैसा व्यवहार रहा है?...नहीं! शायद जानकर भी वह पांचाली का अपमान भूल नहीं पाएगा।...पर भीम को रोकना तो होगा ही। कर्ण उसे मारना नहीं चाहता तो उसके हाथों मरना भी नहीं चाहता। न ही वह उसे उससे अपने सम्बन्ध के विषय में बता सकता है।...

कर्ण ने दूसरा धनुष उठाया और भीम को आहत कर दिया। भीम ने अपना रक्त देखा, तो और भी उग्र हो उठा। उसने क्षुर मारकर कर्ण के धनुष की प्रत्यंचा काट दी। उसके अश्वों और सारथि को भी मार दिया।

कर्ण इस टूटे हुए रथ पर बैठा रहकर अपने प्राण नहीं गँवाना चाहता था। वह रथ वहीं छोड़कर कूद गया। सामने ही वृषसेन का रथ आ रहा था। वृषसेन

ने रथ रुकवाकर कर्ण को सहारा दिया। भीम को यह अच्छा नहीं लगा। वह सोच ही रहा था कि वह गदा लेकर कर्ण पर जा कूदे कि वृषसेन उसे वहाँ से हटा ले गया। भीम ने पुनः धनुष उठा लिया। वह कठोर से कठोर होता जा रहा था, किन्तु कर्ण का धनुष अधिक हिंस्र हो ही नहीं पा रहा था। उसका मन, अहंकार और शरीर जैसे एकाग्र ही नहीं हो रहे थे।

दुर्योधन ने कर्ण को देखा : वह तो भीम से भी दब रहा था। भीम तो धनुर्धर था भी नहीं। अर्जुन के सामने पड़कर यह कर्ण क्या करेगा। कहीं कर्ण गम्भीर रूप से घायल तो नहीं है? सम्भवतः उसे शल्य चिकित्सक अथवा वैद्य की आवश्यकता हो।...

"दुःशल! कर्ण संकट में है। उसके लिए रथ प्रस्तुत करो।"

दुःशल अपना रथ लेकर कर्ण के निकट पहुँचा। कर्ण ने उसका संकेत समझा। वह उसके रथ पर आ गया।

"युवराज ने कहा है कि आपके लिए रथ प्रस्तुत किया जाए।" दुःशल बोला, "आप मेरा यह रथ ले लें। मैं अपने लिए दूसरे रथ का प्रबंध करता हूँ।"

दुःशल उस रथ से उतरने की सोच ही रहा था कि भीम के बाण ने उसका मस्तक काटकर भूमि पर गिरा दिया। जब तक कर्ण कुछ समझ पाता, वह स्वयं भी घायल हो चुका था।...आज भीम स्वयं को अर्जुन के समकक्ष धनुर्धर सिद्ध करने पर तुला हुआ था।

कौरव सेना ने देखा कि दुःशल मारा गया है। कर्ण आहत हुआ है और दुर्योधन वहाँ से कहीं दूर चला गया है। अर्जुन का रथ जयद्रथ की दिशा में और आगे बढ़ गया था और सात्यकि तथा भीम अर्जुन के निकट पहुँचते जा रहे थे।

कौरव सेना का अपने स्थान पर टिके रहना असम्भव हो गया था।

दुर्योधन का भागता हुआ रथ आचार्य द्रोण के निकट आकर ठहर गया। आचार्य ने देखा, दुर्योधन के नेत्र रक्तिम हो रहे थे। वह क्रुद्ध भी दिखाई दे रहा था और घबराया हुआ भी।

"अर्जुन, सात्यकि और भीम मेरी विशाल सेना को पराजित कर जयद्रथ के अति निकट पहुँच गए हैं। उन्हें कोई नहीं रोक सका है। वे अपराजित होकर मेरी सेना पर प्रहार कर रहे हैं। मान लिया कि अर्जुन संसार का सर्वश्रेष्ठ धनुर्धारी है, इसलिए आपको व्यतिक्रांत कर गया; किन्तु सात्यकि और भीम आपको कैसे व्यतिक्रांत कर गए, क्या आप पराजित हो गए?"

द्रोण समझ नहीं पा रहे थे कि वे दुर्योधन से क्या कहें। वह एक ओर उनको पराजित बताकर लज्जित कर रहा था, दूसरी ओर वह उपालम्भ लेकर आया था कि वे तीनों उनको व्यतिक्रांत कैसे कर गए। वह उन पर निष्ठाहीनता

का आरोप भी लगा रहा था और उनसे सहायता माँगने भी आया था। वह उनको पराजित बताकर लज्जित भी कर रहा था और उनकी वीरता को जगाने भी आया था। वह पिटे हुए पिल्ले के समान अपनी पूँछ टाँगों में दबाए हुए किकिया भी रहा था और उन पर गुर्रा भी रहा था।

"हमारे लिए यह अविश्वसनीय है कि आप उनसे पराहित हो गए।" दुर्योधन बोला।

"तुम कहना चाहते हो कि मैंने जानबूझकर उन्हें आगे बढ़ने दिया।" द्रोण का स्वर भी कुछ ऊँचा हुआ, "तुमने और तुम्हारे किसी भी भाई ने नहीं देखा कि भीम ने पहली गदा के प्रहार से मेरा रथ चूर-चूर कर दिया था और दूसरी बार मेरा रथ उठाकर दूर फेंक गया था। यदि तुमने मेरा रथ मार्ग में ही अपने हाथों में लोप लिया होता तो निश्चय ही में भीम को आगे बढ़ने नहीं देता।"

"मैं आप पर कोई आरोप नहीं लगा रहा हूँ कि आप मुझ पर व्यंग्य कर रहे हैं।" दुर्योधन रुआँसा हो आया था।

"वस्तुतः तुम्हें पता ही नहीं चल पाता कि तुम किस समय क्या कर रहे हो।" द्रोण बोले, "मुझसे स्पष्टीकरण माँगने नहीं आए हो तो बताओ, क्या करने आए हो।"

"अच्छा! जो हो गया, सो हो गया।" दुर्योधन शीघ्रतापूर्वक बोला, "अब बताइए कि क्या करना है।"

द्रोण भी कुछ शान्त हुए। बोले, "उनके तीन महारथी हमें लाँघकर आगे बढ़ गए हैं। उनकी शेष सेना हमारे पीछे है। हमारी सेना उनके मध्य फँस गई है। पाण्डव सेना का जितना भय पीछे से है, उतना आगे से भी है। किन्तु सर्वाधिक संकट वहीं है, जहाँ श्रीकृष्ण और अर्जुन हैं। उन्हें रोका न गया तो जयद्रथ के प्राण नहीं बचेंगे। अतः जयद्रथ की रक्षा आवश्यक है।"

"ऐसी ही बात थी तो फिर आप यहाँ खड़े-खड़े क्या कर रहे हैं।" दुर्योधन की खीझ प्रकट हुई, "इस स्थान को आप छोड़ना क्यों नहीं चाहते? यहाँ आपका क्या दाँव पर लगा है?"

द्रोण स्वयं को शांत नहीं रख पाए। कुछ तीव्र स्वर में बोले, "शकुनि का जुआ, द्यूतसभा में फलित नहीं हुआ था, वह आज यहाँ फलित हो रहा है। उस दिन वहाँ किसी पक्ष की जीत अथवा हार नहीं हुई थी, जीत और हार तो आज यहाँ होगी, जहाँ हम प्राणों का पण लगाकर जुआ खेल रहे हैं। शकुनि जिन्हें पांसे समझकर उनके साथ खेलता रहा—वे दुर्घर्ष बाण थे। उनका वास्तविक रूप आज प्रकट हो रहा है। दाँव पर जयद्रथ लगा है। दाँव जीतना है तो जाओ, जयद्रथ की रक्षा करो।"

"मैं भी तो यही कह रहा हूँ।" दुर्योधन ऐंठकर बोला, "कि चलिए और उसकी रक्षा कीजिए।"

"मैं तो यहीं रहूँगा।" द्रोण किसी हठी बालक के समान अड़ गए, "मुझे पाण्डवों, पांचालों और सृंजयों को रोकना है। मैं तुम्हारे पास अन्य रक्षकों को भेजता रहूँगा।"

दुर्योधन हतप्रभ रह गया। द्रोण का व्यवहार आज उसकी समझ में नहीं आ रहा था। द्रोण केवल पांचालों से लड़ना चाहते हैं। वे पाण्डवों अथवा यादवों से लड़ना ही नहीं चाहते?...या आज वे अर्जुन, सात्यकि और भीम से बहुत भयभीत हैं? वे कह रहे हैं कि जयद्रथ की रक्षा करो; किन्तु उसकी रक्षा के लिए स्वयं कोई प्रयत्न करना नहीं चाहते। क्या वे जयद्रथ के वध के इच्छुक हैं? क्या वे नहीं चाहते थे कि अभिमन्यु मारा जाए?...पर कल तो ऐसा कुछ नहीं लगा था। उन्होंने चक्रव्यूह रचा भी था, सेना का संचालन भी किया था, अभिमन्यु के वध में भी पूर्णतः सहायक रहे थे।...तो क्या आज, अर्जुन का पुत्र-वियोग में सूखा हुआ चेहरा देखकर आचार्य का मन विगलित हो गया है; और वे अर्जुन को अपना प्रतिशोध ले लेने की सुविधा देना चाहते हैं, या पुत्र की मृत्यु से अर्जुन इतना भयंकर हो उठा है कि द्रोण जैसे योद्धा का भी उसके सम्मुख पड़ने का साहस नही हो रहा है?

दुर्योधन उस दिशा में मुड़ा, जहाँ अर्जुन युद्ध कर रहा था और निरन्तर जयद्रथ के निकट होता जा रहा था। अब द्रोण से इस संदर्भ में अधिक आशा नहीं रखनी चाहिए थी। वे अपने स्थान से नहीं हटेंगे। सम्भवतः वे अपेन व्यूह में स्वयं को सुरक्षित पा रहे हैं और वहाँ रहकर वे अपने सम्मान की रक्षा भी कर सकते हैं। दुर्योधन की सहायता के लिए वे इतना ही कर सकते हैं कि पाण्डवों में से किसी और को कौरव सेना में न घुसने दें।...पर उससे क्या? जिनको आना था, वे तो आ ही चुके हैं। कृष्ण, अर्जुन, भीम और सात्यकि—सब ही तो आ चुके। अब कोई और आए या न आए, उससे बहुत अन्तर नहीं पड़ेगा।...

सहसा दुर्योधन की दृष्टि अर्जुन की दिशा में उठी।...अर्जुन के चक्ररक्षक—पांचाल कुमार, युधामन्यु और उत्तमौजा—सेना के बाहर भाग से होकर अब सेना में प्रवेश कर अर्जुन के निकट जाने का प्रयत्न कर रहे थे। इसका अर्थ हुआ कि आचार्य ने उन्हें सेना में प्रवेश करने नहीं दिया। वे कौरव सेना के बाहर-बाहर से वन में यात्रा करते हुए, कौरवों की सेना के इस सिरे पर पहुँच गए हैं और यहाँ से सेना में प्रवेश करने का प्रयत्न कर रहे हैं, जहाँ कोई प्रभावी प्रतिरोध नहीं है।...यदि ये भी अर्जुन के निकट पहुँच गए तो अर्जुन की स्थिति और भी सबल हो जाएगी।

दुर्योधन अपनी वाहिनी के साथ उनके सम्मुख जा खड़ा हुआ। युधामन्यु ने उसे प्रहार का अवसर नहीं दिया। जब तक कि दुर्योधन सँभलता युधामन्यु ने उसे घायल कर दिया था और उसके अश्वों और सारथि को बींध डाला था।

इसी बीच उत्तमौजा को असावधान पाकर दुर्योधन ने उसके पृष्ठरक्षकों को मार डाला। पृष्ठरक्षकों के मारे जाने के कारण सारथि और अश्व असुरक्षित हो गए थे। दुर्योधन ने उन्हें भी जीवित नहीं छोड़ा। उत्तमौजा समझ रहा था कि उसका अपने रथ पर बने रहना मृत्यु को आमन्त्रित करना था। वह तत्काल युधामन्यु के रथ पर जा चढ़ा। अपने रथ की रक्षा युधामन्यु कर ही रहा था। उत्तमौजा ने वहाँ से दुर्योधन के सारथि और अश्वों को मार डाला।

अब दुर्योधन उसी स्थिति में था, जिसमें थोड़ी देर पहले उत्तमौजा था। उसके निकट अपना कोई सहायक भी नहीं था। दुर्योधन गदा लेकर रथ से कूद पड़ा और उन दोनों की ओर दौड़ा। उत्तमौजा और युधामन्यु अपने रथ के पिछले भाग से कूद गए। दुर्योधन ने उनके रथ को चूर कर दिया; और इससे पहले कि उत्तमौजा अथवा युधामन्यु में से कोई उस पर प्रहार करता, वह शल्य के रथ पर आरूढ़ हो गया।

उत्तमौजा और युधामन्यु बिना रथ के युद्धक्षेत्र में खड़े थे और दुर्योधन उन्हें छोड़कर चला गया था। उन्होंने चकित होकर एक-दूसरे की ओर देखा। पर वे तत्काल समझ गए। वे लोग एक प्रकार से अर्जुन, सात्यकि और भीम के त्रिकोण के बीच खड़े थे। यहाँ दुर्योधन अधिक देर तक टिक नहीं सकता था। वह इन दोनों से लड़ता हुआ, अर्जुन के हाथों मरना नहीं चाहता था।...वे लोग अर्जुन की ओर बढ़ गए।...

भीम को अर्जुन के निकट जाने को उतावला देखकर कर्ण ने ललकारा, "तुम्हारे शत्रुओं ने भी नहीं सोचा था कि तुम युद्ध में पीठ दिखाओगे। तुम्हारा यह कार्य एक कुन्तिपुत्र के योग्य नहीं है। मेरे सम्मुख रुककर मेरे साथ युद्ध करो।"

भीम ने क्रुद्ध दृष्टि कर्ण पर डाली, किन्तु उसका मन कर्ण में एक अन्तर लक्ष्य कर रहा था। कर्ण के स्वर में आज उतना विष नहीं था। उसने भीम को अपने वाग्बाणों से बींधने का प्रयत्न नहीं किया था। वह कह रहा था कि युद्ध से भागना एक कुन्तिपुत्र के योग्य कृत्य नहीं है। इस वाक्य में तो कुन्ती का पुत्र होने में गौरव की ध्वनि है। कर्ण ने उसे पाण्डव भी नहीं कहा था। वह कुन्ती को यह गौरव क्यों दे रहा था?...पर न तो कर्ण से कुछ पूछने का यह उपयुक्त अवसर था और न ही कर्ण के मन का विश्लेषण करने का समय था।...यह तो युद्ध का क्षण था। यदि कर्ण समझता है कि कुन्ती के पुत्र को

इस प्रकार व्यवहार नहीं करना चाहिए, तो भीम कुन्ती का योग्य पुत्र होने का पूर्ण प्रमाण देगा।

भीम ने अर्द्धमण्डलाकार गति से घूमकर कर्ण से युद्ध आरम्भ किया। इच्छा हुई कि बाण मारकर इस कर्ण को सदा के लिए चुप ही करा दिया जाए। उसने बाणों की भयंकर वर्षा आरम्भ की।

इस बार भीम का उपहास-सा करता हुआ, कर्ण उसके सम्मुख आ खड़ा हुआ। उसकी हँसी भीम को विष के समान लगी। उसके वक्ष में जैसे अग्नि प्रज्वलित हो उठी। उसने दाँत पीसते हुए, कर्ण के वक्ष में गम्भीर घाव करने की इच्छा से वत्सदंत नाम के बाणों की झड़ी लगा दी। पर कर्ण के विचित्र कवच पर उन बाणों का कोई प्रभाव नहीं हुआ।...भीम के मन में कर्ण के अलौकिक कवच कुण्डल की कथा गूँज गई। भीम ने आज तक स्वीकार नहीं किया कि कर्ण के शरीर पर जन्म के समय से कोई कवच था। यदि होता तो वह भीम को भी दिखाई पड़ना चाहिए था और पिछले सारे युद्धों में उसके शरीर में घाव करने वाले बाणों को भी। वैसा कोई अलौकिक कवच होता तो न तो कर्ण को घायल होना चाहिए था और न ही किसी युद्ध से पलायन करना चाहिए था।...पर आज उसने कोई विचित्र कवच धारण कर रखा था।...प्रातः सुना था कि आचार्य ने दुर्योधन को भी कोई अभेद्य कवच बाँध दिया था, पर उसका प्रभाव तो एक प्रहर भी नहीं रहा। दुर्योधन अभी तो उसके सामने ही पिट कर भागा है। फिर कर्ण का कवच कोई ऐसा अभेद्य भी नहीं था कि भीम पूर्णतः हतोत्साहित हो जाता।...उसने कर्ण को इक्कीस बाण मारे और उसे क्षत-विक्षत कर दिया।

भीम के बाणों की चोट खाकर कर्ण हँसा। उसने चौंसठ बाण मारकर भीम के कवच की धज्जियाँ उड़ा दीं। स्पष्टतः भीम के शरीर में घाव लगे थे, किन्तु भीम ने उनकी तनिक भी चिन्ता नहीं की। वह कर्ण के निकट से निकट होता जा रहा था। वह तो जैसे कर्ण से सटता ही जा रहा था। उसके धनुष से निरन्तर बाण छूट रहे थे। ऐसा लग रहा था कि भीम, भीम का रथ और भीम के बाण—सब ही कर्ण को कण्ठ से लगाने को आतुर थे।

पर कर्ण अब भी विशेष उग्र नहीं हुआ था। वह अपनी रक्षा कर रहा था और भीम को पीड़ित भी कर रहा था, किन्तु उसके चेहरे पर किसी प्रकार की क्रूरता प्रकट नहीं हुई थी। भीम का कैतालक मद, उसे स्मरण करा रहा था कि कर्ण ने कब-कब उन लोगों के प्रति किस-किस रूप में क्रूरता का व्यवहार किया। वह अपने क्रोध को रोक नहीं पा रहा था। उसे इस बात से भी झुंझलाहट हो रही थी कि कर्ण उसकी बातों और उसके बाणों से उत्तेजित

नहीं हो रहा था।...क्या वह यह जताना चाहता है कि भीम ऐसा योद्धा नहीं है, कि जिससे वह गम्भीरतापूर्वक युद्ध करे? क्या वह भीम का उपहास करने का प्रयत्न कर रहा है?...पर तब कर्ण उसे छोड़कर अर्जुन से युद्ध करने क्यों नहीं जाता? क्या वह अर्जुन से भयभीत है और भीम को वह अपने समकक्ष योद्धा नहीं मानता?...

भीम ने जैसे अपने अपमान की पीड़ा का दंश अनुभव किया और वह अत्यन्त उग्र हो उठा। उसने कर्ण के धनुष की प्रत्यंचा काट दी और कर्ण के वक्ष में भीषण आघात किया। उसके अश्वों का वध कर दिया और उसके सारथि का मस्तक काट दिया।...

कर्ण का अभिमान सहसा उसे छोड़कर भाग गया। भीम उसके समतुल्य योद्धा हो या न हो, कर्ण उससे लड़ना चाहे या न चाहे, किन्तु इस समय भीम ने उसे घायल ही नहीं कर दिया है, उसे शस्त्रों और रथ से भी विहीन कर दिया था। यदि वह तत्काल ही अपनी सुरक्षा का प्रबंध नहीं करता तो वह भीम के हाथों मारा जाएगा।...

कर्ण को लगा, उसका कण्ठ सूख रहा है। भीम अर्जुन के समान धनुर्धर हो या न हो, किन्तु ऐसा साधारण योद्धा भी नहीं है कि जिससे अगम्भीर युद्ध किया जाए।...

कर्ण तत्काल दूसरे रथ में लौटा। भीम अब तक कर्ण के द्वारा किए गए अपमान और दुर्व्यवहार को स्मरण कर जैसे जीवन से विरक्त हो उठा था। कर्ण को लौटा देख, उसने उस पर भयंकर आक्रमण किया।

कृष्ण ने भीम को कर्ण से लड़ते देखकर अर्जुन की ओर देखा। अर्जुन मुस्कराया। कृष्ण ने रथ उसकी ओर हाँक दिया। इस बीच भीम ने कर्ण के नए सारथि का वध कर दिया था। कर्ण बिफर गया। सारथि के मारे जाने पर वह पुनः संकट में पड़ गया था। अब उसे यह रथ भी छोड़ना होगा, अन्यथा बिना सारथि के लड़ना होगा।...बिना सारथि के?...एक ओर भीम था और दूसरी ओर अर्जुन! सात्यकि निरन्तर उनकी ओर बढ़ रहा था...और ऐसे में कर्ण बिना सारथि के युद्ध करेगा? वह भूल होगी उसकी।

कर्ण ने एक भयंकर शक्ति उठाई। उसे भीम को मार देना होगा।...उसके मन में निमिष मात्र के लिए कुन्ती की मूर्ति उभरी। उसने माँ को वचन दिया था कि वह अर्जुन के सिवाय और किसी पाण्डव का वध नहीं करेगा।...यह शक्ति लग गई तो भीम जीवित नहीं बचेगा...पर यह शक्ति न चलाई तो कर्ण जीवित नहीं बचेगा। या तो कर्ण का जीवन बच सकता था या वचन। दोनों का बचना सम्भव नहीं था।

भीम ने उस शक्ति को आका श में ही काट दिया। कर्ण के बाणों को भी काट दिया। उसके अश्वों को भी मारकर उसे फिर से रथ से उतर आने को बाध्य कर दिया।

कृष्ण ने अर्जुन की ओर देखा और मुस्कराए, "भीम आज अपने पूरे ज्वार पर है।"

दुर्योधन ने दुर्जय को पुकारा, "दुर्जय! कर्ण को भीम रूपी इस दावानल से बचाओ। कर्ण का बल बढ़ाते हुए, उस दाढ़ी-मूँछ मुंडे भीम को शीघ्र मार डालो। तुम लोग व्यर्थ ही इधर-उधर रहते हो। जिन्हें मार डालना चाहिए था, उन्हें अभी तक नहीं मारा है।"

दुर्जय अकस्मात् ही अपने मन में अपने लिए अत्यन्त महत्त्वपूर्ण हो उठा। उसे भीम जैसे योद्धा से लड़ने के लिए कहा था दुर्योधन ने। स्वयं दुर्योधन ने उसे कर्ण की रक्षा का दायित्व सौंपा था। दुर्जय का अहंकार स्फीत होकर जैसे आकाश की ओर उठने लगा था। उसने अपना रथ सीधे भीम के रथ से भिड़ा दिया।

भीम को अपने और कर्ण के मध्य किसी और का इस प्रकार आना अच्छा नहीं लगा। उसका क्रोध जैसे सर्वथा अनियन्त्रित हो उठा। उसने कर्ण के प्रति अपने मन में संचित सारा आक्रोश दुर्जय पर उँडेल दिया। दुर्जय उसके बाणों की बौछार को तनिक भी सँभाल नहीं सका और रक्त वमन करता हुआ रथ से नीचे गिर पड़ा। भीम ने उसके अश्वों और सारथि को भी जीवित नहीं छोड़ा।

कर्ण का हृदय पीड़ा से रो उठा। दुर्जय को भीम ने कर्ण से बचाने के प्रयत्न का दण्ड दिया था। दुर्जय व्यर्थ ही बीच में आकर अपने प्राण गँवा बैठा था। पर इसमें कोई सन्देह नहीं कि उसने अपने प्राण कर्ण के लिए ही त्यागे थे।

अश्रु बहाते हुए कर्ण ने धराशायी दुर्जय की परिक्रमा की।

भीम ने मुस्कराते हुए, रथहीन कर्ण को शस्त्रास्त्रों से आच्छादित कर दिया। कर्ण दुर्जय के रथ में आरूढ़ होकर पुनः भीम की ओर लौटा। क्रुद्ध होकर भीम के शरीर को विदीर्ण कर देने वाले बाणों से प्रहार किया। भीम तत्काल समझ गया कि यदि वह बाणों का ही आश्रय लेगा तो कदाचित् कर्ण उस पर भारी पड़ेगा। भीम ने वज्र के समान भयंकर, छह कोणों वाली, भारी गदा उठाकर, कर्ण पर दे मारी; और तत्काल ही दो क्षुरों की सहायता से उसके सारथि को मारकर उसके रथ की ध्वजा भी काटकर फेंक दी।

कर्ण हाथ में धनुष और कंधे पर एक तूणीर लेकर दुखी मन से रथ से उतर आया। वह सारथि रहित उस रथ पर रहकर युद्ध नहीं कर सकता था। जाने उसके अश्व कब किधर दौड़ पड़ें। वह अश्वों को ही सँभालता रहेगा

और भीम उसका वक्ष छेद देगा। पर भूमि पर खड़ा रहकर युद्ध करना भी तो संकटपूर्ण है। किसी ओर से कोई ओट नहीं है। अचल रहकर शत्रु का सामना कैसे किया जा सकता है। फिर शस्त्रों का भी अभाव हो जाएगा। वह अपने हाथों और कंधों पर कितने शस्त्र ढो सकता है।...पर जब तक उसके पास बाण हैं, वह भीम को आगे बढ़ने नहीं देगा।

कर्ण समझ नहीं पा रहा था कि भीम सचमुच इतना कुशल योद्धा था कि वह कर्ण पर भारी पड़ रहा था या फिर कर्ण ही कुन्ती को दिए हुए वचन के कारण स्वयं को भीम के वध के लिए तैयार नहीं कर पा रहा था।...कुन्ती को वचन दिया होता, न दिया होता, पर यह जानकर भी कि भीम उसका भाई है, वह उसका वध कर पाएगा? आज भीम को वह बता दे कि वह उसका बड़ा भाई है तो क्या भीम भी उसके प्रति ऐसा ही कठोर रह पाएगा? नहीं! कर्ण तो उसके साथ युद्ध कर रहा है, उसे आहत और पीड़ित भी कर रहा है, भीम तो शायद उससे युद्ध ही न कर पाए।...

दुर्योधन की चिन्ता बढ़ती जा रही थी। कर्ण तो भीम से ही पार नहीं पा रहा था। यह अर्जुन से कैसे लड़ेगा? अब इसका रथ फिर छूट गया है। भूमि पर खड़ा होकर युद्ध करने से बड़ी मूर्खता क्या हो सकती है। वह अपना रथ दुर्मुख के निकट ले गया।

"कर्ण रथ से वंचित कर दिया गया है। उसे रथ दो।" दुर्योधन ने उसे डाँटा, "कुछ अपने आप भी देख लिया करो। सब कुछ मेरे कहने पर ही करना है तो अपनी बुद्धि का उपयोग कब करोगे?"

दुर्मुख ने कुछ नहीं कहा। चुपचाप कर्ण की ओर बढ़ गया। दुर्योधन को क्या कहना। आज तक उसने अपने किसी छोटे भाई को कुछ माना भी है। बड़ा है तो उसका क्या अर्थ? ऐसे बात करता है, जैसे वे सब लोग तो बस कीड़े-मकोड़े हो हों।

भीम ने दुर्मुख को आया देखा तो वह प्रसन्न हो गया। कर्ण तो अर्जुन के भाग का था। धृतराष्ट्र के पुत्रों को मारना तो भीम के लिए परम आनन्द का विषय था। धृतराष्ट्र का एक पुत्र मरता था तो भीम के कण्ठ में जैसे अमृत का एक और चषक उतर जाता था। उसने कर्ण को छोड़ दिया और अपना रथ दुर्मुख के सम्मुख ले गया। जब तक कर्ण अथवा कोई और दुर्मुख की सहायता को आता, भीम ने नौ सुमुख बाणों से दुर्मुख को जीवन मुक्त कर दिया।

कर्ण दौड़कर आया और दुर्मुख के रथ में आरूढ़ हो गया। अब वह दुर्मुख की कोई सहायता नहीं कर सकता था। उसने दुर्मुख के शव की परिक्रमा की और आगे बढ़ गया। कर्ण देख रहा था कि दुर्मुख का यह रथ उसके अपने युद्ध

कौशल के अनुरूप शस्त्र सम्पन्न नहीं था। उसमें वे ही शस्त्र उपलब्ध थे, जिनमें दुर्मुख की रुचि थी। निश्चित रूप से दुर्मुख ने वह रथ अपने लिए शस्त्र आपूर्त किया था, उसने कभी सोचा भी नहीं होगा, कि उसका यह रथ कर्ण के युद्ध के काम में आएगा। कर्ण स्वयं को निःशस्त्र तो नहीं, किन्तु अल्पशस्त्रसज्जित पा रहा था। भीम के बाण अब भी उसका रक्त पी रहे थे। कर्ण ने भीम को चौदह बाण मारे। भीम के शरीर पर क्षत लगे और उनसे रक्त बहा। कर्ण को कुछ सन्तोष हुआ। किन्तु अगले ही क्षण भीम का प्रत्याक्रमण अत्यन्त भयंकर था। कर्ण ऐसा विह्वल हुआ कि उसने एक बार शान्त मन से विचार भी नहीं किया और युद्ध छोड़कर भाग गया।

कर्ण को इस प्रकार युद्ध छोड़कर भागते देख, दुर्मर्षण, दुःसह, दुर्मद, दुर्धर, और जय ने भीम पर आक्रमण किया। कर्ण ने उन पाँचों को भीम से लड़ते देखा तो पलट आया। भीम ने कर्ण को लौटकर आते देखा तो वह उन पाँचों को छोड़कर कर्ण की ओर बढ़ गया। कौरवों ने कर्ण को घेर लिया। इस प्रकार वे उसकी रक्षा कर रहे थे और कर्ण उनके लिए अपने बाणों से कवच का निर्माण कर रहा था। भीम को यह व्यवस्था अपने आड़े आती लगी। उसने पच्चीस बाणों से उन पाँचों और उनके सारथियों को यमलोक भेज दिया।

कर्ण का मन बुझ गया। दुर्योधन उसकी रक्षा के लिए बार-बार अपने भाइयों को भेज रहा था और कर्ण उनकी रक्षा नहीं कर पा रहा था। कर्ण जब दिग्विजय कर लौटा था तो धृतराष्ट्र ने उसे अपना पुत्र कहा था। और उसके सामने ही भीम धृतराष्ट्र के पुत्रों का वध करता जा रहा है। कर्ण इतना असहाय तो कभी नहीं था। क्या दुर्योधन और धृतराष्ट्र मान लेंगे कि उसने उन धृतराष्ट्रपुत्रों की रक्षा में कोई शिथिलता नहीं दिखाई?

तभी दुर्योधन के भेजे उसके और भाई कर्ण की रक्षा के लिए आ गए। चित्र, उपचित्र, चित्राक्ष, चारुमित्र, शरासन, चित्रायुद्ध, चित्रवर्मा ने आकर भीम को रोकने का प्रयत्न किया। पर कर्ण देख रहा था कि यह कोई युद्ध नहीं था। वे आए और मारे गए। युद्ध में योद्धा लड़ता तो है, चाहे उसका मस्तक कट ही क्यों न जाए; किन्तु दुर्योधन के ये भाई तो ऐसे आकर भीम के सामने खड़े हो जाते थे, जैसे वे भीम को लक्ष्यवेध का अभ्यास करा रहे हों।

कर्ण के मन में आया कि वह दुर्योधन से प्रार्थना करे कि वह कर्ण की रक्षा के लिए अपने भाई न भेजे। इससे कर्ण की कोई सहायता तो होती नहीं, उलटे उसके मन का बोझ बढ़ जाता है कि उसकी रक्षा करने के प्रयत्न में राजा के पुत्र मारे गए।

और तभी शत्रुंजय, शत्रुसह, दृढ़वर्मा, उग्रसेन और विकर्ण ने आकर भीम को रोकने का प्रयत्न किया।

कृष्ण, अर्जुन, युधामन्यु और उत्तमौजा अपने-अपने स्थान से भीम का यह भयंकर युद्ध देख रहे थे। भरिश्रवा, कृपाचार्य, अश्वत्थामा, शल्य, और जयद्रथ की दृष्टि भी भीम पर लगी हुई थी। जो अकेला ऐसा भयंकर कृत्य कर रहा है, वह आकर अर्जुन के साथ खड़ा हो गया तो क्या होगा।...सात्यकि भी अर्जुन की ओर बढ़ता हुआ भीम का पराक्रम देख रहा था।

तभी भीम ने शत्रुंजय, शत्रुसह, दृढ़वर्मा और उग्रसेन के साथ-साथ विकर्ण को भी मार गिराया।

अर्जुन को प्रसन्नता नहीं हुई। विकर्ण ही एकमात्र धृतराष्ट्रपुत्र था, जिसने द्यूतसभा में द्रौपदी का पक्ष लिया था और दुर्योधन का विरोध किया था। विकर्ण पाण्डवों को प्रिय था। भीम ने उसे भी मार दिया था...

"विकर्ण!" भीम का शोकातुर स्वर सुनाई दिया, "मेरी प्रतिज्ञा है कि युद्ध स्थल में धृतराष्ट्र के सारे पुत्रों को मार डालूँगा। इसलिए तुम्हारे वध के लिए भी बाध्य था। मेरे मन में तुम्हारे लिए कोई वैर नहीं था। मैंने तुम्हारा वध नहीं किया, बस अपनी प्रतिज्ञा का निर्वाह किया है। गंगानन्दन भीष्म हमसे प्रेम करते थे, फिर भी न्याय-अन्याय के इस संघर्ष में मारे गए। व्यक्तिगत रूप से कोई हमारा कितना ही निकट सम्बन्धी क्यों न हो, हमसे कितना ही प्रेम क्यों न करता हो, हमारा कितना ही हित क्यों न साधता हो, यदि वह दुर्योधन के पक्ष से लड़ेगा तो हमारे हाथों मारा जाएगा।..."

कर्ण चौंका। क्या भीम कर्ण के साथ अपने सम्बन्ध को जान गया है? क्या वह यह घोषणा उसको सुनाने के लिए कर रहा है? क्या वह उसे जता रहा है कि यह जानते हुए भी कि कर्ण उसका भाई है, दुर्योधन के पक्ष से लड़ने के कारण वह उसका वध कर देगा?

तभी भीम ने कर्णी बाण को अपने धनुष पर साधा और कर्ण के शिरस्त्राण और कवच के बीच लक्ष्य साध कर छोड़ दिया। बाण ने कर्ण का बड़ा-सा स्वर्ण कुण्डल काट कर भूमि पर गिरा दिया और उसके कान को घायल कर दिया। जब तक कर्ण सँभलता, भीम ने भल्ल से उसका वक्ष और नाराच से उसका ललाट आहत कर दिया। कर्ण का मस्तक जैसे घूम गया। वह मूर्च्छा के द्वार पर खड़ा था। उसने रथ के कूबर का सहारा लिया और क्षण भर के लिए आँखें बंद कर, निःस्पंद खड़ा रहा।...

इस बार कर्ण सचेत हुआ तो वह एक परिवर्तित कर्ण था। उसे केवल यह स्मरण था कि वह दुर्योधन का मित्र है; और पाण्डव दुर्योधन के शत्रु हैं।

उसने भीम का धनुष काट दिया। अश्व मार दिए और सारथि को आहत कर दिया।

भीम का सारथि अपना रथ छोड़कर कूद गया और युधामन्यु के रथ पर जा चढ़ा।

कर्ण के मन से भीम का भय जैसे विलुप्त हो गया था। उसने भीम की अवमानना करते हुए, उसके रथ का ध्वज भी काट गिराया।

भीम का रथ अचल हो चुका था। उसे छोड़ देना ही उचित था।...किन्तु अर्जुन का रथ अभी भीम से दूर था। सात्यकि भी यद्यपि दिखाई पड़ रहा था, किन्तु इतना निकट भी नहीं था कि वह भीम की सहायता कर सकता। ऐसे में भीम यदि रथ छोड़ देता तो वह पूर्णतः शस्त्रविहीन हो जाता। यहाँ रथ चाहे अचल हो चुका था, किन्तु सारे शस्त्रास्त्र अभी भीम के निकट ही थे।

भीम ने एक शक्ति हाथ में उठा ली और उसे घुमाकर कर्ण पर दे मारा।

कर्ण को सहसा लगा कि वह कुछ थक-सा गया है। रक्त अधिक बह गया अथवा उसकी अवस्था अधिक हो गई है? पर उसकी अवस्था भीष्म और द्रोण से तो अधिक नहीं। वे लोग तो कभी ऐसे नहीं थके। इस भयंकर युद्ध के बीच भी कर्ण के मन में भीष्म, द्रोण और कृपाचार्य के सम्बन्ध में अनेक प्रश्न उमड़ने-घुमड़ने लगे।...क्या रहस्य है उन लोगों के स्वास्थ्य और इस क्लांतिहीनता का? क्या यह अभ्यास मात्र है? क्या यह ब्रह्मचर्य है? क्या यह योगाभ्यास है? क्या वे लोग किन्हीं विशेष औषधियों का सेवन करते हैं? नहीं! उसने अपने सिर को झटक दिया।...यह उसकी शारीरिक क्लांति नहीं थी। कदाचित् प्रातः से अनेक पराजयों का सामना करने के कारण मन ही कुछ शिथिल हो रहा था। पर वह भीम द्वारा फेंकी गई इस शक्ति के सम्मुख आत्मसमर्पण तो नहीं कर सकता।

कर्ण ने अपने बाणों से शक्ति को काट गिराया।

इस बार भीम ने खड्ग और ढाल उठा ली। वह कर्ण के निकट जाकर युद्ध करना चाहता था। जानता था कि उन दोनों के बीच जितनी दूरी होगी, कर्ण को उतना ही बल मिलेगा। वह बाणों के सहारे भीम को पीड़ित कर सकता है। वे एक-दूसरे के निकट होंगे तो अपने बाणों को छोड़कर कर्ण को कोई अन्य शस्त्र उठाना पड़ेगा, या फिर शारीरिक बल का सहारा लेना पड़ेगा।...भीम के लिए उससे अच्छा अवसर और क्या हो सकता था।...

पर कर्ण ने अपने रथ से ही बाण मारकर भीम की ढाल नष्ट कर दी। भीम निमिष मात्र के लिए स्तब्ध खड़ा रह गया। अगले ही क्षण उसने खड्ग,

कर्ण के रथ पर चला दी। भीम के खड्ग से कर्ण का धनुष कट गया। कर्ण ठठाकर हँसा।...उसने भीम को एक प्रकार से निःशस्त्र कर दिया था। उसने दूसरा धनुष उठा लिया और भीम को बाणों से बींधना आरम्भ कर दिया।

भीम के पास कोई विकल्प नहीं बचा था। वह कूदा और जैसे वायु में उड़ता हुआ कर्ण के रथ पर आ गया।

कर्ण अपने रथ के पिछले भाग में दुबक गया। भीम उसके सम्मुख, उसके रथ के ध्वजदण्ड का सहारा लिये हुए खड़ा था। अभी वह पूर्णतः रथ के भीतर नहीं था और न ही अभी अपना संतुलन साध पाया था।

भीम ने कर्ण को उसके रथ पर ही पीटने की योजना बनाई थी। पर रथ पर पहुँचकर भी वह कर्ण पर हाथ नहीं डाल पा रहा था। कर्ण ने इतने निकट होने पर भी उस पर बाणों का प्रहार आरम्भ कर दिया था। इस समय भीम के पास कोई शस्त्र नहीं था। कोई ओट भी नहीं थी कि वह बाणों से बचने का प्रयत्न करता।...और कर्ण था कि मारता ही जा रहा था।

भीम रथ से कूद गया। उसे सबसे पहले कोई ओट चाहिए थी, जहाँ वह कर्ण के बाणों से बच सकता। युद्धक्षेत्र में कितने ही रथ टूटे पड़े थे। वहीं पास ही अनेक हाथियों के शव थे। इन्हें अर्जुन ने मारा था। भीम रथ पर होता तो ये हाथी उसके मार्ग की बाधा हो सकते थे, किन्तु इस समय तो ये उसका कवच बन गए थे। भीम को लगा कि यदि वह उनको अपना कवच मानकर, इसी प्रकार उनके पीछे दुबका रहा तो कर्ण को उसके निकट आते कितनी देर लगेगी; और अर्जुन अभी दूर था। अपनी सुरक्षा के लिए भीम को कुछ तो करना ही पड़ेगा। यदि वह प्रहार नहीं करेगा तो यह युद्ध नहीं होगा, बालकों का लुकाछिपी का खेल हो जाएगा। वह हाथियों के पीछे छिपा बैठा रहेगा और कर्ण आकर उसे पकड़ लेगा। वह चोर घोषित होगा। पर युद्ध में चोर अन्य छिपे हुए लोगों को खोजता नहीं है। उसे अपना शत्रु मानकर उसका वध कर दिया जाता है। भीम न तो कर्ण के हाथों मरना चाहता था और न ही युद्ध बन्दी के रूप में दुर्योधन के दास के समान उसके सम्मुख घसीटा जाना चाहता था। वह योद्धा था, उसे युद्ध करना ही होगा।

भीम ने हाथियों के शव, उनके कटे अंग, रथों के भग्न चक्र तथा अन्य भाग उठा-उठाकर कर्ण पर फेंकने आरम्भ किए। यह भी तो गदा जैसा ही काम है। ठीक है कि फेंके गए शस्त्रों का आकार गदा के समान नहीं है। उनमें पकड़ने की सुविधा उपलब्ध नहीं है, इसलिए उनका फेंका जाना सरल नहीं है। विशेष प्रहारक नहीं है। किन्तु कर्ण के अश्व इस ओर सुविधा से बढ़ नहीं पाएँगे। यदि कर्ण उन्हें छोड़कर आया तो मल्ल युद्ध की कुछ सम्भावना

तो है।...पर कर्ण अपने बाणों से भीम द्वारा फेंके गए वे शस्त्र काटता जा रहा था। उनसे उसकी कोई क्षति नहीं हो रही थी।

अब तो भीम के पास एक ही विकल्प था कि वह दौड़े और कर्ण को अपने मुष्टिकाप्रहार से मार डाले, या फिर उसके रथ का ईषादण्ड पकड़कर उसे भी घुमाकर द्रोण के रथ के समान दूर फेंक दे।...पर यहाँ भीम का सहायक कोई नहीं था। उसके कर्ण के रथ तक पहुँचने के अन्तराल में कर्ण तथा अन्य कौरवों के बाणों से उसकी रक्षा करने वाला कोई नहीं था।...और फिर अर्जुन ने कर्ण को मारने की प्रतिज्ञा की है। यदि कर्ण भीम के हाथों मारा गया तो अर्जुन की प्रतिज्ञा का क्या होगा?

तत्काल भीम के मन में एक संशय ने सिर उठाया...यदि कर्ण उसके नियन्त्रण में होता और भीम उसका वध न करता तो यह माना जा सकता था कि वह समर्थ होते हुए भी कर्ण को इसलिए जीवित छोड़ रहा है कि अर्जुन अपनी प्रतिज्ञा पूरी कर सके। यहाँ तो भीम के अपने प्राणों पर बनी है। तो क्या यह उसके भयभीत मन की अपने प्राण बचाने के लिए आड़ मात्र है?...

कर्ण के बाण चल रहे थे और लगता था कि उसका रथ निकट आता जा रहा है। भीम को मूर्च्छा आ रही थी।

20

सात्यकि ने भीम को कर्ण से त्रस्त देखा तो वह अर्जुन की ओर बढ़ने के स्थान पर भीम की दिशा में मुड़ गया।

दुर्योधन की दृष्टि उस पर पड़ी। वह नहीं चाहता था कि भीम को किसी प्रकार की सहायता मिले। दूसरी ओर से अर्जुन भी उसकी ओर बढ़ रहा था। यदि सात्यकि भी वहाँ जा पहुँचा तो वे तीनों मिलकर अपना व्यूह रच लेंगे। पर वह देख रहा था कि कौरवों के लिए सात्यकि को रोकना भी कठिन हो रहा था। सात्यकि इस समय धधकते दावानल के समान प्रचण्ड हो रहा था। वह किसी सर्वग्रासी यंत्र के समान कौरवों को निगलता जा रहा था। जो कोई सम्मुख जाता था, वह लौटकर नहीं आता था। कौरवों के अनेक महारथी मारे गए तो राजा अलंबुश उसकी ओर बढ़ा। किन्तु वह राक्षस अलंबुश तो था नहीं कि अपनी माया का प्रदर्शन करता। वह तो राजा अलंबुश था। सात्यकि के एक बाण ने उसका धड़ काट दिया। दुःशासन आगे बढ़ा तो सात्यकि ने उसके घोड़ों को मार डाला। त्रिगर्तों ने सात्यकि को घेरा और पिटकर पीछे हट गए। शूरदेशीय सैनिक बढ़े और

पराजित होकर लौट आए। कलिंग आगे बढ़े तो सात्यकि सुविधा से उन्हें भी लाँघ गया।

कृष्ण ने सात्यकि की इस अद्‌भुत वीरता को देखा और अर्जुन का ध्यान उसकी ओर आकृष्ट किया, "देखो! सात्यकि भी आ रहा है।"

अर्जुन ने सात्यकि की ओर देखा।...कृष्ण का ध्यान सब ओर रहता है। ...उसने सोचा। युद्ध में भी और जीवन में भी। अर्जुन की विशिष्टता उसकी एकाग्रता और एकनिष्ठा में थी। पर कृष्ण तो सबका उसी प्रकार ध्यान रखते थे, जैसे संसार का स्रष्टा अपने रचे प्रत्येक जीव का रखता है। कोई बात कृष्ण की दृष्टि से छिप नहीं सकती।

और फिर अर्जुन के मुख पर चिन्ता की घटाएँ छा गईं, "सात्यकि आ तो रहा है, पर धर्मराज किस स्थिति में हैं? यह उनको आचार्य द्रोण को सौंप आया है क्या? और यहाँ जयद्रथ अभी मारा भी नहीं जा सका है। मैं धर्मराज की सहायता के लिए जा भी नहीं सकता।"

तभी अर्जुन ने देखा कि भूरिश्रवा का रथ पर्याप्त वेग से आगे बढ़ रहा था; किन्तु उसका गंतव्य अर्जुन अथवा भीम नहीं था। वह सात्यकि की दिशा में बढ़ रहा था। उसके घोड़े और सारथि सब ही थके हुए हैं। जाने यह किस समय का चला हुआ है और अकेला ही कौरवों की सारी सेना को लाँघकर आ रहा है। कौरवों की सेना को लाँघा तो अर्जुन ने भी है। किन्तु उसके पास दिव्यास्त्र हैं। उसे अभ्यास है, ऐसे युद्धों का। उसके साथ श्रीकृष्ण हैं। यह सात्यकि कैसे चला आया, सबको लाँघकर? और भूरिश्रवा तथा उसके साथी तो तनिक भी क्लांत नहीं हैं। प्रातः से अर्जुन ने उन्हें एक आध स्थान पर भिड़ते देखा है, किन्तु किसी कठोर युद्ध में उन्होंने स्वयं को थकाया नहीं है। सम्भव है कि दुर्योधन ने उन्हें अभी इसी क्षण युद्ध में उतारा हो, ताकि वे थके हुए कौरव महारथियों का स्थान ले सकें। या फिर भूरिश्रवा अपनी व्यक्तिगत शत्रुता का प्रतिशोध लेने के लिए विशेष रूप से सात्यकि से युद्ध करने आए हैं।...सात्यकि की रक्षा करनी होगी।...सूर्य भी अस्ताचल की ओर बढ़ रहा है। जयद्रथ का वध अभी नहीं हुआ है।...

भूरिश्रवा ने सात्यकि पर आक्रमण किया।

"आओ सात्यकि!" भूरिश्रवा ने कहा, "बहुत प्रतीक्षा की है मैंने तुम्हारी। तुम्हारे दादा ने मेरे पिता को युद्ध में अपमानित किया था। उनको धरती पर पटककर घसीटा था। उन्हें लातें मारी थीं। उन सबका प्रतिशोध लेना है मुझे। तुम्हारे पिता तो कभी युद्ध में सामने ही नहीं आए, तो अपने दादा का ऋण तुम्हीं चुकाओ। मैंने तुम्हारी बहुत प्रतीक्षा की है। आज तुम मेरी पकड़ में आए

हो। तुम्हारे मारे जाने पर कृष्ण, अर्जुन और धर्मराज युधिष्ठिर उत्साहशून्य होकर युद्ध बन्द कर देंगे। एक तुम्हारी मृत्यु से ये इतने सारे वीर क्षत्रिय इस युद्ध में अपने प्राणों की आहुति देने से बच जाएँगे।"

सात्यकि ने वे सारी घटनाएँ सुनी थीं। उसके दादा ने एक स्वयंवर में भूरिश्रवा के पिता सोमदत्त को बहुत अपमानित किया था। सोमदत्त और भूरिश्रवा ने सात्यकि के दादा शिनि से अपने उस अपमान का प्रतिशोध लेने का बहुत प्रयत्न किया था, किन्तु उनका लक्ष्य पूर्ण नहीं हो सका। आज भूरिश्रवा उसी प्रतिशोध की बात कर रहा था।

भूरिश्रवा कुछ जल्दी में था। उसने रथी से युद्ध करने के स्थान पर सारथि से युद्ध आरम्भ किया और अगले ही क्षण सात्यकि के घोड़े मार दिए। सात्यकि को अपनी रक्षा के लिए आवश्यक लगा कि वह भी भूरिश्रवा को विरथ कर दे, ताकि दोनों समानता के आधार पर लड़ सकें। भूरिश्रवा की सहायता को तो फिर कोई आ जाएगा, किन्तु सात्यकि को अभी अपने लिए किसी सहायता की सम्भावना दिखाई नहीं दे रही थी। उधर भीम को कर्ण ने रोक रखा था और इधर अर्जुन को रोकने के लिए सारे कौरव महारथी तत्पर खड़े थे।

सात्यकि ने भी भूरिश्रवा के रथ के घोड़े मार दिए।

अब वे दोनों ही अपने-अपने खड्ग लेकर आमने-सामने आ डटे। उन्होंने भ्रांत, उद्भ्रांत, आविद्ध, आप्लुत, विप्लुत, सृत, संपात और समुदीर्ण आदि गति और पैंतरे दिखाए। दोनों ने ही एक-दूसरे की ढालें काट डालीं और खड्ग उनके हाथ से गिर गए। अब मल्लयुद्ध के अतिरिक्त और कोई विकल्प नहीं था। आघात, निग्रह और प्रग्रह का प्रयोग होता रहा। मल्लयुद्ध प्रमाणित कर रहा था कि उन दोनों को ही अपने-अपने दाँव, प्रशिक्षण और शारीरिक बल का भरोसा था। भुजपाश उनका प्रिय दाँव था। दोनों सिरों को टक्कर भी दे रहे थे, पैरों को खींचकर, पैरों से पैर लपेटकर, तोमन प्रहार के समान ताल ठोंककर, अंकुश गड़ाने के समान नोचकर उनका मल्लयुद्ध चलता रहा। फिर पादबंध, उदरबंध, उद्भ्रमण, गत, प्रत्यागत, आक्षेप, पतन, उत्थान और संप्लुत का प्रयोग किया गया।

सारथ्य करते हुए भी कृष्ण की दृष्टि सात्यकि की ओर लगी हुई थी। वे सात्यकि के युद्ध कौशल और साहस की सराहना कर रहे थे। किन्तु सात्यकि प्रत्येक क्षण शिथिल होता जा रहा था। कृष्ण को निरन्तर लग रहा था कि सात्यकि और भूरिश्रवा का यह युद्ध समान योग्यता का नहीं था। सात्यकि दिन भर की लम्बी युद्ध-यात्रा के पश्चात् यहाँ तक पहुँचा था और उसे भूरिश्रवा जैसे अक्लांत योद्धा और उसकी वाहिनी से लड़ना पड़ रहा था।...पर युधिष्ठिर ने

भी तो उसे उनकी सहायता के लिए भेजा होगा। ऐसे में क्या सहायता करेगा सात्यकि और क्या सहायता करेगा भीम? उन्हें तो स्वयं अपनी रक्षा के लिए अर्जुन की सहायता की आवश्यकता पड़ गई थी।...

"देखो पार्थ!" कृष्ण बोले, "वृष्णि और अंधक वंश का वह श्रेष्ठ वीर, भूरिश्रवा के वश में हो गया है। दुष्कर कर्म और कठिन परिश्रम से चूर-चूर होकर वह पृथ्वी पर गिर गया है। सात्यकि तुम्हारा शिष्य है। उसकी रक्षा करो अर्जुन!"

भूरिश्रवा ने सात्यकि को अपनी भुजाओं में उठाकर चार-पाँच चक्कर दिए और उठाकर धरती पर पटक दिया। सात्यकि ने आँखें उठाकर उसकी ओर देखा और अपने हाथ धरती पर टिकाकर, अपने शरीर का सम्पूर्ण बल लगाकर धरती से उठने का प्रयत्न किया।

भूरिश्रवा ने उसे उसका भी अवसर नहीं दिया। उसने खींचकर एक लात उसके वक्ष पर मारी। सात्यकि पुनः धरती पर लुढ़क गया। उसके वक्ष में पीड़ा हो रही थी। पता नहीं कोई अंग-भंग हो गया था या मात्र आघात की ही पीड़ा थी।

उसने पुनः उठने का प्रयत्न किया।

इस बार भूरिश्रवा ने उसकी टाँग पकड़कर उसे घसीटना आरम्भ किया। सात्यकि के शरीर पर अब कवच नहीं था। धरती कठोर और ऊबड़-खाबड़ थी। उन दोनों के युद्ध की स्थिति कुछ ऐसी हो रही थी, जैसे अखाड़े में दो मल्ल क्रीड़ार्थ मल्लयुद्ध कर रहे हों; और शेष लोग उन्हें देखकर अपना मनोरंजन कर रहे हों। कौरवों को भूरिश्रवा की सहायता करने की आवश्यकता नहीं थी और सात्यकि की सहायता करने वाला वहाँ कोई था नहीं। अर्जुन और भीम पृथक्-पृथक् दिशाओं में दिखाई पड़ रहे थे; किन्तु भीम कर्ण से उलझा हुआ था और अर्जुन को कौरव महारथियों ने घेर रखा था।

भूरिश्रवा को विश्वास हो गया कि अब सात्यकि पूर्णतः असहाय हो गया है। वह उसे भूमि पर घसीट भी चुका था और उसके वक्ष पर लात मारकर अपमानित भी कर चुका था। अब केवल उसका वध ही शेष था। पर वह वध भी तो अपमानजनक ही होना चाहिए। बाण मारकर अथवा खड्ग के आघात से उसके प्राण लेना भूरिश्रवा को प्रिय नहीं था।

भूरिश्रवा ने अपने दाहिने हाथ में खड्ग ले लिया और बाएँ हाथ से सात्यकि की शिखा पकड़ ली। वह किसी पशु के समान सात्यकि का वध करना चाहता था। सात्यकि उसके मन की बात समझ रहा था और अपनी उस अर्द्धमूर्च्छितावस्था में भी अपने प्राणों की रक्षा के लिए अपनी गर्दन को घुमा रहा था, ताकि भूरिश्रवा का खड्ग अपने लक्ष्य को न पा सके।

"यह न्यान नहीं है पार्थ! निःशस्त्र और युद्ध के अयोग्य सात्यकि को भूरिश्रवा खड्ग से मार रहा है।" कृष्ण कुछ आवेश में बोले, "वृष्णि और अंधक वंश का यह सिंह, भूरिश्रवा के वश में पड़ गया है। अर्जुन! यह तुम्हारा शिष्य है और धनुर्विद्या में तुमसे कम नहीं है। वह तुम्हारा आश्रित है और तुम्हारे सम्मुख मर रहा है। तुम्हारा आश्रय लेकर भी वह दुर्दशा को प्राप्त हो रहा है तो तुम्हारा पराक्रम मिथ्या है।"

"मेरी दृष्टि जयद्रथ की ओर लगी हुई थी केशव! इसलिए सात्यकि की दुर्दशा मेरी आँखों से ओझल रही।" अर्जुन ने कहा, "आप चिन्ता न करें। भूरिश्रवा उसका वध नहीं कर पाएगा।"

अर्जुन ने गाण्डीव पर एक तीक्ष्ण क्षुरप्र चढ़ाया और भूरिश्रवा के दाहिने कंधे का लक्ष्य कर उसे छोड़ दिया। अगले ही क्षण वह बाण भूरिश्रवा की खड्ग वाली भुजा लेकर इस प्रकार उड़ गया, जैसे कोई गरुड़ आकाश से उतरकर किसी भुजंग को अपनी चोंच में दबा, पुनः उड़ गया हो।

कुछ क्षणों तक तो भूरिश्रवा समझ ही नहीं पाया कि उसे क्या हो गया है। उसका हाथ उठ क्यों नहीं रहा और खड्ग सात्यकि के कण्ठ पर प्रहार क्यों नहीं कर रहा। पर जब उसने अपनी कटी हुई भुजा भी देखी और दूर से आता हुआ, अर्जुन का रथ भी।...वह समझ गया कि उसने सात्यकि को समरभूमि में घसीटा भी है, उसके वक्ष पर लात मारकर अपमानित भी किया है; किन्तु वह उसके प्राण न ले पाया है, न ले पाएगा।

अर्जुन निकट आ गया तो भूरिश्रवा ने उसकी ओर देखा, "अर्जुन! यह तुम्हारी वीरता नहीं, क्रूरता है। मैं किसी अन्य योद्धा से युद्ध कर रहा था। तुम्हारी ओर तो मैंने देखा भी नहीं था। मेरी बाँह काट दी तुमने। धर्मराज को क्या मुँह दिखाओगे?"

"निःशस्त्र सात्यकि का वध खड्ग से कर रहे थे आप। उस पर भी आपको अपनी धर्मपरायणता और वीरता पर अभिमान है।" अर्जुन बोला।

"ऐसी धूर्तविद्या और ऐसे कुतर्कों का उपदेश तुम्हें तुम्हारे किस गुरु ने दिया है—इन्द्र ने? रुद्र ने? द्रोण ने? या कृपाचार्य ने?" भूरिश्रवा ने तड़पकर कहा, "यह नीच और पाप कर्म है। कुरुकुल में जन्म लेकर भी तुम क्षत्रिय धर्म से कैसे गिर गए। तुम्हारा शील तो उत्तम था। तुमने अब तक श्रेष्ठ व्रतों का पालन किया है। सात्यकि की रक्षा के समय तुम्हें स्मरण ही नहीं रहा। तुम्हें सात्यकि प्यारा है, धर्म नहीं? यह निश्चय ही तुम्हारा नहीं कृष्ण का मत है। तुम्हारे लिए इतना नीचे गिरना सम्भव नहीं है। ऐसा तो कृष्ण का कोई मित्र ही कर सकता है।" वह रुका और फिर जैसे कृष्ण को सुनाता हुआ बोला,

"वृष्णि और अंधक वंश के लोग संस्कारभ्रष्ट हिंसाप्रधान कर्म करने वाले और स्वभाव से ही निन्दित हैं। उनको तुमने प्रमाण कैसे मान लिया?"

"कल ही जिन महारथियों ने मिलकर अकेले, निःशस्त्र अभिमन्यु का वध किया है, वे न तो वृष्णिवंशी थे, न अंधकवंशी। न ही वे श्रीकृष्ण के मित्र थे; न ही उनके परामर्श पर चल रहे थे। न ही आप उनसे यह सब कहने गए थे भूरिश्रवा!" अर्जुन बोल, "आज प्रातः से आपके किस-किस योद्धा ने ध्यान रखा है कि अर्जुन, भीम या सात्यकि किसी अन्य योद्धा से युद्ध में संलग्न हैं, इसलिए किसी तीसरे योद्धा को उनके बीच हस्तक्षेप नहीं करना चाहिए? जब मैं संशप्तकों से अकेला भिड़ रहा था, तब तो आपने दुर्योधन को नहीं समझाया कि वह अन्याय था।" वह रुका, "वृद्ध होने पर मनुष्य की बुद्धि भी बुढ़ा जाती है। क्षत्रिय अपने-अपने भाई, पिता, पुत्र, सम्बन्धी, बन्धु-बान्धवों, समवयस्क साथियों और मित्रों से घिरकर शत्रुओं के विरुद्ध युद्ध करते हैं। वे सब लोग उस प्रधान योद्धा के बाहुबल के आश्रित होते हैं। सात्यकि मेरा मित्र, शिष्य और सम्बन्धी है। वह मेरे लिए ही अपने दुस्त्यज प्राणों का मोह छोड़कर युद्ध कर रहा है। राजन्! रणदुर्मद सात्यकि युद्धस्थल में मेरी दाहिनी भुजा के समान है। आप चाहते हैं कि मैं उसे मर जाने देता और आपकी वीरता की प्रशंसा करता?" अर्जुन का स्वर कुछ और प्रखर हो गया, "रणभूमि में वीर अपनी ही रक्षा नहीं करता, अपने रक्षणीयों की भी रक्षा करता है। इस समग्र युद्ध में सात्यकि के साथ आपके युद्ध को दो योद्धाओं का संग्राम कैसे माना जा सकता है। प्रातः सात्यकि से केवल एक आप ही लड़े थे क्या? असंख्य योद्धाओं को धूल चटाकर आए, थके-हारे, परिश्रम से चूर, सात्यकि को पराजित कर आप वीर हो गए?"

भूरिश्रवा ने अर्जुन की ओर देखा, "तुमने मेरी भुजा काटी है, मेरे प्राण नहीं लिए। तुमने मुझे वीरगति का यश भी नहीं दिया। मेरा जीवन न अब जीने योग्य है, न मेरी मृत्यु गौरवमयी हो सकती है। मैं ऐसा जीवन जीना नहीं चाहता। अपनी भुजा से होने वाले रक्तस्राव से मरने से पूर्व ही मैं आमरण अनशन का संकल्प लेकर यहीं युद्धक्षेत्र में बैठ रहा हूँ, ताकि संसार मेरी मृत्यु देखे और तुम्हें धिक्कारे।"

भूरिश्रवा आमरण अनशन का व्रत लेकर बैठ गया। ब्रह्मलोक में जाने की इच्छा से प्राणायाम के द्वारा, प्राणों को उसने प्राणों में ही होम दिया। वह नेत्रों को सूर्य में और प्रसन्न मन को समाहित करके महोपनिषत्प्रतिपादित परब्रह्म का चिन्तन करते हुए योगमुक्त मुनि हो गया।

युद्ध जैसे थम गया। कौरव सेना अपने स्थान पर रुक गई थी। वे बाण

चलाने के स्थान पर अर्जुन के चरित्र के विषय में चर्चा कर रहे थे। भूरिश्रवा जैसे उनका आदर्श हो गया था। वे उसकी प्रशंसा कर रहे थे। उसने अपने जीवन में असंख्य यज्ञ किए थे। बहुत सारा दान दिया था अपने इन्हीं हाथों से। सात्यकि को बहुत अपमानजनक ढंग से पराजित किया था उसने।...पर अर्जुन ने...

भूरिश्रवा अपनी प्रशंसा सुन रहा था; किन्तु उसने कोई प्रसन्नता व्यक्त नहीं की। कदाचित् वह ध्यान की स्थिति में था अथवा अधिक रक्त बह जाने के कारण मूर्च्छावस्था को प्राप्त हो गया था। सैनिक आश्चर्य कर रहे थे। क्या कोई मूर्च्छावस्था में भी पद्मासन लगाए बैठा रह सकता है?...कोई योद्धा भूरिश्रवा की ओर नहीं बढ़ रहा था। दुर्योधन ने भी अर्जुन के भय से भूरिश्रवा के निकट जाने का साहस नहीं किया। अर्जुन वहाँ से बहुत निकट था। उसके बाणों की पहुँच में जाने की मूर्खता कौन करे।

तभी अर्जुन ने उच्च स्वर में कहा, "मेरा जो आत्मीय मेरे बाणों की प्रहारक्षमता के भीतर होगा, मेरे शत्रुओं के हाथों मारा नहीं जा सकता। मेरे किसी शरणागत का मेरे निकट रहते वध नहीं हो सकता। और फिर जिस प्रकार तुम लोगों ने अभिमन्यु का वध किया है, उसके पश्चात् दूसरों को धर्म का उपदेश देने का तुम्हें कोई अधिकार नहीं। जो लोग स्वयं मर्यादा और धर्म की रक्षा नहीं करते, उन्हें कोई अधिकार नहीं है कि वे दूसरों को धर्मोपदेश दें।"

सहसा भूरिश्रवा ने अपने मस्तक से भूमि का स्पर्श किया और अपने बाएँ हाथ से उठाकर अपनी कटी हुई दाहिनी भुजा, अर्जुन के सम्मुख फेंक दी।

अर्जुन का हृदय कुछ पिघला। बोला, "तात भूरिश्रवा! मैं धर्मराज युधिष्ठिर के समान ही आपका भी सम्मान करता हूँ। युद्ध में आपको छोड़ नहीं सकता था; किन्तु अब हमारी कोई शत्रुता नहीं है। मैं और कृष्ण आपको आदेश देते हैं कि आप शिवि के समान पुण्यात्मा पुरुषों के लोक में जाएँ।"

सात्यकि अपने स्थान पर उठकर खड़ा हो गया। उसने भूमि पर पड़ा अपना खड्ग उठा लिया। वह भूरिश्रवा की ओर बढ़ा। सबकी दृष्टि उसकी ओर गई। क्या करने जा रहा था वह? क्या वह कटी भुजा वाले, भूरिश्रवा का वध करेगा?

चारों ओर कोलाहल मच गया। कृष्ण और अर्जुन भी उसे रोक रहे थे।...पर वह बढ़ता ही गया। और सब के देखते-देखते उसने भूरिश्रवा का मस्तक काट डाला।

चारों ओर पूर्ण निःस्तब्धता थी। कोई कुछ नहीं कह रहा था। कौरव महारथी आगे बढ़ने को मचल रहे थे, किन्तु सामने अर्जुन अपना गाण्डीव

लिये खड़ा था। नहीं तो अब तक किसी ने सात्यकि का मस्तक भी काट लिया होता।...

सात्यकि हाथ में खड्ग लिये उठा और बोला, "धर्म का आवरण ओढ़कर खड़े हुए, अधर्मपरायण पापात्माओ! जब तुमने अभिमन्यु को युद्ध में शस्त्रहीन कर मारा था, उस समय तुम्हारा धर्म कहाँ चला गया था? भूरिश्रवा ने एक वीर के समान युद्ध में मेरा वध कर दिया होता, तो मुझे कोई दुख न होता। उसने मुझे पटककर भूमि पर घसीटा। मुझे अपमानित करने के लिए रोषपूर्वक पादप्रहार किया। किसलिए? इसलिए कि मेरे दादा ने उसके पिता का अपमान किया था?...या इसलिए कि मैं उसकी पशुता का असहाय आखेट था? जब वह मेरा अपमान कर रहा था, वीरों के लिए वर्जित नीच कर्म कर रहा था, उस समय तो किसी ने उसे नहीं रोका। अब वह धर्मात्मा हो गया, क्योंकि वह मुनियों के समान मौन व्रत लेकर बैठ गया है।...वह मुझसे मेरे दादा का प्रतिशोध ले रहा था तो मैं उससे अपना प्रतिशोध भी न लेता? मेरी भुजाएँ वर्तमान हैं और मैं अपने ऊपर किए गए आघात का बदला लेने की निरन्तर चेष्टा करता आया हूँ। तो भी तुम लोग मुझे मरा मान लेते हो तो दोष तुम्हारी बुद्धि में है। मैंने भूरिश्रवा का वध कर, मात्र उसके घात का प्रतिघात किया है। हाँ! मुझे संकट में देखकर धनंजय ने उसकी भुजा काट डाली, इससे मैं भूरिश्रवा के वध के यश से वंचित हो गया हूँ।"

"आओ सात्यकि!" अर्जुन ने कहा, "तुम उत्तमौजा के रथ में आ जाओ। हमें मध्यम पाण्डव की भी खोज करनी है।"

कर्ण का उन्माद क्षीण हो चुका था। अब भीम उसके वश में था। असहाय और निरीह भीम। वह बेचारा अपने प्राणों के लिए युद्धक्षेत्र में मारे गए पशुओं के पीछे, सिर झुकाए, शत्रुओं की ओर पीठ किए बैठा था। इस समय कर्ण भीम का वध भी कर सकता था।...पर प्रतिशोध के उन्माद के उतरते ही उसे कुन्ती को दिया गया वचन भी स्मरण हो आया था। वह उसका वध नहीं करेगा, चाहे अपमानित कितना ही क्यों न कर ले। आज प्रातः से भीम ने भी उसे बहुत अपमानित और पीड़ित किया था। वैसे भी निःशस्त्र शत्रु का वध करने में कोई सुख नहीं है...

कर्ण ने निकट आकर अपने धनुष की नोक से भीम को स्पर्श किया।

भीम उसके लिए तनिक भी तैयार नहीं था। कर्ण के धनुष के छूते ही वह क्रोध से उन्मत्त हो उठा। उसने धनुष पकड़कर खींचा और उसे दो खण्ड कर कर्ण के माथे पर दे मारा।

मार खाकर कर्ण के मन का वह कोमल भाव विलुप्त हो गया। उसके नेत्र क्रोध से आरक्त हो उठे। उसने स्वयं को सँभाला और भीम पर अपनी घृणापूर्त हँसी की वर्षा करते हुए कहा, "ओ श्मश्रुविहीन नपुंसक! अरे मूर्ख! ओ पेटू! शस्त्रास्त्र के ज्ञान से शून्य युद्धभीरु कायर! अब कभी युद्ध मत करना। जहाँ खाने-पीने को मिलता हो, और पेट फुलाकर सोया जा सकता हो, वहीं चला जा। समरभूमि तेरे लिए नहीं है।" कर्ण ने उसकी ओर देखा और उसे लगा कि शायद उसके वचन उतने कठोर नहीं थे, जितने होने चाहिए थे। पुनः बोला, "तू वन में रहकर फल-फूल खाकर, नियम-व्रत का पालन करने योग्य है। युद्ध में आने योग्य नहीं है। तुझमें मुनि वृत्ति है, क्षत्रिय वृत्ति नहीं। जा वन में चला जा। या तू विराट की रसोई का बर्तन माँज। उसके दासों और सेवकों से काम कराने के लिए उन्हे पीट। युद्ध में तेरा क्या काम है।"

कर्ण के मन में भीम के लिए रंच मात्र भी स्नेह नहीं उपजा। उसे अपने हाथ अपने वचन के कारण बँधे हुए लग रहे थे। दाँत किटकिटा रहे थे कि किस प्रकार भीम को अधिक से अधिक कष्ट दे, उसे कैसे सताए, कैसे पीड़ित करे। कर्ण ने उसे पुनः धनुष से कोंचा और बोला, "तुझे वन के वानर, भालुओं से युद्ध करना चाहिए, मुझ सरीखे महावीरों से नहीं। मुझसे जूझेगा तो इससे भी अधिक दुर्दशा होगी। या फिर रोता हुआ, कृष्ण और अर्जुन के पास चला जा, वे ही तेरी रक्षा करेंगे।"

भीम का धैर्य समाप्त हो गया था और कर्ण का भय भी विलुप्त हो गया था। उच्च स्वर में हँसते हुए बोला, "दुष्ट! मैंने तुझे एक बार नहीं, बार-बार पराजित किया है। तब तो तू महावीर और मैं विराट का रसोइया नहीं था। मैं तुझे पीट रहा था, पर तूने स्वयं को विराट के नौकरों में से एक नहीं माना। इतनी पराजयों के पश्चात् एक जय से भी तुझे उन्माद हो गया है। देवराज इन्द्र की भी कभी जय और कभी पराजय होती है। नीचकुलोत्पन्न! आ और मेरे साथ मल्लयुद्ध कर ले। जैसे कीचक को पीस डाला था, वैसे ही तेरे शरीर को भी एक कन्दुक बना दूँगा, ताकि प्रत्यके योद्धा उसे अपने पैरों से ठुकरा सके।"

भीम का यह अप्रत्याशित साहस देख कर्ण स्तब्ध रह गया। वह अपने शब्द ज्ञान में से सबसे प्रहारक और पीड़ादायक शब्दों को खोज रहा था, जैसे कोई अपने शस्त्रागार में से सबसे प्रहारक शस्त्र खोजता है।...पर उसके लिए उसे अधिक समय नहीं मिला। तब तक अर्जुन के रथ की गर्जना निकट ही सुनाई पड़ने लगी थी और उसके बाण कर्ण तक पहुँच रहे थे। गाण्डीव से छूटे हुए बाण कर्ण को विषैले सर्पों से डँस रहे थे। वह अपना टूटा धनुष हाथ में

लिये खड़ा था। अर्जुन के बाणों का प्रतिकार करने का साहस नहीं हुआ। भीम को छोड़कर दूर हट जाना ही उसे श्रेयस्कर लगा।

अर्जुन की मार से कर्ण को बचाने के लिए अश्वत्थामा बीच में आ कूदा। वह नहीं चाहता था कि भीम जैसे योद्धा पर विजय प्राप्त करने के पश्चात् कर्ण पर अब कोई आँच आए। न ही वह यह चाहता था कि उनके हाथ में आया हुआ भीम इस सुविधा से छूट जाए।

अश्वत्थामा ने अर्जुन के नाराचों को काटा तो अर्जुन ने उसे ही अनेक बाणों से बींध दिया और बोला, "आज भागना मत अश्वत्थामा!"

अश्वत्थामा को वहाँ ठहरकर अकेले अर्जुन का सामना करने का कोई लाभ दिखाई नहीं दिया। अर्जुन की दाईं ओर युधामन्यु के रथ में भीम था और बाईं ओर उत्तमौजा के रथ में सात्यकि!

अश्वत्थामा भीम पर विजय का मोह त्याग कर, रथों और असंख्य गजों से सुरक्षित अपने व्यूह में प्रवेश कर गया।

21

अर्जुन का आत्मबल अपने चरम उत्कर्ष पर था।...भीम और सात्यकि को अब किसी ओर से कोई संकट नहीं था। वे दोनों पूर्णतः सुरक्षित थे और उसके साथ थे। उन्होंने कई दिवंगत कौरव योद्धाओं के रथ अपने अधिकार में कर लिए थे। उत्तमौजा और युधामन्यु अपने-अपने रथों पर अर्जुन के पृष्ठरक्षकों के रूप में चल रहे थे। प्रातः से तो अर्जुन अकेला ही समस्त महारथियों से युद्ध कर रहा था; किन्तु अब वह अकेला नहीं था। अब वे—पाण्डव सेना के पाँच-पाँच महारथी—एक साथ थे।...पाण्डव सेना के पाँच रथ और उनके पाँच सर्वश्रेष्ठ योद्धा—जैसे सागर में पाँच भयंकर लहरें एक साथ उठी हों।...

"श्रीकृष्ण!" अर्जुन ने कहा, "रथ को जयद्रथ की ओर ले चलिए। अब उसे अधिक देर तक जीवित नहीं रहना चाहिए। सूर्यदेव भी तीव्रगति से अस्ताचल की ओर ढल रहे हैं।"

कृष्ण ने अर्जुन का उत्साह देखा तो प्रसन्न हो गए। उन्होंने एक बार अपने नेत्र उठाकर सूर्य की ओर देखा और घोड़ों को हाँक दिया, "शिथिलता तुम्हारी ओर से ही है अर्जुन! मैं प्रसन्न हूँ कि अब मोह तुम्हें बाँध नहीं रहा।"

भूरिश्रवा के वध से स्तम्भित कौरव जैसे निद्रा से जागे। भूरिश्रवा का मरना उनके लिए एक बड़ा आघात था; किन्तु जयद्रथ मारा गया तो यह वज्रपात ही होगा।...लगा, सारे प्रमुख कौरवों के रथ एक साथ ही जयद्रथ की रक्षा के लिए

दौड़ पड़े।...दुर्योधन, कर्ण, वृषसेन, शल्य, अश्वत्थामा और कृपाचार्य ने आकर अर्जुन के रथ को रोका।

जयद्रथ का रथ उनसे कुछ ही पीछे था। वह कुछ इस प्रकार खड़ा था कि अर्जुन के बाणों से बचने के लिए उसे उन महारथियों की आड़ उपलब्ध हो, किन्तु वह स्वयं अर्जुन पर प्रहार करना चाहे, तो उसकी सुविधा भी उसे हो।

अर्जुन को तो जैसे अपने और जयद्रथ के मध्य खड़े छह महारथी दिखाई ही नहीं पड़ रहे थे। उसे केवल जयद्रथ दिखाई दे रहा था। जयद्रथ को अपने सम्मुख देखकर अर्जुन के नेत्र क्रोध से जल उठे।...यह वह व्यक्ति है, जो दुर्योधन के साथ मिलकर सदा उन्हें पीड़ित और अपमानित करता रहा है। यह है, जिसने वन में से द्रौपदी का अपहरण कर लिया था। जो दुस्साहस दुर्योधन भी नहीं कर सका था, वह इसने किया। वह तो पाण्डव ही समय से पहुँच गए थे, अन्यथा इसने तो कोई कसर नहीं छोड़ी थी।...और यही वह व्यक्ति था, जिसने घिर गए, आहत हो गए और क्रमशः मृत्यु के मुख में जाते हुए अभिमन्यु की रक्षा के लिए किसी पाण्डव योद्धा को व्यूह में प्रवेश करने नहीं दिया। यह है वह, जिसने डींग मारी कि उसने सिवाय अर्जुन के पाण्डवों के सारे योद्धाओं को अकेले ही पराजित कर दिया है। यह वह व्यक्ति है, जो स्वयं को अभिमन्यु का हत्यारा कहकर गौरवान्वित अनुभव करता है। इसने अभिमन्यु के वध का श्रेय माँगा है, तो फिर अर्जुन के हाथों मृत्यु भी इसे ही मिलेगी।...

दुर्योधन ने यह स्थिति देखी तो भय से काँप उठा। उसने दृष्टि उठाकर अपने योद्धाओं की ओर देखा : यदि सचमुच ये छह योद्धा अपना रण कौशल दिखाएँ तो अर्जुन, जयद्रथ का बाल भी बाँका नहीं कर पाएगा।...किन्तु ये कृपाचार्य और अश्वत्थामा! इनका भरोसा कैसे कर सकता है दुर्योधन। आज प्रातः से ही वह और दुःशासन कितनी बार विनती कर चुके हैं, आचार्य द्रोण के सम्मुख, किन्तु वे एक बार भी अपना व्यूह छोड़कर अर्जुन को रोकने के लिए नहीं आए। यदि उन्होंने अपने व्यूह के द्वार पर ही अर्जुन को रोक लिया होता, जैसे कल जयद्रथ ने पाण्डवों को चक्रव्यूह के द्वार पर रोका था, तो आज कोई संकट ही न होता; और सूर्यास्त के साथ ही अर्जुन भी चिता पर जीवित जल जाता। किन्तु आचार्य ने तो अर्जुन ही क्या, भीम और सात्यकि को भी मार्ग दे दिया। और जब दुःशासन उनसे प्रार्थना करने गया तो आचार्य ने उसे गान्धारी के उदर में छिप जाने का परामर्श दिया। उसी द्रोण का पुत्र है यह अश्वत्थामा। उसी द्रोण का श्यालक है यह कृप। इनसे क्या आशा की जा सकती है? जाने इनके मन में क्या है। किस षड्यन्त्र के अधीन ये यहाँ युद्ध कर रहे हैं और किस दुरभिसंधि के कारण ये पाण्डवों की सहायता कर रहे हैं।...

दुर्योधन ने शल्य की ओर देखा।...नहीं! शल्य अर्जुन से नहीं लड़ सकता। उसे तो यह भीम ही उठाकर धरती पर दे मारेगा।....हाँ! कर्ण और उसके पुत्र वृषसेन से कुछ अपेक्षा की जा सकती है। वे दोनों ही दुर्योधन से छल नहीं करेंगे। वे किसी षड्यन्त्र और दुरभिसंधि में सम्मिलित नहीं होंगे। दुर्योधन उन पर विश्वास कर सकता है।

दुर्योधन का रथ कर्ण के पास पहुँचा, "कर्ण! अब तुम्हारे युद्ध का समय आया है मित्र! तुम इस समय अपना बल दिखाओ। आज युद्ध समाप्ति तक जयद्रथ का वध किसी भी स्थिति में नहीं होना चाहिए।"

दुर्योधन को कुछ आश्चर्य हुआ। अर्जुन से युद्ध का अवसर पाकर भी कर्ण ने कोई विशेष उत्साह नहीं दिखाया था। शायद इस समय कर्ण भी भयभीत था। आज भीम ने कुछ समय के लिए उसे भी अपने बल से त्रस्त कर दिया था।

"सुनो।" दुर्योधन पुनः बोला, "बहुत नहीं लड़ना है राधेय! दिन समाप्त होने तक जयद्रथ किसी प्रकार सुरक्षित रहे तो हमारी विजय ही विजय है। बहुत थोड़ा समय रह गया है। सूर्यास्त तक अर्जुन को किसी भी प्रकार रोक लो।"

कर्ण के चेहरे पर एक प्रकार का दैन्य प्रकट हुआ, "भीम ने आज बहुत कष्ट दिया है मुझे। फिर भी अपने धर्म का विचार कर युद्धभूमि में खड़ा हूँ मैं।" कर्ण ने दुर्योधन की ओर देखा, "इस समय मेरे शरीर का कोई भी अंग हिलने-डुलने की स्थिति में नहीं है। मैं उस मोटे के बड़े-बड़े भारी बाणों की ज्वाला से भयंकर रूप से सन्तप्त हूँ। पर तुम चिन्ता मत करो मित्र! तब भी मैं यथाशक्ति युद्ध करूँगा; क्योंकि मेरा यह जीवन तो तुम्हारे ही लिए है। इसकी और उपयोगिता ही क्या है। मेरा विश्वास करो, जब तक मेरे बाण चलते रहेंगे, तब तक अर्जुन, जयद्रथ को कोई क्षति नहीं पहुँचा सकेगा।"

"मैं तुम्हारा कृतज्ञ हूँ।" दुर्योधन ने कहा और आगे बढ़ गया।

'चलो इतना ही पर्याप्त है।' वह सोच रहा था, 'नहीं तो यह भी कह देता—मैं अत्यन्त घायल हूँ। बहुत रक्त बह चुका है। युद्ध करने में समर्थ नहीं हूँ। दो दिन विश्राम कर फिर समरभूमि में आऊँगा—तो मैं क्या कर लेता। अब तो योद्धाओं की स्थिति भी अश्वशाला में लीद उठाने वाले भृत्यों के समान हो गई है। जब काम कुछ अधिक हुआ तो स्वयं ही लीद करने लगते हैं। उनको विश्राम के लिए अवकाश की आवश्यकता पड़ जाती है। कमजोर हो गए हैं, सब के सब।'

भीम और सात्यकि से सुरक्षित अर्जुन सूर्य के ही समान तप रहा था। उसने कौरव सेना का संहार प्रारम्भ किया।

जब तक कर्ण अपनी कोई रणनीति बनाता, कृपाचार्य ने कौरव महारथियों को संगठित कर लिया था। उन्होंने अपने रथ एक साथ सटा लिए थे और दीवार के समान अर्जुन के सम्मुख खड़े हो गए थे। वे सब अन्धाधुन्ध अर्जुन पर बाण वर्षा कर रहे थे।

कृष्ण ने मुस्कराकर अर्जुन की ओर देखा, "ये लोग तुमसे युद्ध नहीं कर रहे हैं। वे तो बस सूर्यास्त की प्रतीक्षा कर रहे हैं। चाहते हैं कि जयद्रथ उनके रथों की दीवार के पीछे निष्क्रिय बैठा रहे और वे तुम पर बाण फेंकते रहें ताकि तुम आगे न बढ़ पाओ। बस, शेष कार्य सूर्यदेव को सौंप दिया है इन्होंने।"

"पर कृपाचार्य तो दिव्यास्त्रों का प्रयोग कर रहे हैं।" अर्जुन ने कहा।

"ठीक है, किन्तु वे शर-संधान कर रहे हैं या बाण फेंक रहे हैं?" कृष्ण हँसे, "उनमें से कोई सोच-समझ भी रहा है कि व्यक्तिगत रूप से वह अपने शस्त्रों से क्या करना चाहता है और सामूहिक रूप से उनकी योजना क्या है? वह बाण कम चला रहे हैं, सूर्य से प्रार्थना अधिक कर रहे हैं। इसका अर्थ है कि वे तुमसे बहुत भयभीत हैं।"

"उनके भय को अपनी शक्ति में परिणत किया जाए?" अर्जुन ने कहा।

"हाँ! इनको इसी प्रकार बाण फेंकत रहने दो। उन बाणों को काटने के लिए भीम और सात्यकि पूर्णतः समर्थ हैं।" कृष्ण बोले, "तुम इन छह महारथियों को लाँघ जाओ। तुम्हारा लक्ष्य जयद्रथ है। तुम्हारा शस्त्र खड्ग नहीं है कि सम्मुख खड़े इन महारिथियों को लाँघे बिना तुम जयद्रथ को पा नहीं सकते।"

अर्जुन ने सीधे जयद्रथ पर बाण छोड़े।

कर्ण स्तब्ध रह गया। उसने यह सोचा ही नहीं था कि अर्जुन उन छह महारथियों को भीम और सात्यकि को समर्पित कर अपना लक्ष्य जयद्रथ को ही बनाएगा। उसने घबराकर कृपाचार्य की ओर देखा। लगा कृपाचार्य और अश्वत्थामा किसी निर्जीव यंत्र के समान अर्जुन की दिशा में बाण फेंककर अपना शस्त्र भण्डार व्यर्थ ही नष्ट कर रहे हैं।...कहीं ये लोग भीतर ही भीतर अर्जुन से मिल ही तो नहीं गए?...नहीं! यह शायद उसके आतंकित मन का ही ऊहापोह है। इस प्रकार वह सब पर संदेह करेगा तो अपना मित्र किसको मानेगा। यदि द्रोण, कृप अथवा अश्वत्थामा पाण्डवों की ओर जाना ही चाहते तो उन्हे कौन रोक सकता था। युयुत्सु उस ओर चला गया तो कोई क्या कर सका? न उसने धृतराष्ट्र से अनुमति ली न धृतराष्ट्र में उसे लौटा लाने का सामर्थ्य था।

कर्ण ने अर्जुन के सम्मुख बाणों का एक जाल-सा बुन दिया। अर्जुन ने दस बाण मारकर न केवल उस जाल को छिन्न-भिन्न कर दिया, वरन् कर्ण

को घायल भी कर दिया। सात्यकि ने कर्ण को तीन बाण मारे। भीम ने कर्ण को अपने सामने आते देखा तो थोड़ी देर पहले की मुठभेड़ स्मरण हो आई।... भीम अकेला और निःशस्त्र था तो कर्ण ने उसकी दुर्दशा कर डाली थी। अब देखें वह क्या करता है? पर कर्ण तो अर्जुन का आखेट था।...तो भी भीम ने चलते-चलते तीन बाण मार ही दिए।

कर्ण का तेज प्रज्वलित हुआ। उसने अर्जुन, भीम और सात्यकि—तीनों को ही अपना लक्ष्य मानकर अनेक बाण मारे। युद्ध तो वह करेगा ही, चाहे परिणाम कुछ भी हो।...

कर्ण को इस प्रकार अपने मार्ग में आ उसे विलम्ब कराने का प्रयत्न करते देख, अर्जुन के मन में जैसे साक्षात् रुद्रदेव ही जाग्रत हो उठे।...यह कर्ण उसका परम शत्रु तो था ही, उसके पुत्र के हत्यारों का रक्षक भी था। अर्जुन अपने हत्यारे को तो फिर भी क्षमा कर सकता था; किन्तु अभिमन्यु के हत्यारों को दण्डित किए बिना वह जीवित नहीं रह सकता था। उसका प्रत्येक रक्त बिन्दु जैसे प्रचण्ड और जीवित ज्वालामुखी बन गया था।...

अर्जुन के बाणों की झड़ी लग गई। कर्ण के शरीर से रक्त बहने लगा। उसके पिछले घाव भी छिल गए थे और अर्जुन ने कितने ही नए घाव भी दे दिए थे। अर्जुन ने कर्ण का धनुष काट दिया और अद्‌भुत स्फूर्ति का परिचय देते हुए, उसे नौ बाण मारे।

कर्ण ने दूसरा धनुष उठा लिया।

कर्ण के शरीर से इस प्रकार रक्त बहते देखकर दुर्योधन का रक्त अपनी धमनियों में जमता जा रहा था। क्या कर रहा है कर्ण।...उसने आज तक कर्ण का पालन-पोषण क्या इसलिए किया था कि वह युद्ध में अर्जुन को मारे बिना अपना रक्त बहाकर चुपचाप भूमि पर लेट जाए।

"वीरो! सब लोग मिलकर यत्नपूर्वक राधा पुत्र कर्ण की रक्षा करो। वह युद्धस्थल में अर्जुन की हत्या किए बिना नहीं लौटेगा।" और दुर्योधन को लगा कि इतना कहना भर पर्याप्त नहीं है। उसने जोड़ा, "उसने मुझे ऐसा करने का वचन दिया है।"

कौरव महारथी दुर्योधन के कथन से उतने प्रभावित नहीं हुए, जितना कि अर्जुन हुआ...तो यह कर्ण दुर्योधन को वचन देकर आया है कि वह अर्जुन का वध करके लौटेगा।...तो फिर वह भी देख ले कि कौन किसका वध करता है।...अर्जुन ने कर्ण के रथ के अश्व मार दिए और सारथि को भी एक क्षुरप्र मारा। पता नहीं लगा कि सारथि उस बाण के लगने से पहले ही कैसे रथ से नीचे जा पड़ा। सम्भवतः वह अपने भय से ही मूर्च्छित हो गया था। वह कर्ण

का नियमित सारथि तो था नहीं। प्रातः से कितने ही रथ और सारथि बदल चुका था कर्ण।...

अर्जुन के बाण-जाल से कर्ण कुछ ऐसा मोहित हुआ कि उसकी समझ में ही नहीं आया कि उसे क्या करना चाहिए। वह किंकर्तव्यविमूढ़-सा युद्धक्षेत्र में ऐसे खड़ा था, जैसे भीड़ भरे मेले में कोई बच्चा खो जाता है।

अश्वत्थामा ने कर्ण को इस दशा में देखा तो तत्काल अपने रथ को उसके और अर्जुन के मध्य ला, खड़ा कर दिया। कर्ण अर्जुन की दृष्टि से ओझल हो गया। अश्वत्थामा ने उसे अपने रथ पर जाने का संकेत किया।

कृपाचार्य के प्राण अश्वत्थामा में ही बसते थे। उन्होंने उसे इस प्रकार स्वयं को अर्जुन के सम्मुख डाल देने का संकट उठाते देखा तो स्वयं भी उसकी सहायता को आ गए और शल्य को भी संकेत किया। अब शल्य, अश्वत्थामा और कर्ण अर्जुन पर बाण बरसा रहे थे और कृपाचार्य की दृष्टि कृष्ण पर लगी हुई थी...सब के सारथि क्षतविक्षत होते थे, मरते थे और रथ से गिरते थे, किन्तु अर्जुन का यह सारथि न थकता था, न मरता था, न गिरता था।...कृपाचार्य ने कृष्ण को बीस बाण दे मारे।

जयद्रथ का रक्त संचार बहुत बढ़ गया था। वह कल रात से ही प्रत्येक क्षण मृत्यु की पीड़ा झेल रहा था। अभी तक वह घायल भी नहीं हुआ था। वस्तुतः आज अभी तक तो उचित ढंग से उसने युद्ध भी नहीं किया था। कोई शत्रु उसके निकट भी नहीं आया था।...किन्तु वह प्रतिक्षण मर ही तो रहा था। मृत्यु के भय की पीड़ा झेल रहा था। वह स्वयं को महाकाल के जबड़ों में फँसा हुआ अनुभव कर रहा था। अभी दाँत दबेंगे और उसकी सारी अस्थियाँ चरमरा जाएँगी।...अपने शव को मानों उसने समरभूमि में धराशायी हुआ देखा ...नहीं! वह अपनी रक्षा का दायित्व इस प्रकार दूसरों पर छोड़कर निश्चिंत नहीं रह सकता था। वे लोग अपना युद्ध लड़ रहे थे। उसकी रक्षा हो रही थी तो इसलिए कि अभी अर्जुन उसके इतना निकट नहीं आ पाया था या फिर वह ही अपने बिल से निकलकर उसके सम्मुख खड़ा नहीं हुआ था।...क्या वह इसी प्रकार भयभीत मूषक के समान अपनी बिल में छिपा बैठा रहेगा? क्यों नहीं वह अर्जुन के सम्मुख जाकर युद्ध करता? कल उसने अकेले ही पाण्डव पक्ष के सारे योद्धाओं को चक्रव्यूह के द्वार पर ही रोक लिया था। आज वह इस अकेले अर्जुन से नहीं लड़ सकता?

वह इतना घबरा गया था कि अपने स्थान पर निष्क्रिय बैठे रहना उसके लिए कठिन हो गया। कल दुर्योधन ने उसे सिन्धु देश लौटने नहीं दिया था। कहा था कि कौरव योद्धा उसकी रक्षा करेंगे। यही रक्षा हो रही है उसकी! भीम

और सात्यकि को साथ लेकर अर्जुन उसके सम्मुख आ खड़ा हुआ है। निरन्तर युद्ध हो रहा है। अर्जुन का रथ एक-एक अंगुल कर आगे बढ़ रहा है...और गिनती के ये कौरव योद्धा इधर-उधर बाण फेंकने का नाटक कर रहे हैं।...ये रक्षा करेंगे उसकी?

दुर्योधन की चेतावनी की उपेक्षा कर जयद्रथ अपने बिल से बाहर निकल आया। उसने अर्जुन और कृष्ण को चार-चार बाण दे मारे। वृषसेन ने उसका साथ दिया। वह अपने पिता को बचाने नहीं गया। जयद्रथ की सहायता को आ गया। जयद्रथ ने एक कृतज्ञ मुस्कान उसकी ओर उछाल दी।

और तब जयद्रथ समझ ही नहीं पाया कि क्या हुआ कि अर्जुन के गाण्डीव से बाण ऐसे छूटे, जैसे सूर्य से रश्मियाँ छूटती हैं। एक साथ ही अश्वत्थामा, शल्य, कृपाचार्य, वृषसेन और जयद्रथ को अर्जुन के बाणों ने बींध दिया। केवल दुर्योधन बच गया था। वह जयद्रथ के भी पीछे चला गया था।...

अर्जुन ने सिंहनाद किया।

कौरव भयभीत हो उठे। अर्जुन को रोकना शायद अब सम्भव नहीं था। किन्तु वे जयद्रथ को इस प्रकार मरने नहीं दे सकते थे। यदि जयद्रथ आज अर्जुन के हाथों मारा गया तो फिर कल से अर्जुन का युद्धभूमि में सामना कौन करेगा। ...दुर्योधन कुछ आगे बढ़ा और छह के छह महारथी अर्जुन पर टूट पड़े।

अर्जुन ने अपना रोष नहीं दिखाया। इस बार वह हँसा और उसने वारुणास्त्र प्रकट किया। पीली प्रत्यंचा वाला गाण्डीव धनुष इस प्रकार शस्त्रास्त्र उगल रहा था, जैसे कोई नदी अपना प्रवाह सागर में उँडेलती है। छह महारथी उसके सामने खड़े थे और अपनी सेना का नाश होते देख रहे थे। उनमें से किसी में साहस नहीं था कि वह अपनी रक्षा के अतिरिक्त भी किसी के विषय में कुछ सोच सकता।

वारुणास्त्र का वेग कुछ कम हुआ तो दुर्योधन ने पुनः अपने महारथियों को ललकारा। उनका एक सम्मिलित आक्रमण अर्जुन पर हुआ।

"तुम लोग धनंजय पर आरोप लगा रहे थे कि उन्होंने मेरे और भूरिश्रवा के युद्ध में हस्तक्षेप किया है, तो अब तुम क्यों नहीं एक-एक कर धनंजय से लड़ते? भेजो अकेले कर्ण को अथवा अकेले दुर्योधन को..." सात्यकि ने उच्च स्वर में कहा।

किन्तु अर्जुन का ध्यान उस ओर नहीं था। उसने इस सम्मिलित आक्रमण का प्रतिकार करने के लिए इस बार इन्द्रास्त्र प्रकट किया था। इन्द्रास्त्र अपना कार्य कर भी रहा था। उससे भयभीत कौरवों ने अन्धाधुन्ध अपने शस्त्रागार उँड़ेलने आरम्भ कर दिए। उन्होंने इतने शस्त्रास्त्रों की वर्षा की कि आकाश

उनसे ढँक गया और सूर्य का सान्ध्यकालीन निर्बल प्रकाश पृथ्वी तक आने में असमर्थ हो गया।...लगा, जैसे रात्रि का आगमन हो गया है। सूर्यास्त के बाद का अन्धकार हो गया क्या?

जयद्रथ ने आकाश की ओर देखा : क्या सत्य ही रात्रि आ गई? क्या वह अर्जुन के हाथों मारा जाने से बच गया? क्या अब अर्जुन चितारोहण कर अपने प्राण दे देगा?

कृष्ण ने अन्धकार को भी देखा और जयद्रथ को भी। मुस्कराकर बोले, "अर्जुन! शीघ्रता करो।"

कौरवों ने युद्ध समाप्ति की घोषणा नहीं की थी; किन्तु इस अन्धकार को नष्ट करने की तो वे क्या ही सोचते। वे उसे और सघन करना चाहते थे। यह तो उनके हित में ही था कि सूर्यास्त से पहले ही अन्धकार हो जाए और पाण्डव युद्ध से निरस्त हो जाएँ।...

अर्जुन ने अपने दिव्यास्त्र सम्बन्धी मंत्रों से अभिमंत्रित बाणों द्वारा पराक्रमपूर्वक उस अन्धकार को नष्ट कर दिया।

अन्धकार अकस्मात् ही हट गया था और अर्जुन, जयद्रथ के अत्यधिक निकट आ खड़ा हुआ था। अब शायद जयद्रथ के जीवन की कोई आशा शेष नहीं थी। दुर्योधन तक जयद्रथ के जीवन से निराश हो चुका था। उसे लगा कि कर्ण जैसा योद्धा भी युद्ध से निवृत्त होकर बैठ गया था। इस समय जो-जो योद्धा अर्जुन की ओर बढ़ता था, उसके शरीर पर प्राणान्तकारी बाणों की वर्षा होने लगती थी।

अर्जुन का रथ पुनः जयद्रथ की ओर बढ़ा। दुर्योधन ने जैसे उस ओर से अपनी आँखें फेर लीं। क्या होने जा रहा है? उसने पाण्डवों की सात अक्षौहिणी सेना के उत्तर में अपने लिए ग्यारह अक्षौहिणी सेना एकत्रित की थी। उसने यादवों को इस युद्ध से निरस्त कर दिया था। कृष्ण के शस्त्र छीन लिए थे। उसकी नारायणी सेना हड़प ली थी।...और फिर यहाँ तो पाण्डव सेना थी ही नहीं। उनके मात्र तीन योद्धा थे, कौरव सेना के महासागर में घिरे हुए, फिर भी दुर्योधन जयद्रथ के प्राणों की रक्षा में असमर्थ होता जा रहा था।...

अर्जुन ने अश्वत्थामा, वृषसेन, कृपाचार्य, शल्य और कर्ण को असंख्य बाण मारे और फिर उसने जयद्रथ को अपने बाणों से ढँक दिया। जयद्रथ ने अपना भय छोड़ दिया था अथवा इस समय वह संवेदनहीनता के उस धरातल पर पहुँच गया था कि वह भय का अनुभव करने के अयोग्य हो गया था। उसने अर्जुन को छह, कृष्ण को तीन, घोड़ों को आठ और ध्वजा को एक बाण मारा।

अर्जुन ने उसके सारथि का मस्तक काट दिया और ध्वज को धूल में मिला दिया।

कृष्ण बार-बार सूर्य की ओर देख रहे थे। उनकी दृष्टि रणभूमि में उड़ती सूर्य के प्रकाश को मंद करती उस धूल पर भी थी और घबराया हुआ जयद्रथ भी उनका ध्यान आकृष्ट कर रहा था।...कृष्ण स्पष्टतः देख रह थे कि जयद्रथ की रक्षा को आए ये छह महारथी अर्जुन को गति रुद्ध तो नहीं कर पा रहे थे और न ही वे अर्जुन को जयद्रथ के वध से रोक पाएँगे, किन्तु विलम्ब तो वे करा ही सकते हैं। उन छह का वध कर अर्जुन सूर्यास्त से पहले जयद्रथ तक नहीं पहुँच सकेगा। यह विलम्ब घातक भी हो सकता है।...

सहसा कृष्ण ने अर्जुन का ध्यान आकृष्ट किया, "पार्थ! जयद्रथ इस समय भयभीत है। उसके और तुम्हारे मध्य छह महारथी। पाँच ही समझो। दुर्योधन तो अपनी सुविधा के अनुसार अपना स्थान परिवर्तित कर लेता है। तुम इन सबको जीतकर जयद्रथ तक पहुँच नहीं सकते—ऐसा मैं नहीं कहता; किन्तु हमारे पास समय कम है। समय बीत गया तो हमारी जय भी पराजय में बदल जाएगी। इसलिए आवश्यक है कि हम कुछ ऐसा करें कि वह धैर्य छोड़कर इतना व्याकुल हो जाए कि अपनी सावधानी भूलकर बाहर निकल आए।"

"क्या करोगे केशव?"

"मैं सूर्य को ढँकने की कोई युक्ति करूँगा। उसे लगेगा कि सूर्यास्त हो गया है तो वह असावधान होकर सामने आ जाएगा। तुम्हारी मृत्यु के लिए उतावला होकर वह स्वयं को गुप्त नहीं रख पाएगा।" कृष्ण मुस्कराए, "ऐसा क्षण आने पर तुम यह मत सोचने लग जाना कि सूर्यास्त हो गया है और जयद्रथ के वध का काल सीमा पार कर गया है। उसका तत्काल वध करना। तुम्हें अधिक समय नहीं मिलेगा। तुम्हारी निमिष मात्र की भी शिथिलता हम सबके लिए घातक होगी।" उनका स्वर असाधारण रूप से गम्भीर था, "एक निमिष की सक्रियता और निष्क्रियता से राष्ट्रों का इतिहास बदल जाता है। यह क्षण भी हमारे लिए इतिहास का निर्माण करने वाला है।"

"ऐसा ही होगा केशव!" अर्जुन के स्वर में पूर्ण समर्पण का भाव था।

कृष्ण अपना रथ भीम के निकट ले गए।

"मध्यम!" वे अपना स्वर कुछ दबाकर बोले, "कौरवों के वध की चिन्ता मत करो। अपना रथ इस प्रकार दौड़ाओ कि कौरवों के अधिक से अधिक रथ गतिमान हों। कुछ ऐसा करो कि समरभूमि में असाधरण गतिविधि हो। बाण चाहे एक न चले, किन्तु एक भी रथ अपने स्थान पर खड़ा न रहे।"

भीम ने उनकी बात सुनी। वह बहुत कुछ पूछना चाहता था, किन्तु कृष्ण वहाँ रुके ही नहीं। आँखों से कहे अनुसार करने का आदेश देकर वे उससे दूर चले गए। भीम खड़ा देखता ही रह गया।

कृष्ण ने एक-एक कर वही संदेश सात्यकि, उत्तमौजा और युधामन्यु को भी दिया।

और अगले ही क्षण भीम ने शस्त्र छोड़कर रथ की वल्गा सँभाल ली। वह अपना रथ सीधे दुर्योधन के रथ पर चढ़ा ले गया। दुर्योधन की समझ में नहीं आया कि वह क्या करना चाहता है। क्या वह अपने रथ को उसके रथ से भिड़ाकर उसे कुचल डालना चाहता है? वह कुछ चाहता हो। वह तो वही जाने। वह तो बैल है, उसमें बुद्धि है ही कहाँ। शस्त्रास्त्रों का युद्ध छोड़कर रथ भिड़ाने पर आ गया है।...पर दुर्योधन को तो अपना बचाव करना ही था।... यह तत्काल अपने स्थान से हटकर किसी सुरक्षित स्थान की खोज में निकल गया। दुर्योधन के इस प्रकार अकस्मात् हटने से उसके दाएँ-बाएँ और पीछे चलने वाले रथों में भी भगदड़ मच गई। किसी की समझ में नहीं आया कि यह क्या हो रहा है। दुर्योधन इस प्रकार डरकर भागा क्यों है।...पर उससे रथों की गतिविधि बहुत बढ़ गई थी।...

भीम को देखकर सात्यकि, उत्तमौजा और युधामन्यु ने भी कुछ वैसा ही किया। समरभूमि में रथों का जैसे बवण्डर मच गया। पाण्डवों के तो पाँचों रथ उत्पात मचा ही रहे थे, साथ ही कौरवों का कोई भी रथ अपने स्थान पर खड़ा नहीं रह सकता था। अश्वों की टापों और रथचक्रों से उठी हुई धूल आकाश को छूने लगी थी। समरभूमि में प्रकाश अत्यन्त क्षीण हो गया था। जैसे सूर्यास्त ही होना चाहता था।

कृष्ण ने देखा कि कौरव असावधान थे और जयद्रथ अपनी व्याकुलता में सूर्य की ओर देख रहा था। क्या सत्य ही सूर्यास्त हो गया था? कृष्ण अर्जुन की ओर मुड़े, "जयद्रथ तुम्हारा भय छोड़कर सूर्य की ओर ताक रहा है। इस दुरात्मा के वध का यही क्षण है। इसका मस्तक काटो और अपनी प्रतिज्ञा सफल करो।"

रथों की उस असाधारण हलचल में अर्जुन ने अपने तेजस्वी बाणों से कौरव सेना का विनाश आरम्भ किया। उसने कृपाचार्य, कर्ण, शल्य, दुःशासन, वृषसेन और जयद्रथ—सबको ही बाण मारे। जयद्रथ को सर्वाधिक बाण लगे थे। वह बौराया सा खड़ा था—सूर्यास्त हुआ था या नहीं? यदि सूर्यास्त हो गया था तो अर्जुन बाण क्यों चला रहा था? और यदि सूर्यास्त नहीं हुआ था तो सूर्य की ज्योति इतनी मंद क्यों हो गई थी? यह अन्धकार क्यों हो रहा था? कुछ दिखाई क्यों नही देता था?

अर्जुन अपने आक्रोश की पराकाष्ठा पर था। गाण्डीव से बाण ऐसे छूट रहे थे, जैसे बवण्डर के वेग में रेणु कण उड़ते हैं। जयद्रथ के रक्षकों को जयद्रथ स्मरण ही नहीं रहा। वे तो अपने प्राणों के भय से ही उन्मत्त होकर कोई सुरक्षित स्थान खोजने के लिए इधर-उधर भाग रहे थे, किन्तु अर्जुन के बाणों से कोई भी स्थान सुरक्षित नहीं था।

सेना भाग गई थी और अर्जुन को अपने सामने कृपाचार्य, कर्ण, शल्य, वृषसेन और दुर्योधन दिखाई दे रहे थे। अश्वत्थामा जाने कहाँ चला गया था। अर्जुन ने उन सब पर अपने बाणों से जैसे एक कुटीर बना दिया था, जिसमें उन सबके रथ बन्दी हो गए थे। उसने कर्ण और वृषसेन के धनुष काट दिए, एक भल्ल से शल्य के सारथि को रथ की बैठक से नीचे गिरा दिया। कृपाचार्य को उसके बाणों से गहरी चोट पहुँची थी। उनके शरीर से रक्त बह रहा था।...

"इनको छोड़ो अर्जुन!" कृष्ण कुछ आवेश में बोले, "दुरात्मा जयद्रथ का मस्तक शीघ्र काटो। तत्काल। सूर्य अस्ताचल पर जाना ही चाहते हैं।"

अर्जुन ने गाण्डीव को जयद्रथ की ओर कर, दिव्य मंत्रों से अभिमंत्रित किया हुआ बाण तत्काल छोड़ दिया। गाण्डीव से छूटा वज्र से भी कठोर स्पर्श वाला वह शीघ्रगामी बाण जयद्रथ का मस्तक काटकर श्येन पक्षी के समान उड़ गया।

सारे कौरवों ने देखा कि जयद्रथ का मस्तक उसके कबंध पर नहीं है। उसका कबंध लड़खड़ाकर भूमि पर गिर पड़ा है।...अब आज और युद्ध का कोई अर्थ नहीं था। कौरव सेनाएँ हताश हो चुकी थीं। और युद्ध का अर्थ था प्रचण्ड अर्जुन के हाथों और योद्धाओं का वध।

पाण्डवों के पाँचों रथ भी जैसे रुक गए थे। भीम, सात्यकि, उत्तमौजा और युधामन्यु अश्वों की टापों और रथचक्रों से धूल उड़ाने का लक्ष्य समझ चुके थे। अब उसकी कोई आवश्यकता नहीं थी।

रथों की गतिविधि रुकी तो आकाश की ओर उड़ती हुई धूल भी पृथ्वी पर आ गई। सबने देखा, न सूर्य की ज्योति मंद हुई थी, और न ही अभी सूर्यास्त ही हुआ था।

कृष्ण मुस्करा रहे थे। उन्होंने जैसे अपनी माया समेट ली थी।

22

धृतराष्ट्र अपना क्षोभ न रोक सका न छिपा सका। उसकी वाणी, उसकी अभिव्यक्ति जैसे उसके नियंत्रण से विद्रोह कर उठी थी। उसका चेहरा कुछ भयंकर हो उठा था। वह विकृत-सी वाणी में बोला, "तुम झूठ बोल रहे हो संजय! यह किसी भी प्रकार सम्भव नहीं है।"

संजय चकित-सा बैठा उसे देखता रहा। वह एकटक धृतराष्ट्र के चेहरे को देख रहा था और समझ नहीं पा रहा था कि अगले ही क्षण धृतराष्ट्र रो पड़ेगा अथवा क्रोध से झाग थूकने लगेगा। इतना तो वह समझ ही रहा था कि यह उत्तेजना धृतराष्ट्र के हित में नहीं है; किन्तु वह उसे दूर करने के लिए क्या करे? कहीं ऐसा न हो कि उसका किया हुआ कोई उपाय धृतराष्ट्र को और भी उत्तेजित कर जाए।...

"पर यह सत्य है महाराज!" वह धीरे से बोला।

"क्या प्रमाण है कि वह सत्य है?" धृतराष्ट्र शायद बिना कुछ सोच-समझे बोल रहा था।

"प्रमाण यही है कि यह घटित हुआ। सबने देखा कि वह सूर्य जो अस्त हो गया था, फिर से आकाश पर दिखाई दे रहा था।" संजय बोला, "आश्चर्य सबको हुआ, पर जो कुछ सब लोग नेत्रों से देख रहे थे, उसका तिरस्कार कैसे कर सकते थे।"

धृतराष्ट्र ने कुछ नहीं कहा।

"कल जब जयद्रथ ने चारों पाण्डवों और उनके सहयोगियों को चक्रव्यूह में प्रवेश करने से रोक दिया था, आश्चर्य तब भी हुआ था सबको, किन्तु उसे अस्वीकार कैसे कर सकते थे। वह सबके सम्मुख घटित हुआ था।" संजय बोला, "वही बात आज भी हुई है।"

"आकाश पर बादल छा गए होंगे। लोगों ने मान लिया होगा कि सन्ध्या हो गई है। सेनाएँ लौटने की तैयारी कर रही होंगी।" धृतराष्ट्र ने स्वयं को कुछ सँभालकर कहा, "और तभी मेघ उड़ गए होंगे। कृष्ण ने घोषणा कर दी होगी कि सूर्यास्त अभी नहीं हुआ है। पर उस मूर्ख जयद्रथ को इतनी जल्दी क्या थी कि वह अपने गुप्त स्थान से ही प्रकट नहीं हो गया, आकर अर्जुन के ही सामने खड़ा हो गया। सदा का अहंकारी और झगड़ालू। अर्जुन को चिढ़ाने आया था। बहुत आतुर रहता है दुर्योधन भी पाण्डवों को चिढ़ाने के लिए। क्या पाया था उसने घोषयात्रा में? और क्या पाया जयद्रथ ने अर्जुन को चिढ़ाने के लिए सम्मुख आकर?"

संजय उसे ध्यान से देखता रहा : वह अपनी बात कहे या मौन रह जाए? धृतराष्ट्र यही मानना चाहता है तो यही मानता रहे। उससे किसी को क्या अन्तर पड़ेगा।

"तुम स्वीकार करना नहीं चाहते कि आकाश पर बादल घनीभूत हो गए थे और लोगों ने उसे सन्ध्या मान लिया था?" धृतराष्ट्र ने संजय को चुप रहने नहीं दिया।

"नहीं महाराज! कल सन्ध्या समय आकाश पर मेघों का कोई भटका हुआ खण्ड भी नहीं था।" संजय बोला, "आकाश स्वच्छ था। वैसे मेघ कितने भी सघन हो जाएँ, उनसे सूर्यास्त का भ्रम तो नहीं हो सकता।"

धृतराष्ट्र के चेहरे पर जो खीझ जन्मी, वह भयंकर थी। संजय को लगा कि इस आवेश में धृतराष्ट्र उस पर आक्रमण भी कर सकता है। पर यह भी स्पष्ट था कि धृतराष्ट्र अपने आपसे निरन्तर लड़ रहा था। थोड़ी ही देर में उसने स्वयं को नियन्त्रित कर लिया, "अच्छा, नहीं होंगे मेघ। निरभ्र आकाश रहा होगा; किन्तु क्या तुम लोगों ने पता किया है कि कल सूर्यग्रहण तो नहीं था?"

संजय को हँसी आ गई, पर उसने स्वयं को संयत किया, "आप कहते हैं तो महाराज! मैं ज्योतिषियों से पता कर लूँगा। किन्तु चन्द्रग्रहण और सूर्यग्रहण इत्यादि पर विचार तो कई-कई वर्ष पहले से कर लिया जाता है। उसकी सूचना सार्वजनिक होती है। लोग उस दिन पूजा-पाठ और दान इत्यादि करते हैं। प्रत्येक घाट पर सहस्रों लोग स्नान कर रहे होते हैं। सूर्यग्रहण कोई ऐसी गोपनीय घटना तो नहीं है कि उसका किसी को ज्ञान ही न हो।" क्षण भर चुप रहकर संजय पुनः बोला, "और यदि हम यह मान भी लें कि कल सूर्यग्रहण था और सिवाय श्रीकृष्ण के और किसी को उसका पता नहीं था तो हमें यह भी मानना पड़ेगा कि श्रीकृष्ण ने बहुत पहले यह योजना बनाई होगी कि किस दिन अभिमन्यु का वध हो, उस दिन अर्जुन प्रतिज्ञा करे और अगले दिन अर्जुन सिन्धुराज का वध करे। यदि उन्हें इतना कुछ ज्ञात ही था तो उन्होंने अभिमन्यु का वध क्यों होने दिया? उसे बचाने का प्रयत्न क्यों नहीं किया? यदि वे जानते थे कि अगले दिन सूर्यग्रहण होने वाला है तो उन्होंने अर्जुन को ऐसी भयंकर प्रतिज्ञा करने से रोका क्यों नहीं?"

"इन सब प्रश्नों का उत्तर मेरे पास नहीं है।" धृतराष्ट्र के स्वर में फिर से रोष प्रकट हुआ, "पर यदि यह सब न मानकर तुमसे सहमत हो जाऊँ कि कृष्ण और कोई नहीं, स्वयं नारायण हैं, तो फिर इतना समारोह करने की क्या आवश्यकता है। उनकी तो इच्छा मात्र से दुर्योधन की मृत्यु हो सकती है। उनकी इच्छा मात्र से अभिमन्यु जीवित हो सकता है। उनके एक संकेत पर यह युद्ध रुक सकता है। वे पाण्डवों को राज्य देने के लिए नई सृष्टि रच सकते हैं। सुदर्शन चक्र से सूर्य को ढँकने की क्या बात है, वे सूर्य को आदेश दे सकते हैं कि वह थोड़ी देर तक अस्त रहकर पुनः उदित हो जाए।"

"हाँ! यदि नारायण की इच्छा हो तो सब हो सकता है।" संजय ने कहा।

"तुम मुझे डरा रहे हो, किन्तु मैं इन बातों से न डरना सीख गया हूँ। झूठ है यह। न सूर्य किसी के कहने से छुप सकता है, न प्रकट हो सकता है। तुम

भी विदुर के ही मार्ग पर जा रहे हो।" धृतराष्ट्र ने कहा, "मैं इस सारी मूर्खता में विश्वास नहीं कर सकता।"

संजय के मन में अनेक विचार आ रहे थे।...वह समझ रहा था कि दुर्योधन की हठ के महावट की जड़ें कहाँ हैं। उसके सम्मुख धृतराष्ट्र बैठा था, जो अन्धा था, अपंग था, असहाय था, किन्तु उसका अहंकार अपनी इच्छा के प्रतिकूल किसी सत्य को स्वीकार करने को प्रस्तुत नहीं था। दुर्योधन तो फिर शरीर से स्वस्थ था, सैन्य संचालन कर सकता था, मित्र बना सकता था, षड्यन्त्र रच सकता था...वह कैसे स्वीकार कर लेता कि कृष्ण स्वयं नारायण थे अथवा नारायण के अंशावतार थे? अन्धा धृतराष्ट्र भी था और अन्धा दुर्योधन भी था।

"मैं यह सिद्ध करने का प्रयत्न नहीं कर रहा महाराज! कि कृष्ण नारायण हैं।" वह नम्र स्वर में बोला, "मैंने तो आपके कहने पर कल की घटनाएँ आपको सुनाई हैं। यह युद्ध का समाचार है स्वामी! मैं इस समय ब्रह्म-चिन्तन नहीं कर रहा।..."

"तुम ब्रह्म-चिन्तन नहीं कर रहे, तुम कृष्ण को नारायण सिद्ध नहीं कर रहे; किन्तु तुम मुझे डराने का प्रयत्न कर रहे हो, ताकि मैं दुर्योधन पर दबाव डालूँ कि वह पाण्डवों को उनका राज्य दे दे।" धृतराष्ट्र ने कहा, "तुम भी विदुर के मार्ग पर ही जा रहे हो। मुझसे मेरी सम्पत्ति छीनने का प्रयत्न कर रहे हो। तुम्हारे मन को मैं जानता हूँ।"

"नहीं! मैं ऐसा कोई प्रयत्न नहीं कर रहा।" संजय बोला, "जहाँ तक मेरे मन की बात है, मैं तो केवल यह जानने का प्रयत्न कर रहा हूँ महाराज! कि श्रीकृष्ण का वास्तविक स्वरूप क्या है। जिस प्रकार वे राजनीति का संचालन करते हैं, उससे वे कुशल राजनीतिज्ञ लगते हैं। ऋषियों से चर्चा करते हैं तो ऋषि लगते हैं। द्रौपदी के सम्मान की रक्षा के लिए जो कुछ उन्होंने किया, कुरुओं की सभा में दुर्योधन इत्यादि को जिस प्रकार अचेत कर वे निकल गए और अर्जुन को जो उपदेश उन्होंने रणभूमि में दिया...और अब अस्त सूर्य को पुनः उदित कर दिया...इन सबसे उनको क्या समझें हम? क्या मानते हैं आप उनको?"

"दुर्योधन मानता है कि वह एक तान्त्रिक है।" धृतराष्ट्र बोला।

"दुर्योधन उन्हें तान्त्रिक मानता है, पर मेरा प्रश्न है कि आप क्या मानते हैं?" संयज बोला, "यद्यपि अपने समय के, अपने निकट के किसी हाड़-मांस के मनुष्य को ईश्वर अथवा ईश्वर का अवतार मानना बहुत कठिन है। हमारा अपना अहंकार उसमें आड़े आता है। उसकी सीमाएँ हमारा विश्वास जमने नहीं देती, किन्तु कृष्ण क्या हैं...इसको समझाने का प्रयत्न तो हमें करना ही होगा।"

"मैं कृष्ण को नारायण मान लूँगा तो तुम्हें उससे क्या लाभ हो जाएगा?" धृतराष्ट्र ने एक चिड़चिड़ाए हुए वृद्ध के समान कहा।

"मुझे कोई लाभ नहीं होगा राजन्!" संजय बोला, "किन्तु सम्भव है कि आपको कोई लाभ हो जाए। आपका अहंकार विगलित हो, आपका लोभ कम हो जाए। आपके मन में यह बात आ जाए कि इस संसार में जो कुछ भी है, वह ईश्वर से व्याप्त है। इसीलिए हमें त्यागपूर्वक भोग करना चाहिए। धन किसी का भी नहीं है। हमें उसका लोभ नहीं करना चाहिए।"

"तुमने लोभ किया होता तो तुम भी किसी राजवंश के प्रवर्तक होते संजय। अपने पीछे अपनी सन्तान के लिए तुम भी एक साम्राज्य छोड़ जाते।" धृतराष्ट्र ने कहा, "यह लोभ नहीं है, उपलब्धि है। उसे तुम नहीं समझ पाओगे।"

तुम भी इसे समझ नहीं पाओगे राजन्! संजय ने मन-ही-मन कहा ईश्वर की कृपा नहीं हुई है अभी तुम पर। अभी उसने तुम्हें सद्बुद्धि नहीं दी है। तुम्हें क्यों दिखाई नहीं देता कि जिसे तुम अपनी सन्तान के लिए साम्राज्य समझ रहे हो, वह उनकी मृत्यु ही नहीं, उनकी आत्मा के पतन का मूल कारण है।

23

दुर्योधन का सारा उत्साह भंग हो गया था।

वह तो आज युद्ध को समाप्त करने पर ही तुला हुआ था। उसने विश्वास कर लिया था कि अर्जुन आज जयद्रथ का वध नहीं कर पाएगा और अपनी प्रतिज्ञा के अनुसार चितारोहण कर मृत्यु को प्राप्त होगा। अर्जुन की मृत्यु के पश्चात् पाण्डवों के लिए युद्ध का अर्थ क्या रह जाता।

सहसा वह चौंका...वह अपनी इच्छा को प्रकृति का सत्य क्यों मान लेता है। वह चाहता है कि अर्जुन की मृत्यु हो जाए, तो क्या अर्जुन की मृत्यु हो जाएगी? वह चाहता है कि अर्जुन की मृत्यु के पश्चात् उसके सारे भाई आत्महत्या कर लें, तो क्या वे आत्महत्या कर लेंगे? वह समझता है कि भीम उससे प्रतिशोध नहीं लेगा, आत्महत्या कर लेगा।...वह आज समझ पाया था कि इस संसार में अर्जुन से बड़ा योद्धा कोई नहीं है। विराटनगर में गोहरण के समय अकेले अर्जुन ने जो किया था, वह उसने आज यहाँ भी सम्भव कर दिखाया। विराटनगर में तो कुछ ही महारथी थे, उनके पास इतनी बड़ी संख्या में सेनाएँ भी नहीं थीं।...आज यहाँ उससे भी कहीं अधिक विकट युद्ध हुआ था।...फिर भी दुर्योधन ने कैसे मान लिया था कि कर्ण अर्जुन को पराजित कर

देगा? उसका वध कर देगा? या फिर उसे सन्ध्या समय तक कहीं भी रोके रहेगा? कर्ण को तो आज भीम ने ही अनेक बार पराभूत कर दिया।...

आचार्य का भी बहुत भरोसा था उसे। आचार्य को भी भीम उनके रथ सहित उठाकर, कहीं दूर फेंक आया था।...सात्यकि भी लाँघ गया था आचार्य को।...पर सच्चे अर्थों में तो दुर्योधन ने न कभी द्रोण का विश्वास किया था, न भीष्म का। उसका तो सारा बल कर्ण पर ही आश्रित था। जिसका भरोसा कर उसके शस्त्रास्त्रों का ऐसा संग्रह किया था, वही कर्ण पराजित हो गया। जिस कर्ण के पराक्रम का विश्वास कर उसने कृष्ण को भी तृण समान तुच्छ समझकर, न केवल उसके संधि प्रस्ताव को ठुकराया, उसको बंदी करने का भी प्रयत्न किया था, वही कर्ण पराजित हो गया।...तो कर्ण की दिग्विजय का सत्य क्या है? कर्ण को दिग्विजयी मानकर ही तो दुर्योधन ने इस युद्ध की नींव रखी थी। क्यों स्मरण नहीं आया दुर्योधन को कि घोषयात्रा के अवसर पर भी युद्ध में पीठ दिखाकर सबसे पहले भागने वाला योद्धा, कर्ण ही था। उस युद्ध में तो वह फिर लौट कर आया ही नहीं। दुर्योधन ने कर्ण की बातों पर इतना विश्वास कैसे कर लिया? जो पितामह से वाग्युद्ध कर ले, वह उनको युद्ध में भी पराजित कर दे, यह आवश्यक तो नहीं। जो सभा में उनका अपमान कर दे, वह उन्हें युद्ध में भी पराभूत कर सके, यह आवश्यक तो नहीं।...दुर्योधन ने क्यों मान लिया कि पितामह से प्रतिस्पर्धा करने वाला कर्ण उनके समान समर्थ योद्धा भी है।...अर्जुन ने कभी पितामह का अपमान नहीं किया, युद्ध में भी नहीं; किन्तु उसने शस्त्रबल में उन्हें पराजित किया।...कर्ण ने केवल उद्दण्डता की। अपना सामर्थ्य कभी प्रदर्शित नहीं किया।...

तो फिर कहाँ जाए दुर्योधन? वह पाण्डवों की श्रेष्ठता तो स्वीकार नहीं कर सकता। किससे सहायता माँगे? अपने भाइयों का क्या आश्रय ले। उनमें से जो भी युद्ध में गया, वह लौट कर ही नहीं आया। विकर्ण तक मारा गया। दुःशासन बचा हुआ है, क्योंकि वह अभी तक भीम के हत्थे नहीं चढ़ा।...

दुर्योधन को आचार्य के पास ही जाना होगा, उस हठी बुड्ढे के पास। वह जैसा भी है, समर्थ है। फिर उसके साथ अश्वत्थामा है, कृपाचार्य हैं। वे तीनों मिलकर बहुत कुछ कर सकते हैं।...द्रोण का मुख देखने की भी इच्छा नहीं होती, किन्तु युद्ध में तो वे ही समर्थ हैं।...जिस कर्ण के कन्धे पर सिर रखकर वह रोना चाहता है, वह कुछ भी करने में समर्थ दिखाई नहीं देता। दुर्योधन को लगा, वह एक बड़े द्वन्द्व में फँस गया है।...क्या करे? उसी अप्रिय बुड्ढे के पास जाकर सहायता माँगे। उसकी चाटुकारिता करे? उसके पौरुष और गौरव को जगाने का प्रयत्न करे?...

और कोई मार्ग नहीं था। यदि द्रोण को त्याग देने पर अश्वत्थामा और कृपाचार्य उसकी ओर से युद्ध करते तो वह द्रोण के पास कभी नहीं जाता। पर वैसा सम्भव नहीं है। दुर्योधन जानता है कि द्रोण की उपेक्षा की भनक भी पड़ जाए, तो अश्वत्थामा और कृपाचार्य एक किनारे होकर खड़े हो जाएँगे। अश्वत्थामा उसका मित्र अवश्य है किन्तु वह अपने पिता का न त्याग कर सकता है, न उनकी उपेक्षा सहन कर सकता है...

दुर्योधन ने हाथ जोड़कर आचार्य को प्रणाम किया। उसने उनके चरणों का स्पर्श नहीं किया।

"कैसे हैं आचार्य?"

"एक भयानक पराजय की असफलता को झेलता हुआ सेनापति कैसा हो सकता है राजन्!" द्रोण ने कहा।

"शिखण्डी भी उत्साह से भर कर युद्ध के मुख पर खड़ा है। शिखण्डी! जो पूरा पुरुष भी नहीं है। और हम सब वीर पुरुष अपने चेहरे लटकाए हुए भयभीत मूषक के समान अपने बिलों में छिपे बैठे हैं।" उसका स्वर कठोर हो गया, "आप जानते हैं कि जो लोग मेरी सहायता करना चाहते हैं, वे भी क्यों सहायता कर नहीं पाते?"

हताश आचार्य ने अवसादपूर्ण दृष्टि उस पर डाली, "क्यों?"

"वे स्वयं को अरक्षित मानते हैं। वे भयभीत हैं।" दुर्योधन बोला, "यदि हम उनमें सुरक्षा का भाव जगा सकते तो वे हमारी सहायता को आते, किन्तु हम...।"

"आचार्य!" दुर्योधन का स्वर बहुत कातर था, "यदि आपने भरोसा न दिलाया होता तो मैं यह युद्ध कदापि आरम्भ न करता। आपको पाण्डव इतने ही प्यारे थे तो मुझे भ्रम में क्यों रखा?"

द्रोण ने दुर्योधन को देखा : अपने जीवन को गँवा कर पाया गया अपना सत्य वे इसे कैसे समझाएँ कि स्वार्थी व्यक्ति मूर्ख होता है, वह अपना हित अनहित कुछ नहीं समझता। जिसे अपना लाभ मानकर वह दुराग्रहपूर्वक लपकता है, अन्ततः वह उसकी हानि ही करता है; किन्तु विवेकशून्य, चिन्तनविहीन मूर्ख यह कैसे समझ सकता है कि लाभ और हानि किसे कहते हैं। कीचड़ में बिलबिलाता कीट स्वच्छता को श्रेष्ठ कैसे मान सकता है। और दुर्योधन तो स्वार्थी ही नहीं हठी भी है।...क्या यह मूर्ख समझ सकता है कि द्रोणाचार्य झूठ नहीं बोल रहे, वह अपने दायित्व में प्रमाद नहीं कर रहे, वे किसी को धोखा नहीं दे रहे। वे धर्मपूर्वक युद्ध कर रहे हैं...

"तुम विश्वास कर सको तो कहूँ कि मैं अपनी क्षमता भर पूरी निष्ठा से युद्ध कर रहा हूँ।" वे शान्त स्वर में बोले, "किन्तु तुम्हारे अपने मन का कपट तुम्हें मेरा...विश्वास करने नहीं देगा..."

'बुड्ढा भड़का अब।' दुर्योधन मन-ही-मन सोचकर हँसा, पर प्रकट रूप से अत्यन्त दीन होकर बोला, "कैसा कपट गुरुदेव?"

"तुम्हारा अपना आचारण सत्य वचन और सत्य कर्म से परिचालित नहीं होता, इसलिए तुम समझते हो कि अन्य लोग भी तुमसे झूठ बोल रहे हैं।..." उन्होंने रुककर उसे देखा, "अब तुम जाओ। मैं पाण्डवों की प्रभावकारी हानि किए बिना आज अपना कवच नहीं उतारूँगा।"

दुर्योधन प्रणाम कर उठ खड़ा हुआ। वह जानता था कि द्रोण ने सच्चे हृदय से उसे वचन दिया है और अपनी प्रतिज्ञा पर वे अडिग रहेंगे; फिर भी उसके भीतर का उद्धत राजा हँसा, बुड्ढा यहाँ से तो मन पक्का करके चलता है पर पाण्डवों को देखते ही ढीला पड़ने लगता है, अपनी सेना को बचाता भी है, शत्रु सेना का नाश भी करता है; किन्तु इतने आवेश में कभी भी नहीं आता कि अपनी सुध-बुध भूल जाए। उसका धर्म और विवेक सो जाए। वह साकार और मूर्तिमंत विनाश बन जाए। उसे हत्या और विनाश में सुख का अनुभव होने लगे। प्रत्येक वध के साथ उसकी अमानुषिकता बढ़े। वह रक्तपिपासु हो जाए। विनाश हेतु विनाश करे और जितना अधिक विनाश करे, उतना ही उसका मद उसे चढ़े...

और सहसा द्रोण जैसे आपे में आए।

'तुमने वचन तो दे दिया द्रोण!' उनके भीतर से स्वर उठा, 'वचन तुमने पहले भी दिए हैं।...पर तुमने कभी सोचा कि यह सब क्या है? क्यों है यह युद्ध? किसका है यह युद्ध? तुम इसमें क्या कर रहे हो?'

यह दुर्योधन का युद्ध है, द्रोण का युद्ध नहीं है।...पर द्रोण ने कौरवों का अन्न खाया है...वे उस अन्न को अपने रक्त से चुका रहे हैं।...

उनके भीतर कोई हँसा : क्या सीधा तर्क है...अन्न! और अन्न के स्थान पर रक्त...ऐसा तर्क तो एक साधारण सैनिक भी नहीं करता...क्षत्रिय का तो व्यवसाय ही शस्त्र व्यवसाय है—वह भी लड़ता है तो न्याय के लिए लड़ता है...अपने देश के लिए, समाज के लिए, उनकी रक्षा के लिए, उनके अधिकारों की रक्षा के लिए लड़ता है...बिना सिद्धान्त के, मात्र आदर्श के, मात्र वेतनभोगी सैनिक बहुत सम्मान की दृष्टि से नहीं देखा जाता। वह तो भाड़े का सैनिक है।...

और तुम तो ब्राह्मण हो द्रोण! शस्त्र व्यवसाय तुम्हारा व्यवसाय नहीं है। तुमने ज्ञान के रूप में शस्त्रविद्या सीखी थी। तुम आचार्य थे उस विद्या के।...तुम गुरु रूप में आए थे कुरुकुल में। पर तुम क्या हो यहाँ? गुरु? आचार्य?...क्या हो? तुम इनमें से कुछ भी नहीं हो। तुम्हें पाण्डवों ने गुरु का सम्मान दिया हो, तो दिया हो, दुर्योधन ने तुम्हें न कभी गुरु का सम्मान दिया, न गुरु माना।

उसने तुम्हें गुरु माना होता तो वह सच्चे मन से तुम्हारे चरणों में बैठकर तुमसे पूछता कि यह युद्ध छेड़ा जाए या नहीं?...वह तुम्हें इस प्रकार आदेश देने का साहस नहीं करता। वह तुम्हें सम्बोधित चाहे गुरु कहकर करे, या आचार्य कहकर; किन्तु तुम्हारे प्रति उसका व्यवहार और तुमसे उसकी अपेक्षाएँ वैसी ही हैं, जैसी कोई अपने वेतनभोगी सेनापति से करता है। आदेश पर आदेश, और फिर बलात् कराई गई प्रतिज्ञाएँ। फिर उपालम्भ, अविश्वास...क्या है यह सब—मधुवेष्टित धमकियाँ, अपमान...पदच्युत क्यों नहीं कर देता दुर्योधन उन्हें। सेनापति के काम से राजा सन्तुष्ट नहीं है तो उसे अधिकार है कि वह उनसे सेनापति के अधिकार छीन ले; और अपने विश्वास का, भरोसे का, सेनापति नियुक्त करे...पर क्यों करेगा वह ऐसा! वह तो चाहता है कि द्रोण अपने दिव्यास्त्रों का प्रयोग कर एक महाप्रलय मचा दें...दिव्यास्त्र...जिनका रहस्य ये राजा, सेनापति और सैनिक नहीं जानते जो असाध्य प्रयत्नों के बाद, आयु का एक बड़ा मूल्य चुका कर देवशक्तियों से प्राप्त किए गए हैं...उन दिव्यास्त्रों का प्रयोग द्रोण उन योद्धाओं पर करें, जो न उनका परिचालन जानते हैं, न निवारण। इसमें कहाँ है धर्म? कहाँ है वीरता? कहाँ है द्रोण का आचार्यत्व... किसलिए प्रभु की बनाई अमूल्य सृष्टि का नाश करें द्रोण...केवल इसलिए कि पापी और अन्यायी दुर्योधन अधर्मपूर्वक यह युद्ध जीत सके और अन्यायपूर्वक पाण्डवों और अन्य राजाओं का राज्य छीन सके। उनकी सत्ता और लक्ष्मी हथियाकर उसका अबाध भोग कर सके। किसी के भी साथ दुर्व्यवहार कर सके, जैसा उसने पाण्डवों के साथ किया था, सिंहासनारूढ़ किरीटधारी राजाओं को वैसा ही निरीह कर दे, जैसा उसने धृतराष्ट्र को कर रखा था; और किसी भी नारी को अपनी मदान्धता के उल्लास के लिए भरी सभा में निर्वस्त्र कर दे, जैसे पांचाली को करने का प्रयत्न किया था, किसी भी ब्राह्मण को अपने टुकड़ों पर पलने वाला भृत्य बना दे, जैसे उसने द्रोण और कृपा को बना रखा है...आचार्य राजा का आज्ञापालक कर्मचारी हो जाएगा तो राजा को अत्याचार करने से कौन रोकेगा? उसके मद का प्रतिकार कौन करेगा? प्रजा को राजा के अत्याचार से मुक्ति कौन दिलाएगा?...

और यह सारा पाप क्यों करें द्रोण?

क्या मिलेगा द्रोण को?

राज्य? सुख भोग? सत्ता? धन? पद? अहंकार?

किसी जीव को सागर में उतार दिया जाए कि पी ले जितना जल पीना है। कितना जल पियेगा वह? पात्र अपनी क्षमता भर ही तो जल समेटेगा। ...और फिर जीव हो या पात्र। काल प्रवाह में खाली हो जाएगा। जल वापस

सागर में पहुँच जाएगा।...अपने इस पचासी वर्ष के वय में क्या भोग पाएँगे द्रोण?...जब समय था, तब या तो उपलब्ध ही कुछ नहीं था...या उन्होंने स्वयं को साधना के बन्धनों में बाँध रखा था...प्रकृति कैसी लीला करती है मनुष्य के साथ।...कुछ ऊँचा उठना है, कुछ बड़ा बनना है तो अपने आसपास के उपलब्ध सुखों की उपेक्षा कर, पहले स्वयं को वंचित कर, फिर आगे बढ़। स्वयं को वंचित नहीं करेगा तो आगे भी नहीं बढ़ेगा।...और जब साधना का काल समाप्त हो जाए तो वह न भोग के लिए उपयुक्त रह जाता है, न वह मनःस्थिति।...और महानता की मर्यादा?...बड़प्पन के बन्धन? वे कोई सुख भोग सहन नहीं करते...ऋषि, स्त्री की कामना करे अथवा धन सम्पत्ति की कामना करे या सत्ता की...कितना हास्यास्पद हो जाता है वह! जहाँ, जब और जिस किसी भी स्थिति में जिसने भोग किया, उसका पतन आरम्भ हो गया।...पाण्डव वनों में मारे-मारे फिरते रहे...उनकी आत्मा का मल कटता गया, उनकी साधना वर्द्धमान होती गई, उन्हें सिद्धियाँ मिलती गईं, उपलब्धियाँ होती गईं...वह पाण्डवों का वंचना-काल था अथवा उपलब्धि-काल?...और दुर्योधन अपने प्रासाद में बैठा सुख भोगता हुआ भी ईर्ष्या और द्वेष से जलता रहा, उसका मद और अहंकार बढ़ता गया, उसकी आत्मा कलुषित होती गई...उसके मन में राज्य छिन जाने का भय और पाण्डवों के लौट आने का त्रास ताण्डव करते रहे। क्या सुख भोगा होगा दुर्योधन ने? अपनी आत्मा, मन और हृदय में उसने मल का पहाड़ संचित कर लिया होगा...फिर क्या पाया दुर्योधन ने? क्या उपलब्धि है उसकी?...तो क्यों द्रोण छोड़ नहीं देते दुर्योधन को? क्यों वे बार-बार उससे अपमानित होकर भी उसके पाप में भागीदार हो रहे हैं?...इस वय में अब सब कुछ उनके लिए यातना है—राज्य, सेना, सत्ता, सम्पत्ति, स्त्री ...सब कुछ।...तो क्या वे यह सब कुछ अश्वत्थामा के लिए चाहते हैं?...पर अश्वत्थामा तो स्वयं अपने लिए ही कर रहा है। वह अपना रक्त बहा रहा है, शत्रुओं का संहार कर रहा है, दुर्योधन को विजय दिला रहा है। वह अपने ज्ञान, कला कौशल, श्रम, स्वामिभक्ति, मित्रता—सबका फल पाएगा। तो उसके लिए क्यों चिन्तित हों द्रोण?

क्यों है फिर यह सब? केवल द्रुपद के भय से? या अपनी प्रतिहिंसा के कारण?...द्रुपद ने आश्रय तो दे ही दिया था। आश्रय! हाँ! द्रुपद एक राजा के रूप में एक तापस ब्राह्मण को आश्रय तो दे ही रहा था—अपने गुरु भाई, सहपाठी द्रोण को मित्रता देने को तैयार नहीं था।...तो जाग उठी थी द्रोण की प्रतिहिंसा! द्रोण का अपमान! शस्त्रास्त्रों के अद्भुत ज्ञाता, युद्धकला के पंडित द्रोणाचार्य के साथ मित्रता नहीं कर सकता था द्रुपद।...पर क्या अनुचित कहा

था द्रुपद ने? द्रोण को हस्तिनापुर में भी आश्रय ही मिला—आश्रयदाता चाहे भीष्म हों, धृतराष्ट्र हों। पर यहाँ द्रोण की प्रतिहिंसा नहीं जागी। उनका अहंकार तो क्या, कभी स्वाभिमान भी पीड़ित होकर नहीं जागा...क्यों? क्या इसलिए, क्योंकि उनकी प्रतिहिंसा अपना लक्ष्य पाने के लिए कोई भी अपमान सहने के लिए द्रोण को तैयार कर चुकी थी...

वे द्रुपद को डराने के पश्चात् स्वयं भी डर गए। उसका राज्य छीनकर, अपने राज्य के छिन जाने के भय के कारण हस्तिनापुर से चिपककर रह गए। हर प्रकार के अन्याय, अत्याचार और अधर्म को देखते हुए भी इस राक्षसी नगरी में जीते रहे और इसी नगरी में, इसके इस पापी राजा दुर्योधन ने उनके पुत्र अश्वत्थामा को संस्कार दिए।...आज अश्वत्थामा में ब्राह्मणपुत्र...विशेष रूप से द्रोण जैसे आचार्य के पुत्र का तो एक भी संस्कार नहीं है...और अब दुर्योधन चाहता है कि वे अपने सारे दिव्यास्त्रों का प्रयोग कर अपने प्रिय शिष्यों... पाण्डवों के साथ-साथ, अपने राजाओं के लोभ या भय की बलिवेदी पर मिटने के लिए आए हुए उन असंख्य निरपराध निरीह सैनिकों का भी नाश कर दें। ईश्वर की सृष्टि का नाश...व्यर्थ, अकारण, बिना किसी लाभ अथवा लोभ के?

द्रुपद के एक शब्द 'आश्रय' से जागी प्रतिहिंसा के कारण पहले ही कम पाप नहीं हो चुका। अब यदि दुर्योधन की बातों में आकर अपनी क्षमता प्रमाणित करने के लिए उन्होंने अपने दिव्यास्त्रों से नरसंहार किया तो जाने इस पाप का परिणाम क्या होगा?...

द्रोण को लगा द्रुपद के जीवित रहते, द्रोण द्रुपद की विपक्षी सेना से पृथक् नहीं हो सकता। कोई यह न कह सके कि द्रोण, द्रुपद से डरकर युद्ध छोड़ गए...तो क्यों न वे द्रुपद का वध कर युद्ध से अलग हो जाएँ। उनकी प्रतिहिंसा का जो अंश उनके मन में रह गया है, वह भी शान्त हो जाए।...हाँ! अपने शत्रु पक्ष से लड़ते हुए द्रुपद का वध करने के बाद किस बात की लालसा रह जाएगी उनके मन में?...राज्य, सत्ता, सुख-समृद्धि, वैभव और भोग—सबका रहस्य खुल गया है उनके सामने...इस वय में, इस शरीर और मन को अब और कुछ नहीं चाहिए...अहंकार के मद का विगलन ही उनका एकमात्र लक्ष्य रह जाएगा।...

...हाँ! अश्वत्थामा की ममता भी उनके मन में है।...एक द्रुपद का वध कर दें और अश्वत्थामा को सब कुछ सौंपकर इस प्रपंच से अलग हो जाएँ।...

"पितामह ने स्वयं अपनी मृत्यु स्वीकार कर ली और आप भी हमारी उपेक्षा कर रहे हैं, क्योंकि आप अर्जुन से प्रेम करते हैं।" दुर्योधन बोला, "ऐसे में किसके बल के भरोसे कोई हमारी सहायता करेगा। पाण्डवों के पक्ष का एक

भी योद्धा हमारा कल्याण नहीं चाहता, किन्तु हमारे सारे योद्धा या तो मन से पाण्डवों का कल्याण चाहते हैं, या फिर संशय में हैं। एक कर्ण ही है, जो सच्चे हृदय से मेरी विजय चाहता है।"

"पर वह पराजित होता है और भाग जाता है।" द्रोण का स्वर अनचाहे ही वक्र हो गया।

"मैंने अपने मित्रों को परखे बिना ही उन्हें अपने कार्य पर नियुक्त करने की मूर्खता की है।" दुर्योधन रुआँसा हो गया, "जिन्हें मैंने अपना परम हितैषी माना, उन्होंने ही मेरा नाश कर डाला। अपने शत्रुओं से उनका मोह टूटता ही नहीं, तो वे करेंगे भी क्या।"

द्रोण ने ध्यान से उसकी ओर देखा। वे पूछना चाह रहे थे कि उसका संकेत उनकी ओर तो नहीं है? पर उन्होंने पूछा नहीं।

"भीष्म स्वेच्छा से शरशैया पर लेट गए हैं। जयद्रथ मारे गए। कर्ण पराजित हो गया। कहीं बैठा अपने अश्रुओं को सुरा में डुबो रहा होगा।" दुर्योधन रुक गया और फिर उसने जैसे ब्रह्मास्त्र छोड़ा, "आप पाण्डवों के गुरु हैं। अपने शिष्यों का अहित कभी नहीं चाहेंगे। तो फिर मेरे लिए विकल्प ही क्या है? केवल आत्महत्या ही तो। आप जानते हैं कि मैं पाण्डवों से संधि नहीं कर सकता।"

"क्यों नहीं कर सकते संधि?" द्रोण जैसे तड़पकर बोले।

"क्योंकि मैं उनका दास बनकर नहीं रह सकता।" दुर्योधन के नेत्रों अश्रु प्रकट हो गए और उसका स्वर रुँध गया, "आप समझते हैं कि मैं संधि स्वीकार कर लूँ तो भीम मेरे साथ संधि कर लेगा? वह मेरी जंघा नहीं तोड़ेगा? वह दुःशासन के वक्ष को फाड़कर उसका रक्त नहीं पिएगा। पांचाली चुपचाप अपनी वेणी बाँध लेगी? वह अपने केशों को धोने के लिए दुःशासन के वक्ष का रक्त नहीं माँगेगी?"

द्रोण स्तब्ध बैठे रह गए। कदाचित् दुर्योधन सत्य ही कह रहा था। भीम उससे कभी संधि नहीं करेगा।

"पर राजा तो युधिष्ठिर है।" वे सायास बोले, "भीम को उसकी आज्ञा का पालन करना होगा। पत्नी अपने पति के आदेश से बाहर कैसे हो सकती है?"

"तो फिर न आप भीम को जानते हैं, न पांचाली को।" दुर्योधन बोला, "भीम तो उस दिन द्यूतसभा में ही नकुल को अग्नि लाने के लिए कह रहा था, ताकि वह युधिष्ठिर के हाथ जला सके।...और पांचाली...!" उसने अपना वाक्य अधूरा ही छोड़ दिया।

"और पांचाली?"

"वह पत्नी होते हुए भी पाण्डवों की प्रेयसी है। यह भी आपको बताना पड़ेगा क्या कि पत्नी, अपने पति की आज्ञा का पालन करती है; किन्तु प्रेमी अपनी प्रेयसी की इच्छाओं का दास होता है।"

द्रोण को लगा कि वे और दुर्योधन जैसे एक ही नौका में बैठे हैं। द्रोण भी चाहते हैं कि वे पांचालों को मार डालें और पाण्डव उन्हें स्वीकार कर लें। दुर्योधन भी कहीं चाहता है कि वह भीम और अर्जुन का वध कर दे और युधिष्ठिर उससे उसकी इच्छानुसार संधि कर ले। ऐसा सम्भव है क्या?

"कृपाचार्य भी आज के युद्ध में क्षतविक्षत हो गए हैं।" दुर्योधन बोला, "पता नहीं जीवित भी बच पाएँगे या नहीं। वैद्यों और शल्यचिकित्सकों ने अभी ऐसा कोई आश्वासन नहीं दिया है। यदि जीवित बचेंगे तो जाने कब तक उनका उपचार होगा और कब वे युद्ध में लौट पाएँगे। ऐसे में मेरी ओर से युद्ध करने वाला है ही कौन। भीम की लात खाने से तो अच्छा है कि मैं अपने प्राण दे दूँ। मैं मर जाऊँ तो आप भी सुविधा से पाण्डवों के पक्ष में जा सकते हैं, जैसे युयुत्सु गया है।..."

द्रोण को लगा, दुर्योधन का यह वाक्य उनको बहुत भीतर तक चीर गया है। दुखी कर दिया दुर्योधन ने। ऐसे दीन तो वह सामान्यतः नहीं होते। असहायता की ऐसी मानसिकता—यह कदाचित् उनकी वृद्धावस्था के ही लक्षण हैं।

"ऐसे क्रूर वचनों से मुझे आहत क्यों कर रहे हो तुम। मैंने और भीष्म ने सदा यही कहा है कि अर्जुन अजेय है। उसके द्वारा सुरक्षित होकर शिखण्डी भी भीष्म को धराशायी कर सकता है।" द्रोण ने रुककर एक दृष्टि दुर्योधन पर डाली, "तुम्हें अपने पापों का फल मिलना ही था। यहाँ नहीं मिलता तो परलोक में इससे भी कठोर होकर मिलता।"

"मुझे तो अपने पापों का फल मिलना था, पर आपको किसका फल मिल रहा है?" दुर्योधन का दर्प प्रकट हुआ, "अर्जुन आपको कैसे लाँघ गया। वह किसके पापों का फल था?"

"तुमने अपने सर्वश्रेष्ठ महारथियों के साथ अर्जुन को घेर लिया था, तो फिर पराजित कैसे हो गए—मेरे पापों के कारण?" द्रोण तड़प उठे, "तुम्हारे अपने बनाए अवरोध के भीतर से तुम्हारा आश्रित जयद्रथ कैसे मारा गया—मेरे पापों के कारण? मुझे अपने पापों ने मृतप्रायः कर दिया था, किन्तु तुम और कर्ण तो नहीं मर गए थे। शल्य, कृतवर्मा, कृपाचार्य और अश्वत्थामा तो जीवित थे। तो कैसे मारा गया सिन्धुराज? जयद्रथ की रक्षा में असमर्थ रहे तुम और वाग्बाण मुझे मार रहे हो। मैं स्वयं कम संतप्त हूँ क्या?"

आचार्य मौन रह गए। वे कहना चाह रहे थे कि उन्हें तो अब अपने ही जीवन की सुरक्षा का कोई मार्ग दिखाई नहीं पड़ रहा था। वे जानते थे कि

अर्जुन उनका वध नहीं करेगा। भीम ने भी चाहे उनका रथ उठाकर फेंक दिया था; किन्तु उनका वध करने की उसकी भी इच्छा नहीं होगी।...पर धृष्टद्युम्न अपने पिता के अपमान को कभी नहीं भूलेगा। वह उन्हें क्षमा नहीं करेगा। उसका वध नहीं हुआ तो वह आचार्य का वध अवश्य कर देगा।...और आचार्य इन पांचालों के वध में स्वयं ही असमर्थ होते जा रहे थे। दुर्योधन केवल अपने विषय में ही जानता था। वह अपने शत्रुओं को पहचानता था। वह अपने युद्ध और उसके लक्ष्य के विषय में जानता था। उसने कब सोचा था कि अन्य लोग किसका युद्ध लड़ रहे हैं। वह अपने शत्रुओं को मारना चाहता था और भूल जाता था कि द्रोण के भी कुछ शत्रु थे और उनका मरना, द्रोण के लिए भी आवश्यक था। यदि पांचाल नहीं मरेंगे तो द्रोण धृष्टद्युम्न के संकल्प में डूब जाएँगे। उनकी मृत्यु हो गई तो जाने अश्वत्थामा क्या करेगा।...

"मैं जानता हूँ कि आप संतप्त हैं आचार्य! किन्तु उसका प्रतिकार करने के लिए उद्यम भी तो आप ही को करना होगा।...आप कुछ नहीं करेंगे तो पाण्डव मुझे मार डालेंगे और पांचाल आपको।" उसने द्रोण की ओर देखा, "मैंने सेनापति के रूप में आपका अभिषेक किस प्रयोजन से किया था?"

आचार्य के सम्मुख फिर वही धृष्ट दुर्योधन खड़ा था।

"तुम युद्ध की कठोरता को अभी क्या जानते हो?" द्रोण बोले, "जाकर कृपाचार्य से पूछो, जिन्होंने तुम्हारे लिए घाव खाए हैं। यदि वे जीवित हैं और जयद्रथ के मार्ग पर नहीं चले गए हैं तो मैं उनका अभिनन्दन करना चाहूँगा। उतने बाण तुमको लगे होते तो तुम कब के जाकर अपने रंगमहल में सो गए होते।"

दुर्योधन को लगा कि आचार्य बोल तो गए हैं; किन्तु शायद अब उन्हें पश्चात्ताप हो रहा है।...पर आचार्य के मन ने अभी अपना सारा लावा नहीं उगला था। बोले, "तुमने कर्ण से बहुत कुछ सीख लिया है। जहाँ युद्ध कुछ कठोर हुआ अथवा परिस्थियाँ कुछ विपरीत हुईं, तुम भी कहीं और चले जाते हो। फिर स्वयं को क्षत्रिय कहते हो।"

दुर्योधन की जिह्वा जैसे उसके नियन्त्रण मैं नहीं रही, "आप स्वयं को ब्राह्मण कहते हैं। कितनी बार वचन दिया आपने कि आप युधिष्ठिर को बंदी कर लाएँगे? किया बंदी युधिष्ठिर को? आप कौरव सेनाओं के संचालक हैं। आप उनके सेनापति हैं, पर क्या किया आपने? हमने तीन-तीन दिन तक अर्जुन को युधिष्ठिर से दूर रखा, किन्तु युधिष्ठिर को बंदी किया आपने? मुझे मेरे क्षत्रियत्व की लाज स्मरण करा रहे हैं, सेनापति के रूप में आपने ही क्या कर दिखाया है?"

इस बार द्रोण मौन खड़े दुर्योधन को देखते रहे।

"कुछ कहते क्यों नहीं?"

"वह वचन मेरा नहीं था। तुमने बलात् मुझसे वचन उगलवाया था। अब मैं तुम्हें अपने मन से वचन देता हूँ।" द्रोण बोले, "सारे पांचालों को मारे बिना मैं अपना कवच नहीं उतारूँगा। अश्वत्थामा से कहना कि युद्ध में अपनी रक्षा करते हुए, जैसे भी हो, सोमकों को जीवित न छोड़े। मैंने पिता के रूप में उसे जो उपदेश दिया है, उसका पालन करे। दया, धर्म, सत्य और सरलता आदि सद्गुणों में स्थिर रहे।" उन्होंने स्थिर दृष्टि से दुर्योधन की ओर देखा, "तुममें साहस और सामर्थ्य हो तो तुम सेना की रक्षा करना। मैं निर्णायक युद्ध के लिए जा रहा हूँ। आज रात्रि हो जाने पर भी युद्ध बंद नहीं होगा। आज रात्रि में भी क्रुद्ध कौरव और सृंजय युद्ध करेंगे। जो तुमसे हो सके, तुम करो और जो तुम्हारा मित्र कर्ण कर सके, वह कर ले।"

दुर्योधन सोच रहा था कि उसने उचित किया अथवा नहीं। वह इससे पहले भी द्रोण से बहुत कुछ कह चुका था, किन्तु उन्हें इतने आक्रोश में उसने कभी नहीं देखा था...सत्य ही वे पांचालों का विनाश किए बिना कवच नहीं उतारेंगे?...पर क्या पता है इस बुड्ढे का। रथारूढ़ होते ही उसे फिर से अपने प्रिय पाण्डवों का स्मरण हो आए ...कहीं ऐसा तो नहीं कि भीतर ही भीतर, वह पाण्डवों से मिल गया हो और इस प्रतीक्षा में हो कि दुर्योधन मारा जाए और वह पाण्डवों से जा मिले। भितरघात कर, दुर्योधन को पराजित करवाने का कोई पुरस्कार भी मिल सकता है उसको।

उसकी खिन्नता दूर नहीं हुई तो वह कर्ण के मण्डप में चला आया।

कर्ण के चिकित्सक उसके घाव स्वच्छ कर उस पर औषधियाँ लगा रहे थे।

"आओ मित्र!" कर्ण ने कहा, "कुछ खिन्न लग रहे हो।"

दुर्योधन के मन में खीझ उठी।...लोग अभी पूर्णतः रणभूमि से लौटे भी नहीं हैं; और कर्ण ने अपना कवच उतारकर उपचार भी आरम्भ करवा दिया है। इतनी त्वरा किस बात की थी? कोई ऐसा घातक घाव भी नहीं लगा है उसे, जिसके तात्कालिक उपचार की आवश्यकता होती।

"खिन्नता का कोई कारण नहीं है क्या?" दुर्योधन कुछ मुखर हुआ, "जयद्रथ का मारा जाना, एक प्रकार से हम सबके लिए पराजय का पूर्व संकेत है।"

"नहीं! ऐसा तो कुछ नहीं है।" कर्ण बोला, "एक से एक बड़ा योद्धा मारा जाता है, युद्ध में। उसका अर्थ यह कदापि नहीं है कि वह राजा भी हार जाएगा

और सेना भी नष्ट होगी। हमने तो भीष्म के मरने पर भी यह स्वीकार नहीं किया कि दुर्योधन की पराजय होगी।"

दुर्योधन को आश्चर्य हुआ, कर्ण हताश नहीं लग रहा था। जयद्रथ के वध से वह वैसा दुखी भी नहीं था। तो फिर दुर्योधन ही इतना विचलित क्यों था?

"ठीक है वह सब। पर मैं आचार्य की नीति से दुखी हूँ। मैं वर्षों से उनका और उनके परिवार का पालन-पोषण इसलिए तो नहीं कर रहा था कि युद्ध की स्थिति में वे मेरे साथ ऐसा व्यवहार करें।"

"ऐसा क्या कर दिया आचार्य ने?" कर्ण ने कुछ विनोदी ढंग से पूछा, "आज तो उनके श्यालक कृपाचार्य ने तुम्हारे लिए बहुत रक्त बहाया है।"

"यदि द्रोण अपनी पूरी क्षमता से अर्जुन को रोकने का प्रयत्न करते तो वह उनके दुर्भेद्य व्यूह को कैसे तोड़ सकता था।"

"पर यह सत्य है कि अर्जुन ने उनका व्यूह तोड़ा।"

"नहीं! सत्य यह है कि अर्जुन उनका प्रिय शिष्य है और उन्होंने युद्ध किए बिना ही उसे सेना में घुसने का मार्ग दे दिया।"

कर्ण ने कुछ नहीं कहा।

"इतना ही नहीं।" दुर्योधन अपने आवेश में बोला, "कल जयद्रथ सिन्धुदेश लौट रहा था, इस ब्राह्मण ने उसे रक्षा का आश्वासन देकर रोक लिया और आज उसे मरवा डाला।"

"आचार्य की निन्दा मत करो।" कर्ण ने कहा, "वह ब्राह्मण तो अपने बल, शक्ति और उत्साह के अनुसार अपने प्राणों का भी मोह छोड़कर युद्ध करता है।"

दुर्योधन सावधान न होता तो आश्चर्य से उसका मुख अवश्य खुल जाता। कर्ण के मुख से ऐसी बात सुनने की वह कल्पना भी नहीं कर सकता था। द्रोण ने कर्ण को अपना शिष्य स्वीकार नहीं किया था; और कर्ण ने आज तक द्रोण को उनके व्यवहार के लिए क्षमा नहीं किया था।

"द्रोण बूढ़े हुए।" कर्ण बड़ी सद्भावना से बोला, "वे बेचारे तो शीघ्रता से चलने में भी असमर्थ हैं। तुम्हारे लिए युद्ध कर रहे हैं, यही क्या कम है। भुजाओं द्वारा परिश्रमपूर्वक की जाने वाली चेष्टाओं में अब उनकी शक्ति उतना काम नहीं करती। अस्त्रवेत्ता और पाण्डवों के गुरु होने पर भी द्रोण पाण्डवों को युद्ध में जीत नहीं पाएँगे।"

दुर्योधन समझ रहा था कि कर्ण की सहानुभूति में भी आचार्य का तिरस्कार था। पर आज उसके स्वर में पाण्डवों की प्रशंसा का भाव भी था।

"युद्ध तो हम भी जी जान से कर रहे हैं, पर हमें निराशा ही क्यों हाथ लग रही है?" दुर्योधन समझ नहीं पाया कि यह प्रश्न उसने कर्ण से पूछा है अथवा यह उसका वाचिक चिन्तन मात्र था।

"अपना ही पूर्वकृत कर्म भाग्य बनकर हमारे सामने खड़ा हो जाता है।" कर्ण की मुद्रा कुछ दार्शनिक हो गई थी, "हमारे कर्म, छल, कपट और पराक्रम को दैव पीछे धकेल रहा है।"

दुर्योधन से जैसे यह कर्ण पहचाना ही नहीं जा रहा था। वह तो कोई और ही हो गया लगता था। आज क्या हो गया था उसको? वह दुर्योधन का कहीं भी समर्थन करने को तैयार नहीं दीखता था।...दुर्योधन ने तो द्रोण के पाण्डवों से मिल जाने की सम्भावना की चर्चा की थी। पर कर्ण...वह आज दिन भर भीम और अर्जुन से पिटा था। फिर, जिस जयद्रथ की रक्षा के लिए वह युद्ध कर रहा था, वह जयद्रथ भी मारा गया।...उस पर भी यह न तो दुखी दीख रहा था, न ही इस समय उसका रक्त क्रोध से खौल रहा था।...यह तो कर्ण के व्यवहार के अनुकूल नहीं था। पाण्डवों के प्रति ईर्ष्या और द्वेष से कण्ठ तक भरा हुआ कर्ण आज द्रोण का बचाव कर रहा था, पाण्डवों की वीरता की प्रशंसा कर रहा था; और अपने ही कृत्यों को छल, कपट और पाप बता रहा था।...अवश्य ही कहीं कोई बहुत बड़ा परिवर्तन हुआ है।...

दुर्योधन बाहर निकल आया। उसका विषाद बढ़ता जा रहा था। द्रोण के सम्मुख तो उसने अपने मन की भड़ास ही निकाली थी। वह उनको कुछ भी करने में असमर्थ मान चुका था। पर आज तो उसे कर्ण से भी कोई सहारा नहीं मिला था। उसका अहंकार इस प्रकार आहत और अपमानित होकर नहीं जी सकता था।...उसका अवसन्न मन इस समय या तो युधिष्ठिर का मस्तक काट लेना चाहता था या फिर अपने ही प्राण दे देना चाहता था। यह युद्ध बंद ही क्यों हुआ। अन्धकार हो गया तो क्या? संसार तो नष्ट नहीं हो गया, न ही कौरवों की सेना समाप्त हो चुकी है।...और यदि ऐसा हो भी जाए तो दुर्योधन क्या पाण्डवों की विजय को स्वीकार कर चुपचाप अपने शिविर में लौट जाएगा। उससे पहले ही आत्महत्या कर लेगा।...

पर तब क्यों? उस स्थिति की प्रतीक्षा ही क्यों? वह आज ही अपने प्राण क्यों नहीं दे देता? इस प्रकार की अपमानजनक पराजय के पश्चात् वह पाण्डवों के सम्मुख कैसे पड़ सकता है। किसी और के लिए यह युद्ध समाप्त नहीं होगा, जब तक या तो ये सारे पाण्डव मर न जाएँ अथवा स्वयं दुर्योधन ही वीरगति को प्राप्त न कर ले।

पाण्डवों की सेना अभी युद्धक्षेत्र से पूरी तरह हटी नहीं थी। उनकी गति पर्याप्त मंथर थी। जाने वे किस कारण से क्रमशः लौट रहे थे।...पर वे अभी तक समरभूमि में थे। दुर्योधन की मनःस्थिति इस समय इतनी आक्रामक हो रही थी कि यदि पाण्डव युद्धक्षेत्र में न भी होते, तो वह उनके स्कन्धावार पर आक्रमण कर सकता था।

दुर्योधन अपना रथ दौड़ाता हुआ कलिंग राजकुमार के शिविर में पहुँचा।

कलिंग राजकुमार ने शायद अपना कवच अभी खोला ही था। उसने दुर्योधन को आया देखा तो चकित रह गया, "युवराज आप?"

"राजकुमार! तुम अपने पिता की मृत्यु से दुखी हो?"

"बहुत दुखी हूँ।" राजकुमार ने कहा, "प्रतिशोध की ज्वाला से जल रहा हूँ।"

"तो अपनी गजसेना लेकर अभी, इसी समय पाण्डवों की सेना पर आक्रमण कर दो।"

"अभी?" कलिंग राजकुमार ने आश्चर्य से पूछा, "अन्धकार हो चुका है। सूर्यास्त के पश्चात् युद्ध करना आर्य मर्यादा के अनुकूल नहीं है।"

"न हो। जय उसकी होती है, जो अपने शत्रुओं को मार डालता है। उससे कोई पूछने नहीं आता कि उसने अपने शत्रुओं को कैसे मारा। मुझे मर्यादा नहीं, विजय चाहिए।" दुर्योधन बोला, "तुम्हें अपने पिता के वध का प्रतिशोध लेना है तो आक्रमण करो। पाण्डवों की सेना अभी युद्धक्षेत्र से हटी नहीं है। यदि हट गई होती तो हम उनके स्कन्धावार पर आक्रमण करते।" दुर्योधन ने उसके चकित मुख को देखा, "चकित मत होओ। आचार्य द्रोण भी या तो कहीं युद्ध कर रहे होंगे अथवा अभी युद्ध करने आ जाएँगे। महावीर कर्ण भी आता ही होगा।...और मैं तो पाण्डव सेना में प्रवेश करने ही वाला हूँ, चाहे मेरी मृत्यु भी क्यों न हो जाए। मुझे पराजित जीवन नहीं चाहिए।" वह मुड़ा और सहसा रुककर बोला, "युद्ध के नियमों का पालन वहीं तक करो, जहाँ तक वे तुम्हें विजय दिला सकते हैं। युद्ध का एक ही नियम है—विजय!"

कौरवों की गजसेना पाण्डव सेना का उल्लंघन कर सब ओर से प्रहार करने लगी। पाण्डवों को पहले तो समझ में ही नहीं आया कि युद्ध का यह पुनरारम्भ कैसे हो गया। पर उनकी सेना अभी युद्धक्षेत्र में ही थी। उन्होंने न अभी कवच खोले थे और न ही शस्त्र रखे थे। वे सन्नद्ध हो गए। तत्काल संदेशवाहक दौड़ने लगे। आदेश और समाचार भेजे जाने लगे। सेनाओं का आगमन और स्थानान्तरण आरम्भ हो गया।

अन्धकार इतना सघन हो चुका था कि योद्धा पहचाने नहीं जाते थे। नाम, गोत्र और कुल परिचय सुनकर ही पता चलता था कि कौन और किससे लड़ रहा है। दुर्योधन ने पांचाल सेना पर आक्रमण किया था। वह इतना प्रचण्ड हो रहा था कि दिन भर के युद्ध से शिथिल सैनिक उसका प्रहार झेल नहीं पा रहे थे। कोई आश्रय न देखकर पांचाल सैनिकों ने समरभूमि छोड़ दी। उनका पलायन देखकर भीम पुत्र घटोत्कच ने आकर दुर्योधन को रोका।

दुर्योधन विजय की नहीं, मृत्यु की कामना से युद्ध कर रहा था। उसने नहीं देखा कि कौन सामने आया है और किसको उसके शस्त्र ने घायल किया है। उसने अपने घावों की चिन्ता किए बिना, सामने पड़ने वाले प्रत्येक योद्धा को आहत किया। जब उसने घटोत्कच के शरीर से रक्त बहते देखा तो जैसे वह चैतन्य हुआ। उसने अपने क्रोध में पाण्डवों को पर्याप्त क्षति पहुँचाई थी। उसका अवसाद कुछ कम हो गया था। अब उसका क्रोध ही बढ़ता जा रहा था। उसने प्रसन्नता से सिंहनाद किया।

पाण्डव सेना उसके सामने से भागने लगी थी।

अर्जुन वहाँ उपस्थित नहीं था और भीम जाने क्या कर रहा था। युधिष्ठिर को दुर्योधन का प्रतिकार करने के लिए स्वयं ही जाना होगा। यदि दुर्योधन इसी प्रकार लड़ता रहा तो दिन भर की पाण्डवों की विजय इस समय पराजय में परिणत हो जाएगी।

युधिष्ठिर ने जाकर दुर्योधन को सावधान किया, "दुर्योधन! तुम घिर गए हो। दिन भर के थके हुए हो। यह युद्ध का समय भी नहीं है। अब तुम लौट जाओ।"

दुर्योधन ने वचनों का उत्तर बाणों से दिया। युधिष्ठिर अभी सँभल भी नहीं पाए थे कि दुर्योधन के बाण से घायल हो गए। दुर्योधन ने उनके अश्वों को मार दिया। सारथि इन्द्रसेन को भी ललाट पर चोट पहुँचाई। ध्वज भी काट कर फेंक दिया। और अन्ततः युधिष्ठिर के धनुष की प्रत्यंचा भी काट दी।

पर युधिष्ठिर ने अपना स्थान नहीं छोड़ा। उन्होंने दूसरा धनुष उठाया और दुर्योधन को अपने बाणों से ढँक दिया। दुर्योधन के शरीर से रक्त बहता हुआ देखकर पाण्डव सैनिक लौटे।

इस बार युधिष्ठिर ने सूर्य की किरणों के समान तेजस्वी बाण निकाला। प्रत्यंचा पर रखा और प्रत्यंचा को खींच कर छोड़ दिया, "हाय, तुम मारे गए।"

दुर्योधन खड़ा रह सकने की अवस्था में नहीं था। उसे मूर्च्छा आ रही थी। वह रथ के पिछले भाग में बैठ गया।

पांचाल सैनिकों ने जैसे आकाश को सिर पर उठा लिया, “राजा दुर्योधन मारा गया। राजा दुर्योधन मारा गया।”

चारों ओर अन्धकार था। प्रकाश की क्षीण रेखाएँ कहीं-कहीं आ रही थीं। युद्धभूमि की रेणु उड़कर आकाश की ओर जा रही थी। कोलाहल इतना था कि कुछ ठीक से सुनाई नहीं देता था। जब सामने खड़ा योद्धा ही दिखाई नहीं दे रहा था तो ध्वनि का कोई क्या विश्वास करता।...

द्रोण ने पांचाल सैनिकों का जयघोष सुना।...राजा दुर्योधन मारा गया।...क्या सचमुच ही दुर्योधन मारा गया? वह जिस प्रकार विक्षिप्त हो रहा था, उसमें वह किसी भी प्रकार की कोई मूर्खता कर सकता था।...पर कोई संदेशवाहक आकर क्यों नहीं बताता कि क्या हुआ है। इस अराजक स्थिति में युद्ध कैसे होगा? जो जहाँ है, वहीं है। युद्धक्षेत्र के अन्य भागों की किसी प्रकार की कोई सूचना नहीं है। प्रधान सेनापति को भी नहीं।...पर वे न तो इस उद्घोष को सत्य मानते हैं और न ही उसकी सर्वथा उपेक्षा कर सकते हैं। कोई प्रामाणिक व्यक्ति आकर समाचार दे तो वे निश्चित रूप से जान सकें कि वस्तुतः हुआ क्या है।...यदि सूचना ही न आई? किसी योजना के अनुसार तो यह युद्ध हो नहीं रहा। न कहीं व्यूह है, न आदेश लाने, ले जाने की कोई व्यवस्था। जहाँ जिसने चाहा, युद्ध आरम्भ कर दिया और जिसने चाहा, युद्ध बंद कर दिया।

पर सूचना आने, न आने के द्वन्द्व में द्रोण अनन्तकाल तक जड़ से खड़े तो नहीं रह सकते। उन्हें दुर्योधन के निकट पहुँचना होगा।...दुर्योधन के मरते ही द्रोण पांचालों की कृपा पर होंगे। द्रोण की अपनी सुरक्षा के लिए दुर्योधन का जीवित रहना बहुत आवश्यक है।...

कुछ उल्काओं का प्रबंध कर अश्वारोहियों और धावकों के पीछे-पीछे, बाधाओं से लड़ते-भिड़ते और व्यूहों को रौंदते हुए, द्रोण उस जयघोष के स्थान पर पहुँचे। उनका वेग इतना था कि पाण्डव सैनिक उसे दूर से ही अनुभव करने लगे थे।

द्रोण दुर्योधन के रथ के पास पहुँच गए। दुर्योधन भी उठकर बैठ गया। दुर्योधन और द्रोण ने एक सम्मिलित आक्रमण युधिष्ठिर पर किया। पांचाल सैनिक युधिष्ठिर की सहायता को आए, किन्तु द्रोण ने उन्हें नष्ट करने में देर नहीं लगाई।

अब तक अर्जुन और सात्यकि भी आ गए थे। उन्होंने द्रोण पर आक्रमण किया। युधिष्ठिर और भीम भी द्रोण पर झपटे। नकुल, सहदेव, धृष्टद्युम्न, विराट, घटोत्कच, शिखण्डी, कैकेयी राजकुमार, मत्स्य, प्रभद्रक—सब ही द्रोण की दिशा में चल पड़े, जैसे सारी नदियाँ सागर की ओर भागती हैं।

रात का प्रथम प्रहर बीत रहा था। उस भयंकर रात्रि में पता नहीं लगता था कि अश्वों के पंत्रों, रथों के चक्रों, और पैदल सैनिकों के पैरों से उड़ी धूल ने अन्धकार को ढाँक लिया था या अन्धकार ने उस धूल को ढाँक लिया था। उल्काओं से प्रकाश की कोई किरण आती तो आभूषण, मणियाँ और तीक्ष्ण शस्त्रों के चमकने का कुछ आभास होता।

भीम ने द्रोण को देखा तो वह उग्र होकर आगे आया। पर द्रोण तक पहुँचने से पहले ही दुर्योधन के भाई उसके मार्ग में आ गए। भीम उन सबका वध कर, द्रोण की ओर बढ़ा।

कलिंग राजकुमार ने अपना रथ लाकर भीम के रथ के सम्मुख खड़ा कर दिया। उसके पिता का हत्यारा उसके सामने खड़ा था। वह उसको कैसे जीवित देख सकता था। उसने भीम और विशोक पर बाण चलाए।

भीम ने उग्र दृष्टि से कलिंग राजकुमार को देखा। इस अन्धकार में भीम के बाण भटक जाते थे। लक्ष्यवेध हो नहीं रहा था तो इस प्रकार बाण व्यर्थ गँवाने का क्या लाभ। उसने अपना धनुष रख दिया और अपने रथ से उसके रथ पर कूद गया। जब तक कलिंग राजकुमार समझता कि भीम क्या करना चाहता है, भीम ने वज्र के समान कठोर एक मुक्का उसकी नाक पर दे मारा। राजकुमार को सँभलने का तनिक भी अवसर नहीं मिला। भीम के मुक्के इस प्रकार चल रहे थे, जैसे किसी दक्ष धनुर्धारी के धनुष से बाण छूटते हैं। राजकुमार की हड्डियाँ चूर हो गईं। उसके प्राण पखेरू उड़ गए।

कर्ण अपने भाइयों सहित आ गया था। उसने भीम को रोकने के लिए उस पर आक्रमण किया। भीम को कई बाण लगे, किन्तु उसने उन बाणों की कोई चिन्ता नहीं की और वह ध्रव के रथ पर कूद गया। वह भीम पर बाणों की वर्षा करता रहा और भीम ने उसे अपने मुष्टिकाप्रहारों से ही मार गिराया। वहाँ से वह कलिंग राजकुमार जयरात के रथ पर जा कूदा। जयरात उसके पहले थप्पड़ से ही नीचे गिर गया। भीम इतने उत्साह में था कि स्वयं ही आकर कर्ण के सम्मुख खड़ा हो गया। कर्ण ने बाण का प्रयोग न कर एक शक्ति उठाकर भीम पर दे मारी। यद्यपि उस समय भी कुन्ती को दिया हुआ वचन उसका हाथ रोक रहा था; किन्तु भीम को वह इस प्रकार कैसे छोड़ सकता था कि भीम हाथ भी हिलाए तो एक कौरव योद्धा धराशायी हो जाए। भीम ने उछलकर शक्ति को अपने हाथ से पकड़ लिया और वही शक्ति कर्ण पर दे मारी। शकुनि ने बड़ी सावधानी से वह शक्ति अपने बाण से काट दी, अन्यथा कर्ण को वह कोई गम्भीर घाव दे जाती।

भीम की चेतना लौटी। वह अपने शत्रुओं से क्रमशः घिरता जा रहा था। कर्ण के साथ-साथ अन्य कौरव योद्धा भी आ जुटे थे। अब उसे भी अपने रथ में सुरक्षित बैठकर शस्त्र उठाना चाहिए था।

वह अपने रथ में लौट आया। पहले ही बाण में उसने दुर्मद के सारथि को मार दिया। दुर्मद तत्काल दुष्कर्ण के रथ पर जा बैठा।

भीम ने देखा, कर्ण के साथ ही अश्वत्थामा, दुर्योधन, सोमदत्त और बाह्लिक भी आ गए थे। भीम तो सोमदत्त को ही समरभूमि में देखकर चकित हो रहा था और यहाँ बाह्लिक भी आ गए थे। देवपि के पुत्र और शान्तनु के भाई। पितामह भीष्म के भी पितृव्य। क्या अवस्था होगी इनकी? इस अवस्था में तो मनुष्य शक्या से उठकर अपने आँगन में टहल ले तो वही बहुत होता है और ये यहाँ युद्ध करने आ गए। क्यों? क्या आवश्यकता थी? दुर्योधन के प्रेम के कारण? नहीं! कदाचित! भूरिश्रवा का मोह खींच लाया होगा सोमदत्त को; और सोमदत्त के मोह में बाह्लिक आ गए होंगे। वृद्धावस्था में मोह कुछ अधिक ही प्रबल हो उठता है।...कृपाचार्य भी आ गए थे। वे घायल थे। कोई भी वैद्य उन्हें अभी युद्ध से दूर रहने का परामर्श देता; किन्तु वे अपने रथ में खड़े होकर बाण सन्धान कर रहे थे।

भीम को कुछ विनोद सूझा। कुछ ऐसा किया जाए कि ये सब खड़े देखते रहें कि इस जमघट का कोई लाभ नहीं है।

उसने विशोक को संकेत किया। उसका रथ दुष्कर्ण के रथ से सट गया। भीम ने शस्त्र प्रहार न कर पूरी शक्ति से दुष्कर्ण के रथ को लात मारी। रथ उलट गया।

भीम ने कुछ विस्मय से देखा : उसके इस प्रकार प्रहार से रथ कैसे उलट गया?

सम्भवतः उसका रथ अपने रथ से सटते देख दुष्कर्ण का सारथि वैसे ही घबरा गया था। प्रहार तो बहाना हो गया।...किन्तु अब रथ उलट ही गया था और दुर्मद और दुष्कर्ण उसके निकट भूमि से उठने का प्रयत्न कर रहे थे। पता नहीं ये धृतराष्ट्रपुत्र समरभूमि में भी इतने अलंकार धारण कर क्यों आते हैं। इनके पास शस्त्रों से आभूषण अधिक हैं। लगता है, यहाँ भी वे अपनी वेशभूषा से अपने साथ आई नर्तकियों का मन जीतने का प्रयत्न करते हैं। अब उन्हीं आभूषणों में उलझ रहे थे दोनों। भीम ने छलाँग लगाई और उनके निकट पहुँच गया। जब तक कोई समझ पाता कि उसकी योजना क्या थी, उसने अपने मुष्टिकाप्रहारों से दुर्मद और दुष्कर्ण को भूमि से उठने के अयोग्य कर दिया।

कौरव महारथियों के मुख खुले रह गए। भीम का यह कृत्य ऐसा था कि जिस दिशा में उसकी आँखें उठीं, उस ओर के सैनिक तो सैनिक, महारथी भी भाग गए।

तब तक दोनों ओर की सेना के लिए सहायता आ पहुँची थी। द्रोण अपनी सेना के साथ आ गए थे और उन्होंने भीम को घेर लिया था। दूसरी ओर से नकुल, सहदेव, युधिष्ठिर, द्रुपद, विराट्, सात्यकि तथा घटोत्कच आ गए थे।

सात्यकि को अपने सम्मुख देख सबसे पहले सोमदत्त तड़पकर बोले, "महात्माओं तथा देवताओं ने जिस क्षत्रिय धर्म का साक्षात्कार किया है, उसे छोड़कर तुम लुटेरों के धर्म में प्रवृत्त हो गए। कभी सोचा भी है कि कितने नीच हो तुम? क्षत्रिय वीरों के मध्य खड़े होने योग्य भी हो तुम? जो युद्ध से विमुख हो, दीनतापूर्वक शस्त्र त्याग चुका था, उस भूरिश्रवा पर कोई क्षात्रधर्मपरायण विद्वान पुरुष कैसे प्रहार कर सकता है?"

सात्यकि का मुख भी तमतमा गया। कड़ककर बोला, "तो क्षात्रधर्मपरायण विद्वान अपनी कुलवधू को सभा में निर्वस्त्र होते कैसे देख सकते हैं, ऐसे अनोखे क्षत्रिय तो संसार में केवल तुम ही लोग हो। कोई नीच दस्यु भी ऐसा नहीं करता। वे भी स्त्री मात्र की मर्यादा का सम्मान करते हैं। वह न भी कर सकें तो अपनी कुलवधुओं को तुम्हारे समान सार्वजनिक रूप से निर्वस्त्र करने का मनोरंजन नहीं करते। तुमने कभी यह भी सोचा कि तुम्हारा पाप प्रत्यावर्तित होकर आएगा और तुम्हारे सम्पूर्ण कुल का नाश कर जाएगा।"

पर सोमदत्त ने न सात्यकि की बात सुनी, न उसका उत्तर दिया। बोले, "वृष्णियों में दो ही विख्यात महारथी हैं—प्रद्युम्न और तुम। तुम भी ऐसे नीच, कायर और अपदार्थ निकले कि आमरण अनशन पर बैठे, मेरे पुत्र को मार डाला।"

"जब तुम लोगों ने अकेले बालक अभिमन्यु को व्यूह में घेर कर निःशस्त्र कर मिलकर प्रहार किया था, जैसे वह कोई बाड़े में घिरा पशु हो, तब नहीं सोचा था कि दूसरे लोग भी निःशस्त्र पर प्रहार कर सकते हैं।" सात्यकि ने कहा, "अपने लिए तो तुम लोगों को सारी मर्यादाओं के उल्लंघन का अधिकार चाहिए और दूसरों को धर्म का पाठ पढ़ाते हो।"

सोमदत्त का स्वर और भी ऊँचा हो गया, "मैं शपथपूर्वक कहता हूँ कि यदि रात्रि व्यतीत होने से पूर्व ही, तुम्हें तुम्हारे भाइयों और पुत्रों सहित न मार डालूँ, तो यमराज मुझे नरक में स्थान दें।"

सात्यकि के चेहरे पर एक क्रूर हँसी प्रकट हुई, "इस शपथ का क्या अर्थ? कौन तुम्हारे पीछे देखने जाएगा कि तुम नरक में गए अथवा नहीं। अपने

दुष्कर्मों के परिणामस्वरूप तुम्हें वैसे ही सदा के लिए नरक में वास करना चाहिए। अपने लोभ और स्वार्थ के लिए धृतराष्ट्र के अन्धे शासन का समर्थन करने वाले विलासी और अधर्मी लोग और जा भी कहाँ सकते हैं।" सात्यकि ने रुककर उसकी ओर देखा, "मैं तुम्हारे पुत्र के समान शस्त्र त्यागने का नाटक नहीं करता। मैं शस्त्र धारण कर खड़ा हूँ, तुम मुझ पर प्रहार करो, मैं तुम्हें भी तुम्हारे बन्धु-बांधुओं सहित मार डालूँगा।"

सोमदत्त प्रहार करे, उससे पूर्व ही उसकी रक्षा के लिए दुर्योधन ने उसको घेर लिया। उस समय शकुनि भी आ गया था।

सोमदत्त अपने आपे में नहीं था। उसके युद्ध कौशल को उसके क्रोध ने आच्छादित कर रखा था। उसने पहले ही झटके में अनेक बाणों से सात्यकि को ढँक दिया। अनेक बाण सात्यकि के शरीर में आ धँसे।

सात्यकि का क्रोध जैसे उछलकर उसके हाथों में आ गया। उसने अपने धनुष से धारा के रूप में बाण चलाए। सोमदत्त को कोई गम्भीर घाव लगा था। उसके हाथ से धनुष छूट गया और वह रथ की बैठक में आ गिरा।

सोमदत्त को मूर्च्छित देखकर उसका सारथि अपना रथ युद्धक्षेत्र से हटा ले गया।

वृद्ध सोमदत्त की यह अवस्था देखकर द्रोण का मन जैसे पिघल गया। वह युद्ध नहीं कर रहा था, वह तो अपने पुत्र का प्रतिशोध लेने आया था। पर वह यह भूल गया कि सात्यकि उसके वश का नहीं था। इस प्रकार का आत्मघाती युद्ध लड़ने का क्या लाभ, जिसमें तनिक भी सामर्थ्य और युद्ध कौशल न हो। ...तो फिर द्रोण सात्यकि का वध कर ही डालें। प्रातः तो वह भी अर्जुन के ही समान उनको प्रणाम कर उनकी प्रदक्षिणा कर आगे बढ़ गया था। द्रोण उसके पीछे नहीं गए थे। उन्हें अपना व्यूह सँभालना था। फिर सात्यकि अर्जुन की सहायता के लिए जा रहा था। किन्तु अब जयद्रथ मारा जा चुका था। अर्जुन के प्राणों पर कोई संकट नहीं था। सात्यकि ने भूरिश्रवा का वध कर दिया था और शायद सोमदत्त के भी प्राण न बचें। उन्हें सात्यकि बहुत क्रूर लग रहा था। वह ऐसी ही और हत्याएँ भी कर सकता है।

द्रोण ने सात्यकि पर प्रहार किया और उन्होंने देखा कि सात्यकि की सहायता के लिए युधिष्ठिर आ गया है। युधिष्ठिर को सात्यकि पर बहुत भरोसा था, तभी तो उसने भीम से भी पहले सात्यकि को अर्जुन की सहायता के लिए भेजा था। वह सात्यकि का कृतज्ञ भी होगा, उसने अर्जुन की सहायता के लिए बहुत बड़े संकट का सामना किया था।...वैसे भी कृतवर्मा को रोके रखने के लिए सात्यकि ही युधिष्ठिर की ढाल था।

तो पहले युधिष्ठिर ही सही। द्रोण ने युधिष्ठिर पर आक्रमण किया। बाण युधिष्ठिर की बाईं भुजा में लगा। युधिष्ठिर घायल हो गए। अपने राजा को इस प्रकार आहत होते और द्रोण का रौद्र रूप अपने सम्मुख खड़ा देख, पाण्डव सेना भाग चली। वे जानते थे कि धर्मराज, आचार्य को रोक नहीं पाएँगे।

पर अर्जुन का रथ प्रकट होते ही उनकी सेना लौट आई।

अर्जुन सोच रहा था...उसने युधिष्ठिर की बहुत उपेक्षा की थी। द्रोण ने उन्हें जीवित बंदी करने की प्रतिज्ञा कर रखी थी और अर्जुन संशप्तकों से लड़ने चला गया था। एक दिन में वह युद्ध समाप्त नहीं हुआ तो वह दूसरे दिन भी चला गया। फिर जयद्रथ को मारने की अपनी प्रतिज्ञा के कारण भी वह धर्मराज को असुरक्षित छोड़ गया। धर्मराज ने अपनी रक्षा की चिन्ता न करते हुए, सात्यकि और भीम को उसकी रक्षा के लिए भेज दिया था।...अब और अधिक उनको आचार्य की कृपा पर छोड़ना उचित नहीं था। कहीं कोई गम्भीर दुर्घटना ही न हो जाए।...

इस समय आचार्य वैसे ही बहुत उग्र हो रहे थे। जाने दुर्योधन ने उन्हें क्या कह दिया था या वे ही उसे क्या वचन देकर आए थे। नहीं तो सूर्यास्त के पश्चात् युद्ध का क्या अर्थ। पहले दुर्योधन की गजसेना ने आक्रमण किया और फिर नियमित युद्ध ही आरम्भ हो गया। अब उसके रुकने का कोई आभास भी नहीं हो रहा। पाण्डवों को तब तक लड़ना होगा, जब तक दुर्योधन युद्ध बंद नहीं कर देता। पाण्डव युद्ध समाप्ति का एकांगी निर्णय नहीं कर सकते। आचार्य यदि अपनी सेनाएँ लौटा ले जाएँ तो पाण्डव सेनाएँ उन पर आक्रमण नहीं करेंगी।

आचार्य का धनुष मण्डलाकार घूम रहा था और वे किसी तरुण से भी अधिक स्फूर्ति दिखा रहे थे। वैसे अर्जुन समझ रहा था कि उनकी यह स्फूर्ति अनियन्त्रित आवेश की ही देन थी। यह किसी प्रकार का उन्माद ही था, अन्यथा अपनी इस अवस्था में वे इस प्रकार अंग संचालन नहीं कर सकते थे।...और यदि कर सकते थे तो करना नहीं चाहिए था। यदि किसी अस्थि में कहीं कोई दरक भी पड़ गई तो उसे जोड़ना किसी भी वैद्य के लिए सम्भव नहीं होगा।...अर्जुन को अनेक बार यह भय सताता था कि इस अवस्था में ऐसी तीव्र गतिविधि कहीं आचार्य के वृद्ध शरीर को हानि ही न पहुँचाए। अश्वत्थामा को इस बात का ध्यान रखना चाहिए था।...अन्ततः आचार्य वीरगति तो पाएँगे ही। और कोई विकल्प ही नहीं था। अर्जुन उनका वध नहीं करेगा तो कोई और कर देगा। इस युद्ध से वे जीवित बचकर नहीं जाएँगे। या...कहा जाए कि उनके जीवित रहते, दुर्योधन ही इस युद्ध को समाप्त नहीं होने देगा, जैसे उसने पाण्डवों के

पास कुछ भी रहते, द्यूत बंद नहीं होने दिया था।...पर वह और बात है। युद्ध में अपनी अस्थियाँ तुड़वाकर अपंग के समान बिस्तर पर पड़े रहने का कष्ट आचार्य को न ही झेलना पड़े तो अच्छा है।

"गोविन्द!" अर्जुन बोला, "रथ को आचार्य के रथ के निकट ले चलें।"

अर्जुन ने देखा, विशोक भी भीम का रथ आचार्य की ओर ही ले जा रहा था। पांचाल, सृंजय, मत्स्य, चेदि, कारूश और कैकेय योद्धा भी द्रोण के निकट घिर आए थे। अर्जुन, आचार्य की सेना के दक्षिण भाग और भीम उनके वाम भाग की ओर चला गया था। तभी धृष्टद्युम्न और सात्यकि भी आचार्य के सम्मुख आ गए।

अश्वत्थामा ने सात्यकि को देखा तो उसे भूरिश्रवा का वध स्मरण हो आया।

"इसका वध तो अब हो ही जाना चाहिए।" अश्वत्थामा ने कहा और बाण चला दिया।

घटोत्कच ने अश्वत्थामा के बाणों की ही नहीं, स्वयं अश्वत्थामा की गति भी रुद्ध कर दी। उसके बाण अश्वत्थामा की सेना को पीड़ित कर रहे थे। तभी उसकी दृष्टि कर्ण पर पड़ी...इस कर्ण ने आज प्रातः उसके पिता को निःशस्त्र कर अपमानित किया था और उन्हें वीरों से लड़ने के अयोग्य बताया था।

घटोत्कच ने अपने सैनिकों को संकेत किया और कर्ण पर बाणों के साथ ही पत्थर पड़ने लगे। उसके सैनिकों के हाथों में जो कुछ आया, उन्होंने उसे कर्ण की ओर उछाल दिया। कर्ण घायल हो चुका था। वह घटोत्कच की इस माया के सम्मुख नहीं टिका और युद्धक्षेत्र छोड़कर भाग गया।

कर्ण के भाग जाने से अब पुनः घटोत्कच और अश्वत्थामा आमने-सामने थे। अश्वत्थामा उसके बाणों से तनिक भी व्यथित नहीं लग रहा था। उसने पत्थर फेंकने की माया करने वाले उसके सैनिकों को भी भगा दिया था। इसलिए पत्थरों की वर्षा भी समाप्त हो गई थी। घटोत्कच एक से एक भयंकर बाण छोड़ रहा था किन्तु अश्वत्थामा विचलित नहीं हो रहा था। उसने घटोत्कच के सारे बाण काट ही नहीं दिए थे, उसे घायल भी कर दिया था।

अन्ततः घटोत्कच ने व्यथित होकर भयंकर चक्र चलाया; किन्तु अश्वत्थामा ने उस चक्र को भी मार्ग में ही काट गिराया।

लगा कि अश्वत्थामा के सम्मुख घटोत्कच ही नहीं उसकी माया भी जैसे असहाय हो गई है। अपने पिता को संकट में देखकर अंजनपर्वा ने आकर अश्वत्थामा को रोका। पर अंजनपर्वा ने अपने और अश्वत्थामा, दोनों के ही सामर्थ्य का भ्रमित मूल्यांकन किया था। अश्वत्थामा के सम्मुख पड़ना उसके

लिए घातक हो गया। अश्वत्थामा ने पहले तो उसके अश्वों और दो सारथियों को मार डाला। फिर उसके त्रिवेणु को काट डाला। उसके खड्ग के दो टुकड़े कर दिए। अंजनपर्वा ने और कोई उपाय न देखकर अपनी भारी गदा उठाकर दे मारी। अश्वत्थामा ने उसकी गदा भी काट दी। अंजनपर्वा कुछ अपनी रक्षा और कुछ माया की दृष्टि से आकाश की ओर उछला, किन्तु अश्वत्थामा ने उसे ऊपर ही अपने बाणों से बींध दिया।

अंजनपर्वा निष्प्राण होकर भूमि पर आ गिरा।

घटोत्कच जैसे अभी कुछ समझ ही नहीं पाया था कि उसका पुत्र युद्धक्षेत्र में उतरा भी, लड़ा भी, और संसार छोड़कर चला भी गया।...उसकी समझ में ही नहीं आ रहा था कि पुत्रशोक कैसा होता है। उसके उदर के नीचे के किसी भाग में जैसे कोई अनाम-सी पीड़ा हो रही थी। मस्तिष्क जल रहा था और इच्छा होती थी कि इस अश्वत्थामा के अभी टुकड़े कर फेंक दे।

उत्तेजित और दुस्साहसी घटोत्कच अश्वत्थामा की ओर पलटा, "द्रोणपुत्र! खड़े रहो। अब कर्ण के समान समरभूमि छोड़कर भाग मत जाना।"

अंजनपर्वा को मारकर अश्वत्थामा का आवेश कुछ कम हुआ था कि घटोत्कच आ गया। अश्वत्थामा के मन में एक विचित्र-सा अवसाद घिर आया था। उसने घटोत्कच को देखा और बोला, "तुम जाओ घटोत्कच! युद्ध की बहुत लालसा है तो किसी और से लड़ लो। पुत्र के लिए उचित नहीं है कि वह पिता को सताए। मुझे कुपित मत करो, अन्यथा जीवित नहीं बचोगे।"

घटोत्कच अपनी पीड़ा से हँस पड़ा। विचित्र है यह अश्वत्थामा! भीम के पुत्र को अपना पुत्र बता रहा है, और अंजनपर्वा कौन था इसका? उसके विषय में कुछ नहीं सोचा।

"पुत्र के लिए तो उचित नहीं है कि वह पिता को सताए, किन्तु तुम्हारे लिए उचित है कि अपने पौत्र सरीखे अंजनपर्वा को मार गिराओ? पुत्र प्रिय है और पौत्र? और फिर यहाँ तो सब किसी न किसी के पुत्र और पौत्र ही हैं। क्यों लड़ रहे हैं फिर ये सब लोग?" उसका स्वर कुछ ऊँचा हो गया, "द्रोणपुत्र! मैं कायर नहीं हूँ कि तुम्हारी नीचतापूर्ण बातों से डर जाऊँ। मैं भी कुरुवंशी भीम का पुत्र हूँ।"

दुर्योधन ने इधर-उधर दृष्टि घुमाई। उसे सब ओर अपनी सेना भागती ही दिखाई पड़ रही थी। पाण्डवों और पांचालों का हर्षनाद उसके मन में भय की सिहरन जगा जाता था। प्रातः से कितनी ही बार वह द्रोण से प्रार्थना कर चुका था, किन्तु उन्होंने न अपनी नीति बदली और न ही उसके मनोनुकूल युद्ध किया। अब उनके पास जाना व्यर्थ था। वह अड़ियल बुड्ढा उसकी समझ से बाहर होता जा रहा था।...

दुर्योधन ने अपना रथ कर्ण के रथ के पास रुकवाया।

"कर्ण!" दुर्योधन बोला, "मित्रों के कर्तव्यपालन की परीक्षा का उपयुक्त अवसर आ गया है।"

"क्यों, क्या हुआ मित्र?" कर्ण ने प्रसन्न भाव से पूछा।

दुर्योधन मन-ही-मन जलभुन कर रह गया।...इस कर्ण को कुछ दिखाई नहीं देता क्या? देख नहीं रहा कि कौरवों की क्या दुर्दशा हो रही है। पूछ रहा है कि क्या हुआ। जब ऐसे सेनानायक होंगे तो सेना की दुर्दशा तो होनी ही है। सोचता होगा कि त्रिगर्त मर रहे हैं तो उसे क्या? मद्र मर रहे हैं तो उसे क्या? पर यह नहीं सोचता कि मर तो कौरव सेना रही है।...

"क्रोध में भरे हुए पांचाल, मत्स्य, कैकेय तथा पाण्डव महारथी फुफकारते हुए सर्पों के समान भयंकर हो उठे हैं। मेरे सारे महारथी घिर गए हैं। तुम्हें नहीं लगा कि कौरव सेना का कोई रक्षक नहीं है?" दुर्योधन ने पाण्डव सेना की ओर संकेत किया, "वह देखो, पाण्डव और पांचाल अपने विजयगर्व से उत्फुल्ल होकर कैसे सिंहनाद कर रहे हैं।"

कर्ण ने पाण्डव सेना पर दृष्टि डाली। अन्धकार के कारण वहाँ दिख कम रहा था, सुनाई ही अधिक पड़ रहा था। हाँ! पाण्डव सेना की दिशा में हर्ष का उन्माद सुनाई पड़ रहा था।

"चिन्ता मत करो मित्र!" कर्ण बोला, "थोड़ा धैर्य धारण करो। इस अन्धकार में क्या पता चलेगा कि कोई जीता भी है, अथवा अपने भ्रम में हमें भ्रमित करने के लिए चिल्ला ही रहा है। तुम जानते ही हो कि उनका घटोत्कच अपनी माया ऐसे ही फैलाता है।"

कृपाचार्य का रथ उनके पास आकर रुक गया। अश्वत्थामा भी उनके साथ ही था।

कर्ण ने कृपाचार्य को देखा तो उन्हें सुनाकर दुर्योधन से बोला, "मैं सत्य प्रतिज्ञा करता हूँ कि युद्ध में आए हुए पाण्डवों और पांचालों को निश्चय की मार डालूँगा। मुझे तुम्हारा मनभावन करना है, इसी के लिए मैंने यह जीवन धारण कर रखा है। मैं तुम्हें विजय ही नहीं दिलाऊँगा, पाण्डवों को मारकर सारी पृथ्वी का राज्य तुम्हें दूँगा।"

कृपाचार्य ने सुना और जैसे कोई शूल उनके मन में चुभा...कह तो इस प्रकार रहा है, जैसे पृथ्वी का राज्य कोई कंकड़ पत्थर हो कि कोई भी उठाए और किसी की भी हथेली पर रख दे।...लबाड़िया कहीं का...

कर्ण ने कह तो दिया, किन्तु उसके अपने ही मन का कोई कोना जैसे उसकी बात से सहमत नहीं था।...वह दुर्योधन को वचन दे रहा है कि वह

पाण्डवों को मार देगा; और कुन्ती को वचन दिया है कि वह पाण्डवों में से चार का वध नहीं करेगा।...तो वे दोनों प्रतिज्ञाएँ कैसे पूरी हो सकती हैं।...एक पूरी होगी तो दूसरी झूठी हो जाएगी। तो क्या वह चाहता है कि यदि पाँचों पाण्डव मारे जाएँ तो दुर्योधन को दिया हुआ वचन पूरा हो जाए और यदि किसी कारण से वह पाण्डवों को न मार सके तो कुन्ती को दिया हुआ वचन सत्य प्रमाणित हो।...वह तो दोनों ही स्थितियों में सच्चा प्रमाणित हो जाएगा...नहीं! वह यह सोचकर दोनों को वचन नहीं दे रहा है।...पर यदि ऐसा हो भी जाए तो केवल अर्जुन का वध कर ही तो वह पृथ्वी का राज्य दुर्योधन को नहीं दे सकता। उसके लिए तो सारे पाण्डवों और पांचालों को ही नहीं वृष्णिवंशियों का भी वध करना होगा। कर पाएगा वह?...या वह केवल वह सब कह देता है, जो सुनना दुर्योधन को अच्छा लगता है? कुन्ती को दिया गया वचन भी क्या उस समय उसे टालने अथवा सामयिक रूप से सुखी करने का प्रयत्न मात्र था? उसकी प्रतिज्ञा...

"पर यह कैसे सन्भव होगा मित्र!" दुर्योधन का स्वर कुछ हताश था, "युद्ध के इन सारे दिनों में अर्जुन एक दिन भी किसी से पराजित नहीं हुआ है। तुम उसे कैसे पराजित करोगे।"

दुर्योधन का अभिप्राय कर्ण की समझ में आ रहा था। वह उससे पूछ नहीं रहा था कि वह अर्जुन को कैसे पराजित करेगा, वह तो अपनी निराशा प्रकाट कर रहा था। अपना निर्णय सुना रहा था कि कर्ण अर्जुन को पराजित नहीं कर पाएगा।

कर्ण का अहंकार कुछ ऐसा पीड़ित हुआ कि उसने कृपाचार्य और अश्वत्थामा की उपस्थिति की भी चिन्ता नहीं की। कुछ आवेश में बोला, "आज मैं इन्द्र की दी हुई अमोघ शक्ति वैजयंती, अर्जुन पर छोड़ दूँगा। अर्जुन के मारे जाने पर उसके सारे भाई तुम्हारे वश में हो जाएँगे, या स्वयं ही वन में चले जाएँगे। उन्हें मारने की आवश्यकता भी नहीं पड़ेगी। मैं पांचालों, कैकयों, वृष्णिवंशियों के टुकड़े-टुकड़ कर यह सारी पृथ्वी तुम्हें दे दूँगा।"

कृपाचार्य को कर्ण का यह सब कहना बहुत अखर रहा था। उनके मन में दो ही चित्र उभर रहे थे...पहला किसी चाटुकार द्वारा अपने स्वार्थ के लिए अपने राजा के सम्मुख झूठ पर झूठ बोलते चले जाना; और दूसरा किसी असमर्थ पिता द्वारा अपने अबोध बालक को झूठे आश्वासनों के द्वारा बहलाना।...पर कर्ण वैसा असहाय पिता नहीं था और न ही दुर्योधन वैसा अबोध बालक था।...यह कर्ण धूर्त्तता कर रहा था और दुर्योधन को बहका रहा था।...सारे पाण्डवों, पांचालों, कैकेयों, मत्स्यों और वृष्णियों को मारने की बात कोई योद्धा सोच-समझकर

नहीं कह सकता।...और पृथ्वी का राज्य दुर्योधन को देने का वचन तो कोई विक्षिप्त भी नहीं दे सकता। आज कर्ण की चाटुकारिता कुछ अधिक ही बढ़ गई थी...या यह उसका अहंकार था? क्या वह सचमुच यह मानने लगा था कि वह इन सारे योद्धाओं को युद्ध में जीत सकता है?...

कृपाचार्य स्वयं को रोक नहीं पाए। बोले, "बातें बनाने से ही पृथ्वी का साम्राज्य मिल जाता, तो तुम जैसा सहायक पाकर कुरुराज दुर्योधन कृतार्थ हो जाते। बोलते तुम बहुत हो किन्तु तुम्हारा पराक्रम कभी दिखाई नहीं पड़ता। रणभूमि में पाण्डवों से तुम्हारा अनेक बार आमना-सामना हुआ है, पर सर्वत्र तुम ही परास्त हुए हो। पाण्डवों से सामना न हो तो भी क्या करते हो तुम। घोषयात्रा के समय सारी सेना गन्धर्वों से युद्ध कर रही थी और तुम भाग गए थे। विराटनगर में अकेले अर्जुन ने ही हम सबको परास्त कर दिया था। कहाँ थे तुम तब? अपने ब्रह्मचारी जीवन में भी तुम गुरुकुल में सदा स्वयं को अर्जुन से श्रेष्ठ बताते रहे किन्तु सिद्ध कभी नहीं कर पाए।"

कर्ण स्तब्ध-सा सब सुनता रहा...हस्तिनापुर की रंगशाला में भी, जब कर्ण ने अर्जुन को ललकारा था, तो इसी कृपाचार्य ने उसकी जाति पूछी थी।...वह क्यों हर बार उसके आड़े आता है?...

कृपाचार्य ने उसकी ओर देखा तो जैसे बिना सोच-समझे ही उनके मुख से निकल गया, "क्या चाहते हो तुम?"

कृपाचार्य ने उसे घूरकर देखा। वह उन्हें 'तुम' कह रहा था। उद्दण्ता की चरम सीमा भी पार कर गया था वह। वह उन शिष्यों में से था जो गुरुकुल से निकलते ही अपने गुरु को भी आँखें दिखाने लगते थे।...पर जो शिष्य गुरु से अपना सम्बन्ध न माने, उसे कहा भी क्या जा सकता है। कर्ण में कृतज्ञता नहीं है। वह केवल दुर्योधन का ही कृतज्ञ है कि उसने उसे अंगराज घोषित कर दिया। पता नहीं कृतज्ञता है, अथवा दुर्योधन से चिपके रहने का एक बहाना मात्र।

"चुपचाप युद्ध करो।" कृपाचार्य कुछ आवेश में बोले, "बातें बहुत करते हो। कुछ करना तुम्हारे वश का नहीं है। जब तक अर्जुन सामने नहीं है, गर्जना कर लो। अर्जुन के सम्मुख आते ही सिट्टी-पिट्टी गुम हो जाती है तुम्हारी। अर्जुन से सदा अनावश्यक स्पर्धा की है तुमने। दुर्योधन का सहारा लेकर सदा पाण्डवों का अपमान करने का प्रयत्न किया है। शरद के मेघों के समान व्यर्थ गर्जना करते हो, बरसते कभी नहीं। पर दुर्योधन समझता ही नहीं है कि कर्ण केवल वाग्वीर है। बातें ही बना सकता है। तुम्हारी बातों ने उसके कान सी दिए हैं और मस्तिष्क स्तब्ध कर दिया है।"

कर्ण के मन में आया कि वह उन्हें स्मरण दिला दे कि अब वह उनके गुरुकुल का ब्रह्मचारी नहीं है कि वह उसे उपाध्याय के समान डाँट रहे हैं। गुरुकुल छोड़े एक युग बीत गया है। जब वह उनके गुरुकुल में शिक्षा ग्रहण कर रहा था, तब भी उसने उन्हें कभी अपना गुरु नहीं माना। वे राजा के उस गुरुकुल में केवल एक शिक्षक थे। जब वे तब उसका कुछ नहीं बिगाड़ सके तो अब क्या बिगाड़ लेंगे। वे दोनों एक-दूसरे को भली प्रकार जानते हैं। उन दोनों का कभी तादात्म्य नहीं हुआ। कभी अनुकूल नहीं रहे वे एक-दूसरे के। वह उनका प्रिय छात्र कभी नहीं रहा; और उसे भी वे कभी अच्छे नहीं लगे।

कर्ण का आक्रोश कुछ इस प्रकार बढ़ा कि उसके मस्तिष्क में कोई तर्क नहीं उपजा। बोला, "विप्रवर! मैं कृष्ण और सात्यकि सहित सारे पाण्डवों को युद्ध में मारने का निश्चय कर, गरज रहा हूँ, तो आपके पेट में शूल क्यों उठ रहा है? क्या कष्ट है आपको? मैं अब भी कह रहा हूँ कि मैं अर्जुन, सात्यकि और कृष्ण को मारकर पृथ्वी का राज्य दुर्योधन को दे दूँगा।..."

कृपाचार्य ने ध्यान दिया, कर्ण ने उन्हें इस बार 'तुम' नहीं कहा था, पर वह उन्हें 'गुरु' न कहकर 'विप्र' कह रहा है। विप्र—जो चिन्तन कर सकता है, युद्ध नहीं कर सकता। इतने तटस्थ सम्बोधन का क्या अर्थ? वह उनसे अपने सम्बन्ध को स्वीकार नहीं कर रहा।...

"तुम कृष्ण को मारोगे?" कृपाचार्य वितृष्णा से हँस दिए, "निरर्थक प्रलाप कर रहे हो तुम। विजय उसी पक्ष की होगी, जिस पक्ष की ओर से युद्धविशारद श्रीकृष्ण और वीरवर अर्जुन लड़ रहे हैं। धर्मराज युधिष्ठिर युद्ध त्याग दें और एक रोषभरी दृष्टि भी डालें तो इस पृथ्वी को भस्म कर दें। तुम उन सबको जीतकर पृथ्वी का राज्य दुर्योधन को दे दोगे, जैसे पृथ्वी का राज्य तुम्हारी सम्पत्ति ही तो है।"

कर्ण ने कृपाचार्य को एक कंटकित दृष्टि से देखा और अपने शब्दों को चबाता हुआ, उनका परिहास-सा करता हुआ बोला, "बाबा जी! आज मैं अर्जुन पर वैजयंती छोड़ दूँगा। अब उसे और सँभालने की आवश्यकता नहीं है, न ही अर्जुन के वध को टालने का कोई लाभ है।"

कृपाचार्य कुछ नहीं बोले।...तो कर्ण अपने प्रयत्न में सफल हो गया है। बहुत दिनों से वह इस प्रयत्न में लगा हुआ था कि किसी प्रकार वह इन्द्र से वैजयंती प्राप्त कर ले। पर कैसे प्राप्त कर ली उसने? किसके माध्यम से? चाटुकारिता की तो कोई सीमा नहीं है। उसने अपनी त्वचा छील कर तो नहीं दी होगी, किन्तु उसी प्रकार का कोई कार्य किया होगा।...बहुत दानवीर बनाकर प्रस्तुत किया गया है कर्ण को—कहते हैं कि कर्ण के लिए ब्राह्मण को कुछ भी अदेय नहीं था। पर कृपाचार्य ने उसे उसके शैशव से देखा है। कृपाचार्य भी

तो ब्राह्मण ही हैं। द्रोण भी तो ब्राह्मण हैं। कैसा व्यवहार था कर्ण का उनके प्रति। जिसे अपना गुरु मानकर वह गया था परशुराम के पास, वे भी ब्राह्मण ही हैं। उनके प्रति कैसा व्यवहार था उसका—झूठ बोल कर उनसे उनके ज्ञान का हरण करने गया था। इतना ही सम्मान था उसके मन में गुरु के प्रति और ब्राह्मण के प्रति। कभी उन्हें 'तुम' कहकर अपमानित करने का प्रयत्न करता है, कभी विप्र और कभी बाबा जी कहकर...

पर...पर यदि उसके पास वैजयंती है तो उसने उसका प्रयोग क्यों नहीं किया? आज दिन में भी कितनी ही बार वह अर्जुन के सम्मुख से हार कर भागा है?...उसके पास वैजयंती है ही नहीं, या फिर उसने उसे किसी अति विशिष्ट अवसर के लिए सँभाल कर रखा था? इस समय इस सारी चर्चा से वह उन्मत्त हो उठा था और वैजयंती की चर्चा कर बैठा था?...

24

अर्जुन को लग रहा था कि कृष्ण अपना रथ कर्ण से बचाए-बचाए घूम रहे हैं। अर्जुन को कुछ आश्चर्य हुआ।

"केशव! कर्ण पाण्डव सेना का संहार कर रहा है।" उसने कहा, "उसकी उपेक्षा करते रहेंगे तो हमारी सेना की बहुत हानि होगी।"

कृष्ण मुस्कराए, "सत्य है; किन्तु इस समय तुम्हारा उससे भिड़ना हितकर नहीं है। वह दिन भर में बहुत पिटा है, बहुत पराजित हुआ है, बहुत अपमानित हुआ है। उसे भी कुछ देर अपने अहंकार की तुष्टि कर लेने दो।"

अर्जुन को कृष्ण की बात समझ में नहीं आई। अनेक बार कृष्ण उसकी बुद्धि से परे चले जाते हैं। उनके मन की थाह पाना बहुत कठिन है। जाने वे कितने स्तरों पर देखते और कितने धरातलों पर सोचते हैं। वैसे तो अर्जुन यह मानकर भी चुप रह सकता था कि कृष्ण कह रह हैं तो इस समय कर्ण को भूल जाने में ही कोई हित होगा; किन्तु कर्ण को युद्धक्षेत्र में इस प्रकार उन्मुक्त छोड़ देना तो किसी भी समस्या का समाधान नहीं था।...

"अपनी सेना का नाश करवा, कर्ण की क्षतिपूर्ति आवश्यक है क्या?"

"नहीं! मैं उसकी क्षतिर्पूर्ति नहीं करवा रहा।" कृष्ण हँसे, "मैं तो केवल इतना चाहता हूँ कि हमें कर्ण के सामर्थ्य का पता चल जाए।"

"क्यों, क्या अभी तक हमें उसके सामर्थ्य का पता नहीं लगा?"

"तुम्हें स्मरण होगा अर्जुन! कि युद्ध से पूर्व ही कर्ण द्वारा इन्द्र से शक्ति प्राप्त करने की एक कथा बहुत प्रचारित हुई थी।"

"किन्तु हमने उसका कभी विश्वास नहीं किया। जब कवच ही नहीं देखा, तो उस शक्ति का विश्वास कैसे करें।" अर्जुन हँसा, "दिव्य कवच के होते हुए भी युद्ध से भागता रहा तो फिर कर्ण के समान भीरु कौन होगा।"

"ठीक कहते हो।" कृष्ण बोले, "पर इस कथा के पीछे कुछ थोड़ा-सा सत्य भी है।"

"सत्य?"

"सत्य यह है कि कर्ण अपनी त्वचा बेच कर भी कोई ऐसा शस्त्र पा लेना चाहता है, जिससे वह तुम्हारा वध कर सके।" कृष्ण बोले, "मुझे कुछ ऐसा आभास हो रहा है कि कर्ण के पास वैसा कोई शस्त्र आ गया है।"

"उसके पास ऐसा शस्त्र होता तो वह जयद्रथ को मरने नहीं देता।" अर्जुन ने कहा, "जब वह भीम से बार-बार पराजित हो रहा था, वह तब उसका प्रयोग अवश्य करता। जिस समय वह भीम को अपमानित कर रहा था और मैं भीम की रक्षा के लिए पहुँचा था, वह तब भी उसका प्रयोग कर सकता था। अन्तिम समय में जब वे छह योद्धा जयद्रथ की रक्षा का प्रयत्न कर रहे थे, वह तब भी उसका प्रयोग कर सकता था। उसके पास वैसा कोई शस्त्र होता, तो जयद्रथ के वध के पश्चात् भी वह उसका प्रयोग मुझ पर कर सकता था।...पर जब वह सब कुछ नहीं हुआ तो इसका स्पष्ट अर्थ है कि उसके पास वैसा कोई शस्त्र नहीं है और वह कथा असत्य है।"

"तुम्हारा तर्क ठीक है। तब तक उसके पास वह शस्त्र नहीं था। होता तो वह अवश्य ही उसका प्रयोग तुम पर करता।" कृष्ण मुस्कराए, "किन्तु तुम्हारा ध्यान इस ओर नहीं गया कि जयद्रथ के वध जैसी पराजय के पश्चात् भी कौरव इस रात्रि के अन्धकार में युद्ध क्यों चलाए चल रहे हैं? इस पराजय के पश्चात् तो उन्हें चुपचाप अपने शिविर में लौट जाना चाहिए था। गम्भीरता से विचार करना चाहिए था कि उन्हें यह युद्ध आगे चलाना चाहिए अथवा नहीं।"

अर्जुन ने कृष्ण की ओर देखा। वे ठीक ही कह रहे थे, उसका ध्यान उस ओर नहीं गया था।

"मैं देखना चाहता हूँ कि उनके पास ऐसा कौन-सा बल है, जिसके सामर्थ्य पर वे दिन भर की क्लांत सेना को इस रात्रि में भी लड़ा रहे हैं।"

"क्या आपके पास कोई निश्चित सूचना है?"

"नहीं! कुछ आभास है और शेष अनुमान ही है।" कृष्ण बोले, "मैं चाहता हूँ कि मेरे इस आभास की कुछ पुष्टि हो ले। कर्ण किसी ऐसे संकट में पड़ ले, जिसमें से उसके प्राण किसी भी प्रकार न बच सकते हों—भाग कर भी नहीं।"

अर्जुन ने एक गम्भीर दृष्टि कृष्ण पर डाली। कृष्ण का तात्पर्य उसकी समझ में आ रहा था।

"आपका विचार है कि उसके पास ऐसा शस्त्र है; किन्तु वह उसे उस समय के लिए बचाए हुए है, जब उसके पास अपने प्राणों का वास्तविक संकट हो? किसी दूसरे की रक्षा के लिए वह उसका उपयोग नहीं करेगा?"

"यदि वह संकट से भाग सके तो कदाचित् अपने प्राणों के लिए भी नहीं करेगा; और दुर्योधन की विजय के लिए तो कभी भी नहीं करेगा।"

अर्जुन मौन रहा।

"तुम सहमत नहीं हो?"

"अभी सहमति और असहमति की बात नहीं कह सकता; किन्तु सोच रहा हूँ कि जिस सेना की रक्षा का दायित्व मुझ पर है, उसकी रक्षा न कर मैं स्वयं को बचाता रहूँ और देखता रहूँ कि कौन अपने प्राणों पर खेल कर कर्ण का वह शस्त्र निकलवाता है, जिससे मेरे प्राणों को संकट है।" अर्जुन बोला, "यह तो अधम कोटि का स्वार्थ होगा!"

कृष्ण हँसे। अर्जुन ने उनकी ओर देखा तो कृष्ण उसे अश्वों की वल्गा थामे हुए बैठे दिखाई नहीं दिए। उसको कुछ ऐसा आभास हुआ कि उनका आकार युद्ध के पहले दिन के ही समान विराट हो गया था। उनके सहस्रों मुख हो गए थे, जिनमें से अनेक में से अग्नि निकल रही थी और कुरुक्षेत्र की समरभूमि से योद्धाओं की भीड़ की भीड़ उन मुखों में समाती जा रही थी। कुछ उनमें प्रवेश करने को खड़े थे, कुछ उन मुखों की दाढ़ी के नीचे दबे हुए थे। कुछ...

"मैं समझ गया केशव! जिसने जन्म लिया है, उसकी मृत्यु निश्चित है।" अर्जुन बोला, "किन्तु ये सारे योद्धा मेरे आश्रित हैं। मैं उनका रक्षक हूँ। यदि मैं अपनी रक्षा के लिए छिपता रहूँगा और उनको मरते देखता रहूँगा तो मेरे क्षत्रिय धर्म की रक्षा कैसे होगी?"

"तुम अपनी सेना के रक्षक हो और मैं तुम्हारा रक्षक हूँ। धर्मराज ने तुम्हें महासेनापति धृष्टद्युम्न का रक्षक नियुक्त किया था और मुझे तुम्हारा।" कृष्ण बोले, "किन्तु वह एक पृथक् बात है। वस्तुतः तुम सेना को खण्डों में बाँट कर व्यक्ति के रूप में सोचते हो, तुम्हें पूरी सेना को एक जीवन के रूप में कल्पना कर, समग्र रूप में चिन्तन करना चाहिए।"

"मैं समझा नहीं केशव!"

"क्या कभी सोचा है कि वक्ष की रक्षा के लिए तुम अपने हाथों को किस प्रकार संकट में डालते हो?" कृष्ण बोले, "सोचा है कि शरीर को उठाए रखने का सारा बोझ अपनी टाँगों पर ही डालते हो? हाथों के बल तो कभी खड़े नहीं रहते।"

"नहीं! ऐसा नहीं सोचता। खाता तो मुख है किन्तु लड़ते हाथ हैं।" अर्जुन बोला।

"वैसे ही सेनापति पूरी सेना को एक शरीर मानकर चलता है। इसका निणर्य वह करता है कि कौन हाथ है, कौन पैर, कौन वक्ष और कौन केश।" कृष्ण बोले, "हम धर्मराज की रक्षा के लिए किसी भी योद्धा की बलि दे सकते हैं। दे सकते हैं या नहीं?"

"दे सकते हैं।"

"वैसे ही मैं तुम्हारे विषय में भी सोचता हूँ।" कृष्ण मुस्कराए, "मान लो कि कर्ण के पास वैजयंती आ गई है। अपनी सेना की रक्षा के लिए तुम उससे युद्ध करने गए तो वह तुम्हारा वध कर देगा। उसके पश्चात् कौन बचाएगा पाण्डव सेना को कर्ण से?...और यदि कोई और योद्धा उसे इतने संकट में डाल दे कि वह वैजयंती चलाने को बाध्य हो जाए, तो उस योद्धा के प्राण तो जाएँगे, किन्तु उसके पश्चात् कर्ण तुम्हारा सामना नहीं कर पाएगा और पाण्डव सेना सदा के लिए सुरक्षित हो जाएगी।" उन्होंने रुककर अर्जुन की ओर देखा, "इसे तुम स्वार्थ कहोगे, कायरता कहोगे अथवा युद्धनीति? यह क्षात्रधर्म का पतन है अथवा सैन्य-संचालन की दक्षता?"

धृष्टद्युम्न का रथ नष्ट हो गया। क्षण भर के लिए वह किंकर्तव्यविमूढ़-सा खड़ा रह गया। रात के इस अन्धकार में यह भी पता नहीं लगता था कि युद्धक्षेत्र में कौन कहाँ है। कहीं उल्काओं का प्रकाश था और कहीं विभिन्न वाहिनियाँ अन्धकार में ही व्यूह बनाए बैठी थीं। जहाँ उल्काएँ थीं भी, वहाँ भी ध्वज दिखाई नहीं देते थे कि कोई समझ सके कि किसका रथ कहाँ था।

कर्ण की ओर बढ़ने के स्थान पर धृष्टद्युम्न अन्धकार का लाभ उठाकर वृक्षों के पीछे दुबक गया। उसे यहाँ छुपे नहीं रहना था। यह तो केवल वाहिनियों और योद्धाओं की स्थिति जानने मात्र के लिए था। अपने पक्ष के किसी योद्धा का रथ दिखाई देते ही वह उसके निकट चला जाएगा।

कुछ ही देर में सहदेव का रथ दिखाई दिया। धृष्टद्युम्न उसकी ओर भागा।

सहदवे के पार्श्वरक्षकों ने अपनी उल्काएँ ऊपर उठाईं, "कौन है?"

धृष्टद्युम्न उनके सम्मुख आ गया।

"क्षमा करें सेनापति!"

"कोई बात नहीं।" धृष्टद्युम्न रथारूढ़ हुआ।

"हमें सूचना मिली थी कि आपका रथ नष्ट हो गया है।" सहदेव ने कहा, "वस्तुतः मैं आपको खोज ही रहा था। आपके सैनिक कहाँ गए?"

"सम्भव है धर्मराज की सेना में जा मिले हों।" धृष्टद्युम्न ने कहा।

सहसा धृष्टद्युम्न को लगा कि उसने अब तक अपनी ओर ध्यान नहीं दिया था। वह बहुत थका हुआ था। उसे विश्राम की बहुत आवश्यकता थी। पर युद्ध में विश्राम...।

"मेरा विचार है सहदेव! मुझे धर्मराज के निकट पहुँचा दो। वहाँ से नया रथ लेकर मैं कर्ण पर आक्रमण करना चाहता हूँ।" धृष्टद्युम्न ने कहा, "वह हमारे लिए महाकाल सिद्ध हो रहा है। दूसरी ओर द्रोण हैं। दोनों ही इस समय बहुत प्रचण्ड हो रहे हैं। कर्ण को न रोका गया तो वह और द्रोण पाण्डव सेना को नष्ट कर देंगे।"

धर्मराज ने सब कुछ सुना।

"नहीं! तुम कर्ण से युद्ध मत करो महासेनापति! इस समय वह तुम्हारे लिए घातक है। पूरे दिन और आधी रात के इस युद्ध के पश्चात् हम सब इतने थक गए हैं, किन्तु कर्ण और भी प्रचण्ड हो उठा है। लगता है जैसे वह भी निशाचरों में से ही एक है।"

"पर उस निशाचर को भी रोकना तो होगा धर्मराज!"

"ठीक कहते हो राजकुमार! किन्तु आत्महत्या का कोई लाभ नहीं है।" युधिष्ठिर बोले, "दुर्योधन अपने लाभ के लिए युद्ध चलाए चल रहा है, अन्यथा अन्धकार के साथ ही सेनाओं को अपने शिविरों में लौट जाना चाहिए था। युद्ध की सारी मर्यादाओं का हनन कर दुर्योधन ने अन्धकार के पश्चात् भी हमारी सेना पर आक्रमण किया है। पता नहीं क्यों आचार्य भी उसी दुर्बुद्धि की इच्छानुसार चल रहे हैं। ऐसे में हम उनके वचन का क्या विश्वास करें। यदि हम एकांगी युद्धविराम कर, शिविर में लौट जाते हैं और वे युद्ध बंद नहीं करते तो हमारी और भी हानि होगी। सम्भव है कि वे युद्धभूमि और शिविर की मर्यादा का भी पालन न करें और हमें युद्धभूमि में न पाकर हमारे शिविर पर आक्रमण कर दें।"

"तो क्या सोचते हैं आप?" सहदेव ने पूछा।

"हमारे सैनिक जिस प्रकार भाग रहे हैं, उससे स्पष्ट है कि वे बेचारे बहुत थक गए हैं और इस अन्धकार में कर्ण और द्रोण की प्रचण्डता का सामना करने में असमर्थ हैं। ऐसे में उन्हें युद्ध के लिए बाध्य करना अत्याचार है।" युधिष्ठिर ने कहा, "मैं तो स्वयं भी समरभूमि से हट जाने का विचार कर रहा हूँ, पर अभी इस बात से आश्वस्त नहीं हूँ कि दुर्योधन हमारे शिविर पर भी आक्रमण नहीं करेगा।"

तभी अर्जुन का रथ दूर से उनकी ओर आता दिखाई दिया।

"अर्जुन!" रथ निकट आने पर युधिष्ठिर ने पुकारकर कहा, "कर्ण को देखो। इस आधी रात में भी वह सूर्य के समान तप रहा है। उसके बाणों से घायल होकर अनाथों के समान चीखते-चिल्लाते तुम्हारे सहायक बन्धुओं का आर्तनाद निरन्तर सुनाई पड़ रहा है। मैंने धृष्टद्युम्न को रोक लिया है। तुमको कर्ण के वध के लिए जो समयोचित कर्तव्य जान पड़े वही करो।"

कृष्ण और रुके नहीं। वे रथ को आगे बढ़ा ले गए।

"धर्मराज इतने भीरु तो नहीं हैं किन्तु आज वे कर्ण के पराक्रम से कुछ भयभीत हो गए लगते हैं।" अर्जुन बोला।

"प्रातः से युद्ध करते हुए थक भी गए हो सकते हैं।" कृष्ण ने कहा।

"जो भी हो, समरभूमि में कर्ण जिस प्रकार निर्भय विचर रहा है और भागते हुए श्रेष्ठ रथियों पर पीछे से बाणवर्षा कर उनको अपमानित कर रहा है, उसे मैं सहन नहीं कर सकता।" अर्जुन बोला, "आप रथ उसी के सम्मुख ले चलिए। आज या तो मैं उसे मार डालूँगा या वह ही मुझे मार डाले।"

"तुम्हें आवेश में देखता हूँ तो जैसे मैं तृप्त हो जाता हूँ। यही तो चाहता रहा हूँ मैं कि तुम सच्चे क्षत्रिय के समान अपने सात्विक रजोगुण को धारण करो।" कृष्ण मुस्कराए, "किन्तु युद्ध के उन्माद में भी सोचो, विचार करो।"

"क्या विचारूँ केशव! युद्ध का समय कर्म का समय होता है, विचार का नहीं।"

"पर कोई कर्म बिना विचार के नहीं होना चाहिए। शत्रु की नीति पर विचार किए बिना युद्ध नहीं करना चाहिए।" कृष्ण बोले, "विचार करो कि युद्ध में से सबसे पहले भाग जाने वाला कर्ण आज युद्धभूमि छोड़ना ही नहीं चाहता। क्यों? अकस्मात् ही ऐसा क्या हो गया है कि कर्ण इतना वीर हो गया है? जयद्रथ के वध से पहले उसका व्यवहार कुछ और था और इस समय उसका व्यवहार कुछ और है।"

अर्जुन उनकी बात समझ रहा था किन्तु...

"युद्ध के लिए लगातार मचलने पर भी स्वयं को दुर्बल पाने वाला व्यक्ति जब कोई ऐसा शस्त्र पा जाता है, जिससे वह स्वयं को शत्रु से प्रबल मानने लगता है तो वह प्रतीक्षा नहीं कर सकता। कल के लिए भी नहीं। वह तत्काल युद्ध चाहता है।" कृष्ण बोले।

"पर यदि उसके पास वैजयंती है तो युद्ध के पहले से होगी। यह कथा तो युद्ध के पूर्व से चल रही है।"

"ठीक कहते हो। चर्चा थी किन्तु कर्ण का व्यवहार उसके अनुरूप नहीं था।" कृष्ण बोले, "सम्भव है कि वैजयंती प्राप्त करने का प्रयत्न युद्ध आरम्भ होने से पहले से ही चल रहा हो। उसका शुल्क, उसका मूल्य निश्चित हो रहा हो।"

अर्जुन ने कुछ कहा नहीं। कृष्ण की ओर देखता भर रहा।

"दिव्यास्त्रों को प्राप्त करने के लिए अनेक माध्यम हैं धनंजय!" कृष्ण बोले, "और अनेक सोपान भी।"

"जैसे?"

"तपस्वी लोग अपनी तपस्या से दिव्यास्त्र प्राप्त करते हैं। कुछ लोग दिव्यास्त्रों की चोरी करते हैं।" कृष्ण ने कहा, "कुछ उसके लिए मूल्य चुकाते हैं। युद्ध से पहले तुमने कथा सुनी थी कि कर्ण ने इन्द्र को अपना दिव्य कवच कुतरकर दे दिया है। फिर भी उसके शरीर पर किसी को कोई घाव नहीं दिखा। रक्त नहीं बहा कर्ण का। मैंने आज थोड़ी देर पहले सुना है कि कर्ण को वैजयंती उसके कुण्डलों के विपर्यय में मिली है। इसका अर्थ है कि कुण्डल बहुत मूल्यवान रहे होंगे। हमने कभी उनका कोई मूल्य नहीं आँका। न कभी जानना चाहा कि वे कुण्डल उसे कहाँ से प्राप्त हुए हैं किन्तु आज लगता है कि वे अत्यधिक मूल्यवान रहे होंगे, अन्यथा कुण्डलों के मूल्यों के रूप में दिव्यास्त्र नही मिला करते।"

"और दिव्यास्त्रों के मिलने के सोपान?"

"कभी चर्चा हो रही होती है, कभी भाव तौल, कभी अस्त्र लाने के लिए कोई जाता है और कभी अस्त्र वहाँ से भेजा जाता है।" कृष्ण रुके, "बहुत सम्भव है कि वैजयंती की चर्चा युद्धारम्भ से पूर्व आरम्भ हुई हो, वहाँ से भेजी युद्ध के मध्य गई हो और वह कर्ण के हाथों में पहुँची आज हो।"

"तभी, वह उसकी घोषणा तो करता रहा है किन्तु उसका प्रयोग उसने कभी नहीं किया।" अर्जुन बोला, "पर इसका भी क्या प्रमाण है कि इस समय उसके पास वैजयंती है?"

"इसका परीक्षण होना चाहिए।" कृष्ण बोले।

"पर कैसे?"

"इस समय तुम्हारा कर्ण से भिड़ना ठीक नहीं है। घटोत्कच के पास दिव्यास्त्र भी हैं और राक्षसी माया भी।" कृष्ण ने कहा, "उसमें शारीरिक बल भी है और अस्त्र कौशल भी। राक्षस है तो उसे रात्रि युद्ध का अभ्यास भी है। उसे कर्ण का सामना करने दो। वह कर्ण को जय कर सकता है। यदि कर्ण के पास वैजयंती होगी तो वह उसको प्रकट किए बिना नहीं रहेगा। उस बीच आचार्य द्रोण को रोकने के लिए तुम्हारी आवश्यकता है।"

कृष्ण ने अर्जुन की सहमति की प्रतीक्षा नहीं की। वे रथ को घटोत्कच के निकट ले आए।

"घटोत्कच! तुम्हार बन्धु संकट में है। तुम्हारे पराक्रम करने का समय आ गया है।" कृष्ण बोले, "कर्ण पाण्डवों की सेना के श्रेष्ठ क्षत्रियों को नष्ट करता जा रहा है। दूसरी ओर द्रोण हैं। उन दोनों को तुम और अर्जुन ही रोक सकते हो। मैं चाहता हूँ कि द्रोण को अर्जुन रोकें और कर्ण को तुम। ठीक है?"

"ठीक है केशव!" घटोत्कच हँसा, "मुझे द्रोण से प्राणों का संकट है, धनंजय को कर्ण से। फिर आचार्य के पास जितने दिव्यास्त्र हैं, मेरे पास नहीं हैं। उनका सामना तो धनंजय ही कर सकते हैं।"

"तुमने तो बहुत दूर तक देख लिया घटोत्कच!" कृष्ण हँसे, "किन्तु कर्ण इस समय सूर्य के समान तप रहा है और धर्मराज उससे भयभीत हैं। तुम रात्रि युद्ध में उससे प्रबल सिद्ध हो सकते हो। पर उसके पास इन्द्र की दी हुई कोई अमोघ शक्ति भी बताई जा रही है, जिसे उसने अर्जुन के लिए बचाकर रखा है।"

"या तो वह स्वयं को बचा ले फिर उस अमोघ शक्ति को।" घटोत्कच जोर से हँसा, "यदि मुझसे युद्ध करते हुए भी उसे बचाकर रखेगा तो धनंजय पर उसका प्रहार करने के लिए, वह स्वयं नहीं बचेगा; और यदि मुझ पर उसका प्रहार करेगा तो धनंजय पर प्रहार करने के लिए शक्ति नहीं बचेगी।" घटोत्कच ने अपने सारथि विरूपाक्ष को रथ हाँकने का संकेत किया, "दोनों ही स्थितियों में धनंजय सुरक्षित हैं।"

"दुःशासन! यह घटोत्कच जिस गति से कर्ण पर आक्रमण कर रहा है, वह हमारे लिए घातक हो सकता है। आचार्य भी कर्ण की रक्षा के लिए चिन्तित नहीं होंगे।" दुर्योधन ने चिन्तित स्वर में कहा, "जाओ, इस घटोत्कच को रोको। कर्ण की रक्षा करो। कहीं हमारे प्रमाद के कारण कर्ण मारा ही न जाए।"

दुःशासन चल पड़ा। कर्ण की उसे भी चिन्ता रहती थी, यद्यपि वह मानता था कि कर्ण अब पहले जैसा पाण्डव विरोधी नहीं रह गया था। वह बहुत कोमल हो गया लगता था उनके प्रति। फिर भी कौरव सेना के लिए वह बहुत आवश्यक था। पितामह ने तो उसे युद्ध से बाहर ही रखा था, आचार्य भी उसे कोई बहुत महत्त्व नहीं देते थे। यह बुड्ढा द्रोण सदा चिड़चिड़ाया ही रहता है। किसी की रक्षा की बात करो तो खौंखिया कर मारने को दौड़ता है।

दुःशासन को भेज कर भी दुर्योधन को सन्तोष नहीं हुआ।...दुःशासन उसका आज्ञाकारी तो था किन्तु घटोत्कच का तोड़ नहीं था।...और फिर दुःशासन के प्रति जो दृष्टिकोण भीम का होगा, वही उसके पुत्र घटोत्कच का भी होगा। घटोत्कच उसे अपना सबसे भीषण शत्रु मानेगा। वह भी उसका वक्ष फाड़कर उसका रक्त पीना चाहेगा। भीम फिर भी मनुष्य था, घटोत्कच तो था भी

राक्षस। रक्त पीने के प्रति उसकी रुचि भीम से कुछ अधिक ही होगी।...और कहीं वे पिता-पुत्र दोनों ही दुःशासन पर टूट पड़े तो दुःशासन को बचाना भी सम्भव नहीं होगा।

तभी जटासुर का पुत्र अलंबुश दुर्योधन के सम्मुख आकर खड़ा हो गया। अलंबुश। जाने इतने सारे अलंबुश उसी की सेना में क्यों एकत्रित हो गए हैं– उसने सोचा–पहला अलंबुश, राक्षस ऋष्यश्रृंग का पुत्र था। उसे घटोत्कच ने ही मारा था। दूसरा क्षत्रिय राजा अलंबुश, जिसका वध सात्यकि के हाथों हुआ था। तीसरा अलंबुश अर्जुन से पराजित होकर भाग गया था। और जटासुर का पुत्र...यह चौथा अलंबुश है। युद्ध के आरम्भ में जब वह दुर्योधन से मिलने आया था, उसने बताया था कि मध्यम पाण्डव भीम ने उसके पिता जटासुर का वध किया था। वह भीम से अपने पिता का प्रतिशोध लेने आया था।...वही अलंबुश आज फिर आकर उसके सम्मुख खड़ा हो गया था।

दुर्योधन ने उसकी ओर देखा।

"यह रात्रि युद्ध है युवराज! इसमें हम राक्षसों की विशेष गति होती है।" वह बोला, "आपकी अनुमति हो तो भीम से अपना ऋण वसूल कर लूँ।"

दुर्योधन के मन में तत्काल एक योजना बनने लगी थी। फिर भी बोला, "प्रधान सेनापति के पास क्यों नहीं गए?"

"आपके लिए वे प्रधान सेनापति हैं, हमारे लिए तो वे पाण्डवों के गुरु हैं।" वह बोला, "वैसे भी युवराज! धर्म का प्रचार करने वाले त्यागी तपस्वियों और जीवन का भरपूर भोग करने वाले राक्षसों में कभी अनुकूलता नहीं हो सकती। हम इसे आपका युद्ध मानकर लड़ने आए हैं। आचार्य से हमें क्या लेना-देना।"

दुर्योधन उसे देखता रहा। ठीक कह रहा है, आचार्य से इसे क्या लेना-देना।

"तुम भीम से प्रतिशोध चाहते हो?"

"हाँ! युवराज!"

"भीम को तो मैं, कर्ण और द्रोण ही मिलकर मार डालेंगे।" वह बोला, "तुम इस घटोत्कच को सँभालो, जो सदा पाण्डवों के हित में तत्पर रहता है।"

अलंबुश खड़ा कुछ सोचता रहा।

"वैसे भी भीम मरेगा तो घटोत्कच और प्रचण्ड हो जाएगा। घटोत्कच के मारे जाने से भीम पुत्रशोक में ही मर जाएगा।" दुर्योधन बोला, "एक के वध से दोनों से ही मुक्ति मिल जाएगी। तुम्हारा प्रतिशोध पूरा हो जाएगा।"

अलंबुश की समझ में दुर्योधन की बात आ गई। वह सीधा वहाँ पहुँचा, जहाँ कर्ण और घटोत्कच लड़ रहे थे। कर्ण के निकट उल्काओं का पर्याप्त प्रकाश था। घटोत्कच को शायद प्रकाश की उतनी आवश्यकता नहीं थी। वह तो बिना उल्काओं के ही युद्ध का अभ्यस्त था।

अलंबुश ने कर्ण से लड़ते घटोत्कच पर बाणों की वर्षा आरम्भ की, "आ मुझसे युद्ध कर हिडिम्बा के पुत्र।"

घटोत्कच ने अविलम्ब कर्ण को छोड़ दिया। कर्ण कहीं भागा नहीं जा रहा। अलंबुश का क्या पता है कहाँ जा छुपे।

उसने पहले ही झपाटे में अलंबुश के सारथि और घोड़ों को मार गिराया। अलंबुश को जैसे पता नहीं लगा कि यह क्या हो गया। वह अपने कीलित रथ में खड़ा कुछ सोचता रहा और फिर उसने धनुष भी वहीं छोड़ दिया और रथ से उतर आया। रथ में बैठकर धनुष बाण से लड़ना वैसे भी उसे अपनी प्रकृति के अनुकूल नहीं लग रहा था।

वह दौड़कर घटोत्कच के रथ पर चढ़ गया। उसने घटोत्कच पर मुक्के का कठोर प्रहार किया।

तो यह बड़े सैनिक युद्धों में लड़ने वाला, युद्धशास्त्र में प्रशिक्षित, योद्धा नहीं था, घटोत्कच ने सोचा—यह तो अपने शारीरिक बल से दूसरों को डराने वाला साधारण गुण्डा था। वन में निहत्थे लोगों से मल्लयुद्ध करने का ही अभ्यस्त था।

घटोत्कच ने धक्का देकर उसे रथ से नीचे गिरा दिया; और स्वयं भी धनुष बाण छोड़कर उस पर कूद गया। उसने अलंबुश को मुक्कों से पीटना आरम्भ किया। उससे सन्तोष नहीं हुआ तो उसे धरती पर पटककर अच्छी तरह रगड़ा। पर जाने कैसे वह घटोत्कच की पकड़ से निकल गया और उसने घटोत्कच को भूमि पर गिरा लिया। उसने भी घटोत्कच को उसी प्रकार धरती पर रगड़ा, जैसे घटोत्कच ने उसे रगड़ा था। वह उससे युद्ध नहीं कर रहा था, अपने धरती पर रगड़े जाने का प्रतिशोध ले रहा था।

घटोत्कच का क्रोध एक प्रकार के मनोरंजन के स्तर पर उतर आया था। उसने ठीक ही सोचा था। यह वन की किसी बस्ती का गुण्डा ही था। प्रतिशोध ही उसके जीवन का मंत्र था। जो कुछ विपक्षी दल करेगा, वही यह भी करेगा। यदि घटोत्कच इसे लात से मारेगा तो यह भी उसे लात से मारेगा और यदि वह इसे पत्थर से मारेगा तो यह भी पत्थर खोजने लगेगा। ऐसे-ऐसे लोगों को दुर्योधन ने इस युद्ध में योद्धा के रूप में उतार दिया है। घटोत्कच ने भी सुना था कि यह उसके पिता से अपने पिता के वध का प्रतिशोध लेने

आया था। किस बात का प्रतिशोध? वन में जटासुर पाण्डवों के अस्त्र-शस्त्र ही नहीं महारानी पांचाली को भी लेकर भाग रहा था। ऐसे में भीमसेन ने न केवल उन लोगों को छुड़ा लिया था, जटासुर का वध भी कर दिया था। पापी को दण्डित किया तो उसका भी प्रतिशोध। स्त्री का अपहरण करनेवाले दस्यु का वध नहीं किया जाएगा क्या?

घटोत्कच ने उसे धक्का देकर परे धकेल दिया और धरती से उठ खड़ा हुआ। इस बार अलंबुश उस पर कूदा तो घटोत्कच ने उसे अपनी भुजाओं में पकड़कर अपने सिर से भी ऊपर उठा लिया। कुछ चक्कर दिए और उसे धरती पर पटक दिया। अलंबुश फटी-फटी आँखों से उसकी ओर देखता रहा; किन्तु उठने का साहस नहीं कर सका।

घटोत्कच ने अपना खड्ग निकाला और अलंबुश के मस्तक को काटकर उसके धड़ से पृथक् कर दिया। रक्त से भीगे हुए, अलंबुश के उस मस्तक को उसने उठाकर दुर्योधन के रथ में फेंक दिया।

"लोग कहते हैं कि राजा, ब्राह्मण और स्त्री के पास खाली हाथ नहीं जाना चाहिए। इसलिए तेरे लिए यह उपहार लाया हूँ। यह है तेरा बन्धु। इसे मैंने मार डाला है।" घटोत्कच बोला, "बहुत पराक्रमी मानता था तू इसको। स्वयं और कर्ण को भी बहुत पराक्रमी मानता है न। अब तू कर्ण और अपनी भी ऐसी अवस्था देखेगा। तब तक प्रसन्नतापूर्वक कुछ श्वास ले ले, जब तक कि मैं कर्ण को मारकर तुझे मारने के लिए लौटता हूँ। श्रीकृष्ण ने कर्ण को रोकने को न कहा होता तो पहले तेरा ही मस्तक काटकर तेरे रथ के ध्वज पर टाँग देता।"

"चलो विरूपाक्ष!" घटोत्कच रथारूढ़ होकर कर्ण की ओर चला गया।

दुर्योधन उसकी ओर देखता ही रह गया, 'क्या वस्तुतः वह इतनी ही सुविधा से कर्ण और उसका मस्तक भी काटकर लुढ़का देगा? अलंबुश को तो उसने उतनी ही सुविधा से काटकर फेंक दिया है, जितनी सुविधा से कोई बधिक राजा की आज्ञा से अपराधी को सूली पर चढ़ा देता है।'

कर्ण ने अपनी ओर बढ़ते हुए घटोत्कच को रोका। किन्तु घटोत्कच कोई दो-चार बाणों से रुकने वाला नहीं था। कर्ण जल्दी से उसे निपटाकर अर्जुन की खोज में निकलना चाहता था; किन्तु घटोत्कच को किसी प्रकार की कोई जल्दी नहीं थी। दोनों ओर से बाण चलने लगे। कर्ण ने घटोत्कच को पर्याप्त घायल कर दिया था; किन्तु यह स्वयं भी कम घायल नहीं हुआ था। दोनों के शरीरों से निरन्तर रक्त बह रहा था। किन्तु घटोत्कच जिस स्फूर्ति से बाणवर्षा कर रहा था, उसे देखकर लगता था कि जैसे वह रक्त उसका अपना न हो, किसी और का हो।

कर्ण का धैर्य चुक गया। नहीं, यह साधारण बाणों से मानने वाला नहीं था। उसने अपना दिव्यास्त्र प्रकट किया। किन्तु उससे घटोत्कच रुद्ध होने के स्थान पर कुछ और प्रचण्ड हो गया। वह अपने सैनिकों की सहायता से निरन्तर लोहे के चक्र, भुशुण्डी, शक्ति, तोमर, शूल, शतघ्नी तथा पट्टिश की वर्षा कर रहा था। वे किसी योद्धा द्वारा चलाए गए नहीं लग रहे थे। लगता था कि घटोत्कच अपनी माया से शस्त्रों की धाराप्रवाह वर्षा कर रहा है।

उसका वेग इतना प्रबल था कि कौरव सेना के पाँव उखड़ गए। अनेक महारथी भागने में सैनिकों का नेतृत्व करते दिखाई पड़े। किन्तु कर्ण आज अपने स्थान पर ऐसा दृढ़ खड़ा था कि स्वयं दुर्योधन को आश्चर्य हो रहा था। कर्ण के बाणों के प्रबल वेग ने जैसे घटोत्कच की माया नष्ट कर दी थी। किन्तु घटोत्कच के अनेक बाण कर्ण के शरीर में समा गए थे। कर्ण उसकी पूर्ण उपेक्षा नहीं कर सकता था। कर्ण ने घटोत्कच को दस बाण मारे। घटोत्कच ने उसकी ओर देखा और धनुष के स्थान पर दिव्य सहस्रसार चक्र उठा लिया। चक्र की परिधि पर तीव्र क्षुर लगे हुए थे। घटोत्कच ने वह चक्र कर्ण पर चला दिया, "जा कर्ण! अब तू जीवित नहीं रह सकता।"

किन्तु घटोत्कच की इच्छा पूरी नहीं हुई। कर्ण ने चक्र को अपने बाणों से काट कर भूमि पर फेंक दिया, जैसे वह भयंकर सहस्रसार चक्र न हो, किसी भाग्यहीन का संकल्प हो।

घटोत्कच की समझ में आ गया। यह कर्ण था, अलंबुश नहीं कि धनुष बाण की उपेक्षा की जाए। उसने पुनः अपना धनुष उठा लिया। उसने बाणवर्षा से कर्ण को ढँक दिया। कर्ण तनिक भी नहीं घबराया। उसने घटोत्कच पर वैसी ही बाणवर्षा कर उसे आच्छादित कर दिया। और उसके पश्चात् कर्ण ने उसके घोड़ों को भी मार दिया।

घटोत्कच रथ से नीचे नहीं उतरा। किन्तु वह रथ में नहीं था।

कर्ण चकित होकर इधर-उधर देखता रहा। कहाँ गया घटोत्कच? रथ में ही छुप गया होगा।...कर्ण ने अपने बाणों से रथ के टुकड़े कर दिए। किन्तु घटोत्कच वहाँ नहीं था।

सहसा कर्ण के रथ पर ऊपर से वृक्ष की एक मोटी टहनी गिरी। पर टहनी से रथ की छत में छेद कैसे हो गया? कर्ण समझ गया। घटोत्कच अपने घोड़ों के मारे जाने पर, रथ से नीचे उतरने के स्थान पर, अन्धकार का लाभ उठाकर, ऊपर के किसी वृक्ष पर चला गया था; और अब वहाँ से ही उसनें वृक्ष के पत्तों में गूँथकर बाण मारा था।

कर्ण डर गया। इस बाण से तो वह बच गया था; किन्तु प्रत्येक बाण से इसी प्रकार बचना तो सम्भव नहीं था। यह भी पता नहीं चलेगा कि कौन-सी मात्र शाखा है और किसमें बाण छिपा है। घटोत्कच की माया से लड़ने का अर्थ था कि वह कर्ण की ओर चार पत्ते भी फेंके तो उसको अपने बाणों से काटे। यह युद्ध होगा या बच्चों का खेला।

कर्ण ने अपने रथ के ऊपर के ही नहीं, उसके आसपास के वृक्षों में भी अन्धाधुन्ध बाण मारे। सहसा ऊपर से एक शरीर गिरा। कर्ण प्रसन्न हो गया। अन्ततः घटोत्कच मारा गया था; अथवा इतना घायल तो हो ही गया था कि ऊपर से नीचे आ गिरा था। किन्तु अन्धकार में अभी उसे पहचाना भी नहीं गया था कि घटोत्कच ने अनेक बाण बरसाकर अपने जीवित होने का प्रमाण दे दिया। जाने वह किस अज्ञात सैनिक का शव था, जिसे घटोत्कच के राक्षस सैनिक कहीं से उठाकर ऊपर ले गए थे और वहाँ से भ्रम उत्पन्न करने अथवा सैनिकों को डराने के लिए उन्होंने उसे नीचे फेंक दिया था।

कर्ण ने बौखलाकर अपने अनुमान के अनुसार, घटोत्कच के होने के सम्भावित स्थानों पर दिव्यास्त्रों से आक्रमण किया। पर घटोत्कच जैसे उन सबको अपने असंख्य अज्ञात मुखों से निगलता जा रहा था। कभी युद्धक्षेत्र में उसका एक भी सैनिक दिखाई नहीं पड़ता था और कभी वे युद्धक्षेत्र के कोने-कोने से सहस्रमुख बनकर प्रकट होने लगते थे।

और तब कर्ण ने देखा कि घटोत्कच उससे कुछ ही दूरी पर झाड़ियों के बीच खड़ा उस पर बाण चलाने की तैयारी में था। वह लुप्त हुआ था तो उसके पास धनुष बाण नहीं थे और यह अकस्मात् ही उसके पास शस्त्र कहाँ से आ गए? कर्ण अपने आवेश को नियन्त्रित नहीं कर सका। उसने बिना रुके, अनेक बाण चला दिए। किन्तु न तो घटोत्कच की मृत्यु का कोई प्रमाण मिला और न ही उसके आहत होकर तड़पने का ही कोई दृश्य दिखाई दिया। कर्ण के सैनिकों ने उन झाड़ियों को छान मारा। घटोत्कच वहाँ नहीं था। धरती में समा गया क्या? अन्धकार का लाभ भी उसने उठाया ही होगा; किन्तु गया कहाँ।...क्या करता कर्ण—वह उसके पीछे धरती में तो समा नहीं सकता था।...तभी घटोत्कच निकट के सरोवर में से प्रकट हो गया।...निश्चित रूप से वह झाड़ियों में से रेंगता हुआ सरोवर में उतर गया था और अब कर्ण के रथ के एकदम निकट जल से बाहर निकल आया था।

"सूतपुत्र! खड़ा रह। आज मैं युद्ध में तेरी श्रद्धा को तृप्त कर दूँगा।"

वह भूमि से उछलकर सीधा कर्ण पर आ रहा था। कर्ण ने उस पर अनेक बाण चलाए, किन्तु वह कर्ण के रथ पर आया ही नहीं। जाने उछलकर कहाँ अदृश्य हो गया था।

"खोजो! उसे खोजो।" कर्ण ने चिल्लाकर अपने सैनिकों को आदेश दिया। सैनिक अपने हाथ में पकड़ी उल्काएँ उठा-उठाकर देख रहे थे किन्तु उससे घटोत्कच तो क्या मिलता, वे अपनी और अन्य सैनिकों की छायाओं को घटोत्कच समझकर भय से चीत्कार कर उठते थे। लगता था योजनों तक केवल घटोत्कच ही घटोत्कच था। जहाँ वह नहीं था, वहाँ उसकी छाया थी।...

घटोत्कच रथारूढ़ होकर सामने से आ रहा था। इस बार वह अकेला नहीं था। उसकी सेना ने उसे घेर रखा था। वे लोग रथों, हाथियों तथा अश्वों पर आरूढ़ थे। कर्ण के बाण चलाने से पूर्व ही घटोत्कच ने पाँच बाण मारकर उसे घायल कर दिया। अंजलिक नामक बाण से उसके धनुष को भी काट दिया।

यह तो अच्छा ही हुआ कि इस समय उसके हाथ में परशुराम का दिया हुआ जय धनुष नहीं था—कर्ण ने सोचा—अन्यथा वह भी क्षतिग्रस्त हो सकता था।

घटोत्कच इस समय मायावी रूप त्याग कर आया था। उसके नेत्रों से अग्नि बरस रही थी।

"विरूपाक्ष! रथ को कर्ण के और निकट ले चलो।" उसने कहा, "एकदम निकट। जहाँ से कूदकर मैं उसके रथ में जा सकूँ।"

कर्ण समझ नहीं पाया कि घटोत्कच क्या करना चाहता है। उसने उसके आक्रमण की प्रतीक्षा कर लेना ही उचित समझा। और फिर उसने देखा कि घटोत्कच ने आठ चक्रों से युक्त अशनि उठा ली और पूरे वेग से कर्ण पर चला दी।

कर्ण ने रथ से उछलकर अशनि को हाथ से पकड़ लिया और धरती पर खड़ा हो गया। धरती पर खड़े-खड़े ही उसने उसे वापस घटोत्कच पर फेंक दिया।

घटोत्कच अशनि को आते देखकर अपने रथ पर कूद गया। अशनि के प्रभाव से उसका रथ पूर्णतः ध्वस्त हो गया था।

कर्ण पुनः अपने रथ पर आ बैठा था किन्तु घटोत्कच का युद्धक्षेत्र में कहीं पता नहीं था।

कर्ण और घटोत्कच के युद्ध का बहुत सारा भाग दुर्योधन ने स्वयं देखा था और बहुत कुछ संदेशवाहक से सुना था। वह कर्ण की ओर से तनिक भी निश्चिंत नहीं हो पा रहा था। कभी तो घटोत्कच उसके सामने एकदम शिशु लगने लगता था, जिसे कर्ण किसी भी समय समाप्त कर सकता था; और कभी वह इतना भयंकर हो उठता था कि दुर्योधन का मन कर्ण का परिणाम सोचकर काँप जाता था।

सहसा उसे राक्षस अलायुध का स्मरण हो आया। बकासुर का भाई अलायुध। उसने कहा था कि कभी रात्रि युद्ध हो तो वह भीम का वध करने की इच्छा रखता है। कारण पूछने की आवश्यकता नहीं थी, फिर भी दुर्योधन ने उससे पूछ ही लिया था। अलायुध ने जो कारण बताया वह दुर्योधन की अपेक्षा के अनुसार ही था। उसने कहा कि भीम ने अनेक राक्षसों का वध किया था। उसने हिडिम्ब का वध किया था, बकासुर को मारा था, जटासुर की हत्या की थी और अन्ततः किर्मीर को भी जीवित नहीं छोड़ा था। और...

"और क्या?" दुर्योधन ने पूछा था।

"उसने राक्षस कन्या हिडिम्बा के साथ बलात्कार किया था।" अलायुध ने कहा था, "इससे बड़ा अपराध और क्या हो सकता है।"

दुर्योधन उसकी बात सुनकर मन-ही-मन हँसा था। अलायुध स्वयं को प्रत्येक राक्षस कन्या का अभिभावक समझता है क्या। परम स्वतन्त्र राक्षस कन्याओं के प्रेम को भी यह नियन्त्रित करेगा।

"पर पाण्डव तो कहते हैं कि हिडिम्बा ही भीम से प्रेम करने लगी थी। उसने हिडिम्ब के वध में भीम की स्वयं सहायता की थी।" दुर्योधन ने कहा था।

"पाण्डव तो यह कहेंगे, किन्तु इसका प्रमाण क्या है?"

"घटोत्कच उनके पक्ष से युद्ध करने आया है। हिडिम्बा भीम को अपना पति मानती है।"

"कोई हिडिम्बा से पूछने तो गया नहीं कि उसके मन में क्या था।" अलायुध ने रोषपूर्वक कहा था, "परिस्थितियों से बाध्य होकर उसने भीम को अपना पति स्वीकार कर लिया तो उससे भीम निर्दोष तो सिद्ध नहीं हो जाता।"

"घटोत्कच की क्या बाध्यता है? वह तो अपनी माँ का पक्ष ले सकता है।"

"होते हैं कुछ मूर्ख। समझता होगा कि उसे हस्तिनापुर का राज्य मिल जाएगा।" अलायुध ने कहा था।

दुर्योधन की इच्छा हुई कि पूछे कि कहीं अलायुध भी कोई ऐसी ही अपेक्षा लेकर तो नहीं आया कि वह भीम का वध कर देगा तो हस्तिनापुर का साम्राज्य उसका हो जाएगा।

"भीम और अन्य पाण्डवों को तो वह अपने पिता मानता ही है, पाण्डवों की सारी रानियों को भी अपनी माताएँ मानता है। पांचाली की सेवा कर तो वह परम प्रसन्न होता है। राक्षस कुलकलंक।" अलायुध बहुत आवेश में था, "हिडिम्बा यदि भीम से प्रेम करने लगी थी तो वह भी हमारी वध्य है। कोई राक्षस कन्या किसी राक्षसेतर पुरुष से प्रेम करे, इससे बड़ा कोई अपराध नहीं हो सकता।"

उस दिन दुर्योधन मन-ही-मन मुस्कराकर रह गया था, किन्तु आज दुर्योधन को अलायुध का वह आक्रोश उपयोगी लगा। उसने अलायुध को संदेश भेजा।

अलायुध अपना रथ दौड़ाता आया और बोला, "मैं सैन्यसमूह, घोड़े, हाथी और रथों सहित भीम को तथा मंत्रियों सहित हिडिम्बा पुत्र घटोत्कच को मार डालूँगा। आप अपनी सारी सेना को रोक दीजिए। पाण्डवों के साथ हम युद्ध करेंगे।"

दुर्योधन समझ नहीं पाया कि वह उसकी बात को बचकानी मानकर, उस पर हँसे अथवा उसको उतना ही समर्थ मान ले जितना कि वह कह रहा है। घटोत्कच भी तो स्वयं को समर्थ सिद्ध कर रहा है, सम्भव है, अलायुध में भी कुछ वैसा ही सामर्थ्य हो। पर वह बिना परीक्षा किए अलायुध की बात का विश्वास कर इतना बड़ा संकट नहीं मोल लेना चाहता था। बोला, "तुम अपनी इच्छानुसार युद्ध करो। हम तुम्हारे युद्ध में बाधा नहीं बनेंगे। सैनिकों सहित तुम्हें आगे रखकर, हम लोग भी शत्रुओं के साथ युद्ध करेंगे। हमारे सैनिक विरोधियों से इतने विचलित हैं कि वे न शान्त रह पाएँगे न निष्क्रिय।" दुर्योधन अपने लक्ष्य पर आया, "कर्ण के प्राण इस समय भारी संकट में हैं। जाने अश्वत्थामा, कृपाचार्य, द्रोणाचार्य और कृतवर्मा कहाँ हैं। इस अँधेरे में शकुनि और शल्य भी कहीं दिखाई नहीं दे रहे हैं। वे सब भी कहीं न कहीं जूझ रहे होंगे। हम सबको अपना-अपना दायित्व निभाना है। मैंने इस समरांगण में घटोत्कच को तुम्हारा भाग नियत कर दिया है। तुम अपना पराक्रम दिखाओ और यथाशीघ्र उसे मार डालो।"

अलायुध को जैसे अपना मनभावन मिल गया था। उसने एक बार अपनी वाहिनी का निरीक्षण किया। उन्हें कुछ आदेश दिए और घटोत्कच पर आक्रमण कर दिया।

घटोत्कच ने कर्ण को छोड़ दिया। कर्ण से पहले अलायुध से निबटना आवश्यक था। उसने वेग से अपनी ओर बढ़ते हुए अलायुध पर बाणों की धाराप्रवाह वर्षा की। पर वह जानता था कि बाणों का युद्ध न अलायुध को रास आएगा और न ही उसे। वे जब तक स्वतन्त्र रूप से मतवाले हाथियों के समान लड़ नहीं लेंगे, तब तक उनको सन्तोष नहीं होगा।

कर्ण ने देखा कि घटोत्कच उसे छोड़कर अलायुध की ओर चला गया है। उसका मन खिन्न हो उठा : घटोत्कच ने उसकी तुलना में अलायुध को अधिक महत्त्वपूर्ण समझा? नहीं, कदाचित् राक्षस होने के नाते उसने अलायुध को रोकना आवश्यक समझा।...जो भी हो, अब कर्ण के पास यह विकल्प था

कि वह घटोत्कच से ही जूझे या फिर भीम पर आक्रमण करे। अन्ततः कर्ण ने भीम से ही लड़ना निश्चित किया। उसने भीम पर आक्रमण किया। किन्तु इस समय भीम के लिए कर्ण तनिक भी महत्त्वपूर्ण नहीं था। उसे घटोत्कच की चिन्ता थी। अलायुध जिस वेग के साथ आया था, उससे घटोत्कच उसका ग्रास बनता दिखाई दे रहा था। भीम अलायुध पर झपटा।

अलायुध ने देखा भीम अपने आप ही उसके सामने आ गया था। वह तो भीम के वध की ही इच्छा लेकर आया था। दुर्योधन ने उसका भाग निश्चित करते हुए, घटोत्कच उसे सौंप दिया था। अन्यथा एक राक्षस से युद्ध करने के स्थान पर वह राक्षसों का वध करने वाले इस भीम का मस्तक काट कर ही अधिक प्रसन्न होता।

अलायुध ने भीम को ललकारा। भीम ने उसके उत्तर में उसे अपने बाणों से ढँक दिया। अलायुध हँसा, "तेरे प्राण लेने के लिए मैं आ गया हूँ भीम। तेरे इन बाणों से क्या होगा।"

उसने भीम पर अपने भारी और अनघड़ बाण चलाए। अपने पुत्र की रक्षा में भीम इस समय तक अत्यन्त प्रचण्ड हो चुका था। भीम के बाणों की मार खाकर अलायुध हँस नहीं सकता था। वह चीत्कार करता हुआ दसों दिशाओं में भागने लगा था। किन्तु तत्काल ही उसे स्मरण हो आया कि इस प्रकार भागकर तो वह भीम का वध नहीं कर सकता। उसने स्थिर होकर भीम पर कुछ बाण फेंके।

भीम ने देखा, उसके बाणों ने अलायुध को क्षतविक्षत कर दिया था। अब उसका अन्त कर ही देना चाहिए। भीम ने अपनी भारी गदा उस पर वेग से फेंकी।

गदा को अपनी ओर आते देखकर अलायुध ने मुक्ति का श्वास लिया। बाणों को वह रोक नहीं सकता था किन्तु गदा को तो वह रोक सकता था। उसने अपनी गदा से अपनी ओर आती हुई भीम की गदा को रोका।

भीम की समझ में आ गया कि गदा से मारना उसकी भूल थी। अलायुध को बाणों से ही छेदना चाहिए था। भीम ने पुनः अपना धनुष उठा लिया। किन्तु इस बीच जाने क्या हो गया कि अलायुध कुछ और ही हो गया। भीम ने बाण छोड़े, अलायुध ने उन्हें व्यर्थ कर दिया। उसके सैनिक भी पांचालों पर कुछ भारी पड़ रहे थे। राक्षसों का दबाव निरन्तर बढ़ता ही जा रहा था। कौरवों की सहायता से वे निरन्तर प्रबल होते जा रहे थे।

और सहसा अलायुध के एक बाण ने भीम का धनुष काट दिया। भीम का ध्यान उसकी ओर से हटा ही था कि उसने भीम के रथ के सारथि और घोड़ों को भी मार डाला।

अब भीम के लिए बाण-युद्ध सम्भव नहीं था। भीम रथ से नीचे उतर आया और उसने एक भयंकर गदा दे मारी। अलायुध ने अपनी गदा से उस पर प्रहार किया और गदा को व्यर्थ कर दिया। अलायुध के उस भयानक कर्म को देखकर, भीम निराश होने के स्थान पर युद्धोत्साह से भर गया। उसने तीसरी गदा हाथ में ली। वह भाग कर अलायुध के सम्मुख पहुँचा और अपनी गदा से उसके रथ पर प्रहार किया। अपने अति उत्साह में अलायुध भी हाथ में गदा लेकर रथ से उतर आया।

"तूने मेरे भाई का वध किया।" अलायुध बोला, "आज मैं उसका प्रतिशोध तो लूँगा और तुझे मारकर तेरे भाइयों को भी एक-एक कर मार डालूँगा।"

भीम की जिह्वा के स्थान पर उसके हाथ चले। उसने अपनी गदा से अलायुध पर वेगपूर्ण प्रहार किया।

थोड़ी देर उनमें गदायुद्ध चलता रहा और फिर एक भयंकर टकराहट से दोनों की गदाएँ ही उनके हाथों से छूट गईं। अब मल्लयुद्ध के अतिरिक्त और कोई विकल्प नहीं था। वे परस्पर गुँथ गए थे; किन्तु यह आरम्भ से ही स्पष्ट था कि अलायुध की मल्लयुद्ध में अधिक रुचि नहीं थी। अलायुध ने भीम की पकड़ से छूटते ही भूमि से टूटे हुए रथ का एक पहिया उठाकर भीम को दे मारा। और फिर उन दोनों के हाथ में जो कुछ आया, उन्होंने उससे ही अपने शत्रु पर प्रहार किया।

कृष्ण ने युद्ध की स्थिति देखी और बोला, "अर्जुन! लगता है कि भीमसेन अलायुध के वश में पड़ गए हैं। अलायुध न तो शस्त्रों का विशेष जानकार है और न ही दक्ष योद्धा। किन्तु दुर्योधन ने उसके मन की प्रतिशोध की अग्नि को भड़का दिया है। तमोन्मुखी रजोगुणी यह राक्षस युद्ध तो नहीं जीत पाएगा, किन्तु अपने प्राण देकर भी वह हमारी भारी क्षति कर सकता है। ऐसे लोग न तो धर्म को जानते हैं और न ही अपने लक्ष्य को। वे तो अपनी ऊर्जा का अपव्यय कर संसार का अकल्याण कर जाते हैं।"

"तो हम वहीं चलें?"

"नहीं। वहाँ घटोत्कच को ही जाना चाहिए। तुम आचार्य द्रोण को रोको। कहीं इन राक्षसों को आचार्य की सहायता मिल गई तो सर्वनाश हो सकता है।" कृष्ण बोले, "धृष्टद्युम्न, शिखण्डी, युधामन्यु, उत्तमौजा तथा पाँचों द्रौपदेय मिलकर कर्ण पर आक्रमण करें। नकुल, सहदेव और सात्यकि अन्य राक्षसों का वध करें।"

कृष्ण ने अपना रथ घटोत्कच के निकट रोका, "हिडिम्बापुत्र! लगता है कि अलायुध ने भीमसेन को अपने वश में कर लिया है। कर्ण को छोड़कर पहले तुम अलायुध का वध करो।"

धृष्टद्युम्न और शिखण्डी आ गए थे। उन्होंने कर्ण पर बाण वर्षा आरम्भ की। घटोत्कच कर्ण को छोड़कर अलायुध की ओर चला गया। भीम और घटोत्कच दोनों को सामने पाकर अलायुध का वेग मंद पड़ गया था। उसके सैनिक भी उसे कुछ सहायता नहीं पहुँचा पा रहे थे। नकुल, सहदेव अथवा सात्यकि राक्षस सैनिकों के काल बने हुए थे। वे अपने बाणों से निरन्तर उनको काटते जा रहे थे। द्रोणाचार्य ने बहुत प्रयत्न किया किन्तु अर्जुन ने उन्हें कर्ण की सहायता के लिए नहीं आने दिया। अर्जुन के बाणों के वेग से वे अपनी वाहिनी के साथ पीछे हटने को बाध्य हो गए थे।

धृष्टद्युम्न, शिखण्डी तथा अन्य पांचालों ने कर्ण पर आक्रमण तो कर दिया; किन्तु वे लोग उसका वेग झेल नहीं पाए। कर्ण उन्हें निरन्तर पीछे धकेलता जा रहा था। भीम से यह देखा नहीं गया। उसने अलायुध को घटोत्कच पर छोड़ा और कर्ण पर आक्रमण कर दिया। आज कर्ण ने उसे अपने बाणों औरवाग्बाणों–दोनों से ही बहुत पीड़ित किया था। अपनी आँखों के सामने वह कर्ण को पांचालों को इस प्रकार नष्ट करने की अनुमति नहीं दे सकता था।

राक्षस सैनिकों से विशेष प्रतिरोध न पाकर नकुल, सहदेव और सात्यकि भी भीम की सहायता के लिए आ गए थे। कर्ण को उनसे उलझे हुए पाकर धृष्टद्युम्न तथा अन्य पांचालों ने द्रोण पर आक्रमण कर दिया।

घटोत्कच और अलायुध फिर से अकेले रह गए थे। अलायुध का मनोबल बहुत बढ़ गया। उसे लगा कि सारे पाण्डव भयभीत होकर उसे छोड़कर इधर-उधर भाग गए थे। एक घटोत्कच ही अपनी मूर्खतावश उससे उलझा हुआ था। अलायुध ने एक विशाल परिघ उठाकर घटोत्कच के मस्तक पर मारा। घटोत्कच लड़खड़ाकर कुछ पग पीछे हट गया। लगा कि वह अभी मूर्च्छित होकर गिर पड़ेगा। किन्तु वह तत्काल सँभल गया। उसने अपनी गदा उठा ली और उन्मत्त की भाँति बिना रुके, अलायुध के रथ पर एक के पश्चात् एक कर अनेक प्रहार किए।

अलायुध का रथ चरमराकर धरती परँ आ रहा तो घटोत्कच ने अपना हाथ रोक लिया। अलायुध का सारथि मारा जा चुका था। घोड़े भी मृत अथवा मृतप्राय होकर धरती पर पड़े थे।

अलायुध ने अपना भयंकर खड्ग उठाया और घटोत्कच पर टूट पड़ा। घटोत्कच ने भी अपना खड्ग उठा लिया। कुछ क्षणों तक खड्ग एक-दूसरे से टकराकर रण संगीत उत्पन्न करते रहे और फिर जैसे किसी चमत्कार से दोनों के खड्ग हाथ से छूटकर दूर जा गिरे। दोनों परस्पर गुँथ गए और एक-दूसरे

के केश पकड़कर शत्रु को पीड़ा पहुँचाने का प्रयत्न करने लगे। दोनों के शरीर से रक्त बह रहा था।

और सहसा घटोत्कच ने अलायुध को ठीक वैसे ही पकड़ लिया, जैसे उसने अलंबुश को पकड़ा था। उसने उसे अपने सिर से ऊपर उठाया और चक्कर देकर धरती पर बलपूर्वक पटक दिया।

दुर्योधन देख रहा था। घटोत्कच ने यही अलंबुश के साथ किया था। यही वह अलायुध के साथ कर रहा था। घटोत्कच ने वैसे ही अलायुध के केश पकड़े और भूमि से अपना खड्ग उठाकर उसका मस्तक काट दिया।

घटोत्कच अलायुध का रक्त में भीगा मस्तक पकड़कर दुर्योधन के रथ की दिशा में आया; और सहसा उसने वह मस्तक दुर्योधन के सम्मुख फेंक दिया।

दुर्योधन को लगा, उद्विग्नता से उसका मस्तक फट जाएगा। अलायुध ने स्वयं आकर प्रतिज्ञा की थी कि वह भीम का वध कर देगा। दुर्योधन के मन ने कहीं भीतर ही भीतर उसका विश्वास भी कर लिया था। उसने अपने और अपने भाइयों के जीवन को सुरक्षित ही नहीं, चिरस्थायी मान लिया था।... किन्तु अलायुध की प्रतिज्ञा पूरी नहीं हुई थी। घटोत्कच ने अलायुध का वध कर दिया था। तो अब भीम को कौन रोकेगा? कोई नहीं! भीम भी अपनी प्रतिज्ञा पूरी कर ही लेगा।...

दुर्योधन को लगा कि उसकी जंघाओं में असहनीय पीड़ा हो रही है।

कर्ण ने धृष्टद्युम्न और शिखण्डी, दोनों को ही अत्यन्त घायल कर दिया था। युधामन्यु, उत्तमौजा और सात्यकि भी उसके सामने कुछ विशेष नहीं कर पा रहे थे। पाण्डव सेना किसी भी प्रकार स्वयं को सुरक्षित नहीं कर सकती थी। वे सब युधिष्ठिर की सुरक्षित सेना में प्रवेश करने का प्रयत्न कर रहे थे। पाण्डव सेना को हताश और युद्धविमुख देखकर घटोत्कच का रोष आकाश को छूने लगा।

घटोत्कच ने नया रथ लिया और कर्ण पर आक्रमण किया। कर्ण का मनोबल भी बहुत ऊँचा था। आज वह कुछ ऐसा अद्भुत करने वाला था कि दुर्योधन का विषादपूर्ण मन भी हर्ष से उछल जाए।

वे दोनों ही कर्णी, नाराच, शिलीमुख, नालीक, दण्ड, असन, वत्सदंत, वाराहकर्ण, विपाठ, सींग तथा क्षुरप्रों की वर्षा करते हुए, अपनी गर्जना से आकाश को कँपाने लगे। पर तभी कर्ण ने अपने दिव्यास्त्र से घटोत्कच के रथ को सारथि और घोड़ों सहित नष्ट कर दिया। घटोत्कच रथ से नीचे नहीं उतरा। वह पुनः अदृश्य हो गया था। अन्धकार में उसे खोज पाना कौरवों के

लिए सम्भव नहीं हो पा रहा था। जाने वह कहाँ था और कहाँ से प्रकट होगा। वह कहीं से प्रकट होगा और कर्ण को मार देगा।

दुर्योधन बहुत डरा हुआ था। यदि आज का यह रात्रियुद्ध भी पाण्डवों को समाप्त नहीं कर पाया तो स्थिति और भी विकट हो जाएगी।...उसे लगा कि उसके मन में कर्ण के प्रति भी गम्भीर असन्तोष पनप रहा था।...पता नहीं, यह क्या कर रहा है। घटोत्कच दिखाई नहीं दे रहा है तो यह सभी दिशाओं में लक्ष्यहीन बाण क्यों चला रहा है। उस वैजयंती का प्रयोग क्यों नहीं करता कि वह घटोत्कच को खोज कर उसे मार डाले। पाण्डवों में से कोई एक तो समाप्त हो। अर्जुन नहीं मरता इससे तो भीम को मारे। भीम नहीं मरता तो घटोत्कच को मारे। पर किसी को तो मारे। यह अपना बाण संधान का अभ्यास ही करता रहेगा क्या, अथवा शत्रु का वध भी करेगा।...

दुर्योधन को अपने ऊपर भी बहुत क्रोध आया। उसने अपना सारा जीवन इन लोगों को पालने और प्रसन्न करने में ही व्यतीत कर दिया। पितामह और आचार्य के पास दिव्यास्त्र और देवास्त्र थे। कृपाचार्य की चाटुकारिता भी इसी कारण की। अश्वत्थामा और कर्ण का पालन-पोषण करता रहा। क्यों उसने स्वयं दिव्यास्त्र और देवास्त्र प्राप्त नहीं किए? स्वयं तपस्या कर लेता तो इन लोगों का मुँह तो नहीं देखना पड़ता।...तपस्या?...यही तो उससे हो नहीं सकता था।...

और तभी घटोत्कच ने अब तक की अपनी सबसे भयंकर माया प्रकट की। जाने वह स्वयं कहाँ था किन्तु उसकी ओर से बाणों, शक्ति, ऋष्टि, प्रास, मूसल, गदाओं और शतघ्नियों की वर्षा होने लगी।...दुर्योधन के मन में अनेक बार आया था कि वे राक्षस भी तो कोई तपस्या नहीं करते थे; किन्तु इनके पास कुछ और प्रकार के शस्त्र होते थे। तपस्वियों ने अपनी साधना से अपनी आत्मा को सूक्ष्म प्रकृति से एकाकार कर प्राकृतिक तत्त्वों से सूक्ष्म अस्त्रबल प्राप्त किया था तो इन राक्षसों ने उसी प्रकृति के स्थूल भौतिक तत्त्वों से विभिन्न प्रकार की मारक शक्ति प्राप्त की थी। घटोत्कच की इस अस्त्र वर्षा से सहस्रों दुंदुभियों के बजने की भयंकर ध्वनियाँ हो रही थीं, जैसे पर्वतों के शिखर टूट कर गिर रहे हों। न तो राक्षस सैनिक किसी पर दया करते थे और न ही उनके द्वारा प्रयुक्त भुषुण्डी, शतघ्नी, लोहे के पत्रों से मढ़े हुए स्थूणाकार शस्त्र।... कर्ण निरन्तर बाण चला रहा था किन्तु उसके बाण घटोत्कच की उस शस्त्र वर्षा को रोक नहीं पा रहे थे।

दुर्योधन की सेना में पलायन ही पलायन था। सैनिक एक दिशा से दूसरी और दूसरी से तीसरी दिशा में भाग रहे थे। उनका हाहाकार ही सुनाई दे रहा था। न कहीं कोई वीर हुंकार और न कहीं कोई क्षात्र तेज। चारों ओर विषाद की

मूर्तियाँ और कायर पलायन।...क्यों नहीं कर्ण वैजयंती का प्रयोग करता?...कर्ण अपने स्थान पर दृढ़ता से खड़ा था। घटोत्कच की शस्त्रवर्षा को अपने वक्ष पर झेल रहा था और निरन्तर बाणवर्षा कर रहा था; किन्तु उसका लाभ क्या?

और सहसा घटोत्कच ने एक शतघ्नी छोड़ी। वह आकार में पहले से कहीं बड़ी तो थी ही, उसमें रथ के समान पहियों को लगाया गया था। वह अपने बल पर भूमि पर अपने पहियों के ऊपर चल रही थी। मार्ग में आए प्रत्येक विघ्न को पीस कर उसके ऊपर से चलती जा रही थी। अन्ततः आकर उसने कर्ण के रथ को टक्कर मारी। रथ के चारों घोड़े एक साथ ही धराशायी हो गए।

कर्ण रथ से उतर आया।

दुर्योधन और धैर्य नहीं धर सका। कर्ण के निकट आकर रोषपूर्वक बोला, "वैजयंती का प्रयोग क्यों नहीं करते? घटोत्कच मारा नहीं गया तो हममें से कोई नहीं बचेगा। तुम भी नहीं। क्या करोगे उस वैजयंती का अपनी मृत्यु के पश्चात्? अरे भीम और अर्जुन हमारा क्या कर लेंगे। रात्रियुद्ध में सारी सेना को इस प्रकार त्रास देने वाले इस पापी राक्षस को पहले मारो। हममें से कोई बचेगा तो पाण्डवों से युद्ध करेगा न।"

घटोत्कच ने पहियों वाली दूसरी शतघ्नी छोड़ दी।

क्रोध से कर्ण के दाँत भिंच गए। यह घटोत्कच सामने क्यों नहीं आता। दिखाई पड़े तो वह एक बाण से उसका मस्तक काटकर पृथ्वी पर गिरा देगा। पर यदि वह अदृश्य रहकर इस प्रकार शतघ्नियाँ छोड़ता रहा तो सेना के साथ-साथ कर्ण की अस्थियों का भी चूर्ण बन जाएगा।...दुर्योधन ठीक कह रहा है, उसे वैजयंती का प्रयोग करना चाहिए; किन्तु फिर अर्जुन!...दुर्योधन ने उसे इस रात्रियुद्ध के लिए बाध्य किया ही क्यों? न रात्रियुद्ध होता, न इस राक्षस को इस प्रकार अदृश्य रहकर युद्ध करने की सुविधा मिलती। पर अब? सामने से वह शतघ्नी आ रही थी।...अनायास ही कर्ण का हाथ वैजयंती पर जा पड़ा।

दुर्योधन प्रसन्न हो गया, "यही तो। यही तो कह रहा हूँ मैं।"

कर्ण के हाथ से छूटकर वैजयंती, घटोत्कच का वक्ष गहराई तक चीरती हुई अन्धकार आकाश में कहीं विलीन हो गई।

अर्जुन ने हाथों से अपना मस्तक थाम लिया...तो यह सत्य ही था कि कर्ण के पास वैजयंती थी। पर अर्जुन ने यह क्या किया : घटोत्कच को मरने दिया। उसके हाथ से गाण्डीव छूटा-छूटा जा रहा था।

कृष्ण ने लपककर अर्जुन को अपने वक्ष से लगा लिया, "तुम बच गए अर्जुन! अब कर्ण तुम्हारा कुछ नहीं बिगाड़ सकता। उसे युद्ध में मारा गया ही समझो।"

"मैं तो बच गया केशव! किन्तु घटोत्कच!" अर्जुन ने उनकी ओर देखा, "आपको तनिक भी शोक नहीं है घटोत्कच के मरने का।"

"वह पापी राक्षस था।" कृष्ण का स्वर कठोर हो गया, "युद्ध में न मरता तो मुझे भविष्य में किसी समय, अपने हाथों से उसका वध करना पड़ता।"

अर्जुन स्तब्ध रह गया, "क्या कह रहे हैं माधव! वह हमारा पुत्र था। हमारे पक्ष का महारथी योद्धा।"

"मेरा न कोई पुत्र है और न कोई पक्ष।" कृष्ण बोले, "मेरा तो बस एक धर्म है। कोई हमारा स्वार्थ सिद्ध कर दे तो वह हमें प्रिय नहीं हो जाना चाहिए। कोई हमारे परिवार में जन्म ले ले तो वह हमारा रक्षणीय नहीं हो सकता। मेरे लिए तो जैसे जरासंध, शिशुपाल, और एकलव्य थे, उसी प्रकार घटोत्कच भी था। जैसे वे अधर्मी मारे गए, वैसे ही घटोत्कच को भी मरना ही था।"

अर्जुन ने कुछ नहीं कहा। वह जानता था कि कृष्ण को समझना सरल नहीं था। उनके मन की थाह को कौन पा सकता था। पर सारे चराचर जीवों को अपनी ममता देने वाले कृष्ण इतने निर्मम कैसे हो जाते हैं?

कौरवों का वेग बहुत बढ़ गया था। घटोत्कच के मारे जाने से वे अति उत्साहित हो उठे थे। इधर लगता था कि धर्मराज अचेत हो ही जाएँगे। उनकी आँखों से अश्रु बह रहे थे।

"महाराज! शत्रुओं की सेना में भयंकर गर्जना का शब्द बढ़ता जा रहा है। वे आपकी सेना का सर्वनाश कर रहे हैं। द्रोण भी बहुत प्रचण्ड हो उठे हैं।" कृष्ण बोले, "मूढ़ मनुष्यों के समान ऐसी व्याकुलता आपको शोभा नहीं देती। शोक के लिए अवकाश नहीं है। उठिए। युद्ध कीजिए। महासंग्राम का भार सँभालिए। आप ही घबरा जाएँगे तो हमें विजय कैसे मिलेगी।"

युधिष्ठिर ने कृष्ण की ओर देखा, "मैं, आप और भीम जैसा धैर्य कहाँ से लाऊँ। घटोत्कच के मारे जाने से मुझ पर मोह छा गया है और फिर कर्ण का पराक्रम देखकर मैं चिन्ता में पड़ गया हूँ।"

अर्जुन का ध्यान भीम की ओर चला गया। जब धर्मराज ही इतने व्याकुल हैं तो भीम भी कम प्रभावित नहीं हुआ होगा।

"भीम तो अपने अश्रु पी कर आँखों से अंगारे बरसाता हुआ, दुर्योधन को रोकने के लिए चला भी गया है; किन्तु मेरा मन धनुष उठाने का भी नहीं हो रहा।" युधिष्ठिर बोले, "हम वन में थे तो घटोत्कच ने हमारी कितनी सहायता की थी। अर्जुन अस्त्र प्राप्ति के लिए अन्यत्र गया हुआ है, यह जानकर वह काम्यक वन में हमारी रक्षा के लिए, अर्जुन के लौटने तक हमारे साथ रहा। और आज कर्ण ने उसे मार दिया।" सहसा उन्होंने रुककर कृष्ण की ओर

देखा, "अभिमन्यु का वध हुआ, तब भी मैंने कहा था कि उसके लिए बड़े अपराधी कर्ण और द्रोण हैं। किन्तु अर्जुन ने उसके लिए जयद्रथ को दण्डित किया। यदि तब अर्जुन ने कर्ण का वध कर दिया होता तो आज घटोत्कच जीवित होता।"

वे रथारूढ़ हो गए, "भीमसेन आचार्य से युद्ध कर रहा है। मुझे कर्ण के वध का प्रण कर युद्धभूमि में जाना चाहिए।"

युधिष्ठिर ने शंख बजाया और अपने धनुष की टंकार से युद्धभूमि को गुँजाते हुए चल पड़े।

कृष्ण ने अर्जुन को देखा, "समझ रहे हो धनंजय! धर्मराज तुमसे रुष्ट हैं कि तुमने आज तक कर्ण का वध नहीं किया। कर्ण मारा गया होता तो न अभिमन्यु का वध होता, न घटोत्कच का।"

"पर क्या यह सत्य है केशव!"

"उसकी चिन्ता छोड़ो।" कृष्ण बोले, "अब धर्मराज की चिन्ता करो। उनका इस प्रकार अकेले कर्ण से युद्ध करने जाना उचित नहीं है।"

"तो?"

"प्रभद्रकों की सेना को साथ लेकर शिखण्डी जाएँ धर्मराज की सहायता के लिए। प्रयत्न करें कि धर्मराज और कर्ण का सीधा टकराव न हो। भीम की सहायता के लिए धृष्टद्युम्न, द्रोण पर आक्रमण करें।" कृष्ण बोले, "और देखो अर्जुन! सैनिक और वाहन कैसे थक चुके हैं। महारथी निद्रा से अन्धे हो रहे हैं। सग्राम में कोई विशेष चेष्टा भी नहीं हो रही है। यह तो दुर्योधन की हठ ही है।"

अर्जुन ने देखा : कुछ सैनिक अपने शस्त्रों सहित भूमि पर शवों के बीच ही स्थान बनाकर, सो गए थे, कुछ योद्धा रथों में निद्रा से अचेत होकर गिर पड़े लगते थे। और तो और हाथियों और अश्वों पर भी कुछ लोग सो गए थे। इतने संकट में, इस प्रकार के कोलाहल के होते हुए भी योद्धा सो गए हैं, तो वे कितने थक गए होंगे।...कर्ण और आचार्य का प्रतिकार करने की व्यस्तता में इस ओर उसका ध्यान ही नहीं गया था। यह तो अत्याचार है सैनिकों के साथ।...

"पर दुर्योधन तो युद्ध नहीं रोकेगा।" अर्जुन ने कहा।

"सेनापति युद्ध रोकना नहीं चाहते किन्तु सैनिकों को तो विश्राम चाहिए।" कृष्ण ने कहा, "तुम अपनी ओर से प्रयत्न करके देखो।"

"कौरव सैनिको!" अर्जुन ने उच्च स्वर में कहा, "तुम सब लोग अपने वाहनों सहित अत्यधिक थक चुके हो। सारी सेना अन्धकार और धूल से ढँक गई है। लोग अपने शस्त्रों के साथ सो गए हैं अथवा नींद से अन्धे होकर अपने

ही पक्ष पर प्रहार कर रहे हैं। तुम्हारे सेनापति नहीं चाहते कि युद्ध थमे, किन्तु तुम लोग ठीक समझो तो युद्ध रोक दो और दो घड़ी के लिए इस रणभूमि में ही सो लो। विश्राम हो जाए, तुम्हारी आँखें कुछ खुल जाएँ, शरीर की जड़ता दूर हो जाए, तो फिर से युद्ध आरम्भ कर देना। मैं तुम्हें अपने सेनापतियों की अवज्ञा करने को नहीं कह रहा; किन्तु यदि तुम लोग पाण्डव सेना के भय से युद्ध स्थगित नहीं कर रहे हो तो मैं पाण्डवों की ओर से तुम्हें वचन दे रहा हूँ कि जब तक तुम लोग स्वयं ही युद्ध के लिए प्रस्तुत नहीं हो जाओगे, हम तुम पर आक्रमण नहीं करेंगे।"

अर्जुन की बात का सीधा प्रभाव दिखाई दिया। पहले तो सारे रणक्षेत्र पर जैसे स्तब्धता छा गई। कोलाहल क्षीण हो गया। हर प्रकार की गतिविधि रुक गई; और फिर किसी मूक समझौते के अन्तर्गत कौरव सैनिकों के बढ़ने की दिशा बदल गई। वे पाण्डवों की ओर बढ़ने के स्थान पर वापस अपने सेनापतियों की ओर बढ़ गए, "राजा दुर्योधन! महावीर कर्ण! युद्ध बंद करो।"

"यह षड्यन्त्र है।" दुर्योधन ने चिल्लाकर कहा।

"नहीं!" किसी सैनिक ने उत्तर दिया, "यह अर्जुन का धर्म और जीव-दया है। हम उसका कल्याण चाहते हैं।"

"तुम युद्ध नहीं करोगे और वे तुम्हें मार डालेंगे।" दुर्योधन बोला।

"हम युद्ध करेंगे तो भी मारे ही जाएँगे।" उत्तर आया।

"मेरी बात मानो, वे थक गए हैं। युद्ध में असमर्थ हो चुके हैं। हम लड़ते रहे तो प्रातः तक युद्ध जीत भी जाएँगे।"

कौरव सैनिकों में अब कोई गतिविधि नहीं थी।

25

युधिष्ठिर ने घमासान युद्ध में से कृष्ण, अर्जुन, भीम, धृष्टद्युम्न और शिखण्डी को अपने पास बुला लिया था। सात्यकि कहीं दूर दुर्योधन से उलझा हुआ था। उसका इस समय युद्ध छोड़कर आना सम्भव नहीं था।

"आपको सूचना मिल गई होगी कि प्रातः से अब तक आचार्य द्रोण के हाथों हमारे पूज्य महाराज द्रुपद और महाराज विराट् दोनों ही महारथी वीरगति को प्राप्त हुए हैं। आचार्य ने महावीर धृष्टद्युम्न के पुत्रों के भी प्राण हर लिए हैं।" युधिष्ठिर बोले, "और उसके पश्चात् भी आचार्य प्रलय की अग्नि के समान धधक रहे हैं। हमारे सैनिक उनके ताप को सहन नहीं कर पा रहे। ऐसे में हम विजय की क्या सोचें, हमारे प्राण भी बच जाएँ तो बहुत है।"

"धर्मराज ठीक कह रहे हैं।" कृष्ण बोले, "विजय की इच्छा हो तो पाण्डवों को भूलना होगा कि आचार्य द्रोण उनके गुरु हैं। युद्ध में विजय के लिए विरोधी पक्ष से लड़ने वाले गुरु का भी वध करना पड़ता है।"

"मैं तो सहमत हूँ किन्तु आपका यह शिष्य..." युधिष्ठिर ने अपना वाक्य अधूरा छोड़ दिया। सबकी दृष्टि अर्जुन पर जा टिकी; किन्तु अर्जुन सिर झुकाए पूर्ववत् ही बैठा रहा।

"आचार्य को सिवाय धनंजय के और कौन रोक सकता है?" युधिष्ठिर ने कहा, "किन्तु धनंजय मन लगाकर उनसे युद्ध करेगा नहीं। अब बताइए, मैं किसके पास जाऊँ?"

"आप ठीक कह रहे हैं।"

कृष्ण ने अर्जुन की ओर देखा। अर्जुन अब भी सर्वथा उदासीन-सा बैठा था, जैसे इस चर्चा से उसका कोई सम्बन्ध ही नहीं हो। कृष्ण कुछ देर मौन रहे और फिर बोले, "धनंजय आचार्य का वध नहीं करना चाहता, न करे। उससे आचार्य अमर नहीं हो जाएँगे। महाकाल को तो अपना कार्य करना ही है। बस ऐसे में हमें युद्ध के स्थान पर युक्ति का आश्रय लेना होगा। शस्त्रों से भी बलवान होती है नीति।"

अर्जुन ने चौंककर कृष्ण की ओर देखा, किन्तु अब वे उसकी ओर नहीं देख रहे थे। कदाचित् वे जानबूझकर उसकी ओर से मुँह फेरे हुए थे।

"कृष्ण! यदि तुम कोई ऐसा प्रस्ताव करने वाले हो, जिसमें हम अपनी चतुराई से आचार्य को पराजित कर सकें, तो यह मुझे प्रिय नहीं है।" अर्जुन ने कोमन स्वर में कहा।

कृष्ण ने अर्जुन की ओर अब भी नहीं देखा। अर्जुन को उनके चेहरे का भाव देखकर कुछ आश्चर्य हुआ। ऐसा नहीं लगता था कि भयंकर युद्ध की स्थिति में वे पाण्डवों के मध्य बैठे किसी गम्भीर चर्चा में संलग्न हैं। वे तो जैसे आत्मलीन से होकर कुछ विचार कर रहे थे।

"धर्मराज! अर्जुन को विभाजित समर्पण का रोग हो गया है।" कृष्ण बोले, "यह उस ईश्वरीय संदेश को भूल बैठा है।"

"कौन-सा संदेश?" युधिष्ठिर ने पूछा।

"मत्कर्मकृन्मत्परमो मद्भक्तः संगवर्जितः।
निर्वैरः सर्वभूतेषु यः स मामेति पाण्डव।।" कृष्ण बोले।

अर्जुन को स्मरण हो आया...युद्ध के आरम्भ में भी कृष्ण ने उससे यह बात कही थी। वे उन्हीं पंक्तियों को दुहरा रहे थे। इस समय यह अर्जुन को उनका उत्तर था। अर्जुन ने उन्हें बताया था कि उसे क्या प्रिय नहीं है तो उन्होंने भी

उसे बता दिया था कि उन्हें क्या प्रिय है।...पर वे तो कह रहे हैं कि जो प्राणी निर्वैर होकर रहता है, वही उनको प्राप्त करता है, तो फिर वे उसे क्यों बाध्य कर रहे थे कि वह अपने ही गुरु से शत्रुता करे?...

"मैं स्वीकार करता हूँ कि हमें गुरु से वैर नहीं करना चाहिए।" कृष्ण मुस्कराए, "मैं तो उससे भी आगे बढ़कर यह स्वीकार करता हूँ कि हमें किसी से भी वैर नहीं करना चाहिए। हमें अपने मन में वैर का भाव ही नहीं पालना चाहिए।..."

"पर जब लोग हमसे वैर करेंगे...।" भीम ने उनकी बात बीच में ही काट दी।

किन्तु कृष्ण ने भी भीम को अपनी बात पूरी नहीं करने दी। उन्होंने अपना हाथ उठाकर उसे बीच में ही रोक दिया, "किन्तु हमें किसी का मोह भी नहीं पालना चाहिए। हमें निष्काम भाव से अपना कर्तव्य करना चाहिए। हम युद्ध में खड़े हैं तो हमारे सामने केवल दो ही पक्ष होने चाहिए, अपना और शत्रु का। जो हमारे पक्ष में लड़ रहा है, वह इस समय रक्षणीय है और जो हमारे विरुद्ध युद्ध कर रहा है, वह वध्य है। इससे आगे कुछ भी सोचना अनुचित है। अतः युद्ध में उतरना और जय की इच्छा मन में न रखना अथवा जय के लिए पूर्ण प्रयत्न न करना, पाप है। जीत के लिए जो भी युक्ति आवश्यक होगी, हम वह करेंगे। यह युद्धशास्त्र का आदेश है।"

अर्जुन मौन ही रहा।...कृष्ण कह तो ठीक ही रहे थे। पर अर्जुन अपने गुरु को न तो मार सकता था, न उन्हें मरता हुआ देख सकता था। वह कृष्ण के समान योगी नहीं हो सकता। उन्हें तो न किसी से किसी प्रकार का मोह है, न किसी से शत्रुता। फिर भी युद्ध कर रहे हैं। उनका कर्म बाधित होता ही नहीं...

अर्जुन ने सिर झुका लिया...तभी तो वे कृष्ण हैं, और वह अर्जुन! वह उनका शिष्य होकर भी कृष्ण नहीं हो सकता। अपने कर्तव्य को समझकर भी अपने मोह से छूट नहीं पाता...

"कैसी युक्ति केशव?" युधिष्ठिर ने पूछा।

"युद्ध केवल कौशल और शौर्य से ही तो नहीं जीते जाते धर्मराज! उनके लिए युक्ति भी आवश्यक होती है। दुर्योधन ने युक्ति से शल्य का हरण कर लिया और महाराज शल्य उनके हो गए...।" कृष्ण बोले।

"और दुर्योधन ने युक्ति से ही कृष्ण की नारायणी सेना का भी अपहरण कर लिया। वह सेना भी दुर्योधन की हो गई।" भीम ने अत्यन्त अबोध भाव से कहा।

"वह तो मैंने ही नारायणी सेना के स्थान पर कृष्ण को माँगा था।" अर्जुन ने तत्काल कृष्ण का बचाव किया।

"नहीं! मैंने ही युक्ति से नारायणी सेना दुर्योधन को सौंप दी थी। जिस-जिसका नाश निकट आ गया है, वह दुर्योधन के पक्ष का हो गया है।" कृष्ण बोले, "युद्ध को आरम्भ हुए इतने दिन हो गए। कहाँ है वह नारायणी सेना आज? कहाँ है उनका शौर्य?"

"केशव! हम उस युक्ति की बात कर रहे थे।" धर्मराज कुछ उतावले से होकर बोले।

"ओह! हाँ!" कृष्ण मुस्कराए, "हमें स्मरण रखना चाहिए कि योद्धा के लिए शस्त्र भी आवश्यक हैं और उसका आत्मबल भी।..."

"हाँ! और अपने पक्ष के योद्धाओं को धराशायी होते देख हमारा आत्मबल ही तो क्षीण होता जा रहा है।" शिखण्डी ने कहा।

"आप आचार्य को उनके शस्त्रज्ञान से वंचित नहीं कर सकते। आप उनकी दक्षता का हरण नहीं कर सकते। आप उनके दिव्यास्त्र उनसे छीन नहीं सकते। आप केवल एक कान कर सकते हैं।"

"क्या?" भीम ने पूछा।

"आप उनके आत्मबल का हरण कर सकते हैं। एक बार उनका आत्मबल क्षीण कर दिया जाए तो वे स्वयं ही अपने शस्त्र त्याग देंगे।" कृष्ण बोले।

"उनका आत्मबल!" धृष्टद्युम्न ने जैसे अपने आपसे कहा। उसकी आँखों में अग्नि धधक रही थी; किन्तु उसके चेहरे पर एक प्रकार की असहायता का भाव भी था।

"जहाँ तक मैं समझता हूँ, आचार्य की आत्मा एक तपस्वी की आत्मा है। उन्हें अपने लिए कदाचित् कुछ नहीं चाहिए। किन्तु उनके मन में बैठा पिता सांसारिक दृष्टि से भी अत्यन्त महत्त्वाकांक्षी है। उन्होंने जीवन में जब भी किसी भी प्रकार की भौतिक सम्पदा चाही है, अपने एकमात्र पुत्र अश्वत्थामा के लिए ही उसकी इच्छा की है। अब, यदि अश्वत्थामा ही न रहे...?"

"यदि अश्वत्थामा ही न रहे...।" शिखण्डी ने दोहराया।

"पर अश्वत्थामा कैसे न रहे?" धृष्टद्युम्न ने पूछा।

"कैसे की चिन्ता हम बाद में करेंगे।" कृष्ण मुस्कराए, "पहले हम विचार करें कि यदि अश्वत्थामा न रहे तो क्या आचार्य इसी वेग से लड़ सकेंगे?"

"मैं कृष्ण से सहमत हूँ।" भीम ने गम्भीर स्वर में कहा, "द्रोण के ही नहीं कृपाचार्य के प्राण भी अश्वत्थामा में ही बसते हैं। अश्वत्थामा का वध हो जाए तो आचार्य के लिए युद्ध का कोई प्रयोजन ही नहीं रह जाएगा।"

"पर अश्वत्थामा को कौन मारेगा?" सहसा अर्जुन ने कहा।

भीम जैसे तड़पकर अर्जुन की ओर मुड़ा, "तुमसे नहीं कहेंगे उसे मारने को। तुम आचार्य का ही वध करना नहीं चाहते तो उनके प्राणों के प्राण अश्वत्थामा का वध कैसे करोगे।"

भीम के क्रोध को अर्जुन समझ रहा था। पर वह नहीं चाहता था कि भीम की बातों से उत्तेजित होकर वह किसी भी एक पक्ष में कुछ कह दे।

"मैं तुम्हारे क्रोध को समझता हूँ मध्यम! किन्तु तुम भी तो मेरे मन को समझो।"

"समझ गया हूँ तुम्हारे मन को, तभी तो यह सब कह रहा हूँ।" भीम ने कहा, "द्रोण ने अभिमन्यु का वध किया। तुम उससे क्षुब्ध हुए, किन्तु द्रोण से प्रतिशोध न लेकर, जाकर जयद्रथ को मार आए। अब घटोत्कच का वध हुआ है, तो मैं कर्ण से प्रतिशोध न लेकर, उसकी सेना के किसी अश्व को मार आऊँ?"

"निश्चिंत रहो मध्यम! अभिमन्यु का प्रतिशोध लिया गया हो या न लिया गया हो, किन्तु घटोत्कच का प्रतिशोध अवश्य लिया जाएगा। मैं कर्ण का वध अवश्य करूँगा। घटोत्कच ने मेरे लिए प्राण दिए हैं। मैं उसका ऋण अवश्य चुकाऊँगा।"

"हम विषय से भटक रहे हैं।" युधिष्ठिर ने कहा, "प्रश्न है कि यदि अश्वत्थामा मारा गया तो आचार्य युद्ध से निरस्त हो जाएँगे?"

"यह निश्चित है धर्मराज!" कृष्ण बोले, "अश्वत्थामा की मृत्यु का समाचार पाकर द्रोण युद्ध नहीं कर पाएँगे। वे कितने भी दुर्द्धर्ष योद्धा क्यों न हों, उनका मन ऐसा नहीं है कि पुत्र के वध का समाचार सुनकर स्थिर रह सके। आप अश्वत्थामा के वध का प्रबंध कीजिए।"

"अश्वत्थामा का वध तो होगा ही।" युधिष्ठिर ने कहा, "उसके बिना युद्ध समाप्त ही नहीं हो पाएगा, किन्तु तत्काल यह कैसे हो? हमारे पास ऐसा योद्धा कौन है कि जो इसी क्षण जाए और उसका वध कर आए?"

"आपकी आज्ञा हो तो मैं जाऊँ।" शिखण्डी ने उनकी ओर देखा।

"मेरा विचार है कि महावीर शिखण्डी को जाने दिया जाए।" भीम ने कहा।

"पर शिखण्डी तत्काल अश्वत्थामा का वध नहीं कर पाएँगे। उनको कुछ समय तो लगेगा ही।" धृष्टद्युम्न ने कहा।

सबने उसकी ओर देखा : क्या था उसके मन में?...किन्तु धृष्टद्युम्न ने और कुछ कहा ही नहीं।

"और उतनी देर में द्रोण हमारी सेना को पूर्णतः नष्ट कर देंगे।" युधिष्ठिर ने कहा।

"इस कार्य में विलम्ब न हो, इसी का प्रबंध हमें करना है। शिखण्डी अश्वत्थामा को मारने को प्रस्तुत हैं। शिखण्डी उसका वध कर सकें तो बहुत अच्छा, अन्यथा अश्वत्थामा को पूर्णतः अवरोध में रखने का कार्य शिखण्डी करें। पूर्ण अवरोध का अर्थ जानते हैं न आप?" कृष्ण ने रुककर शिखण्डी की ओर देखा, "अश्वत्थामा किसी भी प्रकार उस अवरोध से निकल न सके। उसका कोई समाचार न आचार्य को मिल सके, न दुर्योधन को। उसकी वाहिनी से कोई संदेशवाहक भी बाहर न निकल सके। कोई न जान पाए कि वह कहाँ है और किस स्थिति में है। कर पाएँगे शिखण्डी?"

"आप कहें तो उधर से कोई पक्षी भी इस ओर आने नहीं दूँगा।" शिखण्डी ने कहा।

"तब महाराज! आप आचार्य तक यह सूचना पहुँचा दें कि अश्वत्थामा मारा गया है।" कृष्ण बोले, "अश्वत्थामा यदि शिखण्डी के अवरोध में होगा तो आचार्य यह जान तो पाएँगे नहीं कि अश्वत्थामा जीवित है अथवा मारा जा चुका।...कर पाएँगे?"

सबने एक-दूसरे को देखा।

"यह उचित नहीं है।" अर्जुन ने कहा, "यह धर्म के प्रतिकूल है और यह क्षत्रिय का आचरण भी नहीं है।"

"तुम चुप रहो। कृष्ण से अधिक नहीं जानते हो, धर्म को तुम।" भीम ने कहा, "हम धर्म पर ही चलते रहें और वे हमारे योद्धाओं का वध करते रहें। आचार्य ने कितनी बार लघु ब्रह्मास्त्रों का प्रयोग किया है और किन लोगों पर? उन पर, जिन्हें दिव्यास्त्रों का तनिक भी ज्ञान नहीं था। यह धर्म है? वे धर्मसंगत युद्ध कर रहे हैं? युद्ध के किसी भी नियम का पालन किया है कौरवों ने? जब हम कुछ करने की सोचते हैं तो तुम हमारे हाथ बाँध देना चाहते हो। तुम अपने गुरु के मोह में यह भी भूल जाते हो कि इन्होंने ही अभिमन्यु का वध करवाया है और वह भी अधर्म से।"

अर्जुन ने भीम की ओर देखा। वह कुछ कहना चाहता था, पर भीम ने उसे कहने नहीं दिया। बोला, "और तुम धर्म पर चल रहे हो?"

"क्यों? मैंने क्या किया है?" अर्जुन के स्वर में आश्चर्य था।

"तुम युद्ध कर रहे हो और शत्रु का वध नहीं कर रहे। यह धर्म है?" भीम ने कहा, "तुम पितामह का वध नहीं करना चाहते थे। परिणामतः हमारे सहस्रों योद्धा कटवा दिए। अब तुम आचार्य का वध नहीं करना चाहते और

अपने मित्रों का वध करवा रहे हो। प्रकारान्तर से आचार्य की सहायता कर रहे हो तुम! अप्रत्यक्ष सहायता।"

"पर असत्य भाषण..." युधिष्ठिर को भी अपने सम्मुख संकट खड़ा लग रहा था।

"धर्मराज!" कृष्ण बोले, "यदि आप इस असत्य वचन को स्वीकृति नहीं देंगे तो हम सबके प्राण जाएँगे। हमारे प्राणों की रक्षा के लिए तो आप अनृत वचन बोल ही सकते हैं। उसमें कोई दोष नहीं है। किसी के प्राणों की रक्षा के लिए अनृत वचन बोलना पाप नहीं है; और यहाँ तो हम सबके प्राणों का प्रश्न है।..."

युधिष्ठिर के मन का असमंजस नहीं गया। वे मौन बैठे रहे। अर्जुन प्रसन्न था। धर्मराज इसकी स्वीकृति नहीं देंगे।...किन्तु कृष्ण इसका समर्थन ही नहीं कर रहे, इसका प्रस्ताव भी कर रहे हैं। मध्यम ठीक कह रहा था कि अर्जुन धर्म को कृष्ण से अधिक नहीं जानता था। पर...

"यदि शिखण्डी सचमुच ही अश्वत्थामा को अवरोध में रखें तो मैं द्रोण को अश्वत्थामा के वध की वास्तविक सूचना दूँगा।" भीम ने कहा। कृष्ण ने भीम को बहुत रुचि से देखा, "अश्वत्थामा के वध की वास्तविक सूचना? आप तत्काल वध करेंगे अश्वत्थामा का मध्यम?"

"हाँ! मालवा के राजा इन्द्र वर्मा के पास एक भयंकर गज है, उसका नाम अश्वत्थामा है।" भीम ने कहा।

"हाँ! है तो।" युधिष्ठिर ने समर्थन किया।

"मैं उसी का वध कर द्रोण को सूचना दूँगा कि मैंने अश्वत्थामा को मार दिया है।" भीम ने कहा।

अर्जुन सहम-सा गया। युधिष्ठिर चिन्तन की मुद्रा में थे। धृष्टद्युम्न और शिखण्डी प्रसन्न लग रहे थे।

"यही उचित है।" कृष्ण बोले, "धनंजय! इस असत्य के लिए दोषी तुम हो।"

आचार्य के हाथ-पैर जैसे जड़ हो गए थे। मस्तक के स्थान पर एक प्रस्तर खण्ड आकर बैठ गया था। सारी सृष्टि निस्पंद होकर एक स्थान पर ठहर गई थी।...

किसके लिए युद्ध कर रहा है तू द्रोण? क्या प्रयोजन है तेरा निरीह हत्याएँ करने का? धन के लिए लड़ रहा है? राज्य के लिए? धर्म के लिए तो तू नहीं ही लड़ रहा। किसके लिए धन चाहिए तुझे? किसके लिए राज्य चाहिए? जिसको दूध के स्थान पर आटे का घोल पीते देख तूने धन प्राप्त करने का संकल्प

किया था, अब वह ही इस संसार में नहीं है।...तो फिर क्यों निरीह सैनिकों की हत्याएँ कर रहा है तू? जिनके हाथ में धातु का सा साधारण-सा खड्ग है, और जिन्हें किसी अच्छे शस्त्र गुरु से ढंग का सैन्य प्रशिक्षण भी नहीं मिला है, उनके प्राणों का हरण कर रहा है तू, अपने दिव्यास्त्रों से। क्या मिल जाएगा तुझे? और किसके लिए? इस वृद्धावस्था में क्या करना है तुझे इस राज्य का? और क्या करना है, धन और सम्पत्ति का? तू जिसके रूप में अपनी जाया के गर्भ में जन्मा था, वह अब संसार में नहीं है? तेरा यह शरीर और कितने दिन चलेगा? और तेरे जीवन का विस्तार अब नहीं है। अश्वत्थामा ही नहीं रहा तो किसके माध्यम से अब तू भोगेगा इस संसार के भोगों को? एक ही पुत्र था तेरा। वह भी नहीं रहा।

उनकी चेतना लौटी...उनके सम्मुख खड़ा भीम अब भी अपनी विजय के उपलक्ष्य में, पूरे वेग से अपना शंख फूँक रहा था। पौंड्र की ध्वनि से कान बहरे हो रहे थे। उसने अभी-अभी घोषणा की थी कि उसने अश्वत्थामा को मार गिराया है...

किसने मारा अश्वत्थामा को? भीम ने? पर भीम अश्वत्थामा का वध करने में समर्थ है? उसने कहा तो यही है।...उसने नहीं भी किया तो और कौन वध कर सकता है अश्वत्थामा का? अश्वत्थामा...पर अश्वत्थामा कैसे मारा जा सकता है? कौन मार सकता है अश्वत्थामा को? उसके पास एक से बढ़कर एक दिव्यास्त्र हैं। उसके पास नारायणास्त्र है, जिसका तोड़ इस युद्ध में किसी के भी पास नहीं है। उस अश्वत्थामा का वध कैसे हो सकता है?...पर भीम यह घोषणा कर रहा है कि उसने अश्वत्थामा का वध कर दिया है। कर भी सकता है वह! उसने द्रोण का रथ घुमाकर परे फेंक दिया था। वह अश्वत्थामा को भी कुचल सकता है।...

पर दुर्योधन कहाँ है? उसने इस घटना की सूचना आचार्य को क्यों नहीं दी? भीम के यहाँ पहुँचने से पहले ही कौरवों की ओर से द्रोण को यह सूचना मिल जानी चाहिए थी। इतनी महत्त्वपूर्ण सूचना और कौरवों के प्रधान सेनापति को भी कुछ पता नहीं। कौरवों का इतना महत्त्वपूर्ण योद्धा मारा जाए और कौरव सेना में किसी को इसकी सूचना तक नहीं है? भीम ही आकर घोषणा कर रहा है। कुरुओं के संदेशवाहक और धावक मर गए हैं क्या कि आचार्य को उनके पुत्र के हत्यारे से उसकी हत्या की सूचना मिल रही है?..

विचित्र स्थिति थी आचार्य के मन की। एक ओर मन कह रहा था कि यह सम्भव ही नहीं है; और दूसरी ओर वही इस सम्भावना से आतंकित हो थर-थर काँप रहा है।...

उन्होंने चारों ओर दृष्टि दौड़ाई...दूर-दूर तक कहीं कोई कौरव महारथी दिखाई नहीं पड़ रहा था। किससे पूछते वे? पाण्डव सेना ने उनको पूरी तरह से आवृत कर रखा था...और उनके चारों ओर तो पांचाल सेनाएँ ही दिखाई पड़ रही थीं। अन्य कौरव महारथियों और उनकी वाहिनियों से सर्वथा असंपृक्त हो चुके थे द्रोण। यह पाण्डवों की रणनीति थी?...अथवा कौरव सेना इस सीमा तक ध्वस्त हो चुकी थी कि वह अपने प्रधान सेनापति से भी सम्पर्क करने में असमर्थ हो गई थी?...कहीं कोई कौरव महारथी नहीं है। क्या यह ही इसका प्रमाण नहीं है कि कौरव सेनाओं की दुर्गति हो गई है। और उस दुर्गति का ही एक अवश्यम्भावी परिणाम था—अश्वत्थामा का वध। पाण्डव सेनाएँ उन पर छा गई हैं। स्वयं प्रधान सेनापति के निकट कोई संदेशवाहक नहीं है, कोई विश्वसनीय योद्धा नहीं है। पराजित होती हुई सेना का और क्या लक्षण हो सकता है? यह घोर अव्यवस्था ही तो उसका प्रमाण है।...यह अव्यवस्था है भी या दुर्योधन ने उनसे यह सूचना छुपाए रखने के लिए ऐसी व्यवस्था की है?...जो भी हो...इस समय वे दुर्योधन अथवा किसी कौरव महारथी से सम्पर्क नहीं साध सकते थे। पाण्डव उन्हें इसकी अनुमति नहीं देंगे। उन्हें पाण्डवों की सूचनाओं पर ही निर्भर रहना होगा।...

पर वे पाण्डवों की सूचनाओं पर कैसे विश्वास कर सकते हैं? शत्रु की सूचनाएँ भ्रामक भी हो सकती हैं। यह सायास फैलाया गया प्रवाद भी तो हो सकता है। युद्ध में माया का प्रयोग हो सकता है तो झूठी सूचना क्यों फैलाई नहीं जा सकती। दुर्योधन ने अपना मायाजाल फैलाकर शल्य को अपने पक्ष में लड़ने को बाध्य कर दिया था। युधिष्ठिर के आह्वान पर युयुत्सु तो पाण्डवों से जा मिला; किन्तु शल्य ने अपने भांजों का नाम भी नहीं लिया।...पर नहीं! यह सूचना झूठी नहीं हो सकती।...

सहसा द्रोण का स्वर ऊँचा हो गया, "मैं तुम्हारा विश्वास नहीं करता भीम! तुममें अश्वत्थामा का वध करने का सामर्थ्य नहीं है।"

भीम का रहा-सहा संकोच भी उस उत्तेजना की ज्वाला में जल गया। भीम वध नहीं कर सकता अश्वत्थामा का? समय नहीं था, नहीं तो वह उसका वध करके ही यह समाचार देता आचार्य को। अब तो वह उसका वध करेगा ही।...

द्रोण ने स्पष्ट रूप से उसकी अविश्वसनीयता की बात कही है। यदि वह बलपूर्वक अपनी बात की पुष्टि नहीं करता तो उनको सत्य का आभास हो जाएगा।

"मेरे सामर्थ्य का पता तुम्हें उस दिन नहीं लगा, जिस दिन मैंने तुम्हारा रथ उठाकर फेंक दिया? ऐसा क्या है अश्वत्थामा में कि मैं उसका वध नहीं

कर सकता? समरभूमि में इस प्रकार शवों के पहाड़ न बने होते तो मैं उसका शव लाकर तुम्हारे सामने पटक देता। भूल मुझसे ही हुई है कि उसका मस्तक काटकर में प्रमाण के लिए यहाँ तक नहीं लाया।"

द्रोण का हृदय फट गया। भीम के शब्दों ने उनके सम्मुख अत्यन्त बीभत्स दृश्य प्रस्तुत कर दिया था। अपने एकमात्र पुत्र के वध और फिर उसके शव से उसका मस्तक कटने की कल्पना भी उनके लिए कितनी दुखदायी थी। भीम नहीं जानता था कि उसने क्या कर दिया है।...

उनका मन हो रहा था कि धनुष पर एक क्षुरप्र रखकर इस भीम का मोटा कण्ठ ठीक बीच से काट दें। काट दें?...नहीं! यदि उन्होंने किसी पाण्डव का वध किया तो अर्जुन उनको जीवित नहीं छोड़ेगा।...भीम की सूचना भ्रामक हो सकती है। अश्वत्थामा जीवित हो सकता है। ऐसी स्थिति में द्रोण मरना नहीं चाहते।...

"युधिष्ठिर से कहो कि वह यहाँ आकर अपने मुख से कहे कि अश्वत्थामा अब जीवित नहीं है।"

भीम कुछ सहम गया। कहीं धर्मराज ने द्रोण के सम्मुख ऐसा कुछ कहना स्वीकार न किया तो?...पर यदि अब भीम कोई बहाना करता है तो द्रोण को संदेह हो जाएगा कि सूचना सत्य नहीं है। इस समय धर्मराज को बुलाना और उनसे यह कहलवाना बहुत आवश्यक था।

भीम ने अपने सारथि को संकेत किया। सारथि ने रथ मोड़ लिया। मुड़ते-मुड़ते ही भीम ने उद्घोष किया, "अब तुम्हारा काल भी दूर नहीं है द्रोण! मैं जा रहा हूँ धर्मराज को बुलाने, ताकि वे आकर तुम्हें सूचना दे सकें कि मैंने वस्तुतः अश्वत्थामा का वध कर दिया है। अश्वत्थामा का वध न हुआ होता तो वह स्वयं ही आकर तुम्हें बताता कि वह जीवित है।...तुम भाग मत जाना, न ही मेरे आने तक आत्म हत्या करना।"

वह युधिष्ठिर को बुलाने चला गया था।

द्रोण का मन हताश हो गया। क्या पाप किया था द्रोण ने कि उनका एकमात्र पुत्र भी इस अवस्था में काल के गाल में समा गया? पर क्या वह उनके पापों का हो परिणाम था?...और नहीं तो इस वृद्धावस्था में एकमात्र पुत्र का इस प्रकार चला जाना पुण्य का फल हो सकता है? अब, जब वे सोच रहे थे कि यह युद्ध समाप्त हो ले, वे गुरुकुल और अहिछत्र का राज्य अश्वत्थामा को सौंपकर किसी शान्त वन में जा बैठेंगे, अश्वत्थामा ही चला गया। उसकी पत्नी का क्या होगा? उनकी सन्तान का क्या होगा? कौन पालन-पोषण करेगा उनका? अभी छोटे हैं उसके बच्चे। पिता के ही समान अश्वत्थामा ने विवाह में

विलम्ब किया तो अभी से बच्चे पलकर बड़े कैसे हो जाते। मनुष्य की सन्तान को समय लगता है बड़े होने में।...

इस अवस्था में अब द्रोण अपने पौत्र और पौत्रियों का पालन-पोषण करेंगे! फिर से गृहस्थ बनेंगे। कृपी उनके समान वृद्ध न सही, किन्तु उसकी अवस्था भी इतनी कम तो नहीं है कि अब वह सन्तान के पालन-पोषण का दायित्व सँभाले।...द्रोण अब स्वयं अपने से ही असमर्थ हो रहे थे, उन्हें अपने लिए एक अवलम्ब की अपेक्षा थी। पुत्र की आवश्यकता थी। इस समय उनका एकमात्र पुत्र छीन लिया ईश्वर ने?...किस अपराध का दण्ड दिया था यह? यह कर्म गति है?...कर्म गति ही होती तो आज भी धृतराष्ट्र सिंहासन पर न बैठा होता। जीवन का इस प्रकार सुख न भोग रहा होता। दुर्योधन ने आजीवन इतना सुख न पाया होता। अपने भाइयों को मरवाकर भी अभी वह अपने स्थान पर किसी धृष्ट शिला के समान अड़ा है।...दण्ड ही देना था तो प्रभु! तो दुर्योधन को देते। द्रोण का एकमात्र पुत्र क्यों छीन लिया। नहीं! यह न्याय नहीं था। ईश्वर भी अपने धर्म से डिग गया था क्या?

धर्म?...सहसा द्रोण का मन पलटकर उनके विरुद्ध खड़ा हो गया...वे जानते भी हैं कि धर्म क्या है?...

द्रोण को लगा कि एक ही उपालम्भ से उनके मन में बहुत पहले पढ़े हुए मंत्र अंगड़ाइयाँ ले-लेकर जाग रहे हैं। उनके हृदय में अत्रि ऋषि के मंत्र गुंजन कर रहे थे और उनके हृदयाकाश पर ऋषि जैसे स्वयं उपस्थित हो गए थे।

"कर्म विप्रस्य यजनं दानमध्ययनं तपः।"[2]

हाँ! यज्ञ करना, दान करना, स्वाध्याय और तप करना ब्राह्मणों के कर्म हैं।...वे ही किया करते थे द्रोण हस्तिनापुर आने से पहले। पर तब उनके पुत्र को दूध के स्थान पर भी आटा घोलकर पीना पड़ा था।...ब्राह्मण को उनके काम तो सब ही बताते हैं, किन्तु उसकी आजीविका?

अत्रि स्वयं अपने मुख से अपने शब्द उच्चरित कर रहे थे।

"प्रतिग्रहोध्यापनं च याजनं चेतिवृत्तयः।"[3]

हाँ! अत्रि ने उनकी आजीविका के विषय में भी विचार किया था।...उनकी आजीविका के साधन हैं—दान ग्रहण करना, अध्यापन और यज्ञ कराना। तापस भिक्षुक हो सकता है ब्राह्मण, वह अध्यापक हो सकता है, पुरोहित हो सकता है, मंत्री हो सकता है, राजगुरु हो सकता है। पर वह योद्धा नहीं हो सकता।...

'क्यों नहीं हो सकता वह योद्धा?' द्रोण ने घूरकर आकाश की ओर देखा, 'उसमें सामर्थ्य हो तो वह युद्ध क्यों नहीं कर सकता?'

अत्रि जैसे मुस्कराए। उनके शब्द द्रोण के हृदय में गूँजे :

"क्षत्रियस्यापि यजनं दानमध्ययनं तपः।
शस्त्रोप जीवनं भूतरक्षणं चेतिवृत्तयः।।"[4]

हाँ! यज्ञ करना, दान करना, स्वाध्याय और तप करना—क्षत्रियों के भी कर्म हैं; किन्तु वे अपनी आजीविका शस्त्र से कमाते हैं, जीवों की रक्षा करते हैं।...द्रोण जीवों की रक्षा नहीं, मात्र दुर्योधन की रक्षा कर रहे थे। जीवों की तो वे हत्या ही कर रहे थे।...तो क्या वे अपने धर्म का निर्वाह नहीं कर रहे थे? वे केवल अपने और दुर्योधन के स्वार्थ की पूर्ति कर रहे थे?...

सामने के सैनिक कुछ हटे और युधिष्ठिर का रथ उनके सामने आ खड़ा हुआ।...तो भीम सचमुच ही बुला लाया था उसको। क्यों? इस सूचना की पुष्टि करने के लिए कि अश्वत्थामा अब इस संसार में नहीं है। यदि युधिष्ठिर को इस सूचना की पुष्टि न करनी होती तो वह उनके निकट आता ही क्यों...उसे तो उनसे दूर ही रहना चाहिए था। उनका युधिष्ठिर को बंदी करने का संकल्प अभी पूरा नहीं हुआ था। न ही उन्होंने उसे त्यागने की घोषणा की थी।

"धर्मराज!" द्रोण अत्यन्त अधीर स्वर में बोले, "तुम असत्य नहीं बोलते। बताओ क्या अश्वत्थामा ने युद्ध में वीरगति पाई है?"

युधिष्ठिर का मन असत्य के भय से काँप रहा था। कैसे कहेंगे वे कि अश्वत्थामा मारा गया। पर कहना परम आवश्यक है। न कहने में हानि ही हानि है। उसमें संकोच की क्या आवश्यकता है।...और फिर अश्वत्थामा मारा तो गया ही है। यह दूसरी बात है कि वह आचार्य का पुत्र नहीं था। एक हाथी था वह। वे इतना ही तो कह रहे हैं कि अश्वत्थामा मारा गया। इसमें क्या असत्य है? हाँ! यदि आचार्य पूछें कि मरने वाला अश्वत्थामा मेरा पुत्र था क्या? तब युधिष्ठिर नहीं कह सकेंगे कि वह उनका पुत्र ही था।...

"पर धर्मराज!" उनके अन्तर्यामी ने कहा, "अनृत तो अनृत ही है। अनृत यह कहने में नहीं है कि अश्वत्थामा मारा गया, अनृत यह छुपाने में है कि जो मारा गया वह द्रोणपुत्र नहीं, एक युद्धक गज था।"

तो क्या वे कह दें कि जिसे भीम ने मारा है, वह मालवराज का हाथी था?...पर नहीं! भीम उन्हें यह कहने के लिए बुलाकर यहाँ नहीं लाया है। और कृष्ण ने क्या कहा था? कृष्ण ने कहा था...धर्मराज! यदि आचार्य इस प्रकार आधा दिन भी और लड़ते रहे तो पाण्डव सेना पूर्णतः नष्ट हो जाएगी। हमारी रक्षा करो धर्मराज! किसी के प्राणों की रक्षा के लिए इतना-सा तथ्य छुपा जाना कोई पाप नहीं है।...यह भी कहा था कृष्ण ने कि राजा जब युद्धभूमि में आता है तो उसे विजय को अपना लक्ष्य मानना चाहिए। युद्ध के नियम विजय नहीं दिलाते, विजय प्राप्त होती है, रणकौशल से। युद्ध के नियम राजा

का धर्म नहीं है, राजा का धर्म विजय है।...आचार्य की रक्षा करते रहने से तो पाण्डवों को विजय नहीं मिलेगी। युधिष्ठिर अपने धर्मपालन के लिए पाण्डव सेना में खड़े उनके प्रति निष्ठावान इन सारे योद्धाओं के प्राण तो नहीं ले सकते। नहीं! अपने धर्म के लिए इन सबके प्राणों का मूल्य चुकाने का उन्हें कोई अधिकार नहीं है।...पर आचार्य पूछ रहे हैं कि क्या अश्वत्थामा ने युद्ध में वीरगति पाई है? उस युद्धक गज के लिए वे यह तो नहीं कह सकते कि उसने युद्ध में वीरगति पाई है। वह तो मारा ही गया था। तो वे आचार्य के प्रश्न का उत्तर सीधे सरल ढंग से हाँ कहकर तो नहीं दे सकते। और वे उसे पूर्णतः छिपा भी नहीं सकते।...

"आचार्य! अश्वत्थामा मारा गया है।" युधिष्ठिर ने उच्च स्वर में कहा; किन्तु उसके पश्चात् न तो उनका स्वर उतना प्रबल ही रह गया और न ही वे पूर्णतः मौन ही रह सके। धीरे से अस्पष्ट स्वर में बोले, "जो मारा गया, वह हाथी था... ।"

उनके पहले वाक्य के पश्चात् ही भीम ने पौंड्र फूँक दिया था। उसके साथ ही चारों ओर युद्धरत पाण्डव वाहिनियों ने भी विजय का भयंकर गर्जन किया था। युधिष्ठिर अपना दूसरा वाक्य स्वयं ही नहीं सुन पाए थे।...

वे समझ रहे थे...भीम ने जानबूझकर अपना शंख फूँका था। वह नहीं चाहता था कि युधिष्ठिर के पहले वाक्य खण्ड के पश्चात् का कोई भी शब्द द्रोण सुन पाएँ। किन्तु सैनिकों को तो पता नहीं था कि मरने वाला युद्धक गज था, द्रोण का पुत्र नहीं। तो?...वे कदाचित् विजय के उन्माद में ही चिल्लाए थे। जो भी था। द्रोण तक यह सूचना नहीं पहुँची थी कि मरने वाला उनका पुत्र नहीं था।...अब इसके पश्चात् उनके प्रश्नों का उत्तर देना और भी कठिन हो जाएगा।...

युधिष्ठिर का रथ मुड़ा और अपनी सेना के पीछे कहीं अदृश्य हो गया।

युधिष्ठिर के रथ का स्थान धृष्टद्युम्न के रथ ने ले लिया था। द्रोण ने उसे देखा, किन्तु उनके मन में न उसका विरोध जागा, न युद्ध का उत्साह, न विनाश का उन्माद। उनके मन में अब किसी प्रकार का कोई उत्साह नहीं रह गया था। समरभूमि से अधिक उन्हें अपना हृदय दिखाई दे रहा था। धृष्टद्युम्न सामने खड़ा है, खड़ा रहे। उनके लिए अब वह महत्त्वपूर्ण नहीं रहा था। वे अपना संवाद किसी और धरातल पर करना चाहते थे।...क्यों छीन लिया ईश्वर ने उनसे उनका एकमात्र पुत्र? किस पाप का दण्ड है यह?...

उनके अपने ही प्रश्न के उत्तर में मन में अत्रि के शब्द गूँजे :

"ये व्यपेताः स्वधर्मेभ्य पर धर्मे व्यवस्थिताः।

तेषां शास्तिकरो राजा स्वर्गलोके महीयते।।"[5]

ठीक कह रहे थे आत्रि...जो अपने धर्म का पालन नहीं करते और परधर्म में तत्पर हैं, उनको दण्डित करने वाला राजा, स्वर्ग लोक में पूजा जाता है।...तो धर्मराज युधिष्ठिर ने इसी रूप में उन्हें दण्डित किया है। वे अपना धर्म त्याग कर किसी और ही लोक में आ गए थे। यहाँ भय था, लोभ था, मोह था, तृष्णा थी, हिंसा थी और अहंकार था।...वे स्वयं को इस संसार का अंग मानने लगे थे। पर यह तो उनका संसार नहीं था। ये ब्राह्मण के लक्षण नहीं थे। उन्होंने अपनी शिक्षा के आरम्भिक दिनों में अत्रि ऋषि के शब्दों का पढ़ा था :

"शौचं मंगलमायासं अनसूया अस्पृहा दमः।

लक्षणानि च विप्रस्य तथा दानं दयापि च।।"[6]

हाँ! ब्राह्मण के लक्षण ये नहीं थे कि वह राजा का तिरस्कार सहता हुआ, अपने मोह में सेनाओं का संचालन करे और ईश्वर के बनाए हुए जीवों की निरीह हत्या करे। ब्राह्मण के गुण हैं...पवित्रता, मंगल, परिश्रम, अन्य लोगों के गुणों में छिद्र न ढूँढना, कामना न करना, इन्द्रियों को विषयों से रोकना, दान देना, और दया।...पर द्रोण ने तो कहीं भी दया नहीं दिखाई। अपने प्रिय शिष्यों के साथ होते हुए अन्याय को केवल इसलिए सहन करते रहे, क्योंकि उससे वे अपना स्वार्थ साध सकेंगे। फिर समरभूमि में आ खड़े हुए और उन लोगों को दिव्यास्त्रों से मारा, जिन्हें दिव्यास्त्रों का तनिक भी ज्ञान नहीं था। पाप किया...पर क्या करते। हस्तिनापुर में रहकर तो यही सम्भव था।...

"हस्तिनापुर में ही रहना क्यों आवश्यक था?" सहसा उनके अन्तर्यामी ने पूछा।

"तो और कहाँ रहता?" वे बोले, "कहीं तो आश्रय चाहिए ही था।"

वे मौन हो गए। अन्तर्यामी भी मौन ही रहा। उनके प्रश्न के उत्तर में ऋषि हारीत बोले :

"कृष्णसारो मृगो यत्र स्वाभावेन प्रवर्त्तते।

तस्मिन् देशे वसेद्धर्मः सिद्धयति द्विजसत्तमाः।।"[7]

ठीक तो कह रहे हैं हारीत!...ब्राह्मण को अपने धर्म का पालन करना है तो उसे हस्तिनापुर में रहने की आवश्यकता ही क्या है। ब्राह्मण वहाँ वास करे, जिस देश में कृष्णसार मृग सहज भाव से विचरण करे। जहाँ हिंसा न हो, उग्रता न हो, रजोगुण का बाहुल्य न हो।...और द्रोण ने सदा वास किया शस्त्रों में। आज भी वे खड़े हैं, जहाँ चारों ओर हिंसा और हत्या है। क्रोध और घृणा है। तो वे कैसे आशा कर सकते हैं कि उन्हें धर्म प्राप्त होगा? पुण्य प्राप्त

होगा?...ब्राह्मण तो ब्रह्मा के मुख से उत्पन्न हुआ है। उसका उपकरण वाणी है, माँ सरस्वती का वरदान। वह बिना काँटों का निरुपम खेत है। उसको उसी में कृषि करनी है। उसी में सब बीजों को बोना है, वही सब कामनाओं को पूर्ण करने वाली खेती है उसकी।...पराशर ने कहा है न :

"ब्राह्मणस्य मुखं क्षेत्रं निरुपममकंटकम्।
वापयेत् सर्व्ववीजानि सा कृषिः सर्वकामिका।।"[8]

...उग्रता ब्राह्मण के लिए नहीं है। वह क्षत्रिय का काम है। वह हाथ में शस्त्र धारण करता है। शस्त्र को हाथ में धारण करने वाला, प्रकर्ष दण्ड वाला क्षत्रिय, प्रजा की रक्षा करता हुआ शत्रु सेनाओं को जीत कर धरा का धर्म के साथ पालन करता है :

"क्षत्रियो हि प्रजारक्षन् शस्त्रपाणिः प्रचण्डवत्।
विजित्य परसैन्यानि क्षितिं धर्मेण पालयेत्।।"[9]

द्रोण ने प्रजा के पालन की बात कभी नहीं सोची, तो फिर उन्होंने शस्त्र क्यों धारण किया? इसीलिए तो कि वे रणभूमि में दूसरों की हत्या करें और फिर उनके पुत्र की हत्या हो...अश्वत्थामा मारा गया। युधिष्ठिर ने यह भी नहीं कहा कि अश्वत्थामा ने वीरगति पाई है। उसने कहा अश्वत्थामा मारा गया है। हाँ! मारा ही तो जाना था।...अपनी निर्धनता से बहुत दुखी हुए थे द्रोण! पर तब उन्होंने पराशर के वचनों को स्मरण नहीं रखा था..."न श्रीः कुलक्रमायाता स्वरूपाल्लिखितापि वा।"[10]...कुलक्रम से आई हुई लक्ष्मी स्थिर नहीं होती, न ही आलेखन की हुई लक्ष्मी स्थिर होती है।...लक्ष्मी की चंचलता को स्वीकार क्यों नहीं किया उन्होंने। क्षत्रिय उसे तलवार से प्राप्त करके भोगता है। पृथ्वी का राज्य वीरों द्वारा ही भोगा जाता है।..."खड्गेनाक्रम्य भुंजकीत वीरभोग्या वसुधंरा।।"[11]...पर वह क्षत्रिय, दुर्योधन के समान प्रतिदिन अपने भाइयों और बेटा को युद्धभूमि में कटवाता है। द्रोण के समान नहीं कि पुत्र के मारे जाने का समाचार पाकर हाथ से शस्त्र छूटकर गिर जाता है।...इरावान को मरते देखा था अर्जुन ने। अभिमन्यु का भी वध हुआ। उससे अर्जुन का गाण्डीव नहीं छूटा। वह और भी प्रचण्ड होकर लड़ने आया और उसने जयद्रथ का वध किया।...नहीं द्रोण! तुम उस क्षत्रिय जीवन के उपयुक्त नहीं।...व्यर्थ का लोभ किया। व्यर्थ का अहंकार किया। वे इस प्रकार के जीवन के योग्य नहीं हैं। उनका 'ब्रह्म' मोक्ष है। वे मोक्ष प्राप्त करना चाहते हैं। तो फिर उन्होंने अपनी आजीविका रणभूमि में क्यों चुनी? यह आजीविका उनके लिए है, जो उसके माध्यम से धर्म की स्थापना कर सकते हैं।...भूल हुई द्रोण! तुमसे भूल हुई। तुम्हें अपने मार्ग पर ही चलना चाहिए था।...

तो अब ही क्या बिगड़ा है? अश्वत्थामा की मृत्यु ने उनके अज्ञान को छिन्न-भिन्न कर दिया है। कदाचित् उनकी आँखें खोलने के लिए ही अश्वत्थामा को यह बलिदान देना पड़ा है।...

धृष्टद्युम्न का रथ उनके सम्मुख खड़ा था। वे उसे अनुमति नहीं दे सकते थे कि वह युद्धभूमि में उनका वध कर सारे क्षत्रिय समाज में द्रोणहंता के रूप में गौरवान्वित हो। उससे युद्ध करेंगे वे...उन्होंने धनुष पर बाण चढ़ाया और बाण वर्षा आरम्भ कर दी।...

पर उनका मन वहाँ नहीं था। अब युद्ध उनके लिए तनिक भी महत्त्वपूर्ण नहीं रह गया था। आसपास का सारा परिवेश न केवल धूमिल हो गया था, वह कहीं अदृश्य-सा भी हो गया था।...वे तो जैसे किसी निभृत एकान्त में खड़े ईश्वर से पूछ रहे थे...पाप उन्होंने किया था। अधर्म उन्होंने किया था। तो फिर उसका मूल्य अश्वत्थामा को क्यों चुकाना पड़ा? उसे क्यों पूर्णायु प्राप्त नहीं हुई? क्या ईश्वर का विधान एक के कर्म का दण्ड दूसरे को दे सकता है? क्या नियति की आँधी नेत्र मूँदकर चलती है?...या वे मान लें कि अश्वत्थामा भी उनके ही समान पापी था और उसने अपने कर्मों का फल पाया था?...उसने अपने प्राण खोए थे और द्रोण ने अपना एकमात्र युवा पुत्र खोया था।...दोनों को दुख मिला, तो क्या वे पिता-पुत्र दोनों ही पूर्व जन्म के पापी थे?...

सहसा उनके मन ने उन्हें डाँटा, 'इसमें कर्मों का फल क्या है? जो युद्धक्षेत्र में खड़ा है, उसका प्रबल शत्रु किसी भी क्षण उसे मारकर गिरा सकता है।'

...पर मन की इस डाँट से वे सहमे नहीं।...नहीं! वे नियति को अस्वीकार नहीं कर सकते। युद्धक्षेत्र में तो सभी खड़े हैं, किन्तु अपना समय आने से पहले कोई नहीं मरता। वे स्वयं अब तक जीवित हैं। कौरव पक्ष और पाण्डव पक्ष के इतने लोग अब तक जीवित हैं किन्तु भीष्म शर-शैया पर लेटकर समरभूमि से हट गए हैं। अर्जुन की सी क्षमताओं वाला योद्धा अभिमन्यु, पाण्डवों के सारे बल के होते हुए भी वीरगति को प्राप्त हो गया।...नहीं! अपने समय से पहले कोई नहीं मरता।...क्या अश्वत्थामा अपने कर्मों के कारण ही अल्पायु लेकर आया था?...पर इस रूप में ही क्यों सोचा जाए? कर्म अपने स्थान पर हैं। किन्तु सुख और दुख को समझने में भी तो भूल करता है मनुष्य। उससे अपने सौभाग्य और दुर्भाग्य को समझने में भी तो भूल हो सकती है। एक पुत्र ही था, जिसकी सुख-सुविधाओं के लिए वे सांसारिकता की दलदल में धँसते गए थे।...आज उन्हें समझ जाना चाहिए कि कोई किसी का नहीं होता। उपनिषदों ने ठीक ही कहा है इदम न मम। मेरा कुछ नहीं है।...सब कुछ उस ईश्वर का ही है। अश्वत्थामा के प्रति उनकी आसक्ति उनका भ्रम

था, उनका अज्ञान था। कोई जीवन किसी दूसरे जीवन का कैसे हो सकता है। जीव तो ईश्वर का ही हो सकता है। जो ईश्वर का था, वह अब भी ईश्वर का है, भविष्य में भी ईश्वर का ही रहेगा। उसे द्रोण ने अपना मान लिया और उसकी सुख-सुविधाओं के लिए माया के संसार में धँसते चले गए।...अब मुक्त कर दिया है प्रभु ने उनको उस भ्रमजाल से। उन्हें उनके मोह से मुक्त करने वाला ईश्वर न तो कठोर हो सकता है, न अन्यायी। वह दयालु है, कृपालु है, वह करुणासागर है।

उनके हृदयाकाश पर एक-एक कर अनेक ऋषि प्रकट हो रहे थे। उनके शब्द द्रोण के मन में बार-बार गूँज रहे थे।...किस माया में पड़ा है द्रोण? क्या जीतना चाहिए और तू क्या जीतने का प्रयत्न कर रहा है। शत्रुओं को ही मारना है तो मन में बैठे अपने शत्रुओं को मार। अहंकार को मार, राग और द्वेष को मार। ईर्ष्या, लोभ, मोह और क्रोध को मार। युद्धक्षेत्र में खड़े, ईश्वर के बनाए इन जीवों का वध करने से कहीं तू मोक्ष पा सकेगा? पाण्डवों को मत जीत। तू धर्म को जीत। राज्य, धन, सम्पत्ति, सत्ता और अधिकारों का संचय मत कर। धर्म को पाने के लिए सात्विकता का संचय कर, निर्मलता का संचय कर। करुणा और प्रेम का संचय कर, दया और उदारता को अपना आभूषण बना। दूसरों के प्राणों को हरण मत कर, उनकी रक्षा के लिए अपने प्राणों का विसर्जन कर।...सोच! अब भी सोच! तेरा शत्रु द्रुपद है, या तेरा अपना अहंकार? तेरे ज्ञान ने तुझे विनीत बनाया या अहंकारी। तेरे ज्ञान ने तुझे मुक्त किया या तुझे बन्धनों में बाँधा। व्यर्थ हैं धनुष बाण। फेंक दे इन्हें और समाधि में बैठ जा। जो सुख उस सच्चिदानंद में विलीन होने में है, वह मनुष्यों और पशुओं का रक्त बहाने में नहीं है।...

द्रोण को पता ही नहीं चला कि कब उनके हाथ से धनुष बाण छूट गया और वे पद्मासन लगाकर बैठ गए। उनका मन जैसे पहले से ही आत्मलीन हो रहा था। तत्काल उसका ऊर्ध्वगमन आरम्भ हो गया। उन्हें लग रहा था वे किसी लम्बी नींद से जागे हैं। उनके सारे बन्धन जैसे खुल गए हैं। जिस साँकल ने उन्हें मृत्तिका से बाँध दिया था, वह साँकल खुल गया था। वे बहुत हल्के हो गए थे। उनके मन में कोई कामना नहीं रह गई थी। किसी के प्रति कोई राग-द्वेष नहीं था। मन बहुत निर्मल हो आया था। वे जैसे अपनी देह तक सीमित नहीं थे। किसी अत्यन्त विराट सत्ता का अंग हो गए थे। वे इस ब्रह्मंड में कहीं भी—किसी भी लोक में, किसी भी काल में—विचरण कर सकते थे। सब सुन सकते थे, सब देख सकते थे।...अब उन्हें न सूर्य के प्रकाश की आवश्यकता थी, न चन्द्रमा की प्रभा की, न ही अग्नि की आवश्यकता रह

गई थी। वे किसी ऐसे लोक में पहुँच गए थे, जहाँ सब कुछ स्वयं प्रकाशित था।...सब ओर प्रकाश था, सब ओर सत्व था, सब ओर आनन्द था।...

26

अर्जुन का मन बहुत अशान्त था। एक विचित्र प्रकार की व्याकुलता उसे निरन्तर विचलित कर रही थी। मन-ही-मन जैसे वह ऐंठ रहा था। उसके वक्ष में एक अजान-सी पीड़ा की लहरें उठ रही थीं। इधर पीड़ा की लहर उठती थी और उधर आचार्य का वध करते हुए धृष्टद्युम्न का चित्र मन पर छा जाता था। धृष्टद्युम्न ने उसके गुरु के केश पकड़कर उनका मस्तक काट लिया था। अर्जुन चिल्लाता ही रह गया कि यह पाप है। ऐसा मत करो। धिक्कार है तुम्हें। अरे गुरु को जीवित ही पकड़ लो, उन्हें बंदी बना लो। उनका वध मत करो।... पर धृष्टद्युम्न ने वध किया वह भी कैसे? शस्त्र त्याग कर चुके, ध्यान में बैठे, आचार्य का जटाजूट पकड़कर उनका मस्तक काट लिया और उस मस्तक को उसने कौरव सेना की ओर उछाल दिया। कौरवों में भगदड़ मच गई और यह भी पता नहीं चला कि आचार्य द्रोण का धड़ कहाँ है और उनका मस्तक कहाँ गया। किसी झंझावत के पश्चात् किसी वन में से एक झड़े हुए पत्ते को खोजने जैसा असम्भव था, आचार्य के शरीर को खोजना।

अर्जुन के अपने मन में अनेक प्रश्न उठ रहे थे।...वह इतना व्यथित क्यों था? वे लोग युद्ध कर रहे थे। युद्ध में तो कोई कभी भी मर सकता है। उसके अपने पुत्रों का वध हुआ तो वह युद्ध छोड़कर भाग गया? द्रुपद मारे गए, विराट ने वीरगति प्राप्त की—तो न आकाश टूटा, न धरती फटी।...आचार्य तो लड़ ही विरोधी पक्ष से रहे थे। उनका वध तो होना ही था। कोई भी करता। ...स्वयं कृष्ण कितनी ही बार उसे आचार्य के वध के लिए प्रेरित कर चुके थे। धर्मराज उसे उपालम्भ दे चुके थे। भीम उत्तेजित कर चुका था।...पर अर्जुन का मन था कि मानता ही नहीं था।...वह आचार्य का वध कैसे कर सकता था। निश्चय ही आचार्य को भी पूर्ण विश्वास रहा होगा कि कुछ भी हो जाए, वह उनका वध नहीं करेगा।...पर क्या हुआ उस विश्वास का और क्या हुआ अर्जुन के संकल्प का...

इससे तो कहीं अच्छा था कि वह ही अपने दिव्यास्त्रों से आचार्य के प्राण हर लेता। वे एक गौरवपूर्ण मृत्यु को प्राप्त होते। यह तो एक पशु के समान कटने जैसा था। धृष्टद्युम्न कूदकर उनके रथ में जा पहुँचा था। वे पद्मासन में बैठे थे। उनके हाथ में शस्त्र नहीं थे।...

अर्जुन का मन रोन-रोने को हो रहा था...धृष्टद्युम्न के इस पाशविक कृत्य के कारण बने थे स्वयं धर्मराज। उन्होंने आज तक कभी मिथ्या भाषण नहीं किया था, पर आज आचार्य के सम्मुख कह दिया कि अश्वत्थामा मारा गया है।...सत्य है कि अश्वत्थामा मारा गया था। पर धर्मराज जानते थे कि द्रोण कभी कल्पना भी नहीं कर पाएँगे कि उनको जो समाचार दिया जा रहा है, वह उनके पुत्र के विषय में नहीं है। इस सारे युद्ध में उनको कब सूचना दी गई कि कौन-सा गज मारा गया, कौन-सा अश्व मारा गया अथवा किस-किस सैनिक और किस-किस सेनानायक के प्राण निकल गए।...उनको अश्वत्थामा के विषय में बताया गया तो इसलिए, क्योंकि वह उनका पुत्र था।...

क्यों किया धर्मराज ने ऐसा? केवल राज्य के लिए? राज्य के लोभ से? विजय की आसक्ति में बँधकर?...पर कृष्ण तो कह रहे थे कि यदि वे मिथ्या कथन नहीं करेंगे तो पाण्डवों के प्राण नहीं बचेंगे।...तो क्या कृष्ण और अपने भाइयों के प्राणों की रक्षा के लिए किया ऐसा कृत्य?

अर्जुन के मन में एक विचित्र प्रकार की वितृष्णा जागी।...क्या रखा था इन बातों में? वे लोग अपने जीवन का एक बड़ा भाग जी चुके हैं। अब शेष बचा ही कितना है। कहीं ऐसा तो नहीं कि वार्द्धक्य के कारण उन लोगों का अपने मन पर नियंत्रण शिथिल हो रहा है? लोभ और तृष्णा को उन्होंने अपने यौवन काल में तो दबाए रखा, अब वे भाव उनकी क्षमता को चुनौती देते हुए उद्दण्ड हो रहे हैं। वह न भी हो तो क्या वृद्धावस्था के कारण उनका मस्तिष्क विकृत हो रहा है। उनसे निर्णय की भूल हो रही है? वे नहीं समझ पा रहे हैं कि वे लोग क्या कर रहे हैं।...

भीम ने तो कभी समर्थन नहीं किया अर्जुन की नीति का। उसने कहा कि वे लोग क्षत्रिय कर्म कर रहे हैं, इसलिए अर्जुन उन्हें मुनियों का-सा उपदेश न दे।...भीम सदा से ऐसा ही रहा है। वह बहुत भिन्न है, अर्जुन से। वह धर्मराज से भी भिन्न है, वह अर्जुन को कहता है कि अर्जुन एक समर्थ क्षत्रिय होकर भी मूर्खों के समान बातें कर रहा है।...रजोगुण बहुत है भीम में? क्यों? उसने भी तो वही शिक्षा प्राप्त की है, अपने गुरुओं से।...पर नहीं। लोग शिक्षा प्राप्त तो करते हैं, किन्तु उसे ग्रहण नहीं करते। और शिक्षा से ही तो सब कुछ नहीं होता, नहीं तो अच्छी शिक्षा से संसार में सब कुछ सुधर जाता। शिक्षा तो दुर्योधन ने भी वही पाई है, पर उसके व्यवहार में शिक्षित मनुष्य का कोई भी गुण है क्या?...शिक्षा से लोकमत तो बनेगा, किन्तु उससे प्रत्येक मनुष्य में इच्छित गुण उत्पन्न नहीं होंगे। गुण तो जन्मजात ही हैं—ईश्वर प्रदत्त; पूर्व जन्मों के कर्मों और संस्कारों के अनुरूप।...

कृष्ण ने युद्धारम्भ के समय ही उससे दैवी और आसुरी सम्पदा की चर्चा की थी। उन्होंने कहा था, "भय, क्रोध, द्वेष, लोभ तथा सम्मान पाने की लालसा का अभाव, अन्तःकरण की निर्मलता, दिव्य ज्ञान का सेवन, दान, आत्मसंयम, यज्ञ, वेदों का अध्ययन, तप, सरलता, अहिंसा, सत्य, त्याग, शान्ति, दया, कोमलता, लज्जा, दृढ़ निश्चय, तेज, क्षमा, धैर्य तथा पवित्रता—ये सब गुण दैवी प्रकृति के लक्षण हैं।..." मध्यम पाण्डव भीम इन सबसे अछूता तो नहीं है। भय का सर्वथा अभाव है उसमें। किसी बात का भय नहीं है उसे।...पर क्रोध का अभाव नहीं है उसमें। वह क्रोध चाहे सात्विक ही हो, किन्तु क्रोध तो है ही। सब समय वह सात्विक भी नहीं होता, कभी-कभी अपने बल के अहंकार से भी जन्मता है। तब भीम को रोकना कठिन हो जाता है। द्यूतसभा में द्रौपदी को अपमानित होते देखकर भीम का क्रोध सर्वथा उच्छृंखल हो गया था। वह धर्मराज के हाथों को जलाने की बात कह उठा था।...पर लोभी नहीं है वह। हाँ! सांसारिक भोग की इच्छा उसमें अपने दूसरे भाइयों से कुछ अधिक है। रजोगुण का बाहुल्य है उसमें। उसके अन्तःकरण की निर्मलता पर अर्जुन को कभी संदेह नहीं हुआ। वह सरल भी है। कई बार तो लगता है कि बहुत भोला है, बहुत अबोध है। इसलिए अर्जुन के मन में बहुत प्रेम है, अपने उस उद्दण्ड भाई के लिए। उसमें सत्य, दया और कोमलता भी है, किन्तु वह कठोर और हिंस्र भी हो उठता है। नहीं! शायद वह हिंस्र नहीं है, किन्तु प्रतिशोध की भावना बड़ी भयंकर है उसमें। उसका प्रतिशोध और दण्ड बड़ा कठोर होता है।...

भीम ने अर्जुन से कहा था कि अर्जुन मर्यादा का उल्लंघन नहीं करता, यह प्रशंसनीय है। तेरह वर्षों के संचित अमर्ष को भूलकर अर्जुन धर्म की बात कर रहा है, अतः वह पूजनीय है।...यह भी कहा था कि अर्जुन की बुद्धि क्रूरता को त्याग, दया में रमती है, यह सौभाग्य की बात है।...पर स्वयं भीम अपना राज्य अपहरण करने वाले और द्रौपदी का अपमान करने वाले कौरवों को क्षमा नहीं कर सकता। वह उनको उनके भाई-बन्धुओं सहित मार डालेगा।

पर अर्जुन की पीड़ा उससे शान्त नहीं हुई थी। किसी का कोई तर्क उसके मन को शान्त नहीं कर पा रहा था। उसे जैसे ही स्मरण आता कि धृष्टद्युम्न ने आचार्य के केश पकड़े थे, उसे एक प्रकार का उन्माद चढ़ आता था। उसे भय लगने लगता था कि कहीं उसका हाथ ही न उठ जाए, धृष्टद्युम्न पर।... युद्ध अभी समाप्त नहीं हुआ था। कौरव अभी निःशेष नहीं हुए थे। कर्ण अभी जीवित था। अश्वत्थामा जीवित था। ऐसे में पाण्डवों का परस्पर लड़ना उचित नहीं था। उनकी एकता और अखण्डता बनी रहनी चाहिए।...

युधिष्ठिर ने आकर उन सबको सूचना दी थी कि शिखण्डी के अवरोध को तोड़कर अश्वत्थामा अपने शिविर में लौट आया है और उसने पाण्डवों को समाप्त करने का संकल्प किया है। अब तक वह दुर्योधन का युद्ध लड़ रहा था, किन्तु अब वह अपना युद्ध लड़ेगा।...

सबने युधिष्ठिर की ओर देखा, "इसका क्या अर्थ?"

"सूचना आई है कि उसने यह भी कहा है कि उसके पास कोई ऐसा अस्त्र है, जिसका प्रतिकार न कृष्ण को ज्ञात है, न अर्जुन को।" युधिष्ठिर ने कृष्ण की ओर देखा।

कृष्ण कुछ नहीं बोले, मुस्कराकर रह गए।

"तुम क्या कहते हो धनंजय!"

"मैं कहता हूँ कि द्रुपदपुत्र ने अन्याय किया है।" अर्जुन जैसे अपनी मर्यादा भूल गया था, "अश्वत्थामा की प्रतिक्रिया स्वाभाविक ही है। साहस है तो जाइए, जाकर अश्वत्थामा से द्रुपदपुत्र की रक्षा कीजिए।"

"क्या अन्याय किया है धृष्टद्युम्न ने?" कृष्ण बोले, "क्या उसे युद्ध में अपने शत्रु का वध नहीं करना चाहिए था?"

"वध करता, किन्तु उस समय, जब वे युद्ध कर रहे थे।" अर्जुन बोला, "उसने उनका वध तब किया है, जब वे शस्त्र डाल चुके थे। नहीं तो मैं देखता, धृष्टद्युम्न उनका वध कैसे करता। हमने नीचता की है। हमने राज्य के लोभ में वृद्ध आचार्य के साथ छल किया है।"

"यह सत्य नहीं है।" धृष्टद्युम्न ऊँचे स्वर में बोला, "उनके पास शस्त्र थे। वे युद्ध कर रहे थे। उन्होंने मेरे धनुष को काटा था। मेरे सारथि का वध किया। मैं मध्यम पाण्डव भीम के रथ में आरूढ़ होकर नए रथ तक पहुँचा था। नए रथ में जब मैं युद्ध करने आया तो उन्होंने मेरा धनुष काटा, मेरी गदा को काटा, मेरे खड्ग को काटा। तो भी मुझसे कहा जा रहा है कि वे युद्ध नहीं कर रहे थे।"

"तुमने जब उनका मस्तक काटा, तब उनके हाथ में कोई शस्त्र नहीं था।" अर्जुन ने अपना विरोध जताया।

"अपने रथ के ईषा दण्ड पर पैर रखकर मैं उनके घोड़े की पीठ पर से होता हुआ, उनके रथ में कूदा था। मुझे इतना निकट देखकर उनके हाथ से शस्त्र छूट गया हो सकता है। उस समय मेरे वध के लिए उनके अन्तःकरण में दिव्यास्त्र प्रकट नहीं हुए, तो इसमें मेरा क्या दोष है। उसके लिए पापी दुर्योधन है, जो अपने वृद्ध आचार्य से उतना श्रम करवा रहा था, जितना कोई किसी युवा अश्व से भी नहीं करवाता।...तुम्हें स्मरण रखना चाहिए कि उन्हें

अनवरत बाण चलाते हुए चार दिन हो चुके थे। पिछली रात भी पूरी व्यतीत हो चुकी थी। एक वृद्ध मनुष्य से और कितना युद्ध अपेक्षित है। उन्होंने मुझे आहत किया, मेरा रक्त बहाया। फिर भी तुम कह रहे हो कि उनके हाथ में शस्त्र नहीं था।" धृष्टद्युम्न बोला, "सात्यकि ने उनका बाण काटा था और मुझे मृत्यु के मुख से निकाला था। द्रोण यदि युद्ध ही नहीं कर रहे थे तो वह बाण किसने मारा था और किसको मारा था?" धृष्टद्युम्न ने अर्जुन की ओर देखा, "यदि मैंने द्रोण को मारकर पाण्डवों का कोई हित नहीं किया था तो मध्यम पाण्डव भीम ने क्यों मुझे अपने कण्ठ से लगा लिया था। क्यों कहा था उन्होंने कि जब पापी दुर्योधन और कर्ण मारे जाएँगे तो वे तब भी ऐसे ही मुझे अपने कण्ठ से लगा लेंगे।"

"पर जब तुमने उनके केश पकड़कर उनका मस्तक काटा तो उनके हाथ में शस्त्र नहीं था। वे पद्मासन में बैठ चुके थे, वे ध्यान कर रहे थे।" अर्जुन ने कहा।

"यदि मृत्यु को अपने सामने देखकर किसी के हाथ से शस्त्र छूटकर गिर जाए और वह अपने अन्तिम समय में प्रभु का स्मरण करने बैठ जाए तो हम उसका वध न करें?" धृष्टद्युम्न ने आवेशमय स्वर में कहा, "कल तुम कर्ण को मारने के लिए जब उसके कण्ठ पर पैर रखोगे तो वह पद्मासन लगाकर बैठ जाएगा। तब तुम उसे जीवित छोड़ देना, उसको मुक्त कर देना, उसके पास से अपने सैनिक हटा लेना, ताकि वे उसकी उपासना में विघ्न न डालें।"

अर्जुन ने आक्रोशपूर्ण दृष्टि से धृष्टद्युम्न की ओर देखा, "धिक्कार है तुम्हें।"

उसका कण्ठ रुँध गया। कैसी बाध्यता थी कि न तो वह अपने गुरु के हत्यारे को दण्डित कर पा रहा था और न ही उसे शब्दों में ही पूरी तरह धिक्कार सकता था। किस-किस को धिक्कारता वह—भीम को, धर्मराज को, धृष्टद्युम्न को?...और प्रस्ताव तो यह स्वयं श्रीकृष्ण का था।...

धृष्टद्युम्न ने अर्जुन से जैसे निराश होकर अपनी दृष्टि भीम पर टिका दी।

भीम उसकी मूक भाषा समझ ही नहीं रहा था, उसकी असहायता के प्रति उसके मन में सहानुभूति भी अंकुरित हो चुकी थी।...द्रोण के वध के लिए जिस धृष्टद्युम्न का अभिनन्दन होना चाहिए था, अर्जुन उसकी भर्त्सना कर रहा था।

"हमें मुनियों के समान धर्मोपदेश मत दो और न ही मूर्खता की बातें करो। स्वयं समर्थ होकर भी कुछ करते नहीं हो; और हमें वाग्बाणों से छलनी कर

रहे हो।" भीम ने उसे डाँटा, "बहुत ज्ञान हो गया है धर्म का तुमको, तभी तो कृष्ण का कहा नहीं मान रहे हो। कृष्ण के सामने भी धर्म के मर्म की व्याख्या कर रहे हो। अपने पक्ष के दोषों का वर्णन करते हुए तुम्हें लज्जा नहीं आती? कौरवों में कोई नहीं बचा है क्या हमारे दोष निकालने को कि तुमने यह दायित्व अपने सिर ले लिया है।" भीम ने रुककर उसे देखा, "और तुम अश्वत्थामा से भय मत करो। तुम अपने भाइयों के साथ यहीं रहो। मैं अकेला ही जाकर अश्वत्थामा को ठिकाने लगा दूँगा। बहुत दम्भ है उसे अपने शस्त्र ज्ञान का। उसको उसके सारे शस्त्रों के साथ उठाकर रक्त की धारा में बहा दूँगा।"

अर्जुन ने अपने जबड़े कस लिए थे, फिर भी वह कह ही गया, "इतना ही सरल था अश्वत्थामा को मारना तो क्यों गज को मारकर घोषणा की कि अश्वत्थामा मारा गया है। क्यों नहीं तब ही वध किया अश्वत्थामा का।"

"वध तो मैं उसका तब ही कर देता।" भीम बोला, "कृष्ण ने कहा था कि अश्वत्थामा का वध तत्काल होना चाहिए। उसमें समय नहीं लगना चाहिए। यदि मैं अश्वत्थामा का वध घोषित रूप से करने जाता तो द्रोण सहित सारी कौरव वाहिनियाँ अश्वत्थामा की रक्षा के लिए आतीं। अश्वत्थामा का वध तत्काल नहीं हो सकता था। तब यदि हमने कृष्ण के परामर्श के अनुसार एक युक्ति का सहारा लिया तो कौन-सा अनर्थ हो गया।"

"मैं अश्वत्थामा से नहीं डरता।" धृष्टद्युम्न बोला, "अच्छा है कि वह अपने पिता का प्रतिशोध लेने के लिए मुझसे लड़ने आए। अपनी साध पूरी कर ले वह। मेरी भी साध पूरी हो जाएगी। द्रोण ने मेरे पिता, मेरे बन्धु-बान्धवों और मेरे पुत्रों का वध किया है। मैंने उसका मस्तक काट लिया किन्तु अभी मेरा क्रोध और सन्ताप शान्त नहीं हुआ है। अश्वत्थामा को मारकर कदाचित् मेरे मन को थोड़ी शान्ति मिले। शत्रुओं का वध न करना पाप है और वह पाप तुम करते रहे हो धनुंजय! उस पर भी तुम अपने पितामह को मारकर धर्मात्मा बने रहना चाहते हो और अपने शत्रु को मारने के कारण मुझे पापी बता रहे हो?"

"मुझे मत सिखाओ कि पाप किसने किया है।" अर्जुन ने कटु स्वर में कहा, "मैं पाण्डव सेनाओं की एकता और अखण्डता बनाए रखना चाहता हूँ, इसलिए चुप हूँ।"

धृष्टद्युम्न की त्यौरियाँ चढ़ गईं। उसकी आँखों की लालिमा बढ़ गई, "मैं भी तुमसे अपने सम्बन्ध के कारण ही तुम्हारे सामने नतमस्तक हूँ। तुमसे भयभीत नहीं हूँ। अपनी भगिनी और भागिनेयों का ध्यान है मुझे।...पर तुम्हें क्या कहूँ। तुम तो धर्मराज को भी असत्यवादी ठहरा रहे हो। मैं तुम्हें बताना चाहता हूँ कि न धर्मराज असत्यवादी हैं और न मैं अधर्मी। द्रोण ही पापी और

शिष्यद्रोही थे, इसलिए मारे गए। अब तुम युद्ध करो। शत्रुओं में कोई समर्थ योद्धा नहीं बचा है। विजय तुम्हारे हाथ में है।"

भीम को धृष्टद्युम्न का संयम देखकर आश्चर्य हो रहा था। सत्य ही वह अपने सम्बन्ध के कारण अत्यन्त सन्तुलित और मर्यादित व्यवहार कर रहा था, अन्यथा उसका क्रोध भीम से किसी प्रकार कम तो नहीं था।...भीम को स्वयं अपने और धृष्टद्युम्न के चिन्तन में बहुत सारी समानताएँ दिखाई देती थीं। तभी तो उसने द्रोण के वध पर धृष्टद्युम्न को कण्ठ से लगाया था।...पर अर्जुन के कथन से उपजी उसके हृदय की पीड़ा उसके चेहरे पर स्पष्ट दिखाई पड़ रही थी।...

भीम का मन द्रौपदी के विषय में सोचने लगा, उसे ज्ञात होगा कि अर्जुन और धृष्टद्युम्न में मनमुटाव हुआ है, तो कैसा लगेगा उसे? धृष्टद्युम्न उसे बहुत प्रिय था और उसी प्रकार अर्जुन उसके हृदय में बसता था। वह धर्मराज की उनके धर्म के लिए पूजा करती थी। अर्जुन के रूप और गुणों के कारण वह उसकी प्रेमिका थी।...पर यह तो सब ही जानते थे कि वे दोनों ही अपने स्वभाव के कारण द्रौपदी की अनेक इच्छाएँ पूरी नहीं कर पाते थे। कीचक को मारना हो अथवा दुःशासन के वक्ष के रक्त की इच्छा। न अर्जुन उसकी ये माँगें पूरी करता, न धर्मराज! ये तो भीम ही कर सकता था।...भीम को प्रायः लगता था कि वह और द्रौपदी बहुत समान थे। उन दोनों के स्वभाव में बहुत-सी समानताएँ थीं। दोनों को ही धर्मराज और अर्जुन आदर्श लगते थे; किन्तु व्यवहार की बात आते ही भीम और द्रौपदी उनसे एकदम भिन्न धरातल पर सोचने लगते थे। धृष्टद्युम्न का व्यवहार भी भीम की इच्छाओं के बहुत अनुरूप था। उसे द्रोण का इस प्रकार मारा जाना बहुत अच्छा लगा था। द्रौपदी को भी इस सूचना को पाकर बहुत सुख मिलेगा।...किन्तु अर्जुन रूठा बैठा है। अर्जुन और धृष्टद्युम्न दोनों एक-दूसरे के विरोधी से प्रतीत हो रहे हैं। द्रौपदी किसका समर्थन करेगी...

भीम की दृष्टि अर्जुन पर पड़ी...वह दुख और क्षोभ में डूबा बैठा था। उसकी आँखों में अश्रु आ गए थे। वह धृष्टद्युम्न से लड़ना नहीं चाहता था, किन्तु वह उसे क्षमा भी तो नहीं कर पा रहा था।...

"धिक्कार है।"

पता नहीं वह धृष्टद्युम्न को धिक्कार रहा था अथवा स्वयं अपने आपको। पर वह बहुत कष्ट में था। उसे अपना आत्मसंयम काफी भारी पड़ रहा था।

सात्यकि से अर्जुन की यह अवस्था देखी नहीं गई। अर्जुन के प्रति उसकी सहानुभूति ने धृष्टद्युम्न के प्रति आक्रोश का रूप धारण कर लिया। वह दाँत

पीसकर बोला, "यहाँ ऐसा कोई पुरुष नहीं है, जो इस अभद्र, पापी, नराधम को मार डाले।" और फिर उसकी दृष्टि सीधे धृष्टद्युम्न पर जा टिकी, "तेरे इस पाप कर्म के कारण सारे पाण्डव अत्यन्त घृणा प्रकट करते हुए तेरी निन्दा कर रहे हैं; और तू लज्जित होने के स्थान पर अपना यशगान कर रहा है। तेरी जिह्वा के टुकड़े क्यों नहीं हो जाते। तेरा मस्तक फट क्यों नहीं जाता। तू अर्जुन पर भीष्म के वध का आरोप लगा रहा है। भीष्म ने तो स्वयं ही अपनी मृत्यु का ऐसा विधान किया था। भीष्म का वध करने वाला भी तेरा ही पापी भाई है। ऐसे पाप कर्म करने वाला पांचाल पुत्रों के समान इस पृथ्वी पर और है ही कौन। तुम दोनों को पाकर सारे पांचाल धर्मभ्रष्ट, नीच, मित्रद्रोही और गुरुद्रोही हो गए हैं। यदि तू फिर इस प्रकार की बात करेगा तो मैं अपनी इस गदा से तेरा सिर कुचल दूँगा। तू मेरे सम्मुख मेरे गुरु और उनके गुरु पर आक्षेप कर रहा है। तुझे लज्जा नहीं आती।..."

युधिष्ठिर विचित्र ऊहापोह में फँसे हुए थे। वे तो स्वयं अर्द्धसत्य बोलकर एक प्रकार की ग्लानि का अनुभव कर रहे थे। अर्जुन के इस धिक्कार ने उनका आत्मबल और भी कुण्ठित कर दिया था। और अब उनके सबसे प्रबल दोनों सहायक परस्पर उलझ गए थे। उन्हें भय था कि कहीं वे दोनों शस्त्र ही न उठा लें। क्षत्रियों का अपने क्रोध पर कोई नियंत्रण नहीं होता। और क्रोध आते ही उनके हाथों में शस्त्र भी प्रकट हो जाते थे।...वे सात्यकि को जानते थे। वह न कृष्ण के विरुद्ध कुछ सुन सकता था और न ही अर्जुन के विरुद्ध। कृष्ण का अपमान करने पर तो वह उपप्लव्य में बलराम से उलझ पड़ा था। उस बलराम से जिनके विरोध में बोलने से स्वयं कृष्ण और पाण्डव भी बचते थे...और धृष्टद्युम्न का क्रोध कौन-सा कम था। इस समय उसका दोष भी विशेष नहीं था। द्रोण का वध करने पर तो कृष्ण, भीम, और स्वयं धर्मराज सहमत थे।... उसका अपराध तो इतना ही था कि उसने वध करते हुए आचार्य के सम्मान का ध्यान नहीं रखा था। पर उसके मन में वर्षों से क्रोध संचित हो रहा था। उस क्रोध को भी तो कहीं प्रकट होना ही था।...

पर धृष्टद्युम्न ने बड़े धैर्य से सात्यकि की बात सुनी थी, जैसे स्वेच्छा से उसे बोल लेने का अवसर दे रहा हो। जब वह बोला तो भी उसका स्वर अनियंत्रित नहीं था, "मैं तुझे क्षमा कर देता, क्योंकि अनार्य पुरुष साधुओं पर ऐसे आक्षेप करते ही रहे हैं। पर मेरी क्षमा को तू मेरी उदारता न मानकर मेरी दुर्बलता समझेगा। इसलिए केवल तुझे स्मरण रखने के लिए कह रहा हूँ कि युद्धभूमि में भूरिश्रवा की बाँह पार्थ ने काट ली थी। भूरिश्रवा आमरण अनशव पर बैठ गया था, तब तूने उसका मस्तक काट लिया था। द्रोण की स्थिति वह

नहीं थी। वे मुझसे लड़ रहे थे। सारे शस्त्रास्त्र उनके पास थे। उनके सारे अंग समर्थ और सबल थे।"

"तो तू उनको तब मारता, जब वे बाण चला रहे थे।" सात्यकि चिल्लाकर बोला।

"तुम भूरिश्रवा को तब मारते जब वे तुम्हें भूमि पर घसीट रहे थे और लात से तुम्हें मार रहे थे।" धृष्टद्युम्न ने कहा, "पर तुमने उन्हें तब मारा, जब अर्जुन ने उनकी भुजा काट ली थी।"

सात्यकि कुछ कहने को हुआ, पर धृष्टद्युम्न ने कुछ कहने नहीं दिया। डपटकर बोला, "चुप बैठा रह नीच! यदि अपनी मूर्खतावश ऐसी बातें कहेगा, तो बाणों के रथ पर बैठा कर अभी तुझे यमपुर भेज दूँगा।" उसने सात्यकि की ओर अपनी तर्जनी उठाई, "और सुन! केवल धर्म से युद्ध नहीं जीते जाते। कौरवों ने आज तक अधर्म ही अधर्म किया है। पाण्डवों ने भी भीष्म और भूरिश्रवा को धर्मपूर्वक नहीं मारा है। धर्म के ज्ञाता पाण्डवों को भी समरभूमि में अपनी विजय सुरक्षित रखने के लिए अधर्म का सहारा लेना पड़ा था। अब तू पूर्ववत् कौरवों से युद्ध कर, मुझसे विवाद कर यमलोक जाने की तैयारी मत कर।"

सात्यकि क्रोध से काँपने लगा। उसने अपना धनुष रख दिया और गदा उठा ली, "अब तुझसे विवाद नहीं करूँगा, तुझे मार ही डालूँगा।"

युधिष्ठिर, कृष्ण, अर्जुन, भीम सब ही देख रहे थे कि अनर्थ होने वाला है। कृष्ण ने संकेत किया और भीम ने झपटकर सात्यकि को पकड़ लिया। किन्तु इस समय सात्यकि इतने क्रोध में था कि भीम भी उसके साथ-साथ कुछ दूर तक चला गया। छठे पग पर जाकर भीम ने सात्यकि को पूर्णतः नियंत्रित किया और उसकी गति थम गई।

सहदवे ने निकट आकर कहा, "वीर सात्यकि! अन्धक और वृष्णि वंश के यादवों और पांचालों से बढ़कर हमारा कोई मित्र नहीं है। सत्य यह है कि अन्धकों और वृष्णियों का भी हमसे बड़ा सहायक इस पृथ्वी पर नहीं है। पांचाल भी सारी सृष्टि में खोज लें तो उन्हें पाण्डवों और वृष्णियों जैसा मित्र नहीं मिलेगा। उस मित्रता का स्मरण कर अपने धर्म का निश्चय कीजिए। व्यक्तिगत आक्षेपों का समय नहीं है यह। आप और धृष्टद्युम्न परस्पर एक-दूसरे के अपराध क्षमा करें।"

धृष्टद्युम्न अपने स्थान पर खड़ा विष में डूबी मुस्कान के साथ बोला, "भीमसेन! छोड़ दो इसे। अपने युद्ध कौशल पर बहुत घमंड है इसको। छोड़ दो इसे। यह आकर मुझसे भिड़े। अभी अपने तीखे बाणों से मैं इसका क्रोध

उतार देता हूँ। एक बार भिड़कर देख ले, युद्ध के प्रति सारा उत्साह ही नहीं इसका जीवन भी समाप्त हो जाएगा।"

सात्यकि कुछ कहता, उससे पूर्व ही कृष्ण ने आकर धृष्टद्युम्न की भुजा थाम ली, "मैं अभी सात्यकि को मध्यम पाण्डव से छुड़वा देता हूँ। तुम दोनों अपनी-अपनी साध पूरी कर लेना। पर पहले यह निणर्य कर लो कि तुम्हारा बड़ा शत्रु कौन है—सात्यकि अथवा अश्वत्थामा? पहले किसको शान्त करना है—सात्यकि को अथवा अश्वत्थामा को? सात्यकि को तो भीम ने पकड़ रखा है, अश्वत्थामा को पकड़ने वाला कोई नहीं है। बोलो, क्या कहते हो? पहले अश्वत्थामा को पकड़ें अथवा पहले सात्यकि को छोड़ें?"

धृष्टद्युम्न का भाव तत्काल बदल गया, "नहीं! कौरवों से युद्ध अधिक आवश्यक है केशव! वह बड़ा काम है।"

"तो वही करो।" कृष्ण बोले, "जाओ, अपना रथ सँभालो।"

वे सात्यकि के निकट आए, "धृष्टद्युम्न ने अधिक अपमान किया है तुम्हारे गुरु का अथवा दुर्योधन ने अधिक अपमान किया है तुम्हारी गुरुपत्नी का। धृष्टद्युम्न ने तुम्हारे गुरु का सर्वस्व हरण कर वन भेजा था अथवा दुर्योधन ने? पहले दुर्योधन का वध करना है अथवा पहले धृष्टद्युम्न का निर्णय करना है?"

सात्यकि ने सिर झुका लिया।

"अपने शत्रुओं को पहचानना सीखो सात्यके!" कृष्ण के स्वर में वेणु का स्वर गूँज उठा, "क्रोध बुद्धि को भ्रष्ट करता है। उससे बचो।"

अन्त में वे एक ओर उदासीन से खड़े अर्जुन के निकट आए, "रथ लाऊँ अथवा पहले गुरु की अन्त्येष्टि करके ही युद्ध की बात सोचोगे?"

अर्जुन ने कृष्ण की ओर देखा...कृष्ण की बात उसने नहीं मानी थी। किन्तु उन्होंने उसका त्याग नहीं किया था। अर्जुन ने धृष्टद्युम्न को बार-बार धिक्कारा था, पर उसके लिए कृष्ण ने अर्जुन को एक बार भी नहीं टोका था। जाने उनके मन में क्या था। इतना बड़ा काण्ड हो गया था किन्तु कृष्ण ने एक क्षण को भी अप्रसन्नता प्रकट नहीं की थी।...जो विवाद शस्त्रों से भी समाप्त होने वाला नहीं था, कृष्ण के संक्षिप्त वाक्यों से इस प्रकार विलीन हो गया था, जैसे उसका कभी कोई अस्तित्व ही नहीं था। शस्त्र तो शस्त्र, कृष्ण का वाणी पर भी ऐसा अधिकार था कि ब्रह्म के मुख से उत्पन्न किसी ब्रह्मवादी ब्राह्मण का भी क्या होगा।...कैसी लीला है प्रभु की कि क्षत्रियों में कृष्ण जैसा कोई क्षत्रिय नहीं है और ब्राह्मणों में कृष्ण जैसा कोई ब्राह्मण नहीं है।...

27

कौरवों भी भागती हुई सेना फिर से संगठित होकर समरभूमि में लौट आई थी। कौरवों ने बड़े वेग से पाण्डवों पर आक्रमण किया था।

युधिष्ठिर देख रहे थे।...इस समय कौरव सेना का नेता अश्वत्थामा था।... क्या कौरवों ने अश्वत्थामा का अपने नए प्रधान सेनापति के रूप में अभिषेक कर दिया था? पर कर्ण उसे अपना सेनापति मान लेगा क्या?...नहीं! शायद ऐसा नहीं है। इस समय तो अश्वत्थामा बिना कुछ सोच-समझे अपने आवेश में प्रतिशोध के भाव से ही लड़ रहा है। दुर्योधन की तो नीति ही रही है कि विनाश के लिए आतुर व्यक्ति को और भी उत्तेजित किया जाए। अश्वत्थामा अपने पिता के वध से अथवा उनके अपमान से पीड़ित होकर अपना सन्तुलन खो बैठा था और किसी भी प्रकार पांचालों का सर्वनाश करने पर तुला हुआ था। उसने दुर्योधन से पूछा भी नहीं होगा कि नया प्रधान सेनापति कौन है या किसको होना है। गुरुपुत्र में न धैर्य है न विवेक। वह तो बस पशु वृत्तियों से ही संचालित होता है। यदि धृष्टद्युम्न ने उसके पिता का वध किया है तो वह सारे पांचालों का विनाश करेगा। उसके ध्यान में यह कभी नहीं आएगा कि आचार्य ने भी तो धृष्टद्युम्न के पिता, भाइयों और पुत्रों का वध किया था।...

अश्वत्थामा का रथ पाण्डव सेना से कुछ दूर ही रुक गया था। उसने अपने धनुष पर कोई दिव्यास्त्र रखा और योगस्थ होकर उसे पाण्डव वाहिनियों की ओर परिचालित कर दिया। वह अस्त्र ऊपर आकाश की ओर उठा और फिर जैसे वहाँ ठहर गया।...उस दिव्यास्त्र का प्रभाव विचित्र था। उसमें से असंख्य बाण प्रकट हो रहे थे। उनके अग्र भाग पर अग्नि प्रज्वलित थी। वे बाण अश्वत्थामा के धनुष से मुक्त हो स्वतः चालित ढंग से स्वतन्त्र यात्रा कर रहे थे। वे कहीं भी सीधे नहीं आघात करते थे। वे जैसे पहले अपने लक्ष्य को खोजते थे। फिर निर्णय करने थे कि किन पर प्रहार करना है, और तब उस पर आ गिरते थे। उनके आसपास अग्नि का प्रकोप दिखाई देता था। यह पता ही नहीं चल रहा था कि वे बाण किसी के शरीर को चीरते हैं अथवा उनसे उत्पन्न अग्नि ही सैनिकों को दग्ध कर रही है।...उस अस्त्र का आघात सेना के उस भाग में हुआ था, जहाँ पांचाल सैनिक बहुत बड़ी संख्या में थे। कदाचित् अश्वत्थामा का विरोध भी उन्हीं की ओर से सबसे प्रबल रूप से हो रहा था।

युधिष्ठिर ने देखा था कौरवों की सेना आगे नहीं बढ़ रही थी। उन्होंने जैसे अपनी सारी गतिविधि रोक ली थी। केवल वह दिव्यास्त्र ही लड़ रहा था पाण्डव सेना के विरुद्ध। जहाँ-तहाँ पाण्डवों की सेना प्रबल थी, प्रचण्ड युद्ध कर रही

थी, वहीं वह अस्त्र भी अधिक क्रूर होता जा रहा था। वहाँ अग्नि का ताण्डव होने लगता था। पाण्डव सेना के प्रहारों का उस पर कोई प्रभाव ही नहीं हो रहा था। पाण्डवों का कोई भी महारथी उसका सामना करने के लिए आगे नहीं आ रहा था। कदाचित् अभी उस अस्त्र की पहचान भी नहीं हो पाई थी।...ऐसे में परिणाम निश्चित था या तो सैनिक मरने लगते थे या भाग जाते थे।

अपने सैनिकों को मरते और कुछ वाहिनियों को पलायन करते देख, युधिष्ठिर की दृष्टि अर्जुन और कृष्ण को खोजने लगी। अर्जुन तटस्थ भाव से अपने रथ में निष्क्रिय खड़ा था। कृष्ण भी हाथों में अश्वों की वल्गा थामे अपनी सेना का विनाश देख रहे थे।

युधिष्ठिर का हृदय रो पड़ा।...भीष्म और द्रोण जैसे अतिरथियों को धराशायी कर वे अश्वत्थामा सरीखे एक साधारण महारथी से पराजित हो जाएँगे?...अर्जुन को भी कभी-कभी जाने क्या हो जाता है। आचार्य के वध की आकांक्षा युधिष्ठिर ने भी कभी नहीं की थी। पर उन्होंने आचार्य की कल्पना अपने विपक्षी योद्धा के रूप में भी तो नहीं की थी। जब वे विपक्षी योद्धा बनकर आए तो यह तो निश्चित ही था कि पाण्डव उनके वध का प्रयास करेंगे।...अब अर्जुन इसी बात से रूठा खड़ा रहेगा क्या? अर्जुन का युद्ध उनकी समझ में नहीं आ रहा था। वह जिनके विरुद्ध लड़ रहा था, उनकी ही हत्या से रुष्ट हो जाता था।...

वे अर्जुन के रथ के निकट पहुँचे।

"तुम्हारे इस रोष का अन्त कहाँ होगा धनंजय! क्या मैं सारे महारथियों से कह दूँ कि वे अपनी वाहिनियों को लेकर अपने-अपने राज्य लौट जाएँ—क्योंकि मेरा भाई धनंजय मुझसे रुष्ट हो गया है?" युधिष्ठिर बोले, "धनंजय को युद्ध नहीं करना है, तो फिर इन सारे सैनिकों को अश्वत्थामा के अस्त्रों की अग्नि में झोंक देने का क्या लाभ? वे भी सुरक्षित अपने घर ही चले जाएँ। मैंने युद्ध आरम्भ किया है तो मैं ही अपने भाइयों के साथ इस अग्नि में प्रवेश करूँगा।"

"वह बात नहीं है धर्मराज!" कृष्ण बोले।

"तो और क्या बात है केशव! अर्जुन खड़ा-खड़ा पाण्डव सेना का विनाश देख रहा है और उसका मन तनिक-सा भी द्रवित नहीं हो रहा?" युधिष्ठिर अर्जुन की ओर मुड़े, "मुझे जो दण्ड देना है दे लो अर्जुन! क्योंकि सदा अपने ही कल्याण में लगे रहने वाले तुम्हारे गुरु द्रोण को मैंने युद्ध में मरवा दिया है। उन द्रोण को मरवा दिया है, जिन्होंने युद्ध कौशल से रहित बालक अभिमन्यु को अनेक क्रूरकर्मा शक्तिशाली महारथियों के सम्मुख आखेट के जीव-सा परोस दिया था; जिन्होंने सभा में लाई गई द्रौपदी के प्रश्न का उत्तर न देकर, उसकी उपेक्षा की, क्योंकि वह हमें दासता से मुक्त करवाने का प्रयत्न कर रही थी;

जिन्होंने अर्जुन की मृत्यु निश्चित करने के लिए जयद्रथ की रक्षार्थ अपना सारा बल झोंक दिया था; जिन्होंने दुर्योधन को उस समय दिव्य कवच पहना दिया, जब वह थके हुए अश्वों वाले अर्जुन पर आक्रमण कर उसे मार डालना चाहता था; जिन्होंने मेरी रक्षा के लिए प्रयत्नशील सत्यजित तथा अन्य पांचालों को अपने ब्रह्मास्त्र से नष्ट कर दिया; जिन्होंने दुर्योधन को उस समय भी कुछ नहीं कहा, जब वह अधर्मपूर्वक हमें हमारे राज्य से निष्कासित कर रहा था। आचार्य हमें ही समझाते रहे, रोकते रहे।...उन द्रोण को अब मैंने युद्ध में मरवा दिया है। उनका प्रतिशोध लेने के लिए तुम मेरे भाइयों सहित मुझे भी मार डालो।"

"धर्मराज! आप शस्त्र त्याग दीजिए और अपने रथ से नीचे उतर आइए।" सहसा कृष्ण रथ से नीचे उतर आए, "अर्जुन रुष्ट नहीं है। हम अभी अश्वत्थामा के दिव्यास्त्र का स्वरूप समझने का प्रयत्न कर रहे हैं।"

युधिष्ठिर समझ नहीं पाए कि यह कौन-सा दिव्यास्त्र है, जिसका ज्ञान अश्वत्थामा को तो है किन्तु कृष्ण और अर्जुन—दोनों ही अभी उसके विषय में जानने का प्रयत्न ही कर रहे हैं।...और फिर कृष्ण उन्हें शस्त्र त्यागने और रथ से नीचे उतर आने के लिए क्यों कह रहे हैं?...

तभी कृष्ण अपनी सेना की ओर घूमे और उच्च स्वर में आदेश देते हुए बोले, "सैनिको! अश्वत्थामा और उसके इस शस्त्र का विरोध मत करो। अपने अस्त्र-शस्त्र डाल दो और अपने वाहनों से नीचे उतर आओ। भूमि पर निःशस्त्र खड़े हो जाओ। मन में विरोध मत रखो। हिंस्र भावों का त्याग कर दो। मन में श्रद्धा लाओ। यह नारायणास्त्र है। प्रभु का अंश मानकर इस अस्त्र को नमस्कार करो। प्रेम भाव से अस्त्र का स्वागत करो।"

युधिष्ठिर के मन में अर्जुन को लेकर चाहे शंका रही हो; किन्तु कृष्ण के प्रति किसी भी प्रकार का कोई संशय नहीं था। उन्होंने अपना धनुष तो त्याग दिया; किन्तु वे अब भी समझ नहीं पा रहे थे कि इस भयंकर युद्ध में, जब चारों ओर शस्त्रों की आग बरस रही थी, प्रधान सेनापति और राजा से पूछे बिना कृष्ण सारी सेना को इस प्रकार निःशस्त्र क्यों करवा रहे थे? श्रीकृष्ण को अधिकार था कि वे पाण्डव सेना को कोई भी आदेश दें। वे सारी सेना के रक्षक थे।...पर यह आदेश...

उधर भीम की घोषणा सुनाई दी, "हम शस्त्र समर्पण नहीं करेंगे। कोई भी योद्धा शस्त्र न त्यागे। मैं अश्वत्थामा से भयभीत नहीं हूँ। तुम्हें भी उससे डरने का कोई कारण नहीं है। मैं उसके इस अस्त्र का निवारण करूँगा। इस एक अस्त्र के कारण हम शत्रु के सामने घुटने नहीं टेकेंगे। यदि इस अस्त्र का निवारण करने वाला कोई योद्धा संसार में नहीं है, तो भी मैं इसका सामना

करूँगा। अर्जुन! कहीं तुम अपना गाण्डीव मत डाल देना, नहीं तो तुम्हारा निर्मल यश कलंकित हो जाएगा। तुम आज तक अजेय रहे हो। आज शत्रुओं के सामने अपना गांडीव समर्पित कर सदा के लिए अपयश मत मोल लेना। कृष्ण कुछ भी कहे, हम पराजित नहीं हुए हैं। हम शस्त्र समर्पित नहीं करेंगे।"

भीम ने अर्जुन की ओर देखा।

"नारायणास्त्र, गौ और ब्राह्मण के सामने मेरा गाण्डीव नहीं उठता।" अर्जुन ने ऊँचे स्वर में कहा।

भीम निराशा की आग में जल उठा।...अश्वत्थामा ब्राह्मण है, इसलिए उसके सम्मुख गाण्डीव नहीं उठेगा? तो वह द्रोण के सम्मुख क्यों उठा था? कृपाचार्य से क्यों युद्ध करता है अर्जुन?...इस मूर्खता का क्या उत्तर है कि शत्रु के सम्मुख गाण्डीव इसलिए नहीं उठेगा, क्योंकि शत्रु किसी विशेष वर्ण से सम्बन्ध रखता है। ऐसे तो कोई भी राजा अपनी सेना के सामने ब्राह्मणों को खड़ा कर देगा और अर्जुन अपना शस्त्र त्याग कर पराजय स्वीकार कर लेगा...

इससे पूर्व भी ऐसे अनेक अवसर आए हैं, जब कृष्ण की नीतियाँ उसकी समझ से बाहर रही हैं; किन्तु यह तो उसने कल्पना भी नहीं की थी कि युद्ध के इस सोपान पर आकर कृष्ण कौरवों के सम्मुख उनका आत्मसमर्पण करवा देंगे।...धर्मराज और अर्जुन अन्धभक्त हैं कृष्ण के। कृष्ण जो भी कहेंगे, वे लोग उसे अपना हित मानकर स्वीकार कर लेंगे, उनके प्रत्येक आदेश का पालन करेंगे। वह दुर्योधन के सम्मुख आत्मसमर्पण नहीं करेगा। वह फिर उसका दास बनकर उसके सम्मुख सिर झुकाकर खड़ा नहीं होगा, वह उसे अपना अपमान नहीं करने देगा। इससे तो कहीं अच्छा है कि वह युद्ध में अपने प्राण दे दे।...

भीम ने अपने सारथि को संकेत किया और उसका रथ अश्वत्थामा के रथ की ओर दौड़ पड़ा। भीम ने अपने चारों ओर नहीं देखा। उसको केवल और केवल अश्वत्थामा ही दिखाई दे रहा था—जैसे आज समरभूमि में और कोई योद्धा ही न हो। भीम उसका यह दर्प सहन नहीं कर सकता।...

भीम ने धनुष परिचालन में अपनी स्फूर्ति दिखाते हुए, अश्वत्थामा को अपने बाणों से ढँक दिया।...किन्तु तब उसका ध्यान इस ओर भी गया कि अश्वत्थामा के धनुष से छूटे हुए, नारायाणस्त्र से अभिमन्त्रित प्रज्वलित मुख वाले सारे बाण उसी की ओर प्रेरित होते जा रहे हैं। वे बाण छेदते नहीं थे, दग्ध करते थे। उनमें तीक्ष्णता नहीं थी, दाहकता थी।...

वह अग्नि में घिरता जा रहा है। वह उस अस्त्र का निवारण करने के लिए जैसे-जैसे बाण मारता जा रहा था, वैसे-वैसे ही वह अस्त्र प्रचण्ड होता जा रहा था। उसका ताप बढ़ता जाता था और सारी दिशाओं में ज्वाला

फैलती जा रही थी, जैसे भीम ने बाण न मारा हो, पवन का वेग बढ़ाया हो...। उसने एक बार मुड़कर देखा : पाण्डव सेना ने अपने अस्त्र-शस्त्र त्याग दिए थे और उनमें से अधिकांश लोग अपने रथ, गज और अश्व छोड़कर भूमि पर खड़े हो गए थे। जो भूमि पर नहीं भी उतरे थे, वे जैसे अपने मानसिक द्वन्द्व से जड़ हो चुके थे। सब किंकर्तव्यविमूढ़ से खड़े थे। युद्ध कोई भी नहीं कर रहा था।...

सहसा उसका ध्यान नारायाणास्त्र से उत्पन्न उस अग्नि की ओर गया, जो उसके अत्यन्त निकट आ गई थी। उसने उसके चारों ओर अग्नि और धुएँ का एक आवरण-सा बनाकर उसे ढँक लिया था। वह उस अग्नि के पार कुछ भी नहीं देख पा रहा था।...अग्नि प्रचण्ड होती जा रही थी...और भीम पाण्डव सेना से कटता जा रहा था...

पाण्डव सेना में हाहाकार मच गया। धर्मराज अपने सारे योद्धाओं के साथ असहाय से खड़े भीम को आग में जलते हुए देख रहे थे।...

अर्जुन ने भी भीम को अग्नि में घिरते देखा। उसके ध्यान में था कि कृष्ण शस्त्र त्यागने को कह चुके हैं। पर वह भीम को इस प्रकार अग्नि में जलते नहीं देख सकता था। कृष्ण भी भीम को बचाने के इच्छुक होंगे। अर्जुन ने गाण्डीव उठाया और नारायणास्त्र पर प्रहार करने के स्थान पर उसने भीम के शरीर को वारुणास्त्र का कवच दे दिया। अर्जुन ने नारायणास्त्र का विरोध नहीं किया था। उसने उस पर प्रहार नहीं किया था। इसीलिए उसके अर्जुन की ओर आकृष्ट होने की कोई सम्भावना भी नहीं थी।...

"आओ अर्जुन!"

कृष्ण ने अर्जुन की बाँह पकड़ी और वे दौड़ते हुए भीम के पास पहुँचे। भीम के रथ के चारों ओर धधकती अग्नि की उपेक्षा कर वे उसमें प्रवेश कर गए। भीम को उसकी भुजा से पकड़कर रथ से नीचे उतारा। सारथि को भी नीचे उतर आने के लिए कहा।

भीम पूरे वेग से अपना विरोध प्रकट कर रहा था। वह गर्जन कर रहा था और हाथों से भी शस्त्र को नहीं छोड़ना चाहता था। किन्तु कृष्ण और अर्जुन ने उसके उस विरोध और गर्जन-तर्जन की चिन्ता नहीं की।

"मध्यम! अब ध्यान से मेरी बात सुनो," कृष्ण बोले, "हठ छोड़ो और मन से क्रोध तथा आक्रोश को भी निकाल फेंको। हमारा विरोध अश्वत्थामा से है, नारायणास्त्र से नहीं। नारायणस्त्र हमारा शत्रु नहीं है। हम नारायण के सम्मुख नमन करते हैं तो इसका अर्थ अश्वत्थामा के सम्मुख आत्मसमर्पण नहीं है। इस नारायणास्त्र पर प्रहार नहीं करेंगे तो वह हम पर प्रहार नहीं करेगा। वह मैत्री

का सम्मान करता है। सारी सेना अपने शस्त्र त्याग चुकी है। सबने इस अस्त्र के प्रति अपनी मैत्री दर्शाई है। नारायणास्त्र ने किसी ऐसे योद्धा का अनिष्ट नहीं किया है, जिसने उसका विरोध नहीं किया है। तुम भी अपना विरोध छोड़ दो, नहीं तो तुम्हें इस अस्त्र से कोई नहीं बचा पाएगा।...” वे रुके, “यदि युद्ध से ही इसे जीता जा सकता तो हम सब भी युद्ध ही कर रहे होते।”

अब तक भीम की समझ में भी बहुत कुछ आ गया था। उसने अपना धनुष भूमि पर रख दिया। मन को शान्त किया और देखा कि नारायणास्त्र का वेग कम होने लगा है। अग्नि उसे चारों ओर से घेरे हुए थी; किन्तु न वह उसकी ओर लपक रही थी और न ही भीम को उसके ताप का अनुभव हो रहा था।

“यह क्या है केशव?” भीम ने कुछ चकित स्वर में पूछा।

“आओ। पहले धर्मराज के पास चलें।” कृष्ण बोले, “वहीं बताता हूँ। उन्हें इस समय अकेला छोड़ना ठीक नहीं होगा; और फिर नारायाणस्त्र के शान्त हो जाने से युद्ध समाप्त नहीं हो जाएगा। अश्वत्थामा कोई दूसरा अस्त्र छोड़ेगा।”

नारायणास्त्र का तेज शान्त हो गया था। लगता था कि किसी ने वह धधकता हुआ दावानल समेटकर उसे किसी सुरक्षित स्थान पर बंद कर दिया था। वातावरण पर्याप्त निर्मल हो गया था।...

भीम को लेकर कृष्ण और अर्जुन, धर्मराज के निकट आए।

“तुम सुरक्षित तो हो भीम?” युधिष्ठिर ने भीम के शरीर पर हाथ फेरा, जैसे उसकी कुशलता के प्रति स्वयं को आश्वस्त कर लेना चाहते हों।

“मैं पूर्णतः सुरक्षित हूँ और युद्ध के लिए पूरी तरह समर्थ हूँ।” भीम हँसा, “आप तनिक भी चिन्ता न करें।”

तभी सात्यकि भी वहाँ आ पहुँचा, “यह क्या था केशव?”

“यह नारायणास्त्र था।” कृष्ण बोले, “जब अश्वत्थामा ने उसका प्रयोग किया तो उसका स्वरूप मेरी भी समझ में नहीं आ रहा था। पर फिर मैंने देखा कि जहाँ-जहाँ से उसका प्रतिशोध और विरोध हो रहा है, वहाँ ही वह प्रचण्ड आक्रमण कर रहा था। दूसरी ओर जहाँ उसका विरोध नहीं हो पा रहा था, वहाँ उसका कोई भी प्रभाव नहीं था। उसके व्यवहार से उसका सिद्धान्त मेरी समझ में आया और तब उसका स्वरूप भी स्पष्ट हो गया।”

“इससे पहले आप और धनंजय भी उसके विषय में नहीं जानते थे?” सात्यकि ने कुछ आश्चर्य से पूछा।

“हाँ! नहीं जानते थे।” कृष्ण मुस्कराए, “इससे तुम्हारी यह भ्राँति भी मिट जाएगी कि तुम्हारे गुरु सर्वज्ञ हैं।”

"पर क्या है वह सिद्धान्त, जिससे नारायणास्त्र परिचालित होता है?" धृष्टद्युम्न ने पूछा।

"हम सब ही जानते हैं कि जो कुछ इस पिण्ड में है, वही ब्रह्माण्ड में है।" कृष्ण बोले, "इसका अर्थ है कि हमारे अपने मन का स्वरूप ही बाहर के संसार का निर्माण करता है।"

"इसका क्या अर्थ हुआ?" भीम कुछ झपटकर बोला।

"इसका अर्थ हुआ कि हमारे अपने मन में प्रेम हो तो वह बाहर से भी प्रेम को आकृष्ट करता है। हमारे मन में शत्रुता हो तो वह अन्य लोगों के मन में भी हमारे लिए शत्रुता को जन्म देती है। वस्तुतः हमारा मन अपना प्रतिबिम्ब ही संसार में पाता है।" कृष्ण बोले, "इसी सिद्धान्त का प्रयोग है नारायणास्त्र। वह सूक्ष्म जगत् को स्थूल में बदल देता है। एक प्रकार से युद्धशास्त्र में यह योग का प्रयोग है। जैसे चुम्बक लोहे को आकृष्ट करती है, प्रज्वलनशील पदार्थ अग्नि को निमंत्रित करते हैं, वैसे ही एक शस्त्र दूसरे शस्त्र को अपनी ओर आकृष्ट कर सकता है। यह स्थूल जगत् का सिद्धान्त है। साधारणतः इसका प्रयोग भी स्थूल जगत् में ही हुआ है।...किन्तु नारायणास्त्र के माध्यम से सूक्ष्म जगत् का सम्पर्क स्थूल जगत् से करा दिया जाता है। अश्वत्थामा ने अपने योगबल से अपने हृदय की ईर्ष्या, द्वेष, हिंसा और घृणा को एक अस्त्र से जोड़ दिया। उसका विक्षेपण योग के क्षेत्र में न कर युद्ध के क्षेत्र में किया। अश्वत्थामा के मन की वह हिंसा, नारायणास्त्र के रूप में सारे स्थानों पर अपनी समकक्ष हिंसा को खोजती फिरी। जहाँ कहीं हिंसा दिखाई देती, नारायणास्त्र की आधारभूत हिंसा उस पर प्रहार करती। ऐसे में हम अपने भौतिक शस्त्रों से नारायणास्त्र का निवारण नहीं कर सकते थे। उसके लिए तो हमें भी अपने मनोजगत् में ही जाना पड़ेगा। इस तत्य को समझते ही मैंने सेना द्वारा शस्त्रसमर्पण का प्रस्ताव किया था। मेरा आकलन ठीक निकला।"

"मेरे मन में एक प्रश्न है केशव!" अर्जुन ने कहा, "यदि बाह्य संसार हमारे अपने ही मन का प्रतिबिम्ब है तो धर्मराज को दुर्योधन के रूप में इतना भयंकर शत्रु क्यों मिला। उनके मन में तो दुर्योधन के लिए कभी वैर विरोध नहीं रहा।"

"ठीक कह रहे हो।" कृष्ण बोले, "इसकी व्याख्या कई प्रकार से हो सकती है। सबसे पहले तो यह कि दुर्योधन के मन में जो होगा, वही तो बाहर स्थूल जगत् में प्रकट होगा। दुर्योधन के मन में प्रेम है ही नहीं। धर्मराज का सर्वप्रेम भी उसमें से प्रेम आकृष्ट नहीं कर सकता था, क्योंकि उसमें प्रेम था ही नहीं। आप भाव को आकृष्ट कर सकते हैं, भाव उत्पन्न नहीं कर सकते। किन्तु

धर्मराज के मन में जो अविरोध का भाव है, उसमें आवृत होने के कारण, दुर्योधन का विरोध उनका अहित नहीं कर सकता। प्रेम की सूक्ष्म शक्ति सदा ही सारे पाण्डवों की सहायता करती रही है। तुम्हारे वारुणास्त्र ने भीम को आवृत कर रखा था, इसलिए नारायणास्त्र की ज्वाला ने भी उसको दग्ध नहीं किया। वैसे ही धर्मराज के धर्म ने अपने भाइयों को भी आवृत कर रखा है। यही कारण है कि संसार की भौतिक शक्तियाँ जब आक्रमण करती हैं तो उस सूक्ष्म से पराजित होकर लौट जाती हैं। हमारी शारीरिक आँखें देखती हैं और चकित होती हैं कि यह कैसे हो गया।..."

"पर उन्होंने हमारी हानि तो की है। अनेक बार की है।" सहदेव ने कहा, "हमें वंचित किया है, अपमानित किया है। हमें पीड़ित किया है।"

"हमें मान लेना चाहिए कि उतना विरोध पाण्डवों के मन में भी कौरवों के लिए था कि वे इतनी क्षति पहुँचा सके।" कृष्ण बोले, "यदि उतना भी विरोध न होता तो शायद स्थिति कुछ और ही होती। महर्षि कृष्णद्वैपायन व्यास के मन में किसी का विरोध नहीं है, इसीलिए उनका कोई विरोधी नहीं है। मैं यह नहीं कहता कि किसी के मन में उनके प्रति भी विरोध नहीं होगा, किन्तु दुर्योधन न तो उनका विरोध करने का साहस कर पाएगा और न ही उनका कुछ अहित कर पाएगा।"

"महर्षि कृष्णद्वैपायन व्यास ही क्यों? कृष्ण क्यों नहीं? कृष्ण के मन में भी तो किसी के प्रति घृणा नहीं है।" अर्जुन ने कहा।

"पर कृष्ण युद्ध तो करता है। घृणा न करे किन्तु वध तो वह भी करता है।" कृष्ण मुस्कराए, "इसीलिए उसके चारों ओर सदा ही युद्ध और संघर्ष घिरे रहते हैं।"

"अश्वत्थामा नारायणास्त्र का प्रयोग दूसरी बार भी तो कर सकता है।" सहसा धृष्टद्युम्न ने कहा।

"नहीं! पुनः नहीं।" कृष्ण मुस्कराए, "दुर्योधन उसको कहेगा, आदेश देगा, आग्रह करेगा, किन्तु नारायणास्त्र का प्रयोग दूसरी बार नहीं हो सकता।"

दुर्योधन की विचित्र स्थिति थी। नारायणास्त्र का प्रभाव देखकर वह अपनी विजय के विषय में इतना निश्चित हो चुका था कि उसके मन में अपने विजयोत्सव का प्रारूप भी बनने लगा था। उसने मन-ही-मन यह भी निश्चय कर लिया था कि किस प्रदेश का राजा किसको नियुक्त करना है; और इस युद्ध में दिखाई गई वीरता के लिए किसको क्या पुरस्कार देना है। पर अकस्मात् ही

नारायणास्त्र शान्त हो गया और पाण्डव सेना सुरक्षित ही नहीं बच गई, पुनः रणसज्जित होकर कौरवों के सामने आ गई थी। जो पांचाल अब तक मर चुके होने चाहिए थे, वे कौरवों को मारने के लिए अत्यन्त उत्साहित होकर दौड़ते हुए उनकी ओर बढ़ते चले जा रहे थे।

दुर्योधन की समझ में नहीं आ रहा था कि यह क्या हो गया। जो विमान उसे आकाश की ओर ऊपर ले जा रहा था, उसकी गति आकारण ही नीचे की ओर क्यों हो गई? बल्लियों उछलने वाला उसका हृदय अचानक ही डूबने लगा था।...पर तभी उसके मन में एक नया उत्साह जागा।

"गुरुपुत्र! देख रहे हो, यह क्या हो गया।" वह बोला, "ये पांचाल तो फिर बच गए। गुरुघाती पाण्डवों में से भी कोई नहीं मरा है।"

अश्वत्थामा कुछ नहीं बोला।

उसके मौन का अर्थ दुर्योधन के लिए स्पष्ट नहीं था, किन्तु इतना तो माना ही जा सकता था कि वह अपनी असफलता से निराश था। उसे भी प्रोत्साहन की आवश्यकता थी।

"तुम इसी अस्त्र का पुनः प्रयोग करो।" दुर्योधन बोला, "इस बार उनमें से कोई भी नहीं बच पाएगा।"

अश्वत्थामा ने निराशा में सिर हिलाया, "नारायणास्त्र की पुनरावृत्ति नहीं हो सकती।"

दुर्योधन को निराशा हुई...पता नहीं ये लोग कैसे-कैसे अस्त्र-शस्त्र रखते हैं, जो एक बार तो प्रहार करते हैं और दूसरी बार युद्धक्षेत्र से कहीं दूर भाग जाते हैं। पर यह समय अश्वत्थामा से विवाद करने का नहीं था। इस समय तो उसे किसी भी प्रकार प्रसन्न ही रखना होगा।...इतना तो दुर्योधन समझ ही गया था कि द्रोण के पश्चात् अब द्रोणपुत्र ही उसका सहारा हो सकेगा। आचार्य के मन में पांचालों के लिए जितना वैमनस्य था, आचार्यपुत्र के मन में उससे कम नहीं था। आचार्य अपने अपमान से पीड़ित थे; तो आचार्यपुत्र अपने पिता के अपमानजनक वध से।...

"पर गुरुपुत्र! तुम्हारी क्षमता का अन्त नहीं है। तुम्हारे पास दिव्यास्त्रों और देवास्त्रों का कोई अभाव तो है नहीं। मुझे तो लगता है कि सारे देवास्त्र या तो भगवान शंकर में प्रतिष्ठित हैं या फिर तुममें। यदि तुम मारने पर ही आ जाओ तो तुमसे देवराज इन्द्र भी बचकर नहीं जा सकते। शस्त्रास्त्रों के क्षेत्र में तो तुम स्वयं भगवान शंकर के समकक्ष हो।"

"कैसी बातें कह रहे हो राजन्! कहाँ भगवान शिव और कहाँ मैं। हाँ! मेरे पिता..."

दुर्योधन देख रहा था कि इस मनःस्थिति में भी अश्वत्थामा को अपनी प्रशंसा का दर्प नहीं चढ़ा था। वह बोला, "तुम्हें उन अस्त्रों का भी ज्ञान है, जिनका नाम भी कभी उस अज्जू ने नहीं सुना। पता नहीं तुम अपनी मुनिवृत्ति के कारण महत्त्वाकांक्षी नहीं हो या क्या है कि स्वयं को तुमने उस अर्जुन के समान प्रचारित नहीं किया। नहीं तो तुम इस समय संसार के सर्वश्रेष्ठ धनुर्धर कहलाते।..." वह रुका, "अब तुम ऐसा करो कि नारायणास्त्र जैसा ही कोई दूसरा अस्त्र निकालो। इस बार दिव्यास्त्र के स्थान पर किसी देवास्त्र का प्रयोग करो। तुम देख रहे हो कि वे गुरुघाती न केवल अभी जीवित हैं, वरन् वे तुम्हारी और मेरी हत्या करने के लिए अपनी सेना सहित हम पर चढ़े चले आ रहे हैं। ऐसे तो न आचार्य के अपमान का प्रतिशोध लिया जा सकेगा, न हमारे शत्रु समाप्त होंगे।"

अश्वत्थामा ने कोई उत्तर नहीं दिया। उसकी दृष्टि धृष्टद्युम्न पर लगी हुई थी। उसे आता देखकर वह स्वयं को रोक नहीं पाया। उसने अपने सारथि को संकेत किया और उसका रथ धृष्टद्युम्न की ओर दौड़ चला।

दुर्योधन को उसका उत्तर चाहिए भी नहीं था। वह जो चाहता था, वह हो रहा था। जिस उतावली से अश्वत्थामा झपटकर धृष्टद्युम्न की ओर गया था, उससे ही स्पष्ट था कि वह उसे जीवित नहीं छोड़ेगा...

अश्वत्थामा ने पूरे वेग से घृष्टद्युम्न पर आक्रमण किया था; किन्तु घृष्टद्युम्न उससे तनिक भी आतंकित नहीं था। घृष्टद्युम्न का धनुष कुछ अधिक ही गतिशील हो उठा था।...द्रोण के वध के पश्चात् भी उसे स्मरण था कि उसने किस शपथ को ग्रहण कर द्रुपद के घर यज्ञकुण्ड में से जन्म लिया था। वह शपथ तो पूरी हुई, किन्तु अभी सारा वैर नहीं चुका था। द्रोण ने उसके पिता, भाइयों और पुत्र का वध कर दिया था। उसका प्रतिशोध तो अभी शेष था। अश्वत्थामा मान रहा था कि उसे धृष्टद्युम्न से अपना प्रतिशोध लेना है। उसके ध्यान में यह बात नहीं आ रही थी कि अभी तो धृष्टद्युम्न को भी अपना शेष प्रतिशोध लेना है।...

धृष्टद्युम्न के बाणों ने अश्वत्थामा को बींध दिया था। आज धृष्टद्युम्न के उत्साह का अन्त नहीं था। उसने मन-ही-मन में संकल्प किया था कि आज अश्वत्थामा के वध के पश्चात् ही उसके युद्ध की समाप्ति होगी। उसने अश्वत्थामा के मस्तक पर बाणों का प्रहार किया।

कहाँ तो अश्वत्थामा ने कल्पना की थी कि धृष्टद्युम्न उसे देखते ही काँप जाएगा और कहाँ धृष्टद्युम्न उसके वध पर उतारू था। अश्वत्थामा ने क्रोध से दाँत पीसे और धृष्टद्युम्न के सारथि और घोड़ों को मार डाला। उसके मन में

आज पहली बार आ रहा था कि इन युद्धों में योद्धा की एक बहुत बड़ी दुर्बलता, उसके सारथि और अश्वों का असुरक्षित होना है। यदि रथों का निर्माण कुछ इस प्रकार का हो, जैसे अर्जुन का रथ है, जिसमें सारथि की रक्षा का भी समुचित प्रबन्ध किया गया है, और अश्वों के कवच का भी प्रबन्ध है, तो निश्चित ही योद्धा को इस असुविधा का सामना नहीं करना पड़ता, जिसका सामना इस समय धृष्टद्युम्न को करना पड़ रहा है।...तो क्या यह केवल रथ की ही विशेषता है, कृष्ण के सारथ्य और अर्जुन के शौर्य की नहीं कि न तो कृष्ण को अभी तक कोई घातक घाव लगा है और न ही अर्जुन के अश्व मारे गए हैं?...

'नहीं!' अश्वत्थामा के अपने मन ने ही यह तर्क अस्वीकार कर दिया है। कृष्ण के दक्ष सारथ्य की उपेक्षा कौन कर सकता है। और फिर अर्जुन जैसा योद्धा हो, जिसके सामने आते ही साधारण योद्धाओं की टाँगें काँपने लगती हैं, तो कौन उसके सारथि पर प्रहार करेगा। अर्जुन किसी को इतना समय ही कहाँ देता है कि कोई उसके सारथि अथवा अश्वों पर प्रहार करे। वह तो योद्धा को अपने प्राण बचाने के अतिरिक्त कुछ सोचने ही नहीं देता।...पर उसके रथ की विशेषता को भी अस्वीकार नहीं किया जा सकता। इस युद्ध से निबट लें तो फिर अश्वत्थामा भी अपने और अपनी वाहिनियों के लिए कुछ इसी प्रकार के रथों का निर्माण करवाएगा।

धृष्टद्युम्न अपने निश्चल रथ में खड़ा था और अश्वत्थामा के बाणों की झड़ी लगी हुई थी।...धृष्टद्युम्न समझ रहा था कि पांसा पलट गया है। किन्तु अपने इस रथ में स्थिर रहकर वह युद्ध कर नहीं सकता था और यदि रथ को छोड़कर वह खुले में आएगा तो इस नाममात्र के कवच से भी वंचित हो जाएगा। अश्वत्थामा उसको जीवित नहीं छोड़ेगा।...

एक बार तो उसकी इच्छा हुई कि वह अपनी ढाल तलवार लेकर अश्वत्थामा के रथ पर जा कूदे, जैसे वह द्रोण के रथ पर जा कूदा था।...किन्तु अगले ही क्षण उसका विचार बदल गया। तब भीम तथा अन्य पाण्डव योद्धा उसके निकट थे; जो उसे बाणों की बौछार से बचा सकते थे; किन्तु इस समय ऐसा कुछ नहीं था। उसके खड्ग और ढाल को टुकड़े-टुकड़े कर देना अश्वत्थामा के लिए तनिक भी कठिन नहीं था।...

अश्वत्थामा ने देखा : धृष्टद्युम्न असमंजस की स्थिति में अपने रथ में खड़ा था। वस्तुतः वह टूटे रथ की आड़ में खड़ा अश्वत्थामा के बाणों से बचने का प्रयत्न कर रहा था।...अश्वत्थामा को हँसी आ गई। धृष्टद्युम्न अपने रथ की ओट में खड़ा स्वयं को सुरक्षित समझ रहा था, जैसे कोई साधारण शिशु किसी पारदर्शी ओट के पीछे खड़ा होकर स्वयं को परम गुप्त मान लेता है।

ऐसे में जिस प्रकार कोई वयस्क क्रीड़ा पूर्वक उस पारदर्शी ओट को धीरे-धीरे हटाता है, वैसे ही अश्वत्थामा भी करेगा। धृष्टद्युम्न के रथ के एक-एक खण्ड को वह हटाता जाएगा।...

अश्वत्थामा ने धृष्टद्युम्न के रथ के टुकड़े करने आरम्भ किए। क्रमशः धृष्टद्युम्न की आड़ समाप्त होती जा रही थी। यदि कुछ देर और ऐसे ही चला तो वह रथ से उतरे न उतरे, रथ स्वयं ही उसे भूमि पर उतार देगा। वह समझ रहा था कि अश्वत्थामा उसके साथ वैसे ही क्रीड़ा कर रहा था, जैसे बिल्ली चूहे के साथ करती है। वह उसे खेला-खेला कर मारना चाहता था। धृष्टद्युम्न के पास कोई विकल्प नहीं था। इस प्रकार खड़े-खड़े मरने से तो अच्छा था कि वह धनुष बाण अथवा ढाल तलवार लेकर स्वयं कहीं बाहर खुले में आ जाए।...पर वह एक प्रकार की आत्महत्या ही होगी...और धृष्टद्युम्न अभी से—अश्वत्थामा को जीवित छोड़कर—मरना नहीं चाहता था।...यदि इस समय कहीं से भी थोड़ी-सी सहायता आ जाए, धृष्टद्युम्न को नए रथ तक जाने का एक अवसर मिल जाए तो वह अपनी अतृप्त कामना पूरी कर लेगा। वह अश्वत्थामा का वध भी वैसे ही कर ले, जैसे उसने द्रोण का किया है तो फिर उसे मरने का तनिक भी दुख नहीं होगा।...शायद सहायता तो आ रही थी।...हाँ! ये पाण्डव वाहिनियाँ ही थीं। पर यह किसका ध्वज था? ओह! यह तो सात्यकि था।...पाण्डवों की ओर से आया भी तो सात्यकि। अभी थोड़ी देर पहले वह धृष्टद्युम्न के रक्त का प्यासा हो रहा था। अब धृष्टद्युम्न को इस प्रकार संकट में फँसा देखेगा तो वह हँसेगा नहीं? जिह्वा से कहे न कहे, मन में तो अवश्य कहेगा कि थोड़ी देर पहले अपने मित्रों के सामने इतना अभिमान दिखा रहे थे, तो अब शत्रुओं के सामने भी थोड़ा शौर्य दिखाओ।...'हे प्रभु!' धृष्टद्युम्न के मन में हूक उठी, 'यम से साक्षात्कार के इस क्षण में पाण्डव पक्ष से किसी को आना ही था तो कोई मित्र भाव लेकर तो आता।'

सात्यकि ने देख लिया था कि धृष्टद्युम्न संकट में है। उसने अपना रथ अश्वत्थामा की ओर बढ़ा दिया।

अश्वत्थामा को भी सूचना मिल चुकी थी कि सात्यकि और धृष्टद्युम्न का भयंकर झगड़ा हुआ है।...वह मन-ही-मन हँसा...सात्यकि कहीं धृष्टद्युम्न का वध कर अश्वत्थामा की सहायता करने तो नहीं आया।...

सात्यकि ने बिना रुके अश्वत्थामा पर बाणों की झड़ी लगा दी। अश्वत्थामा उसे देखता ही रह गया। सात्यकि ने उसके सारथि और घोड़ों को मार डाला; और तब उसने अश्वत्थामा के वक्ष में घातक प्रहार किया।

कहाँ अश्वत्थामा सोच रहा था कि सात्यकि उसकी सहायता करने आया है और कहाँ वह उसका काल बन गया। अश्वत्थामा की स्थिति

इस समय धृष्टद्युम्न से भी बुरी हो गई थी। वह किंकर्तव्यविमूढ़-सा खड़ा रह गया।

धृष्टद्युम्न को कुछ आश्चर्य हुआ और कुछ प्रसन्नता भी। तो सात्यकि उससे इतना भी रुष्ट नहीं था कि उसके प्राणों की रक्षा न करता।

दुर्योधन की दृष्टि अश्वत्थामा पर ही थी। वह अकेला ही पाण्डवों का काल हो सकता था; किन्तु सात्यकि ने यह क्या कर दिया। दुर्योधन अश्वत्थामा की सहायता के लिए दौड़ा।

जिस समय से कृपाचार्य ने अश्वत्थामा को द्रोण के वध का समाचार दिया था, वे तब से ही अश्वत्थामा के लिए चिन्तित थे। वे समझ रहे थे कि अश्वत्थामा अपने पिता की मृत्यु को स्वीकार नहीं कर पाया है। युद्ध में जो मृत्यु को स्वीकार कर लेता है, वह अपने शत्रु का सामना कर पाता है और अपने पक्ष के लोगों का प्रतिशोध भी ले सकता है। जो योद्धा मृत्यु को स्वीकार नहीं कर पाता, वह सन्तुलित नहीं रह पाता। अश्वत्थामा भी असन्तुलित हो गया लग रहा था। वे जानते थे कि वह अधिक से अधिक क्रूर होने का प्रयत्न करेगा। सफलता को अंगीकार करेगा; किन्तु असफलता का सामना होते ही उसके मस्तक में विस्फोट हो जाएगा।...वे देख रहे थे कि वही हुआ था। उसका सारथि मर गया था, घोड़े धराशायी हो गए थे और वह अपने रथ पर स्तब्ध-सा खड़ा था, जैसे जीवन का स्पन्दन ही रुक गया हो।

दुर्योधन, कृपाचार्य और कर्ण प्रायः एक साथ ही अश्वत्थामा की सहायता को आए और उन्होंने सात्यकि पर सामूहिक आक्रमण किया।

धृष्टद्युम्न की इच्छा हुई कि वह सात्यकि के साथ जा खड़ा हो और उसके कंधे से कंधा मिलाकर इन तीन महारथियों से उसकी रक्षा करे; किन्तु उसका रथ चल नहीं सकता था और इस स्थिति में रथ को छोड़ना सुरक्षित नहीं था। कहीं से कोई नया रथ आ जाता या वह सात्यकि के रथ तक पहुँच पाता।...

धृष्टद्युम्न ने एक आश्चर्य घटित होते देखा। सात्यकि ने कुछ ही क्षणों में उन तीनों महारथियों को रथविहीन कर दिया था। किन्तु तब तक अश्वत्थामा भी सचेत हो गया था और उन सबके लिए नए रथ भी आ गए थे। उन्होंने सात्यकि पर आक्रमण किया। सात्यकि में जैसे कोई प्रचण्ड झंझावत चल रहा था। उसने पुनः उन सबको रथविहीन कर दिया। किन्तु अश्वत्थामा इससे रुका नहीं। उसने सात्यकि पर अपना आक्रमण और भी उग्र कर दिया। उसके बाणों ने सात्यकि का कवच विदीर्ण कर उसके वक्ष पर गम्भीर घाव किया। सात्यकि के लिए खड़ा रहना भी कठिन हो गया। वह रथ की बैठक में गिर गया। सारथि ने उसकी यह स्थिति देखी तो रथ वहाँ से हटा ले गया।

धृष्टद्युम्न पुनः असहाय हो गया था। अब तो वह पूर्णतः कौरवों की दया पर आश्रित था। जाने क्यों पाण्डव सेना की ओर से किसी प्रकार की कोई सहायता नहीं आ रही थी।

अश्वत्थामा ने धृष्टद्युम्न पर बाणवर्षा की और उसकी भौहों के मध्य एक तीक्ष्ण बाण मारा। धृष्टद्युम्न पहले से ही बहुत घायल था। इस घाव के पश्चात् वह खड़ा भी नहीं रह सका। वह अपने भग्न रथ की बैठक में बैठ गया और ध्वजदण्ड से अपने शरीर को टिका दिया।

अश्वत्थामा प्रसन्न हो उठा। अब वह धृष्टद्युम्न से अपने पिता के वध का प्रतिशोध ले सकता था। किन्तु तभी पाण्डव पक्ष के अनेक महारथी उसके मार्ग में आ गए। अर्जुन, भीम, वृद्धक्षत्र, चेदि युवराज तथा मालवनरेश सुदर्शन प्रायः एक साथ ही धृष्टद्युम्न की रक्षा के लिए आ गए थे।

अर्जुन आया है और वह भी धृष्टद्युम्न की रक्षा के लिए—अश्वत्थामा की शिराओं में जैसे अग्नि प्रवाहित होने लगी। उसने पहले मालवराज सुदर्शन का मस्तक काटा और देखते ही देखते वृद्धक्षत्र और चेदि युवराज को भी काल के गाल में भेज दिया।

अर्जुन कुछ करता, उससे पहले ही क्रुद्ध भीम ने अश्वत्थामा को अपने बाणों से ढँक दिया। भीम का एक बाण, अश्वत्थामा के गले की हँसली छेद कर भीतर समा गया। अश्वत्थामा ने अपने रथ का ध्वजदण्ड थाम लिया और आँखें बंद कर लीं। किन्तु वह अधिक देर तक इस स्थिति में नहीं रहा। वह सचेत होकर उठा और उसने भीम का धनुष काटकर उसकी छाती पर पैने बाणों से प्रहार किया। भीम पर्याप्त सावधान था। उसने अश्वत्थामा के बाणों को निरस्त कर दिया। भीम पर अश्वत्थामा का वश नहीं चला तो उसने बाण मारकर भीम के रथ के सारथि को मूर्च्छित कर दिया। वल्गा को शिथिल देखकर उसके घोड़े रथ को लेकर भाग गए। भीम के रथ को युद्धक्षेत्र से इस प्रकार भागते देखकर पाण्डव सेना में भगदड़ मच गई। पांचाल सैनिक भी धृष्टद्युम्न को वहीं छोड़कर दूर भाग गए।

चेदि युवराज, वृद्धक्षत्र तथा सुदर्शन का वध और धृष्टद्युम्न, सात्यकि तथा भीम की पराजय देखकर अर्जुन को बहुत कष्ट हुआ। धर्मराज की व्यंग्योक्तियाँ पहले ही उसका मन जला रही थीं। अब अश्वत्थामा के चेहरे पर खेलता दर्प अर्जुन को और भी चिढ़ा गया। उसने उच्च स्वर में कहा, "गुरुपुत्र! तुममें जो शक्ति, ज्ञान, प्रशिक्षण, बल, पराक्रम और तेज हो वह मुझे दिखाओ। कौरवों के प्रति सारा प्रेम और हमारे प्रति जो ईर्ष्या है, वह सब मुझ पर उँडेल दो। वैसे

तो पांचाल राजकुमार धृष्टद्युम्न ही तुम्हारी इस सारी उद्दण्डता और अभियान को चूर-चूर का देंगे; किन्तु नया रथ आने तक वे शान्त हैं। अब तुम धृष्टद्युम्न, कृष्ण, और मुझ पर अपनी शक्ति दिखाओ। आज मैं तुम्हारी युद्धलिप्सा तृप्त कर दूँगा। और तुम्हारा घमंड चूर-चूर कर दूँगा।"

अश्वत्थामा पहले ही क्रोध से जल रहा था। आज तक अर्जुन ने उससे इतनी कठोर बातें नहीं कहीं थीं। आज अर्जुन उसके प्रति कितना कठोर हो उठा था। उसने तत्काल आग्नेयास्त्र अपने हाथों में लिया। उसे मंत्रों से अभियंत्रित किया और पाण्डव सेना पर छोड़ दिया।

चारों ओर अग्नि ही अग्नि दिखाई पड़ रही थी। पवन जैसे तपने लगा और आकाश से उल्काएँ गिरने लगीं। जहाँ-जहाँ पाण्डव सेना थी, उसे अग्नि ने घेर लिया था।

दुर्योधन का मन प्रसन्नता से खिल उठा। आचार्यपुत्र के पास बहुत कुछ है। यह पाण्डवों और पांचालों का नाश करके ही रहेगा। पहले ही इसका अधिक उपयोग किया गया होता तो कदाचित् यह युद्ध इतना लम्बा नहीं खिंचता।... पर जाने क्यों अपने पिता के जीवित रहते अश्वत्थामा ने कभी इन अस्त्रों का प्रयोग नहीं किया।...

अर्जुन ने अपनी सेना को इस प्रकार जलते देखा तो उसने ब्रह्मास्त्र प्रकट किया और उसे आग्नेयास्त्र पर चला दिया।

अन्धकार दूर हो गया। पवन में शीतलता आ गई। अग्नि की दाहकता समाप्त होने लगी और दिशाएँ जैसे स्वच्छ हो गईं।

अश्वत्थामा ने देखा कि उसके अस्त्र का प्रभाव क्षीण होते-होते समाप्त हो गया है। पर कैसे? उसके अनुमान से तो पाण्डव सेना अब तक दग्ध हो जानी चाहिए थी; और कृष्ण और अर्जुन को भी जलकर समाप्त हो जाना चाहिए था। किन्तु कृष्ण और अर्जुन तो उसके सामने खड़े थे। लगता था, उनको तो आँच ने छुआ भी नहीं था।

"अश्वत्थामा!" अर्जुन ने गाण्डीव को खींचते हुए, पुकारकर कहा, "निर्बलों पर देवास्त्र छोड़ने वाले कायर! ऋषियों के ज्ञान का दुरुपयोग करने वाले नीच! तू भी तो देख कि शत्रु के अस्त्र कैसे दाहक होते हैं।"

"यह क्या हो गया?" अश्वत्थामा ने अपने आपसे पूछा।

और सहसा अश्वत्थामा ने अपना धनुष फेंक दिया। वह अपने रथ से कूद पड़ा और एक दिशा में दौड़ता चला गया। भागते हुए भी वह चिल्ला रहा था, "धिक्कार है। धिक्कार है। यह सब मिथ्या है।..."

दुर्योधन की समझ में ही नहीं आया कि उसे क्या हो गया। अच्छा-भला लड़ता हुआ वह इस प्रकार शस्त्र त्याग, युद्धभूमि छोड़कर कहाँ भागा जा रहा है। उसने उसके पीछे संदेशवाहक दौड़ाए, "देखो। आचार्यपुत्र को क्या हो गया है; और वह कहाँ जा रहा है।"

कृपाचार्य ने संदेशवाहकों पर निर्भर रहना उचित नहीं समझा। वे पहले ही आशंकित थे कि ऐसा कुछ होने वाला है।

कृपाचार्य ने उसे सरस्वती के तट पर वेदव्यास के आश्रम में जा पकड़ा। वह महर्षि वेदव्यास के चरणों पर गिरकर रो रहा था, "ऋषिवर! मेरे इन अस्त्रों से देवता भी जीवित नहीं बच सकते थे; किन्तु कृष्ण और अर्जुन ने उन्हें भी शान्त कर दिया। अब मेरा तो इन अस्त्रों पर से विश्वास ही उठ गया है। यदि नारायणास्त्र और आग्नेयास्त्र कुछ नहीं कर सकते तो फिर कोई भी कुछ नहीं कर सकता। अब मैं अपने पिता के हत्यारे से प्रतिशोध कैसे लूँगा।"

महर्षि ने मुस्कराती आँखों से कृपाचार्य को भी आया हुआ देखा और अश्वत्थामा को स्नेहपूर्वक उठाते हुए बोले, "उठो पुत्र! तुमने अपना कर्तव्य किया। अस्त्रों ने भी अपना कर्म किया; किन्तु जीवन और मृत्यु न तो तुम्हारे हाथ में है और न अस्त्र के हाथ में। सबसे अच्छा तो यह है कि प्रतिशोध की भावना त्याग कर मन को निर्मल करो।..."

"ऐसा नहीं हो सकता।" अश्वत्थामा चिल्लाकर बोला।

"ऐसा नहीं हो सकता, तो वैसा भी नहीं हो सकता, जैसा तुम चाहते हो।" ऋषि मुस्कराए, "तुम मेरा विश्वास कर सको तो इस सत्य को हृदय में धारण कर लो कि तुम चाहे किसी का भी वध कर लो किन्तु न कृष्ण का वध कर सकोगे और न अर्जुन का। उनका धर्म उनकी रक्षा कर रहा है; और धर्म का वध शस्त्रों से नहीं होता।"

अश्वत्थामा उठकर बैठ तो गया किन्तु उसके अश्रु थम नहीं रहे थे। महर्षि से आश्वासन नहीं मिला तो कृपाचार्य की गोद में सिर डालकर रोता रहा, "मातुल! मैं अब क्या करूँ?"

कृपाचार्य ने उसे कंधों से पकड़कर उठाया, "इस प्रकार विह्वल मत होओ पुत्र!..."

सहसा वे मौन हो गए। उन्होंने अश्वत्थामा की आँखों में देखा था। वहाँ निराशा से कहीं अधिक भय समाया हुआ था।...शायद वह अर्जुन से डरकर ही युद्धक्षेत्र से भागकर, वेदव्यास की शरण में आया था। युद्धक्षेत्र में अर्जुन से उसकी रक्षा करने वाला उसे और कोई दिखाई ही नहीं पड़ा होगा।

28

"इन लोगों की यह बात मेरी समझ में नहीं आती।" सहसा बलन्धरा बोली।

दूत के आख्यान का प्रवाह सहसा टूट गया। सबकी दृष्टि आकर बलन्धरा पर टिक गई। पर किसी ने कुछ कहा नहीं।

"कोई और महत्त्वपूर्ण सूचना तो शेष नहीं है दूत?" कुछ क्षणों के असुविधाजनक सन्नाटे के पश्चात् द्रौपदी ने दूत को सम्बोधित किया।

"नहीं महारानी!" वह बोला।

"तो तुम जाओ। विश्राम करो।"

दूत चला गया। सब उसे जाते हुए चुपचाप देखती रहीं। जब वह द्वार से बाहर निकल गया तो बलंधरा ने कुछ आक्रामक स्वर में कहा, "आपने उसे भेज क्यों दिया?"

"तुमने सुना नहीं, उसने कहा कि और कोई महत्त्वपूर्ण सूचना नहीं है।" द्रौपदी का स्वर कुछ अतिरिक्त रूप से कोमल था।

"पर मैं कह रही थी कि मुझे इन लोगों की ये बातें समझ में नहीं आतीं।" बलंधरा बोली, "मुझे उस दूत से बहुत सारे प्रश्न पूछने थे और आपने उसे भगा दिया।"

द्रौपदी ने उस पर दृष्टि डाली : देविका, सुभद्रा, करेणुमति और विजया—सब ही तो बलन्धरा का व्यवहार देख कर कुछ छेंप का अनुभव कर रही थीं।...यह कोई पहली बार तो नहीं हो रहा था।

"मैंने भी तो इसीलिए विदा कर दिया ताकि तुम्हें जो प्रश्न करने हैं, या हम लोगों को जो प्रश्न करने हैं, वे हम पहले परस्पर एक-दूसरी से कह-सुन लें। पूछ लें और बता लें। यह आवश्यक तो नहीं है कि युद्धक्षेत्र से आने वाला दूत भी यह जाने कि पाण्डवों की रानियाँ क्या समझती हैं और क्या नहीं समझतीं। किस बात पर वे सहमत हैं और किस बात पर असहमति है।"

"पर मेरे प्रश्नों के उत्तर तो युद्धभूमि से आया दूत ही दे सकता है, क्योंकि वे प्रश्न युद्ध से ही सम्बद्ध हैं। उस विषय में आपस में क्या कह-सुन लेंगी हम।" बलन्धरा के स्वर में आग्रह था।

"तुम प्रश्न तो पूछो।" द्रौपदी ने कहा।

बलन्धरा ने अपनी आँखें द्रौपदी पर टिका दीं। उनमें चुनौती भी थी और चेतावनी भी।

"अश्वत्थामा युद्ध में एक बार नारायणास्त्र का प्रयोग करता है और दूसरी बार उसी अस्त्र का प्रयोग वह नहीं कर सकता। क्यों भई, क्यों नहीं कर सकता?"

बलन्धरा बोली, "यह तो वैसा ही है कि मध्यम पाण्डव एक बार तो गदा का प्रहार करें और दूसरी बार कह दें कि मैं गदा का प्रहार नहीं कर सकता। ऐसा भी कभी सम्भव है क्या? एक व्यक्ति जो काम एक बार कर सकता है, उसे वह बार-बार भी कर सकता है। मैं जीवन में एक बार एक काम करने में समर्थ हूँ और फिर उसके तत्काल पश्चात् ही समर्थ नहीं हूँ—कोई दस-बीस वर्ष बीत गये हों, व्यक्ति वृद्ध हो गया हो, तो भी कोई बात है।"

बलन्धरा अपनी बात समाप्त कर हँस पड़ी।

द्रौपदी उसकी हँसी का अर्थ समझ नहीं पाई—वह झेंप मिटा रही थी या फिर वह अपने प्रश्न को अजेय मान बैठी थी।

"मेरे मन में भी ऐसे प्रश्न आते हैं।" देविका ने कहा, "यदि अश्वत्थामा के पास नारायणास्त्र जैसा कोई अस्त्र था तो उसने उसका प्रयोग पहले ही क्यों नहीं किया?"

"और नहीं तो क्या?" करेणुमती ने भी उसके साथ अपना स्वर मिला दिया, "जो अस्त्र कहीं दिखाई नहीं देता, जिसकी कहीं कोई चर्चा ही नहीं है, वह आकस्मात् ही प्रकट हो जाता है। मेरी बुद्धि तो इन बातों को तर्कसम्मत नहीं मानती।"

द्रौपदी हँस पड़ी, "इसीलिए मैंने दूत को विदा कर दिया। अब ऐसे प्रश्न उस दूत के सामने तो रखे नहीं जाने चाहिए।"

"क्यों? क्यों नहीं रखे जाने चाहिए?" बलन्धरा कुछ चिढ़कर बोली, "वह युद्धक्षेत्र से आया है। उसने वहाँ शस्त्र चलते देखे हैं। योद्धाओं द्वारा उनका प्रयोग देखा है। प्रश्न तो उसी से पूछे जाने चाहिए।"

"ठीक कहती हो।" लगा द्रौपदी उन सबके प्रश्नों का उत्तर देने की तैयारी में है; किन्तु सहसा ही उसका स्वर कुछ बदल गया, "पर इस विषय में हमारी बुद्धिमती सखी विजया क्या कहती है?"

विजया के अधरों पर एक अनमनी-सी मुस्कान आई, "मुझे क्या कहना है। मैं तो इतना ही जानती हूँ कि व्यक्ति का ज्ञान उतने तक ही सीमित होता है, जितना उसने देखा है, अथवा जितने के होने का उसके पास प्रमाण है। हमारी शिक्षा की अवधि में हमारे गुरुओं ने हमें बताया है कि ऐसे शस्त्रास्त्र होते हैं तो हमने मान लिया कि होते होंगे। हमें कौन से वे शस्त्र चलाने हैं। हमारे योद्धा पति हमें बता देते हैं कि संसार में ऐसे-ऐसे शस्त्रास्त्र हैं; और हम मान लेती हैं कि वैसे अस्त्र हैं। पर हमने न वे शस्त्र देखे हैं न उनका प्रयोग देखा है। अनेक बार तो जो योद्धा उन शस्त्रों का प्रयोग कर रहा होता है, वह भी नहीं जानता कि वह शस्त्र वैसा क्यों है। वह उसका

प्रयोग तो जानता है, किन्तु न उसकी निर्मिति जानता है, न उसका निर्माण कर सकता है।"

"ऐसा कैसे सम्भव है?" बलन्धरा ने निमिष भर भी नहीं सोचा और अपना विचार प्रकट कर दिया, "मैं इसे नहीं मानती।"

"किसी छोटे बालक को वटवृक्ष का एक बीज दिखाकर कहा जाए कि इसमें से वट जैसा विराट वृक्ष उत्पन्न होता है, तो क्या वह उसका विश्वास कर लेगा।" विजया ने कहा, "और जब वह उस बीज को अंकुरित होते देखेगा, उसमें पौधा निलकलते और पौधे को वृक्ष बनते देखेगा तो उसका विश्वास तो कर लेगा; किन्तु क्या वह जान पाएगा कि यह कैसे सम्भव है?"

"ठीक कह रही है विजया।" देविका ने तत्काल उसका समर्थन कर दिया, "प्रत्येक स्त्री सन्तान को जन्म दे सकती है किन्तु हममें से कितनी जानती हैं कि यह सम्भव कैसे हो पाता है। जो कुछ जानती भी हैं, वह भी तो सूचना मात्र ही है।..."

"विदुषियों में बैठने में यही कठिनाई है।" बलन्धरा ने उसकी बात काट दी, "मैं पूछ रही हूँ कि अश्वत्थामा ने एक बार नारायणास्त्र का प्रयोग किया तो वह दूसरी बार क्यों नहीं कर सकता; और आप बता रही हैं कि स्त्रियाँ सन्तान को जन्म दे सकती हैं, किन्तु उसका शास्त्र नहीं जानतीं। युद्धशास्त्र से सीधे प्रजनन शास्त्र पर ले आईं।"

द्रौपदी हँस पड़ी, "बात को युद्ध तक ही सीमित रखो बहना। नहीं तो बलन्धरा की जिज्ञासा की सन्तुष्टि नहीं होगी।"

"और नहीं तो क्या।" बलन्धरा ने कहा।

"तो ऐसा है कि पहले हम शस्त्रास्त्रों के विषय में थोड़ा जान लें।" द्रौपदी ने कहा, "मोटे तौर पर शस्त्रास्त्र तीन प्रकार के हैं—लौकिक शस्त्रास्त्र, दिव्यास्त्र और देवास्त्र।"

"हम भी जानती हैं।" बलन्धरा ने कहा।

"आरम्भ तो तुम्हारे ज्ञान से ही होगा, तुम्हारे अज्ञान से तो आरम्भ कर नहीं सकती।" द्रौपदी मुस्कराई, "लौकिक शस्त्रास्त्रों के विषय में कोई कठिनाई नहीं है। सब जानते हैं कि योद्धा उनको उठाकर अपने शरीर बल से प्रहार करता है। योद्धा के शरीर का बल उसको ले जाता है, प्रहार करता है और वापस ले आता है। पुनः प्रहार करता है, पुनः वापस ले आता है।"

"हाँ।" करेणुमती ने स्वीकृति में सिर हिलाया।

"दिव्यास्त्र वे हैं, जिनमें साधारण शारीरिक बल का ही प्रयोग नहीं है, कुछ मंत्र का भी कौशल है। धनुष कुछ ऐसा बनाया जाए जिसमें से एक से अधिक

संख्या में बाण चल सकें। एक और प्रकार के दिव्यास्त्रों में, अपने बाण की नोक पर कोई अन्य प्रकार का शस्त्र लगा दिया जाता है, जो शत्रु पर गिरकर उसका अधिक विनाश करता है। इसे हम अपने बाण को दिव्यास्त्रों से अभिमंत्रित करना कहते हैं। इसमें बाण शस्त्र न रहकर मात्र वाहक हो जाता है। उन अस्त्रों में कुछ तो निर्णय का कौशल है और कुछ परिचालन का। उसका अभ्यास अधिक करना पड़ता है। योद्धा में अधिक बुद्धि, मेधा और प्रतिभा की अपेक्षा होती है।" द्रौपदी ने कहा, "बहुत सारे देश और राज्य शस्त्र निर्माण में विशेषता प्राप्त कर लेते हैं और उन्नत प्रकार के धनुष बाण और बाणों की नोक पर लगा कर चलाए जाने वाले विभिन्न प्रकार के घातक अस्त्रों का उत्पादन करते हैं। उन शस्त्रों को धन से खरीदा जा सकता है। योग्य शिक्षकों के शिष्यत्व में उनके परिचालन का अभ्यास किया जा सकता है।..."

"और तीसरे हैं, देवास्त्र।" बलन्धरा ने अपने अधैर्य में उसकी बात काट दी, "जो हमें देवताओं से प्राप्त होते हैं।"

द्रौपदी हँस पड़ी, "बहुत व्यग्र है बलन्धरा अपनी समस्या के समाधान के लिए। पर बलन्धरा! नींव के बिना भवन नहीं हो सकता। वैसा भवन बनाने का प्रयत्न करेंगे तो वह धराशायी हो जाएगा, किसी के रहने के काम नहीं आएगा।"

"ठीक है। ठीक है बन गई न नींव। अब भवन भी बनाइए।" बलन्धरा ने कहा, "यह न हो कि सारा दिन व्यतीत हो जाए तो पता चले कि नींव बनाकर श्रमिक कहीं चले गए हैं, भवन तो बना ही नहीं।"

"नींव तो बन गई, किन्तु अभी दीवारें भी बनेंगी, तब जाकर भवन का रूप कुछ स्पष्ट होगा।" द्रौपदी ने कहा, "जो देवास्त्र हैं, वे ही कुछ प्रश्न उठाते हैं। क्योंकि उनके विषय में सब कुछ स्पष्ट नहीं है। नारायणास्त्र को एक बार अश्वत्थामा ने चलाया और दूसरी बार अपनी असमर्थता प्रकट कर दी। तुम्हारे मन में यह प्रश्न भी तो उठ सकता है बलन्धरा! कि यदि अश्वत्थामा नारायणास्त्र को दूसरी बार नहीं चला सकता था तो वह उसे दुर्योधन को दे सकता था। दुर्योधन उसे किसी और से चलवा लेता। या फिर दुर्योधन ने ही उसे आदेश क्यों नहीं दिया कि नारायणास्त्र दुर्योधन को दे दे। दुर्योधन उसे कर्ण को सौंप देता। कर्ण अपने आप उसको चला लेता। उन लोगों को नारायणास्त्र की आवश्यकता थी, अश्वत्थामा का उन्हें क्या करना था। पर उनमें से किसी ने ऐसा कोई आग्रह नहीं किया।"

"आप ठीक कह रही हैं दीदी!" सुभद्रा ने कहा।

"तो फिर प्रश्न यह है कि अश्वत्थामा उसे पुनः क्यों नहीं चला सकता था?"

"सम्भव है कि उसके पास एक ही नारायणास्त्र हो।" करेणुमती ने कहा।

"तो वह कह सकता था कि उसके पास एक ही नारायणास्त्र था, उसका प्रयोग वह कर चुका है। अब उसके पास और है ही नहीं, तो वह चलाए क्या।" द्रौपदी ने कहा।

"ऐसे में दुर्योधन को कहना चाहिए कि और नारायणास्त्र लाओ। माँगने से न मिलें तो उनका क्रय कर लाओ। कोई न बेचे तो उसे छीन कर लाओ।" देविका ने कहा।

"या फिर हस्तिनापुर में नारायणास्त्र के निर्माण का प्रबन्ध करो। यदि नारायणास्त्र को भी किसी लौकिक शस्त्र के समान ही मानें तो कहा जाएगा कि जाओ नारायणास्त्र गिरा है, उसे वहाँ से उठा लाओ और फिर से चलाओ। या उसे उठा लाओ, ऐसा न हो कि पाण्डव उसे हम पर चला दें।" द्रौपदी न कहा।

"यह तो बहुत ही जटिल बात हो गयी।" बलन्धरा ने जैसे अपने आप से कहा।

"नहीं, जटिल कुछ नहीं हुआ है।" द्रौपदी ने कहा, "वस्तुतः हम जटिलता को दूर करने का प्रयत्न कर रहे हैं। देखो, अब एक बात पर ध्यान दो। खड्ग कैसे चलता है? योद्धा के शरीर के बल से। बाण कैसे चलता है? धनुष के बल से। धनुष में बल कहां से आता है? योद्धा की भुजाओं से। योद्धा जितनी जोर से प्रत्यंचा को खींचता है, उसमें उतना ही बल लगता है। वह बल व्यय नहीं हो जाता, वह एक प्रकार से धनुष में स्थानांतरित हो जाता है। योद्धा द्वारा खिंची प्रत्यंचा छोड़ते ही, योद्धा का धनुष में स्थानांतरित अथवा संचरित बल बाण को दूर फेंक देता है।"

"यह सब तो हम जानती हैं।" बलन्धरा ने द्रौपदी को टोका।

"ज्ञात तथ्यों के विश्लेषण से ही तो हम अज्ञात तथ्यों तक पहुँचेंगे रानी!" द्रौपदी मुस्कराई।

"ठीक है।" देविका ने कहा।

"इसका अर्थ हुआ कि किसी भी शस्त्र के चलने में कोई न कोई बल प्रयुक्त होता है। देखना यह है कि वह बल आता कहाँ से है।"

"शरीर से।" बलन्धरा ने कहा।

"और शरीर में वह शक्ति अन्न से आती है। अन्न धरती से आता है। उसमें बल धरती के अतिरिक्त जल, वायु और सूर्य से आता है। अर्थात् सारा बल तो प्रकृति का है, जो अन्न इत्यादि के माध्यम से मानव के शरीर में आता है। इस प्रकार शरीर भी एक अस्त्र है, जो प्रकृति की ऊर्जा से चल रहा है।..."

"दीदी!" बलन्धरा ने उपालम्भ दिया।

द्रौपदी हँस पड़ी, "थोड़ा धैर्य रखो और अपने शरीर को कुछ और सूक्ष्मता से देखो। मेरा हाथ आगे बढ़कर वह वस्तु उठा लेता है और उसे दूर फेंक देता है। पर हाथ को किसने आगे बढ़ाया? यदि हम कहें कि शरीर तो अपने आप ही यह सब करता है तो वह हमारी भूल होगी। कई बार किसी रोग के कारण हमारी भुजा हमारे शरीर के साथ होती हुई भी आगे नहीं बढ़ती, वस्तु को नहीं उठाती और न ही उसे दूर फेंकती है।"

"हाँ! अनेक ऐसे रोग हैं, जो अंगों को असमर्थ कर देते हैं।" विजया ने कहा।

"पर वह तो इसलिए कि उनमें रक्त संचार नहीं होता। जिस अंग में रक्त नहीं पहुँच पाता, उसमें शरीर का बल भी नहीं पहुंच पाता।" करेणुमती ने कहा।

"रक्त नहीं पहुँच पाएगा तो वह अंग सूख जाएगा।" द्रौपदी ने कहा, "पर यदि वह अंग सूखता नहीं है और फिर भी काम नहीं करता तो उसका अर्थ है कि शिराएँ उस तक मस्तिष्क का संदेश नहीं ला रहीं, क्योंकि वस्तु को उठाने और फेंकने का निर्णय तो मस्तिष्क ही करता है। हाथ न सोचता है और न ही निर्णय करता है। यह केवल आदेश का पालन करता है।"

"शरीर विज्ञान छोड़ो महारानी! शस्त्रों की बात करो।" बलन्धरा ने कहा।

"थोड़ा धैर्य रखो बलन्धरा!" द्रौपदी ने कहा, "शिराएँ हाथ को शरीर का संदेश देती हैं कि उस वस्तु को उठाओ और फेंक दो। और हाथ वह काम करता है। अब देखना है कि शिराओं को उपकरण बनाकर संदेश लाने वाला यह माध्यम कौन है।"

"शिराएँ अपने आप माध्यम नहीं हो सकतीं क्या?" करेणुमती ने पूछा।

"देखो करेणु! जो बाहर से काम करता दिखाई देता है, वह अधिष्ठान हो सकता है, किन्तु न तो वह करण अथवा उपकरण है और न ही कर्ता।" द्रौपदी बोली, "मैं तुम लोगों का ध्यान केनोपनिपद की यक्ष वाली कथा की ओर आकर्षित करना चाहूँगी।"

"अब आप हमें उपनिषदों में भटकाएँगी?" बलन्धरा के स्वर में शिकायत थी।

"थोड़ा। और यह तो कथा है। कहानी में तो सबकी ही रुचि होती है।" द्रौपदी ने मुस्कराकर उसकी ओर देखा, "देवताओं ने असुरों पर विजय पाई तो बहुत प्रसन्न थे और अपने अहंकार में फूले हुए थे। तभी उनके सम्मुख एक

दिव्य यक्ष प्रकट हुआ। देवताओं ने जानना चाहा कि वह कौन है। उन्होंने यह जानने के लिए अग्नि को भेजा। अग्नि यक्ष के पास गए और खड़े हो गए। उस यक्ष से स्वयं बात आरम्भ करना उन्हें अपने लिए अपमानजनक लगा। वे उसके निकट जाकर चुपचाप खड़े हो गए। उनको कौन नहीं जानता। यह यक्ष भी जानता ही होगा। वह स्वयं ही उनका अभिवादन करेगा।"

"यक्ष ने उनकी ओर देखकर पूछा, 'तुम कौन हो?' अग्नि को यह अच्छा नहीं लगा। कुछ रूठकर बोले, 'तुम मुझे नहीं जानते। मैं जातवेद हूँ। अग्नि। इस पृथ्वी पर जो कुछ भी है, मैं उस सबका स्वामी हूँ।' यक्ष उनके उत्तर से प्रभावित नहीं हुआ। उसने अग्नि से पूछा, 'क्या कर सकते हो? क्या बल है तुझमें?' अग्नि को क्रोध आ गया, 'सब कुछ जला सकता हूँ।' यक्ष ने एक तिनका उसके सम्मुख रख दिया, 'पहले इसे जलाकर दिखाओ।'

"अग्नि ने अपना पूरा सामर्थ्य झोंक दिया किन्तु वह तिनका उनसे नहीं जला। उनकी समझ नें कुछ नहीं आया। स्वयं अग्निदेव एक तिनका न जला सकें तो इस संसार में अब और क्या होगा। वे लौट आए। देवताओं ने वायु को भेजा। वायु से भी यक्ष ने पूछा, 'तुम कौन हो?' वायु ने बता दिया, 'मैं वायु हूँ। मातरिश्वा। बिना किसी आधार के अंतरिक्ष में चलने वाला।' 'क्या कर सकते हो?' यक्ष ने पूछा। 'मैं सारी पृथ्वी को उड़ा सकता हूँ।' यक्ष ने वायु के सम्मुख भी वह तिनका डाल दिया, 'इसे उड़ा कर दिखाओ।' अपना पूरा बल लगाकर भी उड़ाना तो दूर, वायु उस तिनके को हिला भी नहीं पाए। हार कर लौट आए। इस बार देवराज इन्द्र स्वयं आए। किन्तु उनके निकट पहुँचने पर यक्ष वहाँ से अदृश्य हो गया। उसने उनसे बात भी नहीं की। देवता चकित खड़े थे कि आकाश पर ब्रह्म विद्या के रूप में उमा प्रकट हुईं। उन्होंने बताया कि वह यक्ष और कोई नहीं स्वयं ब्रह्मा ही थे। वे देवताओं का अहंकार तोड़ने आए थे। वे उन्हें बताना चाहते थे कि देवगण ब्रह्म की शक्ति के प्रतिनिधि मात्र हैं। अग्नि किसी को जलाते नहीं, वह ब्रह्म की शक्ति है, जिससे पदार्थ जलते हैं। यह वैसे ही है कि हम आँख की शक्ति से नहीं देखते, ब्रह्म की शक्ति के माध्यम से आँख देखती है। तो असुरों पर विजय देवताओं ने प्राप्त नहीं की थी, वह स्वयं ब्रह्म की शक्ति थी, जिससे देवताओं के लिए असुरों पर विजय प्राप्त की थी। इसलिए उनके अहंकार का कोई कारण नहीं था।"

द्रौपदी के मौन होते ही बलन्धरा ने अधैर्य से कहा, "ठीक है, ब्रह्म की शक्ति ही पाण्डवों के लिए कौरवों पर विजय प्राप्त करेगी, किन्तु इस कथा का हमारी समस्या से क्या सम्बन्ध? बहुश्रुत लोगों के साथ यह बड़ी कठिनाई है कि वे किसी बात को सीधे-सीधे चलने नहीं देना चाहते।

जब तक वे उसे संसार के प्रत्येक कोने में घुमा-फिरा न लें, उसका समाधान नहीं करना चाहते।"

"नहीं! मैं दीदी की बात समझ रही हूँ।" विजया ने कहा, "प्रत्येक दृश्य वस्तु का एक अदृश्य ऊर्जास्रोत होता है। मन की ऊर्जा शरीर को चलाती है। शरीर की ऊर्जा धनुष को चलाती है और धनुष की ऊर्जा बाण को चलाती है।"

"ठीक।" द्रौपदी ने कहा, "वास्तविक खेल तो इस ऊर्जा का ही है। इसीलिए तो हम माता जगदम्बा की शक्ति के रूप में पूजा करते हैं और उस शक्ति के स्वामी ही महादेव शिव हैं। अब देखो, यह शक्ति वायु में है, अग्नि में है, विद्युत में है, जल में दिखाई देती है, किन्तु ताप दिखाई नहीं देता। उसके प्रभाव को ही देखा जा सकता है। हिलती और उड़ती हुई चीजें दिखाई देती हैं किन्तु न पवन दिखाई देता है, न उसका वेग। धरती दिखाई देती है किन्तु गुरुत्वाकर्षण नहीं। पदार्थ के रूप में चुम्बक दिखाई देता है, किन्तु चुम्बकीय शक्ति नहीं।"

"ठीक है। ठीक है।" बलन्धरा बोली, "आगे चलो दीदी! क्या कहा चाहती हो।"

"कहना यह चाहती हूँ कि प्रत्येक पिंड किसी-न-किसी ऊर्जा से ही चल रहा है। ऊर्जा के स्रोत जड़ भी हैं और चेतन भी। भौतिक आँखों से पदार्थ दिखाई पड़ते हैं, ऊर्जा नहीं। न जड़ अपने आप में ऊर्जा है, न चेतन। इनमें सबसे महत्त्वपूर्ण ऊर्जा का वह चेतन स्रोत ही है, जो मनुष्य की आत्मा है। आत्मा के कारण ही प्राण हैं। उसके कारण ही मस्तिष्क है। मस्तिष्क इस शरीर की ऊर्जा है। अब यदि हम उस ऊर्जा को भौतिक ऊर्जा के रूप में प्रयोग में लाते हैं तो लौकिक शस्त्रास्त्र चलाते हैं। अपने बुद्धिबल से भौतिक पदार्थों को भौतिक ऊर्जा में परिणत कर उनसे शस्त्र चलाते हैं, तो वे दिव्यास्त्र हैं, किन्तु यदि हम अपनी आत्मा की शक्ति का प्रयोग सीधे स्थूल पदार्थों पर करते हैं और उनका परिचालन करना सीख जाते हैं, तो हम देवास्त्र चलाते हैं।"

"आप कह रही हैं महारानी! कि देवास्त्रों में भौतिक ऊर्जा का नहीं, आत्मिक ऊर्जा का प्रयोग होता है।" विजया ने कहा।

"हाँ।"

"किन्तु भौतिक ऊर्जा का संचरण सम्पर्क से होता है, इस आत्मिक ऊर्जा का संचरण कैसे होगा? कोई धनुष बिना छुए, हमारे मस्तिष्क का आदेश कैसे मानेगा? या हमारा मस्तिष्क किसी धनुष को छुएगा कैसे?" विजया ने कहा।

"देखो, चन्द्रमा जल को अपनी ओर खींचता है, किन्तु वह सूक्ष्म प्रक्रिया हमें दिखाई नहीं देती। पूर्णिमा की रात को समुद्र के जल को चन्द्रमा जब अपनी

ओर आकृष्ट करता है तो वह एक विराट दृश्य होता है। समुद्र का पागल हो जाना हम सब देख सकते हैं। यह प्रक्रिया किन सूक्ष्म तरंगों से होती है, यह हम नहीं जानतीं।" द्रौपदी बोली, "चुम्बक लोहे को खींचता है, किन्तु हम उन दोनों के बीच बँधी हुई किसी रस्सी को तो नहीं देखते हैं। उन दोनों के बीच जो माध्यम है, वह तो सब स्थानों पर है। चुम्बक की ऊर्जा जिन सूक्ष्म विद्युत तरंगों में परिणत होकर काम करती है, उसे न हम देखते हैं और न ही उसका अनुभव करते हैं। ठीक वैसे ही जब हम अपनी आत्मिक ऊर्जा को विद्युत तरंगों में बदल लेते हैं और उसके माध्यम से संदेश भेजते हैं, तो प्रकृति का प्रत्येक कण उन आदेशों का पालन करता है। शरीर के भीतर होते हुए इस व्यापार को हम देखते नहीं, किन्तु हम जानते हैं कि हमारा मस्तिष्क अपनी उन विद्युत तरंगों से शरीर के प्रत्येक अंग को संदेश भेजता है। जब हमारी वही ऊर्जा अपनी विद्युत तरंगें शरीर से बाहर पहुँचाने लगती है, तो दिव्यास्त्रों जैसे चमत्कार होने लगते हैं। पर उसे देखे बिना, उसे अपने अनुभव का अंग बनाए बिना, उसका विश्वास करना कठिन होता है। यदि हम उन लोगों के बीच चले जाएँ, जिन्होंने कभी धनुष भी नहीं देखा है, तो वे इस बात पर भी विश्वास नहीं करेंगे कि मनुष्य एक स्थान पर खड़ा होकर अपने बाण दूर-दूर तक पहुँचा सकता है।"

"यह तो आध्यात्मिक साधना का क्षेत्र है महारानी।" सुभद्रा ने कहा।

"हाँ! ठीक कहती हो। आध्यात्मिक साधना क्या है? वह अपने शरीर के भीतर की सुप्त ऊर्जा को जगाना और उसका प्रबन्धन ही तो है। उसका उपयोग किसी भी क्षेत्र में किया जा सकता है। अब इस साधना को युद्धक्षेत्र में ले आओ।" द्रौपदी ने कहा, "शायद तुम्हारा ध्यान कभी इस ओर भी गया हो कि सारे दिव्यास्त्र और देवास्त्र ऋषियों और देवताओं के पास ही क्यों होते हैं। हमारे योद्धा अपनी साधना से अथवा ऋषि या देवता की सेवा से ही उन्हें प्राप्त करते हैं।"

"ठीक कह रही हैं आप।" सुभद्रा बोली, "भैया ने अपना चक्र तो बनाया था जिससे उन्होंने शतधन्वा का वध किया था; किन्तु सुदर्शन चक्र तो उन्हें देव अग्नि ने ही दिया था। धनंजय को भी अपना गाण्डीव धनुष देव अग्नि से ही मिला।"

"हमारे राजाओं अथवा धनाढ्य योद्धाओं ने क्यों ऐसे शस्त्रास्त्र नहीं बनाए?" द्रौपदी ने कहा, "एक ही कारण है कि वे लोग ऊर्जा को भौतिक जगत् में खोजते रहे। केवल साधकों ने ही उसे आध्यात्मिक जगत् में खोजा। भौतिक ऊर्जा से परिचालित शस्त्र को कोई थोड़े प्रशिक्षण और अभ्यास से चला सकता

है; किन्तु आत्मिक ऊर्जा वाले शस्त्रास्त्रों को केवल वह साधक ही परिचालित कर सकता है, जिसने अपनी साधना से अपने भीतर उस ऊर्जा का संचय किया है और वही उस ऊर्जा को विद्युत तरंगों के रूप में भौतिक पदार्थों तक भी पहुँचाकर उनको आदेश दे सकता है। हम एक उदाहरण लें;" द्रौपदी ने रुककर अपनी श्रोताओं की ओर देखा, "महादेव शिव का धनुष अजगव, विदेहराज जनक के पास जाने कब से रखा हुआ था, किन्तु अपने शत्रुओं के साथ लड़ते हुए, किसी भी युद्ध में जनक ने उसका उपयोग नहीं किया। भगवान् राम के आने तक वह धनुष परिचालित नहीं होता था, मनुष्यों और पशुओं द्वारा खींचा जाता था। उसका उपयोग नहीं होता था, वह पूजा जाता था। राम आए। वे योद्धा भी थे और साधक भी। उनके पास शारीरिक बल भी था और आत्मिक शक्ति भी। उन्होंने गुरु वसिष्ठ और विश्वामित्र से पाए अपने प्रशिक्षण, अपने शारीरिक बल और आत्मिक ऊर्जा से उसको परिचालित किया। परशुराम को उसका विश्वास नहीं हुआ, क्योंकि वे मानते थे कि वह ऊर्जा केवल उनके ही पास है। राम ने यदि अजगव को तोड़ा है तो केवल भौतिक बल से ही तोड़ डाला है। जब राम ने उनका वैष्णवी धनुष भी परिचालित कर दिया, तो उन्हें मानना पड़ा कि राम भी सघन और एकाग्र आत्मिक शक्ति के स्वामी हैं।"

"पर यदि बात साधना से अपने भीतर की आत्मिक ऊर्जा जगाने मात्र की है तो साधना तो रावण ने भी बहुत की थी।" विजया ने कहा, "वह शिव का भक्त भी था। उससे अजगव क्यों परिचालित नहीं हुआ?"

"उत्तम प्रश्न है।" द्रौपदी ने कुछ उत्साह में कहा, "रावण ने अपनी साधना से जो ऊर्जा जगायी थी, वह तो भौतिक शक्ति प्राप्त करने में ही समाप्त हो गई थी। वैसे भी एक बात और है।"

"क्या?" बलन्धरा ने पूछा।

"तुम्हें स्मरण होगा कि धनंजय जब जयद्रथ के वध के लिए बढ़ रहे थे तो दुर्योधन उन्हें रोक नहीं पाया था और वह रोता हुआ द्रोणाचार्य के पास गया था। आचार्य ने उसे अभेद्य कवच बाँध दिया था और धनंजय के बाण उससे टकरा-टकराकर लौट आए थे।..."

"स्मरण है मुझे।" सुभद्रा ने कहा।

"उसके पश्चात्?" द्रौपदी ने उनकी ओर देखा, "कहाँ गया वह अभेद्य कवच? फिर कभी उसकी चर्चा क्यों नहीं हुई?"

"क्यों नहीं हुई?" करेणुमती ने पूछा।

"राक्षसी आचरण से आध्यत्मिक साधना नहीं होती। दुर्योधन वह आचरण नहीं कर पाया, जो उस कवच को अभेद्य बनाए रखने के लिए ऊर्जा प्रदान कर

सकता। वह कवच व्यर्थ हो गया।" द्रौपदी ने कहा, "एक बात और ध्यान देने की है। जब हम अग्नि को किसी पत्थर से छुआते हैं तो पत्थर तप कर रह जाता है। किन्तु जब उसी अग्नि का स्पर्श किसी तैलाक्स वस्तु से होता है, तो वह वस्तु जल उठती है और अग्नि भी अपना ईंधन पाकर धधक उठती है। चुम्बक का प्रभाव लोह पर ही होता है, लकड़ी पर नहीं। इसका अर्थ यह हुआ कि साधक के द्वारा अपने मन से जिन विद्युत तरंगों को सम्प्रेषित किया जा रहा है, उनका अर्थ समझने वाला बोधक भी तो उसी कोटि का होना चाहिए। देवास्त्र में बोधक तो सात्विक ऊर्जा का निर्मित हो और तरंगें आ रही हों रावण या दुर्योधन जैसे किसी साधक की ओर से, तो वह बोधक सक्रिय नहीं हो पाएगा। यही कारण है कि जब कभी इन राक्षसों ने ऐसा कोई शस्त्र पा भी लिया, तो वे उसकी रक्षा नहीं कर पाए। तुम समझ सकती हो बलन्धरा! कि दुर्योधन ने अश्वत्थामा से नारायणास्त्र क्यों नहीं माँगा।"

"तो दुर्योधन और कर्ण थोड़ी-सी साधना क्यों नहीं कर लेते?" करेणुमती ने प्रश्न उठाया, "इन शस्त्रों का महत्त्व तो वे भी समझते हैं।"

"उसके लिए संयम चाहिए। अपने अहंकार का विगलन करना होगा। दूसरे की संपत्ति और पत्नी पर कुदृष्टि नहीं डालनी होगी। तप, त्याग और दान का आश्रय लेना होगा।" द्रौपदी हँसी, "केनोपनिषद् का समापन प्रसंग देखा।"

"क्या है उसमें?" बलन्धरा ने पूछा।

"उसमें भी यज्ञ, तप और दान की बात कही गई है।" देविका ने कहा।

"हाँ! पर मैं दूसरी ओर संकेत कर रही थी।" द्रौपदी ने कहा, "गुरु सारा उपनिषद् कह चुके तो शिष्य कहता है 'गुरुवर! मुझसे उपनिषद् कहिए।' गुरु हँसकर कहते हैं, 'वत्स! तुमसे उपनिषद् ही कहा है, किन्तु उसको समझने का आधार है—तप, दम और निष्काम कर्म। उसका आयतन है सत्य। यदि सत्य का ही पालन नहीं होगा तो वह ब्रह्मविद्या कैसे समझ में आएगी!' जब कर्ण भगवान् परशुराम के पास गया था, उनसे शस्त्रविद्या सीखने, क्या उसका व्यवहार सत्य पर आधृत था? वह तो आरम्भ ही झूठ से हुआ था। उसने जाकर बताया था कि वह ब्राह्मण है। ऐसे में उसकी तपस्या भी क्या कर सकती थी। उसने बहुत प्रयत्न कर इन्द्र से एक शक्ति प्राप्त की, किन्तु उसे भी एक ही बार चला पाया। उसके पास देवास्त्रों को चलाने की उतनी ही ऊर्जा थी।...ये राक्षस, शस्त्रों के लोभ में साधना कर सकते हैं; किन्तु लोभ से तो सात्विक ऊर्जा की प्राप्ति नहीं होती। इसी संदर्भ में मेरा ध्यान रावण के पुष्पक विमान की ओर जाता है।"

"हाँ! रावण के पास भी तो पुष्पक विमान था। वह भी तो उसी आत्मिक ऊर्जा से चलता था।" करेणुमती बोली "यह कैसे सम्भव हुआ?"

"मेरे मन में भी यह बात आई थी।" द्रौपदी बोली, "किन्तु तब मेरा ध्यान इस ओर गया कि रामकथा में रावण के द्वारा कुबेर से पुष्पक विमान छीनने का वर्णन तो है, किन्तु रावण द्वारा उसमें किसी यात्रा का नहीं। सीता का हरण करने भी वह अपने रथ पर आया था। इसका क्या अर्थ है? इसका अर्थ यही हो सकता है कि उसने कुबेर के पास पुष्पक विमान देखा और उसे बलात् छीन लिया, किन्तु उसका संचालन वह नहीं कर सका, क्योंकि उसके पास उसका संचालन करने वाली ऊर्जा नहीं थी। अतः वह उसके पास व्यर्थ ही पड़ा रहा। सम्भव है विभीषण ने कभी उस पर यात्रा की हो। अन्त में भगवान् राम की आत्मिक ऊर्जा ने ही उसको सक्रिय किया और उससे वे अयोध्या तक आए।"

"आप ठीक कहती हैं दीदी! किन्तु साधना की दृष्टि से तो धर्मराज, धनंजय से कहीं अधिक बढ़े हुए हैं।" सुभद्रा बोली, "पर उनके पास तो कोई देवास्त्र नहीं है। उन्हें युद्ध में हर बार धनंजय का ही आश्रय लेना पड़ता है।"

द्रौपदी ने तत्काल कोई उत्तर नहीं दिया। वे जैसे किसी चिन्ता में लीन हो गई थीं।

"क्या बात है दीदी?"

"कुछ नहीं! वस्तुतः मुझे एक साधक की करुण कथा स्मरण हो आई।"

"कथा?"

"एक साधक अपनी साधन के फलस्वरूप पाई ऊर्जा के आधार पर अनेक चमत्कार करता था। एक तपस्वी उस ग्राम में आए। सारे लोगों ने उनको भी उस साधक के चमत्कार दिखाए और पूछा कि यह क्या है? तपस्वी ने बताया कि अपनी साधना के परिणामस्वरूप प्राप्त मानसिक ऊर्जा से वह साधक अनुपलब्ध वस्तुओं को प्रस्तुत कर देता है। उसमें कोई विशेष चमत्कार नहीं है।

"वर्षों पश्चात् वे तपस्वी पुनः उसी ग्राम में आए। वह साधक भी उनसे मिलने आया। तपस्वी ने उससे पूछा कि अपने उन चमत्कारों से उसको ईश्वर की प्राप्ति हो गई क्या? साधक ने बताया कि वह तो अब तक लोगों को चमत्कृत ही कर रहा है। उसे कोई दिव्य अनुभूति तो हुई नहीं। तपस्वी ने उसे अपने वक्ष से लगा लिया और थोड़ा दबा दिया। तुम लोग जानती हो इसे योग की भाषा में शक्ति संचरण कहते हैं। उस दिन से उस साधक का दृष्टिकोण ही बदल गया। उसने चमत्कार दिखाने बन्द कर दिए और ईश्वर की प्राप्ति के लिए तपस्या करने लगा।" द्रौपदी ने रुककर उनको देखा, "धर्मराज की तपस्या, न राज्य के लिए है, न शस्त्रों के लिए। उनका लक्ष्य तो धर्म है। वे ईश्वर को प्राप्त करना चाहते हैं। उन्होंने संसार का सर्वश्रेष्ठ धनुर्धर बनने की कामना

कभी नहीं की। उन्होंने अपनी साधना को युद्धक्षेत्र की ओर कभी नहीं मोड़ा। दूसरी ओर वनवास काल में जब धनंजय साधना के लिए गए थे तो आगामी युद्ध के लिए देवास्त्र प्राप्त करना उनका मुख्य लक्ष्य था। और वे उसी प्रकार के अस्त्र प्राप्त करके लौटे भी।"

"तो क्या इसीलिए धर्मराज को निरन्तर यह शिकायत रही कि धनंजय मन लगाकर युद्ध नहीं कर रहे हैं? क्या इसीलिए कृष्ण रथ से उतर-उतरकर भीष्म पितामह को मारने के लिए उनकी ओर भागे कि अर्जुन गम्भीरता से उनके वध का प्रयत्न नहीं कर रहे हैं?" देविका ने पूछा।

"शायद यही कारण था।" द्रौपदी ने कहा, "उन्हीं अस्त्रों में यदि ऊर्जा का भेद, अथवा ऊर्जा की तीव्रता का भेद कर दिया जाए, तो उनके विनाशकारी प्रभाव में भी अन्तर आ जाता है।"

"पर वे देवास्त्र होते कहाँ हैं? और प्रकट कहाँ से होते हैं?" बलन्धरा ने कहा, "श्रीकृष्ण सुदर्शन चक्र लेकर तो नहीं चलते, किन्तु जब वे चाहते हैं, वह उनकी अंगुली पर नाच रहा होता है। अश्वत्थामा भी नारायणास्त्र लेकर नहीं आया था किन्तु वह प्रकट हो ही गया।"

"ठीक है कि इन देवास्त्रों को कोई कंधे पर नहीं ढोता।" द्रौपदी ने कहा, "विश्राम के समय रथ और अश्व रथी के साथ नहीं होते। वे अपने स्थान पर होते हैं, रथशाला में अथवा अश्वशाला में। यात्रा के समय रथी आदेश देता है और सारथि रथ ले आता है। ठीक उसी प्रकार वे शस्त्र अपने-अपने आगार में सहेज कर रखे होते हैं। योद्धा जब उनका चिन्तन करता है अथवा अपने मस्तिष्क द्वारा विद्युत तरंगें या विद्युत संकेत भेजता है, तो वे अस्त्र सक्रिय हो जाते हैं। योद्धा के आदेश के अनुसार वे विद्युत तरंगें, उस अस्त्र को योद्धा के इच्छित स्थान पर ले आती हैं और अपना कार्य आरम्भ कर देती हैं।"

"क्या इसी आत्मिक ऊर्जा से परिचालित होने के कारण नारायणास्त्र मन के क्षोभ तक पहुँच सकता है?"

"तुमने बहुत ही उपयुक्त प्रश्न पूछा है करेणु!" द्रौपदी प्रसन्न हो गई, "सोचो, यदि कोई भी भौतिक ऊर्जा कार्य करेगी तो वह भौतिक लक्ष्य पर ही कर पाएगी न। विस्फोटक को पाकर अग्नि अपना प्रभाव दिखाएगी। तेल अथवा घृत जैसे पदार्थों के सम्पर्क में आकर भी अग्नि प्रज्वलित हो सकती है। किन्तु अग्नि को मन के क्षोभ का पता कैसे चलेगा? उसके लिए आवश्यक है कि जो विद्युत संकेत जाएँ, वे अत्यन्त मंद क्षमता के हों, ताकि बोधक उसे समझ सके। अग्नि अथवा उल्कापात जैसी भौतिक शक्तियों की दाहकता, मन को जला देगी, वह उसका क्षोभ कैसे समझ पाएगी।"

"कोई उदाहरण?" विजया ने पूछा।

"जैसे प्रेमी के हाथ का कोमल स्पर्श प्रिया के मन की अग्नि को धधकाता है।" द्रौपदी ने कहा, "प्रेमी के मस्तिष्क से जो विद्युत संकेत उसकी भुजा से होते हुए उसकी अंगुलियों में आते हैं, उन संकेतों को ही प्रिया की शिराएँ उसकी त्वचा से उसके मस्तिष्क तक ले जाती हैं और वहाँ ताप उद्भूत होने लगता है। नारायणास्त्र उतनी ही मंद और सूक्ष्म तरंगों को प्रभावशाली रूप से ग्रहण करता है। किसी के मन का क्रोध भी उसे उग्र कर देता है।"

"मैं आपकी सारी बातें मान लेती हूँ दीदी!" बलन्धरा बोली, "किन्तु एक बात मुझे व्याकुल किए हुए है।"

"उस बात में बल होना ही चाहिए, जिसने बलन्धरा जैसी धीर महिला को व्याकुल कर रखा है।" द्रौपदी ने हँसकर कहा।

"देखिए, बातें तो हम करें नारायणास्त्र जैसे देवास्त्रों की; और युद्ध हो रहा हो एक मैदान में आमने-सामने खड़े हो कर।" बलन्धरा ने कहा, "चर्चा हो एक व्यक्ति की इच्छा मात्र से सहस्रों बाण चलने की अथवा अग्नि वर्षा की और समाचार आ रहे हों कि समरभूमि में लोग हाथ में शस्त्र लेकर दो हाथ की दूरी से एक-दूसरे पर प्रहार कर रहे हैं। यह मेरी समझ में नहीं आता।"

"ठीक कह रही हो सखि!" द्रौपदी ने कहा, "ऐसे युद्ध को देखे बिना उसको समझना सचमुच कठिन है। समरभूमि हमारी वाटिका के समान कोई छोटा-सा क्षेत्र नहीं है। वह योजनों में फैला हुआ विशाल भूखंड है। उसके एक छोर से दूसरे छोर तक जाने के लिए पूरा दिन लग जाता है। कई बार किसी योद्धा का पूरा समाचार भी अन्य योद्धाओं को नहीं मिल पाता कि वह कहाँ है और किससे युद्ध कर रहा है। इसीलिए तो संशप्तक धनंजय को समरभूमि के किसी एकान्त में ले जाते हैं और दूसरी ओर यह प्रतीक्षा ही होती रहती है कि धनंजय आएँगे। फिर सामान्य सैनिक तो खड्ग, भल्ल, गदा, तोमर इत्यादि लौकिक शस्त्रों से ही लड़ रहा है। कुछ महारथियों के पास कुछ दिव्यास्त्र भी हैं।...किन्तु देवास्त्रों वाले योद्धा तो गिने-चुने ही हैं।..."

"यही सही।" करेणुमति ने कहा, "तो फिर धनंजय एक ही दिन में अपने देवास्त्रों से अपने शत्रुओं को समाप्त क्यों नहीं कर देते?"

"तुमने ध्यान नहीं दिया कि धर्मराज और स्वयं गोबिन्द को धनंजय से शिकायत है कि वे मन लगाकर युद्ध नहीं कर रहे।..."

"वह तो केवल भीष्म और द्रोण के संदर्भ में है।" करेणुमती बोली, "वह गुरुजनों के प्रति सम्मान के कारण है। किन्तु शेष योद्धा?"

"वस्तुतः युद्ध कई स्तरों पर होता है। राम-रावण युद्ध में भी वानर तो पत्थरों और लौकिक शस्त्रों से ही लड़ रहे थे; किन्तु दोनों पक्षों के नेताओं के पास दिव्यास्त्र और देवास्त्र थे। इस युद्ध में धनंजय हों या द्रोण—उन दोनों के ही मन में, देवास्त्रों ने साधारण लौकिक अस्त्रों से लड़ने वाले सैनिकों का नाश करने के प्रति संकोच दिखाई देता है। किसी भी योद्धा के मन में बराबरी का युद्ध करने की इच्छा होती है। हाँ! भीष्म पितामह ने यह संकोच कुछ कम दिखाया है।" द्रौपदी ने रुकते-रुकते जोड़ा, "पांचाल सौनिकों के प्रति वे अत्यन्त निर्मम रहे हैं।'

"क्यों बलन्धरा! तुम्हारी जिज्ञासा का समाधान हुआ?" देविका ने पूछा।

"अभी तो हो गया है," बलन्धरा बोली, "पर मैं जानती हूँ कि मेरे मन में फिर से प्रश्न उठेंगे। आखिर मध्यम पाण्डव के पास कोई देवास्त्र क्यों नहीं है?"

"क्योंकि वे महारानी को कभी अपनी आँखों से दूर नहीं कर सके। उनसे पृथक् नहीं रह सके। तपस्या के लिए किसी एकान्त स्थान पर नहीं जा सके।" सुभद्रा मुस्कराई।

द्रौपदी ने उसे सघन प्रेम से देखा, "बहुत दुष्ट हो सुभद्रा! तुम।"

29

दुर्योधन का उत्साह पाताल में समाता जा रहा था और उत्तेजना आकाश को छूने लगी थी। उसकी इच्छा हो रही थी कि या तो वह अपने शिविर को आग लगा दे अथवा अपने-आपको मदिरा के भांड में डुबो दे। अपने सिर के केश में नोच ले अथवा कर्ण को सामान्य सैनिकों के सम्मुख कोड़ों से पिटवाये।

...प्रातः उसने कौरव सेनाओं के प्रधान सेनापति के रूप में कर्ण का अभिषेक किया था, तो उसका उत्साह आकाश को छू रहा था। उसके मन में आज तक जो एक पीड़ा थी कि उसके प्रधान सेनापति शायद पाण्डवों का वध ही नहीं करना चाहते, वह कुछ मंद हो गई थी। कर्ण के मन में पाण्डवों के प्रति कोई सहानुभूति नहीं थी। अपने शैशव से ही दुर्योधन ने कर्ण के मन में पलते हुए पाण्डवों के प्रति द्वेष को प्रोत्साहित किया था। कर्ण ही तो वह विषाक्त खड्ग था, जिसे दुर्योधन ने पाण्डवों के वक्ष में भोंक देने के लिए न केवल सुरक्षित रखा था, वरन् उस पर धार चढ़ाई थी।...भीष्म के सेनापतित्व में तो कर्ण ने युद्ध ही नहीं किया था और द्रोण के सेनापतित्व में कदाचित् अवसर ही नहीं मिला; किन्तु अब तो वह स्वयं प्रधान सेनापति था। उसकी युद्ध-नीति यही

होनी चाहिए कि वह सब ओर से घेर कर सीधे अर्जुन पर आक्रमण करे और उसका वध कर दे, जैसे चक्रव्यूह में घेर कर अभिमन्यु का वध किया गया था।...कर्ण की ऐसी रणनीति का जो भी परिणाम हो, दुर्योधन उसके लिए तैयार था। सारा दिन उसकी सेना कटती और मरती रहे, किन्तु सूर्यास्त तक अर्जुन का वध हो जाए तो वह उसे अपनी महान् विजय ही मानेगा। यदि अर्जुन का वध हो जाए तो पाण्डव सेना एक दिन भी कौरव सेना के सम्मुख टिक नहीं पाएगी। आज अर्जुन मर जाए तो कल भीम मरेगा और उसके पश्चात् प्रहर भर में युधिष्ठिर, नकुल और सहदेव अपने प्राण त्याग देंगे।...

उसके कान दिन भर यह सुनने के लिए तरसते रहे कि कर्ण अर्जुन से जा भिड़ा है; किन्तु किसी संदेशवाहक ने यह समाचार नहीं दिया। पूरा दिन बीत गया किन्तु कर्ण और अर्जुन एक-दूसरे के सामने ही नहीं पड़े।...दुर्योधन को समाचार मिला कि भीम ने क्षेमधूर्ति को मार दिया है। फिर वह अश्वत्थामा से भिड़ गया है। अश्वत्थामा उससे लड़ा और अन्त में दोनों के ही मूर्च्छित हो जाने का समाचार आया। दोनों के सारथि उन्हें युद्धक्षेत्र से हटाकर ले गए। श्रुतकर्मा ने चित्रसेन का वध कर दिया, प्रतिविन्ध्य ने चित्र का। मूर्च्छा समाप्त होने पर अश्वत्थामा ने वापस लौट कर पाड्य का वध कर दिया और फिर अर्जुन ने उसे पराजित कर समरभूमि से परे धकेले दिया। पाण्डवों ने पौंड्र, अंगराज और बंगराज को मार डाला। सहदेव ने दुःशासन को परास्त कर दिया। अर्जुन ने श्रुतंजय, सौश्रुति, चन्द्रदेव और सत्यसेन का वध कर दिया।...

दुर्योधन को अपने पक्ष की विजय के जो समाचार मिले थे, वे कर्ण से सम्बन्धित नहीं थे। उलूक ने युयुत्सु को पराजित किया था, शकुनि ने सुतसोम को, कृपाचार्य ने धृष्टद्युम्न को, कृतवर्मा ने शिखंडी को। युयुत्सु के पराजित होकर भाग जाने से दुर्योधन को बहुत प्रसन्नता हुई थी। ऐसे भाइयों के साथ यही होना चाहिए। उसे तो और भी अपमानित होना चाहिए। दुर्योधन को त्यागने का उसे यह फल मिलना चाहिए।...किन्तु पाण्डव पक्ष के किसी भी महत्त्वपूर्ण योद्धा का वध नहीं हुआ था...और कर्ण का तो कोई समाचार ही नहीं था। दुर्योधन ने अपने आक्रोश से मुक्ति पाने के लिए, स्वयं युधिष्ठिर से लड़ने का निर्णय किया। वह उससे जा भिड़ा था और पराजित होकर लौट भी आया था।...अपने जीवन काल में एक बार आचार्य द्रोण ने उससे कहा था कि वह यहाँ-वहाँ न लड़ा करे। लड़ना ही है तो वह युधिष्ठिर से युद्ध करे, ताकि पराजित हो तो कम से कम राजा से ही पराजित हो। आज वही हो गया था। वह राजा से पराजित होकर लौट आया था।...

तब उसे समाचार मिला था कि कर्ण नकुल से युद्ध कर रहा है।...प्रातः से यह दूसरा समाचार था, जिससे उसे कुछ प्रसन्नता हुई थी। चलो कर्ण पाण्डवों में से किसी से भिड़ा तो...अब यदि वह नकुल का वध कर देता है, तो वह अर्जुन से लड़ना चाहे न चाहे, अर्जुन स्वयं ही उससे युद्ध करने आ जाएगा।...

उसे समाचार मिलते रहे थे कि कर्ण ने नकुल का धनुष काट दिया है। उसके सारथि को मार दिया। उसके अश्वों का वध कर दिया है। उसके रथ को तोड़ दिया है। उसके खड्ग को काट दिया है। उसकी ढाल को चूर्ण कर दिया है...किन्तु जब वह अपेक्षा कर रहा था कि कर्ण ने नकुल का वध कर दिया होगा, तब उसे समाचार मिला कि कर्ण ने नकुल के कंठ में अपना धनुष डाल कर उसे उपदेश दिया है कि बच्चों को बच्चों से ही लड़ना चाहिए। नकुल अपने समतुल्य किसी योद्धा से युद्ध किया करे।

दुर्योधन को लगा कि उसे चक्कर आ गया है।...यह कर्ण युद्ध कर रहा है या गुरुकुल में छात्रों को शिक्षा और उपदेश दे रहा है। कर्ण ने नकुल का वध क्यों नहीं किया? क्यों नहीं किया?..क्या बात है कि उसका प्रधान सेनापति बनते ही प्रत्येक योद्धा पाण्डवों का वध न करने का संकल्प कर लेता है? क्यों दया आ गई कर्ण को नकुल पर?...कर्ण के मन को दुर्योधन अच्छी तरह जानता है। कोई व्यक्ति किसी कक्ष में प्रवेश कर उसकी दीवारों पर लगे चित्रों को जितनी अच्छी तरह देख, पहचान और समझ सकता है, उतनी ही अच्छी तरह दुर्योधन कर्ण के मन को पहचानता है। उनका इतना दीर्घकालीन साथ रहा है, इतनी घनिष्ठता रही है कि वह कर्ण के मन की प्रत्येक कंदरा को देख-भाल चुका है, प्रत्येक कोटर में झाँक आया है। वह जानता है कि कर्ण के मन में क्या है। वहाँ अपने महत्त्व की आकांक्षा है। हिंसा है, क्रूरता है, परपीड़नरति है। किसी को कष्ट दे कर, उसे अपमानित कर, उसे तड़पाकर बहुत सुख मिलता है कर्ण को। जिसे एक बार शत्रु मान लिया, उसकी पीड़ा तो संसार का असाधारण सुख होता है—कर्ण के लिए भी और दुर्योधन के लिए भी। कर्ण का मन भिन्न नहीं है, दुर्योधन, दुःशासन और शकुनि के मन से। नहीं तो उनमें इतनी मैत्री कैसे होती।...हाँ! एक भिन्नता है। स्थिति की भिन्नता।...दुर्योधन ने बहुत सारा वैभव दिया है। धन संपत्ति की कोई कमी नहीं रह गयी है कर्ण को। किन्तु एक धरातल पर बहुत निर्धन है कर्ण। कोई उसकी तनिक-सी प्रशंसा कर दे, थोड़ा-सा महत्त्व दे दे, तो उसका मन द्रवित होने लगता है; किन्तु दया का गुण नहीं है कर्ण के मन में। अपने यश की लोलुपता हो सकती है। वह नकुल पर दया कैसे कर सकता है। उसके मन में त्रण भर भी दया होती तो द्यूतसभा में वह असहाय द्रौपदी को निर्वस्त्र करने का प्रस्ताव कर उस पर गर्व नहीं कर सकता था।

बहुत घृणा है उसके मन में—गहरी और घनीभूत। उस घृणा को पोषित किया है दुर्योधन ने आज तक। कर्ण के उस ईर्ष्यालु और द्वेषी मन में यह क्षमा और दया कहाँ से आ गई? भीम के साथ युद्ध में भी ऐसी ही स्थिति आई थी। तब भी कहा गया था कि भीम पूर्णतः कर्ण के अधिकार में था, पर तब शायद सात्यकि और अर्जुन उसकी सहायता को आ गये थे और कर्ण को वहाँ से हट जाना पड़ा था।...

पर कर्ण अर्जुन को सामने देखकर हट क्यों जाता है? और आज दिन भर में वह उससे युद्ध करने क्यों नहीं आया? क्या वह अर्जुन से भयभीत है?...पर अर्जुन भी तो उससे लड़ने नहीं आया। वह भी तो जानता ही होगा कि अब कर्ण कौरवों का प्रधान सेनापति है। उसे पराजित करने का अर्थ है, सारी कौरव सेना को पराजित करना। क्यों नहीं आया वह युद्ध करने?...अर्जुन संशप्तकों से लड़ता रहा। उसने अश्वत्थामा को पराजित किया। फिर वह दंडाहार और दंड जैसे योद्धाओं से लड़ने चला गया। श्रुतंजय, सौश्रुति, चन्द्रदेव, सत्यसेन से लड़ता रहा। वह भी तो कर्ण को टालता ही रहता है। ये दोनों परस्पर लड़ क्यों नहीं लेते?...अन्ततः कर्ण लड़ा भी तो सात्यकि से। सात्यकि ने उसे पराजित ही कर दिया था कि कौरव महारथी कर्ण की सहायता को पहुँच गए। सात्यकि से वे उसे बचा लाए। यदि अर्जुन होता तो?...और फिर अर्जुन सहित सारे पाण्डव योद्धा कर्ण पर ही पिल पड़े। कर्ण ने बहुत वीरता दिखाई; किन्तु अर्जुन के आने के पश्चात् कौरव सेना को भागना ही पड़ा। उधर कर्ण बहुत दुर्बल पड़ता जा रहा था और दूसरी ओर सूर्य अस्ताचल को पार कर गए थे।...

पर यदि कर्ण को बुलाकर दुर्योधन पूछे कि उसने नकुल का वध क्यों नहीं किया, तो क्या उत्तर देगा कर्ण?...कदाचित् कहे कि नकुल कोई ऐसा वीर तो है नहीं कि उसका वध कर कर्ण गौरवारन्वित हो सके। तो ऐसी निरीह हत्या क्यों की जाए?...सम्भव है कि वह यह कहे कि निःशस्त्र नकुल को मारने का क्या लाभ? उससे तो कर्ण कलंकित ही होगा।...तो फिर कर्ण ने उसे उस समय क्यों नहीं मारा, जब उसके पास शस्त्र थे? उसका वध करने के स्थान पर उससे क्रीड़ा क्यों करता रहा वह?...और वैसे भी क्या कर्ण अपने सामने पड़े शत्रु सैनिकों का वध नहीं करता? उससे गौरवान्वित होता है कर्ण? कर्ण को पाण्डवों के समान धर्म का रोग कब से लग गया? योद्धा केवल अपने गौरव के लिए लड़ता है, या अपने शत्रुओं को मारने के लिए, उनको हानि पहुँचाने के लिए, उनकी क्षमता को कम करने के लिए भी शस्त्र का प्रयोग करता है? वह अपने भय से मुक्त होने के लिए लड़ता है या योद्धाओं की सूची में अपना नाम अंकित करवाने के लिए शस्त्र धारण करता है? वह सत्ता और सम्पत्ति के

लिए लड़ता है या धर्म नामक किसी काल्पनिक उपलब्धि के लिए? वह अपने मन की प्रतिहिंसा के आदेश का पालन करता है या किसी से अपने लिए प्रशंसा पाने का स्वप्न पूर्ण करता है? वह अपनी ईर्ष्या की अग्नि में समिधा डालता है अथवा अपने गौरव को चिन्ता करता है?...भीम जब दुर्योधन के भाइयों का वध करता है तो वह यह तो नहीं देखता कि किसका वध उसके सम्मान के लिए अनुकूल है और किसका नहीं। वह प्रतिदिन दुर्योधन के भाइयों का वध करता चलता है। उसे तो उन पर कभी कोई दया नहीं आई। तो कर्ण को ही क्या हो गया था आज? उसके मन में कहाँ से नकुल के लिए करुणा की धारा फूट पड़ी? उसके मन में अपने हाथ से नकुल के मस्तक को काटकर धरती पर फेंक, ठोकर मारने की इच्छा क्यों नहीं जागी?...यह कर्ण तो वह नहीं लगता, जिसे दुर्योधन आज तक जानता था। क्या यह कोई दूसरा ही कर्ण है—पाण्डवों की छाया में पला हुआ?...उसका प्रधान सेनापति बनकर कोई भी योद्धा वही क्यों नहीं रह जाता, जिसे दुर्योधन अपना प्रधान सेनापति बनाता है? मूल योद्धा जाने कहाँ खो जाता है, रह जाता है मात्र सेनापति।

नकुल की मृत्यु से युधिष्ठिर को उतनी ही पीड़ा होती, जितनी अपने भाइयों की मृत्यु का समाचार सुनकर दुर्योधन को होती है। युधिष्ठिर की वह पीड़ा दुर्योधन के लिए कितनी सुखद होती! पर कर्ण...तो क्या कर्ण भी उसकी कामना पूरी नहीं करेगा? पर कर्ण न भीष्म है, न द्रोण! वह दुर्योधन की इच्छा के विरुद्ध कैसे जा सकता है? वरन् वह अपनी ही इच्छा के विरुद्ध कैसे जा सकता है। उसने पाण्डवों का रक्त बहाने का स्वप्न वर्षों तक अपने वक्ष में पाला है। पर अब वह अपने उसी स्वप्न को शून्य में विलीन हो जाने देगा?...क्या सचमुच कर्ण कुछ बदल गया है? क्या बदला है? क्यों बदला है?...

दुर्योधन का चिन्तन प्रवाह रुक गया। उसे लगा, उसके मन में कोई दुर्दांत दानव उठ खड़ा हुआ था। वह दानव केवल अपने मन को जानता था, किसी और के मन को नहीं।...नहीं! वह कर्ण को तभी तक अपने मन की राह चलने देगा, जब तक वह राह दुर्योधन की अभीप्सित राह है। कर्ण यदि बदलेगा तो दुर्योधन उसे बदलने नहीं देगा। कर्ण, अधिक समर्थ नहीं है, भीष्म और द्रोण से। भीष्म और द्रोण सार्वजनिक रूप से जो भी कहते रहे हों, किन्तु सत्य यही है कि वे हस्तिनापुर राज्य के सेवक थे। यदि सेवक नहीं तो कर्मचारी थे। राजा का नाम सुनकर उनको भय लगता था। दुर्योधन आज भी यही मानता है कि वे उसकी आज्ञा का उल्लंघन नहीं कर सकते थे। द्यूतसभा में द्रौपदी निर्वस्त्र हो रही थी। भीष्म तथा द्रोण सिर झुकाए हुए बैठे थे। क्यों? राजा के भय से ही तो। पता नहीं विदुर ने क्यों कभी उनका भय नहीं माना। भीष्म पाण्डवों

का वध न करने की प्रतिज्ञा करके भी दस दिनों तक युद्ध में पांडवों की सेना को मारते काटते रहे। द्रोण अर्जुन से कितना ही प्रेम क्यों न करते हों किन्तु उन्होंने अभिमन्यु के वध के लिए चक्रव्यूह रचा। तो आज कर्ण कैसे अपने मन की कर लेगा?

द्वारपाल ने मंडप के भीतर आकर प्रणाम किया।

दुर्योधन ने उसकी ओर देखा।

"महाराज! प्रधान सेनापति महावीर कर्ण...।"

"आने दो।" दुर्योधन ने उसे वाक्य पूरा करने नहीं दिया।

कर्ण भीतर आया। वह प्रसन्न दिखने का प्रयत्न कर रहा था।

यह किस बात पर खींसें निपोर रहा है?...दुर्योधन का मन पूछ रहा था... इसके सेनापतित्व का पहला ही दिन था और कौरव सेना दिन भर पिटती रही। नए सेनापति के ओज का कोई लाभ नहीं हुआ सेना को।

"मित्र! प्रसन्न तो हो?" कर्ण ने पूछा।

दुर्योधन का चिरधृष्ट मन अब मौन नहीं रह सका। बोला, "किस बात की प्रसन्नता? हाँ! प्रसन्न होने का एक कारण तो है कि मेरा परम मित्र आज कौरव सेना का प्रधान सेनापति है; किन्तु उसका पहला दिन कोई विशेष लाभदायक नहीं हुआ।"

"क्या लाभ चाहते हो राजकुमार तुम?" कर्ण का दर्प हुंकार उठा, "हमने पाण्डव सेनाओं को बहुत क्षति पहुँचाई है। उलूक ने युयुत्सु को पराजित किया है। शकुनि के हाथों सुतसोम हारा है। कृपाचार्य के भय से धृष्टद्युम्न समरभूमि में टिक भी नहीं पाया। कृतवर्मा ने शिखंडी को पूर्णतः पराजित कर दिया।..."

"पराजित तो तुमने भी नकुल को कर दिया।" दुर्योधन फुफकारकर बोला, "किन्तु इनमें से किसी एक का भी वध नहीं हुआ। पाण्डवों की क्षति कहाँ हुई। और जहाँ तक पराजित होने की बात है, सात्यकि से तुम पराजित हुए, युधिष्ठिर से स्वयं मैं पराजित हुआ। अर्जुन से सारे कौरव पराजित हुए।...पर मेरी रुचि इन सब बातों में नहीं है।..." दुर्योधन का स्वर कुछ कोमल हुआ, "मुझे तो तुम यह बताओ कि तुम अर्जुन से द्वैरथ युद्ध कर उसका मस्तक काट पृथ्वी पर क्यों लुढ़कने नहीं देते? मुझे तो लगता है कि तुम दोनों ही एक-दूसरे को टाल रहे हो। इधर-उधर के लोगों को मारते रहते हो और स्वयं आमने-सामने नहीं लड़ते।"

कर्ण हतप्रभ-सा रह गया। उसे रंचमात्र अपेक्षा नहीं थी कि दुर्योधन उससे इस प्रकार सीधा प्रश्न पूछेगा। किन्तु वह प्रश्न पूछ चुका था और उत्तर के लिए उसकी ओर देख रहा था।

"मुझे तो लगता है कि तुम प्रहार करते हो किन्तु किसी को घायल नहीं करते। कहीं ऐसा तो नहीं कि किसी भी पाण्डव पर शस्त्र प्रहार करते हुए, तुम सचेत हो उठते हो कि यदि इस युद्ध में दुर्योधन पराजित हो गया तो हस्तिनापुर के राजा पाण्डव होंगे। ऐसे में तुम्हें उनको उत्तर देना होगा कि तुमने उनके किसी भाई का वध क्यों किया?"

"मित्र होकर तुम ऐसी बात की कल्पना भी कैसे कर सकते हो?" कर्ण तड़पकर बोला; किन्तु वह स्वयं अनुभव कर रहा था उसका आत्मबल कहीं क्षीण हो रहा है।

"क्योंकि भीष्म और द्रोण को भी उन पर प्रहार करते हुए स्मरण हो आता था कि युधिष्ठिर किसी समय इन्द्रप्रस्थ का सम्राट् था और वह पुनः सम्राट् हो भी सकता था। शासन का ऐसा ही आतंक होता है।"

"पर मुझ पर उनका कोई आतंक नहीं है और न ही मैं यह सोचता हूँ कि मेरा मित्र दुर्योधन युद्ध में पराजित हो जाएगा और मैं पाण्डवों की सेवा करने के लिए जीवित रहूँगा।"

कर्ण आवेश में कह तो गया किन्तु उसका मन एक प्रश्न से उलझ गया था—क्या वह यह कल्पना भी नहीं करता कि वह अर्जुन का वध करने में सफल हो जाएगा? यदि कल उसने अर्जुन का वध कर दिया तो फिर माता को दिए हुए वचन के अनुसार वह क्या करेगा? यदि अर्जुन का वध करके भी वह कुन्ती के मातृत्व की उपेक्षा करता रहा तो क्या माता कुन्ती संसार को यह बताने में संकोच करेंगी कि कर्ण उनका ही पुत्र है।

"तो फिर कल तुम अर्जुन से द्वैरथ युद्ध करो।" दुर्योधन बोला, "मैं इस प्रसंग को और लम्बा खींचना नहीं चाहता।"

"मैं अर्जुन से हीन नहीं हूँ।" कर्ण का मुख किसी भीतरी अन्तर्द्वंद्व से लाल हो गया, "मैं अवस्था में उससे बड़ा हूँ। शौर्य और युद्ध ज्ञान में उससे बढ़कर हूँ। दिव्यास्त्रों और युद्धाभ्यास में उससे कम नहीं हूँ। मेरे धनुष का नाम जय है। वह गाण्डीव से किसी भी प्रकार मृदु नहीं है। वह स्वयं विश्वकर्मा द्वारा इन्द्र के लिए बनाया गया था, जो इन्द्र से गुरु परशुराम और गुरु से मुझे प्राप्त हुआ।"

"तो फिर संकोच कैसा?" दुर्योधन उसे प्रोत्साहित करता हुआ बोला, "कल द्वैरथ युद्ध हो और अर्जुन निष्प्राण होकर धरती पर गिरे। फिर हमें किसी का कोई भय नहीं है।"

कर्ण ने निमिष भर के लिए दुर्योधन की ओर देखा। फिर धीरे से बोला, "किन्तु कुछ बातों में अर्जुन मुझसे श्रेष्ठ भी है।..." वह ऐसे चुप हो गया,

जैसे कुछ अकथनीय उसके मुख से निकल गया हो और उसने दाँतों से अपनी जिह्वा काट ली हो, "नहीं! वह मुझसे श्रेष्ठ नहीं है। उसको मेरी अपेक्षा कुछ अतिरिक्त उत्कृष्ट सुविधाएँ प्राप्त हैं।"

"क्या?" दुर्योधन को लगा कि वह आज अपने चिरपरिचित्र मित्र के मन की किसी अपरिचित कंदरा में जा घुसा है। ऐसी बात कर्ण ने आज तक स्वीकार नहीं की थी। किसी को स्वयं से श्रेष्ठ मान लेना, अथवा किसी विषय में अपनी भूल स्वीकार कर लेना कर्ण का चरित्र नहीं था।

"अर्जुन के पास जो रथ है, वह देव अग्नि का दिया हुआ है। वह रथ पूरे युद्ध में आज तक क्षतिग्रस्त नहीं हुआ। कैसा भी घोर युद्ध हुआ हो; किन्तु अर्जुन को कभी अपना रथ बदलने की आवश्यकता नहीं पड़ी। उसके गाण्डीव से मेरा जय धनुष कम क्षमतावान नहीं है; किन्तु उसके पास दिव्य प्रत्यंचा है, जो किसी भी योद्धा के बाण से नहीं कटती। उसके पास अक्षय तूणीर है। उसके पास कभी बाण समाप्त नहीं होते। मैंने आज तक नहीं सुना की अर्जुन के बाण समाप्त हो गए और उसे बाण प्राप्त करने के लिए कुछ प्रयत्न करना पड़ा हो।"

"तुम कह रहे थे कि तुम दिव्यास्त्रों में अर्जुन से हीन नहीं हो, किन्तु मित्र! तुम इस समय अपने मुख से स्वीकार कर रहे हो कि तुम्हारा रथ, प्रत्यंचा और बाण-आपूर्ति व्यवस्था अर्जुन से हीनतर है। पहले क्यों नहीं कहा तुमने यह सब। सत्य स्वीकार करने में इतना संकोच क्यों है तुम्हें? राजनीतिज्ञ नहीं हो तुम, जो सत्य से इतने भागते हो—योद्धा हो। इन सबका प्रबन्ध तो तब ही हो जाना चाहिए था जब पहली बार तुम समरभूमि में उतरे थे।"

कर्ण को दुर्योधन से यह सब सुनना अच्छा नहीं लगा। कभी-कभी दुर्योधन भी ऐसी बात कह जाता था, जैसे वह उसका मित्र न हो, कठोर आलोचक हो।...

"इतना ही नहीं।" कर्ण ने उसे और कुछ कहने नहीं दिया, "वैसे तो उसके अश्व भी श्रेष्ठ हैं, किन्तु महत्त्वपूर्ण है उसका सारथि। कृष्ण के समान सारथि उपलब्ध हो तो किसी भी योद्धा का सामर्थ्य कई गुना बढ़ जाता है।" कर्ण ने रुककर दुर्योधन की ओर देखा।

"तो क्या मैं जाकर कृष्ण से कहूँ कि वह अर्जुन को छोड़कर तुम्हारा सारथ्य करे?"

अपनी उत्तेजना में कर्ण समझ नहीं पाया कि यह दुर्योधन का परिहास था, उसका क्षोभ था; अथवा वह सचमुच ही यह प्रस्ताव कर रहा था। पर वह न तो यह पूछना चाहता था और न ही दुर्योधन उसे इस गुत्थी को सुलझाने का

अवकाश देने वाला था। दुर्योधन के तेवर कुछ बदने हुए थे। स्पष्ट था कि आज के युद्ध से उसकी अपेक्षाएँ आहत हुई थीं। जाने कब से वह क्या-क्या कल्पना किए बैठा था। शायद उसके मन में कहीं कोई बिम्ब था कि सेनापति बनते ही कर्ण पाँचों पाण्डवों के मस्तक एक थाल में रख कर उसे परोस देगा। ऐसी कल्पना उसके लिए बहुत असम्भव भी नहीं थी। आखिर वर्षों तक कर्ण उसे अपने इस प्रकार के सामर्थ्य का विश्वास दिलाता आया था।...पर तब कर्ण क्या जानता था कि माँ की भावना का बन्धन क्या होता है।...

"हम कृष्ण से क्यों कहने जाएँगे।..."

"तो क्या अब कृष्ण सरीखा सारथि मैं पैदा करूँगा?" दुर्योधन कुछ इस प्रकार झपटकर बोला कि कर्ण स्तब्ध रह गया।

"नहीं! नहीं!! हमारी अपनी सेना में वैसा समर्थ सारथि वर्तमान है। उससे कहेंगे तो वह स्वीकार कर लेगा।" कर्ण की स्थिति स्पष्टीकरण देने की सी हो गई।

दुर्योधन ने जैसे उसकी बात सुनी ही नहीं। वह अपनी ही रौ में बोलता गया, "ये सब बातें युद्ध से पहले होनी चाहिए। अब जब सबने अपना-अपना पक्ष चुन लिया है। स्थान बन गए हैं, अब..."

"तुम कहकर तो देखो।"

"तुम तो ऐसे कह रहे हो, जैसे हम कृष्ण से कहेंगे तो वह धन्य हो उठेगा और दौड़ता हुआ हमारे पास चला आएगा।" दुर्योधन की वाणी अब भी वक्र थी।

"हाँ ! वह भी विचारणीय है।" दुर्योधन की वक्रता को कर्ण टाल गया, "किन्तु मेरा संकेत कृष्ण की ओर नही, मद्रराज शल्य की ओर है। यदि कल वे मेरा सारथ्य करें तो मैं अर्जुन का वध किए बिना समरभूमि नहीं छोड़ूँगा।"

दुर्योधन की वाणी का प्रवाह थम गया। वह कर्ण की ओर देखता रह गया। फिर धीरे से बोला, "यदि शल्य मान जाए तो शेष बातों का क्या होगा—प्रत्यंचा, बाण-आपूर्ति और रथ का?"

"श्रेष्ठ कोटि के अनेक खाली रथ मेरे साथ मेरे रथ के पीछे-पीछे चलें। जैसे ही मेरा रथ क्षतिग्रस्त हो, मुझे दूसरा रथ उपलब्ध हो जाए। मैं अपने रथ की अक्षमता को अनेक अतिरिक्त रथों को साथ रखकर पूरी करूँगा।" कर्ण बोला, "बाणों से भरे अनेक छकड़े निरन्तर मेरे साथ चलें। जैसे ही मेरे रथ में बाणों की कमी होने लगे, उन छकड़ों से बाण मेरे रथ में स्थानांतरित कर दिये जाएँ। इस प्रकार मैं रथ और बाणों की अपनी दुर्बलता पूर्णतः दूर कर पाऊँगा।"

"और सारथि की कमी शल्य से पूरी करोगे?" दुर्योधन ने पूछा।

"हाँ! यदि वे मान जाएँ तो।"

दुर्योधन का मन बड़े वेग से अपना काम कर रहा था। क्या शल्य को इस काम के लिए सहमत किया जा सकता है?...दुर्योधन का भय कदाचित् वह न माने किन्तु लोभ?...

"यदि यह हो जाए तो तुम मुझे वचन देते हो कि कल तुम अर्जुन का वध कर दोगे?"

"मैं वचन देता हूँ कि ऐसे में कल मैं अर्जुन का वध किए बिना समरभूमि नहीं छोड़ँगा।" कर्ण ले अपने स्वर को आयासपूर्वक कुछ दृढ़ किया।

दुर्योधन का ध्यान कर्ण के वाक्य पर टिक गया।...अब वह यह नहीं कह रहा था कि वह निश्चित रूप से अर्जुन का वध कर ही देगा।...उसकी शपथ का क्या हुआ?...

"ठीक है। सम्भवतः ऐसा हो जाएगा। मैं प्रयत्न करता हूँ।" दुर्योधन बोला, "तुम जाओ और कल के युद्ध की तैयारी करो।"

कर्ण को विदा कर दुर्योधन बाहर जाने के लिए उठा।

"कहाँ जा रहे हो?" शकुनि ने पूछा।

"शल्य से प्रार्थना करने।"

"उसे यहीं क्यों बुलवा नहीं लेते?"

"नहीं!" दुर्योधन कुछ मुस्कराकर बोला, "वे हमारे पूजनीय हैं। वे महत्त्व और सम्मान—दोनों के ही पात्र हैं।"

"माननीय मद्रराज!" दुर्योधन ने अभिवादन के पश्चात् कहा, "आज के युद्ध के परिणाम से मैं तनिक भी संतुष्ट नहीं हूँ। अतः कल के युद्ध के लिए आपसे विचार-विमर्श करना चाहता हूँ।"

"आज के युद्ध से मैं भी संतुष्ट नहीं हूँ।" शल्य के स्वर में चिन्ता के स्थान पर उल्लास का भाव था।

शल्य को अपने मन में अकस्मात् ही फूट आए शीतल जल के किसी स्रोत की अनुभूति हुई। कैसा सुखद था दुर्योधन का यह वाक्य...यह शल्य से कल के युद्ध के लिए विचार-विमर्श करने आया था। शल्य तो कब से इसी अवसर की प्रतीक्षा में था। दुर्योधन आए और उससे कहे कि यह युद्ध किसी भी महारथी से नहीं सँभल रहा है, इसलिए वे उसे सँभालें।...आज का दिन तो कर्ण ने सर्वथा व्यर्थ ही गँवा दिया था। उससे अधिक चमत्कार तो अश्वत्थामा ने कल संध्या के थोड़े से शेष समय में ही दिखा दिया था।...कल

संध्या समय आचार्य द्रोण के युद्धक्षेत्र में गिरते ही शल्य के मन में अपने महत्त्व की मधुर कल्पनाएँ करवटें बदलने लगी थीं। वह तो सारी रात प्रतीक्षा करता रहा था कि कब कुरुराज का संदेश आए कि मद्रराज शल्य, कौरव सेना के प्रधान सेनापति के रूप में अपना दायित्व सँभालें। इतना ही नहीं, उसने तो सेना के विषय में कितनी ही योजनाएँ बना डाली थीं; और मन-ही-मन कितने ही व्यूह रच डाले थे। उसने वाहिनियों के नायक बदल डाले थे। शस्त्रों की आपूर्ति के साधन और विधि में परिवर्तन भी कर दिया था।...द्रोण के पश्चात् उसकी सेना में और था ही कौन जो इस दायित्व का शल्य से उत्तम विधि से निर्वाह कर सकता।...पर तब दुर्योधन ने अपने चाटुकार कर्ण का प्रधान सेनापति के रूप में अभिषेक कर दिया था।...शल्य का हृदस फट गया था। पहली बार उसे पाण्डवों को छोड़कर दुर्योधन के पक्ष में आने का पश्चात्ताप हुआ था।...दुर्योधन के सामने योग्यता का कोई महत्त्व नहीं था। प्रतिभा और अर्हता का उसके लिए कोई मूल्य नहीं था। उसे युद्ध नहीं जीतना था। उसे तो बस अपनी प्रशंसा सुननी थी और वह कर्ण से अधिक और कौन कर सकता था। शैशव से कर्ण ने एक ही तो पुण्य अर्जित किया था—दुर्योधन की प्रशंसा करने का और उसके सामने किसी शाखामृग के समान नाच-नाच कर उसे लुभाने का। उसने वर्षों से दुर्योधन के मन की हीन वृत्तियों का पोषण किया था। उसे तामसिक सुख में डुबोया था। उसके अहंकार की अग्नि को सदा उत्तेजित किया था। उसको प्रसन्न करने के लिए पाण्डवों को अधिक से अधिक अपमानित किया था। नहीं तो उसकी पाण्डवों से क्या शत्रुता थी। दुर्योधन की वासना को पोषित करने के लिए उसने द्रौपदी जैसी श्रेष्ठ नारी के लिए अश्लील प्रस्ताव किये थे।...तो फिर उसकी उपेक्षा कर दुर्योधन किसी और को प्रधान सेनापति बना ही कैसे सकता था। उसे तो कर्ण, शकुनि तथा दुःशासन के अतिरिक्त और कोई दिखाई ही नहीं देता। पक्षपात की पट्टी बँधी है, अन्धे धृतराष्ट्र के इस पुत्र की आँखों पर।...शल्य को यह सब पहले ही समझना चाहिए था। पर तब तो उसने अपने पुत्र रुक्मरथ के प्रभाव में पाण्डवों के स्थान पर दुर्योधन को चुना। कितना असहाय होता है पिता अपने पुत्र के मोह में। तब यह नहीं सोचा कि रुक्मरथ के वक्ष पर तो सुशर्मा बैठा है। सुशर्मा भीम से पीड़ित था, तो उसे दुर्योधन ही धर्मावतार दिखाई दे सकता था। उसका स्वार्थ इसी में था कि दुर्योधन के पक्ष से लड़े और किसी प्रकार पाण्डवों को अपमानित करे।...पर शल्य को क्या पड़ी थी कि पाण्डवों को छोड़कर इधर आ गया?...पाण्डवों ने पहले ही दिन धृष्टद्युम्न को प्रधान सेनापति बना दिया था—भीम और अर्जुन जैसे अपने भाइयों के होते हुए भी; कृष्ण जैसे विश्वविजयी

योद्धा की उपस्थित में भी। उन्होंने केवल योग्यता को देखा। युद्ध में विजय कौन दिला सकता था। और कुछ भी नहीं। कोई पक्षपात नहीं, किसी का स्वार्थ नहीं। किसी को अपने चाटुकारों को गौरवान्वित नहीं करना था। बस एक ही लक्ष्य था—युद्ध में जय।...कोई अपनी चाटुकारिता से युधिष्ठिर को उसके धर्म से डिगा नहीं सकता। कोई अर्जुन के मन में अपना स्वार्थ नहीं जगा सकता। ...पर दुर्योधन को तो अपनी चाण्डाल चौकड़ी ही प्यारी थी। अन्यथा शल्य जैसे अनुभवी सेनापति के होते हुए, प्रधान सेनापति के रूप में कर्ण का अभिषेक कैसे किया जा सकता था। कौन-सा युद्ध किया है कर्ण ने? कहाँ सफलता पाई है? क्या अनुभव है कर्ण को युद्ध का?...पर दुर्योधन की बुद्धि को क्या कहा जाए। जाने कैसे उससे पहले भीष्म और द्रोण को सेनापति बना दिया। नहीं तो यह कर्ण तो कब से उसके चारों ओर चक्कर काट रहा था। एड़ियाँ रगड़ रहा था।...अपना स्वार्थ साधना तो कोई उससे सीखे। वह तो अपनी त्वचा भी उतारकर दे देगा और अपने लक्ष्य प्राप्त कर लेगा।...पर शल्य एक स्वतन्त्र राज्य का अधिपति है। वह वीर है। उसका आत्मगौरव इस प्रकार किसी की चाटुकारिता करने की अनुमति नहीं देगा। उससे भूल हुई कि वह दुर्योधन के षड्यन्त्र में फँसकर इधर आ गया।...

पर अब लगता था कि दुर्योधन को भी एक ही दिन में अपनी भूल का अनुभव हो गया था।

"कहो राजन्।" शल्य का मन बल्लियों उछल रहा था; किन्तु वह उपालम्भ के स्वर में बोला, "आप जैसे शक्तिशाली सम्राट् की मैं क्या सहायता कर सकता हूँ।"

दुर्योधन ने उसके स्वर के भाव को पहचाना, किन्तु इस समय वह उसके रोष का कारण पूछने बैठ जाएगा तो युद्ध की तैयारी धरी की धरी रह जाएगी। जाने कब क्या माँग बैठे। आवश्यक तो नहीं कि युद्ध में कोई किसी से धन ही माँगे। वह किसी के प्राण भी माँग सकता है।...दुर्योधन अच्छी तरह जानता था कि इस युद्ध में ये सारे भूपाल उसका युद्ध लड़ने नहीं आए हैं। वे लोग जाने कब से किस-किस से अपनी शत्रुता, ईर्ष्या और द्वेष को सँजोए बैठे हैं। वे सब अपना-अपना युद्ध लड़ने आए हैं। दुर्योधन ने तो स्थान, अवसर और युद्ध की सुविधा उपलब्ध करा, उन सबका काम सरल कर दिया है। युद्ध के आरम्भ होने से पूर्व दुर्योधन ने भी शल्य को प्रसन्न करने का बहुत प्रयत्न किया था, किन्तु इस समय तो उससे अपने उस प्रयत्न का मूल्य वसूलना था।...नहीं, इस समय वह शल्य से उसके रोष का कारण नहीं पूछ सकता।

"कल महारण है मातुल!" दुर्योधन का स्वर भावावेग से कुछ भारी हो आया, "कल का युद्ध विजय की दिशा का निर्णायक होगा।"

"यह तो बहुत शुभ समाचार है।" शल्य ने कहा, "युद्ध की शीघ्र समाप्ति की सूचना किसी को भी सुख ही देगी।"

"कल कर्ण और अर्जुन का द्वैरथ युद्ध होगा मातुल।" दुर्योधन बोला, "कर्ण कम वीर नहीं है अर्जुन से। बस उसको अर्जुन के ही समान युद्ध की सुविधाएँ मिलनी चाहिए। वह अपना अद्भुत शौर्य प्रकट करेगा। अब यह हमारा कर्तव्य है कि हम उसे किसी बात की कमी न रहने दें। मैंने ऐसा प्रबन्ध कर दिया है कि कर्ण को अर्जुन के समतुल्य युद्ध सम्बन्धी सारी सुविधाएँ प्राप्त हो सकें। ..." उसने रुककर शल्य की ओर देखा, "किन्तु एक समस्या है। यदि उसका भी समाधान हो जाए तो हमारी विजय निश्चित है।"

"हमारी? अर्थात् कर्ण की?" शल्य ने पूछा।

"हाँ! कर्ण की। हमारे पक्ष की।"

शल्य को इस चर्चा से तनिक भी प्रसन्नता नहीं हुई। दुर्योधन वह सब नहीं कह रहा था, जिसकी आस लगाए शल्य बैठा था। उसके ठीक विपरीत वह तो कर्ण की ही कोई समस्या सुलझाने के लिए आया था। यदि कर्ण की समस्या सुलझ गई और उसने अर्जुन पर विजय प्राप्त कर ली तो कुरुराज को शल्य की क्या आवश्यकता रह जाएगी। तब शल्य को कौन प्रधान सेनापति बनाएगा, कौरव सेनाओं का।...

"समस्या क्या है?" प्रश्न पूछने के लिए भी शल्य को कुछ प्रयत्न करना पड़ा, "ऐसा क्या है, जिसका प्रबन्ध कुरुराज दुर्योधन नहीं कर पा रहे हैं—वह भी अपने परम मित्र कर्ण के लिए?"

दुर्योधन को शल्य के इस प्रश्न में उपालम्भ की ही गंध आई। किन्तु वह तो जैसे उसके उपालम्भों की उपेक्षा करने का संकल्प कर चुका था। बोला, "आपने कभी ध्यान दिया है मातुल! कि इस युद्ध में प्रायः हम सब के ही एक या अनेक सारथि मारे गए हैं, किन्तु अर्जुन का सारथि निरन्तर युद्ध कर रहा है और आज तक एक बार भी घायल नहीं हुआ..."

"कृष्ण!" सहज रूप से शल्य के मुख से निकल गया। अब वह इस वार्तालाप के प्रति और उदासीन नहीं रह सकता था, "कृष्ण की बात कर रहे हो तुम? आहत तो कृष्ण भी हुआ है। मैंने स्वयं अनेक बार उसके शरीर में बाण धँसे देखे हैं; और उसके शरीर ने रक्त भी काफी बहाया है।"

"हाँ, आहत तो वह हुआ है, किन्तु न तो उसकी मृत्यु हुई है और न ही वह भीष्म पितामह के समान इतना आहत हुआ है कि जीवित रहते हुए भी युद्धक्षेत्र के बाहर हो जाए। क्यों?"

"वैसे भी भीम का सारथि विशोक भी अभी युद्ध कर ही रहा है, पर तुम केवल कृष्ण की बात कर रहे हो।"

दुर्योधन का ध्यान इस ओर नहीं गया था। हाँ! अभी तो विशोक भी जीवित है। तो कृष्ण में ही ऐसी क्या विशेषता है। पर कर्ण कृष्ण के कारण ही अर्जुन से डरा बैठा है।...

"अर्जुन के पास अत्यन्त सबल रथ है। वह साधारण रथों के समान भंग नहीं होता। उसमें सारथि की रक्षा के लिए भी कवच लगा है। फिर अर्जुन जैसा जिसका रक्षक हो, उसका वध करना कोई सरल है क्या?" शल्य ने कहा।

"आप ठीक कहते हैं, किन्तु आप कृष्ण के सारथ्य को तनिक भी श्रेय नहीं दे रहे।" दुर्योधन बोला, "हम सबका विचार है कि कृष्ण की रक्षा अर्जुन नहीं कर रहा, वरन् अर्जुन की रक्षा कृष्ण कर रहा है। अर्जुन के युद्ध कौशल के कारण कृष्ण सुरक्षित नहीं है, वरन् कृष्ण के सारथ्य के कारण अर्जुन सुरक्षित है।"

"हाँ! इस ढंग से भी सोचा जा सकता है।" शल्य ने सहमति में सिर हिला दिया।

"तो कर्ण वह करेगा, जो एक योद्धा को करना चाहिए।" दुर्योधन बोला, "किन्तु जो सारथि को करना चाहिए, वह कौन करेगा?"

"सारथि।"

"तो हमें कर्ण के रथ के लिए एक असाधारण सारथि चाहिए।" दुर्योधन बोला, "एक ऐसा सारथि, जो सारथ्य कला में कृष्ण की समकक्षता कर सके। अब हमारी विजय तो कर्ण के सारथि पर ही निर्भर है। आप सोचिए तो कि इतनी विशाल कौरव सेना अपनी विजय के लिए कर्ण के सारथि की शरण में खड़ी है।" दुर्योधन ने रुककर शल्य की ओर देखा ही नहीं, अपनी दृष्टि उस पर जैसे ठहरा दी, "कल के युद्ध में कौरव सेना के प्रधान सेनापति के रथ का सारथ्य करने की मेरी प्रार्थना क्या आप स्वीकार करेंगे मातुल?"

शल्य पर जैसे वज्रपात हुआ। जो शल्य कौरव सेना का प्रधान सेनापति होने का स्वप्न पाल रहा था, जो शल्य आजीवन बड़े-बड़े युद्धों में सेनाओं का नेतृत्व करता रहा था, जो जरासंध की बराबरी करता आया था, उस शल्य को यह दुर्योधन, कर्ण का सारथि बना रहा है। यह दुर्योधन की मूर्खता है अथवा शल्य के तिरस्कार की पराकाष्ठा।

शल्य की स्मृति में वह दृश्य घूम गया, जब वह युधिष्ठिर को यह सूचना देने गया था कि वह पाण्डवों को छोड़कर दुर्योधन की सेना में जा रहा है; और युधिष्ठिर ने उससे कहा था कि जब दुर्योधन उसे कर्ण का सारथि बना देगा तो वह कर्ण का मनोबल तोड़ने का काम करे। युधिष्ठिर की बात पर शल्य ने

गम्भीरतापूर्वक विचार नहीं किया था। उसने उसे युधिष्ठिर की नासमझी अथवा तात्कालिक क्षोभ के रूप में ही स्वीकार किया था। पर दुर्योधन तो वस्तुतः उसे कर्ण का सारथ्य करने को कह रहा है।...इसका अर्थ है कि युधिष्ठिर तब भी जानता था कि दुर्योधन की आँखों में शल्य का मूल्य क्या है।...इतनी दूर तक देख सकता था युधिष्ठिर? जैसे वह दुर्योधन के मन में बैठा हो और उसके प्रत्येक श्वास से परिचित हो।...तो क्या दुर्योधन ने उसका अपमान करने मात्र के लक्ष्य से उसे अपनी सेना में आने के लिए प्रेरित किया था? पर उसके अपमान से दुर्योधन को क्या लाभ मिलेगा।

नहीं! शायद यह शल्य को अपमानित करने के लिए नहीं था। वह दुर्योधन का उपयोगितावादी दृष्टिकोण था। वह केवल यह देखता था कि किस व्यक्ति से उसका कौन-सा काम सध सकता है। उसे न किसी से प्रेम था; और उसके मन में न किसी के लिए सम्मान था। उसके लिए सारे लोग पदार्थ थे। पदार्थ का कोई सम्मान नहीं होता, उसका तो केवल उपयोग ही होता है। आज शल्य दुर्योधन के लिए एक सारथि के रूप में उपयोगी था, तो वह उसको सारथि बना देगा। भूल जाएगा कि शल्य मद्रराज है। उसका मातुल है।...ऐसे कुरुराज को सहायता देने आया था शल्य! तो उसका परिणाम भी भुगते।...

उसने स्वयं को संयत किया, "शायद कुरुराज ने यह प्रस्ताव कुछ सोच-समझकर नहीं रखा। सेना में सबको उनकी योग्यता और महत्त्व के अनुसार दायित्व सौंपा जाना चाहिए। शल्य मद्रराज है, कुलीन राजाओं का वंशज है, किरीटधारी राजा है, कोई सूतपुत्र नहीं।"

"मेरे मन में आपके प्रति बहुत आदर है मातुल! मैं जानता हूँ कि कोई योद्धा सारथि नहीं हो सकता।" दुर्योधन बोला, "किन्तु यह एक असाधारण स्थिति है। योद्धा के लिए उसका युद्ध कौशल जितना महत्त्वपूर्ण है, उतने ही महत्त्वपूर्ण शस्त्र हैं, उतना ही महत्त्वपूर्ण उसका रथ है, उतना ही महत्त्वपूर्ण सारथि भी है।"

"जानता हूँ।" शल्य बोला, "इसी तर्क पर कल तुम कहोगे कि कर्ण के रथ के घोड़े उतने श्रेष्ठ नहीं हैं, इसलिए मैं उसके रथ में घोड़ा बनकर जुत जाऊँ।"

दुर्योधन ने अपने हाथ जोड़ दिए, "क्षमा करें मातुल! मेरा प्रस्ताव इतना गर्हित नहीं है। आपके रथ के घोड़े मैं माँग सकता हूँ, किन्तु आपको घोड़ा बनने को कैसे कह सकता हूँ। आवश्यक होने पर भी कोई योद्धा श्रेष्ठ अश्व नहीं बन सकता।"

"तो तुम मेरे रथ का सारथि माँगते, मुझे सारथ्य करने को क्यों कह रहे हो?"

"मातुल!" दुर्योधन ने अपना स्वर मधुर बनाने का प्रयत्न किया, "यह युद्ध है। युद्ध हम सबका सामूहिक दायित्व है। यदि यंत्र में कहीं कोई एक कील भी दुर्बल रह जाएगा तो सारा यंत्र ध्वस्त हो जाएगा। कर्ण की मान्यता है कि अर्जुन के युद्ध कौशल में उसके सारथि कृष्ण का सामान्य सारथि से कहीं अधिक योगदान है। वह न केवल सारथ्य करता है, वरन् युद्ध सम्बन्धी परामर्श भी देता है। अनेक बार तो अर्जुन उसकी आज्ञा के अधीन लड़ने वाला एक सैनिक मात्र रह जाता है। अर्जुन लड़ नहीं रहा होता, कृष्ण उसे लड़वा रहा होता है। इसलिए उसे भी कृष्ण के समान एक सारथि चाहिए, जो उसका गुरु भी हो सके, उसका सेनापति भी हो सके और उसका नीतिनिर्धारक भी हो सके। कृष्ण क्या योद्धा नहीं है, किन्तु वह अपने शस्त्र त्याग कर अर्जुन का सारथि बना बैठा है।"

"कृष्ण न कहीं का राजा है, न सम्राट् है!" शल्य ने कहा, "उसकी क्या मर्यादा है? उसे क्या अन्तर पड़ता है कि वह युद्ध में सैनिक है, सेनापति है अथवा सारथि है।"

शल्य का हृदयसागर जैसे खौल रहा था। उसने केवल कृष्ण की मर्यादा की बात कही थी; किन्तु उसके मन में और भी बहुत कुछ था। वह कहना चाहता था कि कृष्ण जब हस्तिनापुर आया था, तब भी उसने युवराज दुर्योधन का निमंत्रण ठुकराकर विदुर के घर पर भोजन किया था। शल्य ने आज तक ऐसी मूर्खता नहीं की। वह तो अपने भागिनेयों को त्याग कर दुर्योधन के पक्ष से लड़ने चला आया था क्योंकि वह स्वयं को राजाओं और सम्राटों के समाज का अंग मानता था।...युधिष्ठिर के राजसूय यज्ञ में अनेक लोगों के पास अत्यन्त महत्त्वपूर्ण दायित्व थे, किन्तु कृष्ण अतिथियों के जूठे पत्तल उठा रहा था। वह ऋषियों के चरण धो रहा था। गायों और अश्वों की सेवा करने वाले उस कृष्ण ने यदि अर्जुन का सारथ्य स्वीकार भी लिया तो क्या हो गया? शल्य इस प्रकार का तुच्छ कर्म करने कुरुक्षेत्र नहीं आया है।...

"कह तो आप ठीक ही रहे हैं मातुल! कृष्ण की कोई मर्यादा नहीं है।" दुर्योधन बोला, "किन्तु मैं तो उसके सामर्थ्य की चर्चा कर रहा हूँ।"

"हाँ! सामर्थ्य है उसमें।" शल्य ने उसे आगे बोलने ही नहीं दिया, "उसके पास नारायणी सेना भी थी, जो उसने अपने पक्ष के विरुद्ध लड़ने के लिए तुमको दे दी। यह बुद्धि है उसकी और यह उसकी रणनीति। मैं ऐसे व्यक्ति को या तो विक्षिप्त मानूँगा अथवा उन्मत्त। शस्त्र त्याग कर योद्धा के स्थान पर सारथि बना बैठा है। वह व्यक्ति मेरा आदर्श नहीं हो सकता। सम्भव है कि इस युद्ध से पहले ही वह समझ गया हो कि वह इसमें योद्धा के रूप में

महत्त्पूर्ण नहीं है, उसके स्थान पर वह सारथि के रूप में अधिक सफल रहेगा। मैं शाकल से चलकर कुरुक्षेत्र तक इसलिए नहीं आया कि कर्ण जैसे किसी योद्धा का सारथ्य करूँ।"

दुर्योधन समझ रहा था कि बात बिगड़ रही है। वह शल्य को कर्ण का सारथि बनने का महत्त्व नहीं समझा पा रहा था।

"मातुल! यदि मैं कहूँ कि आप योद्धा बनकर कल के युद्ध में कितने भी सैनिकों का वध क्यों न कर दें, अर्जुन का वध नहीं कर पाएँगे और हमारी विजय नहीं होगी; किन्तु यदि आप मात्र कल के लिए कर्ण के सारथि बन जाएँ तो कर्ण अर्जुन का वध कर देगा और हम विजयी हो जाएँगे—तो भी आप कल के युद्ध में कर्ण का सारथ्य नहीं करेंगे?"

"और यदि मैं कहूँ कि मैं सारथि बन जाऊँ, तो भी कल कर्ण पाण्डवों का वध नहीं कर पाएगा, जबकि यदि मैं कल प्रधान सेनापति बन जाऊँ और कर्ण मेरे नेतृत्व में मेरी आज्ञा के अनुसार लड़े तो कल पाण्डवों की सम्पूर्ण सेना को ध्वस्त कर दूँगा—तो तुम मुझे कल कौरवों का प्रधान सेनापति बना दोगे?" शल्य के स्वर में पर्याप्त रोष था।

दुर्योधन को शल्य का विरोध तो समझ में आ रहा था; किन्तु मंतव्य अब तक पकड़ में नहीं आ रहा था।...तो यह बात है।...शल्य की मनोवृत्ति को वह आरम्भ से ही समझता था; किन्तु उसकी महत्त्वाकांक्षा वह आज ही समझ पाया था।...

"आज मैं तुमसे पहली बार कह रहा हूँ राजन्!" शल्य का स्वर कुछ शान्त हुआ, "मैं माद्री के पाण्डु से विवाह के पक्ष में तनिक भी नहीं था। किन्तु भीष्म अपने बल के भय से मुझसे यह कार्य करवाना चाहते थे। मैंने उसमें अड़चन डालने के लिए भीष्म से कन्या शुल्क की बात कही थी। मैंने सोचा था कि भीष्म उसे स्वीकार नहीं करेंगे। किन्तु भीष्म ने उसे स्वीकार कर लिया और शुल्क दे कर माद्री को ले आए। यह तो संयोग ही है कि पाण्डु का देहान्त हो गया और माद्री ने चितारोहण कर लिया, किन्तु यदि वह जीवित भी रहती तो तुम्हारे कुटुम्ब से मेरा सम्बन्ध होता, मैं कह नहीं सकता। मैं अपने भागिनेयों को छोड़कर तुम्हारी सहायता के लिए आ गया तो इसलिए नहीं कि मैं कुरुवंश के महत्त्व से अभिभूत हूँ।..." शल्य का रोष मुखर होता जा रहा था, "मेरी कुरुवंश से अपने सम्बन्ध की ऐसी ख्याति की कोई कामना नहीं है। कर्ण तुम्हारा सारथि ही नहीं, तुम्हारे वंश के सारथि का पुत्र होकर भी स्वयं को धन्य मानता है, किन्तु मैं कर्ण नहीं हूँ। मुझे तुम्हारे वंश का सारथि होने में किसी गौरव का अनुभव नहीं होता।"

"मैं समझता हूँ मातुल!" दुर्योधन ने अपने स्वर को तनिक भी उत्तेजित नहीं होने दिया, "कर्ण का गौरव हमारे वंश के सारथि का पुत्र होने में नहीं, उसके अपने युद्ध कौशल में है। आपका गौरव भी आपके सारथ्य कौशल में है। सारथ्य कर्म इतना हीन नहीं है कि हम उसे अपने लिए अपमानजनक मानें। यह तो हमारी युद्धनीति है कि किस क्षण में कौन-सा व्यक्ति कहाँ और किस कर्म के लिए सबसे अधिक उपयुक्त होता है। कल के युद्ध में कर्ण का सारथि सारे युद्ध की धुरी के समान महत्त्वपूर्ण होगा। बच्चे को ऊँचा उठाने के लिए यदि उसका पिता उसे अपने कंधे पर बैठा लेता है, तो भी उसका स्थान उतना ही गौरवपूर्ण रहता है।"

"अपनी बात को प्रमाणित कर सकते हो?" शल्य ने उसे घूरकर देखा।

दुर्योधन ने निमिष भर उसकी ओर देखा और बोला, "कर्ण का सारथ्य कर आप तनिक भी हीन नहीं माने जाएँगे।"

"क्या प्रमाण है?" शल्य ने तड़पकर पूछा।

"प्रमाण!..." दुर्योधन का स्वर पर्याप्त दृढ़ हो गया, "इस युद्ध में कर्ण के बाद भी यदि मुझे किसी अन्य योद्धा का प्रधान सेनापति के रूप में अभिषेक करना पड़ा तो वह योद्धा आप होंगे।"

शल्य को जैसे अपने कानों पर विश्वास नहीं हुआ। वह स्तब्ध-सा दुर्योधन की ओर देखता रहा और फिर प्रयत्नपूर्वक बोला, "वचन देते हो?"

"हाँ! मैं वचन देता हूँ।"

शल्य का मन जैसे किसी जनशून्य मरुभूमि में भटकते-भटकते अत्यन्त विकट पिपासा का अनुभव कर अचेत होने को था कि अकस्मात् ही किसी शीतल निर्झर के सम्मुख पहुँच गया। उसकी आत्मा भीतर तक तृप्त हो गई थी।

"तो मुझे तुम्हारा प्रस्ताव स्वीकार है।" उसने धीरे से कहा।

उसने सिर उठाकर दुर्योधन की ओर देखा : उसका विचार था कि उसकी स्वीकृति पाकर दुर्योधन उठकर जाने की तैयारी करेगा; किन्तु दुर्योधन तनिक भी जल्दी में नहीं लगता था।

"आप मेरी बात से सहमत होंगे मातुल!" वह बोला, "सारथि तो उसी को बनाना चाहिए, जो रथी से श्रेष्ठ योद्धा हो। इसलिए मैंने आपका वरण किया है। वैसे कर्ण को भी मैं साधारण सूतपुत्र नहीं मानता हूँ। मेरी दृढ़ मान्यता है कि वह किसी उत्तम क्षत्रिय की ही सन्तान है। किन्हीं कारणों से उसकी माता ने उसे सूतवंश में भिजवा दिया है। नहीं तो उसे भगवान परशुराम ने धनुर्वेद सिखाया होता?"

शल्य ने कर्ण का सारथि बनने की स्वीकृति तो दे दी थी; किन्तु तत्काल ही उसके मन में उसकी प्रतिक्रिया भी आरम्भ हो गयी थी। क्या उसने कर्ण

का सारथि बनकर उचित किया?...उसका एक मन था जो उसे इस निश्चय के लिए अनवरत धिक्कार रहा था। उसका तिरस्कार कर रहा था।...और दूसरी ओर उसके मन का कोई कोना, इस चतुराई के लिए बधाई दे रहा था। कितनी चतुराई से उसने कौरवों का अगला सेनापति पद हथिया लिया था।

'क्या रखा है कौरवों के सेनापति पद में?' उसका पहला मन तिरस्कारपूर्वक बोला, 'अब भीष्म और द्रोण जैसे लोग कौरवों के प्रधान सेनापति नहीं होते। अब कर्ण उनका प्रधान सेनापति है। कर्ण के बाद सेनापति होकर किस गौरव का अनुभव करेंगे शल्य?'

दुर्योधन की बात से शल्य की खीझ बढ़ गई, "तुम्हें यह तो स्मरण है राजन्! कि कर्ण को भगवान परशुराम ने धनुर्वेद का ज्ञान दिया, किन्तु यह भूल गए हो कि उसके झूठ और पाखंड से रुष्ट होकर उन्होंने उसे शाप भी दिया है। शाप का अर्थ समझते हो?"

"क्या कर्ण अपना सीखा हुआ ज्ञान भूल जाएगा?"

"वह तो मैं नहीं जानता, किन्तु उस गुरु के हृदय में झाँककर देखो, जो अपने शिष्य को ज्ञान देकर पश्चाताप के मारे पीड़ित हो, जो अपना दिया हुआ ज्ञान लौटा लेना चाहता हो।"

"चाहता ही तो है, लौटा तो नहीं सकता।"

"वह नहीं जानता मैं।" शल्य ने कहा, "मैं तो इतना ही जानता हूँ कि गुरु का यह पश्चात्ताप शिष्य के चरित्र के दूषित होने का प्रमाणपत्र है।"

"होता रहे। प्रमाणपत्रों को कौन देखता है आज।" दुर्योधन कुछ कुटिल भाव से बोला, "गुरु द्रोण ने भी तो कर्ण को शिक्षा नहीं दी। अर्जुन से भी अधिक अश्वत्थामा को सिखाया; किन्तु आज कर्ण और अर्जुन दोनों ही उससे श्रेष्ठतर योद्धा हैं। अश्वत्थामा युद्ध करे तो दोनों से ही पिट जाएगा। गुरु के प्रमाणपत्र अथवा भाव का क्या करना है किसी को। परशुराम से कर्ण को जय नाम का धनुष प्राप्त हुआ था वैसा श्रेष्ठ धनुष कितने लोगों के पास है। अग्नि बरसाता है वह धनुष। यदि शाप है, तो रहे किसी के भी मन में। हाथ में तो धनुष ही रहेगा। देखें अर्जुन क्या कर लेता है अपने गाण्डीव से, जो कर्ण अपने जय से नहीं कर सकता।"

"यह धनुष तो कर्ण के पास पहले भी था। क्या कर लिया कर्ण ने आज तक?" शल्य के जबड़े भिंचते चले गए।

"ठीक है, युद्ध में अनेक बार कोई योद्धा अपना बल कौशल पूरी तरह दिखा नहीं पाता; किन्तु कल ऐसा नहीं होगा मातुल! अपने गुरु परशुराम के दिए हुए रथ और धनुष के बल पर आप देखेंगे कि कर्ण ने अर्जुन और कृष्ण

दोनों को ही जय कर लिया है। कर्ण संसार का सर्वश्रेष्ठ योद्धा प्रमाणित होगा और उसके घोड़ों को हाँकने का गौरव मिलेगा आपको।" दुर्योधन उठ खड़ा हुआ, "अच्छा चलता हूँ। कल के लिए बहुत कुछ तैयार भी करना है।"

शल्य स्तब्ध-सा खड़ा रह गया। कितना बड़ा पुरस्कार दे गया है दुर्योधन उसे। कर्ण के घोड़ों को हाँकने का गौरव। कैसा गौरव है यह? वीरों के विख्यात वंश के किरीटधारी राजा का गौरव—दुर्योधन की चाटुकारिता के प्रभाव से सेनापति का पद पाने वाले के रथ के घोड़ों को हाँकने का गौरव?...

30

कर्ण के सेवकों ने उसके विशाल रथ को सज्जित किया। पुरोहित ने विधिवत् रथ की पूजा की। कर्ण ने सूर्य को नमस्कार किया और शल्य से बोला, "पहले आप आसन ग्रहण करें मद्रराज!"

शल्य रथारूढ़ हो गया। वह सारथि के स्थान पर बैठ तो गया; किन्तु जब कर्ण के द्वारा रथी का स्थान ग्रहण किया गया तो सारथि के तल्प में जैसे शूल उग आए। जीवन में कदाचित् यह पहला ही अवसर था कि शल्य ने अपने अतिरिक्त किसी और का सारथ्य किया हो।

"वीरवर कर्ण!" दुर्योधन बोला, "भीष्म और द्रोण अपनी वृद्धावस्था के कारण जो कुछ नहीं कर सके, उसे तुम पूरा कर दो। मेरे लिए दो में से एक काम कर दो। या तो युधिष्ठिर को जीवित बाँध कर लाओ या फिर भीम और अर्जुन का वध कर दो। फिर मुझे किसी की चिन्ता नहीं है।"

"समरभूमि में आज उन्हें मेरे सामने पड़ने तो दो राजन्! इन दो में से एक काम तो स्वतः ही हो जाएगा, सम्भव है कि दोनों ही हो जाएँ।" कर्ण के स्वर में उसका दंभ मुखर होकर बोल रहा था, "चलो शल्य! अश्वों को हाँको।"

शल्य का द्वन्द्वग्रस्त मन पीड़ा से चीत्कार कर उठा, "सुन लिया? अब तुम मद्रराज नहीं हो। मातुल भी नहीं हो। अब केवल शल्य हो, क्योंकि तुम उसके सारथि हो। अभी तो समरभूमि में प्रवेश भी नहीं हुआ। पाण्डवों में से कोई उसके सामने भी नहीं पड़ा; और तुम शल्य हो गए। यदि सचमुच ही अन्धे के हाथ बटेर लग गई तो तुम्हारी क्या स्थिति होगी, कौरवों के भावी सेनापति?"

शल्य के आशंकित मन ने एक भयंकर स्वप्न देखा : अर्जुन का रथ दौड़ा आ रहा है। उसके आगे-आगे भीम का रथ है। कौरव सेना के एक विशाल हाथी ने भीम पर आक्रमण किया। भीम ने अपनी गदा के प्रहार से हाथी का मस्तक फोड़ दिया। हाथी चिंघाड़कर डोलता हुआ अपने प्राण बचाने के

लिए इधर-उधर भागने लगा। भीम का सारथि अपना रथ बचाकर निकाल ले गया। कर्ण ने अर्जुन को आते देखा और लगा उसके हाथ-पैर फूल गए। उसने बिना सोचे-समझे, बिना देखे-भाले बाणों की वर्षा आरम्भ कर दी, जैसे तैरना न जानने वाला व्यक्ति डूबने से बचने के लिए अन्धाधुन्ध हाथ पैर मार रहा हो।...अर्जुन का रथ आगे बढ़ ही रहा था कि वह घायल हाथी कहीं से प्रकट हो गया; और अर्जुन के रथ के मार्ग में गिर पड़ा। यह सब कुछ इतना आकस्मिक था कि अर्जुन का रथ उस पर जा चढ़ा। रथ डोल गया। घोड़े भड़क उठे। कृष्ण का नियंत्रण शिथिल हो गया। अर्जुन का गाण्डीव दिशा भूल गया और कर्ण के छोड़े हुए बाणों में से कोई भटका हुआ बाण आकर अर्जुन के कण्ठ में चुभ गया।...

शल्य को लगा कि उसके मेरुदण्ड में जैसे सहस्रों ततैयों ने एक साथ डंक मार दिया हो। यदि कहीं यह सब सम्भव हो गया तो?...जो भीष्म और द्रोण नहीं कर सके, कहीं सचमुच वह कर्ण के हाथों हो गया तो? संसार की इतनी बड़ी उपलब्धि कितनी सरलता से कर्ण के हाथों लगेगी, जैसे किसी राजकुमारी द्वारा खेल-खेल में अपने प्रासाद से फेंकी हुई माला, मार्ग से जाते हुए किसी कंगले के कण्ठ में आ गिरे।

शल्य को लगा कि उसने अपने जीवन में इससे भयंकर दुःस्वप्न नहीं देखा है। यह कालातीत ख्याति कर्ण को मिल जाए; और शल्य उसके सारथि के स्थान पर बैठा रह जाए।....युद्ध क्या है। उसका अंत तो सदा अनिश्चित ही होता है, योद्धा चाहे कोई भी हो। विजयश्री किसी का भी वरण कर सकती है—वीरता के कारण भी और संयोग अथवा भाग्य से भी। भीष्म और द्रोण तो असफल रह गए और कर्ण, पाण्डुपुत्र अर्जुन का मानमर्दन कर दे। शल्य इसको सहन नहीं कर पाएगा।...यह नहीं होना चाहिए। यह यश कर्ण को नहीं मिलना चाहिए। कर्ण इसके योग्य नहीं है। किसी भी अवस्था में नहीं। और विशेषकर तब तो एकदम ही नहीं, जब कि उसके सारथि के स्थान पर शल्य बैठा है।

कर्ण का रथ समरभूमि में आ गया था। कौरवों की सेना आज कुछ अधिक ही उत्साह से रणक्षेत्र में उतरी थी। पाण्डवों का मकरव्यूह भी पर्याप्त दृढ़ लग रहा था।...

कर्ण की दृष्टि अर्जुन को खोज रही थी।...कहाँ है वह?...इतना बड़ा युद्धक्षेत्र था—योजनों में फैला हुआ। दोनों पक्षों की सेनाएँ आमने-सामने खड़ी भी दिखाई देती थीं; और दृष्टि से बहुत कुछ ओझल भी थीं। युद्धक्षेत्र में सरिता तट भी आता था और कुछ ऊंचें-नीचे टीले भी थे। रेत भी थी और दलदल भी। कहीं कुछ वृक्ष बीच में आ जाते थे; और कहीं धूलि-धूसरित नंगी धरती ही थी।...वह

सरोवर भी था, जहाँ अर्जुन और दुर्योधन का संघर्ष हुआ था।...इस सारे क्षेत्र में किसी न किसी रूप में दोनों सेनाओं की वाहिनियाँ आमने-सामने खड़ी थीं। ...पर इसमें अर्जुन कहाँ होगा?...

जब से उसे यह ज्ञात हुआ है कि वह कुन्ती का पुत्र और पाण्डवों का भाई है, उसने अपने जीवन की घटनाओं पर बहुत बार विचार किया है। क्या लीला है यह ईश्वर की। उसे अपने ही भाइयों के विरोध में खड़ा कर दिया और मित्र के रूप में जो उसे मिला, वह उसके भाइयों का सबसे बड़ा शत्रु था। क्या वह अपने भाइयों और अपने मित्र—दोनों का हित नहीं कर सकता? ऐसा सम्भव नहीं था कि वह मित्रद्रोही भी न कहलाए और अपने भाइयों का भी हित कर सके? क्या दुर्योधन और पाण्डवों का विरोध मिट नहीं सकता? दोनों पक्षों का अंग होने के कारण क्या कर्ण उन दोनों को मिलाने का कोई प्रयत्न नहीं कर सकता?...

और जब कभी उसके मन में यह विचार आता है, उसकी कल्पना में एक दृश्य उभरने लगता है।...दो नदियाँ आमने-सामने बह रही हैं और उन दोनों के मध्य धरती का एक खंड मस्तक ताने खड़ा है। वे दोनों नदियाँ एक-दूसरे के निकट आती हैं और परस्पर मिलकर संसार की सबसे बड़ी नदी को जन्म देती हैं। तब कर्ण देखता है कि उन दोनों के मध्य मस्तक ताने खड़ा वह भूमि का खंड कहीं खो गया है। वह जल के नीचे समा गया है।...

कर्ण को सदा ही लगा है कि उसका जीवन उस धरती के खंड के ही समान है। उसका अस्तित्व तभी तक है, जब तक ये दोनों नदियाँ पृथक्-पृथक् हैं, क्योंकि उनके मध्य कर्ण खड़ा है। उनके परस्पर मिलते ही कर्ण कहीं नहीं रहेगा। वह दो नदियों को मिलाने वाली कुल्या नहीं हो सकता, वह तो भूमिखंड होकर उन दोनों को पृथक् रखकर ही अपना अस्तित्व बनाए रख सकता है। ...और कर्ण को रहना है।...अपनी इच्छानुसार रहना है। वह किन्हीं दो भाइयों को मिलाने के लिए अपने प्राण देने वाला बलिदानी नहीं है। ऐसे काम करने के लिए युधिष्ठिर ही बहुत है। कर्ण तो अपने अस्तित्व के लिए, अपने अधिकार के लिए युद्ध करने वाला, दूसरों को अपने मार्ग से हटाने वाला महावीर है। जो उसे चाहिए, वह उसको प्राप्त करके ही रहता है। स्वतः नहीं मिलेगा तो वह छीनकर लेगा, लड़कर लेगा...

किन्तु क्या विरोध है कर्ण का पाण्डवों से? वह उन्हीं में से एक क्यों नहीं हो सकता? वह उनका ही अंग क्यों नहीं बन सकता? उन्होंने उसका कोई अधिकार नहीं छीना। सिवाय भीम के उनमें से कभी किसी ने उसको कोई अपशब्द नहीं कहा। उन्होंने उसका क्या बिगाड़ा है?...

पर कर्ण को ये सब प्रश्न अच्छे नहीं लगते। किसी को कोई अधिकार नहीं है, उससे यह सब पूछने का। अपने शैशव से ही उसे पाण्डव कभी अच्छे नहीं लगे। उन्होंने कर्ण को अपना शत्रु माना हो या न माना हो, किन्तु कर्ण ने उनको सदा अपना शत्रु ही माना है। कोई विरोध हो या न हो, उसे तो सदा से उनका अस्तित्व ही आपत्तिजनक लगता रहा है। आज युधिष्ठिर राज्य पर से अपना अधिकार छोड़ दे तो क्या दुर्योधन उसको अपना भाई मान लेगा? क्या कर्ण को वह प्रिय लगने लगेगा? उनका वैर विरोध समाप्त हो जाएगा? क्या उसके मन से प्रतिद्वंद्विता और शत्रुता का भाव मिट जाएगा?...नहीं, शायद व्यक्ति की मित्रता और शत्रुता उसके व्यवहार और घटनाओं से नहीं होती। उसकी मैत्री उसके व्यक्तिगत और सामूहिक स्वार्थ से भी नहीं होती।...शत्रुता और मित्रता तो प्रकृति के गुणों से होती है। दुर्योधन और कृष्ण की क्या शत्रुता है? कृष्ण ने अपनी सेना भी दुर्योधन को दे दी। पाँच ग्राम पाण्डवों को देने को कहा और शेष सारा राज्य दुर्योधन को दे दिया। किन्तु दुर्योधन मित्र नहीं हो सकता कृष्ण का। दोनों समधी हैं; किन्तु वे मित्र नहीं हो सकते। कृतवर्मा यादव है, कृष्ण का समधी है; किन्तु वह दुर्योधन के पक्ष से लड़ने आया है। युयुत्सु भाई है दुर्योधन का; किन्तु पाण्डवों की ओर से लड़ रहा है।...क्या है वह, जो उनको परस्पर विरोधी और मित्र बना रहा है?...यह उसका सारथि शल्य भी तो पाण्डवों का मातुल है, वह क्यों लड़ने आ गया, दुर्योधन के पक्ष से?

कर्ण की वृत्ति ही कुछ भिन्न है। उसे युधिष्ठिर के समान धर्म की चर्चा अच्छी नहीं लगती। नहीं! शायद दोनों का धर्म ही एक-दूसरे के बहुत विपरीत है। उसका धर्म ग्रहण धर्म है। त्याग उसे अच्छा नहीं लगता। वह उसी ईश्वर की उपासना कर सकता है, जो संसार को सुख देता है। धन-वैभव और अधिकार देता है। समाज में प्रतिष्ठा और सम्मान देता है। जो स्त्री देता है, सन्तान देता है, पशु और सेवक देता है। उस धर्म और ईश्वर का उसे क्या करना है, जिसके पीछे संसार के सारे सुख छोड़ने पड़ें। कोई भक्ति और साधना करता ही क्यों है? इसीलिए तो कि उसे भोग प्राप्त हों। सुख प्राप्त हों। धन, वैभव और अधिकार प्राप्त हों। युधिष्ठिर जाने किसके लिए साधना और तपस्या करता है। वह मूर्ख हाथ में आए सुख, धन और वैभव की चिन्ता नहीं करता; और किसी अदृश्य सुख की कामना में अपमानित और निरादृत होता रहता है।...

युधिष्ठिर ने जब धृतराष्ट्र की चाल में आकर हस्तिनापुर के राज्य के स्थान पर खांडव वन स्वीकार कर लिया था, तब भी कर्ण को उस पर हँसी ही आई थी। ऐसे व्यक्ति से उसे क्या सहानुभूति हो सकती है, जो न अपने अधिकारों को जानता है और न ही उसकी रक्षा कर सकता है। वह उसे एक लिजलिजा-सा,

दुर्बल तने वाला पेड़ लगता है, जो पवन के वेग देखते ही काँपने लगता है; और उसकी इच्छानुसार किसी भी दिशा में झुककर धरती पर अपना मस्तक टेक देता है। वह तो दृढ़ता से अपने स्थान पर खड़ा भी नहीं रह सकता। युधिष्ठिर के सम्मुख दुर्योधन खड़ा हो तो उसका तेज कर्ण को लुभा लेता है। वह दृढ़ है अपने स्थान पर। जहाँ भी खड़ा है, अपने पैर जमाकर खड़ा है। वह जानता है कि उसे क्या चाहिए। उसे संसार की कोई शक्ति न तो झुका सकती है, न बहका सकती है।...युधिष्ठिर से तो अंधा और वृद्ध राजा धृतराष्ट्र ही अधिक चतुर है, जो पाण्डवों से उनके पिता का राज्य छीनकर, हस्तिनापुर के राज्य को अपनी मुट्ठी में बन्द कर, दृढ़ता से अपने स्थान पर जमा बैठा है।...

पाण्डवों ने जब अपने बाहुबल से इन्द्रप्रस्थ का साम्राज्य स्थापित किया तो कर्ण को उसमें कुछ प्राण दिखाई देने लगे थे; किन्तु युधिष्ठिर फिर अपनी मूर्खता के कारण किसी काल्पनिक धर्म की उपलब्धि के लिए धृतराष्ट्र के आदेश का पालन करने हेतु द्यूत खेलने बैठ गया। जब द्यूत खेलना नहीं आता था, द्यूत खेलने की इच्छा नहीं थी, तो धृतराष्ट्र की आज्ञा मानने की क्या आवश्यकता थी। जिस पुरुष के लिए पिता की आज्ञा पालन करने का यश इन्द्रप्रस्थ के साम्राज्य से बढ़कर है, वह न तो वीर हो सकता है, न क्षत्रिय, न राजा। कर्ण का आदर्श तो वह कदापि नहीं हो सकता। और पिता भी कैसा? धृतराष्ट्र जैसा चतुर राजनीतिज्ञ।...कहते हैं श्रीराम ने अपने पिता की आज्ञा का पालन करने के लिए अपना राज्य छोड़ दिया था और वन में चले गए थे। युधिष्ठिर के आदर्श होंगे वह श्रीराम। कर्ण के मन में ऐसे लोगों के प्रति कोई भक्ति नहीं जागती। वह होता तो ऐसे पिता को ही वन भेज देता।

युधिष्ठिर को द्यूत में अपना सर्वस्व हारते, अपने भाइयों को दीन-हीन दासों की स्थिति में धकेलते देखकर कर्ण को लगा था कि उस व्यक्ति को वह धार्मिक नहीं, मूर्ख ही मानेगा। उसकी सरलता पर कर्ण मुग्ध नहीं हुआ था। उसकी दीनता पर उसे दया नहीं आई थी। उसे पीड़ित करने में कर्ण को रस आने लगा था। पता नहीं उसे उस समय क्यों नहीं सूझा, नहीं तो वह युधिष्ठिर के शरीर में अपने बाणों को चुभो-चुभो कर, उसके पीड़ा में तड़पने का सुख उठाता। किसी दास के शरीर में तीखे बाण चुभो कर उसके कष्ट का सुख उसने आज तक अनुभव नहीं किया। पर वह अद्भुद होता होगा।...तब वह उसे सूझा नहीं। पर जो सूझा, वह उसने किया। वह युधिष्ठिर के शरीर में तो अपने बाण नहीं चुभो सका, किन्तु उन पाँचों पाण्डवों और उनकी पत्नी, पांचाली के मन में जो बाण चुभोए हैं, वे आज तक उनके हृदय को छील-छील कर उनमें रक्त बहा रहे हैं। वह सुख तो अद्भुद था। पांचाली को सार्वजनिक रूप से निर्वस्त्र

होते देखने का सुख तो एकान्त में संसार की सर्वश्रेष्ठ सुन्दरी के भोग से भी अधिक मादक था। समूह में रति का सुख। वैसा सुख कर्ण को कभी नहीं मिला। सम्भव है पाण्डव और कृष्ण उसे राक्षसी सुख कहें, किन्तु कर्ण को तो वह राक्षसी सुख सदा ही दैवी सुख से कहीं अधिक आकर्षक लगा है।...

यदि पांचाली सचमुच ही निर्वस्त्र कर दी गई होती तो? वह हो नहीं पाया। जाने दुःशासन क्यों चकराकर गिर पड़ा। वह ऐसा तो नहीं है। वह तो ऐसे कामों का बहुत अभ्यस्त है। उसने नारी सुख का छककर पान करने के सिवाय और आज तक किया ही क्या है। नारी शरीर को देखते ही उसमें एक विचित्र प्रकार की क्रूरता जन्म लेने लगती है। वह उसे सहलाने के लिए आगे बढ़ता है और उसे झिंझोड़ने तथा तोड़ने-मरोड़ने लगता है। वह क्रमशः हिंस्र होता जाता है। नारी की पीड़ा उसे उन्मादी बना देती है। नारी पीड़ा में जितना चीत्कार करती है, दुःशासन उतना ही रस पाता है।...उस दिन पता नहीं उसे क्या हो गया था, नहीं तो पांचाली की भी वही स्थिति होती; और सभा के सम्मुख होती।...पांचाली बच गई। कैसे बच गयी। कोई नहीं जानता। जो कुछ हुआ पाण्डव कृष्ण का चमत्कार मानते हैं। वे कृष्ण को ईश्वर का अवतार ही समझे बैठे है। कृष्ण के महत्त्व और चतुराई से इनकार नहीं है कर्ण को। पर वह कृष्ण को आज तक ईश्वर नहीं मान सका। पाण्डव उसे नारायण का अवतार मानते हैं तो फिर वे दुर्योधन से उसका साम्राज्य छीन क्यों नहीं लेते। ईश्वर के लिए क्या असम्भव है। वन-वन भटकते क्यों फिरते हैं ईश्वर के ये मित्र पाण्डव।...जिन लोगों को वह ही सब कुछ प्रिय है, जिसका कोई अस्तित्व नहीं है, उनको कोई क्या कहे। अर्जुन ने अपने बल और शौर्य से पांचाली जैसा नारी रत्न प्राप्त किया और वह मूर्ख न जाने परिवेदन जैसे किस पाप से डर कर पांचाली को अपने बड़े भाई को सौंप बैठा। कर्ण होता उसके स्थान पर तो ऐसी मूर्खता कभी न करता। वह धन्य मानता स्वयं को और छोड़ना ही पड़ता तो अपने भाइयों को छोड़कर पांचाली के साथ अपना घर कहीं अलग से बसा लेता।...इतना ही नहीं, वह अर्जुन तो इसमें भी गर्व का अनुभव करता है कि इन्द्रलोक में उसने उर्वशी अप्सरा का रति-प्रस्ताव ठुकरा दिया। नपुंसक कहीं का। इसमें गर्व करने को क्या है। पौरुष होता तो उर्वशी का भोग करता।...उत्तरा के साथ भी स्वयं विवाह न कर, अपने पुत्र से उसका विवाह कर दिया। होता उसके स्थान पर दुःशासन तो वह आज भी उर्वशी से पाए सुख को स्मरण कर अपने अधरों पर जिह्वा फिरा रहा होता। उसके अंगों का शब्दों में वर्णन कर रहा होता। अपने पौरुष को धन्य मान रहा होता। और अर्जुन अपनी किसी निर्विकल्प समाधि का गुण गा रहा है। किसी अलौकिक धर्म की प्राप्ति के सुख की प्रतीक्षा कर रहा है।...

कर्ण नहीं मानता किसी अलौकिक धर्म को, जिसका सुख पाने के लिए युधिष्ठिर तड़प रहा है। ये लोग उस ईश्वर को पाना चाहते हैं, जिसने यह सृष्टि रची है। मूर्ख हैं। इतनी-सी बात नहीं समझते कि स्त्री और पुरुष के परस्पर भोग ने ही सन्तान को जन्म दिया है। इसके लिए किसी ईश्वर की आवश्यकता ही कहाँ है। संसार का सबसे बड़ा सुख वह भोग ही तो है। उसको छोड़ कर किसी काल्पनिक ईश्वर के पीछे दौड़ना और इस बात से भयभीत रहना कि मृत्यु के पश्चात् क्या होगा, कर्ण की समझ में नहीं आता। वह नहीं मानता कि ईश्वर नामक कोई अस्तित्व भी है। वह नहीं मानता की मृत्यु के पश्चात् फिर कोई जन्म होता है। वह मानता है कि सृष्टि स्वतः हुई है और यह जीवन ही एकमात्र जीवन है। मृत्यु के पश्चात् क्या होता है, इसे किसने देखा है। जीवन की उपलब्धियों से सबका परिचय है। भुजाओं में बल हो तो पुरुष अपनी सत्ता स्थापित करे। अपने लिए धन वैभव एकत्रित करे। संसार की श्रेष्ठ नारियों के भोग का सुख प्राप्त करे।...ये पाण्डव मृगतृष्णा में फँसे किसी काल्पनिक ईश्वर, धर्म और मोक्ष के लिए तड़प रहे हैं।...

कर्ण ऐसा जीवन नहीं चाहता। उसकी साधना है, दिग्विजय की। संसार में सबसे बड़ा धनुर्धर बनने की। संसार को अपने चरणों में झुकाने की।...उसे निर्धनों के साथ बैठना अच्छा नहीं लगता। न उसे साधारण जन अच्छे लगते हैं, न वह साधारण बन कर रहना चाहता है। वैभव के परिवेश में उसका मन उल्लसित रहता है। शायद इसीलिए पाण्डव पहले दिन से उसे अच्छे नहीं लगे। वे आए थे तो उन्होंने आरण्यकों के से वस्त्र पहन रखे थे। न उनके केश राजकुमारों के समान सँवारे गए थे और न ही उनके शरीर पर राजसी वेशभूषा थी। शरीर पर आभूषण तो थे ही नहीं।...

पाण्डवों के हस्तिनापुर में आने तक कर्ण ही सबसे बलवान ब्रह्मचारी था हस्तिनापुर के गुरुकुल का। कर्ण ही सबसे योग्य धनुर्धर था।...पाण्डवों ने आकर क्रमशः उसका एक-एक पद छीनना आरम्भ कर दिया था। फिर वे लोग उसके सपनों के राजकुमार दुर्योधन से उसका सारा वैभव और अधिकार छीन रहे थे। वे न भी छीन रहे हों, किन्तु सत्य यही था कि उनके कारण दुर्योधन का महत्त्व कम हो रहा था। भीम तो प्रत्येक बात में चुनौती देता ही रहता था, उस बूढ़े भीष्म की भी मति भ्रष्ट हो गई थी। उसे तो जैसे दुर्योधन का कोई विकल्प ही मिल गया था। कर्ण का कलेजा छलनी हो जाता था, जब वह भीम और अर्जुन को अपनी श्रेष्ठता सिद्ध करते देखता था। और फिर तो द्रोण और कृपाचार्य ने कर्ण को एक पृथक् वर्ग में ही डाल दिया।...वह जानता था कि वह राजकुमार नहीं है। पर वह स्वयं को उन सारे राजकुमारों से श्रेष्ठ समझता था।

किसी का जन्म राजवंश में हुआ है, इसलिए ही तो वह अन्य लोगों से श्रेष्ठ नहीं हो जाता।...पर फिर अर्जुन अपनी श्रेष्ठता सिद्ध करता चला गया तो कर्ण के जीवन का सारा रस ही छीजता चला गया...उसे एक आँख नहीं भाते थे ये पाण्डव? क्यों आए वे हस्तिनापुर, उसके जीवन में आग लगाने को? वे न आए होते तो अधिरथ का पुत्र होकर भी वह सारे राजकुमारों से श्रेष्ठ था–सर्वश्रेष्ठ! उनका सिरमौर! उसकी श्रेष्ठता छीनने का अधिकार किसी को नहीं है।... पाण्डवों को भी नहीं, चाहे वे उसके भाई ही क्यों न हों। आज कर्ण ने कौरवों के प्रधान सेनापति का पद प्राप्त किया है, कल वह कौरव साम्राज्य का सबसे शक्तिशाली महीप होगा। उसने घटोत्कच का वध किया है, वह अभिमन्यु के वध में सफल हुआ है; तो वह अर्जुन के वध में भी सफल होगा।...वह उम्र को तिलांजलि नहीं दे सकता। वह अंतिम समय तक प्रयत्न करता रहेगा। उसकी महत्त्वाकांक्षाएँ कभी तृप्त नहीं हो सकतीं। वह सदा ऊँचे से ऊँचा चढ़ना चाहता है। वह संसार में वह सब कुछ प्राप्त करके ही रहेगा, जिसके प्रति उसके मन में लालसा जागेगी–जब भी हो, जैसे भी हो।

ये पाण्डव इन्द्रप्रस्थ का निर्माण करके ही जैसे तृप्त हो गए थे और उसे त्यागने को आतुर थे। ऐसे लोगों के साथ कैसे चल सकता है कर्ण–चाहे वे उसके सहोदर ही क्यों न हों।...युधिष्ठिर न किसी का धन छीन सकता है, न किसी का राज्य। कुछ करने से पहले ही उसे क्रूरता और पाप का भय सताने लगता है। बहुत कोमल है उसका मन। तत्काल दूसरे के लिए अपने प्राण देने को आतुर होने लगता है। मूर्ख है। अपने शत्रुओं की रक्षा करता रहता है। जयद्रथ को उसने बचाया था भीम के हाथों से। दुर्योधन को उसने बचाया था चित्रसेन के हाथों से। ऐसा व्यक्ति जीवन में असफल नहीं होगा तो क्या होगा? वह समझता है कि जयद्रथ और दुर्योधन उसके कृतज्ञ होंगे। क्या होती है कृतज्ञता? ऐसी कोई दुर्बलता न जयद्रथ में है, न दुर्योधन में। जीवन में आए अपने लाभ के अवसर को कौन छोड़ता है। युधिष्ठिर ने उनके प्राणों की रक्षा की है तो क्या वे अपना राज्य इसे दे देंगे? प्राण हों और राज्य न हो तो उन प्राणों का ही क्या करेंगे वे?

इस मूर्ख युधिष्ठिर को तो किसी में कोई दोष ही नहीं दिखता। किसी सन्यासी से अपेशुनम् जैसा कोई शब्द सुन लिया तो अपने शत्रुओं की ओर से भी आंखें बंद कर लीं। यदि कहीं पाण्डवों ने दुर्योधन के किसी भाई को विष दिया होता, यदि कहीं पाण्डवों ने धृतराष्ट्र के पुत्रों के साथ वारणावत जैसा कोई कांड किया होता, तो दुर्योधन उनको कभी क्षमा नहीं करता। पर युधिष्ठिर तो जैसे क्षमा का अवतार है। क्या होती है क्षमा? कायरता का दूसरा नाम है

क्षमा। जिसमें प्रतिशोध लेने का साहस होता है, वह क्षमा नहीं करता। युधिष्ठिर प्रतिशोध का भी विरोधी है। वह हिंसा और घृणा का भी विरोधी है।...ऐसा व्यक्ति चाहे स्वयं को दैवी सम्पत्ति से युक्त महात्मा मानता रहे, संसार भर के साधु सन्यासी उसके चरित्र की प्रशंसा करते रहें, किन्तु वह कर्ण का आदर्श नहीं हो सकता।...कर्ण न अपनी शत्रुता का त्याग कर सकता है, न प्रतिशोध को भूल सकता है; और न ही क्षमा जैसे किसी भाव के प्रति उसके मन में कोई सहानुभूति है। वह तो एक ही बात जानता है। अपने शत्रु को कभी जीवित नहीं छोड़ना चाहिए।...

सहसा उसका चिन्तन उसके सामने प्रश्नचिह्न बनकर खड़ा हो गया, 'तो फिर कल नकुल को जीवित क्यों छोड़ दिया? अपने वचन की रक्षा करने के लिए ही तो। क्या लाभ होगा अपने वचन की रक्षा से? न की जाए वचन की रक्षा तो उससे क्या हानि हो जाएगी कर्ण की? क्या कर लेंगी माता कुन्ती उसका?'

कर्ण के मन में कुन्ती की छवि जागी।...वह कुन्ती तो युधिष्ठिर के समान कोमल नहीं दिखती। कितनी दृढ़ लग रही थीं वे। उन्होंने जिस कठोरता से कर्ण की प्रताड़ना की थी, उससे उनकी दृढ़ता ही प्रकट होती थी।...नहीं! कुन्ती को दिए हुए वचन से कर्ण पीछे नहीं हट सकता। सारा जीवन अपने भीतर कर्ण जिस रिक्ति का अनुभव करता रहा है, कुन्ती ने उसे भर दिया है। कर्ण राजकुमारी कुन्ती का पुत्र है। कर्ण राजरानी कुन्ती का पुत्र है। नहीं! वह कुन्ती से अपने इस सम्बन्ध को अमान्य नहीं कर सकता। यह तो उसकी जन्म-जन्मान्तरों की लालसा है। वह कुन्ती को रुष्ट नहीं कर सकता। वह कुन्ती के प्रति अपराध नहीं कर सकता। वैसे भी नकुल उसका शत्रु कहाँ है। कर्ण ही तो नकुल का शत्रु है।...

वह चौंका, किस चिन्ता में डूबा है वह। वह समरभूमि में खड़ा है। समरभूमि में न चिन्तन उचित है, न चिन्ता। यहाँ तो युद्ध ही उचित है। अभी उसका वह शत्रु अर्जुन प्रकट होगा और उस पर बाणों की वर्षा कर देगा। इससे पहले कि अर्जुन ऐसा कुछ कर पाए, उसे ही अर्जुन को खोज निकालना चाहिए।...

उसने अपने चक्ररक्षकों की ओर देखा, "कोई धावक भेजो। जाकर समाचार लाए कि अर्जुन कहाँ है। उनसे कह दो, जो अर्जुन का समाचार लाएगा, उसे मैं छकड़ा भर कर रत्न दूँगा। यदि वह चाहेगा तो उसे स्वर्णाभूषणों से लदी हुई संसार की सर्वश्रेष्ठ सुन्दरियाँ दूँगा—पूरा छकड़ा भर कर। जाओ, पता लगाओ, अर्जुन कहाँ है। आज मैं उसका वध किए बिना समरभूमि नहीं छोडूँगा।"

"जो आज्ञा सेनापति।"

शल्य को कर्ण का यह प्रगल्भ और वाचाल रूप अच्छा नहीं लग रहा था। अर्जुन को मारे बिना युद्धभूमि नहीं छोड़ेगा, तो अब तक क्यों भागता रहा वह? आज ऐसा नया क्या हो गया है, सिवाय इसके कि वह कौरवों का प्रधान सेनापति बनकर समरभूमि में आया है।...या फिर आज शल्य को अपना सारथि बना लाया है...

"जो अर्जुन का पता देगा, उसे तुम छकड़ा भरकर बहुमूल्य रत्न दोगे?" शल्य ने उसकी ओर वितृष्णा से देखा।

"हाँ!" कर्ण बोला, "यह मेरा वचन है।"

"रत्न क्या सरस्वती के तट पर की बालू है कि छकड़े में भरकर कहोगे, कि ले ले और हाट में रत्नों के मूल्य में बेच ले।" शल्य ने कहा, "मुँह खोलने से पहले अपना सामर्थ्य भी आँक लेना चाहिए। छकड़ा भर रत्न तो तुम्हारे स्वामी दुर्योधन के पास भी नहीं हैं कि उससे ही भिक्षा माँग लोगे। तुम कौरवों के प्रधान सेनापति हो कर्ण! यक्षराज कुबेर नहीं। तुम्हारे लिए चाहे न हो, किन्तु अन्य लोगों के लिए वचन का कोई महत्त्व होता है। तुम्हें अनर्गल प्रलाप से बचना चाहिए।"

कर्ण स्तब्ध रह गया। यह शल्य क्या कह रहा है। यह क्या एक सारथि अपने रथी से कह रहा है...इसे इतना साहस कैसे हुआ?...

"और कोई अर्जुन का पता ला ही देगा तो क्या करोगे?" शल्य के अधरों के कोनों पर जैसे विष की गाँठ रखी हुई थी, "विपरीत दिशा में भागने का प्रयत्न करोगे?"

"क्या प्रलाप कर रहे हो तुम!" कर्ण के मुँह से निकला।

"प्रलाप लगता है तुम्हें यह सब?" शल्य ने जैसे उसे चिढ़ाया, "तुम्हारे जीवन का यथार्थ है यह। जब कभी अर्जुन तुम्हारे सामने पड़ा है, तुम समरभूमि छोड़कर भाग गए हो। आज क्यों खोज रहे हो उसे? ताकि रणभूमि में तुम्हारे भाग जाने के पश्चात् वह तुम्हारे शत्रुओं से दुर्योधन की रक्षा करे, जैसे घोषयात्रा के अवसर पर, तुम्हारे भाग जाने के पश्चात् चित्रसेन से दुर्योधन के प्राण बचाए थे और कुरुकुल की स्त्रियों के सम्मान की रक्षा की थी?"

कर्ण का वक्ष जैसे पीड़ा से फटने लगा। मन में अग्नि का ज्वार उठा। उसे लगा कि उसका तर्क समाप्त हो गया है, धैर्य चुक गया है। वह शल्य के वक्ष पर अपना खड्ग उतार देना चाहता है...किन्तु शल्य उसका सारथि है। कौरवों का महारथी है। उसकी हत्या से तो कौरव सेना में ही अन्तःकलह आरम्भ हो जाएगी।...इससे पहले भी कर्ण ने भीष्म और द्रोण के मुख से बहुत कठोर वचन सुने हैं। पर शल्य का आक्रमण किसी कठोर शस्त्र के आक्रमण से कम

पीड़ादायक नहीं था।...कर्ण न तो उसे सहन कर सकता था न ही उसे क्षमा कर सकता था।...

"मैं नहीं जानता था शल्य! कि मेरे सारथि होकर भी तुम अपनी तुच्छता का त्याग नहीं करोगे, अपने रथी से ही नहीं, कौरवों के प्रधान सेनापति से भी ऐसी बातें करोगे।"

"तुम्हें तुम्हारे चरित्र का दर्पण दिखा दिया तो वह मेरी तुच्छता हो गई? तुम जो अर्जुन का पता बताने वाले को पुरस्कारों की झूठी घोषणाएँ कर रहे हो, वह तुम्हारी तुच्छता नहीं है?" शल्य बोला, "तुम्हारा कोई मित्र नहीं है यहाँ, जो तुम्हें इस जलती आग में गिरने से रोके।"

"मैं सत्य कह रहा हूँ," कर्ण ने अपना सारा आत्मबल अपने शब्दों में ढाल दिया, "मैं कृष्ण और अर्जुन दोनों को मार कर उनका सारा धन उनका पता बताने वाले को दे दूँगा।"

कृष्ण को मार देने की बात शल्य के वक्ष में ही कहीं अटक गई। उसे लगा, उसका श्वास ही जैसे रुक गया। बोला, "सूतपुत्र! तुम्हें कर्तव्य-अकर्तव्य का कुछ ज्ञान नहीं है। काल ने तुम्हें पका दिया है; और तुम शाखा से टपकने के लिए आतुर हो रहे हो। मेरा तो परामर्श है कि तुम जीवित रहना चाहते हो तो व्यूहरचनापूर्वक खड़े हुए समस्त सैनिकों के साथ सुरक्षित रहकर अर्जुन से युद्ध करो। अर्जुन के तीखी धार वाले कंकपत्र विभूषित बाण जब तुम्हारे शरीर को विदीर्ण करने लगेंगे तो तुम्हें अर्जुन को खोजने का पश्चात्ताप होगा।" शल्य ने सीधे कर्ण की आँखों में देखा, "वत्स कर्ण। अपने घर में बैठे हुए कुत्ते का वन में विचरते हुए व्याघ्र की दिशा में भौंकने का कोई अर्थ नहीं होता।"

कर्ण की आँखें क्रोध से लाल हो गईं : शल्य उसे घर में बैठा हुआ कुत्ता कह रहा था।

"मुझे भयभीत करना चाहते हो।" कर्ण बोला, "इधर देखो। मेरा यह अकेला ही बाण शत्रुओं का रक्त पीने को पर्याप्त है। बहुत दिनों से यह एक तूणीर में अकेला ही रखा जाता रहा है। इसे देखो, यह सर्पमय भयानक विषैला बाण है। वर्षों से इसे चन्दनचूर्ण में रखकर इसकी पूजा करता आया हूँ। यह कवच और हड्डियों को भी चीर देता है। इसे मैंने कृष्ण और अर्जुन के लिए सँभालकर रखा हुआ है।"

"एक बाण पर इतरा रहे हो; और वह भी सर्प के विष के कारण।" शल्य के अधरों पर एक जुगुप्सापूर्ण मुस्कान उभरी, "और इसे वीरता कहते हो तुम। नागों के समान विषधर पाल रखे हैं तुमने भी, अवसर देखकर दंश करने वाले। तुम्हारे जैसा तुच्छ योद्धा मैंने नहीं देखा। और फिर भी तुम स्वयं को कृष्ण और अर्जुन जैसा वीर भी मानते हो।"

कर्ण और सहन नहीं कर सका। बोला, "मेरी तुच्छता बता रहे हो और अपनी तुच्छता का स्मरण नहीं है तुम्हें। गुणों से शून्य रहे हो सदा, तुम किसी के गुण को क्या समझोगे और क्या उसका गुणगान करोगे।"

"मैं गुणों से शून्य हूँ तभी तो मेरा मन जीतने के लिए, मुझे अपना मित्र बनाने के लिए, तुम्हारे राजा को इतने षड्यन्त्र करने पड़े।" शल्य ने हँसकर कहा।

"तुम्हारी मैत्री।" कर्ण भी उतनी ही कटुता से मुस्कराया, "कौन नहीं जानता कि मद्रनिवासी मित्रद्रोही; अकारणद्वेषी, मिथ्याभाषी और कुटिल होते हैं। कृतघ्नता, पराए धन का अपहरण करना, मदिरापान, गुरुपत्नीगमन, कटु सम्भाषण—ये सब गुण हैं, आरट्टों, वाहीकों और मद्रनिवासियों के। तुम कृष्ण और अर्जुन की जाने किस स्वार्थवश स्तुति कर रहे हो। आज समरभूमि में उन दोनों को मारकर मैं बन्धु-बान्धवों सहित तुम्हारा भी वध कर दूँगा।"

शल्य ने पलटकर उसकी ओर देखा, "अकारणद्वेषी तुम हो, अन्यथा पाण्डवों ने तुम्हारा क्या बिगाड़ा है। पराए धन का हरण और मदिरापान तुम करते हो और करता है तुम्हारा स्वामी दुर्योधन। अन्यथा हस्तिनापुर का राज्य पाण्डवों का है। मिथ्याभाषण और कुटिलता, तुमसे और तुम्हारे मित्रों से अधिक कहीं पाई जाती है क्या? अपने वचन के इतने ही सच्चे हो तो पहले मेरा ही वध करके दिखाओ।"

"अब तक मैं तुम्हारे टुकड़े-टुकड़े कर मांसभक्षी प्राणियों को खिला भी चुका होता।" कर्ण दाँत पीसकर बोला, "तुम अब तक जीवित हो नराधम मद्रनिवासी! क्योंकि मुझे दुर्योधन और धृतराष्ट्र का काम करना है; और उसके लिए तुम्हारी सहायता चाहिए।...तुम जीवित हो क्योंकि मैं अपनी निन्दा से डरता हूँ। अपने ही सारथि का वध किसी वीर को शोभा नहीं देता। वैसे मैं जानता हूँ कि पाण्डवों ने तुम्हें हमारा भेद लेने के लिए यहाँ रख छोड़ा है, इसलिए तुम मित्र बनकर हमारे साथ शत्रु का सा व्यवहार कर रहे हो।"

शल्य के चेहरे पर कुछ कठोरता उभरी, "सूतपूत्र! मैं युद्ध में पीठ न दिखाने वाले, यज्ञपरायण मूर्धाभिषिक्त नरेशों के कुल में उत्पन्न हुआ हूँ; और स्वयं भी धर्म में तत्पर रहता हूँ। तुम अधिक पी आए हो, अतः मदिरा में उन्मत्त होने के कारण, नहीं जानते हो कि क्या बक रहे हो। मैं तुम जैसे प्रमत्त की चिकित्सा कर अपने धर्म का ही निर्वाह कर रहा हूँ।"

"शल्य! तुम यज्ञपरायण मूर्धाभिषिक्त वीर राजाओं की सन्तान नहीं हो, तुम मद्रदेश की उन व्यभिचारिणी स्त्रियों की सन्तान हो, जो किसी भी परिचित-अपरिचित पुरुष से सम्बन्ध स्थापित कर लेती हैं। दासों से भी समागम करने वाली कुलटा स्त्रियों की सन्तान हो तुम। वे न पिता की चिन्ता करती हैं, न

भाई और न पुत्र की। वे गोमांस खाती हैं, मदिरा पीती हैं और अमर्यादित रूप से काम में प्रवृत्त होती हैं। वे उन्मत्त हो मर्यादा का त्याग कर नाचती हैं। संयम और मर्यादा छोड़कर मैथुन में प्रवृत्त होती हैं। वे स्वेच्छा से किसी भी पुरुष का वरण कर लेती हैं। तू उन स्त्रियों की सन्तान होकर मुझे धर्म सिखाता है मद्रनिवासी, जो ऊँटों और गधों के समान खड़ी होकर मूत्र त्याग करती हैं। ऐसी होती हैं मद्र की स्त्रियाँ और तुम जैसी होती हैं उनकी सन्तानें।"

शल्य की इच्छा हुई वह अपना खड्ग खींच ले और इस कर्ण का यहीं वध कर दे।...यदि उसे दुर्योधन का मित्र मानकर जीवित छोड़ना भी है तो कम से कम रथ से कूदकर भूमि पर उतर आए। इस कर्ण का सारथ्य करेगा वह?...पर ऐसा कुछ भी कहने का अर्थ होता कि उसने कर्ण द्वारा लगाए गए आरोपों को स्वीकृति दे दी है।...पहले तो उन आरोपों का प्रतिकार होना चाहिए। फिर कुछ और।...

"मद्र देश की स्त्रियाँ कैसी होती हैं, वह जानता हूँ मैं। उनके गुणों पर रीझकर ही भीष्म हस्तिनापुर से चलकर माद्री को लेने आए थे मद्रदेश में।" शल्य ने अद्भुद संयम का परिचय दिया, "तुमने जो कुछ कहा है, उससे मद्रदेश की स्त्रियों की नहीं, तुम्हारी अपनी वास्तविकता प्रकट हो रही है। स्त्रियों के विषय में कितने नीच और कुत्सित विचार हैं तुम्हारे। जहाँ किसी स्त्री की चर्चा आई, तत्काल उसे निर्वस्त्र करने लगता है तुम्हारा मन। लुच्चों के समान किसी का भी सम्बन्ध उसकी माँ और बहन से जोड़ने लगते हो। तनिक भी सम्मान नहीं है तुम्हारे मन में स्त्रियों के लिए। मुझे कुछ नहीं कह सके, पुरुषों को कुछ नहीं कह सके तो स्त्रियों को निर्लज्ज और व्यभिचारिणी बताने लगे जो यहाँ हैं ही नहीं, और न उनकी कोई चर्चा है। मुझे सीधे-सीधे माँ-बहनों की गालियाँ नहीं दे सके तो इस प्रकार लांछित किया मद्र की स्त्रियों को। अब समझ में आया कि तुम लोग द्यूतसभा में पांचाली के साथ क्या कर रहे थे अपने कुलवृद्धों की उपस्थिति में। मद्र देश में कोई तुम्हारे समान अपने राजवंश की कुलवधुओं को सार्वजनिक रूप से निर्वस्त्र नहीं करता। तुम कहते हो कि मद्र की स्त्रियाँ अपने पुत्रों और भाइयों से भी सम्बन्ध स्थापित कर लेती हैं। क्या प्रस्ताव कर रहे थे, तुम पांचाली से? किसी प्रदेश की स्त्रियों के चरित्र को लांछित करने से पहले इस बात पर भी विचार कर लिया करो सूतपुत्र! कि तुमको राधा ने जन्म नहीं दिया था। जिसने तुमको जन्म दिया था, उसने तुम्हें त्याग क्यों दिया? कैसी सन्तान हो तुम उसकी कि वह और उसका समाज तुम्हें स्वीकार नहीं करता। ...अपने जन्म में भी कहीं व्यभिचार दिखाई देता है तुम्हें?"

"शल्य! तुम मेरी माँ को गाली दे रहे थे।..." कर्ण के मुँह में झाग आ गया।

"और तुम मेरी माँ को ही नहीं, पूरे मद्र को, सारी वाहीक स्त्रियों को

गालियाँ दे रहे थे।" शल्य ने कहा, "कितनी क्षुद्र और क्षेत्रीय बुद्धि है तुम्हारी। न तो तुम इस जम्बूद्वीप को एक राष्ट्र मानते हो और न ही आर्यावर्त्त को। तुम क्षेत्र के आधार पर लोगों के चरित्र को आँकते हो। भूल जाते हो कि जिस अंगदेश के राजा बन कर इतराते फिरते हो तुम, वहाँ के लोगों के विषय में कहा जाता है कि वे अपने ही परिवार के व्यक्ति के रोगी और असहाय होने पर उसका त्याग कर देते हैं, अपनी पत्नी और बच्चों को हाट में बेच आते हैं। पर मैं तुम्हें दोष नहीं देता, विचार करने के लिए कहता हूँ। तुम यह नहीं मानते कि सभी क्षेत्रों में अच्छे और बुरे, धार्मिक, अधार्मिक, चरित्रचान और चरित्रहीन लोग होते हैं।" शल्य ने मुस्कराकर कर्ण की ओर देखा, "तुम जैसे लोग ही देश और राष्ट्र के टुकड़े-टुकड़े कर देते हैं, अपने कुत्सित विचारों से। ऐसे क्षुद्र विचार रखकर तुम इस सारे जम्बूद्वीप में एक साम्राज्य और एक राष्ट्र की बात सोच भी कैसे सकते हो।..."

कर्ण ने शल्य की ओर देखा किन्तु कुछ कहा नहीं। क्षेत्रीय मानसिकता की तो कोई बात नहीं। शल्य ने आरोप लगाया था उसकी माँ पर। उस माँ पर, जिसे शल्य जानता भो नहीं। वह नहीं जानता कि वह यह सब कुछ राजमाता कुन्ती के विषय में कह रहा था। उस कुन्ती के विषय में जिसकी उदात्तता का विश्वास कर, उन्ने अपने पुत्र सौंप कर शल्य की बहन माद्री ने चितारोहण किया था।...पर कर्ण यह सब बता नहीं सकता था शल्य को। अपनी माँ को लांछित होते हुए केवल सुन सकता है।...उसने शल्य को अपमानित करने के लिए जो कुछ कहा था, वह लौट आया था उसी की ओर...

"तुमने शायद उस कौवे की कथा नहीं सुनी, जिसे वैश्य कुल के बालकों ने अपनी जूठन खिला-खिला कर पाला था; और वह कौवा उनकी प्रशंसा से फूल कर आकाशचारी बलवान चक्रांग हंस के साथ उड़ने की स्पर्धा करने लगा था।" शल्य ने कर्ण को मौन देखकर कहा, "धृतराष्ट्र के पुत्रों ने तुम्हें जूठन खिला-पिला कर पाला है, इसी से तुम भी अपने समान और अपने से श्रेष्ठ पुरुषों का अपमान करते हो। अब समझ पाया हूँ मैं कि क्यों न कभी भीष्म तुम्हारी प्रशंसा कर पाए, न द्रोण, न विदुर, न व्यास और न ही कभी कृष्ण! तुम्हारा चरित्र ही ऐसा है कि कोई श्रेष्ठ पुरुष कभी तुम्हारी प्रशंसा नहीं कर पाएगा।...जाओ! अब भी समय है, कृष्ण और अर्जुन की शरण में चले जाओ। प्राण बच जाएँगे तुम्हारे।"

कर्ण को कुछ नहीं सूझा। वह चिल्लाकर बोला, "इन्द्र सहित सारे देवता मुझसे युद्ध करने लगें तो भी मुझे उनसे कोई भय नहीं है। फिर कृष्ण और अर्जुन का क्या। तुम चुप बैठे रहो, अब कुछ कहा तो पहले तुम्हीं को मार कर, बाद में कृष्ण और अर्जुन का वध करूँगा।..."

कर्ण का ऊँचा स्वर सुनकर उसके पृष्ठरक्षक, चक्ररक्षक भी सामने आ गए...क्या बात थी—रथी और सारथि में—किस बात का झगड़ा हो रहा था?

तभी दुर्योधन का रथ भी उसके साथ आ लगा। उसने दोनों के चेहरे देखे। उसे पहले से ही आशंका थी की कुछ न कुछ होकर रहेगा। जाने क्यों कर्ण का मुँह खुलता है तो दूसरों को पीड़ित ही करता है; और उसका मुँह खुला ही रहता है।...

"कर्ण! मातुल से झगड़ा मत करो मित्र।" वह बोला, "वे हमारे आश्रयदाता हैं। मैंने हाथ जोड़कर उनसे निवेदन किया था कि वे तुम्हारे सारथि बनें। अन्यथा मद्र देश का अधिपति क्या सारथ्य करने योग्य है। वे हमारे ही रक्षक हैं, जैसे पाण्डवों के रक्षक कृष्ण हैं।"

कर्ण सँभल गया। उसके मन में शल्य के लिए जो कटुता थी, वह पहले से कहीं अधिक बड़ गई थी। किन्तु वह दुर्योधन का संकेत भी समझ रहा था। शल्य से वाग्युद्ध कर वह रण में विजय प्राप्त नहीं कर सकता था।...उसे उसके प्रति सम्मान दर्शाना होगा, चाहे वह नाटक ही क्यों न हो।

दुर्योधन हाथ जोड़कर शल्य के सम्मुख खड़ा हो गया, "मातुल! मैं अपने मित्र की ओर से आपसे क्षमा माँगता हूँ। वह भावुक है, वाणी का विस्फोट हो जाता है उससे। आपके प्रति दुर्भावना नहीं है उसके मन में। शत्रु सिर पर खड़ा है। कृपया युद्ध की ओर ध्यान दें।"

कर्ण प्रयत्नपूर्वक हँसा, "चलिए मद्रराज! अब शत्रुओं को भी देख लें।"

रथ चल पड़ा। शल्य के मन की कटुता कम नहीं हुई थी। पर उसको प्रकट करने का यह समय नहीं था...शल्य सोच रहा था...अभी बहुत सारे अवसर आएँगे, इस कर्ण से निबटने के।...

कर्ण स्वयं को संयत कर रहा था। पहले कृष्ण और अर्जुन से निबट लें। इस शल्य को तो वह कभी नहीं छोड़ेगा। इसने उसकी माता को लांछित किया है। इसका मरना तो निश्चित है।...

दुर्योधन लौट गया। उसके मन में चिन्ता बनी हुई थी। पता नहीं इन दोनों का संयोग इतना विस्फोटक क्यों है।...

31

कुन्ती ने करवट बदली और अपनी आँखें बन्द कर लीं।

जाने आज क्यों नींद नहीं आ रही थी। मन में बार-बार विचार आता था कि रात काफी बीत गई है, उसे सो जाना चाहिए। नहीं तो प्रातः उठने

में विलम्ब हो जाएगा। ब्रह्ममुहूर्त में उपासना न हो तो फिर जैसे आत्मा सो जाती है और संसार जाग उठता है, मन में भी और परिवेश में भी। चारों ओर अनेकानेक गतिविधियाँ आरम्भ हो जाती हैं। वे मनुष्य को इस प्रकार घेर लेती हैं कि उपासना के प्रति मन में वह उत्साह ही नहीं रह जाता। मात्र कर्मकाण्ड रह जाता है। कभी-कभी तो लगता है कि वह कर्मकांड भी नहीं, मात्र पाखण्ड रह जाता है।

फिर भी नींद नहीं आ रही थी। जब भी वह आँखें बन्द करती थी, जाने कहाँ से मन में कर्ण घुस आता था और उसकी आँखें खुल जाती थीं। जाने इस कर्ण के भाग्य में क्या है।...

जन्म के समय त्यागना कुन्ती की बाध्यता थी। जब माँ होकर कुन्ती ही कुछ नहीं कर सकती थी तो वह नवजात शिशु कर्ण भी क्या कर सकता था। नियति ने उन दोनों को ही जिस मार्ग पर डाल दिया, वे दोनों उसी पर चलते रहे।...हस्तिनापुर के गुरुकुल में जब पाण्डव कर्ण के सम्पर्क में आए तो वह उनकी ओर, उनकी सात्विकता की ओर आकृष्ट होने के स्थान पर उनका विरोधी होता गया।...पर तब तो वह जानता नहीं था कि वे उसके भाई हैं।...अब वह जान गया है कि वे उसके भाई हैं, राजमाता कुन्ती उसकी माता है, तो वह दुर्योधन को छोड़ क्यों नहीं देता? क्यों नहीं समझता कि वह कौन है?

और सहसा ही कुन्ती का मन दूसरी ओर चल पड़ा।...क्या किसी के लिए यह समझना सरल है कि वह कौन है? मनुष्य तो होता ही अपनी स्मृतियों का दास है। स्मृतियाँ उसके अस्तित्व को ऐसे लपेटे हुए होती हैं कि उसका अपना स्वरूप तो जैसे अदृश्य ही हो जाता है। कर्ण को छोड़ो। कुन्ती जानती है कि वह कौन है?

हाँ! वह जानती है कि वह पाण्डवों की माता है। उसने उनको जन्म दिया है। पर क्या वह पाण्डवों की माता मात्र है, और कुछ नहीं है? उसका अस्तित्व क्या यहीं समाप्त हो जाएगा? जब वह पाण्डवों की माता नहीं थी, जब पाण्डवों का जन्म नहीं हुआ था, तब भी तो कुन्ती थी? कुन्ती थी और वह पाण्डवों की माता नहीं थी। क्या थी वह? कौन थी वह? तब वह पाण्डु की पत्नी थी। पर जब उसका विवाह नहीं हुआ था, वह पाण्डु की पत्नी नहीं थी, तब भी तो वह थी। पाण्डु की पत्नी होने से पहले भी वह कुछ थी। तब कौन थी वह? तब वह कुन्तिभोज की पुत्री थी। पर उसे बताया गया था कि कुन्तिभोज की आत्मजा नहीं थी। उसका जन्म नहीं हुआ था कुन्तिभोज के घर। उसे कुन्तिभोज ने गोद लिया था। वह तो शूरसेन की पुत्री थी। उसे जब कुछ बोध हुआ, जब से उसके पास स्मृति है, उसे बताया गया कि वह शूरसेन

की आत्मजा है और उसे कुन्तिभोज ने गोद लिया है। वह उनकी पुत्री है। उसने मान लिया कि वह कुन्तिभोज की पुत्री है और उसका नाम कुन्ती है। फिर जीवन में जैसे-जैसे और घटनाएँ घटती रहीं, नई-नई स्मृतियाँ उसे घेरती रहीं, वह स्वयं को नए से नए रूपों में देखती रही और अपना पूर्व रूप भूलती रही। आज सोचती है तो उसके मन में एक ही भाव आता है कि वह पाण्डवों की माता है। और कुछ भी नहीं। स्मृति के झरोखों में प्रयत्नपूर्वक झाँक कर, वहाँ के झाड़-झंखाड़ स्वच्छ कर, स्मरण आता है कि शूरसेन की पुत्री थी। वह शूरसेन की पुत्री है।

मनुष्य कैसा दास है स्मृतियों का। स्मृतियाँ ही उसका सत्य है। अपना वास्तविक स्वरूप भूलकर वह अपनी स्मृति का होकर रह जाता है। एक के ऊपर दूसरी स्मृति जैसे नया आवरण चढ़ाती चलती है और वह अपनी पिछली वास्तविकता भूलता चलता है। सरकण्डा भूल गया है कि वह सरकण्डा है। वह अपने ऊपर लिपटे हुए धागे को ही अपना वास्तविक स्वरूप समझने लगा है। नए रंग का धागा लिपट जाता है और वह पिछले धागे को भूल जाता है। आज कुन्ती ने प्रयत्न पूर्वक स्मृतियों के उन धागों को जैसे उधेड़ा है और उसे स्मरण आया है कि वह शूरसेन की पुत्री है।...पर शूरसेन के घर जन्म लेने से पहले क्या वह थी ही नहीं? उसे स्वयं तो कुछ स्मरण नहीं है। अपने विषय में स्मरण नहीं है। शूरसेन मानते होंगे कि उन्होंने उसे जन्म दिया है। तो वे ही बताएँ कि उनके घर जन्म लेने से पहले वह कौन थी? क्या थी? या क्या वह पहले थी ही नहीं? यदि वह थी ही नहीं तो शूरसेन के घर कहाँ से आ गई वह?

वेद कहते हैं कि अनस्तित्व में से अस्तित्व का जन्म नहीं होता। जो नहीं है, वह हो नहीं सकता। किसी का जन्म नहीं होता। कुछ उत्पन्न नहीं होता। स्रष्टा और सृष्टि दो समानान्तर रेखाएँ हैं, जिनका न कहीं आदि है न अन्त। वे दोनों रेखाएँ समानान्तर चलती हैं। ईश्वर नित्य क्रियाशील विधाता है। जिसकी शक्ति से प्रलयपयोधि में नित्यशः एक के बाद एक ब्रह्माण्ड का सृजन होता रहता है। वे कुछ काल तक गतिमान रहते हैं और उसके पश्चात् विनष्ट कर दिए जाते हैं। सूर्य चन्द्रमसौ धाता यथापूर्वम् अकल्पयत्। इस सूर्य और इस चन्द्रमा को भी पिछले चन्द्रमा के समान निर्मित किया गया।...तो यह जन्म लेने से पहले, इस शरीर को धारण करने से पहले भी तो कुन्ती कुछ रही होगी, कोई रही होगी। कौन थी वह?...

जो कोई भी रही हो, जिस किसी रूप में भी रही हो, जिस किसी लोक अथवा जिस किसी शरीर में रही हो, उससे पूर्व भी तो वह किसी अन्य रूप में रही होगी। उससे पूर्व?...उससे पूर्व?...सबसे पूर्व?...आज वह अपनी चेतना

पर से स्मृति के आवरणों को उतार रही है तो उसे स्मरण हो आया है कि वह पाण्डवों की माता नहीं शूरसेन की पुत्री है। क्या प्रयत्न करने पर वह स्मरण कर सकती है कि उससे पहले वह कौन थी? शायद ध्यान के माध्यम से यह सम्भव हो पाए; किन्तु उससे पूर्व भी तो कुछ रही होगी, कोई रही होगी। ऐसा तो कोई समय नहीं था जब वह थी ही नहीं। उसके रूप ही बदलते रहे हैं। ...यदि वह प्रयत्न करे और अपने प्रयत्न में सफल भी हो जाए, उसे स्मरण भी आ जाए कि इस जन्म से पहले वह कौन थी, तो भी क्या? वह उसका मूल स्वरूप नहीं था। मूल स्वरूप, आरम्भिक स्वरूप तो वेद बताते हैं। वह आत्मा थी और परमात्मा का अंश थी। उस आत्मा पर ही तो ये सारी स्मृतियाँ लिपटती रही हैं। परत पर चढ़ती रही है स्मृतियों की। अब जब तक लिपटी हुई वे सारी स्मृतियाँ उधेड़ नहीं दी जाएँगी, उतारी नहीं जाएँगी, तब तक आत्मा का मूल स्वरूप कैसे प्रकट हो सकता है।

जीव को बार-बार बताया जाता है कि वह शरीर नहीं, आत्मा है। पर वह अपनी स्मृतियों से मुक्त हो तो अपने वास्तविक स्वरूप को पहचाने। वह अपने शरीर के साथ अपना तादात्म्य करता है। अपने नाम और रूप को ही अपना वास्तविक स्वरूप मानने लगता है। देह के सम्बन्धँ से लोगों को अपना और पराया मानने लगता है।...,

कुन्ती भी तो अपनी उन स्मृतियों के कारण ही कर्ण को अपना पुत्र मानती है, पाण्डवों को अपना पुत्र मानती है। वह अपनी उन स्मृतियों से मुक्त हो सके तो अपने मोह से पृथक् हो। जैसे वह अपनी स्मृतियों को उधेड़ना चाहती है, वैसे ही वह कर्ण और पाण्डवों पर लपेटी गई अपनी स्मृतियों को उधेड़ सके तो वे सब भी आत्माएँ ही हैं, जो अपने-अपने कर्मों के अनुसार अपने संस्कारों में बँधे हुए, इस संसार में आए हैं और अपने नियत मार्ग पर चल रहे हैं।...तो क्यों चिंतित है, कुन्ती उनके विषय में?...

कौन है कर्ण? उसके पुत्र के रूप में जन्म लेने से पहले कौन था वह? अपना स्वरूप वह भूल चुका है। केवल अपना ही रूप स्मरण है उसे। वह स्वयं को केवल दुर्योधन का मित्र समझता है। आरम्भ से उसने दुर्योधन को अपना मित्र माना है। जो दुर्योधन का मित्र है, वह कृष्ण का मित्र कैसे हो सकता है।...और बात केवल स्मृतियों की ही तो नहीं। भविष्य के स्वप्नों की भी है। सम्भव है उसने भी दुर्योधन की छाया में एक ऐसा पापमय साम्राज्य बनाने का स्वन देखा हो, जैसा कंस ने जरासंध की छत्रछाया में बनाने का सोचा था। कंस भी तो भूल गया था कि वह आत्मा के रूप में परमात्मा का अंश है। उसे तो केवल इतना ही स्मरण रहा था कि वह जरासंध का जामाता

है। कितने यादवों की हत्या कर दी थी। अपने भाई-बांधवों को कारागार में डाल दिया था। अपने पिता तक को बन्दीगृह में बन्द कर रखा था। वसुदेव और देवकी के छह पुत्रों को मार डाला था उसने। उसकी योजना सफल हुई होती तो वह बलराम और कृष्ण का भी वध कर देता।...तो यदि कर्ण अपने स्वप्नों को साकार करने के लिए अपने भाइयों को मारने पर तुला हुआ है तो आश्चर्य की क्या बात है। वह अपने भाइयों के लिए तो युद्ध कर नहीं रहा। अपने लिए भी नहीं कर रहा। वह केवल अपने मोह के लिए युद्ध कर रहा है, या फिर अपने लोभ के लिए।

32

"अर्जुन! तुमने कौरव सेना का प्रचार सुन लिया न?" युधिष्ठिर के शान्त मुखमण्डल पर हल्की-सी उत्तेजना दिखाई पड़ रही थी।

"सुना है धर्मराज!" अर्जुन हँसा, "उन्होंने प्रचार तो क्या, आज की घटनाओं की जैसे पूर्व घोषणा ही कर दी है कि कर्ण आज के युद्ध में अर्जुन को मार गिराएगा।"

"तुम समर्थ हो, इसलिए प्रचार को मुस्करा कर सुन रहे हो; किन्तु हमारे सैनिक तो तुम्हारे समान शूरवीर नहीं हैं। उन पर कौरवों के इस प्रचार का प्रभाव शुभ नहीं है। उनका मनोबल गिर जाएगा। हारती हुई सेना के सैनिक, संघर्ष से अधिक पलायन में विश्वास करते हैं।" युधिष्ठिर बोले, "स्वयं मैं ही सजग न रहूँ तो कौरवों के इस उग्र प्रचार से भयभीत हो जाऊँ। मेरी समझ में नहीं आता कि कौरवों का सेनापति बदला है अथवा प्रचार प्रमुख। युद्ध में उतनी उग्रता नहीं आई, जितना कि उनका प्रचार उग्र हो गया है।"

"आप चिन्ता क्यों करते हैं महाराज!" भीम ने कहा, "भंगी के कोसने से सांड नहीं मरा करते। झूठे प्रचार से सेनाएँ विजय प्राप्त कर सकतीं तो अब तक सिवाय कर्ण के और किसी की सेना जीवित दिखाई नहीं देती। जो भीतर से जितना अधिक डरा होता है, वह बाहर से उतना ही उग्र दिखाई पड़ता है।"

"ठीक है।" युधिष्ठिर अर्जुन की ओर मुड़े, "हमारी सूचनाओं के अनुसार, कर्ण अपने व्यूह के द्वार पर खड़ा है। उसने एक विचित्र कवच धारण कर रखा है।..."

"पहले भी तो उसने एक अभेद्य दिव्य कवच धारण कर रखा था..." भीम बोला।

"जो कभी किसी को दिखाई नहीं दिया।" सहदेव ने भीम का वाक्य पूरा नहीं होने दिया।

"अब वह दिखाई दे ही नहीं सकता। कर्ण उसे इन्द्र को दान कर चुका है।"

"उसकी दिव्यता की रक्षा के लिए ही तो वह सदा युद्ध से भाग जाया करता था। बाण की खरौंच से उसका रूप बिगड़ सकता था भाई।" भीम हँसा।

कृष्ण मौन खड़े थे। उनके मन में आया कि एक वाक्य वे भी जोड़ दें कि यदि ऐसा कोई नैसर्गिक कवच होता तो उसकी माता को तो अवश्य ही उसकी पहचान होती। हस्तिनापुर में कर्ण को देखते ही कुन्ती बुआ पहली दृष्टि में ही पहचान लेतीं कि वह उनका ही पुत्र है। उन्हें रंगभूमि में कर्ण द्वारा अधिरथ को पिता सम्बोधित करने तक की प्रतीक्षा न करनी पड़ती।...पर कृष्ण यह सब कह नहीं सकते थे। अभी तक पाण्डव नहीं जानते थे कि कर्ण उनका सहोदर है। अभी उन्हें जानना भी नहीं चाहिए। नहीं तो कर्ण के लिए अर्जुन का वध अत्यन्त सरल हो जाएगा।...

"कर्ण का ज्येष्ठ पुत्र वृषसेन उसका पृष्ठरक्षण कर रहा है। अन्य दो पुत्र सुषेण तथा चित्रसेन उसके रथचक्रों की रक्षा कर रहे हैं। भानुसेन भी सहायता के लिए उसके निकट ही है। दुर्योधन ने किसी और को कर्ण की रक्षा के लिए नियुक्त करने के स्थान पर स्वयं यह दायित्व सँभाला है।"

"पर दुर्योधन तो स्वयं दुःशासन की छाया में चल रहा है।" भीम बोला, "वह किसी की रक्षा क्या करेगा।"

"हाँ! वह दुःशासन के पीछे नहीं है, उसने दुःशासन को अपने आगे कर रखा है।" युधिष्ठिर मुस्कराए, "वैसे भी वह मद्र और कैकेय के वीरों द्वारा सुरक्षित होकर ही चल रहा है।"

"बहुत सम्भव है कि मद्र के वीर रक्षा के स्थान पर मद्रराज शल्य की रक्षा के लिए अधिक उत्सुक हों।" कृष्ण बोले।

"धनंजय! तुम उसके व्यूह को समझ लो। आज का दिन व्यर्थ न जाए। आज कौरवों का व्यूह ही नहीं, उनका पूर्ण युद्धतन्त्र ध्वस्त होना चाहिए।" युधिष्ठिर बोले।

"आप चिन्ता न करें महाराज!" अर्जुन बोला, "इस व्यूह के नाश के लिए युद्धशास्त्र में जो उपाय बताया गया है, मैं उसका ही सम्पादन करूँगा।"

"क्या है वह?" नकुल ने पूछा।

"प्रधान सेनापति का वध होने पर ही इस व्यूह का नाश हो सकता है, इसलिए कर्ण को मरना होगा।" अर्जुन ने कहा।

"तो फिर स्वयं प्रधान सेनापति होकर इस मूर्ख ने यह व्यूह क्यों रचा है, जिसके लिए उसे ही प्राण देने होंगे?" सहदेव बोला।

"क्योंकि वह मानता है कि पाण्डवों के लिए उसका वध सम्भव नहीं है। न वह मरेगा, न यह व्यूह ध्वस्त होगा।" कृष्ण बोले।

"तो फिर इतना भयभीत क्यों है? उसका अपना सारा परिवार तो उसकी रक्षा में लगा हुआ है, उसका राजा भी अपने भाइयों और अन्य योद्धाओं से घिरकर उसकी रक्षा कर रहा है।" भीम ने चिढ़कर कहा, "सेनापति राजा की रक्षा करता है या राजा ही सेनापति की रक्षा करने के लिए स्वयं को नियुक्त कर लेता है।"

"जो भी हो।" युधिष्ठिर बोले, "अर्जुन! आज तुम कर्ण का भय तो समाप्त कर ही दो। अपने लिए जो वाहिनियाँ तुम्हें उपयोगी लगें, उन्हें तुम ले जाओ।"

"आपकी इच्छा आज पूर्ण होगी।" अर्जुन ने कृष्ण की ओर देखा, "चलें?"

कृष्ण मुस्करा कर अपने रथ की ओर बढ़ गए।

"युधिष्ठिर ने देखा कि अर्जुन का रथ कौरव सेना की अग्रिम टुकड़ियों के निकट पहुँच गया है। जिस ओर से कौरव सेना फटती जाती थी, युधिष्ठिर समझ जाते थे कि अर्जुन का रथ उसी ओर बढ़ रहा है। वह दिशा कर्ण के रथ की ओर ही थी।...पर सहसा अर्जुन का रथ मुख्य दिशा छोड़कर जैसे समरभूमि के किसी अज्ञात क्षेत्र में मुड़ गया।...

"अर्जुन किधर गए हैं, पता लगाओ।" युधिष्ठिर ने संदेशवाहक की ओर देखा।

"जी महाराज!"

युधिष्ठिर अपनी तैयारी में लगे थे।...सारी वाहिनियों की सूचनाएँ आ जाएँ तो वे कुछ आकलन कर सकेंगे कि आज युद्ध की स्थिति क्या होगी। वैसे उनकी दृष्टि अर्जुन और कर्ण के युद्ध पर ही लगी थी। यदि अर्जुन ने आज कर्ण का वध कर दिया तो निश्चित ही दुर्योधन का अंतिम अवलम्ब भी टूट कर गिर जाएगा। सम्भव है कि तब दुर्योधन का मन कुछ सोचे। यह सर्वनाशी युद्ध बन्द हो। संधि का कोई मार्ग निकल सके...

"महाराज!" संदेशवाहक ने प्रकट होकर प्रणाम किया, "राजकुमार धनंजय शत्रुओं का संहार करते हुए, कौरवों के सेनापति कर्ण की ओर बढ़ रहे थे कि मार्ग में संशप्तकों ने उन्हें चुनौती दी। वे उनकी ओर मुड़ गए और उनका वध करने लगे। अंतिम सूचनाएँ प्राप्त होने तक चौबीस सहस्र संशप्तकों ने उन पर आक्रमण कर दिया था और वे संशप्तकों के सागर में घिर गए थे।"

"घिर ही तो गए थे, डूब तो नहीं गए थे।" युधिष्ठिर ने कहा।

संदेशवाहक चला गया।

युधिष्ठिर के मन में जैसे एक खीझ जन्मी। दुर्योधन ने संशप्तकों का यह क्या गोरखधन्धा खड़ा कर दिया है। सुशर्मा के रूप में उसे जैसे अर्जुन का एक तोड़ मिल गया है। पाण्डव सेना की योजना कुछ भी हो, अर्जुन किसी से भी युद्ध करने निकले, उसे संशप्तक घेर लेते हैं। इस सारे युद्ध में वह और किसी से लड़ा ही नहीं। जब देखो, वह संशप्तकों से ही उलझा रहता है। इन्हीं संशप्तकों के कारण अभिमन्यु मारा गया...आज भी यदि अर्जुन सारा दिन संशप्तकों से ही युद्ध करता रहा तो कर्ण के लिए युद्धक्षेत्र में कोई बाधा ही नहीं रहेगी। वह पाण्डव सेनाओं का उन्मुक्त संहार करेगा।...अच्छा हो कि अर्जुन आज उनका वध कर कर्ण से लड़ने के लिए मुख्य युद्धक्षेत्र में लौट आए...

पर युधिष्ठिर यह क्यों नहीं सोचते कि उन्हें भी सुशर्मा जैसा ही कोई योद्धा खोजना चाहिए, जो कौरवों के योद्धाओं को इधर-इधर रखे और उन्हें मुख्य युद्धक्षेत्र में युद्ध करने ही न दे।...पर युधिष्ठिर ने कभी इस प्रकार के युद्ध की बात ही नहीं सोची। कृष्ण के मन में यह बात आई होती तो वे निश्चित रूप से इसे अपनी नीति में सम्मिलित कर लेते।...पर अब युधिष्ठिर और प्रतीक्षा नहीं कर सकते। उन्हें कर्ण से लड़ने वाले वीरों की सहायता के लिए स्वयं जाना चाहिए।

कर्ण ने कुछ प्रतीक्षा की किन्तु अर्जुन का रथ उसके सम्मुख प्रकट नहीं हुआ।

"शल्य!" वह बोला, "अर्जुन का यहीं अन्त हुआ समझो। वह संशप्तक योद्धाओं के समुद्र में डूब गया है।"

"कौन ऐसा वीर है, जो जल से वरुण को और समिधा से अग्नि को मार सके।" शल्य ने मुस्करा कर कर्ण की ओर देखा, "विजयाभिलाषी भीम खड़ा है, उसकी ओर चलें?"

कर्ण ने शल्य की ओर देखा : कर्ण को लगा, शल्य उसे भीम से डराने का प्रयत्न कर रहा था।

"चलो।" कर्ण बोला, "अर्जुन के आने तक उस मोटे को ही पाठ पढ़ा आते हैं।"

कर्ण का रथ बढ़ा। उसने पांचाल और चेदि सेना पर आक्रमण किया। सात्यकि को यह अवसर अपने अनुकूल लगा। वह कर्ण का सामना करने के लिए डट गया।

दुर्योधन मद्रों, कौरवों और कैकेयों को लेकर कर्ण की रक्षा के लिए आगे बढ़ा।

कर्ण को भीम के पीछे युधिष्ठिर का रथ भी दिखाई दे रहा था। उसने सात्यकि और भीम की उपेक्षा कर सीधे युधिष्ठिर को पीड़ा देने की सोची। राजा को संकट में देखकर अर्जुन स्वयं ही दौड़ा आएगा। नहीं आएगा तो और भी अच्छा है, उसका राजा बंदी हो जाएगा।

कर्ण ने अपने ही घेरे में पांचाल और चेदि सैनिक रौंद डाले। अनेक प्रभद्रकों के शव भी भूमि पर आ गिरे। धृष्टद्युम्न की पांचाल वाहिनियाँ कर्ण को घेर कर खड़ी हो गईं। कर्ण ने प्रभद्रकों को छोड़ दिया भानुदेव, चित्रसेन, सेनाबिन्दु, तपन और शूरसेन पाँच प्रमुख पांचालों को मार गिराया।

धृष्टद्युम्न का रक्त खौल उठा...यह सूतपुत्र...यही है पाण्डवों के सारे अपमान का कारण। इसी ने द्यूतसभा में धृष्टद्युम्न की भगिनी, पांचाल राजकुमारी कृष्णा के लिए वे सारे अपशब्द कहे थे।...

धृष्टद्युम्न, सात्यकि, पाँचों द्रौपदेयों, भीम, शिखंडी, नकुल तथा सहदेव ने कर्ण पर आक्रमण कर दिया।

कर्ण के पुत्र सुषेण ने भीम का ध्यान अपने पिता पर केन्द्रित देखा तो भय से काँप गया। यह भीम जाने क्या कर दे। वह कुछ भी कर सकता था। उसने द्रोणाचार्य को उनके रथ समेत उठाकर फेंक दिया था।...वह भीम को युद्ध का अवसर ही नहीं देना चाहता था। उसने तत्काल—एक प्रकार की त्वरा में, भीम का धनुष काट डाला और उसके वक्ष में एक के पश्चात् एक कर, सात बाण मारे।

सुषेण का यह दुस्साहस देखकर, भीम जैसे किसी तन्द्रा से जागा। पहली बार उसने देखा कि वहाँ कर्ण के अतिरिक्त और भी योद्धा खड़े हैं। भीम उनको योद्धा नहीं मानता। न माने, किन्तु वे तो युद्धक्षेत्र में खड़े हैं। भीम उनकी ओर ध्यान नहीं देता तो क्या वे लोग उससे युद्ध नहीं करेंगे? या उस पर प्रहार नहीं करेंगे?

भीम ने नया धनुष लेकर सुषेण के धनुष की प्रत्यंचा ही नहीं काट डाली, उसे अपने बाणों से घायल भी कर दिया। सुषेण बच्चा था तो क्या हुआ। घटोत्कच भी बच्चा था। अभिमन्यु भी बच्चा था।...

सुषेण से निबटकर उसने कर्ण पर जैसे बाणों की झड़ी लगा दी। सुषेण को निष्क्रिय देखकर कर्ण का दूसरा पुत्र भानुसेन अपने पिता की रक्षा के लिए आगे बढ़ आया। उसके आकस्मिक हस्तक्षेप से भीम तप उठा। उसने एक ही बाण से भानुसेन के प्राण हर लिए।

भीम का धनुष ऐसे बाण उगल रहा था, जैसे कोई ज्वालामुखी अग्नि उगलता है। कृतवर्मा और कृपाचार्य ने बाधा देनी चाही तो भीम ने उनके धनुष

भी काट कर उन्हें गम्भीर चोट पहुँचाई। दुर्योधन को छह लौहबाण मारे और शकुनिपुत्र उलूक को रथहीन कर दिया।

अब भीम को सुषेण का ध्यान आया। बहुत बढ़कर बाण मार रहा था न वह। उसे भी पाठ पढ़ा ही दिया जाए। भीम ने एक घातक बाण सुषेण पर छोड़ा।

कर्ण अब तक सँभल चुका था। वह भीम को केवल अखाड़े का मल्ल ही समझता रहा था। पर भीम ने अपने धनुर्धर होने का भी प्रमाण दे दिया था। यह पहला अवसर नहीं था। भीम इससे पूर्व भी अनेक बार अपने उत्तम शस्त्रयोद्धा होने का प्रमाण दे चुका था, किन्तु जाने क्यों कर्ण के मन पर उसकी और कोई छवि ठहरती ही नहीं थी।...अब और प्रमाद नहीं हो सकता था। भीम ने भानुसेन का वध कर ही दिया था। यदि उसको रोका न गया तो वह सुषेण के भी प्राण हर लेगा।...

कर्ण का क्रोध भी बढ़ रहा था और भय भी। वह भीम और अर्जुन का सामना कर सकता था, पर वह इस प्रकार अपने पुत्रों को अपनी आँखों के सामने मरते हुए नहीं देख सकता था।...उसने कुन्ती को वचन दिया था कि वह सिवाय अर्जुन के और किसी पाण्डव का वध नहीं करेगा, किन्तु यदि उसने भीम का वध नहीं किया तो भीम सुषेण का वध कर देगा। अब या तो वह अपना वचन ही बचा ले या अपने पुत्र की रक्षा कर ले।...उसे युद्ध के आरम्भ में ही सोचना चाहिए था कि युद्ध में अपने पुत्रों को मरते हुए देखकर कैसा लगता है।...क्या ऐसा नहीं हो सकता कि पाण्डव भी केवल उससे ही युद्ध करें, उसके पुत्रों को स्वयं अपने प्रतिद्वन्द्वी चुनने दें?...पर ऐसा कैसे हो सकता है। कर्ण ने भी तो अभिमन्यु और घटोत्कच के वध के समय यह सब नहीं सोचा था।...

कर्ण ने भीम का बाण बीच में ही काट दिया और उस पर बाण पर बाण चलाता चला गया।

सुषेण ने अपने पिता को भीम से सुरक्षित देखा तो नकुल के सम्भावित आक्रमण को रोकने के लिए उसकी भुजाओं और वक्ष पर पाँच बाण मारे। नकुल ने उसे देखा। अपना धनुष उधर मोड़ा और सुषेण को आहत कर दिया।

कर्ण ने पुत्र के वक्ष से रक्त बहता देखा तो उसका मन भय से काँप उठा। यद्यपि अभी सुषेण नकुल से लड़ रहा था और उसने नकुल का धनुष काटकर उसे चोट भी पहुँचाई थी; किन्तु वह नकुल जैसे अनुभवी योद्धा से पार नहीं पा सकेगा। इन लड़कों के साथ यही समस्या है, वे शत्रु पर प्रहार करते हैं तो यह नहीं सोचते कि शत्रु भी तो उन पर वार करेगा। उससे अपने बचाव की

चिन्ता नहीं करते।....यह नहीं सोचते कि उन्हें संकट में देखकर उनके पिता के मन पर क्या बीत रही होगी। वे अपने लिए नहीं, अपने पिता के लिए नए-नए मोर्चे खोलते जा रहे हैं।...

नकुल ने नया धनुष उठाया और अपने प्रबल प्रहार से सुषेण को आगे बढ़ने से रोक दिया। उसके सारथि और अश्वों को घायल कर दिया और उसके धनुष के टुकड़े कर दिए।...

तभी वृषसेन आगे बढ़ आया। उधर से सात्यकि का रथ उसके सामने आ गया। भीम, नकुल और सुषेण तीनों के ही रथ कुछ दूर हट गए थे।...पर वृषसेन कितना भी वीर क्यों न हो, वह सात्यकि की तुलना में बहुत दुर्बल पड़ रहा था। सात्यकि ने एक ही झपाटे में उसको धनुषहीन, तथा उसके सारथि और अश्वों को पंगु कर दिया था।...वृषसेन कुछ देर तक तो अपने उस अचल रथ पर किंकर्तव्यविमूढ़-सा बैठा रहा; किन्तु फिर कुछ सोचकर ढाल तलवार लेकर रथ से कूद पड़ा और सात्यकि की ओर दौड़ा।...सात्यकि असावधान नहीं था। उसने अपने वाराहकर्ण बाणों से उसकी ढाल और तलवार दोनों ही के टुकड़े कर दिए।

दुःशासन श्येन के समान झपटकर आया और वृषसेन को अपने रथ पर बैठा कर ले गया, नहीं तो वृषसेन के प्राण किसी भी प्रकार नहीं बचते।

कर्ण को लग रहा था कि वह अपने पुत्रों की चिन्ता में इस प्रकार उद्विग्न हो उठा है कि वह अपने शत्रुओं से लड़ ही नहीं पा रहा। भानुसेन मारा जा चुका था। सुषेण आहत था; किन्तु किसी प्रकार लड़ रहा था और अब यह वृषसेन...। कहाँ ले गया है उसे दुःशासन? वृषसेन अभी तक नए रथ और शस्त्रास्त्रों से सज्जित होकर लौटा क्यों नहीं? नए रथ की तो कोई समस्या ही नहीं थी। कर्ण के साथ कितने ही अतिरिक्त रथ ऐसी ही किसी स्थिति से निबटने के लिए चल रहे थे। पर वृषसेन अभी लौटा नहीं था। क्या उसे कोई गम्भीर चोट आ गई है? क्या दुःशासन उसे वैद्य के पास ले गया है? शल्यचिकित्सा की आवश्यकता तो नहीं है?...शल्यचिकित्सा..उसका मन इस शब्द पर अटक गया। शल्य उसका सारथि था और प्रातः से उसकी पर्याप्त चिकित्सा कर चुका था कर्ण। अब तो बहुत देर से उससे कर्ण की कोई भी बात नहीं हुई थी।...अर्जुन भी अभी तक कहीं दिखाई नहीं पड़ा है। सम्भवतः उसे फिर संशप्तकों ने उलझा दिया था। सुशर्मा ने इस युद्ध में अर्जुन को इतना सीमित कर दिया है कि जैसे अर्जुन पूर्णतः इस युद्ध में लड़ ही न रहा हो। उसके सम्मुख न अर्जुन की वीरता काम कर रही है, न कृष्ण की नीति—नहीं तो वे दोनों भी अब तक यहाँ आ चुके होते।...

वृषसेन दूसरे रथ में लौट आया था। उसने आते ही पूरे वेग से द्रौपदेयों, सात्यकि, भीम, सहदेव, नकुल, शतानीक, शिखंडी और युधिष्ठिर पर आक्रमण कर दिया।...एक साथ इतने लोगों से उलझने का क्या लाभ—कर्ण सोच रहा था—वह वृषसेन का आक्रोश है या उसकी अनुभवहीनता। जो कुछ भी है, इसका परिणाम अच्छा नहीं होगा।

कर्ण ने उसे संकेत किया। उसे वापस अपने स्थान पर आ जाना चाहिए था, जहाँ से वह कर्ण की पृष्ठरक्षा कर रहा था। उसके इस सारे सामर्थ्य का क्या लाभ—यदि वह उसके कारण ही मारा जाता है; अपने पिता को असुरक्षित और दुखी छोड़ जाता है।...

कर्ण ने देखा, सात्यकि ने दुःशासन को अनेक बाण मारकर घायल कर दिया था। उसके सारथि और अश्वों को हताहत कर उसे पंगु बना दिया था।...पर दुःशासन के पास तत्काल दूसरा रथ आ गया था। उसकी चिन्ता कर्ण को नहीं करनी पड़ी। उधर पक्ष से धृष्टद्युम्न आगे आ गया था और उसने सीधे कर्ण पर ही आक्रमण किया था। शायद पाण्डवों का सुनियोजित आक्रमण था। उनके अनेक महारथी निकट आते हुए दिखाई पड़ रहे थे।

धृष्टद्युम्न ने कर्ण पर बाण चलाए। अन्य लोग भी निकट घिर आए थे, किन्तु कर्ण को तो बस युधिष्ठिर ही दिखाई पड़ रहा था। यदि युधिष्ठिर उसके हाथ आए तो अन्य किसी से युद्ध करने की भी आवश्यकता नहीं है।...कर्ण ने सामने आए महारथियों को बाणों से रौंद कर युधिष्ठिर की सेना में प्रवेश किया। उसका धनुष जैसे युधिष्ठिर को लक्ष्य कर ही स्थिर हो गया था और निरन्तर बाणों की वर्षा कर रहा था।...पर पाण्डव असावधान नहीं थे। भीम, नकुल, सहदेव, शिखंडी और सात्यकि ने आकर उसे न केवल रोक दिया, एक प्रकार से आवृत्त भी कर दिया।

युधिष्ठिर अपने महारथियों की आड़ से निकलकर सामने आ गए।...उन्होंने अर्जुन को कर्ण से लड़ने के लिए भेजा था। अर्जुन मार्ग में कहीं भटक गया। वह अभी तक अपने लक्ष्य तक नहीं पहुँचा था। युधिष्ठिर और धैर्य नहीं रख सकते। वे कर्ण से लड़ने स्वयं ही आ गए थे। कब तक वे अर्जुन के भरोसे बैठे रहेंगे।

"कर्ण! बहुत लोभ है तुम्हें युद्ध का। आओ, आज मैं तुम्हारी साध पूरी कर ही दूँ।"

शान्तिप्रिय युधिष्ठिर के मुख से युद्ध की चुनौती सुनकर कर्ण को हँसी आ गई। वह युद्ध सम्बन्धी ऐसी चुनौती और युधिष्ठिर में जैसे कोई सम्बन्ध नहीं जोड़ पा रहा था।...उसने हँसकर दस वत्सदंत बाण युधिष्ठिर पर छोड़ दिए।

युधिष्ठिर का कवच वत्सदंतों को रोक नहीं सका। कवच क्षतविक्षत हो गया। और वे घायल हो गए।

युधिष्ठिर ने अपने शरीर में चुभे बाणों की ओर देखा और अपने धनुष की प्रत्यंचा खींच कर बाण कर्ण पर छोड़ दिया। युधिष्ठिर के आक्रोश सरीखा वह बाण कर्ण की बाईं पसली में जा धँसा। कर्ण के हाथ से विजय धनुष छूट गया। वह मूर्च्छित होकर गिर पड़ा।

शल्य ने कर्ण की ओर देखा। योद्धा पूर्णतः अचेत था। योद्धा को बचाने का पूर्ण दायित्व सारथि का ही था। शल्य को अपना ही यह विचार कहीं हृदय में गड़ता-सा लगा पर इस समय कर्तव्य तो करना ही था।

पाण्डव महारथियों ने जिस प्रकार कर्ण के रथ को घेर रखा था, उनसे बचकर निकलना सरल नहीं था। यह शल्य के सारथ्य की परीक्षा थी। पाण्डवों के बीच में से होकर निकलने के प्रयत्न में कहीं, उसका रथ पाण्डवों के आधिपत्य में ही न चला जाए। उससे तो अच्छा है कि वह अपने रथ को वहीं रोक कर कौरव महारथियों के रथों के आगे बढ़ने की प्रतीक्षा करे। दुर्योधन निकट ही है। वह कर्ण की रक्षा के विचार से ही तो साथ-साथ है। उसे किसी भी क्षण यहाँ उपस्थित हो जाना चाहिए; और तत्काल कर्ण के रथ को अपनी सेना की सुरक्षा में ले लेना चाहिए।

शल्य ने वल्गा खींच ली। अश्व रुक गए। शल्य ने रथ की बैठक में उपस्थित युद्ध-वैद्य की ओर देखकर आँखों के संकेत से ही कहा, 'कुछ करो।'

वैद्य ने पसली का बाण निकालने का प्रयत्न आरम्भ कर दिया था।

"कुछ हो पाएगा या रथ को लौटाऊँ?" शल्य ने कहा, "कुछ देर सँभाल लो तो रथ के लिए शायद मार्ग बन जाए।"

"बाण तो निकल जाएगा।" वैद्य ने कहा, "नाड़ी कह रही है कि औषधि की सहायता से अभी थोड़ी देर में उठ बैठेंगे।"

"ठीक है।"

शल्य ने दृष्टि उठाकर युधिष्ठिर की ओर देखा। यदि युधिष्ठिर निकट आ जाएँ तो शल्य को शस्त्र भी उठाना पड़ सकता है। अपने रथी की रक्षा तो उसे करनी ही थी, चाहे वह कर्ण ही क्यों न हो। युधिष्ठिर उस पर भी तो प्रहार कर सकते थे। ऐसा तो नहीं है कि युद्ध में सारथि मारे नहीं जाते।...और फिर युधिष्ठिर और भीम की तुलना में शल्य को अधिक भय नकुल और सहदेव से था। युधिष्ठिर तो फिर भी उसका कौरव पक्ष में जाना क्षमा कर सकते हैं, नकुल तथा सहदेव उन्हें उसके लिए कभी क्षमा नहीं करेंगे।

यदि इस समय युधिष्ठिर अपना हाथ नहीं रोकते तो कर्ण का बचना कठिन था।...पर युधिष्ठिर ने अचेत कर्ण पर प्रहार नहीं किया।...

शल्य चकित थे।...क्यों नहीं किया प्रहार युधिष्ठिर ने? कर्ण को पूर्णतः अपने वश में पाकर भी उन्होंने उसे क्यों नहीं मारा? केवल इसलिए कि अर्जुन ने कर्ण का वध करने की प्रतिज्ञा कर रखी है?...कर्ण को मरना ही तो है। यदि अर्जुन द्वारा उसका वध किए जाने से पहले युधिष्ठिर को अवसर मिल रहा है तो क्या युधिष्ठिर उसका वध नहीं करेंगे? शायद नहीं करेंगे। भीम ने भी तो कर्ण को पूर्णतः अपने वश में पाकर छोड़ दिया था। पर क्यों? कोई योद्धा ऐसा कैसे कर सकता है? ये लोग यह क्यों नहीं सोचते कि कर्ण बच गया तो वह इनकी कितनी बड़ी हानि कर सकता है।...

तभी कर्ण की चेतना लौटी। वह उठ खड़ा हुआ। वैद्य को परे धकेल उसने धनुष उठा लिया और युधिष्ठिर को अपने बाणों से ढँक दिया।

युधिष्ठिर का धनुष कट गया। कवच छिन्न-भिन्न हो गया। उनका शरीर अपने रक्त से भीग गया था। युधिष्ठिर ने दृष्टि उठाकर कर्ण की ओर देखा। ...पर दोष कर्ण का तो नहीं था। वे ही तो उसकी ओर से असावधान हो गए थे। वह अचेत ही तो हुआ था, निष्प्राण तो नहीं हो गया था। चेतना का क्या है, कभी भी लौट सकती है। योद्धा गिरता है और फिर उठकर खड़ा हो जाता है। वे कर्ण को भूल क्यों गए थे?

नहीं! वे कर्ण को भूले नहीं थे। कर्ण के गिरते ही कौरव सेना का दबाव इतना बढ़ गया था...और कहीं युधिष्ठिर को अर्जुन की प्रतीक्षा भी थी।...वे अन्य लोगों से युद्ध करने लगे थे। कर्ण उठ कर खड़ा हुआ था। कौरव चारों ओर से घिरते जा रहे थे...अर्जुन अभी तक नहीं आया था...

युधिष्ठिर ने कर्ण पर एक शक्ति चलाई। कर्ण ने उसे काट डाला। युधिष्ठिर ने एक के पश्चात् एक कर चार तोमर चला दिए। तोमरों ने कर्ण के शरीर को पुनः घायल कर दिया। उसके शरीर से पुनः रक्त बहने लगा था। कर्ण को जैसे किसी आवेश ने जकड़ लिया। उसने भल्लों की मार से युधिष्ठिर के रथ की ध्वजा काट डाली। तीन बाणों से उसको आहत किया। रथ में सामने बँधे दोनों तूणीर काट डाले। और रथ के भी टुकड़े कर दिए। युधिष्ठिर को कष्ट में देखकर उसे एक विचित्र प्रकार का सुख मिलता था।...

युधिष्ठिर के प्राणों पर संकट देखकर पाण्डव सेनाएँ घिर आईं। सात्यकि और शिखंडी के साथ भीम, नकुल तथा सहदेव कर्ण के बहुत निकट आ गए थे। कर्ण का युधिष्ठिर विषयक क्रोध जैसे सात्यकि की ओर मुड़ गया। उसने सात्यकि के रथ के घोड़े मार दिए, उसके सारथी का वध कर डाला। सात्यकि ने कर्ण पर शक्ति का प्रहार किया; किन्तु कर्ण ने शक्ति को मार्ग में ही काट डाला। उसने युधिष्ठिर पर पुनः प्रहार किया।

इस बीच युधिष्ठिर के लिए नया रथ आ गया था। युधिष्ठिर स्वयं रथ में बैठने में समर्थ नहीं रह गए थे। उनको रथारूढ़ कराया गया। युधिष्ठिर रथ में लेट गए। उनके लिए बैठना सम्भव नहीं था। युद्ध तो क्या करते। रथ में उपस्थित वैद्य उनका रक्तस्राव बंद करने का प्रयत्न कर रहा था।

"राजन्! मेरा प्रस्ताव है कि रथ शिविर की ओर ही चले।" वैद्य बोला, "इस स्थिति में आप युद्ध नहीं कर पाएँगे। रक्त का स्राव रुक तो जाएगा; किन्तु युद्ध से रक्त पुनः स्रवित होने लगेगा। आज के लिए तो आप युद्ध स्थगित ही कर दें।"

युधिष्ठिर ने दृष्टि उठाकर चारों ओर देखने का प्रयत्न किया।

"अर्जुन कहाँ है?"

"अभी तो कहीं दिखाई नहीं पड़ रहे।" सारथि बोला।

युधिष्ठिर का मन खिन्न हो उठा।...जाने अर्जुन के लिए कर्ण से भी महत्त्वपूर्ण कौन हो गया है। कृष्ण भी तो उसके साथ हैं—क्या कर रहे हैं, ये लोग?

"तो चलो। युद्ध से कुछ दूर ले चलो। अभी अपने सैन्य निवेश की ओर जाने की आवश्यकता नहीं है।" युधिष्ठिर धीरे से बोले।

कर्ण ने युधिष्ठिर का रथ पीछे मुड़ते देखा तो वह उनका पीछा करने का लोभ संवरण नहीं कर सका। यदि दुर्योधन, दुःशासन, कृतवर्मा और अश्वत्थामा थोड़ी देर भीम को रोके रखें तो कर्ण युधिष्ठिर को जीवित पकड़ सकता है। वह कुछ ही क्षणों में दुर्योधन का जीवन भर का स्वप्न पूरा कर सकता है।...

"शल्य! युधिष्ठिर का पीछा करो।"

शल्य ने रथ तो मोड़ दिया किन्तु साथ ही चकित दृष्टि से कर्ण की ओर देखा ...क्या इच्छा है इसकी? यह आहत होकर गिर गया था तो युधिष्ठिर ने तो उसे और हानि पहुँचाने का कोई प्रयत्न नहीं किया।...

"रथ उसके एकदम निकट ले चलो।" कर्ण बोला, "मैं बलपूर्वक युधिष्ठिर को बंदी करूँगा।"

"युधिष्ठिर को हाथ मत लगाना।" शल्य के मुख से अनायास ही निकल गया। वह तत्काल सचेत भी हो गया। उसके आक्रोश का यह आकस्मिक विस्फोट कैसे हो गया। कुछ सँभलकर उसने कहा, "युधिष्ठिर का रोष ही तुम्हें भस्म कर देगा।"

कर्ण ने शल्य की बात पर विशेष ध्यान नहीं दिया, किन्तु कुन्ती की क्रोधमयी मुद्रा उसकी आँखों के सामने घूम गई।...उसने वचन दिया था कुन्ती को कि वह सिवाय अर्जुन के और किसी पाण्डव का वध नहीं करेगा। अब यदि उसने अपना वचन तोड़ा तो...

उसके हाथ तो जैसे किसी अदृश्य शक्ति ने जकड़ लिए, किन्तु उसकी जिह्वा उन्मुक्त हो गई।

"युधिष्ठिर! क्षत्रिय युद्ध से भागते नहीं। तुम क्षत्रिय धर्म में निपुण नहीं हो...।"

युधिष्ठिर ने तो कोई उत्तर नहीं दिया किन्तु शल्य की इच्छा हुई कि वह वे सारे प्रसंग गिना दे, जिनमें स्वयं कर्ण रणभूमि से भाग गया था और शायद उनमें से एक भी अवसर ऐसा नहीं था, जिसमें कर्ण युधिष्ठिर के समान इतना घायल हुआ हो।...

"तुम ब्रह्मबल, स्वाध्याय और यज्ञकर्म में ही निपुण हो।" कर्ण ने कहा, "अतः न युद्ध किया करो, न वीरों के सामने आया करो। अपने घर जाओ या वहाँ जाओ, जहाँ कृष्ण और अर्जुन हैं। कर्ण समरांगण में तुम्हारा वध नहीं करेगा।"

कर्ण ने कह तो दिया; किन्तु तत्काल ही जैसे वह डर गया। यदि दुर्योधन को इसकी सूचना मिलेगी तो वह क्या कहेगा? पहले भी नकुल को छोड़ने के कारण वह उससे रुष्ट हो चुका है।...इस बार तो उसने युधिष्ठिर को छोड़ दिया है।...पर वह कह सकता है कि वह तो युधिष्ठिर को जीवित पकड़ने का प्रयत्न कर रहा था। बस वह हाथ में आता-आता ही फिसल गया।...

यदि वह युधिष्ठिर को पकड़ लेता है तो वह स्वयं को दुर्योधन और कुन्ती दोनों के ही प्रति निष्ठावान सिद्ध कर सकता है। उसने कुन्ती को यही वचन तो दिया था कि वह चार पाण्डवों का वध नहीं करेगा। उसने यह तो नहीं कहा था कि वह उसको बंदी भी नहीं करेगा।...कर्ण का मस्तिष्क कभी-कभी फटने लगता था। इन दो स्त्रियों ने उसे विक्षिप्त कर रखा था।...कुन्ती की मूर्ति सामने आती है तो वह कुछ और हो जाता है। वह कुन्ती के पुत्रों को कष्ट देना नहीं चाहता था; किन्तु जब द्रौपदी की छवि उसके सामने उभरती थी तो उसके मन में जैसे रौरव की अग्नि प्रज्वलित हो उठती थी। वह इन पाण्डवों के प्राण ले लेना चाहता था। इन्होंने ही द्रौपदी को उससे छीन लिया था। वह द्रौपदी से भी रुष्ट था। उसने उसे अपने स्वयंवर में सम्मिलित होने नहीं दिया था, किन्तु इन लोगों ने उसे अपनी पत्नी बना लिया था, बिना स्वयंवर में भाग लिए, बिना द्रौपदी को जय किए। क्या विडम्बना थी कि उसने भावुकता के उन क्षणों में कुन्ती को वचन दे दिया कि वह इनका वध नहीं करेगा...

युधिष्ठिर के मन में खीझ जन्मी।...इस व्यक्ति को कोई क्या कहे, जो बोलने से पहले कुछ भी सोचता नहीं है। अपने व्यवहार पर तो कभी उसकी दृष्टि जाती ही नहीं है। युद्धों से भागने का जिसने इतिहास रचा हो, वह दूसरों

पर कटाक्ष कर रहा है।...अभी थोड़ी देर पहले जो उनके बाण से विद्ध हो अचेत पड़ा था, वह कर्ण तो वीर हो गया; और जिस युधिष्ठिर ने उसे असमर्थ जानकर उस पर प्रहार करना उचित नहीं समझा, वह क्षत्रिय समझे जाने योग्य भी नहीं रह गया।

युधिष्ठिर का शरीर आहत था; किन्तु उससे अधिक उनका मन खिन्न था।...कर्ण के बाणों और वाग्बाणों की तो वे क्या कहें, उन्हें व्यथित करने के लिए तो उनके अपने भाई अर्जुन का व्यवहार ही पर्याप्त था। अर्जुन कहाँ रह गया? वे तो उसकी प्रतिज्ञा पूरी करने के लिए असमर्थ कर्ण को भी जीवित छोड़ देते हैं और अर्जुन का कहीं पता ही नहीं है। वह समय से नियुक्त स्थान पर पहुँचता क्यों नहीं। शेष सब लोग आ गए, एक वही नहीं आया, जिसका कर्ण से युद्ध करने के लिए चयन किया गया था।...वह कर्ण से भयभीत है क्या? या वह कर्ण से लड़ना नहीं चाहता?...

पर युधिष्ठिर ऐसा कुछ भी नहीं सोच सकते। कृष्ण सारथ्य कर रहे हैं अर्जुन का। वे अर्जुन को कर्ण से भागने नहीं देंगे। उन पर संदेह नहीं किया जा सकता। कृष्ण पर संदेह करना, धर्म पर संदेह करना है, ईश्वर पर संदेह करना है।...तो फिर अर्जुन के न आने का कारण?

पर फिर भी युधिष्ठिर लज्जित थे। कर्ण उनका पीछा कर रहा था, उन पर कटाक्ष कर रहा था, उनकी वीरता को ललकार रहा था और वे रुककर उस पर बाण संधान नहीं कर सकते थे। वे उसके सामने पड़कर अपनी दुर्दशा करवाना नहीं चाहते थे।...नकुल और सहदेव अपने पाण्डव, चेदि और पांचाल सैनिकों के साथ उनके पीछे आ रहे थे कदाचित् उनकी रक्षा के लिए ही। भीम, सात्यकि और धृष्टद्युम्न ने भी देख लिया था कि युधिष्ठिर आहत थे, युद्ध में असमर्थ थे और कर्ण उनका पीछा कर रहा था। उन्होंने भी अपने रथ मोड़ दिए। इस समय युधिष्ठिर के प्राणों की रक्षा ही उनका प्रमुख कर्तव्य था।

कर्ण ने कुछ देर तो पीछा किया; किन्तु उसका मस्तिष्क दूसरी ओर चल पड़ा। युधिष्ठिर का पीछा करते हुए उनके शिविर तक जाने का उसका लक्ष्य नहीं था। उसका कोई लाभ नहीं था। युधिष्ठिर का वध वह करना नहीं चाहता था और उसे बंदी वह कर नहीं पाएगा।...उधर उसकी अनुपस्थिति में कहीं कौरव सेना का सत्यानाश ही न हो जाए। उसे अपनी सेना में लौट जाना चाहिए था, नहीं तो आगे भागते हुए युधिष्ठिर, नकुल तथा सहदेव और पीछे से आते हुए भीम, सात्यकि और धृष्टद्युम्न के मध्य फँस जाएगा। वह अपने प्राणों की चिन्ता न भी करे, किन्तु अपने पृष्ठ तथा चक्ररक्षक पुत्रों को वह इस प्रकार यमराज को समर्पित नहीं कर सकता था। यह युद्ध नीति नहीं थी।...

"शल्य! सेना में वापस लौटो।" उसने कहा।

युधिष्ठिर ने देखा कि कर्ण अब उनके पीछे नहीं आ रहा; किन्तु उनके अपने रथ का वेग भी शिथिल होता जा रहा है।

"क्या हुआ?" उन्होंने सारथि से पूछा, "गति इतनी मंथर क्यों है?"

"महाराज! घोड़े बहुत थक गए हैं।"

"पर यह रथ तो अभी ही आया है रणभूमि में।"

"रथ तो अभी ही आया है महाराज! किन्तु इन अश्वों को कल से तनिक भी विश्राम नहीं मिला है।"

"ओह!" वे बोले, "यह तो अत्याचार है। इन्हें विश्राम करने दो।"

रथ रुक गया। युधिष्ठिर ने श्रुतकीर्ति के रथ पर आरूढ़ होकर देखा : भीम, सात्यकि और धृष्टद्युम्न उसकी रक्षा के लिए आ रहे थे और सामने कर्ण उनकी सेना को ध्वस्त किए दे रहा था।

युधिष्ठिर अपना आवेश रोक नहीं सके, "मेरे पीछे क्यों आ रहे हो। इन शत्रुओं को मारो।"

भीम का रथ सबसे पहले रुका। उसके साथ ही सात्यकि और धृष्टद्युम्न के रथ भी रुक गए। वे कौरवों पर टूट पड़े। भीम इस समय बहुत ही उग्र हो रहा था। युधिष्ठिर के शरीर से बहता रक्त जैसे उसके अपने हृदय से रक्त टपका रहा था। शकुनि ने भीम को रोकने का प्रयत्न किया; किन्तु वह उसके लिए सम्भव नहीं था। कर्ण की दृष्टि उधर गई। युद्ध का परिदृश्य जैसे एकदम बदल गया था। थोड़ी देर पहले तक युधिष्ठिर भाग रहे थे और इस समय दुर्योधन और उसके सैनिक भाग रहे थे। भीम का सामना करने का साहस कोई नहीं कर रहा था। उसने शल्य को संकेत किया, "भीम के सामने चलो।"

भीम ने कर्ण का रथ अपनी ओर आता देखा तो वह सात्यकि और धृष्टद्युम्न से बोला, "तुम लोग राजा युधिष्ठिर की रक्षा करो। वे अभी-अभी प्राणों के संकट से मुक्त हुए हैं। कर्ण को मैं देखता हूँ। आज या तो मैं ही कर्ण को मारूँगा या वह ही मुझे मार डाले। मैं कब तक उसे अर्जुन के लिए जीवित छोड़ सकता हूँ। अर्जुन उसका शत्रु होने के स्थान पर एक प्रकार से उसका रक्षक ही हो गया है। जाओ। राजा तुम्हारी धरोहर हैं।"

शल्य ने कर्ण की ओर देखा, "भीम असाधारण रूप से क्रुद्ध दिखाई दे रहा है। इतना क्रुद्ध तो वह घटोत्कच और अभिमन्यु के मरने पर भी नहीं हुआ था।"

"तुम शायद मुझे डराने के लिए यह सब कह रहे हो। पर अच्छा है कि वह क्रोध में है।" कर्ण बोला, "क्रोध में ही मनुष्य असावधान हो जाता है।

उसे भी उन्माद में लड़ने दो। मैं भीम का वध कर दूँगा तो अर्जुन मुझसे लड़ने अवश्य आएगा।"

"तुम भीम का वध कर दो।" शल्य हँस पड़ा, "अर्जुन अवश्य आएगा।"

शल्य की हँसी कर्ण के हृदय में घाव कर गई। स्पष्टतः शल्य उसका विद्रूप बना रहा था। उसने आँखें तरेरीं, "तुम चलो तो।"

कर्ण को बहुत दूर तक नहीं जाना पड़ा। भीम स्वयं ही उस पर आक्रमण करने के लिए आ पहुँचा था।

कर्ण ने पहला बाण ही भीम के वक्ष में मारा। भीम कुछ असावधान हुआ तो कर्ण ने उसका धनुष काट दिया। भीम ने दूसरा धनुष उठा लिया और उसने कर्ण के मर्मस्थल पर प्रहार किया। दोनों ओर से भयंकर बाण चल रहे थे। भीम पर्याप्त घायल हो चुका था। उसका सारा शरीर रक्त से भीग उठा था। भीम ने क्रोध से अपने दाँत पीसे और कर्ण के वध का संकल्प कर एक भयंकर बाण अपने धनुष पर चढ़ा कर छोड़ दिया। भीम के बाण ने कर्ण को ऐसे चीर डाला जैसे वज्र पर्वत को विदीर्ण करता है। कर्ण अचेत होकर रथ में जा गिरा। उसका सारा शरीर रक्त से भीग गया था। वह ऐसा निःस्पंद हो गया था, जैसे उसके प्राण ही निकल गए हों।

शल्य ने रथ वैद्य की ओर देखा : वैद्य कर्ण की नाड़ी पकड़े बैठा था।

शल्य की समझ में कुछ नहीं आ रहा था। भीम सिर पर आ पहुँचा था और कर्ण की रक्षा के लिए कोई कौरव योद्धा निकट भी नहीं फटका था। उसके पृष्ठरक्षक और चक्ररक्षक भी पाण्डवों की सेना के बीच फँस गए थे। दुर्योधन तो आसपास दिखाई भी नहीं दे रहा था। शल्य शस्त्र उठाएँगे तो रथ कौन सँभालेगा...

"भीमसेन!" सहसा शल्य ने कहा, "यदि तुम कर्ण का वध कर दोगे, तो अर्जुन की प्रतिज्ञा कैसे पूरी होगी?"

भीम झल्ला उठा, "अर्जुन की प्रतिज्ञा कर्ण का वध करने के लिए है, उसकी जीवन रथा की आश्वस्ति नहीं है।"

"पर अर्जुन अपनी प्रतिज्ञा पूरी नहीं कर पाया तो उसके प्राण कैसे बचेंगे?" शल्य ने कहा, "उसके बिना तुम सारे भाई जीवित रह लोगे? अर्जुन की मृत्यु का समाचार सुनकर पांचाली अपने प्राण धारण कर पाएगी क्या?"

भीम का वेग जैसे कम हो गया। उसके चेहरे पर असमंजस उभरा और उसका हाथ निष्क्रिय हो गया।

"मैं कर्ण का वध नहीं करूँगा।" वह बोला, "यह कर्ण अपने शस्त्रों से तो कुछ कर नहीं पाता; किन्तु अपनी जिह्वा से सबको अपमानित करता फिरता

है। इसने इसी जिह्वा से धर्मराज को अपमानित किया। इसी से पांचाली को अकथनीय कहा। मैं इसकी जिह्वा काटकर इसे जीवित छोड़ देता हूँ ताकि अर्जुन अपनी प्रतिज्ञा पूरी कर ले।"

"पर भीम! तुमने जिह्वा काट ली तो यह रक्तस्राव से ही मर जाएगा। अर्जुन की प्रतिज्ञा तो तब भी पूरी नहीं होगी। इससे तो अच्छा है कि तुम इसका कंठ ही काट दो।" शल्य ने कहा।

भीम स्तब्ध खड़ा रह गया। ठीक कह रहे थे शल्य! रक्तस्राव से वह मर ही जाएगा। उसकी नाड़ी पकड़े बैठा वैद्य भी उसकी रक्षा नहीं कर पाएगा। अपनी प्रतिज्ञा पूरी करने के लिए, अर्जुन किसी शव का वध तो नहीं कर सकता।...

"आपने इसकी रक्षा कर ली।" अन्ततः भीम बोला, "ले जाइए इसे समरभूमि से कहीं दूर।"

भीम के सामने से शल्य रथ निकालकर ले गया। भीम का मन क्रोध से जल रहा था। कैसी विवशता थी कि अपने भाई की एक प्रतिज्ञा के कारण, वह अपने सबसे बड़े शत्रु का वध भी नहीं कर सकता था। वह, जो मृतप्राय था, भीम के हाथ से जीवित बचकर निकल गया था। अभी उसकी चिकित्सा होगी और उसके तन में फिर से प्राण फूँक दिए जाएँगे। वह पुनः लौट आएगा और उन लोगों को न केवल क्षत-विक्षत करेगा, वरन् अपमानित करने से भी पीछे नहीं हटेगा।...अपने इस क्रोध का क्या करे भीम?

कर्ण को समरभूमि से हटते देखकर दुर्योधन के अनेक भाई मिलकर भीम पर टूट पड़े। भीम ने देखा, कितने ही पहचानने में आ रहे थे : श्रुतर्वा, दुर्धर, क्रथक, विवित्सु, विकट, सम, निषंगी, कवची, पाशी, नन्द, उपनन्द, दुष्प्रधर्ष, सुबाहु, वातवेग, सवर्चा, धनुर्ग्राह, दुर्भद, जलसंध, शल, सह...। उन्होंने भीम पर आक्रमण किया था। उनका यह आक्रमण भीम के लिए जैसे वरदान सिद्ध हो रहा था। उसका क्रोध एक लक्ष्य पाकर प्रसन्न हो गया था।

भीम ने सबसे पहले विवित्सु को मारा। उसके पश्चात् विकट और सम आए।...भीम के एक-एक बाण पर जैसे वे मर रहे थे, उससे भीम को लग रहा था कि वे युद्ध नहीं कर रहे थे, युद्ध का नाटक कर रहे थे। सूत्रधार की इच्छा पर जैसे युद्ध का स्वांग कर एक-एक कर गिरते जा रहे थे।...क्रथक भी मारा गया। नन्द और उपनन्द एक साथ आए और निमिष भर के अन्तराल में वे दोनों भी धराशायी हो गए...

सहसा भीम ने देखा, वे किसी अदृश्य संकेत के अधीन युद्ध छोड़कर भाग रहे थे।...वे भय से भाग रहे थे? शायद हाँ! पर शायद नहीं! कर्ण का रथ लौट रहा था...

कर्ण का रथ भीम की अपेक्षा से बहुत जल्दी लौट आया था। लगता था, कर्ण के वैद्य के पास भी कोई बहुत प्रभावशाली विशल्यकारिणी औषधि थी। वैसी ही, जैसी पितामह ने दुर्योधन को दी थी। सम्भव है कि कर्ण पर भी उसी औषधि का प्रयोग किया गया हो। नहीं तो इतनी शीघ्र कर्ण उठ नहीं सकता था। यदि पाण्डवों के वैद्यों के पास भी ऐसी ही कोई औषधि होती तो धर्मराज को समरभूमि से दूर जाने की आवश्यकता नहीं होती।

कर्ण लौट आया था। और बहुत आवेश में था। आज के युद्ध में वह दो-दो बार अचेत हुआ था। युधिष्ठिर और भीम–दोनों ने ही उसकी अचेतावस्था में उस पर प्रहार नहीं किया था।...कर्ण निश्चय नहीं कर पा रहा था कि वह अपने प्राण बचने के उपलक्ष्य में इसे अपना सौभाग्य माने अथवा उनकी उपेक्षा को अपना अपमान मानकर उनसे प्रतिशोध ले?...कितनी ही बार उसके मन में एक और विचार आ-आकर लौट जा रहा था–कहीं वे यह जान तो नहीं गए कि वह उनका सहोदर है?...नहीं! यदि वे यह जान गए होते तो वे उससे युद्ध ही नहीं करते। चाहे दुर्योधन से पराजित होते, चाहे अपना राज्य गँवाते, किन्तु वे अपने भाई से युद्ध नहीं करते।...

तो फिर क्यों वह उनके पीछे पड़ा हुआ है?...कर्ण के एक मन ने उससे पूछा...अपने इस मन को देखकर कर्ण भय से काँप उठता था। जाने यह मन उससे क्या कराना चाहता था। उससे बचने का तो एक ही मार्ग था कि इस मन की बात सुनी ही न जाए...

कर्ण भीम से भिड़ गया। कर्ण चाहे पाण्डवों का वध न करे, किन्तु वह उनको स्वयं से श्रेष्ठ योद्धा कभी नहीं मानेगा। वह उनको कर्ण के विजेता का यश कभी नहीं पाने देगा।

उसने भीम को बाण चलाने का अवसर ही नहीं दिया। बाणों की ऐसी झड़ी लगा दी कि पहले भीम का शरीर घायल हुआ और फिर उसका धनुष भी कट गया। भीम ने दूसरा धनुष उठाने के स्थान पर एक परिध उठाकर कर्ण पर दे मारा। कर्ण ने अपने बाणों से परिध के टुकड़े कर दिए। इस बीच भीम ने दूसरा धनुष उठा लिया था और कर्ण को बाणों से आच्छादित कर दिया था।...उस भयंकर युद्ध की स्थिति में भी कर्ण के मन में यह प्रश्न आए बिना नहीं रह सका कि वह मल्ल यदि इतना अच्छा धनुर्धर भी है तो कोई उसका नाम धनुर्धरों में क्यों नहीं गिनता। वह तो केवल अपने शारीरिक बल से और गदाधर के रूप में ही जाना जाता है। शायद मनुष्य का अपना ही एक गुण दूसरे से ईर्ष्या कर उसे आच्छादित कर लेता है।...

कर्ण ने बिना रुके असंख्य बाण चलाए; और जब भीम पर दृष्टि डाली तो पाया कि वह उसके बाणों से क्षत-विक्षत हो चुका था। उसका शरीर गेरू से रंगे पर्वत के समान उसके अपने रक्त से भीगा हुआ था; किन्तु उसके चेहरे पर ऐसा कोई भाव नहीं था, जिसको देखकर कोई समझ सके कि उसके शरीर पर एक खरोंच भी आई है। उसके चेहरे का संकल्प देखकर कोई भी भयभीत हो सकता था। और अगले ही क्षण भीम ने जो बाण चलाया, उससे उसके चेहरे के संकल्प का स्वरूप स्पष्ट हुआ। वह बाण कर्ण के कवच को भेद कर धरती में समा गया।

वेदना से कर्ण का शरीर काँपने लगा।...उसे लगा कि उसे अपने मन में उठे प्रश्न का उत्तर मिल गया है।...भीम में कर्ण अथवा अर्जुन के समान बाण संचालन की स्फूर्ति नहीं थी; किन्तु उसका प्रहार उन दोनों से भी अधिक तीव्र होता था। उसके बाण संख्या में अधिक होते थे, किन्तु भीम के बाण उसके बाणों से प्रबल होते थे।...

कर्ण ने भीम को पच्चीस नाराच मारे। भीम के रथ के अश्व मार दिए और उसके सारथि को भी घायल कर दिया। भीम गदा लेकर रथ से कूद पड़ा। कर्ण का रथ उससे पर्याप्त दूरी पर था। गदा के माध्यम से वह उस तक नहीं पहुँच सकता था। कर्ण की तुलना में शकुनि की गज सेना उसके अधिक निकट थी। उसने उन्हीं का संहार आरम्भ किया। भीम के गदा के प्रहार से पीड़ित युद्धक गज भाग चले। उनकी अनियमित उच्छृंखल भागदौड़ से रथों के अश्व डर गए और अनेक रथ उलट गए। कौरव सेना के अपने ही गज और रथ जैसे एक-दूसरे से भिड़ गए। शकुनि ने अपनी सेना की यह दुर्दशा देखी तो भीम को रोकने के लिए, उसने अपनी अश्वारोही सेना को आगे आने का आदेश दिया।

उस समय तक भीम के मस्तिष्क ने जैसे काम करना बंद कर दिया था। वह न कुछ देख पा रहा था और न ही कुछ सुन रहा था। वह एक कुशल यंत्र के समान गदा को चला रहा था। सामने आने वाला कोई भी जीव, कोई भी पदार्थ उससे टकराकर चूर्ण हो जाता था। कौरव सेना के घबराए हुए गजों और असंयत ढंग से दौड़ते हुए दिशाहीन रथों से बचकर जो अश्वारोही भीम तक पहुँचे, वे उसकी गदा के झंझावात से आहत होकर या तो बिछ गए, या उड़ गए।

तब तक भीम के लिए नया रथ लेकर सात्यकि आ पहुँचा। सात्यकि उसके पृष्ठरक्षक की स्थिति में पहुँच गया तो उन दोनों ने मिलकर कर्ण पर आक्रमण किया। कर्ण जैसे उन दोनों के बीच घिर गया था। वह एक की ओर ध्यान देता तो दूसरे के बाण उसे सताने लगते थे। वह समझ नहीं पा रहा था कि वह स्वयं

उतना कुशल योद्धा नहीं था, या फिर यह शल्य ही कुशल सारथ्य नहीं कर रहा था कि कर्ण को इन दो योद्धाओं से ही निबटने में कठिनाई हो रही थी।

कर्ण को कठिनाई में देखकर कौरव योद्धा कुछ सँभले। शकुनि, कृतवर्मा, अश्वत्थामा तथा कृपाचार्य के आ जाने से कर्ण की विपत्ति कुछ टल-सी गई। उन सबको पाण्डवों का सामना करते देखकर कौरव सैनिक भी लौट आए और अपने स्थान पर जम गए।...

33

अश्वत्थामा को पहले युधिष्ठिर का ध्वज दिखाई दिया और फिर निकट जाने पर रथ ही प्रकट हो गया।...'तो वह अभी जीवित है।' उसने सोचा।

उसे सूचना मिली थी कि कर्ण ने युधिष्ठिर को इतना पीड़ित किया है कि युधिष्ठिर समरभूमि छोड़कर भाग गए हैं। उसने तो मान ही लिया था कि वे या तो प्राण त्याग चुके होंगे या फिर इतने घायल हो चुके होंगे कि उन्होंने भी भीष्म के समान शैया पकड़ ली होगी। किन्तु ये तो पुनः समरभूमि में दिखाई पड़ रहे हैं। द्रौपदी के पाँचों पुत्र और सात्यकि उनकी रक्षा कर रहे थे।

और सहसा अश्वत्थामा को स्मरण हो आया कि यह वही युधिाष्ठिर है, जिसे उसके पिता ने सत्यवादी माना और उसके कथन पर विश्वास कर अपने पुत्र की मृत्यु की बात सत्य मान ली। उन्होंने शस्त्र त्याग दिए और धृष्टद्युम्न ने उनका मस्तक काट लिया। यदि युधिष्ठिर ने इस प्रकार अर्द्धसत्य न बोला होता तो उसके पिता का वध सम्भव नहीं था।...इसी युधिष्ठिर के षड्यंत्र से उसके पिता का वध सम्भव हो सका।...

अश्वत्थामा को लगा कि वह प्रसन्न है कि अभी युधिष्ठिर की मृत्यु नहीं हुई है और अभी वह समरभूमि में आने और धनुष पकड़ने में सक्षम है। नहीं तो अश्वत्थामा को यह क्लेश ही रह जाता कि उसने अपने पिता के हत्यारों से प्रतिशोध नहीं लिया। युधिष्ठिर को कर्ण के हाथों नहीं, अश्वत्थामा के हाथों मरना चाहिए। युधिष्ठिर के प्राणों पर कर्ण से अधिक अधिकार है अश्वत्थामा का।

अश्वत्थामा ने अपने बाणों को दिव्यास्त्रों से अभिमंत्रित किया।...वह युधिष्ठिर से द्वैरथ युद्ध भी कर सकता था; किन्तु उससे शायद युधिष्ठिर को कुछ अधिक श्वास मिल जाए। उसे तत्काल मरना चाहिए था। वह दिव्यास्त्रों से ही सम्भव होगा। उसका ही नहीं उसकी रक्षा करने वाले द्रौपदेयों और इस सात्यकि का भी।...

अश्वत्थामा को लगा, उसके मन में बहुत कटुता है। युधिष्ठिर ने अर्द्धसत्य बोल कर उसके पिता को मरवाया था। यह सात्यकि क्यों आया पाण्डवों को बचाने? जब यादवों में से कोई नहीं आया युद्ध करने, तो यह ही क्यों आ गया। इसे ही पाण्डव इतने प्यारे क्यों हैं। बहुत अच्छा है, इसने पाण्डवों की रक्षा की तो यह भी मरे।...और ये पाँचों द्रौपदेय...ये पाँचों ही द्रौपदी के पुत्र हैं। बहुत प्रिय हैं ये धृष्टद्युम्न को। उसके भागिनेय जो हैं। इनकी मृत्यु होगी तो कितना रोएगी द्रौपदी! कितना तड़पेगा धृष्टद्युम्न! हवन कुण्ड में से जन्म लिया है इन दोनों ने—अश्वत्थामा के पिता द्रोण के वध के लिए। तो अपने इन पाँचों पुत्रों को युद्ध के हवनकुंड में जलते हुए देखे द्रौपदी।...ये सब अश्वत्थामा के क्रोध रूपी अग्निकुंड की समिधाएँ हैं। उसी में जलकर मरें।...दिव्यास्त्र ही ठीक है इनके लिए। अश्वत्थामा आज बाणों के छकड़े के छकड़े अपने साथ लेकर चला है, तो उनका उपयोग भी तो होना ही चाहिए।...

अश्वत्थामा ने युधिष्ठिर को अवरुद्ध कर दिया। सात्यकि घायल हो गया। उसको अश्वत्थामा ने अवसर ही नहीं दिया कि वह कुछ विशेष कर सके। अश्वत्थामा के दिव्यास्त्र से छूटे बाण जैसे आकाश भर रहे थे। बाणों की उस आँधी के सामने कोई पराक्रम करना सम्भव नहीं था। उसकी स्फूर्ति देखकर युधिष्ठिर चकित रह गए थे। पर यह अवसर चकित खड़े रहने का नहीं था। आज कर्ण ही कम नहीं था, यदि अश्वत्थामा की इस उग्रता को नहीं रोका गया तो विनाश कर देंगे।

युधिष्ठिर ने अपने प्राणों का मोह छोड़कर अश्वत्थामा पर आक्रमण किया। उधर अश्वत्थामा ने श्रुतिकीर्ति का धनुष काट दिया। युधिष्ठिर के धनुष की भी प्रत्यंचा अश्वत्थामा ने काट दी। युधिष्ठिर ने तत्काल दूसरा धनुष लेकर अश्वत्थामा को बींध डाला। इससे सात्यकि को अवसर मिल गया। उसने अर्द्धचन्द्राकार से अश्वत्थामा का धनुष काट दिया।

अश्वत्थामा पहले तो कुछ हतप्रभ हुआ और फिर अधिक उग्र हो उठा। उसने एक शक्ति चलाकर सात्यकि के सारथि को मारकर रथ से नीचे गिरा दिया। दूसरा धनुष उठाकर सात्यकि को शरों से आच्छादित कर दिया। सात्यकि के अश्व अनियंत्रित होकर इधर-उधर दौड़ने लगे थे। जिस वल्गा से उनका सम्पर्क सारथि से बना हुआ था, उसके हट जाने से जैसे सारथि का नियंत्रण ही नहीं, उसका आश्रय भी समाप्त हो गया था और अश्वों को अपनी स्थिति का ठीक-ठीक पता नहीं चल रहा था। उनकी समझ में नहीं आ रहा था कि अब वे पहले से अधिक सुरक्षित हैं, अथवा यह उनके लिए संकट का अवसर था।

सात्यकि का संकट देखकर युधिष्ठिर समझ गए कि इस समय सात्यकि उनको सहायता देने के स्थान पर उनकी सहायता पाने का अधिकारी है। उन्होंने पूरे वेग से अश्वत्थामा पर बाण चलाए और बोले, "गुरुपुत्र! हम जानते हैं कि तुम युद्ध में पराक्रमी, महाबली, अस्त्रवेत्ता और वीर हो। पर मुझे लगता है कि तुम धृष्टद्युम्न से कतराते हो। यदि तुम अपना बल धृष्टद्युम्न पर दिखा सको, तो हम तुम्हारे सामर्थ्य को सम्मान दे सकते हैं। मैं जानता हूँ कि धृष्टद्युम्न जब तुम्हें पीड़ित करने लगता है तो तुम उसे समझाने लगते हो कि तुम ब्राह्मण हो और ब्राह्मण को मारने से उसे ब्रह्महत्या का पाप लगेगा। तुम्हारा कवच हो जाता है, तुम्हारा स्वयं को ब्राह्मण कहना, जबकि न तो तुम्हारा स्वभाव ब्राह्मणों का सा है, और न ही तुम्हारे कर्म ब्राह्मणों जैसे हैं। क्षत्रिय तो तुम हो ही नहीं सकते। न तुम ब्राह्मण हो न क्षत्रिय। देखो, मैं तुम्हारे देखते-देखते कौरवों को जीतूँगा। आओ, समर में पराक्रम प्रकट करो, स्वधर्मभ्रष्ट ब्राह्मण।"

अश्वत्थामा चकित रह गया। युधिष्ठिर कभी इतला कटु नहीं बोलते थे। यह आज युधिष्ठिर को क्या हो गया है। वे अपने बाणों से भी अधिक अपनी वाणी से प्रहार कर रहे थे। यह अश्वत्थामा को क्षुब्ध करने का प्रयत्न था, अथवा यह उनके अपने मन का क्लेश था।...अश्वत्थामा अपने मन की कटुता को तो जानता था, किन्तु वह यह नहीं जानता था कि पाण्डवों के मन में उसके लिए कितनी कटुता है।...

अश्वत्थामा के मन में जैसे प्रलयाग्नि धधक उठी। युधिष्ठिर ने उसे ब्राह्मण न माना होता और क्षत्रिय कहा होता, तो भी उसे कष्ट न होता, किन्तु युधिष्ठिर उसे स्वधर्मभ्रष्ट बता रहे हैं।...स्वधर्मभ्रष्ट...हाँ! यदि वह अपने पिता का प्रतिशोध नहीं लेगा तो वह स्वधर्मभ्रष्ट ही तो कहलाएगा।...उसके मन में जैसे क्रूरता की कोई कृत्या जाग उठी। वह युधिष्ठिर को बताएगा कि वह कैसा ब्राह्मण और कैसा क्षत्रिय है। ऐसी ज्वाला धधकाएगा वह इस रण क्षेत्र में कि ये पांचाल और पाण्डव समूल नष्ट हो जाएँगे।

अश्वत्थामा ने युधिष्ठिर की वाणी के उत्तर में बाणों की वर्षा आरम्भ कर दी। युधिष्ठिर को कुछ नए घाव लगे। उनके पिछले घाव भी जैसे फिर से जाग उठे थे। उन्हें अपने वैद्यों से उपचार कराने का समय ही नहीं मिला था। अब अश्वत्थामा की इस बाणवर्षा के सम्मुख उनका यह क्षतविक्षत शरीर तो नहीं ठहर सकेगा। इस क्रूर से मरने से अच्छा है कि वे युद्ध से पीछे हट जाएँ। यह उन्हीं द्रोणाचार्य का पुत्र है, जिन्होंने अपने प्रति श्रद्धा से भरे बालक एकलव्य का अंगूठा कटवा लिया था, जिन्होंने द्रुपद जैसे सम्राट को रस्सियों से बाँध मँगवाया था और उनका आधा राज्य छीन लिया था। युधिष्ठिर इस समय इससे युद्ध करने की स्थिति में नहीं थे।...

"सारथे! शिविर की ओर चलो।" उन्होंने आदेश दिया।

युधिष्ठिर का रथ भागता जा रहा था। सहसा, उन्हें विचार आया...वे घायल हैं, यह ठीक है। वे अश्वत्थामा से लड़ने की स्थिति में नहीं थे, यह भी सत्य है। किन्तु राजा के हट जाने से उनकी उस विशाल सेना के मनोबल का क्या होगा। वे इस प्रकार अपने शिविर में जाकर शैया पर लेट तो नहीं सकते। जैसे भी हो, अपनी सेना की सुधि तो लेनी ही होगी। अर्जुन जाने कहाँ है। उसका कोई समाचार भी नहीं आया है।...वैसे भी उनके हटते ही अश्वत्थामा का उत्साह भी समाप्त हो गया होगा। वह तो केवल युधिष्ठिर के कारण ही वहाँ आया था। किसी और को मारकर उसकी प्रतिहिंसा संतुष्ट नहीं हो सकती। वे उसका सामना नहीं कर सकते तो उसे उलझाए तो रख सकते हैं। उसके दिव्यास्त्रों से अभिमंत्रित बाणों को नष्ट करने के लिए तो उसे उकसा सकते हैं।

"सारथे! लौटो।"

सारथि ने रथ मोड़ दिया। युधिष्ठिर अपने स्थान पर लौट आए। अश्वत्थामा वहाँ नहीं था। इस समय कर्ण पांचालों का नाश करने के लिए जी जान से जुटा हुआ था।...पता नहीं अर्जुन कहाँ है।...

युधिष्ठिर ने कर्ण पर आक्रमण किया। कदाचित् उनके पीछे हटने का समाचार पाकर ही धृष्टद्युम्न वहाँ आ गया था। पाँचों द्रौपदेय भी वहीं थे। उन्होंने कर्ण को प्रायः घेर ही लिया था। शिखंडी, सहदेव, नकुल, उसका पुत्र शतानीक और सात्यकि आकर सम्मुख खड़े हो गए थे। वे लोग अपने प्रधान सेनापति धृष्टद्युम्न और राजा युधिष्ठिर—दोनों की ही रक्षा करने के लिए डट गए थे।

सात्यकि को धृष्टद्युम्न की सहायता करते देखकर युधिष्ठिर का मन जैसे विह्वल हो जाता है। द्रोणवध के पश्चात् जब उन दोनों का झगड़ा हुआ था तो युधिष्ठिर बहुत चिंतित हो उठे थे। वे बाहरी आक्रमण से उतना नहीं डरते, जितना भीतरी द्वेष से। भीतरी द्वेष सेना की क्षमता को पूर्णतः खोखला कर देता है। यदि सात्यकि और धृष्टद्युम्न एक-दूसरे के शत्रु हो जाते तो पाण्डव यह युद्ध किसी भी स्थिति में नहीं जीत सकते थे।...पर नहीं। ईश्वर की उन पर कृपा ही रही कि उनके सारे शत्रु, कौरवों की ओर ही थे। धृष्टद्युम्न और सात्यकि ने अपना वैमनस्य भुला दिया था। यह उनके चरित्र का औदात्य ही था।...अच्छा हुआ कि शल्य भी दुर्योधन की ओर ही चले गए, अन्यथा उन्हें अपने पक्ष में रखकर, अपना सर्वनाश किए बिना, उनकी अपेक्षाओं को पूरा करना कठिन ही होता।

संशप्तकों ने अर्जुन को घेर रखा था। सुशर्मा की त्रिगर्त सेनाएँ तो अपने पूरे बल से लड़ रही थीं, अर्जुन को आश्चर्य नारायणी सेना के गोपों पर हो रहा

था। वे द्वारका की नारायणी सेना के सैनिक थे। वे कृष्ण और बलराम द्वारा प्रशिक्षित किए गए थे और उन्होंने उन्हीं के नेतृत्व में युद्ध भी किए थे। उनके मन में संशप्तकों के समान ही अर्जुन के विरुद्ध इतनी कटुता क्यों है? वे देख रहे हैं कि उनके सामने जो रथ है, उसके सारथि स्वयं श्रीकृष्ण हैं—फिर वे कैसे इतने दुर्धर्ष होकर युद्ध कर रहे हैं? क्या श्रीकृष्ण की उपस्थिति का उन पर कोई प्रभाव नहीं पड़ता? नहीं पड़ता होगा, तभी तो दुर्योधन ने उनको चुना है, संशप्तकों के साथ मिलकर श्रीकृष्ण और अर्जुन के विरुद्ध युद्ध करने के लिए। पर यह स्वाभाविक नहीं था। इसका कोई न कोई कारण होना चाहिए।...क्या वे पहले से ही कृष्ण के विरोधी हो चुके थे? इसलिए कृष्ण ने उन्हें दुर्योधन को सौंप दिया था? या दुर्योधन को सौंप देने के कारण वे उनसे रुष्ट थे?...

पर नहीं। ये कृष्ण के साथ नंदगाँव और वृन्दावन में खेलने वाले गोप नहीं थे। यह तो उनकी अगली पीढ़ी थी, यादवों की अगली पीढ़ी के ही समान। वे लोग वृन्दावन के धर्ममय वातावरण में नहीं पले थे, न ही वे शत्रुओं से अपनी रक्षा के लिए संगठित हुए थे। वे द्वारका जैसे समृद्ध राज्य के सर्वसुख भोगी सैनिक थे। वे नहीं जानते होंगे कि धर्म, सत्य और न्याय के लिए लड़ना क्या होता है। उन्हें कृष्ण के धर्म से क्या लेना-देना था। वे तो अपने बल से संसार जीत लेने के इच्छुक थे। सम्भव है, उनके मन में इस युद्ध से पहले ही कृष्ण के धर्म का विरोध पल रहा हो। यदि कृष्ण उन्हें दुर्योधन को न सौंप देते तो सम्भव है कि द्वारका में ही उनके कारण कोई गृहयुद्ध अथवा विप्लव हो गया होता। कोई नहीं जानता कि उन्हें दुर्योधन को सौंपते हुए, कृष्ण के मन में क्या था। कोई नहीं जान पाता कि कृष्ण के मन में कब क्या होता है। उस अथाह सागर में डुबकी लगाने का साहस अर्जुन भी नहीं कर पाता।...

संशप्तकों की ओर से एक प्रबल धावा हुआ। उनका लक्ष्य अर्जुन का मस्तक ही था। रथ पर मानो बाणों की वर्षा हो रही थी।

अर्जुन ने कृष्ण की ओर देखा। कृष्ण ने उसका संकेत समझकर रथ को संशप्तकों की रथ सेना में ले जाकर सुशर्मा के सम्मुख खड़ा कर दिया। सुशर्मा ने अर्जुन को अपने सम्मुख देखा तो उसका रक्त उसकी धमनियों में जम गया। वह अर्जुन को खोज अवश्य रहा था; किन्तु इस प्रकार अकस्मात् उसको अपने सम्मुख खड़ा देखने के लिए तैयार नहीं था।...

वह अपनी स्तब्धावस्था से उबरा और उसने अर्जुन पर अन्धाधुन्ध बाण चलाए, अर्जुन को घायल किया और कृष्ण की दाहिनी भुजा में तीन बाण मारे।...यदि कहीं यह कृष्ण रथ चलाने में असमर्थ हो जाए तो अर्जुन की आधी शक्ति समाप्त हो जाएगी।

अर्जुन ने गाण्डीव उठाया तो उसने देखा कि संशप्तकों का आक्रमण उनकी योजना के दूसरे दौर में पहुँच गया था। वे सहस्त्रों की संख्या में उसके चारों ओर से घिर आए थे। उनमें से अनेक रथ के चक्रों से लिपट गए थे। कुछ साहस कर और आगे आ गए थे और उन्होंने रथ के ईषादण्ड को थाम लिया था। अर्जुन उनकी ओर देख ही रहा था कि उसने अनुभव किया कि रथ की गति धीमी हो जाने के कारण उनमें से अनेक रथ की विभिन्न दिशाओं से उसके रथ में प्रवेश कर गए थे। उन्होंने अर्जुन को पीछे से थाम लिया था। कुछ उनकी भुजाओं से लटक गए थे। वैसे ही वे कृष्ण की भुजाओं से अटक गए थे। वे तो ऐसे आए थे जैसे खेत पर टिड्डी दल उभरता है। आज इस युद्ध का सतरहवाँ दिन था, पर आज तक किसी योद्धा को इस प्रकार लिपटकर असमर्थ बनाकर उसे बंदी करने की इस युक्ति का प्रयोग नहीं किया गया था। वह निश्चित रूप से संशप्तकों का आत्मघाती दल था, जो अश्वों के खुरों के नीचे कुचला जाकर और रथचक्रों के नीचे पिसकर भी अपना लक्ष्य प्राप्त करना चाहता था। शस्त्रयुद्ध से अधिक मल्लयुद्ध की प्रक्रिया थी। किसी एक योद्धा से इतनी अधिक संख्या में सैनिक लिपट जाएँ कि वह शस्त्र परिचालन में असमर्थ हो जाए; और फिर उस पर प्रबल शस्त्र प्रहार किया जाए। इसमें सैनिकों के प्राण भी जा सकते हैं। किन्तु सौ दो सौ सैनिकों की बलि देकर यदि कृष्ण और अर्जुन पर विजय प्राप्त की जा सके तो किसी भी सेना के लिए यह सौदा महँगा नहीं था। सम्भवतः इसी योजना के लिए दुर्योधन अथवा सुशर्मा ने नारायणी सेना के इन गोपों को चुना था। उनकी रुचि मल्लयुद्ध में अधिक थी। वे शरीर से बलिष्ठ भी थे और मल्लयुद्ध सीखा भी कृष्ण की परम्परा में था। कृष्ण के सैनिकों को कृष्ण के ही रथ के नीचे कुचलवाकर कृष्ण को बन्दी करने की यह योजना तो सचमुच अद्भुद थी।...किन्तु वे इसमें सफल नहीं हो पाएँगे।...

कृष्ण ने अपनी भुजाओं को झटका। अपनी कुहनियों और घुटनों का भी प्रयोग किया। वल्गा भी कुछ विचित्र संकेत करती हुई हिली और अश्वों का स्तम्भन ही नहीं टूटा, उनका संशय भी समाप्त हो गया। संशप्तक सैनिक पटापट रथ से नीचे गिरने लगे, जैसे वृक्ष से पके फल टपकते हैं। जो अश्व इस विचित्र विधि से पकड़े जाकर किंकर्तव्यविमूढ़ हो रहे थे, वे समझने लगे थे कि उन्हें क्या करना है। वे उन सैनिकों को धकेल रहे थे, झटक रहे थे, रौंद रहे थे और उनकी गति आगे की ओर न होकर वृत्ताकार हो गई थी। उन्हें कहीं पहुँचना नहीं था, उन्हें रथबन्ध को तोड़ना था; और उसमें रथी और सारथि के साथ अश्व भी योद्धा बन गए थे।

अर्जुन ने कुपित होकर रथ पर चढ़े सैनिकों को धक्के मारकर नीचे गिरा दिया; और निकट से वार करने वाले विशिष्ट बाणों से रथ के साथ घिर आए संशप्तकों को भूमि पर बिछा दिया। रथ के अति निकट आए इन सैनिकों के पास ही वे ऐसी स्थिति में रथ और रथी से युद्ध करने के लिए प्रशिक्षित थे। संशप्तकों के पास पलायन के अतिरिक्त दूसरा कोई मार्ग नहीं था।

रथबन्ध की अपनी योजना को इस प्रकार असफल होते देखकर सुशर्मा का मन जैसे फुँक गया।...अर्जुन हो या भीम, ये लोग उसकी कोई योजना सफल नहीं होने देते।

उसने अपने सहायकों को लेकर अर्जुन पर प्रबल आक्रमण किया। अर्जुन को सुशर्मा के इस प्रकार के आकस्मिक आक्रमण की आशा नहीं थी। उसके शरीर पर अनेक घाव लगे। अर्जुन व्यथित होकर रथ के पिछले भाग में बैठ गया।

सुशर्मा का उत्साह जैसे आकाश को छूने लगा। उसके इस आक्रमण का फल उसकी अपेक्षा को भी पार कर गया था।

"अर्जुन मारा गया।" उसने चिल्लाकर कहा।

समरभूमि के उस खण्ड में जैसे सारे सैनिक एक स्वर में चिल्ला रहे थे, "अर्जुन मारे गए।"

कृष्ण ने दृष्टि घुमाकर पीछे की ओर देखा। वैद्य ने अर्जुन की नाड़ी पकड़ रखी थी और वह उनको कोई औषधि सुँघा रहा था। अर्जुन अचेत नहीं लग रहा था। अगले ही क्षण अर्जुन उठकर खड़ा हो गया और उसने हाथ बढ़ाकर गाण्डीव उठा लिया।

अर्जुन ने ऐन्द्रास्त्र का प्रयोग किया। सहस्रों बाण एक साथ ही प्रकट हुए और संशप्तक सैनिकों के स्वर उनके कण्ठ में ही जम गए। जिस अर्जुन को वे मृत घोषित कर रहे थे, वह न केवल रथ में अपने स्थान पर खड़ा था, वरन् उसके बाण संशप्तकों का काल बनकर आ रहे थे। उनके पैर उखड़ गए। सुशर्मा अपने सहायकों को पुकार रहा था और अपने सैनिकों को नई घेराबन्दी के लिए लौट आने के लिए कह रहा था।

अर्जुन सेना के मध्य संशप्तकों का नाश कर रहा था; किन्तु उसका मन जानता था कि साधारण सैनिकों को इस प्रकार मारते रहना उसका अपनी ऊर्जा का अपव्यय करना ही था।

"जनार्दन!" उसने कहा, "संशप्तक सेना के पाँव उखड़ गए हैं। वे अपने-अपने दल के साथ भाग रहे हैं। मैं देख पा रहा हूँ कि दूर सृंजयों की सेना इस महासमर में विदीर्ण हो रही है। वहीं मुझे कर्ण के रथ की ध्वजा दिखाई दे

रही है। लगता है हमारे महारथी उसे रोक नहीं पा रहे हैं। वहीं चलिए, जहाँ कर्ण हमारी सेना को खदेड़ रहा है।"

कृष्ण ने तत्काल कोई उत्तर नहीं दिया और न ही अश्वों को कर्ण के रथ की दिशा में मोड़ा। उन्होंने पहले सृंजयों की ओर देखा और फिर दुर्योधन की कौरव सेना पर दृष्टि डाली। उनके मन में जैसे कोई योजना उभरी। उन्होंने रथ दुर्योधन की ओर मोड़ा, "तुम शीघ्र कौरव सेना का विनाश कर डालो। इस समय उसका कोई रक्षक नहीं है।"

अर्जुन के मन में एक क्षण के लिए आया भी...शायद कृष्ण नहीं चाहते कि अभी वह कर्ण से भिड़े। क्या वे उसे कर्ण से दुर्बल मानते हैं? यों वे उसकी क्षमता को कम न मानकर भी किसी प्रकार का कोई संकट नहीं उठाना चाहते, किसी बात को भी संयोग पर नहीं छोड़ना चाहते; और चाहते हैं कि कर्ण पूर्णतः थक ले। किन्तु इस प्रकार कर्ण ही तो नहीं थकेगा, अर्जुन का शरीर भी तो शिथिल होगा। उसकी ऊर्जा का भी तो अपव्यय होगा...

पर उसका रथ कौरव सेना में कुछ इस प्रकार प्रवेश कर गया था, जैसे राजमार्ग पर चलता हुआ रथ किसी खेत में घुसकर पौधों को रौंदले लगे। सैनिकों में भगदड़ मच गई थी।

दुर्योधन ने अर्जुन को कौरव सेना में घुसा हुआ देखा, तो उसके मन में कर्ण और सुशर्मा दोनों के ही प्रति क्रोध जागा। पता नहीं ये दोनों मिलकर भी अर्जुन को रोक क्यों नहीं पाते हैं। सुशर्मा ने शपथपूर्वक युद्ध आरम्भ किया है किन्तु अभी तक अर्जुन जीवित है। कर्ण ने कितनी ही बार प्रतिज्ञा की है। आज तो वह अर्जुन के वध तक कवच न उतारने की शपथ लेकर निकला है, पर कोई लाभ नहीं। दोनों ने ही उसे खुला छोड़ रखा है। वह किसी भी दिशा में चला जाए और कौरव सैनिकों को गाजर मूली के समान काटता रहे।

दुर्योधन ने अपना रथ सुशर्मा के पास रोका, "तुम्हारी शपथ का क्या हुआ सुशर्मा! त्रिगर्त अपने वचन पर पूरे नहीं उतर पा रहे हैं। अर्जुन न केवल जीवित है, वह हमारी सेना में उच्छृंखल सांड के समान विचर रहा है। उसे नाथो।"

सुशर्मा कुछ क्षेंपा, "हमने उसे घेरा था राजन्। एक प्रकार से मैंने तो उसका वध ही कर दिया था।..."

"हाँ! तुमने तो उसका वध कर दिया था, वही अभागा मरने को प्रस्तुत नहीं था। अब देखो उसका शव युद्ध करता ही जा रहा है और हमारे सैनिक शवों में परिणत होते जा रहे हैं।"

"वह टिककर युद्ध नहीं करता। हम उसे घेरते रहते हैं और वह हमें छोड़कर किसी भी अन्य दिशा में भाग जाता है।" सुशर्मा बोला, "यह कोई क्षत्रियों की विधि है।"

"नहीं! क्षत्रियों की विधि तो है कि तुम उसे घेरो और वह घिर जाए। तुम उसे मारो और वह मर जाए।"

"राजन्!"

"ठीक है। अब जाओ और उसे घेरो।" दुर्योधन बोला, "उसकी गति रुद्ध रहनी चाहिए। वह तुम्हारे घेरे से बाहर न जाए। अपने मनमाने स्थान पर न पहुँच पाए। जहाँ अश्वत्थामा और कर्ण पाण्डवों की सेना का संहार कर रहे हों, वहाँ अपनी सेना की सहायता के लिए अर्जुन का पहुँचना सम्भव न हो।"

सुशर्मा ने खीझ कर अपने संशप्तकों के साथ अर्जुन को पुनः घेरा।

"पार्थ! दुर्योधन चाहता है कि ये त्रिगर्त मरते रहें और तुम उनको मारने में व्यस्त रहो। तुम थकते रहो और दुर्योधन की सेना सुरक्षित रहे। अन्ततः कर्ण तुम पर आक्रमण करे और प्रबल सिद्ध हो।" कृष्ण बोले।

"समझता हूँ केशव।"

"यदि हम उसके षड्यंत्र में आ गए तो तुम अपने भाइयों की कोई सहायता नहीं कर पाओगे, इसलिए चलते रहो। रुकना नहीं है।"

रथ के आगे लहरों के समान संशप्तकों के रेले आते रहे और अर्जुन के बाणों से कटते रहे। अर्जुन कहीं रुका ही नहीं। न ही सुशर्मा कोई सुविधाजनक युक्ति निकालकर उसके सम्मुख आया। कांबोज सेनाएँ अर्जुन को रोकने के लिए आगे आईं और उनका नेतृत्व करता हुआ कांबोज नरेश का भाई मारा गया।

अश्वत्थामा ने अर्जुन को इस प्रकार कौरव सेना को रौंदते देखा तो वह उसका सामना करने के लिए आ गया। उसने सुना था कि युधिष्ठिर द्वारा अर्द्धसत्य बोले जाने को कृष्ण ने न्यायसंगत ठहराया था। कृष्ण उसे नीति मानता था—दाक्ष्य! शायद संजय ने बताया था। हाँ! संजय ने ही कहा था कि कृष्ण ने युद्ध के आरम्भ में ही अर्जुन को अपनी नीति समझाई थी। उसने कहा था कि शौर्य, तेज, संकल्प और दाक्ष्य क्षत्रिय के स्वभावजन्य गुण हैं। तो कृष्ण उन्हें दाक्ष्य सिखाता है। जब तक इस कृष्ण का ही वध नहीं होगा, पाण्डवों का प्रताप शान्त नहीं होगा।

लगता था कि अश्वत्थामा के मन और शरीर में समय-समय पर ऊर्जा का विस्फोट होता था। उसने बाणों की ऐसी भयानक वर्षा की कि कृष्ण घायल हो गए और अर्जुन निश्चेष्ट हो गया।

"अर्जुन!" कृष्ण बोले, "विचित्र व्यवहार है तुम्हारा। मैंने तुम्हारा विश्वास कर अपने शस्त्र त्यागे और तुम मेरी रक्षा न कर अपने गुरुपुत्र के प्रति स्नेह प्रदर्शित कर रहे हो। तुम चाहोगे कि मैं मारा जाऊँ और यह अश्वत्थामा जीवित

ही नहीं रहे, युद्ध विजेता भी कहलाए। गुरुदक्षिणा देने का कोई और मार्ग नहीं है तुम्हारे पास। तुम्हारे इस गुरुदक्षिणा के यज्ञ में मेरी बलि अनिवार्य है क्या?"

"नहीं ऐसा तो नहीं है गोबिन्द!"

"तो फिर यह प्रमाद का समय नहीं है।"

अर्जुन जैसे किसी मूर्च्छा से जागा। उसने अश्वत्थामा का धनुष काट दिया। उसके ध्वज, छत्र, पताका, खड्ग, शक्ति और गदा के भी टुकड़े-टुकड़े कर दिए और अन्त में वत्सदंत बाण से अश्वत्थामा की हँसली पर गहरी चोट पहुँचाई।

अश्वत्थामा अपने ध्वजदंड का सहारा ही खोजता रहा और मूर्च्छित होकर गिर पड़ा। सारथि ने उसकी स्थिति देखी और वह रथ को समरभूमि से दूर हटा ले गया।

अर्जुन ने चारों ओर अपनी दृष्टि दौड़ाई। पाण्डव सैनिक भागते हुए दिखाई पड़ रहे थे और धर्मराज का ध्वज कहीं भी दिखाई नहीं दे रहा था। कहाँ होंगे वे? दिन का एक तिहाई भाग ही शेष रह गया था और आज कोई विशेष उपलब्धि नहीं हुई थी। कोई महत्त्वपूर्ण महारथी उससे युद्ध करने भी नहीं आ रहा था, जैसे अर्जुन समरभूमि में हो ही नहीं।...यह सब क्या है। संशप्तकों ने उसे ऐसा घेर रखा है कि अन्य लोगों के विषय में वह कुछ जान ही नहीं पाता।

"केशव! चलिए जहाँ धर्मराज हैं। एक बार अपने भाइयों सहित धर्मराज को देख लूँ तो पुनः युद्ध आरम्भ करूँ।" अर्जुन ने कहा।

"हाँ धर्मराज दिखाई तो नहीं पड़ रहे हैं।" कृष्ण ने कहा, "शायद वे किसी और क्षेत्र में युद्ध कर रहे हों।"

"तो वहीं चलिए।" अर्जुन के स्वर में आग्रह था।

कृष्ण ने रथ को मोड़ा अवश्य किन्तु उसकी गति तीव्र नहीं की।

"क्या बात है गोविन्द?"

"अर्जुन! धर्मराज सम्बन्धी तुम्हारी चिन्ता को मैं समझता हूँ, किन्तु मुझे पाण्डव सेनाएँ समरभूमि से पलायन करती लग रही हैं। यह शुभ लक्षण नहीं है। कोई महारथी उनकी सहायता के लिए भी नहीं आ रहा है। तुम्हें इसकी उपेक्षा नहीं करनी चाहिए।"

अर्जुन की दृष्टि उस ओर गई। उसकी उपस्थिति में पाण्डव सेना पलायन करे, यह तो सर्वथा अपमानजनक है। कृष्ण ठीक कह रहे हैं, किन्तु युधिष्ठिर...

"धर्मराज के कुशल क्षेम की सूचना मिल जाती तो...।"

"मुझे लगता है कि आज भी तुमको कर्तव्य से अधिक मोह ने जकड़ रखा है।" कृष्ण मुस्कराए, "धर्मराज जैसे हैं, वैसे ही रहेंगे। तुम उनका समाचार

जानने के लिए, समरभूमि छोड़ दोगे और तुम्हारे सहस्त्रों सैनिक मारे जाएँगे।" वे एक क्षण के लिए रुके, "मुझे लगता है कि अश्वत्थामा युद्ध में लौट आया है। तुम उसके सामने अपने असहाय सैनिकों को परोसकर स्वयं अपने भाई के स्वास्थ्य की सूचना पाने के लिए युद्धक्षेत्र से हट जाना चाहते हो?"

"मेरे अतिरिक्त भी तो अनेक योद्धा हैं, पाण्डवों की सेना में।" अर्जुन कुछ खीझ कर बोला।

"यहाँ किसी को नियुक्त कर दो और फिर चलो धर्मराज की खोज में।" कृष्ण मुस्कराए।

"चलिए पहले अश्वत्थामा को ही निबटा लें।"

उनका रथ उस दिशा में कुछ दूरी तक बढ़ गया तो दृश्य स्पष्ट हो गया। अश्वत्थामा यहाँ धृष्टद्युम्न से उलझा हुआ था। धृष्टद्युम्न का धनुष कट चुका था और हाथ में खड्ग लेकर वह अश्वत्थामा के सम्मुख असहाय-सा खड़ा था। कुछ दूरी पर सात्यकि, युधामन्यु और पाँचों द्रौपदेय भी थे, किन्तु उन सबको अकेले कर्ण ने रोक रखा था।

अश्वत्थामा ने धृष्टद्युम्न को कई बाण मारे। लगा कि उसकी ढाल और तलवार भी कट जाएगी, किन्तु धृष्टद्युम्न अपने स्थान पर खड़ा था और किसी प्रकार स्वयं को अश्वत्थामा के बाणों से बचाने का प्रयत्न कर रहा था।

अश्वत्थामा की दृष्टि अर्जुन के रथ पर पड़ी और वह समझ गया कि यदि कुछ पलों की भी देर हुई तो अर्जुन निकट आ जाएगा और तब धृष्टद्युम्न का वध सम्भव नहीं हो पाएगा।...अपने हाथों में आए, धृष्टद्युम्न के जीवित बच जाने की सम्भावना मात्र से अश्वत्थामा जैसे विक्षिप्त हो उठा। उसने अपना धनुष फेंक दिया और खड्ग लेकर धृष्टद्युम्न की ओर दौड़ा।

कृष्ण ने रथ की गति बढ़ा दी।

"धृष्टद्युम्न के वध के लिए अश्वत्थामा कैसा भयानक प्रयत्न कर रहा है। वह उसका वध कर भी सकता है। देखो उसने धृष्टद्युम्न के केश वैसे ही पकड़ लिए हैं और उन्हें खींच भी रहा है, जैसे धृष्टद्युम्न ने द्रोण के केश पकड़े और खींचे होंगे। मुझे लगता है कि वह हमारे पहुँचने से पहले ही उसका वध कर देना चाहता है।"

"पशु है यह अश्वत्थामा! अपने पिता के वध से विक्षिप्त हो रहा है।" अर्जुन बोला, "आचार्य की मृत्यु का मुझे भी बहुत दुख है, किन्तु प्रतिशोध के लिए कोई इस प्रकार तो अपने विवेक को तिलांजलि नहीं दे देता।"

अर्जुन ने अश्वत्थामा पर बाण चलाये। उसके शरीर में अनेक बाण धँस गए। अश्वत्थामा समझ गया, यदि उसने धृष्टद्युम्न को नहीं छोड़ा तो अर्जुन या

तो उसका वध कर देगा, या फिर भूरिश्रवा के समान उसकी भी भुजा काटकर धरती को भेंट कर देगा।...उसकी समझ में आ गया था कि उसने अपने आवेश में रथ का त्याग कर भूल की थी। रथ में वह कहीं अधिक सुरक्षित था। हाथ में खड्ग लेकर वह रथारोही अर्जुन का सामना करने की कल्पना भी नहीं कर सकता था। अब या तो वह धृष्टद्युम्न को छोड़ दे, अन्यथा अपने प्राण गँवाए।

अश्वत्थामा भागकर अपने रथ में जा चढ़ा।

अर्जुन ने कृतज्ञतापूर्वक कृष्ण की ओर देखा : कृष्ण ने उसे धर्मराज की ओर जाने से न रोका होता तो आज धृष्टद्युम्न अपने प्राणों से हाथ धो चुका होता।

अश्वत्थामा अपने रथ में से देख रहा था कि सहदेव जैसे अवसर की ही प्रतीक्षा में बैठा था। उसने तत्काल धृष्टद्युम्न को अपने रथ में बैठाया और उसे सुरक्षित निकाल ले गया। अश्वत्थामा का रक्त फिर से उफनने लगा था। अर्जुन ने आज अश्वत्थामा के पिता ही नहीं अपने गुरु के हत्यारे को जीवित बचा लिया था। अर्जुन के मन में क्यों वैसा आक्रोश नहीं है जैसा अश्वत्थामा के मन में है। वह अपने गुरु के हत्यारे का मित्र कैसे हो सकता है?

अश्वत्थामा ने कृष्ण और अर्जुन पर बाण चलाने आरम्भ किए। उसने दोनों को ही घायल कर दिया था। उनके शरीर से बहते रक्त को देखकर अश्वत्थामा को एक प्रकार के सुख का अनुभव हो रहा था। ऐसा ही रक्त प्रत्येक पाण्डव योद्धा के शरीर से बहना चाहिए।

कृष्ण को घायल देखकर अर्जुन का आवेश भी जागा। यह उसी की शिथिलता है कि उसकी रक्षा में होते हुए भी श्रीकृष्ण को इस प्रकार अपना रक्त बहाना पड़ता है। अर्जुन ने अश्वत्थामा पर नराचों की वर्षा कर दी। अश्वत्थामा को उसकी क्रूरता का फल मिलना ही चाहिए।...

अर्जुन का एक भयानक नाराच अश्वत्थामा के कंधे पर लगा। उसका हाथ शिथिल हो गया। फिर उसे लगा कि उसका मन शिथिल होता जा रहा है। उसके लिए अपने पैरों पर खड़े रहना भी कठिन हो गया। वह मूर्च्छित होकर गिर पड़ा।

कर्ण ने अश्वत्थामा की यह गति देखी तो वह अर्जुन को रोकने के लिए उसकी ओर आया। दूसरी ओर से संशप्तकों के साथ सुशर्मा भी प्रकट हो गया।

अश्वत्थामा का सारथि अवसर देखकर उसे हटा ले गया।

"केशव! इन संशप्तकों की ओर ले चलें। यह प्रधान कार्य है, इसे समाप्त कर ही दूँ।" अर्जुन बोला "या फिर कर्ण से निबट लें।"

पर कृष्ण का ध्यान उन लोगों की ओर नहीं था। बोले, "धर्मराज युधिष्ठिर का वध करने के लिए दुर्योधन उनका पीछा कर रहा है। पांचाल धर्मराज की रक्षा

कर रहे हैं। दुर्योधन के पदातिक सैनिक धर्मराज को बंदी करने का अभियान चला रहे हैं। सात्यकि और भीम उनकी ओर चले गए हैं। पर कौरव सैनिक जिस प्रकार शंख बजाते और जयघोष करते हुए आगे बढ़ रहे हैं, उससे लगता है कि या तो दुर्योधन के अधीन होकर युधिष्ठिर बंदी हो गए हैं, या फिर वे मृत्यु को प्राप्त हो गए हैं। कर्ण भी हमारी ओर आने के स्थान पर उधर ही मुड़ गया है। व्यूह भी ऐसा ही दिख रहा है कि कर्ण ने युधिष्ठिर की सेनाओं की गति रोक दी है। कर्ण धर्मराज को पीड़ित कर सकता है। इन दिनों युधिष्ठिर को उपवास नहीं करना चाहिए था। वे उससे बहुत दुर्बल हो गए हैं। वे ब्रह्मबल में स्थिर होकर युद्ध कर रहे हैं और क्षत्रियबल प्रकट करने में असमर्थ हैं। मुझे लगता है कि उनके प्राण संकट में हैं।"

"कदाचित् युधिष्ठिर जीवित नहीं हैं।" अर्जुन बोला, "नहीं तो कौरवों के इस शंखनाद को भीम इस प्रकार चुपचाप सहन नहीं कर लेते।"

"नहीं! मुझे लग रहा है कि कर्ण धार्तराष्ट्रों को युधिष्ठिर के वध के लिए प्रेरित कर रहा है।" कृष्ण बोले, "अर्जुन! हमें पहले धर्मराज की ही सुध लेनी होगी। कौरवों ने स्थूणाकण, इन्द्रजाल, पाशुपतास्त्रों का प्रयोग किया है। युधिष्ठिर इन सबका प्रतिकार कैसे कर पाएँगे। उनकी सेनाएँ शायद उन्हें घेर रही हैं। उनका ध्वज भी दिखाई नहीं पड़ रहा है। क्या कर्ण ने उनका ध्वज काट दिया है?"

"हमारे रथी भागे जा रहे हैं। महारथी भी खिसकने लगे हैं।" अर्जुन ने कहा, "कर्ण के बाणों से घायल होकर हाथी सब ओर भाग रहे हैं।"

"मुझे तो लग रहा है कि भीम कर्ण को रोक नहीं पाए हैं। कर्ण पांचालों, पाण्डवों और सृंजयों को जीत कर क्या तुम्हारी खोज में इधर-उधर देख रहा है?" कृष्ण बोले, "हाँ! अब वह हमारी ही ओर आ रहा है। उसके पीछे-पीछे, अपने रथियों से घिरा हुआ दुर्योधन इसी ओर आ रहा है। अर्जुन! यदि वे इस ओर आते हैं तो उनको जीवित बचकर जाना नहीं चाहिए। इस दुष्टात्मा कर्ण का तो तुम प्रयत्नपूर्वक वध कर डालो। वह सम्राट युधिष्ठिर का ही नहीं धर्म का भी अपराधी है।"

"लगता है युधिष्ठिर सकुशल हैं।" अर्जुन ने जैसे अपने आपसे कहा, "भीम व्यूह में अपने स्थान पर लौट आए हैं। उनके साथ सृंजयों की सेना और सात्यकि भी है।"

"हाँ! और अब भीम उन पर भारी पड़ रहा है।" कृष्ण बोले, "दुर्योधन की सेना युद्ध से मुँह मोड़कर भागी जा रही है।"

"मुझे तो लगता है कि कर्ण भीम को छोड़कर दुर्योधन की रक्षा के लिए उसके पास चला गया है। संशप्तक भी भयभीत होकर भाग रहे हैं।" अर्जुन ने कहा, "सुशर्मा का ध्वज भी अब कहीं दिखाई नहीं दे रहा।"

"तो अब धर्मराज की ओर चलें?" कृष्ण ने पूछा।

"चलिए।" अर्जुन बोला।

34

दुर्योधन ने लगभग आधी सेना लेकर युधिष्ठिर को घेर लिया था।

घिरे हुए युधिष्ठिर पर चारों ओर से बाणवर्षा हो रही थी। युधिष्ठिर को कुछ नए घाव भी लगे और उनके पिछले घाव भी उधड़ आए थे। युधिष्ठिर कुपित हो उठे। उन्होंने अपनी शारीरिक दुर्बलता की चिन्ता न कर, मात्र आत्मबल के भरोसे ही दुर्योधन पर भल्लों से प्रहार किया।

दुर्योधन इस प्रकार का युद्ध करने नहीं आया था। बाण-युद्ध ही करना होता तो वह किसी और को भेजता। वह स्वयं तो एक विशिष्ट योजना लेकर आया था। उसके लिए जो काम न द्रोण ने किया, न कर्ण कर रहा है, उसे वह स्वयं करेगा।...

उसने अपने सैनिकों को संकेत किया। झुंड के झुंड कौरव सैनिक युधिष्ठिर पर टूट पड़े। रथबन्ध की सी स्थिति हो गई थी। अश्वों के लिए मार्ग नहीं था। रथ के चक्र चल नहीं पा रहे थे। युधिष्ठिर घायल थे। ठीक से शस्त्र परिचालन नहीं कर पा रहे थे। उनके वध से भी उनको बंदी करना अधिक सरल हो गया था। एक बार युधिष्ठिर बन्दी हो जाएँ तो पाण्डव योद्धा हाथ बाँधकर दुर्योधन के सम्मुख नतमस्तक खड़े हो जाएँगे। युधिष्ठिर के मारे जाने से तो पाण्डव और भी उग्र हो उठेंगे।...

धृष्टद्युम्न ने दुर्योधन के अभियान को देखा। वह युधिष्ठिर की रक्षा के लिए दौड़ पड़ा। नकुल और सहदेव अपनी वाहिनियों के साथ भागते आए। भीम भी कौरव महारथियों को रौंदता हुआ वहाँ पहुँच गया। दुर्योधन को लगा कि उससे आकलन में भूल हुई है। उसे यह अनुमान नहीं था कि इतने सारे पाण्डव योद्धा अपने संग्राम को झटककर, युधिष्ठिर की रक्षा के लिए तत्काल आ सकेंगे, आ जाएँगे। उसने कर्ण की ओर देखकर संकेत किया, "इन्हें सँभालो।"

कर्ण ने उन सबको रोका। पर सहदेव ने दुर्योधन को बींध ही डाला। युधिष्ठिर पर दुर्योधन का दबाव कम हुआ तो वे भी अपना हस्तकौशल दिखाने लगे। दुर्योधन का दाँव उलटकर उस पर ही आ पड़ा था।

दुर्योधन के शरीर से रक्त बहता देख, कर्ण को कुन्ती तथा कुन्ती के पुत्रों से अपना सम्बन्ध विस्मृत हो गया। युधिष्ठिर के शरीर से प्रातः वह कई बार रक्त बहा चुका था, किन्तु उसे तनिक भी कष्ट नहीं हुआ था। दुर्योधन की बात और थी। दुर्योधन और युधिष्ठिर उसके लिए कभी एक नहीं हो सकते थे।

उसने पाण्डवों के वध के लिए अपना दिव्यास्त्र प्रकट किया। बाणों की पहली बौछार युधिष्ठिर और धृष्टद्युम्न पर पड़ी। उनकी गति अवरुद्ध हो गई। युधिष्ठिर की सेना पर इतने बाण बरसे कि वह स्थिर नहीं रक सकी। अपनी सेना को कर्ण के इस प्रहार से बचाना युधिष्ठिर के लिए कठिन हो रहा था। उनकी सेना समरभूमि छोड़कर भाग चली। कर्ण बड़े प्रबल ढंग से अपने दिव्यास्त्रों का प्रदर्शन कर रहा था। उसे युधिष्ठिर को पीड़ित करने में रस आने लगा था। युधिष्ठिर के शरीर से टपकता रक्त उसको सुख दे रहा था। यही है युधिष्ठिर...जिसने उससे कुन्ती जैसी माँ छीन ली। कुन्ती युधिष्ठिर की माँ है, और कर्ण की नहीं है।...यही है युधिष्ठिर! जिसने उससे द्रौपदी छीन ली। इसको उसका मूल्य चुकाना होगा। इसने जीवन में जितना सुख पाया है, उतना ही उसे अपना रक्त बहाना होगा।...

धृष्टद्युम्न और भीम दुर्योधन से उलझकर रह गए थे। वहाँ कृतवर्मा और कृपाचार्य भी आ गए थे। युधिष्ठिर सर्वथा अकेले पड़ गए थे। उनका सारथि उन्हें इस ओर हटा लाया था—यह उसकी भूल ही थी।

शल्य ने देखा कि युधिष्ठिर पीड़ित होते जा रहे थे। युधिष्ठिर जितने दीन होते जाते थे, कर्ण उतना ही क्रूर होता जाता था। वह उनका वध नहीं करना चाहता था, उनके शरीर के रोम-रोम को अपने बाणों से गोदना चाहता था। युधिष्ठिर की त्वचा को रक्त उगलने का उपकरण बना देना चाहता था; या फिर प्रत्येक मांसपेशी को चीरकर उसके भीतर झाँकना चाहता था, अथवा युधिष्ठिर की कराह के साथ उसको किसी आनन्द की अनुभूति होती थी।...युधिष्ठिर की पीड़ा और दीनता शल्य को कष्ट दे रही थी। कर्ण का बढ़ता दर्प उसके लिए असहनीय हो रहा था। कर्ण को रोकने के लिए उसे कुछ करना होगा।...

पर तभी युधिष्ठिर का आत्मबल कुछ ऐसा प्रबल हुआ कि उन्होंने कर्ण का मुख अपने बाणों से बंद कर दिया। उनके बाणों ने कौरव सेना में हाहाकार मचा दिया। युधिष्ठिर जिस ओर अपनी क्रुद्ध दृष्टि डालते थे, उस दिशा में कौरव सेना छिन्न-भिन्न हो जाती थी, जैसे उनके बाण नहीं, उनका क्रोध ही विरोधियों का संहार कर रहा हो।

कर्ण घायल हो गया था। युधिष्ठिर का यह साहस कर्ण के लिए अकल्पनीय था। उसने एक क्षण अपने उस घाव को देखा और दूसरे ही क्षण युधिष्ठिर के

वक्ष में एक भयानक बाण मार दिया। युधिष्ठिर खड़े नहीं रह पाए। वे अपने रथ की बैठक में बैठ गए।...

कौरव सेना में एक जोर का कोलाहल उठा, "युधिष्ठिर को पकड़ लो।"

दुर्योधन को अपनी विजय का क्षण बहुत निकट दिखाई दे रहा था। उसकी बहुत इच्छा हो रही थी कि वह दौड़कर युधिष्ठिर के रथ पर जा चढ़े और अपनी तलवार की नोक पर युधिष्ठिर को बंदी बनाकर उतार लाए, ...किन्तु भीम ने दुर्योधन को रोक रखा था। दुर्योधन का ध्यान तनिक भी इधर-उधर होता तो भीम उसका मस्तक काट लेता।

युधिष्ठिर की रक्षा के लिए कैकेय आ गए थे। उन्होंने कर्ण को रोक तो लिया, किन्तु वे अधिक समय तक टिक नहीं सके।

कर्ण ने पाण्डवों की सेना को विदीर्ण कर, पुनः युधिष्ठिर पर आक्रमण किया। इस समय युधिष्ठिर सेनाविहीन हो रहे थे। केवल नकुल और सहदेव के रथ उनके दोनों ओर होकर चल रहे थे। वे कदाचित् अपने संरक्षण में उन्हें निवेश की ओर ले जा रहे थे।

"बढ़ो शल्य!" कर्ण ने युधिष्ठिर की ओर संकेत किया।

"अकेले रथ को लेकर?" शल्य ने जैसे आपत्ति जताई।

"तो क्या हो गया?" कर्ण बोला, "तुम्हें अकेले क्षतविक्षत युधिष्ठिर से भी भय लगता है क्या?"

"नहीं! मुझे तुम्हारी क्रूरता से भय लगता है।" शल्य ने कहा, "मुझे नहीं लगता कि तुम युधिष्ठिर का वध करना चाहते हो। तुम उसकी बोटी-बोटी करना चाहते हो। योद्धा नहीं हो तुम। व्याध हो।"

"बढ़े चलो।" कर्ण ने कहा, "नकुल, सहदेव भी युधिष्ठिर के साथ हैं। कहीं उनके मन में अपने मातुल के प्रति प्रेम जाग उठा तो वे मुझे छोड़कर तुम्हें मार डालेंगे। तुम चलते चलो और देखो कि मैं इस धर्मराज की क्या गति करता हूँ।"

शल्य ने कुछ नहीं कहा। कहना व्यर्थ था। कर्ण का दर्प इस समय सातवें आकाश पर था।

कर्ण ने तीन बाण मारे और जैसे युधिष्ठिर के घावों को और खोल दिया। बाध्य होकर युधिष्ठिर ने स्वयं को पुनः युद्ध के लिए तैयार किया। अपना धनुष उठाया और कर्ण को गम्भीर चोट पहुँचाई। अश्वों और सारथि को भी घायल कर दिया...युधिष्ठिर को लग रहा था कि कर्ण उनसे युद्ध नहीं कर रहा था। वह केवल उन्हें अपमानित कर रहा था। वह उन्हें चिढ़ा रहा था। क्षत्रियों के इस क्षेत्र में उसका उपहास करने का प्रयत्न कर रहा था।

शल्य को युधिष्ठिर का यह पहला ही बाण लगा था।...युधिष्ठिर ने सोच-समझकर उसे मारा है या उनका कोई बाण बहककर इधर आ गया है? शल्य ने सोचा...जान-बूझकर ही मारा होगा। अपना क्रोध दिखाया होगा। क्यों वह कर्ण का रथ हाँक कर उनके पीछे ला रहा है।...

नकुल, सहदेव दौड़े...कहीं कर्ण युधिष्ठिर का वध ही न कर दे। कर्ण ने उन्हें भी घायल किया। तब भी युधिष्ठिर का रथ नहीं रुका तो उसने उनके अश्वों को मार डाला। एक भल्ल से युधिष्ठिर का शिरस्त्राण भी गिरा दिया।... इस युधिष्ठिर ने कुन्ती को ही नहीं छीना, पाण्डु का राज्य भी छीना है। पाण्डु का क्षेत्रज पुत्र होने और सबसे बड़ा पुत्र होने के नाते वह राज्य कर्ण का था। इस युधिष्ठिर उसे छीना है, नहीं तो क्यों कर्ण सूतपुत्र बनता।...वह युधिष्ठिर का वध नहीं करेगा। युधिष्ठिर ने अपनी पीड़ा और अधिक रक्तस्राव से ही मरे। कर्ण अपना वचन पूरा करेगा, किन्तु युधिष्ठिर को वही नहीं छोड़ेगा।... उसने नकुल के घोड़ों को भी मार दिया।

युधिष्ठिर और नकुल, सहदेव के रथ में जा चढ़े।

शल्य को युधिष्ठिर बहुत असुरक्षित लगे।

"अंगराज! तुम्हें अर्जुन से युद्ध करना है तो क्यों इनके पीछे पड़े हो। उसे क्यों नहीं खोजते। व्यर्थ ही स्वयं को और अपने घोड़ों को थका रहे हो। इन मरे हुओं को मारकर क्या पाओगे? अपना उपहास ही तो कराओगे।" शल्य ने कहा।

कर्ण ने एक वक्र दृष्टि शल्य पर डाली किन्तु मुख से कुछ नहीं कहा। वह निरन्तर बाण चला रहा था और युधिष्ठिर के साथ-साथ नकुल और सहदेव को भी पीड़ित करता जा रहा था।

शल्य ने पुनः प्रयत्न किया, "दुर्योधन ने तुम्हारा चयन किया है, अर्जुन से लड़ने के लिए। युधिष्ठिर से तो कोई भी लड़ सकता है। और देखो, वह मर गया तो अर्जुन सारे महारथियों का काल बन जाएगा। यदि अर्जुन मारा गया तो ये तीनों कुछ नहीं कर पाएँगे। तुम जड़ उखाड़ने के स्थान पर पत्ते तोड़ रहे हो।"

कर्ण जैसे शल्य की बात सुन ही नहीं रहा था। उसके मन में निरन्तर युधिष्ठिर के भाग्य से लड़ाई चल रही थी।...कर्ण को युधिष्ठिर का भाग्य क्यों नहीं मिला?...उसके मन में एक धीमा-सा स्वर उठा, 'क्योंकि कर्ण ने अपने मन को युधिष्ठिर के मन का सा नहीं बनाया।' पर कर्ण ने उस स्वर को उठने नहीं दिया। वह युधिष्ठिर का मन नहीं चाहता था, वह उसका भाग्य चाहता था।...पर युधिष्ठिर का भाग्य क्या? उसे वारणावत में जलना पड़ा।

द्यूत में अपना राज्य गँवाना पड़ा। अपनी पत्नी को अपमानित होते देखना पड़ा। बारह वर्ष बनवासी और एक वर्ष सेवक बन कर रहना पड़ा। ऐसा भाग्य नहीं चाहिए, कर्ण को। किन्तु उतना सब कुछ होने पर भी तो उसके भाइयों ने, उसकी पत्नी ने, उसके पुत्रों ने, उसकी माँ ने—किसी ने भी तो उसका त्याग नहीं किया।...कर्ण को ही क्यों लगता रहता है कि उसकी माता और पिता ने जैसे उसे उसके जन्म के पश्चात् त्याग दिया था, वैसे ही उसके अन्य परिजन भी किसी दिन उसे त्याग देंगे। यहाँ तक कि दुर्योधन का मनोवांछित न कर सका तो वह भी उसे अपमानित और तिरस्कृत कर त्याग देगा।... कृष्ण जैसे महापुरुष को भी उसके भाई ने छोड़ दिया है, उसके पुत्रों ने त्याग दिया, यादवों ने उसे पराया मान लिया है...पर युधिष्ठिर का त्याग किसी ने नहीं किया। क्यों नहीं किया? युधिष्ठिर अपने स्वजनों के प्रति जितना ही अधिक कठोर होता है, जितना ही वे उसके कारण कष्ट पाते हैं, वे उससे उतना ही अधिक प्रेम करने लगते हैं...कर्ण को लगता है, वह युधिष्ठिर के शरीर को ही नहीं उसके भाग्य को भी इतना घायल करना चाहता है कि उसकी पीड़ा को देखकर कर्ण की पीड़ा मिट जाए...

"अंगराज!" शल्य ने पुनः कहा, "अर्जुन और कृष्ण के शंखों की ध्वनि सुनाई पड़ रही है। वे इधर ही आ रहे हैं। कहो तो भाग चलें?"

कर्ण ने एक संवेदनशून्य जड़-सी दृष्टि डाली, जैसे वह उसकी बात समझ ही न रहा हो और शल्य उसकी एकाग्रता को भंग कर उसे कष्ट पहुँचा रहा हो।

"युधामन्यु और उत्तमौजा उनके पृष्ठरक्षक हैं।" शल्य ने पुनः कहा, "सात्यकि उसके बाएँ चक्र और धृष्टद्युम्न उसके दाएँ चक्र की रक्षा कर रहा है। अर्जुन यहाँ आ गया तो क्या होगा। उधर भीम ने दुर्योधन को दबोच रखा है। चल कर उसको बचाओ। वह मर गया तो युधिष्ठिर और नकुल, सहदेव का क्या करोगे तुम?"

कर्ण की निद्रा टूटी। दुर्योधन मारा गया तो वह क्या करेगा। भीम ने उसे दबोच रखा है तो भीम उसका कंठ दबाने में तनिक भी संकोच नहीं करेगा। ...कर्ण मन-ही-मन काँप उठा।

"चलो। राजा दुर्योधन के पास चलो।" कर्ण ने कहा।

शल्य ने मुस्कराकर रथ मोड़ लिया।

वह जानता था कि कर्ण की यही प्रतिक्रिया होगी। अकेले अर्जुन से ही वह घबरा जाता है तो जब अर्जुन, सात्यकि, युधामन्यु और उत्तमौजा—सब ही एक साथ आ रहे हों, तब कर्ण वहाँ कैसे ठहर सकता है। पर कोई आड़ भी तो चाहिए और अपने राजा की रक्षा के लिए जाने में गौरव का बहुत अन्तर है।

कर्ण दुर्योधन की रक्षा के लिए चला गया। युधिष्ठिर की समझ में नहीं आया कि यह अकस्मात् ही क्या हुआ कि उनका पीछा करता हुआ कर्ण अपना लक्ष्य पूरा किए बिना इस प्रकार चला गया।...नकुल और सहदेव ने भी विलम्ब नहीं किया। वे युधिष्ठिर को लेकर तत्काल निकल गए।

शिविर में पहुँचकर युधिष्ठिर अपने बिस्तर पर लेट गए। उनके वैद्य और शल्य चिकित्सक घिर आए। उनका शरीर क्षतविक्षत हो चुका था।

"तुम लोग भीम के पास चले जाओ।" युधिष्ठिर ने नकुल और सहदेव से कहा, "वहाँ तुम लोग उसकी कुछ सहायता भी कर पाओगे और सुरक्षित भी रहोगे। यहाँ तो युद्ध नहीं, बस चिकित्सा ही चिकित्सा है। वैद्यों की सहायता से यदि उठने का सामर्थ्य जुटा पाया तो मैं भी थोड़ी देर में आ जाऊँगा।"

चिकित्सकों, द्वारपालों और परिचारकों को आवश्यक निर्देश देकर नकुल और सहदेव लौट गए।

युधिष्ठिर का जैसे पहली बार अपने आपसे सामना हुआ। वे अत्यन्त अपमानित और हताश थे। सारा मान-सम्मान नष्ट हो गया था। शरीर टूट रहा था। और मन पीड़ा से अशांत था। स्वप्नों के सारे प्रासाद जैसे धराशायी हो गए थे। उन्होंने तो माना था कि आज अर्जुन कर्ण का वध कर देगा और यह युद्ध यहीं समाप्त हो जाएगा। वे क्या जानते थे कि अर्जुन के मन में क्या है। यह तो दिन भर कर्ण के निकट फटका भी नहीं। जाने कहाँ फँस गया है या कहाँ भटक रहा है।...उनके मन में बार-बार शंका होती है कि अर्जुन कर्ण से युद्ध करना नहीं चाहता, इसलिए बार-बार उसकी उपेक्षा कर जाता है।...किन्तु जैसे ही ध्यान आता है कि अर्जुन के सारथि कृष्ण हैं, तो उनके मन में अर्जुन के विरुद्ध कोई भाव ठहर नहीं पाता। कृष्ण कभी ऐसा कुछ नहीं कर सकते, जिससे पाण्डवों की हानि हो।...पर वे क्यों नहीं आए?...युधिष्ठिर के मन में भयंकर तर्क-वितर्क चल रहा है। अर्जुन का कितना भी पक्ष लेकर उसका बचाव कर लें। किन्तु सत्य यही है कि युधिष्ठिर की रक्षा के लिए अर्जुन नहीं आया और धर्मराज को कर्ण के हाथों इस प्रकार अपमानित होना पड़ा। जिस भाई पर उन्हें इतना विश्वास था, उसने भी आज उनका त्याग कर दिया था। उसने रंच मात्र भी चिन्ता नहीं की थी उनकी।...वस्तुतः अर्जुन तो यह युद्ध करना ही नहीं चाहता था। उसे बलात् इस युद्ध में जोत दिया गया था, कुछ कृष्ण के द्वारा और कुछ युधिष्ठिर के द्वारा। अर्जुन न भीष्म से लड़ना चाहता था, न ही द्रोण से। अब शायद कर्ण से भी लड़ना नहीं चाहता। तो फिर युधिष्ठिर किसके बल पर यह युद्ध करेंगे? क्या प्रतिक्षण वे कर्ण से इसी प्रकार अपमानित होते रहेंगे। अर्जुन कभी उनकी रक्षा को नहीं आएगा?...उन्हें लग रहा था कि वे एक

छोटे से बालक थे, जो एक विशाल मेले में तब तो बहुत आश्वस्त होकर घूम रहा था कि उसने अपने पिता की अंगुली थाम रखी है। आज सहसा उसने सिर उठाकर देखा था कि उसके हाथ में उसके पिता की अंगुली नहीं थी। उसके पिता उसके आसपास थे ही नहीं। जिसे उसने थाम रखा था, वह तो कोई खिलौना था। और वह मेले में इतना धँस आया था कि उसे निकलने का मार्ग तक भूल गया था। वह बहुत भूखा था और बुरी तरह से थक चुका था। ऐसे में सिवाय एकान्त में बैठकर रोने के वह कर ही क्या सकता था।...

ऐसे जीवन का क्या करना था धर्मराज को, जिसमें उनके अपने भाई ही उनके विरुद्ध हो जाएँ। इससे तो एक वीर क्षत्रिय की मृत्यु ही अधिक श्रेयस्कर थी।...

"बहुत कष्ट है महाराज?" वैद्य पूछ रहा था।

युधिष्ठिर ने उसकी ओर देखा भर, कोई उत्तर नहीं दिया।

अश्वत्थामा पुनः रणक्षेत्र में लौट आया था। इस बार अर्जुन उसके सम्मुख पड़ गया था। उसने अपने बाणों से अर्जुन और कृष्ण दोनों को ही पूर्णतः आच्छादित कर दिया। अर्जुन के पास दिव्यास्त्र प्रकट करने के अतिरिक्त अन्य कोई उपाय नहीं था। किन्तु अश्वत्थामा कुछ इतना उग्र हो रहा था कि अर्जुन के दिव्यास्त्रों को भी कटने में अधिक समय नहीं लगा। अर्जुन ने जो-जो दिव्यास्त्र प्रकट किया, अश्वत्थामा ने उसे काट दिया। उसने कृष्ण की दाहिनी भुजा में तीन बाण मारे।...

इसकी यह भुजा कट जाए तो अर्जुन का रथ ही रुक जाए। अश्वत्थामा ने सोचा।

कृष्ण को घायल देखकर अर्जुन के मन में आक्रोश का ज्वार उमड़ आया। उसने अश्वत्थामा के घोड़े मार दिए। अश्वत्थामा के साथ आए सारे रथी मार दिए। अर्जुन के गाण्डीव से जैसे महाकाल प्रकट हो रहे थे। चारों ओर ऐसा संहार मचा था कि अश्वत्थामा को पश्चात्ताप होने लगा था कि उसने अर्जुन को छेड़ा तो छेड़ा, व्यर्थ ही कृष्ण को घायल क्यों कर दिया। अन्य किसी भी योद्धा का सारथि घायल होता है तो उसकी रण सामर्थ्य कम हो जाती है, किन्तु अर्जुन ने अनेक बार प्रमाणित कर दिया है कि कृष्ण के घायल होने पर अपने शत्रु के लिए अर्जुन अधिक घातक हो जाता है।

अश्वत्थामा के मन में अगले ही क्षण जैसे कोई अत्यन्त हिंस्र पशु जाग उठा।... अर्जुन को छेड़ना तो अनिवार्य ही था। मेरे पिता के शिष्य हैं ये सारे पाण्डव। मेरे पिता ने ही इनको शस्त्र विद्या दी और मेरे ही पिता को मरवा डाला। वह

भी किस अपमानजनक ढंग से। और अब वे मेरे पीछे भी पड़े हैं। यदि भीम और धृष्टद्युम्न का वध करना है, तो पहले अर्जुन की हत्या करनी होगी।

अश्वत्थामा नया रथ लेकर अर्जुन के सम्मुख जा पहुँचा और उसे अपने बाणों से ढँक दिया। अर्जुन मुस्कराया—गुरुपुत्र लौट आया है। उसने अश्वत्थामा का शरीर काटने के स्थान पर उसका धनुष ही काट दिया। असमर्थ क्रोध के मारे अश्वत्थामा की आँखों से रक्त टपकने लगा। उसने एक भारी परिध उठाकर अर्जुन पर फेंक दिया। अर्जुन को उसके नीचे दबकर मर जाना चाहिए था; किन्तु अर्जुन ने अपने बाणों से परिध के टुकड़े कर दिए।

अश्वत्थामा ने ऐन्द्रास्त्र प्रकट किया। बाणों की वर्षा होने लगी। अर्जुन अपने ऐन्द्रास्त से बाणों की वर्षा तो कर सकता था; किन्तु उससे अश्वत्थामा के ऐन्द्रास्त्र की बाणवर्षा रुक नहीं जाती।

अर्जुन ने इन्द्र निर्मित अवरोधास्त्र से ऐन्द्रास्त्र को काटा और अपने बाणों से अश्वत्थामा को अभिभूत कर दिया। अश्वत्थामा का मन फिर से रक्त वमन करने लगा था।...वह अर्जुन इतना प्रबल है, क्योंकि कृष्ण उसके साथ है। इस कृष्ण का ही वध कर दिया जाए तो अर्जुन सिवाय बैठ कर रोने के और कुछ नहीं कर पाएगा।...

अश्वत्थामा ने अपने बाणों से कृष्ण और अर्जुन दोनों को ही पुनः घायल कर दिया। उत्तर में अर्जुन ने अश्वत्थामा को घायल किया और उसके सारथि को मार कर रथ से नीचे गिरा दिया।

अश्वत्थामा ने स्वयं अपने अश्वों की वल्गा पकड़ ली और अपने धनुष से बाणों की वर्षा करता रहा। वल्गा सारथि ने पकड़ी तो उसकी लम्बाई कम होती है, किन्तु रथी ने ही वल्गा थाम रखी हो तो उसकी लम्बाई किसी भी विरोधी के बाणों को आमन्त्रित करेगी। अर्जुन ने अश्वत्थामा के अश्वों की वल्गा काट दी। उसके घोड़े स्वच्छन्द होकर भागने लगे।

अश्वत्थामा युद्धक्षेत्र से हट गया तो पाण्डवों की सेना विजय के उन्माद में कौरवों पर टूट पड़ी।

कर्ण उधर से ही लौट रहा था। उसने आते हुए दूर से देखा कि कौरव सेना भागी जा रही है और दुर्योधन का रथ पूरे वेग से उसकी ओर आ रहा है।

"कर्ण! देखो तो," दुर्योधन जल्दी में बोला, "पांचालों ने मेरी सेना को पीड़ित कर रखा है। तुम्हारी उपस्थिति में मेरी सेना भागी जा रही है।"

कर्ण ने अपने धनुष से दुर्योधन को आगे चलने का संकेत किया और बोला, "मेरी भुजाओं और अस्त्रों का बल देखो। मैं अभी पांचालों और पाण्डवों का वध किए देता हूँ।"

वह शल्य की ओर मुड़ा, "मेरा कल्याण चिन्तन करो और घोड़ों को आगे बढ़ाओ मद्रराज!"

शल्य ने जहाँ रथ रोका, वहाँ अर्जुन और भीम दोनों ही थे। कर्ण ने एक दृष्टि शल्य पर डाली : क्या यह शल्य की चतुराई है कि उसने रथ उस समय वहाँ पहुँचाया है, जब वहाँ अर्जुन के साथ भीम भी उपस्थित है।...पर नहीं! शल्य न तो इतना चतुर है और न ही इतना दक्ष। यह तो संयोग ही है।

कर्ण ने अपने धनुष जय पर भार्गवास्त्र चढ़ाया और उसे पांचाल सेना की ओर प्रेरित कर दिया। भार्गवास्त्र से असंख्य बाण प्रकट होने लगे। इतनी बड़ी संख्या में बाणों का सामना करना पांचाल सेना के लिए कठिन था। कुछ ही समय में वहाँ हाहाकार गूँजने लगा।

अर्जुन ने कृष्ण की ओर देखा, "कर्ण को यह दिव्यास्त्र भगवान् परशुराम से प्राप्त हुआ होगा। और किसी के पास भार्गवास्त्र है ही नहीं। इसे नष्ट नहीं किया जा सकता। यह तो अपने सारे बाण उगलकर ही रहेगा।"

"ठीक कह रहे हो धनंजय! इसे शांत हो ही लेने दो।" कृष्ण ने कहा।

"चुपचाप खड़ा रहूँ?" अर्जुन बोला, "यह तो पलायन होगा, और पलायन तो कदापि उचित नहीं है। कर्ण मेरी ओर देख रहा है, जैसे चुनौती दे रहा हो पर... ।"

"मनुष्य जीवित रहता है तो युद्ध में विजय और पराजय दोनों पाता है। मृत पुरुष विजय कहाँ से पाएगा।" कृष्ण बोले, "जब भार्गवास्त्र को रोका नहीं जा सकता तो उसके सम्मुख जाकर खड़े हो जाने में कौन-सी बुद्धिमत्ता है। इसे अपना क्रोध शांत कर लेने दो। यह भी युद्ध की नीति है। उस क्षेत्र से अपनी सेनाएँ हटा लो, जहाँ भार्गवास्त्र अपना अनियंत्रित क्रोध उगल रहा है।"

"और हम?" अर्जुन ने पूछा।

"कर्ण ने राजा युधिष्ठिर को क्षतविक्षत कर दिया है। उनसे मिलकर, उनको धैर्य देकर, तुम कर्ण का वध करने के लिए लौट आना।" कृष्ण बोले, "मुझे पूर्ण विश्वास है कि कर्ण के पास दूसरा भार्गवास्त्र नहीं है, नहीं तो वह इसका प्रयोग बहुत पहले ही कर चुका होता। कर्ण को थक लेने दो। कोई अन्य दिव्यास्त्र हैं उसके पास तो उनका भी प्रयोग कर लेने दो।"

कृष्ण ने रथ मोड़ लिया, "नकुल और सहदेव मध्यम पाण्डव के निकट ही हैं, वे ही धर्मराज के साथ थे। वे बता पाएँगे कि इस समय धर्मराज के कहाँ होने की सम्भावना है।"

कृष्ण ने अपना रथ भीम के रथ के निकट रोका।

"मध्यम! धर्मराज कहाँ हैं?" अर्जुन ने पूछा।

"नकुल और सहदेव ने बताया है कि वे समरभूमि से हट गए हैं। सम्भव है कि अभी तक किसी प्रकार जीवित हों।"

भीम के शब्दों से अर्जुन स्तब्ध रह गया। क्या यह भी सम्भव है कि धर्मराज जीवित ही न हों और उनका कोई भी भाई, कोई भी पुत्र, उनके निकट न हो। पाण्डवों के लिए युद्ध बहुत महत्त्वपूर्ण है किन्तु स्वयं धर्मराज से अधिक महत्त्वपूर्ण तो नहीं हो सकता।

"तो आप तत्काल उनके निकट जाइए।" अर्जुन ने आग्रहपूर्ण स्वर में कहा, "जो धर्मराज अपने गुरु आचार्य द्रोण के द्वारा पीड़ित किए जाने पर भी नहीं हटे, वे आज हट गए हैं तो कोई न कोई विशेष बात होगी। आप जाकर उन्हें देखिए और हमें भी शीघ्र समाचार दीजिए। मैं यहां शत्रुओं को रोकता हूँ।"

"मैं कोई वैद्य नहीं हूँ कि जाने से धर्मराज को कोई लाभ होगा; किन्तु यहाँ बने रहने से कुछ लाभ की सम्भावना है।" भीम ने कहा, "इस भार्गवास्त्र का तुम भी कुछ नहीं कर सकते। जब तक यह यहाँ बरस रहा है, तुम जाकर उनका समाचार ले आओ। मैं तब तक अपनी सेना को सँभालता हूँ। वैसे भी मैं हट गया तो लोग मुझे कायर कहेंगे।"

अर्जुन ने भीम की ओर देखा : कभी-कभी भीम कोई ऐसी बात कह देते हैं कि जिसका अर्थ वे स्वयं ही नहीं समझ रहे होते। वे यहाँ से हटेंगे तो लोग उन्हें कायर कहेंगे...और यदि अर्जुन हट गया तो? उसे कायर नहीं कहेंगे? या भीम यह कहना चाहते हैं कि तुमको कहेंगे तो कहते रहें, उन्हें कोई कायर न कहे।...और फिर चुनौतियाँ किसके सामने नहीं हैं?

"संशप्तकों को मारे बिना मैं शत्रुओं के इस गोष्ठ से बाहर नहीं जा सकता।" अर्जुन ने कहा।

"चिन्ता मत करो।" भीम ने कहा, "मैं इनको भी देख लूँगा। यह और कुछ नहीं, दुर्योधन का पाखंड है। इस सुशर्मा को विराटनगर में धर्मराज ने मेरे हाथों से बचा लिया था। यह उसके कारण हमारा कृतज्ञ न होकर हमसे शत्रुता पाल रहा है। इसे तो तुम मेरे हवाले कर दो। जिस दिन इसके कंठ तक मेरे हाथ पहुँचे, इसका कंठ दबाकर इसे वैसे ही मारूँगा, जैसे विराटनगर में मार रहा था। तुम जाओ।"

35

युधिष्ठिर शिविर में बिस्तर पर लेटे हुए थे।

वैद्य और शल्यचिकित्सक उनके शरीर के कष्टों का निवारण करने में जुटे हुए थे। युधिष्ठिर का ध्यान वैद्यों की ओर नहीं था। बीच-बीच में वैद्य कोई

प्रश्न पूछ लेते तो युधिष्ठिर को उनसे सम्बोधित होना पड़ता था। अन्यथा वे प्रायः आत्मलीन ही थे, जैसे वह शरीर उनका न हो और उनकी चिकित्सा से प्राप्त सुख-दुख से उनका कोई सम्बन्ध ही न हो। उनकी आँखें बंद थीं और वे अपने आपसे ही वार्तालाप कर रहे थे।

बहुत साधा है उन्होंने अपने आपको, फिर भी उनके मान-अपमान का भाव नहीं गया। आज युद्ध में उन्होंने स्वयं को बहुत अपमानित अनुभव किया। जिस मन में दुर्योधन के लिए भी कभी प्रतिशोध का भाव नहीं जागा, वह मन कर्ण से प्रतिशोध लेने के लिए दिन भर तड़पता रहा है। क्यों नहीं वे मान और अपमान के भाव को लाँघ कर युद्ध कर सके? क्यों नहीं वे सच्चे क्षत्रिय के समान मृत्यु को गले लगा सके? आचार्य द्रोण अथवा भूरिश्रवा के समान ही वह चाहे तो उनका मस्तक काट ले?...

सहसा उसके मन में जैसे कृष्ण आ बैठे। कृष्ण का सम्मुख आना ही अपने आप में उत्सव होता है। यहाँ तो वे उनके मन में ही आ बैठे थे।

कृष्ण मुस्कराए और बोले, "आपका मोह नहीं गया धर्मराज! वीरता और मूर्खता में कोई अन्तर भी होता है या नहीं। मान-अपमान के मूल में अहंकार है, किन्तु आत्मरक्षा का आधार भी अहंकार है क्या? क्षत्रिय तो दूसरों की भी रक्षा करता है, वह आत्मरक्षा ही नहीं करेगा, तो क्षत्रिय क्या हुआ?...जब आपको इतने घाव लग चुके हों कि आप अपना धनुष ढंग से उठा न पा रहे हों, उस समय शत्रु के सामने निरीह रूप से खड़े रहना या भूमि पर बैठ जाना, आत्मसमर्पण नहीं है क्या? वह वीरता है? आत्मसमर्पण वीरता है? वीर वह होता है, जो अपनी रक्षा के लिए अंतिम क्षण तक लड़ता रहे। आप अपनी रक्षा के लिए ही तो वहाँ से हट आए थे।"

युधिष्ठिर कुछ सजग हुए–ठीक ही तो कह रहे हैं कृष्ण! वे भी तो अपनी और यादवों की रक्षा के लिए मथुरा छोड़ गए थे–युद्ध में घायल होकर अपनी अक्षमता के कारण नहीं, अपनी नीति के कारण।...युधिष्ठिर ने भीष्म से लड़ने में भी संकोच नहीं किया, तो वह कर्ण से युद्ध करने से ही क्यों घबराते।... आज प्रातः से ही वे कितनी बार घायल हो चुके हैं। अश्वत्थामा और कर्ण, दोनों ने ही उनको क्षतविक्षत किया था। अंग-अंग में घाव हो जाए तो युद्ध का अर्थ ही क्या रह जाता है।...तो फिर उनके मन में इतना अवसाद क्यों है? वे अपने धर्म का निर्वाह करते रहे हैं, तो फिर उनके मन में निराशा, हताशा और अवसाद का भाव क्यों बसा हुआ है। मन इस प्रकार रूठा क्यों बैठा है?...क्या केवल इसलिए कि अर्जुन उनकी रक्षा के लिए नहीं आया और उन्हें कर्ण के सम्मुख नीचा देखना पड़ा?...हाँ! उनके मन में अर्जुन के लिए बहुत शिकायतें

हैं। युद्ध के आरम्भ से ही हैं। वह उनकी अपेक्षाओं पर पूरा नहीं उतरा है। युद्ध का जो परिणाम उन्होंने चाहा था, वह उन्हें प्राप्त नहीं हुआ है।...तो यह फल की अपेक्षा ही है, जो उन्हें हताश किए हुए है।...पर यह तो वे जानते ही थे कि युद्ध का परिणाम अनिश्चित होता है। फिर उन्होंने यह क्यों मान लिया कि युद्ध में वही होगा, जो वे चाहते हैं?

युधिष्ठिर मन-ही-मन हँस पड़े...सिद्धान्त जानते हैं वे; किन्तु उनका मन तो एक जीव का ही मन है। वह लौट-लौट कर अपनी प्राकृतिक स्थिति में चला जाता है। अपनी कामनाओं और अपेक्षाओं का दास हो जाता है।...जब वे युद्ध कर रहे हैं तो कैसे स्वयं को समझा लें कि युद्ध के परिणाम का कोई महत्त्व नहीं है, जय और पराजय में कोई अन्तर नहीं है।...युद्ध विजय के लिए किया जाता है, पराजय के लिए नहीं। तो फिर जीव उनकी अपेक्षा क्यों न करे। पता नहीं, कृष्ण कैसे कहते हैं कि जय और पराजय में कोई अन्तर नहीं है। वे स्वयं भी तो निरन्तर विजय के लिए ही प्रयत्नशील रहते हैं।...विजय के लिए प्रयत्नशीन रहते हैं किन्तु पराजय हाथ लगती है तो ऐसे मुँह बिसूरते बिस्तर पर लेटे नहीं रहते।...ऐसा तमोगुण कभी देखा है तुमने कृष्ण के व्यवहार में?

युधिष्ठिर की आँखें खुल गईं।...ठीक ही तो है। प्रकृति, उसके बंधन और गुणों से तो कोई भी मुक्त नहीं है। किन्तु गुणों में अन्तर तो हो सकता है। प्रयत्न कर हम अपने मन में सत्त्व ही वृद्धि तो कर ही सकते हैं।...युधिष्ठिर जानते हैं कि यह राज्य किसी का नहीं है। उनका भी नहीं है। यह धरती किसी की सम्पत्ति नहीं है। राजा मान लेता है कि वह धरती का स्वामी है; किन्तु अन्ततः तो यह धरती ही उस पर राज्य करती है।...तो फिर इस धरती का राज्य पाने के लिए इतने व्याकुल क्यों है वे? वे राजा हैं तो उस राज्य और प्रजा के लिए इतने चिंतित क्यों हैं?

सहसा उनके मन में एक तेजस्वी क्षत्रिय जाग उठा।...वे धरती के स्वामी नहीं हैं किन्तु प्रजा को राक्षसी राज्य से बचाना किसी भी जीव का धर्म होता है। वे कुन्ती के पुत्र हैं, पाण्डवों के बड़े भाई हैं, किसी के पति हैं, किसी के पिता हैं...अपने परिवार के सब लोगों के सुख-दुख के लिए तो मुखिया के रूप में युधिष्ठिर ही उत्तरदायी हैं। सारा परिवार उन पर निर्भर है, वे उनके आज्ञाकारी हैं, उनके कारण ही वे दुख पा रहे हैं—तो क्या युधिष्ठिर का धर्म नहीं है कि वे उन सब लोगों के कष्टों को दूर करें, उनके अधिकार उन्हें दिलाएँ। माता कुन्ती क्या अपने लिए राज्य चाहती हैं? उन्हें क्या करना है राज्य का? अभिमन्यु क्या अपने लिए राज्य चाहता था? घटोत्कच ने क्या अपने राज्य के लिए प्राण दिए?...सब अपने धर्म के लिए ही तो युद्ध कर रहे हैं। तो वे भी अपना धर्म

मानकर युद्ध करें। कर्म करें न करें, कर्तव्य तो करें। अर्जुन भी वही करे।...तो फिर अर्जुन उन्हें कर्ण से बचाने क्यों नहीं आया?...

उनके विचारों का सूत्र टूटा।...किसी बड़े रथ के निकट आने की गम्भीर ध्वनि सुनाई दे रही थी। सम्भवतः वह तो अर्जुन का ही रथ था।...पर इस समय अर्जुन का रथ उनके शिविर की ओर कैसे आ गया?...

उन्होंने निकट खड़े वैद्य की ओर देखा, "कोई आया है क्या?"

वैद्य ने द्वारपाल की ओर देखा, "महाराज पूछ रहे हैं कि कोई आया है क्या?"

द्वारपाल निकट आकर बहुत धीरे स्वर में बोला, "एक रथ इस ओर आ रहा है। उसका कपिध्वज दिखाई दे रहा है। सम्भवतः वह राजकुमार अर्जुन का ही रथ है।"

रथ निकट आता जा रहा था। उसकी ध्वनि अधिक से अधिक स्पष्ट होती जा रही थी। निश्चित रूप से वह अर्जुन का ही रथ था।...किन्तु इस समय जब वहाँ घमासान युद्ध हो रहा है, अर्जुन समरभूमि छोड़कर उनके शिविर में क्या करने आ रहा है?...कहीं अर्जुन भी उन्हीं के समान आहत तो नहीं हो गया? उसकी सुरक्षा के लिए ही तो उसे समरभूमि से हटा नहीं दिया गया?... युधिष्ठिर का हृदय बैठ गया। यदि ऐसा हो गया है तो पाण्डवों को विजय की आशा त्याग देनी चाहिए।...

"केवल एक ही रथ आ रहा है?" युधिष्ठिर ने पूछा।

"हाँ महाराज! केवल एक ही। राजकुमार अर्जुन का ही रथ है। वे और वासुदेव रथ में से उतरकर इधर आ रहे हैं।" द्वारपाल ने कहा।

युधिष्ठिर के मन में जैसे कोई विद्युत कौंध गई...कर्ण का वध कर दिया क्या अर्जुन ने? अवश्य यही हुआ होगा। नहीं तो अर्जुन इस समय उनके शिविर में क्या करने आता।

युधिष्ठिर के मन पर से एक बड़ा बोझ उतर गया।...तो अन्ततः कर्ण मारा ही गया। पाण्डवों का सबसे बड़ा विरोधी मारा गया। पाण्डवों का सबसे बड़ा अहितचिन्तक मारा गया। जिसके भय से वे तेरह वर्षों तक रातों को सो नहीं पाए थे, दिन में किसी प्रकार के सुख का अनुभव नहीं कर पाए थे; जिसके द्वेष से वे आज तक निरन्तर जलते रहे थे; आज तक भीष्म और द्रोण ने भी उन्हें जितना अपमानित नहीं किया था, उतना अपमानित करने वाला कर्ण आज मारा गया था। अब कौन है दुर्योधन के पास जिसके भरोसे वह युद्ध कर सके। तो अब यह नृशंस युद्ध समाप्त हो जाना चाहिए। सैनिकों, युद्धक गजों तथा अश्वों का यह अनर्गल संहार बन्द होना चाहिए। मनुष्य की

क्षमताओं और उपलब्धियों का युद्ध में यह अबाध होम बन्द होना चाहिए। प्रजा को सुख और शांति से जीने का अवसर मिलना चाहिए। मानव समाज का विकास होना चाहिए।...

शिविर के बाहर की ध्वनियों से युधिष्ठिर समझ गए कि अर्जुन और कृष्ण आ गए हैं। युधिष्ठिर उठकर खड़े हो सकते तो उन लोगों के स्वागत के लिए, वे अवश्य ही भाग कर बाहर गए होते। किन्तु यह सम्भव नहीं था। उन्होंने करवट ली और द्वार की ओर देखने लगे।

द्वार पर अर्जुन के प्रकट होते ही वे स्वयं को रोक नहीं सके।

"बधाई हो अर्जुन!" वे बोले, "मैं बहुत ही प्रसन्न हूँ। तुम लोगों ने स्वयं कोई क्षति न उठाकर, स्वयं सकुशल रहते हुए, कर्ण को मार डाला। मैं तो भीम के प्रभाव से ही जीवित हूँ, नहीं तो उस सूतपुत्र ने तो कोई कसर नहीं उठा रखी थी। जैसे पतंगा जलने के लिए अग्नि में जा गिरता है, वैसे ही मैं मरने के लिए उस कर्ण का सामना करने चला गया था।...वह सूतपुत्र मारा गया। यह परम आनन्द का अवसर है। यहाँ आओ, मेरे निकट बैठो और मुझे बताओ कि तुमने उसे किस बाण से मारा।"

अर्जुन के चेहरे पर किसी प्रकार का कोई उल्लास प्रकट नहीं हुआ, न ही उसने कुछ कहा।

"बहुत थके हुए लग रहे हो।" युधिष्ठिर ने कहा, "थकान तो होनी ही थी। प्रातः से किस-किससे कहाँ-कहाँ लड़ रहे हो और सूतपुत्र से तुम्हारा युद्ध कम श्रमसाध्य नहीं रहा होगा। उसने भी तो अंतिम प्रयत्न किया होगा। वैसे भी उससे सुविधा से मुक्ति पा लेते तो उसके वध का महत्त्व ही क्या रह जाता।"

तभी कृष्ण ने शिविर में प्रवेश किया, "किन्तु धर्मराज! कर्ण का वध अभी हुआ ही कहाँ है? हम वहाँ से चले थे तो वह समरभूमि में भार्गवास्त्र प्रकट कर अपना सामर्थ्य प्रमाणित कर रहा था।"

युधिष्ठिर पर जैसे वज्रपात हुआ।

"कर्ण जीवित है, भार्गवास्त्र से हमारी सेना का नाश कर रहा है?" उनके मुख से अनायास ही निकल गया।

"हाँ महाराज!" अर्जुन ने कहा।

"तो तुम यहाँ क्या करने आए हो?" युधिष्ठिर के स्वर में मुखर खीझ थी, "मैं तो घायल हो गया था। युद्ध के लिए असमर्थ हो चुका था। धनुष भी नहीं उठ रहा था मुझसे। चला आया मैं अपने शिविर में, ताकि युद्ध किए बिना ही मारा न जाऊँ, या कर्ण के हाथों बन्दी न हो जाऊँ। मुझे बाँधकर दुर्योधन तुम लोगों पर दबाव डालकर अपनी मनमानी न करवा ले।...और तुम

समर्थ होते हुए भी कर्ण के भय से भाग आए?" युधिष्ठिर के स्वर में धिक्कार बरस रहा था।

अर्जुन ने एक बार अचकचाकर कृष्ण की ओर देखा।

कृष्ण खड़े मुस्करा रहे थे।

"नहीं महाराज! किसी से भयभीत होने की क्या बात है।" अर्जुन क्लान्त स्वर में बोला, "मैं संशप्तकों से युद्ध कर रहा था, उस समय अश्वत्थामा विषधर सर्प के समान भयंकर बाणों से प्रहार करता हुआ, मेरे सामने आ खड़ा हुआ। अश्वत्थामा के लिए आठ-आठ बैलों से जुते हुए आठ शकट सहस्रों बाण ढो रहे थे। मैंने उसके वे सारे बाण काट डाले और उसे घायल कर दिया। तब वह अपने शरीर से रुधिर बहाता हुआ, कर्ण की रथ सेना में घुस गया। पचासों रथियों का संहार कर मैं व्यग्रता से आपके दर्शन के लिए आया हूँ। हमनें सुना कि आप इतने घायल हो गए हैं तो ....तो अब आपको देख लिया है। आज्ञा दीजिए, मैं समरभूमि में लौट जाऊँ।"

"भीम कहाँ है?" युधिष्ठिर ने पूछा।

"मध्यम युद्ध कर रहे हैं...."

"भीम के मन में आए और वह माता का कुशलक्षेम जानने के लिए हस्तिनापुर चल दे तो युद्ध का क्या होगा?" युधिष्ठिर क्षुब्ध स्वर में बोले।

"वे युद्ध छोड़कर ऐसे कैसे चले जाएँगे?" अर्जुन ने कहा।

"जैसे तुम चले आए हो।" युधिष्ठिर के स्वर में कटुता थी, "मैंने नकुल और सहदेव को यहाँ से भेजा है कि वे जाएँ और भीम की सहायता करें; और तुम उसे वहाँ युद्ध करते देखकर भी छोड़ आए हो। इसका क्या अर्थ है?"

"मध्यम ने कहा था कि वे संशप्तकों को भी सँभाल लेंगे, मैं आपका समाचार लेकर आऊँ।"

"ये संशप्तक!" युधिष्ठिर के मन की सारी दाहकता जैसे साकार हो, शब्दों में प्रकट हो गई, "संशप्तक न हुए, तुम्हारे आराध्य हो गए। संशप्तकों के कारण हमने अभिमन्यु को खोया। तुम सदा संशप्तकों से ही लड़ते रहे और कर्ण मेरे शरीर में बाण पिरोता रहा। मैं सिर उठा-उठाकर देखता रहा कि तुम कब आते हो और तुम संशप्तकों से आँख मिचौनी खेलते रहे। संशप्तक तुम्हें इतने प्यारे क्यों हैं अर्जुन!"

"संशप्तक प्यारे नहीं हैं मुझे।" एक क्षणिक स्तब्धता के पश्चात् अर्जुन का स्वर भी कुछ उग्र हो गया, "आपको शायद ज्ञात भी नहीं है कि यदि मैं संशप्तक और नारायणी के गोप सैनिकों का संहार न कर रहा होता तो वे लोग अब तक आपकी कितनी क्षति कर चुके होते। कौरव सेना के सबसे भयंकर

और विषाक्त अंग को सँभाल रखा है मैंने। कृष्ण ने दुर्योधन को नारायणी सेना किसी और के भरोसे नहीं दी थी।"

"बड़े गर्व से कह रहे हो, जैसे यह कृष्ण की योजना हो कि तुम नारायणी सेना के साथ व्यस्त रहोगे और कर्ण और अश्वत्थामा को हमारी सेनाओं का नाश करने का अवसर मिलता रहेगा।" युधिष्ठिर के स्वर में वक्रता आ गई, "और जैसे ही भीम ने कहा कि वह संशप्तकों को भी देख लेगा, तुम कर्ण के भय से भीम को युद्धक्षेत्र में अकेला छोड़कर मेरा कुशलक्षेम जानने चले आए। अपने सहोदर के प्रति ऐसा स्नेह निभाया। तुमने पहले कह दिया होता कि तुम कर्ण से युद्ध नहीं कर सकोगे तो हमने अपना कर्तव्य किसी और प्रकार से निश्चित किया होता। हमें यहाँ शत्रुओं के बीच पत्थर की वेदी पर ला पटकने की क्या आवश्यकता थी। दुर्योधन ने पहले ही कहा था कि तुम कर्ण का सामना नहीं कर सकोगे, पर मैंने ही अपनी मूर्खतावश उसका विश्वास नहीं किया।..."

"मैं किसी से भयभीत नहीं हूँ धर्मराज!" अर्जुन का स्वर और भी ऊँचा हो गया, "आपके स्नेह के कारण व्यथित होकर मैं यहाँ चला आया और आप ही इस प्रकार की बातें कर रहे हैं, जैसे मैं जान-बूझकर अपना समय इधर-उधर नष्ट करता रहता हूँ और आपकी चिंता मुझे नहीं होती है।"

"तुम किसी से भयभीत हो या नहीं हो, मैं नहीं जानता।" युधिष्ठिर बोले, "मैं तो इतना जानता हूँ कि मैं तुम्हारे प्रति अपनी अपेक्षाओं से भयभीत हूँ। हम सब युद्ध के पूर्व से ही जानते थे कि तुम हमारा शस्त्र हो और भीम हमारा बल है...। पर आज लग रहा है कि एकमात्र भीम ही मेरे रक्षक हैं। अभिमन्यु जीवित होता, तो वह अवश्य ही शत्रुओं का वध करता। घटोत्कच जीवित होता तो भी मुझे इस प्रकार मुँह फेरकर भागना नहीं पड़ता।"

अर्जुन मुँह बाए युधिष्ठिर की ओर देखता रह गया--क्या हो गया है धर्मराज को आज। वे एकदम ही अपना धैर्य खो बैठे हैं। वह अपने प्रति भी सजग था। उसका धैर्य भी क्रमशः चुकता जा रहा था।

"आप बहुत थक गए हैं धर्मराज! कर्ण के हाथों अपने अपमान और अपने शारीरिक घावों से बहुत पीड़ित हो गए हैं।" कृष्ण बोले, "पर आप मेरा और अर्जुन का भरोसा कर सकते हैं। अर्जुन किसी से भी भयभीत क्यों होगा। वह किसी से भी अक्षम नहीं है। कर्ण को आज मरना है और वह अपने समय पर मरेगा। आप आश्वस्त रहें।"

"आप पर मुझे पूरा भरोसा है केशव!" युधिष्ठिर की आँखों में अश्रु आ गए, "किंतु मैं अर्जुन की युद्धविमुखता से थक गया हूँ। आप स्वयं सोचें, युद्ध न करने का संकल्प करके भी आपको व्यग्र होकर पितामह से युद्ध करने के

लिए रथ से कूदना पड़ा। क्यों? अर्जुन की इस शिथिलता का क्या अर्थ है, क्यों यह अपने शत्रुओं से इतना प्रेम करता है? क्यों उनके प्रति मोह है इसके मन में? क्यों भयभीत है यह उनसे? गाण्डीव धारण करने वाले के लिए क्या इस प्रकार का व्यवहार शोभनीय है?"

"जाने आप इस प्रकार क्यों सोच रहे हैं।" अर्जुन कुछ खीझकर बोला, "अपने बन्धु से इस प्रकार बोल रहे हैं। मेरे स्नेह का यह प्रतिदान है।"

"जो आपत्ति में बड़े को संकट से छुड़ा देता है, वही बन्धु है और वही स्नेही सुहृद।" धर्मराज किसी प्रकार भी शान्त नहीं हो पा रहे थे, "तुम्हारा रथ साक्षात् विश्वकर्मा का बनाया हुआ है, उसके धुरे से कोई अप्रिय शब्द नहीं होता। उस पर वानर ध्वजा फहराती है। ऐसे शुभलक्षण रथ पर आरूढ़ हो, स्वर्णजटित खड्ग और चार हाथ के श्रेष्ठ गाण्डीव को लेकर और भगवान् श्रीकृष्ण जैसा सारथि पाकर भी तुम कर्ण से भयभीत होकर कैसे भाग आए? अच्छा होता कि तुम अपना गाण्डीव श्रीकृष्ण को दे देते और स्वयं उनके सारथि बन जाते। धिक्कार है तुम्हारे इस गाण्डीव को। धिक्कार है तुम्हारे इस रथ को।"

अर्जुन के शब्द जैसे उसके कंठ में ही जम गए। मस्तिष्क जड़ हो गया। ...जो स्वयं तो युद्ध से भागकर एक कोस दूर आ बैठा, उसे क्या अधिकार है कि वह उसे इस प्रकार धिक्कारे। भीमसेन को फिर भी उसकी निन्दा का अधिकार हो सकता है। वे अकेले ही वहाँ शत्रुओं से जूझ रहे हैं। ये यहाँ शैया पर बैठे-बैठे मेरा अपमान कर रहे हैं। निष्ठुर! स्त्री, पुत्र, जीवन और यह शरीर लगाकर अर्जुन जिसका प्रिय करने के लिए सदा प्रयत्न करता रहा, वह अपने बाग्बाणों से उसके प्राण ले रहा है। जिस व्यक्ति से जीवन में कभी किसी को कोई सुख नहीं मिला, जो स्वयं पाण्डवों की सारी समस्याओं का कारण था, वही उसे इस प्रकार धिक्कार रहा है।...

अर्जुन का हाथ अपनी असि पर चला गया। वह आज अपने इस भाई का वध ही कर डालेगा।

कृष्ण बहुत ध्यान से अर्जुन की प्रतिक्रिया देख रहे थे, जैसे वह उसका मन ही पढ़ रहे हों।

"क्या कर रहे हो अर्जुन?" उन्होंने अर्जुन की भुजा पकड़ ली, "इस समय इस असि को कोश से बाहर निकालने का क्या प्रयोजन है।"

"केशव, आप सुन रहे हैं कि मेरे बड़े भाई मुझे क्या कह रहे हैं?" अर्जुन बोला, "यह सब सुनने के पश्चात् मुझे इनका वध ही नहीं कर देना चाहिए क्या?"

"विक्षिप्त हो गए हो।" कृष्ण ने अर्जुन को स्नेह भरी दृष्टि से देखा, "इतना-सा अपमान नहीं सह सकते तो धर्मराज जैसे भाई और अपने राजा का

वध करके जीवित रह सकोगे क्या? धर्मराज का वध कर, दुर्योधन की विजय के लिए मार्ग प्रशस्त करना चाहते हो?"

"पर इनके यह सब कहने का क्या अर्थ?"

"कुछ नहीं।" कृष्ण ने अर्जुन के क्रोध पर अपनी मुस्कान का लेप लगाया, "सोचो, प्रातः से कितनी बार वे अश्वत्थामा और कर्ण से पीड़ित हो चुके हैं। वे युद्ध नहीं कर रहे थे, फिर भी कर्ण उनको पीड़ित करता रहा। उनके शरीर से कितना रक्त बहा है। ऐसी शारीरिक और मानसिक स्थिति में क्या कोई अपना संतुलन बनाए रख सकता है।" कृष्ण ने अर्जुन के हाथ से उसकी असि ले ली, "उन्होंने यह भी सोचा होगा कि अर्जुन को क्रोध नहीं दिलाया तो आज भी कर्ण का वध नहीं हो पाएगा।"

अर्जुन ने कृष्ण की ओर देखा—वे ठीक ही कह रहे थे। अधिक रक्त बह जाने पर व्यक्ति का मस्तिष्क ही काम नहीं करता। धर्मराज की तो सारी अपेक्षाएँ उससे जुड़ी हुई थीं। उन दोनों को देखते ही उन्होंने मान लिया कि कर्ण मारा गया। अब यदि अपनी हताशा की पराकाष्ठा में उन्होंने कुछ कठोर बातें कह दीं तो इतना धैर्य तो अर्जुन में होना ही चाहिए था कि उनकी मनःस्थिति समझकर चुप रह जाता और अपने मन में उनके विरुद्ध कुत्सित विचार न उठने देता। पर उसने तो असि निकाल कर उनका वध करने तक की बात सोच डाली। कृष्ण न रोकते तो जाने वह क्या अनर्थ कर बैठता।...उसकी इच्छा हुई कि वह उसी असि से अपना मस्तक काट दे।...

"क्या सोच रहे हो?" कृष्ण ने पूछा।

"सोचता हूँ कि मैंने कितना बड़ा तामसिक अपराध कर डाला है। धर्मराज जैसे अपने भाई के वध की बात सोच डाली। इसका प्रायश्चित कैसे होगा। ऐसा जघन्य अपराध करने के पश्चात् मुझे जीवित रहने का क्या अधिकार है।"

"मूर्ख हो तुम। मोहाक्रांत हो रहे हो।" कृष्ण ने उसे डाँटा, "कभी भाई का वध करने की बात सोचते हो और कभी आत्महत्या ही कर लेना चाहते हो। तुम भी बहुत उद्विग्न लग रहे हो। अच्छा है धर्मराज से अनुमति लो और समरभूमि में लौटो। नहीं तो यहाँ कोई न कोई अनर्थ होकर ही रहेगा।"

अर्जुन ने अपने अवसाद को संयत कर युधिष्ठिर की ओर देखा : युधिष्ठिर के चेहरे पर अब कहीं आक्रोश नहीं था। वे पहले की तुलना में पर्याप्त शान्त लग रहे थे।

अर्जुन और कृष्ण ने आगे बढ़कर उनके चरण छुए, "हमें आशीर्वाद दीजिए कि हम आपका मनोवांछित कर सकें।"

युधिष्ठिर की आँखों में अश्रु थे, "शायद मैं राजा होने के योग्य नहीं हूँ।

मैं रजोगुण के वेग को सँभाल नहीं सकता। भीमसेन मुझसे कहीं अच्छे राजा प्रमाणित होंगे। मैं वनवास के लिए चला जाऊँ तो तुम लोग सुखी हो सकोगे।"

कृष्ण ने पुनः झुककर धर्मराज के चरण छुए, "हम दोनों आपकी शरण मे हैं। आपके चरणों में गिरकर हम दोनों अपने आचरण के लिए आपसे क्षमायाचना करते हैं। आप हमारे अपराध क्षमा करें। आप समझिए कि आप जिसका वध चाहते हैं, उसका जीवन समाप्त हो गया है।"

अर्जुन ने हाथ जोड़ दिए। मुख से कुछ नहीं कहा। उनकी आँखें भी अश्रुओं से भर आई थीं।

36

युधिष्ठिर के शिविर से निकलकर, अर्जुन ने कृष्ण की ओर देखा, "केशव! रथ के अश्व बदल लें। शिविर में आने का एक लाभ यह भी हो। प्रातः से रथ में जुते इन थके घोड़ों के स्थान पर नए अक्लान्त घोड़े अधिक उपयोगी होंगे। फिर यह भी देख लें कि कर्ण से युद्ध करते हुए, किसी प्रकार के शस्त्रास्त्र का अभाव न खले।"

"चिन्ता मत करो। वह सब मैंने दारुक से कह दिया था। तुम कर्ण को मारने का संकल्प करो। संकल्प, दृढ़ संकल्प। निश्चयात्मिका। बुद्धि का उपयोग करो।" कृष्ण का स्वर गम्भीर हो गया, "पितामह ने चाहे कर्ण को अर्धरथी कहा था, किन्तु मैं चाहता हूँ कि तुम उसकी तनिक भी अवमानना न करो। उसकी क्षमता को कम मत आँको। उसे साधारण महारथी मत मानो। मानकर चलो कि कर्ण तुम्हारे समान ही या तुमसे भी बढ़कर योद्धा है। उसने अपने मन में जितना पाप और जितनी घृणा पाल रखी है, वह उसका सबसे बड़ा शस्त्र है। इसलिए प्रयत्न कर उसका वध करना होगा। संकल्प करो कि तुम आज उस दुरात्मा, पापाचारी, क्रूर और पाण्डवों के प्रति दुर्भावना रखने वाले, उस अकारण विरोधी कर्ण का वध करके ही समरभूमि का त्याग करोगे। कर्ण स्वयं को नश्वर प्राणी नहीं मानता। तुम आज उसका नाश करके ही दम लोगे। इसी कर्ण के कारण पापी दुर्योधन स्वयं को बहुत बलवान समझता है। सारे पापों की जड़ यह कर्ण ही है।" कृष्ण ने सीधे अर्जुन की आँखों में देखा, "कर्ण का वध करो। यह मेरा आदेश है। यह पुण्य कर्म है। मैं तो यहाँ तक चाहता हूँ...।"

"क्या चाहते हैं केशव आप?" अर्जुन के मन में तीव्र जिज्ञासा थी।

"कि तुम आज ही अश्वत्थामा, कृतवर्मा, कर्ण, शल्य और कृपाचार्य को मारकर पृथ्वी का निष्कंटक राज्य धर्मराज को दे दो।"

"ऐसा ही होगा गोबिंद!"

अर्जुन ने कह तो दिया; किन्तु कृष्ण को अर्जुन अब भी अन्यमनस्क ही लग रहा था।

"मुझे लगता है अर्जुन कि अब भी तुम्हारे मन में कहीं यह है कि दुर्योधन से संधि हो जाए, कर्ण को समझा दिया जाए।" कृष्ण बोले, "क्या यह सत्य नहीं है?"

"सत्य है केशव! कौन नहीं चाहता कि यह तर्कहीन क्रूर विनाश बंद हो।" अर्जुन ने एक अवसादपूर्ण दृष्टि कृष्ण पर डाली, "शायद समझाने से कर्ण समझ जाए।"

"तुम कर्ण की आँखों के सम्मुख, उसके पुत्र वृषसेन को मार डालो। उसकी समझ में सब कुछ आ जाएगा।" कृष्ण बोले, "तब उसे पितामह, आचार्य और महात्मा विदुर के वचनों का मर्म भी समझ में आ जाएगा।"

कृष्ण रथ को वहीं ले आए थे, जहाँ पाण्डव सेनाएँ कर्ण से जूझ रही थीं।

अर्जुन ने देखा धृष्टद्युम्न, धृष्टद्युम्न के पुत्र, नकुल, सहदेव, शतानीक, सुधर्मा, सात्यकि और द्रौपदी के पाचों पुत्र, प्रायः असहाय होकर कर्ण के वश में पड़ गए लगते थे।

"अब भी कर्ण को समझाओगे तुम।" कृष्ण बोले, "अब भी यदि तुमने कर्ण को नहीं मारा तो सर्वनाश हो जाएगा अर्जुन!"

अर्जुन ने तूणीर में से विकर्ण नामक बाण निकाल लिया था, "नहीं, अब क्या समझाना। और ऐसे कर्ण समझेगा भी क्या। आज तो धृतराष्ट्र भी अपनी कूटनीति पर पछताएँगे। विश्वास कीजिए, आज धृतराष्ट्र अपने राज्यसुख, लक्ष्मी और अपने पुत्रों से बिछुड़ जाएँगे। जो गुणवान से द्वेष करता है और गुणहीन को राजा बनाता है, विनाशकाल उपस्थित होने पर सिर धुनने के सिवाय और कर ही क्या सकता है। आज धृतराष्ट्र के लिए वही अवसर आ गया है।"

"सावधान अर्जुन! कर्ण ने तुम्हारे वध का व्रत ले रखा है।"

"जिस दुरात्मा ने मेरे वध का व्रत लिया है, उस पापी को इन बाणों से मार कर रथ से नीचे गिरा दूँगा।" अर्जुन ने कहा, "अच्छा किया आपने मुझे कर्ण का अवमूल्यांकन न करने की चेतावनी दे दी; किन्तु धनुर्वेद में मेरी समानता करने वाला इस संसार में और कोई नहीं है। पराक्रम में कर्ण मेरे समान नहीं है। अब तक मेरे मन में दया भाव था। मैं धर्मराज के समान ही क्षमा का पक्षधर हूँ, किन्तु शत्रु सामने होने पर मुझ सरीखा क्रोधी भी कौन है।"

सहसा भीम को दुःशासन का रथ दिखाई दे गया।

भीम का मन जैसे किसी तप्त तवे पर जा बैठा। सारी युद्धभूमि उसके लिए अदृश्य हो गई। भीम को केवल दुःशासन ही दिखाई पड़ रहा था। कर्ण की दहाड़ कहीं नेपश्य में चली गई, अर्जुन की रक्षा भी विस्मृत हो गई। वह कर्ण, कृतवर्मा, अश्वत्थमा, दुर्योधन तथा कृपाचार्य के समुख दुःशासन का वध कैसे करेगा—यह सब भीम को तनिक भी स्मरण नहीं रहा। उसके सामने तो बस दुःशासन था और दुःशासन को देखते ही भीम की आँखों के सम्मुख द्यूतसभा जीवन्त हो उठती थी। एकवस्त्रा, रजस्वला द्रौपदी को उसके केशों से पकड़कर घसीटकर लाता हुआ दुःशासन। द्रौपदी को निर्वस्त्र करने का प्रयत्न करता हुआ दुःशासन। द्रौपदी के शरीर से राक्षसी क्रीड़ा करता हुआ दुःशासन। द्रौपदी के अंगों को घूर कर रस लेता हुआ दुःशासन।...दुःशासन, जिसकी भुजा उखाड़ने और उसके वक्ष का रक्त पीने की प्रतिज्ञा की थी भीम ने।...दुःशासन की अनदेखी नहीं कर सकता था भीम। और कोई कुछ कहे न कहे, उसका अपना मन ही उसे धिक्कारने लगता था।

"विशोक! दुःशासन की ओर चलो।" भीम ने कहा।

भीम की दृष्टि उस पर गड़ी हुई थी। दुःशासन ने भी उससे दूर जाने का प्रयत्न नहीं किया। उसका रथ भीम की ओर ही आया।

"बहुत सौभाग्य की बात है दुःशासने! कि तू मुझे युद्ध में दिखाई पड़ गया। अब मुझे तेरे प्रासाद में घुसकर भय से पीले पड़े, पलंग के नीचे छिपे दुःशासन को घसीटकर बाहर नहीं निकालना पड़ेगा। तेरी हत्या अब तेरे वृद्ध माता-पिता की अन्धी आँखों के सम्मुख नहीं होगी।" निकट आने पर भीम ने कहा, "द्यूतसभा में तूने द्रौपदी के केश खींचे थे। उस दिन से मुझ पर तेरा ऋण है। आज उसे व्याज सहित चुका दूँगा। उसे ग्रहण कर।"

दुःशासन की दृष्टि भीम पर पड़ते ही उसके मन में भी बहुत कुछ साकार हो उठा था। उसे भीम की प्रतिज्ञा का स्मरण हो आया था। भीम ने उसके वक्ष का रक्त पीने की प्रतिज्ञा की थी।...उसका मन सिहर उठा था। भीम को अपनी प्रतिज्ञा स्मरण होगी। वह उससे पीछे नहीं हटेगा।...भीम ने प्रतिज्ञा की है तो क्या हुआ। दुःशासन भी कोई असमर्थ नहीं है। और इस समय तो कर्ण, दुर्योधन, कृतवर्मा, अश्वत्थामा तथा कृपाचार्य भी निकट ही थे। उसके अपने दसियों भाई उसकी अपनी दृष्टिसीमा में थे। ऐसे में भीम से भयभीत होने का कोई कारण नहीं था।...

...किन्तु दुःशासन का एक मन था जो अब भी काँपता ही जा रहा था। उसकी बुद्धि उस काँपते मन को थामने का प्रयत्न कर रही थी। भय से उबारने का प्रयत्न कर रही थी।...सहसा दुःशासन का मन भय से बचने के लिए क्रूरता

का कवच ओढ़ने लगा। उसका भय जैसे ठिठक गया और उसे एक हिंस्र सुख का अनुभव होने लगा। उसका मन भीतर ही भीतर क्रूर से क्रूरतर होता जा रहा था।...इस समय यदि वह पहले आक्रमण कर देता है, और अपने साथियों की सहायता से इस मोटे को यहाँ घेर कर मार गिराता है, तो उसके प्राणों से एक भयंकर संकट टल जाएगा। भीम के पश्चात् अकेला अर्जुन ही कितने दिन चलेगा।...पाण्डवों के मारे जाने पर वह उनके अन्तःपुर से द्रौपदी को उसी प्रकार घसीटकर लाएगा, जैसे द्यूतसभा में लाया था। और इस बार उस सभा में नहीं लाएगा, अपने अन्तःपुर में ले जाएगा...द्रौपदी की स्मृति की सुगंध ही उसके मन और प्राणों को उन्मत्त कर देती है।...उसका मन एक मधुर स्वप्न देखने लगा था...वह द्रौपदी के शरीर के साथ पहले से भी क्रूर खिलवाड़ कर सकेगा।

उसका मन क्रूर तो हुआ ही कुछ अश्लील भी हो उठा। चिल्लाकर बोला, "मैं अपना किया भूलता नहीं। तुम्हें प्रमाणकोटि में विष दिया था और नागों द्वारा डसे जाने के लिए गंगा में बहा दिया था। तुम लोगों को तुम्हारी माता सहित वारणावत में जला डाला था।...तुम लोग बचकर कांपिल्य पहुँच गए तो जाने द्रौपदी ने किस भ्रम में अर्जुन का वरण कर लिया। और तुम पाँचों ने उसके साथ ऐसा नीच कर्म किया कि उसे पाँचों की पत्नी बना दिया। क्यों नहीं करते। तुम्हारी माँ ने भी तो एक से अधिक पुरुष किए थे।"

भीम के कान और नहीं सुन सके...यह पापी अपने कर्मों पर लज्जित नहीं होता, उल्टे उनका बखान करता है। उसको अपना गौरव और उपलब्धि मानता है। भीम ने तो सोचा था कि दुःशासन वह सब भुलाना चाहेगा और भीम को उसे स्मरण दिलाना होगा, किन्तु यहाँ तो वह भीम को स्मरण करा रहा है। अब तक तो उसने उनकी पत्नी का ही अपमान किया था, आज वह उनकी माँ का भी अपमान कर रहा था।...

भीम ने जिह्वा से कुछ नहीं कहा। उसके धनुष से क्षुर छूटने लगे। पहले ही क्षुर ने दुःशासन का धनुष काट दिया। दूसरे ने उसका ध्वज काटा। तीसरे ने उसके ललाट पर घाव किया और चौथे ने उसके सारथि का मस्तक काटकर भूमि पर गिरा दिया।

दुःशासन ने दृष्टि घुमाकर देखा : कौन आ रहा है, उसकी सहायता को? ... कौन आता। निकट तो अनेक लोग थे। किन्तु वहीं अर्जुन भी था, कर्ण उसकी ओर पीठ करने का साहस नहीं कर सकता था। कर्ण चाहता भी तो अर्जुन उसे वैसा करने नहीं देता। धृष्टद्युम्न ने दुर्योधन को साध रखा था। युधामन्यु, उत्तमौजा, सात्यकि, नकुल, सहदेव और पाँचों द्रौपदेय वहीं थे। उन सबको कर्ण ने रोक रखा था किन्तु अब अर्जुन आ गया था और कर्ण

जैसे उसके चंगुल में फँस गया था।...दुर्योधन और कर्ण दुःशासन को देख भर सकते थे, न तो वे उसके लिए रथ ला सकते थे, न सारथि। इस मोटे ने उसके सारथि का वध कर उसे संकट में डाल दिया था। यह युद्ध तो उसे स्वयं ही लड़ना था।...

दुःशासन जैसे किसी उन्माद में अपने आपको भूल गया। उसने दूसरा धनुष उठा लिया और भीम को अपने बाणों से बींध डाला। स्वयं ही अपने घोड़ों को नियंत्रित करते हुए उसने बाणों की झड़ी लगा दी। भीम उसके इस कौशल से हतप्रभ-सा लगा। दुःशासन ने उसे ताक कर एक दुःसह बाण मारा, जो भीम के शरीर को छेद कर पार निकल गया।

भीम कुछ शिथिल हुआ; और फिर प्राणहीन के समान दोनों भुजाएँ फैलाए हुए अपने रथ में गिर गया।...

विशोक चिन्तित हो उठा। रथी के अचेत हो जाने पर सारा दायित्व सारथि का ही था। चारों ओर ऐसा भयंकर युद्ध चल रहा था कि पाण्डव योद्धाओं में से कोई भी अपना स्थान छोड़कर भीम की सहायता को नहीं आ सकता था; और दुःशासन इस अवसर का लाभ उठाकर भीम का वध भी कर सकता था।...तो क्या वह रथ को समरभूमि से दूर ले जाए? पर मार्ग कहाँ है? वह रथ को कहाँ से निकाल ले जाएगा। तो क्या वह स्वयं ही धनुष भी सँभाल ले, सम्भव है कि कुछ समय में कोई योद्धा उनकी सहायता को आ जाए। पर तभी रथ में उपस्थित वैद्य ने एक औषधी भीम के घाव पर रखी और दूसरी उसकी नासिका पर। भीम की आँखें खुल गईं। घाव से रक्तस्राव बंद हो गया। भीम उठकर खड़ा हो गया।

भीम ने देखा : इस बीच दुःशासन के पास दूसरा सारथि आ चुका था। दुःशासन अपना धनुष तान चुका था। भीम के हाथ में पकड़ा धनुष अभी पहला बाण भी छोड़ नहीं पाया था कि दुःशासन ने उसे काट दिया। उसने अगले बाण से विशोक भी घायल हो गया। वैद्य उसके पास जा बैठा। उसके घाव पर औषधी का लेप करने लगा। भीम अपना ध्यान एकाग्र नहीं कर पाया और दुःशासन के अनेक बाण आकर उसे लगे। ऐसे अवसर पर बाण चलाने की उपयुक्तता न देख, भीम ने एक शक्ति छोड़ी। दुःशासन के बाणों ने उसे काटकर फेंक दिया और भीम को कुछ और घाव दे दिए।

भीम के शरीर पर जैसे विवेक का नियंत्रण नहीं रह गया। वह अपनी प्राकृतिक स्थिति में पहुँचकर स्वतः ही निर्णय करने लगा।

"तूने मुझे बाणों से मारा है, ले अब मेरी गदा का प्रहार सहन कर।" भीम ने चिल्लाकर कहा, "दुरात्मन्! आज इस संग्राम में तेरा रक्त पियूँगा।"

भीम को घायल होकर गिरते देख, दुःशासन पर्याप्त निर्भय हो चुका था। वह हँसा, "पहले तू मेरी इस शक्ति को अपना रक्त पिला मोटे।"

दुःशासन ने शक्ति छोड़ी किन्तु भीम की गदा ने उसे मार्ग में ही नष्ट कर दिया। गदा के आघात से दुःशासन का रथ कुछ पीछे घिसटा और ध्वस्त होकर पृथ्वी पर गिर गया। सारथि और घोड़े भी धराशायी हो गए। वे जीवित थे या नहीं, यह देख पाने की क्षमता, दुःशासन में नहीं थी। वह स्वयं धरती पर गिरा हुआ था। मन भय से काँप रहा था। शरीर वेदना से छटपटा रहा था। उसका कवच टूट गया था। आभूषण और हार छिन्न-भिन्न हो गए थे। वस्त्र फट गए थे। उसने उठने का प्रयत्न किया...

भीम अपने रथ से कूद पड़ा और दुःशासन की ओर इस प्रकार दौड़ा, जैसे कोई आखेटक अपने बाण से बिंधे पक्षी को धरती पर गिरते देख उसकी ओर दौड़ता है।...भीम के मन में वे सारे दृश्य साकार हो रहे थे, जिनकी चर्चा स्वयं दुःशासन ने की थी; और उसका क्रोध बढ़ता जा रहा था। भीम को लग रहा था कि दुःशासन के वध मात्र से उसके मन की पीड़ा शान्त होने वाली नहीं थी। उसका प्रतिशोध उतने भर से समाप्त कैसे हो सकता था।

भीम ने कर्ण, दुर्योधन, कृतवर्मा, अश्वत्थामा और कृपाचार्य की ओर देखा, "आज मैं पापी दुःशासन के प्राण लेने जा रहा हूँ। तुममें से जिसमें भी साहस और सामर्थ्य हो, वह आए और इसे बचा ले।"

कर्ण और दुर्योधन दोनों ने ही देखा, किन्तु वे उसके निकट आना तो दूर वे अपना धनुष ही अर्जुन की दिशा से मोड़ नहीं सकते थे। वे दुःशासन को मरते हुए ही देख सकते थे...पर कहीं दुःशासन मर ही तो नहीं गया?

भीम ने दौड़कर दुःशासन को धर दबोचा। उसे अपनी भुजाओं में पकड़कर दो-तीन बार उठा-उठाकर धरती पर पटका और फिर अपने कोश में से लम्बी और धारदार असि निकाल ली। उसने असि चलाने से पहले अपने पैर से दुःशासन के कण्ठ पर प्रहार किया। उसने देखा : दुःशासन की आँखों में भय था और वह थर-थर काँप रहा था। किन्तु उसकी आँखों में कहीं भी पश्चात्ताप अथवा क्षमायाचना नहीं थी। उसका भय कितना हिंस्र था। वह अपनी रक्षा को ही पर्याप्त नहीं मानता, मुक्त हो जाता तो भीम के ही नहीं, जाने कितने लोगों के प्राण ले लेता। कितनी पांचालियों को केशों से पकड़कर घसीटता हुआ सार्वजनिक स्थानों तक ले जाता और उनके चीरहरण का प्रयत्न करता। वह भयभीत होकर क्रूरता से विरक्त नहीं होता, अपने भय का बंदी होकर भी किसी का वध कर सकता था। उसका भय भी बहुत भयंकर था।...

भीम की अपनी इच्छा हो रही थी कि असि के एक प्रहार से दुःशासन का मस्तक उसके धड़ से पृथक् कर दे। इससे तो उसे कष्टों से मुक्ति मिल जाएगी। उसे अभी और अपमानित और पीड़ित होना चाहिए था। मृत्यु दंड मात्र ही उसके लिए पर्याप्त नहीं था।

"तूने कर्ण और दुर्योधन के साथ मिलकर मुझे बैल कहा था। बहुत प्रसन्न था तू मुझे बैल कहकर। बोल, अब भी वैसे ही तालियाँ बजा, कह मुझे बैल!" भीम की बर्बरता चाहती थी कि वह दुःशासन को कुछ और उत्तेजित करे, ताकि उसे और पीड़ित किया जा सके, उसे तड़पाया जा सके, नहीं तो मरकर यह दुष्ट बहुत सस्ते में छूट जाएगा।

"बता। राजसूय यज्ञ में अवभृत स्नान से पवित्र हुए, महारानी द्रौपदी के केश तूने किस हाथ से खींचे थे। बोल।" भीम ने उसके कण्ठ को अपने पैर से दबाया।

दुःशासन का भय स्फीत होते-होते कहीं क्रोध में परिणत हो गया। वह क्रोध से जल उठा। क्रोध उसे क्रूर बना देता था। उसके हाथ में कोई शस्त्र नहीं था। वह कहीं से शस्त्र प्राप्त भी नहीं कर सकता था। पर वह भीम को पीड़ा पहुँचाना चाहता था। उसे अधिक से अधिक आहत करना चाहता था। इतना कि भीम का वज्र हृदय भी पीड़ा से फट जाए। उसके पास शस्त्र के रूप में एक जिह्वा ही तो थी, जिससे वह भीम को आहत कर सकता था।

उसके तेवर बदल गए, दमित रोष को मुस्कान में बदलकर बोला, "यह देख, हाथी के सूँड के समान बलिष्ट मेरी भुजा। इससे ही सहस्रों गोदान किए हैं मैंने। तुझ जैसे अनेक उद्धत क्षत्रियों के प्राण लिए हैं; और इसी से अप्सरा जैसी रमणियों और महारानियों के उरोजों का मर्दन किया है।...भीमसेन! इसी से मैंने तुम लोगों के सामने द्रौपदी के केश खींचे थे।"

भीम को लग रहा था कि कोई नीच सार्वजनिक रूप से उसे अश्लील गालियाँ दे रहा है। अभी इसने उसकी माता के विषय में अपनी कलुषित धारणा व्यक्त की थी। अब वह रमणियों और महारानियों की बात कर रहा है। द्रौपदी के संदर्भ में संकेत कर रहा है, अश्लील संकेत। जैसे इन लोगों ने द्यूतसभा में किए थे। कोई भय नहीं है इसे। न अपने प्राणों का, न अपनी पीड़ा का। जिस अपमान के कारण यह युद्ध हुआ, उसी अपमान की पुनरावृत्ति कर रहा है यह।...

भीम ने उसकी उठी हुई बाँह थाम ली। वह एक झटके से उसे उखाड़ सकता था, किन्तु वह तो भीम और दुःशासन के मध्य की बात होगी। उन्होंने

तो सार्वजनिक अपमान किया था पाण्डवों का। दुःशासन का भी सार्वजनिक अपमान होना चाहिए।

भीम का स्वर ऊँचा उठ गया, "सुनो नीच दुःशासन के मित्रो! मैं इसकी यह भुजा उखाड़ रहा हूँ। अब यह अपने प्राण भी त्यागेगा। तुममें से जिसको इससे प्रेम हो और जिसमें साहस और सामर्थ्य हो, आकर इसकी रक्षा कर ले।"

दुर्योधन ने उस ओर देखा और धृष्टद्युम्न के बाणों ने उसे बींध दिया। पाण्डवों ने अच्छी प्रकार व्यूह बाँध रखा था। न कर्ण इस समय अर्जुन को छोड़कर दुःशासन के निकट जा सकता था और न ही दुर्योधन धृष्टद्युम्न को छोड़ सकता था। कृतवर्मा को तो सात्यकि ने जैसे बाँध ही रखा था। सब देख रहे थे किन्तु कोई कुछ नही कर सकता था।

भीम ने दुःशासन की भुजा उखाड़ ली। सबने देखा कि भीम ने जीवित दुःशासन की भुजा काटी नहीं थी। अर्जुन ने भूरिश्रवा की भुजा काट दी थी, किन्तु भीम ने तो दुःशासन की भुजा उखाड़ ली थी। वह उसी भुजा से दुःशासन को पीट रहा था, जैसे वह कोई साधारण दण्ड हो। भीम का मुखमण्डल अत्यन्त भयंकर हो उठा था। उसकी आँखों में पिशाच का सा आनन्द था। क्रोध में कोई इस प्रकार सुखी हो सकता है, यह तो दुर्योधन ने शायद पहली बार ही देखा था। दुःशासन की उस उखड़ी हुई भुजा में से रक्त के छींटे उड़ रहे थे, जो भीम, दुःशासन और धरती—तीनों पर गिर रहे थे।...

भीम ने भूमि पर पड़े हुए दुःशासन के वक्ष को अपने हाथों से फाड़ना चाहा। दुःशासन ने उठने का प्रयत्न किया, किन्तु भीम ने उसे फिर से पटक दिया, "बहुत नाच रहे थे तुम कि हमारे देखते-देखते तुम द्रौपदी का अपमान कर रहे थे। अरे, हम तो धर्म के बन्धन में बँधे थे, किन्तु तुम्हारे भाई, मित्र, सम्बन्धी हमारे बल से बँधे हैं। मैं उन सब के सामने ललकार कर तुम्हारे वक्ष का रुधिर पियूँगा। जिसमें साहस हो, मुझे रोक ले और देख ले कि पाण्डव थोथे तिल हैं, या तुम लोग पापी और नपुंसक हो।"

भीम ने अपने असि से दुःशासन का मस्तक काट लिया। उसमें से गर्म-गर्म रुधिर की धारा फूटी और भीम ने अपनी अंजलि में भर कर उस रक्त को अपने अधरों से लगा लिया।

"मैंने अपनी माता का दूध पिया है, मधु और घी पिया है, मधूक पुष्प से निर्मित पेय पिए हैं, दिव्य जल और अलौकिक रस पिए हैं, किन्तु इन सबसे स्वादिष्ट है, मेरे इस शत्रु का रक्त। नराधम दुःशासन! देख मैं तेरे कण्ठ का रुधिर पी रहा हूँ। अब इस समय हर्ष में भर कर मुझे बैल-बैल पुकार।"

भीम ने खड़े होकर निश्चेष्ट पड़े हुए दुःशासन को ठोकर मारी, "क्या करूँ। मृत्यु ने तुझे दुर्दशा से बचा लिया।"

भीम ने मुख उठाकर सेनाओं की ओर देखा। उसके हाथ और उसका मुख दुःशासन के रक्त से लाल थे। वह जिस ओर बढ़ा, उस ओर से सैनिक भाग खड़े हुए। कुछ भूमि पर गिर गए और अनेक के हाथों से उनके शस्त्र छूट गए।

कर्ण का भाई चित्रसेन चिल्लाया, "यह मनुष्य नहीं राक्षस है।"

वह भागा। उसके सैनिक उसके पीछे थे। युधामन्यु ने अपनी सेना के साथ उसका पीछा किय। युधामन्यु की बाणवर्षा से चित्रसेन घायल हो गया तो उसका भागना सम्भव नहीं रहा। वह रुका और युधामन्यु पर बाण चलाए। युधाामन्यु और उसका सारथि दोनों ही चित्रसेन के बाणों से आहत हुए; और तब युधामन्यु ने चित्रसेन का मस्तक काट लिया।

कर्ण की विचित्र स्थिति थी। उसने अभी-अभी दुर्योधन के भाई को इस प्रकार अपमानजनक ढंग से मरते देखा था, और अब उसके सामने ही उसका अपना भाई भी कबंध में परिणत हो गया था। क्रोध से उसकी आँखें लाल हो गईं।...उसने पाण्डव सेना पर आक्रमण किया। किन्तु इस समय पाण्डव सेना का मनोबल आकाश छू रहा था। इतने थोड़े समय में उन लोगों ने कौरव सेना के दो अत्यन्त महत्त्वपूर्ण योद्धा मार गिराए थे।

नकुल ने अर्जुन को लाँघ कर कर्ण को रोका। कर्ण के मुख का स्वाद जैसे खट्टा हो गया। अर्जुन नहीं आया, भीम नहीं आया, उससे युद्ध करने नकुल आया है। और वह भी इतने साहस से लड़ रहा है कि शल्य रथ को आगे हाँक नहीं पा रहा। नकुल के पीछे भीम था, जो अर्जुन और कृष्ण की ओर जा रहा था...कर्ण चाहता था कि वह इसी क्षण भीम का मस्तक उसके धड़ से पृथक कर दे, या कम से कम युधामन्यु को मार कर चित्रसेन का ही प्रतिशोध ले ले; किन्तु नकुल ही उसे अटका बैठा था।...

"नकुल को लाँघ जाओ मद्रराज!" कर्ण ने कहा, "मुझे अर्जुन से युद्ध करना है, नकुल से नहीं। या फिर युधामन्यु के सामने चलो, जिसने चित्रसेन का वध किया है।"

शल्य रथ आगे बढ़ाने में उतना तत्पर नहीं दीखा। पलट कर बोला, "अंगराज! सुना तुमने कि मरने से पहले दुःशासन ने कौरवों की महारानी कुन्ती के विषय में क्या कहा? तुम तो मद्र देश की स्त्रियों के चरित्र को कलंकित कर रहे थे, कौरवों की कुलवधू के विषय में स्वयं कौरव महारथी ही क्या कह रहे हैं।"

"बकते हैं। महारानी कुन्ती पर चरित्र सम्बन्धी आक्षेप करना दुःशासन की नीचता थी।" कर्ण क्रोध से बोला; किन्तु तत्काल ही वह स्तब्ध रह गया...क्या शल्य कुन्ती से उसका सम्बन्ध जानता है? नहीं तो क्यों कह रहा है वह यह

सब? पर तब तो वह पाण्डवों से भी उसका सम्बन्ध जानता होगा... नहीं! यह सम्भव नहीं है। जिस रहस्य को स्वयं पाण्डव नहीं जानते, उसे शल्य कहाँ से जान जाएगा।...एक ओर कर्ण बहुत पीड़ित था दुःशासन के वध से; और दूसरी ओर उसके अपने ही मन का कोई छोटा-सा अंश बहुत दबे स्वर में कह रहा था, जिस दुःशासन ने कुन्ती के विषय में यह कहा था, उसे मर ही जाना चाहिए। ऐसी बात सुन कर तो वह स्वयं ही दुःशासन का वध कर देता।...किन्तु कर्ण स्वतन्त्र नहीं था। दुर्योधन से अपने जिस सम्बन्ध को वह मैत्री कहता था, वह उसकी बेड़ियाँ ही थीं। वह कौरवों का सेनापति था तो कौरव राजकुमारों का वध कैसे कर सकता था। ये कौरव राजकुमार चाहे, अपनी माँ सरीखी काकी के चरित्र पर आक्षेप कर प्रसन्न होते हों, या द्रौपदी जैसी अपनी भाभी को सार्वजनिक रूप से नग्न कर अपना मनोरंजन करते हों। उन्हीं राजकुमारों की संगति में रहा है कर्ण।...सौभाग्यशाली था भीम, जो इस प्रकार खुले रूप में अपनी माँ और अपनी पत्नी के अपमान का प्रतिशोध ले सकता था।...

"जब तुम मद्र देश की सारी स्त्रियों को वेश्याओं से हीनतर बता रहे थे, वह तुम्हारी भी तो नीचता ही थी।" शल्य की वाणी में उसके मन का सारा विष सिमट आया था।

"पहले युद्ध का निर्णय करना है या मेरी नीचता और महानता का।" कर्ण क्रुद्ध स्वर में बोला, "रथ आगे बढ़ाओ। मुझे लगता है कि तुमको अपने सारथि के रूप में माँग कर मैंने अपने लिए सुविधा कम और संकट अधिक पाया है।"

शल्य ने कोई उत्तर नहीं दिया।

भीम का सारा शरीर रक्त से भीगा हुआ था, कुछ अपने रक्त से और कुछ दुःशासन के रक्त से। उसका मुख दुःशासन के रक्त से लाल हो रहा था और भयंकर भीम मुस्कराता हुआ अपने रथ में आरूढ़ हो गया। उसने विशोक को संकेत किया और उसका रथ आकर अर्जुन के रथ के सम्मुख खड़ा हो गया, "वीरो! उस नीच दुःशासन के सम्बन्ध में मैंने जो प्रतिज्ञा की थी, उसे मैंने रणभूमि में सत्य कर दिखाया है। मैं यहीं दूसरे यज्ञपशु दुर्योधन को काट कर उसकी बलि दूँगा और सारे कौरवों के सामने उस दुरात्मा के मस्तक को अपने पैरों से कुचल कर शांति प्राप्त करूँगा।"

भीम अभी घूमा भी नहीं था कि धृतराष्ट्र के दस भाई—निषंगी, कवची, पाशी, दंडधर, धनुर्ग्रह, आलोलुप, शल, संध, वातवेग और सुवर्चा, उससे दुःशासन का प्रतिशोध लेने के लिए आ खड़े हुए।

भीम उनकी ओर मुड़ा, "दुर्योधन ने भेजा है तुम्हें मरने को।"

"हम स्वयं आए हैं।" निषंगी ने कहा, "तुम समझते हो कि दुःशासन का वध कर तुम स्वयं जीवित घूमते रहोगे।"

"इतने ही समर्थ हो तो पहले आकर दुःशासन को बचा ही क्यों नहीं लिया?" भीम की हँसी बड़ी भयंकर थी, "तुम्हें दुर्योधन ने काल को समर्पित कर दिया है; और काल ने अपना काम सरल करने के लिए तुम्हें मेरे पास भेज दिया है। वह यही करता है, स्वयं लड़ता नहीं और अपने भाइयों को एक-एक कर मरवाता जा रहा है।"

भीम ने ढेर सारे भल्ल अपने हाथ में लिए और धृतराष्ट्र पुत्रों के बाणों की बौछार की चिन्ता किए बिना उसने एक-एक कर उन दसों के मस्तक काट कर धरती पर लुढ़का दिए।

कर्ण अपने मन में एक विचित्र प्रकार के अवसाद का अनुभव कर रहा था। या यह किसी प्रकार की ग्लानि थी। उसने अभी-अभी दुःशासन का बीभत्स रीति से मारा जाना देखा था और उसके अगले ही क्षणों में युधामन्यु ने चित्रसेन का मस्तक काट लिया था। और अब ये धृतराष्ट्र पुत्र...कर्ण को लग रहा था, भीम का यह पराक्रम जैसे उसके मन में एक सुषुप्त भय को जगा रहा था।

शल्य ने उसकी ओर देखा : सूतपुत्र अब उससे झगड़ा नहीं कर रहा था। वह शान्त नहीं था, किन्तु एकदम मौन था। शल्य उससे सहानुभूति जताए, अथवा उसे पीड़ित करे, उसे सांत्वना दे अथवा युद्ध के लिए प्रेरित करे।...शल्य का मन भी विचित्र प्रकार के द्वन्द्व में फँसा हुआ था। वह कौरवों की विजय की कामना करते हुए भी कर्ण को विजयी देखना नहीं चाहता था। कर्ण की विजय उसे किसी प्रकार की प्रसन्नता नहीं दे सकती थी। कर्ण की मृत्यु के पश्चात् वह कौरवों का प्रधान सेनापति बन सकता था।

"शोक न करो कर्ण! शोक करने का समय ही नहीं है।" शल्य ने कहा, "भीम के भय से कौरव सेना भाग रही है। दुर्योधन किंकर्तव्यविमूढ़ खड़ा है। भीम दुःशासन का रक्त पी रहा था तो कृपाचार्य आदि उसे रोकने के स्थान पर जा कर दुर्योधन को घेर कर खड़े हो गए कि कहीं भीम उसका रक्त भी न पी ले। पर वे भूल गए कि भीम की प्रतिज्ञा दुर्योधन का रक्त पीने की नहीं, उसकी जंघा तोड़ने की है।..."

"तुम चुप नहीं रह सकते शल्य?" कर्ण ने झल्लाकर शल्य की ओर देखा, "तुम यह नहीं देखते कि यहाँ कौरवों और पाण्डवों में भयंकर, निर्णयकारी युद्ध चल रहा है। तुम समझते हो कि यह तुम्हारा और मेरा द्वन्द्व युद्ध है।"

"तुम शायद इतनी हत्याएँ देखकर घबरा रहे हो। मन ठिकाने नहीं है तुम्हारा।" शल्य ने मुस्कराकर उसकी ओर देखा, "मैं तुमसे द्वन्द्व युद्ध नहीं कर

रहा हूँ, तुमको युद्ध के लिए प्रेरित कर रहा था। तुम ऐसे सिर पकड़कर बैठे रहोगे तो युद्ध कैसे करोगे; और उधर अर्जुन आदि योद्धा अपना लक्ष्य सिद्ध कर चुके हैं; और अब तुम्हारी ही ओर आ रहे हैं।"

"अर्जुन ने कौन-सा लक्ष्य सिद्ध कर लिया है?" कर्ण के स्वर में स्पष्ट खीझ थी, "लक्ष्य तो भीम ने सिद्ध किया है अपना।"

"यही तो कह रहा हूँ कि दुःशासन के वध से घबरा गए हो। सोच रहे हो कि दुःशासन को द्रौपदी का अपमान करने के लिए तुमने ही उकसाया था। तुमने कहा था कि वह वेश्या है, उसे निर्वस्त्र कर देने में कोई अनौचित्य नहीं है। अब भीम बता रहा है कि उसमें अनौचित्य है। तुम यह तो नहीं सोच रहे कि कहीं भीम तुम्हारा भी वक्ष चीर कर रक्तपान तो नहीं करेगा...।"

"शल्य!" कर्ण ने उस पर अपने नेत्रों से अग्नि बरसाई।

"नहीं! वह तुम्हारा रक्त नहीं पिएगा। तुम्हारा मस्तक तो अर्जुन काटेगा।" शल्य ने कहा, "मैं तो इतना भर कह रहा था कि अर्जुन आदि का लक्ष्य था, भीम को दुःशासन का रक्तपान करने का अवसर देना। उतनी देर तक पाण्डव योद्धा कौरवों के अन्य सारे योद्धाओं को छेंके खड़े रहे। कोई नहीं पहुँच पाया दुःशासन की सहायता को। भीम ललकारता रहा और तुम भी नहीं पहुँच पाए। चित्रसेन को भी नहीं बचा पाए। अब अर्जुन के लिए इधर-उधर किसी को रोकना आवश्यक नहीं है। वह तुम्हारी ही ओर आ रहा है। युद्ध का मन हो तो उसकी ओर चलें नहीं तो भाग चलें।"

"तुम माधवी में नहा कर तो नहीं आए शल्य?" कर्ण ने उसे डाँटा, "अपनी मर्यादा में रहो। तुम कौरवों के प्रधान सेनापति को समरभूमि से भाग जाने का परामर्श दे रहे हो।"

"मैंने यह नहीं कहा।" शल्य शान्त भाव से मुस्कराया, "मैं तो कह रहा हूँ कि अब अपने पुरुषार्थ का भरोसा कर, क्षत्रिय का सा आचरण करते हुए, अर्जुन पर आक्रमण करो। तुमको इस प्रकार किंतर्तव्यविमूढ़ खड़ा देखकर तुम्हारा पुत्र वृषसेन भीम पर आक्रमण कर रहा है। वह तुम्हें मोहग्रस्त न पाता तो व्यर्थ ही क्यों महाकाल के यम दूत से टकराने जाता।"

कर्ण ने उधर दृष्टि फेरी। वह अभी चित्रसेन के वध को ही सहन नहीं कर पा रहा था, यदि वृषसेन को भी भीम ने उसी मार्ग पर भेज दिया तो कर्ण के मन की क्या स्थिति होगी।

वृषसेन ने भीम पर आक्रमण किया। पर भीम से पहले नकुल सक्रिय हो उठा। उसने अपने क्षुर से वृषसेन के ध्वज को काट गिराया। उसका धनुष काट दिया।

वृषसेन ने तत्काल दूसरा धनुष उठाया और नकुल को बाणों से बींध दिया। नकुल को तनिक भी अवसर न देते हुए, वृषसेन ने उस पर दिव्यास्त्रों की बाण वर्षा आरम्भ कर दी। नकुल का धनुष कट गया। सारथि मारा गया। और घोड़े धराशायी हो गए। अब अपने रथ पर बने रहना नकुल के लिए सम्भव नहीं था। हाथ में खड्ग लेकर वह अपने उस ध्वस्त रथ से कूद पड़ा और आश्रय के लिए भीम के रथ की ओर भागा। वह भीम के रथ तक पहुँच ही गया किन्तु मार्ग में उसका खड्ग भी टूट गया और उसके शरीर पर अनेक घाव भी लगे। नकुल भीम के रथ में आ गया, तो भी वृषसेन ने उसका पीछा नहीं छोड़ा। उसने एक साथ ही भीम और नकुल दोनों पर आक्रमण किया।

"रथ को वृषसेन के निकट ले चलो।" भीम ने विशोक से कहा, और तत्काल ही उसने अपना निर्णय बदल दिया, "नहीं अर्जुन के निकट चलो।"

रथ निकट आया तो उसने अर्जुन से कहा, "कर्ण का यह पुत्र दिव्यास्त्रों से सम्पन्न है, इसलिए हमें सता रहा है। इसे निपटाकर ही कर्ण के सामने जाना।"

"यह हमारे लिए घातक हो सकता है, इसे शीघ्र मार डालिए भैया।" नकुल ने भी जोड़ दिया।

अर्जुन ने दृष्टि उठाकर वृषसेन की ओर देखा, वह इस समय बहुत उग्र हो रहा था। उसने तीन बाणों से शतानीक को भी घायल कर दिया था। वह भी कदाचित् नकुल को अधिक सताने के लिए था। वह वहीं तक नहीं रुका, उसने पुनः भीम और नकुल को बाणों का लक्ष्य बनाया और अर्जुन तथा कृष्ण को भी बाण मारे।

कर्ण का पुत्र अकेला ही इतने सारे पाण्डव योद्धाओं से जूझ रहा था और वे लोग उसकी कोई हानि नहीं कर पा रहे थे। कौरव सैनिक कुछ अधिक उत्साहित हो उठे। उनका मनोबल कुछ ऊँचा हो आया था।

अर्जुन ने उस पर आक्रमण करने से पहले, उसकी स्थिति को देखा। वह कर्ण के सामने उसका अग्ररक्षक बन कर खड़ा था। तो वह पिता के रक्षक के रूप में पाण्डवों को पीड़ित करने का प्रयत्न कर रहा था। यह नहीं सोच रहा था कि पिता के सामने जब पुत्र का सिर कट कर धड़ से पृथक् होगा तो पिता का शौर्य कितना कुंठित होगा।

अर्जुन ने उस पर आक्रमण किया किन्तु वृषसेन उससे सम्भ्रमित नहीं हुआ। उसने उलट कर अर्जुन पर बाण चलाए और अर्जुन को आहत कर दिया।

अर्जुन ने अपना स्वर ऊँचा उठाया, "कर्ण! जब तुम छह कायरों ने घेर कर शस्त्रहीन अभिमन्यु का वध किया, तब वह अकेला था। मैं उसके साथ

नहीं था। तुम वृषसेन की पीठ पर हो। मैं तुम्हारे सामने उसका वध करूँगा। बचा सको तो अपने पुत्र को बचा लो। बचा सको तो अपने आपको भी बचा लो। मैं आज तुम्हारा भी वध करूँगा, क्योंकि इस सारी कलह के मूल में तुम ही हो। तुमने दुर्योधन को इतना भ्रमित न किया होता तो युद्ध न होता।"

अर्जुन ने अपना धनुष खींचा और वृषसेन पर प्रहार किया। पहले दस बाणों से उसके मर्म पर आघात किया और फिर तीखे क्षुर से उसके धनुष को काट दिया। कर्ण ने देखा, उसका प्रिय पुत्र अर्जुन के सम्मुख असहाय खड़ा था। अर्जुन ने वृषसेन को न नया धनुष उठाने का अवसर दिया, न कर्ण को उसकी रक्षा करने के लिए पहुँचने का। उसने निमिष भर में एक के पश्चात् एक क्षुर मार कर वृषसेन की दोनों भुजाएँ काट दीं। कर्ण की टाँगें भय से काँप गईं। अर्जुन ने अगले ही क्षण वृषसेन का मस्तक भी काट दिया। वृषसेन रथ से नीचे गिर पड़ा।

पुत्र के मस्तक को कटते और उसे इस प्रकार रथ से गिरते देख कर्ण विक्षिप्त हो उठा।

"चलो।" उसने अपने धनुष से शल्य को कोंचा, "अर्जुन की ओर चलो। तुम कहीं समय से नहीं पहुँचते हो।"

शल्य के मन में एक क्रूर मुस्कान जागी : यह व्यक्ति स्वयं तो प्रत्येक संकट से भाग जाता है; और आज उसे कह रहा है कि शल्य कहीं समय से नहीं पहुँचता।

...अर्जुन की ओर बढ़ने की विशेष आवश्यकता नहीं रह गई थी। अर्जुन का रथ स्वयं ही उनकी ओर आ रहा था। उन दोनों के बीच बाधा के रूप में अड़ा वृषसेन अब वहाँ नहीं था। उसका शरीर भूमि पर पड़ा था और उसका सारथि खाली रथ को वहाँ से हटा ले गया था।

"मद्रराज!" सहसा कर्ण ने कुछ कोमल स्वर में पूछा, "यदि अर्जुन ने मुझे मार डाला तो तुम क्या करोगे?"

शल्य ने कुछ चकित होकर उसकी ओर देखा : अच्छा! कर्ण भी अपनी मृत्यु के विषय में सोचता है।...

शल्य के मन में प्रधान सेनापतित्व का स्वप्न जागा। कर्ण की मृत्यु के पश्चात् ही तो यह सम्भव हो पाएगा।...क्या करेगा शल्य?...शल्य को लगा, अकस्मात् ही वह सारथि के स्थान से उठ कर रथी के स्थान पर खड़ा हो गया है। उसके हाथ में अश्वों की वल्गा नहीं धनुष है। उसका रथ दिव्य शस्त्रों से परिपूर्ण है। उसके सामने एकाधिक धनुष बँधे हुए हैं। उनकी दिशाएँ निश्चित हैं। वह उनमें से आवश्यकतानुसार विभिन्न दिशाओं में बाण छोड़ रहा है।

उसका रथ युद्ध का केन्द्र बना हुआ है। वह जिधर दृष्टि उठाता है, उसी ओर से पाण्डव सेनाएँ जैसे शून्य में विलीन हो जाती हैं।...

"यदि ऐसा हुआ तो मैं तुम्हारे इस एकमात्र रथ के द्वारा कृष्ण और अर्जुन दोनों का वध कर दूँगा।" शल्य ने कहा।

उसके स्वर के उत्साह से कर्ण के शरीर में जैसे आग दहक उठी। एक बार नहीं कहा, इस मद्र ने कि तुम नहीं मरोगे कर्ण! तुम विजयी होगे। तत्काल मान लिया कि कर्ण मारा ही जाएगा। मान क्या लिया, उसकी तो शायद यही महत्त्वाकांक्षा है कि कर्ण मारा जाए। इसके तो दोनों ही हाथों में मोदक है। कौरव जीते तो वह दुर्योधन से पुरस्कृत होगा कि अपने भागनेयों के विरुद्ध दुर्योधन का साथ दिया; और यदि पाण्डव जीत गए तो वह अपनी भूल पर लज्जित होता हुआ, फिर से युधिष्ठिर का मातुल बन कर उसके पास पहुँच जाएगा।...

सहसा कर्ण के नन में कोई जोर से हँसा 'तेरी भी तो यही स्थिति है कर्ण! दोनों पक्षों में से जो जीते, तू उसी का हो सकता है।'

कर्ण अपनी और शल्य की समानता पर चकित रह गया। पर यह बहुत अपमानजनक स्थिति लगी उसे। वह अपनी तुलना इस मद्र से नहीं करना चाहता। वह भी तो स्वयं को कितना वीर समझता है कि जो अर्जुन कर्ण को मार देगा, उस अर्जुन को नहीं, उसके साथ उसके गुरु कृष्ण को भी यह अकेला ही मार देगा।...किस भ्रम नें जी रहा है यह मूर्ख! यह नहीं सोचता कि कर्ण इस रथ पर न होता तो अब तक कब से भीम ने आकर गदा के एक प्रहार से इसकी खोपड़ी का गूदा निकालकर धरती को भेंट कर दिया होता।...

"ठीक है। वही करना।" कर्ण बोला, "किन्तु यह न भूलो कि कर्ण अभी जीवित और समर्ध है।"

अश्वत्थामा समझ नहीं पा रहा था कि उसे क्या होता जा रहा है।

उसने देखा था कि किस प्रकार भीम ने दुःशासन के वक्ष को अपने हाथों से फाड़कर उसका रुधिरपान करना चाहा था। वह नहीं कर पाया तो उसने अपनी असि से उसका कंठ काटकर उसमें से उसका रक्त पिया था। उसने देखा था कि कर्ण के दृष्टिक्षेत्र के भीतर ही युधामन्यु ने चित्रसेन का और अर्जुन ने वृषसेन का मस्तक काट दिया था। जो कर्ण अपने भाई और पुत्र की रक्षा नहीं कर पाया, वह किसकी रक्षा कर पाएगा।...ठीक है कि वह बहुत साहस कर अर्जुन से लड़ने उसके सामने आ गया था।...या अर्जुन ही उसके सामने आ गया था, तो वह क्या करता। ऐसे में युद्ध तो करना ही पड़ता है ...और अब तो वह प्रधान सेनापति भी है।...उसकी रक्षा के लिए दुर्योधन भी

बहुत सावधान था। इस समय भी दुर्योधन, कृतवर्मा, शकुनि, मातुल कृप और स्वयं अश्वत्थामा–कर्ण को घेर कर युद्ध कर रहे थे। मूल लक्ष्य तो कर्ण को अर्जुन से बचाना ही था। सारे कौरव योद्धाओं ने अर्जुन और कृष्ण को कुछ घायल तो किया था किन्तु अर्जुन ने उनको मथ डाला था। कर्ण के शरीर में दस-बारह बाण मारे थे। दुर्योधन ने एक प्रकार से बौखला कर असंतुलित युद्ध आरम्भ कर दिया था। सारी सेना में से गजारोही ओर रथारोही बुला लिए गए थे। अपनी क्रूरता के लिए प्रसिद्ध शक, यवन, तुषार और कांबोज सैनिकों को अर्जुन से भिड़ा दिया गया था।...किन्तु अर्जुन के बाणों से मस्तक कट-कट कर इस प्रकार गिर रहे थे, जैसे अर्जुन का गाण्डीव शत्रुओं के मस्तक काटने का कोई यंत्र हो।...कर्ण और दुर्योधन यह सब देख रहे थे। पता नहीं कैसे लोग थे कि न तो किसी के मरने से इन्हें कोई व्यथा होती थी और न ही अपनी मृत्यु की कोई सम्भावना दिखाई देती थी।...

अश्वत्थामा का मस्तिष्टक बड़े वेग से अपना काम कर रहा था।...इस युद्ध से उसे कुछ मिलने वाला नहीं था। यदि उसे अपने लिए कुछ प्राप्त करना है तो इस युद्ध की दिशा बदलनी होगी। वह दुर्योधन की विजय पर ही अपने जीवन का दाँव नहीं लगा सकता। एक तो दुर्योधन की विजय उतनी निश्चित नहीं थी और दूसरे दुर्योधन भी तो अपने आप में उतना विश्वसनीय नहीं था। यदि पाण्डव जीत गए तो धृष्टद्युम्न अजेय हो जाएगा। न केवल अश्वत्थामा उससे अपना प्रतिशोध नहीं ले पाएगा, सम्भव है कि धृष्टद्युम्न उसका भी वध कर दे। न भी करे तो वह पाण्डवों के साथ मिल कर राज्य करेगा। वह उनका सबसे बड़ा सहायक और उनकी महारानी का भाई था।...और अश्वत्थामा को यह सब देखना और सहन करना पड़ेगा।...क्या यह सम्भव नहीं कि पहले के ही समान अर्जुन और भीम अश्वत्थामा के मित्र और धृष्टद्युम्न के शत्रु हो जाएँ। पहले भी तो कौरव और पाण्डव दोनों एक थे और वे अपने आचार्य द्रोण के अपमान का प्रतिशोध लेने के लिए, पांचालों से युद्ध करने गए थे। क्या वही स्थिति वापस नहीं आ सकती? अश्वत्थामा ने ही तो अपने पिता से कहा था कि वे पाण्डवों के सिर पर से संरक्षण का हाथ हटा लें। आज वही अश्वत्थामा पाण्डवों पर फिर से संरक्षण का हाथ रख दे तो?...

अश्वत्थामा अपना रथ दुर्योधन के निकट ले गया, "युवराज! क्या सोच रहे हो–इस युद्ध से क्या उपलब्ध होगा तुम्हें?"

दुर्योधन ने उसे एक विचित्र दृष्टि से देखा : वह अश्वत्थामा जो कल तक उन्मत्त होकर युद्ध कर रहा था, आज पूछ रहा है कि इस युद्ध से क्या मिलेगा।

"इस प्रश्न का क्या अर्थ है गुरुपुत्र?"

"मैं कह रहा हूँ युवराज! भीष्म भी मारे गए और मेरे पिता भी। यह कर्ण भी अर्जुन के हाथों नहीं बचेगा।" अश्वत्थामा ने कहा, "अब पैंतरा बदलने का समय है। समीकरण क्यों नहीं बदल देते! प्रसन्न हो जाओ; और पाण्डवों से संधि कर लो। विरोध से कोई लाभ नहीं। पाण्डवों से मिल जाओ। उनके साथ मिल कर चिरकाल तक राज्य करो। नहीं तो तुम्हें कुछ नहीं मिलेगा।"

"यह कैसी बोली बोल रहे हो अश्वत्थामन्!" दुर्योधन बोला, "अपने पिता का उन अपमानजनक स्थितियों में मस्तक कटना भूल गए? धृष्टद्युम्न को क्षमा कर दिया क्या?"

"नहीं! न वह सब भूला हूँ और न ही धृष्टद्युम्न को क्षमा किया है। तुम हमारे झगड़े में कुछ अर्जित करने की बात मत सोचो।" वह बोला, "वैसे भी मेरा झगड़ा धृष्टद्युम्न से है, अर्जुन से नहीं। मेरे पिता की मृत्यु पर अर्जुन दुखी हुआ था। उसने धृष्टद्युम्न को उसके लिए धिक्कारा था। हमें पाण्डवों और पांचालों को पृथक्-पृथक् देखना चाहिए। मेरे समझाने पर अर्जुन शांत हो जाएगा। कृष्ण भी इस संधि का विरोध नहीं करेंगे। युधिष्ठिर तो वैसे ही सदा प्राणियों के हित में लगे रहते हैं। भीम, नकुल और सहदेव धर्मराज के अधीन हैं।"

"अरे इस संधि से मुझे क्या लाभ होगा?" दुर्योधन आक्रोश से बोला, "अपने लोगों का इतना रक्त बहाया, वह किसलिए। पितामह और आचार्य के बलिदान का क्या लाभ?"

"तो कर्ण और हमारे बलिदान से ही तुम्हें कौन-सा लाभ होने जा रहा है। कर्ण अर्जुन को जीत नहीं पाएगा।" अश्वत्थामा बोला, "पाण्डवों से संधि कर लो। सारी प्रजा का कल्याण होगा। जो मरने से बच गए हैं, तुम्हारे वे सगे-सम्बन्धी अपने-अपने नगर को लौट जाएँगे। सैनिकों को युद्ध से छुट्टी मिल जाएगी। मेरी बात नहीं मानोगे तो निश्चय ही युद्ध में भीम के हाथों मारे जाओगे। मर कर न राज्य मिलेगा, न भाग। जीवित रहोगे तो धर्मराज से कहकर तुम्हें उचित भाग दिलवा दूँगा।"

"नहीं चाहिए मुझे भिक्षा में मिला हुआ राज्य। विजय नहीं मिलेगी तो वीरगति तो मिलेगी।" दुर्योधन की दृष्टि कर्ण पर टँगी हुई थी। इस अश्वत्थामा को जाने क्या हो गया था कि इस भयंकर युद्ध में यह संधि का प्रस्ताव ले बैठा है।

"मृतकों को राज्य नहीं मिलता।" अश्वत्थामा बोला, "संधि कर लो। कौरव कुल को बचा लो। जिसके भरोसे युद्ध कर रहे हो, वह कर्ण, नरव्याघ्र अर्जुन को कभी जीत नहीं पाएगा।"

दुर्योधन कुछ और निकट आ गया। कर्ण की ओर से ध्यान हटाकर वह पूर्णतः अश्वत्थामा से सम्बोधित हुआ, "सुनो अश्वत्थामन्! इस दुर्बुद्धि भीम ने सिंह के समान हठपूर्वक दुःशासन का आखेट किया है। उसने जो कुछ किया और कहा, वह इस समय भी मुझे पीड़ा दे रहा है।"

"हम लोगों ने भी तो उनके पुत्रों का आखेट किया है।" अश्वत्थामा ने कहा।

"हमने क्षत्रियों के समान उनका वध किया है, पशुओं के समान आखेट नहीं।" दुर्योधन ने उत्तर दिया।

"तुमने भी अभिमन्यु का आखेट ही किया था।" अश्वत्थामा का स्वर कुछ कठोर हो गया, "तुम लोगों ने द्रौपदी के साथ आखेट से भी नीचतर व्यवहार किया था। और किसे आखेट कहते हैं? उसे क्या मनुष्य का-सा व्यवहार कहते हैं। तुम, दुःशासन और कर्ण क्या पशुओं से श्रेष्ठ हो?"

दुर्योधन की आकृति बहुत कठोर हो गई, किन्तु सहसा ही वह फिर सामान्य हो गया, "संधि कैसे हो सकती है। कुन्ती के पुत्र मुझ पर विश्वास नहीं करेंगे। और गुरुपुत्र! इस रण में अर्जुन कर्ण का वेग नहीं सह सकेगा, इसे निश्चित जानो। अर्जुन युद्ध के परिश्रम से थक गया है। कर्ण उसे अब बलपूर्वक मार डालेगा।"

दुर्योधन ने अश्वत्थामा की ओर न देखा, न उसका उत्तर ही सुना। उसने अश्वत्थामा की ओर से इस प्रकार मुँह मोड़ लिया, जैसे उसका संवाद समाप्त हो चुका है; और अपने सैनिकों की ओर देखकर उच्च स्वर में आदेश दिया, "इस प्रकार निठ्ठले बैठे क्या कर रहे हो! आक्रमण करो!"

अश्वत्थामा ने निराशा में सिर झटका। वह समझ गया कि विनाश की घड़ी आ पहुँची है।

सोमक निरन्तर अर्जुन से गुहार लगा रहे थे कि वह यथाशीघ्र कर्ण का वध कर दे, ताकि कर्ण के जीवन और दुर्योधन के राज्य की आशा एक साथ ही समाप्त हो जाएँ। दूसरी ओर कर्ण के कानों में निरन्तर अर्जुन को मारने के अनुरोध टकरा रहे थे, ताकि कुन्ती के पुत्र सदा के लिए वन में चले जाएँ।

कर्ण ने अपने पहले दस बाणों से अर्जुन को बींध डाला था। अर्जुन ने भी उसकी काँख में बाण मारे थे। अर्जुन ने अपनी दोनों भुजाओं तथा गाण्डीव को पोंछ कर, नाराच, नालीक, वराहकर्ण, क्षुर, अंजलिक तथा अर्द्धचन्द्र बाणों का प्रहार किया। किन्तु वे बाण कर्ण के रथ में प्रवेश करते ही बिखर जाते थे। अर्जुन के बाणों को कर्ण नष्ट करता चल रहा था। अर्जुन ने झल्लाकर कर्ण पर

आग्नेयास्त्र का प्रयोग किया। योद्धाओं के वस्त्र जलने लगे। अनेक वाहिनियाँ उस ताप से बचने के लिए दूर भाग गईं। कर्ण ने वारुणास्त्र का प्रयोग किया। ताप कम हुआ और धरती पर्याप्त गीली हो गई। कृष्ण मुस्कराए।

"क्या बात है केशव?" अर्जुन ने पूछा।

"कुछ नहीं! कर्ण ने स्वयं ही अपनी मृत्यु का प्रबन्ध कर दिया है।" कृष्ण अब भी मुस्करा रहे थे।

"कैसे?"

"समय पर ज्ञात होगा अर्जुन! तुम युद्ध करो।"

गाण्डीव से पुनः बाण छूटने लगे...नाराच, नालीक, बाराहकर्ण, अंजलिक... अब कर्ण में वह वेग नहीं रह गया था। वरुणास्त्र परिचालन ने उसकी ध्यान ऊर्जा पर ही नहीं शारीरिक ऊर्जा पर भी विपरीत प्रभाव डाला था।...अर्जुन के बाणों से कर्ण के सारे अंग बिंध गए थे। सम्पूर्ण शरीर से जैसे रक्त टपक रहा था। अपने मन की ऊर्जाहीनता और शरीर की व्यथा का अनुभव कर उसके नेत्र क्रोध से रक्तिम हो उठे।

कर्ण ने भार्गवास्त्र का संधान किया।

अर्जुन ने भार्गवास्त्र देखा तो तत्काल इन्द्र का महेन्द्रास्त्र निकाल लिया। किन्तु भार्गवास्त्र के सम्मुख महेन्द्रास्त्र दुर्बल सिद्ध हुआ। उसे नष्ट होते देखकर अर्जुन से अधिक भीम क्रोध से भर उठा, "इस अधर्मी और पापी कर्ण ने तुम्हारे सामने इतने सारे पांचाल वीरों को कैसे मार डाला। उसने तुम्हें भी बींध डाला है। तुम क्या कर रहे हो अर्जुन? द्यूतसभा में हुए अपने और द्रौपदी के अपमान को स्मरण करो। यही पापी था, जिसने उसे वेश्या कहा था और निर्वस्त्र करने का प्रस्ताव रखा था।"

"क्या हो गया है तुमको?" कृष्ण का स्वर भी झुँझलाया हुआ था, "कर्ण तुम्हारे अस्त्रों को नष्ट कैसे कर रहा है। तुम पर कैसा मोह छाया हुआ है अर्जुन! तुम सावधान क्यों नहीं होते? देखो, कौरव प्रसन्न होकर सिंहनाद कर रहे हैं। यदि तुम्हारे पास अस्त्र नहीं हैं तो मेरा सुदर्शन चक्र ले लो और शत्रुओं का वध कर डालो।"

अर्जुन को लगा कि उसे कुछ और शक्तिशाली अस्त्रों का प्रयोग करना होगा। उसने मन की ऊर्जा से परिचालित होने वाले ब्रह्मास्त्र को प्रकट किया। इसमें ऊर्जा तो सूक्ष्म थी किन्तु अस्त्र सूक्ष्म नहीं था। कर्ण ने उसे भी नष्ट कर दिया।

भीम जल उठा, "किसी श्रेष्ठ अस्त्र का प्रयोग क्यों नहीं करते तुम?"

अर्जुन ने दिव्यास्त्र स्थापित कर कर्ण को अपने शस्त्रों से आच्छादित कर दिया। शूल, चक्र, फरसे, और नाराच निरन्तर बरस रहे थे। उससे कर्ण का

वेग कुछ कम हुआ और उसकी वाहिनियाँ हतप्रभ रह गईं। एक योद्धा का सिर कटता था तो दूसरा भय से ही धराशायी हो जाता था; और तीसरा समरभूमि छोड़कर भाग जाता था।

भीम को अर्जुन के इतने निकट देखकर कर्ण उनकी किसी योजना को भाँप रहा था। वे दोनों पृथक् रहकर क्यों नहीं लड़ रहे थे। इस समय कृष्ण, अर्जुन और भीम एक ही स्थान पर थे। वे इतने निकट लग रहे थे, जैसे एक ही रथ पर आरूढ़ हों। कर्ण ने तीनों को ही आहत किया।

कर्ण को थोड़ा खेद भी हुआ। उसने कृष्ण पर व्यर्थ ही बाण चलाए। कृष्ण के शरीर पर घाव होते ही अर्जुन के उत्साह की बुझती हुई बत्ती फिर से प्रज्वलित हो जाती थी। कृष्ण क्या इसलिए अर्जुन के सारथि बने हैं कि वे निरन्तर घायल होते रहें और अर्जुन के उत्साह की अग्नि में निरन्तर आहुतियाँ पड़ती रहें? कर्ण ने एक बार भी रथवैद्य द्वारा कृष्ण को उपचार करते हुए नहीं देखा था। कैसे झेल लेते हैं, कृष्ण इतने सारे घावों को? उन्हें अपने शरीर में लगे बाणों से पीड़ा ही नहीं होती? क्या सत्य ही वे योग की उस स्थिति में पहुँचे हुए हैं, जहाँ योगी अपने शरीर से स्वयं को पूरी तरह पृथक कर लेता है, और अपने शरीर को भी किसी और के शरीर के रूप में देखता है? कर्ण ने यह सब गुरु से सुना था, पोथियों में पढ़ा था, किन्तु इसका अनुभव कभी नहीं किया था। उसके विपरीत उसने दुर्योधन के साथ बैठकर इन सिद्धान्तों का उपहास किया था।...

कर्ण ने कृष्ण के समतुल्य सारथि प्राप्त करने का प्रयत्न किया था; किन्तु उसका सारथि उसका उत्साह कम बढ़ा रहा था, उसे विक्षिप्त अधिक कर रहा था।

अर्जुन ने चार बाणों से शल्य को और तीन बाणों से कर्ण को आहत किया। शल्य को घायल देखकर भीम को बहुत सुख मिला : इस मूर्ख का जितना रक्त बहे, उतना ही अच्छा। जाने क्या सोचकर दुर्योधन से जा मिला, जैसे दुर्योधन इसको पृथ्वी का राज्य ही दे देगा। दे दिया राज्य! कर्ण जैसे योद्धा का सारथि बनाकर, बाँधकर डाल दिया कर्ण के रथ पर।...इसके साथ यही होना चाहिए था।...

सहसा पाण्डव सेना में उत्साह का एक तुमुल ज्वार उठा। सारे योद्धाओं की दृष्टि उस दिशा में मुड़ गई : धर्मराज युधिष्ठिर युद्धभूमि में लौट आए थे।

भीम ने अपना रथ युधिष्ठिर की ओर मोड़ दिया।

"आप युद्ध में क्यों आ गए।" उसने निकट जाकर कहा, "आज तो आप विश्राम ही करते।"

"वैद्यों ने मंत्र तथा औषधियों से शरीर के बाण निकालकर स्वस्थ कर दिया है।" युधिष्ठिर सहास बोले।

"स्वस्थ कर दिया है का क्या अर्थ है।" भीम बोला, "उन्होंने बाण निकालकर आपके शरीर का कष्ट कम कर दिया है, आपको युद्ध के योग्य नहीं बना दिया है। युद्ध से आपके घाव फिर से हरे हो सकते हैं। शरीर से अधिक रक्त बह गया तो आप कल भी युद्ध नहीं कर पाएँगे।"

"मैं युद्ध नहीं करूँगा।" युधिष्ठिर बोले, "अपनी व्यग्र जिज्ञासा को शांत करने आया हूँ। अपनी सेना की स्थिति तथा अपने बन्धु-बान्धवों की कुशल देखने आया हूँ। अपनी सेना को दिखाने आया हूँ कि उनका राजा अभी जीवित ही नहीं, स्वस्थ और समर्थ है। वे यह न मान लें कि मैं भी पितामह भीष्म के समान शैया पर लेटा, मृत्यु की प्रतीक्षा कर रहा हूँ।"

"यह तो आपने बहुत अच्छा किया। इससे हमारी सेना का उत्साह बढ़ेगा और शत्रु निराश होंगे।" भीम ने कहा, "किन्तु आप युद्ध न करें। सेना का निरीक्षण कर और सैनिकों को अपने दर्शन देकर शिविर में लौट जाएँ।"

"ऐसा ही होगा मध्यम। चिन्ता मत करो।" युधिष्ठिर बोले, "तुम अर्जुन की रक्षा के लिए चले जाओ।"

भीम वापस अपने स्थान पर पहुँच गया।

अर्जुन ने अपने धनुष की प्रत्यंचा को जोर से खींचा। नगाड़ा बजने का सा शब्द हुआ और प्रत्यंचा टूट गई। कर्ण के लिए यह स्वर्णिम अवसर था। अर्जुन सामने खड़ा था। उसके हाथ में गाण्डीव था; किन्तु वह बाण नहीं चला सकता था। कर्ण ने एक के बाद अनेक बाण मारे। सामने से प्रतिकार करने वाला कोई नहीं था। उसने कृष्ण को क्षतविक्षत कर दिया। भीम के मर्म पर भी अनेक बाण मारे।

कौरव सेना ने भीषण कोलाहल कर अपनी प्रसन्नता और विजय का उद्घोष किया।

अर्जुन ने धनुष को झुकाकर प्रत्यंचा चढ़ा दी। कर्ण के बाणों को छिन्न-भिन्न करके कौरव सेना के उत्साह को मंद कर दिया। उसने धनुष की प्रत्यंचा को हाथ से रगड़कर कर्ण पर आघात किया। कर्ण का हाथ तो बच गया किन्तु उसका तलत्र कट गया। कर्ण समझ नहीं पाया कि यह उसका सौभाग्य था या अर्जुन का कौशल। अर्जुन ने अपने बाणों का जाल बिछा दिया था। शल्य को भी गहरी चोट आई थी। उसका कवच छिन्न-भिन्न हो गया था। कर्ण का अपना शरीर भी रक्त से गीला हो गया था।

अपनी प्रभा को इतनी जल्दी नष्ट होते देखकर कर्ण को क्रोध आ गया। उसने अपने दिव्यास्त्रों से बाणों की बौछार करते हुए, अपने धनुर्धरों को आगे बढ़ाने का निश्चय किया। यदि अर्जुन उसके अपने बाणों से प्राण नहीं त्यागता तो उसके धनुष से छूटे हुए बाणों की छाया में सुरक्षित, उसके धनुर्धर निकट जाकर उस पर आघात करेंगे। चाहे वे अपने धनुषों का प्रयोग करें चाहे अपने हाथों का। अन्यथा धनुर्धरों को निकट जाने का अवसर नहीं मिलेगा।

उसने बाणों की वर्षा आरम्भ की और अपनी धनुर्धर टुकड़ियों को आगे बढ़ने का संकेत किया।

धनुर्धर टुकड़ियाँ निकट आ गईं। अर्जुन ने कम दूरी से वार करने वाले बाणों से उनको पृथ्वी पर बिछा दिया। अर्जुन को लगा कि उसके एक भाग का मुख्य लक्ष्य अर्जुन न होकर कृष्ण ही थे। उन्होंने कृष्ण के कवच को विदीर्ण कर दिया था। किन्तु वे उन्हें कोई गम्भीर चोट पहुँचाने में असफल हुए थे। पर वे आत्मघाती सैनिक नहीं थे। वे रुके भी नहीं, यथा शीर्घ कृष्ण को आहत कर वे वापस लौटे...

कृष्ण का ध्यान उनकी ओर गया। उन्होंने ध्यान से देखा और बोले, "अर्जुन! ये कर्ण के धनुर्धर नहीं, मुझे तो तत्क्षकपुत्र अश्वसेन के विषधर प्रतीत हो रहे हैं। ये जो बच कर वापस कर्ण के पास जा रहे हैं। इन्हें मारो।"

अर्जुन को आश्चर्य हुआ। कर्ण क्या इन हथकंडों पर उतर आया है। धनुर्धरों के स्थान पर अब वह विषधरों से युद्ध करने लगा है। यदि वे सफल हो जाते तो उनके विषाक्त शस्त्रों से कृष्ण के प्राण निकल जाते। यह तो कोई युद्ध न हुआ।

अर्जुन ने अपने भल्लों से उन विषधरों को टुकड़े-टुकड़े कर दिया। उसका क्रोध ऐसा प्रज्वलित हुआ कि उसने कर्ण के मर्म पर चोट पहुँचाई। कर्ण के चक्ररक्षकों, पादरक्षकों और पृष्ठरक्षकों के सारे दलों को रथों, घोड़ों और सारथियों सहित यमपुर भेज दिया। उनमें से जो बच गए, वे भयभीत होकर भाग गए।

"साधु अर्जुन! साधु! यह क्षत्रियों के समान युद्ध हुआ।" कृष्ण बोले, "इस उत्साह को बनाए रखो, कर्ण बहुत देर तक टिक नहीं पाएगा।"

कृष्ण ने एक विचित्र ढंग से रथ को आगे बढ़ाया, जैसे वे कर्ण के रथ को टक्कर मारने जा रहे हों। शल्य ने टक्कर से बचाने के लिए रथ पीछे ही नहीं हटा लिया, उसे तिरछा कर कुछ दूर खिसका भी दिया।

"क्या कर रहे हो शल्य?" कर्ण ने अपना विरोध प्रकट किया।

"कृष्ण को देखा, वे अश्वों को भिड़ाना चाहते हैं या रथियों की भिडंत कराना चाहते हैं। अर्जुन का रथ अधिक शक्तिशाली है तो इसका यह अर्थ

तो नहीं है कि वे उसे उसको दूसरे रथों से भिड़ाते रहें। उनके सारथ्य की यह शैली तो समझ में नहीं आती।"

"शैली समझो, न समझो, रथ सीधा रखो।" कर्ण बोला और सहसा ही उसकी मुद्रा बदल गई, "कहीं कृष्ण युद्ध छोड़कर भागना तो नहीं चाहते। वैसे भी हम मुख्य समरभूमि से दूर चले आए हैं। उन्हें छेंक कर रखना होगा। वे हमारी पहुँच से बाहर न जा सकें।"

कृष्ण ने रथ हटाकर कहीं और ले जाने का प्रयत्न नहीं किया। जब-जब वे बढ़े, लगा, कि वे कर्ण के रथ के कोने में टक्कर मारेंगे और शल्य ने हर बार रथ की दिशा बदलकर अपने रथ को बचा लिया।

"आप रथ को कैसी धरती पर ले आए हैं केशव! रथचक्रों में वह गति नहीं रही। चक्र धरती में कुछ धँस तो नहीं रहे?" सहसा अर्जुन ने पूछा, "मुझे तो यह कक्ष्छभूमि-सी लग रही है, या यह खंड आर्द्रसिकता के समान है।"

"हाँ! एक तो यह आर्द्रा भूमि है। भूमि के नीचे पर्याप्त जल है। कुछ कर्ण के वरुणास्त्र ने इसे सींच कर गीला कर दिया है।" कृष्ण बोले, "तुम उसकी चिन्ता मत करो। तुम कर्ण की ओर ध्यान दो। मुझे लगता है कि दुर्योधन ने उसकी रक्षा के लिए पुनः चुने हुए वीरों को भेजा है। वह स्वयं तो भीम के भय से इस ओर आ नहीं रहा। भीम ने दुःशासन को जैसे मारा है, उससे दुर्योधन को कई रातों तक अपने स्वप्नों में भी भीम भयभीत करता रहेगा।"

अर्जुन ने कर्ण की ओर सहायतार्थ बढ़ती टुकड़ियों को बाणों की नोक पर लिया, वे अर्जुन तक नहीं पहुँचे। न वे दुर्योधन की ओर ही गए। वे अर्जुन के बाणों से बचे तो भीम की गदा की भेंट चढ़ गए। शेष बचे बिखरकर इधर-उधर कहीं समा गए।

कर्ण ने भी यह देखा। कौरव सैनिकों पर अर्जुन का आतंक इतना व्याप्त था कि वे उसकी दिशा में आने से ही कतरा रहे थे। पता नहीं कृतवर्मा इत्यादि भी सात्यकि और धृष्टद्युम्न द्वारा रोक दिए गए थे या वे भी अर्जुन से बचने का बहाना बनाकर उनसे गुँथे हुए थे। इस समय तो कृपाचार्य और अश्वत्थामा भी दिखाई नहीं दे रहे थे। अश्वत्थामा कुछ समय पहले एक बार दुर्योधन से विचार-विमर्श करता दिखाई दे रहा था। जाने उन्होंने क्या विचार किया था। कोई युद्धनीति निश्चित की थी क्या? किन्तु प्रधान सेनापति को सूचित किए बिना वे क्या रणनीति निर्धारित कर सकते हैं। या फिर प्रत्येक महारथी अपनी वाहिनियों और अपने रथों के साथ अपनी-अपनी नीति बनाकर पृथक्-पृथक् युद्ध करेगा। इससे तो कौरव एक सेना के रूप में नहीं, अनेक सेनाओं के समूह के रूप में युद्ध करेंगे।...

कर्ण ने दृष्टि उठाकर देखा। अनेक कौरव योद्धा तो भयभीत होकर अर्जुन के बाणों की मार की सीमा से बाहर भाग गए लगते थे। युद्ध हो पाए या न हो पाए, किन्तु वे उस क्षेत्र के भीतर आने को प्रस्तुत नहीं थे। तो यह विचित्र द्वैरथ युद्ध था। जिसमें केवल अर्जुन था और कर्ण था। भीम तो किसी और को बीच में पड़ने से ही रोक रहा था, या प्रयत्न कर रहा था कि कर्ण की सहायता को कोई न आए। अपने धरातल पर वह कर्ण से भी जूझने का प्रयत्न नहीं कर रहा था।...सामने से अर्जुन का दिव्यास्त्र बड़े वेग से उसकी ओर बढ़ रहा था। यह विद्युत के समान चमक रहा था। कर्ण का उससे परिचय नहीं था, जाने वह क्या था और उसका प्रभाव क्या था।...

कर्ण ने परशुराम का अथर्वस्त्र प्रकट किया और अर्जुन का वह दिव्यास्त्र आकाश में ही नष्ट कर दिया।

कर्ण समझ रहा था, यह अब साधारण सैनिकों अथवा साधारण महारथियों का युद्ध नहीं रह गया था। दोनों ही योद्धा अपने-अपने सिद्ध अस्त्रों से एक-दूसरे पर आक्रमण कर रहे थे। कभी किसी का पलड़ा भारी हो जाता और कभी किसी का। किन्तु कर्ण अभी तक अर्जुन को किसी भी प्रकार दीन नहीं कर पाया था। अर्जुन का बल क्षीण नहीं हुआ था।...अब युद्ध को लम्बा नहीं खींचना चाहिए। युद्ध ऐसा कर्म नहीं है, कि जिसमें अपनी विजय को टाला जाए। अभी कर्ण बलवान है, अगले ही क्षण अर्जुन बलवान हो सकता है।...

कर्ण ने अपने तूणीर से सर्पमुख बाण निकाला। इसे वर्षों से उसने सँभालकर रखा था। सँभालकर तो उसने वैजयंती भी रखी थी, किन्तु उसका प्रयोग घटोत्कच पर करना पड़ा था। इस सर्पमुख को उसने अपने उपास्यदेव की प्रतिमा के समान सदा चंदन के चूर्ण में दबाकर रखा था, ताकि उसमें लगाए रसायनों का प्रभाव लुप्त न हो। उसका आकार, उसका वेग और उसका प्रभाव सब कुछ ही घातक था। बस इसे अर्जुन तक पहुँचना चाहिए, यह उसका मस्तक काटकर धरती पर फेंक देगा। उसने बाण को धनुष पर चढ़ा लिया।

पिछले कुछ छणों से शल्य उसका ऊहापोह देख रहा था। उसने धनुष पर सर्पमुख रखा तो चौंक उठा : यह क्या कर रहा है कर्ण। इससे तो अर्जुन सचमुच मारा जाएगा। कर्ण का स्वप्न पूर्ण हो जाएगा। जो भीष्म और द्रोण नहीं कर सके, वह कर्ण के हाथों हो जाएगा। तब शल्य का महत्त्व ही क्या रह जाएगा...

"बाण का लक्ष्य ठीक नहीं है कर्ण!" शल्य ने टोका, "उसे ठीक करो। फिर से संधान करो।"

कर्ण चिढ़ गया : यह शल्य अपने आपको क्या समझता है। वह सारथि के स्थान पर बैठा हुआ भी स्वयं को कर्ण से श्रेष्ठ प्रमाणित करने का प्रयत्न कर रहा है।

"कर्ण दो बार बाण संधान नहीं करता।" वह बोला, "न ही मेरे जैसे वीर कपट युद्ध करते हैं।"

उसने बाण चला दिया और चिल्लाकर कहा, "अर्जुन! अब तू निश्चय ही मारा गया।"

कर्ण की भुजाओं से प्रेरित होकर, उसके धनुष और प्रत्यंचा से मुक्त होकर वह बाण आकाश में पहुँचते ही जैसे प्रज्वलित हो उठा।

कृष्ण की दृष्टि उस बाण पर टिकी हुई थी। अर्जुन का धनुष भी बाण उगल रहा था; किन्तु कर्ण का बाण वक्र होकर अर्जुन की ओर आ रहा था। निश्चित रूप से उसका मस्तक काटने के लक्ष्य से छोड़ा गया था। रथ स्थिर था और उसे तत्काल भगाकर कहीं और ले जाना सम्भव नहीं था। कृष्ण के हाथों ने वल्गा को एक ओर मोड़ा, पैरों ने रथ पर एक विशेष प्रकार से दबाव डाला। रथचक्र स्पष्टतः दलदल जैसी आर्द्रसिकता की पकड़ में आ गए थे। रथचक्र ही मिट्टी में नहीं धँस गए थे, रथ में जुते घोड़े भी अपने अगले पैरों के घुटनों पर आ गिरे थे...

अर्जुन को लगा, रथ शायद उलट जाएगा। पर कृष्ण के सारथ्य में ऐसा कैसे सम्भव है?

"केशव!"

"चिन्ता मत करो अर्जुन! सब कुछ सुरक्षित है।" कृष्ण बोले।

कर्ण का बाण अर्जुन के किरीट के ऊपरी भाग से टकराता हुआ निकल गया। अर्जुन का किरीट धरती पर जा गिरा था।

"मेरा किरीट।"

"मस्तक के धरती पर जा गिरने से किरीट का गिरना अधिक हानिकारक नहीं है अर्जुन।" कृष्ण बोले, "हमारे अश्व भी गिरे नहीं हैं, न ही रथ कीचड़ में फँसा है। यह सब कुछ मैंने प्रयत्नपूर्वक इसीलिए किया है कि तुम्हारी ऊँचाई कम हो जाए और बाण ऊपर से निकल जाए।"

अर्जुन के मन में सब कुछ स्पष्ट हुआ, पर यह बाण कैसा था, जो उसके अस्त्रों से भी नहीं रुका। इसमें कोई न कोई विशेषता अवश्य थी।

"किन्तु आपने मुझे झुकने के लिए न कहकर सारा रथ क्यों धरती में धँसा दिया?" अर्जुन ने पूछा।

"अपने केशों को किसी वस्त्र से बाँध लो और युद्ध करो। अभी इस अस्त्र का रहस्य खुल जाएगा।" कृष्ण ने धीरे से कहा।

कर्ण ने देखा कि उसका सर्पमुख बाण निष्फल चला गया है। अर्जुन श्वेत वस्त्र बाँधे अब भी अपने रथ पर खड़ा था और युद्ध कर रहा था।...कर्ण के मन में हताशा जन्मी। यदि सर्पमुख बाण भी व्यर्थ...और तभी उसकी दृष्टि अपनी तूणीर की ओर गई...वहाँ सर्पमुख बाण अब भी रखा हुआ था।...तो यह क्या था, जो उसने चलाया था। वह कुछ और था, किन्तु एकदम सर्पमुख की ही आकृति का था।...यह हो कैसे सकता है। उसके पास वैसे दो बाण नहीं थे।...उसने सर्पमुख बाण की ओर हाथ बढ़ाया...

"यह लो।" एक व्यक्ति उसके रथ के निकट खड़ा एक और सर्पमुखी बाण उसकी ओर बढ़ा रहा था।

कौन है यह?...कर्ण ने सोचा...क्या दुर्योधन ने उसके लिए कोई विशेष बाण भेजा है?...

"मैं अश्वसेन हूँ नागराज तक्षक का पुत्र।" उस विचित्र व्यक्ति ने कहा, "तुम मुझे नहीं जानते। अर्जुन ने खाण्डव दाह के समय मेरी माता का वध कर दिया था। उसका प्रतिशोध चाहता हूँ। अर्जुन मेरा तुम्हारा समान रूप से शत्रु है। वह पहला विषाक्त बाण भी मैंने ही तुम्हारे तूणीर में रखा था। वह सर्पमुख बाण नहीं, सर्प ही था, अत्यन्त विषैला सर्प। पर तुमने ठीक से सोच-विचार कर वह बाण नहीं छोड़ा। तुम ठीक से लक्ष्य संधान क्यों नहीं करते। अभ्यास नहीं है क्या? वह अमूल्य बाण तुमने व्यर्थ ही नष्ट कर दिया। अब या तो तुम लक्ष्य साध कर यह बाण छोड़ो या फिर मेरे लिए अर्जुन तक पहुँचने का मार्ग बना दो। मैं अपने और तुम्हारे शत्रु का तत्काल वध कर दूँगा।"

कर्ण को न तो वह व्यक्ति प्रीतिकर लग रहा था, न उसकी बातें। वह उससे ऐसी बात कर रहा था, जैसे कर्ण कोई दीनहीन साधारण सैनिक हो और उसे सहायता की आवश्यकता हो। वह उसके लक्ष्य संधान में दोष बता रहा था और स्वयं अर्जुन के वध की क्षमता जता रहा था, जैसे कर्ण उससे शून्य हो।...

कर्ण की दृष्टि शल्य पर पड़ी। शल्य मुँह फेरकर मुस्करा रहा था।...सोच रहा होगा कि अब राह चलते लोगों का भी साहस हो गया कि वे कर्ण से कहें, ला तुझसे नहीं होता तो मैं अर्जुन को मार दूँ।...

"तुम स्वयं ही अर्जुन के पास क्यों नहीं चले जाते, जैसे यहाँ आए हो?" कर्ण ने कुछ कटुता से कहा, "चले जाओ और मेरे और अपने विष बुझे शस्त्रों से उसे मार दो। मुझसे ही ऐसी सहायता क्यों चाहते हो।"

"तुम्हारे रथ तक तो मैं सरलता से आ गया हूँ, जैसे कोई हाट-बाजार तक जाता है।" अश्वसेन बोला, "वहाँ नहीं जा सकता। एक तो अर्जुन के रक्षक ही

मुझे उस तक नहीं जाने देंगे। दूसरे, कृष्ण और अर्जुन दोनों ही मुझे पहचानते हैं। देखते ही मेरा वध कर देंगे।"

"तो तुम उनसे युद्ध करने में समर्थ नहीं हो?"

"नहीं, मैं विष व्यवसायी हूँ।" अश्वसेन बोला, "मैं किसी को डस सकता हूँ, धनुष बाण लेकर युद्ध नहीं कर सकता। इसीलिए कह रहा हूँ कि मुझे उसके निकट पहुँचा दो, शेष मैं देख लूँगा।"

"नाग! कर्ण पराए बल से अपने शत्रुओं को नहीं मारता।" कर्ण दमित आक्रोश के साथ बोला, "मेरे पास अपना सर्पमुख बाण है। मेरे मन में अर्जुन के लिए पर्याप्त आक्रोश है; और मैं पूरा प्रयत्न कर रहा हूँ। तुम जाओ। मैं अपना वैर स्वयं की चुकाऊँगा।"

"भूल कर रहे हो।" अश्वसेन कटु स्वर में बोला, "अश्वसेन जैसा सहायक सुविधा से नहीं मिलता। मेरा तिरस्कार कर रहे हो, पछताओगे।"

"मेरी प्रतिज्ञा है कि मैं अर्जुन का वध करूँगा। तुमने उसे डस कर मार डाला तो मेरी प्रतिज्ञा कैसे पूरी होगी?" कर्ण बोला, "तुम जाओ।"

"अर्जुन!" कृष्ण बोले, "यह जो व्यक्ति कर्ण से बात करके हटा है, इसे पहचान सकते हो? मैं इसे पहचानता हूँ। यह तक्षकपुत्र अश्वसेन है। यह इस युद्धक्षेत्र में तुम्हारे वध के लिए ही आया है, इसे मार डालो। ऐसे शत्रु की उपेक्षा नहीं करनी चाहिए।"

अर्जुन ने अपना धनुष अश्वसेन की ओर घुमाया। बाण छूटे और अश्वसेन के शरीर के टुकड़े हो गए। कर्ण की दृष्टि भी उसी पर लगी हुई थी। अश्वसेन भूमि पर गिर गया तो कृष्ण रथ से नीचे उतर आए। धरती में धँसे पहिए को कृष्ण ने अपनी दोनों भुजाओं के बल से ऊपर उठाया और रथ को आगे बढ़ा दिया।

कृष्ण को भूमि पर खड़ा देख कर्ण ने आक्रमण किया।

इस समय अपनी तो रक्षा करनी ही थी, कृष्ण की रक्षा भी अधिक आवश्यक हो गई थी। वे धरती पर एक प्रकार से खुले में खड़े थे। अर्जुन ने एक के पश्चात् एक बारह वराहकर्ण बाण मारे। कर्ण का कवच फट गया और वह अनेक स्थानों से घायल हो गया।

कर्ण का मन भी स्थिर नहीं रह गया था। अश्वसेन की बातों और शल्य की वक्र मुस्कान ने उसे एक प्रकार से विक्षिप्त कर दिया था; और अब अर्जुन ने उसका कवच फाड़ दिया था। उसने झल्लाकर बाण मारने आरम्भ किए। रथारूढ़ हो चुके कृष्ण को घायल किया और अर्जुन को तो जैसे क्षतविक्षत ही कर डाला।

अर्जुन ने भी कर्ण को असंख्य बाणों से बींध दिया था। कर्ण का मुकुट और कुंडल छिन्न-भिन्न होकर पृथ्वी पर गिर पड़े। कवच पहले ही टुकड़े-टुकड़े हो चुका था। कर्ण अपने स्थान पर बहुत स्थिर नहीं लग रहा था। सन्निपात से आतुर व्यक्ति के समान कर्ण शायद अत्यधिक पीड़ा का अनुभव कर रहा था।...और अगले ही क्षण अपना धनुष छोड़कर कर्ण डोलता-सा मूर्च्छित होकर रथ में गिर पड़ा।

अर्जुन का हाथ रुक गया।

"प्रमाद मत करो पार्थ!" कृष्ण बोले, "बुद्धिमान लोग अपने दुर्बल से भी दुर्बल शत्रु को नष्ट करने के लिए किसी अवसर की प्रतीक्षा नहीं करते। संकट में पड़े शत्रु को मार कर बुद्धिमान पुरुष धर्म और यश का भागी होता है। कर्ण सँभल कर तुम पर आक्रमण करे, उससे पहले ही उसे मार डालो।"

अर्जुन का मन एक क्षण के लिए अटका किन्तु कृष्ण के प्रति उसकी निष्ठा उसे कृष्ण की नीति के विरुद्ध सोचने से भी रोक रही थी। कर्ण ने अपना प्रहार कभी स्थगित नहीं किया। न तब, जब अभिमन्यु असहाय हो गया था, न तब, जब कृष्ण भूमि पर खड़े रथचक्र को धरती से निकाल रहे थे।

अर्जुन ने वत्सदंत नामक बाणों से कर्ण तथा उसके रथ के घोड़ों को अनेक घाव दिए।...तभी कर्ण की मूर्च्छा कुछ हटी और उसने कृष्ण और अर्जुन—दोनों को ही बाणों से पीड़ित किया।

अब कुछ सोचने की आवश्यकता नहीं थी। कर्ण युद्ध तो कर ही रहा था। अर्जुन ने अपने बाण को महारौद्रास्त्र से अभिमंत्रित किया और कर्ण पर छोड़ दिया।

कर्ण की चेतना झकोले खा रही थी। अभी भी कदाचित् वह अर्द्धमूर्च्छितावस्था में था। वह सोच-समझकर नहीं, बस अभ्यासवश ही लड़ रहा था। और तभी अर्जुन ने इस महारौद्रास्त्र का प्रयोग कर दिया था। कर्ण इतना व्याकुल हुआ कि उसे लगा, उसके पास अपने प्राण बचाने का एक ही मार्ग था—भार्गवास्त्र। यद्यपि इस समय उसके सम्मुख पाण्डवों की विशाल सेना नहीं थी। उसे अकेले ही सहस्रों सैनिकों से नहीं लड़ना था। उसे असंख्य बाणों से प्रहार करने की आवश्यकता भी नहीं थी। एक अकेले अर्जुन के रथ से ही लड़ना था, उसके लिए भार्गवास्त्र का प्रयोग जैसे दिव्यास्त्र का अपव्यय था।...किन्तु कर्ण के प्राण निकल रहे थे। उसकी रक्षा तो भार्गवास्त्र ही कर सकता था।

उसने भार्गवास्त्र का स्मरण करना चाहा। उसका शरीर इतना पीड़ित था कि उसका मन स्वयं को शारीरिक पीड़ा से विच्छिन्न ही नहीं कर पा रहा था। मन, देह से हटा ही नहीं। तो वह एकाग्र कैसे होता। ध्यान नहीं लगा तो भार्गवास्त्र

प्रकट कैसे होता। भार्गवास्त्र प्रकट नहीं हो रहा था और कर्ण की व्याकुलता बढ़ती जा रही थी। वह समाधिस्थ होने के स्थान पर विक्षिप्त होता जा रहा था।...युद्ध में इतना भयंकर कोलाहल था। इतने प्रकार के शब्द और इतने प्रकार के स्वर वहाँ गूँज रहे थे। युद्ध के उस भयंकर कोलाहल और मारकाट में मन को इतना एकाग्र कर लेना कि देवास्त्रों का संचालन हो सके, यह तो ऋषियों के भी वश का नहीं था। यह काम तो बस ऋषि योद्धा ही कर सकते थे। परशुराम कर सकते थे। द्रोण कर सकते थे। भीष्म कर सकते थे। कृप कर सकते थे। अश्वत्थामा और अर्जुन कर सकते थे। और एक सीमा तक कर्ण कर सकता था। किन्तु आज कर्ण भी नहीं कर पा रहा था। रजोगुण का मर्यादाहीन प्राचुर्य भी तो मन को एकाग्र नहीं होने देता। कर्ण का मन एकाग्र नहीं हो पा रहा था।...सहसा रथ डगमगाया।...

"क्या कर रहे हो शल्य!" उसके मन की व्याकुलता कटुता बन कर प्रकट हुई, "रथ को डोला क्यों रहे हो। जानते नहीं कि ऐसे बड़े और भारी रथ स्थिर रहने चाहिए, नहीं तो उलट भी सकते हैं।"

"बहुत जानते हो रथ के विषय में।" शल्य ने चिढ़कर कहा, "पर सारथ्य के लिए थोड़ा-सा ज्ञान धरती का भी होना चाहिए। देख नहीं रहे कि धरती गीली है। मुझे तो यह क्षेत्र आर्द्रसिकता से ग्रसित लगता है। तुमने भी अपने वरुणास्त्र से इसे कच्छभू ही बना दिया है।"

"तो रथ कहीं और हटा ले चलो।" कर्ण ने उसे डाँटा।

"तुम्हारा ध्यान कहाँ है।" शल्य भी तीखा पड़ा, "प्रहर भर से कृष्ण हमें इसी धरती पर भटका रहे हैं। उनका अपना रथ भी तो कीचड़ में फँस गया था। लड़ना तुम्हें अर्जुन से है तो मैं अपना रथ सात्यकि के पीछे तो नहीं लगा सकता न।"

"इसी धरती पर कृष्ण भी रथ चला रहे हैं, वे लोग तो हिचकोले नहीं खा रहे, जैसे भूचाल आया हो।" कर्ण बोला, "स्वयं को कृष्ण से अच्छा सारथि समझते हो, तो वह क्यों नहीं कर सकते, जो कृष्ण कर सकते हैं।"

"तुम भी तो स्वयं को अर्जुन से अच्छा योद्धा समझते हो, तो वह क्यों नहीं कर सकते, जो अर्जुन कर सकता है।" शल्य ने कहा।

रथ एक झटके के साथ रुक गया। कर्ण के शरीर को भी हिचकोले का अनुभव हुआ।

"अब यह क्या है?" कर्ण चिल्लाकर बोला।

"अब तक तो रथ डोल ही रहा था।" शल्य ने उत्तर दिया, "अब वह खड़ा हो गया है। पीछे का बायाँ चक्र धरती ने ग्रस लिया है। यदि इस धरती

में सचमुच ही आर्द्रसिकता का गुण हुआ, तो समझो कि हम धरती के ग्रास बन गए।"

अपनी व्याकुलता में कर्ण सब कुछ ही भूल गया। उसने अमर्यादित होकर शल्य को डाँटा, "यह षड्यंत्र किया है तुमने कृष्ण के साथ मिल कर। मुझे यहाँ कीलित कर मेरा वध करवाना चाहते हो क्या। क्या समझते हो कि उसके लिए अर्जुन तुम्हें छोड़ देगा और युधिष्ठिर तुम्हें पुरस्कार देगा। अर्जुन तुम्हें छोड़ भी दे किन्तु कृष्ण तुम्हें नहीं छोड़ेंगे। तुम भी मरोगे।..."

शल्य ने कर्ण की ओर देखा : उसकी स्थिति उन्मादी की-सी हो रही थी। वह मृत्यु से डर गया क्या। जिस सेना का प्रधान सेनापति विक्षिप्त हो गया हो, उसका क्या होगा।

"अब मेरी ओर देख क्या रहे हो।" कर्ण बोला, "या तो घोड़ों को ऐसे हाँको कि वे रथ को निकाल ले जाएँ, या फिर नीचे उतरो और चक्र को ही धक्का दो। सम्भव है, थोड़ा उठाना भी पड़े।"

"चक्ररक्षक...।" शल्य ने कुछ कहना चाहा।

"भाड़ में गए चक्ररक्षक।" कर्ण बोला, "प्राणों का संकट होता है तो कोई चक्ररक्षकों की प्रतीक्षा नहीं करता। कृष्ण ने स्वयं नीचे उतरकर चक्र को कीचड़ से निकाला है। और मेरे रथ का चक्र फँसा तो चक्ररक्षक..."

"कैसे अयोग्य सेनापति हो तुम, जिसके न चक्ररक्षक हैं, न पृष्ठरक्षक, न अग्ररक्षक, न पाद रक्षक। यह व्यूहरचना है तुम्हारी?" शल्य ने भी उतनी ही कटुता से कहा, "जहाँ तक कृष्ण की बात है, उसका सारा जीवन ही मिट्टी, गारे, गायों और घोड़ों के बीच बीता है। मद्रराज और एक गोपाल में कुछ अन्तर होना चाहिए या नहीं।"

"प्रलाप बन्द करो और नीचे उतर कर चक्र को आर्द्रा भूमि से निकालने का प्रयत्न करो।" कर्ण आपे से बाहर हो रहा था।

"धरती कितनी गीली है, तुम्हें दिखाई नहीं दे रहा।" शल्य ने कहा।

"धरती कृष्ण के लिए भी गीली है।" कर्ण बोला, "वह तो अपने रथ और घोड़ों को मनचाहे ढंग से घुमा रहा है। मुझसे चतुराई मत करो। मेरे मर जाने से तुम्हें कोई लाभ नहीं होने वाला।"

"पराजय की संभावना से तुम्हारा मस्तिष्क चल गया है।" शल्य ने उसकी ओर से मुँह घुमा लिया।

कर्ण का मुख क्षोभ से रक्तिम हो उठा।

"मद्रराज हो तो शाकल के राजप्रासाद में सिंहासन पर बैठ कर अपनी आज्ञाएँ प्रचारित करो, यहाँ क्या करने आए हो।" कर्ण तड़पकर बोला, "सारथि

के तल्प पर बैठ कर घोड़ों को नहीं हाँकोगे तो युद्ध कैसे होगा। सब को अपना धर्म स्मरण रखना चाहिए। सारथि के रूप में आए हो तो सारथि के धर्म का निर्वाह करो।"

"तुम धर्म की बात कर रहे हो?" शल्य ने कहा, "जिस व्यक्ति का जीवन ही अधर्म का आधार रहा हो, वह धर्म की बात रह रहा है।"

"मैंने आजीवन मैत्री धर्म का निर्वाह किया और आज इस समय दुर्योधन को है कोई चिन्ता कि कर्ण की भी रक्षा होनी चाहिए।"

"इसे मैत्री नहीं कहते कर्ण।" शल्य ने कहा, "तुम केवल अपना स्वार्थ साधते रहे। मित्र होते तुम दुर्योधन के तो उसे अधर्म के मार्ग पर चलने से रोकते। पराया धन और पराई स्त्री लूटने की योजनाएँ बना-बनाकर दुर्योधन को उकसाते नहीं रहते।"

"तुम चुप रहो मद्र!" कर्ण बोला, "मैंने अपने जीवन में जितना धन ब्राह्मणों को दान दिया है, उतने से मैं म्रद का राज्य भी क्रय कर सकता था।"

"मद्र का राज्य अंगदेश के समान नहीं है कि कौड़ियों के मोल कोई भी पा ले।" शल्य ने कहा, "और जहाँ तक दान की बात है, तुमने उस दान से धर्म के स्थान पर सदा अहंकार रूपी पाप ही तो कमाया है। उसका विपुल भंडार है तुम्हारे पास।"

"जब सारथि ही रथी का शत्रु हो तो धर्म किसी की रक्षा कर भी कैसे सकता है।" कर्ण ने चिल्लाकर कहा, "धर्म किसी की रक्षा नहीं करता। क्या मिला मुझे आजीवन धर्म की रक्षा करके।"

शल्य ने अश्वों को उकसाया। रथ थोड़ा लड़खड़ाया और घोड़े कुछ और हार गए। शल्य भी अपने स्थान पर अस्थिर हो उठा। वह सहायता के लिए कर्ण की ओर देख रहा था और कर्ण था कि धर्म की निन्दा से ही मुक्त नहीं हो पा रहा था।

सहसा उसका क्रोध कृष्ण पर केन्द्रित हो उठा, "यही है जो बहुत धर्म बघारता है।"

कर्ण ने तीन भयानक बाण मार कर कृष्ण के हाथ में चोट पहुँचाई। उसने सात बाण अर्जुन को भी मारे।

अर्जुन समझ रहा था कि कर्ण पर्याप्त शिथिल हो गया है किन्तु उसकी ओर से इस गति से बाण आते देखे तो अर्जुन ने भी सतरह बाण मारे। उन बाणों का वेग देख, कर्ण काँप उठा। अब वह साधारण बाणों पर निर्भर नहीं रह सकता था। अपनी रक्षा के लिए उसे कुछ भयानक कर्म ही करना पड़ेगा।

कर्ण ने ब्रह्मास्त्र प्रकट किया। अर्जुन ने ऐन्द्रास्त्र से उसका प्रतिकार किया। कर्ण ने उसके बाण काट डाले और ऐन्द्रास्त्र नष्ट कर दिया।

"पार्थ!" कृष्ण बोले, "तुम कर्ण को जितना शिथिल समझ रहे हो, उतना शिथिल वह हुआ नहीं है। उसके लिए अभी उग्र अस्त्रों की आवश्यकता है। तुम कोमल पड़े तो यह जीता हुआ युद्ध भी तुम्हारे हाथ से निकल जाएगा। अति उत्तम अस्त्र का प्रयोग करो।"

अर्जुन ने अत्युग्र ब्रह्मास्त्र का प्रयोग किया। कर्ण उससे भी विचलित नहीं हुआ। वह अर्जुन के शस्त्रास्त्रों को काटता ही गया और अन्त में गाण्डीव की प्रत्यंचा काटने में भी वह सफल हो गया। किन्तु गाण्डीव निष्क्रिय नहीं हुआ। कर्ण को यह पता ही नहीं चला कि गाण्डीव की प्रत्यंचा में अनेक डोरियाँ लगी थीं। एक के कटते ही दूसरी से तत्काल प्रत्यंचा का काम लिया जा सकता था।

"शिथिल मत होओ पार्थ!" कृष्ण ने पुनः कहा, "निरन्तर अस्त्र छोड़ो। उत्तम अस्त्र का प्रयोग करो। मैं रथ को कर्ण के और निकट ले चलता हूँ। इससे पहले कि कर्ण को कहीं से कोई सहायता मिले, तुम्हें उसका वध कर डालना है।"

अर्जुन ने रौद्रास्त्र का आधान किया।

कर्ण के प्राण उसके कण्ठ में आ अटके। अर्जुन उग्र होता जा रहा था और कर्ण का न तो रथ चल रहा था और न ही कहीं से कोई सहायता आ रही थी। पता नहीं भीम, धृष्टद्युम्न और सात्यकि ने यह कैसी व्यूह रचना कर रखी थी कि कौरवों का कोई भी योद्धा इस ओर फटक नहीं पा रहा था।

"शल्य।" उसने चिल्लाकर कहा।

"चिल्लाओ मत।" शल्य ने उत्तर दिया, "मैं जो कुछ कर सकता हूँ, कर रहा हूँ। पर मैं रथ से नीचे नहीं उतरूँगा। नीचे उतरना सुरक्षित नहीं है। जब कृष्ण चक्र निकाल रहे थे तो तुमने उन्हें क्षमा नहीं किया था। पार्थ भी मुझ पर बाण चलाएगा ही। मैं मारा गया तो रथ को हाँकने वाला कोई नहीं रह जाएगा। चक्र निकल भी गया तो क्या करोगे।"

क्रोध के मारे कर्ण की आँखों में आँसू आ गए। वह चिल्लाकर बोला, "दो घड़ी प्रतीक्षा करो पार्थ! जो युद्ध के लिए प्रस्तुत न हो, जिसके पास शस्त्रास्त्र न हों, उस पर क्षत्रिय प्रहार नहीं करते।..."

"जैसे तुमने अभिमन्यु पर प्रहार नहीं किया था।" कृष्ण की वाणी वक्र थी।

कर्ण को लगा, कृष्ण बाणों के समान उसकी वाणी से भी अर्जुन को बचा रहे हैं। कहीं ऐसा न हो कि उसके किसी तर्क से अर्जुन सहमत हो उसके प्रति उदार हो जाए, वे कर्ण के तर्कों का उत्तर स्वयं ही देंगे।

"तुम तो धर्म के ज्ञाता हो कृष्ण!" कर्ण बोला, "थोड़ी देर युद्ध स्थगित नहीं हो सकता? मैं अपना रथचक्र इस कीचड़ से निकाल लूँ।"

कृष्ण हँसे, "तो तुम्हें धर्म याद आ गया। जल्दी ही आ गया। एकवस्त्रा रजस्वला द्रौपदी को जब केशों से खींच कर द्यूतसभा में लाया गया था, तब तुम्हारा धर्म कहाँ था? नीच कौरवों द्वारा क्लेश पाती हुई द्रौपदी के निकट जा, और निकट जा, जब तुम अपनी आँखों से उसे निगल रहे थे, तब तुम्हारा धर्म कहाँ था?..."

"वह एक भूल क्या मेरे जीवन के सारे धर्म का नाश कर देगी?" कर्ण बोला।

"वैसे तो नारीत्व के अपमान जैसा एक पाप भी पूरे देश का धर्म नाश करने के लिए पर्याप्त है।" कृष्ण बोले, "पर वह तेरा एकमात्र पाप नहीं है। वह तो तेरे पापों का परिणाम है। द्यूत में पाण्डवों से उनका राज्य छीना तो तेरा धर्म कहाँ था? तेरह वर्षों के पश्चात् जब पाण्डवों को उनका राज्य नहीं दिया, तो तेरा धर्म कहाँ था? निरस्त्र अकेले अभिमन्यु को जब घेर कर मारा, तब तुम्हारा धर्म कहाँ था? तुम धर्म की बात मत करो पापी! तुमने धर्म की रक्षा कभी नहीं की। पाण्डवों ने धर्म की रक्षा की; और धर्म उनकी रक्षा करेगा। धृतराष्ट्र के पुत्रों का सर्वनाश होगा और तू उनसे भी पहले मरेगा।"

कर्ण ने कृष्ण को कभी इतने क्रोध में नहीं देखा था। लज्जित तो वह पहले भी था। अब भयभीत हो उठा। उसने पुनः धनुष उठा लिया और युद्ध आरम्भ कर दिया।

"अर्जुन! कर्ण पर दया मत करो।" कृष्ण बोले, "इस पापी को दिव्यास्त्र से मार गिराओ।"

कर्ण भीतर तक काँप गया। उसने ब्रह्मास्त्र का प्रयोग किया। अर्जुन और कृष्ण पर बाणों की झड़ी लगा दी। अर्जुन ने उच्चतर ब्रह्मास्त्र का प्रयोग किया। कर्ण का ब्रह्मास्त्र शमित हो गया। कर्ण के शरीर पर कुछ और नए घाव लगे। अर्जुन ने जातवेदा अग्नेयास्त्र का प्रयोग किया।

कर्ण ने वरुणास्त्र से उसका शमन कर दिया। और सर्पमुख के समान एक महाभयंकर बाण हाथ में लिया। अर्जुन जब तक वायवास्त्र का परिचालन कर रहा था, कर्ण ने उस पर अपना बाण चला दिया। बाण अर्जुन के वक्ष में लगा और अर्जुन की चेतना धूमिल होने लगी। गाण्डीव पर उसका हाथ शिथिल हो गया। वह काँपता हुआ रथ में बैठ गया।...

कर्ण के लिए यह स्वर्णिम अवसर था। वह रथ से कूद कर नीचे आ गया। दोनों हाथों से रथचक्र पकड़कर उसे ऊपर उठाने का प्रयत्न किया। किन्तु धरती

थी कि चक्र को छोड़ ही नहीं रही थी। कर्ण को लगा कि रथचक्र तो ऊपर नहीं उठा है, उसके अपने पाँव भी नीचे धँसने लगे हैं। कहीं ऐसा न हो कि वह स्वयं भी कहीं कीलित हो जाए।...

कृष्ण की दृष्टि रथवैद्य पर टिकी हुई थी। वैद्य ने अर्जुन के माथे पर कोई लेप किया था। वक्ष में लगे बाण का निरीक्षण किया था। उसे बहुत गहरा न पाकर उसे खींच कर बाहर निकाल लिया था और घाव पर रक्तस्रावरोधक औषधि लगा दी थी। अर्जुन की चेतना लौटी। वह उठकर खड़ा हो गया। उसने आंजलिक बाण हाथ में लिया।...

"पार्थ! कर्ण के रथ में लौट जाने से पहले ही उसका मस्तक काट डालो।" कृष्ण बोले।

"तुम किसी असहाय पर तनिक भी दया नहीं कर सकते कृष्ण?" कर्ण ने उसकी ओर कातर दृष्टि से देखा।

कृष्ण हँसे, "तुम्हें न भीम को विष दिलवाते दया आई, न अचेत भीम को नागों से डसवाने के लिए गंगा में डालते हुए। तुम्हें वारणावत में सोते हुए पाण्डवों और उनकी माता को जीवित जलाने के लिए अग्नि लगवाते हुए दया नहीं आई। अपनी लज्जा की रक्षा करने के लिए तड़पती हुई द्रौपदी पर दया नहीं आई तुम्हें। अभिमन्यु जैसे बालक की असहायता पर दया नहीं आई तुम्हें। पापी! आज तू दूसरों से दया की अपेक्षा करता है।" वे मुड़े, "अर्जुन! मारो इसे।"

अर्जुन ने पहला बाण रथ की ध्वजा पर चलाया। ध्वजा के कट के गिरते ही दूर-दूर से सैनिकों ने कोलाहल आरम्भ कर दिया। उन्होंने मान लिया था कि कर्ण का पतन हो गया है।

अर्जुन ने आंजलिक बाण को अभिमंत्रित किया, "मेरा छोड़ा हुआ यह अस्त्र कर्ण को यमलोक पहुँचा दे।"

कर्ण का मस्तक कट कर पृथ्वी पर गिर गया और फिर शरीर भी धराशायी हो गया।

भीम का पौंड्र शंख सारी समरभूमि को कँपा गया।

शल्य ने शंखनाद सुना। पलटकर देखा : भूमि पर अलग-अलग पड़े हुए, कर्ण के सिर और शरीर को पहचाना। कर्ण सचमुच ही धराशायी हो गया था। अर्जुन ने उसका वध कर दिया था। इस अहंकारी को इसके पापों का दंड मिल गया था। मद्रराज को अपना सारथि बनाकर बहुत प्रसन्न था और सारी मद्र स्त्रियों को व्यभिचारिणी बता रहा था। कृष्ण ने ठीक ही कहा था, स्त्रीत्व के अपमान से सारे देश का धर्म नष्ट हो जाता है।...अर्जुन ने बाण से उसका

मस्तक काटा था, कहीं यह भीम के हाथों में पड़ा होता तो वह दुःशासन के ही समान इसकी भी दुर्दशा करता और उससे भी संतुष्ट नहीं होता।...

शल्य को स्मरण हो आया, कर्ण ने पूछा था शल्य से यदि उसका वध हो जाए तो शल्य क्या करेगा?...तब शल्य ने कहा था कि इस अकेले रथ से कृष्ण और अर्जुन दोनों का वध कर देगा।...पर तब स्थिति और थी, अब स्थिति और है। रथचक्र धरती में धँसा है। रथ की ध्वजा कट चुकी है। शस्त्रभंडार की स्थिति भी बहुत अच्छी नहीं है। न चक्ररक्षक हैं, न अग्ररक्षक, न पृष्ठरक्षक, न पादरक्षक। आसपास कोई कौरव योद्धा नहीं है। सामने अर्जुन और कृष्ण हैं। उसकी पृष्ठरक्षा कर रहा है भीम...नहीं! यह युद्ध के लिए उपयुक्त समय नहीं है।

शल्य रथ से कूदा और सिर पर पाँव रखकर, अर्जुन की विपरीत दिशा में भाग गया।

37

"महाराज अकेले ही हैं और बहुत दुखी हैं।" द्वारपाल ने हटकर मार्ग दे दिया।

कृपाचार्य ने भीतर प्रवेश किया।

उन्हें आश्चर्य हो रहा था कि दुर्योधन इस समय अकेला था। उसके पास तो इस समय उन सब लोगों का जमघट होना चाहिए था, जो कौरवों के प्रधान सेनापति के रूप में अपना अभिषेक करवाने के इच्छुक थे। क्षत्रियों का संसार ही विचित्र था। किसी एक का पतन होता है तो शोक मनाने वाले कम और भीतर ही भीतर सुखी होने वाले अधिक होते हैं। उनके इस महत्त्वाकांक्षी संसार में एक का पतन हुए बिना दूसरे का उत्थान ही सम्भव नहीं है। एक से छीनकर ही दूसरे को कुछ मिल सकता है।...इस समय और किसी को नहीं तो शकुनि और उलूक को तो दुर्योधन के निकट होना ही चाहिए था।...पर दुर्योधन अकेला था।

उसने सिर उठाकर कृपाचार्य की ओर देखा और हाथ जोड़कर प्रणाम किया।

कृपाचार्य ने देखा, दुर्योधन की आँखों में अश्रु थे।...तो इसलिए अकेला था वह। कर्ण की मृत्यु के पश्चात् से वह अपने शिविर में अकेला बैठा अश्रु बहा रहा था। उसके मनोरंजन के लिए किसी ने सुरा और सुन्दरी का प्रबन्ध नहीं किया था। इससे तो लगता है कि कौरव सम्राट् की पूर्ण पराजय हो चुकी है।

"कर्ण की मृत्यु से तुम्हें बहुत दुख हुआ होगा पुत्र!" कृपाचार्य ने कहा, "मैं जानता हूँ कि तुम्हारा सबसे सबल सम्बल वही था। तुम्हें उस पर ही सबसे अधिक भरोसा था।"

"नहीं ऐसी बात तो नहीं। भरोसा तो मुझे आप पर भी...।"

"इस औपचारिक शिष्टाचार की आवश्यकता नहीं है दुर्योधन! हमें सत्य को स्वीकार कर लेना चाहिए।" कृपाचार्य बोले, "भीष्म और द्रोण के खेत रहने पर भी तुम्हें कर्ण दिखाई पड़ता था; किन्तु अब तुम्हें अपने पक्ष में और कोई समर्थ योद्धा दिखाई नहीं पड़ता।" वे रुके, "यदि तुम्हें लगता है कि तुम पाण्डवों को पराजित नहीं कर सकते, तो तुम्हारा हित इसी में है कि उनसे संधि कर लो।"

'दिखाई तो मुझे आप भी पड़ते हैं आचार्य! किन्तु आप तो संधि के पक्ष में हैं।' दुर्योधन ने मन-ही-मन कहा, 'फिर भी मैं आपको सेनापति कैसे बना सकता हूँ।'

"युद्ध करते हुए, आज सतरह दिन हो गए हैं राजन्! तुम्हारे सारे भाई बांधवों और वीर योद्धाओं के देखते हुए, सबके मस्तक पर पैर रखकर अर्जुन ने जयद्रथ का वध किया था और आज कर्ण का मस्तक भी काट दिया। भीम ने भी जो कहा था, वह कर दिखाया।" कृपाचार्य बोले, "इसका एक ही अर्थ है कि तुम पाण्डवों को पराजित कर, यह युद्ध नहीं जीत सकते।"

दुर्योधन की आँखों के सम्मुख कर्ण के वध के समय का दृश्य साकार हो उठा। कर्ण के गिरते ही कौरव सेना का उत्साह दूध के झाग के समान बैठ गया था। पाण्डवों का उत्साह आकाश को छू रहा था। अकेले भीम ने ही अपने रथ से नीचे उतर, अपनी गदा के सामने आए प्रत्येक योद्धा की हत्या कर दी थी। धृष्टद्युम्न ने भागते हुए कौरव सैनिकों को घेर कर अपने बाणों से बाड़े में घिरे पशुओं के समान मार डाला था। अपनी सेना की ऐसी दुर्गति को देखकर दुर्योधन ने स्वयं पाण्डवों पर आक्रमण किया था। अपने सैनिकों को बार-बार पुकारा था। उन्हें बार-बार क्षात्रधर्म की महिमा समझाने का प्रयत्न किया था। किन्तु वह क्षात्रधर्म का व्याख्यान देता रह गया और कौरव सैनिक चारों दिशाओं में भाग गए।...साधारण सैनिक ही क्या, सारे महारथी और अतिरथी भी युद्ध की ओर पीठ कर अपने सैनिकों को सुरक्षित कर अपने शिविरों में पहुँचाने के लिए व्यग्र हो उठे थे। किसी को युद्ध छोड़कर भागने में लज्जा नहीं आई थी, किसी को क्षात्रधर्म का स्मरण नहीं रहा था।

"कदााचित् आप ठीक कह रहे हैं।" दुर्योधन ने बहुत धीरे से कहा और मुँह दूसरी ओर फेर लिया। वह नहीं चाहता था कि आचार्य उसके अश्रु देखें।

"तो अब तुम अपने प्राणों की रक्षा करो दुर्योधन! सारे सुखों का आधार शरीर ही है। प्राण ही नहीं रहेंगे तो राज्य का सुख भोग भी कैसे सकोगे।" कृपाचार्य ने रुक कर उसकी ओर देखा, "वृहस्पति की नीति है कि अपनी शक्ति शत्रु से कम अथवा समान हो तो हमें उससे संधि कर लेनी चाहिए। युद्ध तो केवल तब ही करना चाहिए जब हम शक्ति में शत्रु से बढ़े चढ़े हों। युधिष्ठिर दयालु है। उसके सम्मुख तनिक-सा नतमस्तक होकर तुम उससे अपना राज्य प्राप्त कर सकते हो। इस संधि में प्रजा का भी कल्याण है।"

कृपाचार्य मौन हो गए। दुर्योधन ने कोई उत्तर नहीं दिया। क्या कहता कि वह कृपाचार्य के समान पाण्डवों पर विश्वास नहीं करता। वह कैसे मान ले कि उसने जिन पाण्डवों के साथ इतना छल किया है, वे पाण्डव उसके साथ छल नहीं करेंगे। उसने पाण्डवों के साथ जो किया है, उसके पश्चात् पाण्डव न उस पर दया कर सकते हैं और न विश्वास। उसने उनकी हत्या का प्रयत्न किया, उनके धन और राज्य का अपहरण किया। कृष्ण को बंदी करने का प्रयत्न किया। द्रौपदी का जितना अपमान किया गया, उसके पश्चात् भी कोई पाण्डवों से क्षमा की आशा कर सकता है?...

"युधिष्ठिर हमें क्षमा कर देगा तो भीम की प्रतिज्ञा कैसे पूरी होगी? भीम ने जो कुछ दुःशासन के साथ किया है, वह वही मेरे साथ भी करेगा। मैं कैसे स्वयं को उसकी भुजाओं में सौंप दूँ? आप जानते हैं कि द्रौपदी अपने पतियों की विजय के लिए कठोर तपस्या कर रही है। अपना सारा अभिमान त्याग कर कृष्ण की बहन सुभद्रा दासी के समान उसकी सेवा कर रही है। द्रौपदी कौरवों के विनाश का संकल्प लेकर मिट्टी की वेदी पर सोया करती है। यह सब क्या इसलिए कि हम उसके सामने हाथ जोड़कर खड़े हो जाएँ तो वे हमें क्षमा कर दें? नहीं आचार्य! इस वैर की ज्वाला को कोई भी पाण्डव नहीं बुझाना चाहेगा। युधिष्ठिर भी नहीं।...और द्रौपदी तो उसे बुझाने ही नहीं दे सकती।"

कृपाचार्य मुस्कराए, "वे क्या करेंगे, यह तो वे ही जानें। मुझे तो लग रहा है तुम ही संधि के पक्ष में नहीं हो। तुम ही नहीं चाहते कि यह युद्ध संधि के रूप में समाप्त हो।"

"मैं!" दुर्योधन ने चौंककर उनकी ओर देखा, "आपने कहा है कि सारे सुखों का आधार शरीर है। मैं कहता हूँ कि मेरे शरीर को कितना भी सुख मिले; किन्तु मैं युधिष्ठिर का दास बनकर सुखी नहीं हो सकता। वैसे भी आचार्य! वृद्धावस्था में रोगजर्जर होकर स्वजनों के मध्य खाट पर मरने वाला पुरुष क्षत्रिय नहीं कहलाता।...अपने मित्रों, भाइयों, पितामहों को मरवाकर यदि मैं अपने शरीर की रक्षा करूँगा, तो सारा संसार ही मुझे धिक्कारेगा।"

कृपाचार्य ने उसकी आँखों में देखा, जैसे उसके मन को पढ़ने का प्रयत्न कर रहे हों। वे मन-ही-मन हँसे : दुर्योधन सरीखे लोगों के मस्तिष्क में प्रकृति ने कृतज्ञता, दया और विश्वास जैसे तत्त्व डाले ही नहीं हैं। जो दया और विश्वास से स्वयं ही अपरिचित है, वह पाण्डवों के चरित्र में इन तत्वों को कैसे पहचान सकता है। कीचड़ का केंचुआ निर्मल गंगाजल के अस्तित्व को कैसे मान सकता है। छली संसार में निश्छलता की कल्पना कैसे कर सकता है।...

"ठीक है राजन्!" कृपाचार्य उठ खड़े हुए, "जैसी तुम्हारी इच्छा। कह नहीं सकता कि अभी भी तुम्हारे मन में कहीं विजय की कोई आशा शेष है अथवा तुम मृत्यु के लिए व्यग्र हो रहे हो।"

कृपाचार्य ने हाथ उठाकर उसे आशीर्वाद दिया और बोले, "तो कल के लिए प्रधान सेनापति का चयन कर लो।"

कृपाचार्य चले गए। दुर्योधन की आँखें दूर तक उनका पीछा करती रहीं। ...उन्होंने प्रधान सेनापति की नियुक्ति की चर्चा की थी। क्या वे चाहते थे कि अगला प्रधान सेनापति उन्हें बनाया जाए?...यह इच्छा तो आचार्य द्रोण के वध के बाद भी उनके मन में रही हो सकती है।...किन्तु दुर्योधन किसी भी ऐसे व्यक्ति को अपना सेनापति कैसे बना सकता है, जो पाण्डवों के साथ संधि की संभावना की कल्पना करता हो। कर्ण के वध के पहले अश्वत्थामा ने इसी प्रकार संधि का प्रस्ताव रखा था और आज कृपाचार्य...। इन मातुल और भागिनेय को अकस्मात् ही क्या हो गया है कि वे संधि के पक्षधर हो गए।...यदि इनमें से कोई प्रधान सेनापति बन गया तो युद्ध कैसे होगा? पाण्डव मारे कैसे जाएँगे?

सहसा दुर्योधन का ध्यान शल्य की ओर चला गया। कर्ण का सारथ्य करने के लिए शल्य ने यह प्रतिज्ञा उसके सामने रखी थी। दुर्योधन ने उसे इसका वचन भी दे दिया था...पर अब शल्य उसके लिए उतना महत्त्वपूर्ण नहीं था। अपने वचन की रक्षा के लिए दुर्योधन युद्ध हारना नहीं चाहेगा।...देखना तो यह भी है कि कर्ण का वध देखने के पश्चात् भी क्या शल्य प्रधान सेनापति बनना चाहेगा?...कर्ण की मृत्यु के पश्चात् शल्य आया था दुर्योधन के पास। भयभीत मूषक के समान काँप रहा था। उसने कहा था, "दैव पाण्डवों के अधीन होकर काम कर रहा है। तुम्हारी विजय के लिए प्रयत्न करने वाले सारे योद्धा शत्रुओं के हाथों बलपूर्वक मारे गए। अब युद्ध बंद करो और सेना सहित शिविर में चलो।" शल्य के शब्दों की ध्वनि बहुत देर तक दुर्योधन के कानों में गूँजती रही थी। वे शब्द कह रहे थे कि शल्य मन-ही-मन डर रहा है कि यदि उसने भी दुर्योधन की विजय के लिए युद्ध किया तो वह भी वैसे ही मारा जाएगा, जैसे अन्य लोग मारे गए हैं।...

और अश्वत्थामा? दुर्योधन को तो इस बात का भी ध्यान रखना पड़ेगा कि शल्य का प्रधान सेनापति के रूप में अभिषेक करने की स्थिति में कहीं अश्वत्थामा और कृपाचार्य उससे रुष्ट तो नहीं हो जाएँगे। जीवित बचे हुए महारथियों में से ये दोनों एक ओर हो गए तो शेष सबसे अधिक शक्तिशाली हो जाएँगे। तो?...अच्छा हो कि दुर्योधन पहले अश्वत्थामा का मन भी जान ले।...

दुर्योधन ने अपनी आँखें पोंछीं और उठकर खड़ा हो गया।

अपने शिविर में दुर्योधन को देखकर अश्वत्थामा ने सहज भाव से उसका स्वागत किया, "आओ राजन्।"

"कैसे हो गुरुपुत्र!"

"हम सब कदाचित् एक जैसे ही हैं—अपने प्रारब्ध के विरुद्ध युद्ध करते हुए।" अश्वत्थामा ने कुछ हल्के ढंग से कहा।

"कल समरभूमि में हमारा नेतृत्व कौन करेगा अश्वत्थामन्!" दुर्योधन बोला, "अगला प्रधान सेनापति कौन हो?"

"तुम्हारे मन में क्या है?"

"मैं तो सबके मन को जानकर ही कुछ निर्णय कर पाऊँगा।" दुर्योधन बोला, "आचार्य के पश्चात् तुमने ही कर्ण का नाम प्रस्तावित किया था।"

अश्वत्थामा समझ रहा था दुर्योधन के मन को।...उसने निश्चय कर लिया होगा, किन्तु वह उसके लिए कोई सहारा ढूँढ़ रहा था। करेगा तो अपने ही मन की; किन्तु अन्य लोगों को प्रतीत होना चाहिए कि दुर्योधन ने उनकी इच्छा पूरी की है।...

"अब लड़ने को ऐसा रह क्या गया है। यह युद्ध हम जीत नहीं सकते। बस शत्रु की अधिक से अधिक क्षति कर सकते हैं। मेरे पिता पुनः जीवित नहीं हो सकते, इसलिए प्रयत्न यह करना है कि पाण्डव पक्ष में भी अधिक से अधिक लोग मेरे ही समान अपने पिता के लिए रोने को बाध्य हों।" अश्वत्थामा ने कुछ इस प्रकार कहा, जैसे उसने सब कुछ पहले से ही निश्चित कर रखा हो, "मद्रराज शल्य को प्रधान सेनापति बना दो। और तो कोई उसके समान लड़ने को व्यग्र दिखाई दे नहीं रहा।"

दुर्योधन के मन पर से एक बड़ा बोझ हट गया। अच्छा हुआ अश्वत्थामा ने शल्य का ही नाम लिया। अब कोई विशेष समस्या नहीं है।...किन्तु दुर्योधन के मन में जैसे कोई बार-बार उसे चेतावनी दे रहा था...समस्या कैसे नहीं है। समस्या तो है। यही समस्या क्या कम है कि अश्वत्थामा ने कृपाचार्य अथवा अपना नाम क्यों नहीं लिया? उन दोनों में से कोई भी प्रधान सेनापति क्यों नहीं बनना चाहता? क्या इसलिए कि सेनापति बनकर वे युद्ध से भाग नहीं

सकते? अश्वत्थामा ने अभी-अभी शल्य के विषय में कहा है कि युद्ध के लिए और कोई उतना व्यग्र नहीं है। तो क्या अश्वत्थामा और कृपाचार्य लड़ने के इच्छुक नहीं हैं? कहीं ऐसा तो नहीं है कि वे यह मानते हों कि शल्य को तो पराजित होकर पाण्डवों के हाथों मरना ही है, उसे मरने दो।...यह युद्ध से उनकी उदासीनता का प्रमाण तो नहीं?...वैसे अश्वत्थामा ने शल्य के नाम का अनुमोदन कर दिया है। उससे दुर्योधन के तो अनेक प्रयोजन सिद्ध हो रहे हैं।...शल्य के पास अपनी सेना भी बहुत है। इससे शल्य को दिया हुआ दुर्योधन का वचन भी पूरा हो जाएगा। पाण्डवों के मन में शल्य के लिए पर्याप्त कटुता है; और शल्य के मन में पाण्डवों का भय है। शल्य प्राणपण से लड़ेगा। उसके सैनिक अपने स्वामी की रक्षा के लिए लड़ेंगे।...

"ठीक है गुरुपुत्र! तुम्हारी ही बात सही रही। शल्य कौरव सेना के प्रधान सेनापति होंगे।" दुर्योधन उठ खड़ा हुआ, "पर कहीं ऐसा तो नहीं कि हममें से जीवित योद्धाओं में से कोई युद्ध छोड़कर भागने का इच्छुक हो। हमें ध्यान रखना होगा कि ऐसा न होने पाए। कल सारे योद्धा और हमारे सैनिक समरभूमि में उपस्थित हों।"

दुर्योधन ने बात समाप्त कर दी; किन्तु उसके अपने मन में निरन्तर संवाद चलता रहा। यदि अश्वत्थामा युद्ध से भागना चाहता है तो उसे कैसे रोका जाए?...पर क्यों भागना चाहता है अश्वत्थामा?...उसके पिता का वध हुआ है। वह उस अपमानजनक वध का प्रतिशोध नहीं चाहता क्या? भूल गया अश्वत्थामा वह सब?...हाँ! लगता है कि भूल ही तो गया। कुछ लोगों की स्मृति अत्यन्त अल्पकालिक होती है। तभी तो यह संधि की बात कर रहा था। पर दुर्योधन उसे यह सब भूलने नहीं देगा। वह संशप्तकों की सेना अश्वत्थामा के साथ लगा देगा। संशप्तकों से अर्जुन आज तक स्वयं को छुड़ा नहीं पाया। अश्वत्थामा कैसे भाग जाएगा, उससे पल्ला छुड़ाकर...

वहाँ से उठकर दुर्योधन शल्य के शिविर में आया, "प्रणाम मातुल!"

"विजयी होओ राजन्!" शल्य ने आगे कुछ नहीं कहा। जाने दुर्योधन के मन में क्या था।

"आप जैसा सारथि पाकर कर्ण युद्ध में विजयी न हो सका, यह हमारा दुर्भाग्य ही है।"

शल्य ने दुर्योधन की आँखों में देखा : क्या कहना चाहता है वह? क्या वह जान गया है कि कर्ण और शल्य के मन में एक-दूसरे के लिए द्वेष था? क्या वह जानता है कि शल्य नहीं चाहता था कि कर्ण के हाथों अर्जुन का वध हो?...या वह उसे स्मरण कराने आया है कि वह कर्ण का सारथि

था, अथवा उसे यह उपालम्भ देने आया है कि कर्ण की पराजय का कारण शल्य का सारथ्य है। यदि कर्ण का रथचक्र कीचड़ में नहीं फँसता तो वह इस प्रकार मारा नहीं जाता; और कीचड़ में रथ न फँसे, यह देखना सारथि का काम था।...

"मैं सारथि अवश्य था किन्तु योद्धा तो कर्ण ही था। शस्त्र मेरे हाथ में नहीं, उसके हाथ में था। एक बार मैंने कहा था लक्ष्यसंधान ठीक नहीं है, उसका संशोधन कर लो, तो उसने मुझे झिड़क दिया। बोला कि कर्ण दो बार लक्ष्यसंधान नहीं करता। मेरे जैसे अनुभवी योद्धा से इस प्रकार का व्यवहार।" शल्य ने अपना क्षोभ प्रकट किया, "उसकी रुचि शत्रु के वध में कम और...।"

दुर्योधन ने चौंककर उसकी ओर देखा, "क्या कर्ण की रुचि अर्जुन के वध में नहीं थी?"

"नहीं! ऐसा कुछ नहीं है।" शल्य ने कहा, "अर्जुन के वध में उसकी रुचि थी; किन्तु उससे भी अधिक रुचि मद्र की स्त्रियों के विषय में अश्लील चर्चा करने में थी।"

"तो आप लोगों का मतभेद और वाद-विवाद चलता ही रहा।" दुर्योधन के मन में एक धुँधला-सा चित्र उभर रहा था, कहीं रथचक्र इसलिए तो कीचड़ में नहीं फँस गया, क्योंकि रथी और सारथि वाद-विवाद में उलझे हुए थे। उनका ध्यान धरती और उसकी स्थिति की ओर गया ही नहीं।

शल्य चौंका : कहीं दुर्योधन उस पर जान-बूझकर रथ को कीचड़ में फँसाने का आरोप तो नहीं लगा रहा? शल्य को दुर्योधन के सम्मुख, यह सब नहीं कहना चाहिए था। अब कर्ण का विरोध करने का क्या लाभ?...पर उसके मन का क्षोभ! वह रुका ही नहीं।...

"जो भी हो।" दुर्योधन ने उसके उत्तर की प्रतीक्षा नहीं की, "मैं आपसे एक निवेदन करने आया था।"

"बोलो राजन्! मैं आपकी प्रत्येक सेवा के लिए प्रस्तुत हूँ।"

"माननीय नरेश! आप कल के युद्ध में कौरव सेना के प्रधान सेनापति का दायित्व सँभालें।"

संयत रहने का बहुत प्रयत्न करने पर भी शल्य के मुख और नेत्रों से प्रसन्नता का भाव प्रकट हो ही गया, "जैसी कुरुराज की इच्छा।"

"मेरी इच्छा तो आपको कर्ण से भी पहले सेनापति बनाने की थी। पर उस समय अश्वत्थामा ने कर्ण का नाम प्रस्तावित कर दिया और अन्य लोगों का भी यही मत बना।" दुर्योधन बोला, "अन्यथा आपसे बढ़कर हमारा रक्षक कौन है। जैसे कृष्ण पाण्डवों के रक्षक हैं, वैसे ही आप हमारे रक्षक हैं।"

शल्य का मस्तिष्क स्तब्ध हो गया था। उसकी समझ में नहीं आ रहा था कि दुर्योधन के किस शब्द का क्या अर्थ है। उसने उसे कर्ण का सारथि बनने के लिए कहा था, तब भी कृष्ण से उसकी तुलना की थी। आज भी वह उसकी कृष्ण से तुलना कर रहा है। क्या वह फिर उसे स्मरण दिला रहा है कि उसका स्थान एक सारथि के ही बराबर है?...

"प्रातः मैं विधिवत् आपका अभिषेक करने आऊँगा। आप प्रस्तुत रहें।" दुर्योधन उठकर खड़ा हो गया, "और मातुल! मैंने आपको कर्ण का सारथि बनने के लिए बाध्य किया, उसके लिए आप मुझे क्षमा कर दें। वह तो उस समय की मेरी बाध्यता थी, कर्ण की हठ के सम्मुख मैं असहाय था; अन्यथा मैं आपको कौरवों की सेना के प्रधान सेनापति के पद के योग्य समझता हूँ। मेरे इस कथन में आप तनिक भी संदेह न करें।" वह रुका, "एक बात और। अब हम बहुत नहीं बचे हैं। सबका साहस बनाए रखने के लिए प्रतिज्ञा करें कि हम सब एक साथ मिलकर लड़ेंगे। न कोई अकेला लड़ेगा और न ही किसी लड़ते हुए को अकेला छोड़ा जाएगा। ठीक है न मातुल!"

"ठीक है राजन्!"

दुर्योधन चला गया और शल्य का मस्तिष्क किसी मकड़े के समान जाला बुनता ही चला गया।...वह कर्ण की हठ थी, दुर्योधन की इच्छा थी अथवा दुर्योधन के मन में उनकी इतनी ही योग्यता थी? युधिष्ठिर ने तो पहले ही दिन उसे बता दिया था कि दुर्योधन उसे कर्ण का सारथि बनाएगा। कैसे जानता था युधिष्ठिर? दुर्योधन ने अपने मन के ऐसे रहस्य तो पाण्डवों के सामने प्रकट नहीं ही किए होंगे।...वह युधिष्ठिर की सूक्ष्म दृष्टि थी या यहाँ कुरुक्षेत्र में प्रत्येक व्यक्ति जानता था कि दुर्योधन के मन में शल्य का इतना ही मूल्य है?...प्रकारान्तर से दुर्योधन कह भी गया है कि शल्य को यह सेनापतित्व उस सारथ्य के पुरस्कार के रूप में दिया जा रहा है।....शल्य के लिए यह एक उपलब्धि तो है; किन्तु कितनी अपमानजनक। कर्ण की सेवा कर, पुरस्कार में सेनापतित्व प्राप्त हुआ...पता नहीं वह कभी इस बात को भूल भी पाएगा या नहीं।...सहसा शल्य का ध्यान कृष्ण की ओर चला गया। वह भी तो अर्जुन का सारथ्य कर रहा है, किन्तु उसे यह कभी अपमानजनक नहीं लगा? लगा होता तो वह कब से वल्गा अर्जुन के मुँह पर मार, समरभूमि से चला गया होता। उसे पाण्डव उस प्रकार बाध्य नहीं कर सकते थे, जैसे दुर्योधन ने शल्य को बाध्य किया था। कैसा मनुष्य है यह कृष्ण, जिसे कभी किसी बात की पीड़ा ही नहीं होती?...शल्य को शाकल से कुरुक्षेत्र तक की अपनी यात्रा के मध्य कुछ सुविधाएँ और कुछ विलास मिला तो वह अपने भागिनेयों को छोड़कर दुर्योधन

के पक्ष से प्राण देने के लिए आ गया। कृष्ण को दुर्योधन ने भोजन के लिए आमंत्रित किया तो कृष्ण उसका तिरस्कार कर विदुर के घर पर शाक पात खाने को पहुँच गया। कृष्ण को यादवों का राज्य मिल सकता था; किन्तु उसने उसके लिए कभी प्रयत्न नहीं किया। कृष्ण को पहले दिन से पाण्डव सेना के प्रधान सेनापति का पद निल सकता था, किन्तु कृष्ण ने वह न लेकर अर्जुन का सारथ्य स्वीकार किया। कैसा मनुष्य है यह कृष्ण, जिसके मन में बड़ी से बड़ी सम्पत्ति भी लोभ उत्पन्न नहीं कर सकती, जिसे ऊँचे से ऊँचा पद लुभाता नहीं, जिसे कोई सम्मान, सम्मान नहीं लगता और कोई अपमान, अपमान नहीं लगता। यह इस लोक का मनुष्य नहीं है क्या?

अपने मन को कोई संयत कर भी ले, पर परिवार का क्या करेगा? रुक्मरथ ने शल्य को कभी पाण्डवों की ओर झुकने नहीं दिया। अपने पुत्र के मोह में वह सुशर्मा की ओर झुकता रहा। कदाचित् उसी प्रभाव में वह निरन्तर दुर्योधन की ओर भी आकृष्ट होता रहा। कृष्ण के पुत्र उसे बाध्य नहीं करते होंगे कि वह द्वारका का राज्य अपने अधिकार में ले ले? वे उसे जरासंध और दुर्योधन से मित्रता करने के लिए क्यों बाध्य नहीं कर पाए? पत्नी और पुत्र तो देखते हैं कि उनका पति और पिता क्या-क्या अर्जित कर सकता है, और जो कुछ अर्जित कर सकता है, उसे अर्जित क्यों नहीं करता? होने को तो वह परिवार का मुखिया होता है किन्तु वास्तव में वह अपने परिवार की इच्छाओं का दास होता है। कृष्ण अपने परिवार की इच्छाओं का दास क्यों नहीं है? वह इतना मुक्त और निर्बंध कैसे है?...

प्रातः ऐसा लग रहा था कि दुर्योधन एक-एक योद्धा को उनके शिविर से निकालकर, हाँक-हाँक कर युद्धभूमि में भेज रहा है। कोई पीछे नहीं छूटना चाहिए और कोई अकेला नहीं रहना चाहिए। शल्य के साथ उसके मद्रक वीर थे; किन्तु कर्ण के दुर्जय पुत्रों को भी उनके साथ लगा दिया था। अभी उनका घाव नया था, उनमें आक्रोश बहुत था। ले लें अपने पिता का प्रतिशोध। त्रिगर्तों ने अपने सहयोगी के रूप में नारायणी सेना के बचे हुए गोपों के साथ कृतवर्मा को चुन लिया था। कृपाचार्य की अपनी कोई सेना नहीं थी। दुर्योधन ने उनके साथ शक और यवन लगा दिए। उनके रहते कृपाचार्य समरभूमि से भागने की कल्पना भी नहीं कर सकते थे। अश्वत्थामा के साथ कांबोज योद्धा थे। उनके पीछे दुर्योधन था, कौरवों से घिरा हुआ शकुनि तथा उलूक द्वारा संरक्षित।

युधिष्ठिर ने शल्य पर आक्रमण किया। अर्जुन आज फिर संशप्तकों, नारायणी सेना के गोपों और कृतवर्मा से भिड़ गया था। भीम ने कृपाचार्य

और कांबोजों को रोक लिया। नकुल तथा सहदेव ने शकुनि से टकराना ही उचित समझा।

शल्य को भी युधिष्ठिर से युद्ध अच्छा शगल लगा। युधिष्ठिर कल के युद्ध में इतने घायल हो गए थे कि उनको ले जा कर बिस्तर पर लेटा दिया गया था। अधिकांश लोगों का तो विचार था कि वे भी पितामह भीष्म के समान शैया पर लेट गए हैं; और अब उससे कभी नहीं उठ पाएँगे। किन्तु युद्ध के मध्य ही वे एक बार आकर अपने सैनिकों को यह दिखाकर कि वे जीवित और समर्थ हैं, उनमें बल का संचार कर गए थे। किन्तु वे इतने स्वस्थ तो तब भी नहीं थे कि कर्ण के वध तक युद्धभूमि में खड़े रह पाते। वे उसी समय लौट भी गए थे। यह तो शल्य ने भी नहीं सोचा था कि वे आज युद्धभूमि में प्रमुख योद्धा के रूप में उपस्थिति होंगे।...आज शल्य न तो किसी का सारथि था और न ही साधारण महारथी। वह तो प्रधान सेनापति था। उसका महत्त्व तभी सिद्ध होगा, जब वह विपक्ष के राजा अथवा सेनापति से युद्ध करे। युधिष्ठिर राजा थे और दुर्धर्ष योद्धा भी नहीं थे। शरीर से अत्यन्त घायल और मन से दुर्बल थे। फिर युधिष्ठिर से लड़ने के कारण, शल्य सीधे-सीधे अर्जुन से युद्ध करने से बच जाएगा।

नकुल का ध्यान शकुनि से हट गया। कर्णपुत्र चित्रसेन, बार-बार उस पर प्रहार कर रहा था। नकुल ने उस पर आक्रमण किया। चित्रसेन ने नकुल का सारथि मार दिया और उसका धनुष भी काट डाला। नकुल रथहीन हो गया था। वह खड्ग और ढाल लेकर रथ से कूद गया। चित्रसेन ने उसकी ढाल भी काट डाली। नकुल ने देखा कि शत्रु सिर पर था और यदि वह किसी सुरक्षित रथ की ओर जाने का प्रयत्न करता तो चित्रसेन उसकी खड्ग के भी टुकड़े कर सकता था। नकुल दौड़कर स्वयं चित्रसेन के रथ पर ही जा चढ़ा। चित्रसेन उसके लिए तनिक भी तैयार नहीं लगता था। जब तक वह सँभलता, नकुल ने अपने खड्ग से उसका मस्तक काट दिया।

चित्रसेन के भाई उसका वध देखकर अपने स्थान से आगे बढ़ आए। उन्होंने तत्काल ही बदला चुका देने के लिए नकुल पर आक्रमण किया। पर नकुल इस समय बहुत प्रचंड हो चुका था, उसने दोनों का ही वध कर दिया।

शल्य ने अपना आक्रमण कुछ और कठोर किया। उसने युधिष्ठिर को घायल कर दिया था। युधिष्ठिर ने प्रतिकार किया और शल्य को भी अनेक घाव दे दिए। पर युधिष्ठिर के शरीर से रक्त बहता देखकर भीम का मन अन्यत्र कहीं युद्ध करने से उचट गया। भीम ने शल्य को अपने बाणों से बींध डाला। नकुल और सहदेव भी युधिष्ठिर के पास आ गए। द्रौपदेय भी निकट घिर आए। सबने मिलकर शल्य और उसके रक्षकों पर आक्रमण किया।

उधर से कृतवर्मा और कृपाचार्य भी शल्य की सहायता के लिए आ गए। उलूक और अश्वत्थामा भी रथ दौड़ाते आए। नए प्रतिद्वन्द्वी चुन लिए गए। कृतवर्मा ने भीम पर प्रहार किया। कृपाचार्य ने धृष्टद्युम्न से भिड़ना उचित समझा। शकुनि ने द्रौपदेयों पर बाण बरसाये। अश्वत्थामा ने नकुल और सहदेव को घेर लिया। दुर्योधन ने अर्जुन और कृष्ण पर प्रहार किया।

कृतवर्मा ने भीम के रथ के घोड़े मार दिए। उस रथ पर बैठे रहना व्यर्थ मान कर भीम अपनी गदा लेकर रथ से उतर आया। उसने पहले कृतवर्मा के घोड़ों पर प्रहार कर उन्हें मार दिया, पर जब उतने से ही सन्तोष नहीं हुआ तो उसने कृतवर्मा के रथ को अपनी गदा से चूर-चूर कर दिया। कृतवर्मा रथ से कूद कर भाग गया। वह जानता था कि ऐसे समय में भीम के सामने पड़ना प्रलय का सामना करना था। जब से उसने भीम को द्रोण का रथ उठाकर फेंकते देखा था, उसके पश्चात् से उसके मन में एक बात बहुत स्पष्ट हो गई थी कि भीम से तभी युद्ध करना चाहिए, जब वह अपने रथ में हो और धनुष बाणों से युद्ध कर रहा हो। भीम गदा लेकर रथ से उतर आए तो कृतवर्मा को बलराम स्मरण हो आते हैं। वह द्वारका में भी जानता था कि ऐसे समय में बलराम से युद्ध नहीं करना चाहिए।

कृतवर्मा भाग गया और भीम के सम्मुख शल्य पड़ गया। भीम ने लगे हाथों उसके रथ के घोड़े भी मार दिए। शल्य ने एक तोमर भीम के वक्ष में धँसा दिया। भीम का कवच फट गया और शरीर से रक्त बहने लगा किन्तु भीम उससे तनिक भो हतप्रभ नहीं हुआ। उसने उसी तोमर से शल्य के सारथि की छाती छेद डाली।

शल्य हाथ में गदा लेकर उतर आया। युद्ध की इस स्थिति में भी, जब उसके प्राणों पर बन आई थी, उसकी स्मृति में बहुत कुछ उभर रहा था। भीम उसका पुराना प्रतिद्वन्द्वी था। द्रौपदी के स्वयंवर में भी भीम से उसका सामना हुआ था। आज फिर भीम उसके सम्मुख खड़ा था। पर आज उनमें मल्लयुद्ध नहीं होगा। आज वे गदा से लड़ेगे। जरासंध को भी मल्लयुद्ध और गदायुद्ध ही प्रिय थे। भीम ने जरासंध को चीर दिया था। किन्तु वह तो भीम की तरुणाई का समय था। आवश्यक नहीं कि भीम के शरीर में आज भी उतना ही बल हो। शल्य आज अपनी साध पूरी कर लेना चाहता था।

उन दोनों की गदाएँ टकराने लगीं। टक्कर से गदाओं से चिनगारियाँ फूटीं और जब उनकी गदाएँ एक-दूसरे के शरीर पर पड़ीं तो त्वचा फट गई और मांस उधड़ आया। दोनों ही रक्त में स्नान कर रहे थे; किन्तु पीछे हटने को कोई भी तैयार नहीं था। चोट पर चोट पड़ रही थी और उनका गर्जन बढ़ता जा

रहा था, जैसे मनुष्य न हों, दो मेघ हों, जो गर्जन के लिए एक-दूसरे से टकरा रहे हों। क्रमशः उनका वेग कम हुआ और वे असमर्थ होकर गिर पड़े। दोनों ही इतने व्याकुल लगे कि भूमि से उठने में असमर्थ थे। उसी समय कृपाचार्य झपटकर आए और शल्य हो अपने रथ पर उठा ले गए।

भीम उठ खड़ा हुआ और अपनी गदा उठाकर शल्य को ललकारा। किन्तु शल्य वहाँ नहीं था। भीम अपने लिए रथ की व्यवस्था के लिए पीछे हट गया। नए रथ में बैठकर उसने देखा कि दुर्योधन ने एक प्रास चेकितान को गहरी चोट पहुँचाई थी। लगा कि चेकितान मूर्च्छित हो गया है, किन्तु वह उस मूर्च्छा से कभी नहीं जागा। शल्य और कृपाचार्य पुनः लौट आए थे। उनके साथ शकुनि और कृतवर्मा भी थे। अर्जुन को अश्वत्थामा और सुशर्मा के संशप्तकों ने अब तक उलझा रखा था। जाने क्यों अर्जुन इन लोगों पर अपने दिव्यास्त्रों का प्रयोग नहीं करता था। कृष्ण भी उसे कुछ नहीं कहते थे। वह लौकिक बाणों से सुशर्मा को समाप्त करना चाहता था। परिणाम यह था कि वह और किसी से युद्ध करने के लिए कभी खाली नहीं होता था। अन्यथा युधिष्ठिर को चार-चार महारथियों से घिरे देख, उसे उनकी सहायता के लिए आना चाहिए था। शल्य ने युधिष्ठिर को बाणों से बींध डाला था। युधिष्ठिर ने भी शल्य पर नाराच चलाए थे। युधिष्ठिर घायल थे किन्तु उन्होंने शल्य को भी क्षतविक्षत कर डाला था। इसी समय युधिष्ठिर ने शल्य के चक्ररक्षक चन्द्रसेन और द्रुमसेन को ही नहीं शल्य के सारथि को भी मार डाला। शल्य इतना बौखला गया कि युधिष्ठिर को छोड़, सात्यकि, भीम, नकुल और सहदेव पर आक्रमण कर बैठा।

युधिष्ठिर ने अपने भल्ल से शल्य का ध्वज काट दिया और शल्य ने फिर युधिष्ठिर को अपने बाणों से ढँक दिया। युधिष्ठिर को कुछ नए घाव लगे तो वे पीड़ित हो उठे। सात्यकि, भीम, नकुल और सहदेव अपने राजा की रक्षा के लिए आगे आ गए।

शल्य का आज का पराक्रम देखकर दुर्योधन के मृतप्राय स्वप्न भी जागने लगे थे। उसने शल्य को योद्धा के रूप में कभी महत्त्व नहीं दिया था। आज लगने लगा था कि शल्य का पराक्रम पाण्डव झेल नहीं पाएँगे। अब पाण्डव, पांचाल और सृंजय शीघ्र ही मारे जाएँगे। तब वह पूछेगा कृपाचार्य और अश्वत्थामा से कि वे किस आधार पर उसे पाण्डवों से संधि कर लेने का परामर्श दे रहे थे। यदि कौरव युद्ध जीत गए और धृष्टद्युम्न और शिखंडी तब भी जीवित हुए तो दुर्योधन एक बार तो कृपाचार्य और अश्वत्थामा को उन्हें सौंप देगा कि वे उनसे संधि कर लें। फिर चाहे वह अपने हाथ से द्रौपदी के इन भाइयों का वध कर देगा।

युधिष्ठिर अपनी असमर्थता देखकर शिथिल होते जा रहे थे। कृष्ण ने कहा था कि वे आज शल्य का वध कर दें। वे भी मन में संकल्प लेकर आए थे कि उनके भाइयों ने बहुत कुछ किया है, आज युद्ध में यह उनका योगदान होगा। किन्तु शल्य में न जाने कहाँ से इतना बल और कौशल आ गया था कि वह युधिष्ठिर के साथ-साथ सात्यकि, नकुल और सहदेव से भी युद्ध करता जा रहा था। कहीं ऐसा न हो कि जो काम भीष्म और द्रोण नहीं कर सके, वह शल्य के हाथों से हो जाए। उसका कोई बाण युधिष्ठिर के प्राण ले ले तो पाण्डवों का राजा ही मारा जाए।...

युधिष्ठिर का मन अधिक से अधिक हताश होता जा रहा था। पहले तो लगता था कि युद्ध उनके मन के अनुकूल कर्म नहीं था, किन्तु लक्ष्य को पूरा करने के लिए वे युद्ध कर रहे थे। अब सहसा ही लगने लगा था कि इस अनिच्छित कर्म का फल भी उनके मन के अनुकूल नहीं हो रहा था। तो फिर इस युद्ध का क्या लाभ?...और तब युधिष्ठिर ने देखा कि उनकी उपस्थिति में ही कौरवों के भय से उनके सैनिक उन्हें छोड़कर भागे जा रहे हैं। शल्य का तेज देखकर उस निराशा में भी युधिष्ठिर कुपित हो उठे। ऐसा भी क्या युद्ध और क्या पराश्रिता। वे इतने घायल होकर भी युद्ध के लिए खड़े हैं और उनके सैनिक उनकी उपस्थिति से तनिक भी उत्साहित नहीं होते। तो वे किसी और पर निर्भर क्यों रहें। उन्हें अपने पुरुषार्थ का ही सहारा लेना पड़ेगा। अब चाहे विजय मिले या मृत्यु, पीछे नहीं हटना है। वे धर्म पर अपने प्राण दे देंगे। जीवन में ऐसा क्या है, जिसके लिए वे अपनी दुर्दशा करवाएँ।...

वैसे भी उनके भाइयों के पुरुषार्थ से दुर्योधन के पक्ष में लड़ने वाले सारे योद्धा मारे गए थे। इस युद्ध में सब ने ही अपना योगदान किया था। एक युधिष्ठिर ही थे, जिन्होंने कोई महत्त्वपूर्ण क्षत्रिय कर्म नहीं किया था। यह संयोग ही है कि आज उनके सामने शल्य है। उन्हें मातुल मान कर तो पाण्डवों के लिए उचित है कि उनकी रक्षा की जाए, किन्तु जो मातुल अपने भागिनेयों का वध कर राज्य उनके शत्रु को दे देना चाहता हो, वह मातुल भी कैसा। आज या तो युधिष्ठर अपने इस मातुल का वध कर अपना दायित्व निभाएँगे या फिर उसके हाथों मारे जा कर वीरगति प्राप्त करेंगे।...

युधिष्ठिर के मन में संकल्प जागा। अब इस युद्ध का निर्णय हो ही जाना चाहिए। उन्होंने देखा : नकुल और सहदेव उनके चक्ररक्षकों के रूप में आ गए थे। युधिष्ठिर ने संकेत किया, सात्यकि उनके रथ के पिछले दाहिने चक्र की रक्षा करें। धृष्टद्युम्न पिछले बाएँ चक्र की रक्षा करें। भीम अग्ररक्षक के रूप में सामने आ गया। अर्जुन पृष्ठरक्षक बन कर पीछे खड़ा हो गया।

युधिष्ठिर ने शल्य पर आक्रमण किया। शल्य से भी आगे, उसकी रक्षा के लिए दुर्योधन आ गया। भीम उचित स्थान पर था। वह उल्लासपूर्वक दुर्योधन से भिड़ गया। युधिष्ठिर ने द्रोणाचार्य की धनुर्विद्या का प्रदर्शन किया।...शल्य ने सोचा भी नहीं था कि युधिष्ठिर धनुर्विद्या का भी ऐसा सफल प्रदर्शन कर पाएँगे। उसने तो एक योद्धा के रूप में उन्हें बहुत ही साधारण मान रखा था।...

दुर्योधन ने भीम का ध्वज काट दिया। भीम की तनिक भी इच्छा नहीं हो रही थी कि वह दुर्योधन से बाण युद्ध करे। वह अपनी गदा उठाने की सोच ही रहा था कि दुर्योधन ने उसका धनुष भी काट दिया। भीम के हाथ से धनुष छूट गया। उसने गदा के स्थान पर, रथशक्ति उठाकर दुर्योधन को दे मारी। दुर्योधन अपनी सफलता से उत्याहित होकर रथ के एकदम अगले भाग में आ गया था। सारथि के बहुत निकट। भीम की रथशक्ति ने दोहरा काम किया और दुर्योधन और सारथि दोनों को चोट आई। सारथि निष्प्राण होकर रथ के नीचे आ गिरा; दुर्योधन मूर्च्छित होकर रथ की बैठक में लेट गया।

दुर्योधन के घोड़े पूर्णतः अनियंत्रित हो गए थे। वल्गा पर किसी का नियंत्रण नहीं है, यह अनुभव उनको हो रहा था। जिसकी बुद्धि और आदेश पर वे इस मृत्यु के तांडव के मध्य दौड़ते थे, वह अब नहीं रहा—यह उनकी समझ में आ गया था। किन्तु उससे उनको स्वतन्त्रता नहीं, संरक्षक से वंचित हो जाने का भय ही अनुभव हुआ। वे दिशाहीन होकर दौड़ लगाने लगे।

अश्वत्थामा, कृपाचार्य और कृतवर्मा दौड़े हुए आए। शकुनि और अलूक पहले ही वहाँ थे।...उन सबका ध्यान दुर्योधन के रथ की ओर था। दुर्योधन की सेना सर्वथा असुरक्षित थी। अर्जुन ने अपने बाणों की बौछार से दुर्योधन के सैनिकों का सर्वनाश कर दिया।

युधिष्ठिर अपने घावों की पीड़ा से बहुत कठोर हो गए थे। उनके प्रहार क्रमशः उग्र और घातक होते जा रहे थे। जिस वाहिनी की ओर अग्रसर होते थे, उसी पर महाकाल की छाया पड़ने लगती थी। शल्य के अग्ररक्षक के रूप में दुर्योधन और उसकी सेना में से अब कोई भी वहाँ नहीं था। शल्य को आगे बढ़ने से राकेने के लिए भीम अपने स्थान पर दृढ़ खड़ा रहा था; और युधिष्ठिर तो अब शल्य की कथा ही समाप्त कर देना चाहते थे।

"खड़ा रह शल्य!"

शल्य ने अपनी रक्षा के लिए युधिष्ठिर पर आक्रमण किया किन्तु अब उसके आक्रमण में वह वेग नहीं था। दूसरी ओर युधिष्ठिर अत्यन्त प्रचंड हो उठे थे। युधिष्ठिर ने शल्य के सारथि और घोड़ों को मार डाला। उसके कवच को काट डाला और उसके शरीर को भी क्षतविक्षत कर दिया।

अश्वत्थामा ने शल्य की यह दुर्गति देखी तो उसे अपने रथ पर बैठा कर वहाँ से निकाल ले गया।

पर शल्य अधिक देर तक युद्ध से दूर नहीं रहा। वह दूसरे रथ में प्रायः तत्काल ही लौट आया। वैद्यों ने दुर्योधन की मूर्च्छा भी दूर कर दी थी। चह अपनी वाहिनी के साथ आ गया था और उसने शल्य की रक्षा की व्यवस्था कर दी थी। शल्य ने आते ही युधिष्ठिर के वक्ष पर एक प्रबल प्रहार किया। युधिष्ठिर की प्रतिक्रिया पीड़ा के रूप में न हो कर क्रोध के रूप में प्रकट हुई। उसके बाण ने शल्य को कुछ क्षणों के लिए संज्ञाशून्य कर दिया। शल्य के रथवैद्य ने औषधि सुँघाकर उसकी चेतना लौटाई। इस बार शल्य ने युधिष्ठिर को प्रहार करने का अवसर नहीं दिया। उसने एक के पश्चात् एक बाण चलाए। पहले से युधिष्ठिर घायल हुए, दूसर से उनके रथ का एक घोड़ा मारा गया और तीसरे से सारथि यमलोक सिधार गया।

युधिष्ठिर एक बार पुनः चिंतित हो उठे। क्या होगा आज? वे अपना संकल्प और कृष्ण की इच्छा पूरी नहीं कर पाएँगे? यह शल्य मरता क्यों नहीं। बार-बार जीवित हो उठता है, जैसे अमृत पीकर जन्मा हो।

भीम ने शल्य को प्रबल होते देखा तो दुर्योधन को मारने का लोभ त्याग कर, उसने शल्य पर आक्रमण किया। शल्य को भीम के बाण से गहरा घाव लगा और अगले ही क्षण भीम ने उसके सारथि को मार डाला। शल्य एक बार पुनः रथहीन हो गया था। वह न तो सहायता की प्रतीक्षा कर सकता था और न ही सारथिविहीन रथ पर बैठा रह सकता था। शल्य खड्ग लेकर रथ से कूद आया। मार्ग में आए नकुल के रथ से फरसा काट कर उसने युधिष्ठिर पर आक्रमण किया।

उस स्थान से निकट ही लड़ते हुए सात्यकि और द्रौपदेयों ने उसे आ घेरा। भीम ने एक ही बाण में उसका खड्ग काट दिया। युधिष्ठिर का सारथि मारा जा चुका था। घोड़े भी पूरे नहीं थे। एक मरे हुए घोड़े के साथ शेष घोड़े दौड़ भी नहीं सकते थे। युधिष्ठिर ने अपने उस अचल रथ से एक प्रबल शक्ति चलाई। इस बार उनके मन में अपनी वीरगति की बात एक बार भी नहीं आई। उनका संकल्प शल्य के वध का था।

"ओ पापी! तू मारा गया।" उनके मुख से निकला।

शक्ति ने शल्य के मर्मस्थानों को विदीर्ण कर उसके वक्ष को चीर डाला। उसके नाक, कान, आँख और मुख से रक्त आने लगा। शल्य बाँहें फैलाए हुए, धरती पर आ गिरा।...

शल्य के गिरते ही कौरव सेना में हाहाकार मच गया। कहीं कोई अनुशासन अथवा नियंत्रण नहीं था। विप्लव की-सी स्थिति थी। उचित अवसर देखकर

सात्यकि ने कृतवर्मा पर आक्रमण किया। कृतवर्मा रथहीन हो गया। इससे पहले कि सात्यकि उसे कोई गम्भीर चोट पहुँचाता, कृपाचार्य उसे अपने रथ पर बैठा कर ले गए। दुर्योधन की सेना अर्जुन से पीड़ित होकर भागने लगी। दुर्योधन ने स्वयं सामने खड़े होकर सेना को रोका और कृतवर्मा नए रथ में उसकी सहायता के लिए आ गया। युधिष्ठिर ने कृतवर्मा के नए रथ के घोड़ों को मार डाला और उसके निकट खड़े कृपाचार्य को भी घायल कर दिया। इस बार अश्वत्थामा कृतवर्मा को अपने रथ पर ले गया। कृतवर्मा अपने इस अपमान का प्रतिशोध लेना चाहता था। किन्तु अवसर ही नहीं मिल रहा था। उसके स्थान पर कृपाचार्य ने युधिष्ठिर को अपने बाणों से बींध डाला। शल्य के अनुचर, दुर्योधन द्वारा रोके जाने पर भी बिना किसी सेनापति के संरक्षण के धर्मराज युधिष्ठिर पर टूट पड़े थे। पर वे सब पाण्डवों में घिर गए थे। उनमें से किसी की भी रक्षा नहीं हो सकी।

शकुनि बड़ी तत्परता से दुर्योधन के पास आया, "मद्र सेना हमारे सामने मारी जा रही है। उनका स्वामी अब जीवित नहीं है और हमने शपथ ली है कि हम किसी को अकेला नहीं छोड़ेंगे।"

"ठीक है मातुल! किन्तु मैंने उन्हें पहले ही मना किया था। अपने राजा की अवज्ञा कर वे पाण्डव सेना में जा घुसे और सारे के सारे मारे गए। ऐसे में हमारी शपथ क्या कर सकती है।"

"ठीक है दुर्योधन! किन्तु युद्ध में अनेक बार योद्धा अपने रोष में स्वामी की आज्ञाओं का पालन नहीं करता, इसका अर्थ यह नहीं है कि हम उसे इस प्रकार मरने देंगे। उन पर इस प्रकार क्रोध करना उचित नहीं है।"

"पर अब आप जाकर रक्षा भी किसकी करेंगे।" दुर्योधन बोला, "वे सारे तो मारे भी जा चुके। जहाँ तक मैं समझता हूँ, शल्य ने अपने कुटुम्ब और सैनिकों के साथ मृत्यु का वरण कर, कर्ण के साथ किए गए असहयोग के पाप का मूल्य चुकाया है।"

28

"दुर्योधन कहाँ है?" युधिष्ठिर ने पूछा।

भीम अभी-अभी बाहर से लौटा था। आशा थी कि वह आया है तो कुछ समाचार भी लाया ही होगा।

"मैंने उसे बहुत खोजा है महाराज! किन्तु उसका कुछ पता नहीं है। पता नहीं उसे धरती खा गई या आकाश निगल गया।" भीम ने कहा, "यदि यह

मारा जाकर शवों के बीच में कहीं पड़ा नहीं है तो भाग कर कहीं छुप गया है। कहाँ छिपा है, इसका हमें अभी तक कोई संकेत नहीं मिला है।"

"बहुत सावधान रहने की आवश्यकता है। उसे खोजना ही होगा।" कृष्ण बोले, "इस प्रकार का पराजित शत्रु छिपकर घात कर सकता है। दुर्योधन का शव जब तक अपनी आँखों से देख न लें, तब तक न युद्ध समाप्त होने का भ्रम पालें, न वैर समाप्त हुआ मानें; और न ही स्वयं को किसी भी प्रकार से सुरक्षित समझें।"

"और अश्वत्थामा?"

"अश्वत्थामा, कृतवर्मा और कृपाचार्य को भी न किसी ने मरते देखा है, न उनके शव मिले हैं; और न ही यह पता लगा है कि वे कहाँ हैं।" भीम ने बताया, "बहुत सम्भव है कि वे चारों ही कहीं एक साथ छिपे हुए हों।"

"तो उन लोगों को खोजो।" युधिष्ठिर ने कहा, "सब ओर गुप्तचर भेजो। टोह लो। हमें तनिक भी प्रमाद नहीं करना चाहिए।"

"किन्तु हमारे सैनिक तो विजयोत्सव मनाना चाहते हैं।" धृष्टद्युम्न ने कहा।

"उसमें अभी कुछ समय शेष है।" कृष्ण बोले, "हम अभी पूर्णतः विजयी नहीं हुए हैं। पांचाल राजकुमार! तुम विशेष रूप से सावधान रहो। अश्वत्थामा अभी जीवित है। वह अपने पिता का प्रतिशोध लेने का प्रयत्न अवश्य करेगा।"

"तो सेना अभी सन्नद्ध रहे। महारथी युद्ध के ही अनुशासन में रहें।" युधिष्ठिर बोले, "अन्तर केवल इतना है कि अब तक सम्मुख युद्ध हो रहा था, अब कपट और माया युद्ध भी हो सकता है।"

"धर्मराज ठीक कह रहे हैं।" कृष्ण बोले, "हमें अपने शत्रुओं को खोजना भी है, उन्हें घेरना भी है; और उनको मारना भी है। इसमें न शिथिलता होनी चाहिए और न ही विलम्ब।"

"विलम्ब से कोई विशेष हानि है क्या गोविंद?" नकुल ने पूछा, "अधिक से अधिक वे लोग कहीं थोड़ा सो लेंगे। विश्राम कर लेंगे। अपने घावों का कुछ उपचार कर लेंगे। नई सेनाओं की भरती तो वे कर नहीं सकते।"

"नई सेनाओं की भरती भी हो सकती है; और उनके लिए बाहरी सहायता भी आ सकती है।" कृष्ण का स्वर गम्भीर था किन्तु वे आशंकित नहीं थे।

"बाहरी सहायता!" युधिष्ठिर भी चौंक उठे, "बाहरी सहायता कहाँ से आएगी? जो मित्र थे वे तो आ चुके।"

"बलराम भैया!" कृष्ण मुस्कराए, "उनका लक्ष्य तीर्थयात्रा ही था; किन्तु उद्देश्य मुझे दुर्बल करना भी था। मेरे दुर्बल होने से पाण्डव दुर्बल होते हैं और

दुर्योधन को बल मिलता है। तीर्थयात्रा में भी उनका ध्यान युद्ध की ओर ही लगा रहा। उन्होंने निरन्तर प्रयत्न किया है कि उन्हें युद्ध के समाचार मिलते रहें। दुर्योधन की पराजय के समाचार सुन कर वे युद्धक्षेत्र से दूर नहीं रह पाए। वे क्रमशः युद्धक्षेत्र के निकट आते रहे; और अब वे यहाँ से अधिक दूर नहीं हैं। वे किसी भी समय यहाँ पहुँच सकते हैं।"

"आपको ये समाचार कहाँ से मिले?" अर्जुन ने चकित होकर कहा, "आप तो निरन्तर मेरे साथ थे।"

"मेरे गरुड़, वैनतेय हैं न! मेरे समाचार आते ही रहते हैं।" कृष्ण रुके, "और मैं निरन्तर तुम्हारे साथ था, किन्तु मैं अपने साथ भी तो था।"

"तो? बलराम भैया के आ जाने से क्या हो जाएगा? वे कौरव सेना की कोई वाहिनी तो हैं नहीं कि उनके आने से युद्ध फिर से आरम्भ हो जाएगा।" नकुल ने कहा।

"उनके आने से क्या होगा, यह बताना मेरे लिए कठिन है, किन्तु इतना स्पष्ट है कि उससे दुर्योधन का मनोबल बढ़ेगा। उसका सैन्यबल भी बढ़ सकता है। और सबसे बड़ी बात यह है कि हम दुर्योधन के साथ अपना मनमाना व्यवहार करने के लिए स्वतन्त्र नहीं रह जाएँगे।"

"तुम भी कृष्ण!" भीम जोर से हँसा, "अपने एक भाई को सँभाल नहीं सकते।"

कृष्ण मुस्कराए; किन्तु कुछ बोले नहीं। वे जानते थे कि किसी को असमर्थ बताकर उसका उपहास करना भीम का मनोरंजन था।

किन्तु धर्मराज गम्भीर हो गए थे।

"श्रीकृष्ण ने सदा ही बलराम को सँभाला है। ऐसे ही तो इनको हलधरशमन् नहीं कहा गया। पर फिर भी इस समय के लिए कृष्ण की चेतावनी महत्त्वपूर्ण है। किसी का भी समय बदलते देर नहीं लगती। व्यर्थ समय नष्ट नहीं करना चाहिए।" वे बोले, "दुर्योधन और उसके तीन महारथी अभी जीवित हैं। बलराम की सहायता मिल गई तो वह और भी प्रबल हो उठेगा। बलराम और कृतवर्मा करे दुर्योधन की सहायता में खड़े देखकर कुछ और यादव योद्धा भी उनके समर्थन में खड़े हो सकते हैं। हम न यादवों से लड़ना चाहते हैं, न रोहिणीनन्दन से। हम उनसे किसी भी प्रकार का वैर-विरोध नहीं चाहते। इसलिए अच्छा है कि उनके आने से पहले ही यह युद्ध समाप्त हो जाए।"

"तो फिर हमें टोलियाँ बना कर उन लोगों की खोज में निकल जाना चाहिए।" धृष्टद्युम्न ने उत्तमौजा और युधामन्यु की ओर देखा।

"मेरी इच्छा है कि अंतिम कौरव सैनिक के मरने तक हमारी शोधन टोलियों को निरन्तर सक्रिय रहना चाहिए।" भीम ने कहा, "मैं बाहर जा रहा हूँ। प्रयत्न करूँगा कि आसपास के ग्रामों के सामान्य जन से भी इस विषम में पूछताछ की जाए।"

"मैं मध्यम पाण्डव से पूर्णतः सहमत हूँ।" शिखंडी ने कहा, "कभी-कभी साधारण जन वे सूचनाएँ भी दे जाते हैं, जो हमारे सैनिक गुप्तचर नहीं दे पाते।"

भीम बाहर चला गया। अन्य लोग भी अपने-अपने मन में विभिन्न योजनाएँ लेकर अपनी-अपनी वाहिनियों के साथ चले गए।

युधिष्ठिर कुछ आत्मलीन से हो गए।

आज दोपहर तक सारी कौरव सेनाएँ समरभूमि छोड़कर भाग गई थीं। शल्य के पतन के पश्चात् कौरव सेना युद्ध से अधिक पलायन में प्रवृत्त हुई थी। उनके किसी महारथी ने सैन्य संगठन का उत्साह नहीं दिखाया। यह भी पता नहीं चला कि समरभूमि से भागने वाली सेनाओं में से कितनी शिविर में पहुँचीं और कितनी अपने-अपने राज्य की ओर भाग गईं। पाण्डव सैनिक कौरवों को खोज-खोज कर उनका विनाश कर रहे थे।...

पहली बार दुर्योधन का रथ नष्ट हुआ तो उसने नए रथ की प्रतीक्षा नहीं की। वह घोड़े पर बैठकर शकुनि की शरण में चला गया। संदेशवाहक यह सूचना भी लाए थे कि अश्वत्थामा, कृपाचार्य तथा कृतवर्मा भी दुर्योधन को खोज रहे थे। उनमें यह चर्चा हुई थी कि कहीं दुर्योधन का देहान्त तो नहीं हो गया। वे तीनों भी शकुनि के पास पहुँचे थे। वहीं धृष्टद्युम्न भी पहुँच गया था। धृष्टद्युम्न से लड़ने वालों में कृतवर्मा, कृपाचार्य, अश्वत्थामा तथा दुर्योधन के अतिरिक्त संजय भी था। वे लोग धृष्टद्युम्न की सेना के सम्मुख टिक नहीं सके। पराजित होकर वे भाग गए। संजय वहाँ से बचकर निकला तो सात्यकि की सेना में फँस गया था। सात्यकि ने संजय की सारी युद्ध सामग्री नष्ट कर दी। संजय मूर्च्छित हो गया। सात्यकि ने उसे बंदी बना युधिष्ठिर के पास शिविर में भेज दिया। वहाँ धृष्टद्युम्न ने कहा कि इसके जीवन से पाण्डवों को कोई लाभ नहीं है। सात्यकि ने संजय के वध के लिए खड्ग निकाल लिया। किन्तु तभी कहीं से घूमते हुए वेदव्यास वहाँ आ गए। उन्होंने संजय को वध के योग्य नहीं माना और उसे सात्यकि से कहकर मुक्त करा दिया।

युधिष्ठिर समझ नहीं पाते कि विभिन्न लोगों की रक्षा के लिए महर्षि वेदव्यास ठीक समय पर कहाँ से प्रकट हो जाते हैं! जब पाण्डव वारणावत की अग्नि से बच कर भागे थे, तो उस बीहड़ वन में भी महर्षि कहीं से आ ही गए थे।

भीम और अर्जुन ने मिलकर जब कौरवों की गजसेना नष्ट कर दी तो दुर्योधन किसी अज्ञात स्थान की ओर भाग गया।...दुर्योधन के जीवित शेष भाई दुर्मर्षण, श्रुतांत, जैत्र, भूरिबल, रवि, जयत्सेन, सुजात, दुर्विसह, दुष्प्रधर्ष, महाबाहु तथा श्रुतवर्मा एक साथ मिलकर भीम पर टूट पड़े थे। किन्तु भीम तो जैसे उनके साथ थोड़ी देर क्रीड़ा करता रहा। उसके पश्चात् उसने एक-एक कर उन सबको मार डाला। युद्ध में भीम को क्रीड़ा का सुख मिलता था। उसे युधिष्ठिर के समान उससे वितृष्णा नहीं होती थी। वह क्रमशः उसमें निमग्न होता जाता था और अपने आपको भी विस्मृत कर बैठता था। धृतराष्ट्र के पुत्रों का वध करने में तो उसे जैसे परम सुख की अनुभूति होती थी।

फिर दुर्योधन और उसका भाई सुदर्शन अश्वरोहियों के बीच खड़े देखे गए। वे शकुनि के अश्वारोही थे। कृष्ण और धृष्टद्युम्न दोनों ही मानते थे कि कौरव सैनिक अधिक देर नहीं टिकेंगे; युद्ध छोड़कर भाग जाएँगे। उस पलायन से पूर्व ही उनका नाश आवश्यक था। वे यह भी जानते थे कि दुर्योधन अब बच नहीं सकता था। उसके बचे हुए सैनिक बुरी तरह थके हुए थे। उलूक भी शकुनि की सहायता के लिए आ गया था और सुशर्मा भी अपने सैनिकों के साथ वहाँ पहुँच गया था। कृतवर्मा, अश्वत्थामा और कृपाचार्य भी दुर्योधन को खोजते हुए आकर, उनमें सम्मिलित हो गए थे।

दुर्योधन ने एक प्रास प्रहार से सहदेव को लहूलुहान कर दिया था। त्रिगर्त सैनिक फिर से अर्जुन पर टूट पड़े थे। सहदेव सचेत होकर पुनः युद्ध करने लगा; किन्तु इस बार वह शकुनि और उलूक से भिड़ गया था। तभी भीम भी वहाँ आ गया। भीम को देखते ही शकुनि मैदान छोड़कर भाग गया। उधर सहदेव ने एक भल्ल मारकर उलूक का मस्तक काट दिया। अपने पुत्र का शव देखकर शकुनि की आँखों में अश्रु आ गए।...

युधिष्ठिर के मन में आता है कि वे कहीं से शकुनि को खोजकर उससे पूछें, क्या उसे स्मरण है कि वह हस्तिनापुर क्या करने आया था? वह अपनी बहन के विवाह का प्रतिशोध लेने आया था हस्तिनापुर! उसने कौरवों को तो मरवा दिया किन्तु अपनी बहन के बच्चों के साथ क्या किया? और आज उसने अपने पुत्र की भी बलि दे दी। क्या उसका प्रतिशोध पूरा हो गया? प्रतिशोध किसी के लिए भी मंगलकारी हो सकता है क्या? वह कुरुओं से प्रतिशोध लेने के लक्ष्य से, सदा धर्म का विरोध कर, अधर्म का समर्थन करता रहा। तो उस अधर्म का मूल्य कौन चुकाएगा? कुरुवंश ने अपने पापों का फल पाया, किन्तु शकुनि ने? उसने भी अपने ही पापों का फल पाया। विजय की कोई सम्भावना न देखकर शकुनि ने कपट युद्ध आरम्भ कर दिया था। उसने पहले

पाण्डव सेना पर पीछे से घात किया। उस पर भी सफल न हुआ तो भाग कर उसने धृष्टद्युम्न की सेना पर पार्श्व से आक्रमण किया। पर उसमें भी उसे कुछ उपलब्ध नहीं हुआ।

सहदेव से हरा कर शकुनि भागा। सहदेव ने उसका पीछा किया। सहदेव ने उसका वध करते हुए कहा, "पासे फेंककर द्यूत खेलते हुए, तू बहुत प्रसन्न था न। ले आज अपने उस कुकर्म का सुख भी तो भोग।" सहदेव ने उसका मस्तक काट दिया। दुर्योधन उस समय तक बहुत घायल हो चुका था। उसके पास न तो सेना थी और न सवारी। अपने मरे हुए घोड़े को वहाँ छोड़कर वह पूर्व दिशा की ओर भाग गया।

...किन्तु युद्ध अभी समाप्त नहीं हुआ था।...दुर्योधन अभी जीवित था।... भीम कौरवों के प्रति बहुत सदय नहीं था; किन्तु उसकी प्रतिशोध की भावना भी विचित्र थी। उसने कहा था, "मेरी तो हार्दिक इच्छा है महाराज! कि दुर्योधन जीवित रहे। दुर्योधन ही नहीं, सारे ही कौरव दास तुल्य होकर महाराज युधिष्ठिर की परिचर्या करते हुए अनुभव करें कि उनके कारण पाण्डवों ने कितना कष्ट सहा है।"

युधिष्ठिर जानते थे, भीम कौरवों को क्षमा नहीं कर सकता। न उसका प्रतिशोध कभी समाप्त हो सकता था, न द्वेष। उसकी बात सुनकर अर्जुन ने टिप्पणी की थी, "पर वह होगा नहीं। जब तक दुर्योधन के शरीर में प्राण हैं, तब तक वह हमें हमारा राज्य नहीं देगा और न ही वह पाप करना बन्द करेगा। इसलिए वैर का अन्त तो उसके मरने पर ही हो सकता है।" युधिष्ठिर ने भी अर्जुन की बात स्वीकार कर ली थी, "ठीक है। अभी युद्ध समाप्त नहीं हुआ है।"...पर बलराम की समस्या गम्भीर थी। उनको न समझाया जा सकता था, न सहमत किया जा सकता था। वे श्रीकृष्ण के भाई हैं। उनसे प्रेम भी करते हैं, उनका महत्त्व भी स्वीकार करते हैं; किन्तु कदाचित् वे स्वयं नहीं जानते कि वे किस सीमा तक कृष्ण विरोधी हो चुके हैं। कृष्ण का प्रत्येक शत्रु उन्हें प्रिय होता जा रहा है और कृष्ण के मित्र उन्हें अपने शत्रु लगने लगे हैं। यदि वे इस समय आ गए तो निश्चय ही पाण्डवों की अड़चनें बढ़ेंगी।...और कृतवर्मा की स्थिति तो बलराम से भी अधिक विचित्र थी। उसे कृष्ण से कोई विरोध नहीं था किन्तु सात्यकि के विरोध के कारण वह कृष्ण और अर्जुन, दोनों का ही विरोधी हो गया था; और इस समय दुर्योधन का सबसे बड़ा मित्र बना हुआ था। ...पर कृपाचार्य? उन्हें तो किसी से द्वेष नहीं था। इतना रक्तपात देखकर भी कृपाचार्य का मन क्यों नहीं बदला? केवल अश्वत्थामा के कारण?...हाँ! वे अपने भागिनेय के ही साथ थे।...और अश्वत्थामा पांचालों का मित्र कभी नहीं

हो सकता था। वह तो पांचालों का तब भी शत्रु था, जब यह युद्ध आरम्भ नहीं हुआ था। आचार्य द्रोण तो हस्तिपापुर आए ही उस शत्रुता के कारण थे, अब तो धृष्टद्युम्न के हाथों द्रोण का मस्तक कट चुका था। अश्वत्थामा उन पांचालों के प्रति मध्यस्थ अथवा उदासीन कैसे हो सकता था।...वह इस विजय को पाण्डवों की नहीं, पांचालों की विजय मानेगा। इस राज्य को पाण्डवों का नहीं पांचालों का राज्य मानेगा। इनमें से सब किसी न किसी के द्वेष के कारण रक्त पिपासु दुर्योधन के साथ हैं। एक कृपाचार्य ही अपने प्रेम के कारण उधर हैं।...

युधिष्ठिर के पास दूत आते रहे और सूचनाएँ देते रहे। उनकी सैनिक टोलियाँ कहाँ-कहाँ घूम रही हैं, कहाँ-कहाँ घूम आई हैं; किन्तु दुर्योधन और उसके साथियों का कहीं कोई चिह्न नहीं मिला था।...

मुक्त कर दिए जाने पर संजय ने अपना कवच उतार दिया। शस्त्रास्त्र त्याग दिए; और रक्त से भीगा हुआ शरीर लेकर वह हस्तिनापुर की ओर चला गया।

युयुत्सु भी आया था युधिष्ठिर के पास। वह हस्तिनापुर लौट जाना चाहता था, ताकि बचे हुए लोगों की रक्षा कर सके। वह युधिष्ठिर से अनुमति लेने आया था। हस्तिनापुर में अब कोई शासन नहीं रह गया था। अराजकता फैल जाने का पूरा-पूरा भय था। युद्धभूमि से बचकर भाग गए, भगोड़े सैनिक लुटेरे भी बन सकते थे। हस्तिनापुर के अपने आरक्षी भी तो लूटपाट कर सकते थे। अब हस्तिनापुर में कौन बैठा था, जो वहाँ की सम्पत्ति की रक्षा करता। शासन समाप्त हो जाने के कारण अन्य अनेक दुर्वृत्त भी अपराध की ओर प्रवृत्त हो सकते थे। हस्तिनापुर में युयुत्सु का रहना आवश्यक था। उसने यह भी बताया था कि कौरवों के शिविर में भयंकर आतंक था। वहाँ स्त्रियाँ थीं। धन था। उनकी रक्षा के लिए बच गए लोग असमर्थ थे। वे किसी के भी आक्रमण से शिविर की रक्षा नहीं कर सकते थे। रक्षकों ने कौरव स्त्रियों को साथ लेकर, नगर की ओर प्रस्थान की तैयारी कर ली थी; किन्तु उन्हें भय था कि पाण्डव सैनिक इतनी सुविधा से उन्हें इस प्रकार निकल नहीं जाने देंगे। अपनी विजय के पश्चात् सैनिक अपना प्रतिशोध और पुरस्कार लूट के रूप में चाहता है। ...स्त्रियाँ अपने पतियों, भाइयों और पुत्रों को स्मरण कर आर्तनाद कर रही थीं।...युयुत्सु ने दुर्योधन का भी समाचार दिया था। संजय ने उसे शिविर से लगभग एक कोस दूर, हाथ में गदा लिए हुए, अकेले खड़ा देखा था। उसके शरीर पर बहुत सारे घाव थे। संजय को देखकर उसकी आँखों में अश्रु भर आए थे।...युयुत्सु ने बताया था कि संजय को कृपाचार्य अपने रथ पर कौरवों के शिविर तक ले आए थे। वे चिंतित थे कि दुर्योधन को यह सूचना शायद

नहीं है कि वे, अश्वत्थामा और कृतवर्मा अभी जीवित हैं। यदि दुर्योधन उनको मिल जाता तो वे लोग मिलकर कुछ कर सकते थे।...

एक-एक कर पाण्डवों की खोजी टोलियाँ भी शिविर में लौट आईं। सब ही थके हुए थे। व्यर्थ ही रात भर बाहर घूमना किसको प्रीतिकर लगता।...द्रौपदेय लौट आए थे, नकुल, सहदेव आ चुके थे, शिखंडी और धृष्टद्युम्न भी शिविर में आ गए थे। कृष्ण और अर्जुन भी कोई सूत्र नहीं लाए थे। और अन्त में भीम भी लौट आया था। दुर्योधन के विषय में कोई सार्थक समाचार नहीं मिला था। संध्या समाप्त हो रही थी। रात्रि से पहले कुछ होना अब सम्भव नहीं था। जो होगा, कल प्रातः ही होगा...

तभी बाहर द्वारपाल ने किसी को रोका। एक से अधिक लोगों के स्वर सुनाई पड़ रहे थे। वे भीतर आना चाहते थे और द्वारपाल उनको आने नहीं दे रहे थे। किन्तु उनका वह कोलाहल न तो सैनिकों जैसा था और न ही द्वारपालों द्वारा बलप्रयोग का कोई लक्षण था।...जब तक युधिष्ठिर कोई निर्णय करते, वे लोग भीतर आ गए। उनकी वेशभूषा और हाव-भाव से स्पष्ट था कि वे लोग सैनिक नहीं थे।

"महाराज!"

"क्या बात है?" भीम ने आगे बढ़कर उनको द्वार की ओर धकेला, "कौन हो तुम लोग?"

"हम व्याध हैं महाराज! वन पशुओं का आखेट करते हैं; और मारे गए पशुओं का मांस ढोकर नगर तक लाते हैं।"

"यहाँ क्या करने आए हो?" भीम ने उनको कठोर दृष्टि से देखा, "तुम्हारा कोई आखेट यहाँ चला आया है क्या? या तुम मानते हो कि तुम्हारा लाया हुआ मांस यहाँ बिक जाएगा?"

"महाराज! हम कुछ माँगने नहीं आए, हम तो आपको एक सूचना देना चाहते हैं।" उनमें से एक ने बड़ी दीनता से कहा।

"बोलो।" भीम के कान खड़े हो गए थे।

"महाराज! यहाँ से कुछ दूर एक सरोवर है द्वैपायन सरोवर।"

"हाँ! है!" भीम ने कहा।

"उसके तट पर हमने चार लोगों को कुछ संदेहास्पद स्थिति में छिपते और बातें करते देखा है।" व्याध ने कहा।

"तो क्या हो गया?"

"महाराज! वह वार्तालाप सैनिक गतिविधि को लेकर था।" व्याध बोला, "हमें संदेह है कि वे लोग राजा दुर्योधन और उसके सहयोगी थे।"

भीम ने पहली बार व्याध को ध्यान से देखा, "क्या चर्चा थी?"

"उनमें से एक ने कहा कि हमें साहसपूर्वक युद्ध करना चाहिए; किन्तु दूसरे ने कहा कि इस समय युद्ध का कोई लाभ नहीं है। सब लोग थके हुए हैं और बुरी तरह घायल हैं। सबको विश्राम की आवश्यकता है। वह स्वयं भी रात भर विश्राम करना चाहता है। वह सरोवर के जल को बाँधकर, उसमें छिपकर विश्राम करेगा। यहाँ कोई उसे खोज नहीं पाएगा। वे लोग भी कहीं सुरक्षित स्थान देखकर विश्राम करें। प्रातः युद्ध के विषय में सोचेंगे।"

"उसके पास सेना थी?"

"नहीं महाराज!" व्याध बोला, "ये केवल चार ही व्यक्ति थे। थोड़ी दूर पर तीन सैनिक रथ अवश्य खड़े थे। रथ न खड़े होते तो हमारा ध्यान उनकी ओर जाता भी नहीं। द्वैपायन सरोवर में कोई ऐसे ही, बिना किसी प्रयोजन के जाता भी तो नहीं महाराज!"

"उनके पास शस्त्र भी थे?"

"योद्धा वेश था तो शस्त्र भी रहे होंगे। हमने ध्यान नहीं दिया महाराज!"

"क्यों!" दूसरा व्याध बोला, "जो उन्हें विश्राम करने के लिए कह रहा था, उसके पास एक दीर्घाकार गदा थी—तुमने उसे देखा नहीं?"

तो वह दुर्योधन ही था।...भीम के मन में घंटियाँ बज गईं...वह द्वैपायन सरोवर को बाँधकर उसमें विश्राम कर रहा है।...

"क्या उन लोगों ने तुम्हें देखा था?" भीम ने पूछा।

"नहीं महाराज!"

"तुम कैसे जानते हो?"

"हम वन में सावधान होकर न चलें तो वन्य पशु भाग नहीं जाएँगे।" वह बोला।

"पर वे वन्य पशु नहीं थे।"

"वे वन्य पशु तो नहीं थे।" व्याध बोला, "किन्तु यदि वे जान जाते कि हमने उन्हें देख लिया है और उनकी बातें भी सुन ली हैं, तो वे कहीं और जाकर छिप जाते। इसलिए हम सावधान थे प्रभु!"

"पर तुम इतने सावधान क्यों थे? वे कहीं और चले जाते तो चले जाते। तुम्हें क्या अन्तर पड़ता।"

"महाराज! इतनी आस लेकर आपके पास आए हैं कि कुछ पुरस्कार मिले तो हम इस मांस को ढोने से मुक्ति पाएँ।" वह बोला, "अब वे कहीं और छिप जाएँगे और खोजने पर आपको नहीं मिलेंगे तो आप हमें पुरस्कार तो देंगे नहीं महाराज! हाँ! कसकर दो लातें लगाएँगे। तब हमें स्वर्ण कहाँ से मिलेगा।"

भीम उसकी चतुराई देखकर हँसा। उसने यह भी बता दिया था कि वह यह सूचना केवल मैत्रीवश नहीं, लोभवश लाया है। उसे पुरस्कार चाहिए और वह भी स्वर्ण के रूप में।

"जब तुम लोग वहाँ से हमारी ओर चले थे तो वे तीन रथ वहीं थे या जा चुके थे।"

"हम तो उनको देखते ही छुप गए थे महाराज! श्वास को भी रोक लिया था समझिए।" व्याध बोला, "जब वे तीनों रथ चले गए और चौथा योद्धा अपनी गदा उठाकर जल में कहीं उतर गया, तो हम वहाँ से हिले। हम पहले चल पड़ते तो वे हमें देख नहीं लेते।"

"ठीक है। यह तुमने उचित ही किया।" भीम ने उसे स्वर्ण मुद्राएँ दीं, "किन्तु अब यह सूचना किसी और एक कान तक भी न पहुँचे। युद्ध समाप्त हो जाएगा तो आना, तुम्हें महाराज से भी पुरस्कार दिलवा दूँगा।"

व्याधों को विदा कर भीम ने युधिष्ठिर को सारी सूचनाएँ दीं।

"वहाँ छिपा बैठा है दुर्योधन।" अर्जुन ने कहा, "तो वह हमें युद्धक्षेत्र में कहाँ से दिखाई देता।"

"द्वैपायन सरोवर में जल को बाँधकर छिपने का अर्थ समझते हैं न धर्मराज!" कृष्ण ने पूछा।

"वह सारा क्षेत्र सरोवरों का ही है। उनसे लगकर ही, सरस्वती और ओघवती नदियों की धाराएँ भी बहती हैं।" युधिष्ठिर बोले, "दुर्योधन को वहाँ खोजना कठिन होगा। वह अच्छा तैराक भी है। लम्बे समय तक जल के नीचे बिना श्वास लिए छिपा भी रह सकता है।"

"वह तो ठीक है।" भीम ने कहा, "वहाँ जल को बाँधा भी तो गया है। उस बाँध के नियंत्रण स्थल में यदि वह छिप जाता है तो उसकी इच्छा के विरुद्ध आप उसे बाहर नहीं निकाल सकते। हम वहाँ घुसने का प्रयत्न करेंगे और वह उस बाँध के कपाट खोल देगा, तो बाँध का सारा पानी पूरे वेग से प्रवाहित होने लगेगा, जो किसी बड़ी नदी के प्लावन से कम नहीं होगा। उस प्लावन से उसका तो कुछ नहीं बिगड़ेगा, हम ही सब लोग बह जाएँगे। हमारे योद्धा एक ही वार में समाप्त हो जाएँगे। यह जीता हुआ युद्ध, हमारी पराजय में बदल जाएगा।" भीम ने रुककर युधिष्ठिर की ओर देखा, "नहीं! वहाँ हम दुर्योधन की इच्छा के बिना, तट से आगे नहीं जा सकते।"

"इसका अर्थ है कि वह चाहता है कि वह वहाँ छिपा रहे और हमें पता भी न चले। पता चल जाए तो हम उसे वहाँ से बाहर न निकाल सकें। वह हमारी आँखों के सामने भी रहे और हम उसका कुछ बिकाड़ भी न सकें।" सहदेव ने कहा।

"इसका अर्थ यह भी है कि यदि हम उसे खोज निकालें और उस तक पहुँचने का प्रयत्न करें तो वह बाँध की रोक हटाकर हम सबको एक साथ ही उस जल प्रवाह में बहा भी सकता है।"

"एक सम्भावना यह भी हो सकती है।" कृष्ण बोले, "किन्तु यह उसके मन में नहीं है। उसके मन में ऐसी योजना होती तो वह अपना वहाँ होना प्रचारित करता। उसे गुप्त न रखता।"

"और फिर ऐसी स्थिति में शायद हममें से भी कुछ लोग तैर कर उस प्रवाह को पार कर जाएँ।" नकुल ने कहा।

"कठिन है।" भीम ने कहा, "कुछ तैर जाएँ तो भी हमारा सामूहिक विनाश हो जाएगा। हमें उससे बचना चाहिए।"

"वर्तमान स्थिति में भी दुर्योधन वहाँ सुरक्षित है और उसके साथी कहीं अन्यत्र छिपे हैं। वे बाहर-बाहर घूमते रहेंगे और उससे आज्ञा लेकर हमारी क्षति करते रहेंगे।" अर्जुन बोला।

"तो?" युधिष्ठिर ने उसकी ओर देखा।

"कृपाचार्य ने जो कुछ संजय को बताया था उसके अनुसार तो अभी दुर्योधन को यह भी ज्ञात नहीं कि उसके पक्ष में कौन-कौन जीवित है।" नकुल ने कहा।

"नहीं!" कृष्ण बोले, "वह पुरानी सूचना है। व्याधों की सूचना के अनुसार वे चार थे। इसका अर्थ है कि कृपाचार्य आदि लोग दुर्योधन से मिल चुके हैं। अब हमें उसको अथवा उसके छिपने के स्थान को खोज कर, उसे घेर लेना चाहिए। तत्काल उसका वध होना चाहिए। उसे वहाँ से निकलकर कहीं और जाने का अवसर नहीं देना चाहिए। न ही किसी और को उसके पास पहुँचने देना चाहिए।"

"वहाँ से निकालकर हम उसे घेर लें और फिर कुत्ते की मृत्यु दें।" भीम बोला, "मेरी प्रतिज्ञा अभी पूरी नहीं हुई है।"

"तो चलो।" कृष्ण ने संकेत किया।

पाण्डवों ने अपने रथ द्वैपायन सरोवर से कुछ दूर ही त्याग दिए। वे लोग कम से कम शब्द करते हुए, बाँध की ओर बढ़ रहे थे। आगे-आगे युधिष्ठिर थे। कृष्ण उनके साथ थे। शेष लोग उनसे थोड़ा पीछे; किन्तु उनसे लगे-लगे चल रहे थे। वे सब ही थके हुए थे। उनके वाहन भी थक चुके थे। किन्तु दुर्योधन को बंदी करने अथवा उसके वध का उत्साह सबको ही आगे चलाए चल रहा था। शस्त्र उनके पास थे और वे चौकन्ने थे कि किसी प्रकार का कोई आकस्मिक आक्रमण हो तो उसका सामना कर सकें।

"धर्मराज!" कृष्ण बोले, "यदि दुर्योधन इस सारे क्षेत्र में कहीं एकान्त स्थान पर छुप जाता तो उसे ढूँढ़ने में कठिनाई हो सकती थी; किन्तु वह जल को बाँधकर सरोवर में सुरक्षित बैठा है, तो उसके छिपे होने का स्थान निश्चित है। यदि वह वहाँ से भाग नहीं गया है तो हम निश्चित स्थान पर जाकर उसे घेर सकते हैं। किन्तु यह आवश्यक तो नहीं कि हमारे वहाँ पहुँचने पर वह बाहर निकल ही आए।"

"आप ठीक कह रहे हैं श्रीकृष्ण!" युधिष्ठिर ने कहा, "वह अपनी इच्छा से बाहर नहीं निकलेगा तो हम उसका कुछ बिगाड़ नहीं सकते। यदि वह अपनी करनी पर आया तो वह बाँध के कपाट खोल सकता है। हम सब जल के उस प्रवाह में बह जाएँगे। अब तो सारा माया का युद्ध ही है।"

"हम सब निश्चित सीमा के आगे नहीं जा सकते। हममें से किसी को भी जलप्रवाह के मार्ग में नहीं आना है।" कृष्ण बोले, "वैसे जिस काम में उसके प्राणों का भय होगा, वह वह नहीं करेगा। हमको जल समाधि देगा तो वह स्वयं भी हमारे साथ ही डूबेगा।"

"सम्भव है, हमारे वध के लिए वह अपनी बलि दे दे।" अर्जुन ने कहा।

"यदि वह मर जाने की ही बात सोच सकता तो युद्धभूमि से इस प्रकार भाग कर एकान्त स्थान पर छुप जाने का कायरतापूर्ण कार्य नहीं करता। स्पष्ट है कि वह जीवित रहना चाहता है और उसे अपने जीवन की आशा है।" कृष्ण ने उत्तर दिया।

"इस आशा का कोई आधार भी है?" भीम तड़पकर बोला, "वह समझता है कि वह अकेला अथवा वह और उसके तीन साथी, हम सबका वध कर देंगे और उसे पुनः हस्तिनापुर का राज्य मिल जाएगा?"

"वह क्या समझता है, यह मैं नहीं जानता।" कृष्ण बोले, "किन्तु यह स्पष्ट है कि उसे किसी प्रकार की बाहरी सहायता अथवा किसी विशिष्ट अवसर की प्रतीक्षा है। ऐसा न होता तो या तो वह युद्धभूमि में अपने प्राण त्यागता या फिर यहाँ से भागकर कहीं बहुत दूर चला जाता—अपने किसी मित्र के राज्य में। वह सिंधु प्रदेश अथवा गांधार के राजप्रासाद में जा सकता था। इसी क्षेत्र में छिपकर हमारे निकट रहने का एक ही अर्थ है कि उसे किसी प्रकार की आशा है।"

"तो?" युधिष्ठिर ने पूछा।

"इसलिए आवश्यक है कि हम उसकी यह आशा पूरी होने से पहले ही उसका वध कर दें। उसे उसके छिपने के स्थान से बाहर निकालना होगा। वह उसकी अपनी इच्छा के बिना नहीं हो सकता। उसके मन में बाहर निकलने की

इच्छा उत्पन्न हो जाए, इसी पर हमारी सफलता निर्भर करती है। अब यह आप पर है धर्मराज! कि आप किस युक्ति से उसे बाहर निकालते हैं।"

"धर्मराज ही क्यों?" भीम ने जिज्ञासा के आवरण में आपत्ति की।

"धर्मराज सबसे अधिक विश्वसनीय हैं।" कृष्ण बोले, "पहली बात तो यह है कि धर्मराज राजा हैं। उनका आदेश सबके लिए समान रूप से मान्य होगा। दूसरे, हम सबकी तुलना में दुर्योधन को धर्मराज के वचन पर अधिक विश्वास होगा। इसलिए यह कार्य धर्मराज ही करें।"

"श्रीकृष्ण ठीक कह रहे हैं।" धृष्टद्युम्न बोला, "युक्ति का प्रयोग धर्मराज ही करें।"

"वह एक माया किए बैठा है। आप अपनी माया से उसकी माया को काटें।" कृष्ण बोले, "संकोच न करें। न ही किसी प्रकार के धर्मसंकट का अनुभव करें। माया को माया से ही काटा जाता है।"

युधिष्ठिर आगे बढ़ गए। वे सरोवर तट पर उस सीमा तक चले गए, जहाँ तक बिना संकट के जाया जा सकता था और जहाँ से उनकी बात दुर्योधन सुन सकता था।

"दुर्योधन!" युधिष्ठिर ने उच्च स्वर में कहा, "भयभीत मूषक के समान अपनी बिल में छिपे क्यों बैठे हो। बाहर निकलो और सच्चे क्षत्रिय के समान हमसे युद्ध करो।"

दुर्योधन का कोई उत्तर नहीं आया।

"यह न समझना कि हम यह मानकर लौट जाएँगे कि तुम यहाँ नहीं हो। तुम्हें हम देख नहीं सकते; किन्तु निश्चित रूप से जानते हैं कि यहाँ और कोई नहीं, कायर दुर्योधन ही छिपा बैठा है।" युधिष्ठिर ने कहा, "स्वयं युद्ध आरम्भ कर, अपने पितामहों, गुरु, भाइयों और पुत्रों को मरवाकर अब तुम्हें अपने प्राण बहुत प्यारे हो गए। युद्ध के आरम्भ में तो क्षत्रियत्व की बहुत दुहाई दी। अब इस भीरू मूषक पर थूकेंगे क्षत्रिय। ओ कुलनाशी! नीच पाखंडी! यह मत समझ कि तू बाहर नहीं निकलेगा तो तेरे प्राण बच जाएँगे। हम तुझे चारों ओर से घेर चुके हैं। तुझे जीवित नहीं छोड़ेंगे। यदि तू बाहर नहीं आया तो हम जल में प्रवेश करेंगे।"

"करो।" दुर्योधन बोला, "यही करो युधिष्ठिर! एक बार इस बाँध को खोल दूँगा ताकि तुम्हारी सारी सेना का एक साथ ही तर्पण हो जाए।"

"जानता हूँ। इसी माया के सहारे वहाँ छिपकर बैठे हो।" युधिष्ठिर बोले, "हम जल में प्रवेश न भी करें तो क्या, अर्जुन के बाण तुझे वहीं सुला देंगे कायर! तू उसके बाणों की पहुँच से बाहर तो नहीं है।"

"देख लूँगा मैं तुम्हारे धनंजय को भी और उस मोटे भीम को भी। मुझे अपने भाइयों के वध का प्रतिशोध लेना है।" दुर्योधन क्रुद्ध स्वर में बोला।

कृष्ण मुस्कराए, "उसकी शांति भंग हो रही है। क्रोध जाग रहा है। यही क्रोध उसका नाश करेगा।"

"तो फिर वहाँ क्यों छुपा बैठा है कायर!" युधिष्ठिर ने कहा, "बाहर निकल और देख उन्हें। वे दोनों तेरी प्रतीक्षा में ही खड़े हैं।"

"युद्ध से नहीं डरता मैं।" दुर्योधन बोला, "थक गया हूँ। थोड़ा सो लेना चाहता हूँ। तुम लोग भी जाओ। विश्राम करो। युद्ध फिर भी हो सकता है।"

युधिष्ठर चौंके : कृष्ण ठीक कह रहे थे। वह किसी सहायता अथवा अवसर की प्रतीक्षा में है।

"अब तुझे सुलाकर ही सोएँगे।" युधिष्ठिर बोले, "हम भी चाहते हैं कि तुझे चिर निद्रा दें, ताकि तेरी क्लांति समाप्त हो सके।"

"कौन सुलाएगा मुझे चिर निद्रा में?"

दुर्योधन अपने स्थान पर उठकर खड़ा हो गया। अब पांडव उसे देख सकते थे। उसका शरीर रक्त से भीगा था। और वह अपने हाथ में भारी गदा पकड़े हुए था।

"मैं फिर से तुम सबको वारणावत की ज्वाला में जला दूँगा या फिर से किसी भयंकर वन में धकेल दूँगा। तुम लोग मुझे समझते क्या हो। मैं दुर्योधन हूँ।" वह बोला।

"तो आ जा बाहर।" युधिष्ठिर बोले, "विलम्ब किस बात का है?"

"मैं थका हूँ। अकेला हूँ।" दुर्योधन बोला, "तुम्हारे साथ तुम्हारे भाई और सम्बन्धी हैं, सेना है, रथ है और हाथी-घोड़े हैं। ऐसे में मुझे ललकार रहे हो। बहुत वीर हो तुम, यह कोई क्षत्रियों के समान लड़ना है।"

"तो आ जाओ। क्षत्रियों के समान लड़ो।" युधिष्ठिर बोले, "हम देंगे तुम्हें कवच। हम देंगे तुम्हें शस्त्र। रथ चाहो, रथ ले लो। जो चाहो वह शस्त्र ले लो और जिस योद्धा से लड़ना चाहो उसे चुन लो। तुम जानते हो कि हम पाँचों के अपने-अपने शस्त्र हैं। जिस शस्त्र का चयन करोगे, उसी के योद्धा से युद्ध करना होगा। यदि तुम विजयी हुए तो राज्य तुम्हारा। हम फिर से वन में लौट जाएँगे।"

कृष्ण कुछ विचलित होकर अर्जुन के कान में बोले, "धर्मराज ने यह क्या किया। यदि वह धर्मराज से ही लड़ना चाहेगा तो धर्मराज उसका वध कर पाएँगे?"

"वह धर्मराज से नहीं लड़ेगा।" अर्जुन धीरे से बोला, "धर्मराज ने कहा है कि वह पाण्डवों में से जिससे युद्ध करना चाहेगा, उसी के शस्त्र से लड़ना

होगा। धर्मराज का अपना शस्त्र भल्ल है। दुर्योधन को भल्ल से युद्ध करने का अभ्यास ही नहीं है। हाँ! जो यह कह दिया कि यदि वह हममें से किसी एक को भी जीत लेगा तो राज्य उसका होगा और हम वन चले जाएँगे—यह तो फिर से द्यूत की सी स्थिति हो गई।"

"है तो यह द्यूत की ही स्थिति; किन्तु सम्भव है कि धर्मराज ने इसे युक्ति के रूप में ही अपनाया हो।" कृष्ण हँसे, "पर कठिनाई यह है कि धर्मराज ने कह दिया, इसलिए यह युक्ति न रहकर वचन माना जाएगा। जो दुर्योधन तेरह वर्षों के वनवास के पश्चात् भी पाण्डवों का राज्य देने से मुकर गया, वह ही धर्मराज के इस वाक्य को उनका वचन मानने के लिए हठ करेगा।"

दुर्योधन ने तत्काल उत्तर नहीं दिया। वह कुछ क्षणों तक सोचता रहा। फिर बोला, "तुम्हारे शस्त्रों पर मैं विश्वास नहीं कर सकता। तुम लोग कच्चे और अप्रभावी शस्त्र दे सकते हो। मैं अपने शस्त्र से ही लडूँगा। मेरी गदा मेरे पास है। गदा युद्ध करूँगा, तो तुमसे या नकुल-सहदेव से तो नहीं लडूँगा। भीम से ही लड़ना होगा। वैसे भी तुमको मार भी दिया तो वह मोटा भीम तुम्हारे वचन का पालन नहीं करेगा। वह मारा गया तो तुम अपने वचन से पीछे नहीं हट सकते।"

"मुझे स्वीकार है।" युधिष्ठिर बोले, "बाहर आओ।"

कृष्ण कुछ निश्चिन्त दिखे।

"पर हमारे द्वन्द्वयुद्ध का अध्यक्ष कौन होगा? मुझे न तुम्हारा विश्वास है, न कृष्ण का।"

कृष्ण और अर्जुन दोनों ने युधिष्ठिर की ओर देखा।

"अट्ठारह दिनों का युद्ध किसकी अध्यक्षता में हुआ था? कौन था अधि-अक्ष। किसकी आँख देख रही थी कि युद्ध धर्मपूर्ण हो रहा है या नहीं? युद्ध में अधर्म करने वालों को किसने दण्डित किया है अब तक?" युधिष्ठिर ने कहा।

"वहाँ मेरा बल ही युद्ध का निरीक्षण कर रहा था। वही अध्यक्ष था। यहाँ वह सम्भव नहीं है।" दुर्योधन बोला, "मैं अकेला हूँ और तुम लोग इतने सारे हो।...मैं प्रतीक्षा करूँगा।"

"कब तक? प्रलय तक?"

"हाँ! तुम्हारे प्रलय तक।" वह हँसा, "बहुत निकट है तुम्हारा प्रलय। इसीलिए कह रहा हूँ, जाओ थोड़ा विश्राम कर लो। एक आध रात्रि की निद्रा ले लो। फिर तो चिर निद्रा में सो ही जाओगे।"

युधिष्ठिर उसका आत्मविश्वास देखकर कुछ विचलित हुए। ऐसी स्थिति में भी यह व्यक्ति इतना आश्वस्त कैसे है?...

पीछे सेना में कुछ गतिविधि हुई, कुछ कोलाहल हुआ। सैनिकों ने एक ओर हट कर जैसे मार्ग बनाया।...युधिष्ठिर ने देखा, सामने वासुदेव बलराम आ रहे थे।

कृष्ण चकित रह गए। तो इसीलिए दुर्योधन इतना आश्वस्त था और किसी सहायता की प्रतीक्षा कर रहा था। पर इन दोनों का कोई सम्पर्क है क्या? इनमें सूचनाओं का आदान-प्रदान होता रहा है? सारे युद्ध में अनुपस्थित रहने वाले बलराम कैसे एकदम उपयुक्त क्षण पर यहाँ उपस्थित हो गए, जैसे दुर्योधन की रक्षा करने ही आए हों। इस गुप्त स्थान का पता उनको कैसे लगा होगा? स्थान निश्चित हो भी सकता है, किन्तु समय?...

युधिष्ठिर भी सोच रहे थे : कृष्ण ठीक ही कह रहे थे। बाहरी सहायता की सम्भावना बनी हुई थी। वह किसी क्षण भी आ सकती है। उन्होंने तो विशेष रूप से बलराम का नाम भी लिया था।...अब बलराम आ गए हैं। वे कुछ अहितकर ही न कर दें...

सारी स्थिति परिवर्तित हो गई। दुर्योधन अपने स्थान से बाहर निकल आया था, जैसे वह पूर्णतः सुरक्षित हो गया हो। पाण्डवों के शस्त्र ढीले पड़ गए थे और वे बलराम का स्वागत करने में व्यस्त हो गए थे। कृष्ण और युधिष्ठिर भी जाकर बलराम से मिले।...बलराम बहुत सहज नहीं थे।

"क्या चल रहा है यहाँ?"

"अकस्मात् आप इस समय इस स्थान पर कैसे?" कृष्ण ने बलराम के चरण स्पर्श कर पूछा।

"क्यों? मैं तुम लोगों से मिलने नहीं आ सकता?" बलराम कुछ अटपटा गए, "युद्ध का समाचार जानने की मुझमें उत्सुकता नहीं हो सकती।"

"हो क्यों नहीं सकती।" कृष्ण मुस्कराए, "किन्तु यह पाण्डवों का शिविर तो है नहीं, जहाँ आप उनसे मिलने आ गए हों। इस द्वैपायन सरोवर में छिपे हुए दुर्योधन को खोजने में हमें ही कठिनाई हुई तो आप तीर्थयात्रा से सीधे यहीं कैसे लौट आए? वह भी उस समय, जब वह निणार्यक युद्ध होने वाला है।" कृष्ण रुके, "और आपके साथ यात्रा पर गए हुए अन्य लोग कहाँ हैं?"

"तुम्हें तो शास्त्रार्थ करने का रोग है।" बलराम ने कृत्रिम-सा रोष प्रकट किया, "प्रत्येक बात पर संदेह। हर बात का कारण। ऐसा क्यों, वैसा क्यों?"

"सृष्टि तर्कशून्य तो नहीं है भैया!" कृष्ण बोले, "सृष्टि का कारण खोजते-खोजते ही तो साधक ब्रह्म तक जा पहुँचता है।। मैंने तो केवल इतना ही पूछा है कि आप ठीक इस निर्णायक युद्ध के समय यहाँ कैसे आ पहुँचे?"

"यही सुन कर तो आया हूँ... ।" बलराम के मुख से अनायास ही निकल गया।

"मैं भी यही समझता हूँ कि यह सूचना पाकर ही आप इस स्थान को ढूँढते हुए आए हैं।" कृष्ण बोले, "किन्तु आपकी प्रशंसा करूँगा कि आपने इतनी जल्दी हमें खोज भी निकाला।"

"तीर्थयात्रा में भी मुझे तुम लोगों की चिन्ता सताती रही। जाने तुम लोग यहाँ क्या कर रहे हो। प्रयत्न करता रहा कि तुम लोगों का समाचार मिलता रहे।" बलराम कुछ सहज होने का प्रयत्न कर रहे थे।

"तीर्थ में भी ध्यान यदि घर की ओर ही लगा रहे तो तीर्थ का क्या पुण्य।" कृष्ण कुछ वक्र होकर बोले, "तीर्थ तो वह होता है, जिसे देखकर मनुष्य को ब्रह्म का स्मरण हो आए।"

"होगा।" बलराम कुछ झल्लाए, "मैंने कुरुक्षेत्र से ही तीर्थयात्रा आरम्भ की थी और सरस्वती तट की यात्रा करके बयालीस दिनों पश्चात् लौटकर कुरुक्षेत्र में आया हूँ। प्लक्षप्रस्रवण में मित्रावरुण के आश्रम पर मुझे नारद ने बताया कि यहाँ दुर्योधन और भीम का गदा युद्ध हो रहा है... ।"

कृष्ण कुछ नहीं बोले, केवल सोचते रहे।...'ये किस नारद के बारे में कह रहे हैं। किसने दी सूचना इन्हें? यह गदायुद्ध पहले से तो निश्चित नहीं था। इसकी कोई घोषणा नहीं की गई थी। इस एकान्त स्थान पर अभी-अभी युधिष्ठिर और दुर्योधन के संवाद से यह युद्ध होना निश्चित हुआ।...और इतनी देर में यह सूचना नारद को मिल गई। नारद बलराम के पास मित्रावरुण के आश्रम पर जा पहुँचे और बलराम वह स्थान खोज कर यहाँ भी आ गए। दुर्योधन भी अपने आश्रय से तभी निकलकर आया, जब बलराम आ गए।...यह सब सम्भव नहीं लगता। यह सारा कुछ आकस्मिक तो नहीं हो सकता। जीवन में संयोग होते हैं; किन्तु ऐसे संयोग की तो वे कल्पना भी नहीं कर सकते।...

दुर्योधन ने आकर अपने गुरु को प्रणाम किया, "मैं आपकी शरण में हूँ गुरुवर!"

बलराम ने आशीर्वाद देकर पूछा, "कैसे हो दुर्योधन?"

"आपकी कृपा चाहिए गुरुदेव! मैं भीम के साथ गदायुद्ध करने जा रहा हूँ।" वह बोला, "आपके आशीर्वाद से विजय मेरी ही होगी; और तब धर्मराज के वचनानुसार हस्तिनापुर का राज्य भी मेरा होगा और ये लोग पुनः वन में चले जाएँगे।"

बलराम के मुख पर प्रसन्नता की प्रभा प्रकट हुई, जैसे उनकी कोई मनोकामना पूरी हो रही हो।

"उचित ही है।" बलराम बोले, "तुम दोनों का धर्मसंगत गदायुद्ध हो। किन्तु युद्ध यहाँ नहीं होना चाहिए। यह स्थान धर्मयुद्ध के लिए उपयुक्त नहीं है।"

"आप कौन-सा स्थान उपयुक्त समझते हैं?" युधिष्ठिर ने पूछा।

"ओघवती के तट पर समंतपंचक ठीक रहेगा।"

"क्यों?" भीम ने पूछा। उसके स्वर में स्पष्ट उद्दण्डता थी।

"क्योंकि वहाँ परशुराम ने युद्ध कर क्षत्रियों के रक्त से पाँच सरोवर भर दिए थे। वह स्थान पवित्र माना जाता है।"

"दुर्योधन के अपवित्र रक्त से आप उस पवित्र स्थान को अपवित्र क्यों करना चाहते हैं?" भीम ने मुस्कराकर पूछा।

बलराम ने उपेक्षा से मुँह फेर लिया, जैसे वे भीम के मुँह न लगना चाहते हों। युधिष्ठिर ने कृष्ण की ओर देखा। कृष्ण ने स्वीकृति में सिर हिला दिया।

कृष्ण सोच रहे थे : समंतपंचक में ऐसा क्या है कि बलराम उन्हें वहाँ ले जाना चाहते हैं? एक प्रकार से उन्होंने अब इस युद्ध को अपने नियंत्रण में ले लिया था। स्थान का चयन वे करेंगे। शस्त्र और योद्धा का चयन दुर्योधन ने किया था। सम्भव है नियमों का निर्धारण भी बलराम ही करें।...इसलिए तो दुर्योधन उनकी प्रतीक्षा कर रहा था। वह युधिष्ठिर को एक रात रुक जाने का परामर्श दे रहा था। क्या उसे अनुमान नहीं था कि बलराम आज की संध्या तक ही यहाँ पहुँच जाएँगे? ...क्या उसने पहले से ही यह अनुमान लगा लिया था कि वह यहाँ खोज लिया जाएगा और उसका द्वन्द्वयुद्ध होगा?...

सहसा कृष्ण के मन में एक नया विचार अंकुरित हुआ...नहीं! यह तो सम्भव ही नहीं है। दुर्योधन और बलराम में यह निश्चय युद्ध से भी पहले अथवा युद्ध के मध्य किसी समय हुआ होगा कि युद्ध की समाप्ति पर यदि ऐसी स्थिति आए कि वह असहाय हो जाए और उसे अपने प्राणों पर संकट दिखाई देने लगे तो वह यहाँ आकर छिप जाए।...आज का युद्ध आरम्भ होते ही, अथवा शल्य के धराशायी होते ही दुर्योधन ने बलराम को संदेश भिजवा दिया होगा कि वे उसकी सहायता के लिए आ जाएँ, और स्वयं वह आकर यहाँ छिप गया। ऐसे में दुर्योधन का संदेश ले जाने वाले को भी यह ज्ञात होना चाहिए था कि बलराम मित्रावरुण के आश्रम में प्रतीक्षा कर रहे होंगे।...यह भी क्या पहले से निश्चित था? ऐसा सम्भव तो नहीं लगता, किन्तु और कुछ हो तो नहीं सकता।...बलराम से इस प्रकार की योजनाओं की कृष्ण को तनिक भी अपेक्षा नहीं थी...किन्तु बहुत समय से बलराम खुलकर दुर्योधन का पक्ष लेने लगे थे। उन्होंने तो सुभद्रा के पति के रूप में भी दुर्योधन को ही चुन लिया था। उनका प्रिय शिष्य कृतवर्मा भी तो दुर्योधन के पक्ष से युद्ध कर

रहा है, जैसे बलराम अपने स्थान पर उसे दुर्योधन की सहायता के लिए छोड़ गए हों। बलराम दूर रहकर भी युद्ध में उतने ही लिप्त थे, जितने कृष्ण युद्ध क्षेत्र में उपस्थित रहकर थे।...कृष्ण ने ही दुर्योधन से उनके सम्बन्धों पर कभी गम्भीरता से विचार नहीं किया।

"यात्रा पर आपके साथ गए अन्य लोग कहाँ हैं।" सहसा कृष्ण ने अपना पिछला प्रश्न दुहराया, "वे आपके साथ नहीं आए?"

"वे लोग प्रभास तीर्थ में ही मुझसे विदा होकर द्वारका चले गए थे।" बलराम ने कहा।

कृष्ण ने और कुछ नहीं कहा। निश्चय ही बलराम इस युद्ध में किसी उपयुक्त समय पर दुर्योधन की सहायता करने के लिए ही समरभूमि के एकदम निकट प्लक्षप्रस्रवण में मित्रावरुण के आश्रम में आकर रुके हुए थे, अन्यथा वे भी प्रभासक्षेत्र से द्वारका लौट गए होते।

"चलो दुर्योधन! तुम मेरे साथ मेरे रथ में चलो।" बलराम ने एक प्रकार से दुर्योधन को सुरक्षित समंतपंचक पहुँचाने का दायित्व अपने ऊपर ले लिया।

"नहीं बलराम!" युधिष्ठिर शांत भाव से बोले, "आप चाहें तो रथ में जाएँ। दुर्योधन हमारे साथ पैदल ही समंतपंचक जाएगा।"

बलराम ने स्थिर दृष्टि से युधिष्ठिर को देखा, "इसका अर्थ यह तो नहीं है कि तुम उसे अपना बंदी समझकर अपने साथ ले जा रहे हो और मार्ग में घेर कर मार डालना चाहते हो?"

"नहीं!" युधिष्ठिर बोले, "हमारा ऐसा कोई विचार नहीं है। वस्तुतः यह हमारा व्यवहार ही नहीं है। फिर भी आप इतने ही आशंकित हैं तो उसकी रक्षा के लिए आप भी हमारे साथ चल सकते हैं।"

बलराम ने कुछ नहीं कहा; किन्तु युधिष्ठिर की कटुता को वे भी अनुभव कर रहे थे। वे अपने रथ में बैठकर चले गए।

कृष्ण को ऐसे ही अवसर की प्रतीक्षा थी। युधिष्ठिर के निकट आकर धीरे-से बोले, "धर्मराज! आपने दुर्योधन से जो कुछ भी कहा है, उसे केवल युक्ति ही मानिए। उसे अपना वचन मानकर भीम तथा हम सबको धर्मयुद्ध इत्यादि बन्धनों में मत बाँधिएगा। अब बलराम भैया दुर्योधन के साथ हैं। वे एक प्रकार से उसे जीवित बचा ले जाने का प्रयत्न कर रहे हैं। कहीं दुर्योधन ने भीम को पराजित कर दिया तो न केवल बलराम भैया अर्जुन को दुर्योधन का वध नहीं करने देंगे, वे हस्तिनापुर का राज्य भी उसे देने के लिए अड़ जाएँगे।"

"क्या यह सम्भव है कि दुर्योधन भीम को पराजित कर दे?" युधिष्ठिर का स्वर पहली बार दुर्बल हो आया था।

"युद्ध में तो कुछ भी सम्भव है धर्मराज!" कृष्ण बोले, "भीम दुर्योधन से अधिक शक्तिशाली है, पर सम्भव है कि दुर्योधन ने अभ्यास अधिक किया हो। अपने वनवास में मध्यम पाण्डव को न तो गदायुद्ध का कोई गुरु मिला और न ही कोई दक्ष प्रतिद्वन्द्वी। अभ्यास करते भी तो किसके साथ करते?" वे रुके, "हमें सावधान रहना है।"

"तुम चिन्ता मत करो कृष्ण!" भीम ने पूर्ण आत्मविश्वास के साथ कहा, "मैं दुर्योधन का वध कर डालूँगा। हमने अट्ठारह दिनों का युद्ध देखा है। इससे पहले भी अनेक युद्ध लड़े गए हैं। क्या हम अब तक समझ नहीं पाए कि युद्ध में कोई नियम नहीं होता। नियमानुसार तो बस क्रीड़ा ही होती है। युद्ध में तो युद्ध ही होता है। उसका एकमात्र धर्म है विजय। उसका एकमात्र नियम है बल। नियम, न्याय और धर्म की बात करने वालों को इतना तो समझ ही लेना चाहिए कि न्याय से लोगों को उनका अधिकार दे दिया जाए तो फिर युद्ध क्यों हो?"

"फिर भी..." युधिष्ठिर बोले।

"मेरी गदा दुर्योधन की गदा से डेढ़ गुना भारी है।" भीम ने कहा, "दुर्योधन इसे उठाकर चले, तो भी थक जाए। यह मेरे बल का प्रमाण है। युद्ध बल से ही जीते जाते हैं, नियमों से नहीं।"

"ठीक है।" कृष्ण बोले, "आप उसकी दोनों जंघा तोड़कर अपनी प्रतिज्ञा पूर्ण करें। पर दुर्योधन को सामान्य योद्धा मानकर, उसकी उपेक्षा मत कीजिएगा। उससे प्रयत्नपूर्वक युद्ध करना होगा। वह अभ्यासकुशल है, और युद्धकला में चतुर है। ऐसा न हो कि उसकी धूर्त्तता ही आपको पराजित कर दे।"

"ऐसा नहीं होगा।" भीम का स्वर आत्मविश्वास से परिपूर्ण था, "मैं दीर्घकाल से संचित अपना क्रोध उस पर छोड़ूँगा तो उसकी फूत्कार से ही वह मर जाएगा।"

कृष्ण के मन में बहुत सारे विचार उथल-पुथल मचा रहे थे।...यह तो धर्मराज ने अच्छा ही किया कि दुर्योधन को बलराम के साथ उनके रथ में जाने की अनुमति नहीं दी। वे अपने साथ ले जाते तो जाने फिर दुर्योधन पाण्डवों की पकड़ में आता भी या नहीं। वे दुर्योधन को भाग जाने की सुविधा देकर, बड़ी सरलता से कह सकते थे कि एक दुर्गम स्थान पर दुर्योधन रथ से उतरकर भाग गया और वे उसे पकड़ नहीं पाए। यह भी सम्भव है कि उसे कुछ विशेष युक्तियाँ सिखाना चाहते हों।...बलराम ने युद्ध आरम्भ होने से पहले ही कहा था कि कौरवों की भी सहायता करना। नारायणी सेना देकर भी वे सन्तुष्ट नहीं थे।...और अब वे आ गए थे, दुर्योधन की रक्षा के लिए।

होना तो यह चाहिए था कि जब दुर्योधन पाण्डवों के अधिकार में था तो वे उसे अपने मनमाने ढंग से मार डालते। इसमें इतने नियम, विधि-विधान और धर्मशास्त्र की क्या बात है। भीम ने ठीक ही तो कहा था कि युद्ध का एकमात्र नियम होता है—बल। जरासंध ने भी सदा उसी का पालन किया था। कंस भी वही कर रहा था; और दुर्योधन भी।...आज जब वह अकेला रह गया है और उसकी मृत्यु निश्चित है, बलराम उसको बचाने के लिए विभिन्न प्रकार से हस्तक्षेप कर रहे हैं।...पर वे भीम और दुर्योधन का गदायुद्ध देखने को इतने आतुर क्यों हैं? उन्हें दुर्योधन को जीवित बचाना ही है तो वे संधि की बात क्यों नहीं करते? वे उन्हें लड़ने से रोकते क्यों नहीं? क्यों नहीं कहते कि बहुत हुआ, अब दुर्योधन के पापों को क्षमा कर दो और भाइयों के समान प्रेम से रहो?...क्या वे इस गदायुद्ध में दुर्योधन की विजय को निश्चित मानते हैं? इसीलिए चाहते हैं कि यह युद्ध हो और भीम मारा जाए? वे वस्तुतः भीम के वध का प्रबन्ध कर रहे हैं।...और उन्होंने इस युद्ध के लिए समंतपंचक को ही क्यों चुना? क्या उन्हें लगता है कि द्वैपायन सरोवर के तट पर पाण्डवों ने दुर्योधन के वध का कोई विशेष प्रबन्ध कर रखा है? या वे यह मानते हैं कि वहाँ दुर्योधन का कोई संगी-साथी नहीं है।...पर समंतपंचक में ही कौन दुर्योधन की सेना खड़ी है? क्या वे अश्वत्थामा, कृपाचार्य और कृतवर्मा के आने की प्रतीक्षा कर रहे हैं? या उन तीनों का भी समंतपंचक में आना पहले से ही निश्चित है? यदि वे लोग वहाँ आ गए तो फिर भीम और दुर्योधन का गदायुद्ध नहीं, एक सम्पूर्ण युद्ध ही होगा। बलराम चाहे कितना रोकें किन्तु चार-चार महारथियों के होते हुए, इस वैर का केवल दो प्रतिद्वंद्वियों के गदायुद्ध तक सीमित रहना सम्भव नहीं है।...

तो यहाँ समंतपंचक में कौन-से साथी हैं दुर्योधन के अथवा बलराम के? यदि अश्वत्थामा इत्यादि नहीं आए तो और कोई है ही नहीं। क्या बलराम वहाँ तीर्थयात्रियों और साधु-संन्यासियों की भीड़ एकत्रित करवाना चाहते हैं? संसार को त्याग चुके, धर्मभीरु मुमुक्षु लोगों की भीड़। उससे क्या होगा? क्या तालियाँ बजाने वाले दर्शकों से दुर्योधन का बल बढ़ जाएगा?...और सहसा कृष्ण को लगा कि इससे वस्तुतः दुर्योधन का बल बढ़ जाएगा।...वहाँ केवल वे लोग होंगे, जो युद्धचर्चा नहीं, धर्मचर्चा करते हैं। वहाँ वे लोग होंगे, जिन्होंने पाण्डवों और कौरवों के बीच अपना पक्ष स्थिर नहीं किया है। वे मध्यस्थ हैं अथवा उदासीन। वे नहीं जानते कि दुर्योधन कितना अधर्मी है। वे नहीं जानते कि उसने क्या-क्या पाप किए हैं। स्पष्टतः यह जानकर कि दुर्योधन अकेला है और पाण्डव पक्ष में अनेक लोग हैं, वे मानेंगे कि बेचारा दुर्योधन अपने शत्रुओं

में घिर गया है। उनकी सहानुभूति स्वभावतः दुर्योधन की ओर हो जाएगी। वे पाण्डवों के किसी भी प्रकार के बलप्रयोग को अधर्म मानने लगेंगे।...यह तो प्रसंग से काटकर, पिछली सारी कर्म शृंखला से पृथक् कर केवल एक, और वह भी अंतिम घटना पर निर्णय करने की सी स्थिति है। इसका अर्थ है कि दुर्योधन अपने पिछले सारे पापों से मुक्त हो गया। जो कुछ होना है, अब आज के द्वन्द्व युद्ध में ही होना है—जय-पराजय, धर्म-अधर्म, राज्य या वनवास, यश-अपयश। बलराम ने दुर्योधन का पिछला सारा आचरण धोकर स्वच्छ कर दिया है।... उससे पाण्डवों का पक्ष दुर्बल होगा। उनका भी आज तक का किया हुआ धर्मपूर्ण आचरण समाप्त हो गया। उनकी पीड़ा, उनके विरुद्ध किया गया अन्याय और अधर्म—सब कुछ समाप्त हो गया। युधिष्ठिर और दुर्योधन समान हो गए। एक ही धरातल पर खड़े हो गए। यह पापी और पुण्यात्मा का युद्ध नहीं रहा, दो प्रतिद्वन्द्वियों की प्रतिस्पर्धा हो गई...बलराम ने स्थान बदलकर एक प्रकार से सारा दृश्य ही बदल दिया है। उदासीन, तटस्थ अथवा मध्यस्थ दर्शकों के बीच इस प्रकार के एक द्वन्द्वयुद्ध के माध्यम से पाण्डवों के आजीवन चलने वाले संघर्ष का परिणाम घोषित करवाना चाहते हैं बलराम। जो हत्या के साक्षी नहीं हैं, उनके सम्मुख हत्यारे को मृत्युदण्ड देने से उनकी सहानुभूति तो हत्यारे के पक्ष में ही जाएगी।...

समंतपंचक तक पहुँचते-पहुँचते सूर्य का प्रकाश पूर्णतः धुँधला गया था। अंधकार नहीं हुआ था; किन्तु उसका आभास होने लगा था। परशुराम द्वारा बनाए गए, पाँच कुंडों से कुछ हटकर ओघवती के तट पर तीर्थयात्रियों की भीड़ थी। घाट पर संन्यासी भी विभिन्न प्रयोजनों से उपस्थित थे। वहाँ उपस्थित प्रत्येक व्यक्ति की दृष्टि बलराम के रथ पर पड़ी। एक अकेले रथ पर आना कोई असाधारण बात नहीं थी। बहुधा राजा और धनाढ्य लोग अपने रथों पर इस क्षेत्र में आ जाया करते थे। किन्तु पाण्डवों के अनेक युद्धक रथों के आने से वायुमंडल में अनेक जिज्ञासाएं मडराने लगीं। दुर्योधन तथा भीम के गदायुद्ध का समाचार वन की आग के समान तत्काल सब ओर प्रचारित हो गया...अनेक लोग रक्तपात होने की सम्भावना से ही डरकर, दूर चले गए; किन्तु अनेक लोग, इस असाधारण युद्ध को देखने की उत्सुकता में आगे बढ़ आए, जैसे वे इस युद्ध रूपी यज्ञ की पूर्णाहुति के साक्षी होना चाहते हों। बलराम की अध्यक्षता में युद्ध होने वाला था तो फिर भय क्या। दर्शकों की सुरक्षा का दायित्व स्वयं बलराम का था। कृष्ण और धर्मराज भी वहाँ उपस्थित थे। अधर्म का तो कोई प्रश्न ही नहीं उठता। दर्शकों पर कोई प्रहार नहीं करेगा; और फिर यह तो मात्र गदायुद्ध

ही था। यहाँ न दिव्यास्त्र चलेंगे और न ही देवास्त्रों का प्रदर्शन होगा, जिससे उस क्षेत्र में उपस्थित प्रत्येक व्यक्ति के लिए संकट उपस्थित होता है।

बलराम ने जैसे युद्ध का नियंत्रण अपने हाथ में ले लिया।

"धर्मराज! मेरी बात ध्यान से सुनो। यह गदायुद्ध वैसा नहीं होगा, जैसा युद्ध पिछले अट्ठारह दिनों में होता आ रहा है।" बलराम बोले, "दुर्योधन और भीम दोनों ही मेरे शिष्य हैं। उन्हें मैंने गदायुद्ध की शिक्षा दी है। वे उसकी नियमावली को जानते हैं। मेरे अखाड़े में जैसे गदायुद्ध होता है, वैसे ही, उन्हीं नियमों के अधीन, यहाँ भी युद्ध होगा।"

कृष्ण उनके निकट आ गए, "भैया! नियम केवल क्रीड़ा में होते हैं। युद्ध में कोई नियम नहीं होता। युद्ध के नियमों को केवल दुर्बल पक्ष मानता है। अन्यथा युद्ध का एकमात्र नियम और धर्म बल है; और उसका एकमात्र न्याय विजय है। दुर्योधन ने पिछले अट्ठारह दिनों में ही नहीं, आजीवन यही किया है, अन्यथा पाण्डवों द्वारा अज्ञातवास पूरा कर लेने पर वह पाण्डवों को उनका राज्य दे देता। द्रौपदी के साथ द्यूतसभा में किया गया व्यवहार क्या वह किसी राजसभा की द्यूतक्रीड़ा के नियमानुसार था। पाण्डवों के लिए वह क्रीड़ा थी, इसलिए उसके कुछ नियम थे, जिन में वे बँधे हुए थे; किन्तु दुर्योधन के लिए वह युद्ध था, इसलिए वह अपने बल का प्रदर्शन कर रहा था। अट्ठारह दिनों के युद्ध की अंतिम परिणति, इस गदायुद्ध को, आप क्रीड़ा में परिवर्तित कर देना चाहते हैं। उस क्रीड़ा के लिए आपने दर्शक भी जुटा लिए हैं। पर यह कैसे सम्भव है? यह युद्ध तो युद्ध ही रहेगा।"

"इसलिए इसे तुम्हें न सौंपकर मैंने स्वयं इसकी अध्यक्षता स्वीकार की है।" बलराम बोले, "इसे वैसा ही समझो, जैसा हस्तिनापुर की रंगभूमि में द्रोणाचार्य ने अपने शिष्यों के कलाकौशल का प्रदर्शन किया था। यहाँ भी मेरे दो शिष्यों की स्पर्धा हो रही है। न वहाँ किसी बाहरी योद्धा को शस्त्र उठाने की अनुमति थी और न यहाँ है।"

"आप ठीक कह रहे हैं भैया! किन्तु वहाँ द्रोणाचार्य हस्तिनापुर के राजपरिवार को यह दिखाना चाहते थे कि उन्होंने कौरव राजकुमारों को कितनी शस्त्रविद्या प्रदान की है और यहाँ एक दीर्घकालीन सर्वग्रासी युद्ध का अंतिम निर्णय होना है। उससे इसकी क्या तुलना।"

"जो भी हो। दोनों एक समान ही हैं। अन्तर केवल इतना है कि वहाँ वध की अनुमति नहीं थी, यहाँ वध की अनुमति है। इसलिए वह क्रीड़ा थी, यह युद्ध है। किन्तु एक बात का ध्यान रहे कृष्ण! दुर्योधन मेरा शरणागत है। मैं अपने शरणागत के साथ किसी प्रकार का अत्याचार नहीं होने दूँगा।" बलराम

ने अपना स्वर ऊँचा उठाया, "अब गदायुद्ध आरम्भ हो। दुर्योधन को कवच और शिरस्त्राण दिया जाए।"

कृष्ण देख रहे थे कि पाण्डवों के भय के कारण समरभूमि से भागकर द्वैपायन सरोवर में जाकर छिप जाने वाला दुर्योधन इस समय बिना किसी संभ्रम, भय, ग्लानि और व्यथा के युद्धस्थल में सिंह के समान निर्भय खड़ा था। क्यों? केवल इसलिए कि बलराम आ गए थे। उन्होंने उसे अपना शरणागत मानकर न केवल उसकी रक्षा का प्रबन्ध आरम्भ कर दिया था, वरन् उसकी विजय के लिए भी वे उद्यमशील थे। वे भी जानते थे कि दुर्योधन के पास अभ्यास है और भीम के पास बल। दोनों को युद्ध के लिए छोड़ दिया जाए तो भीम दुर्योधन का कचूमर निकाल लेगा। भीम का क्रोध, भीम का प्रतिशोध और भीम की प्रतिज्ञा का आवेश केवल हत्या कर सकता है, क्रीड़ा नहीं। अपने आवेश में उसे नियम स्मरण भी नहीं रहेंगे। दुर्योधन का अभ्यास ही उसकी शक्ति है। बलराम भीम के गुणों को बाँधते जा रहे हैं और दुर्योधन की क्षमताओं को महत्त्वपूर्ण बनाते जा रहे हैं। अध्यक्ष के रूप में वे तनिक भी तटस्थ नहीं हैं। उन्होंने स्पष्ट रूप से कह दिया है कि दुर्योधन उनका शरणागत है।...तो यह न युद्ध है, न क्रीड़ा। यह तो स्पष्ट रूप से भीम के वध का षड्यन्त्र है। इसी प्रतिस्पर्धा पर इस युद्ध का परिणाम निर्भर करता है। ओह! क्या कर दिया भैया बलराम ने। क्या होगा इस युद्ध का परिणाम!

चारों ओर सैनिकों ने घेरा डाल रखा था। पाण्डव महारथी बैठ गए थे। दर्शकों की भीड़ जुट आई थी। उन सबके मध्य खड़े थे दुर्योधन और भीम। दोनों ने कचच धारण किए थे। दुर्योधन का कवच किसी भी प्रकार भीम के कवच से हीन नहीं था। दोनों ने शिरस्त्राण धारण किए थे। दोनों अपनी गदाओं के साथ सन्नद्ध थे।

कृष्ण देख रहे थे दुर्योधन के प्रति क्रोध से भरे हुए पाण्डव योद्धा बँधे खड़े थे। उनकी भुजाओं की मछलियाँ फड़क रही थीं। मन उबल रहे थे। शस्त्र तड़प रहे थे। किटकिटाकर दुर्योधन पर टूट पड़ना चाहते थे। उनको मुक्त छोड़ दिया जाता तो इस समय दुर्योधन के शरीर की बोटी-बोटी हो जाती। किन्तु बलराम आ गए थे। वे अपनी अध्यक्षता में धर्मसंगत द्वन्द्व करवा रहे थे। भीम और दुर्योधन के मध्य कोई तीसरा आ ही नहीं सकता था।

सहसा बलराम ने घोषणा सी करते हुए उच्च स्वर में कहा, "यह धर्मयुद्ध है। इसका अर्थ है कि तुम लोग न तो रात्रि के समय दुर्योधन के वध का प्रयत्न करोगे और न ही उसे अकेला पाकर घेर कर मारोगे।"

"यह कैसा युद्ध है?" अर्जुन ने धीरे से कृष्ण से पूछा।

"तुम्हें युद्ध जैसा कुछ भी लग रहा है यहाँ?" कृष्ण मुस्कराए, "यह तो जैसे कोई उत्सव हो रहा हो, जिसमें दर्शकों के मनोरंजन के लिए दो योद्धाओं का दंगल हो रहा है। बलराम भैया द्वारका में इस प्रकार के दंगल करवाने के अभ्यस्त हैं।"

बलराम ने युद्ध आरंभ करने का संकेत दे दिया।

भीम उछलकर सामने आया और बोला, "अब यह फिर कभी अपने पैरों पर चलकर हस्तिनापुर में प्रवेश नहीं करेगा। मैं इसकी सारी युद्धश्रद्धा अभी शान्त कर दूँगा।"

भीम की उस भारी-भरकम गदा और उसके उग्र रूप को देखकर भी दुर्योधन विचलित नहीं हुआ। वह आत्मविश्वास ही नहीं हर्ष से भी भरा-पूरा लग रहा था, जैसे उसे अपनी सफलता का कोई असाधारण अवसर उपलब्ध हो गया हो।

वह बोला, "आज भी मैं एक-एक कर तुम सारे भाइयों को युद्ध में पराजित करने का सामर्थ्य रखता हूँ। तुम देखो तो सही, कौन किसकी युद्ध श्रद्धा तृप्त करता है।"

"तूने मेरी शैया पर सर्प छोड़ा था। तूने मुझे विष दिया था। तूने वारणावत में हमें जलाने का प्रयत्न किया था। तूने द्यूतविद्या न जानने वाले धर्मराज से कपटपूर्वक हमारा राज्य छीना। तूने रजस्वला एकवस्त्रा द्रौपदी का अपमान किया। तुझे मैं जीवित नहीं छोड़ूँगा।" भीम के मुख से जैसे झाग निकल रही थी, "आज तू जीवित नहीं बचेगा।"

"तो गदा उठाकर प्रहार कर।" दुर्योधन बोला, "बातें क्या बना रहा है।"

"तुझे बता रहा हूँ मंदबुद्धि कुलनाशी! कि जिस प्रतिकामी को तूने द्रौपदी को लाने भेजा था, उसका वध कर दिया है मैंने। वहाँ खड़े होकर प्रसन्न होने वाले तेरे भाइयों को एक-एक कर मार डाला है मैंने। तेरे उस परम प्रिय भाई दुःशासन को तुम सबकी आँखों के सम्मुख पटककर मारा है मैंने। उसका हाथ उखाड़कर उसी से पीटा है उसको। उसका वक्ष फाड़कर उसका रक्त पिया है मैंने।" भीम की आँखें लाल हो आईं, "आज तेरी जंघाएँ तोड़कर मैं अपनी प्रतिज्ञा पूरी करूँगा।"

भीम ने उछलकर दुर्योधन पर आक्रमण किया। धर्मराज ने देखा : युद्ध आरम्भ करने से पहले भीम ने अपने गुरु बलराम के प्रति तनिक भी श्रद्धा का प्रदर्शन नहीं किया था। आशीर्वाद नहीं लिया था। प्रणाम नहीं किया था। वह अपने गुरु के इस आचरण से तनिक भी प्रसन्न नहीं था। उन्हें स्मरण था कि जिन द्रोणाचार्य को प्रणाम कर उनकी प्रदक्षिणा कर अर्जुन युद्ध में आगे बढ़ा

था, उन्हीं आचार्य को अपशब्द कहते हुए, उनके रथ को उठाकर फेंक दिया था भीम ने। यदि उसे गुरु का आचरण दंभपूर्ण लगे तो वह उनका तनिक भी सम्मान नहीं कर पाता था।...युधिष्ठिर के मन में एक आशंका घर करती जा रही थी। कहीं ऐसा न हो कि बलराम की किसी बात से रुष्ट होकर भीम उन पर ही प्रहार कर बैठे। उसका क्रोध आज अपनी पराकाष्ठा पर था। इस समय भीम को मर्यादित करने का प्रयत्न अत्यन्त विस्फोटक भी हो सकता था।

दुर्योधन ने आगे बढ़कर उसका सामना किया। दोनों लम्ब शृंगों वाले वृषभों के समान परस्पर भिड़ रहे थे। दुर्योधन के शरीर से रक्त बह चला। निश्चित रूप से भीम का पहला ही प्रहार इतना प्रबल था कि दुर्योधन का कवच भी उसका प्रतिकार नहीं कर पाया। उसके पहले के घाव भी फिर से फट गए हो सकते हैं।

घात-प्रतिघात होते रहे और दोनों अपनी-अपनी भारी गदा घुमाते हुए स्वयं को थकाते रहे। भीम रुका। उसे विश्राम की आवश्यकता पड़ गई थी। दुर्योधन के लिए यह अवसर था, जब वह भीम पर आक्रमण कर सकता था; किन्तु यही वह अवसर भी था जब वह विश्राम कर सकता था। यदि इस समय वह नहीं रुकता और भीम पुनः आक्रामक हो उठता तो दुर्योधन को श्वास लेने का भी अवकाश नहीं मिलता। शत्रु को थकाकर स्वयं भी विश्राम कर लेना चाहिए—यही उचित था।

दो ही घड़ियों में भीम पुनः सक्रिय हो गया। वह विभिन्न मार्गों और मंडलों में घूमता हुआ दुर्योधन की ओर बढ़ा। उसकी घूमती हुई गदा का वेग असाधारण था। उसके बीच में घुसकर उसे मारने का प्रयत्न आत्महंता होता। भीम आगे बढ़ा तो दुर्योधन पीछे हट गया। भीम उसे गिराकर उस पर छा जाने का प्रयत्न कर रहा था और दुर्योधन अपने स्थान पर पैर जमा कर खड़े रहने के लिए प्रयत्नशील था। दुर्योधन गिरा तो भीम रुक गया। गिरे हुए विरोधी पर प्रहार करना अखाड़े के नियम के विरुद्ध था। वह देख रहा था कि बलराम सतर्क थे। यदि वह कुछ करता तो सम्भवतः वे हस्तक्षेप करने के लिए उठ खड़े होते।

दुर्योधन उठकर खड़ा हुआ तो भीम ने पुनः प्रहार किया। उसका परिणाम देखे बिना उसने दो चक्कर काटे और पिछले हाथों से गदा से प्रहार किया। दुर्योधन ने उसका वार रोका और उसके दोनों वार विफल कर दिए। एक बार झुककर और एक बार उछलकर। इस बार दुर्योधन ने प्रहार किया। पहले निकट आकर सामने से और फिर दूर जाते हुए, पीछे की ओर किए हुए हाथ से। एक बार तो ऐसा लगा कि वे लोग गदा को नहीं घुमा रहे, गदा ही अपने वेग में उनको अपने पीछे घूमने को विवश कर रही है। वे लोग केवल उसमें संतुलन स्थापित करने का प्रयत्न कर रहे थे।

और फिर दोनों ने ही एक साथ एक-दूसरे पर प्रहार किया। गदाएँ उनके शरीरों से टकराईं और दोनों के ही शरीर से रक्त टपकने लगा। स्पष्ट था कि कवच के नीचे से कहीं मांस फट गया था किन्तु अस्थियाँ सुरक्षित थीं। दोनों ही मंडलाकर युद्धक्षेत्र में खड़े थे। उस समय दुर्योधन दक्षिण मंडल में था और भीम वाम मंडल में।

भीम युद्ध के मुहाने पर वाम मंडल में विचर रहा था कि दुर्योधन ने उसकी पसली पर गदा मारी। जिस आघात को देखकर बलराम को लग रहा था कि उससे भीम की पसलियाँ चूर हो जाएँगी और वह भूमि पर जा गिरेगा, उसकी भीम ने तनिक भी चिन्ता नहीं की और अपनी भारी गदा घुमाई। दुर्योधन ने उसका प्रहार रोकने के लिए बड़े कौशल से उसकी गदा पर अपनी गदा दे मारी। जोर का शब्द हुआ और गदाओं में से अग्नि स्फुलिंग फूटे।

एक क्षण भी रुके बिना दुर्योधन घूम गया। भीम प्रहार की सोच ही रहा था कि दुर्योधन विभिन्न मार्गों में से विचरण करता हुआ उसके चारों ओर घूम गया। भीम घिर गया था और दुर्योधन उस पर कहीं से भी वार कर सकता था। लगता था कि दुर्योधन भीम पर भारी पड़ रहा है और भीम की गति कुछ शिथिल होती जा रही है।

"भीमसेन अपनी ही गदा के भार से थकते जा रहे हैं।" धृष्टद्युम्न ने कुछ हताश स्वर से कहा।

शिखंडी का चेहरा भी उद्विग्न हो चला था, "मुझे तो भय लग रहा है कि हमारा सारा परिश्रम कहीं इस द्यूत में ध्वस्त ही न हो जाए।"

सात्यकि का मुख आवेश से कुछ विकृत हो उठा था, "आप क्या समझते हैं कि यदि दुर्योधन जीत जाएगा तो हम यह सारा राज्य उसकी झोली में डाल देंगे?"

"पहले तो धर्मराज ही थे।" धृष्टद्युम्न बोला, "अब बलराम भी आ गए हैं।"

"उससे क्या। बलराम तो पहले दिन से दुर्योधन के पक्षधर हैं। हमने अपना इतना रक्त इसलिए तो नहीं बहाया है कि युद्ध का निर्णय बलराम का अखाड़ा करे। उनका क्या है। दुर्योधन जो भी करेगा, वह धर्मसंगत होगा; और यदि भीमसेन उसे धराशायी कर देंगे तो बलराम उसे अन्याय घोषित कर देंगे।"

"और नहीं तो क्या।" शिखण्डी ने कहा, "यह युद्ध है, कौशल की प्रदर्शनी नहीं। बलराम को नियम और विधान इतना ही प्यारा है तो न जाते तीर्थयात्रा करने। खड़े रहते समरभूमि में अधि-अक्ष बनकर। जहाँ-जहाँ जिसने नियम भंग किया, उसे दण्डित करते। स्वयं तो भाग गए यह मानकर कि दुर्योधन जीत ही जाएगा। अब जब कौरव पराजित हो गए हैं तो आ गए हैं धर्म बघारने। हम

मूर्ख हैं क्या, जिन्होंने अपना रक्त बहाया और अपने बन्धु-बान्धवों के प्राणों की बलि दी। महाराज द्रुपद ने इसलिए तो अपने प्राण नहीं दिए कि अन्त समय में बलराम आकर सबके स्वामी बनकर अपना आदेश सब पर थोप देंगे।"

"यह तो स्पष्ट रूप से दुर्योधन की सहायता का प्रयत्न है और कुछ भी नहीं। बने हैं बड़े धर्मधुरंधर।" सात्यकि का स्वर इतना कड़वा हो उठा था, "उपप्लव्य में इन्होंने पहले ही कह दिया था कि कौरवों और पाण्डवों के लिए वे मध्यस्थ हैं। कौरव भी उन्हें उतने ही प्यारे हैं, जितने कि पाण्डव। उन्होंने तो धर्मराज को ही द्यूत का पापी घोषित कर दिया था। यह इनके जैसे लोगों के वक्तव्यों का ही परिणाम है कि साधारण जन धर्मराज को द्यूतव्यसनी मानने लगा है। इन्होंने यह नहीं देखा कि किस प्रकार धर्मराज को छलकर, उन्हें धर्म के बन्धन में बाँधकर उनसे उनका राज्य, उनके भाई और उनकी पत्नी को छीना गया। इन्होंने तो बस यह देखा कि धर्मराज ने एक पाप कृत्य किया।"

"जहाँ मोह और स्वार्थ प्रबल हों, वहाँ न्याय कैसे टिक सकता है सात्यके!" धृष्टद्युम्न ने कहा।

भीम और दुर्योधन आमने-सामने खड़े हाँफ रहे थे। उनके शरीर स्वेद से ही नहीं रक्त से नहाए हुए थे। शोणित परिप्लत। जैसे दो दीर्घाकार हाथियों ने अपने दाँतों से परस्पर प्रहार कर एक-दूसरे को घायल कर दिया हो।...दुर्योधन ने भीम को खड़ा देखकर उस पर प्रहार किया। भीम ने वेग से अपनी ओर आती हुई दुर्योधन की गदा पर अपनी गदा से प्रहार किया। गदाओं की टकराहट से जैसे धरती हिल रही थी। दुर्योधन ने वाम मण्डल से चक्कर लगाते हुए, भीम के मस्तक पर प्रहार किया। प्रहार का बल इतना था कि यदि वह ठीक स्थान पर लगता और शिरस्त्राण भीम की सहायता न करता तो परिणाम घातक होता, किन्तु भीम उससे विचलित ही नहीं हुआ। इस बार भीम ने दुर्योधन पर अपनी गदा फेंककर प्रहार किया। दुर्योधन समय से गदा के मार्ग से बाहर हो गया। प्रहार विफल हुआ और गदा भूमि पर गिर पड़ी। इस समय भीम असहाय था। दुर्योधन ने तत्काल कौशिक मार्गों का आश्रय लेकर, बार-बार उछलकर, भीम को भ्रमित कर, उसकी छाती पर गदा मारी। गदा के आघात से भीम प्रायः मूर्च्छित हो गया। ऐसा लगा, उसे अपने कर्तव्य का ज्ञान ही नहीं रह गया है, या फिर उसका शरीर सर्वथा असमर्थ हो गया है।

"मध्यम पाण्डव ने गदा फेंककर क्यों मारी।" धृष्टद्युम्न ने दाँत पीसे, "ऐसी ही भूलों से भयंकर क्षति हो जाती है। यदि दुर्योधन ने इनका वध कर दिया तो हम सब पुनः उसी स्थिति में पहुँच जाएँगे, जहाँ युद्ध आरम्भ होने से पहले थे। शायद उससे भी हीन स्थिति में।"

"धृष्टद्युम्न! चिन्ता मत करो। अभी मध्यम पाण्डव के शरीर में प्राण हैं।" अर्जुन ने उसके कंधे पर हाथ रखा, "और हम सब मर तो नहीं गए हैं।"

तभी भीम उछलकर खड़ा हो गया। उसने झपटकर भूमि से अपनी गदा उठाई और जैसे उन्माद की-सी स्थिति में दुर्योधन को मार डालने की इच्छा से उसकी पसली पर प्रहार किया।

दुर्योधन घुटने टेककर पृथ्वी पर बैठ गया।

"ठीक कहा था धनंजय ने। अभी मध्यम पाण्डव के शरीर में प्राण हैं।" शिखंडी के चेहरे पर मुस्कान आ गई।

"जरा बलराम को देखना।" सात्यकि बोला, "कैसे क्षुब्ध हुए बैठे हैं, जैसे इन का वश चले तो स्वयं गदा उठा लें और मध्यम पाण्डव का मस्तक कुचल दें। यह अध्यक्ष की स्थिति है क्या?"

दुर्योधन फुफकारता हुआ उठ खड़ा हुआ। वह गदा लेकर भीम की ओर दौड़ा। इस बार उसकी गति में युद्ध का कोई कौशल नहीं था। न ही वह मंडलों में चल रहा था कि विपक्षी के प्रहार से सुरक्षित रहता। यह तो शुद्ध उन्माद ही था। उसने भीम के ललाट पर प्रहार किया। भीम स्थिर खड़ा रहा। उसके मस्तक से रक्त की धारा बहती हुई शिरस्त्राण से बाहर प्रकट न होती तो किसी को यह पता भी न चलता कि भीम के मस्तक पर कैसी चोट लगी है।

भीम ने अपनी गदा से लौटते हुए दुर्योधन पर प्रहार किया। इस प्रहार से दुर्योधन के शरीर की जैसे नस-नस ढीली हो गई। वह काँपता हुआ पृथ्वी पर गिर पड़ा।

पाण्डवों ने उन्मुक्त कण्ठ से हर्षनिनाद किया, "एक प्रहार और मध्यम पाण्डव और विजय तुम्हारी है।"

पर भीम ने दूसरा प्रहार नहीं किया। वह धराशायी दुर्योधन को देखता रहा। यही तो उसके लिए विश्राम कर लेने का अवसर था।

शिखंडी की आँखों में अश्रु आ गए : भीम तो अद्‌भुत है। ऐसा योद्धा संसार में और कहाँ है।

उठ खड़े होने में दुर्योधन ने अधिक समय नहीं लगाया। इस बार वह सीधा भीम की ओर नहीं दौड़ा। पूर्ण प्रशिक्षित गदाधर के समान विचरते हुए वह भीम के निकट आया और उसने उस पर प्रहार किया। प्रहार सफल रहा। भीम पर उसका प्रभाव तत्काल ही हुआ। उसका शरीर शिथिल हो गया और उसने धरती थाम ली।

दुर्योधन जैसे आपे से बाहर हो गया था। वह किसी सिंह के समान दहाड़ रहा था, "कौन है जो मुझसे लड़ेगा। आओ। एक-एक कर सारे कुन्तीपुत्र आ जाएँ। आज मैं उन सबको मारकर ही हस्तिनापुर में प्रवेश करूँगा।"

अपने रुधिराक्त मुख को पोंछकर भीम ने बलात् स्वयं को युद्ध के लिए खड़ा किया। उसका कवच फट चुका था और शरीर रक्त से नहाया हुआ था।

सहसा सहदेव कूदकर बीच में आ गया। उसके हाथ में नग्न खड्ग था।

"आप विश्राम कीजिए भैया! इस दुष्ट का वध शायद मेरे हाथों लिखा हुआ है।"

"नहीं सहदेव।" भीम ने उसे रोक दिया, "अभी मेरी प्रतिज्ञा पूरी नहीं हुई है और मैं अभी जीवित हूँ।"

उस स्थिति में भी भीम ने देखा कि नकुल लड़ने को कसमसा रहा था और अर्जुन की मुट्ठी गाण्डीव पर कसती जा रही थी।

भीम मंडलों में चक्र काटता हुआ आया और उसने दुर्योधन पर प्रहार कर दिया, "तूने सुना नहीं कुलांगार! कि मैंने कहा था कि तू अपने पैरों पर चलकर कभी हस्तिनापुर में प्रवेश नहीं करेगा।"

कृष्ण अर्जुन के निकट खड़े थे। धीरे से बोले, "हमारी प्राप्त हो चुकी विजय, धर्मराज की युक्ति के कारण पुनः संशय में पड़ गई है।"

"यह तो बलराम भैया ने आकर यह स्थिति कर दी है, नहीं तो क्या हम यह दृश्य देखते रहते।" अर्जुन ने कहा, "किन्तु अभी भीम लड़ रहे हैं। अभी से निराश क्यों हों।"

"गदायुद्ध लम्बा खिंचे तो उसकी क्लांति से बल क्षीण होता जाता है और प्रहार कम प्रभावी होने लगते हैं। दूसरी ओर प्रशिक्षित योद्धा युद्ध के उस अनुभव से अपने प्रशिक्षण को और प्रखर कर लेता है और वह अपने विपक्षी पर भारी पड़ने लगता है।" कृष्ण बोले, "भीम को युद्ध करना चाहिए। वे नियममुक्त होकर लड़ेंगे तो दुर्योधन का वध कर डालेंगे।"

"और भैया बलराम?"

"वे अपना निर्णय सुना देंगे।" कृष्ण मुस्कराए, "भीमसेन का वध तो नहीं कर देंगे।"

अर्जुन ने भीम पर दृष्टि गड़ाई। भीम का ध्यान युद्ध में था। वह अपने दर्शकों को तो नहीं देख सकता था। यही उचित भी था। दर्शकों के प्रति सजग होने से उसकी एकाग्रता भंग हो सकती थी। एक निमिष के खंडित ध्यान का मूल्य, योद्धा को अपने प्राणों से चुकाना पड़ सकता था।

वे चक्राकार घूम रहे थे। क्रमशः दुर्योधन की अर्जुन की ओर पीठ हो गई। भीम उसके सामने थे। अर्जुन ने प्रयत्नपूर्वक भीम को दिखाते हुए अपनी बाईं जंघा को ठोका।

भीम जैसे किसी गहरी निद्रा से जागा। उसने दुर्योधन की जंघा तोड़ने की प्रतिज्ञा की थी। दुर्योधन ने द्यूतसभा में द्रौपदी को अपनी जंघा पर बैठने का संकेत किया था। तब वहाँ बलराम नहीं आए? क्यों नहीं अध्यक्षता की उन्होंने द्यूतसभा की? वहाँ के अध्यक्ष तो धृतराष्ट्र थे, जिनकी आज्ञा से द्यूत आरम्भ हुआ, धर्मराज को बलात द्यूत खेलाया गया, उनसे एक-एक कर उनकी सारी सम्पत्ति छीनी गई। कहाँ का नियम था कि द्यूतसभा में राजकुल की रजस्वला तथा एकवस्त्रा वधू को उसके केशों से पकड़कर घसीटकर लाया जाए और उसके उस एक वस्त्र को उसके शरीर से पृथक् करने का प्रयत्न किया जाए? किस नियम के अधीन कर्ण ने द्रौपदी को वेश्या कहा था। किस नियम और अधिकार से कौरवों ने पाण्डवों के वस्त्र और आभूषण उतरवा लिए थे। सारे नियम दुर्योधन की रक्षा के लिए ही क्यों होते हैं। भीम नियमानुसार लड़ते हैं। वे दुर्योधन के वक्ष पर प्रहार करते हैं तो दुर्योधन उछलकर अपनी जंघाएँ आगे कर देता है; और भीम को अपने ही बल से घुमाई गदा को रोकने में अपना सारा कौशल व्यय करना पड़ता है, नहीं तो बलराम उसके प्रहार को नियमविरुद्ध घोषित कर देंगे।...दुर्योधन यहाँ भी चतुराई कर रहा है। भीम की गदा को वह अपनी गदा से रोकेगा तो उसे कुछ प्रयत्न करना पड़ेगा—कुछ बल, कुछ कौशल लगाना पड़ता है।...अब दुर्योधन की चतुराई नहीं चलेगी। अध्यक्ष कोई भी क्यों न हो। जो दुर्योधन को जंघा दिखाने से नहीं रोक सकता, वह भीम को उसकी जंघा तोड़ने से कैसे रोक सकता है।...

भीम ने गदा द्वारा यमक तथा कुछ अन्य मंडल को दिखाते हुए विचरण किया। दुर्योधन को भ्रमित करते हुए, दक्षिण, वाम, गोमूत्रक मंडल में से होकर सीमा पर जाकर विश्राम के लिए खड़ा हो गया। दुर्योधन को अपने उखड़ते हुए श्वास को नियंत्रित करने का यह उपयुक्त अवसर लगा। उसने भी दो घड़ी विश्राम कर लिया। और फिर दोनों ने ही अपनी विशाल गदाएँ उठा लीं। इस बार दोनों खुले रूप में युद्ध कर रहे थे। निरन्तर एक-दूसरे पर प्रहार कर रहे थे। रुधिर से भीगे शरीर जैसे अपनी-अपनी पीड़ा से तड़प-तड़प कर उल्काओं के समान एक-दूसरे पर गिर रहे थे। दुर्योधन ने कनखियों से अर्जुन की ओर देखा : क्या उसने भीम को कोई संदेश दिया है? वह भीम के निकट रहकर देख सकता है कि अर्जुन क्या कर रहा है।

दुर्योधन को अपने निकट आता देख भीम ने पूरे वेग से गदा चलाई। दुर्योधन छिटककर अपने स्थान से पीछे हट गया। गदा निष्फल होकर पृथ्वी पर गिर पड़ी। दुर्योधन ने भीम के उठने अथवा गदा उठा लेने की प्रतीक्षा नहीं की। उसने निःशस्त्र भीम पर अपनी गदा से वेगपूर्वक आघात किया।

कृष्ण ने बलराम की ओर देखा : वे अपने स्थान पर शांतिपूर्वक बैठे थे। उनके मुख पर एक प्रकार का संतुष्ट आनन्द खेल रहा था।

भीम के शरीर से रक्त की नई धारा फूटी। उसे मूर्च्छा-सी आ गई। पर भीम अपनी वेदना को सँभालने में समर्थ प्रतीत हो रहा था। वह एकटक दुर्योधन की ओर देखता रहा।

दुर्योधन समझ नहीं पा रहा था कि भीम उठ नहीं पा रहा था या वह किसी योजना के अधीन अपनी गदा से और दुर्योधन से कुछ दूरी बनाए हुए था। क्या वह चाहता था कि दुर्योधन उसे निःशस्त्र मानकर पुनः प्रहार करे और वह झपटकर अपनी गदा उठा ले और असावधान दुर्योधन को मार्ग में ही गिरा ले?

दुर्योधन आगे नहीं बढ़ा तो भीम ने गदा उठा ली और लगातार दुर्योधन पर आक्रमण करता रहा। दुर्योधन स्वयं को बचाता तो रहा, किन्तु आक्रमण करने का साहस नहीं कर सका। भीम ने अपने निकट आए दुर्योधन पर आक्रमण किया। वह कुछ ऐसा ही था कि पहले आघात का परिणाम देखे बिना ही भीम दूसरा प्रहार कर रहा था। दुर्योधन ने उस प्रहार से बचना चाहा। भीम को छलने के लिए अपने स्थान पर स्थिर रहने का विचार कर, तत्काल उछलकर हट जाने की इच्छा की। भीम की समझ में आ गया कि दुर्योधन अभी उछलेगा और फिर उसकी जंघाएँ भीम की गदा के सामने होंगी। भीम को पुनः अपना आघात रोकना पड़ेगा। भीम ने अपनी गदा को पूरे वेग से चलाया। दुर्योधन उछला और भीम की गदा ने दुर्योधन की दोनों जंघाएँ तोड़ दीं।

दुर्योधन धरती पर गिर पड़ा।

पर भीम का आवेश शांत नहीं हुआ था। होता भी कैसे। वह चिल्लाकर बोला, "दुर्मति! तूने एकवस्त्रधारिणी रजस्वला द्रौपदी को सभा में लाकर अपमानित किया और मुझे बैल कहकर उपहास किया। आज उस उपहास का तू आस्वाद कर।"

बलराम अपने स्थान से उठ खड़े हुए।

भीम का बायाँ पैर उठा और उसके आघात से दुर्योधन का मुकुट दूर जा गिरा। उसने दूसरी ठोकर दुर्योधन के मस्तक पर मारी, "देख! द्रौपदी की तपस्या से पाण्डवों ने धृतराष्ट्रपुत्रों को रणभूमि में मार गिराया है।"

"भीमसेन!" युधिष्ठिर अपने स्थान से चिल्लाए, "तुमने अपनी प्रतिज्ञा पूरी कर ली है। अब इस कर्म से विरत हो जाओ। दुर्योधन तुम्हारा विपक्षी अवश्य है किन्तु वह राजा भी है और हमारा भाई भी। वह इस व्यवहार के योग्य नहीं है।"

"द्रौपदी भी उस व्यवहार के योग्य नहीं थी, जो इसने उसके साथ किया।" भीम ने एक लात और जमा दी।

युधिष्ठिर निकट आ गए, "यही अन्तर है हममें और दुर्योधन में। वह मार डाला गया है। अब उसके साथ दुर्व्यवहार मत करो। वह शोक के योग्य है, उपहास का पात्र नहीं।"

भीम ने आगे बढ़कर पृथ्वी पर पड़े हुए दुर्योधन के कंधे पर से गदा ले ली और अपने बाएँ पैर से उसके सिर को कुचलने का सा प्रयत्न किया। युधिष्ठिर ने उसकी भुजा पकड़ ली और उसे खींचते हुए दूर ले गए।

कृष्ण की दृष्टि निरन्तर बलराम पर गड़ी हुई थी। वे देख रहे थे कि बलराम ने देखा है कि भीम ने गदा घुमाकर मारी है और दुर्योधन ने अपना वक्ष बचाने के लिए, उछलकर अपनी जंघाएँ उसके सामने कर दी हैं। भीम ने अपनी गदा को रोका नहीं था। बलराम अपना तत्काल निर्णय नहीं कर पाए थे कि वे इसे क्या मानें। गदा घूम चुकी थी और दुर्योधन की जंघाएँ उसके सामने आ गई थीं और भीम अपनी गदा रोक नहीं पाया था; या भीम ने गदा रोकने का प्रयत्न नहीं किया था और जान-बूझकर प्रहार उसकी जंघाओं पर किया था। वे तत्काल निर्णय कर पाते तो इस प्रकार किंकर्तव्यविमूढ़ नहीं बैठे रहते। पर जब भीम ने दुर्योधन के सिर पर अपने पैर का प्रहार किया तो बलराम को क्रोध का स्पष्ट कारण मिल गया था। वे अपने स्थान से उठे और भीम की ओर बढ़े।

"धिक्कार है तुमको भीम! धिक्कार है।" वे बोले, "गदायुद्ध में नाभि के नीचे कभी प्रहार नहीं किया जाता।"

भीम की आँखें तनिक भी नीची नहीं हुईं। उसी तेज के साथ बोला, "तो मैंने कहाँ नाभि के नीचे प्रहार किया है। प्रहार तो मैंने भी वक्ष पर किया था। अब वह उछलकर ऊपर आ गया तो मैं क्या करूँ। कोई कह दे कि जब गदा दुर्योधन के शरीर से टकराई, तब मेरी गदा मनुष्य की नाभि से कम ऊँचाई पर थी।"

"ठीक है। किन्तु अपने आघात के वेग को स्वयं ही न रोक पाना अकुशलता का प्रमाण है।" वे बोले।

"तो आप मुझे अकुशल योद्धा घोषित कर दें। मेरी योग्यता को कम आँकें।"

बलराम भी समझ रहे थे कि भीम की योग्यता को कम आँकने से दुर्योधन की जंघाएँ जुड़ नहीं सकतीं। उसकी अस्थियों की जो स्थिति हो गई थी, उसका उपचार कोई अच्छे से अच्छा वैद्य भी नहीं कर सकता था।

"यह धर्मयुद्ध नहीं है। शस्त्रज्ञान से शून्य मूर्ख भीमसेन! तुमने स्वेच्छाचार किया है।" वे गरजकर बोले।

"दुर्योधन ने भी अपने जीवन में बहुत स्वेच्छाचार ही किया था।" भीम ने कहा, "उससे तो आप इस प्रकार कभी रुष्ट नहीं हुए। अभिमन्यु को धर्मयुद्ध में मारा था कौरवों ने? हमारा राज्य धर्मपूर्वक छीना था, दुर्योधन ने?"

बलराम न तो भीम का तर्क सुनना चाहते थे, न ही उसका उत्तर देने का उनका कोई विचार था। उनकी पीड़ा उनके मुख पर उभर आई, "दुर्योधन मेरे समान बलवान था। गदा युद्ध में उसकी समकक्षता करने वाला कोई नहीं था। मैंने उसे शरण दी थी तो वह द्वैपायन सरोवर से बाहर आया था। तूने उसका अपमान कर मेरा तिरस्कार किया है मूर्ख।"

"दो विपक्षियों में से एक को अपना शरणागत मानकर तो द्वन्द्वयुद्ध की अध्यक्षता नहीं की जाती वासुदेव बलराम! आप अपना पाप अपने ही मुख से स्वीकार कर रहे हैं।" भीम ने सीधे उनकी आँखों में देखा, "और जहाँ तक अपमान और तिरस्कार की बात है, कभी हमारे हृदय में झाँककर देखिए। जितना तिरस्कार हमारी पत्नी का और हमारा हुआ है, उतना संसार में कभी किसी का नहीं हुआ। आपने अभी तिरस्कार देखा ही कहाँ है। जानते हैं तिरस्कार होता क्या है?"

बलराम क्रोध से भीम को देखते रहे, "अभी दुर्योधन मरा नहीं है। उसका उपचार हो सकता है। वह पुनः उठ खड़ा हो सकता है। वह फिर तुमसे युद्ध कर सकता है।"

"कौन कराएगा उसका उपचार?" भीम बोला, "दुःशासन का मैंने वध कर दिया था तो वह अपनी दुर्दशा देखने से पहले ही मर गया। दुर्योधन को वह अवसर नहीं मिलेगा न मैं उसका वध करूँगा और न ही उसकी चिकित्सा का कोई प्रबन्ध करने दूँगा। वह यहीं रहेगा, इसी प्रकार। इसके शरीर से रक्त बहेगा और वह क्षीण होगा। वह हिल नहीं पाएगा और वन्य वशु उसके जीवित मांस का स्वाद लेंगे। गीदड़ उसका मांस नोचेंगे और गिद्ध उसकी बोटियाँ खाएँगे। नारीत्व का अपमान करने वाला यह राक्षस सुविधा से मर भी नहीं पाएगा। इसके जीवित रहने का तो कोई प्रश्न ही नहीं है।"

बलराम ने कुछ नहीं कहा। वे थोड़ी देर भीम को घूरते रहे, जैसे अपना आवेश संचित कर रहे हों; और फिर अकस्मात् ही वे अपना हलॉयु उठाकर भीम की ओर झपटे, जैसे वे उसका वध ही कर डालेंगे।

भीम तनिक भी विचलित नहीं हुआ। गुरु के असाधु स्वभाव से उसके मन में उनके लिए तनिक भी श्रद्धा नहीं थी। उसने अपनी गदा उठा ली थी।

कृष्ण असावधान नहीं थे। वे पहले से ही समझ रहे थे कि ऐसी भी स्थिति आ सकती है। उन्होंने झपटकर बलराम को अपनी शक्तिशाली भुजाओं में जकड़ लिया।

"क्या कर रहे हैं भैया! धर्म-अधर्म की बात भूलकर आप केवल पक्षपात कर रहे हैं।" वे बोले, "दुर्योधन आपका शिष्य और शरणागत था तो पाण्डव कौन हैं।"

"शत्रु हैं ये मेरे।" बलराम छूटने के लिए कसमसा रहे थे।

"नहीं! शुद्ध पुरुषार्थ का आश्रय लेने वाले पाण्डव सहज मित्र हैं। हमारी सगी बूआ के पुत्र होने के कारण हमारे अपने हैं। आत्मीय हैं हमारे। सुभद्रा का पति है अर्जुन, हमारे अभिमन्यु का पिता।" कृष्ण बोले, "ये भी तो आपकी शरण में आए थे, किन्तु आपने कभी इन्हें अपनी शरण दी ही नहीं। क्यों नहीं दी शरण? शरण क्या अपराधियों और पापियों को ही दी जाती है?"

"इन्होंने अधर्म किया है?" बलराम चिल्लाए, "छल किया है भीम ने।"

"शत्रुओं ने इनके साथ बहुत छल-कपट किया था।" कृष्ण बोले, "भीम को अपनी प्रतिज्ञा का भी पालन करना था। वह क्षत्रियों का धर्म है।"

"तुम जिस धर्म की बात कर रहे हो, वह अर्थ और काम के लोभ में सर्वथा कलुषित हो गया है।" बलराम बोले, "तुम धर्म की मनमानी व्याख्या मत करो।"

कृष्ण की भुजाओं की पकड़ कुछ और कस गई, "दुर्योधन अधर्मी था, अतः स्वेच्छाचार के लिए स्वतन्त्र था? धर्म के सारे बंधन क्या पाण्डवों के लिए ही हैं? भीम ने अपने शत्रु से युद्ध किया है और उसका वध किया है। उसमें कुछ भी अधर्म नहीं है। दुर्योधन जैसे लोग जब धर्म का सर्वथा विनाश कर देते हैं, युद्ध का आरम्भ ही वहाँ से होता है। युद्ध के श्यमशान में धर्म की बात क्यों आए? क्यों नहीं युद्ध के पूर्व अथवा युद्ध के आरम्भ के समय धर्म की चर्चा की?"

बलराम के पास कृष्ण की किसी बात का उत्तर नहीं था। क्या कहते वे? ...और कृष्ण की बलिष्ठ भुजाओं से छूटना उनके लिए सम्भव नहीं हो पा रहा था। क्या उनका वह कोमल-सा कान्हा, अब उनसे भी बलिष्ट हो गया है? या उनको वार्द्धक्य ने घेर लिया है और उनका शरीर शिथिल पड़ने लगा है?

बलराम ने अपनी दृष्टि चारों ओर घुमाई...वहाँ भीम था। उसके भाई थे। अर्जुन जैसा योद्धा हाथ में गाण्डीव लिये खड़ा था। कृष्ण भी उसके पक्ष में था। धृष्टद्युम्न और शिखंडी भी खड़े थे। द्रौपदी के सारे पुत्र वहीं थे। और था सात्यकि। उसने धर्मराज को दोषी बताने के कारण कभी बलराम को क्षमा नहीं

किया था। या शायद स्यनंतक मणि के प्रसंग में कृष्ण पर संदेह के समय से ही वह बलराम से रुष्ट था...यदि वे कृष्ण की भुजाओं से छूट भी जाएँ तो क्या वे भीम को दण्डित कर पाएँगे? ये सारे योद्धा उन्हें भीम पर प्रहार करने देंगे? यदि वे शस्त्र उठाएँगे तो क्या कृष्ण चुपचाप बैठा रहेगा? युद्ध अब समाप्त हो चुका है। कृष्ण की प्रतिज्ञा पूरी हो गई है। उसने युद्ध में अपने हाथ में शस्त्र नहीं उठाया है। किन्तु अब वह भी शस्त्र उठा सकता है। पर वे भीम से कितने भी रुष्ट हों, अभी कृष्ण से युद्ध करना नहीं चाहते। न ही कृष्ण उनसे शस्त्र टकराना चाहेगा।...नहीं! शायद यहाँ वे मनमानी नहीं कर सकते। वे दुर्योधन की मृत्यु से कितने भी पीड़ित क्यों न हों, उसे पुनः जीवित नहीं कर सकते। न वे उसके लिए भीम का वध कर सकते हैं।...यही अन्तर है शस्त्रक्रीड़ा और युद्ध में। शस्त्रक्रीड़ा में पराजित योद्धा फिर से खड़ा हो जाता है; किन्तु युद्ध में पिटा योद्धा फिर अपनी टाँगों पर खड़ा नहीं हो सकता।...इन्हीं पाण्डवों के पितामह भीष्म भी पड़े हैं शैया पर! कौरवों और पाण्डवों—दोनों का प्रेम मिलकर भी उन्हें खड़ा नहीं कर पाया।

बलराम का शरीर शिथिल हो गया।

कृष्ण की भुजाओं ने बलराम के शिथिल होते शरीर से उनके मन की स्थिति को जाना। उन्होंने अपनी भुजाएँ ढीली कर दीं।

"भीमसेन की प्रतिज्ञा तेरह वर्षों से चल रही थी भैया!" कृष्ण बोले, "वह सर्वविदित थी। युद्ध करते हुए दुर्योधन ने उसे स्मरण क्यों नहीं रखा। सदा ही उछल-उछलकर प्रयत्नपूर्वक, उसकी गदा के सम्मुख अपनी जंघाएँ लाता रहा। जिस समय भीम ने उसे मारा था, दुर्योधन न किसी स्थान में था न किसी मंडल में। वह स्वयं ही युद्धशास्त्र का अतिक्रमण कर उसकी मर्यादा से बाहर निकल रहा था।"

कृष्ण की बात का बलराम खंडन नहीं कर सकते थे। किन्तु वे अपनी हठ से नहीं टले, "नहीं! धर्मात्मा राजा दुर्योधन को भीम ने कपट से मारा है। भीम कपटी है।"

कृष्ण समझ रहे थे, यह बलराम का हठ मात्र था। जो कह दिया वह कह दिया, अब उससे वे टल नहीं सकते। वे दुर्योधन को धर्मात्मा कह रहे थे। जो संसार की सारी पाप शक्तियों का नेता बनकर संसार में से धर्म का नाश करने पर तुला हुआ था, उसे निस्संकोच धर्मात्मा राजा कह रहे थे; और थोड़ी देर पहले ही उन्होंने कृष्ण पर आरोप लगाया था कि वे धर्म की मनमानी व्याख्या करते हैं।...पर यह कोई आज की बात नहीं थी। वे अपने शैशव से यही तो करते आए हैं।...

"मैं द्वारका जा रहा हूँ।" सहसा बलराम बोले, "अब मेरा यहाँ रहने का कोई प्रयोजन नहीं है।"

"आप तो ऐसे कह रहे हैं वासुदेव बलराम! जैसे हम आपके कोई नहीं हैं। जो कुछ था, वह दुर्योधन का ही था।" धर्मराज ने उनके निकट आकर कहा, "आप हमारे साथ हमारे शिविर में रहिए। दो-एक दिनों में हम हस्तिनापुर जाएँगे तो हमारे साथ चलिए।..."

"नही!" बलराम ने उनकी बात काट दी, "मुझे कहीं नहीं रहना। तुम्हारे साथ भी नहीं रहना। मैं द्वारका जा रहा हूँ।"

बलराम अपने रथ में बैठे और चले गए। जाते-जाते उन्होंने दुर्योधन की ओर देखा भी नहीं। जैसे वह वहाँ था ही नहीं।

बलराम का रथ दूर निकल गया तो कृष्ण धर्मराज के निकट आए, "बलराम भैया तो इसलिए दुखी थे कि उनकी सर्वाधिक प्रिय पुत्रवधू लक्ष्मणा का पिता युद्ध में पराजित हुआ था। उन्होंने लक्ष्मणा को दुर्योधन की रक्षा का वचन दे रखा था। आप इतने अवसन्न क्यों हैं महाराज! आप अपने इस मौन से बलराम भैया के विचारों का अनुमोदन तो नहीं कर रहे।"

"तुम जानते ही हो केशव!" भीम ने कहा, "धर्मराज उन लोगों मे से हैं, जो अपने दुष्ट से दुष्ट शत्रु के मारे जाने पर भी प्रसन्न नहीं होते। वे यह तो चाहते हैं कि उनके शत्रु उनके मार्ग से हट जाएँ; किन्तु वे उनका वध कर प्रसन्न नहीं होते। उनका विश्वास क्षमा में है प्रतिशोध में नहीं। कठिनाई यह है कि इनकी समस्त क्षमा के होते हुए भी हमें दुर्योधन के साथ न्याय नहीं मिल सकता था।"

"नहीं! ऐसी बात तो नहीं है। वस्तुतः भीम का दुर्योधन को पैरों से ठुकराना मुझे अच्छा नहीं लगा। पर उसके बिना शायद भीम का क्रोध शांत भी तो नहीं हो सकता था।" युधिष्ठिर बोले, "अपने कुल के इस संहार से भी मैं प्रसन्न नहीं हूँ।"

"मेरे क्रोध से धर्मराज का सात्विक मन आहत होता है; किन्तु क्या करूँ, मेरे क्रोध के बिना दुर्योधन और दुःशासन जैसे लोग मारे भी तो नहीं जाते।" भीम ने कहा।

"और जहाँ तक कुल के संहार की बात है महाराज! जो नष्ट हुआ, वह आपका नहीं था। उस नाश के कर्ता भी आप नहीं हैं।" कृष्ण बोले, "जिसे आप नष्ट होना कहते हैं, वस्तुतः वह प्रकृति द्वारा किया गया सृष्टि का समाहार है।"

कृष्ण की दृष्टि अर्जुन की ओर गई। वह भी अप्रसन्न चित्त और सर्वथा मौन दिखाई पड़ रहा था।

"तुम्हारा मोह भी अभी समाप्त नहीं हुआ है अर्जुन!" कृष्ण बोले, "आसक्ति कभी उन्मुक्त चिन्तन नहीं करने देती।"

"नहीं, ऐसी तो कोई बात नहीं है।" अर्जुन ने धीरे से कहा, "बस बलराम भैया का इस प्रकार रुष्ट होकर जाना मेरे मन को खिन्न कर गया है।"

"उनको प्रसन्न करने के लिए तुम महावीर भीमसेन की बलि तो नहीं दे सकते।" कृष्ण हँसे, "उनके रोष का दमन आज तक मैं भी नहीं कर पाया तो तुम क्यों दुखी होते हो।"

भीम ने अपने हाथ जोड़े और आकर युधिष्ठिर के सम्मुख खड़ा हो गया, "महाराज! आज यह सारी पृथ्वी आपकी हो गई। सारी चिन्ताएँ छोड़कर अब आप इसका पालन करें।"

युधिष्ठिर ने स्वयं को सँभाला। उनके चेहरे पर हल्की मुस्कान आई, "सौभाग्य से तुमने इस वैर का अन्त कर दिया। श्रीकृष्ण की शरण में आकर हमने यह पृथ्वी जीत ली। सौभाग्य से तुम अपनी माता और अपने क्रोध के ऋण से उऋण हो गए।"

"आप द्रौपदी को भूल रहे हैं महाराज! पंचाल राजकुमारी की तपस्या से ही हमने धृतराष्ट्र के पुत्रों का वध करने में सफलता पाई।" भीम ने कहा, "आज मैं पांचाली के ऋण से उऋण हो गया हूँ।"

"सत्य कह रहे हैं मध्यम पाण्डव।" कृष्ण बोले, "भीम के शौर्य के पीछे पांचाली की तपस्या भी है।"

सहसा कृष्ण का ध्यान भूमि पर पड़े दुर्योधन की ओर गया।...अनेक सैनिक, महारथी और दर्शक—दुर्योधन के चारों ओर घिर आए थे। वे निरन्तर कटूक्तियों से बींध रहे थे। वह सिर झुकाए सब कुछ सुन रहा था। कुछ कह नहीं रहा था। सम्भव था कि कुछ ही देर में कुछ लोग अपने क्रोध का प्रदर्शन करते हुए, उस पर प्रहार भी करें। किसी की भी इच्छा हो सकती थी कि इस प्रकार असहाय और मृतप्राय दुर्योधन को उसके कुकृत्यों के लिए दण्डित किया जाए।

कृष्ण उधर मुड़े, "वीरो! अब इस मरे हुए अहंकारी राजा को और न मारो। यह तो वस्तुतः उस दिन ही मारा गया था, जिस दिन धर्म की ओर से आँखें बंद कर, लोभ और काम का बंदी हो, यह पापियों के निर्देशानुसार आचरण करने लगा था। आप लोग शिविर में चलें और अपनी क्लांति दूर करने के लिए थोड़ा विश्राम करें।"

और सहसा ही मरा हुआ दुर्योधन जैसे जीवित हो उठा। उसने अपने हाथों को भूमि पर टेककर अपना सिर ऊपर उठाया और फुफकारते हुए सर्प के समान बोला, "ओ कंस के दास के पुत्र! तेरे परामर्श से ही मुझे अधर्म से मारा गया। उसके लिए तुझे लज्जा नहीं आती।"

भीम के जबड़े भिंच गए। उसका हाथ अपनी गदा पर चला गया। कृष्ण ने संकेत से उसे रोका और बोले, "जिसे तू कंस का दास पुत्र कह रहा है, वह तेरी प्रिय पुत्री लक्ष्मणा का श्वसुर भी है। जिसे अपना गुरु कहकर चरणधूलि लेकर, जिसका शरणागत होकर तू युद्ध जीतने की आशा कर रहा था, वह मेरा बड़ा भाई है और तेरे अनुसार कंस के दास का पुत्र है। क्यों आजीवन उसकी चरणधूलि को अपने मस्तक पर लगाता रहा?" उन्होंने रुककर उस पर एक दृष्टि डाली, "तुझे अपने पाप दिखाई नहीं देते? अपने अधर्म के प्रति अंधा हो गया है तू? आततायी सदा ही अपने पाप से ही मारा जाता है। तू भी अपने पापों से ही मारा गया है। तू उसी दिन वध के योग्य हो गया था, जिस दिन तूने रजस्वला द्रौपदी का अपमान किया था। तू पाण्डवों के जितने भी कर्मों को अनुचित बता रहा है, वे सब तेरे ही पापों के कारण किए गए हैं। अपने इन सारे कष्टों का अपराधी तू स्वयं है और तेरे वे अपने लोग हैं, जो अपने स्वार्थ और मोह में तुझे पाप पर चलने से रोक नहीं सके और तेरे साथ तेरे मार्ग पर चलते रहे।"

भीम ने जोर का शंखनाद किया। अन्य सारे लोगों के शंख भी उनके अधरों से जा लगे।

39

सृंजय, सोमक और प्रभद्रक योद्धा धृष्टद्युम्न के साथ पांचालों के शिविर में लौट गए। जाते-जाते धृष्टद्युम्न ने प्रतिविंध्य की भुजा पकड़ ली, "तुम कहाँ जा रहे हो?"

"शिविर में।"

"अब तो युद्ध समाप्त ही हो गया है।" धृष्टद्युम्न ने कहा, "आज तो हमारे साथ चलो। कल से तुम्हारे पिता हस्तिनापुर जाने की तैयारी में लग जाएँगे। फिर हमारे साथ कब रहोगे?"

"मैं अकेला?"

"अकेले क्यों?" शिखण्डी भी आ गया, "सारे भाई चलो। तुम लोग अकेले-अकेले तो कभी रहे ही नहीं हो।"

प्रतिविंध्य ने युधिष्ठिर की ओर देखा।

"मातुल कह रहे हैं तो जाओ पुत्र!" युधिष्ठिर बोले, "इसमें संकोच की क्या बात है।"

प्रतिविंध्य के साथ सुतसोम, श्रृतकर्मा, शतानीक और श्रुतसेन भी चले। उन्होंने योद्धेय, सर्वग, निरमित्र और सुहोत्र को भी साथ ले लिया।

"आज मातुल के शिविर में कोई उत्सव है क्या?" कृष्ण मुस्कराए।

"आज सारे भागिनेय एकत्रित होंगे तो समारोह तो अपने आप ही हो जाएगा।" धृष्टद्युम्न हँसा, "और आज तो हमने हस्तिनापुर को जय कर लिया है।"

"यह न हो कि उत्सव के नाम पर सुरा महोत्सव हो जाए।" कृष्ण बोले, "लोगों से प्रसन्नता सँभाली नहीं जाती तो उसे मदिरा में डुबो देते हैं। उससे दूर रखना बच्चों को।"

"आप निश्चिन्त रहें। इन बच्चों को तो क्या मैं इनकी उपस्थिति में किसी सैनिक को भी पीने की अनुमति नहीं दूँगा।" धृष्टद्युम्न ने अपना रथ मोड़ लिया।

पाण्डव, दुर्योधन के शिविर की ओर बढ़ गए। आगे-आगे युधिष्ठिर और कृष्ण थे। उनके पीछे भीम और अर्जुन थे। नकुल और सहदेव सबसे पीछे चल रहे थे।

युधिष्ठिर आत्मलीन थे। आज वे युद्ध जीत गए थे; किन्तु उनका मन था कि निरन्तर विद्रोह कर रहा था।...यह भी कोई विजय है? किसकी विजय और कैसी विजय? सारे कौरव मार डाले गए थे। यह तो अपने ही वंश का नाश था। इसमें विजयोत्सव कैसे मनाया जा सकता है? श्यमशान में भी कहीं कोई उत्सव होता है?...

चारों ओर से अनेक लोग घिर आए थे। वे महाराज युधिष्ठिर की जय-जयकार कर रहे थे। कितना उत्साह था उनमें, जैसे युद्ध पाण्डवों ने नहीं उन लोगों ने जीता हो। कौन लोग थे और कहाँ से आए थे? उचक-उचककर सामने आ रहे थे, ताकि पाण्डव उसके चेहरे को पहचान लें। गला पकड़कर चिल्ला रहे थे, ताकि पाण्डव उनका स्वर सुन लें।

ये हैं राजसत्ता को घेरने वाले लोग। सत्ता के गलियारों में घुसने को व्यग्र लोग। युधिष्ठिर सोच रहे थे सत्ता किसी की हो, ये सत्ता के साथ हैं। युद्धकाल में जैसे ये कहीं छिपकर देख रहे थे कि विजयी कौन होता है और उन्हें किसकी जय-जयकार करनी है। इनकी जय-जयकार प्रत्येक राजा के कानों को अच्छी लगती है; किन्तु इन लोगों से सावधान रहने की आवश्यकता है। इनके लिए राजसत्ता प्रजा के शोषण का एक साधन है। इन ही के प्रभाव से राजसत्ता भ्रष्ट भी होती है। ये राजा को इस प्रकार घेरते हैं कि राजा अपनी प्रजा से दूर हो जाता है और प्रजा अपने राजा से। ये राजा के चारों ओर एक दीवार बना देते हैं। राजा अंधा और बहरा हो जाता है। वह इन्हीं लोगों के कानों से सुनता है और इन्हीं की आँखों से देखता है। ये राजा के कान भर देते हैं। उनकी आँखें

ढाँप देते हैं। प्रजा तो दूर खड़ी देखती रहती है कि कब महाराज उसकी ओर देखें और वह अपनी बात कहे।..."

वे लोग दुर्योधन के शिविर के सम्मुख आ खड़े हुए थे।

"धनंजय! गाण्डीव और अपने तूणीर लेकर रथ से नीचे उतर आओ।" कृष्ण बोले।

अर्जुन ने जिज्ञासा से कृष्ण की ओर देखा।

"तुम युद्ध के आरम्भ से ही इस युद्धक रथ से उतर जाना चाहते थे। कदाचित् युद्ध और युद्ध की सामग्री को जला देना चाहते थे। मैं ही हठपूर्वक इस रथ पर बैठा रहा और तुम्हें भी बैठाए रखा।" कृष्ण बोले, "आज तुम मेरी ओर से मुक्त हो। अब तुम्हें और इस रथ में बैठे रहने की आवश्यकता नहीं है।"

अर्जुन नीचे उतर आया तो कृष्ण भी रथ त्यागकर उसके निकट आ गए, "यह रथ अग्नि का था। अब इसकी उपयोगिता हमारे लिए भी समाप्त हो गई है। हमने इसे पुनः अग्नि को सौंप दिया। वे इसे स्वीकार करें।" उन्होंने अर्जुन को उसकी भुजा से पकड़ लिया, "चलो मित्र। अब पलटकर इस रथ की ओर देखने की आवश्यकता नहीं है।"

वे लोग शिविर के द्वार पर आए। वहाँ न कोई द्वारपाल था और न ही कोई रक्षक गुल्म अथवा गुल्मपति। लगता था, सब लोग शिविर छोड़कर भाग गए हैं। यद्यपि उन्हें युधिष्ठिर की सेना से भयभीत नहीं होना चाहिए था। वीर शिविरों पर आक्रमण नहीं करते। न ही शिविर के गुल्मनायक किसी सेना का सामना करने में समर्थ होते हैं। वे तो केवल देने का कर्म करते हैं। किन्तु पराजित सेनाओं की दुर्दशा का कोई अन्त नहीं होता।

वृद्ध मंत्रियों ने आकर हाथ जोड़कर मस्तक झुकाए, "महाराज युधिष्ठिर का स्वागत है।"

"शिविर में कौन-कौन हैं?" युधिष्ठिर ने पूछा।

"कौन होगा महाराज! स्त्रियाँ हैं। कुछ नपुंसक हैं और हम कुछ मंत्री हैं। योद्धा तो कोई यहाँ है नहीं।"

"कौरव योद्धाओं की स्त्रियाँ?"

"नहीं महाराज! वे तो हस्तिनापुर जा चुकीं। यदि आपके सैनिकों ने उन्हें नहीं रोका होगा तो वे अब तक नगर में पहुँच गई होंगी।"

"तो यहाँ किनकी स्त्रियाँ हैं?" भीम ने पूछा।

"कुछ तो वे हैं, जो अब तक इस भ्रम को पाल रही हैं कि उनके पति जीवित हैं और वे लौटकर आएँगे।" वह बोला, "कुछ पतिव्रताएँ अपने पति के शव को देखने के लिए बैठी हैं। और कुछ..."

"और कुछ?" भीम की दृष्टि उस पर जम गई।

"और कुछ वे हैं जो योद्धाओं द्वारा अपने मनोरंजन के लिए लाई गईं।" मंत्री ने सिर झुका दिया।

"जब योद्धा ही नहीं रहे तो वे अब तक यहाँ क्यों हैं?"

"कुछ इसलिए रुकी हैं कि उन्हें अभी तक धन नहीं मिला है। कुछ इसलिए रुकी हैं कि शायद विजेताओं को उनकी आवश्यकता हो।..."

"नहीं! हमें उनकी आवश्यकता नहीं है।" भीम ने कहा, "उन्हें जाने दो।"

"बिना उनका पारिश्रमिक लिए वे कैसे जा सकती हैं महाराज!" उसने युधिष्ठिर की ओर देखा।

"तो अब तक उनका पारिश्रमिक दिया क्यों नहीं गया?" भीम का स्वर कठोर हो गया।

"कौन देता महाराज!" उसने सिर झुकाकर कहा, "देने वाले स्वामी तो संसार से विदा हो गए।"

"तो यहाँ दुर्योधन के धन और शस्त्रभंडार की रक्षा कौन कर रहा है?" नकुल ने पूछा।

"धन और शस्त्र मृतकों के साथ नहीं जाते राजकुमार!" मंत्री ने कहा, "यहाँ जो कुछ भी है, वह सब आपका है। उसकी रक्षा भी आप करेंगे।"

"सहदेव! सबसे पहले उन स्त्रियों को उनका पारिश्रमिक देकर उनके जाने की व्यवस्था करो।" युधिष्ठिर बोले, "हस्तिनापुर राज्य के मंत्री और कर्मचारियों को भी ससम्मान विदा करो। देखो उनकी अवहेलना न हो। ये लोग राज्य के स्वामीभक्त सेवक हैं, जो अब तक यहाँ बैठे हैं, अन्यथा ये भी सब कुछ छोड़कर भाग गए होते।"

"छोड़कर ही क्यों," भीम हँसा, "साथ लेकर भी भाग सकते थे महाराज!"

"ठीक कहते हो।" युधिष्ठिर बोले, "जिन स्त्रियों की इच्छा युद्धक्षेत्र में अपने मृतक पतियों, पुत्रों और भाइयों को ढूँढने की है, उनसे कहो, वे प्रातः युद्धक्षेत्र में जा सकती हैं हमारे सैनिक उनकी सहायता करेंगे।"

"महाराज!" वृद्ध मंत्री ने कहा।

"कहिए आर्य।" युधिष्ठिर ने उसकी ओर देखा।

"आप शिविर में प्रवेश करें ताकि हम यह धन आपको अर्पित कर सकें।" वह बोला, "हमें इस दायित्व से मुक्ति मिले महाराज!"

"आपको इस दायित्व में पुनः नियुक्ति भी तो मिल सकती है; किन्तु आपका यह विचार धर्मसंगत है कि हम सारे धन को अपने अधिकार में ले

लें।" युधिष्ठिर ने भीम की ओर देखा, "धन को अपने प्रबन्ध में ले लो।"

दुर्योधन के शिविर में रखे हुए अथाह धन की सूचना युधिष्ठिर को दी गई। दास-दासियों की भी कोई कम संख्या नहीं थी। जाने कोई हस्तिनापुर में भी छूटा था, या सारे यहीं ले आए थे। भंडार में और भी बहुत कुछ था।...युधिष्ठिर सुनते रहे, किन्तु उनके मुख पर जैसे प्रसन्नता की कोई किरण नहीं फूटी।

"आप प्रसन्न नहीं हैं धर्मराज!" कृष्ण बोले, "देखिए अपने शत्रुओं को जीत कर और उनके धन पर अपना अधिकार पाकर मध्यम पाण्डव भीम कितने प्रसन्न हैं।"

"अच्छा है। कोई तो प्रसन्न है।" युधिष्ठिर उदासीन से होकर बोले, "इसी धन के लिए तो यह युद्ध हुआ है।"

"सामान्यतः तो हम यही कहेंगे कि युद्ध राज्य के लिए ही हुआ। ऐसा न होता तो विजय पाकर भी आप राज्य को त्याग देते।" कृष्ण ने गम्भीर दृष्टि से युधिष्ठिर की ओर देखा, "किन्तु धर्मराज! मुझे तो राज्य नहीं चाहिए था, फिर भी मैं युद्ध में था।"

"हाँ केशव!"

"तो मैं इस युद्ध में क्यों था?"

"जहाँ धर्म होता है, वहीं कृष्ण होते हैं।" धर्मराज का स्वर कृतज्ञता से बोझिल हो गया, "और जहाँ कृष्ण होते हैं वहीं जय होती है।"

"तो युद्ध धर्म के लिए भी हुआ।" कृष्ण बोले, "वस्तुतः युद्ध धर्म के लिए ही हुआ।"

"ठीक है, पर यह कैसा धर्म है, जिसकी रक्षा के लिए इतने लोगों का वध होता है?"

"इस प्रश्न को कुछ पलटकर पूछिए धर्मराज!" कृष्ण बोले, "पूछिए कि ये कैसे लोग होते हैं, जो अपना वध करवाने के लिए अधर्म के समर्थन में जा खड़े होते हैं। हम जानते हैं कि अधर्म किसी की रक्षा नहीं करता।"

"पर वध तो उनका भी हुआ है, जो धर्म के पक्ष में लड़े, अधर्म के विरुद्ध लड़े।" अर्जुन ने कहा।

कृष्ण मुस्कराए, "मनुष्य का संचित पुण्य उसे धर्म की रक्षा के लिए अपने प्राण देने की प्रेरणा देता है। वह धर्म के लिए अपने प्राण दे कर और भी पुण्य अर्जित करता है...और अपना पुण्य क्षीण होने पर मनुष्य अधर्म के पक्ष से लड़ता है।"

"किसने देखा है कि मुत्यु के पश्चात् क्या होता है?" भीम ने हँसकर कहा।

कृष्ण का मुख जैसे किसी दिव्य प्रकाश से अलौकिक हो गया, "सबकी दृष्टि वहीं तक सीमित नहीं होती मध्यम, जहाँ तक तुम्हारी है। मैं उनकी ही बात कर रहा हूँ, जिन्होंने देखा है और जो निरन्तर देख रहे हैं। यह एक जीवन ही तो सारी सृष्टि का अन्त नहीं है। जो एक कण से भी छोटा है, उसे ही तो समग्र सृष्टि मत मानो।"

"मुझे आपके शब्दों में कोई संदेह नहीं है श्रीकृष्ण!" युधिष्ठिर ने कहा।

"संदेह तो मुझे भी नहीं है।" भीम के स्वर में अनियंत्रित उल्लास था, "पर कहने में क्या हानि है।"

"कहने में कोई हानि नहीं है। इसीलिए मैं भी कहता हूँ।" कृष्ण बोले, "आपने तो यह युद्ध राज्य के लिए नहीं किया?"

"तो और किसके लिए किया?" भीम जैसे हतप्रभ रह गया, "क्यों वध किया, इतने लोगों का, यदि राज्य नहीं चाहिए था?"

"क्यों आपको द्रौपदी के अपमान का प्रतिशोध नहीं चाहिए था? इस प्रतिशोध के माध्यम से द्रौपदी की प्रसन्नता नहीं चाहिए थी? उसका प्रेम नहीं चाहिए था? नारीत्व का अपमान करने वाले दुर्योधन, दुःशासन और कर्ण का वध कर धरती पर न्याय और धर्म स्थापित नहीं करना था? अधर्म का नाश लक्ष्य नहीं था आपका?"

"था।"

"तो फिर युद्ध केवल राज्य के लिए ही तो नहीं हुआ। हाँ! राज्य उसका निमित्त अवश्य बना।" कृष्ण ने कहा।

"आप ठीक कहते हैं केशव! किन्तु मेरा मन तो इस ग्लानि से पीड़ित है कि मैं प्रभु के बनाए इतने जीवों के विनाश का कारण बना।" युधिष्ठिर बोले, "बाध्य होकर ही सही, किन्तु हिंसा मैंने की। मेरे मन में रागद्वेष था। उसने सब करवाया।" वे रुके, "अष्टावक्र ने कहा है न रागद्वेषौ मनोधर्मौ न मनस्ते कदाचन्। मेरे मन में भी रागद्वेष है और यह मन मेरा नहीं है। मैं क्यों उसके बहकावे में आकर इस विनाश में प्रवृत्त हुआ।"

"यह ग्लानि भी तो मन की ही है, और यह मन भी आपका नहीं है।" कृष्ण हँसे, "आपके इसी अष्टावक्र ने ही कहा है : निर्विकल्पो असि बोधात्मा निर्विकारः सुखं चर। हम चैतन्य ही नहीं साक्षात् चेतना हैं, द्वन्द्वों से उदासीन हैं, विकारों से मुक्त हैं। तो फिर हम प्रसन्न क्यों नहीं रहते।"

धर्मराज थोड़ी देर मौन रहकर बोले, "मेरी समस्या यही है केशव! कि यह सब जानते हुए भी आपके समान मेरा अपने मन पर नियंत्रण नहीं है। मुझे निरन्तर लगता है कि जो कुछ जीवन भर दुर्योधन करता रहा,

अन्ततः हमने भी वही किया। हम थोड़ा और त्याग क्यों नहीं कर पाए? यदि मैं और मेरे भाई, मेरा यह परिवार, थोड़ा कष्ट और सह लेता, अपना शेष जीवन भी कुछ कष्ट में व्यतीत कर लेता तो इतना संहार न होता। हम कुछ लोगों के कष्ट से सारी मानवता सुखी होती। मैं यह सात्विक कर्म क्यों नहीं कर सकता। रजोगुण में बँधकर यह राजनीति मैंने क्यों की?"

"हाँ! यह पाप तो आपने किया।" कृष्ण की मुस्कान पर्याप्त वक्र थी, "पर यह पाप तो भगवान् श्रीराम ने भी किया था।"

"नहीं! राम पाप नहीं कर सकते।" युधिष्ठिर जैसे तड़पकर बोले, "उन्होंने तो पाप का नाश किया था।"

"हमने भी वही किया।" कृष्ण बोले, "आप केवल इतना ही जानते हैं कि दुर्योधन ने आप पाँच भाइयों और आपकी माता को बार-बार मारने का प्रयत्न किया। आप कदाचित् भूल गए कि दुर्योधन ने अपने शैशव में ही आपके सारथि को सार्वजनिक रूप से पीट-पीटकर मार डाला था। आप समझते हैं कि दुर्योधन और उसके मित्रों ने और निरीह हत्याएँ नहीं की हैं? उनके संरक्षण में रहने वाले अन्य लोगों ने हत्याएँ नहीं की हैं? आप जानते हैं कि दुर्योधन, दुःशासन और कर्ण ने देवी पांचाली का जघन्य अपमान किया। आप समझते हैं कि अन्य स्त्रियाँ उनके हाथों से सुरक्षित थीं? उनके राज्य में स्त्री के अपमान का प्रचलन नहीं था? दुर्योधन अपनी ही पत्नी के साथ दुर्व्यवहार नहीं करता था? शकुनि के माध्यम से केवल आपकी सम्पत्ति नहीं छीनी गई थी, अन्य भी सहस्रों लोग हैं, जिनकी सम्पत्ति छीनी गई। वह राजा था किन्तु राजधर्म को तो नहीं जानता था। वह केवल सत्ताकर्मी था। वह स्वेच्छाचारी पापी था। उसकी सत्ता को नष्ट कर, उसकी शक्ति का विनाश कर, स्वयं उसका वध कर, आपने ईश्वर की सृष्टि को अभयदान किया है। इस पुण्य के भागी होकर भी आप ग्लानि का अनुभव कर रहे हैं?"

"धर्मराज जिसकी मृत्यु की कामना करते हैं, उसकी भी हत्या नहीं करना चाहते। करनी पड़े तो फिर उसका शोक भी मानते हैं।" भीम हँसा।

"नहीं! मेरे मन में कहीं यह भी है कि दुर्योधन को अधर्मपूर्वक मारा गया है।" युधिष्ठिर बोले, "माता गान्धारी इसे सुनेंगी तो उन्हें कैसा लगेगा।"

"आपसे किसने कहा कि दुर्योधन को अधर्मपूर्वक मारा गया है?" कृष्ण का स्वर प्रखर हो गया।

"बलराम ने कहा नहीं कि दुर्योधन को अधर्मपूर्वक मारा गया है।" युधिष्ठिर बोले, "दुर्योधन भी तो निरन्तर यही कह रहा था।"

"धर्म वह है, जो आपके मन में है, वह नहीं जो बलराम की वाणी में है। वे तो दुर्योधन को भी धर्मात्मा कह रहे थे। आप मान लेंगे उनकी बात? धृतराष्ट्र के चारण उसे पृथ्वी पर साक्षात् धर्मराज कहते हैं, तो क्या हम इस पृथ्वी पर पाप के उस मूल को धर्मराज स्वीकार कर लेंगे?" कृष्ण उसी प्रवाह में बोले, "दुर्योधन हो या कोई और कौरव, वह तो आपको पापी ही सिद्ध करेगा, चाहे अपने अज्ञान के कारण, चाहे अपने पाखंड के कारण। धर्मराज! यह सब लोगों की राजनीति है कि अपने पक्ष की दुर्बलता, उसके रोष और पापों को कभी स्वीकार मत करो। उसके विपरीत अपने विरोधी पक्ष की किसी बात का समर्थन मत करो। उसे सदा पापी और अधर्मी कहो। यह जानते हुए भी कि वह झूठ है, उसे पूरी निष्ठा से प्रचारित करो।"

"यह आप कैसे कह रहे हैं गोविन्द?" अर्जुन ने पूछा।

"तुम किसी कौरव से पूछ लो वह यही कहेगा कि भीष्म को पाण्डवों ने अधर्म से मारा है।" कृष्ण बोले, "वह कहेगा कि द्रोण को अधर्म से मारा है। भूरिश्रवा को अधर्म से मारा गया। जयद्रथ को अधर्म से मारा गया। कर्ण को अधर्म से मारा गया। दुर्योधन को अधर्म से मारा गया। दुःशासन को अधर्म से नहीं मारा गया, किन्तु उसके साथ मध्यम पाण्डव ने जो व्यवहार किया, वह अधर्म था।..."

"वे कैसे कह सकते हैं कि पितामह को अधर्म से मारा गया?" सहदेव ने कुछ उग्र होकर पूछा।

"वे कहेंगे कि पाण्डवों ने भीष्म से पूछा कि हम आपको कैसे मारें?" भीष्म ने बता दिया कि शिखंडी को आगे कर दो। मैं उसे नहीं मारूँगा और तुम मुझे मार देना। क्या यह सत्य है?" कृष्ण ने धर्मराज की ओर देखा, "सत्य यह है कि अर्जुन पितामह से शक्तिशाली था। उसने विराटनगर के युद्ध में यह प्रमाणित भी कर दिया था; और पितामह ने अपने मुख से इस तथ्य को कितनी ही बार स्वीकार किया है। फिर भी अर्जुन अपने वृद्ध पितामह का वध करना नहीं चाहता। धर्मराज कितने पीड़ित थे इस बात से कि अर्जुन अपनी सेना को कटता देखता है किन्तु पितामह का वध नहीं करता। यदि अर्जुन समर्थ न भी होता तो हम पहले ही दिन से पितामह की प्रतिज्ञा को जानते थे। हम युद्ध के आरम्भ में ही शिखंडी को सामने खड़ा कर पितामह का वध कर सकते थे। किन्तु हमने वह नहीं किया। शिखंडी पितामह पर आक्रमण करने जाते थे, तो कौरवों के बीसियों योद्धा उन पर टूट पड़ते थे। उस समय यदि अर्जुन तनिक भी संरक्षण देता तो शिखंडी ने पहले ही दिन पितामह का वध कर दिया होता। क्या कोई कौरव पाण्डवों के इस धर्म को स्वीकार करेगा? हम प्रतीक्षा

करते रहे। पितामह प्रतिदिन हमारे सहस्रों योद्धाओं को काटते रहे, हमने फिर भी उनका वध नहीं किया। वे प्रतीक्षा कर रहे थे कि युद्ध की भयावहता और उसकी निरर्थकता देखकर दुर्योधन पाण्डवों से संधि कर ले। और हम प्रतीक्षा कर रहे थे कि पितामह किसी निर्णय तक पहुँच लें। अन्ततः जब पितामह ने स्वयं देख लिया कि संधि सम्भव नहीं है और कौरव वंश का नाश होना ही है, तो उन्होंने अपनी मृत्यु की इच्छा प्रकट की। उन्होंने देखा कि जिसके पक्ष से वे युद्ध कर रहे हैं, वह दुर्योधन भी चाहता है कि उनकी मृत्यु हो जाए और वह दूसरा सेनापति लाए। वे चाहे सहस्रों सैनिकों का वध कर रहे थे, किन्तु पाण्डवों का वध वे भी नहीं कर रहे थे। धर्मराज भी अपनी सेना के विनाश से तंग आ चुके थे और चाहते थे कि अब पितामह या तो स्वयं ही युद्ध से हट जाएँ या हटा दिए जाएँ। इस भाव को जानकर पितामह ने अर्जुन का आह्वान किया कि वह उनको युद्धक्षेत्र से हटा दे। यह पाण्डवों का अधर्म था क्या?"

"और आचार्य के वध में क्या अधर्म था?" नकुल ने पूछा।

"अश्वत्थामा कितनी बार कह चुका है कि उसके पिता को अधर्म से मारा गया है। जिस समय धृष्टद्युम्न ने उनका मस्तक काटा, उस समय तक उन्होंने शस्त्रों का त्याग कर दिया था, वे अनशन पर बैठ गए थे।" कृष्ण बोले, "अश्वत्थामा ही नहीं, सारे कौरव भूल जाते हैं कि युद्ध में जितने भी योद्धा मारे जाते हैं, वे तभी मारे जाते हैं, जब उनके शस्त्र असमर्थ हो जाते हैं। पहले ही दिन से यही क्रम चल रहा है। विराट के पुत्रों को कैसे मारा गया? उनके धनुष कट गए। रथ व्यर्थ हो गए। वे खड्ग लेकर धरती पर उतर आए। उनके खड्ग को बाणों से काट दिया गया। उनकी ढाल के टुकड़े कर दिए गए और उनका मस्तक काटा गया। इसे तो अधर्म नहीं माना गया, इसे युद्ध की रीति माना गया। इसलिए सारे युद्ध में दोनों ही पक्षों के जिन योद्धाओं के रथ व्यर्थ हो गए, अथवा जिनके शस्त्र समाप्त हो गए, उनके मित्रों द्वारा उन्हें तत्काल युद्धक्षेत्र से हटा लिया गया। तभी उनके प्राण बचे। आचार्य ने यदि अपने शस्त्र त्याग दिए थे तो उन्हें या तो स्वयं युद्धक्षेत्र से हट जाना चाहिए था, या फिर कौरवों को चाहिए था कि वे अपने योद्धा की सुरक्षा के लिए उन्हें युद्धक्षेत्र से दूर ले जाते। जब हमारे रथ का चक्र धरती में फँस गया था, तो हमने तो कर्ण से प्रार्थना नहीं की थी कि वह हम पर प्रहार न करे; और न ही कर्ण ने अपनी बाणवर्षा रोक ली थी। वह भी अपने रथ से तब ही उतरा था, जब उसने मान लिया था कि अर्जुन मूर्च्छित हो गया है और अभी वह बाण चलाने में अक्षम है। अब यदि अर्जुन सचेत हो गया तो यह अधर्म

हो गया? मैंने सारथि के रूप में रथ को कुछ नीचा कर अर्जुन को महानागास्त्र से बचा लिया तो वह अधर्म हो गया।...वैसे भी अर्जुन ने कर्ण के चक्ररक्षकों को मारा, उसके पृष्ठरक्षकों को मारा, उसके अग्ररक्षकों को मारा। किसलिए? इसलिए कि वह कर्ण के लिए उसके इन सारे नए रक्षकों के आने की प्रतीक्षा करता। यदि कर्ण का सारथि उसके रथ को सँभाल न सका, अथवा कर्ण के लिए वह रथ से नीचे उतरकर चक्र निकालने में असमर्थ रहा तो इसमें हमारा दोष है?" जो योद्धा धरती पर आ गया, क्या उस पर आक्रमण रोक दिया गया था? कर्ण ने तो रणक्षेत्र छोड़कर दूर जाते हुए धर्मराज का पीछा कर उन पर निरन्तर आक्रमण किए। यदि वह सब अधर्म नहीं था तो कर्ण को मारना ही क्यों अधर्म हो गया।"

"वे सदा हमसे चतुराई करते रहे हैं।" भीम बोला, "मैं तो यह भी मानता हूँ कि उन्होंने युद्ध से पहले जितने पाप किए हैं, उनका ही परिणाम युद्ध था। फिर मैं यह कैसे मान लूँ कि युद्ध से पहले जो पापी और अधर्मी थे, वे युद्ध में धर्मपरायण हो गए थे और हम अपना धर्म त्याग कर पापलिप्त। युद्ध और शांति में यही तो अन्तर है। शान्ति का एक विधान है। एक अनुशासन है। जो उसका उल्लंघन करे, उसे उसके लिए दण्डित किया जाए, जबकि दुर्योधन को कभी उसके लिए दण्डित नहीं किया गया। और युद्ध का अर्थ ही है केवल बल। कोई नियम नहीं। कोई विधान नहीं। कोई अनुशासन नहीं। जो जिसको चाहे, जैसे चाहे मार ले। नहीं तो हमारी सात अक्षौहिणी के विरुद्ध दुर्योधन के पास ग्यारह अक्षौहिणी सेना क्यों थी? यह कहाँ का धर्म है कि सात से ग्यारह अक्षौहिणी को लड़ा दिया जाए? फिर भी हमने युद्ध के नियमों को माना। अभिमन्यु का वध प्रमाण है इसका। नियम उन्होंने तोड़े। अवसर का लाभ उन्होंने उठाया। हमने उनसे सीख कर, और धर्म के साक्षात् रूप श्रीकृष्ण के निर्देश मानकर, युद्ध किया तो हम पापी कैसे हो गए?"

"तब से मैं भी यही समझा रहा हूँ धर्मराज को।" कृष्ण बोले।

"युद्ध की बात मैं फिर भी समझता हूँ।" युधिष्ठिर ने कहा, "पर मैं तो उनके कष्ट के विषय में सोचता हूँ, जो युद्ध में नहीं थे। माता गान्धारी और महाराज धृतराष्ट के विषय में सोचता हूँ तो बहुत कष्ट होता है। उनके सारे पुत्र मारे गए। इस वृद्धावस्था में उन दोनों दृष्टिहीनों का कौन है। उनका क्या होगा, उसकी कल्पना करो।"

"मैं आपकी परदुःखकारता की प्रशंसा कर सकता हूँ महाराज!" कृष्ण बोले, "कि युद्ध जीतकर आपको अपनी माता कुन्ती का स्मरण नहीं आया। आपके मन में व्यथा जागी तो गान्धारी के लिए।"

"हमारी माता ने भी तो कम कष्ट नहीं पाए।" भीम बोला, "वे तेरह वर्षों से शत्रुओं के नगर में बैठी हमारी प्रतीक्षा कर रही हैं। क्या किया दुर्योधन और उसके भाइयों ने हमारी माता के लिए?"

"वह सब मैं समझता हूँ।" धर्मराज बोले, "किन्तु न मैं दुर्योधन हूँ, न मेरे भाई दुर्योधन के भाई हैं। न हमें वह बनना है। माता कुन्ती का बल बढ़ा है। वे प्रसन्न होंगी। उनके कष्ट के दिन समाप्त हुए। महाराज और माता गान्धारी को तो अपना भविष्य अंधकारपूर्ण दिखाई देता होगा। वे हमारी ओर से आशंकित भी होंगे। भयभीत भी होंगे। वे न केवल वृद्ध और असहाय हैं, नेत्रहीन भी हैं। वैसे हमें तपस्विनी माता गान्धारी की हाय भी नहीं लेनी है।"

"तपस्विनी!" भीम ने अपना मुख विकृत कर कहा, "बड़ी तपस्विनी हैं। आपके जन्म का समाचार सुनकर ईर्ष्या के मारे अपने गर्भ पर आघात कर उसे नष्ट करने का प्रयत्न किया था उन्होंने। ऐसी होती हैं तपस्विनी नारियाँ?"

"वह नहीं कह रहा मैं।" धर्मराज बोले, "जिस नारी ने अपने पति के नेत्रहीन होने के कारण अपनी आँखों पर पट्टी बाँध ली हो, उसे तपस्विनी नहीं कहेंगे?"

"पाखंड है यह सब।" भीम कुछ आवेश में बोला, "आपने कभी सोचा है कि वे सदा पट्टी बाँधे रहती थीं या केवल सार्वजनिक स्थलों पर प्रकट होने पर ही पट्टी बाँधती थीं?"

"मैं तो यही जानता हूँ कि उन्होंने एक बार पट्टी बाँधी तो फिर कभी खोली ही नहीं—अपने शयनकक्ष में भी नहीं। अपने पुत्रों का मुख देखने के लिए भी नहीं।"

"कभी पट्टी नहीं खोली उन्होंने? नहाते हुए, सोते हुए? वह किसी प्रकार की कोई दिव्य पट्टी थी, जो देवताओं ने उन्हें दी थी। इसलिए वह कभी गंदी नहीं होते थी? उसे बदला नहीं जाता था? उसे धोया नहीं जाता था?" भीम ने कुछ चिढ़कर कहा, "ऐसी बातों में मेरी कोई श्रद्धा नहीं है।"

"तो आप क्या मानते हैं मध्यम! कि उनके पास अपने वस्त्रों के समान ही आँखों पर बाँधने के लिए अनेक पट्टियाँ हैं और जब वे अपना परिधान परिवर्तन करती हैं तो सदा ही पट्टी बदलती हैं?" नकुल ने पूछा।

"वे क्या करती हैं, इसमें मेरी रुचि कभी नहीं रही और न ही मैंने विशेष रूप से इस पर कोई चिन्तन किया।" भीम ने कहा, "मैं तो बस इतना ही जानता हूँ कि एक ही पट्टी दो दिन भी बाँधी जाए तो वह इतनी मैली हो जाती है कि उस गन्दे वस्त्र के सम्पर्क में रहने से व्यक्ति की आँखों में कोई न कोई रोग हो जाएगा और नेत्रों की ज्योति समाप्त हो जाएगी। मैं यह भी मानता

हूँ कि यदि कोई व्यक्ति अपनी आँखों को एक लम्बे समय तक निरन्तर बन्द रखेगा, पट्टी बाँधेगा, उनसे काम नहीं लेगा, उनको स्वच्छ नहीं करेगा, उन्हें सूर्य का प्रकाश नहीं मिलेगा, उन्हें पवन का स्पर्श नहीं मिलेगा, तो उसकी आँखों में देखने की क्षमता नहीं रहेगी। वह अन्धा हो जाएगा।"

"तुम तो वैद्यों के समान बात कर रहे हो। तुम क्या चक्षुरोग विशेषज्ञ हो भीम?"

"वह सब मैं कुछ नहीं हूँ।" भीम बोला, "आप इसे टालें नहीं। मैं गम्भीरता से कह रहा हूँ। या तो आप यह मान लें कि वे आरम्भ से ही प्रातः उठ कर अपनी आँखें धोती थीं नहाते हुए उन्हें स्वच्छ करती थीं और फिर उन पर पट्टी बाँध लेती थीं। ऐसे में किसी समय पट्टी उतारकर भी रखती होंगी। किसी और के सामने आने से पहले ही पट्टी बाँध लेती होंगी। इस प्रकार दिन के आठ प्रहरों में दो-तीन प्रहर पट्टी बाँधे रखती थीं; या फिर उन्होंने पट्टी बाँधी और कभी खोली ही नहीं। दूसरी स्थिति में तो स्वच्छता के अभाव में ही उन्हें कोई न कोई रोग हो गया होगा और पट्टी खोलने की आवश्यकता ही समाप्त हो गई होगी।"

"मध्यम की बात में सत्य का बल तो है।" अर्जुन ने कहा।

"ऐसी स्थिति में आप उस कथा के विषय में क्या कहेंगे, जो समंतपंचक में इस समय प्रचारित हो रही है।" सहदेव ने कहा, "एक सैनिक मुझे बता गया है कि समंतपंचक में तीर्थयात्रियों के मध्य यह कहा जा रहा है कि युद्ध में आने से पूर्व दुर्योधन अपनी माता गान्धारी से मिलने गया था। माता ने उसे कहा कि पुत्र! मैंने विवाह के पश्चात् से जो पट्टी बाँधी है, उसे कभी खोला ही नहीं। इसलिए मेरी दृष्टि में अलौकिक शक्ति आ गई है। तू एक बार अपने शरीर के सारे वस्त्र उतारकर मेरे सामने आ जा। मैं पट्टी खोलकर अपनी इन आँखों से तुम्हारे शरीर को देखूँगी तो तुम वज्रांग हो जाओगे। दुर्योधन ने पहले तो संकोच किया किन्तु बाद में मान गया। माँ के सम्मुख निर्वस्त्र होकर जाने में क्या लज्जा। और फिर थोड़ा निर्लज्ज होने से उसका शरीर वज्र का सा हो जाएगा, तो उससे लाभ ही लाभ है। किन्तु श्रीकृष्ण को इस योजना की सूचना मिल गई। वैसे भी हमारी प्रजा श्रीकृष्ण को सर्वज्ञ मानती है। तो श्रीकृष्ण ने सोचा कि यदि दुर्योधन का शरीर वज्र का सा हो गया तो उसका वध नहीं हो पाएगा। अतः वे दुर्योधन के पास गए और उसे लज्जित करने लगे, 'लज्जा नहीं आती तुझे। अपनी माँ के सामने नंगा होकर जाएगा। गोपनीय अंग उघाड़ेगा माँ के सामने। कुछ तो लज्जा कर।' दुर्योधन उनकी बातों में आ गया और एक कोपीन बाँधकर चला गया। गान्धारी ने अपनी पट्टी खोलकर उसको देखा।

उसकी कोपीन देखकर कहा, 'यह तूने क्या किया पुत्र! अब तेरी जंघाएँ तो वज्र की नहीं हो सकेंगी।' इसलिए मध्यम पाण्डव ने दुर्योधन की जंघा तोड़ने में सफलता पाई। दुर्योधन के शेष शरीर पर तो किसी अस्त्र का प्रभाव हो ही नहीं सकता था।..."

भीम ने जोर का ठहाका लगाया, "लीजिए, जिसे आप अधर्म बता रहे थे, उसके कारण पर भी एक कहानी बन गई। अब कोई पूछे कि दुर्योधन युद्ध के आरम्भ में ही अपनी माँ के सामने नग्न होकर निकला था और उसका शरीर वज्र का सा हो गया था तो सारे युद्ध में वह अपना रक्त क्यों बहाता रहा? क्यों बार-बार युद्ध छोड़कर भागता फिरा? आचार्य द्रोण ने उसे अभेद्य कवच क्यों दिया? पितामह ने उसे विशल्यकारी बूटी क्यों दी?" भीम ने रुककर उनकी ओर देखा, "वे कहेंगे कि दुर्योधन का शरीर बाद में वज्र हुआ। कर्ण के मरने के बाद। पर उनसे पूछना चाहिए कि दुर्योधन युद्धक्षेत्र छोड़कर हस्तिनापुर गया था अथवा गान्धारी कुरुक्षेत्र में आई थीं? क्या श्रीकृष्ण को पता है वे कब युद्ध छोड़कर दुर्योधन को समझाने या भरमाने चले गए थे। पाण्डवों को तो उनके जाने का पता ही नहीं चला।"

"देखो लोग कैसी कथाएँ गढ़ लेते हैं।" कृष्ण बोले, "और उन सबमें कृष्ण की चतुराई चित्रित की जाती है। यह नहीं सोचते कि यह चतुराई नहीं है, यह तो एक प्रकार से धूर्त्तता का आरोप लगाना है।"

"आप ठीक कह रहे हैं केशव!" युधिष्ठिर बोले, "मेरे भाई गान्धारी को तपस्विनी नहीं मानते, न मानें। किन्तु मेरे मन में एक बात है कि जिस माता के सौ पुत्र इस प्रकार मारे गए हों, वह बहुत दुःखिनी होगी। उसको सांत्वना दी जानी चाहिए। मैं उनकी तपस्या से भय खाऊँ न खाऊँ किन्तु उनकी आह नहीं लेना चाहता। आपने हम लोगों के लिए शस्त्रों से आघात सहे हैं। लोगों की कठोर बातें सुनी हैं। दुर्योधन की मृत्यु से सारे आघात सार्थक हो गए हैं। अब आप ऐसा कीजिए, जिससे यह सारा किया-कराया नष्ट न हो जाए। माता गान्धारी हमसे रुष्ट न रहें। वे तपस्या कर अपना शरीर सुखा रही हैं...।"

"अपना शरीर तो पांचाली भी सुखा रही थी।" भीम ने उसकी बात बीच में ही काट दी, "माता कुन्ती भी सुखा रही हैं।"

"मैं उनकी तपस्या का महत्त्व कम नहीं करना चाहता।" युधिष्ठिर बोले, "किन्तु उनकी तपस्या से हमें किसी प्रकार की हानि की आशंका नहीं है। गान्धारी के क्रोध, रोष और तपस्या से हमारी हानि होने की ही सम्भावना है। जिसके सौ पुत्र मारे गए हों, उस अन्धी माता की पीड़ा की कल्पना कर ही उसके सम्मुख जाने का मेरा साहस नहीं होता। उन्हें कोई सांत्वना दे भी तो

किन शब्दों में दे। क्या कहें, यह ईश्वर की इच्छा थी या यह कि हमने दुर्योधन को उसके अपराधों के लिए दण्डित किया है। वे लोग मेरी बात सुनेंगे भी क्या? उससे पहले ही शाप नहीं दे देंगे। आप सबके समझाने पर भी मैं अपने मन से यह विचार निकाल नहीं पाता कि उनके इस दुख का कारण मैं भी हूँ। कितना भी कम दोष क्यों न हो किन्तु मेरा योगदान भी उसमें है। मैं उनके सामने खड़ा नहीं हो सकता।...पर किसी समय तो उनके सामने पड़ना ही होगा।" वे रुक गए, "श्रीकृष्ण! आप यह कर सकते हैं। आपके मन में दीनता नहीं है। आप धर्म को जानते हैं। आप पीड़ा के अथाह सागर में से भी किसी को निकाल लेने का सामर्थ्य रखते हैं। आप जाएँ और उनको सांत्वना दें। उन्हें कहें की वे अनाथ नहीं हैं। हम भी उनके ही पुत्र हैं। उन्हें किसी प्रकार का कष्ट हम नहीं होने देंगे। वे अपने पुत्रों की मृत्यु का शोक न करें।"

कृष्ण ने भीम पर दृष्टि डाली। भीम के चेहरे के भावों से स्पष्ट था कि उसे युधिष्ठिर के ये वाक्य तनिक भी प्रीतिकर नहीं लग रहे। किन्तु उसने युधिष्ठिर से कुछ नहीं कहा। वह अर्जुन की ओर मुड़ा, "तुम कुछ बोलते क्यों नहीं? पहले भी तुम चुप्पे ही थे, पर अब तो एकदम घुन्ने हो गए हो।"

"यह इससे मत पूछो।" कृष्ण बोले, "यह भी तुम अष्टावक्र से ही पूछो। उन्होंने कहा है : 'वाग्मी, प्रज्ञावान और महा उद्योगी मनुष्य भी सत्य जान लेने के पश्चात् मूक, जड़ और आलसी हो जाता है। अतः संसार का भोग करने के इच्छुक लोग उसका त्याग कर देते हैं।' यह भी मूक हो गया है।"

"इसका अर्थ यह है केशव! कि सत्य को एक तुम नहीं जानते और एक मैं नहीं जानता।" भीम ने ठहाका लगाया, "इसलिए न तुमने बोलना छोड़ा है और न ही उद्योग करना। यह तुम्हारा ही अनुसरण क्यों नहीं करता?"

"अनुसरण तो यह मेरा करता है किन्तु गति तनिक मंथर है।" कृष्ण हँसे, "अब देखो न, धर्मराज भी मुझे ही हस्तिनापुर भेज रहे हैं, क्यों?"

"इसलिए कि तुम प्रज्ञावान हो, वाग्मी हो और महा उद्योगी हो।" भीम ने हँस कर कहा।

"अच्छा! ठीक है। मैं हस्तिनापुर जा रहा हूँ।" कृष्ण बोले, "किन्तु ऐसा न हो कि आप लोग जाकर अपने शिविर में सुख की नींद सो जाएँ और यह धन-धान्य से भरा हुआ दुर्योधन का शिविर असुरक्षित छोड़ दें। अब यह दुर्योधन का नहीं, आपका है। इसकी रक्षा आवश्यक है, अन्यथा प्रातः तक इसे अनाम दस्यु और भगोड़े सैनिक लूटकर ले जाएँगे। सम्भव है कि दुर्योधन के जीवित बचे साथी ही अपने राजा के इस धन के अधिग्रहण का प्रयत्न करें। उसके लिए आवश्यक होगा कि वे इसे आपके हाथ न लगने दें।"

"ठीक है। आज रात हम यही रहेंगे। ओघवती के तट पर।" भीम ने कहा, "पर जो लोग थके हैं, वे सोएँगे तो अवश्य।"

"मैं रात्रि जागरण के लिए तो नहीं कह रहा।" कृष्ण बोले, "युद्ध की अवधि में भी तो हम सोते और अपने शिविर की रक्षा करते रहे हैं।"

"ठीक है। पर आप शीघ्र जाएँ केशव!" युधिष्ठिर बोले, "रात्रि अधिक न हो जाए। यदि आप समय से हस्तिनापुर पहुँच जाएँ तो रात्रि को ही महाराज धृतराष्ट्र से भेंट कर सकेंगे। अन्यथा कल प्रातः की प्रतीक्षा करनी होगी।"

"और बुआ कुन्ती से कुछ नहीं कहना है?" कृष्ण के अधरों पर एक वक्र मुस्कान थी।

"वैसे तो उनको भी सारी सूचनाएँ मिल ही रही होंगी।" युधिष्ठिर बोले, "फिर भी आप उनसे भेंट कर जो सूचनाएँ देना चाहें, दे आएँ।"

"मैं भी आपके साथ चलता हूँ केशव!" सहसा भीम ने कहा।

"तुम क्यों भीमसेन?" युधिष्ठिर कुछ विचलित से हो गए।

"आप चिन्ता न करें, मैं हस्तिनापुर नहीं जा रहा।" भीम ने हँसकर कहा, "मैं तो बस कृष्ण को ससम्मान विदा करने के लिए थोड़ी दूर तक इनके साथ जा रहा हूँ।"

बाहुक रथ ले आया। कृष्ण रथ में बैठ गए तो भीम भी सहज भाव से जा कर कृष्ण के साथ बैठ गया। उसने वहीं से पुकारकर अपने सारथि से कहा, "विशोक! तुम अपना रथ लेकर पीछे-पीछे आओ। मुझे लौटना भी तो है।"

रथ कुछ दूर निकल गया तो भीम ने मुँह खोला, "धर्मराज इतना डरते क्यों हैं, गान्धारी से? वह क्या शाप देकर इनको भस्म कर देगी?"

"मैं भी सोच रहा था कि कोई ऐसी ही बात होगी जो आप मुझसे कहना चाहते हैं।" कृष्ण मुस्कराए, "वस्तुतः मैं धर्मराज के व्यवहार को दो दृष्टियों से देखता हूँ। पहली बात तो यह है कि धृतराष्ट्र और गान्धारी के उस सारे व्यवहार के होते हुए भी धर्मराज के मन में उनके प्रति माता-पिता के योग्य सम्मान है। आप कहेंगे कि धृतराष्ट्र और गान्धारी ने उस सम्मान को अर्जित करने के लिए किया ही क्या है? धृतराष्ट्र ने तो पाण्डवों की हत्या के प्रयत्न में भी दुर्योधन को सहायता दी। पाण्डवों को वंचित और अपमानित करने में भी दुर्योधन को सदा ही धृतराष्ट्र का अभय ही नहीं समर्थन भी प्राप्त रहा।"

"ठीक है।" भीम ने कहा, "मैं तो यह मानता हूँ।"

"वस्तुतः यह सम्मान धृतराष्ट्र के गुणों के कारण नहीं, धर्मराज के अपने धर्म के कारण है। वे उनको माता-पिता के समान मानते हैं तो वे उनको माता-पिता का सम्मान देंगे, वे चाहे जो भी करते रहें। अपने माता-पिता

से कौन संस्कारी व्यक्ति दुर्व्यवहार करता है। सम्भव है धर्मराज के मन में भगवान् श्रीराम का आदर्श हो। उन्होंने भी तो कैकेयी को माता का ही सम्मान दिया था और अपनी माता से भी अधिक कैकेयी की भावनाओं का ध्यान रखा था।"

"तो धर्मराज भी गान्धारी को अपनी माता से अधिक महत्त्व देंगे?"

"बहुत सम्भव है। वे मानते हैं कि गान्धारी बहुत पीड़ित है; और उसकी पीड़ा का कारण स्वयं धर्मराज हैं।" कृष्ण ने कहा।

"और दूसरी दृष्टि?" भीम ने कहा, "तुम कह रहे थे न कि तुम धर्मराज के इस व्यवहार को दो दृष्टियों से देखते हो।"

"हाँ! धृतराष्ट्र से तो नहीं, किन्तु धर्मराज गान्धारी से डरते हैं। यह भय गान्धारी की शक्ति के कारण नहीं, धर्मराज की अपनी सात्विकता के कारण है। वे मानते हैं कि यद्यपि युद्ध उन्होंने आरम्भ नहीं किया था; किन्तु युद्ध में गान्धारी के पुत्रों के वध में पाण्डवों से कुछ अधिक ही क्रूरता हो गई है।"

"कोई उदाहरण?" भीम ने कहा।

"जैसे आपके द्वारा जीवित दुःशासन की भुजा उखाड़कर उससे उसको पीटना। उसका रक्तपान करना। दुर्योधन की जंघाएँ तोड़कर उसे जीवित गिद्धों और गीदड़ों के खाने के लिए छोड़ना...।" कृष्ण बोले, "अपनी इस ग्लानि के कारण वे गान्धारी के सामने जाने का साहस नहीं जुटा पा रहे। जैसे किसी बालक को हितकर मार्ग पर लाने के लिए कोई पिता उसे दण्डित तो कर दे; किन्तु उस दंड की कठोरता से प्रसन्न न हो। वह पिता जब तक बालक को मना नहीं लेगा, उसे शांति नहीं मिलेगी। धर्मराज के साथ वही हो रहा है। उन्होंने धृतराष्ट्र पुत्रों को दण्डित तो कर दिया है; किन्तु अब वे धृतराष्ट्र और देवी गान्धारी को मनाने का प्रयत्न कर रहे हैं। मेरा अनुमान है कि जब धर्मराज हस्तिनापुर का शासन सँभालेंगे, धृतराष्ट्र और गान्धारी उनके सम्मानित अतिथि होंगे।"

"क्या माता कुन्ती उन्हें इसकी अनुमति देंगी?"

"मुझे तो नहीं लगता कि कुन्ती बुआ ने कभी अपने मन में किसी के लिए शत्रुता अथवा प्रतिशोध का भाव पाला हो। वे तो स्वयं कष्ट सहकर भी सबकी सहायता करती आई हैं। आप भूल गए, एकचक्रा नगरी में उस ब्राह्मण को बचाने के लिए उन्होंने आपको बकासुर का भोजन ले जाने का आदेश दिया था।" कृष्ण बोले, "अपने पुत्रों की विजय की इस घड़ी का स्वागत वे गान्धारी अथवा धृतराष्ट्र को अपमानित तथा दण्डित कर नहीं करेंगी। जहाँ तक मैं बुआ को जानता हूँ, वे उनकी सेवा ही करेंगी।"

"तो फिर वे इस युद्ध के लिए इतनी आतुर क्यों थीं?"

"वे युद्ध के लिए नहीं, न्याय के लिए आतुर थीं; और बिना युद्ध के न्याय मिलना सम्भव नहीं था।"

"अच्छा केशव!" सहसा ही भीम का स्वर बदल गया, "क्या तुम भी अपने मन में ऐसी किसी ग्लानि का अनुभव करते हो?"

"नहीं।"

"क्यों?"

"क्योंकि मैंने प्रतिशोध नहीं लिया है। मैंने तो अपना कर्तव्य किया है।" कृष्ण बोले, "मैं द्वन्द्वों से उदासीन हूँ।"

"और मैंने प्रतिशोध लिया है। मैंने दुष्टों को दण्डित किया है। मैंने न्याय के लिए युद्ध किया है। मैंने अपना खोया हुआ अधिकार प्राप्त किया है। इसलिए मुझे भी कोई ग्लानि नहीं है।" भीम कुछ आवेश में बोला, "अब तुम मुझे उतार दो, मैं वापस जाऊँगा। अभी अश्वत्थामा जीवित है। हमें सतर्क रहना चाहिए।"

यद्यपि अन्धकार हो चुका था किन्तु हस्तिनापुर में प्रवेश करने में कृष्ण को कोई कठिनाई नहीं हुई, न ही धृतराष्ट्र के महल में प्रवेश करते हुए, उन्हें किसी ने टोका। इन असाधारण स्थितियों में कदाचित् राजप्रासाद के सामान्य शिष्टाचार स्थगित कर दिए गए थे। प्रासाद के अनुचर, कृष्ण को एक विजेता के रूप में सीधे धृतराष्ट्र और गान्धारी के पास ले गए। कृष्ण के मन में किसी प्रकार की कोई ग्लानि नहीं थी और न ही उन्होंने किसी प्रकार की दीनता प्रकट की। वे जानते थे कि धृतराष्ट्र के पक्ष का प्रत्येक व्यक्ति उन पर युद्ध की प्रेरणा और गान्धारीपुत्रों के वधिक होने का आरोप लगाएगा। किन्तु कृष्ण मानते थे कि यह सत्य नहीं था। गान्धारी के पुत्र अपने पापों द्वारा दण्डित हुए थे। न्याय के लिए यह कठोर कर्म करने के पश्चात् अब दीनता प्रकट करना बहुत घातक होगा। उसका अर्थ होगा, पुनः धृतराष्ट्र की सत्ता को प्रतिष्ठित करना।...पर यह भी सत्य है कि धृतराष्ट्र को असहाय पाकर उसके प्रति क्रूर होने से बचना था। युधिष्ठिर दीन हो सकते थे; और भीम क्रूर हो सकता था। युधिष्ठिर की सात्विकता उन्हें कठोर नहीं होने देती और भीम की राजसिकता, उसकी कोमलता के मार्ग की बाधा है।

कृष्ण को यह देखकर सुखद आश्चर्य हुआ कि धृतराष्ट्र और गान्धारी को सांत्वना देने के लिए महर्षि वेदव्यास पहले से ही वहाँ उपस्थित थे। वेदव्यास को प्रणाम कर कृष्ण धृतराष्ट्र के निकट जा बैठे। उन्होंने धृतराष्ट्र का हाथ अपने हाथ में लिया और उनकी आँखों से टपककर अश्रु धृतराष्ट्र की हथेली पर गिरे।

धृतराष्ट्र को अपने मन की जलन कुछ क्षीण होती लगी और उसका भय जैसे भीतर ही भीतर झाग के समान बैठने लगा।...यह क्या था—कृष्ण के स्पर्श का जादू? अथवा धृतराष्ट्र के अपने डरे हुए मन की सांत्वना कि पाण्डव सेनाएँ आकर उनका वध नहीं करेंगी। कृष्ण के आने का अर्थ ही था अब केवल संधि और प्रेम की बात होगी। युद्ध नहीं होगा। हत्या नहीं होगी, कारागार नहीं होगा। अब उन्हें कोई और वंचित नहीं करेगा?

"श्रीकृष्ण! यह आपका पश्चात्ताप है क्या?" धृतराष्ट्र ने धीरे से कहा।

"नहीं राजन्।" कृष्ण के बोलने से पहले ही वेदव्यास बोले, "यह श्रीकृष्ण की करुणा है। उन्होंने ऐसा क्या किया है, जिसके लिए वे पश्चात्ताप करें। पाप के मूल में तो तुम थे और आज भी तुम्हारे मन में पश्चात्ताप का अंकुर नहीं फूटा..."

महर्षि ने अपना वाक्य अधूरा छोड़ दिया। धृतराष्ट्र सावधान हो गया। उसे तत्काल स्मरण हो आया कि अब कृष्ण की स्थिति विजेता पक्ष के प्रतिनिधि की ही क्यों, स्वामी की सी है। उन्हें तो यहाँ आकर शोक प्रकट करने की कोई बाध्यता नहीं थी। वे आदेश दे सकते थे। जिस प्रकार धृतराष्ट्र ने पाण्डवों को उनके राज्य से निष्कासित किया था, वैसे ही कृष्ण धृतराष्ट्र को निष्कासित कर सकते थे। इसी समय, इसी क्षण...

कृष्ण उठे। उन्होंने स्वच्छ जल से अपने नेत्र धोए और विधिपूर्वक आचमन किया।

लौटकर वे अपने स्थान पर बैठ गए और बोले, "राजन्! समस्त पाण्डव आपके आज्ञाकारी हैं। उन्होंने अपने कुल और क्षत्रिय समाज की रक्षा के लिए, जितना प्रयत्न सम्भव था, वह किया। जितना कष्ट और अपमान वे सह सकते थे, वह सहा। आप की ओर से तो अत्याचार की कोई मर्यादा भी नहीं थी। ...अब आप उन्हें अपने किसी भी कष्ट के लिए दोषी न मानें। पाण्डवों का इसमें तनिक भी अपराध नहीं है। धर्म, न्याय और स्नेह की दृष्टि से पाण्डवों में कहीं कोई न्यूनता नहीं है। वे शुद्ध भाव से आपके पास आए थे; किन्तु आप ही उन्हें स्वच्छ रूप से ग्रहण नहीं कर सके। आपने कपट द्यूत किया। वे उसी शुद्ध भाव से आज पुनः आपके द्वार पर खड़े हैं। आप अब भी उन्हें अपना सकते हैं।"

"तुम क्या मुझसे यह राजप्रासाद खाली करवाने आए हो अथवा दास-दासियों को हमारी सेवा से हटाने का आदेश देने वाले हो?" धृतराष्ट्र के स्वर में रुदन का सा भाव था।

"नहीं। मैं यह बताने आया हूँ कि आप न तो असहाय हैं, न निर्वंश। आपके वंश को काल ने इतना तपाया है कि उसमें अशुद्ध तत्त्व गलकर बह

गया है और शुद्ध तत्त्व अपनी सत्ता प्रतिष्ठित कर चुका है।" कृष्ण बोले, "अब आपका वंश और राज्य पाण्डवों से ही चलने वाला है। अब पुनः आप अपने कुल के शत्रु न बनें।"

"क्यों?" आश्वासन पाकर, धृतराष्ट्र के स्वर का भय कहीं विलीन हो गया, "मैंने सुना है कि युयुत्सु अभी जीवित है। वह हस्तिनापुर में आ गया है। अभी मुझ से भेंट करने नहीं आया है। कदाचित् कल प्रातः आएगा। वह हस्तिनापुर का राजा क्यों नहीं हो सकता?"

"महाराज!" कृष्ण से भी पहले गान्धारी ने कहा, "आपने भुला दिया कि युद्ध से पहले ही युयुत्सु युधिष्ठिर की शरण में चला गया था। अब क्या आप चाहते हैं कि युयुत्सु इस राज्य के लिए पाण्डवों के सम्मुख शस्त्र उठाए और फिर भीम उसे चीरकर फेंक दे। आपका मोह अपने सारे पुत्रों को मरवाकर भी नहीं छूटा?"

"धर्मराज युधिष्ठिर को बहुत चिन्ता है कि आजकल आपका स्वास्थ्य कैसा है। आपका भोजन कैसा है। आपको अपना प्रीतिकर भोजन मिल रहा है अथवा युद्धजनित अव्यवस्था के कारण आप कष्ट पा रहे हैं।" कृष्ण शांत भाव से बोले, "अब आपका दायित्व उन पर है, इसलिए वे जानना चाहते हैं कि भविष्य में भी आप इसी प्रासाद में रहना चाहेंगे अथवा आप दुर्योधन के सर्वसुखसम्पन्न प्रासाद में जाना चाहेंगे। या आप अपने लिए कोई और सुन्दर और विशाल प्रासाद बनवाना चाहेंगे?"

"युधिष्ठिर के मन में सचमुच यह सब है या कृष्ण! तुम मुझे चिढ़ा रहे हो?" धृतराष्ट्र का मुख सूख रहा था।

"राजन्!" सहसा वेदव्यास ने उनकी चर्चा में हस्तक्षेप किया, "तुम अपने मुख में विष लेकर अमृत के सागर में तैरोगे तो उस अमृत का तुम्हें कोई लाभ नहीं होगा। दूसरी ओर, यदि मुख में अमृत का एक घूँट भी हो तो विष का सागर सुरक्षित रहकर तैरा जा सकता है। अब यह तुम पर है कि तुम पाण्डवों का स्नेह स्वीकार करते हो या अब भी उन्हें अपना शत्रु मानकर उनकी हानि करना चाहते हो।"

"मैंने उनकी हानि कभी नहीं चाही।" धृतराष्ट्र बोला।

"तुम्हारा कपट अब भी तुम्हें त्याग नहीं रहा धृतराष्ट्र!" वेदव्यास शांत भाव से मुस्कराए, "कपट का फल तुम अच्छी तरह चख चुके हो। अब भी उसी की खेती करना चाहते हो, तो तुम्हारी इच्छा। यह युधिष्ठिर की महानता है कि उसने तुम्हारे लिए बधिक न भेजकर श्रीकृष्ण को भेजा है।"

"महाराज! युधिष्ठिर के राज्य में आपको अपने उपभोग के लिए वह सारा धन-वैभव और अधिकार प्राप्त होगा, जो आपको अपने अथवा दुर्योधन के राज्य में प्राप्त था।" कृष्ण बोले, "पाण्डव आपकी उससे कहीं अधिक सेवा करेंगे, जितनी दुर्योधन करता था। दुर्योधन ने आपके आदेशों की सदा उपेक्षा की और युधिष्ठिर आपके आदेश पर द्यूतविद्या से अनभिज्ञ होते हुए भी शकुनि जैसे चतुर खिलाड़ी के साथ द्यूत खेलने बैठ गए। उन्होंने अपने धन और राज्य के साथ अपनी पत्नी, अपने भाइयों तथा स्वयं अपने आपको दाँव पर लगाया; किन्तु आपके आदेश की अवहेलना नहीं की। कितना अन्तर है। आप युधिष्ठिर के मन में एक बार झाँककर तो देखिए।" कृष्ण रुके, "आप पाण्डवों को अपने पुत्रों के रूप में अंगीकार कीजिए। बुआ कुन्ती भी आपकी सेवा करेंगी। अब आपका और है ही कौन?"

"क्या करेंगे पाण्डव हमारी सेवा?" धृतराष्ट्र कुछ खीझकर बोला, "हम उनके शत्रुओं के माता-पिता हैं। सम्भव है कि भीम हमें भी अपना शत्रु मानता हो।"

"धर्मराज के मन में आपके प्रति कितनी भक्ति और कितना स्वाभाविक स्नेह है—इसको परख कर तो देखिए।" कृष्ण बोले, "ऐसा न हो कि इस बार आप अपनी आशंकाओं के मारे उनसे दूर होते चले जाएँ।"

"पर क्यों करेगा वह मेरी भक्ति? क्या मिल जाएगा उसे मुझसे?" धृतराष्ट्र का स्वर वैसा ही कटु था, "क्या उसकी स्मरण शक्ति इतनी क्षीण है? भूल जाएगा वह कि मेरे पुत्रों ने उसके साथ कैसा व्यवहार किया था।"

"आपके पुत्रों के अत्याचार उनके साथ गए। युधिष्ठिर तो स्वयं को भी आपका पुत्र ही मानते हैं। आपको अपने माता-पिता समझते हैं। आपकी भक्ति इसलिए तो नहीं करते कि आपमें वे गुण हैं। भक्ति वे इसलिए करते हैं, क्योंकि उनमें वह गुण है। आप स्त्री की ओर इसलिए आकृष्ट नहीं होते, क्योंकि वह बुहत सुंदर है। आप तो वह सौन्दर्य देख भी नहीं पाते। आप आकृष्ट इसलिए होते हैं, क्योंकि आपके अपने मन में काम है।" कृष्ण बोले, "आपके मन में अब भी दुराव है। पर आप इसे स्पष्ट समझ लें कि अब आपसे उनको कोई भौतिक उपलब्धि नहीं होने वाली। न उनकी वैसी कोई अपेक्षा ही है। राज्य और धन संपत्ति—सब कुछ अब उनका ही है। आप उनके प्रासाद में बैठे हैं और ये दास और अनुचर भी उनके ही हैं, जो आपकी सेवा कर रहे हैं। मैं उनका दूत बनकर आया हूँ। उनकी ओर से मैं आपको विश्वास दिलाना चाहता हूँ कि वे सात्विक भाव से वृद्ध सेवा करेंगे। वे माता गांधारी और बुआ कुंती में कहीं कोई अंतर नहीं देखते। युधिष्ठिर ने मुझे आपके पास भेजा है, अपनी

माता के पास नहीं। वे आपके दुख से दुखी हैं और चाहते हैं कि किसी प्रकार आपका दुख कम हो सके।"

"पर क्या कुंती उन्हें सौहार्दपूर्ण व्यवहार करने देगी?" धृतराष्ट्र बोला।

"तुम कुंती की उदारता को नहीं जानते धृतराष्ट्र!" वेदव्यास बोले, "पिछले तेरह वर्षों से वह तुम्हारे नगर में निवास कर रही है। तुमने सदा उसकी उपेक्षा की किंतु क्या उसने कभी तुम्हारे सम्मान में कमी की?"

"वे छोटी बहन बनकर माता गांधारी की सेवा करेंगी।" कृष्ण बोले, "इसलिए नहीं कि माता गांधारी ने उनका कोई उपकार किया है। इसलिए कि कुंती बुआ अपने मन की घृणा को जीतने की साधना करती हैं। वे पाप से घृणा करती हैं। आप जैसे दीन और असहाय लोगों से घृणा कर उन्हें क्या मिलेगा। सूर्य अपने स्वभाव के कारण संसार के प्रत्येक जीव को प्रकाश देता है, उनसे कुछ पाने के लोभ में वह कुछ नहीं करता।"

धृतराष्ट्र के मुख पर कुछ रोष उभरा, "हमसे इतनी ही सहानभूति थी तो हमारे पुत्रों का वध क्यों किया? क्यों नहीं सोचा कि उससे हमें असह्य दुख होगा?"

"उन्होंने आपके पुत्रों का वध नहीं किया। उन्होंने तो केवल अपने अपराधी शत्रुओं का वध किया है। नहीं तो शत्रु उनका वध कर देते।" कृष्ण बोले, "अपने मोह को तनिक-सा शिथिल कर सोचिए, संसार में ऐसा और कौन है, जो अपने अपराधी शत्रुओं का संहार करके भी प्रसन्न होने के स्थान पर शोक की ज्वाला में जलता हो। चैन न पाता हो। अपने पुत्रों से उनके चरित्र की तुलना कीजिए। आपके पुत्र ने छलपूर्वक द्यूत में उनको जीता था तो उनकी पत्नी को राजसभा में घसीट मँगवाया था और उनको निर्वस्त्र करने का प्रयत्न किया था। पांडवों ने सम्मुख युद्ध में आपके पुत्रों और उनके सहयोगी मित्रों का वध किया है। वे विजेताओं के दर्प से भी हस्तिनापुर आ सकते थे; किंतु वे उस युद्ध और उसमें हुए रक्तपात के लिए लज्जित हैं, जिसके लिए उन्हें बाध्य किया गया। आपके पुत्र ने आपके और सारे कुरुवृद्धों के सम्मुख पांचाली को अपमानित किया किंतु उसे तनिक लज्जा नहीं आई। पांडव आपके सामने आने में संकोच कर रहे हैं, क्योंकि उन्होंने युद्ध में आपके पुत्रों का वध किया है, जबकि आपके पुत्र वध्य ही थे।" कृष्ण क्षण भर रुके और बोले, "आपने ही दुर्योधन को ताड़ना देते हुए कहा था माता! आपके ही शब्द हैं, 'ओ मूढ़! मेरी बात सुन ले। जहाँ धर्म होता है, उसी पक्ष की विजय होती है।' आपकी वही बात सत्य प्रमाणित हुई है। अब शोक न करें और न ही अपने दुख के लिए पाण्डवों को दोषी मानें। पाण्डवों के प्रति विरोध का भाव त्यागें।"

"मैं तुम्हारी बात समझती हूँ कृष्ण! अपनी स्थिति को भी समझती हूँ।" गांधारी ने कहा, "महाराज नेत्रहीन भी हैं, वृद्ध भी। इनके सारे पुत्र मारे जा चुके हैं। अब पाण्डवों के साथ तुम ही इनके आश्रयदाता हो।" गांधारी रुकी, "किन्तु फिर भी एक बात कहना चाहती हूँ।"

"कहिए माता।"

"उन्होंने मेरे पुत्रों का वध किया क्योंकि युद्ध में शत्रु का वध करने की ही परंपरा है; किन्तु उनकी इतनी दुर्दशा क्यों की? उन्हें इतना अपमानित क्यों किया? किसी और का भी रक्त पिया है इस युद्ध में भीमसेन ने? दुःशासन के साथ ही ऐसा व्यवहार क्यों? क्या यह उनका अन्याय नहीं है?"

"यह अन्याय नहीं है माता। यह रोष है, प्रतिशोध है भीमसेन का।" कृष्ण बोले, "अन्याय तो द्रौपदी को केशों से पकड़, घसीटकर सभा में लाना था। अन्याय तो उसे दुर्योधन द्वारा अपनी जंघा पर बैठने का संकेत करना था। अन्याय तो दुःशासन द्वारा उसे निर्वस्त्र करने का प्रयत्न करना था। भीम ने जो कुछ किया, वह तो मात्र प्रतिक्रिया थी। वैसे प्रतिक्रिया तो प्रकृति का गुण है, व्यक्ति को तो उस कर्म का श्रेय व्यर्थ ही दे दिया जाता है। तुम्हारे पुत्रों के अपने कर्मों ने उनकी दुर्दशा करवाई है।" कृष्ण रुके और इस बार बोले तो जैसे उनका स्वर आकाश से आ रहा था, "महाराज! अपने किए कर्म किसी को क्षमा नहीं करते। अपने पुत्रों के विषय में आप बहुत चिन्तित हैं, किन्तु मेरा परामर्श है कि आपको अपने विषय में भी विचार करना चाहिए। अपने किए कर्मों पर भी दृष्टि डालनी चाहिए।"

धृतराष्ट्र का मन काँप गया : यह कृष्ण की चेतावनी है क्या? क्या पांडव उनसे भी उनके कर्मों का प्रतिशोध लेंगे?

कृष्ण उठ खड़े हुए। महर्षि ने देखा, कृष्ण का मन जैसे कहीं और था। वे धृतराष्ट्र के सामने से उठकर जैसे किसी अज्ञात स्थान पर चले गए थे।

"क्या बात है श्रीकृष्ण?" वेदव्यास ने पूछा।

"चलता हूँ ऋषिवर!" कृष्ण ने उन्हें प्रणाम किया, "अच्छा महाराज! अनुमति दें।"

"क्या हुआ कृष्ण? इस प्रकार अकस्मात्? मेरी किसी बात से रुष्ट हो गए क्या?" धृतराष्ट्र घबरा गया था।

"नहीं महाराज! सहसा ध्यान आ गया कि अश्वत्थामा अभी जीवित है और कहीं छुप गया है।" कृष्ण बोले, "उसके जीवित रहते, न हम असावधान रह सकते हैं, न निश्चिंत। उसके मन में एक जाग्रत पशु निवास करता है।"

लगा, धृतराष्ट्र ने जैसे कोई बहुत भयानक समाचार सुन लिया हो। चिंतित स्वर में बोला, "जाओ कृष्ण! जाकर मेरे पुत्रों की रक्षा करो।"

कृष्ण की दृष्टि वेदव्यास की ओर उठ गई। वे मुस्करा रहे थे। कृष्ण द्वार की ओर बढ़े तो वेदव्यास भी उनके साथ आए।

"श्रीकृष्ण ! आप देख ही रहे हैं।" वे बोले, "धृतराष्ट्र का स्वार्थ अभी विगलित नहीं हुआ है। अब उसका स्वार्थ इसमें है कि पाण्डवों की रक्षा हो। वह नहीं चाहेगा कि युधिष्ठर के स्थान पर हस्तिनापुर का राजा अश्वत्थामा हो।"

"आप अंतर्यामी हैं महर्षि!" कृष्ण ने उनके चरण छुए और अपने रथ की ओर बढ़ गए।

40

कृपाचार्य का मन उचटता जा रहा था। अट्ठारह दिनों के इस निरर्थक युद्ध से उनका मन बुरी तरह ऊब चुका था। उनकी समझ में नहीं आ रहा था कि किस बात के लिए संसार के ये इतने सारे क्षत्रिय एक स्थान पर एकत्रित होकर एक-दूसरे का रक्त बहाने पर तुले हुए थे। उन्हें तो आचार्य द्रोण की द्रुपद से शत्रुता भी सदा एक निरर्थक हठ के सिवाय और कुछ प्रतीत नहीं होती थी। इन सबके पास अपने रहने के स्थान थे। सबके पास भोजन की पर्याप्त व्यवस्था थी। सबके घरों में वस्त्रों की भरमार थी। सबके बच्चे गुरुकुलों में शिक्षा ग्रहण कर रहे थे और सबको रुग्णावस्था में वैद्य उपलब्ध थे। फिर यह छीना-झपटी किसके लिए थी?

आज वे सोचने बैठते हैं तो इसमें बहुत सारे लोगों के लोभ और अहंकार का योगदान दिखाई पड़ता है।...पर अब युद्ध हो चुका था। कौरव पक्ष समाप्त हो चुका था। एक दुर्योधन बचा था; किन्तु वह समरभूमि छोड़कर कहीं भाग गया था। उसे बहुत खोजा था उन लोगों ने; किन्तु वह कहीं नहीं मिला। स्वयं वे, अश्वत्थामा और कृतवर्मा युद्ध के लिए इतने व्यग्र क्यों थे। वे क्यों चाहते थे कि दुर्योधन को खोजा जाए और पाण्डवों से युद्ध किया जाए। जिनका युद्ध था, वे ही समाप्त हो चुके तो अश्वत्थामा पांडवों को अपना शत्रु क्यों मानता है? पांडव तो उसके शत्रु नहीं थे। और यह कृतवर्मा क्यों शांति से द्वारका जाकर अपने परिवार के साथ सुख से नहीं रहता?...दुर्योधन अपने योद्धाओं को खोजता तो फिर भी कृप उसका कारण समझ सकते थे; किन्तु ये अश्वत्थामा और कृतवर्मा दुर्योधन को खोज कर उसका क्या करेंगे?

सहसा कृपाचार्य के मन में दूसरी बात आई...संभव है ये लोग क्षत्रिय धर्म

की मर्यादा का पालन कर रहे हों। ये अंत तक युद्ध करना चाहते हों। विजय अथवा वीरगति में से एक इनका लक्ष्य हो। ऐसे में वे लोग जीवित रहते हुए युद्ध का परित्याग कैसे कर सकते थे।...तो फिर ये लोग समरभूमि में पीठ दिखाकर भाग क्यों आए थे? लड़ते क्यों नहीं। प्राण देते और लेते क्यों नहीं? छिपते क्यों फिर रहे थे? दुर्योधन को क्यों खोज रहे थे? दुर्योधन इनका धनुष है, खड्ग है या रथ है? पांडव तो वहीं युद्धक्षेत्र में ही थे और अब भी ये लोग जीवित बचे हुए कौरव योद्धाओं को निरंतर खोजकर उनको ललकार रहे थे। अश्वत्थामा और कृतवर्मा को लड़ना ही है तो लड़ लें, नहीं तो पाण्डवों से मित्रता कर लें। कृपाचार्य पांडवों के गुरु हैं, अश्वत्थामा पाण्डवों का गुरुपुत्र और शैशव का मित्र है; कृतवर्मा द्वारकावासी है, यादव है, श्रीकृष्ण का समधी है। जब तक कौरव थे, उनका राज्य था, उनके प्रति निष्ठा के कारण वे लोग लड़े। अब लड़कर क्या होगा? क्या वे लोग सोचते हैं कि यदि दुर्योधन इनको मिल गया तो ये लोग हस्तिनापुर का राज्य उसको दिलवा देंगे? या यह राज्य इनको मिल जाएगा?

कृपाचार्य भली प्रकार जानते हैं कि क्षत्रिय की मर्यादा क्या है। वह अंत तक युद्ध करता है। जय-पराजय उसके लिए कोई अर्थ नहीं रखती। किन्तु यह उस क्षत्रिय की मर्यादा है, जो धर्म की रक्षा करने के लिए लड़ रहा हो, अपने देश की रक्षा के लिए लड़ रहा हो, अपने अधिकारों की रक्षा के लिए लड़ रहा हो। अश्वत्थामा तो क्षत्रिय ही नहीं है। यदि वह अपने स्वभाव तथा कर्म से स्वयं को क्षत्रिय मानता हो तो ठीक है, वह क्षत्रिय की मर्यादा का पालन करे; किन्तु फिर वह ब्राह्मण का सम्मान और अधिकार क्यों चाहता है? युद्ध उसका व्यवसाय है, तो उसे व्यवसाय तक ही सीमित रखे, वह उसका धर्म नहीं हो सकता। कृतवर्मा अवश्य क्षत्रिय है। वंश से, स्वभाव से तथा अपने कर्म और व्यवसाय से। किन्तु वह धर्म के लिए नहीं लड़ रहा। जाने वह किस-किसकी शत्रुता अपने मन में पाले हुए है और घृणा से प्रेरित होकर वेतनभोगी सैनिक के समान लड़ रहा है। वेतनभोगी सैनिक अब किस बाध्यता से युद्ध के लिए इतने आतुर हैं, जब उन्हें कोई वेतन देने वाला ही नहीं रहा?

तभी उन लोगों को संजय दिखाई पड़ गया था। उसने बताया था कि सात्यकि उसे युद्धबंदी के रूप में पांडव शिविर में ले गया था; किन्तु महर्षि वेदव्यास ने उसे मुक्त करा दिया था। वह अब हस्तिनापुर लौट रहा था। कृपाचार्य ने उसे अपने रथ पर चढ़ा लिया था। उसी से सूचना मिली थी कि दुर्योधन द्वैपायन सरोवर की ओर जाता हुआ देखा गया था। यहीं से उनकी दुर्योधन संबंधी खोज और भी सघन हो गई थी।

द्वैपायन सरोवर के निकट उन्हें दुर्योधन मिल गया था। वह घायल तो था ही, बहुत डरा हुआ भी था। उसके पास अपनी भारी गदा थी। शेष शस्त्र और रथ इत्यादि वह छोड़ आया था या उससे छूट गए थे।...

उसे देखते ही अश्वत्थामा परम प्रसन्न हो गया था। और फिर जैसे वह युद्ध के किसी अपदेवता से आविष्ट हो गया था। वह भूल गया कि दुर्योधन उसका राजा था। उसने जैसे उसे आदेश देते हुए कहा था, "हमारे साथ चलो और पाण्डवों से युद्ध करो। विजयी होकर पृथ्वी का राज्य भोगो या मारे जाकर स्वर्ग लोक प्राप्त करो।"

दुर्योधन के अधरों पर एक क्लांत सी मुस्कान थी, "हम लोग बहुत थके हुए हैं। विश्राम कर अपनी क्लांति दूर कर लें, अपने घावों का उपचार कर लें तो अवश्य युद्ध करेंगे और फिर विजयी भी होंगे। इस समय युद्ध में मेरी रुचि नहीं है।"

"पर अरुचि का कारण क्या है?" अश्वत्थामा का अधैर्य फूट-फूट पड़ने को हो रहा था।

"अभी पराक्रम प्रकट करने का समय नहीं है। इस समय पाण्डवों का बल बढ़ा हुआ है।"

"भूल है तुम्हारी राजन्!" अश्वत्थामा ने कहा, "पाण्डवों की सेना का संहार हो चुका है। जो शेष बचे हैं, वे हमसे भी अधिक घायल हैं। हम आपकी रक्षा करेंगे। आप हमसे सुरक्षित होकर उन पर आक्रमण करें। वे आपका वेग नहीं सह पाएँगे।"

दुर्योधन ने भयभीत-सी दृष्टि उस पर डाली, जैसे कह रहा हो, क्यों मुझे मृत्यु के मुख में धकेलना चाहते हो? और फिर धीरे से बोला, "नहीं! अभी नहीं।"

अश्वत्थामा को उससे संतोष नहीं हुआ। वह कुछ आवेश में बोला, "मेरा विश्वास करो राजन्! मैं अपने इष्टपूर्त कर्म, दान, सत्य और जप की शपथ खाकर कहता हूँ कि मैं आज सोमकों का संहार कर डालूँगा। यदि यह रात बीतते ही प्रातः रणभूमि में शत्रुओं को न मार डालूँ, तो मुझे अपने पुण्यों का सुख प्राप्त न हो। मैं समस्त पांचालों का संहार किए बिना अपना कवच नहीं उतारूँगा।"

कृपाचार्य का ध्यान इस ओर गया...वह अपने शत्रुओं के वध की बात कर रहा था और केवल पांचालों का नाम ले रहा था। वह पाण्डवों की चर्चा नहीं कर रहा था।...तो पिता के मन का वैर पुत्र के रक्त में भी आ गया था। महाराज द्रुपद से जो शतुत्रा आचार्य द्रोण ने बाँधी थी, यह उसी परंपरा को आगे चला रहा था। और अब तो आचार्य के प्राण लेने के लिए

भी धृष्टद्युम्न को दण्डित करना चाहेगा। दूसरी पीढ़ी में आकर शत्रुता और भी सघन हो गई थी।...

दूर कुछ ऐसी ध्वनियाँ भी आ रही थीं, जिनसे लगता था कि पांडवों की वाहनियाँ कहीं बहुत निकट से ही जा रही हैं। संभवतः ये उनकी सेना की टोही टोलियाँ थीं।

दुर्योधन के कान खड़े हो गए थे।

"अच्छा! तुम लोग चलो।" उसने कहा, "ऐसा न हो कि पांडव सेना इधर आ निकले और वे जान जाएँ कि मैं यहाँ हूँ। मैं रात भर उनकी आँखों से छिपकर निश्चिंत विश्राम करना चाहता हूँ।"

"हम लोग हट जाएँगे," अश्वत्थामा ने कहा, "अच्छा आज्ञा दो।"

कृपाचार्य का मन फिर अनेक प्रश्नों से जूझने लगा था।...अब तक तो वे लोग दुर्योधन को ढूँढ रहे थे। यदि ढूँढने का कारण यह था कि वे इकट्ठे रहकर पाण्डवों से एक-दूसरे की रक्षा कर सकें, तो अब वे इकट्ठे क्यों नहीं रहते? दुर्योधन क्यों चाहता है कि वे लोग वहाँ से चले जाएँ? यदि उसके पास छिपने का कोई सुरक्षित स्थान है तो वह उनको भी रात भर अपने साथ क्यों छिपा नहीं लेता? या वह ही क्यों उनके साथ नहीं चलता, ताकि वे एक साथ हों, शक्तिशाली हों और पाण्डवों से जूझ सकें? दुर्योधन इस स्थान से हटना क्यों नहीं चाहता? ऐसा क्या है, जो यहाँ उसकी रक्षा करेगा और अन्यत्र रक्षा नहीं हो पाएगी?...इसका अर्थ तो यह है कि दुर्योधन स्वयं को सुरक्षित मानता है; किन्तु किसी और को अपने साथ नहीं रखना चाहता। इस स्थान की सुरक्षा वह अपने साथियों को क्यों नहीं देना चाहता? क्या वह उनको अपना साथी नहीं मानता? मानता है तो उनकी सुरक्षा क्यों नहीं चाहता?...कृपाचार्य को समझ में कुछ नहीं आ रहा था, किन्तु उन्होंने दुर्योधन से कोई प्रश्न नहीं किया। शायद उनके मन में युद्ध का उत्साह ही नहीं था और न ही वे पाण्डवों से उस प्रकार डरे हुए थे कि वे उनसे छिपते फिरते। वे जानते थे कि जिस क्षण वे पाण्डवों के सम्मुख जाकर कह देंगे कि युद्ध समाप्त हो गया है, अब वे उन पर शस्त्र प्रयोग नहीं करेंगे, सारा वैर समाप्त हो जाएगा...

दुर्योधन द्वैपायन सरोवर में जाकर छिप गया। वे तीनों अपने रथों की ओर लौट आए। रथ चले तो सबसे आगे अश्वत्थामा ही था। कृपाचार्य सोच रहे थे कि शायद अश्वत्थामा के मन में ही सबसे भयंकर भय था। शायद प्रतिहिंसा भी उसके मन में थी। वे लोग वन की ओर निकल गये थे। सघन वन में रथ का चलना कठिन था। वे अपने रथों के साथ उतनी ही दूर जा सकते थे, जहाँ तक ऐसे झाड़ और पौधे थे, जिन्हें घोड़े अपने पैरों से कुचल

सकते थे या रथचक्र उनको रौंद सकते थे। विराट वृक्षों की बाधाओं को रथ पार नहीं कर सकते थे।...और रथों का त्याग वे करना नहीं चाहते थे। अभी युद्ध समाप्त नहीं हुआ था। रथ नहीं होंगे तो उनकी गति अवरुद्ध हो जाएगी। रथ नहीं होंगे तो उनके पास शस्त्र भंडार नहीं होगा। अपने कंधों पर वे कितने शस्त्र लेकर चल सकते हैं? और फिर शत्रु से सामना होने पर रथ से बड़ा और कवच कौन-सा था।...

पथ से हटकर छोटे वृक्षों से परे एक वट वृक्ष दिखाई दे रहा था। अश्वत्थामा ने अपने रथ को उसी ओर मोड़ दिया।

रथों को एक साथ खड़ा कर वे उस वट के नीचे आ बैठे।

"थक गये क्या?" कृपाचार्य ने पूछा।

"नहीं!" अश्वत्थामा ने कहा, "किन्तु विश्राम करने से शक्ति का संचय होता है और वैसे भी हमें दुर्योधन से बहुत दूर नहीं जाना चाहिए।"

"कृतवर्मा!" कृपाचार्य बोले, "मुझे लगता है कि कौरवों का युद्ध समाप्त हो चुका है।"

"लगता तो ऐसा ही है।" वह बोला।

"तो फिर तुम अब किसके लिए लड़ना चाहते हो? किससे लड़ना चाहते हो? और किसलिए लड़ना चाहते हो?"

अश्वत्थामा को उनका यह प्रश्न अच्छा नहीं लगा था। इस प्रश्न में युद्ध का विरोध था। उसने जैसे उनकी गति रुद्ध करने के लिए उन पर प्रहार किया, "आप किसलिए शस्त्र उठाए हमारे साथ हैं मातुल?"

कृपाचार्य इस आकस्मिक आक्रमण से कुछ हतप्रभ हुए, किन्तु सँभलकर बोले, "मैं तो तुम्हारे स्नेह के कारण तुम्हारे साथ हूँ। तुम्हारी रक्षा के लिए तुम्हारे साथ हूँ। मेरे लिए और क्या कारण हो सकता है? मेरी न तो पाण्डवों से कोई शत्रुता है और न ही पांचलों से। दुर्योधन का पक्ष धर्म का पक्ष भी नहीं है कि मैं उसके लिए निरीह लोगों का रक्त बहाऊँ। उसका राज्य भी नहीं है कि मैं राज्यनिष्ठा के कारण शस्त्र परिचालन करूँ।" कृपाचार्य ने उसकी ओर देखा, "किन्तु तुम अब किसलिए युद्ध के लिए इतने व्यग्र हो? मैं तो सोचता हूँ कि हमें अब युधिष्ठिर के सम्मुख शस्त्रसमर्पण कर देना चाहिए और जो दायित्व वे हमें दें, उसे स्वीकार करना चाहिए।"

अश्वत्थामा के मुख का स्वाद जैसे कड़वा हो गया।...युधिष्ठिर के सम्मुख शस्त्रसमर्पण!....उसके मन में एक भयंकर चित्र उभरा...

हस्तिनापुर की राजसभा में सिंहासन पर सम्राट् युधिष्ठिर बैठे हुए हैं। उनके एकदम साथ के अति विशिष्ट सिंहासन पर बैठा है धृष्टद्युम्न! जैसे वही

हस्तिनापुर राज्य का युवराज हो। युद्ध में असाधारण वीरता प्रकट करने के लिए युधिष्ठिर अपने बीर योद्धाओं का अभिनन्दन कर रहे हैं।

युधिष्ठिर घोषणा करते हैं, "इस महान् युद्ध में वीरता का चरम प्रकट करने के लिए मैं पांचालराज द्रुपदपुत्र धृष्टद्युम्न को परम वीर की प्रशस्ति प्रदान करता हूँ। आज से वे पांचालों के परंपरागत राज्य के स्वामी तो होंगे ही, हम उन्हें उनसे आचार्य द्रोण द्वारा छीन लिए गए अहिछत्र का राज्य भी पुरस्कार स्वरूप प्रदान कर रहे हैं वीर पांचाल बंधुओं ने इस युद्ध में हमारी जितनी सहायता की है, वह संसार के इतिहास में अनुपलब्ध है।"

धृष्टद्युम्न ने अपने स्थान से उठकर युधिष्ठिर को हाथ जोड़कर प्रणाम किया।

तभी भीमसेन अपने स्थान से उठ खड़ा हुआ। वह धृष्टद्युम्न के निकट आया और उसने धृष्टद्युम्न को अपने वक्ष से लगा लिया।

"धर्मराज! राज्य की नीति को स्पष्ट करने तथा प्रजा के लाभ के लिए, आप की अनुमति से एक घोषणा मैं भी करना चाहता हूँ।"

"बोलो भीमसेन।"

"मैं यह घोषणा करता हूँ कि हस्तिनापुर में अब केवल पाण्डवों का नहीं, पांचालों और पाण्डवों का संयुक्त राज्य है।" भीम ने कहा, "अब कोई यह न कहे कि पांचालों और कौरवों में किसी प्रकार का कोई वैमनस्य है। उसे हमने अपने शत्रुओं के रक्त से धो दिया है। हमारा एक ही परिवार है। हमारी अगली पीढ़ी पांचालों, कौरवों और पाण्डवों की सम्मिलित पीढ़ी है। उनमें दोनों का ही रक्त है, इसलिए उनका वंश भी एक ही है।"

धृष्टद्युम्न अत्यंत प्रसन्न दिखाई पड़ रहा था। इतनी बड़ी उपलब्धि की कल्पना तो उसने क्या, उसके पिता ने भी नहीं की होगी।

सहसा धृष्टद्युम्न खड़ा हो गया और उसने घोषणा के रूप में कहना आरंभ किया। उसके लिए उसने युधिष्ठिर की अनुमति की भी आवश्यकता नहीं समझी।

"मैं महामना पाण्डवों की इस उदारता को स्वीकार करता हूँ; किन्तु मुझको तो अपना पुरस्कार उसी दिन मिल गया था, जिस दिन मैंने उस कुचक्री ब्राह्मण, जिसे आप आचार्य द्रोण कहते हैं, के जटाजूट को अपने इन हाथों से पकड़कर अपने खड्ग से उसका मस्तक काट लिया था।..."

अश्वत्थामा का मन जैसे फट पड़ा और उसका रक्त सारे संसार को लाल कर गया। पांडव अपने गुरु का अपमान करने वाले इस नीच पांचाल का विरोध भी नहीं कर रहे; और उसके साथ मिलकर उत्सव मना रहे हैं।...और मातुल

कह रहे हैं कि वे लोग युधिष्ठिर के सामने शस्त्र समर्पित कर दें।...ताकि युद्ध बंद हो जाए और अश्वत्थामा अपने पिता की उस क्रूर हत्या का प्रतिशोध भी न ले सके। नहीं! युद्ध किसी भी स्थिति में बंद नहीं होना चाहिए। युद्ध बंद हो गया तो अश्वत्थामा की प्रतिहिंसा उसे ही निगल जाएगी।...

"इस समय तो प्रतिशोध ही मेरा धर्म है।" अश्वत्थामा बोला, "और मैं उसी का निर्वाह कर रहा हूँ।"

कृपाचार्य ने स्वयं को भरसक शांत रखते हुए, कृतवर्मा की ओर देखा, "और तुम कृतवर्मा! तुम तो दुर्योधन के ऐसे कोई मित्र भी नहीं हो। तुम दुर्योधन की सभा में से कृष्ण को सुरक्षित निकाल ले गए थे। मित्र तो तुम कृष्ण के ही हो। उसके समधी भी हो। फिर तुम क्यों शस्त्र उठाए हुए युद्ध के पीछे पड़े हो? तुम्हें भी किसी से अपना प्रतिशोध लेना है?"

कृतवर्मा ने एक बार कृपाचार्य की ओर देखा और सिर झुका लिया। यही प्रश्न वह कितनी ही बार अपने आपसे पूछ चुका था।...ठीक कह रहे थे कृपाचार्य। वह तो कृष्ण का मित्र ही था। किन्तु उनसे भी अधिक वह बलराम का मित्र था। फिर भी न तो पाण्डवों से उसकी कोई शत्रुता थी और न ही कृष्ण से। उसका तो सारा झगड़ा ही सात्यकि से था। उसने समझा था कि इस युद्ध के बहाने वह हिसाब चुकता कर लेगा... किन्तु सात्यकि अब भी जीवित है। विजेताओं में से एक है। युद्ध बंद हो जाता है और कृतवर्मा पाण्डवों के हाथ पड़ जाता है तो सात्यकि उनसे उसे माँग लेगा। फिर वह जो चाहे, उसके साथ करे। कृतवर्मा जैसा योद्धा सात्यकि की कृपा पर जीवित होगा और उसकी इच्छा होते ही मार दिया जाएगा। कृतवर्मा ने यादवों की नारायणी सेना का नेतृत्व किया था। किन्तु कहाँ है वह नारायणी सेना? अर्जुन ने उसके एक-एक सैनिक को काटकर फेंक दिया था। हस्तिनापुर से सुरक्षित बचकर कृतवर्मा द्वारका चला जाए तो वहाँ भी सात्यकि होगा, जो द्वारका की वीथियों और चौपड़ों पर खड़ा होकर कहेगा, "यह है कृतवर्मा! जो अपनी वीरता के कारण सारी नारायण ी सेना को कटवा आया।" ...नहीं, कृतवर्मा युद्ध समाप्त होने से पहले ही सात्यकि से निबट ले तो ठीक है, अन्यथा उसका सारा भविष्य कलंकित ही होता रहेगा...

"मैंने तुमसे पूछा कृतवर्मा!" कृपाचार्य बोले, "तुम क्यों युद्ध के इतने समर्थक बने हुए हो? दाँव पर तुम्हारा क्या लगा हुआ है?"

कृतवर्मा स्वयं को संयत कर चुका था। बोला, "आपके मन में यह प्रश्न इसलिए उठ रहा है, क्योंकि आपने मान लिया है कि युद्ध समाप्त हो गया है। मैंने अभी यह स्वीकार नहीं किया है। युद्ध के मध्य ही मैं समरभूमि छोड़कर कैसे भाग जाऊँ।"

कृतवर्मा की बात बीच में ही रह गई। उनके रथों के निकट कोई खड़ा था। घोड़े भी हिनहिनाकर अपने ढंग से सूचना दे रहे थे कि कोई आया है।...

वे तीनों उठ खड़े हुए। उनके हाथ शस्त्रों पर चले गए। आँखों ही आँखों में संकेत हुआ। अश्वत्थामा सीधा और प्रकट रूप से उस व्यक्ति के निकट जाएगा। कृतवर्मा और कृपाचार्य अर्द्ध वृत्त बनाते हुए गुप्त रूप से दाएँ और बाएँ से उसके निकट पहुँचेंगे। उसके पास यदि शस्त्र हुए तो वे उस पर प्रहार भी कर सकते हैं।

पर वह कोई शत्रु नहीं था। वह तो दुर्योधन का ही एक दूत था।

"आचार्य!" उसने कहा, "महाराज दुर्योधन का मध्यम पांडव भीम से गदायुद्ध हुआ है और भीमसेन ने उनकी दोनों जंघाएँ तोड़ दी हैं।"

"क्या?" अश्वत्थामा के मुख से निकला, "महाराज हैं कहाँ? द्वैपायन सरोवर के तट पर?"

"नहीं महाराज! उनका युद्ध समंतपंचक में वासुदेव बलराम की अध्यक्षता में हुआ था।" दूत ने बताया, "वे वहीं पड़े हैं। मैं उनसे मिला तो उन्होंने कहा कि मेरे योद्धाओं को खोज कर उनको मेरा समाचार दो।"

"बलराम! वे कहाँ से आ गये?" कृतवर्मा ने पूछा, "वे तो तीर्थ करने गए थे?"

"वे ठीक युद्ध के समय लौट आये हैं महाराज।"

कृपाचार्य चौंके। तभी दुर्योधन उस स्थान से हटना नहीं चाहता था और न ही किसी और को साथ रखना चाहता था।...बलराम के आने की सूचना से ही कृपाचार्य के मन नें अनेक प्रश्नों का समाधान हो गया था।...किन्तु आश्चर्य यह था कि बलराम के होते हुए भी दुर्योधन पिट कैसे गया। बलराम का आना तो निरर्थक ही हो गया।...

"क्या पाण्डवों ने वहाँ कोई प्रहरी बैठाया है?"

"नहीं। कोई भी नहीं है।" दूत बोला, "वन के पशुपक्षी ही हैं और कोई नहीं है।"

"तुमने हमें कैसे खोजा?"

"मैं तो इस मार्ग से जा रहा था। तीन युद्धक रथ खड़े देखे तो संदेह हुआ कि आप लोग यहाँ हो सकते हैं।..."

"हाँ! हम लोग छुप भी रहे हैं और अपना पता बताने के लिए अपने रथ भी यहाँ खड़े कर रखे हैं।" कृपाचार्य हँसे, "अच्छी गोपनीयता बरती हमने। यह तो अच्छा हुआ कि तुम थे। तुम्हारे स्थान पर पांडव सेना भी तो इधर आ सकती थी।"

"आचार्य! राजा दुर्योधन ने कहा है कि हम लोग संन्यासी के रूप में चारों ओर घूमने वाले प्रवचनकुशल चार्वाक को खोजें और उन्हें राजा की इस दशा की सूचना दें। वे महाभाग निश्चय ही हमारे महाराज के प्रति की गई इस हिंसा का प्रतिशोध लेंगे।"

अश्वत्थामा के जबड़े कस गए। दुर्योधन अपने प्रति किए गए अपराध का प्रतिशोध चाहता है। वह चार्वाक को खोज रहा है। क्या उसे अश्वत्थामा पर विश्वास नहीं है?

"अवश्य खोजो उन्हें। उन्हें महाराज का संदेश दो।" अश्वत्थामा बोला, "तब तक हम महाराज से भेंट करने जाते हैं।"

अश्वत्थामा ने अपने साथियों से बिना कुछ कहे, रथ में घोड़े जोत दिए। कृपाचार्य और कृतवर्मा समझ रहे थे कि वह क्या कर रहा है। वे भी पीछे नहीं रहे। दूत अभी वहीं खड़ा था कि तीनों रथ समंतपंचक की ओर चल पड़े।

अश्वत्थामा बहुत उत्तेजित था किन्तु सावधान भी था। वह नहीं चाहता था कि पांडवों को उनके विषय में कोई सूचना मिले। उनका गुप्त रहना ही श्रेयस्कर था। समंतपंचक द्वैपायन सरोवर से बहुत दूर नहीं था किन्तु ये तीनों ही द्वैपायन सरोवर से दूर निकल गए थे। इसलिए समंतपंचक से भी दूर हो गए थे। उन्हें लौटने में कुछ समय तो लगना ही था।

उन्होंने अपने रथ कुछ दूरी पर ही छोड़ दिए। रात के अंधकार में छुपते हुए, सावधानी से उस स्थान की ओर चले, जहाँ दुर्योधन के होने के विषय में दूत ने बताया था।

दुर्योधन वहीं था।

कृपाचार्य के मन में अनायास ही एक प्रश्न उठा, 'पाण्डवों ने इसका वध भी नहीं किया और इसे अपने साथ भी नहीं ले गये। उन्हें यह आशंका नहीं थी कि दुर्योधन के जीवित बचे साथी यहाँ आएँगे और संभवतः दुर्योधन को अपने साथ ले जाएँगे?...शायद उन्होंने इसे मृतप्राय ही मान लिया है। यह मान लिया है कि अब इसे कोई वैद्य जीवित नहीं बचा सकता। उन्होंने इसका वध भी नहीं किया है। शायद वे चाहते थे कि इसे जीवित ही गिद्ध और श्रृगाल नोच-नोच कर खाएँ। यह अपनी रक्षा भी न कर सके और अपनी अस्थियों पर से जीवित मांस नुचता हुआ देखे और उसकी पीड़ा का अनुभव करे कि मांस के नोचे जाने से नग्न अस्थियों का दिखाई देना अधिक पीड़ादायक है या वस्त्रों के नोचे जाने से नग्न शरीर का दिखाई पड़ना।'...

पर क्या उन्हें दुर्योधन के जीवित बचे साथियों की ओर से तनिक भी आशंका नहीं है? शायद नहीं है। दुर्योधन को जिस रूप और जिस अवस्था में

वे छोड़ गए हैं, उससे तो लगता है कि वे चाहते हैं कि दुर्योधन के जीवित बचे साथी ही नहीं, अन्य सामान्यजन भी देखें और सावधान हों कि पाप का अंत क्या होता है। यह चेतावनी थी अश्वत्थामा के लिए भी, यदि उसने युद्ध बंद नहीं किया तो उसकी भी यही दशा हो सकती है।...

कृपाचार्य का मन भय से काँप उठा।...अश्वत्थामा कुछ सोचता क्यों नहीं। अब स्थितियाँ पहले जैसी नहीं हैं। पाण्डवों ने अपने अधिकारों के लिए युद्ध किया है किन्तु प्रतिशोध का दायित्व केवल भीम पर है। भीम का प्रतिशोध कितना भयंकर हो सकता है, यह उसने दिखा दिया है। दुःशासन और दुर्योधन दोनों की ही मृत्यु जितनो अपमानजनक और पीड़ादायक है, उससे भीम का विरोध करने से पहले दस बार सोचना चाहिए।...

वे लोग दुर्योधन के निकट पहुँच गए। दुर्योधन को अपनी उस अर्द्धचेतनावस्था में भी आभास हो गया था कि कोई आया है। उसने आँखें खोल दीं। हाथों को भूमि पर टिकाकर प्रयत्नपूर्वक अपना सिर उठाया और आहत सर्प के समान फूत्कार कर बोला, "देख रहे हो गुरुपुत्र! उन्होंने मेरे साथ क्या किया है।"

"देख रहा हूँ राजन्! उनकी नीचता को देख रहा हूँ।" अश्वत्थामा बोला, "और इसके पश्चात् वे अपना विजयोत्सव मना रहे होंगे।"

"अधर्म से विजय प्राप्त करके किस बुद्धिमान पुरुष को हर्ष होगा, जैसा कि उस पांडुपुत्र भीम को हो रहा है?" दुर्योधन ने कहा।

कृपाचार्य ने स्वयं को सँभाल न लिया होता तो उन्हें हँसी आ गई होती : यह दुर्योधन कह रहा है? अपने अधर्म पर तो उसकी दृष्टि कभी पड़ी नहीं। अपने किए हुए के विषय में उसने कभी सोचा नहीं। पाण्डवों के राज्य का अपहरण करते हुए, उनको विष देते और उनको अग्नि में जलाते हुए, उनकी पत्नी को निर्वस्त्र करते हुए, उनके निःशस्त्र पुत्र को घेर कर मारते हुए तो दुर्योधन को धर्म का ध्यान ही नहीं आया। वह तो हर्ष से उन्मत्त ही हो जाता था। आज वही दुर्योधन धर्म की बात कर रहा है।...

"हर्ष की बात है कि मैं युद्ध में पीठ दिखाकर भागा नहीं।" सहसा दुर्योधन बोला, "निम्न श्रेणी के मनुष्यों के समान हार मानकर वैर से कभी पीछे नहीं हटा।"

कृपाचार्य के मन में उनके अपने मन की टिप्पणी निरंतर चल रही थी ...यह कह रहा है कि वह युद्ध में पीठ दिखाकर भागा नहीं, तब क्यों अपने आपसे नहीं पूछता कि द्वैपायन सरोवर में जाकर कौन छिप गया था। उसे भी यह युद्धक्षेत्र में खड़े रहकर शत्रु से लड़ना मानता है क्या?...और यह नहीं कह रहा था कि मैं युद्ध से पीछे नहीं हटा। कह रहा है कि वैर से पीछे नहीं हटा।

यह वैर त्यागने को निम्न श्रेणी का काम ही मानता है। नीच कहीं का। क्षमा का महत्त्व नहीं जानता। प्रेम की उदात्तता नहीं जानता। बड़े गर्व से कह रहा है कि वैर से कभी पीछे नहीं हटा।...इसी दिशा में चल रहा है अश्वत्थामा भी। तो यह गुरुमंत्र उसे भी दुर्योधन से ही मिला होगा।

दुर्योधन का विलाप चल रहा था, "जैसे कोई निश्चिंत सोए अथवा प्रमत्त मनुष्य को मार दे, धोखे से विष देकर किसी की हत्या कर डाले, उसी प्रकार धर्म का उल्लंघन करने वाले पापी भीमसेन ने गदायुद्ध की मर्यादा का उल्लंघन कर, मुझे मारा है।..."

कृपाचार्य स्तब्ध रह गए...यह सब कहते हुए क्या दुर्योधन को एक बार भी स्मरण नहीं आता कि उसने भीम के बिस्तर में साँप छोड़ दिया था। उसे भोजन में विष दिया था। क्या उसे तनिक भी सुध नहीं कि उसने सोए हुए पाण्डवों को उनकी माता के साथ अग्नि में जलाकर मार डालने का प्रयत्न किया था?...उसकी आज की बातें सुनकर तो कोई भी उसे उत्तम कोटि का धर्मात्मा मान लेगा।...भगवान् की भी कैसी लीला है। मनुष्य दूसरों को तो धर्म, अनुशासन, नियम, विधि-विधान में बाँधना चाहता है; किन्तु स्वयं परम स्वतंत्र और स्वेच्छाचारी बना रहना चाहता है।

दुर्योधन को इस प्रकार आहत पशु के समान भूमि पर रेंगते देख, अश्वत्थामा की आँखों में अश्रु आ गए। बोला तो उसकी वाणी में चीत्कार करती वेदना थी, "मैं आज समझ पाया हूँ राजन्! कि इस संसार में कुछ भी सत्य नहीं है। सब कुछ नाशवान है। सब निस्सार है। आपके जैसा राजा भी आज धूल में लोट रहा है तो किसकी सम्पत्ति को स्थिर माना जा सकता है।"

कृपाचार्य की इच्छा हुई कि अश्वत्थामा के कंधे पर हाथ रखकर स्नेह से कहें, "जब तुमने संसार के सुख और संपत्ति इत्यादि की निस्सारता देख ली है, तो फिर मन से इस वैर और द्वेष को निकाल दो और पाण्डवों के साथ मिलकर संसार में शांति स्थापित करने का प्रयत्न करो।"

पर उनके कुछ कहने से पहले ही दुर्योधन बोला, "पापियों ने मुझे छल से मारा है। मैंने सदा क्षत्रिय धर्म का पूर्ण पालन किया है।" दुर्योधन की आँखों में अश्रु आ गए।

"मैं जानता हूँ।" अश्वत्थामा प्रलयकाल की अग्नि के समान प्रज्वलित हो उठा था, "नीच पाण्डवों ने अत्यंत क्रूरतापूर्वक मेरे पिता का वध किया है, किन्तु उसके कारण भी मैं उतना संतप्त नहीं हूँ, जितना आज आपके साथ किए गए इस अपमानजनक व्यवहार के कारण कष्ट पा रहा हूँ। मैं अपने इष्ट, अपूर्त, दान, कर्म तथा अन्य शुभ कर्मों की शपथ खाकर प्रतिज्ञा करता हूँ कि आज

श्रीकृष्ण के देखते-देखते सभी पांचालों को सभी उपायों से यमपुर भेज दूँगा। आज इसके लिए मुझे अनुज्ञा दें।"

कृपाचार्य जैसे कुछ डर गए। कृतवर्मा तो चुपचाप खड़ा है और यह अश्वत्थामा कैसी-कैसी प्रतिज्ञाएँ करता जा रहा है। यह शैशव की उच्छृंखलता नहीं तो क्या है। किन्तु न वह एक शिशु है और न ही उसे इस प्रकार उच्छृंखल होने का कोई अधिकार है। और वह श्रीकृष्ण की उपस्थिति का प्रभाव क्या है।...ऐसी भयंकर प्रतिज्ञा कर रहा है और कह रहा है कि पांचालों को नष्ट कर देगा। पाडंवों का नाम भी नहीं ले रहा। जबकि दुर्योधन को तो भीम ने मारा है, उसमें पांचाल कहाँ से आ गये? कहने को अश्वत्थामा कह रहा है कि वह अपने पिता की हत्या से उतना संतप्त नहीं है, जितना दुर्योधन की दुर्दशा से है; किन्तु उसके मन पर तो उसके पिता की हत्या इस बुरी तरह छाई हुई है कि नाश के नाम पर वह केवल पांचालों की ही बात करता है।...

दुर्योधन ने कृपाचार्य की ओर देखा, "आचार्य! जल से भरा हुआ एक कलश ले आइए।"

कलश!...कृपाचार्य ने सोचा...यहाँ कलश कहाँ से मिलेगा? यह न तो दुर्योधन का प्रासाद है, न उनका घर। फिर कलश कहाँ से आएगा। यहाँ सरिता तट पर जा कर किसी से पूछें तो उसे यह भी बताना होगा कि वे लोग दुर्योधन के जीवित बचे हुए योद्धा हैं। यह समाचार तत्काल पाण्डवों तक भी पहुँच सकता है कि दुर्योधन अभी मरा नहीं है। उसके साथी आ गए हैं और वे लोग जल का कलश लेकर किसी प्रकार का आयोजन करने वाले हैं।...

कृपाचार्य ओघवती के तट पर आए और अपने एक तूणीर में से बाण निकाल कर उसी में जल भर लाए।

दुर्योधन ने देखा कि वे जल भर लाए हैं तो बोला, "द्विजश्रेष्ठ! मेरी आज्ञा से अश्वत्थामा का कौरव सेना के सेनापति पद पर अभिषेक कीजिए।"

कृपाचार्य समझ नहीं पा रहे थे कि वे क्या करें...एक मृतप्राय राजा की मनोकामना पूरी करने के लिए यदि वे बच्चों के समान राजा राजा और सेनापति का नाटक खेलें तो भी कोई क्षति नहीं की। किंतु गंभीरतापूर्वक एक ऐसे राजा की आज्ञा से, जो राजा ही नहीं है, इस स्थान पर, जो श्मशान से कम नहीं, छिपकर एक ऐसी सेना के सेनापति का अभिषेक, जिस सेना का अस्तित्व ही नहीं है...

कृपाचार्य को आज भी स्मरण है...हस्तिनापुर की रंगशाला में दुर्योधन ने इसी प्रकार कर्ण का अंग देश के राजा के रूप में अभिषेक करा दिया था, जिसका उसको तनिक भी अधिकार नहीं था।...आज वही खेल वह अश्वत्थामा के साथ

खेल रहा है। पता नहीं क्यों वह दूषित प्रयोजनों के लिए ही अभिषेक करवाता रहता है। मानवता के कल्याण के लिए तो उसने कभी कोई अभिषेक नहीं करवाया। कर्ण को उसने अंगराज न बनाया होता तो कदाचित् कर्ण विनाश के मार्ग पर नहीं चलता। आज यह अश्वत्थामा को सेनापति बना रहा है, किसलिए? अश्वत्थामा के विनाश के लिए ही तो। उसकी धमनियों में विष घोलने के लिए ही तो। यह स्वयं तो मर जाएगा; किन्तु चाहता है कि पीछे अश्वत्थामा उसके नाम पर लड़ता रहे और हस्तिनापुर में कभी शांति न हो।...

अभिषेक हो जाने पर अश्वत्थामा ने दुर्योधन को गले से लगाया और सिंहनाद कर अपने रथ की ओर चल पड़ा। कृतवर्मा तब से मौन ही था। उसने दुर्योधन से कोई बात भी नहीं की थी। दुर्योधन ने भी उससे कुछ नहीं कहा था। उनमें केवल दृष्टि का ही आदान-प्रदान हुआ था।

कृपाचार्य भी दुर्योधन की पीड़ा देखकर प्रभावित हुए बिना नहीं रहे थे; किन्तु वे यह भूल नहीं पा रहे थे कि इसी दुर्योधन ने अपने संबंधियों, अपनी प्रजा तथा अन्य लोगों पर कैसे-कैसे अत्याचार किए थे। राजा तो वह बहुत बाद में बना था, उससे कहीं पहले भयंकर अपराधी बन गया था।...

"आप भी जाइए आचार्य!" दुर्योधन ने कहा, "किसी भी क्षण कोई हमें देख सकता है और पाण्डवों को सूचना दे सकता है कि दुर्योधन के पास कोई आया है। आप जाएँ किन्तु मेरे मित्र चार्वाक को खोज कर उसे यह सूचना अवश्य दीजिएगा कि पाण्डवों ने दुर्योधन को कैसे अन्यायपूर्वक मारा है।"

अवश्वत्थामा का रथ सबसे आगे चल रहा था। उसके पीछे कृपाचार्य और कृतवर्मा के रथ आ रहे थे। अश्वत्थामा ने न उनसे चलने को कहा था और न ही उनकी प्रतीक्षा की थी। उसके मन में जैसे कोई बबंडर चल रहा था। वह बबंडर अपने सामने आए किसी भी पदार्थ को पीसकर चूर्ण कर देना चाहता था; किन्तु स्वयं कहीं एक क्षण के लिए भी रुकना नहीं चाहता था। अश्वत्थामा समझ नहीं पा रहा था कि वह पाण्डवों से इतना डरा हुआ क्यों है। दूसरी ओर वह इतना आक्रामक हो रहा था कि जैसे सारी सृष्टि में आग लगा देगा। वह आक्रामक था, इसीलिए डरा हुआ था; इसीलिए आक्रामक हो रहा था? उसका अपना मन कोई निश्चय नहीं कर पा रहा था।

सहसा उसके मन ने स्वयं ही एक प्रश्न पूछा। उसके मन का कोई कोना था, जो बहुत व्याकुलता के समय भी उसके लिए इस प्रकार की बौद्धिक अड़चनें उत्पन्न करता रहता था। अपने मन के उस कोने को वह अश्वत्थ कहा करता था। वह अश्वत्थ वृक्ष के समान उसके भीतर जमा हुआ था। कितना

भी काटो, समाप्त ही नहीं होता था। उसकी जड़ें उखड़ती नहीं थीं और उसमें नई कोंपलें फूट आती थीं

"दुर्योधन की वह स्थिति देखकर तुम्हें इतनी पीड़ा हुई तो तुम उसके पास रात भर रुके क्यों नहीं? वहाँ से भागे क्यों चले आए?" अश्वत्थ ने पूछा।

"मुझे भय था कि कोई हमें देख लेगा तो पांडव हमें घेर लेंगे।"

"तो तुम पाण्डवों से भयभीत हो?" अश्वत्थ ने कहा।

उसे लगा कि वह अपने प्रश्नकर्त्ता मन को भी फाड़कर फेंक देगा, "मैं पाण्डवों से नहीं डरता। उनकी संख्या से डरता हूँ। उनकी क्रूरता से डरता हूँ। उनके अधर्म से डरता हूँ।"

"संख्या तो तुम्हीं लोगों की अधिक थी।" अश्वस्थ ने कहा, "तुम लोग ग्यारह अक्षौहिणी थे और वे केवल सात अक्षौहिणी। वे तो नहीं भागे।"

अश्वत्थामा एकदम झल्ला उठा, "यह कोई तर्क है। हम लोग इस समय गुप्त युद्ध की योजना बना रहे हैं तो ऐसे में वहाँ ओघवती के तट पर खुले मैदान में जा कर बैठ जाएँ कि कोई हमें देख ले और हमारा वध करने आ जाए। मैं इस समय कौरव सेना का सेनापति हूँ, मुझ पर भारी दायित्व है। ऐसा अबोध नहीं बन सकता।"

"तो अपने उस प्रिय मित्र और राजा दुर्योधन को क्यों वहाँ छोड़ आए हो?" अश्वत्थ ने कहा, "उसे भी साथ ले आते। वहाँ वह भी तो सुरक्षित नहीं है। तुम्हें तो केवल पांचालों और पाण्डवों का भय है, उसे तो प्रत्येक गृध्र और श्रृगाल का भी भय है। तुम पर आक्रमण होगा तो तुम प्रतिकार तो कर सकते हो। वह तो सिवाय पिटते रहने के और कुछ भी नहीं कर सकता।"

अश्वत्थामा कुछ नहीं बोला।

अश्वत्थ हँसा, "बोलते क्यों नहीं। क्यों नहीं कहते कि तुम दुर्योधन के पास से इसलिए भाग आए, क्योंकि यदि वह तुम्हारे साथ रहता तो सुरक्षा और गोपनीयता की समस्या और बढ़ जाती।"

"तो इसमें अनुचित क्या है?" अश्वत्थामा क्रुद्ध हो गया, "युद्ध में तो इन बातों का ध्यान रखना ही पड़ता है।"

"अवश्य रखो।" अश्वत्थ बोला, "किन्तु इस बात को भी तो स्वीकार करो कि तुम्हें दुर्योधन के विरोधियों से शत्रुता तो है; किन्तु दुर्योधन से प्रेम नहीं है। उससे प्रेम होता तो तुम उसके शत्रुओं की हत्या करने से अधिक उसकी सुरक्षा, उसकी कुशलता, उसके उपचार का ध्यान करते, न कि उसे इस प्रकार रात्रि के समय खुले मैदान में वन्य पशुओं को खाने के लिए छोड़ आते। उसकी

जंघाएँ ही तो टूटी हैं। उसके शरीर से कुछ रक्त भी बहा है, किन्तु अभी उसकी मृत्यु तो नहीं हुई।"

"पर उसका जीवन अब बचाया नहीं जा सकता। नहीं तो पांडव ही उसे इस प्रकार जीवित नहीं छोड़ते।"

"ठीक कहते हो।" अश्वत्थ बोला, "पाण्डवों ने तो जानबूझकर उसे मार कर वहाँ तड़पने के लिए ही नहीं छोड़ा, विज्ञापित भी किया है। उसके मित्रों को चुनौती दी है कि साहस है तो आओ और उसकी सेवा और रक्षा करो। यह तो वैसा ही है, जैसे वे उसका वध कर उसका शव हस्तिनापुर के प्रमुख द्वार पर टाँग आते।"

"पर लाभ क्या होगा, उसे वहाँ से उठा ले जाने का?"

"अरे, उसे अपनी पत्नियों की गोद में मरने दो। उसे मिट्टी से उठाकर पलंग पर लेटाओ। उसकी पीड़ा को कम करने के लिए उसे कोई औषधि दो। उसकी मृत्यु हो जाए तो उसका अंतिम संस्कार करो।"

अश्वत्थामा चुपचाप सुनता रहा और सहसा ही वह अश्वस्थ पर झपट पड़ा, "तुम पाण्डवों के मित्र हो और रहते हो मेरे मन में। यहाँ बैठे क्या कर रहे हो! हे भगवान्, मैं स्वयं ही नहीं जानता कि मैं अपने ही मन में अपने शत्रुओं का एक मित्र पाल रहा हूँ।"

उसने रथ की गति और बढ़ा दी। वह स्वयं नहीं जानता था कि वह कहाँ जाना चाहता है। उसके मन में इस समय केवल एक ही बात थी कि उसे पाण्डवों के सामने नहीं पड़ना है। स्वयं को सुरक्षित रखना है और किसी भी प्रकार अपना प्रतिशोध लेना है।...सहसा उसके मन में आया, क्यों न वे अपने शिविर में ही चलें? पांडव थक हार कर अपने शिविर में लौट गए होंगे। संभव है कि उनके गुप्तचरों ने उनके शिविर में भी खोज की हो। किन्तु अब तक तो वे लोग वहाँ से निराश होकर लौट भी चुके होंगे। यदि चुपके से वे लोग अपने शिविर में चले जाएँ तो वहाँ वे सुरक्षित ही हैं। थोड़ा विश्राम भी हो सकता है और यदि मातुल और कृतवर्मा कुछ भोजन करना चाहें तो वह भी हो सकता है। अश्वत्थामा को तो इस समय न भूख थी न प्यास। उसकी धमनियों में दौड़ता रक्त केवल प्रतिशोध का ही उद्घोष कर रहा था।

उसने अपना रथ अपने शिविर के मार्ग पर डाल दिया। पूरे नगर का सा बसा शिविर इस समय एकदम उजाड़ हो गया होगा। द्वारपाल, शिविर-रक्षक तथा दास-दासियों का भी पता नहीं था। कौन वहाँ है और कौन सबकुछ छोड़-छाड़कर भाग गया है। उन पर शासन करने वाला भी तो वहाँ कोई नहीं था।...पर अपने शिविर के निकट उसे उतनी निर्जनता भी दिखाई नहीं दी, जितनी उसने अपेक्षा

की थी। वह दूर से ही देख सकता था कि वहाँ कुछ गतिविधि थी। उसने रथ की गति कम की और फिर रथ रोक लिया।

"क्या हुआ अश्वत्थामा! रुक क्यों गए?" कृपाचार्य ने निकट आ कर पूछा।

"मुझे कुछ ऐसा आभास हो रहा है कि हमारा शिविर निर्जन नहीं है। वहाँ उल्काएँ जल रही हैं। अनेक रथ भी खड़े दिख रहे हैं।...क्या हस्तिनापुर से कोई आया है?"

"हस्तिनापुर में कौन बैठा है आने वाला।" कृपाचार्य ने कहा, "पांडव तो नहीं आ गए? संभव है कि उन्होंने शिविर का अधिग्रहण कर लिया हो। युद्ध तो वे जय कर ही चुके हैं।"

"हाँ! हस्तिनापुर पर अधिकार करने से पहले यह भी आवश्यक था।" कृतवर्मा ने कहा।

"आप लोग रुकें।" अश्वत्थामा रथ से उतर आया, "मैं पता लगाकर आता हूँ।"

कृपाचार्य कुछ कहते उससे पहले ही अश्वत्थामा अंधकार में विलुप्त हो गया। कृपाचार्य को उसका इस प्रकार जाना अच्छा नहीं लगा था। ऐसे गुप्त रूप से जाकर तो वह गुप्तचरों अथवा सैनिकों के हाथ लग जाएगा। वे न तो उसके साथ अच्छा व्यवहार करेंगे और न ही उसका महत्त्व समझेंगे। अश्वत्थामा अपना क्रोध दिखाएगा। वे लोग उसका वध भी कर सकते हैं। इससे तो अच्छा था कि वह सीधा युधिष्ठिर के पास ही चला जाता। वह उसका स्वागत करता और सम्मानजनक व्यवहार करता।...कृपाचार्य को निरंतर लग रहा था कि उन लोगों की पाण्डवों से शत्रुता ही क्या है। युद्ध समाप्त हो गया है और शांतिकाल में उनको पाण्डवों से भयभीत होने का कोई कारण नहीं है।...उन्हें सीधे-सीधे युधिष्ठिर के सम्मुख जाकर शांति की घोषणा कर देनी चाहिए।

अश्वत्थामा लौट आया।

"क्या बात है?"

"पांडव ही हैं। उन्होंने शिविर पर अधिकार कर लिया है। हमारा धन, शस्त्र भंडार और दास-दासियों को उन्होंने अपना लिया है।" अश्वत्थामा बोला, "कृष्ण को हस्तिनापुर भेजा है उन्होंने। कदाचित् वहाँ की व्यवस्था सँभालने के लिए, ताकि जब युधिष्ठिर हस्तिनापुर में प्रवेश करे तो वहाँ सब ठीक-ठाक हो।"

"कृष्ण नहीं हैं यहाँ?" कृतवर्मा ने आतुर उल्लास के साथ पूछा।

"नहीं ! क्यों?"

"कृष्ण की अनुपस्थिति में उन पर आक्रमण कर दें?"

कृपाचार्य सहम गए। यह व्यक्ति या तो उन्मत्त है अथवा विक्षिप्त। कृष्ण नहीं हैं तो यह सीधे-सीधे पाण्डवों पर आक्रमण कर देगा। यह क्या समझता है अपने आपको।...

"क्यों, इन अट्ठारह दिनों में केवल कृष्ण ही युद्ध कर रहे थे, पांडव तो बस समरभूमि से बाण चुन-चुनकर कृष्ण को पकड़ा रहे थे।" कृपाचार्य का स्वर बहुत कटु हो उठा।

"नहीं! मेरा अभिप्राय है कि कृष्ण की अनुपस्थिति में पांडव उतने बलशाली नहीं हो सकते।" कृतवर्मा ने स्पष्टीकरण देने का प्रयत्न किया।

"और ऐसे में तुम सात्यकि का वध कर डालोगे? लगता है तुम जीवित बच कर द्वारका नहीं जा सकते।" कृतवर्मा ने अश्वत्थामा की ओर देखा, "किसने सूचना दी?"

"प्रहरी परस्पर चर्चा कर रहे थे।" अश्वत्थामा बोला, "दूसरी सूचना है कि पाण्डवों के सारे पुत्र अपने मातुलों के साथ पांचालों के शिविर में हैं।"

"कोई किसी के शिविर में हो," कृतवर्मा कुछ विकृत स्वर में बोला, "हमें तो रात के लिए कहीं और आश्रय खोजना होगा न।"

अश्वत्थामा दक्षिण दिशा की ओर भागता जा रहा था। वह दिशा पाण्डवों और पांचालों के शिविर की ओर जाती थी। कृपाचार्य समझ नहीं पा रहे थे कि अश्वत्थामा के मन में क्या था किन्तु कुछ न कुछ तो वह करेगा ही। दुर्योधन ने उसे कौरवों का प्रधान सेनापति जो बना दिया था। प्रधान सेनापतित्व के मोह में ही भीष्म, द्रोण, कर्ण और शल्य ने अपने प्राण दिए थे। यह भी जब तक अपने प्राण दे नहीं लेगा, तब तक इसका सेनापतित्व सार्थक कैसे होगा।

उसने पाण्डवों के शिविर से कुछ पहले ही अपना रथ रोक दिया।

"पांडव और पांचाल सेना की अनेक वाहिनियाँ अपने शिविर में हैं। उनकी गतिविधि दिखाई पड़ रही है।" वह कृपाचार्य के निकट आकर बोला, "मैं देखकर आता हूँ कि युधिष्ठिर और धृष्टद्युम्न के शिविरों की क्या स्थिति है।"

"कुछ भी हो।" कृपाचार्य बोले, "हमें उससे क्या अंतर पड़ेगा।"

अश्वत्थामा चला गया।

कृतवर्मा और कृपाचार्य चुपचाप खड़े उसकी प्रतीक्षा करते रहे। कृपाचार्य ने देखा कि कृतवर्मा कुछ चिंतित लग रहा था। कृपाचार्य की इच्छा ही नहीं हुई कि वे पूछें कि वह चिंतित क्यों है।...इस अभागे को तो चिंतित होना ही है। द्वारका छोड़कर यहाँ कृष्ण से लड़ने चला आया। केवल सात्यकि से द्वेष के

कारण। जिनके लिए जीवन में अपना अहंकार और अपना व्यक्तिगत रागद्वेष इतना महत्त्वपूर्ण होता है कि मानवता के अन्य सारे सिद्धान्त उसके सम्मुख गौण हो जाते हैं, उनके साथ ऐसा ही होता है। आचार्य द्रोण के साथ भी यही हुआ और जाने अश्वत्थामा के साथ क्या होना है। हे महादेव! उसकी रक्षा करना। वह आज भी एक अबोध बालक ही है।...

"पाण्डवों के शिविरों में तो इक्के-दुक्के स्थानों पर ही उल्काएँ जल रही हैं और प्रहरी अपने स्थान पर सन्नद्ध हैं।" अश्वत्थामा ने लौटकर बताया, "किन्तु पांचालों के शिविर में विजयोत्सव मनाया जा रहा है।"

"तुम्हें कैसे ज्ञात हुआ?" कृतवर्मा ने जिज्ञासा की, "तुमने किसी से पूछा?"

"नहीं! पूछा नहीं।" अश्वत्थामा बोला, "मैं बहुत निकट नहीं गया, किन्तु दूर से ही नृत्य, संगीत तथा उच्छृंखल अट्टहासों का शब्द मुझे सुनाई दिया है।"

"मदिरा?" कृतवर्मा ने पूछा।

"कह नहीं सकता किन्तु उच्छृंखल अट्टहास तो उसी ओर इंगित करते हैं।"

तभी दूर से किसी प्रहरी की ललकार सुनाई दी, "कौन है वहाँ? सामने आओ, नहीं तो बाण चला दूँगा।"

"भागो।" अश्वत्थामा ने कहा और अपने रथ में बैठकर वह अंधाधुंध भागने लगा।

उनके रथ पूर्व दिशा की ओर बहुत दूर आ गए थे। सामने गहन वन था। अश्वत्थामा ने बिना कुछ सोचे-समझे उसमें प्रवेश किया। पर वह कोई राजमार्ग तो था नहीं। थोड़ी ही दूर जाकर उनके रथ रुक गये।

"तुम इस प्रकार भाग क्यों आए अश्वत्थामा!" कृपाचार्य बोले, "हम अपना परिचय देकर उनसे भेंट कर सकते थे।"

"आज आपको क्या हो गया है मातुल!" "अश्वत्थामा खीझ भरे स्वर में बोला, "आप धृष्टद्युम्न से भेंट करना चाहते हैं, उससे, जिसने मेरे निशःस्त्र पिता के जटाजूट को पकड़कर अपने खड्ग से उनका मस्तक काट लिया था?"

"युद्ध में हमने भी असंख्य पांचलों के मस्तक काटे हैं।" कृपाचार्य शांत स्वर में बोले, "धृष्टद्युम्न के भी पिता और पुत्रों का वध हुआ है। किन्तु वह सब युद्ध में हुआ है। अब युद्ध समाप्त हो गया है।"

"युद्ध समाप्त नहीं हुआ है। दुर्योधन ने सेनापति के रूप में मेरा अभिषेक इसलिए नहीं किया है कि युद्ध समाप्त हो गया है।" अश्वत्थामा के स्वर में चीत्कार था, "युद्ध तब तक समाप्त नहीं होगा मातुल! जब तक मैं अपना प्रतिशोध पूरा न कर लूँ।"

"प्रतिशोध कभी पूरा नहीं होता पुत्र! वह केवल पक्ष बदलता है।" कृपाचार्य बोले, "मैं चाहता हूँ कि तुम इस बात को समझो कि जो कुछ धृष्टद्युम्न ने किया, वह भी उसका प्रतिशोध ही था। उसने अपने जिस अपमान का प्रतिशोध आचार्य से लिया, वह अपमान आचार्य द्वारा लिया गया प्रतिशोध था। प्रतिशोध की शृंखला कभी समाप्त नहीं होती।"

अश्वत्थामा कोई उत्तर देना नहीं चाहता था; किन्तु इतना स्पष्ट था कि वह अपने मातुल से तनिक भी सहमत नहीं था। वह आवेश में था। बहुत आक्रामक भी लग रहा था किन्तु उसकी उस सारी प्रहारक मुद्रा के नीचे छिपा भय भी कृपाचार्य को दिखाई दे रहा था। कृपाचार्य को लगा कि भीतर से वे भी बहुत भयभीत हैं किन्तु उनका भय अपने लिए नहीं, अश्वत्थामा के लिए ही था। कृतवर्मा की व्याकुलता भी उसके चेहरे से स्पष्ट थी।

अश्वत्थामा ने अपने रथ के घोड़े खोल दिये। उसने वहीं विश्राम करने का मन बना लिया था।

"मुझे प्यास लगी है।" वह बोला, "आप यहीं प्रतीक्षा करें, मैं कोई जलस्रोत देखकर आता हूँ। घोड़ों को भी तो पानी पिलाना होगा। वे भी प्यासे होंगे। पानी के बिना तो उनकी थकान भी दूर नहीं होगी।"

कृपाचार्य देखते रहे। कृतवर्मा भी अश्वत्थामा के साथ ही चला गया था। एक मुहूर्त में वे लौट आए। घोड़ों को अपने साथ ले गए और पानी पिला लाए।

"आगे एक वटवृक्ष है। हम घोड़ों को वहीं ले जा रहे हैं।" अश्वत्थामा बोला, "आपकी इच्छा हो तो आप भी स्नान कर संध्योपासना कर लें।"

कृपाचार्य को अच्छा लगा कि अश्वत्थामा ने संध्योपासना की बात कही थी। नहीं तो वह केवल रक्तस्नान की बात ही कर रहा था। इसका अर्थ है कि अभी उसमें कुछ विवेक जाग रहा है।

संध्योपासना के पश्चात् वे तीनों वटवृक्ष के नीचे आ बैठे। भोजन की बात किसी ने नहीं की। कदाचित् भूख से भी क्लांति अधिक प्रबल थी। कृपाचार्य ने अश्वत्थामा को धरती पर लेटते देखा तो उनके मन में कहीं कुछ टूटा। यह यहाँ धरती पर बिना किसी बिस्तर के लेट रहा है। क्यों? क्योंकि वह अपनी शत्रुता को संयत नहीं कर पा रहा। आज द्रोण उसे इस प्रकार धरती पर लेटते देख लेते तो वैसे ही तड़प उठते, जैसे इसे दूध के स्थान पर आटे का घोल पीते देखकर तड़पे थे।...पर आज वे नहीं थे। अश्वत्थामा कहीं भी लेट सकता था।...पर वे लोग अपने रथों में ही क्यों विश्राम नहीं करते? रथ तो पूरा का पूरा भवन ही है चलता-फिरता।...पर नहीं! रथ में सोना सुरक्षित नहीं है। रथ बाहर थे। सघन वन के भीतर नहीं लाए जा सकते थे। रथ दूर से दिखाई

पड़ जाते हैं। वन्य पशुओं से बचने के लिए वे श्रेष्ठ आश्रय थे; किन्तु पांडव सैनिकों से सुरक्षित नहीं थे। उसकी तुलना में तो धरती की गोद में और पेड़ों की ओट में ही सोना अधिक सुरक्षित था।

वे भी जाकर उसके साथ ही लेट गए।

अश्वत्थामा का शरीर थककर चूर हो चुका था किन्तु उसे नींद नहीं आ रही थी। थकान नींद से भी परे जा चुकी थी। उसने दृष्टि फेरी, कृपाचार्य सो चुके थे।...ऐसी अवस्था में भी कोई सो सकता है?...उसे कुछ आश्चर्य हुआ। ...पर आश्चर्य की क्या बात थी। पता नहीं, वे सो रहे थे या फिर थकान ने उन्हें बेसुध ही कर दिया था। अच्छा है, वे सो लें। नहीं तो प्रश्न पूछ-पूछकर वे उसे विक्षिप्त ही कर देते।...अश्वत्थामा को तो नींद आएगी नहीं। वह सर्प के समान लंबी साँसें ले रहा था। करवटें बदल-बदलकर भी थक गया था। पर उसके मन की अग्नि मंद ही नहीं हो रही थी।

सहसा उसने आँखें खोल दीं और आकाश की ओर ताकने लगा, जैसे वहाँ कहीं उसकी समस्या का समाधान लिखा हो। योगियों के विषय में उसने पढ़ा था कि जब वे किसी समस्या से अत्यधिक ग्रस्त हो जाते हैं तो उनको या तो उनका अपना मन ही गुरु बनकर समस्या का समाधान कर देता है, या फिर उन्हें अपनी समस्या का समाधान आकाश पर लिखा हुआ दिख जाता है।...पर अश्वत्थामा की समस्या का समाधान आकाश पर लिखा हुआ नहीं था। वहाँ तो असंख्य तारे थे। उनका लेख पढ़ना अश्वत्थामा के वश का नहीं था। न तो वह वैसा योगी ही था, न वैसा ज्योतिषाचार्य।...उसकी आँखें आकाश से उतरकर वट वृक्ष की शाखाओं पर टिक गईं।...उसने अब तक ध्यान नहीं दिया था कि उसकी शाखाओं पर असंख्य नीड़ बने हुए थे। जाने कितने पक्षी यहाँ रहते थे। वे सब एक ही प्रकार के पक्षी होंगे। कदाचित् ये कौओं के ही घोंसले थे। वे सब शांत मन से अपने-अपने नीड़ों में सोए हुए थे और अश्वत्थामा उनका प्रहरी बना हुआ ऊपर ताक रहा था।

सहसा उसे उन घोसलों से बाहर एक बड़ा-सा पक्षी दिखाई दिया। अश्वत्थामा ने ध्यान से देखा : यह एक वृहदाकार उल्लू था। उसकी आँखें अंधकार में भी चमक रही थीं।...यह यहाँ क्या कर रहा है? उसने सोचा। यह अपने घोंसले से भटकरकर इधर आ गया है क्या?...पर उल्लू रात के अंधकार में कैसे भटक सकता है। उसे तो दिखाई ही रात में देता है। हाँ! उसे दिखाई दे रहा था। वह बहुत सधे पैरों से एक शाखा पर चल रहा था। रुक-रुककर जैसे घोंसलों में झाँक रहा था। क्या देख रहा था वह? कोयल होती तो अश्वत्थामा समझ लेता कि वह देखने आई है कि उसने अपने अंडे कौवे के घोंसले में रख दिए

थे, उनमें से बच्चे निकल आए या नहीं। पर यह तो उल्लू था। एक बड़ा-सा भयंकर उल्लू। यह यहाँ क्या कर रहा था?...उसने जैसे एक डाल का निरीक्षण पूरा कर लिया और फिर बड़ी सावधानी से दूसरी डाल पर चला गया।

अश्वत्थामा की रुचि बढ़ गई। यह किसी भी पक्षी की साधारण गतिविधि नहीं थी। वह अवश्य ही किसी विशेष प्रयोजन से यहाँ आया है।...और तभी उस उल्लू ने एक भयंकर शब्द किया और अत्यंत स्फूर्ति से कौओं के घोंसलों पर टूट पड़ा। कौए नींद में थे। उन्हें रात को वैसे भी दिखाई नहीं दे रहा था। पर उल्लू था कि किसी सिद्ध योद्धा के समान अपना काम करता जा रहा था। वह एक घोंसले पर झपटता था और उसके पंख, उसकी चंचु और उसके पंजे किन्हीं तीक्ष्ण शस्त्रों के समान कौओं का संहार करने लगते। किसी के पंख नोच दिए, किसी का कण्ठ काट दिया, किसी के पैर तोड़ डाले। वह किसी को खा नहीं रहा था, बस संहार मचा रहा था। कौओं में हाहाकार मचा हुआ था किन्तु न तो कोई कौआ उससे लड़ने आया, न किसी ने अपने बचाव में उस पर चोंच मारी। विधवाविलाप वाली स्थिति थी।...अश्वत्थामा को आश्चर्य हो रहा था कि पंख होते हुए भी कौए उड़कर कहीं जा नहीं रहे थे। पर हाहाकार मचा रहे थे और मरते जा रहे थे।...

अश्वत्थामा को लगा कि वह भी सिद्ध योगी है। तभी तो उसकी समस्या का समाधान प्रकृति ने स्वयं उसके सामने प्रकट कर दिया है।...कितना सीधा और स्पष्ट। यह उल्लू दिन के समय असमर्थ रहा होगा। उसे सूर्य के प्रकाश में कुछ दिखाई नहीं देता। इसलिए वह रात को आया।...अश्वत्थामा भी तो दिन के समय सम्मुख युद्ध में पाण्डवों और पांचालों को मार नहीं सकता था; किन्तु छल से तो वह भी उनका वध कर सकता था।...

सहसा उसका मन स्तब्ध रह गया।...अश्वत्थामा क्यों क्रुद्ध था धृष्टद्युम्न से? इसीलिए तो कि उसने आचार्य को छल से मारा था। तो अश्वत्थामा भी छल का ही आश्रय ले रहा था।...धृष्टद्युम्न ने कदाचित् आचार्य को छल से नहीं मारा था; किन्तु वह अवसर की प्रतीक्षा में रहा था। अवसर मिलते ही उसने उनका मस्तक काट लिया। आचार्य को अनशन ही करना था तो युद्धस्थल से दूर कहीं जाकर करते। क्यों बैठ गए, युद्धभूमि में ही शस्त्रहीन होकर।...भीम भी तो अवसर की ही प्रतीक्षा में था। दुर्योधन उछला और उसने गदा दे मारी। उछलते हुए दुर्योधन को सोचना चाहिए था कि वह अपनी दोनों जंघाएँ उसकी गदा के सम्मुख परोस रहा है कि लो मुझे खा जाओ।...

उसे लगा कि अश्वत्थ फिर से जाग उठा था, उसके भीतर। वही मन था, वही अतंरात्मा थी। वह उसे चिढ़ा रहा था। उसे नीति का पाठ सिखा रहा

था।...अश्वत्थामा चिढ़ गय। उसने अपना आत्मबल एकत्रित किया और बोला, "क्षत्रिय का कर्त्तव्य है विजय प्राप्त करना। किसी भी प्रकार अपने लक्ष्य तक पहुँचना।...इस लोक में जिस काम को गर्हणीय समझा जाता हो, जिसकी सब भरपूर निन्दा करते हों, वह भी क्षत्रिय का कर्त्तव्य माना गया है। क्योंकि उससे उसे विजय की प्राप्ति होती है।"

"ठीक है।" अश्वत्थ बोला, "तो फिर पाण्डवों की किस बात के लिए निन्दा करते हो। उन्होंने तो कभी सोए हुए शत्रु पर प्रहार नहीं किया। रात के अंधकार में किसी के शिविर पर आक्रमण नहीं किया। युद्धभूमि के बाहर किसी का वध नहीं किया। तुम ऐसा निन्दित कर्म करोगे?"

"इसमें निन्दित क्या है।" अश्वत्थामा जैसे शास्त्र के शब्दों को अधिकारपूर्वक उच्चरित कर रहा था, "शत्रुओं की सेना थक गई हो, विदीर्ण हो गई हो, भोजन कर रही हो, प्रस्थान कर रही हो, उस पर प्रहार करना चाहिए, क्योंकि उससे क्षत्रिय को विजय प्राप्त होती है।"

"ऐसे क्षत्रिय को धिक्कारना नहीं चाहिए।" अश्वत्थ बोला, "यह क्षत्रिय का नहीं दस्यु का दर्शन है। क्षत्रिय के लिए विजय से भी महान् है धर्म। तुम धर्म का नाश करोगे।"

अश्वत्थामा जैसे बहरा हो गया था। वह किसी की बात नहीं सुन सकता था, केवल अपनी कह सकता था। बोला, "जो सेना अर्द्धरात्रि के समय अवचेत पड़ी हो, जिसका नायक नष्ट हो गया हो, जिसके योद्धाओं में फूट पड़ गई हो, उस पर शत्रु को अवश्य प्रहार करना चाहिए, क्योंकि उससे उसे विजय की प्राप्ति होगी।"

"विजय की नहीं नरक की प्राप्ति होगी।" अश्वत्थ बोला।

"नरक तो नरक सही, पर मैं इन पांचालों को जीवित नहीं रहने दूँगा।"

अश्वत्थामा ने कृपाचार्य और कृतवर्मा को झकझोरकर जगाया, "उठो। हम यहाँ सोने के लिए नहीं आए हैं। हमारा युद्ध चल रहा है। हमें युद्ध करना है। हमें अपने शत्रुओं का वध करना है।"

"पौ फट गई क्या?" कृपाचार्य ने पूछा।

"पौ फट जाएगी तो पांडव भी जाग जाएँगे मातुल।" अश्वत्थामा बोला, "हमें तो उन्हें सोए हुओं को ही मारना है।"

"क्या?" कृतवर्मा ने पूछा।

"हाँ! मैंने निश्चय कर लिया है कि मैं उन सोए हुए पांचालों पर आक्रमण कर उनके जागने से पहले ही उनको मार दूँगा।" अश्वत्थामा बोला, "मेरे पास और कोई मार्ग नहीं है।"

कृपाचार्य अवाक् खड़े रह गए। यह उनका भागिनेय था, उनकी सारी शस्त्र परंपरा का उत्तराधिकारी। यह आचार्य द्रोण का पुत्र था, जिसने स्वयं आचार्य से ब्रह्मशिर का ज्ञान पाया था। उसमें साहस नहीं है कि अपने शत्रुओं के सामने दिन के उजाले में खड़ा हो सके। वह रात के अंधेरे में उनको उल्लू के समान मार डालना चाहता है।

"यह तो बहुत लज्जा का विषय है अश्वत्थामा!" वे बोले।

"संसार का अद्वितीय वीर महाबली राजा दुर्योधन मारा गया, जिसके लिए हमने पाण्डवों से वैर बाँधा था।..."

"पहली बात तो यह है अश्वत्थामन्! कि वह संसार का अद्वितीय वीर नहीं था। भीम के बल के सामने वह कुछ भी नहीं है, इसलिए वह महाबली नहीं है।" कृपाचार्य बोले, "दूसरी बात यह है कि जहाँ तक मेरा संबंध है, मैंने पाण्डवों से युद्ध अवश्य किया है, उनसे वैर नहीं बाँधा। तुम वैर के कारण लड़े, मैं तो तुम्हारे स्नेह के कारण लड़ा, आचार्य की सहायता के लिए लड़ा, हस्तिनापुर राज्य के प्रति अपने दायित्व के कारण लड़ा।"

"जो भी हो।" अश्वत्थामा का सारा आक्रोश उसके शब्दों में आ समाया, "एक मूर्धाभिषिक्त सम्राट् के मस्तक पर लात मारते हुए नीच भीम ने क्रूरता की पराकाष्ठा कर दी है।"

"क्या वह द्रौपदी को निर्वस्त्र करने से भी अधिक क्रूर था?" कृपाचार्य ने पूछा।

अश्वत्थामा को और शब्द नहीं मिले। उसने दाँत पीसे और अपनी कटि पर हाथ रखकर आकर कृपाचार्य के सम्मुख चुनौती की मुद्रा में खड़ा हो गया, "आपकी बुद्धि मोह से नष्ट न हो गई हो तो बताइए, हमें क्या करना चाहिए? हमारी शक्ति, हमारा सम्मान, हमारा वर्चस्व—सब कुछ समाप्त हो चुका है। मैं इस स्थिति को स्वीकार नहीं कर सकता। बताइए कि अपने खोए हुए गौरव को प्राप्त करने के लिए हमें क्या करना चाहिए? मुझे अपने पिता के अपमान का प्रतिशोध लेने के लिए क्या करना चाहिए?"

"सत्य को स्वीकार करना चाहिए।"

"सत्य क्या है?" अश्वत्थामा गुर्राया।

"दैव कुछ दे रहा हो और हम पुरुषार्थ न करें तो दैव भी नष्ट हो जाता है; किन्तु दैव विरोधी हो तो हमारा पुरुषार्थ भी कुछ नहीं कर सकता।" कृपाचार्य बोले, "दुर्योधन लोभी और अदूरदर्शी था। उसने अपने मूर्ख अहंकार के बहकावे में आकर अपने शुभचिंतक कुलवृद्धों से विचार विमर्श नहीं किया, अपने शुभैक्षियों का निरादर किया। अपने दुष्ट मित्रों के परामर्श से, सारे सात्विक लोगों के

मना करने पर भी धर्मपराण और सच्चरित्र पाण्डवों से वैर बाँधा। आचार्य ने कभी दुर्योधन का समर्थन नहीं किया, किन्तु कर्ण असुर स्वभाव का धैर्यशून्य और अविवेकी व्यक्ति था। हमने उस पापी का अनुसरण किया, इसीलिए हम भी इस दारुण दशा को प्राप्त हुए हैं।"

कृपाचार्य की दृढ़ता के सामने अश्वत्थामा का मनोबल खड़ा नहीं रह सका। कुछ नम्र होकर बोला, "तो हमें क्या करना चाहिए।"

कृपाचार्य के मन में पुनः युधिष्ठिर के सम्मुख शस्त्रसमर्पण का विचार आया किन्तु उन्होंने कुछ कहा नहीं। जानते थे कि शस्त्रसमर्पण की बात सुनते ही अश्वत्थामा भड़क उटेगा।

"हम महाराज धृतराष्ट्र, महारानी गांधारी और महा बुद्धिमान विदुर के पास चलें। उन्हें सब कुछ बताएँ। उनसे विचार-विमर्श करें। फिर जैसा वे श्रेयस्कर समझें, वैसा ही हम करें।"

अश्वत्थामा ने अपना सिर पीट लिया। असहाय, हताश, भय से काँपते नेत्रहीन वृद्धों तथा पाण्डवों के परम मित्र विदुर के पास जाकर क्या होगा? यह शुद्ध मूर्खता थी। पाण्डवों के चरणों में आत्पसमर्पण करने का इससे सरल मार्ग और क्या हो सकता है। उसने कृपाचार्य की ओर देखा। उसे लगा कि वृद्धावस्था के कारण मातुल की बुद्धि भ्रष्ट हो चुकी है। वे उसके शोक के नाश में उसके सहायक नहीं हो सकते। वे तो उसका ही नाश कर डालेंगे।

"मातुल! संकट में पड़ने से जो बुद्धि मेरे भीतर उत्पन्न हुई है, वह मेरे शोक का नाश करने वाली है। मैं अपने दिव्य धनुष और देवास्त्रों के होते हुए भी, अपने पिता के वध का प्रतिशोध न ले सकूँ, तो वीरों को क्या मुँह दिखाऊँगा।" अश्वत्थमा का मुख आवेश से विकृत हो रहा था, "आज मैं किसी नियम, किसी अनुशासन, किसी मर्यादा को नहीं मानूँगा। आज तो मेरा धर्म प्रतिशोध ही है। कृष्ण हस्तिनापुर में है। पांडव दुर्योधन के शिविर की रक्षा कर रहे हैं। पांचाल अपने कवच उतारकर, रथों में जुते हुए घोड़ों को खोल, निश्चिंत सो रहे होंगे कि उन्हें जगाऊँगा तो भी नहीं जागेंगे। मैं उनके शिविर में घुसकर उनका सर्वनाश कर दूँगा। पाँचालों के टुकड़े कर अपने पिता का प्रतिशोध, तथा पांडवपुत्रों को कुचलकर दुर्योधन का प्रतिशोध लूँगा। ऐसा अवसर फिर कभी नहीं आएगा। मैं आज की रात पितृऋण तथा मित्रऋण दोनों से एक साथ मुक्ति पा जाऊँगा। मैं सोए हुए धृष्टद्युम्न के सिर को पशु के मस्तक के समान बलपूर्वक मरोड़ दूँगा। पांचालों और पाण्डवों के पुत्रों को अपने खड्ग से टुकड़े-टुकड़े कर डालूँगा।"

कृपाचार्य का मन काँप गया। अश्वत्थामा ऐसा संकल्प कर चुका है तो उसे उससे विरत करना असंभव है। पता नहीं पांचालों के शिविर और उनकी वस्तुतः वही स्थिति है, जैसी अश्वत्थामा कह रहा है या फिर पांचालों के शिविर और उनकी यह सब कल्पना ही कर रहा है। यदि यह सफल हो भी गया तो यह तो पितृऋण से उऋण हो जाएगा, किन्तु उसकी प्रतिक्रिया पाण्डवों पर क्या होगी? वे इसके साथ क्या व्यवहार करेंगे? वे इसे जीवित छोड़ देंगे क्या? कृपाचार्य का अपना कोई पुत्र है नहीं। कृपी का भी यही एकमात्र पुत्र है। इसे ही कृपाचार्य ने अपना भागिनेय माना है और इसे ही अपना पुत्र।...वे कहीं आश्वस्त हो जाना चाहते थे कि वह इस महायुद्ध से जीवित बचकर निकल आया है; किन्तु लगता है कि नियति कुछ और ही लीला रच रही है।

"पुत्र अश्वत्थामा!" कृपाचार्य बोले, "तुम बहुत थके हुए हो, इसीलिए बहुत उत्तेजित भी हो। ऐसी मनःस्थिति में प्रबल शत्रु से युद्ध करना हितकर नहीं है।"

"तो?" अश्वत्थामा ने उनकी ओर अविश्वास की दृष्टि से देखा।

"इस समय कवच और ध्वजा खोल कर विश्राम करो। कल प्रातः हम दोनों ही तुम्हारे साथ चलेंगे।"

कृतवर्मा उनका संवाद चुपचाप सुन रहा था। उनके मन में द्वंद्व चल रहा था। समझ नहीं पा रहा था, उसे क्या करना है। अश्वत्थामा पांचालों को मारने की योजना बना रहा था। उनके शिविर में सात्यकि तो नहीं था। वह तो पांडवों के साथ दुर्योधन के शिविर में होगा। ऐसे में इस काली अंधियारी रात में पांचालों के शिविर में घुसने का कृतवर्मा के लिए क्या औचित्य था?

"तुम मेरा विश्वास करो अश्वत्थामा! तुम अपने पराक्रम से ही अपने शत्रुओं का वध करने में समर्थ हो। अतः रात को विश्राम करो। तुम्हें जागते हुए बहुत समय हो चुका है।" कृपाचार्य बोले, "कहीं लम्बे समय तक सो न पाने के कारण ही नींद की तंद्रा में तुम अपना पूर्ण पराक्रम प्रकट न कर सको; और युद्ध का परिणाम तुम्हारी इच्छा के प्रतिकूल हो जाए। नींद पूरी हो जाने से तुम्हारा चित्त स्वस्थ हो जाएगा। फिर तुम समरभूमि में अपना मनचाहा कर सकोगे। प्रातः उनके शिविर में जाकर अपने नाम की घोषणा कर उनका संहार करना।"

कृपाचार्य के मन में भी जैसे कोई अंधड़ चल रहा था। यह मूर्ख नहीं समझ रहा है कि जिसे वह पांचालों के सर्वनाश का प्रयत्न कह रहा है, वह उसकी अपनी मृत्यु है।...यही क्षण था, जब वे अपने भागिनेय को जीवित बचा ले जाने का प्रयत्न कर सकते थे, अन्यथा बहुत देर हो जाएगी। उनके मन में

बार-बार शकुनि का चित्र उभरता था। एक वह मातुल भी था जिसने वर्षों प्रयत्न किया और अपने भागिनेय को निरंतर उसके विनाश की ओर अग्रसर किया। वे नहीं चाहते कि कोई उनकी तुलना शकुनि से करे। वे अपने भागिनेय को इस महाप्रलय में से जीवित बचा लेना चाहते हैं।...अभी कुछ नहीं बिगड़ा था। आचार्य द्रोण जीवित नहीं हो सकते थे। दुर्योधन के प्राण नहीं बचाए जा सकते थे; किन्तु वे अपना वैर त्याग कर युधिष्ठिर के पास चले जाएँ तो अश्वत्थामा अभी जीवित बच सकता था।...युद्ध तत्काल समाप्त होना चाहिए। मृत्यु की यह आँधी थमनी चाहिए। शस्त्र वापस अपने कोश में जाने चाहिए। तब ही अश्वत्थामा बचेगा। युद्ध चलता रहा तो पांचालों और पाण्डवों की कोई क्षति हो न हो, किन्तु अश्वत्थामा जीवित नहीं बचेगा।...

"अभी थोड़ा विश्राम कर लो अश्वत्थामा!" कृप पुनः बोले, "प्रातः मैं और कृतवर्मा समरभूमि में पाण्डवों को परास्त किए बिना पीछे नहीं हटेंगे।"

अश्वत्थामा जैसे छिटककर उनसे कुछ दूर चला गया, "जो व्यक्ति शोक से आतुर हो, अमर्ष से भरा हो, चिंता कर रहा हो अथवा कामना में आसक्त हो, वह सो कैसे सकता है। मुझ पर तो इन चारों का ही आक्रमण हुआ है।" अश्वत्थामा बोला, "मेरे पिता का वध कर धृष्टद्युम्न जीवित नहीं बच सकता। वह मेरा वध्य है। मैं तो आज सोते हुए अपने शत्रुओं का संहार करके निश्चिंत होने पर ही विश्राम करूँगा।"

"तुम्हारी बुद्धि दुर्भावना से युक्त है और तुम्हारी इंद्रियाँ तुम्हारे वश में नहीं हैं। तुम हितकर वचन समझ नहीं पाओगे। तुम्हारी बुद्धि पर जड़ता छाई हुई है।" कृपाचार्य भी कुछ उत्तेजित हो उठे, "अपने दूषित अंतःकरण के कारण पापात्मा पुरुष कल्याणकारी पथ को छोड़कर बहुत से पाप कर्म करने लगता है। भाग्यहीन व्यक्ति मना करने पर भी दुष्कर्म से निवृत्त नहीं होता। अपने मन को संयत कर मेरी बात सुनो। ऐसा न हो कि बाद में पश्चात्ताप करना पड़े। अभी सो जाओ। कल प्रातः युद्ध करना। रात को युद्ध करने का निन्दनीय प्रस्ताव छोड़ दो।"

अश्वत्थामा ने आग्नेय नेत्रों से कृपाचार्य की ओर देखा और बोला, "पांडव पहले ही धर्म की मर्यादा के सैकड़ों टुकड़े कर चुके हैं। वे सब के सब पापी और धर्मशून्य हैं। आप उनकी निन्दा क्यों नहीं करते।"

वह कृपाचार्य का उत्तर सुनने के लिए भी नहीं रुका। उसने अपने घोड़े रथ में जोत लिए और रथारूढ़ होकर बोला, "मैं प्रयत्न करूँगा कि पापी धृष्टद्युम्न मेरे द्वारा एक पशु की भाँति मारा जाए। उसे किसी भी प्रकार शस्त्रों से हताहत क्षत्रिय को मिलने वाले लोकों की प्राप्ति न हो।"

कृपाचार्य अपने स्थान पर किंकर्तव्यविमूढ़ से खड़े, जाते हुए अश्वत्थामा को देख रहे थे और कृतवर्मा की आँखें कृपाचार्य पर लगी हुई थीं। क्या करेंगे कृपाचार्य? और कृतवर्मा को क्या करना चाहिए।

कृपाचार्य किसी भी मूल्य पर अश्वत्थामा को इस संकट में से निकालना चाहते थे किन्तु वह इस समय उन्मत्त हो रहा था। उसे रोकना असंभव था। ...तो क्या वे उसे जाने दें? अपने पुत्र सरीखे, अपनी विधवा बहन के एकमात्र पुत्र को पांचालों के शिविर में जानें दें मरने के लिए? उसकी कोई सहायता न करें?...नहीं! वे ऐसा नहीं कर सकते। वे उसे मरने नहीं दे सकते। इस युद्ध में किसने मर्यादा नहीं तोड़ी? किस ने पाप नहीं किया? पर क्या किसी ने अपने आत्मीय जन का त्याग किया? तो वे ही क्यों धर्म पर अड़ने की बात सोचते हैं। उनका पहला धर्म तो अपने भागिनेय की रक्षा करना ही है...

"चलो कृतवर्मा!" वे बोले और अपने घोड़ों की ओर बढ़ गए।

41

कृष्ण का रथ आकर शिविर के सम्मुख रुका ही था कि वे समझ गए कि उनकी अनुपस्थिति में कुछ न कुछ असाधारण घटित हो गया था। लक्षण अच्छे नहीं लग रहे थे। जिस शिविर में इस समय गतिविधि का भूचाल और विजयोत्सव का उल्लास होना चाहिए था, जिस शिविर में इस समय सारी सत्ता का केन्द्र स्थापित हो जाना चाहिए था, उस शिविर पर किसी भयानक शोक की छाया मँडरा रही थी। सारा शिविर जैसे किसी भयंकर रुदन में लिपटा हुआ था। इतनी निःस्तब्धता तो पराजित कौरवों के उस समय के शिविर में भी नहीं थी, जब कृष्ण पाण्डवों के साथ इस पर अधिकार करने आए थे।

वे द्वार तक आए तो द्वारपाल सहास अभिवादन और स्वागत के स्थान पर अपने सिर झुकाए मौन खड़े थे। युधिष्ठिर ने कृष्ण को आते देखा तो अपने स्थान से उठे और फफककर उनके कंधे से जा लगे।

"अनर्थ हो गया गोविंद!" वे बोले, "मैं शत्रुओं को पूर्णतः जीतकर अंत में फिर उनसे पराजित हो गया।..."

"क्या?" कृष्ण के स्वर में गहरी आशंका थी।

"प्रमाद से बड़ा कोई शत्रु नहीं होता।" युधिष्ठिर बोले, "मनुष्य के लिए प्रमाद उसकी मृत्यु ही है। हमें भी प्रमाद रूपी इस नाग ने डस लिया।"

"क्या हुआ धर्मराज!" कृष्ण ने उनकी पीठ पर स्नेह से हाथ फेरा, "एक रात्रि भर में ऐसा क्या हो गया, जो पिछले अट्ठारह दिनों में नहीं हुआ था?"

"रात्रि भर में ही तो प्रलय हो गया श्रीकृष्ण! आकाश से गाज गिरी और सर्वनाश हो गया।" युधिष्ठिर बोले, "पांचालों के शिविर पर रात को आक्रमण हुआ और हमारे सारे बंधु-बांधव और पुत्र मारे गए।"

"क्या?" कृष्ण चौंके, "सारे बंधु-बांधव और पुत्र? कोई नहीं बचा?"

"सब लोग मारे गए होंगे। हम तक तो धृष्टद्युम्न का एक सारथि ही पहुँचा है।" युधिष्ठिर बोले, "उसने बताया है कि रात को किसी समय शिविर में होने वाले चीत्कारों से उसकी नींद टूटी थी। उसने रात को काफी मदिरा पी ली थी। इसलिए सचेत होने में कुछ समय लगा। लगता था कि कुछ लोग शिविर के भीतर घुस आए हैं। वे सामने पड़ने वाले प्रत्येक व्यक्ति की हत्या कर रहे हैं। जो सामने पड़ा, खड्ग से उसके टुकड़े कर दिये, जो बच कर भागा, उसे बाण से मार दिया गया। शिविर में तीन ओर से आग लगा दी गई। किसी ने हाथी और घोड़े खोल दिये। भगदड़ में किसने किसको कुचला और कौन अग्नि में दग्ध होकर मर गया कुछ पता ही नहीं चला।"

"मैंने हस्तिनापुर जाते हुए कहा था धर्मराज! कि युद्ध अभी समाप्त नहीं हुआ है।" कृष्ण बोले, "कुछ पता लगा, कौन लोग थे वे?"

"धृष्टद्युम्न का सारथि तो केवल इतना ही बता पाया कि वे संख्या में कदाचित् तीन थे। जिसमें से एक तो प्रकट था और दो द्वार के बाहर कहीं छिपे हुए थे। जो प्रकट था, उसके हाथ में रक्त स्नात् खड्ग था। वह स्वयं भी रक्त से नहाया हुआ था। अग्नि की लपटों के उजाले में एकदम राक्षस या कोई प्रेत लग रहा था। मृत्यु के उस तांडव में सारथि पहचान भी नहीं सका कि वे कौन थे। वे तीन अलग-अलग लोग थे अथवा उसने एक ही व्यक्ति को अनेक बार देखा और उन्हें तीन व्यक्ति मान बैठा--यह भी वह नहीं जानता।" अर्जुन ने बताया, "उसकी सूचना पर हम लोग शिविर में देखते गए थे। धृष्टद्युम्न का शव कुचला हुआ था, जैसे किसी ने उसके वक्ष और कण्ठ पर तांडव किया हो। उसे शस्त्र से नहीं मारा गया था। लगता है कि रात को या तो वह निद्रा में ही मार डाला गया या फिर तंद्रा और आकस्मिकता के कारण वह अपनी रक्षा नहीं कर पाया और इस अपमृत्यु को प्राप्त हुआ।"

"युधामन्यु और उत्तमौजा को भी ठीक वैसे ही बिना शस्त्र के कण्ठ दबा कर मारा गया है।" भीम बोला, "उसके पश्चात् कदाचित् शिविर में लोग जाग गए थे। प्रतिविंध्य की कोख में खड्ग भोंका गया है। सुतसोम की दाहिनी भुजा कटी हुई है। उसमें उसका शस्त्र रहा होगा। बाद में उसकी पसली में खड्ग भोंक कर उसे काट दिया गया है। शतानीक का सिर कटा हुआ है। श्रुतकर्मा हाथ में परिघ लेकर सोया हुआ है। उसका मुख काट कर विकृत कर

दिया गया है। श्रुतकीर्ति के हाथ में धनुष है किन्तु उसका कुंडलयुक्त मस्तक कटा हुआ है।"

"हम दुर्योधन के माता-पिता के दुख की चिंता कर रहे थे और वे हमारे शिविर पर रात्रि को आक्रमण कर उसे अग्निसात कर रहे थे।" कृष्ण की आँखें क्रोध की लालिमा लिए हुए थीं, "और शिखंडी?"

"दो खंडों में कटा शिखंडी का शव भी प्रभद्रकों के शवों के मध्य पड़ा है।" अर्जुन ने कहा।

"क्या वे अश्वत्थामा, कृतवर्मा और कृपाचार्य ही थे?" कृष्ण ने पूछा।

"वे ही थे।" भीम ने कहा, "दुर्योधन के निकट जो चार संदेशवाहक हमने छोड़े थे, वे भी सूचना देने आए थे।"

कृष्ण की प्रश्नवाचक दृष्टि भीम की ओर उठ गई।

"अंधकार घना होते ही अनेक हिंस्र पशुओं तथा कुत्तों ने दुर्योधन को घेर लिया था। उन्हीं पशुओं से भयभीत होकर, अपनी प्राण रक्षा के लिए, वे संदेशवाहक निकट के ऊँचे वृक्षों पर जा चढ़े थे।" भीम ने बताया, "उन्होंने हमें बताया है कि मध्य रात्रि के भी पश्चात् जब दुर्योधन प्रायः अचेत हो गया था और उन पशुओं से भी अपनी रक्षा करने में असमर्थ हो चुका था, तब वहाँ तीन रथ आकर रुके थे। उनमें से एक का स्वर सुनाई पड़ा था। उसने पहले तो रोते हुए, भीम, धर्मराज और श्रीकृष्ण को धिक्कारा, जिन्होंने दुर्योधन को अधर्मपूर्वक मारा था। फिर उसने कहा, 'महाराज! आपके ही बल पराक्रम से सेवकों सहित कृपाचार्य को, मुझे और मेरे पिता को रत्नों से भरे हुए भव्य भवन प्राप्त हुए थे। यदि आप जीवित हैं, तो कानों को सुख देने वाला यह समाचार सुनें। पांडव पक्ष में केवल सात और कौरव पक्ष में हम तीन ही व्यक्ति जीवित बचे हैं। मैं, मातुल कृप और बंधु कृतवर्मा।' उसके पश्चात् रोते हुए उसने बताया कि उसने पुष्प मालाओं से सुसज्जित और धूप और चंदनचूर्ण से सुवासित शैया पर सोए हुए धृष्टद्युम्न को पैर की ठोकर मार कर जगाया। उसके बाल पकड़कर उसे पृथ्वी पर पटका और उसे वहाँ बुरी तरह रगड़ा। धृष्टद्युम्न भय और तंद्रा के कारण कोई चेष्टा न कर सका। उसने अपने पैरों से धृष्टद्युम्न के वक्ष और कण्ठ को कुचलकर उसे पशु के समान मार डाला। धृष्टद्युम्न छटपटाया किन्तु चीत्कार भी नहीं कर सका। उसने अपनी भयंकर एड़ियों से धृष्टद्युम्न के मर्मस्थलों पर प्रहार किया। फिर उसने युधामन्यु और उत्तमौजा को भी बिना शस्त्र के मार दिया। उसने एक-एक व्यक्ति को मारने का हर्षपूर्वक वर्णन किया। फिर वह शिविर में लगी आग में जलकर और हाथी-घोड़ों के पैरों तले कुचले जाकर तथा भगदड़ में अपने ही साथियों के पैरों

तले रौदें जाकर मरने वालों के कष्ट और चीत्कार का वर्णन करता रहा। उसने बताया कि मातुल और कृतवर्मा बाहर खड़े थे। जो बाहर निकलता था, उसको वे अपने बाणों से मार देते थे। आग भी उन्होंने ही लगाई थी।"

"द्रौपदी को सूचना दे दी गई?" कृष्ण ने पूछा।

"उपप्लव्य जाकर नकुल उसे ले आया है।" अर्जुन ने बताया, "वह शिविर में ही है। पल-पल में अचेत हो रही है। उसका उपचार करने का प्रयत्न किया जा रहा है। उसके मातृपक्ष की कुछ स्त्रियाँ भी आ गई हैं।"

"वह अपनी तपस्या से एकदम निर्बल हो चुकी है। अब यह आघात तो वज्रपात से भी अधिक घातक है।" युधिष्ठिर बोले, "फिर भी आपके आने का समाचार पाकर कदाचित् वह कुछ सचेत हो सके।"

युधिष्ठिर ने सहदेव की ओर देखा।

"मैं अभी उन्हें सूचना देता हूँ।"

"नहीं! हम लोग ही चलते हैं।" कृष्ण बाले, "ऐसी स्थिति में उसे क्यों और कष्ट देते हैं।"

वे लोग अंतःपुर में आए। द्रौपदी इस समय तक कुछ सचेत हो चुकी थी। वह शैया पर बैठी हुई थी और अनेक स्त्रियाँ उसे सांत्वना देने का प्रयत्न कर रही थीं।

"गोविन्द!" द्रौपदी का स्वर काँप गया और उसकी आँखों में अश्रु आ गए, "मनुष्य मरणशील है, यह तो मैं जानती हूँ, किन्तु मृत्यु का यह कौन-सा रूप हुआ?"

"महाकाल की लीला को कौन जान सका है सखि!" कृष्ण का स्वर गंभीर था, "यह सब मनुष्य को स्तब्ध कर देने के लिए है; किन्तु महाकाल को कुछ भी तो स्तब्ध नहीं करता। उसके लिए तो यह सब कुछ ही स्वाभाविक है। यह सब होना ही था, इसलिए हुआ।"

"राजन्!" सहसा द्रौपदी की आँखें युधिष्ठिर पर जा ठहरीं, "सौभाग्य की बात है कि आप क्षत्रिय धर्म के अनुसार यमराज को अपने पुत्रों की भेंट चढ़ा सारी पृथ्वी का राज्य पा गए। अब आप इसका सुखपूर्वक भोग करेंगे।..."

द्रौपदी के मन की पीड़ा को युधिष्ठिर पहचानते थे। उसकी कटुता का कारण भी स्पष्ट ही था। ऐसी पीड़ा के समय जाने क्यों स्त्री के मन में अपने पति के प्रति सहानुभूति न जाग कर विरोध जागता है। वह अपने कष्टों के लिए उसे ही दोषी मानने लगती है। पर यह समय ऐसा नहीं था कि द्रौपदी के सम्मुख उसके मन का विश्लेषण किया जाए।...

"अपने भाई-बंधुओं तथा अपने पुत्रों को इस प्रकार यमराज को समर्पित कर कोई पृथ्वी के राज्य का उपयोग कर सकता है?" धर्मराज का स्वर अत्यंत उदासीन था।

पर द्रौपदी पर जैसे उनकी उदासीनता का प्रतिकूल प्रभाव ही हुआ। उसका स्वर वैसे ही प्रचंड था, "आपने स्वयं सकुशल रहकर, सारी पृथ्वी का राज्य पा लिया है। अब कभी आपको अभिमन्यु का भी स्मरण नहीं आएगा।"

"इसे सकुशल कहती हो तुम!" युधिष्ठिर के अधरों पर एक रुदनशीला मुस्कान आई, "लगता है कि मेरे लिए भी हिमालय पर जा कर स्वयं को गलाने का समय आ गया है।"

"वह सब बाद में।" द्रौपदी की दीनता नष्ट हो गई। उसके स्वर का तेज लौट आया, "यदि आज आप रणभूमि में पराक्रम प्रकट कर, उस पापाचारी अश्वत्थामा के प्राण नहीं हर लेते तो मैं यहीं अनशन कर अपने जीवन का अंत कर दूँगी।"

किसी ने कुछ नहीं कहा। सब जैसे स्तब्ध से खड़े थे।

द्रौपदी अपने स्थान से उठी और भूमि पर अनशन की मुद्रा में बैठ गई।

कृष्ण आगे बढ़े और द्रौपदी के सम्मुख आकर बैठ गए।

"पांचाल राजकुमारी! मेरी बात सुनो।" वे बोले, "अट्ठारह दिनों के असाधारण परिश्रम से प्राप्त की गई हमारी विजय अंततः दैवयोग से एक प्रकार की पराजय में परिणत हो गई है; किन्तु उसका यह अर्थ नहीं है कि युद्ध समाप्त हो गया है। यह महासमर ऐसे ही तो समाप्त नहीं हो जाएगा। धर्मराज युधिष्ठिर प्रतिशोध के समर्थक न होते हुए भी युद्ध से भागने के पक्षधर नहीं हैं। युद्ध को समाप्त किए बिना वे हिमालय की ओर मुँह नहीं कर सकते। तुम मेरे वचन का विश्वास करो, अश्वत्थामा अदण्डित नहीं रहेगा। उसे उसके कृत्य का दंड दिया जाएगा।"

"आचार्य द्रोण को मेरे भाई ने मारा था। पांडव तो अपने गुरु की रक्षा ही करते रहे। अब न मेरे भाई हैं, न पुत्र।" द्रौपदी बोली, "अब यदि ये यही मानते रहे कि वह पापी अश्वत्थामा इनका गुरुपुत्र है, तो ये उसका वध कैसे करेंगे?"

"नहीं! ऐसा नहीं होगा प्रिये! उसे अदण्डित कैसे छोड़ा जा सकता है।" युधिष्ठिर बोले, "हाँ! अश्वत्थामा न अपने शिविर में है, न युद्ध क्षेत्र में, न समंतपंचक में। वह भाग कर कहीं छिप गया है। उसे खोज कर उसका वध किया जाएगा।"

"मुझे बहकाइए नहीं।"

"बहका नहीं रहा।" युधिष्ठिर बोले, "वह जहाँ कहीं है, वहाँ उसका वध होगा; किन्तु तुम्हें उसके वध का विश्वास कैसे होगा?"

"उसका मस्तक नहीं ला सकते तो उसकी मस्तक मणि लाइए। मैं जानती हूँ कि वह अपने मस्तक पर मणि धारण करता है। वह उसे प्राणों से भी अधिक प्रिय है। कहते हैं कि वह प्राण दे सकता है, किन्तु वह मणि नहीं दे सकता। उस मणि को मैं धर्मराज को धारण करवा कर ही जीवन धारण कर सकती हूँ।" द्रौपदी ने भीम की ओर देखा, "मध्यम पांडव! मेरे जीवन की रक्षा करो।"

द्रौपदी के एक वाक्य ने भीम को जैसे किसी तंद्रा से जगा दिया। उसका मस्तिष्क कैसा तो जड़-सा हो रहा था। सहसा उसमें प्राण अंकुरित हो गए।

"तुम्हारी इच्छा पूरी होगी पांचाल राजकुमारी!" भीम ने नकुल की ओर देखा, "नकुल! हमारे पास इस समय जो भी संदेशवाहक, अन्वेषक, गूढ़ पुरुष और गुप्तचर हैं, उन सब को उन तीनों राक्षसों की खोज में भेज दो। यदि कहीं यह संदेह हो कि वे लोग एक साथ नहीं हैं, पृथक् हो गए हैं तो हमारे खोजी केवल अश्वत्थामा को खोजें।" वह रुका, "उसके पश्चात् रथ तैयार करो। तुम्हें मेरे साथ चलना है। मैं अपने शस्त्र ले कर आता हूँ।"

"अश्वत्थामा को कहाँ खोजोगे मध्यम?" द्रौपदी ने पूछा, "वह जाने कहाँ छिपा होगा। मूषक के समान कहीं अपनी बिल खोद कर उसमें बैठा होगा।"

"उसके बिल को खोद कर भी निकालूँगा उसे। उसका पता स्वयं धरती बताएगी। धरती पर बने रथचक्रों के चिह्नों को कोई नहीं छिपा सकता।" वह बोला, "वे न भी मिले तो मैं पवन में से उसकी गंध ढूँढ़ लूँगा। कैसा पवनपुत्र हूँ, यदि इतना भी न कर पाऊँ।" भीम कुछ भावुक हो गया था, "तुम उसकी चिन्ता मत करो पांचाली! बस इस अनशन का विचार त्याग दो। तपस्या ने तुम्हें पहले ही बहुत दुर्बल कर रखा है। मन को स्वस्थ करो। अन्न-जल ग्रहण करो। मैं अश्वत्थामा को मार कर ही लौटूँगा।"

भीम का विषाद जैसे धुल गया था। वह अपने आप में लौट आया था। उसके सम्मुख एक चुनौती थी। वह हाथ पर हाथ धर कर नहीं बैठ सकता था। उसकी ऊर्जा जड़ नहीं हो सकती। वह अपने जीते हुए इस युद्ध में अंततः इस प्रकार पराजित नहीं हो सकता।...

भीम के जाते ही कृष्ण जैसे कुछ विचलित हो उठे। उन्होंने युधिष्ठिर की ओर देखा, "जिनका वध हुआ, वे क्या पांचाली के ही बंधु थे? हमारे कुछ नहीं थे? जो रात को मारे गए, वे क्या भीम के पुत्र थे? आपके पुत्र नहीं थे? और क्या भीम आपका कोई नहीं है?"

"आप ऐसा क्यों कह रहे हैं केशव?" युधिष्ठिर हतप्रभ रह गए।

"तो फिर अश्वत्थामा को दण्डित करने के लिए और भीम की रक्षा के लिए, आप लोग जाते क्यों नहीं?" कृष्ण बोले, "आप जानते नहीं कि अश्वत्थामा

में अब केवल पशुता ही बची है। उसका ब्राह्मणत्व और मनुष्यत्व तो जाने कब का समाप्त हो चुका। अश्वत्थामा क्रोधी, दुष्ट, चपल और क्रूर है। उससे भीमसेन की रक्षा आवश्यक है। अश्वत्थामा के पास आचार्य द्रोण का दिया हुआ ब्रह्मशिर नामक देवास्त्र है। उस देवास्त्र के सामने भीमसेन क्या कर लेंगे? अश्वत्थामा मध्यम पांडव के वश का नहीं है। हाँ! उसे बाँधकर भीमसेन को सौंप दें तो शेष वे कर लेंगे।"

द्रौपदी को आश्वस्त-सा करते हुए, कृष्ण ने उस पर एक दृष्टि डाली और बाहर चले गए।

कृष्ण स्वयं अपने शस्त्रों से सज्जित होकर रथारूढ़ हुए। उनके पश्चात् युधिष्ठिर और अर्जुन भी आ गए। सात्यकि और सहदेव को शिविर की रक्षा के लिए छोड़ दिया गया।

रथ का सारथ्य स्वयं कृष्ण कर रहे थे। उनका रथ जैसे पवन वेग से चल रहा था।

"भीमसेन को अश्वत्थामा के निकट जाने से पहले ही रोकना होगा अन्यथा अनर्थ हो जाएगा।" कृष्ण बोले।

"अश्वत्थामा की इस मस्तष्क मणि का क्या रहस्य है केशव?" युधिष्ठिर ने पूछा।

"उसके पास एक मणि है, जिसे सदा वह अपने मस्तष्क पर धारण करता है। कहते हैं कि वह अत्यनत मूल्यवान मणि है। किसी बड़े से बड़े साम्राज्य से भी अधिक मूल्यवान है। उसका प्रभाव अमोघ है। उसे धारण कर लेने पर शस्त्र, व्याधि, क्षुदा, देवता, दानव और नाग किसी का भी भय नहीं रहता।"

"यदि वह इतनी ही मूल्यवान है तो दुर्योधन भी जानता होगा कि साम्राज्य से भी अधिक मूल्यवान मणि अश्वत्थामा अपने मस्तक पर धारण करता है।" अर्जुन ने कहा, "तो दुर्योधन ने इसे अश्वत्थामा के पास रहने कैसे दिया होगा? द्वारका में स्यमंतक मणि को लेकर इतना बवंडर उठा था, तो इस मणि ने वैसा कोई प्रभाव क्यों नहीं दिखाया?"

"यह भी तो पूछा जा सकता है कि इतनी मूल्यवान मणि अश्वत्थामा को मिली कहाँ से?" युधिष्ठिर बोले, "उसे क्रय करने की क्षमता तो अश्वत्थामा और आचार्य में नहीं थी।"

"आप दोनों के प्रश्नों का एक ही उत्तर है।" कृष्ण बोले, "उसके विषय में प्रचारित किया गया है कि वह अश्वत्थामा के जन्म से ही उसके साथ है।"

"जन्म से ही साथ है का क्या अर्थ?" अर्जुन ने कहा, "क्या उसके जन्मोत्सव के समय किसी ने उसे यह उपहार में दी थी?"

"ऐसा होता तो आचार्य इतने निर्धन कैसे रहते।" युधिष्ठिर बोले।

"नहीं।" कृष्ण बोले, "प्रचारित यह किया गया है कि वह उसके शरीर के साथ ही उत्पन्न हुई थी, जैसे जन्म के समय से कर्ण के शरीर पर कवच और कुंडल थे। इसीलिए वह उसे मस्तक के ऊपर धारण न कर शिरोवस्त्र के नीचे धारण करता है। इससे उसे तीन लाभ हुए। प्रथम तो कभी किसी ने यह नहीं पूछा कि एक तपस्वी ब्राह्मण अपने मस्तक पर इतनी मूल्यवान मणि क्यों धारण करता है? दूसरे दुर्योधन के लिए यह पूछने का अवकाश नहीं रह गया कि यह मणि अश्वत्थामा को कब और कहाँ मिली? तीसरे दुर्योधन उससे वह मणि माँग नहीं सका।"

"वैसे वह मणि उसे कहाँ से मिल सकती है?" अर्जुन ने पूछा।

"यह तो उसी प्रकार का रहस्य है कि आर्य सत्राजित को स्यमंतक मणि कहाँ से मिली थी।" कृष्ण बोले, "उन्होंने भी यही प्रचारित किया था कि वह मणि उन्हें सूर्यदेव से प्राप्त हुई थी।"

सामने से सैनिकों का एक गुल्म आ रहा था। उनके ध्वज से स्पष्ट था कि वे भीम के सैनिक थे।

युधिष्ठिर अपने रथ में खड़े हो गए। निकट आने पर कृष्ण नें रथ रोक दिया।

"कहाँ से आ रहे हो नायक?"

"महाराज! हमें युवराज ने आपके पास ही भेजा है कि हम आपको सूचना दें कि उन्हें कृपाचार्य, कृतवर्मा और अश्वत्थामा के विषय में यह सूचना मिल गई है कि वे लोग रात के उस कांड के पश्चात् दुर्योधन से मिले थे और वहाँ से महाराज धृतराष्ट्र से भेंट कर उन्हें सारी सूचनाएँ देने के लिए हस्तिनापुर चले गए थे। अतः युवराज भी उनके पीछे हस्तिनापुर ही गए हैं। वे थोड़ी-थोड़ी दूरी से अपनी यात्रा के विषय में आपको समाचार भेजते रहेंगे, ताकि आप महारानी को आश्वस्त करते रह सकें।"

"यह तो बहुत ही बुरा हुआ।" कृष्ण ने तत्काल रथ हाँक दिया।

"क्या अच्छा नहीं हुआ?" अर्जुन ने पूछा।

"मध्यम को किसी भी स्थिति में एकांत में धृतराष्ट्र के सम्मुख नहीं पड़ना चाहिए।" वे बोले, "हमें उनकी अश्वत्थामा से ही नहीं, धृतराष्ट से भी रक्षा करनी होगी।"

"महाराज धृतराष्ट्र से भीम की रक्षा?" युधिष्ठिर कुछ चकित थे।

"हाँ! धृतराष्ट्र के मन के द्वेष से उनकी रक्षा, धृतराष्ट्र के मन के पाप से उनकी रक्षा।" कृष्ण बोले, "भीम के पास बल है किन्तु वे युक्ति नहीं जानते, जिसमें धृतराष्ट्र दक्ष है।"

कोई कुछ नहीं बोला और रथ तीव्र गति से भागता रहा। सहसा कृष्ण ने धरती पर बने रथ चक्रों के चिह्नों पर दृष्टि डाली।

"मुझे तो नहीं लगता कि भीमसेन हस्तिनापुर की ओर गए हैं।" कृष्ण ने रथ की गति कम की और घोड़ों को जैसे रुकने का संकेत किया, "एक भारी रथ के चक्रों के से चिह्न किसी और दिशा में जा रहे हैं। यह रथ भीमसेन का होना चाहिए।"

"तभी सामने से सैनिकों का एक अन्य गुल्म आता दिखाई दिया। वे उनके निकट आकर रुक गए। वे भी भीम के ही सैनिक थे।

"महाराज!" उन्होंने प्रणाम कर कहा, "युवराज ने कहा है कि उन्हें यह सूचना मार्ग में ही मिल गई है कि महाराज धृतराष्ट्र हस्तिनापुर से बाहर निकलकर, अपने पुत्रों का तर्पण करने के लिए गंगातट की ओर जा रहे थे। मार्ग में ही उन्हें कृपाचार्य, द्रोणपुत्र अश्वत्थामा और कृतवर्मा मिल गए। उन्हें सारा समाचार देकर वे लोग पाण्डवों के भय से विचलित होकर एक-दूसरे से पृथक् हो गए। कृपाचार्य तो वापस हस्तिनापुर चले गए। कृतवर्मा ने द्वारका की राह पकड़ी और अश्वत्थामा महर्षि वेदव्यास के आश्रम की ओर गए हैं। युवराज भी उनका पीछा करते हुए उसी ओर चले गए हैं।"

कृष्ण ने रथ मोड़ लिया और वे रथचक्रों के चिह्नों को देखते हुए उसी ओर बढ़ गए।

भीम तक पहुँचने में उन्हें बहुत समय नहीं लगा। उन्होंने भीम के रथ को जा पकड़ा।

"रुक जाओ मध्यम!" युधिष्ठिर बोले।

"क्या बात है?" भीम ने आश्चर्य से उनकी ओर देखा, "आप लोगों को आना ही था तो मेरे साथ क्यों नहीं आए?"

"वह सब बाद में बताएँगे।" युधिष्ठिर बोले, "श्रीकृष्ण का कहना है कि अश्वत्थामा के पास आचार्य द्रोण का दिया हुआ ब्रह्मशिर नामक देवास्त्र है। तुम उसका निवारण नहीं कर पाओगे। इसलिए उसका सामना अर्जुन को ही करने दो।"

"मैं नहीं मानता।" भीम बोला, "उसके पास ब्रह्मशिर होता तो वह अब तक उसका प्रयोग कर चुका होता।"

"उसने उसका प्रयोग नहीं किया है किन्तु वह देवास्त्र उसके

पास है।" कृष्ण बोले, "इसलिए आप लौट जाएँ। हम लोग अश्वत्थामा को देखते हैं।"

"यदि ऐसी बात है तो मैं तुम्हारे साथ ही चल रहा हूँ कृष्ण!" भीम बोला, "मैं अश्वत्थामा की हत्या के बिना, पांचाली के सम्मुख नहीं जा सकता।"

संध्या से पहले-पहले वे दोनों रथ महर्षि वेदव्यास के आश्रम के निकट पहुँच गए। आश्रम इस समय निर्जन-सा लग रहा था। दो-एक ब्रह्मचारी ही दिखाई दिए। उनसे पूछा तो उन्होंने बताया कि महर्षि तो देवर्षि नारद के साथ निकट के किसी अन्य आश्रम में गए हुए हैं और इस आश्रम के अन्तेवासी किसी प्रवचन को सुनने के संदर्भ में गंगातट पर एकत्रित हैं।

गंगातट पर संन्यासियों की भीड़ थी। कहीं कुछ लोग स्नान कर रहे थे। कहीं कुछ लोग जल में खड़े होकर किसी प्रकार की कोई साधना कर रहे थे। कहीं कोई ध्यान करने के लिए पद्मासन में बैठा था। आसपास न तो कहीं कोई रथ खड़ा था और न ही कहीं अश्वत्थामा का कोई चिह्न था।...अब ऐसे में अश्वत्थामा कहाँ होगा?...उन्होंने अपने रथ छोड़ दिए और पैदल ही गंगातट पर चलते गए।...

"पांचाली ने ठीक ही कहा था कि किसी मूषक के समान बिल खोद कर उसमें छुपा बैठा होगा " भीम ने कहा, "अब उसे हम कहाँ खोजें।"

"यदि वह यहाँ है तो वह अकेला नहीं होगा। जहाँ कहीं भी वह होगा, स्वयं को छुपाने के लिए समूह में ही होगा।" कृष्ण बोले।

"स्वयं को छिपाने के लिए क्यों?" भीम हँसा, "वह हमसे भयभीत है क्या? उसके पास तो ब्रह्मशिर देवास्त्र है। वह अकेला ही पांचालों के शिविर में घुसकर उन सबका वध कर सकता है। वह क्यों भयभीत होगा हमसे।"

"भयभीत तो वे हैं ही। अकेला अश्वत्थामा ही नहीं, कृपाचार्य और कृतवर्मा भी। दुर्योधन भी तो भय के मारे ही द्वैपायन सरोवर में छिप गया था।" कृष्ण बोले, "यदि वह अकेला बैठ कर साधना करने का ढोंग करेगा तो पकड़ा जाएगा।"

कृष्ण चलते-चलते रुक गए, "वह कौन है?"

शेष लोग भी रुक गए, "कहाँ? कहाँ??"

"मध्यम तनिक शान्ति से।" कृष्ण अपना स्वर दबाकर बोले, "इस प्रकार से मुखर हो जाओगे तो वह भाग जाएगा।"

"अब वह मुझसे बचकर कहीं नहीं जा सकता।" भीम ने कहा, "पर वह है कहाँ?"

"बिना हाथ का संकेत किए, केवल आँखों से देखो।" कृष्ण बोले, "दाईं ओर गंगा की रेत पर संन्यासियों का जो झुण्ड बैठा है, उसमें पीछे की ओर देखो।"

सबकी आँखें उस ओर चली गईं। भीम ने भी देखा : उन संन्यासियों के मध्य अश्वत्थामा छिपा बैठा था। उसने अपने सारे शरीर पर घी चुपड़कर कुश का चीर पहन रखा था। उसके अंगों पर धूल छा रही थी।...हाँ! वेश तो उसने बहुत परिवर्तित कर लिया था...पर कृष्ण ने ठीक ही पहचाना था।

भीम उसकी ओर दौड़ा, "खड़ा तो रह तू पापी!"

"आपने कैसे उसे पहचान लिया केशव?" युधिष्ठिर कुछ चकित थे।

"उसकी मस्तक मणि से। केवल उसने सिर पर ही वस्त्र लपेटा हुआ है।" कृष्ण हँसे, "कहते हैं कि इस मणि को धारण करने वाले को शत्रु का भय नहीं रहता; किन्तु अश्वत्थामा को तो उसी मणि ने पकड़वा दिया है।"

अश्वत्थामा ने देखा कि उसे पहचान लिया गया है। भीम उसकी ओर आ रहा है। भीम की सहायता के लिए अर्जुन भी खड़ा है, कृष्ण और युधिष्ठिर भी निकट ही हैं। अश्वत्थामा उनसे युद्ध नहीं कर सकता। वे उसे मार डालेंगे। उसकी बुद्धि जैसे जड़ हो गई। इस समय वह और कुछ नहीं सोच सकता था। उसके मन में एक ही बात थी, पाण्डवों का विनाश। अब उसका मूल्य चाहे जो भी हो।...

उसने आँखें बंद कर मन को एकाग्र किया और ब्रह्मशिर का स्मरण किया। मन की तरंगों ने जाकर ब्रह्मशिर को जाग्रत किया। अश्वत्थामा ने उसे मन की विद्युत तरंगों के संकेत भेजे, "समस्त पाण्डवों का विनाश करो।"

अस्त्र उनकी दृष्टि सीमा में आ गया था। उससे भयंकर अग्नि प्रकट हो रही थी। वह जैसे अश्वत्थामा की आज्ञानुसार अपने भीतर अपने शस्त्रागार को जगा रहा था और अपने लक्ष्य साध रहा था।

"रुक जाओ मध्यम!" कृष्ण ने पुकार कर भीम को कहा और अर्जुन से सम्बोधित हुए, "अर्जुन! आचार्य द्रोण द्वारा तुम्हें दिए गए दिव्यास्त्र के प्रयोग का समय आ गया है। अब संकोच मत करना, अन्यथा अश्वत्थामा के अस्त्र का निवारण नहीं हो पाएगा।"

अर्जुन ने तत्काल अपने मन को एकाग्र किया। मन की तरंगों को विद्युत तरंगों में परिणत कर अपने देवास्त्र को संकेत भेजे, "शत्रु का ब्रह्मशिर शान्त हो जाए।"

दोनों के ब्रह्मशिर जैसे आकाश में आकर स्थिर हो गए थे। वे निरन्तर अग्नि उगल रहे थे। उनकी प्रक्रिया आरम्भ हो गई थी और वे लक्ष्य को साध रहे थे। ऐसा लग रहा था जैसे संसार एक भयंकर अग्नि सागर में स्नान करने की तैयारी में है। आकाश पर उल्काएँ उड़ रही थीं और वज्रपात हो रहे थे।

सहसा अर्जुन की एकाग्रता में बाधा पड़ी। उसने आँखें खोलीं। देखा, उसके और अश्वत्थामा के मध्य देवर्षि नारद और महर्षि वेदव्यास आकर खड़े हो गए, "यह क्या हो रहा है?"

देवास्त्रों के उस कोलाहल में किसी का ध्यान अपनी ओर आते हुए उन ऋषियों की ओर नहीं गया था।

"यह क्यों हो रहा है अर्जुन!" वेदव्यास बोले, "आज तक तो किसी ने इन अस्त्रों का प्रयोग मनुष्यों पर नहीं किया। तुम लोगों ने यह विनाशकारी साहस कैसे कर लिया?"

अर्जुन ने हाथ जोड़कर दोनों ऋषियों को प्रणाम किया और अपने देवास्त्र के उपसंहार की प्रक्रिया आरम्भ कर दी।

"मैंने किसी के विनाश के लिए इस देवास्त्र का प्रयोग नहीं किया है।" उसने कहा, "मैं तो इससे अश्वत्थामा के देवास्त्र को केवल शान्त कर रहा था। यदि मैं अपने अस्त्र को लौटा लेता हूँ तो अश्वत्थामा के देवास्त्र का तेज हम सबको अवश्य की नष्ट कर देगा। आप दोनों ही मेरे पूज्य हैं। संसार के हित में जो भी करने का आदेश करेंगे, वही करूँगा।"

"द्रोणपुत्र! तुम्हें क्या हुआ है?" नारद बोले, "तुम क्यों संसार के विनाश में तत्पर हो?"

"मैंने भीमसेन के भय से ही इसका प्रयोग किया है, नहीं तो वह अभी मेरे प्राण ले लेता।" अश्वत्थामा जैसे घबराकर रो पड़ा, "उसने भयंकर अधर्म किया है। उस पापात्मा ने छलपूर्वक दुर्योधन का वध किया है। वह मेरा भी वध कर देगा।"

"तूने तो कल रात पुण्य ही पुण्य किया है।" व्यास बोले, "नीच! तू उसे पापी बता रहा है और अपने कर्मों पर दृष्टि भी नहीं डालता। तू भी धृतराष्ट्र के समान आत्ममोह में अंधा हो गया है क्या? अपने प्राण बचाने के लिए तूने ब्रह्मशिर देवास्त्र का प्रयोग किया। तू जानता नहीं कि यह देवास्त्र ब्रह्मतेज से उत्पन्न हुआ है। यदि अजितेन्द्रिय पुरुष द्वारा इसका प्रयोग होगा तो उसके लिए इसे लौटाना असम्भव होगा।"

"मैं जितेन्द्रिय नहीं हूँ।" अश्वत्थामा बोला, "तभी तो अपने प्राण बचाने के लिए इसका प्रयोग कर बैठा।"

"तुम जानते हो कि युद्ध में इसे लौटा लेना देवताओं के लिए भी दुष्कर है। उस दिव्यास्त्र को छोड़ देने के पश्चात् एक अर्जुन ही उसे लौटाने में समर्थ है। इन्द्र भी उसे नहीं लौटा सकता। बिना ब्रह्मचर्य व्रत के पालन के उसे लौटाया नहीं जा सकता।" नारद बोले, "अर्जुन ने बड़े-से-बड़े संकट में भी आज तक

उसका प्रयोग नहीं किया था; और आज तुमने उसे भी इसका प्रयोग करने को बाध्य कर दिया। अब इसे लौटाओ।"

"मुझमें इसे लौटा लेने की शक्ति नहीं है।" अश्वत्थामा बोला, "यह सारे पाण्डवों के प्राण ले लेगा। यह मेरा पाप तो हो सकता है किन्तु अब मैं कुछ नहीं कर सकता।"

"धनंजय ने तो कभी रोष में भरकर तेरे प्राण लेने के लिए इस अस्त्र का प्रयोग नहीं किया। नहीं तो तू आज तक यह कुकृत्य करने के लिए जीवित ही न बचा होता। यह ऐसा धैर्यवान, साधु, सम्पूर्ण अस्त्रों का ज्ञाता, तथा सत्पुरुष है। तू इसके वध की इच्छा ही क्यों रखता है?" व्यास बोले।

"अपने प्राण बचाने के लिए महर्षि!" अश्वत्थामा रो पड़ा, "मुझे इनसे बचा लीजिए। मैं मरना नहीं चाहता।"

"तू मरना नहीं चाहता, इसलिए तू सारे संसार को नष्ट कर देगा? इतना मूल्यवान है तेरा जीवन?" व्यास कुछ आवेश में बोले, "क्या तू नहीं जानता कि जिस देश में एक ब्रह्मास्त्र का दूसरे उत्कृष्ट ब्रह्मास्त्र से तिरस्कार किया जाता है, उस देश में बारह वर्षों तक वर्षा नहीं होती? प्रजा के हित का ध्यान कर, शक्तिशाली होते हुए भी, अर्जुन तेरे इस अस्त्र को नष्ट नहीं कर रहा। उसने अपने ही अस्त्र का उपसंहार करना आरम्भ कर दिया है। तुझे अपनी रक्षा करनी है तो पाण्डवों की भी रक्षा कर। इस देश की रक्षा कर। अपने इस अस्त्र को शीघ्र लौटा।"

"पर ये लोग मुझे मार डालेंगे।" अश्वत्थामा ने जैसे चीत्कार किया।

"तू यदि पाण्डवों का विनाश करना चाहेगा तो अर्जुन तेरे देवास्त्र का निराकरण करने में समर्थ है। निराकरण हो गया तो भी तू मार डाला जाएगा। पाण्डव नष्ट हो गए तो कृष्ण तुझे मार डालेंगे। सात्यकि तेरे प्राण ले लेगा। पाण्डवों की इच्छा के बिना तू जीवित नहीं रह सकता। तुझे प्राणदान करेंगे तो ये ही करेंगे।"

"ये मुझे प्राणदान करेंगे?" अश्वत्थामा का स्वर कुछ बदल रहा था, "भीम मुझे जीवित छोड़ देगा?"

"हत्या युधिष्ठिर का लक्ष्य नहीं है। वे धर्म की स्थापना चाहते हैं। किसी और को जीतने के स्थान पर धर्मराज सदा आत्मजय की ओर अग्रसर हुए हैं। तूने ही अपने पशुत्व में अंधे होकर उनके देवत्व को नहीं पहचाना।" व्यास बोले, "वे तुझे क्षमा कर देंगे। अपने पुत्रों का वध भी क्षमा कर देंगे।..."

"मैं इसका विश्वास कैसे कर लूँ?"

"शस्त्र त्याग दो और अपनी यह मणि हमें दे दो, जिसे तुमने सिर पर धारण कर रखा है। हम तुम्हें तुम्हारे प्राणों की भिक्षा दे देंगे।" युधिष्ठिर बोले।

"महर्षि जो आज्ञा देंगे, मैं उसका पालन करूँगा।" अश्वत्थामा बोला।

"तो मणि दे दे।" व्यास ने कहा।

"मैं भी आपके सम्मुख उपस्थित हूँ और मणि भी यहीं है; किन्तु इस देवास्त्र का क्या होगा? मैं इसे लौटा नहीं सकता। यह तो पाण्डवों का विनाश करेगा ही।"

"इसे लौटा नहीं सकते तो इसका लक्ष्य संकीर्ण कर दो।" कृष्ण बोले, "इसे सूक्ष्म कर दो। इसका स्वरूप स्थूल न रहकर मात्र वायवीय रह जाए।"

"तो यह विकसित पाण्डवों को नहीं, उनके रक्त को पहचान कर उनके गर्भस्थ शिशुओं को नष्ट करेगा।" अश्वत्थामा बोला, "यह अस्त्र अमोघ है। मैं इसे लौटा नहीं सकता।"

"ठीक है। इसे पाण्डवों के गर्भों पर छोड़कर ही तू शान्त हो जा।" व्यास बोले, "अपने मन को निर्मल कर। विरोध त्याग। वैर त्याग। हिंसा त्याग।"

"जैसी आपकी आज्ञा महर्षि!" अश्वत्थामा दोनों हाथ जोड़कर उनके सम्मुख नतमस्तक हो गया, "मैं अपने हाथों से अपनी मणि निकाल नहीं सकता। धर्मराज अपने हाथों से इसे मेरे केशों में से निकाल लें। मैं विरोध नहीं करूँगा।"

किसी के कुछ कहने और करने से पहले ही भीम आगे बढ़ा। उसके हाथ में उसका खड्ग था। उसने उसी खड्ग से अश्वत्थामा के सिर पर बने जटाजूट पर लपेटे गए वस्त्र को चीरकर उसके केशों में से मणि प्रकट कर ली; और हाथ बढ़ाकर उसे उठा लिया।

सभी ने देखा, मणि, खड्ग और अश्वत्थामा के केश रक्त से भीग गए थे।

अश्वत्थामा ने तमककर भीम की ओर देखा।

"जाओ अश्वत्थामा! पाण्डवों ने तुम्हें जीवन की भिक्षा दी। उन्होंने तुम्हारे प्राण नहीं लिए। तुम्हारी मणि ले ली; और तुम्हें एक घाव दे दिया।" कृष्ण बोले, "सभी मनीषी तुम्हें कायर, पापी और बालहत्याकार समझते हैं। तुम इस पृथ्वी पर एक घायल पशु के समान भटकते फिरोगे। तुम्हें किसी का संग नहीं मिलेगा। अकेले निर्जन स्थानों पर अपने शरीर की पीड़ा से चट्टानों पर सिर पटकोगे। मृत्यु माँगोगे किन्तु तुम्हें मृत्यु प्राप्त नहीं होगी। तुम्हारे शरीर से पीप और लहू की दुर्गंध आएगी और तुम किसी जनसमुदाय में स्थान नहीं पाओगे। पापात्मन! तू सभी रोगों से पीड़ित होगा, तड़पेगा; किन्तु मर नहीं सकेगा। तुझे अपने प्राण बहुत प्यारे हैं, जा अपने इस नीच प्राण को लेकर कहीं चला जा।"

अश्वत्थामा ने बिना एक भी शब्द कहे, वेदव्यास की ओर देखा।

"अश्वत्थामा!" वेदव्यास बोले, "तूने हम सब लोगों का अनादर कर, यह भयंकर कर्म किया है। ब्राह्मण होकर भी तेरा आचरण इतना पतित रहा है। जा! श्रीकृष्ण का वचन सत्य होकर रहेगा। भीम के खड्ग ने तेरे मस्तिष्क की जिन शिराओं को काटा है, उनके अभाव में तू पशु, घायल पशु होकर ही जी सकेगा।"

अपने शिविर में लौटकर पाण्डवों ने द्रौपदी को उसी स्थान पर अनशन की मुद्रा में बैठे पाया। कृष्ण और पाण्डव द्रौपदी को घेरकर बैठ गए। द्रौपदी ने आँखें उठाकर उनकी ओर नहीं देखा। वह उसी प्रकार आँखें झुकाए बैठी रही।

"मध्यम!" युधिष्ठिर बोले, "वह दिव्य मणि पांचाल राजकुमारी को दे दो।"

पहली बार द्रौपदी ने अपना सिर उठाया...तो वे लोग वह मणि ले आए थे। वह अभी तक अपने संशय को शमित नहीं कर पाई थी, जाने अश्वत्थामा उन्हें मिले न मिले।...वे उसका वध करना चाहें न चाहें...

भीम ने अपनी दोनों हथेलियों में सजाकर वह मणि द्रौपदी की ओर बढ़ाई। द्रौपदी की दृष्टि उस पर टिकी। मणि पर अश्वत्थामा का रक्त भी लगा था। उसे कुछ सन्तोष हुआ।

"भद्र! तुम्हारे पुत्रों का कायरतापूर्वक वध करने वाले अश्वत्थामा की यह मस्तक मणि है।" भीम ने कहा, "तुम्हारे उस शत्रु को हमने जीत लिया है। जिस वंश का नाश करने के लिए तुम यज्ञकुण्ड से उत्पन्न हुई थीं, जिसके नाश के लिए कांपिल्य के राजवंश ने वर्षों तक साधना की, उस वंश का सर्वनाश हो गया है। अब शोक त्यागकर उठो और क्षत्रिय धर्म का स्मरण करो।"

"अश्वत्थामा मारा गया?" द्रौपदी ने बारी-बारी सबकी ओर देखा।

भीम उससे आँखें नहीं मिला पाया।

"नहीं! बस उसके प्राण नहीं लिए शेष सब कुछ ले लिया।" कृष्ण बोले, "उसका यश ले लिया, उसका बल ले लिया, उसका धन ले लिया, उसकी चेतना ले ली। वह एक घायल पशु के समान अपना दीर्घ जीवन तड़प-तड़पकर काटेगा।"

"उसका वध क्यों नहीं किया?" द्रौपदी का स्वर कुछ कठोर हो गया।

"मरकर मनुष्य पीड़ा से मुक्त हो जाता है राजरानी! मैंने दुःशासन का वध कर दिया था, इसलिए वह दुर्दशा से बच गया।" भीम ने आश्वस्त स्वर में कहा, "दुर्योधन को जीवित तो छोड़ा किन्तु ऐसी दशा कर दी कि वह एक

रात भी कष्ट नहीं झेल पाया, या शायद वन्य पशुओं से अपनी रक्षा नहीं कर पाया। अश्वत्थामा को कृष्ण ने एक घायल पशु के समान सहस्रों वर्ष जीने के लिए कहा है। उसके आधे मस्तिष्क का वध कर दिया है मैंने। मनुष्य की-सी चेतना नहीं रहेगी अश्वत्थामा में। वह पशु के समान ही वन्य पशुओं से अपनी रक्षा करता रहेगा; किन्तु मरकर सुखी भी नहीं हो पाएगा।"

"हम सुखी हैं क्या?" द्रौपदी ने उसकी ओर देखा, "अपना एक भी पुत्र नहीं बचा पाए तुम लोग।"

भीम तनिक भी हतप्रभ नहीं हुआ। उसी प्रकार विश्वस्त होकर बोला, "जब कृष्ण संधि प्रस्ताव लेकर हस्तिनापुर जा रहे थे तो तुमने उससे क्या कहा था प्रिये! अपने शब्दों को स्मरण करो। तुमने कहा था, 'गोविन्द, मेरे अपमान को भुलाकर शत्रुओं से संधि की जा रही है। न मेरे पति हैं, न पुत्र हैं, न भाई हैं...और न तुम हो।' उन वचनों को स्मरण करो पांचाल राजकुमारी! दुर्योधन मारा गया। पीड़ा से तड़पते दुःशासन का रक्तपान मैंने सबके सामने किया। अश्वत्थामा को जीत लिया। वह जीवित नहीं है, बस शरीर शेष है। उसके रक्त में सनी यह मणि स्वीकार करो।"

द्रौपदी ने पहले भीम की ओर देखा और फिर मणि को देखती रही।

"महाराज इस मणि को अपने मस्तक पर धारण करें।" द्रौपदी ने कहा, "मैं अब अपने प्राण नहीं दूँगी।"

42

"हम लोग अपनी माता से मिलने कब जाएँगे?" द्रौपदी ने पूछा; और फिर तत्काल जोड़ दिया, "लगता है कि आप तो भूल ही गए हैं कि आपकी एक माता भी हैं। तेरह वर्षों से वे हस्तिनापुर में बैठीं अपने पुत्रों द्वारा अपने मुक्त कराए जाने की प्रतीक्षा कर रही हैं।"

"नहीं! भूला तो नहीं हूँ।" युधिष्ठिर बोले, "किन्तु युद्ध के इस परिवेश में...।"

"युद्ध के इस परिवेश में आपको यह तो स्मरण रहा कि हस्तिनापुर में दुर्योधन की माता गान्धारी रहती हैं।"

"उनके सौ के सौ पुत्र मारे गए हैं इस युद्ध में।" युधिष्ठिर बोले, "इसलिए उनकी पीड़ा।..."

"गान्धारी के सौ पुत्र मारे गए, अपने पापों के कारण। उसके लिए हम दोषी नहीं हैं। हम आतुर नहीं थे, इस युद्ध के लिए।" द्रौपदी बोली, "माता

कुन्ती के भी सारे के सारे पौत्र मारे गए हैं। एक भी नहीं बचा है।...वे किसी धर्मात्मा के हाथों अपने पापों के कारण नहीं मारे गए, वे पापी अश्वत्थामा के हाथों आपराधिक ढंग से मारे गए हैं। उनकी हत्या हुई है।"

"ठीक कहती हो देवि! पीड़ा तुम्हारी भी है और माता कुन्ती की भी।" युधिष्ठिर बोले, "पर माता कुन्ती को तो हम उनके पुत्रों की विजय का समाचार देना चाहते हैं। उनके पौत्रों की मृत्यु का नहीं।"

"ठीक है। वही सही। पर हम कब जाएँगे?"

"हम हस्तिनापुर जाने के ही प्रबन्ध में लगे हैं।" युधिष्ठिर बोले, "अब इन शिविरों और मण्डपों की यहाँ आवश्यकता नहीं है। सेना को भी लौटाना है।"

"तो विलम्ब का कारण?"

"हस्तिनापुर से युयुत्सु आने वाला है।" युधिष्ठिर बोले, "श्रीकृष्ण भी अपने किसी दूत की प्रतीक्षा कर रहे हैं।"

मध्याह्न से पहले ही युयुत्सु हस्तिनापुर से आ गया था। अपराह्न में पाण्डवों के रथ हस्तिनापुर की ओर चल पड़े। उनके साथ कृष्ण, सात्यकि और युयुत्सु भी जा रहे थे। द्रौपदी तथा अन्य पांचाल स्त्रियाँ भी उनके साथ थीं। विशोक उपप्लव्य से पाण्डवों की अन्य रानियों को लेने के लिए गया हुआ था।

हस्तिनापुर के बाहर गंगातट पर बहुत भीड़ लगी हुई थी। सहस्रों की संख्या में स्त्रियाँ वहाँ एकत्रित थीं और अपने पुत्रों, पतियों और भाइयों के शोक में निमग्न युद्धक्षेत्र तक जाने अथवा अपने परिजनों के शवों के आने की प्रतीक्षा कर रही थीं। उनका करुण विलाप युधिष्ठिर के हृदय के टुकड़े किए दे रहा था। वे उनको सांत्वना देने के लिए भी कुछ नहीं कर सकते थे। सांत्वना देने के लिए कृष्ण उनसे कहीं अधिक उपयुक्त पात्र थे। जाने क्या बात थी कि कृष्ण को सामने पाते ही शोक अपने पैर समेटने लगता था और मन में शान्ति का सा अनुभव होने लगता था।

आने को तो कृष्ण भी उनके साथ ही आए थे; किन्तु उनके मन में एक भिन्न ही प्रक्रिया चल रही थी। उन्होंने चलने से पहले भी एक संदेशवाहक हस्तिनापुर भेजा था। वे अपने गरुड़ों और उनके नेता वैनतेय को आज बहुत याद कर रहे थे। इस समय उनकी बड़ी आवश्यकता थी कृष्ण को।

गंगातट की उस भीड़ को युधिष्ठिर लाँघ गए। हस्तिनापुर नगर के भीतर भी स्थिति कोई बहुत अच्छी नहीं थी। चारों ओर अव्यवस्था दिखाई पड़ रही

थी। एक बड़े युद्ध में पराजित होने वाले राज्य के सारे लक्षण वहाँ दिखाई दे रहे थे। युद्ध की छाया चारों ओर चमगादड़ों के समान मँडरा रही थी।

नगर के प्रमुख द्वार पर विदुर का एक सेवक उन्हें मिला था। वह धर्मराज को प्रणाम कर कृष्ण को विदुर का संदेश देकर चला गया था।

"क्या संदेश आया होगा?" सहदेव ने पूछा।

"कोई गोपनीय संदेश लगता है।" नकुल ने कहा।

"अरे विदुर काका कृष्ण को क्या गोपनीय संदेश भेजेंगे।" भीम ने हँसकर कहा, "जानते हैं कि यह वह व्यक्ति है, जिसने पिछली बार हस्तिनापुर में आकर भी दुर्योधन की रसोई में भोजन नहीं किया था, उनकी रसोई में किया था। चिन्तित होंगे कि इस बार केवल कृष्ण ही उनकी रसोई में भोजन करेगा, या सारे पाण्डव भी वहीं खाएँगे। वे नहीं समझते कि पाण्डव अपनी माँ की रसोई में भोजन करेंगे।"

"और यदि माँ भी पारंसवी काकी की रसोई में ही भोजन करती हों तो?" अर्जुन ने पूछा।

"रसोई किसी की भी हो, पर भोजन माँ के हाथ का बना होना चाहिए।" भीम ने जैसे स्वाद लेते हुए कहा।

"हम शोक के अवसर पर हस्तिनापुर आए हैं, किसी उत्सव में सम्मिलित होने नहीं।" अर्जुन ने धीरे से कहा।

"ठीक कहते हो; किन्तु भूलते हो कि हम एक महासमर जीतकर विजेता के रूप में अपने विजित नगर में प्रवेश कर रहे हैं।" अर्जुन की चेतावनी ने भीम के उत्साह पर कोई विशेष प्रभाव नहीं डाला था, "और फिर तेरह वर्षों से अधिक हो गए, माँ से मिले।..."

भीम मौन हो गया। उसने भी इस विषय को अधिक नहीं खींचा।

पाण्डवों के रथ धृतराष्ट्र के प्रासाद के द्वार पर आकर रुके। किसी को कुछ कहने की आवश्यकता नहीं थी, न ही वहाँ कोई पूछने वाला था। सारे सेवक, परिचारक, समझते थे कि अब उनके स्वामी धर्मराज युधिष्ठिर ही थे। द्वार अपने आप खुल गए। दासियाँ भागती हुई सूचनाएँ प्रचारित कर आईं। स्वागत के लिए द्वार पर आई दासियाँ उनके आगे-आगे चलकर उन्हें मार्ग दिखा रही थीं। राजपरिवार के इस भयंकर शोक में कहीं नए राजा के आने का उत्साह भी जुड़ गया था। पुराने राजा के शोक में सम्मिलित होने से कहीं अधिक लाभदायक, नए राजा की विजय में सम्मिलित होना था।

वे लोग रथों से उतरे तो द्रौपदी अन्य स्त्रियों के साथ रथ में ही बैठी रही।

"तुम नहीं चलोगी?" युधिष्ठिर ने पूछा।

"नहीं! मैं धर्मराज नहीं हूँ, जो अपनों को विस्मृत कर परायों के घावों पर लेप लगाती रहूँ।" द्रौपदी ने कहा, "मैं माता कुन्ती से मिले बिना किसी और के सम्मुख नहीं जाऊँगी।"

"जैसी तुम्हारी इच्छा।"

वे लोग धृतराष्ट्र के कक्ष में आ पहुँचे थे। द्वार खुला हुआ था। धृतराष्ट्र सामने बैठा दिखाई पड़ रहा था। इस समय गान्धारी उस कक्ष में नहीं थी। धृतराष्ट्र के निकट ही संजय और विदुर खड़े थे। उन्होंने धीरे से धृतराष्ट्र के कान के पास मुँह ले जाकर पाण्डवों के आने की सूचना दी। धृतराष्ट्र ने अपना मुख उठाकर खुले कपाटों की दिशा में कर दिया।

पाण्डव उससे कुछ दूरी पर ही रुक गए। अकेले युधिष्ठिर आगे बढ़े।

"महाराज! मैं आपका पुत्र युधिष्ठिर आपको प्रणाम करता हूँ।" उन्होंने झुक कर धृतराष्ट्र के चरण छुए।

धृतराष्ट्र ने अपने हाथ बढ़ाकर उनका मस्तक टटोला। फिर कंधों पर हाथ रखकर खड़े होने का प्रयत्न करते हुए कहा, "मेरे वक्ष से लग जाओ वत्स! मुझे कुछ तो विश्वास हो कि मेरे पुत्रों में से कोई जीवित भी है। मेरे इस हृदय में धधकती ज्वाला कुछ तो शान्त हो।"

धृतराष्ट्र न केवल स्वयं खड़ा हो गया, उसने युधिष्ठिर को भी खड़ा कर अपने वक्ष से लगा लिया; किन्तु सारे प्रयत्न के बाद भी धृतराष्ट्र अपनी अप्रसन्नता छुपा नहीं पाया। उसके चेहरे की मलिनता सब कुछ कहे दे रही थी।

"यह क्या हो गया युधिष्ठिर!" उसने जैसे बात आरम्भ की।

"प्रभु की लीला है महाराज! नहीं तो कहीं भाई भी इस प्रकार परस्पर युद्ध करते हैं।" युधिष्ठिर धीरे से बोला।

"ठीक कहते हो।" धृतराष्ट्र ने स्वयं को युधिष्ठिर से पृथक् करते हुए कहा, "कहाँ है भीम? भीम कहाँ है?"

धृतराष्ट्र अपनी व्यग्रता में अपने स्थान पर खड़ा नहीं रह पाया। उसने अपने हाथ बढ़ाकर इधर-उधर टटोला। भीम नहीं मिला तो वह दो-एक पग आगे भी बढ़ आया। दासियों ने दोनों ओर से उसकी भुजाएँ थामकर उसे सहारा दिया।

भीम को कुछ आश्चर्य हुआ। धृतराष्ट्र उससे मिलने को इतना आतुर क्यों है? भीम ने तो कल्पना की थी कि धृतराष्ट्र उससे मिलना अस्वीकार कर देगा या फिर उसे दोषी ठहराता हुआ उस पर अग्निवर्षा करेगा, किन्तु...

कृष्ण ने धीरे से आगे बढ़कर भीम की भुजा थाम ली और उसे आगे बढ़ने से रोक दिया। भीम ने उनकी ओर प्रश्नवाचक दृष्टि से देखा—क्यों रोक रहे हैं

कृष्ण? कृष्ण ने उसे मौन ही रहने का संकेत किया। सब देख रहे थे कि कृष्ण क्या कर रहे हैं। नहीं देख पा रहा था तो एक धृतराष्ट्र ही।

कृष्ण ने विदुर की ओर देखा। विदुर ने हाथ से संकेत किया। चार-पाँच सेवक एक प्रतिमा को ठेलकर आगे ला रहे थे। भीम ने पहचाना। यह उसी की प्रतिमा थी, आकृति में भी उसके समान और कद-काठी में भी एकदम भीम। पर यह यहाँ कैसे थी। उसने तो यह प्रतिमा नहीं बनवाई! तो हस्तिनापुर में किसने उसकी यह प्रतिमा बनवाई थी?...और उसे यहाँ क्यों लाया जा रहा है? क्या वह प्रतिमा धृतराष्ट्र को प्रसन्न करने के लिए उसे उपहार में दी जाएगी?

किन्तु कृष्ण ने वह मूर्ति धृतराष्ट्र के सामने रखवा दी, "महाराज! ये रहे मध्यम पाण्डव भीम।"

युधिष्ठिर ने कुछ रोष के साथ कृष्ण की ओर देखा : जिस वृद्ध के इस युद्ध में सौ पुत्र मारे गए हों, उस अंधे के साथ ऐसा परिहास का क्या अर्थ? कृष्ण तो कठोरता में भीम से भी बढ़ गए हैं...

वे आगे बढ़ते, उससे पहले ही धृतराष्ट्र ने बड़ी आतुरता से उस प्रतिमा को अपनी भुजाओं में थाम लिया, जैसे वह वस्तुतः भीम ही हो। युधिष्ठिर को आश्चर्य हुआ कि धृतराष्ट्र को अपने स्पर्श से यह समझ नहीं आया कि वह मनुष्य का शरीर नहीं, लोहे की एक प्रतिमा थी। धृतराष्ट्र ने प्रतिमा को बड़ी तत्परता से अपनी भुजाओं में जकड़ लिया। वह जैसे बहुत उत्साह से भीम से मिल रहा था। वह उत्साह कुछ असाधारण ही था। जैसे-जैसे धृतराष्ट्र की पकड़ कसती गई उसका आलिंगन भी प्रगाढ़ होता गया। धृतराष्ट्र का मुख लाल होता गया जैसे वह उस प्रतिमा को अपनी जकड़ में तोड़ देना चाहता हो। उसकी वह जकड और चेहरे की लाली—दोनों ही असाधारण थीं।...और तभी वह मूर्ति को छोड़कर पीछे हट गया। उसने अपने दोनों हाथों से अपने वक्ष को पकड़ लिया, जैसे किसी भयंकर पीड़ा का अनुभव कर रहा हो।...उसके मुख से रक्त निकल आया था।

धृतराष्ट्र का शरीर लहराया। उसे चक्कर आ रहे थे। दासियों के सँभालते-सँभालते भी वह भूमि पर गिर पड़ा।

सब लोग स्तम्भित से खड़े रह गए। युधिष्ठिर चकित थे : क्या कृष्ण ने पहले ही धृतराष्ट्र के मन को पढ़ लिया था? क्या इसी के लिए उन्होंने शिविर से विदुर काका के पास संदेश भेजा था?

संजय ने आगे बढ़कर धृतराष्ट्र को सँभाला, "आपको ऐसा नहीं करना चाहिए था महाराज! आपके मन से अपने इन पुत्रों के प्रति दुर्भावना जाती क्यों नहीं! अश्वत्थामा ने जब आपको यह सूचना दी थी कि उसने रात को

पांचाली के शिविर पर आक्रमण कर, सोए हुए पांचालों और द्रौपदी के पुत्रों को मार डाला है, तो भी आपने बहुत प्रसन्न होकर उससे पूछा था कि उसने यह महान कार्य पहले ही क्यों नहीं किया था।"

धृतराष्ट्र कुछ संकुचित और दीन हो गया।

"तो उसने क्या उत्तर दिया था?" कृष्ण ने संजय से पूछा।

संजय समझ गया कि उसके मुख से वह कुछ निकल गया है, जो पाण्डवों के सम्मुख नहीं कहा जाना चाहिए था। धृतराष्ट्र का यह वाक्य उसके मन में बहुत गहरे चुभ गया था और आज तक चुभ रहा था। आज इस समय भीम की इस प्रकार हत्या करने का प्रयत्न तो बहुत ही नीचतापूर्ण था।...संजय क्या करता, वह स्वयं को रोक ही नहीं पाया।

"उसने कहा था कि वह ऐसा कर सका क्योंकि उस समय कृष्ण और पाण्डव उस शिविर से बहुत दूर चले गए थे। उनकी उपस्थिति में वैसा कुछ उसके लिए सम्भव नहीं था।" संजय ने कहा, "इसीलिए उस महान् वीरता के पश्चात् वह भयभीत मूषक के समान भाग भी गया था।"

युधिष्ठिर ने परिचारक की ओर देखा, "वैद्यराज को सूचना दो। महाराज अस्वस्थ हैं। वे मुख से रक्त वमन कर रहे हैं।"

भीम के मन में आया कि कहे कि यदि लौहदण्ड को चूर्ण करने का प्रयत्न करेंगे तो यही होगा; किन्तु वह मौन ही रहा। पता नहीं धृतराष्ट्र को यह ज्ञात भी है या नहीं कि जिसको वह पीसने का प्रयत्न कर रहा था, वह भीम नहीं था। सम्भव है कि लोहे की कठोरता को वह भीम के शरीर की कठोरता समझ रहा हो।...पर यह कृष्ण भी चमत्कारी ही है। वह सब कुछ जानता है। सबके मन की जानता है। लोगों के चरित्रों को कितनी अच्छी प्रकार समझता है। वह जानता था कि इस परिस्थिति में धृतराष्ट्र क्या करेगा...

किन्तु क्या यह वृद्ध धृतराष्ट्र सचमुच भीम जैसे शक्तिशाली योद्धा को अपनी भुजाओं में बाँधकर पीस देने का स्वप्न देख रहा था? उसके लिए यह सम्भव था क्या? यदि आरम्भ से भीम ने यह सुना होता कि धृतराष्ट्र प्रतिदिन व्यायाम करता है, अखाड़े में जाता है, मल्लयुद्ध के दाँव सीखता है...तो बात और होती। उसने यह तो सुना था कि महाराज को खाना और स्त्री-संग बहुत प्रीतिकार था; किन्तु भीम जैसे बलवान योद्धा को इस प्रकार अपनी भुजाओं में दबाकर पीस देने का प्रयत्न...कहीं ऐसा तो नहीं कि धृतराष्ट्र ने किसी विशेषज्ञ से मनुष्य की शरीर-संरचना सम्बन्धी कुछ विशेष शिक्षा पाई हो, और वह कुछ नाड़ियों को दबाकर मनुष्य की हत्या कर देने में समर्थ हो?

इस समय वह उसी का प्रयत्न कर रहा था क्या?...अन्यथा एक दुर्बल वृद्ध अपने उन्माद में भी इस प्रकार की चेष्टा नहीं कर सकता...

सहसा धृतराष्ट्र के कण्ठ से स्वर फूटा, "भीम! हा भीम! यह मैंने क्या किया?"

युधिष्ठिर ने कृष्ण की ओर देखा : क्या धृतराष्ट्र ने विश्वास कर लिया कि उसने भीम की हत्या कर दी है? उसको सत्य बताना है क्या?

कृष्ण स्वयं ही आगे बढ़ आए। उन्होंने धृतराष्ट्र के कंधे पर हाथ रखा, "शान्त हों महाराज! शोक न करें। भीम जीवित है। जिसकी अस्थियों को चूर्ण बनाने का प्रयत्न आप कर रहे थे, वह मध्यम पाण्डव नहीं थे, उनकी लोहे की प्रतिमा थी। यह प्रतिमा आपके पुत्र दुर्योधन ने अपने युद्धाभ्यास और भीम के अपमान के लिए बनवाई थी। मैंने उसे महात्मा विदुर से कहकर यहाँ मँगवा लिया था।"

धृतराष्ट्र के चेहरे पर स्पष्ट असमंजस उभरा। मुख से 'हा भीम' कहकर विलाप करने वाले धृतराष्ट्र के चेहरे पर अपनी असफलता की पीड़ा भी उभरी और भीम के जीवित रहने का शोक भी।

"कृष्ण! मेरे साथ परिहास मत करो।" उसने कहा, "हाय! मैंने यह क्या किया। अपने देवताओं जैसे बलवान पुत्र को मैंने अपने हाथों मार डाला।"

"आप अपने प्राणों के लिए चिन्तित न हों महाराज! मध्यम पाण्डव की मृत्यु नहीं हुई है।" कृष्ण ने कहा, "वैसे उससे कोई अन्तर नहीं पड़ता। धर्मराज आपको दण्डित करना चाहें तो मध्यम पाण्डव का वध करने के प्रयत्न के लिए भी आपके प्राण लिए जा सकते हैं। किन्तु वे ऐसा कुछ नहीं कर रहे, और भीम जीवित हैं।"

"मैं जीवित हूँ महाराज!" भीम ने जैसे धृतराष्ट्र को चिढ़ाते हुए हँसकर कहा, "आप चाहें तो मुझे फिर से अपने वक्ष से लगा सकते हैं।"

"आपने अपने सौ पुत्र तो मरवा ही डाले।" कृष्ण बोले, "जो शेष बचे हैं, उनको भी मार डालना चाहते हैं, या कुछ ऐसा करना चाहते हैं कि आपके ये पुत्र आपको अपना पिता न मानें। आपका वध कर दें या भूखे मरने के लिए आपको देवी गान्धारी के साथ वन में कहीं छोड़ आएँ। जो प्रतिशोध अश्वत्थामा जैसा पशु भी नहीं ले सका, वह आप लेना चाहते हैं। अश्वत्थामा का अधूरा काम पूरा करना चाहते हैं? ये तो क्षमावान पाण्डव हैं इसलिए आप इस समय पाखण्ड करने के लिए सुरक्षित बैठे हैं, कोई और होता तो सारी मर्यादाओं को एक ओर रखकर अब तक आपके शरीर के टुकड़े कर चुका होता। आप नहीं चाहते कि हस्तिनापुर में कभी शान्ति स्थापित हो?"

"नहीं केशव!" धृतराष्ट्र के स्वर में स्पष्ट भय था।

"पाण्डवों के आने से पहले मैं हस्तिनापुर आकर आपसे क्यों मिला था? क्या समझाया था आपको?" कृष्ण बोले, "शान्ति स्थापित करने में सहयोग करें महाराज! अपने मन के विष का अब त्याग करें। देख नहीं चुके कि आपके मन के विष ने क्या-क्या करवा डाला। अब आपकी कामनाएँ पूरी नहीं हो सकतीं। दुर्योधन अब राजा नहीं हो सकता। आप अपने पुत्रों के वध का प्रतिशोध लेने में समर्थ नहीं हैं। वैसा कोई प्रयत्न कर स्वयं को और भी दीन बनाने का प्रयत्न न करें।" कृष्ण रुके, "और यदि अपने पुत्रों के वध का प्रतिशोध ही लेना है तो आप अपना वध कर लें। अपने पुत्रों के वध के लिए एकमात्र दोषी आप ही हैं।"

धृतराष्ट्र को आत्महत्या करने का यह प्रस्ताव प्रीतिकर नहीं लगा। यह ही करना होता तो वह इस युद्ध का समारोह ही क्यों करता। धृतराष्ट्र ने बहुत मंद और शान्त स्वर में कहा, "नहीं केशव! मैं इस समय शान्त हूँ। मेरे क्रोध का शमन हो चुका है। मैं अपने वीर पुत्र मध्यम पाण्डव से मिलना चाहता हूँ।" उसने अपनी भुजाएँ फैला दीं, "मैं समझ गया हूँ कि मेरे पुत्र मारे जा चुके हैं, अब पाण्डव ही मेरे पुत्र हैं।"

"कृष्ण ने तो अपनी चतुराई कर ली, किन्तु महाराज! मैं सचमुच देखना चाहता हूँ कि आप मुझको कैसे पीस डालना चाहते हैं।" भीम ने कहा, "आप पुनः प्रयत्न कर देखें, इस बार आपकी भुजाओं में मैं हूँ।"

भीम आगे बढ़ आया। धृतराष्ट्र ने उसे अपने वक्ष से लगा लिया; किन्तु न उसे दबाने का प्रयत्न किया, न किसी और प्रकार की युक्ति भिड़ाई। चुपचाप उसे वक्ष से लगाकर प्यार किया।

धृतराष्ट्र ने एक-एक कर अर्जुन, नकुल और सहदेव को भी अपने कण्ठ से लगाने की औपचारिकता पूरी की।

"अच्छा महाराज!" युधिष्ठिर ने विदा होते हुए कहा, "हम माता गान्धारी से भी मिल लें। तब तक वैद्य आकर आपका उपचार कर जाएँगे। आपको विश्राम की भी आवश्यकता है।"

वे गान्धारी के कक्ष में पहुँचे तो उसने उनको प्रणाम भी नहीं करने दिया और झपटकर भीम से बोली, "मेरे सौ पुत्रों में से जिसने तुम्हारा कुछ कम अपराध किया था, उस एक को तो जीवित छोड़ देते। सौ के सौ मार दिए।"

क्षण भर के लिए भीम कुछ संकुचित हुआ किन्तु स्वयं को सँभालने में उसे अधिक समय नहीं लगा। बोला, "मैंने आपके किसी पुत्र का वध नहीं किया है देवि! मैंने तो केवल उन राक्षसों को मारा है, जो अपनी रक्षा के लिए नहीं,

पराया धन और पराया राज्य छीनने के लिए भयंकर शस्त्र लेकर मनुष्यों और मनुष्यता का संहार कर रहे थे। जो स्त्री का सम्मान करना नहीं जानते थे।"

"ठीक है, किन्तु मेरे लिए उनमें से किसी एक की रक्षा तो की जा सकती थी।" गान्धारी ने पुनः कह।

"पर मैंने तो केवल उनका वध किया है, जो मेरा वध करने के लिए, युद्ध क्षेत्र में मुझ पर आक्रमण कर रहे थे। जो आपके लिए होता, वह आपके पास होता, वह समरभूमि में जाता ही क्यों," भीम ने कहा, "जिनका वध मैंने किया है, वे जब तक जीवित रहते, तब तक मुझसे लड़ते ही रहते। आपकी सेवा करने के लिए तो केवल राजा युधिष्ठिर ही पर्याप्त हैं।"

"युद्ध में वध किया तो ठीक है; किन्तु दुःशासन का रक्त क्यों पिया? वह तुम्हारा भाई था।"

भीम चाहकर भी यह कहने का साहस नहीं कर सका कि 'हाँ! मैंने उसका रक्त पिया और वह इसी के योग्य था।' संकुचित होकर धीरे से बोला, "वह तो युद्ध में अन्य लोगों को आतंकित करने के लिए किया था। मैंने सचमुच तो दुःशासन का रक्तपान नहीं किया। वह तो मेरे होंठों से छुआ मात्र था। मेरे दाँतों से भी आगे नहीं गया।"

"और दुर्योधन को अन्याय से क्यों मारा?" गान्धारी का तेज भीम को संकुचित करता जा रहा था।

"मैं डर गया था। दुर्योधन मुझे मार देता तो?" भीम अपनी वीरता का बखान नहीं कर सका, "युद्ध में किसी के भी प्राण जा सकते हैं। इससे पहले कि वह मेरे प्राण ले लेता, मैंने ही उसके प्राण ले लिए।"

गान्धारी कह नहीं पाई कि अपने प्राणों का भय होते हुए भी उसे धर्म की रक्षा करनी चाहिए थी।...ऐसे समय में कौन देखता है कि धर्म क्या है और अधर्म क्या है...

"कहाँ है राजा युधिष्ठिर?" गान्धारी ने तेजस्वी स्वर में पूछा, "जिसने हम दो अन्धों के लिए एक लाठी भी नहीं छोड़ी।"

युधिष्ठिर आतंकित मन से कुछ आगे बढ़े। ये उनकी ताई थीं। जैसी भी थीं। अपने शैशव में युधिष्ठिर उनके आसपास खेले थे। उनको सम्मान योग्य माना था। मन का संस्कार ही ऐसा था कि आज भी वे ताई का मन नहीं दुखा सकते थे। अब दैवयोग से युधिष्ठिर ने उनके पुत्रों को मारा और उचित ही किया...उनकी अपनी शालीनता ही उन्हें धिक्कारती जा रही थी।

युधिष्ठिर झुककर ताई के चरणों में गिर जाना चाहते थे। उनसे क्षमा माँगना चाहते थे। उनको विश्वास दिलाना चाहते थे कि दुर्योधन की अपेक्षा पाण्डव ही

उनकी कहीं अधिक सेवा करेंगे।...किन्तु गान्धारी का वह उग्र रूप...युधिष्ठिर का मन कुछ कहने का साहस नहीं कर रहा था।...

अन्ततः कृष्ण ही बोले, "माता! मैं देख रहा हूँ कि आप अपने तेज से, अपने क्रोध से, अपने पुत्रों के विरुद्ध किए गए अपराधों के कलंक से महाराज युधिष्ठिर के यशःशरीर को पूर्णतः काला कर देना चाहती हैं। आप सिद्ध करना चाहती हैं कि धर्मराज पापी हैं; किन्तु यदि आप आँखों पर बँधी इस पट्टी के साथ भी कुछ देख सकती हों तो अपनी अन्धी आँखों से देखिए। आपका यह सारा दोषारोपण धर्मराज के यशःशरीर के पैरों की अंगुलियों भर को काला कर पाएगा। उससे अधिक कुछ नहीं। पाण्डवों का संकोच और भय उनकी अपनी सात्विकता के कारण है, आपकी निष्कलंकता के कारण नहीं।"

गान्धारी का मुख क्षोभ से लाल हो गया। वह अपना चेहरा इधर-उधर घुमा रही थी, जैसे किसी को खोज रही हो। अर्जुन को लगा कि भीम के पश्चात् अब उसकी ही बारी थी। कदाचित् ताई उसे ही खोज रही हैं।...अपने शैशव में जब कभी वह अपनी माता के साथ ताई से मिलने आया करता था, तो वह जैसे उसे दबोचकर अपनी गोद में बैठा लेती थीं। अर्जुन उससे बचने के लिए अपनी माँ के पीछे दुबक जाया करता था।...आज माँ नहीं थीं वहाँ। कहाँ छिपे वह।...अर्जुन बिना कुछ सोचे-समझे, अपने किसी अभ्यास के कारण कृष्ण के पीछे छिप गया।

"अर्जुन कहाँ है?" सहसा गान्धारी ने आक्रोशशून्य स्वर में कहा, "आज कुन्ती यहाँ नहीं है तो वह किसके पीछे खड़ा है, कृष्ण के?"

अर्जुन चकित रह गया।...ताई सब कुछ देख रही है क्या? ताई पट्टी के भीतर से भी देखती है। आज तक देख रही है तो सदा ही देखती रही होगी। फिर कैसे कहते हैं लोग कि ताई ने अपने पुत्रों का मुख तक नहीं देखा? यह पट्टी पाखण्ड मात्र है क्या?...

जो भी हो। गान्धारी अब रुष्ट नहीं लग रही थी। उसके मुख पर कोमल भाव आ गए थे। और फिर उसकी पट्टी में से अश्रु टपकने लगे, "मैं क्या जानती थी कि इन बालकों के शैशव की उस प्रतिद्वन्द्विता का इतना भयंकर परिणाम होगा।" उसने स्वयं को सँभाला, "कुन्ती से भेंट कर आए तुम लोग?"

"नहीं माता!" युधिष्ठिर बोले, "हम पहले आपसे मिल लेना चाहते थे। अपना अपराध क्षमा करा लेना चाहते थे। आपकी विह्वलता में कुछ सांत्वना दे लेना चाहते थे, कुछ सांत्वना पा लेना चाहते थे।"

इस बार गान्धारी का स्वर सचमुच विह्वल था, "जाओ पुत्रो! जाकर माँ से मिलो। बहुत कष्ट पाया है, तुम्हारी माँ ने; और बहुत लम्बी प्रतीक्षा की है।"

विदुर के घर के बाहर पहली बार द्रौपदी रथ से उतरी। वे लोग कुन्ती वाले प्रखण्ड की ओर चले तो कृष्ण आगे हो गए। उनके पीछे पाण्डव थे और उन सबके पीछे थी द्रौपदी।

कुन्ती ने अपने पुत्रों को आते देखा तो अपने स्थान पर बैठी की बैठी रह गईं। डबडबाई आँखों से उनको देखा और उनके निकट आने की प्रतीक्षा करती रहीं। युधिष्ठिर ने आकर चरण स्पर्श कर प्रणाम किया तो उनके कण्ठ से न स्वर निकला और न ही उनका स्नेहिल हाथ आगे बढ़ा। उन्होंने अपने उत्तरीय को जैसे अपने मुख से लगा कर अपनी सिसकियों को रोका।

पाण्डवों ने अपनी साहसी माँ को इस प्रकार रोते तो कभी नहीं देखा था। उनके शैशव में एक बार जब मथुरा से अक्रूर आए थे, तो ही माँ विह्वल होकर रोई थीं। पर उसमें पीड़ा नहीं थी। आनन्द की अनुभूति थी। आज...

पाण्डव अपनी माँ को घेर कर बैठ गए।...

कुन्ती ने अपने अश्रु पोंछे और उनका हाथ कृष्ण के शरीर पर फिरने लगा, "तुमने युद्ध में शस्त्र नहीं उठाया, फिर भी वैरियों ने तुम्हें नहीं छोड़ा। सारा शरीर रक्तारक्त हुआ पड़ा है।"

कृष्ण मुस्कराए, "शस्त्र नहीं उठाया था किन्तु न्याय का पक्ष तो ग्रहण किया ही था, तो फिर घाव कैसे न लगते।"

कुन्ती ने सहदेव को अपनी भुजाओं में भर लिया, "तू कैसा है पुत्र! कैसे-कैसे अस्त्र-शस्त्रों से घायल है तेरा शरीर।" कुन्ती जैसे उन घावों की पीड़ा को अपने हाथों से पी रही थीं। बारी-बारी उन्होंने सबके शरीरों पर हाथ फेरे और फिर दृष्टि उठाकर द्रौपदी की ओर देखा। आँखों में कैसा तो करुण निमन्त्रण भरकर उसको निकट आने का संकेत किया। द्रौपदी निकट आई तो कुन्ती ने उसे अपनी बाँहों में भरकर जैसे अपनी गोद में समेट लिया।

"आर्ये! अभिमन्यु सहित आपके सारे पौत्र कहाँ चले गए।" द्रौपदी के कण्ठ से रुदन के मध्य कुछ अस्पष्ट शब्द भी फूटे, "उन बच्चों के बिना हमें हस्तिनापुर के राज्य का भी क्या करना है।..."

कुन्ती का स्वर जैसे कुछ सँभल गया, "तुम्हारा अपमान करने वालों को अपने पाप का उचित दण्ड मिला पुत्रि! शोक मत कर। नारीत्व का सम्मान किसी भी साम्राज्य से अधिक मूल्यवान है। जो न्याय के लिए मूल्य चुकाने से चूक जाता है, उसे न्याय कभी नहीं मिलता। मैंने ही तो युधिष्ठिर से कहा था कि जिस दिन के लिए क्षत्राणी पुत्र को जन्म देती है, वह दिन आ गया है।" कुन्ती का हाथ द्रौपदी की पीठ को सहला रहा था, "तुम्हारा अपमान करने वालों को जब तक दण्डित नहीं किया गया था, तब तक तुम्हें भी लगता रहा होगा

कि तुम्हारे पति और पुत्र तुम्हारा अपमान करने वालों को दण्डित करें। उनको ये आदर्श हमने ही तो दिए हैं। उठ पुत्रि! तू भूमि पर लोट कर विलाप करने वाली कोमल हृदया साधारण नारी नहीं है। तू यज्ञकुण्ड से उत्पन्न हुई तेजपुंज क्षत्राणी है। तू पाप का नाश करने इस पृथ्वी पर आई है। अपने सखा कृष्ण से पूछ कि तेरे पुत्र कहाँ गए हैं, तो वह तुझे बताएगा कि वे केवल अदृश्य हो गए हैं। नश्वर तो केवल शरीर है। यहाँ मरता कोई नहीं, केवल पंचभूत मिलते और बिखरते हैं। उनका रूप परिवर्तित होता है, वे नष्ट नहीं होते। उठ बेटी। इस प्रकार रो कर अपने वीर पिता, भाइयों और पुत्रों का अपमान मत कर। उनकी वीरता के गौरव को अंगीकार कर। जब मूल्य चुकाया है, तो उसके गौरव को भी ग्रहण कर।"

द्रौपदी का रुदन रुक गया। उसने अपनी सास को देखा...कैसी धैर्यमयी हैं। और कैसी वीर माता। सच कहती हैं उसकी सास। कृष्ण की माता ने भी तो छह-छह पुत्रों को बलि चढ़ाकर ही कृष्ण को पाया है। त्याग के मूल्य को कम नहीं करना चाहिए। शौर्य और गौरव से जीने का सुख, राज्य के सुख से भी बड़ा है। राज्य का सुख तो कोई कीट-पतंग भी पा सकता है; किन्तु तप और त्याग महानता के लक्षण हैं। ठीक कहती हैं उसकी सास।...वे मूल्य चुकाने को प्रस्तुत थीं, तभी तो युद्ध के लिए भेजा था अपने पुत्रों को, अपने पतियों को...

कुन्ती उठकर खड़ी हो गईं। उन्होंने सहारा देकर द्रौपदी को भी उठाया।

"चलो पुत्रि! हमें गान्धारी से मिलने भी जाना है। मैं तुम लोगों की प्रतीक्षा में ही उनके पास नहीं गई।" कुन्ती ने कहा, "उनके पुत्रों की शत्रुता उनके साथ गई। इस समय तो वे दोनों ही बहुत दुखी और पीड़ित हैं। हमारे मन में उनके प्रति सहानुभूति होनी चाहिए। दण्डित तो ईश्वर ने उन्हें कर ही दिया है।"

"माँ!" सहसा भीम ने कहा, "अपराधी की पीड़ा देखकर अधिक सहानुभूति जताने पर, अनेक बार दण्ड देने वाला न्यायी ही अपराधी दिखाई देने लगता है। इस समय उन दो नेत्रहीन वृद्धों की पीड़ा का वर्णन होगा तो उसमें हम ही आततायी दिखाई देने लग जाएँगे।"

"समझती हूँ पुत्र! उस सीमा तक सहानुभूति उचित नहीं है। संदर्भ से काट कर पीड़ा का वर्णन उचित नहीं है।" कुन्ती ने कहा, "किन्तु जिस बात का ध्यान रखना है, वह यह कि बाहर के पाप को नष्ट किया है तो भीतर के पाप को भी नष्ट करना है। बाहर महासमर किया है तो भीतर भी एक महासमर लड़ना है। हमें अपने मन की घृणा को भी तो जीतना होगा पुत्र! जिन्होंने जीवन भर हमारा अपराध किया है, हम उनसे भी घृणा न करें। उनको भी हम सहानुभूति दे सकें। उनकी भी सेवा कर सकें। क्यों कृष्ण?..."

"ठीक कहती है बुआ।" कृष्ण बोले, "नाश की घड़ी बीत गई, अब कुछ निर्माण भी होना चाहिए।"

कृष्ण के मन में अपनी बूआ के प्रति गौरव जागा : कितनी उदार हैं बूआ। तभी तो वे ऐसे पुत्रों को जन्म दे सकीं। धृतराष्ट्र आज भी भीम को अपनी भुजाओं में जकड़कर मार डालना चाहता है। गान्धारी आज भी अपनी तपस्या के बदले में धर्म पर चलने वाले इन पाण्डवों को जला डालना चाहती है। यह नहीं समझती कि जो वारणावत में नही जलाए जा सके, उन्हें आज हस्तिनापुर में कैसे जलाया जा सकता है।...

वे लोग पुनः गान्धारी के कक्ष में लौट आए।

दासियों ने सूचना पहले ही दे दी थी। उनकी आहट पाकर गान्धारी ने सिर उठाया। द्रौपदी तो उसके पास तेरह वर्षों बाद आई थी। कुन्ती भी इधर एक लम्बे समय से उसके प्रासाद की ओर नहीं आई थी।...आज इस शोक में भी शायद कुन्ती के लिए कहीं लेश भर ही सही किन्तु सुख निहित था...उसके पाँचों पुत्र जीवित थे।...

"आओ पुत्रि!" गान्धारी ने अपनी भुजाएँ बढ़ाकर द्रौपदी को बुलाया, "मेरे पास आओ।"

द्रौपदी जाकर गान्धारी के निकट बैठी। वह स्वयं ही समझ नहीं पाई कि जाने कैसे गान्धारी के प्रति उसके मन की दूरी कहीं विलीन हो गई। उसका मस्तक गान्धारी के वक्ष से जा लगा। उसने अपना माथा वहीं टेक दिया और सिसक पड़ी।

"इस प्रकार शोक से व्याकुल मत होओ बेटी!" गान्धारी ने कहा, "आज जैसी मैं हूँ, वैसी ही तुम हो। हम दोनों को कौन धैर्य बँधाएगा। मैं अपने पुत्रों के वध के लिए तेरे पतियों को दोषी मान रही थी। पता नहीं, उसमें कितना सत्य है; किन्तु तेरे पुत्रों के वध के लिए निश्चित रूप से मेरा पुत्र दोषी है। मैं तेरे सामने कैसे सिर उठाऊँ।...फिर यह भी सोचती हूँ कि मेरे ही अपराध से इस श्रेष्ठ कुल का संहार हुआ। मेरे पुत्र तो उसी दिन काल के ग्रास बन गए थे, जिस दिन कृष्ण! तुम अपूर्णमनोरथ होकर उपप्लव्य लौट गए थे।"

जो गान्धारी अब तक इतनी सँभली हुई लग रही थी, वह सहसा ही अपना सारा नियन्त्रण छोड़कर पृथ्वी पर गिर पड़ी। चारों ओर से दासियाँ दौड़ पड़ीं। द्रौपदी और कुन्ती ने भी उसे सँभाला। जल के छींटे दिए गए। उसकी चेतना लौट आई किन्तु इस बार जो गान्धारी उठी, वह उस गान्धारी से पर्याप्त भिन्न थी, जो इस वंश के संहार के लिए स्वयं अपने आपको दोषी मान रही थी।

यह नई गान्धारी अत्यन्त क्रुद्ध थी। शोक से जैसे उसका विवेक नष्ट हो गया था। उसकी इन्द्रियाँ व्याकुल थीं और वह अपने आपे में नहीं थी।

"जनार्दन!" उसने कृष्ण को सम्बोधित किया, "दोष मेरा भी था; किन्तु मैं किसी को रोकने में असमर्थ थी। दोष मेरे पति का भी है कि वे अपने मोह को मर्यादित नहीं कर पाए। दोष मेरे पुत्रों का भी है कि वे अपने लोभ को त्याग नहीं पाए। हाथ में आए राज्य को इस प्रकार छोड़ना उनके लिए सम्भव नहीं था। वे सब दुर्बल मानव थे। किन्तु तुम तो दुर्बल नहीं हो। तुम तो समर्थ थे। पाण्डव और धार्तराष्ट्र परस्पर लड़कर नष्ट हो रहे थे। तुम उन्हें देख रहे थे। फिर भी तुमने उनकी उपेक्षा क्यों कर दी? कैसे कर दी? तुम शक्तिसम्पन्न थे। तुम्हारे पास सेना थी। तुम्हारे पास सेवक थे। तुम में सामर्थ्य था। तुम दोनों दलों को अपनी बात मानने के लिए बाध्य कर सकते थे।"

"मैं तो आया था महारानी!" कृष्ण बोले, "किंतु आपके पुत्र ने ही तो मेरी बात नहीं मानी। पांडवों को पाँच ग्राम तो आप भी दे सकती थीं। इतनी भूमि तो आप जैसी महारानियाँ अपने पुरोहित को भी दान कर देती हैं। क्यों नहीं आपने पांडवों की बात मान ली। क्यों नहीं आपने अपने पुत्र को बाध्य किया। प्रजा राजा को बाध्य नहीं कर सकती, किंतु माता-पिता तो अपने पुत्र को बाध्य भी कर सकते हैं।"

"वह हठी था, नहीं माना। मैं भी क्या जानती थी कि तुम क्या करने जा रहे हो।" गान्धारी का क्रोध बढ़ता ही जा रहा था, "तुम बल प्रयोग कर सकते थे। तब यह महासमर नहीं होता। इतना विनाश तो न होता।"

"बल कहाँ था मेरे पास?" कृष्ण मुस्कराए, "नारायणी सेना तो आपका पुत्र ले आया था और मेरे हाथ के शस्त्र, आपके पुत्र के गुरु मेरे भाई बलराम ने मुझसे रखवा लिए थे। वे तो मुझे ही बंदी कर, मार डालना चाहते थे। ऐसे में मैं क्या कर सकता था?"

लगा, कृष्ण जानबूझकर गान्धारी को उत्तेजित करते जा रहे हैं।

"मैं तुम्हें असमर्थ नहीं मानती। तुमने स्वेच्छा से कुरुओं का नाश करवाया। तुम चाहते थे कि ऐसा हो। उनको उनके कर्मों का फल मिले। तुम सबको उनके कर्मों का फल देते हो तो तुम अपने कर्मों के फल से कैसे बच सकते हो। सबको अपने कर्मों का फल मिलता है तो तुम्हें भी मिलेगा।" गान्धारी जैसे कुछ और ही हो गई थी, "मैंने अपने पति की सेवा से जो कुछ भी तप कमाया है, उस तपोबल से तुम्हें शाप देती हूँ कि तुम्हारे कुटुम्बी भी इसी प्रकार आपस में लड़कर मर जाएँ। तुम भी मेरे ही समान अपने बन्धु-बान्धवों, अपने पुत्रों से हीन, सर्वथा एकाकी होकर सागर की लहरों से अपना सिर

फोड़ो। तुम भी जब अपने अन्त को प्राप्त करो तो तुम्हारे निकट कोई अपना न हो। कोई तुम्हें जानने वाला न हो, कोई पहचानने वाला न हो। तुम्हारे वंश की स्त्रियाँ भी कुरुकुल की स्त्रियों के समान अपने सगे-सम्बन्धियों के शवों पर पछाड़ खा-खाकर गिरें, अपनी छाती पीटें और कोई उनके अश्रु पोंछने वाला भी न हो।"

सहसा गान्धारी की ऊर्जा जैसे चुक गई। उसने निष्प्राण-सी होकर अपना सिर झुका दिया। वह किसी उन्माद में से मुक्त होकर आई लग रही थी।

"क्षत्राणी! आप अपना अपराध स्वीकार करके भी, अपने पुत्रों के पापों को जानते हुए भी, मुझे ही दोषी बताकर शाप दे रही हैं। इतना बड़ा दण्ड पाकर भी क्षमा नहीं सीखी आपने?" कृष्ण मुस्कराए, "तो ठीक है, आपका शाप स्वीकार करता हूँ मैं। मैं जानता हूँ कि ऐसा ही होने वाला है। आपके तपोबल से नहीं होगा, तो यादवों के अपने पापों से होगा। आप तो वही शाप दे रही हैं, जो नियति ने पहले से ही निश्चित कर रखा है। जो दूसरों से अवध्य हो जाता है, वह अपनों से लड़कर ही मरता है।" कृष्ण ने निकट आकर गान्धारी की भुजा पकड़कर उसे उठाया। उनका स्वर बदल गया था। उनका सम्बोधन बदल गया था। उनका व्यवहार बदल गया था।

"अब उठो महारानी!" कृष्ण बोले, "कौरवों का नाश तुम्हारे ही अपराधों से हुआ है। तुमने और तुम्हारे भाई ने कौरवों से प्रतिशोध चाहा था। तुमने यह नहीं सोचा था कि इस जीवन रूपी संघर्ष में दृश्य अथवा अदृश्य एक दूसरा पक्ष भी होता है। दूसरे को नष्ट करने गया मनुष्य स्वयं भी नष्ट हो सकता है। तुम ही समय-समय पर कभी क्रोध में, कभी मोह में और कभी लोभ में डूबी थीं। अपना दोष मुझ पर मत मढ़ो। अब भी समय है, अपने दोषों को पहचानो, उन्हें स्वीकार करो; और उनसे मुक्त होने का प्रयत्न करो। किसी से मुँह मोड़ लेना अथवा किसी को शाप दे देना किसी समस्या का समाधान नहीं है। समाधान तो एक ही है, अपने मन को निर्मल करो, देवत्व को पहचानो। तुम ही वह अमोधि हो, जिसमें कामना का ज्वार उठता है और सहस्रों विश्व जन्म लेते हैं। कामना को जीत लो तो कहीं कोई संसार नहीं है, इसलिए कहीं कोई विनाश भी नहीं है। अपने मन के अधीन मत रहो, क्योंकि मन तुम्हारा नहीं है। यादव अपने पाप से नष्ट होंगे; किन्तु उनके विनाश से न तो कौरव जी उठेंगे, न तुम्हारे पापों का विगलन होगा। तुम केवल अपने लिए उत्तरदायी हो, यादव अपना किया स्वयं भोगेंगे।"

गान्धारी ने मौन रहकर, नतशिर, कृष्ण की बात सुनी और फिर धीरे से बोली, "आपका कथन ठीक है गोविन्द! तपस्या तो मुझे अपने लिए ही करनी

है। युद्ध भी मुझे अपने आपसे ही करना है। बाहर का युद्ध समाप्त हो गया। भीतर का महासमर तो अभी भी चल ही रहा है। वह विनाश...।"

"भीतर का महासमर पहले लड़ लिया होता तो यह बाहर का महासमर होता ही क्यों।" कृष्ण मुस्करा रहे थे।

"अब छोड़ो भी यह सब।" दासियों के सहारे से चलते आए धृतराष्ट्र ने कमरे में प्रवेश किया, "युधिष्ठिर को अपने कार्य करने दो। परिवार के मुखिया और हस्तिनापुर के राजा के रूप में उसके करने योग्य, बहुत कुछ शेष पड़ा है।" धृतराष्ट्र ने अपना मुख फेरा, "मृतकों के दाह के विषय में क्या सोचा है धर्मराज?"

"हाँ! वह अत्यावश्यक है।" युधिष्ठिर ने कहा, "मैंने आदेश दे दिया है। वह सब धौम्य मुनि की देखरेख में होगा। विदुर काका, संजय, युयुत्सु और इन्द्रसेन यह काम करवाएँगे। प्रत्येक सैनिक का ससम्मान दाह होगा। परिचित-अपरिचित, महत्त्वपूर्ण और महत्त्वहीन, किसी भी व्यक्ति की उपेक्षा नहीं की जाएगी।"

43

कृष्ण का रथ रुका तो उनके पीछे आते हुए पाण्डवों के रथ भी रुक गए। हस्तिनापुर से चलते हुए ही युधिष्ठिर ने सैनिकों को साथ ले जाने से मना कर दिया था। वे पितामह के पास राजा के रूप में नहीं, मात्र उनके पौत्र के रूप में ही जाना चाहते थे। तो फिर सैनिकों का क्या काम।

"कहाँ हैं पितामह?" भीम ने धीरे से कृष्ण से पूछा, "तुमने रथ से उतार भी लिया और वे कहीं दिखाई भी नहीं पड़ रहे।"

"उनके पास पैदल ही जाएँगे।" कृष्ण बोले, "इसे युद्धक्षेत्र मत समझो मध्यम! कि रथ से उतरते ही व्यक्ति असुरक्षित हो जाता हो। अब यह धर्मक्षेत्र कुरुक्षेत्र है। अतः यहाँ ऋषि आश्रम की मर्यादा का पालन होना चाहिए।"

वे लोग अत्यन्त विनीत भाव से भीष्म के निकट पहुँचे। वहाँ न कोई सैनिक था, न राजकर्मचारी। पता नहीं दुर्योधन ने ही वहाँ किसी को नियुक्त नहीं किया था या युद्ध की अवधि में वे सब लोग भाग गए थे। पितामह के निकट आरण्यकों का पूरा समुदाय उपस्थित था, जो उनको घेर कर बैठे, वैदिक मन्त्रों का उच्चार कर रहे थे। उनका नेतृत्व स्वयं महर्षि वेदव्यास कर रहे थे। इन लोगों को आते देखकर आरण्यकजन मौन हो गए। उन्होंने पितामह तक इनके पहुँचने का मार्ग भी बना दिया।

युधिष्ठिर ने आरण्यक समुदाय को हाथ जोड़कर प्रणाम किया। वेदव्यास के चरण छुए और फिर उन्होंने कृष्ण को आगे कर दिया। वे स्वयं पितामह के निकट जाने का साहस नहीं कर पाए। पितामह को देखकर यह कहना कठिन था कि वे शैया पर लेटे थे या शरशैया पर। वे शैया पर लेटाए अवश्य गए थे; किन्तु उनके शरीर से सारे बाण निकाले नहीं गए थे। अनेक बाण उनके शरीर में चुभे हुए थे; और कुछ तो शरीर के आरपार ही हो गए थे। उन बाण को स्थान देने के लिए शैया की रस्सियों में आवश्यक व्यवस्था कर दी गई थी। पितामह के शरीर का बोझ तो शैया पर था किन्तु उनके शरीर में चुभे कुछ बाण धरती को भी छू रहे थे।

"ये बाण?" युधिष्ठिर ने ऋषि समुदाय की ओर देखा।

"विशल्यकारिणी बूटी असफल हो गई है। शल्य चिकित्सकों ने इन बाणों को निकालने में अपनी असमर्थता जता दी है पुत्र!" वेदव्यास बोले, "उनका कहना है कि इन बाणों को निकालने का प्रयत्न किया जाएगा तो देवव्रत भीष्म की तत्काल मृत्यु हो जाएगी।"

कृष्ण ने पितामह के ललाट पर अपना हाथ रखा। पितामह ने आँखें खोल दीं। मुँह ऊपर उठाया और कृष्ण को पहचानते हुए, हाथ जोड़कर कहा, "मधुसूदन!..."

"आप मुझे इस नाम से क्यों पुकार रहे हैं?" कृष्ण कुछ लीलामय हो गए।

भीष्म ने मुस्कराने का प्रयत्न किया, "तुममें साक्षात् विष्णु रूप देखता हूँ वासुदेव! अतः विष्णु के सारे नाम तुम्हारे ही नाम लगते हैं। तुम ही हरि हो, तुम ही मुरारी हो, तुम ही कैटभारि हो।" उनकी पुतलियाँ घूमीं, "ओह! मेरे पौत्र आए हैं।"

सहसा उनकी दृष्टि कृपाचार्य पर थम गई, "यह अच्छा किया कृप! कि तुमने फिर से इनके सिर पर हाथ रख दिया। इनको तुम्हारी बहुत आवश्यकता है।"

"मेरी तो इनसे कभी कोई शत्रुता थी ही नहीं।" कृपाचार्य बोले, "युद्ध में युधिष्ठिर के विपक्ष की ओर से लड़ा अवश्य; किन्तु मैं पाण्डवों का विरोधी तो कभी नहीं था गंगानंदन!"

"ठीक कहते हो।" भीष्म बोले, "किन्तु यही निणर्य कहीं हमने कुछ पहले कर लिया होता तो कदाचित् मानवता का कुछ हित ही होता।" उनकी दृष्टि फिर से आकर कृष्ण पर टिक गई, "आपने बहुत कृपा की श्रीकृष्ण! कि इस अंत समय में मुझे दर्शन देने चले आए।"

कृष्ण मुस्कराए, "आप की इन्द्रियाँ तो प्रसन्न हैं पितामह? बुद्धि व्याकुल तो नहीं है?"

"इन बाणों के गड़ने से जो जलन हो रही है, उसके कारण बड़ी व्यथा है गोविन्द! सारा शरीर पीड़ा के मारे शिथिल हो गया है; और बुद्धि कुछ काम नहीं कर रही। मेरा बल शरीर का त्याग-सा करता मालूम पड़ता है। प्राण निकलने को उतावले हो रहे हैं। मर्मस्थल में बड़ी पीड़ा है। दुर्बलता के कारण जिह्वा तालू से लग गई है।"

"ये कष्ट तो शरीर का धर्म है। आत्मा को उसका अनुभव भी नहीं होता।" कृष्ण बोले, "आप जानते हैं कि आपका शरीर इन सबसे मुक्त होने वाला है।"

"आपकी कृपा बनी रहे तो शरीर के रहते भी ये कष्ट मुझे विचलित नहीं करेंगे।" भीष्म बोले, "यह युधिष्ठिर मुझसे इतनी दूर रूठा-सा क्यों खड़ा है?"

"धर्मराज मानते हैं कि राज्य के लोभ के कारण वे अपने भाई बन्धुओं के नाश के निमित्त बने। वे बहुत लज्जित हैं। वे आपसे भी डरते हैं; और शाप से भी। इसी से आपके निकट नहीं आ रहे।"

भीष्म ने युधिष्ठिर की ओर देखा और संकेत से निकट आने के लिए कहा। युधिष्ठिर हाथ जोड़कर उनकी ओर बढ़े।

"जैसे दान, अध्ययन और तप ब्राह्मण का धर्म है, उसी प्रकार समरभूमि में शत्रुओं के शरीर को मार गिराना, क्षत्रिय का धर्म है। जो असत्य के मार्ग पर चलने वाले पिता, दादा, भाई, गुरुजन, सम्बन्धी तथा बन्धु-बान्धुओं को संग्राम में मार डालता है, वह धर्म का ही प्रतिपादन करता है। जो क्षत्रिय, धर्म की मर्यादा का उल्लंघन करने वाले पापाचारी गुरुजनों का युद्ध में वध करता है, वही धर्म को जानता है। लोभवश सनातन धर्म की मर्यादा का उल्लंघन करने वाले स्वजनों को जो क्षत्रिय युद्ध में मार गिराता है, वही निश्चित रूप से धर्म को जानता है। संग्राम में शत्रु के ललकारने पर क्षत्रिय को सदा ही युद्ध के लिए उद्यत रहना चाहिए। मनु ने कहा है कि युद्ध क्षत्रिय के लिए धर्म का पोषक, स्वर्ग प्राप्ति का साधन और लोक में यश फैलाने का माध्यम है।"

युधिष्ठिर की आँखों में अश्रु आ गए। उन्होंने पितामह के दोनों चरण पकड़ लिए, "मेरी बुद्धि यह सब स्वीकार करती है। मैंने अपना कर्तव्य मानकर युद्ध किया भी है; किन्तु मेरे मन की खिन्नता नहीं जाती।"

"बैठ जाओ, पुत्र!" पितामह ने कहा।

युधिष्ठिर भूमि पर बैठ गए। अन्य पाण्डवों और युयुत्सु ने भी अपने लिए वहीं स्थान बना लिया।

"जैसे गर्भवती स्त्री अपने प्रिय भोजन का परित्याग कर, केवल गर्भस्थ बालक के हित का ध्यान रखती है, उसी प्रकार धर्मात्मा राजा को भी प्रजा का ही ध्यान रखना चाहिए। उसे चाहिए कि वह अपने प्रिय बन्धुओं के हित में नहीं, जनहित में कार्य करे।" भीष्म बोले, "जो अपराधियों को दण्ड देने में संकोच नहीं करता और सदा धैर्य रखता है, उस राजा को कभी कोई भय नहीं होता।"

"आप ठीक कहते हैं पितामह!" युधिष्ठिर बोले, "किन्तु मेरे मन में अनेक शंकाएँ हैं। मैंने अपने लोभ में अपने भाई बन्धुओं को नष्ट करवा दिया। आप सोचिए, मैंने छल से आपका वध किया, अपने सहोदर महावीर कर्ण को भी मरवा दिया।..."

"कर्ण तुम्हारा सहोदर कैसे था?" भीष्म ने कुछ चौंककर पूछा।

"वे माता कुन्ती के ही कानीन पुत्र थे।" युधिष्ठिर ने धीरे से बताया।

"किन्तु कुन्ती ने तो यह कभी नही बताया।"

"माता सत्यवती ने भी तो कभी नहीं बताया था कि मैं उनका पुत्र हूँ।" वेदव्यास ने कहा।

"तुम्हें कैसे ज्ञात हुआ युधिष्ठिर?" भीष्म ने पूछा।

"माता ने ही बताया।" युधिष्ठिर बोले, "जब हम स्वजनों और आर्य वीरों को जलांजलि दे रहे थे तो माता कुन्ती शोक से कातर हो, रोती हुईं मंद वाणी में बोलीं, 'पाण्डवो! कर्ण को भी जलांजलि दो। वह तुम्हारा बड़ा भाई है। वह सूर्य का अंश था और मेरी कन्यावस्था में मेरे ही गर्भ से उत्पन्न हुआ था।'" युधिष्ठिर रो पड़े, "द्यूतसभा में मैं कर्ण के पैरों की ओर देखता था तो उनके प्रति मेरा रोष शान्त हो जाता था। कर्ण के दोनों पैर एकदम माता कुन्ती के चरणों के सदृश्य थे। मैं प्रायः सोचता था कि माता के चरणों और कर्ण के पैरों में इतनी समानता क्यों है? मैं क्या जानता था कि वे माता की ही सन्तान हैं।..."

"यदि कुन्ती कहती है तो वह तुम्हारा सहोदर ही था; किन्तु तुम भूलते हो कि वह बाल्यावस्था से ही भीम का बल, अर्जुन की स्फूर्ति, तुम्हारी बुद्धि, नकुल और सहदेव की विनय, अर्जुन और कृष्ण की मैत्री और पाण्डवों के प्रति प्रजा का अनुराग देखकर ईर्ष्या से जल उठता था। इसीलिए उसने बाल्यावस्था में ही दुर्योधन के साथ मित्रता कर ली थी।..."

"तब वे नहीं जानते थे कि हम उनके भाई हैं।" युधिष्ठिर ने कहा।

"और मरते समय वह यह जानता था या नहीं?"

"जानते थे।"

"फिर भी वह तुम्हारा शत्रु बना रहा!" भीष्म बोले, "क्यों द्वेष करता रहा वह तुम लोगों से अन्त तक?"

"दैववश...।" युधिष्ठिर बोले।

"और स्वभाववश भी। वह अपने स्वभाव से बाध्य था।" भीष्म बोले, "तुमने कभी पूछा कुन्ती से कि अन्त तक उसने तुमसे यह रहस्य क्यों छुपाए रखा? माँ होकर भी अपने एक पुत्र को दूसरे पुत्र के हाथों मरने क्यों दिया?"

"पूछा था।" युधिष्ठिर बोले, "मैंने कहा था, 'यह क्या किया माँ! यदि कहीं तुमने पहले ही बता दिया होता तो यह युद्ध ही क्यों होता? उन्होंने कहा, 'इसीलिए तो तुम्हें बताया नहीं पुत्र!' मैंने पूछा, आप चाहती थीं कि वे मारे जाएँ?"

"तो क्या कहा कुन्ती ने?" भीष्म ने पूछा।

"उन्होंने कहा, 'नहीं! पर मैं चाहती थी कि कौरव दण्डित हों। कर्ण को बचाने के प्रपंच में मुझे दुर्योधन बचता दिखाई देता था।' और माँ ने कहा कि पांचाली का अपमान कर कर्ण भी वध्य हो गया था। मेरा पुत्र था तो क्या। एक पापी पुत्र की रक्षा करना मेरा दायित्व था या न्याय और धर्म की स्थापना के लिए, उसे और उसके मित्रों को यमराज की भेंट करना?"

"तो पुत्र! अब इससे अधिक कोई और तुम्हें समझा भी क्या सकता है।" भीष्म मौन हो गए, सहसा उन्होंने आँखें खोलीं और बोले, "इस द्वन्द्व में तुम अकेले ही तो नहीं हो। मुझे लगता है कि मैंने भी आजीवन इसी द्वन्द्व को झेला है और श्रीकृष्ण भी आज तक उसी द्वन्द्व को जी रहे हैं।"

"केशव?" सारे पाण्डव चकित थे।

"आश्चर्य हुआ।" कृष्ण मुस्कराए, "यह आज से नहीं है, उसी दिन से है, जिस दिन मैं मथुरा आया था। मैं अपनी प्रभुता प्रकाशित करके अपने सजातीयों और कुटुम्बियों को अपना दास बनाना नहीं चाहता। मुझे जो भोग प्राप्त होते हैं, उनका आधा ही भाग अपने उपभोग में लाता हूँ। शेष कुटुम्ब के लिए छोड़ देता हूँ; और उनकी कड़वी बातें सुनकर भी उनको क्षमा कर देता हूँ। इन कुटुम्बीजनों के कटु वचन मेरे हृदय को सदा मथते और जलाते रहते हैं।"

"केशव! आपको भी कोई कटु वचन कह सकता है?" सहदेव ने कुछ आश्चर्य से पूछा।

"क्यों? शिशुपाल को भूल गए तुम? दुर्योधन को मेरे विरुद्ध बोलते नहीं सुना? बलराम भैया को मेरा विरोध करते नहीं देखा?" कृष्ण अब भी मुस्करा रहे थे।

"वह तो है किन्तु आप असहाय तो नहीं है न!" अर्जुन ने कहा।

"अन्धक और वृष्णि वंश में बहुत से वीर हैं, वे अत्यन्त सौभाग्यशाली, महा बलवान और दुःसह पराक्रमी हैं। वे सबके सब सदा उद्योगशील भी बने रहते हैं। ये वीर जिसके विरोधी हों, उसका जीना कठिन है। जिसके पक्षधर हो जाएँ, उसका पराजित होना असम्भव है। किन्तु उन योद्धाओं का क्या उपयोग है मेरे लिए। अक्रूर और उग्रसेन ने आपस में वैमनस्य रखकर, मुझे इस प्रकार अवरुद्ध कर दिया है कि मैं इनमें से किसी एक का पक्ष नहीं ले सकता। यह जानते हुए भी कि आर्य सत्राजित के वध में अक्रूर का हाथ है और वही स्यमंतक मणि लेकर भाग गया है, मुझे उसे निमन्त्रित कर सादर द्वारका में बुलाना पड़ा। यह जानते हुए भी कि स्यमंतक मणि उसकी सम्पत्ति नहीं है, वह मणि उसे सौंपनी पड़ी। और उग्रसेन को तो मैं त्याग ही नहीं सकता। आपस में लड़ने वाले उग्रसेन और अक्रूर, सात्यकि और कृतवर्मा—दोनों ही जिसके स्वजन हों, वह अपने द्वन्द्व का क्या समाधान करे, मेरे सबसे बड़े सहायक मेरे अपने भाई बलराम मेरे विरोधी हो जाएँ तो...मेरी स्थिति तो दो जुआरियों की एक ही माता के समान है, जो एक की विजय चाहती है किन्तु दूसरे की पराजय नहीं चाहती। मैं दोनों सुहृदों में से एक की विजय की कामना करता हूँ तो दूसरे की पराजय नहीं चाहता।..."

"पर केशव! आपके तो अपने ही परिवार में आपके इतने सहायक हैं।..." नकुल ने कहा।

"बलराम भैया में सदा से ही असीम बल रहा है। वे उससे व्यस्त रहते हैं। जो उनकी इच्छा के विरुद्ध जाता है, उस पर उस बल का प्रयोग करने की बात सोचते हैं। यह आप सबने देख लिया है।" कृष्ण बोले, "गद में सुकुमारता है, अतः वह श्रम नहीं करता। प्रद्युम्न अपने रूप पर मुग्ध रहता है। इन सब बन्धुओं के होते हुए भी मैं एकाकी ही हूँ। न मैं उनकी सहायता ले सकता हूँ, न कर सकता हूँ।..."

"युधिष्ठिर! सोचो मेरे पुत्र!" भीष्म बोले, "इसी प्रकार मैं भी सदा दोनों पक्षों का हित चाहने के कारण, दोनों ही ओर से कष्ट पाता रहा हूँ। दोनों की रक्षा करने का प्रयत्न करता रहा हूँ। परिणाम तुम्हारे सामने है।"

"पर मैंने तो आपका भी छल से वध कर दिया।" युधिष्ठिर की आँखों में पुनः अश्रु आ गए।

"तुमने क्या छल किया पुत्र! छल तो मैंने अपने साथ किया। अपने प्राण तुम्हें सौंप दिए और दुर्योधन के पक्ष से युद्ध करने लगा।" भीष्म ने मुस्कराने का प्रयत्न किया, किन्तु शारीरिक पीड़ा ने उन्हें मुस्कराने नहीं दिया, "युद्ध के पहले ही दिन से तुम भी जानते थे और अर्जुन भी कि शिखण्डी के सामने

आने पर मैं बाण नहीं चलाऊँगा, फिर भी तुम लोग दस दिनों तक शिखण्डी से मेरी रक्षा करते रहे। तुम्हारे स्थान पर दुर्योधन होता तो मैं पहले ही दिन इस स्थिति में पहुँच गया होता।" उन्होंने युधिष्ठिर की ओर देखा, "इसे छल कहते हो तुम?" वे रुके, "यदि मैंने पाण्डवों और धार्तराष्ट्रों दोनों को ही अपना स्वजन न माना होता; केवल धर्म का पक्ष लिया होता, तो कदाचित् इतना बड़ा नरसंहार न होता।"

"पितामह! युद्ध करना आवश्यक नहीं था, आप वैसे भी तो दुर्योधन से उसका राज्य वापस ले सकते थे।" सहदेव ने कहा।

"नहीं ले सकता था पुत्र!" भीष्म बोले, "तुम लोग नहीं जानते कि यादवों के इस संघ की कठिनाइयों की चर्चा जब श्रीकृष्ण ने नारद से की थी तो नारद ने समाधान के रूप में क्या कहा था।"

"क्या कहा था?" युधिष्ठिर ने आतुर स्वर में पूछा।

"बताओ केशव! क्या कहा था नारद ने?"

"देवर्षि ने कहा था, 'अक्रूर और उग्रसेन से उत्पन्न हुई यह कष्टदायिनी आपत्ति, जो आपको प्राप्त हुई है, यादवों के अपने ही कृत्यों का परिणाम है। आपने जिनके नाम गिनाए हैं, वे सब आपके ही वंश के हैं। आपने स्वयं जिस ऐश्वर्य को प्राप्त किया था, उसे किसी प्रयोजनवश, स्वेच्छा से अथवा कटु वचनों के भय से दूसरे को दे दिया। इस समय उग्रसेन को दिया गया वह ऐश्वर्य दृढ़मूल हो चुका है। अन्य लोग भी उनके सहायक हैं। अब उस दिए हुए ऐश्वर्य को उगले हुए अन्न की भाँति वापस लेने का प्रयत्न किया जाएगा तो यादवों में विकट फूट पड़ सकती है।...बड़े प्रयत्न से, अत्यन्त दुष्कर कर्म अर्थात् महान् संहार रूपी युद्ध करने पर राज्य वापस लिया जा सकता है, परन्तु उसमें धन का बहुत व्यय और असंख्य मनुष्यों का विनाश होगा। यदि यादव संघ में फूट पड़ गई, तो समूचे संघ का विनाश हो जाएगा। इसलिए आप वैसा ही करें, जिससे यादव गणतन्त्र राज्य का मूलोच्छेद न हो जाए।'"

"मेरी तो समझ में नहीं आता कि लोग कृष्ण की बातों का तिरस्कार कैसे कर सकते हैं।" भीम ने कहा।

"बुद्धि, क्षमा और इन्द्रियनिग्रह के बिना तथा धन वैभव के त्याग के अभाव में, कोई गणराज्य किसी बुद्धिमान व्यक्ति की आज्ञा के अधीन नहीं रहता है।" भीष्म बोले, "पर क्या यादव आज अपने वैभव के त्याग और इन्द्रियनिग्रह के लिए सहमत हैं? नहीं। एकदम नहीं। श्रीकृष्ण कितना भी टाल लें किन्तु अन्त में उन्हें भी यादवों के प्रति कठोर होना ही पड़ेगा, जैसे कि तुम हुए। मैं नहीं हो पाया तो मैंने अपने प्राण दिए।" पितामह ने रुककर युधिष्ठिर की ओर

देखा, "मैंने प्राण इसलिए नहीं दिए कि तुम हठपूर्वक शोक को पकड़कर बैठे रहो और हस्तिनापुर बिना राजा के रहे।"

"मैं राज्य कैसे करूँ।" युधिष्ठिर फिर विह्वल हो उठे, "मैं नगर में प्रवेश कर रहा था। भीम मेरा रथ हाँक रहा था। अर्जुन ने छत्र उठा रखा था। नकुल ने चंबर और सहदेव ने व्यजन। महाराज धृतराष्ट्र और माता गान्धारी अपनी पालकी में मेरे आगे चल रहे थे। माता कुन्ती, द्रौपदी तथा कुरुकुल की अन्य स्त्रियाँ पीछे आ रही थीं। नगर के द्वार पर मेरे हितैषियों ने जलपूरित कलश और श्वेत पुष्प सजा रखे थे। हमारे पुरोहित धौम्य मुनि के नेतृत्व में ब्राह्मण समुदाय आगे चल रहा था। तब एक ब्राह्मण आया। उसके हाथ में अक्ष माला थी, मस्तक पर शिखा और त्रिपुण्ड। वह आकर निर्भय मेरे रथ के सामने खड़ा हो गया। बोला, 'राजन्! नगर के सारे ब्राह्मणों के प्रतिनिधि के रूप में मैं तुमसे कह रहा हूँ कि तुम अपने भाई बन्धुओं का वध करने वाले एक दुष्ट राजा हो। तुम्हारे जीवन को धिक्कार है। तुम्हारे जैसे पुरुष के जीने का क्या लाभ? बन्धु-बान्धवों का नाश कर, गुरुजनों की हत्या कर तो तुम्हारा मर जाना भी अच्छा है, राज्य करना नहीं।'"

"पितामह! वह चार्वाक था।" कृष्ण ने कहा।

"तो अपनी मृत्यु के पश्चात् भी दुर्योधन अपना युद्ध लड़ रहा है।" भीष्म बोले, "चार्वाक राक्षस है जो ब्राह्मण के वेश में विचरण करता है।"

"आपने ठीक पहचाना आर्यश्रेष्ठ!" कृपाचार्य बोले, "दुर्योधन ने अन्तिम समय में हमें यह कहा भी था कि चार्वाक को सूचना दे देना कि मुझे किस प्रकार मारा गया है। वह मेरा प्रतिशोध लेगा।"

"तो अन्य ब्राह्मणों ने कुछ नहीं कहा क्या?" पितामह ने पूछा।

"कहा क्यों नहीं।" कृष्ण बोले, "अन्य ब्राह्मणों ने स्पष्ट विरोध किया। वे बोले, 'महाराज! यह न हमारा प्रतिनिधि है और न ही यह हमारी बात कह रहा है। हम तो आपको यह आशीर्वाद देते हैं कि आपकी राजलक्ष्मी सदा बनी रहे।'"

"अच्छा किया, उन ब्राह्मणों ने इतनी बात तो कह दी, अन्यथा होता यह है कि चार्वाक के मित्र तो बोलते हैं और बहुत ऊँचे स्वर में बोलते हैं; किन्तु धर्म के पक्षधर अपनी गम्भीरता, शालीनता अथवा भीरुता के कारण मौन रह जाते हैं।" पितामह बोले, "युधिष्ठिर! तुम एक चार्वाक की आलोचना से इतने पीड़ित हो और नगर के जो सारे ब्राह्मण तुम्हारे पक्ष में हैं, उनकी बात पर कान भी नहीं दे रहे हो। ऐसा मत करो पुत्र! मन में ग्लानि मत रखो। दुर्योधन चला गया है; किन्तु उसकी परम्परा अभी शेष है और सदा रहेगी, इसलिए धर्म को

भी अपना युद्ध निरन्तर चलाए रखना पड़ेगा। जाओ पुत्र! शत्रु को मारो क्योंकि उसी से प्रजा सुरक्षित होगी।" उन्होंने कृष्ण की ओर देखा, "वासुदेव!"

"पितामह!" कृष्ण अपना कान उनके मुख के निकट ले आए।

"युधिष्ठिर का राज्याभिषेक कर दिया?"

"हाँ पितामह!"

"युवराज किसे बनाया?"

"मध्यम पाण्डव भीम युवराज हैं। आय-व्यय का दायित्व संजय को दिया है। वे ही देखेंगे कि कौन-सा कार्य पूर्ण हुआ और कौन-सा अभी शेष है। नकुल सेना की गणना और पंजीकरण इत्यादि देखेंगे। उसके भोजन तथा वेतन का दायित्व सँभालेंगे। शत्रुओं पर आक्रमण और दुष्टदलन का कार्य अर्जुन करेंगे। सहदेव सदा राजा के साथ रहेंगे और उनकी रक्षा के दायित्व का वहन करेंगे। महाराज धृतराष्ट्र और माता गान्धारी की सेवा और देखभाल का दायित्व महात्मा विदुर, युयुत्सु तथा संजय को दिया गया है। दीन-दुखियों और अपंगों के लिए आवास, भोजन तथा वस्त्र आदि की देखभाल महाराज युधिष्ठिर स्वयं कर रहे हैं।"

"उचित ही किया वासुदेव!" भीष्म बोले, "आवास के लिए पाण्डवों ने कौन-सा स्थान चुना है?"

"धर्मराज तो राजप्रासाद में रहेंगे। मध्यम पाण्डव भीम को दुर्योधन का राजमहल दिया गया है। अर्जुन दुःशासन के भवन में निवास करेंगे। मैं और सात्यकि आजकल वहीं हैं। दुर्भर्षण के महल में नकुल हैं; और सहदेव को दुर्मुख वाला महल दिया गया है।"

"आचार्य! तुमको तो धर्मराज के व्यवहार से कोई कष्ट नहीं है?"

"नहीं शान्तनुनन्दन!" कृपाचार्य बोले, "युद्ध में किया गया मेरा आचरण तो जैसे युधिष्ठिर को स्मरण ही नहीं है। वे मेरे साथ ऐसा व्यवहार करते हैं, जैसे वे राजा और मैं राजकर्मचारी न होकर, वे गुरुकुल के ब्रह्मचारी हों और मैं गुरुकुल का आचार्य हूँ।"

"तुम प्रसन्न हो युयुत्सु?"

"पितामह! मेरा और महाराज धृतराष्ट्र का तो असाधारण सम्मान हो रहा है।"

"युधिष्ठिर! सजातीय बन्धुओं और सगे-सम्बन्धियों के समुदाय को स्पर्धा और ईर्ष्या के कारण, वश में करना असम्भव हो जाए, मित्र ही शत्रु हो जाएँ तो राजा को कठोर होना ही पड़ता है। तुमने कुछ भी अनुचित नहीं किया है। तुम सदा धर्म पर चलते रहे हो।" भीष्म बोले, "और एक बात सदा स्मरण

रखो, जहाँ श्रीकृष्ण हैं, वहीं धर्न है, और जहाँ धर्म है, वहीं जय है। अपनी ग्लानि से मुक्त होकर उत्साह को धारण करो पुत्र!"

"गंगानन्दन!" वेदव्यास आगे बढ़ आए।

भीष्म ने सिर उठाकर उनकी ओर देखा।

"मेरा विचार है कि युधिष्ठिर अब प्रकृतस्थ हो चुके हैं। श्रीकृष्ण आप की सेवा में काफी बैठ चुके। अब इन लोगों को हस्तिनापुर जाने की आज्ञा दीजिए।"

भीष्म सहमत लगे। बोले, "राजन्! अब तुम नगर में प्रवेश करो। चिन्ता का त्याग करो। अपने कर्तव्यों को यज्ञकर्म मान कर उनको पूरा करो। क्षत्रिय धर्म में स्थिर रहकर देवताओं और पितरों को तृप्त करो। तुम अवश्य कल्याण के भागी होगे। प्रजा को प्रसन्न रखो, मंत्रियों को सांत्वना दो। सुहृदों का सत्कारपूर्वक सम्मान करो। मन्दिर के आसपास के फले हुए वृक्ष पर, बहुत से पक्षी आकर आश्रय लेते हैं, उसी प्रकार तुम्हारे मित्र और हितैषी, तुम्हारे आश्रय में रहकर जीवन निर्वाह करें। यही मेरी कामना है।" वे रुके, "जब सूर्यनारायण दक्षिणायन से निवृत्त होकर, उत्तरायण पर आ जाएँ, तब मेरे पास आना।"

"तब?" युधिष्ठिर आगे कुछ बोल नहीं सके।

"मुझे संसार से विदा करने आना। मेरा प्रेतकर्म भी तुम्हें ही करना है।" भीष्म बोले, "मैं उस समय संसार से विदा होना नहीं चाहता, जब सूर्यास्त हो चुका हो, अन्दर-बाहर अँधेरा हो, तेजोमयी प्रज्वलित अग्नि अपना तेज खोकर धुंधुआ रही हो, प्रसन्न और उल्लसित चन्द्रमा के स्थान पर कृष्ण पक्ष का क्षीण चन्द्रमा हो। मैं संसार से उस समय विदा होना चाहता हूँ, जब अग्नि अपने पूरे तेज से प्रज्वलित हो, सूर्य चमक रहा हो, शुक्ल पक्ष का चन्द्रमा बढ़ रहा हो। आकाश निरभ्र और सुन्दर हो।"

"आप उत्तरायण में प्राण त्यागना चाहते हैं?" कृपाचार्य ने पूछा।

"हाँ! उत्तरायण में।" भीष्म बोले, "मैं उस समय विदा होना चाहता हूँ, जब मेरा मन प्रसन्न हो, निर्मल हो। मैं उस समय विदा होना चाहता हूँ जब मेरी बुद्धि प्रकाशित हो रही हो। मैं अवसाद में, रोते हुए, आसक्ति के मेघों के अज्ञान में लिपटा हुआ, इस संसार से विदा होना नहीं चाहता। मैं मुक्त होकर यहाँ से जाना चाहता हूँ, ताकि लौट कर फिर न आना पड़े। आजीवन स्वयं को बाँधे रखा है, अब निर्बंध होकर जाना चाहता हूँ। इसीलिए मैं प्रकृति के उत्तरायण की भी प्रतीक्षा करूँगा और अपने शरीर के उत्तरायण की भी।" वे रुके, "अब तुम जाओ पुत्र! बहुत सारे लोग तुम्हारी प्रतीक्षा में होंगे।"

वेदव्यास ने युधिष्ठिर को उठाया, कृपाचार्य ने उन्हें चलने का संकेत किया और कृष्ण ने भीष्म को प्रणाम कर, सबके लिए विदा की प्रक्रिया आरम्भ कर दी।

रथ में बैठने से पहले कृष्ण ने धर्मराज को भुजा से थाम लिया, "पितामह की बात पर विचार करें, धर्मराज! अग्नि यज्ञ की प्रतीक है और यज्ञ कर्म का। पितामह अन्त समय तक कर्म करते हुए जाना चाहते है। सूर्य बुद्धि का प्रतिनिधि है। जीवन के अंतिम क्षण तक कर्म यज्ञ की ज्वाला जलती रहनी चाहिए। सतत कर्तव्य करते हुए मृत्यु आ जाए तो मनुष्य धन्य होता है। मन में ग्लानि रखने का कोई अर्थ नहीं है। पितामह ने अपने हाथों से इतने लोगों का वध किया है। वे भी तो सोच सकते हैं कि उनकी असमर्थता के कारण ही कौरवों का विनाश हुआ है। यदि वे धृतराष्ट्र अथवा दुर्योधन को नियंत्रित कर पाते तो यह युद्ध होता ही क्यों। फिर भी वे ग्लानि नहीं रखना चाहते, पूरे चन्द्रमा को देखकर जाना चाहते हैं। चन्द्रमा मन का, मन की भावना का प्रतिनिधि है। प्रसन्न मन से जाना चाहते हैं, क्योंकि वे अपना कर्म कर रहे थे। समरभूमि में गिरने के क्षण तक उनके हाथ में धनुष था, फिर भी वे प्रसन्न हैं। अन्तिम समय तक हाथ से कोई न कोई कार्य होता रहे, भावना की पूर्णिमा चमकती रहे, हृदयाकाश में आसक्ति के मेघ न हों, बुद्धि सतेज रहे। ऐसा परम कल्याणकारी अन्त पाने के लिए, निरन्तर दक्ष रहकर अन्त समय तक लड़ते रहना होता है। एक क्षण के लिए भी मन में कोई अशुभ भाव नहीं आने देना चाहिए।"

"मैं समझता हूँ केशव। पर मैं पितामह जैसा समर्थ नहीं हूँ।"

"पितामह समर्थ हैं। आपको उन पर विश्वास है?"

"क्यों नहीं।"

"तो फिर उनकी बात मानें, हम धर्म की ओर थे। पितामह अधर्म के पक्ष से लड़े, तो भी उनके मन में ग्लानि नहीं है, क्योंकि उन्होंने जिसे अपना धर्म माना, वही किया; जब स्वयं को असमर्थ अथवा अनावश्यक पाया, स्वयं को समरभूमि से हटा लेने का प्रबन्ध कर लिया। आजीवन स्वयं को बाँधे रखने वाले महापुरुष ने इस समय स्वेच्छा से स्वयं को मुक्त कर लिया। यही इच्छामुक्ति है। आप उनके ही आदर्श पर चलें। मुझे कोई आपत्ति नहीं है। बस इस बात को स्वीकार कर लें कि आपने अपना कर्म किया। आपने कोई अपराध नहीं किया।"

"आप ठीक कह रहे हैं केशव!"

"तो आप भी अपने अवसाद को तिलांजलि दीजिए, ग्लानि का त्याग कीजिए।" कृष्ण बोले, "आपको अपार निर्माण करना है। इस युद्ध में हुए नाश की क्षतिपूर्ति करनी है। इसलिए इस हताशा से स्वयं को बन्धनमुक्त कीजिए। धर्म किसी को बाँधता नहीं, वह मुक्त करता है। यह जीवन में अवसाद नहीं

उत्सव लाता है। पितामह प्राण त्यागने के लिए उत्तरायण की प्रतीक्षा कर रहे हैं, किन्तु उत्तरायण केवल मृत्यु के लिए ही नहीं होता, वह जीने के लिए भी परम उपयोगी है। आप जीवन के लिए अपने मन में उत्तरायण अवतरित करें।"

"आप सत्य कह रहे हैं केशव! पितामह और आपकी कृपा से मेरी दृष्टि निर्मल हो रही है।"

कृष्ण ने उनकी भुजा छोड़ दी और अपने रथ की ओर बढ़ गए।

संदर्भ

1. भगवद्गीता, 55/11; 2. 13, अत्रि संहिता; 3. 13, वही; 4. 14, वही; 5. 17, वही; 6. 33, अत्रि संहिता; 7. 16, वही; 8. 55, प्रथमोध्याय, पराशर स्मृति; 9. 58, वही; 10. 59, वही; 11. 59, वही।

द्रोण
द्रुपद
अश्वत्थामा
भीष्म
दुर्योधन
भीष्म
कर्ण
अर्जुन
भीम
एकलव्य
कृष्ण
दुर्योधन
धृष्टद्युम्न
विराट
इरावान
जयद्रथ
शल्य
द्रौपदी
धृष्टद्युम्न
भगदत्त
कृतवर्मा
कृपाचार्य
धृतराष्ट्र
पाण्डु
शकुनि
विदुर
सत्यवती
व्यास
कुन्ती
युधिष्ठिर
दुःशासन
भीम
कृष्ण

कंस
अक्रूर
शान्तनु
चित्रांगद
विचित्रवीर्य
गान्धारी
देविका
बलंधरा
शिखण्डी
करेणुमती
सुभद्रा
धनंजय
सव्यसाची
गंगा
विजया (सहदेव की पत्नी)
चित्रसेन
सात्यथि
अभिमन्यु
विकर्ण
विविंशति
सात्यकि
कृतवर्मा
भूरिश्रवा
अलंबुश
घटोत्कच
नकुल
अभिमन्यु
पौरवराज
बलराम
प्रद्युम्न
सुशर्मा
सत्यरथ
सत्यवर्मा

सत्यव्रत	शोण
सन्तोष	वृषसेन
सत्यकर्मा	वसातीय
सत्यजित	सत्यश्रवा
कालयवन	रुक्मरथ
जरासंध	लक्ष्मण
सुबाहु	क्राथ
सुरथ	क्राथपुत्र
सुधन्वा	वृन्दारक
सुबाहु	अश्वकेतु
दुर्मुख	भोज
वृक	कालिकेय (शकुनि का भाई)
शतानीक	विजया
क्षत्रवर्मा	दुःशला
वसुदान	दारुक
उत्तमौजा	बाहुक
युधामन्यु	महादेव
सत्यकि	दुर्भर्षण
चेकितान	विकर्ण
भौमासुर	चेकितान
युयुत्सु	सुदक्षिण
सुप्रतीक (भागदत्त का हाथी)	जलसंध
शत्रुजद	प्रद्युम्न
विपाट	सुदक्षिण
कीचक	श्रुतायु
कुन्तीभोज	चारूमती
क्षत्रधर्ण	उत्तमौजा
वृहत्क्षेत्र	युधामन्यु
दुःसह	घटोत्कच
दीर्घलोचन	अलायुध
कुण्डलभेदी	जलसंध
सुषेण	भित्रविंदा
बृहद्बल	कपि

बृहत्सत्र
क्षेमधूर्ति
धृष्टकेतु
वीरधन्वा
दुर्भख
व्याध्रदत्त
सोमद्रव
शल
अलंबुश
बलासुर
निरमित्र
पुरुजित
वीरेकेतु
चित्रकेतु
क्षत्रधर्मा (धृष्टद्युम्मपुत्र)
सहदेव (जरासंधपुत्र)
दुःशल
कुण्डमेदी
सुदर्शन
विन्दारक
सुहस्त्र
सुषेण
दीर्घकीचन
अभय
रौडकर्मा
सवर्मा
दुर्विमोचन
दुःशल
दुर्जय
दुर्भर्षग
दुःसत
दुर्भद
दुधरि

जय
चित्र
उपचित्र
चित्रास
चासमित्र
शरासन
चित्रायुद्ध
चित्रवर्मा
शत्रुंजय
शत्रुसत
दृढ़वर्मा
उग्रसेन
विकर्ण
राजा अलंबुश
राक्षस अलंबुश
सोमदत्त (भूमिश्रवा)
शिनि (सात्यकि के दादा)
कीचक
कृषसेन (कर्ण का पुत्र)
संजय
मत्स्य
प्रभडक
विशोक
ध्रुव
जयरात
दुर्भद
दुष्कर्ण
देवपि
सोमदत्त
अंजनपर्वा
विरूपास
अलंबुश (जयसुर का पुत्र)
अलायुध राक्षस (वकासुर का

भाई)

किमीर

हिडिम्ब

जटासुर

अलायुध

इन्द्रवर्मा (मालवा का राजा)

अत्रि ऋषि

हारीत

पराशर

इरावान

सुदर्शन मालवकरेश

वृद्धक्षत्र

बलंधरा

देविका

सुभद्रा

करेणमति

विजया

क्षेमधूर्ति

पाड्य

पौंड्र

अंगराज

बंगराज

श्रृतंजय

सौकुति

चनुदेव

सत्यसेन

उलूक

दंडाहार

दंड

श्रुतंजय

सौभूति

विश्वकर्मा

परशुराम

सुशर्मा

सक्करथ

वृष्णसेन (कर्ण का पुत्र)

सुषेण (कर्ण का पुत्र)

चित्रसेन (कर्ण का पुत्र)

भानुसेन (कर्ण का पुत्र)

भानुदेव

चित्रसेन

सेनाबिन्दु

तपन

शूरसेन

श्रुतकीर्ति

श्रुतर्वा

दुर्धर

विवित्सु

कथक

विलट

सम

निषंगी

कवची

पाशी

नन्द

उपनन्द

दुष्प्रधर्ष

सुबाहु

वातवेग

सवर्चा

धुनुर्ग्राह

दुर्भद

जलसंध

शल

सट

चित्रसेन (कर्ण का भाई)

निषंगी
कवची
पाशी
दंडधर
धुनुर्ग्रह
आलोलुप
शल
संघ
वातवेग
सुवर्चा
अश्वसेन
चन्द्रसेन
दुमसेन
अलूक
संजय
दुर्भर्षण
श्रुतांत
जैत्र
भूरिबल
रवि
जयत्सेन
सुजात
दुर्विसट
दुष्प्रधर्स
महाबाहु
श्रुतवर्मा
सुदर्शन
सृंजय
सोमक
प्रभद्रक
प्रतिविंद्य
सुतलोम
श्रुतकर्मा
शतानीक
श्रुतसेन
योद्वेय
सर्वग
निरमित्र
सुहोत्र
बाहुक
वैनतेय
गद
सत्राजित